9789681639044

OCTAVIO PAZ

OBRAS COMPLETAS

EDICIÓN
DEL AUTOR

*letras mexicanas*

OBRAS COMPLETAS DE OCTAVIO PAZ

1
**La casa de la presencia**
Poesía e historia

2
**Excursiones / Incursiones**
Dominio extranjero

3
**Fundación y disidencia**
Dominio hispánico

4
**Generaciones y semblanzas**
Dominio mexicano

5
**Sor Juana Inés de la Cruz**
o las trampas de la fe

6
**Los privilegios de la vista I**
Arte moderno universal

7
**Los privilegios de la vista II**
Arte de México

8
**El peregrino en su patria**
Historia y política de México

9
**Ideas y costumbres I**
La letra y el cetro

10
**Ideas y costumbres II**
Usos y símbolos

11
**Obra poética I**

12
**Obra poética II**

13
**Miscelánea I**
Primeros escritos

14
**Miscelánea II**
Entrevistas y últimos escritos

# Nota del editor

Esta edición de las *Obras completas* de Octavio Paz retoma la iniciada por Círculo de Lectores (Barcelona) y todavía en curso de publicación. El Fondo de Cultura Económica agradece a Círculo de Lectores las facilidades brindadas para reproducir esta suma de la obra del poeta mexicano, ganador en 1990 del premio Nobel de literatura.

En alguna ocasión Octavio Paz escribió sobre su convicción de que «los grandes libros –quiero decir: los libros necesarios– son aquellos que logran responder a las preguntas que, oscuramente y sin formularlas del todo, se hace el resto de los hombres».

El Fondo de Cultura Económica reafirma estas palabras de Octavio Paz al publicar una obra que recoge el fruto de una larga y diversa experiencia vital y de sus variados intereses en las culturas de Europa, Asia y América. Para el lector mexicano, y asimismo para el latinoamericano, esta edición contiene un atractivo más pues incluye las reflexiones de Octavio Paz sobre la historia de nuestros pueblos y sobre las artes y las letras hispánicas. Se trata, en fin, de una edición que reúne la poesía y la prosa, el arte verbal y el pensamiento de una figura capital de la literatura de nuestro siglo.

FONDO DE CULTURA ECONÓMICA
*Ciudad de México, 1993*

OCTAVIO PAZ

# Ideas y costumbres II

Usos y símbolos

EDICIÓN
DEL AUTOR

Círculo de Lectores

Fondo de Cultura Económica

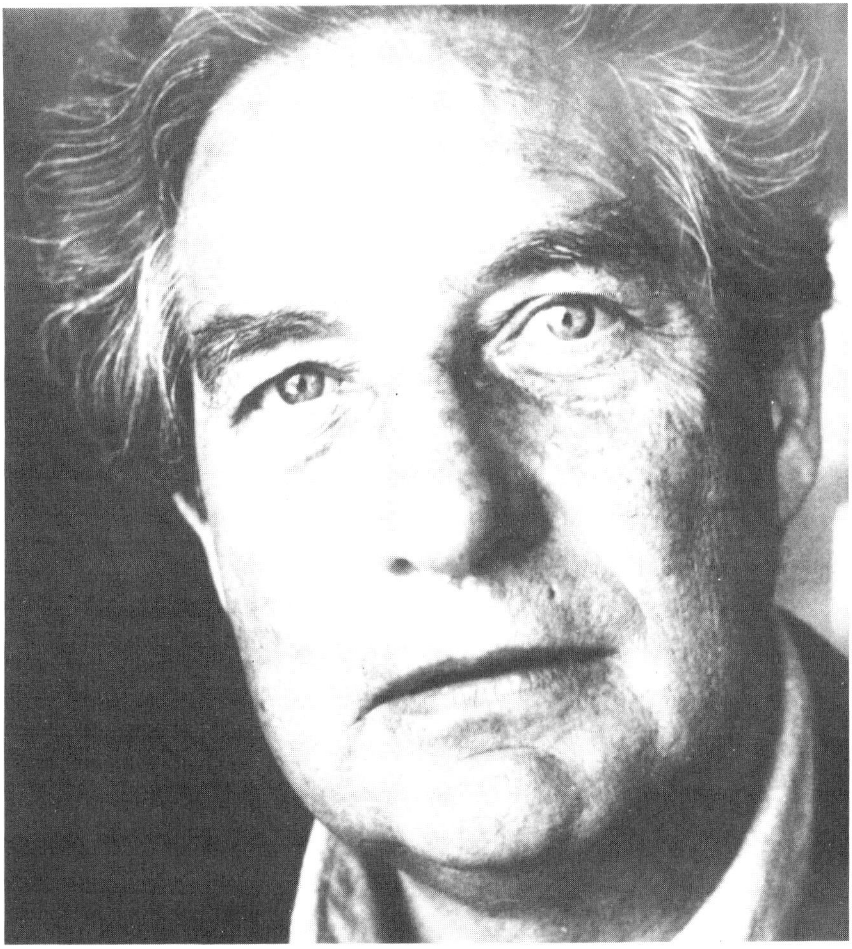

Primera edición (Círculo de Lectores, Barcelona), 1996
Segunda edición (FCE, México), 1996

Procedencia de las ilustraciones
Archivo personal del autor (frontispicio).
Para el resto véase el Índice de ilustraciones.

© 1996, Círculo de Lectores, Barcelona, por lo que respecta a las características de la presente edición.
ISBN 84-226-3502-x

D. R. © 1996, Fondo de Cultura Económica
Carretera Picacho-Ajusco 227, 14200 México, D. F.

ISBN 968-16-3908-1 (Obra completa)
ISBN 968-16-3904-9 (Tomo 10)

Impreso en México

# Prólogo

## Nosotros: los otros

Sólo hasta ahora, más de un año después de haber escrito el prólogo de *La letra y el cetro*, primera parte de *Ideas y costumbres*, puedo redactar estas páginas, prefacio de la segunda y última parte: *Usos y símbolos*. Naturalmente no pueden tener la extensión de aquel prólogo. *Itinerario* no fue realmente una introducción sino un pequeño libro en el que pretendí trazar, de una manera sintética, la evolución de mis ideas y opiniones políticas y sociales. En esta ocasión me limitaré, como en los otros volúmenes, a señalar las relaciones que unen a los distintos ensayos reunidos en este tomo. Pero antes de tocar este asunto, debo informar a mis lectores de las causas de mi retardo. Les debo esta aclaración. Procuraré ser breve pero asimismo explícito.

Ante todo, la demora no se debió a pereza, descuido o incuria. Tampoco a un olvido del compromiso con mis lectores, que es un sentimiento hecho de lealtad, respeto y gratitud. Nunca me propuse adoctrinarlos, edificarlos o iluminarlos; quise y quiero compartir con ellos algunas ideas, preocupaciones y también –¿por qué no decirlo?– ciertas obsesiones. En el caso de mis poemas quise, además, algo a un tiempo difícil y entrañable: a través de ese lenguaje particular y universal que es la poesía, lograr su participación en emociones que, como el mismo lenguaje, son íntimas y son de todos. Mencioné a las emociones, en las que incluyo a las sensaciones, a los sentimientos y los afectos; añado: participación en el vislumbre o adivinación de realidades entrevistas y que son la faz oculta de nuestro vivir cotidiano. Todos hemos tenido esas súbitas visiones y percepciones pero la poesía es el arte de manifestarlas y recrearlas.

Aunque muchos de los temas que he tratado en mis ensayos son más bien austeros e incluso poco atractivos para la generalidad, he procurado siempre ser claro, conciso y, cuando he podido, ameno. ¡Cómo me hubiera gustado entretener a mis lectores! No soy novelista y me resigno, diciéndome: ya que no puedo ser torrente ni cascada, que tu prosa sea al menos agua potable. El compromiso con mis lectores lo he contraído también conmigo mismo. El autor es el primer lector de sus escritos y esto lo obliga a cierta exigencia íntima. Yo divido a los escritores en dos familias: aquellos que saben leerse y los otros, que jamás releen lo que acaban de escribir. Desconfío de los segundos, así sean geniales. Nadie puede ni debe estar seguro de lo que dice. Por último, una pequeña confesión: escribir, para mí, ha sido cultivar uno de mis placeres favoritos: la conversación. Cuando escribo, converso conmigo mismo, esa persona que es mi diario interlocutor y un desconocido.

Los motivos de mi retraso fueron accidentales y, por esto mismo, inevitables. Los accidentes son, simultáneamente, fortuitos y necesarios. En marzo de este año cumplí ochenta años. Amigos generosos quisieron celebrar conmigo, en distintos lugares, este aniversario. Acepté los festejos con alegría y gratitud aunque, lo digo con sinceridad, sin mucho engreimiento. La fama y la notoriedad, grandes o pequeñas, están hechas de viento; no la amistad ni el compañerismo, que son bienes reales y a los que todos aspiramos. En julio de este año se apagaron los últimos fuegos de artificio y cuando me disponía a volver a mis quehaceres –el más urgente era este aplazado prólogo– la no invitada, la enfermedad, golpeó en mi puerta. Abrí y ella, sin decirme nada, me miró con una mirada que me traspasó pero que no puedo definir: no era cólera ni piedad ni siquiera indiferencia. Era lo que llamamos, en nuestra pobreza para decir lo que sentimos, *padecimiento*. A los pocos días los médicos me descifraron la significación de aquella mirada: estaba herido de muerte y si quería escapar debía someterme a una severa operación quirúrgica. Dudé unos días, hablé con mi mujer, y decidí afrontar la prueba.

No voy ahora a describir mi experiencia. Casi todos han pasado (o pasarán) por trances parecidos. En esos momentos descubrimos que el sufrimiento no es una palabra sino una realidad tangible e inaprensible, que se aleja por un instante para regresar después con más saña. El daño, los daños, las punzadas y los clavos son materiales e incorpóreos: los siente el cuerpo y no puede tocarlos. Son sensaciones físicas y mentales. Es imposible tratar de distinguirlas pues, al sentirlas, la persona entera se reduce también a una sensación. ¿Y qué es una sensación sino una percepción? Pero ¿qué es una percepción...? ¿Qué es el ¡ay! en que nos hemos convertido: una súplica o una queja? En uno y otro caso, ¿a quién se lo decimos? El mal no viene de fuera: viene de nosotros mismos. Soy yo mismo el que sufre y el que me hace sufrir. El dolor nos devuelve a nosotros mismos y, al mismo tiempo, nos entrega a nuestro enemigo. Así nos aísla y puede transformarnos en bestias egoístas y feroces. Si logramos sobreponernos, nos damos cuenta de que nuestra vulnerabilidad es la de todos. Los otros también sufren, todos sufrimos. Fraternidad no con los muertos –¿qué sabemos de ellos y qué saben ellos de nosotros?– sino con los vivos sufrientes y mortales. En esto el cristianismo, al inventar la caridad, superó a la filosofía pagana más alta y pura: no la comunión de las mentes sino la del sufrimiento.

Las puertas de la comprensión se entreabrieron gracias a la solicitud afectuosa de algunos amigos y, ante todo, por la presencia constante de mi mujer. No lo olvidaré nunca. Fue un bálsamo. Y más: fue la confirmación de que una de las pruebas del verdadero amor es la participación en el sufrimiento del otro. Lo había presentido, un poco antes, al escribir *La llama doble*, y llamé a este sentimiento, para distinguirlo de la usual simpatía, desenterrando una palabra que usó Petrarca: *compathía*.

Debo terminar este pequeño prólogo al prólogo. La operación fue larga y delicada: me abrieron el pecho y restablecieron la circulación de la sangre en las arterias coronarias a través de puentes o canales hechos de trozos de una vena extraída de mi pierna izquierda. Cuento todo esto no sólo por gratitud a mis médicos y enfermeras, sino porque con frecuencia he señalado, en mis escritos, los peligros de la beatificación de las ciencias y, sobre todo, de la tecnificación del mundo. Esos peligros son ciertos y no debemos cerrar los ojos ante las devastaciones de la técnica. Pero hay que añadir que estos males se deben no a la naturaleza misma de la técnica y de las ciencias, sino al mal uso que hemos hecho de sus hallazgos. Desde la invención del fuego a la fisión atómica, todos los descubrimientos científicos han sido, al mismo tiempo, creadores y destructores. Esta dualidad no depende del saber científico sino de la condición humana. Y aquí aparece una verdad turbadora: somos hijos de la naturaleza y la naturaleza es creadora y destructora; más exactamente: al crear, destruye y al destruir, crea. En el dominio de la materia viva somos un episodio apenas de la evolución natural. Por esto, es imposible fundar una ética en la naturaleza humana, que es de manera predominante biológica. Pero el hombre no es nada más naturaleza; o lo es de un modo peculiar y que lo convierte en una excepción. Entre todos los seres vivos que conocemos, es el único que ha sido capaz de crear un reino relativamente autónomo, aunque sea la consecuencia de la evolución natural: la cultura. Y la cultura comienza con un *No* a muchos instintos, impulsos y pasiones que son naturales. El hombre, hijo de la naturaleza, ha conquistado y construido un reino en donde, no lo niego, abundan los horrores, pero también en donde florecen virtudes ausentes en el mundo natural: la solidaridad (mejor: la caridad), el afán de saber, el amor, las artes, las ciencias.

En esto me siento lejos de Heidegger y de sus seguidores, para los que la ciencia y especialmente su consecuencia: la técnica, son expresiones de la voluntad de poder. Es cierto pero no es toda la verdad. Las ciencias son conocimiento y el conocer no es mera ansia de dominación. Nace del asombro ante lo desconocido y culmina ya sea en la contemplación, como en la tradición platónica, viva hasta nuestros días, o en el sentimiento de que somos parte del movimiento de los astros y del crecimiento de las plantas. Este sentimiento, frecuente entre los científicos contemporáneos, puede condensarse en esta frase: somos hermanos de todos los seres vivos y, con ellos, somos parte del cosmos. Las ciencias son poder, son conocimiento y son fraternidad. En cuanto a la técnica: es un instrumento, no una filosofía ni una deidad. La adoramos por la fatal tendencia de los hombres a convertirnos en adoradores de nuestros instrumentos, desde los de orden político, como el Estado y los partidos, hasta los materiales y de uso diario, como el automóvil. La famosa enajenación, de la que tanto y tan en vano se ha hablado, consiste esencialmente en convertirnos en instrumentos de nuestros instrumentos. Ésta es la estulticia contemporánea, su ceguera frente a la técnica. Una adoración aliada, como siempre, al espíritu de lucro y a la voluntad de dominación política. Todas estas pasiones son humanas. En defensa de la técnica hay que decir que las cosas, sean éstas piedras o locomotoras, no tienen pasiones.

Cierto, ni la ciencia ni la técnica son neutrales: expresan una visión del mundo y, a la vez, son capaces de modificar esa visión. Todo lo que hace el hombre, sin excluir a las actividades más desinteresadas, como las matemáticas, la lógica, la poesía, el arte y el pensamiento puro, está impregnado de intencionalidad. Ni un silogismo ni un soneto a la rosa ausente escapan a esta ley: son obras humanas. Los sistemas modernos de comunicación, especialmente la televisión, son un ejemplo de esto. Esta última nació de la ciencia y la técnica, es decir, del conocimiento; asimismo, su aparición habría sido imposible sin la democracia y la libertad de expresión. Hoy, sin embargo, se ha convertido en una suerte de anestesia universal, que idiotiza a los más, y que, como ha mostrado Popper, amenaza a la democracia, a la libertad y a la cultura. Pero, de nuevo, el mal no está en ella misma. La ciencia y la técnica no son neutrales porque son el resultado de la dualidad del hombre y de la naturaleza: creación y destrucción. Por esto digo que es imposible no admirar a las ciencias –en plural: no hay ciencia sino ciencias– y, en el caso que he relatado, a la ciencia médica, que es también un arte: una técnica.

*Usos y símbolos* dice casi lo mismo que *Ideas y costumbres*, aunque con una leve diferencia: su significado es más restringido. Ni todos los usos son costumbres ni símbolos todas las ideas. Los usos son costumbres particulares o peculiares, de duración variable y que no siempre tienen la consistencia y la antigüedad de las tradiciones; los símbolos son ideas que han encarnado y se han vuelto objetos y seres visibles y sensibles: imágenes compartidas. Éste es el sentido, quizá un poco caprichoso, que doy al título de este libro. Usos: ciertas maneras de ser, pensar y sentir de pueblos y naciones que pertenecen a civilizaciones distintas a la nuestra o de grupos que, dentro de ella, viven y practican ideas y tradiciones que no son las de todos. Símbolos: ideas convertidas en objetos sensibles, ideas que se han transformado en una cruz o una media luna y que le dan fisonomía e identidad a una cultura o a una colectividad. *Usos y símbolos*, volumen décimo de estas obras, reúne algunos de los ensayos que más me gustan, entre los que he escrito. No sé, claro, si realmente tienen algún valor; los quiero porque expresan ciertas preocupaciones que me han acompañado a lo largo de mi vida y porque exploran temas que han sido el teatro, a veces diurno y otras nocturno, de mis reflexiones.

Al comenzar dije que mi propósito, al escribir estas páginas, era mostrar las relaciones que unen a los ensayos que componen este libro. Aunque ya confesé que siento debilidad por algunos de ellos –*La llama doble*, *Conjunciones y disyunciones*, «La persona y el principio»– estas relaciones no son de índole meramente subjetiva o sentimental. Tampoco los une la cronología: fueron escritos en diferentes épocas y en lugares distintos. Su unidad podría ser, en todo caso, de orden temático. Pero la palabra *tema* no dice con bastante claridad la naturaleza de esas relaciones. Además, no es muy exacta. No es tanto el asunto lo que une a estos ensayos sino, a pesar de su diversidad, la intención que secretamente me guiaba cuando los escribí. Digo *secretamente* porque, al escribirlos, no tenía conciencia de esa intención. Fue algo ajeno a mi voluntad racional, algo que venía de más adentro. Sólo ahora, al reunirlos en este volumen, me doy cuenta de las afinidades que los unen. Sus asuntos son muy variados: las sociedades primitivas, los mitos, el amor en Occidente y sus vicisitudes, Sade, Fourier, el erotismo tántrico en India y el taoísta en China, la crítica del concepto de *significación* en la lingüística y la antropología modernas, etc. Reflexiones hechas al azar, durante un viaje o al margen de una lectura, impresiones ante ideas y sociedades que no son las mías. Libros, ensayos, apuntes rápidos: en todos ellos, por distintos que sean, aparece una preocupación que los une. El asunto de estas reflexiones, a pesar de su diversidad, es invariablemente los *otros*. He pensado mucho, movido por una inclinación que no es fácil explicar, en los otros y en las otras. También en lo *otro*, aunque esto último ha sido, más que tema de mis cavilaciones, objeto de algunos de mis poemas.

La *otredad* –¿quién introdujo esta palabra en nuestra lengua?– no es sino una de las formas en que se manifiesta uno de los problemas centrales del pensamiento, desde sus orígenes en Grecia: el Uno y la pluralidad. La oposición entre ambos –una oposición indisoluble, por decirlo así– también apasionó a los indios y a los chinos. No me propongo, por supuesto, relatar la historia de esta idea: no escribo una historia de la filosofía. Mencioné su antigüedad en distintas culturas para subrayar que es un tema universal que no ha cesado de intrigar a los hombres desde que comenzaron a pensar. Entre la unidad y la multiplicidad, el Uno y los muchos, hay una oposición que parece insalvable: el Uno no puede ser parte de los muchos pues en ese caso se desvanecería, convertido en uno de tantos; asimismo, si los muchos se funden en el Uno, desaparecen. El Uno no puede ser sino uno; el muchos está condenado siempre a ser muchos. La oposición es absoluta y la tentativa por derivar a los muchos del Uno o la de fusionar en uno a los muchos viola a la lógica.

Sin embargo, desde Platón la filosofía pensó haber soldado esta fractura. Aristóteles distinguió entre el ser y los entes o existentes. Todo lo que existe, sean hombres o animales o cosas, son modos o grados del ser. Así, el Uno se salva. Quiero decir: subsiste, infunde ser a cada ente y a cada cosa. Y más: es la condición necesaria para que las cosas y los entes sean o existan. Los entes son de este o de aquel modo pero siempre son modos de ser. Están animados por el ser, que se funde con ellos y con su forma: los informa. Sin embargo, el ser no tiene forma alguna. Ningún ente puede definirlo o apresarlo: se escapa. Está en todas partes y en ninguna. Pues bien, aunque nadie lo ha visto ni ha podido definirlo, es innegable que todas las cosas y los entes –mesas, árboles, carneros, astros, sonatas, ellas y nosotros: todos– *somos*. El ser no reside en forma alguna y está en todas. En Aristóteles la operación que resuelve la unidad del ser en la multiplicidad de los entes y las cosas adoptó la forma de la serie: en cada especie e individuo aparecen elementos del ejemplar que le precede y elementos del que lo sucede. Todo en el universo, del átomo y el insecto a las estrellas y los dioses, está unido por nexos visibles o invisibles, como los anillos de una cadena. Es lo que los antiguos llamaron la *cadena del ser*, una figura que aparece con frecuencia en los hermosos grabados que ilustran los libros del jesuita Kircher y que sor Juana debe de haber contemplado con fascinación.

La historia de esta idea es larga y apasionante. Baste con recordar que Santo Tomás de Aquino la afinó y la legó a la posteridad. Ha llegado hasta nuestros días: no es difícil percibir la afinidad que hay entre la teoría de la evolución natural y la de la «cadena del ser». La evolución explica la variedad de las especies y su parentesco: todas son descendientes de un elemento único y constituyente. Tres manifestaciones del Uno en las ciencias modernas: el átomo y sus partículas en la física; la célula con sus divisiones y uniones en la biología; las neuronas y sus redes de comunicaciones en la química y la neurología. Otro ejemplo: el código genético de todas las especies, de los reptiles y los saurios a los mamíferos, es el mismo.

Estas explicaciones del tránsito del Uno a los muchos son convincentes y, en cierto modo, verdaderas: las confirma la experiencia, sea la científica o la de los sentidos. No obstante, no resuelve realmente la oposición entre los dos términos: ¿cómo explicar que de lo Uno salgan muchos sin que el Uno deje de ser Uno? O a la inversa: ¿cómo pueden unirse los muchos sin dejar de ser los muchos? La pregunta no es menos ardua que la pregunta sobre el origen del universo. Si Dios no lo creó, como dice la tradición judeo-cristiana, ¿existe por sí mismo y no tuvo principio ni tendrá fin? Muchos filósofos –en los tiempos en que la filosofía también era cosmología– se inclinaron por esta respuesta. A mí me parece más insatisfactoria que la idea de un Dios creador: nos enfrenta a un misterio aún más denso. Además, la física contemporánea confirma lo que casi todos sabíamos de un modo empírico: el universo tuvo un comienzo y tendrá un fin. Es historia, tiempo. Ahora bien, si no hubo un Dios creador y el universo tuvo un principio y tendrá un fin, ¿cómo apareció? ¿Brotó de la nada? ¿Qué había antes del *big-bang*? ¿Y qué habrá después del fin? Por todas partes tropezamos con la nada, una palabra sobre la que, literalmente, nada podemos decir.

Plotino pensó mucho sobre el Uno y la pluralidad. Dijo que el Uno es, ante todo, abundancia: contiene a todos y al todo. Aquí se mezclan, diré de paso, dos conceptos: *uno* y *todo*. Pues bien, el Uno, en su superabundancia, se derrama, por decirlo así, y engendra la multiplicidad. El universo, en su infinita variedad y riqueza, no es sino las emanaciones del Uno. Confieso que la explicación no me convence: deja intacta la oposición. El Uno, al derramarse en géneros, especies e individuos, deja de ser Uno. ¿Y cómo se reintegra la pluralidad a la unidad? Plotino habla de la *procesión*, una expresión afortunada pues evoca la imagen de un rito sagrado. Esta procesión designa a un doble movimiento: la salida y el regreso de los muchos al Uno. El filósofo nos describe la dirección del proceso de descenso del Uno a la pluralidad y la del ascenso de los muchos a la unidad. Así explica la variedad del mundo y la unidad del ser pero ¿resuelve la oposición? Más bien, introduce una jerarquía en los modos del ser, que ya estaba implícita en Platón y más claramente en Aristóteles: el Uno es lo absoluto, el pleno ser; los muchos son seres incompletos, defectuosos. La caída en la pluralidad se llama contingencia, accidente, azar y, para los cristianos, pecado. Tal vez su verdadero nombre sea tiempo. En la historia del pensamiento de Occidente ha predominado el Uno, aunque nombrado con palabras distintas y desde concepciones diferentes: Dios, Ser Supremo, Razón, Naturaleza.

Al llegar a este punto surge otra pregunta: ¿el Uno es el ser? Para la mayoría, la respuesta es afirmativa. Plotino va más allá: el Uno está antes del ser. En efecto, el ser implica ya dualidad: no lo podemos pensar ni concebir sin su complemento: el no-ser. Pero si el Uno de Plotino no es ni ser ni no-ser, ¿qué es? Al final de estas páginas trataré de dar una respuesta a esta pregunta. Por lo pronto, puede decirse que todas las cosas, especies e individuos participan, de modo variable, del ser; asimismo todos participan de su complemento: la nada. Las cosas y los seres cambian pero esos cambios, que nos parecen un ascenso hacia el ser, también son una caída en la nada. ¿Qué es la nada? Pregunta sin sentido: la nada no es. La nada es una palabra que designa la ausencia de ser, la carencia. Nombra un hueco y es una palabra hueca. Sin embargo, gracias a ella reina una jerarquía entre los muchos. A lo largo de la cadena de las cosas y los entes, aparece la nada. Pero *aparece* significa presentarse, hacerse visible y la nada no aparece nunca: es el hueco. Y en esto consiste la enfermedad de los entes y las cosas. Esta carencia es igualmente aquello que los hace diferentes entre ellos, superiores o inferiores; el hombre tiene más ser que los otros entes porque en él se ha desarrollado un sistema nervioso más perfecto, un pensamiento y una conciencia. Gran superioridad y, no obstante, superioridad limitada y aun ilusoria: los seres humanos –lo dicen las religiones y las filosofías, nos lo repite nuestra diaria experiencia– somos criaturas finitas y de poco ser. Para la religión cristiana el poco ser humano es la consecuencia del pecado original; algunos filósofos prefieren hablar de *falta* original; así pasan de la religión a la ontología: el hombre es un ser incompleto. Tampoco los científicos modernos escapan a la dominación del Uno: ¿qué es la Naturaleza sino el Uno, el origen y el fin de todo lo que vive y muere?

La soberanía del Uno no ha sido absoluta. Aquí y allá, en distintas épocas y lugares, han aparecido religiones y, con menos frecuencia, filosofías dualistas. El dualismo se enfrenta a dificultades semejantes a las del monismo. La dualidad prohíbe la unidad; apenas se une, se disuelve. Así, o niega al Uno o se niega a sí misma. Por lo demás, la dualidad casi nunca se presenta como una doctrina ontológica o relativa al ser; sobre todo es moral y religiosa: así como hay la luz y la sombra, hay el bien y el mal, el saber y la ignorancia. Reaparece la jerarquía: en un extremo, el bien supremo; en el otro, el mal absoluto. El ser y la nada. A Victor Hugo, como a muchos otros, le angustiaba esta oposición porque ella contiene un misterio terrible: el del mal. La dualidad, en la esfera de las creencias religiosas, vuelve al mal *necesario*. Influido probablemente por la tradición gnóstica, en Hugo predomina el dualismo, especialmente en los poemas del final de su vida, que son los mejores de su vastísima obra. Pero el dualismo, en el reino de la moral, es difícilmente soportable: ¿cómo aceptar que el mal es una condición necesaria de la existencia? Victor Hugo nos dejó una suerte de epopeya espiritual, publicada después de su muerte: *La Fin de Satan*[1]. Como mucho de lo que escribió este poeta inmenso (no le conviene otro adjetivo) el poema oscila entre lo pueril y lo sublime. En el canto final asistimos a la redención de Satán. El milagro es obra del ángel Libertad, una potencia ambigua: encarna la crítica e incluso la negación del Dios uno y al mismo tiempo es su instrumento de redención. La libertad es doble: es rebelión y retorno a la unidad original.

En la India la discusión de estas ideas no fue menos antigua ni menos sutil que en Occidente. Entre las seis grandes escuelas de la filosofía tradicional india (*darsanas*), una de ellas es claramente dualista: el sistema llamado *samkhya*. La realidad es doble: la naturaleza (*prakriti*) y el espíritu (*purusha*). La primera está compuesta por átomos que forman una pluralidad de seres; en sus movimientos de armonía o de discordia, la naturaleza produce todo lo creado. En los textos no se habla de un Dios creador. En el pensamiento indio la noción de un Dios único, omnipotente y creador, no aparece sino incidentalmente. Éste es otro de los grandes parecidos entre la filosofía india y la griega: Platón creía en las formas eternas y Aristóteles en un ser único, en un motor inmóvil, pero no en un Dios creador. *Purusha* es idéntico al verdadero ser, siempre uno, eterno, incorruptible e inmutable. A semejanza del alma de los platónicos, *purusha* es un ser caído en la cárcel del cuerpo. *Prakriti* es energía inconsciente; no sabe lo que hace –aunque hace casi todo– ni por qué ni para qué lo hace. En esto recuerda a la naturaleza de las ciencias modernas, que obra maravillas, como la de la evolución de las especies, sin designio ni propósito. *Purusha* es el ser perfecto, la conciencia suprema. Los hombres son un compuesto de *prakriti* y *purusha*. El cuerpo, y sus pasiones, está destinado a la desintegración natural y recomenzar en las combinaciones de la incansable *prakriti*,

---

1. Y su complemento: *Dieu*.

inconsciente y creadora como nuestra materia. Los hombres pueden liberarse de su servidumbre corporal a través de la discriminación racional (la conciencia) y la conducta recta. *Samkhya* es un saber y una práctica. Esta última consiste en la liberación de *purusha*. Este segundo aspecto, el ascético, fue desarrollado con gran sutileza por otro de los *darsanas*, el *yoga*, muy popular en Occidente, aunque casi siempre mal comprendido. Sería fastidioso y fuera de mi propósito exponer con más detalles el dualismo de *samkhya*. Lo que deseo mostrar es que se trata de un dualismo que se resuelve también, como el de los gnósticos de nuestra tradición, en un regreso a la unidad primordial: unos, los más, regresan a la naturaleza inconsciente y otros, los sabios y los buenos, descubren en ellos mismos a su ser verdadero y eterno. Un dualismo mitigado.

En todas las otras escuelas predomina el monismo, sin excluir a los heterodoxos materialistas (*lokayatas*), para los que la materia es la única realidad. En las otras tendencias, aunque algunas parten de concepciones atomísticas, triunfa también un principio único. Para llegar a la afirmación de la primacía del Uno que es el ser mismo, estas escuelas generalmente se sirven de un relativismo lógico que invariablemente termina por afirmar la existencia de un principio superior. El relativismo y el escepticismo son irrefutables salvo por ellos mismos: el relativista sabe que sus puntos de vista son relativos y el escéptico tiene que dudar, si es consecuente, de su escepticismo. El sistema *vaisheshika* tiene la particularidad de afirmar la existencia de una pluralidad de almas y esto, unido a su visión de la realidad, compuesta por cuatro clases de átomos eternos e indivisibles, lo convierte en un verdadero pluralismo. Pero esto es cierto, según parece, sólo para el fundador de la escuela (Kashyapa), que no menciona a ningún Dios o principio único. Sus seguidores y comentaristas han tratado de llenar esta laguna diciendo que los átomos eternos no podrían producir por sí solos un universo como el nuestro: hace falta un principio ordenador. El monismo como una necesidad lógica.

La escuela más influyente, y, asimismo, la que posee mayor consistencia, se llama *vedanta*. La palabra alude al sentido último de los Vedas, los libros sagrados. El pensamiento vedantino, dice Louis Renou, «se funda en los textos de los Upanishad que se refieren a las relaciones entre el ser de cada persona (*atman*) y el alma universal (*brahman*)». La mejor y más profunda exposición de la filosofía vedantina está en las obras de Shankara (788-820), un filósofo que, dentro de la tradición del hinduismo, tiene una centralidad semejante a la de Tomás de Aquino en la del catolicismo. Shankara postula la identidad entre *atman* y *brahman*. De nuevo: sería un error confundir a Brahma con el Dios judeo-cristiano o con el del islam. Brahma no es el creador del universo: «Si el Ser omnisciente hubiese creado, habría sido por un motivo... y el Ser (Brahma) no puede tener motivos». La liberación (*moksha*) de la mentirosa realidad de este mundo y de nuestros sentidos, sólo se consigue cuando, a través de la meditación y la virtud, percibimos y *vivimos* la identidad entre *atman* y *brahman*. Son uno y lo mismo. Las doctrinas de Shankara fueron después modificadas por otros dos notables filósofos, Ramanuja y Madhva. En el segundo aparece un moderado dualismo, resuelto finalmente en la unión entre el alma personal y la universal. La exposición de estas ideas no tiene lugar en estas páginas. Tampoco soy yo la persona más indicada para hacerla. Sólo he querido mostrar otros aspectos de la oposición entre el Uno y el muchos[1].

Aquí debo abrir un breve paréntesis en torno a un asunto más bien personal. Visité la India, por primera vez, en 1951; mi estancia duró unos pocos meses. Después volví en 1962 y allá viví por más de seis años. Más tarde, he regresado dos veces a ese país, por cortas temporadas. Así, no es extraña la seducción que han ejercido sobre mí sus paisajes y sus costumbres, su gente y sus monumentos, sus artes y su pensamiento. Seducción hecha de atracción y de cierta repulsión, como ocurre siempre en estos casos. El amor por los sistemas y por las clasificaciones me marea, trátese de alemanes o de indios. Tampoco me gusta la hipocresía de la gente que cierra los ojos ante ciertos aspectos desagradables de su pasado. Aunque este defecto es universal, alcanza una perfección notable en dos países: la India y el mío, México. Durante esos años tuve ocasión de viajar por el subcontinente y los países cercanos, contemplé sus monumentos y leí algunos de sus textos literarios y filosóficos. Todo sin ánimo de erudición o sed de especialista, sino movido por el doble aguijón de la curiosidad y la admiración. A pesar de que la India ha dejado de ser budista hace ya muchos siglos, fue la versión budista de la civilización india la que más me tocó. Creo que es su más alta creación: una religión universal, que se ha extendido a China, Japón, Ceilán y otras naciones; un arte que asombra y encanta, a la vez sublime y sensual; una moral fundada en la compasión y que promete a todos los seres vivos romper la terrible cadena que nos ata a los sucesivos renacimientos: nacer, sufrir, morir y renacer; una tradición filosófica que es notable por su rigor lógico y por la sutileza de su dialéctica.

1. Véase la útil antología de textos filosóficos de S. Radhakrishnan y Ch. Moore, *A Source Book of India Philosophy*, Princeton University Press, 1957.

El poeta Stephen Spender me contó que alguna vez T. S. Eliot le confesó que, en su juventud, había estado a punto de convertirse al budismo. Al final, se abstuvo. Ignoro la razón. Yo sentí el mismo impulso: el budismo, especialmente la tendencia llamada *madhyamika*, me satisfacía intelectual y moralmente. Pero también yo retrocedí. Tal vez me faltó decisión, arrojo o vocación profunda. Y hay algo más: las raíces espirituales y culturales del budismo están muy lejos de las mías, en la India; también su desarrollo posterior en culturas que, como las del Extremo Oriente, Ceilán y el Sudeste asiático, son extrañas a mi pasado de mexicano y de mediterráneo. Por último y tal vez lo decisivo: algunas de sus doctrinas me parecían inaceptables, sobre todo una de las centrales: la creencia en la transmigración y, consecuentemente, en el *karma*. Es difícil para un occidental moderno de origen cristiano aceptar la realidad de vidas anteriores; nuestra idea del tiempo sucesivo se opone con la misma energía a la idea cíclica del tiempo que a la de las reencarnaciones del alma. ¿Cómo aceptar que nuestros actos sean la consecuencia de lo que hicimos antes, en otras vidas? La dificultad aumenta en el caso del budismo porque éste postula la doctrina de la inexistencia de un alma personal (*anatman*). Me resigné a vivir, espiritual e intelectualmente, en un *cerca-lejos* del budismo. Lo mismo me sucede con la fe de mi infancia, el cristianismo. Cierro el paréntesis y vuelvo a mi cuento.

La posición del budismo en el debate entre el Uno y el muchos es singular por su radicalismo. Por esto mismo es (casi) convincente. Todas las tendencias en que se ha dividido la doctrina del Buda a través de más de dos milenios coinciden en una negación: no hay alma, ego o persona. El ego o alma, como quiera llamársele, tiene una de las tres marcas de irrealidad de todas las cosas: la impermanencia. Además, es el producto de una causa: el nacimiento. A su vez, nacer es un desdichado y repetido efecto de causas también impermanentes y condicionadas por otras causas. El individuo es el resultado de una cadena de causas, todas ellas impermanentes, relativas y dolorosas. Cada ser humano es un compuesto temporal de cinco factores (forma, sensación, percepción, voluntad, conciencia). Cada uno de estos factores está en perpetuo cambio. Los cinco agregados o factores (*skandha*) son en realidad conceptos que designan al cambio continuo del sujeto. Los *skandhas* son meramente nombres de estados cambiantes e inaprensibles. Otro tanto sucede con el ego o el alma; lo que llamamos persona es si no un concepto, un nombre que designa un estado instantáneo y, en verdad, ilusorio. Los factores son la expresión momentánea de otros estados que los constituyen, a manera de soportes. Para comprender mejor esta idea hay que pensar en las redes de neuronas que, para muchos neurólogos contemporáneos, construyen instantáneamente las sensaciones, las percepciones y la conciencia misma. Estos soportes o constituyentes son llamados *dharmas* y no son menos relativos e instantáneos que los factores[1]. Volveré sobre esto dentro de un instante. Por lo pronto, subrayo que la crítica del yo suprime uno de los términos de la oposición entre el Uno y el muchos. Las personas, los entes, los muchos, son impermanentes e insubstanciales. Son irreales. A una conclusión parecida llegó Hume: estamos hechos de tiempo y nada sólido nos ata a esta tierra ni a nosotros mismos.

¿Y el Uno? El budismo no niega la realidad de este mundo. Esa realidad tiene infinitos aspectos, de las abstracciones de las matemáticas a la existencia de seres infinitesimales como las bacterias y los virus. El verdadero nombre de esta realidad ficticia es *samsara*, el ciclo de las transmigraciones que se traducen inevitablemente en sufrimiento (*duhkka*). La vía de salida consiste en darnos cuenta del carácter irreal, impermanente y condicionado de la existencia. *Condicionado* significa ser efecto de causas que son impermanentes y relativas. La combinación de las causas o condiciones produce este mundo y sus entes. Las causas últimas son los *dharmas* que mencioné más arriba. Para ciertas escuelas budistas estos *dharmas* tienen una función análoga a la de los átomos de Demócrito y otros filósofos: son la causa y el soporte de la realidad. Para Nagarjuna (II-III), un filósofo y un místico que debe compararse con los más altos de Occidente y cuyo pensamiento es el eje de la filosofía *madhyamika* (la vía intermedia), los *dharmas* o elementos constituyentes, a diferencia de las cosas y entes del mundo fenomenal, no son condicionados. Ellos mismos se producen y son la causa de su nacimiento y de su extinción. La actividad de los *dharmas* es el tejido de la tela quimérica que llamamos realidad. Pero los *dharmas* son un soporte inestable: son instantáneos y relativos. No tienen ser y tampoco no-ser. (En esto podrían parecerse a las partículas atómicas de la física actual.) Los *dharmas* están vacíos. Así, la realidad última es relativa, insubstancial: es la vacuidad. Todo, sin excluir al Buda mismo y a su doctrina, está vacío. Nagarjuna da un paso más: también la afirmación de la vacuidad universal es una afirmación vacua: no significa nada. La mirada recta del sabio descubre que la verdad es «la vacuidad libre de su vacuidad». El vacío del vacío.

---

1. La palabra *dharma* tiene tal número de significados que, en realidad, es intraducible: doctrina, conducta, virtud, esencia, fenómeno, constituyente último, etc. Véase el libro de T. O. Ling, *A Dictionary of Buddhism*, Nueva York, 1972.

¿Nihilismo? Sí, sólo que es un nihilismo que se vuelve sobre sí mismo, se destruye y nos abre una vía inesperada, insólita. En un Himno a la Realidad Absoluta, Nagarjuna dice: «Tú no eres ni ser ni no-ser, ni permanente ni impermanente, ni eterna ni no-eterna. Loada seas, tú la Sin-dualidad»[1]. ¿Recaída en el monismo? De nuevo: sí y no. Si la realidad absoluta es la vacuidad, el Uno parece triunfar, aunque de una manera paradójica: la vacuidad es y no es simultáneamente, está vacía de su vacuidad. El Uno está vacío de sí mismo. Doble refutación. La primera: la existencia y los existentes (*samsara*) se reducen a *dharmas* instantáneos y relativos; a su vez, todos los *dharmas* son idénticos, a pesar de la naturaleza diferente de cada uno, porque todos son relativos e impermanentes: están vacíos. Chandrakirti comenta así esta idea: «Aquel que ve una sola cosa tiene la visión de todas las cosas. La vacuidad de una sola cosa es la vacuidad de todas». Pluralidad y unidad se resuelven o, mejor, se disuelven en la vacuidad universal. La segunda: la realidad absoluta no es ni una, ni absoluta, ni real: es un tejido de *dharmas* evanescentes. En consecuencia, la liberación suprema (*nirvana*), que consiste en la destrucción de la cadena de las vidas sucesivas, es una idea vacía. Es un juicio y todos los juicios son vacuos como la realidad que designan.

*Nirvana*, la vía de salud por la extinción del deseo y el dolor, es *samsara*: no hay diferencia entre la realidad absoluta y la relativa. Un comentario posterior, de la tendencia *ch'an* (en japonés *zen*), resume de manera admirable esta idea: «No son distintos el absoluto y la ilusión. Mientras se está en el error, el absoluto es ilusión. Para el iluminado, la ilusión se vuelve absoluto». Es una paradoja que no lo es realmente y ante ella nada se puede decir. Por esto, la última palabra del Buda es *silencio*. Podemos entrever esa realidad final que no es ser ni no-ser, ni Uno ni muchos, pero debemos callar: es indecible. El Buda es el Silencioso... Por el camino del escepticismo radical, Nagarjuna y sus seguidores llegan a las puertas de lo absoluto. ¿Las abren? No lo sé. La razón les sirvió para destruir a todas las construcciones racionales y sus distinciones entre lo absoluto y lo relativo, el ser y el no-ser, la unidad y la pluralidad, pero no nos dijeron qué es lo que había o hay más allá. Aquello que designa el silencio del Buda no es irracional sino transracional. No es ni pensable ni decible.

---

1. Citado en *Le Bouddhisme*, textos traducidos y presentados por Lilian Silburu, París, 1977.

Hacia 1936, en la revista *Hora de España*, publicada en plena guerra civil en la zona republicana, comencé a leer la prosa de Antonio Machado. Había leído al poeta pero con cierta distancia: su lenguaje me dejaba frío. Aquellos versos estaban muy lejos de los que yo, en aquel tiempo, quería escribir. Sólo años después, al leerlo con mayor rigor y atención, descubrí que era un gran poeta. Pienso sobre todo en los poemas que publicó a partir de *Nuevas canciones* (1924). En cambio, su prosa me conquistó inmediatamente. Es clara y fluida como el agua, transparente y ligera como el aire, templada como una brasa equidistante de la llama y de la ceniza, ondulada pero firme como un valle rodeado de pequeñas colinas. La prosa de Antonio Machado es una de las mejores de nuestro siglo; jamás enfática ni excesiva, sobria e irónica, misteriosa con el misterio de las cosas simples: el árbol, la yerba, la luz del sol sobre la cal del muro, una plaza redonda con tres chopos y una nube. Prosa escrita en la provincia castellana pero nada provinciana: la cortesía en persona, es decir, la civilización suprema.

He recordado a Machado porque en mis cavilaciones acerca del Uno y el muchos, su pensamiento me ayudó a explorar una zona poco frecuentada de esa oposición: la identidad y la *otredad*. La contraposición entre los dos términos aparece en ciertos momentos de la tradición filosófica de Occidente y también en la oriental pero Machado la pensó, la vivió y la expresó de una manera honda e inimitable. Tanto me impresionó un pasaje que, unos años después, lo escogí como epígrafe de mi primer libro en prosa: *El laberinto de la soledad*. Dice así: «Lo *otro* no existe: tal es la fe racional, la incurable creencia de la razón humana. Identidad = realidad, como si, a fin de cuentas, todo hubiera de ser, absoluta y necesariamente, *uno y lo mismo*. Pero lo *otro* no se deja eliminar; subsiste, persiste, es el hueso duro de roer en que la razón se deja los dientes. Abel Martín, con fe poética no menos humana que la fe racional, creía en lo *otro*: en la esencial heterogeneidad del ser, como si dijéramos en la incurable *otredad* que padece lo *uno*». Prudente e irónico, Machado atribuyó esta idea al filósofo sevillano Abel Martín, un personaje ficticio. Como en el caso de Pessoa, al que sin duda nunca leyó, Machado inventó a un filósofo-poeta autor de libros de metafísica y de poemas traspasados por una luz pensativa. Al contrario de los heterónimos de Pessoa, diferentes a su creador, Abel Martín es un autorretrato. Fue su criatura y fue su creador: en los poemas finales de Machado, los mejores de su obra, hay ecos del pensamiento de Martín.

Es inquietante afirmar que el ser es heterogéneo; o sea, que es diferente de sí mismo. No sólo implica la conversión de la unidad en pluralidad

–una idea que se enfrenta, como se ha visto, a grandes dificultades lógicas– sino que hace del ser cuya esencia es ser sí mismo, el *otro*. En el interior de la identidad, aparece la *otredad*. La diferencia no está afuera, en los muchos, sino dentro, en el Uno. La contradicción es más grave que la que opone el Uno al muchos; además, parece insuperable: el ser es otro del que es. La identidad no se rompe o dispersa: ella misma es dualidad pues, sin dejar de ser lo que es, también es otra. Para Plotino el ser contenía a su negación, al no-ser; por esto el Uno está antes del ser. En el caso de Abel Martín, la negación del no-ser no tiene función alguna. En efecto, la nada es el complemento negativo del ser, un elemento indefinible que marca a todos los entes y los hace relativos. La *otredad* es otra cosa: es la diferencia dentro de la identidad. La unidad no se dispersa o se derrama: cerrada en sí misma, encerrada, contiene a su contrario. No al no-ser sino al *otro*. La nada, el no-ser, es el límite del ser, aquello que lo rodea y le permite ser. Para Martín el ser, sin salir de sí mismo, se desdobla en el *otro* o lo *otro*. La afirmación conturba: lo *otro* no es la nada ni el no-ser sino una dimensión del ser.

En los apuntes en que sumariamente Machado describe la metafísica de Abel Martín, hace una curiosa distinción: el movimiento no es la mutación. La *otredad* no es un resultado del movimiento, que es un concepto meramente espacial: «Abel Martín distingue el *movimiento* de la *mutabilidad*. El movimiento supone el espacio, es un cambio de lugar en él, que deja intacto el objeto móvil; no es un cambio real, sino aparente. Sólo se mueven las cosas que no cambian... sólo podemos percibir el movimiento de las cosas en cuanto en dos puntos distintos del espacio permanecen iguales a sí mismas... La mutabilidad o cambio substancial es, por el contrario, inespacial...». Abel Martín dice que no podemos pensar realmente la mutabilidad porque el espacio «es el esquema de la movilidad de lo inmutable». Habría que recordar a Kant y agregar: hay otra condición sin la cual la mutación es impensable, el tiempo. El movimiento de un objeto entre dos puntos del espacio requiere cierto tiempo. Ahora bien, el tiempo es cambio y, por lo tanto, implica mutación. No podemos pensar por separado al tiempo y al espacio. Acudiré a un ejemplo de la cosmología moderna: con el *big-bang* comienza el tiempo y comienza con una explosión o estallido de la materia primordial, es decir, con una expansión espacial. Así, el razonamiento de Martín es insuficiente y deja intacta la contradicción.

El concepto de *mutación* ha sido muy discutido por la biología contemporánea. Aunque el fenómeno no ha sido enteramente dilucidado, sabemos que las mutaciones son el resultado de interacciones químicas que tienen por teatro a las células, que son espacio y son tiempo. El Uno se transforma porque, siendo espacio, es asimismo tiempo. Por esto cambia y permanece. Nada más diferente a un hombre que un dinosaurio: no obstante, ambos tienen el mismo código genético. Si de los seres vivos pasamos a la materia de que está hecho el cosmos –los átomos y sus partículas– mi argumento no varía esencialmente: sin los átomos y las moléculas no habría células, materia viva. Somos parientes de los átomos y de los soles. Sin ellos, no seríamos. El elemento original y uno se transforma y cambia porque, simultáneamente, es tiempo y es espacio. Por todo esto me atrevo a pensar que en la relación entre tiempo y espacio está la respuesta al enigma. No podemos pensar al tiempo sin pensar en el espacio y viceversa: son conceptos necesariamente complementarios. Un espacio sin tiempo, inmóvil y fijo en sí mismo, es inconcebible: el espacio transcurre, es duración. El tiempo tampoco puede pensarse aisladamente: para realizarse, para ser, ya sea como repetición (medida) o como cambio (substancia) necesita al espacio. El Uno es dos, siempre dos. Unidad y dualidad son, como el espacio y el tiempo, inseparables y distintas. El mismo razonamiento es válido para el Uno y el *otro*, que no son sino variantes de la dualidad original. Del mismo modo que el Uno está en el dos, el *otro* está en el ser.

La historia y la antropología corroboran esta manera de pensar: todos los pueblos han comenzado por ver al mundo como dualidad, es decir, como abrazo y combate de dos principios o fuerzas que engendran, destruyen y vuelven a crear al universo y a los hombres. La idea de un principio único aparece tarde en la historia de los hombres. Es hija de la especulación filosófica o de una intuición religiosa excepcional y aislada: el monoteísmo judío. Y no hay que olvidar que los judíos, antes de Moisés, también fueron politeístas. Dumézil ha mostrado, con gran saber y erudición, que la visión indoeuropea del mundo y de la sociedad es tripartita. En cada una de sus manifestaciones –religiosas, poéticas, folklóricas– aparecen las tres funciones: las potencias que rigen el orden del universo, las que lo defienden y aquellas que, por el trabajo u otra actividad, lo mantienen. La visión tripartita aparece desde la más remota antigüedad, es decir, coincide con el nacimiento mismo de las lenguas indoeuropeas. Otros han advertido que una vasta porción de la humanidad tiene una visión cuadripartita, con un punto en el centro. Es un modelo cuadrado del universo, por decirlo así, con un centro o pivote. La visión cuadripartita y su centro aparece en la antigua China y en otros pueblos mongólicos, así como entre los indios americanos. En nuestro continente fue la figura que representó al universo tanto entre los nómadas como en Perú y en Mesoamérica. Todo el pensamiento de los antiguos mexicanos gira en torno a esta idea. La concepción cuadripartita es muy ingeniosa pues une lo espacial a lo temporal: los cuatro puntos cardinales giran alrededor de un punto fijo. Movimiento y fijeza, mutación e inmutabilidad.

Hay algo más. El tres es un compuesto del uno y del dos, de modo que depende de la combinación entre la unidad y la dualidad. A su vez, el cuatro es la duplicación de la dualidad: dos veces dos. En la dualidad el Uno se repite, es dos veces Uno; al mismo tiempo, cambia, es otro: dos. La repetición de la identidad se resuelve en cambio y pluralidad. Al verse en el espejo que lo refleja, el Uno se ve como dos: se vuelve otro. La dualidad es el corazón del enigma y también su respuesta: el constituyente último y el primero no es el Uno sino el dos. Esta idea, aunque la verificamos todos los días, nos parece hoy difícil de admitir porque el Uno, en apariencia, es autosuficiente. No lo es. Si fuese anterior al ser, como pensaba Plotino, se bastaría a sí mismo y no sólo sería el comienzo de todo sino su fin. Sería el ser pleno de sí, que contiene todos los tiempos y todos los mundos. O bien, puesto que está antes del ser, sería el no-ser, la nada. De una u otra manera, no podemos pensar al Uno antes del ser: o es el ser o es el no-ser.

Hay, además, otras dos razones para dudar de la autosuficiencia del Uno y aun de su unicidad. Si es verdad, como dijo el mismo Plotino, siguiendo e interpretando a Platón, que el Uno es sobreabundante y se derrama, engendrando así a los muchos, ¿esa misma sobreabundancia no significa, ya que no una carencia, un límite? El Uno va más allá de sí mismo, rompe o anega sus límites. Por lo tanto, su autosuficiencia no es absoluta: no cabe dentro de sí mismo. La segunda razón para dudar de la autosuficiencia del Uno es la siguiente: no puede ser anterior al ser porque entonces no sería, de modo que el principio y el origen de todos los entes y las cosas sería el no-ser, algo claramente imposible. No nos queda más recurso que escoger al tercero en discordia: el Uno es un compuesto inseparable de ser y no-ser. El Uno es la dualidad original. La identidad se resuelve en dualidad: sin el dos, el Uno no sería. Ella es el origen de todos los mundos y de todos los entes. ¿Corresponde a la realidad esta idea? No lo sabemos a ciencia cierta. Sabemos que es el fundamento de nuestro pensar. A través de la dualidad vemos al mundo y construimos el nuestro.

El pequeño razonamiento que acabo de esbozar confirma un saber diario, espontáneo. Pensamos por parejas: el frío y el calor, lo húmedo y lo seco, la luz y la sombra, la vida y la muerte, el lado derecho y el izquierdo, lo verdadero y lo falso, lo bueno y lo malo, lo dulce y lo amargo y así sucesivamente. Muchos hombres de ciencia piensan hoy que el pensamiento humano es de naturaleza binaria: quiero decir, el modo que tiene el pensamiento de aprehender a la realidad, o de concebirla, es la dualidad. Pero una dualidad inseparable de la unidad: la afirmación implica a la negación, el calor al frío, la línea recta a la quebrada. Hace muchos siglos Chuang-tsé dijo: «Si no hay *otro* que no sea yo, no hay tampoco yo. Pero si no hay yo, nada se puede saber, decir o pensar... La verdad es que todo ser es *otro* y que todo ser es sí mismo. Esta verdad no se percibe a través del *otro*: se comprende a partir de uno mismo... El *otro* sabe del sí mismo pero el sí mismo depende también del *otro*... Adoptar la afirmación es adoptar la negación». Y en otro pasaje agrega algo que habrían aprobado Nagarjuna y, probablemente, Kant: esta dualidad que aparece en todo lo que vemos y tocamos, es también unidad: «¿Hay verdaderamente una distinción entre el sí mismo y el *otro* o no hay ninguna? El eje del *tao* (la realidad) es el punto en el que cesan de oponerse el sí mismo y el *otro*. Este pivote está en el centro del círculo...»[1]. El sabio calla, mira al cielo y acepta la unicidad de la dualidad. Y la dualidad del Uno. No, no se equivocaban los antiguos mexicanos al ver en la dualidad al origen de todo lo creado. Llamaban a este principio el Señor de la Dualidad, que tenía su contrapartida en la Señora de la Dualidad. Una dualidad macho y hembra. Más que una divinidad era un concepto. Cada dios y cada diosa tenían cuatro manifestaciones, duplicación de la dualidad original, correspondiente a los cuatro puntos cardinales del espacio. Por ejemplo, el Tezcatlipoca negro, el azul, el blanco y el rojo. Cada color indicaba un punto en el espacio y un período en el año.

El Uno es dos y no puede vivir ni separado de su *otredad* ni confundido con ella. Por esto dice Machado que lo Uno padece su incurable *otredad*. Así introduce un elemento afectivo y no racional en la relación entre el Uno y el otro. Podemos suponer que si el Uno padece su *otredad*, ella también, la *otredad*, padece su unidad. Pero ¿qué expresa realmente la palabra *padecer*? ¿Es dolencia o es amor? ¿El ser sufre su *otredad* como una llaga incurable o está enamorado de ella? Aunque Machado no lo dice con claridad, sus poemas lo expresan de muchas veladas maneras: el Uno está enamorado de su *otredad*, su padecer es amor. La *otredad* de Abel Martín es lo contrario de la identidad de Paul Valéry, enamorada de sí misma. Entre los muchos textos que el poeta francés dedicó al tema hay un poema que une la perfección verbal a la densidad espiritual: *Fragments*

---

1. *Philosophes taoïstes (Lao-tseu, Tchoung-tseu et Lie-tseu)*, La Pléiade, Gallimard, 1980.

*du Narcisse*. El pensamiento rodeado de las tinieblas exteriores se mira a sí mismo en la claridad tenue de su conciencia. Se busca a sí mismo y quiere descubrir las leyes y los modos de operación que rigen a sus movimientos. Valéry ve a su pensamiento pensándose a sí mismo; al ver a su imagen, desdoblada en la transparencia de su conciencia, ve cómo él mismo, y en sí mismo, se desvanece. Podemos pensar al yo, no asirlo. Es como el Uno: al estrecharlo entre nuestros brazos, se disuelve en el aire. La conciencia se abisma en su propia luz, se anega en ella y así se niega:

> *L'âme, l'âme aux yeux noirs, touche aux ténèbres mêmes,*
> *Elle se fait immense et ne rencontre rien...*
> *Entre la mort et soi, quel regard est le sien!*[1]

Contemplación de la muerte y la nada: Narciso se inclina sobre sí mismo y en ese instante se funde con las aguas quietas y desaparece. Su cita ha sido con un ausente: con él mismo, ahogado en un reflejo. Tocarse es morir. Es lo contrario de lo que dice Machado: el Uno no se ama a sí mismo, ama a su *otredad*. Sin embargo, aunque parezca extraño —y en verdad lo sea—, también para Machado la *otredad* es intocable: es una imagen que siempre se escapa. Es ausencia: la *otra* nunca acude a la cita. En una copla, género a un tiempo popular y sentencioso, dice:

> Siempre que nos vemos
> es cita para mañana.
> Nunca nos encontraremos.

La *otra*, sea la *otredad* amada por el Uno o la *otra* deseada por el amante, es la eterna ausente. Entonces ¿la *otredad* es una quimera, una ficción del Uno, el solitario que jamás puede salir de sí mismo y que sólo abraza a su sombra? Nuestras citas de amor son con una ficción:

> En sueños se veía
> reclinado en el pecho de su amada.
> Gritó en sueños: ¡Despierta, amada mía!
> Y él fue quien despertó: porque tenía
> su propio corazón por almohada.

---

1. El alma, el alma de ojos negros, palpa, ya inmensa, / A la tiniebla misma pero no encuentra nada... / Entre la muerte y ella, ¡qué mirada la suya! (*Traducción de O. P.*)

La explicación biográfica, como siempre, es insuficiente. Es cierto que Machado perdió muy pronto a su esposa, de la que estuvo muy enamorado, pero tuvo después otros amores y estos poemas fueron escritos ya tarde en su vida. En un soneto más conceptuoso y explícito, aunque menos simple y emotivo que la canción arriba citada, vuelve al tema de la ausencia. El soneto está dedicado al Gran Cero, que no es sino el Uno:

> *Cuando el Ser que se es* hizo la nada
> y reposó, que bien lo merecía,
> ya tuvo el día noche y compañía
> tuvo el hombre en la ausencia de la amada.

La *otredad*, la amada ausente, es la nada. Pero la nada es el complemento del ser no como presencia sino como oquedad. El Uno padece su *otredad* porque solamente puede soñarla y nunca tocarla.

Vueltas y revueltas de la vida y del pensamiento: al final de sus días Abel Martín compone un «canto de frontera, a la muerte, al silencio y al olvido», que es la negación de lo que antes había dicho. O más bien: es una afirmación que depende de su negación. La *otredad*, al fin, se presenta y habla por la boca del Uno. El Alto Cero, el Uno, aunque convertido en estatua, piensa. Y al pensar, *ve*. La estatua viva del Uno, sin dejar de verse a sí misma, ve al mundo y a todo lo que es. La realidad no es un espejo que la retrata: es una fuente que mana árboles y auroras, lunas y mujeres. El Uno, al mirarse, mira la *diferencia*. La realidad

> borra las formas del cero,
> torna a ver,
> brotando de su venero,
> las vivas aguas del ser.

Los poemas son irrefutables: podemos aceptarlos o rechazarlos y nada más. Ni el *Narciso* de Valéry ni los cantares de Machado se ofrecen a nuestra razón razonante sino a nuestra contemplación. Están más allá de la verdad o del error, en el reino de las formas, en donde todo es cierto sin necesidad de demostración. Son presencias. El Uno y la *otredad aparecen* ante los dos poetas; aunque encarnen la ausencia son imágenes de la presencia. Por esto, ante ellos podemos preguntarnos como lo hacemos ante un arroyo, una nube, un cuerpo o un recuerdo: ¿es real esto que veo? Del mismo modo que la sombra requiere a la luz, la ausencia es hija de la presencia. El amor, lo vio Platón antes que nadie, es la contemplación de la presencia deseada: esa cintura, esos pechos, esas caderas, esa mirada, esa sonrisa, son reales. Son un cuerpo y son un alma. Son una presencia. La *otredad* es también, como la *otra*, una presencia: no la tocamos con nuestras manos de carne como a la amada sino con nuestros ojos espirituales.

Presencia y ausencia: dos momentos distintos de la misma experiencia. Dialéctica del amor: deseamos una presencia, la tocamos y al punto se desvanece. Pero regresa: ya no es únicamente deseo sino participación y, en la enfermedad o ante la muerte, *compathía*. La *otredad* es una dimensión del Uno. Doble movimiento: por una parte percepción de lo que no somos nosotros; por otra, esa percepción equivale a internarse en nosotros mismos. La *otra* acude siempre a la cita, a veces como presencia y otras como deseo o nostalgia. No importa: la cita siempre se realiza porque la *otredad* está en nosotros mismos. Su presencia nos deshabita: nos hace salir de nosotros para unirnos con ella; su ausencia nos habita: al buscarla por los interminables espejos de la ausencia, penetramos en nosotros mismos.

Vuelvo al comienzo y así termino esta larga disquisición. No ha sido sino una serie de variaciones en torno al propósito que, sin darme yo cuenta clara, me guió al escribir los dispersos ensayos y notas que componen este libro. Es un conjunto que reúne escritos muy diversos: algunos sobre el amor y el erotismo, la doble llama que enciende y consume nuestras vidas; otros son reflexiones sobre el pensamiento de los llamados «salvajes»; otros más son tentativas de acercamiento al pensar y a las instituciones de la India o de comprensión de ciertos aspectos de la tradición china; en fin, unos pocos son apuntes en los que trato de describir la situación moral de mis contemporáneos, en Europa y en América. En todos ellos, visible o sobrentendido, el tema es el mismo: los *otros* que somos nosotros.

OCTAVIO PAZ
*México, a 5 de noviembre de 1994*

# Advertencia

*Ideas y costumbres II* reúne «libros, ensayos y apuntes rápidos» en los que «por distintos que sean, aparece siempre una preocupación que los une. El asunto de estas reflexiones, a pesar de su diversidad, es invariablemente los *otros*». Algunos de sus temas son: «las sociedades primitivas, los mitos, el amor en Occidente y sus vicisitudes, Sade, Fourier, el erotismo tántrico en la India y el taoísta en la China, la crítica del concepto de *significación* en la lingüística y la antropología modernas, etc.». Los textos aquí recogidos han sido publicados con anterioridad, excepto «El eterno retorno» que es un texto inédito. No obstante, al preparar la presente edición, el autor los ha revisado y ha introducido leves cambios de diversa índole. Dos de estos textos (*La llama doble* y *Vislumbres de la India*) fueron escritos cuando el autor preparaba este volumen, realizando así dos proyectos cuyos orígenes se remontan, respectivamente, a 1965 y 1984.

Al final de cada uno de los ensayos que integran este volumen, el lector encontrará la información concerniente a la procedencia de los textos. Tras la fecha en que se escribió se da la referencia del libro donde se recogió o editó por primera vez y, excepcionalmente, de su anterior publicación en revista. Este volumen incluye íntegramente los siguientes libros: *Claude Lévi-Strauss o el nuevo festín de Esopo, Conjunciones y disyunciones, La llama doble, Un más allá erótico: Sade y Vislumbres de la India*. Los textos restantes proceden de los siguientes libros: *Al paso, Corriente alterna, Hombres en su siglo y otros ensayos, El ogro filantrópico y Pequeña crónica de grandes días*.

# I
## PAN, EROS, PSIQUE

# Un más allá erótico: Sade

## UN MÁS ALLÁ ERÓTICO: SADE

### *Metáforas*

Los actos eróticos son instintivos; al realizarlos el hombre se cumple como naturaleza. Esta idea es un lugar común, pero es un lugar común que encierra una paradoja: nada más natural que el deseo sexual; nada menos natural que las formas en que se manifiesta y se satisface. Y no pienso solamente en las llamadas aberraciones, vicios y otras prácticas peregrinas que acompañan a la vida erótica. Aun en sus expresiones más simples y cotidianas –la satisfacción del deseo, brutal, inmediata y sin consecuencias– el erotismo no se deja reducir a la pura sexualidad animal. Entre uno y otra hay una diferencia que no sé si debo llamar esencial. Erotismo y sexualidad son reinos independientes aunque pertenecen al mismo universo vital. Reinos sin fronteras o con fronteras indecisas, cambiantes, en perpetua comunicación y mutua interpenetración, sin jamás fundirse enteramente. El mismo acto puede ser erótico o sexual, según lo realice un hombre o un animal. La sexualidad es general; el erotismo, singular. A pesar de que las raíces del erotismo son animales, vitales en el sentido más rico de la palabra, la sexualidad animal no agota su contenido. El erotismo es deseo sexual y algo más; y ese algo es lo que constituye su esencia propia. Ese algo se nutre de la sexualidad, es naturaleza; y, al mismo tiempo, la desnaturaliza.

La primera distinción que se nos ocurre, al pretender aislar al erotismo de la sexualidad, es atribuir al primero una complejidad de que carece la segunda. La sexualidad es simple: el instinto pone en movimiento al animal para que realice un acto destinado a perpetuar la especie. La simplicidad le viene de ser un acto impersonal; el individuo sirve a la especie por el camino más directo y eficaz. En cambio, en la sociedad humana el instinto se enfrenta a un complicado y sutil sistema de prohibiciones, reglas y estímulos, desde el tabú del incesto hasta los requisitos del contrato de matrimonio o los ritos, no por voluntarios menos imperiosos, del amor libre. Entre el mundo animal y el humano, entre la naturaleza y la sociedad, hay un foso, una raya divisoria. La complejidad del acto erótico es una consecuencia de esta separación. Los fines de la sociedad no son idénticos a los de la naturaleza (si es que ésta tiene realmente *fines*). Gracias a la invención de un conjunto de reglas –que varía de sociedad a sociedad pero que en todas tiene la misma función– se canaliza el instinto. La sexualidad, sin dejar de servir a los fines de la reproducción de la especie, sufre una suerte de *socialización*. Lo mismo si se trata de prácticas mágicas –el sacrificio de vírgenes en el cenote sagrado de Chichén-Itzá o la circuncisión– que de simples formalidades legales –los certificados de nacimiento y de buena salud en los casos de matrimonio civil– la sociedad somete el instinto sexual a una reglamentación y así confisca y utiliza su energía. No proceden de otro modo el hechicero que imita el croar de las ranas para atraer las lluvias o el ingeniero que abre un canal de irrigación. Agua y sexualidad no son sino manifestaciones de la energía natural que hay que captar y aprovechar. El erotismo es la forma de dominación social del instinto y en este sentido puede equipararse a la técnica.

No es difícil extraer la consecuencia de semejante manera de pensar. No hay una diferencia esencial entre erotismo y sexualidad: el erotismo es sexualidad socializada, sometida a las necesidades del grupo, fuerza vital expropiada por la sociedad. Inclusive en sus manifestaciones destructoras –la orgía, los sacrificios humanos, las mutilaciones rituales, la castidad obligatoria– el erotismo se inserta en la sociedad y afirma sus fines y principios. Su complejidad –rito, ceremonia– procede de ser una función social; lo que distingue a un acto sexual de un acto erótico es que en el primero la naturaleza se sirve de la especie mientras que en el segundo la especie, la sociedad humana, se sirve de la naturaleza. De ahí la doble faz del erotismo. Por una parte se presenta como un conjunto de prohibiciones –mágicas, morales, legales, económicas y otras– destinado a impedir que la marea sexual sumerja el edificio social, nivele las jerarquías y divisiones, anegue a la sociedad. La tolerancia cumple una misión análoga: la sociedad de libertinos es una válvula de seguridad. En este sentido, el erotismo defiende al grupo de la caída en la naturaleza indiferenciada, se opone a la fascinación del caos y, en fin, al regreso a la sexualidad informe. Por otra parte, dentro de ciertas reglas, estimula y excita la actividad sexual. Freno y espuela de la sexualidad, su finalidad es doble: irrigar el cuerpo social sin exponerlo a los riesgos destructores de la inundación. El erotismo es una función social.

Sin duda el erotismo es un hecho social. Se manifiesta en la sociedad y, además, es un acto interpersonal que exige un actor y, por lo menos, la presencia de un objeto, así sea imaginario. Sin el *otro* no hay erotismo porque no hay espejo. Ahora bien, afirmar que el erotismo es un hecho, una función social, equivale a sumergir su singularidad en algo demasiado general, que lo contiene pero que no lo determina. Lo mismo ocurre si digo que el erotismo es antisocial: la Sociedad de Amigos del Crimen de Sade, los festines de Heliogábalo y los últimos crímenes «pasionales» de Londres, París o México son antisociales a título diverso; y lo son asimismo los campos de concentración, el desempleo, la guerra, el colonialismo y muchas otras cosas. Decir que el erotismo es social porque es específicamente humano tampoco significa gran cosa. Es un punto de partida y nada más. Hay que ir más allá.

Humano, el erotismo es histórico. Cambia de sociedad a sociedad, de hombre a hombre, de instante a instante. Artemisa es una imagen erótica; Coatlicue es otra; Juliette, otra. Ninguna de estas imágenes es casual; cada una puede ser explicada por un conjunto de hechos y situaciones, cada una es «una expresión histórica». Pero la historia las aísla, rompe todo parentesco entre ellas, las vuelve inexplicables como *imágenes eróticas*. Lo que las une, en la medida en que son productos de la historia, es que son irreductibles e irrepetibles: Artemisa no es Coatlicue, Coatlicue no es Juliette. Son cambio, mutación permanente, historia: reflejos. El erotismo se evapora. Entre las manos sólo nos queda, con unos cuantos datos e hipótesis (las llamadas «condiciones históricas»), una sombra, un gesto de placer o de muerte. Ese gesto, superviviente de las catástrofes y de las explicaciones, es lo único que nos fascina y lo único que pretendemos asir. Ese gesto no es histórico. Mejor dicho: lo es de una manera privilegiada.

El erotismo se despliega en la sociedad, en la historia; es inseparable de ellas, como todos los demás actos y obras de los hombres. Dentro de la historia (contra ella, por ella, en ella), el erotismo es una manifestación autónoma e irreductible. Nace, vive, muere y renace en la historia; se funde pero no se confunde con ella. En perpetua ósmosis con la sexualidad animal y el mundo histórico pero también en perpetua contradicción frente a los dos. El erotismo tiene su historia o, más exactamente, él es también historia. Por eso la historia general no lo explica, como no lo explica la sexualidad animal. Demos otro paso.

En primer término: no deja de ser una simpleza pensar que el instinto es un fenómeno simple. *Reproducción*, *instinto*, *especie* y otras análogas, son palabras que encierran todavía más de un misterio. Biólogos y geneticistas ni siquiera logran ponerse de acuerdo sobre su significado exacto. Tampoco me parece verdad que la sexualidad animal sea más simple que el erotismo humano. Precisamente en esta esfera se ve con mayor claridad hasta qué punto es ilusoria la idea de un tránsito de lo simple a lo complejo. La sociedad primitiva no es menos compleja que la sociedad histórica: el sistema de prohibiciones de un grupo que practica la exogamia tribal es bastante más riguroso y complicado que las interdicciones sexuales contemporáneas. Otro tanto ocurre con la sexualidad animal, repertorio de prácticas «patológicas», ritos extraños y otras singularidades. Entre las cantáridas, la flagelación de la hembra precede a la cohabitación; cada año, antes de la fecundación, las anguilas realizan una increíble peregrinación desde los ríos del norte hasta el mar de los Sargazos; las ceremonias nupciales de los escorpiones y el festín con que termina su ayuntamiento recuerdan a Minski, el ogro, y a su castillo en los Apeninos; las batallas sexuales de los caballos salvajes –las crines al aire como cimeras, los relinchos como el sonido negro, blanco, rojo de las trompetas, la piel lustrosa como una armadura de acero que fuese seda– hacen palidecer el esplendor de los torneos medievales; la ronda de guajolotes y pavos reales evoca las cortes de amor; la mantis religiosa... No es necesario seguir. Vale la pena, en cambio, señalar un hecho capital: los animales no imitan al hombre pero el hombre imita la sexualidad animal. La mantis religiosa reaparece en varios mitos africanos y esquimales y hasta en nuestra imagen de la «mujer fatal»; la Cihuacóatl azteca reproduce la conducta del alacrán hembra con su prole; algo semejante puede decirse de la maga Medea. Pero basta con un ejemplo inmediato: en el lenguaje y en la vida erótica de todos los días los participantes imitan los rugidos, relinchos, arrullos y gemidos de toda suerte de animales. La imitación no pretende simplificar sino complicar el juego erótico y así acentuar su carácter de *representación*.

La imitación erótica nos hace vivir más profundamente el acto, es decir, nos lleva a vivirlo de verdad, no como un rito público sino como una ceremonia subterránea. El hombre imita la complejidad de la sexualidad animal y reproduce sus gestos graciosos, terribles o feroces porque desea regresar al estado natural. Y al mismo tiempo, esa imitación es un juego, una representación. El hombre se mira en la sexualidad. El erotismo es el reflejo de la mirada humana en el espejo de la naturaleza. Así, lo que distingue al erotismo de la sexualidad no es la complejidad sino la distancia. El hombre se refleja en la sexualidad, se baña en ella, se funde y se separa. Pero la sexualidad no mira nunca el juego erótico; lo ilumina sin verlo. Es una luz ciega. La pareja está sola, en medio de esa naturaleza a la que imita. El acto erótico es una ceremonia que se realiza a espaldas de la sociedad y frente a una naturaleza que jamás contempla la representación. El erotismo es, a un tiempo, fusión con el mundo animal y ruptura, separación de ese mundo, soledad irremediable. Catacumba, cuarto de hotel, castillo, fuerte, cabaña en la montaña o abrazo a la intemperie, todo es igual: el erotismo es un mundo cerrado tanto a la sociedad como a la naturaleza. El acto erótico niega al mundo: nada real nos rodea excepto nuestros fantasmas.

El animal no ve al hombre ni la conducta humana se le ofrece como un modelo. Cierto, algunos animales repiten gestos, sonidos y actos humanos. Repetir no es imitar, no es mirarse y recrearse, imaginarse. Sí, los simios imitan; su imitación es un reflejo mecánico, no una ceremonia. Hasta donde podemos saber, los simios no desean salir de sí mismos; el hombre no es un modelo ni un arquetipo para ellos. El animal no es ni quiere ser sino lo que es. El hombre quiere salir de sí mismo: está siempre fuera de sí. El hombre quiere ser león, águila, pulpo, paloma, cenzontle. El sentido creador de esta imitación se nos escapa si no se advierte que es una metáfora: el hombre quiere ser león sin dejar de ser hombre. Es decir: quiere ser un hombre que se porta como un león. La palabra *como* implica tanto la distancia entre los términos, *hombre* y *león*, como la voluntad de abolirlos. La palabra *como* es el juego erótico, la cifra del erotismo. Sólo que es una metáfora irreversible: el hombre es león, el león *no* es hombre. El erotismo es sexual, la sexualidad no es erotismo. El erotismo no es una simple imitación de la sexualidad: es su metáfora.

El erotismo se ve en la historia como se ve en la sexualidad animal. La distancia engendra la imaginación erótica. El erotismo es imaginario: es un disparo de la imaginación frente al mundo exterior. El disparado es el hombre mismo, al alcance de su imagen, al alcance de sí. Creación, invención: nada más real que este cuerpo que imagino; nada menos real que este cuerpo que toco y se desmorona en un montón de sal o se desvanece en una columna de humo. Con ese humo mi deseo inventará otro cuerpo. El erotismo es la experiencia de la vida plena puesto que se nos aparece como un todo palpable y en el que penetramos también como una totalidad; al mismo tiempo, es la vida vacía, que se mira a sí misma, que se representa. Imita, y se inventa; inventa, y se imita. Experiencia total y que jamás se realiza del todo porque su esencia consiste en ser siempre un *más allá*. El cuerpo ajeno es un obstáculo o un puente; en uno y en otro hay que traspasarlo. El deseo, la imaginación erótica, la videncia erótica, atraviesa los cuerpos, los vuelve transparentes. O los aniquila. Más allá de ti, más allá de mí, por el cuerpo, en el cuerpo, más allá del cuerpo, queremos ver *algo*. Ese algo es la fascinación erótica, lo que me saca de mí y me lleva a ti: lo que me hace ir más allá de ti. No sabemos a ciencia cierta lo que es, excepto que es algo *más*. Más que la historia, más que el sexo, más que la vida, más que la muerte.

## *El hospital de incurables*

Después de miles de años de vivirlo, esto es, de recrearlo y repetirlo, de representarlo, el hombre empezó a pensar el erotismo. Sade fue uno de los primeros. La literatura erótica es inmensa y pertenece a todas las naciones y épocas. El erotismo es lenguaje, ya que es expresión y comunicación; nace con él, lo acompaña en su metamorfosis, se sirve de todos sus géneros –del himno a la novela– e inventa algunos. Ahora bien, todas esas obras son creaciones, no reflexiones. El templo del sol en Konarak está hecho de cuerpos enlazados: es un grandioso objeto erótico, no una reflexión sobre el erotismo. Anabella, Melibea, Felicia o Matilde están demasiado ocupadas en vivir sus pasiones o sus placeres para reflexionar sobre lo que hacen. Madame de Merteuil piensa, pero como un moralista, no como un filósofo. En cambio Saint-Fond, Juliette, el duque de Blangis o Dolmancé son espíritus sistemáticos que aprovechan cada ocasión, y son muchas, para exponer sus ideas. Usan todos los recursos de la dialéctica, no temen las repeticiones y las digresiones, abusan de la erudición y se sirven de sus crímenes como de una prueba más de la verdad de sus discursos. En este sentido Sade es un Platón al revés; cada una de sus obras encierra varios diálogos filosóficos, morales y políticos. La filosofía en el *boudoir*, sí, pero también en los castillos y en los monasterios, en los bosques y en alta mar, en las mazmorras y en los palacios, en el cráter de un volcán. Y en todos los casos, por descomunales o terribles que sean los hechos que realizan los personajes, la acción es hija del discurso. Los cuerpos se unen y se desenlazan, crepitan, se desangran, perecen, conforme al orden del pensamiento. Las escenas se suceden como una demostración lógica. La sorpresa desaparece en beneficio de la simetría intelectual.

Es verdad que desde la Antigüedad existen diccionarios e inventarios del saber erótico. Son compendios y tratados que contienen reflexiones y observaciones de carácter técnico, por decirlo así, destinados a estimular o provocar el placer, el deseo y el éxtasis. Más que reflexiones, recetas. Inspiradas por la religión, la magia, la higiene, la curiosidad o la sensualidad, estas obras se limitan a ofrecer métodos para aprovechar la energía sexual. Hay también las descripciones de los biólogos, los psicólogos y otros especialistas. En muy pocos casos rebasan su esfera particular y se despliegan en una meditación en verdad filosófica. Sade no nos propone un cuadro de las pasiones sexuales, aunque sus obras son muy ricas en esta materia, sino una idea del hombre. Inclusive *Les 120 journées de*

*Sodome*, en la que aparecen seiscientas perversiones, algunas descritas por vez primera, es algo más que un catálogo de prácticas e inclinaciones extrañas o feroces. Y aun en esto lo asombroso no es tanto el número de casos cuanto que Sade los haya imaginado en la soledad de sus prisiones. Muchos años después la observación científica ha comprobado que no se trataba de delirios sino de realidades. Triunfo de la imaginación pero de la imaginación filosófica, de la fantasía razonante. La experiencia real de Casanova, por ejemplo, fue incomparablemente más rica y, sin embargo, en sus obras escasean las observaciones originales y los verdaderos descubrimientos.

A partir de ciertos principios que considera evidentes, sin recurrir a la experiencia directa o a la observación, utilizando hasta el máximo el método deductivo y combinatorio, es decir, por un inmenso trabajo de especulación, Sade llega a ciertas verdades. Estos principios constituyen lo que podría llamarse su filosofía. Gracias a ellos descubrió realidades que, por más explosivas y atroces que nos parezcan, no dejan de ser nuestras. Así pues, no deben de ser tan caprichosos o delirantes como generalmente se piensa. En suma, el principal interés de la obra de Sade es de orden filosófico. Su originalidad mayor consiste en haber pensado el erotismo como una realidad total, cósmica, es decir, *como la realidad*. Su pensamiento, no por disperso menos riguroso, es a un tiempo crítico y sistemático. Y ofrece esta particularidad: con la misma coherencia, ingenua y fastidiosa, con que los filósofos utopistas construyen la ciudad del bien, Sade levanta un edificio de ruinas y llamas. Su obra no es tanto una crítica como una utopía. Una utopía al revés.

Unos cuantos poetas y filósofos de la Antigüedad, como Lucrecio, y algunos espíritus modernos –Havelock Ellis y Freud entre otros– han pensado en el erotismo como algo que es, a un tiempo, la raíz del hombre y la clave de su extraño destino sobre la tierra. Es útil compararlos con Sade. Pero Lucrecio es heredero de un sistema cerrado y que se ha desmoronado casi enteramente; Ellis es demasiado disperso y carece de una filosofía propiamente dicha; sólo Freud, sobre todo al final de su obra, logra una visión global, quiero decir: abandona el campo de la observación médica para arriesgarse a contemplar la vida como un diálogo mortal entre Eros y Thanatos.

Freud inició su actividad como un terapeuta. Nunca ocultó la desconfianza que le inspiraban las filosofías y, en general, todos los sistemas que pretenden encerrar en una idea el secreto del universo. Negó siempre que el psicoanálisis fuese una filosofía o, por lo menos, una ciencia general como la biología, la física o la química. En los progresos de estas ciencias, que quizá algún día podrán determinar con mayor precisión las relaciones entre la psique y la materia viva, depositaba mayores esperanzas que en las reformas sociales y morales. Aunque sostuvo que el psicoanálisis es un método científico, aclaró que no lo era en el sentido en que intentan serlo los principios de Hegel o el marxismo –que pretenden ser llaves del universo– sino en el más limitado de ser un procedimiento para curar ciertos trastornos psíquicos. Estas reticencias no le impidieron penetrar en mundos ajenos a su especialidad, como la antropología, la historia, la génesis de la creación artística y literaria, el origen de la moral y la familia, la crítica de los valores éticos y religiosos.

El estudio de los males psíquicos individuales lo llevó a la reflexión sobre el carácter universal y permanente de esos trastornos. Toda sociedad engendra su neurosis. Esta meditación, que lo enfrentó con la religión, la moral y la historia, lo impulsó a esbozar un diagnóstico de lo que llamamos civilización. La condición del enfermo lo condujo a pensar en la condición humana; la reflexión sobre el hombre, a preguntarse sobre su situación en la historia y en el cosmos. Los males del neurótico son los males del hombre civilizado, si entendemos por civilización la asociación de los hombres y el conjunto de sus instituciones sociales, cualquiera que sea su adelanto técnico, material e intelectual. Así, la enfermedad es el estado normal del civilizado. Pero se trata de males imaginarios y de ahí que la civilización no sea, en cierto modo, sino una vasta y complicada arquitectura imaginaria. Con la substancia de nuestras vidas levanta sus torres de humo. Le damos sangre y a cambio nos alimenta con quimeras. Si el hombre no puede regresar al mundo paradisíaco de la satisfacción natural de sus deseos sin dejar de ser hombre, ¿es posible una civilización que no se cumpla a expensas de su creador? La civilización es el fruto de la convivencia humana, el resultado –imperfecto e inestable– de la doma de nuestros instintos y tendencias. La forma que adopta esta convivencia es doble: la sublimación y la represión. Sin embargo, la moral y la religión, las dos grandes fuerzas de la sublimación y la represión, no hacen sino multiplicar y enmarañar los conflictos y centuplicar la fuerza de las explosiones psíquicas. Puesto que la civilización es convivencia de los instintos, ¿podemos crear un mundo en el que el erotismo deje de ser agresivo o autodestructivo?

La respuesta de Freud fue negativa. Pero su negación no carece de ambigüedad. Por una parte, siempre se rehusó a aceptar que los «valores» fuesen valiosos *en sí*. Son ilusiones, preceptos irracionales, aunque enmascarados por la razón, la piedad o el interés. Los «valores» son un laberinto, el de nuestra vida diaria, en el que los castigos son reales y los premios imaginarios. El hombre está condenado a vivir entre esas ilusiones —llámense religión, moral o ideas filosóficas y políticas— porque ellas lo preservan, así sea exigiendo terribles sacrificios, de las embestidas alternas de la libido y del instinto destructor. Además, esas ilusiones provocan la sublimación, la creación artística y literaria y el trabajo de la ciencia. Todo el conjunto de riquezas espirituales y materiales que nos rodea, cristalización del esfuerzo humano, al fin de cuentas no es sino la expresión de la libido y de su lucha contra la muerte. Los «valores» reprimen las tendencias fundamentales del hombre y son la causa de la discordia, el crimen, la guerra y los conflictos psíquicos que nos desgarran; al mismo tiempo, son la expresión sublimada de esos instintos y permiten la convivencia del deseo individual y el colectivo. La familia es la semilla de la enfermedad y del crimen; también es la respuesta contra el asesinato del padre. La monogamia reprime y tolera la sexualidad; en ambos casos la expresa: es un compromiso entre la libido individual y la colectiva. Los «valores» reprimen al instinto pero el instinto se sirve de ellos para cumplirse, ya sea efectivamente o por medio de obras, imágenes y creaciones. Lo que llamamos civilización es creación y destrucción; sirve por igual a la libido y a la muerte. No podría ser de otro modo, reflejo como es de los deseos y de los terrores, de la actividad y del sueño del hombre, criatura habitada por dos potencias enemigas. El hombre vive entre fantasmas y está condenado a alimentarlos con su sangre porque él mismo es un fantasma: sólo encarna al contacto de los fantasmas que engendra su deseo.

La terapéutica se transforma en pesimismo; y el pesimismo en visión trágica: los contrarios —la libido y la muerte, el hombre y la civilización— son *inconciliables* y, asimismo, *inseparables*. Freud fue un hombre de ciencia y no quiso ser sino eso; quizá contra su voluntad, fue también un filósofo y, más profunda y originariamente, un gran poeta trágico. Su crítica de los «valores» no lo llevó al nihilismo sino a la afirmación trágica del hombre. Los «valores» no son el fundamento del hombre y ninguno de ellos justifica la existencia humana; en cambio, el hombre, ese abismo, esa criatura desgarrada por las imágenes que inventa en el sueño y en la vigilia, es el fundamento de los «valores». Así, no deberíamos medirnos con sus medidas; más bien deberíamos medirlos con las nuestras. Cierto, nos sometemos a ellos por una fatalidad de nuestra condición; también los combatimos, les arrancamos la máscara, los convertimos en algo más que fantasías irracionales y crueles: en obras humanas, creaciones artísticas y verdades del pensamiento.

La visión del mundo que aparece en las últimas obras de Freud revela más de una analogía con el pensamiento de los trágicos griegos. En cierto modo se trata de un regreso a algo que estuvo presente siempre en su espíritu y que alentó y guió sus primeras investigaciones. Edipo, Orestes y Electra reaparecen pero no son ya los pálidos símbolos de la familia burguesa. Edipo vuelve a ser el hombre que lucha contra los fantasmas de su fatalidad. El nombre de esa fatalidad no es, al menos exclusivamente, Yocasta. No sabemos su verdadero nombre; quizá se llama civilización, historia, cultura: algo que alternativamente hace y deshace al hombre. Edipo no es un enfermo porque su enfermedad es constitucional e incurable. En ella reside su humanidad. Vivir será convivir con nuestra enfermedad, tener conciencia de ella, transformarla en conocimiento y en acto. Nuestros males son imaginarios y reales porque la realidad, ella misma, es doble: presencia y ausencia, cuerpo e imagen. La realidad, la vida y la muerte, el erotismo, en fin, se presenta siempre como una máscara fantasmal. Esa máscara es nuestro verdadero rostro. Sus rasgos son la cifra de nuestro destino: no la paz y la salud, sino la lucha, el abrazo de los contrarios.

La visión trágica de Freud relampaguea en muchas de sus páginas. Relampaguea y desaparece. Después de entreabrir ciertos abismos y mostrarnos conflictos insolubles, se retira a la prudente reserva del hombre de ciencia. La ironía recubre la herida. Esas reticencias –hechas tanto de modestia de sabio como de desdén a los hombres– tal vez explican las sucesivas deformaciones y mutilaciones que ha sufrido su pensamiento. Muchos de sus herederos, especialmente en los Estados Unidos, olvidan su crítica a la civilización y reducen su enseñanza a un método de adaptación de los enfermos a la vida social. Aceptan al terapeuta pero ignoran al filósofo y al poeta. Las oscilaciones de su pensamiento explican pero no justifican estas simplificaciones. Contra este olvido –que es algo más que un olvido: una mutilación– se han levantado algunos psicólogos, como Erich Fromm, que recientemente ha intentado construir un puente entre el psicoanálisis y el socialismo. Al cercenar del psicoanálisis la crítica a la civilización, muchos discípulos de Freud dan por supuesto que las instituciones que nos rigen son «sanas», quiero decir, que representan la normalidad a la que debe ajustarse el individuo. El psicoanálisis se transforma de método de liberación en instrumento de hipócrita opresión. Freud había descrito a los valores como quimeras; ahora las ilusiones se vuelven reales y los deseos ilusiones. Con mucha razón Fromm señala que adaptar al paciente a una civilización enferma y podrida hasta los huesos no es sanarlo sino agravar sus males, convertirlo en un incurable.

La crítica de Fromm alcanza también a Freud: su diagnóstico de la civilización es demasiado abstracto y desdeña el examen de las condiciones concretas de nuestro mundo. La sociedad contemporánea está enferma y destila neurosis y conflictos por una causa perfectamente determinada; nuestra enfermedad se llama propiedad privada, capitalismo, trabajo asalariado, regímenes totalitarios nazis y comunistas. Sus epidemias se llaman guerras, desempleo, fascismo, burocracia estatal, capitalismo de Estado, «socialismo totalitario». Fromm dice que Freud critica a los valores sociales como si fueran entidades eternas y no momentos históricos. En una «sociedad sana», en un régimen realmente socialista, muchos de esos valores dejarían de ser opresores y, lejos de negar a la libido individual, la conciliarían con la colectiva. Hasta ahora el hombre no ha conocido más orden que el de la fuerza; en una «sociedad libre» el orden sería armonía. Freud se adelantó a estas críticas. Sin negar que el socialismo quizá podría mejorar la suerte de los hombres, afirmó que las contradicciones y conflictos subsistirían tanto en el interior de cada hombre como en la sociedad. Esos conflictos no son una consecuencia de la situación social del hombre en nuestra época sino de su naturaleza misma. Una naturaleza, como ya he dicho, nada «natural»: el drama del hombre consiste en que, para ser hombre, tiene que civilizarse y dejar de ser «natural». Toda sociedad engendra conflictos porque el hombre es conflicto. Su ser es el campo de una triple batalla: la de Eros consigo mismo; la del erotismo individual frente al de los otros; la del instinto de la muerte. La civilización es el reflejo de esos conflictos. Resuelve algunos pero crea otros. Podrían oponerse nuevos argumentos a Freud. No valdría la pena. La polémica puede prolongarse interminablemente porque es interminable; se trata de dos concepciones irreconciliables sobre la naturaleza humana, viejas como el hombre.

En la imposibilidad de «curar» definitivamente al hombre, Freud se contenta con ayudarlo. No se propone, por supuesto, consolarlo con ilusiones y mentiras piadosas. Freud no aconseja la resignación: auxiliar al hombre significa despertarlo. Ya despierto, tal vez podrá ser más dueño de sí y de sus instintos. Si la salud plena es inalcanzable, nos queda, por lo menos, la esperanza de un equilibrio entre las fuerzas que nos habitan. Y aquí reaparece Sade. También él piensa que los adversarios que se disputan nuestro ser son inconciliables. Lo pensó antes que Freud. Pero su idea del *socorro* que debe darse a los hombres es distinta. En las primeras páginas de *Juliette*[1], unos libertinos ultrajan a una jovencita. La víctima está a punto de sucum-

---

1. *Histoire de Juliette*.

bir. Al advertirlo, alguien dice: –*Il faudrait du secours, madame, dit-il à Delbére*. –*C'est du* foutre *qu'il faut, répond l'abbesse*... Toda la filosofía de Sade se encierra en esta respuesta brutal. Semejante rabia sólo podría atribuirse al espíritu de venganza, en la acepción más antigua y terrible de la palabra. En efecto, la venganza es uno de los resortes secretos de la obra de Sade y la clave de su formidable fecundidad. La venganza es tenaz; desde una prisión o un asilo de locos puede lanzar sus armas explosivas, aunque estallen a un siglo de distancia. Pero hay algo más: la lógica, la catapulta intelectual. Sade no soporta la contradicción ni tolera la ambigüedad. Así como dos afirmaciones que se contradicen no pueden ser verdaderas al mismo tiempo, uno de los principios que nos mueven debe triunfar. La coherencia de Sade es implacable e impecable: si nuestros sufrimientos y conflictos nacen de la lucha de dos principios adversarios, es necesario que uno de ellos perezca. La salud, la vida plena, debe nacer de la victoria del más fuerte. Y ¿cuál es ese principio?

### *La excepción innumerable*

La obra de Sade es una tentativa sin paralelo por aislar y definir ese principio único que es la fuente del erotismo y de la vida misma. Empresa dudosa: si en verdad existe ese principio, se presenta como una pluralidad hostil a toda unidad. Los hechos desafían a la comprensión no sólo por su extrañeza sino por su diversidad. Con una paciencia y una sangre fría que suscitan simultáneamente el horror y la admiración, Sade acumula ejemplo tras ejemplo. Cada caso niega al que lo precede y al que lo sigue; lo que enciende a éste, deja indiferente a aquél. El erotismo no se deja reducir a un principio. Su reino es el de la singularidad irrepetible; escapa continuamente a la razón y constituye un dominio ondulante, regido por la excepción y el capricho. Esta dificultad no lo detiene: si es incomprensible, no es inmensurable; si no podemos definirlo, podemos describirlo. Buscábamos una explicación, tendremos una geografía o un catálogo. Tentativa no menos ilusoria: cada ejemplar es único y nuestra descripción está condenada a no terminar nunca. Una y otra vez Sade se lanza a la infinita tarea; apenas deja la pluma, debe tomarla de nuevo para añadir otro extravío, otro «capricho de la naturaleza». No hay especies, familias, géneros ni, acaso, individuos (ya que el hombre cambia y su deseo de hoy niega al de ayer). La clasificación degenera en enumeración. El efecto es parecido al del mareo. En dosis inmensas la heterogeneidad se vuelve uniformidad, confusión ininteligible. Al revés de sus lectores, Sade tiene la cabeza fuerte y resiste al vértigo: la pluralidad de gustos e inclinaciones es ya un principio.

Todos los actos eróticos son desvaríos, desarreglos; ninguna ley, material o moral, los determina. Son accidentes, productos fortuitos de combinaciones naturales. Su diversidad misma delata que carecen de significación moral. No podemos condenar unos y aprobar otros mientras no sepamos cuál es su origen y a qué finalidades sirven. La moral, las morales, nada nos dicen sobre el origen real de nuestras pasiones (lo que no les impide legislar sobre ellas, atrevimiento que debería haber bastado para desacreditarlas). Las pasiones varían de individuo a individuo; y más: son intercambiables. Una vale la otra. Las pasiones llamadas secretas lo son no porque sean menos fatales, esto es: menos naturales, que las normales. Para satisfacerse, no vacilan en violar las leyes públicas: son más violentas. Pero son más violentas porque son más naturales. Otro tanto sucede con los placeres crueles. Son los más antiguos, los más naturales: ¿no se les llama bestiales? La naturaleza es singular, es una fuente inagotable de *fenómenos*. La normalidad es una convención social, no un hecho natural. Una convención que cambia con los siglos, los climas, las razas, las civilizaciones. Como muchos filósofos de su tiempo, Sade proclama una suerte de declaración de derechos de las pasiones. No nos propone, sin embargo, una democracia igualitaria. Cierto, ninguna pasión vale, ninguna es mejor o peor, noble o baja; pero unas son más poderosas que otras. Las pasiones se distinguen entre sí por la violencia. Una pasión será tanto más enérgica cuanto más resistencias tenga que vencer. Las pasiones secretas y las pasiones crueles son las más fuertes. Su otro nombre es destrucción.

Nada sabemos de nuestras pasiones, excepto que nacen con nosotros. Nuestros órganos las crean, cambian con los cambios de esos mismos órganos y mueren con ellos. Más poderosas que nuestro carácter, nuestros hábitos o nuestras ideas, ni siquiera son nuestras: no las poseemos, nos poseen. Son algo anterior a nosotros y que nos determina: gustos, extravíos y caprichos tienen en la naturaleza un origen común. Instalar a la naturaleza en el lugar central que ocupaba el Dios cristiano o el Ser de los metafísicos no es una idea de Sade sino de su siglo. Pero su concepción no es la corriente en su época. Su libertino no es el buen salvaje sino una fiera razonante. Nada más lejos del filósofo natural que el ogro filósofo de Sade. Para Rousseau el hombre natural vive en paz con una naturaleza también pacífica; si abandona su soledad, es para restaurar entre los hombres la inocencia original. El solitario de Sade se llama Minski, un ermitaño que se alimenta de carne humana. Su ferocidad es la de la naturaleza, en perpetua guerra con sus criaturas y consigo misma. Cuando uno de estos anacoretas deja su retiro y redacta constituciones para los hombres, el resultado no es *El contrato social* sino los estatutos de la Sociedad de Amigos del Crimen. Frente a la impostura de la moral natural, Sade no erige la quimera de una naturaleza moral.

Si todo es natural, no hay sitio para la moral. ¿Lo hay para el hombre? Sade se hizo muchas veces esta pregunta. Aunque sus respuestas fueron contradictorias, nunca dudó que el hombre fuese un accidente de la naturaleza. Todo su sistema reposa en esta idea. Es el eje y, asimismo, el punto sensible, el nudo de la insoluble contradicción. A pesar de que sea «humillante para el orgullo humano verse rebajado al rango de los demás productos de la naturaleza, no hay diferencia alguna entre el hombre y los otros animales de la tierra»[1]. Sade no ignora todo aquello que nos separa de los animales; señala que no se trata de diferencias esenciales. Las llamadas cualidades humanas son de orden natural, por decirlo así, creadas por unos cuantos para poder saciar mejor, a expensas de los otros, sus apetitos. Nuestras acciones no pesan, no tienen substancia moral alguna. Son ecos, reflejos, efectos de los procesos naturales. Ni siquiera son crímenes: «El crimen no tiene realidad alguna; mejor dicho, no existe la posibilidad del crimen porque no hay manera de ultrajar a la naturaleza»[2]. Profanarla es una manera más de honrarla; con nuestros crímenes la naturaleza se elogia a sí misma. Y esto también es una ilusión de nuestra incurable vanidad: la naturaleza no sabe nada, no quiere saber nada de nosotros. Y nosotros nada podemos contra ella. Nuestros actos y nuestras abstenciones, lo que llamamos virtud y crimen, son imperceptibles movimientos de la materia.

La naturaleza no es sino unión, dispersión y reunión de elementos, perpetua combinación y separación de substancias. No hay vida o muerte. Tampoco reposo. Sade imagina a la materia como un movimiento contradictorio, en expansión y contracción incesantes. La naturaleza se destruye a sí misma; al destruirse, se crea. Las consecuencias filosóficas y morales de esta idea son muy claras: según ocurrió cuando intentamos distinguir entre pasiones lícitas y prohibidas, desaparece la diferencia entre creación y destrucción. En realidad, ni siquiera es legítimo emplear estas palabras. Son

---

1. *La Philosophie dans le boudoir.*
2. *Histoire de Juliette.*

nombres, pero nombres engañosos, con los que designamos algo que se nos escapa y que escapa a nuestras trampas verbales. Llamar creación al crecimiento del trigo y destrucción al granizo que lo diezma puede ser cierto desde el punto de vista del labrador; sería un abuso, y un abuso ridículo, otorgar a esta modesta observación vigencia universal. La actitud filosófica es la contraria: si el hombre es un accidente, sus puntos de vista son accidentales. Vida y muerte son puntos de vista, fantasmagorías tan ilusorias como las categorías morales.

La supresión de la dualidad creación-destrucción, mejor dicho: su fusión en un movimiento que las abraza sin suprimirlas, es algo más que una visión filosófica de la naturaleza. Heráclito, los estoicos, Lucrecio y otros muchos habían pensado lo mismo. Nadie, sin embargo, había aplicado con el rigor de Sade esta idea al mundo de las sensaciones. Placer y dolor son también nombres, no menos engañosos que los otros. Esta frase no es una mera variante de la moral estoica; en manos de Sade es una llave con la que abrirá puertas condenadas hace muchos siglos. Por una parte, mi placer se alimenta del dolor ajeno; por la otra, no contentos con gozar ante los padecimientos de los otros, mis sentidos exasperados quieren también sufrir. El cambio de signo (el bien es mal, la creación es destrucción) se opera con mayor precisión en el mundo sensual: el placer es dolor y el dolor, placer. Al tocar este tema, Sade se vuelve inagotable. Nada lo detiene, va del humor ogresco a los delirios del vampiro, de la mesa de operaciones al altar ensangrentado, de la cueva ciclópea al gabinete de los monstruos, del hielo a la explosión volcánica. Su imaginación multiplica las escenas y nos revela que las variaciones y combinaciones entre ambos polos son tan numerosas como la especie humana. La fama de autor monótono que tiene Sade se debe, tal vez, no sólo a la locuacidad filosofante de sus personajes sino a la abundancia de estas descripciones. Pero la monotonía deja de serlo si se vuelve obsesionante. Aunque Sade no es un autor agradable o, siquiera, divertido, las obsesiones, la obsesión, es su fuerte. (Sade y sus obsesiones, la obsesión de Sade, Sade nuestra obsesión.) Sus obsesiones no le impiden ver claro: se sirve de ellas como un enfermo de sus males; guiado por ellas avanza, o tiene la ilusión de que avanza, por un subterráneo que al final se revelará circular.

Placer y dolor son una pareja extraña y sus relaciones son paradójicas. A medida que crece y se hace más intenso el placer, roza la zona del dolor. La intensidad de la sensación nos lleva al polo opuesto; una vez tocado ese extremo, se opera una suerte de reversión y la sensación cambia de signo. Las sensaciones son corrientes, vibraciones, tensiones: grados de energía.

Pero no le interesa la fisiología sino la filosofía. Su penetración psicológica, el descubrimiento de la interdependencia de placer y dolor, le sirve para asentar y completar su sistema. En un primer movimiento, anula las diferencias entre ambos: son nombres intercambiables, estados pasajeros del fluido vital. En seguida, destruidas las jerarquías tradicionales, erige una nueva arquitectura: el verdadero placer, el placer más fuerte, intenso y duradero, es dolor exasperado que, por su misma violencia, se transforma nuevamente en placer. Sade reconoce sin pestañear que se trata de un placer inhumano, no sólo porque se logra a través del sufrimiento ajeno sino del propio. Practicarlo exige un temple sobrehumano. El filósofo libertino es duro con los otros y consigo mismo.

En la esfera de la sensualidad la intensidad representa el mismo papel que la violencia en el mundo moral y el movimiento en el material. Los placeres supremos y, digamos la palabra, los más valiosos, son los placeres crueles, aquellos que provocan el dolor y confunden en un solo grito al gemido y al rugido. El monosílabo español *¡ay!*, exclamación de pena pero también de gozo, expresa muy bien esta sensación: es la flecha verbal y el blanco en que se clava. Estamos más allá de la sensualidad, que es acuerdo con el mundo. Acariciar es recorrer una superficie, reconocer un volumen, aceptar al mundo como forma o darle otra forma: esculpirlo. Nuestra forma acepta las otras formas, se enlaza a ellas, forma un solo cuerpo con el mundo. Acariciar es reconciliarnos. Pero la mano tiene uñas; la boca, dientes. Los sentidos y sus órganos dejan de ser puentes; no nos enlazan a otros cuerpos: desgarran, cortan las ligaduras, rompen toda posibilidad de contacto. Ya no son órganos de comunicación sino de separación. Nos dejan solos. El lenguaje erótico sufre la misma destrucción. Las palabras no nos sirven para comunicarnos con el otro sino para abolirlo. Hay una excepción: si en la escena participan dos o más libertinos, las injurias que se intercambian no los degradan sino que los exaltan. Las palabras abyectas son depositarias del valor único: la violencia. El cambio es absoluto. Al mismo tiempo, es ilusorio. La intensidad se niega a sí misma; la sensación se desvanece; la descarga de la violencia, suprimido el obstáculo, se pierde en el vacío; la vibración del movimiento se confunde con la inmovilidad. Sade niega al lenguaje, a los sentidos y a las sensaciones. ¿Qué nos ofrece en cambio? Una negación. Más bien: una idea de la negación. A cambio de la vida, nos propone una filosofía.

La materia y sus incomprensibles pero todopoderosas transformaciones es el origen, la fuente y asimismo el arquetipo, el espejo universal. Con la misma insistencia con que los teólogos recurren a Dios, Sade invoca a la naturaleza: es el motor supremo, la causa de las causas. Una causa que se destruye a sí misma porque todo está en perpetuo cambio. Las substancias se transforman en otras y otras, sin que podamos advertir un propósito o una dirección en esta incesante agitación. Aunque Sade no afirma que se trata de una actividad insensata, subraya que no tiene por objeto al hombre. Nada es necesario en la naturaleza, salvo el movimiento (lo que equivale a decir que nada posee significación por sí excepto la contingencia natural). La imparcialidad de Sade es aparente. Una vez aceptado el principio de que todos los productos naturales son accidentes, efectos de los movimientos de la materia, introduce una nueva valoración. La naturaleza se mueve porque su estado permanente es el desarreglo, la agitación. Vive en perpetua irritación, en continuo desgarramiento. Todo es natural pero hay estados y momentos en los que la naturaleza es más ella misma: los terremotos, las tormentas, los cataclismos. Sade no se entusiasma con frecuencia ante el espectáculo de la naturaleza; cuando se conmueve, estamos ante una tempestad eléctrica (Justine muere aniquilada por un rayo) o ante un volcán en erupción. Los volcanes lo fascinan. Ve en ellos la encarnación de su pensamiento: el titanismo, la desmesura de las proporciones, el aislamiento y la reconcentración del libertino, el calor y el frío inhumanos, la lava, más caliente que el semen y la sangre, las cenizas, las piedras heladas. Creación y destrucción se resuelven en violencia. Vencidas las resistencias, la violencia se disipa; para evitar la degradación de la energía, la violencia necesita encarnar, convertirse en substancia eternamente activa y siempre idéntica a sí misma. Por una vía inesperada, reaparece la metafísica: la violencia es el mal, la naturaleza es el mal.

Uno de los personajes que arrojan más luz sobre ciertas zonas del espíritu de Sade es el ministro Saint-Fond. Su sistema consiste en suponer que, efectivamente, Dios existe. Si el mal fuese efímero y accidental como el bien, no habría diferencia entre uno y otro. El mal no sólo es una realidad palpable: es una necesidad filosófica, una exigencia de la razón. El mal postula la existencia de un dios infinitamente perverso. El bien ni siquiera es un accidente: es una imposibilidad ontológica. Después de la muerte nos espera un infierno eterno de *molécules malfaisantes*. En vano Juliette y Clairwil le oponen cien argumentos tomados del materialismo ateo de la época. Nada convence a Saint-Fond. Esta conversación es un diálogo que Sade sostiene consigo mismo. Por una vez, en lugar de utilizarla, sus obsesiones se enfrentan a su filosofía. Y la filosofía, Juliette, termina por retirarse: las ideas del ministro son una locura pero la razón nada puede contra la locura… Universo de moléculas perversas o movimiento furioso de la materia, la naturaleza es un modelo negativo. Si aceptamos las ideas de Saint-Fond, es el mal; si nos inclinamos por las de Juliette, es la destrucción. En uno y otro caso, es violencia homicida. Entronizarla, convertirla en nuestro modelo, es divinizar a un enemigo.

*La universal disolución*

Con ideas semejantes no es fácil preocuparse por la suerte del hombre. Sin embargo, la obra de Sade no es nada más una larga invectiva contra la especie humana; también es una tentativa por despertarla y disipar los engaños que nublan su entendimiento. Por más singular que nos parezca su pensamiento y por más solitaria que sea su figura, Sade es un hombre y escribe para los hombres. Como su época, Sade cree que la civilización es el origen de nuestros males; a diferencia de la mayoría de sus contemporáneos, no se hace ilusiones sobre la naturaleza humana. Sade acumula argumentos y sarcasmos con su desmesura habitual. En esa masa imponente se mezclan ideas propias y ajenas, el genio y el capricho, la erudición y el lugar común. Sus descripciones de las ideas religiosas y morales anticipan, en ciertos momentos, el tema del «hombre enajenado» de la filosofía moderna; otras veces prefiguran a Freud. Todo esto pertenece a la historia de las ideas; prefiero detenerme en otro aspecto de su pensamiento: ¿qué nos propone en lugar de las locuras y patrañas de la civilización? La pregunta no es infundada. Crítica y utopía se dan la mano en el siglo XVIII; Sade no es una excepción y tiene ideas muy claras sobre lo que debería ser una sociedad racional.

Las pasiones son naturales. Abolirlas es imposible; reprimirlas es mutilarnos o provocar estallidos más destructores. El hombre europeo es un enfermo porque es un medio-hombre. La civilización cristiana le ha chupado la sangre y los sesos. Pensamos mal, vivimos mal; mejor dicho: desvariamos y desvivimos. Nos gobiernan fieras disfrazadas de filántropos. Nuestra religión es una impostura en la que el miedo se alía a la ferocidad: un dios quimérico y un infierno que sería ridículo si no fuese una pesadilla en pleno día. Nuestras leyes consagran el crimen y la opresión: los privilegios, la propiedad, las cárceles, la pena de muerte.

Si desaparecen leyes y religiones, sacerdotes, jueces y verdugos, el hombre podrá realizarse. Todo estaría permitido: el homicidio, el robo, el incesto, los placeres prohibidos y las pasiones malditas. Las naciones medran y se preservan por la guerra *et rien n'est moins moral que la guerre... Je demande comment on parviendra à démontrer que, dans un État immoral par ses obligations il soit essentiel que les individus soient* moraux. *Je dis plus: il est bon qu'ils ne le soient pas*[1]. Sade denuncia la inmoralidad del Estado pero no reprueba la de los individuos. Si pide la abolición de la pena de muerte, reclama la consagración del asesinato. Propone, en suma, la substitución del crimen público (la civilización) por el crimen privado.

Nada queda en pie, excepto un derecho, una propiedad: *le droit de propriété sur la jouissance*. Ahora bien, ese derecho pone en peligro la libertad de los hombres; y no sólo su libertad sino su placer. Si mi derecho es soberano, *il devient égal que cette jouissance soit avantageuse ou nuisible à l'objet que doit s'y soumettre*. La ciudad entera es un serrallo y un matadero: todos los sexos y todas las edades me pertenecen. Pero Sade se apresura a «equilibrar la balanza»: yo también debo someterme al deseo de los otros, por más bárbaro y cruel que sea. Sociedad de «leyes suaves» y «pasiones fuertes». En un mundo así, no tardarían en formarse nuevas jerarquías; y otras castas, no menos hipócritas y crueles que las actuales, nos obligarían a venerar dioses tan fantásticos como los nuestros. La libre sociedad de fieras filosóficas desembocaría en el despotismo teológico de un Saint-Fond, menos sistemático que el de Juliette pero más real. En otras obras Sade imagina soluciones intermedias: fundar pequeñas sectas de libertinos en el interior de la sociedad civilizada. ¿No es eso lo que ocurre ahora? La Sociedad de Amigos del Crimen no es ni una caricatura ni un retrato: es una estilización de nuestra realidad. Ninguna de estas soluciones, sin embargo, toca el fondo del problema. La sociedad de Sade no es sólo una utopía irrealizable; es una imposibilidad filosófica: si *todo* está permitido *nada* está permitido.

La sociedad libertina es imposible; no lo es el libertino solitario. Aparece, quizá por primera vez en la época moderna, la figura del superhombre. Sade es más rico que Balzac y Stendhal en ejemplares de hombres de presa. Sus libertinos, a la inversa de los héroes románticos, no son atrayentes. Otro extremo: sobre estos príncipes del mal no reina un hombre sino una mujer. El mal, para ser hermoso, debe ser absoluto y femenino: la belleza de Juliette se alía a la depravación moral más completa. Se ha dicho que la historia de Juliette es la de una iniciación; podría agregarse

---

1. «Français, encore un effort, si vous voulez être republicains», en *La Philosophie dans le boudoir*.

que es la de una ascensión. Juliette encarna la filosofía, no el instinto; con ella no triunfan las pasiones sino el crimen. Pero las victorias de la filosofía son también ilusorias.

La primera operación de la filosofía, el primer zarpazo, consiste en reducir la variedad a uniformidad: lo que distingue a un ser de otro es su resistencia frente a mi deseo. Primer fracaso de la filosofía: esta resistencia no sólo es de orden físico sino psíquico. Además, no es voluntaria. Por más completo que sea nuestro dominio sobre el *otro*, hay siempre una zona infranqueable, una partícula inasible. El *otro* es inaccesible no porque sea impenetrable sino porque es infinito. Cada hombre oculta un infinito. Nadie puede poseer del todo a otro por la misma razón que nadie puede darse enteramente. La entrega total sería la muerte, total negación tanto de la posesión como de la entrega. Pedimos todo y nos dan: un muerto, nada. Mientras el *otro* esté vivo, su cuerpo es asimismo una conciencia que me refleja y me niega. La transparencia erótica es engañosa: nos vemos en ella, nunca vemos al *otro*. Vencer la resistencia es abolir la transparencia, convertir la conciencia ajena en cuerpo opaco. No es suficiente: necesito que viva, necesito que goce y, sobre todo, que sufra. Contradicción insuperable: por una parte, el objeto erótico no debe tener existencia propia, pues apenas la tiene vuelve a ser conciencia inaccesible; por la otra, si extirpo esa conciencia, mi placer y mi conciencia, mi ser mismo, desaparecen. El libertino es un solitario que no puede prescindir de la presencia de los otros. Su soledad no consiste en la ausencia de los demás sino en que establece con ellos una relación negativa. Para que pueda realizarse esta relación paradójica, el objeto erótico debe gozar de una suerte de conciencia condicional: ser un muerto en vida o un autómata.

Nada mas concreto que esta mesa, aquel árbol, esa montaña. Todas esas cosas se asientan en sí mismas, reposan en su propia realidad; se vuelven abstractas por obra de la voluntad que las utiliza o de la conciencia que las piensa. Al convertirse en instrumentos o en conceptos, abandonan su realidad: dejan de ser *estas* cosas pero no dejan de ser cosas. En el reino del hombre sucede algo distinto: los hombres, inclusive si lo desean, no pueden convertirse en utensilios sin al mismo tiempo dejar de ser hombres. No están asentados en sí mismos. El hombre no es una realidad, el hombre crea su realidad. Por esto la enajenación nunca es absoluta. Si lo fuese, habría desaparecido una gran parte de la especie humana. Aun en las situaciones extremas (esclavo o loco) el hombre no deja de ser enteramente hombre. Podemos manejar a los hombres como si fuesen cosas o herramientas; no importa, hay una barrera insalvable: la palabra *como*. El libertino, por lo demás, no desea la desaparición de la conciencia ajena. La concibe como una realidad negativa: ni existencia concreta ni instrumento abstracto. En el primer caso, la conciencia ajena me refleja pero no me deja verla, es invisible; en el segundo, deja de reflejarme, me vuelve invisible. La consecuencia de esta relación contradictoria es, como lo ha visto el agudo Jean Paulhan, el masoquismo: Justine es Juliette[1]. La contradicción, sin embargo, no desaparece. El libertino se pone en el lugar de su víctima y reproduce así la situación original: como objeto deja de reflejarse. La sádica Juliette no puede verse, se ha vuelto inasible e inaccesible, escapa continuamente de sí misma; para verse debe convertirse en su contrario, Justine, la sufre-todo. Juliette y Justine son inseparables pero están condenadas a no conocerse nunca. Ni el masoquismo ni el sadismo son una respuesta a la contradicción del libertino.

Para que desaparezca la antinomia «objeto erótico» (si es objeto, no es erótico; si es erótico, no es objeto), la víctima debe pasar continuamente de un estado a otro. Mejor dicho, el libertino debe inventar una situación que sea, simultáneamente, de absoluta dependencia y de infinita movilidad. El objeto erótico no es ni conciencia ni herramienta sino relación o, más exactamente, función: algo que carece de autonomía y que cambia de acuerdo con los cambios de los términos que lo determinan. La víctima es una función del libertino, no tanto en el sentido fisiológico de la palabra como en el matemático. El objeto se ha vuelto signo, número, símbolo. Las cifras seducen a Sade. La fascinación consiste en que cada número finito esconde un infinito. Cada número contiene la totalidad de las cifras, la numeración entera. Las obsesiones de Sade adoptan formas matemáticas. Es sorprendente y mareante detenerse en sus multiplicaciones y divisiones, en su geometría y en su álgebra rudimentaria. Gracias a los números y a los signos, el universo vertiginoso de Sade parece alcanzar una suerte de realidad. Esa realidad es mental. Es más fácil pensar estas formas de relación erótica que verlas. Las demostraciones son invisibles pero poseen cierta coherencia; en cambio, las minuciosas descripciones de Sade producen una sensación de absoluta irrealidad.

Cada objeto erótico es algo más que una cosa y algo menos que una voluntad autónoma: es un signo variable. Combinaciones de signos, espectáculo de máscaras en el que cada participante representa magnitudes de sensaciones. La obra de Sade se vuelve una pantomima mecánica y su trama se reduce a las relaciones que unen o separan a los signos y

---

1. Prefacio a *Justine ou les malheurs de la vertu*.

a las mutaciones que se operan en ellos. La ceremonia erótica se convierte en un ballet filosófico y en un sacrificio matemático. Teatro no de caracteres sino de situaciones o, más bien, de demostraciones. Teatro ritual que evoca, por una parte, los autos sacramentales de Calderón y, por la otra, los sacrificios humanos de los aztecas, poseídos por el mismo furor geométrico. Pero, a la inversa de aquél y éstos, teatro vacío, sin espectadores, sin divinidades y sin actores. El libertino desnuda a sus víctimas sólo para vestirlas con la camisa transparente de los números. Transparencia fatal: por ella se escapa nuevamente el *otro*, ya no como conciencia inasible sino como abstracción inmortal. El libertino no puede deshacerse de sus víctimas porque los números son inmortales; podemos nulificar al 1 pero de su cadáver brota el 2 o el –1. El libertino está condenado a recorrer sin cesar la serie infinita de los números. Ni siquiera la muerte, el suicidio filosófico, le ofrece una salida: el cero no designa un número sino la ausencia de números[1]. Como en la paradoja de Bertrand Russell, hay un momento para el libertino en que el conjunto es más pequeño que los conjuntos que contiene. Las victorias del filósofo libertino se evaporan como sus sensaciones y sus placeres. Al final de su peregrinación Juliette puede decir como el monje budista: todo es irreal.

Si la naturaleza en su movimiento circular se aniquila a sí misma; si el otro, número inmortal o víctima-verdugo, es siempre inaccesible e invisible; si el crimen se confunde con la necesidad; si, en fin, la negación se niega y la destrucción se destruye, ¿qué nos queda? Un más allá de los sistemas que sea una fortaleza contra la irrealidad de la realidad: una ultramoral, es decir, una moral que neutralice los contrarios, quieta en el movimiento, insensible en la sensación. Un más allá moral es el taoísmo; otro, el ascetismo yoga; otro más, el estoicismo. Nietzsche soñó con un espíritu templado en el nihilismo, un alma de regreso de todo y dispuesta a empezarlo todo. Sade sostiene por boca de Juliette que la apatía o ataraxia es el estado final del libertino. Al principio, Juliette se deja arrastrar por su natural fogoso y pone demasiada pasión en el crimen. Sus protectores la reprenden y su amiga Clairwil le descubre que el verdadero libertino es impasible e indiferente: «tranquilidad, reposo en las pasiones, estoicismo que me permite hacerlo todo y sufrirlo todo sin emoción...». Los años de iniciación terminan con esta revelación descon-

---

1. Este razonamiento es aplicable a Don Juan y en esto, no en la mano de piedra del Comendador, consiste su condena.

certante: el libertinaje no es una escuela de sensaciones y pasiones extremas sino la búsqueda de un estado más allá de las sensaciones. Sade nos propone una imposibilidad lógica o una paradoja mística: gozar en la insensibilidad. En realidad, se trata de una última y definitiva anulación, ahora del libertino, en aras de la destrucción. Entre el libertino y la negación universal, Sade no vacila: la insensibilidad suprime al libertino como tal pero lo perfecciona como herramienta de destrucción. Invulnerable e impenetrable, afilado como una navaja y preciso como un autómata, ya no es el filósofo ni el superhombre: es el grado de incandescencia a que puede llegar la energía destructora. El libertino desaparece. Su anulación proclama la superioridad de la materia inanimada sobre la materia viva.

No creo que se haya reparado bastante en la predilección de Sade por la materia bruta. Una y otra vez afirma que la destrucción es el placer supremo, el placer natural por excelencia. Escribe miles de páginas para probarlo y su prodigiosa erudición (real o inventada: para el caso es lo mismo) lo provee con centenares de ejemplos. Pues bien, casi todos ellos se refieren a las costumbres antiguas y modernas de los hombres o a cataclismos y catástrofes naturales. Religiones sangrientas, pasiones bárbaras, ritos homicidas, todo el arsenal de la historia, la leyenda, los libros de viajes, las memorias y la observación médica. Y en el otro extremo: las erupciones, los terremotos, las tempestades. La sangre y el rayo, el semen y la lava. El mundo animal, rico en ayuntamientos feroces y en caricias crueles, está relativamente ausente de sus descripciones y enumeraciones. Y no pienso únicamente en las costumbres de ciertos insectos, quizá poco conocidas en su tiempo, sino en los animales más cercanos al hombre, como los mamíferos. En las obras de Sade no se tortura a los animales y pocas veces se les emplea como agentes de placer. Abundan, en cambio, los artefactos y mecanismos de suplicio.

Sabemos, por otra parte, que Sade era hombre de maneras afables y dulces; su vida, a pesar de la dureza con que fue tratado, contiene más de una acción generosa, a veces en favor de aquellos mismos que lo habían perseguido. Esta suavidad de temperamento contrasta con su intransigencia en materia de opiniones. A medida que la erudición moderna nos da a conocer mejor las circunstancias de su existencia, resulta más enigmática su figura; sabemos más pero el misterio de su persona sigue intacto. La crueldad de Sade es de orden filosófico: no es una sensación, es una deducción. Ésta es, acaso, la explicación de su actitud ante la naturaleza. Nuestra superioridad sobre los animales es demasiado manifiesta; el reino animal no humilla al hombre. La materia mineral está en el otro extremo, es inaccesible e impasible; nuestros sufrimientos no la apiadan; nuestros actos no la ultrajan. Está más allá de nosotros. Es filosofía petrificada: por esto es el verdadero modelo del libertino. Además, es la forma primera y última que adopta la naturaleza. El mineral no sólo es radicalmente inhumano: es ausencia de vida biológica. Es la forma más pura de la negación universal.

No es muy difícil ahora, un siglo y medio después, señalar los errores de Sade, sus confusiones, sus negligencias y sus sofismas. Por ejemplo: el hombre natural no existe, el hombre no es un ser natural... Pero quizá él fue uno de los primeros en sospecharlo: su hombre natural no es humano. Otro ejemplo: si el hombre es un accidente, es un accidente que tiene conciencia de sí y de su contingencia; la aberración de Sade, y de su época, consistió en hacer depender la contingencia humana de un supuesto determinismo natural... Pero la nuestra consiste en hacer de la contingencia, la de cada uno y la de todos: la historia, un sistema. Podría continuar. O emprender el camino opuesto y sacar la cuenta de sus descubrimientos y anticipaciones. Son impresionantes. Más impresionante aún es la contemplación de su sistema, su orgullosa prisión: coherencia desolada, vertiginosa fortaleza. Sensación de agobio y total desamparo; estamos encerrados pero nuestra cárcel no tiene límites: nunca acabaremos de recorrer esas mazmorras y pasillos sin fin. Ningún muro nos aplasta sino el horror vacío. Estamos rodeados de infinito, un infinito hecho de repeticiones. Una y otra las construcciones de Sade se derrumban. Nada exterior las derriba; el dinamitero es su propio pensamiento. Sade niega a Dios, a las morales, a las sociedades, al hombre, a la naturaleza. Se niega a sí mismo y desaparece tras de su gigantesca negación.

El *No* de Sade es tan grande como el *Sí* de San Agustín. En uno y otro no hay lugar para el principio adverso. El antimaniqueísmo de Sade es absoluto: el bien no tiene substancia, es una simple ausencia de ser. El ser por excelencia es el mal. Pero escribir la palabra *ser* es afirmar algo, aludir a la suprema afirmación. Hay que invertir los términos: el mal es el no-ser total. Pensamiento circular que se repite incansablemente y que, al repetirse, se destruye infinitamente. Su obra es la aniquilación de sí misma. El principio vital, la raíz generadora del erotismo, es la disolución universal. Disoluto: amante de la muerte. La palabra de Sade no termina en silencio porque el silencio que sucede al discurso es significativo: es lo indecible pero no es lo impensable. Sade quiso decirlo todo y se estrelló ante lo impensable: la negación universal. Su obra no termina en el silencio sino en el ruido ininteligible de la palabra que se niega a sí misma; en ese ruido, semejante al silencio, adivinamos el clamor de la naturaleza incoherente que se despeña desde el Comienzo.

*París, enero de 1961*

«Un más allá erótico: Sade» se publicó por primera vez en la revista *Sur*, Buenos Aires, 1960, y se recogió en *Un más allá erótico: Sade*, México, Vuelta-Heliópolis, 1993.

## CÁRCELES DE LA RAZÓN

### *De las catacumbas a la academia*

En 1786 Donatien Alphonse François, marqués de Sade, cumplía su octavo año de prisión; en 1986, Jean-Jacques Pauvert anuncia una nueva edición de sus obras, en doce volúmenes. Estas dos cifras compendian su extraña carrera: veintisiete años en distintas cárceles y en un asilo de locos, manuscritos destruidos, libros secuestrados y, no obstante, un lento ascenso del subsuelo de la literatura a los gabinetes secretos y de éstos a las revistas de vanguardia, hasta llegar a las academias y las aulas universitarias. La ascensión póstuma de Sade habría sido imposible sin los trabajos de un gran poeta, Guillaume Apollinaire, y de un crítico erudito e inteligente, Maurice Heine. Sin ellos y sin los surrealistas, que hicieron de la figura de Sade un emblema de rebeldía. La reivindicación ha sido completa: la célebre colección La Pléiade publicará sus obras en varios tomos, Pauvert prepara una nueva biografía y se nos informa que las nuevas ediciones de sus libros serán enriquecidas con textos inéditos en poder de un descendiente del escritor, el actual conde de Sade. Conocí a este último, hace muchos años, por mediación del poeta Jacques Charpier y de Gilbert Lely, autor de una biografía de Sade, editor de varios de sus manuscritos y de un notable volumen de su correspondencia, *L'Aigle, Mademoiselle...* (1949). Xavier de Sade era un joven provenzal de ojos vivos y gestos vehementes que acababa de descubrir, con una mezcla de júbilo y de incredulidad, que el nombre de su antepasado, causa de vergüenza para su familia desde hacía más de cien años, era visto con admiración e incluso con reverencia por las nuevas generaciones de letrados franceses.

La boga de Sade me deja perplejo. Cierto, es un triunfo de la inteligencia sobre los prejuicios y los miedos ancestrales: Sade es un autor que merece ser leído. ¿Es un autor peligroso? No creo que haya escritores peligrosos; mejor dicho, el peligro de ciertos libros no está en ellos mismos sino en las pasiones de sus lectores. Además, Sade es un autor austero y sus obras buscan más la aprobación de nuestro juicio que la complicidad de nuestros sentidos. Sade no quiso conmover, exaltar o convertir: quiso *convencer*. En una nota destinada a la redacción final de *Les 120 journées de Sodome*, se da a sí mismo esta regla: mezcla siempre la *moral* a la descripción de las orgías. El título de uno de sus libros lo define: *La Philosophie dans le boudoir*. Al mismo tiempo, gran parte del atractivo que ha ejercido esta obra desmesurada sobre muchos y altos espíritus depende precisamente de su inmenso poder subversivo. Si desaparecen las prohibiciones y los anatemas, ¿no desaparece también la subversión?

Una noche, durante un largo paseo, Georges Bataille, inquieto ante la popularidad creciente de la llamada «liberación sexual», me dijo: «El erotismo es inseparable de la violencia y la transgresión; mejor dicho, el erotismo es una infracción y si desapareciesen las prohibiciones, él también desaparecería. Y con él los hombres, al menos tal como los hemos conocido desde el paleolítico...». No lo creo. El erotismo es algo más que violencias y laceraciones. Más exactamente: algo distinto. El erotismo pertenece al dominio de lo imaginario, como la fiesta, la representación, el rito. Precisamente por ser un ritual –una y otra vez inventado y representado por los hombres y las mujeres– colinda en alguna de sus dimensiones con la violencia y la transgresión. En casi todos los rituales aparece, real o simbólico, el sacrificio.

Sin embargo, Bataille no se equivocaba: ciertas obras pierden gran parte de su poder sobre nosotros si se les retira el poderoso y ambiguo incentivo de la prohibición. La obra de Sade nos asombra todavía tanto por la inmensidad de sus negaciones como por el radicalismo monomaníaco de su afirmación central: el placer es el agente que guía y mueve los actos y los pensamientos de los hombres y las mujeres; y el placer es intrínsecamente destructor. Esta idea no era nueva cuando Sade la formuló y, sobre todo, es una idea discutible. La interdicción que pesaba sobre sus obras impedía que fuese comprendida cabalmente y discutida. Al levantarse la prohibición, ya no es sino una opinión más entre las otras. Lo mismo ocurre con las innumerables variaciones y ejemplos atroces con que ilustra su doctrina: han acabado por transformarse en catálogos de perversiones sexuales y en una combinatoria de posturas. Al dejar de sorprendernos, cesan de escandalizarnos. De la catacumba a las aulas: ¿Sade se volverá un autor inocuo? No lo sé. Tampoco sé lo que quedará de esa obra inmensa y monótona. Tal vez una ruina, melancólica como todas las ruinas, hecha no de un montón de piedras rotas sino de miles y miles de páginas en las que se despliega, incansable, a través de laboriosas invenciones e incontables repeticiones, un delirio frío y razonante.

### El secreto de Justine

Descubrí la obra de Sade después de la guerra, en París. Había llegado a esa ciudad en diciembre de 1945 y los primeros años de mi estancia coincidieron con el apogeo del existencialismo. Era un pensamiento que ya conocía por las publicaciones de la *Revista de Occidente* y por los discípulos de Ortega y Gasset, que me habían acercado a la fenomenología de Husserl y a la filosofía de Heidegger. Me sorprendió más profundamente la obra de Sade, escrita ciento cincuenta años antes. En esos días comenzaron a editarse libremente sus libros y para ayudarme en mis lecturas me procuré la antología de Apollinaire y la de Nadeau, así como los libros y ensayos de Bataille, Paulhan, Blanchot, Klossowski, Lely y otros. Una de mis primeras lecturas fue *Justine ou les malheurs de la vertu*, versión negra del cuento rosa. Hay tres versiones de esta novela; yo leí primero la más antigua, con un memorable prólogo de Jean Paulhan (1946), admirable ejemplo de cómo las ideas más complejas (a veces también las más falsas) pueden decirse en un lenguaje impecable, simultáneamente preciso y sinuoso[1]. La desventurada Justine, muchacha honrada, buena y linda, es víctima de los atroces ultrajes de crueles libertinos, entre los que no podía faltar una banda de monjes lúbricos y blasfemos, instalados en un convento convertido en harem y en cámara de suplicios. El sacrilegio y la misa negra deleitaron siempre a Sade, rasgo poco filosófico en el ateo racionalista que pretendía ser. Para acentuar el paralelismo didáctico, Justine es hermana de la perversa y libertina Juliette, heroína de *La Prospérité du vice*.

Me sorprendió una idea de Paulhan: conocemos las sevicias que cometen los libertinos en el cuerpo de Justine pero ¿qué sentía ella? Sade no dice una sola palabra sobre esto. Paulhan interpreta ese silencio como una confesión involuntaria y concluye: el secreto de Sade se llama Justine: el filósofo del sadismo era masoquista. Idea más original que verdadera. Me parece que el silencio de Sade tiene otra explicación: a diferencia de los grandes creadores, era incapaz de pintar o recrear sentimientos y sensaciones; su voca-

---

1. «La Douteuse Justine ou les revanches de la pudeur.»

bulario es abstracto y sus descripciones son catálogos. Sade carecía casi enteramente de la facultad poética que distingue al verdadero novelista del fabricante de historias: el poder de evocar y de hacernos *ver* a un personaje. Los héroes y las heroínas de Laclos son seres vivos e inolvidables; los de Sade son fantasmas, sombras. Mejor dicho: son conceptos. Unos llevan faldas y otros calzón corto y peluca pero todos son locuaces y ergotistas.

Hay otra razón que me impide aceptar la opinión de Paulhan: el sadismo consiste en gozar con el sufrimiento del *otro*. El placer del sádico se enturbiaría si se diese cuenta de que su víctima es también su cómplice. La voluptuosidad del crimen, dicen los entendidos, consiste en causar un sufrimiento ajeno. En cambio, el masoquista interioriza al *otro*: goza con su sufrimiento porque *se ve* sufrir. El masoquista se desdobla y es, simultáneamente, el cómplice de su verdugo y el espectáculo de su propia humillación. En el sadismo el *otro* no aparece sino como objeto: un objeto viviente y palpitante; en el masoquismo el sujeto, el yo, se vuelve objeto: un objeto dotado de conciencia. Convertido en el espectáculo de sí mismo, es la oreja ávida que recoge el grito doloroso y la boca que lo profiere. Sade era consecuente consigo mismo: la conducta que se ha llamado sádica era para él un ejercicio filosófico y moral. Por esto afirma una y otra vez que el fin último del libertinaje es llegar a un estado de perfecta insensibilidad, semejante a la impasibilidad o ataraxia de los antiguos. Lo contrario precisamente del masoquismo. Sade es un hijo de la Enciclopedia; Masoch del romanticismo lacrimógeno.

### *Una conversación en el parque Montsouris*

Años más tarde conocí a Jean Paulhan y tuve la dicha de gozar con su conversación. Sabía hablar, sabía oír y, cualidad aún más rara, sabía preguntar. Escuchaba con calma y, de pronto, disparaba un comentario en apariencia marginal pero que tocaba el centro de la cuestión y que destruía hipótesis que un instante antes parecían plausibles. La conversación dejaba de ser un intercambio de trivialidades o el vano duelo entre dos espadachines y se convertía en un juego misterioso que consistía en la búsqueda de un tesoro secreto. Un tesoro con frecuencia explosivo. Yo lo visitaba en la redacción de la *Nouvelle Revue Française*, en donde recibía una vez por semana. En un ángulo del salón estaba el escritorio de Dominique Aury, que era la secretaria de la revista y a la que yo admiraba, y admiro, no sólo por sus dones de novelista y por su prosa transparente sino por su amor a ciertos poetas que son también de mi predilección, como John Donne. En el otro extremo de la vasta pieza había dos escritorios frente a frente, adosados a un balcón y que daban al jardín de Gallimard. Uno era el de Paulhan y el otro el de Marcel Arland. Los visitantes se dividían en dos grupos: los que deseaban hablar con Arland y los que se entrevistaban con Paulhan. Yo era feligrés de Paulhan y, mientras esperaba mi turno, como en los confesionarios, charlaba con Dominique. Era una suerte de ejercicio preparatorio antes de la prueba final, el *tête à tête* con Paulhan.

Hablé muchas veces con él pero ahora no podría reconstruir ninguna de esas conversaciones. Aunque era más bien sobrio y no prodigaba sus palabras, le oí decir muchas cosas, unas sensatas y otras brillantes, unas misteriosas y otras insólitas y aventuradas –que Apollinaire le debía mucho no tanto a Cendrars como a André Salmon, que había que leer a Unamuno con algodones en los oídos (aturdir, añadió, no es convencer), que la rúbrica de Saint-John Perse era un relámpago dibujado por una novicia y otras cosas que no sé ahora si recuerdo o invento. Una mañana Dominique y él me invitaron a almorzar en el restaurante del encantador y encantado parque Montsouris. Hablamos de Braque, que había vivido cerca, de Apollinaire y de las imitaciones de Aragon, perfectas y a veces superiores a su modelo (perfección mecánica, como la música de una pianola, repliqué con cierta injusticia) y, claro, de Sade. Me atreví a confiarle mis reservas ante su interpretación del silencio del marqués sobre lo que pudo haber sentido Justine. Movió la cabeza y dijo: «¡Pero si yo no creo en el masoquismo! Es una fantasía, una invención de los psicólogos: si el masoquista goza al sufrir, no sufre realmente». Su respuesta me sorprendió pues contradecía abiertamente lo que dice en su prólogo a *Justine*. Sin embargo, afirma lo mismo en otro ensayo sutil, el prólogo a la *Histoire d'O* (el título lo dice todo: «De la felicidad en la esclavitud»). Pensé que contradecirse, en escritores paradójicos como Paulhan, no es un defecto sino una licencia poética y preferí no contestarle. Todos sabemos que *gozar* y *sufrir* son palabras que designan estados ambiguos, indefinibles y que se confunden a menudo. No hay sentimientos ni sensaciones químicamente puros.

La conversación giró hacia otros temas e insensiblemente (era previsible) llegamos a la *Histoire d'O*, el libro de Pauline Réage. Pregunté: «¿Un libro masoquista?». Paulhan respondió: «Más bien una confesión de amor. O sufre con placer (pero ¿sufre realmente?) porque ama y sabe que su sufrimiento agrada al hombre que ama». Dominique recalcó: «Ha endiosado a su amante y, ya sabemos, los dioses son crueles». Me arriesgué a comentar: «Es como el humo del sacrificio al llegar a las narices del ídolo...». Agregué, imitando el razonamiento de Paulhan acerca de Justine y mirando de reojo a Dominique: «Pero no estoy muy seguro de esto. Quizá el secreto de O (y de Pauline Réage) está en su silencio sobre lo que siente su amante al verla sufrir. O se proyecta en su señor: es una sádica». Él respondió con viveza: «No, ese libro es la confesión de una enamorada. Es un libro de devoción». Asentí a medias: «Pauline confundió el amor con la religión. O es una santa y las santas tienen inclinación por el martirio...». Paulhan musitó: «Tal vez el masoquismo, más que una perversión, es una idea». Hubo un silencio largo. Afuera el viento corría entre los ramajes. Era un día frío y con sol, como muchos al comenzar la primavera. El cielo se cubría de nubes.

Nos levantamos, dimos una vuelta por el parque y regresamos a la ciudad. Al llegar a la rue de Grenelle, Dominique descendió del coche para comprar algo en una papelería. La acompañamos y mientras ella hacía sus compras, Paulhan descubrió una de esas navajas de cien hojas, objetos a un tiempo fascinantes y aterradores. La compró, la abrió, la cerró y me la ofreció silenciosamente. «¿Para mí?», pregunté extrañado. «Sí», repuso. Y agregó sonriente: «También es una idea». Fue la última vez que lo vi. Unos días después yo tomaba el avión rumbo a Delhi. A mi regreso a París, tres años después, ya no encontré vivo a Jean Paulhan.

Sade fue un enemigo del amor, y el odio que profesaba a este sentimiento, que para él era una quimera nefasta, sólo se compara al horror que le inspiraba la idea de Dios. Para Sade el amor era una idea: la realidad verdadera era el placer que aniquila todo lo que toca. A su vez, Paulhan pensaba que la víctima de la *Histoire d'O*, más que una mujer joven, es una idea: la idea de la libertad. Años después de su muerte, la misteriosa autora de *Histoire d'O*, Pauline Réage (hay cierto anglicismo en ese nombre), publicó una continuación de su novela: *Retour à Rossy* (1969). El prefacio, «Une fille amoureuse», parece una respuesta a las preguntas que nos hicimos en aquella conversación en el restaurante del parque Montsouris. Es un texto admirable, escrito en la misma prosa de la novela, misteriosa y clara como la niebla al comenzar el otoño, serena y recorrida por un hálito frío que nos estremece. En las primeras páginas, Pauline Réage confiesa que la *Histoire d'O* es un cuento inventado por una enamorada. Temerosa de que su amante no regrese después de sus encuentros furtivos en hoteles equívocos, transcribe cada noche sobre el papel sus sueños más secretos; después, los lee a su compañero durante esas pausas largas en las que los amantes, fatigados, se cuentan su vida y su pasado. Imagino a Pauline leyendo esas páginas con el mismo aire con que Scherezada contaba al sultán sus cuentos interminables. Scherezada quería escapar de la muerte y Pauline del hastío, muerte del amor.

## *Del orgasmo como silogismo*

En mayo de 1986 las ediciones Pauvert publicaron, a manera de introducción general a su proyectada edición de las obras completas de Sade, un volumen de Annie le Brun: *Soudain, un bloc d'abîme, Sade*. Autora de varios libros de ensayos, en los que no se muestra muy tierna con las Beauvoir y las Kristeva, Annie le Brun es una escritora a un tiempo original y valerosa. Es brillante sin cesar de ser inteligente: una especie en vías de extinción en todas las literaturas modernas, que hoy gimen bajo la férula de los dogmáticos y la palmeta de los profesores. El diario *Libération* dedicó un suplemento al libro de Annie le Brun: comentarios, poemas y una encuesta. Reproduzco mis respuestas a las preguntas del diario parisino:

–Hacia 1946 descubrí a Sade. Lo leí, fascinado y perplejo: desde entonces ha sido un silencioso y no siempre cómodo interlocutor. En 1947 escribí un poema (*El prisionero*) y en 1960 volví al tema y le dediqué un largo ensayo («Un más allá erótico»). Pero no coincido con Pauvert: Sade no me parece «el más grande escritor francés». Ni siquiera es el mejor de su siglo. Es imposible comparar su lengua con la de Rousseau, Diderot o Voltaire. Tampoco es un gran creador novelesco como Laclos. La importancia de Sade, más que literaria, es psicológica y filosófica. Sus ideas tienen indudable interés; sin embargo, Bataille y Blanchot exageraron: no fue Hume. Sus opiniones nos interesan no tanto por su pertinencia filosófica cuanto porque ilustran una psicología singular. Sade es un caso. Todo en él es inmenso y único, incluso las repeticiones. Por esto nos fascina y, alternativamente, nos atrae y nos repele, nos irrita y nos cansa. Es una curiosidad moral, intelectual, psicológica e histórica.

–Su vida no es menos extraordinaria que su obra. Padeció prisiones por sus ideas; fue incorruptible e independiente en materia intelectual (a veces hace pensar en Giordano Bruno); en fin, fue generoso incluso con sus enemigos y perseguidores. El filósofo del sadismo no fue un victimario sino una víctima, el teórico de la crueldad fue un hombre bondadoso. No es extraño que varias generaciones, desde Apollinaire y los surrealistas, hayan visto en él un ejemplo moral. Es la revuelta encarnada, la libertad en persona. Pero esta imagen de Sade ignora otros aspectos de su personalidad: las obsesiones, el fanatismo, la pedantería, el amor a la fuerza bruta y al filósofo tirano (su doble). Cada descripción erótica de Sade se convierte en una lección de geometría y en una demostración circular que nos encierra. En nombre de un placer razonante y ergotista, postula un curioso despotismo en el que la insurrección de los instintos se confunde con la tiranía del silogismo. Su razón no nos libera sino para encerrarnos en mazmorras que no son menos horribles que las de los moralistas, los pedagogos y los tiranos. Y no menos aburridas. No deja de ser escandaloso que espíritus generosos y enamorados de la libertad, como Breton y Buñuel, hayan sido de tal modo ciegos ante estos aspectos de su pensamiento. Sade no exalta a la libertad sino para esclavizar mejor a los otros.

—En el pensamiento de Sade, hombre del siglo XVIII, no podían faltar ciertos rasgos utópicos. En una suerte de manifiesto («Franceses, un esfuerzo más, si queréis ser republicanos», incluido en *La Philosophie dans le boudoir*), propone una sociedad de «leyes suaves» y «pasiones fuertes»: abolición de la pena de muerte pero consagración del asesinato privado por placer. El único derecho de esa sociedad es *le droit de propriété sur la jouissance*. También es reveladora su idea de la constitución de un Club de Amigos del Crimen, no sin analogías con *Los trece* de Balzac (probablemente lo leyó). Las utopías de Sade son antiutopías. Su principio fundador es la negación universal. Pero ¿se puede fundar algo sobre una negación?

—La negación de Sade es enorme, total. En esto recuerda a San Agustín. Ambos fueron antimaniqueos, quiero decir, proclamaron la existencia de un solo principio. Para San Agustín, el mal es realmente la nada, el no ser; lo único que existe de verdad es el Bien. Es lo único que *es*. El Bien es el supremo Ser. Para Sade el Mal es la única realidad: no hay bien. Pero ¿cuál es la realidad ontológica, por decirlo así, del Mal? Es indefinible; su nombre es *Legión*: dispersión y pluralidad. El único rasgo que aísla al Mal y lo define es ser una excepción. Por esto, al afirmar con maníaca insistencia al Mal como principio único, Sade afirma una pluralidad de excepciones resuelta en muchas negaciones. En suma, el Mal carece de fundamento. Esto es más que una contradicción o que una paradoja: al afirmar al Mal no postula un principio único sino una dispersión. El Mal no es sino miríadas de excepciones. Sade se precipita en una infinidad de negaciones que lo niegan también a él. No es ya sino una excepción más entre las excepciones, un reflejo entre los reflejos de un juego de espejos que se multiplican y se desvanecen.

*México, 1986*

«Cárceles de la razón» se publicó en *Al paso*, Barcelona, Seix Barral, 1992, y en *Un más allá erótico: Sade*, México, Vuelta-Heliópolis, 1993.

Manuscrito de una carta del marqués de Sade de 1783,
dirigida a su mujer cuando estaba preso en Vincennes.

Retrato de Charles Fourier (1772-1837).

# La mesa y el lecho: Charles Fourier

### ¿POR QUÉ FOURIER?

El 7 del pasado abril se cumplió el segundo centenario del nacimiento de Fourier. Entre 1772 y 1972 Fourier ha nacido, muerto y renacido muchas veces. Su último renacimiento, entre danzas rituales hopi en una «reservación» del sur de los Estados Unidos, fue un día de agosto de 1945. Ante el comienzo de la Nueva Era Glacial –Europa desangrada espiritual y físicamente por el nazismo y la guerra, la victoria de los pueblos sobre el Eje escamoteada por el imperialismo de las superpotencias, la Revolución rusa en su fase final de congelación burocrática– André Breton se vuelve hacia Fourier y escribe la *Oda* que publicamos en este número de *Plural*, traducida por Tomás Segovia. Cuando apareció el poema de Breton, fue denunciado como un regreso hacia formas utópicas y ya superadas de la revuelta. A los tenores del partido de Stalin (como los Aragon) y a los dómines ergotistas (como Sartre) les pareció una fuga, una dimisión. Veinticinco años después nadie se acuerda de esas acusaciones y la *Oda a Fourier*, sin perder nada de su magnetismo poético, adquiere una actualidad *crítica* extraordinaria. No es extraño: a medida que los males de la sociedad civilizada se extienden como una suerte de lepra universal que ataca por igual a los países capitalistas y a los que llamamos sin gran exactitud «socialistas», el pensamiento de Fourier se convierte en una verdadera piedra de toque. Si queremos tener una idea de la situación contemporánea, nada mejor que comparar la realidad que vivimos con las visiones de Fourier. La experiencia es vertiginosa y revulsiva: náuseas ante la civilización y sus desastres.

Al predicar la *duda absoluta* frente a las ideas recibidas, Fourier nos enseña a confiar en el cuerpo y en sus impulsos; al exaltar la *desviación*, también *absoluta*, de todas las morales, nos muestra que el camino más corto entre dos seres es el de la *atracción apasionada*. Los «sueños» de Fourier no son fantasías: son la crítica de la sensibilidad y la espontaneidad contra las camisas de fuerza de los sistemas y las abstracciones. Como Sade y Freud, su crítica de la civilización parte del cuerpo y sus verdades pero, a diferencia de ellos, no hay en él apenas huella de la moral judeocristiana. Dos visiones opuestas pero coincidentes del erotismo, ambas inspiradas (negativamente) por la tradición judeo-cristiana: para Sade el placer es agresión y transgresión, para Freud es subversión (y de ahí que la sociedad, so pena de perecer desgarrada por las pasiones, deba recurrir a la represión y a la sublimación). Fourier afirma, en cambio, que todas las pasiones, sin excluir a las que él llamaba «manías» y nosotros perversiones y desviaciones, son notas del teclado de la atracción universal. Sade hace una estética nihilista de la excepción erótica y Freud una terapéutica pesimista: para ambos la excepción es irreductible. En Fourier asistimos a la reintegración de las excepciones: regidas por un principio matemático y musical, se despliegan como un abanico. Los cuerpos son un tejido de jeroglíficos: aunque cada uno es distinto, todos dicen lo mismo porque no son sino variaciones de la pareja *deseo/placer*.

La oposición a la tradición judeo-cristiana se manifiesta también en su actitud frente al trabajo. Para Marx y sus discípulos, sin excluir a Lenin y a Trotski, el trabajo será siempre una pena y no podremos nunca escapar a su condenación. A lo más que podemos aspirar como recompensa de nuestro esfuerzo, una vez abolida la infamia del trabajo asalariado, es a la satisfacción del deber cumplido. Una sublimación altruista del egoísmo individual, según Trotski. Pero Fourier sostuvo siempre la posibilidad del trabajo atrayente. En el régimen «civilizado» el trabajo es una «tortura»; en Harmonía, un placer. Las incitaciones al trabajo como sacrificio –que en su época estaban inspiradas por la moral y la religión como ahora lo están por la «ideología» y el espíritu de competencia– lo ponían fuera de quicio. Repite con exasperación una frase de Burke: «Debemos recomendar paciencia, frugalidad, sobriedad, trabajo, religión; lo demás es fraude y mentira» –y comenta: «Sí, todo es fraude y mentira –comenzando por esos preceptos morales. Si los moralistas supiesen cómo volver agradable y productivo al trabajo, ¡no necesitarían recomendar paciencia, frugalidad y religión!». En Harmonía el trabajo es un juego y un arte porque está regido por la atracción pasional. *Desviación absoluta*: nosotros imponemos a los niños el modelo del trabajo adulto, Fourier propone que el trabajo adulto se inspire en el ejemplo de la sociedad infantil y sus juegos.

Con frecuencia los críticos han lamentado la miopía de Fourier, que no supo prever el prodigioso desarrollo que tendría la industria en los siglos XIX y XX. En realidad no se trata tanto de miopía como de antipatía: «Dios ha dado al trabajo industrial un limitado poder de atracción... La felicidad disminuiría si trastornamos el equilibrio de la atracción y le quitamos tiempo a la agricultura para dárselo a la industria. La naturaleza busca reducir al mínimo el tiempo que hay que dar al trabajo en las fábricas... La concentración en las ciudades de fábricas repletas de criaturas desdichadas, como ahora sucede, es contraria al principio del trabajo atrayente... Las fábricas deberían dispersarse en las áreas rurales... y no deberían ser la principal ocupación de la comunidad». Esta profesión de fe en la agricultura pudo hacernos reír hace unos años, no ahora: ya sabemos que la felicidad de los pueblos, o al menos su bienestar, no se mide por la producción de toneladas de acero. Es sorprendente, por otra parte, la profesión de fe ecológica que contiene el párrafo que he citado. Es un tema que aparece constantemente en sus escritos. En los albores de la era industrial, poquísimos hicieron la defensa del paisaje. Uno de ellos fue Fourier. Otro, William Blake. En otro pasaje Fourier nos revela su concepción de la industria: «Refutemos el extraño sofisma de los economistas que sostienen que el aumento ilimitado de los productos manufacturados constituye un aumento de riqueza... Los economistas se equivocan en este punto como se equivocan al desear el ilimitado aumento de la población o sea de la *carne de cañón*... Para los economistas, el aumento en la producción y el consumo de objetos industriales son los índices de la prosperidad. En Harmonía se busca lo contrario: *infinita variedad de productos manufacturados y mínimo consumo*».

Curiosa prefiguración crítica de la sociedad contemporánea. Como si adivinase lo que ocurriría durante la segunda mitad del siglo XX, Fourier piensa que hay que poner un *hasta-aquí* al crecimiento demográfico y al progreso industrial. En Harmonía la industria no producirá objetos en serie en cantidades ilimitadas y de mínima duración sino una inmensa variedad de objetos en cantidades limitadas y de enorme duración («los objetos serán *eternos*», dice con su exageración habitual). Del mismo modo que la Cocina asciende en Harmonía al rango del Arte y que el Erotismo se convierte en la forma suprema de la Santidad, la industria harmoniana poseerá la perfección y la durabilidad de la Artesanía. Con más de un siglo y medio de anticipación, Fourier hizo la crítica del «productivismo» socialista y de la sociedad de consumo neocapitalista.

La situación de la mujer fue una de sus preocupaciones centrales: «las naciones más corrompidas han sido aquellas que con mayor rigor han subyugado a la mujer». Una de las razones del atraso de España es que «los españoles han sido los menos indulgentes con el sexo femenino y por eso van a la zaga de los otros europeos y no se han distinguido ni en las ciencias ni en las artes». ¿Qué habría dicho de México y de la imagen de «la sufrida mujer mexicana»? La situación de la mujer es un índice de la salud de la sociedad: «el avance social coincide siempre con la marcha de la mujer hacia la libertad y el retroceso de los pueblos resulta de la disminución de las libertades femeninas... La extensión de los privilegios de las mujeres es la *causa fundamental de todo progreso social*».

Al dedicar este número de *Plural* a Charles Fourier, no nos proponemos nada más que rendir un homenaje a un precursor del socialismo. Lo que deseamos es subrayar el nexo indisoluble entre *visión* y *crítica*, imaginación y realidad. Fourier: piedra de toque del siglo xx.

*México, agosto de 1972*

«¿Por qué Fourier?» se publicó por primera vez en *Plural*, núm. 11, agosto de 1972, y se recogió en *El ogro filantrópico*, México, Joaquín Mortiz, 1979.

LA MESA Y EL LECHO

*Civilización y Harmonía*

Las comparaciones que me propongo desarrollar requieren una justificación. Si quiero examinar la situación actual de México, espontáneamente la comparo con nuestro pasado y pienso en los tiempos de Moctezuma, el virrey Bucareli, el dictador Santa Anna o el presidente Cárdenas; en el caso de los Estados Unidos la comparación tiende a establecerse entre la realidad presente y alguna construcción utópica. Como la mayoría de los países, México es el resultado de las circunstancias históricas más que de la voluntad de los ciudadanos. En esto los Estados Unidos también son una excepción: el elemento voluntarista fue determinante en el nacimiento de esa nación. El poeta Luis Cernuda me decía: «estoy condenado a ser español». Y un personaje de *La región más transparente*, la novela de Carlos Fuentes, dice: «Aquí me tocó nacer, ¡qué remedio me queda!». Se dirá que hay norteamericanos para los que es una condenación el hecho de serlo, sobre todo después de Vietnam. No importa: en su origen y durante todo el período de su formación, los Estados Unidos fueron una elección, no una fatalidad. Son los hijos de un proyecto de sociedad más que de una sociedad dada. La Constitución norteamericana es un pacto destinado a fundar una nueva sociedad y, en este sentido, se sitúa antes de la historia. Antes de la historia y más allá de ella: la sociedad norteamericana sobrevalora el cambio y se concibe a sí misma como voluntad de anexión al futuro. De ahí que no sea absurdo comparar el estado actual de los Estados Unidos con otras realidades o ideas fuera de la historia. Por ejemplo, con las sociedades primitivas o con las imaginadas por el pensamiento utópico: Rousseau o Fourier, la aldea del neolítico o el falansterio. La primera está antes de la historia, como el pacto que fundó a los Estados Unidos; la segunda está más allá de ella, en el futuro, tierra de elección de los norteamericanos.

Las semejanzas entre la sociedad primitiva y la utópica no provienen únicamente de que ambas están fuera de la historia. La sociedad primitiva (o nuestra idea de ella) es, hasta cierto punto, una proyección de nuestros deseos y de nuestros sueños y así participa del carácter ejemplar de la sociedad utópica; a su vez, las construcciones de los utopistas en buena parte se inspiran en los rasgos reales o imaginarios de las sociedades arcaicas. Fourier dice que el mundo futuro de Harmonía estará más cerca de la simplicidad e inocencia de los bárbaros que de las costumbres corrompidas de los civilizados. Nuestras visiones de lo que fue (o pudo ser) y de lo que será (o podría ser) la sociedad humana cumplen funciones semejantes: aparte de su mayor o menor realidad, son paradigmas, padrones. A través de ellas nos vemos, nos examinamos, nos juzgamos.

En los últimos años, tal vez como parte de ese fenómeno que he llamado en otros escritos «el ocaso del futuro»[1], se tiende a preferir los padrones de las sociedades arcaicas: la aldea y no la cosmópolis, el artesano y no el tecnócrata, la democracia directa y no la burocracia. El futuro nos decepciona cuando no nos espanta. No obstante, aunque sea para enfrentar las esperanzas de ayer a las realidades de hoy, se me ocurre que valdría la pena comparar el estado social que describe Fourier con los cambios que se han operado en los Estados Unidos en materia de *mœurs* eróticos. Mejor dicho: con los cambios en las ideas de los norteamericanos sobre el amor y sobre la variedad de las inclinaciones y las prácticas sexuales. Pues es claro que se trata sobre todo de un cambio en las ideas y en las opiniones; las costumbres, naturalmente, han cambiado muchísimo menos de lo que se cree. La diferencia no radica tanto en lo que se hace como en la actitud ante lo que se hace.

¿Por qué Fourier? Pues porque hace unos pocos años una estudiosa francesa, Simone Debout, descubrió y publicó, precedido por un prólogo inteligente y docto sin pedantería, el manuscrito de *Le Nouveau monde amoureux*[2], un texto capital que discípulos pudibundos habían hecho perdidizo. En la sociedad que describe Fourier, gracias a la organización cooperativa del trabajo y a otras reformas sociales y morales, entre ellas y de

---

1. *Corriente alterna*, México, 1967; *Conjunciones y disyunciones*, México, 1969.
2. Charles Fourier, *Le Nouveau monde amoureux*, notas e introducción de Simone Debout, París, Éditions Anthropos, 1967.

manera primordial la absoluta igualdad entre hombres y mujeres, «reina la abundancia y es necesario, para la concordia general, no sólo una inmensa variedad de placeres sino que cada uno se entregue ardientemente al placer...». Aunque los Estados Unidos están lejos de haber alcanzado el estado de justicia y de armonía social que pinta Fourier, la industria ha creado una abundancia que, sin cerrar los ojos ante sus horrores, es única en la historia. Esa abundancia material y una tradición todavía viva de crítica y de individualismo son el fondo social e histórico sobre el que se despliega la rebelión erótica. Las analogías entre el mundo norteamericano y el imaginado por Fourier no son menos reveladoras que las diferencias. Entre las primeras: la abundancia material y la libertad erótica, esta última total en Harmonía y relativa en los Estados Unidos. La diferencia mayor es que la sociedad de Fourier, como su nombre lo indica, ha alcanzado la armonía –un orden social que, a semejanza del que gobierna a los cuerpos celestes, está regido por la atracción que une a las oposiciones sin suprimirlas–, mientras que en los Estados Unidos, abierta o disimuladamente, imperan el lucro, la mentira, la violencia y los otros males de la sociedad civilizada.

En Harmonía la soberanía está dividida –como en todas las sociedades, dice Fourier– en dos esferas: la Administración y la Religión. La primera se ocupa de la producción y la distribución, es decir, del trabajo, si es posible distinguir entre trabajo y placer en la sociedad armoniosa. La segunda es el dominio de los placeres propiamente dichos. En la sociedad civilizada la Religión legisla sobre los placeres, señaladamente sobre los del lecho y la mesa –la Religión es amor y comunión– pero para reprimirlos y desviarlos. Al contradecir las pasiones y las inclinaciones, las transforma en obsesiones y delirios feroces. No hay pasiones crueles: la represión de la moral y de la Religión nos enardece y, literalmente, nos enfurece. En Harmonía, abolida la moral de la civilización, la Religión ya no oprime sino que libera, exalta y armoniza los instintos, sin excluir a ninguno. «Mi teoría se limita a utilizar las pasiones tal como la naturaleza las crea y sin cambiar nada en ellas.» Habría que agregar: salvo el contexto social. En la sociedad civilizada las pasiones son maléficas, dividen a los hombres; en Harmonía, los unen. A pesar de que se despliegan totalmente y sin freno, no rompen la cohesión social ni lesionan a los individuos. Precisamente porque está enteramente socializado, el hombre de Fourier es enteramente libre. Todo está permitido pero, al contrario de lo que sucede en el mundo de Sade, gracias a una radical reversión de los valores, las pasiones destructoras cambian de signo y se vuelven creadoras. El sadismo se ejerce siempre sobre un *objeto* erótico y el masoquismo consiste en la tendencia del sujeto a convertirse en objeto; en el mundo de Harmonía, regido por la atracción pasional, todos son sujetos.

La jurisdicción de la Religión es dual: el amor y el gusto, la comunión y el convivio, la Erótica y la Gastrosofía. El erotismo es la pasión más intensa y la gastronomía la más extensa. Ni los niños ni los viejos pueden practicar la primera; en cambio, la segunda abarca a la infancia y a la vejez. Aunque una y otra están hechas de enlaces y combinaciones, en un caso de cuerpos y en el otro de substancias, en la Erótica el número de combinaciones es limitado y el placer tiende a culminar en un instante (el orgasmo), mientras que en la Gastrosofía las combinaciones son infinitas y el placer, en lugar de concentrarse, tiende a extenderse y propagarse (sabores, paladeos). Por eso, probablemente, Fourier hace del amor un arte, el arte supremo, y de la gastronomía una ciencia. Las artes son el dominio de la Erótica, las ciencias el de la Gastrosofía. La Erótica, que es entrega, corresponde a la virtud; la Gastrosofía, que es distribución, a la sabiduría.

Harmonía tiene sus santos y sus héroes, muy distintos a los nuestros: son santos los campeones en el arte del amor, son héroes los hombres de ciencia, los poetas, los artistas. En la sociedad civilizada acceder a las fantasías de un perverso o hacer el amor con una anciana es una excentricidad o un acto de prostitución; en Harmonía es una acción virtuosa. El ejercicio de la virtud no es un sacrificio sino que es el resultado de la abundancia. No es difícil ser generoso cuando nadie padece de privación sexual (todos tienen derecho a un mínimo erótico). Además, el santo o la santa de Harmonía, al satisfacer los deseos de los otros, gana el reconocimiento público y así satisface una pasión no menos violenta que la sensual: la ambición, la pasión «cabalista», como la llama Fourier. Trátese del sexo o del gusto, el placer deja de ser la satisfacción de una necesidad para convertirse en una experiencia en la que el deseo simultáneamente nos revela lo que somos y nos invita a ir más allá de nosotros mismos para ser *otros*. Imaginación y conocimiento o, como dice Fourier, virtud y sabiduría. Desde la doble perspectiva de la Erótica y la Gastrosofía podemos dar ahora un vistazo a la sociedad norteamericana.

*Higiene y represión*

La cocina norteamericana tradicional es una cocina sin misterio: alimentos simples, nutritivos y poco condimentados. Nada de trampas: la zanahoria es la honrada zanahoria, la papa no se ruboriza de su condición y el bistec es un jayán sanguinolento. Transubstanciación de las virtudes democráticas de los Fundadores: una comida franca, un platillo detrás del otro como las frases sensatas y sin afectación de un virtuoso discurso. A semejanza de la conversación entre los comensales, la relación entre las substancias y los sabores es directa: prohibición de salsas encubridoras y aderezos que exaltan a los ojos y confunden al gusto. La separación entre los alimentos es análoga a la reserva del trato entre los sexos, las razas y las clases. En nuestros países la comida es comunión y no sólo entre los convivios sino entre los ingredientes; la comida yanqui, impregnada de puritanismo, está hecha de exclusiones. La preocupación maniática por la pureza y el origen de los alimentos corresponde al racismo y al exclusivismo. La contradicción norteamericana –un universalismo democrático hecho de exclusiones étnicas, culturales, religiosas y sexuales– se refleja en su cocina. En esta tradición culinaria resultaría escandaloso nuestro culto por los guisos sombríos y pasionales como los moles –espesas y suntuosas salsas rojas, verdes y amarillas. También lo sería el lugar de elección que tiene en nuestra mesa el *huitlacoche* que, además de ser una enfermedad del elote, es un alimento de color negro. O nuestro amor por los chiles y las mazorcas de maíz, ellos del verde perico al morado eclesiástico y ellas del dorado solar al azul nocturno. Colores violentos como los sabores. Los norteamericanos adoran los colores y los sabores tiernos y frescos. Su cocina es como pintura al agua o al pastel.

La cocina norteamericana teme a las especias como al diablo pero se revuelca en pantanos de crema y mantequilla. Orgías de azúcar. Oposiciones complementarias: la sencillez y la sobriedad casi apostólicas del *lunch* frente a los placeres sospechosamente inocentes y pregenitales del *ice-cream* y el *milk-shake*. Dos polos: el vaso de leche y el vaso de whiskey. El primero afirma la primacía del *home* y de la madre. Las virtudes del vaso de leche son dobles: es un alimento sano y nos devuelve a la infancia. Fourier odiaba el *repas familial*, imagen de la familia en sociedad civilizada, diaria ceremonia del tedio oficiada por un padre tiránico y una madre fálica. ¿Qué habría dicho del culto al vaso de leche? En cuanto al whiskey y al *gin*: son bebidas para solitarios e introvertidos. Para Fourier, la Gastrosofía no sólo era la ciencia de la combinación de los alimentos sino de los convivios: a la variedad de los manjares debería corresponder la de los participantes en la comida. Los vinos, licores y alcoholes son el complemento de la comida y, así, tienen por objeto estimular las relaciones y las uniones que se anudan en torno a una mesa. Al revés del vino, el pulque, la champaña, la cerveza y el vodka, ni el whiskey ni el *gin* acompañan a la comida.

Tampoco son aperitivos ni digestivos. Son bebidas que acentúan el retraimiento y la insociabilidad. En una edad gastrosófica su reputación no sería grande. La afición universal que se les profesa revela la situación de nuestras sociedades, oscilantes entre la promiscuidad y la soledad.

La ambigüedad y la ambivalencia son recursos que desconoce la cocina norteamericana. En esto, como en tantas otras cosas, es el antípoda de la francesa, hecha de matices, variaciones y modulaciones de una delicadeza extrema. Tránsitos de una substancia a otra, de un sabor a otro; hasta el vaso de agua, en una suerte de eucaristía profana, se transfigura en un cáliz erótico:

> *Ta lèvre contre le cristal*
> *Gorgée à gorgée y compose*
> *Le souvenir pourpre et vital*
> *De la moins éphémère rose*[1].

Lo contrario también de la cocina mexicana y de la hindú, cuyo secreto es el choque de sabores: lo fresco y lo picante, lo salado y lo dulce, lo cálido y lo ácido, lo áspero y lo delicado. El deseo es el agente activo, el productor secreto de los cambios, trátese del tránsito de un sabor a otro o del contraste entre varios. El deseo, lo mismo en gastronomía que en erótica, pone en movimiento a las substancias, los cuerpos y las sensaciones: es la potencia que rige los enlaces, las mezclas y las transmutaciones. Una cocina razonable en la que cada substancia es lo que es y en la que se evitan tanto las variaciones como los contrastes, es una cocina que ha excluido al deseo.

El placer es una noción (una sensación) ausente de la cocina yanqui tradicional. No el placer sino la salud, no las correspondencias entre los sabores sino la satisfacción de una necesidad: éstos son sus dos valores. Uno es físico y el otro es moral; ambos están asociados a la idea del cuerpo como trabajo. A su vez el trabajo es un concepto a un tiempo económico y espiritual: producción y redención. Estamos condenados a trabajar y el alimento repara al cuerpo de la pena del trabajo. Se trata de una verdadera *reparación*, tanto en el sentido físico como en el moral. Por el trabajo el cuerpo paga su deuda: al ganar su sustento físico gana también su recompensa espiritual. El trabajo nos redime y el signo de esa redención es la comida. Un signo activo en la economía espiritual del hombre: el alimento restaura la salud corporal y la del alma. Si los alimentos nos dan la salud

---

1. Stéphane Mallarmé, *Verre d'eau*.

física y la espiritual, se justifica la exclusión de las especias por razones morales e higiénicas: son los signos del deseo y son indigestas.

La salud es la condición de dos actividades del cuerpo: el trabajo y el deporte. En la primera, el cuerpo es un agente productor y, al mismo tiempo, redentor; en la segunda, el signo cambia: el deporte es un gasto. Contradicción aparente pues en realidad se trata de un sistema de vasos comunicantes. El deporte es un gasto físico que, a la inversa de lo que ocurre con el placer sexual, al final se vuelve productivo: el deporte es un gasto que produce salud. El trabajo, a su vez, es un gasto de energía que produce bienes y así transforma la vida biológica en vida social, económica y moral. Hay, además, otro nexo entre trabajo y deporte: ambos se despliegan en el ámbito de la rivalidad, ambos son competencia y emulación. Los dos son formas de la pasión «cabalista» de Fourier. En este sentido, el deporte posee el rigor y la gravedad del trabajo; asimismo, el trabajo posee la gratuidad y la ligereza del deporte. El elemento lúdico del trabajo es uno de los pocos rasgos de la sociedad norteamericana que hubiera podido merecer el elogio de Fourier, aunque sin duda le habría horrorizado la mercantilización del deporte. La preeminencia del trabajo y del deporte, actividades que excluyen por necesidad el placer sexual, posee la misma significación que la exclusión de especias en la cocina. Si la gastronomía y el erotismo son uniones y cópulas de substancias y sabores o de cuerpos y sensaciones, es evidente que ni la una ni el otro han sido preocupaciones centrales de la sociedad norteamericana. De nuevo: como ideas y valores sociales, no como realidades más o menos secretas. En la tradición norteamericana el cuerpo no es una fuente de placer sino de salud y de trabajo, en el sentido material y en el moral.

El culto a la salud se manifiesta como «ética de la higiene». Digo ética porque sus recetas son a un tiempo fisiológicas y morales. Una ética despótica: la sexualidad, el trabajo, el deporte y la cocina misma son sus provincias. Se trata, otra vez, de un concepto dual: la higiene rige tanto la vida corporal como la moral. Cumplir con los preceptos de la higiene significa no sólo obedecer reglas de orden fisiológico sino principios éticos: sobriedad, mesura, reserva. La moral de la separación inspira a las reglas higiénicas del mismo modo que la estética de la fusión anima las combinaciones de la gastronomía y la erótica. En la India me tocó ser testigo muchas veces de las exageradas preocupaciones higiénicas de los norteamericanos. Su horror ante las posibilidades del contagio parecía no tener límites; todo podía ser portador de gérmenes: la comida, la bebida, las cosas, la gente, el aire mismo. Estas preocupaciones son exactamente la contrapartida de las preocupaciones rituales de los brahmanes ante el peligro de contacto con alimentos y cosas impuras, sin excluir a gente de casta diferente a la suya. Muchos dirán que las preocupaciones del norteamericano son justificadas mientras que las del brahmán son supersticiones. Todo depende del punto de vista: para el brahmán las bacterias que teme el norteamericano son ilusorias pero son absolutamente reales las manchas morales que produce el contacto con gente extraña. Esas manchas son marcas que lo aíslan: ningún miembro de su casta se atrevería a tocarlo hasta que no haya celebrado largos y complicados ritos de purificación. El temor al aislamiento social no es menos intenso que el de la enfermedad. El tabú higiénico del norteamericano y el tabú ritual del brahmán poseen un elemento en común y que es el fundamento de ambos: la pureza. Ese fundamento es religioso aunque, en el caso de la higiene, esté recubierto por la autoridad de la ciencia.

El culto a la higiene, en el fondo, no es sino otra expresión del principio que inspira las actitudes ante el deporte, el trabajo, la cocina, el sexo y las razas. El otro nombre de pureza es separación. Aunque la higiene es una moral social que se funda explícitamente en la ciencia, su raíz inconsciente es religiosa. Sin embargo, la forma en que se expresa y su justificación son racionales. En la sociedad norteamericana, a diferencia de lo que ocurrió en las nuestras, la ciencia ocupó desde el principio un lugar privilegiado en el sistema de creencias y valores. La querella entre la fe y la razón no tuvo jamás la intensidad que asumió en los pueblos hispánicos; desde su nacimiento los norteamericanos fueron modernos: para ellos es natural creer en la ciencia, para nosotros esa creencia implica una negación de nuestro pasado. El prestigio de la ciencia es tal en la opinión pública norteamericana que incluso las disputas políticas adoptan con frecuencia la forma de polémicas científicas, del mismo modo que en la Unión Soviética se presentan como querellas en torno a la ortodoxia marxista. Dos ejemplos recientes son la cuestión racial y el movimiento feminista: ¿son genéticas o de orden histórico-cultural las diferencias intelectuales entre las razas y los sexos?

La universalidad de la ciencia (o de lo que pasa por ciencia) justifica la elaboración y la imposición de padrones colectivos de normalidad. La imbricación entre ciencia y moral puritana permite, sin necesidad de recurrir a la coerción directa, la imposición de reglas que condenan las singularidades, las excepciones y las desviaciones de una manera no menos categórica e implacable que los anatemas religiosos. Contra las excomuniones de la ciencia no hay ni el recurso religioso de la abjuración ni el jurídico del amparo (*habeas corpus*). Aunque ostenten la máscara de la higiene y la ciencia, la función de esos padrones de normalidad en el dominio del erotismo no es distinta a la de la cocina «sana» en la esfera de la gastronomía: la extirpación o la separación de lo extraño, lo diferente, lo ambiguo, lo impuro. Una misma condenación para los negros, los chicanos, los sodomitas y las especias.

### *La insurrección de las especias*

Las observaciones anteriores tienden a configurar la imagen de un mundo cuyo rasgo distintivo sería la conformidad social. No es así: el mismo puritanismo que vela por la insipidez de los alimentos y que ha hecho del trabajo una moral de salvación, es la raíz de los movimientos de crítica y de autocrítica que periódicamente conmueven a la sociedad norteamericana y la obligan a examinarse y a hacer actos de contrición. Esta característica es plenamente moderna. Baudelaire decía que el progreso se medía no por el aumento de lámparas de gas en el alumbrado público sino por la disminución de las señas del pecado original. Para mí el índice es otro: la modernidad no se mide por los progresos de la industria sino por la capacidad de crítica y de autocrítica. Todo el mundo repite que las naciones latinoamericanas no son modernas porque todavía no han logrado industrializarse; pocos han dicho que a lo largo de nuestra historia hemos revelado una singular incapacidad para la crítica y la autocrítica. Lo mismo sucede con los rusos: pagaron con sangre, literalmente, su industrialización pero la crítica sigue siendo entre ellos un artículo exótico y por eso su modernidad es incompleta, superficial. Cierto, rusos e hispanos conocemos la ironía, la sátira, la crítica estética. Tenemos a Cervantes y a Chéjov, no a Swift, Voltaire, Thoreau. Nos hace falta la crítica filosófica, social y política: ni los rusos ni los hispanos tuvimos siglo XVIII. Esta carencia ha sido fatal para los pueblos latinoamericanos: la crítica no sólo prepara los cambios sociales sino que, sin ella, esos cambios se convierten en fatalidades externas. Gracias a la crítica asumimos los cambios, los interiorizamos, cambiamos nosotros mismos. En esto los norteamericanos son admirables: sus cambios históricos han sido simultáneamente crisis sociales y crisis de conciencia.

Los Estados Unidos han atravesado por varias crisis y ahora mismo viven una que quizá sea la más grave de su historia. En todas ellas el disentimiento, incluso cuando la disensión colinda con la escisión, le ha devuelto la salud a ese pueblo. Pero la palabra *placer* no había aparecido antes en el vocabulario de los disidentes. Es natural: no es una palabra que pertenezca a la tradición filosófica y moral de los Estados Unidos. Fueron fundados por otras palabras, las opuestas: *deber*, *expiación*, *culpa*, *deuda*. Todas ellas son el fundamento moral y religioso del puritanismo; todas ellas, al concebir la vida humana como falta y deuda que debemos pagar al Creador, fueron la levadura del capitalismo; todas ellas se traducen en términos económicos y sociales: trabajo, ahorro, acumulación. El placer es gasto y así es la negación de todos esos valores y creencias. El hecho de que ahora esa palabra brote en tantos labios y con tan violenta vehemencia es un portento, como el «ocaso del futuro» y otros signos, de que tal vez la sociedad norteamericana cambia de rumbo. Pero las perspectivas de un cambio revolucionario son remotas. La razón, como todos sabemos, es la ausencia, lo mismo en los Estados Unidos que en Europa occidental, de una clase revolucionaria internacional; el proletariado no ha mostrado ni temple internacional ni vocación revolucionaria. Si la revolución no está a la vista, al menos en la acepción que hasta hace poco tenía ese término tanto en la tradición marxista como en la anarquista, sí es perceptible una mutación inmensa, quizá más profunda que una revolución y cuyas consecuencias todavía no es posible prever. Una mutación: un cambio de valores y de orientación.

El gusto de los norteamericanos ha cambiado. Han descubierto la existencia de otras civilizaciones y viven una suerte de cosmopolitismo gastronómico. En las grandes ciudades coexisten en una misma calle las tradiciones culinarias de los cinco continentes. Los restaurantes rivalizan con los grandes museos y bibliotecas por la excelencia y variedad enciclopédica de sus productos. Más que Babel, Nueva York es Alejandría. No sólo abundan los restaurantes que sirven manjares insólitos, de las hormigas de África a las trufas de Périgord, sino que en los supermercados no es raro encontrar un departamento de especias y condimentos exóticos que despliega en sus escaparates una gama de productos y substancias que habría arrobado al mismo Brillat-Savarin (por cierto: era primo de Fourier). Hay además una profusión de libros de cocina y muchos institutos y escuelas de gastronomía. En la televisión los programas sobre arte culinario no son menos populares que los religiosos. Las minorías étnicas han contribuido a este universalismo; en muchas familias se conservan las tradiciones culinarias de Odessa, Bilbao, Orvieto o Madrás. Pero el eclecticismo en materia de cocina no es menos nocivo que en filosofía y en moral. Todos esos conocimientos han pervertido a la cocina nativa. Antes, aunque modesta, era honrada; ahora es ostentosa y trapacera. Y lo que es peor: el eclecticismo ha inspirado a muchos guisanderos que han inventado platillos híbridos y otras paragustias. El *melting pot* es un ideal social que, aplicado al arte culinario, produce abominaciones[1]. No es extraño este fracaso: es más difícil tener una buena cocina que una gran literatura, como lo enseña el ejemplo de Inglaterra.

A las fantasías perversas de los cocineros sin genio, hay que agregar la industrialización de los alimentos. Ése es el verdadero mal. La industria de la alimentación ha sido y es el agente principal de la degradación del gusto y ahora se ha convertido en una amenaza contra la salud pública. Justicia poética: la posibilidad del envenenamiento colectivo es el castigo de la obsesión por la pureza de los alimentos y por su origen. Nadie sabe qué es lo que come cuando abre una lata o un paquete de comida prefabricada. La desenvoltura de la industria es asombrosa; no lo es menos su impunidad. Viola los antiguos tabúes alimenticios, mezcla las substancias, usa más de 3.000 «aditivos» y compuestos químicos, da gato por liebre y todo esto no en beneficio del gusto o de la salud sino como un negocio colosal. La industria alimenticia tiene ramificaciones sociales y políticas: basta con pensar en los millones de hambrientos y subalimentados del Tercer Mundo; económicas: es un gigantesco monopolio de tres o cuatro compañías cuyas operaciones ascienden a la suma anual de 125.000 millones de dólares; sanitarias: los norteamericanos se alimentan más y más de sucedáneos que nadie sabe si a la larga no afectarán adversamente a la salud pública: *non-dairy creamers*, *filled-milk*, jugos de frutas sintéticos y otros prodigios del *food engineering*. El tema de la industrialización de la alimentación es demasiado vasto y rebasa los límites de este artículo tanto como los de mi competencia[2]. Lo que me interesa subrayar es que la moral culinaria (pues en este caso se trata de una moral y no de una estética) se ha quebrantado en los Estados Unidos por partida doble: primero, por la industrialización de los alimentos y sus siniestras consecuencias; segundo, por el cosmopolitismo y el eclecticismo reinantes, que han minado los tabúes alimenticios. Aceptar las salsas extrañas, los condimentos raros, los aliños, los adobos y los aderezos revela no sólo un cambio de gustos sino de valores. El placer en su forma más inmediata, directa e

---

1. Hoy no escribiría esas líneas. En las grandes ciudades de los Estados Unidos la gastronomía rivaliza y a veces supera a la europea. Además, hay mayor variedad.
2. Cf. el artículo de Judith van Allen, «Mastering the Art of Gourmet Poisoning, America's Food-Industrial Complex», en *Ramparts*, mayo, 1972.

instantánea: el olor y el sabor, desplaza a los valores tradicionales. Es lo contrario del ahorro y del trabajo. El cambio modifica a la visión misma del tiempo: el *ahora* es el tiempo del placer mientras que el tiempo del trabajo es el *mañana*.

El descubrimiento de la ambigüedad y la excepción en el ámbito del erotismo ha sido paralelo al de las especies y condimentos en la gastronomía. Pero es un error hablar de descubrimiento como si el erotismo y el cuerpo hubiesen sido realidades desconocidas. No, los norteamericanos conocían los poderes del cuerpo, surtidor de maravillas y horrores; precisamente porque los conocían, los temían. El cuerpo es una presencia constante en Whitman, Melville y Hawthorne. Los Estados Unidos son un país pobre en especias, rico en hermosura humana. También es un error pensar que la laxitud de la moral pública ha aumentado el número de perversiones y desviaciones. (Con mayor objetividad, Fourier las llamaba «manías»; *desviación* y *perversión* son palabras que aluden a modelos de normalidad más bien arbitrarios y que varían en cada siglo y en cada sociedad.) Sin duda la nueva moralidad ha hecho que caigan innumerables máscaras colectivas e individuales; muchos y muchas que ni siquiera a sí mismos se atrevían a confesar su pederastia o su safismo, ahora se enfrentan con mayor decisión a su propia verdad erótica. Igualmente: sería obtuso negar que hoy la gente goza con mayor libertad su cuerpo y el de los otros. Además y sobre todo: sin el miedo de antes. Al mismo tiempo: es obvio que ni las prácticas han cambiado ni la rebelión erótica ha alterado o modificado el arte de amar. No sé si hay más encuentros eróticos; estoy seguro de que no hay maneras distintas de copular. Quizá la gente hace más el amor (¿cómo saberlo?) pero la capacidad de gozar y sufrir no aumenta ni disminuye. El cuerpo y sus pasiones no son categorías históricas. Es más difícil inventar una nueva postura que descubrir un nuevo planeta. En el dominio del erotismo y de las pasiones, como en el de las artes, la idea del progreso es particularmente risible.

El carácter eminentemente popular de la rebelión erótica fue percibido inmediatamente por las grandes compañías que manejan los medios de difusión y por las industrias de la diversión y el vestido. No han sido las Iglesias ni los partidos políticos sino los monopolios industriales y económicos los que se han repartido los poderes de fascinación que el erotismo ejerce sobre los hombres. En el reparto no fueron ni la industria del espectáculo –cine, teatro, televisión– ni la antigua pornografía literaria las que se quedaron con la parte del león, sino la publicidad. La boca y los dientes, el vientre y los senos, el pene y la vulva –signos alternativamente sagrados o malditos de los sueños, los mitos y las religiones – se han convertido en *slogans* de este o aquel producto. Lo que comenzó como una liberación se ha transformado en un negocio. En la esfera de la sexualidad ha ocurrido lo mismo que en la de la gastrosofía: la industria erótica es la hermana menor de la industria alimenticia. En el mundo de Harmonía, la libertad erótica coincide con la libertad social y la abundancia: ha desaparecido la necesidad económica y la autoridad del Estado se reduce a la autoadministración de cada falansterio. En el siglo XX, lo mismo en los Estados Unidos que en Europa occidental, la industria confisca a la rebelión erótica y la mutila. Es la expropiación de la utopía por los negocios privados. En su época de ascenso, el capitalismo humilló y explotó al cuerpo; ahora lo convierte en un anuncio de publicidad. De la prohibición a la abyección.

Muchos críticos han señalado que Fourier no supo prever el desarrollo de la industria y los cambios que introduciría en el mundo. Esta miopía bastaría para desacreditarlo como profeta. Sin embargo, no es imposible que esa supuesta falta de visión haya sido, en el fondo, una visión más certera del porvenir. Fourier nunca ocultó su antipatía por la industria manufacturera, la única que existía en su tiempo. Sin duda en su actitud se reflejan las experiencias de su trato con los desdichados trabajadores textiles de Lyon, a los que conoció íntimamente. Pero las razones de su enemistad contra la industria son más profundas. El eje del sistema de Harmonía es el trabajo *atractivo*. En los falansterios los hombres y las mujeres trabajarán con el mismo entusiasmo con que ahora juegan y se entregan a sus pasiones favoritas. Por eso las faenas de Harmonía son muy variadas. La pasión mariposeante, el amor por el cambio y la variedad, es uno de los principios rectores del sistema de Fourier: la verdadera condenación no consiste en trabajar sino en hacer siempre las mismas cosas. El principio de placer es difícilmente aplicable al trabajo industrial porque, como Fourier no se cansa de repetirlo, es un trabajo *intrínsecamente* monótono, inatractivo. De ahí que la actividad principal de Harmonía sea la agricultura. Al mismo tiempo, Fourier se da cuenta de que es imposible suprimir enteramente a la industria. ¿Qué hacer? Su solución es ingeniosa y consiste en la aplicación de su principio cardinal: la contradicción absoluta.

En la sociedad civilizada la regla es la producción casi ilimitada del mismo producto. La producción en serie se basa en un consumo máximo y, por lo tanto, en una durabilidad mínima del producto. En Harmonía la regla es la contraria: inmensa variedad de productos de gran durabilidad y, en consecuencia, consumo mínimo. Para evitar el peligro del cansancio y mantener viva la atracción pasional, esos objetos serán de gran perfección y belleza. Es la aplicación del modelo de la artesanía a la industria. Las necesidades de este modo de producción serían las opuestas a las de nuestras fábricas: no un ejército de trabajadores sino un grupo reducido de obreros-artistas ocupados en producir un número limitado de objetos de extraordinaria variedad y de perfecto acabado. Así se reducirían al mínimo el horror y el tedio del trabajo industrial. La producción manufacturera, concluye triunfalmente Fourier, no requerirá sino una cuarta parte de la jornada de labor. En Harmonía «la verdadera riqueza estará basada, primero, en el *mayor* consumo posible de diferentes clases de alimentos y, segundo, en el *menor* consumo posible de diferentes clases de ropa, muebles, objetos…». Exactamente lo contrario de lo que sucede en la sociedad contemporánea: no sólo las artesanías han desaparecido sino que la cocina misma es ya una industria y forma parte de la producción en serie. La solución de Fourier nos puede hacer sonreír. No obstante, no es sino el reverso, exacto y simétrico, de la contradicción central de la sociedad norteamericana y de todo el mundo que llamamos desarrollado: la oposición entre industria y atracción pasional. La industria ha creado la abundancia pero ha convertido a Eros en uno de sus empleados.

*Erotismo, amor, política*

Las revueltas eróticas del pasado afectaban casi exclusivamente a las capas superiores de la población. La extraordinaria libertad erótica del siglo XVIII fue un fenómeno circunscrito a la nobleza y a la alta burguesía. La filosofía libertina no penetró en el pueblo: ni Laclos ni el mismo Restif de la Bretonne fueron autores populares. Lo mismo puede decirse del amor cortés, que fue una erótica y una poética de aristócratas y letrados. Así, es la primera vez que en Occidente la masa popular participa directamente en una rebelión de esta índole. En otras civilizaciones los movimientos erotizantes llegaron a tener un carácter realmente popular: el taoísmo sexual en China, el tantrismo en India, Nepal y Tíbet. Se dirá que el taoísmo y el tantrismo fueron movimientos esencialmente religiosos, mientras que la rebelión erótica contemporánea se despliega fuera de las Iglesias y es, en ocasiones, violentamente anticristiana. Aclaro: anticristiana, no arreligiosa. Más bien parareligiosa. Puesto que el instinto religioso, como temía Hume y parece confirmarlo la historia del siglo XX, es congénito en los hombres, me pregunto si el frenesí erótico de nuestros días no es un presagio del advenimiento de futuros cultos orgiásticos. Hasta hace unos pocos años los alegatos en favor de la libertad erótica se hacían en nombre del individuo y sus pasiones; ahora el acento se pone en los aspectos colectivos y públicos. Otra diferencia: no se exalta tanto el placer como el espectáculo y la participación. La erosión de la moral tradicional y la decadencia de los rituales del cristianismo (para no hablar del descrédito de las ceremonias oficiales) no han hecho sino avivar la necesidad de las comuniones y liturgias colectivas. Nuestro tiempo padece hambre y sed de fiestas y ritos.

El movimiento erótico norteamericano está impregnado de moral, pedagogía, buenas intenciones sociales y política progresista. Todo esto, además de su carácter popular y democrático, lo distingue tanto de los otros movimientos erotizantes de la historia de Occidente como de la tradición de esa familia intelectual que va del marqués de Sade a Georges Bataille y que ha pensado al erotismo como violencia y transgresión. Ante las visiones sombrías de Sade o el pesimismo filosófico de Bataille, el optimismo de los rebeldes norteamericanos resulta asombroso. Al romper el esquema de la moral puritana, que condenaba a la existencia clandestina la mitad inferior de nuestro cuerpo, la rebelión erótica ha realizado una operación de extraña pero indudable coloración moral. No se trata de *conocer* algo que estaba oculto sino de *reconocerlo* en el sentido jurídico de la palabra. Ese reconocimiento es una consagración del sexo como naturaleza. El reconocimiento alcanza a todas las excepciones, desviaciones y perversiones: son legítimas por ser inclinaciones naturales. No hay excepciones: todo es natural. Es la legitimación de los aspectos prohibidos y secretos del erotismo, algo que habría escandalizado a Bataille.

La rebelión erótica afirma que las pasiones que llamamos antinaturales, los antiguos «pecados contra natura», son naturales y, por lo tanto, legítimas. Sus críticos responden que las pasiones contra natura y las otras perversiones son excepciones, violaciones de la normalidad: trastornos y enfermedades a las que hay que enfrentarse con el diván del psicoanalista, la camisa de fuerza del asilo o las rejas de la cárcel. A estos críticos hay que recordarles, una vez más, que «naturaleza» y «normalidad» son convenciones. Pero a los rebeldes hay que decirles que el erotismo no es sexo natural sino sexo social. La idea de los disidentes reposa sobre una confusión entre lo natural y lo social, la sexualidad y el erotismo. La sexualidad es animal, es una función natural, mientras que el erotismo se despliega en la sociedad. La primera pertenece al dominio de la biología, el segundo al de la cultura. Su esencia es lo imaginario: el erotismo es una metáfora de la sexualidad. Hay una línea de separación entre erotismo y sexualidad: la palabra *como*. El erotismo es una representación, una ceremonia de transfiguración: los hombres y las mujeres hacen el amor *como* los leones, las águilas, las palomas o la mantis religiosa; ni el león ni la mantis religiosa hacen el amor como nosotros. El hombre se ve en el animal, el animal no se ve en el hombre. Al contemplarse en el espejo de la sexualidad animal, el hombre se cambia a sí mismo y cambia a la sexualidad. El erotismo no es sexo en bruto sino transfigurado por la imaginación: rito, teatro. Por eso es inseparable de la perversión y la desviación. Un erotismo natural, aparte de ser imposible, sería un regreso a la sexualidad animal. Fin de las «manías» de Fourier y de los *penchants* de Sade pero fin asimismo de las caricias más inocentes, del ramo de flores y del beso. Fin de toda esa gama de sentimientos y sensaciones que, desde el neolítico o tal vez desde antes, ha enriquecido la sensibilidad y la imaginación de los hombres y las mujeres. La consecuencia final de la rebelión erótica sería la desaparición del erotismo y de lo que ha sido su expresión más alta y revolucionaria: la idea del amor. En la historia de Occidente el amor ha sido la potencia secreta y subversiva: la gran herejía medieval, el disolvente de la moralidad burguesa, el viento pasional que mueve (conmueve) a los románticos y llega hasta los surrealistas.

¿Es posible, viable, imaginable siquiera, una sociedad sin prohibiciones y represiones? Aquí Freud, Sade y Bataille se dan la mano con San Agustín y Buda: no hay civilización sin represión y de ahí que la esencia del erotismo, a diferencia de la sexualidad animal, sea la violencia transgresora. Fourier replicaría que hay transgresión porque hay prohibición: no son los instintos sino las represiones las que han hecho fieras de los hombres. Aunque yo no puedo sino simpatizar con todos aquellos que luchan contra las represiones, sean las sexuales o las políticas, no me parece que sea posible abolirlas enteramente. Las pasiones humanas no son solitarias; quiero decir, incluso en el llamado «placer solitario» aparece la dualidad *sujeto/objeto*. Machado decía que Onán sabía muchas cosas que ignoraba Don Juan. También en la relación narcisista y en la masoquista interviene la pareja *sujeto y objeto*: el yo se desdobla en el sujeto que contempla y en el objeto contemplado. El mismo individuo es *la plaie et le couteau, le soufflet et la joue*. Las pasiones se manifiestan siempre en sociedad y aun son siempre una sociedad; por eso, desde el paleolítico, los poderes sociales han tratado de regularlas y canalizarlas. Entre las pasiones eróticas, por otra parte, hay toda una gama que pertenece a esa variedad que Sade llamaba inclinaciones *fuertes* o *crueles*, es decir, destructoras o autodestructoras. La pareja *víctima/verdugo* no vive únicamente en la esfera de la dominación política sino que habita también el reino equívoco de la fascinación erótica. Sade imaginó una sociedad de «pasiones fuertes y leyes blandas», en la que el único derecho sagrado sería el derecho a la *jouissance*; en ese mundo la pena de muerte sería abolida pero no el asesinato sexual. Nada más parecido a una corrida de toros o a un matadero que la sociedad imaginada por Sade.

Si se acepta que Freud tiene razón y que la sublimación y la represión son el precio que debemos pagar por vivir en sociedad, no tendremos más remedio que convenir que, entonces, Bataille también tiene razón: la esencia del erotismo es la transgresión. La sociedad de Fourier se desvanece como una utopía: estamos condenados, simultáneamente, a inventar reglas que definan lo normal en materia sexual –y a transgredirlas. No es fácil negar esta visión pesimista de la naturaleza humana y de nuestras pasiones. Tampoco es fácil aceptarla sin pestañear. A mí siempre me ha repugnado. La idea del pecado original no cesa de escandalizarme. Por eso, quizá, el libertinaje de los gnósticos, los tántricos, los taoístas y otras sectas me ha parecido siempre una salida al dilema del erotismo. Estas tendencias y movimientos representaron una tentativa por trascender la doble condenación que parece ser la condición del erotismo: represión y transgresión, interdicción y ruptura. A pesar de que las filosofías que inspiraron a estos grupos eran muy distintas –cristianismo, hermetismo, budismo, hinduismo– en todos ellos aparece un elemento común: la ritualización de la transgresión. Lo mismo entre los gnósticos cristianos y paganos que entre los tántricos budistas e hindúes, el rito se propone integrar a la excepción. Más que una transformación se opera una conversión radical, en el sentido religioso de la palabra *conversión*: el crimen se vuelve sacramento. La ruptura con la moral social aparece como unión con lo absoluto. Además, según se ve en los ritos gnósticos y en los tántricos, el proceso de simbolización cumple admirablemente la función sublimadora que Freud asignaba a la cultura y, particularmente, al arte y a la poesía.

Al acentuar y profundizar la relación de afinidad entre el ritual erótico y el religioso, esos movimientos no hicieron sino, una vez más, poner de manifiesto el parentesco entre erotismo, religión y poesía (en el sentido más amplio de esta última). El puente de unión entre la experiencia de lo sagrado y el erotismo es la imaginación. El rito religioso y la ceremonia erótica son, ante todo y sobre todo, *representaciones*. Por todo esto la idea de Bataille no me satisface; me parece incompleta, unilateral: el erotismo no sólo es transgresión sino representación. Violencia y ceremonia:

caras opuestas y complementarias del erotismo. Apenas concebimos a la unión sexual como *ceremonia*, descubrimos su relación íntima con el rito religioso y con la representación poética y artística. El erotismo no está en la sexualidad animal: es algo que el hombre ha añadido, inventado. Más exactamente: es una de las formas en que se manifiesta el deseo. Colinda con la religión y con la poesía por la función cardinal y subversiva de la imaginación. En las tres experiencias la realidad real se vuelve imagen y, a su vez, las imágenes encarnan. La imaginación vuelve palpables los fantasmas del deseo. Por la acción de la imaginación, el deseo erótico siempre va *más allá*. Precisamente más allá de la sexualidad animal.

Una de las *cuerdas* del erotismo –la metáfora del cuerpo como un instrumento musical es antiquísima– es la transgresión. Pero la transgresión no es sino un extremo de ese movimiento que nos lleva, a partir de nuestro cuerpo, a imaginar otros cuerpos y, en seguida, a buscar la encarnación de esas imágenes en un cuerpo real. Éste es el origen de la ceremonia erótica, una ceremonia que, a su manera, consagra la excepción. Ahora bien, el erotismo, por ser un ir más allá, es una búsqueda. ¿De qué o de quién? Del *otro* –y de nosotros mismos. El *otro* es nuestro doble, el *otro* es el fantasma inventado por nuestro deseo. Nuestro doble es *otro* y ese *otro*, por ser siempre y para siempre *otro*, nos niega: está *más allá*, jamás logramos poseerlo del todo, perpetuamente ajeno. Ante la distancia esencial del *otro*, se abre una doble posibilidad: la destrucción de ese *otro* que es yo mismo (sadismo y masoquismo) o ir más allá todavía. En ese más allá está la libertad del *otro* y mi reconocimiento de esa libertad. El otro extremo del erotismo es lo contrario de la transgresión sadomasoquista: la aceptación del *otro* como *otro*. El erotismo cambia y ese cambio se llama *amor*.

La originalidad del amor cortés, frente al gnosticismo y el tantrismo, fue doble. Por una parte, en lugar de convertir al erotismo en un ritual, consagró su autonomía como una ceremonia íntima, ajena a las liturgias religiosas tanto como a las convenciones sociales y morales; así, se situó fuera de la Iglesia y, al mismo tiempo, fuera del matrimonio. Por otra parte, a la inversa de las sectas libertinas gnósticas y tántricas, no fue un «camino de perfección» paralelo y antagónico del ascetismo, sino una experiencia personal, una liberación íntima –de nuevo: fuera de los cultos y las teologías. Transgresión y consagración no-religiosa. De una y otra manera, como ceremonia y como experiencia, la erótica de Occidente desemboca en algo que no aparece, salvo aislada y fragmentariamente, en otras épocas y civilizaciones: el amor. Esta experiencia no consiste en la visión religiosa de la *otredad* sino en la visión pasional del *otro*: una persona humana como nosotros y, sin embargo, enigmática. Frente al misterio numinoso de la presencia divina, el devoto se aprehende a sí mismo como radical extrañeza; ante el misterio de la persona amada, el enamorado se percibe simultáneamente como semejanza e irreductible diferencia. Nacidas de la misma zona psíquica, las dos experiencias se bifurcan; entre el misterio religioso y el misterio amoroso hay una frontera y esa frontera es de orden ontológico, quiero decir, es una raya infranqueable que divide dos modos de ser: el divino y el humano. En Provenza, entre los siglos XI y XII, los hombres descubrieron –o, más exactamente: reconocieron– un tipo de relación que, aunque ligada en su origen al erotismo y a la religión, no es reducible ni al uno ni a la otra. He dicho *reconocieron* porque creo que la experiencia amorosa es tan antigua como los hombres, aunque sólo en Provenza, por una conjunción de circunstancias históricas, logró perfilarse con entera soberanía.

La historia del amor, considerado como un dominio distinto al del erotismo propiamente dicho, está todavía por hacerse. No sé si sea una invención exclusiva de Occidente pero, en todo caso, sí puede decirse que en el mundo árabe, en la India clásica, en China y en Japón aparecen versiones del amor que no se ajustan al arquetipo occidental. Cierto, la erótica persa y árabe está muy cerca de la provenzal y es probable que su influencia haya sido determinante en el nacimiento del amor cortés. Las diferencias son más netas y acusadas si se piensa en la India y en el Extremo Oriente: en esas civilizaciones la noción de *persona*, es decir, de un ser dotado de un alma, eje de la relación amorosa en Occidente, se atenúa e incluso, en las sociedades budistas, se disgrega. Para el hinduismo, el alma, errante de encarnación en encarnación, termina por disolverse en el seno de Brahma: con ella se evapora también lo que llamamos persona. Para el budismo, más radical, la creencia en el alma es una herejía. Bao-yu y Dai-yu, los enamorados de *El sueño del aposento rojo*, son dos encarnaciones de una Piedra mágica y de una Flor igualmente mágica; sus amores no son sino un momento en el largo y tortuoso camino que lleva a la Piedra y a la Flor «de la contemplación de la Forma (que es la Ilusión) a la Pasión que, a su vez, se consume en la Forma para despertar en la Vacuidad (que es la Verdad)». A pesar de que los caracteres de Bao y Dai son inolvidables, su realidad es fugitiva: son dos momentos de una peripecia espiritual. Para medir lo que nos separa de esta concepción basta con pensar en Paolo y Francesca, condenados a ser lo que son por toda la eternidad y a quemarse perpetuamente en su pasión desdichada.

En Occidente, desde Platón, el amor ha sido inseparable de la noción de *persona*. Cada persona es única –y más: es *persona*– por ser un compuesto de alma y cuerpo. Amar no quiere decir experimentar una atracción por un cuerpo mortal o por un alma inmortal sino por una persona: una aleación indefinible de elementos corporales y espirituales. El amor no sólo mezcla la materia y el espíritu, la carne y el alma, sino las dos formas del tiempo: la eternidad y el ahora. El cristianismo perfeccionó al platonismo: la persona no sólo es única sino irrepetible. Al romper el tiempo circular del paganismo clásico, el cristianismo afirma que sólo vivimos una vez sobre la tierra y que no hay retorno. Violenta paradoja: esa persona que amamos «para siempre», la amamos por una sola vez. La herencia árabe refinó la herencia platónica y, finalmente, Provenza consumó lo que podría llamarse la autonomía de la experiencia amorosa. No es extraño que el carácter paradójico del amor occidental –alma y cuerpo, una inmortal y el otro mortal– haya suscitado una serie de imágenes memorables. El Renacimiento y la edad barroca favorecieron la del hierro atraído por el imán. Fue una metáfora convincente pues en la piedra magnética parecen fundirse las parejas irreconciliables de que está compuesto el amor. El imán, piedra inmóvil, provoca el movimiento del hierro; a su vez, como el imán, la amada es un objeto que nos atrae y nos mueve hacia ella, es decir, es un objeto que se vuelve sujeto –sin dejar de ser objeto. Ésta es la paradoja central del amor.

La metáfora del imán ilustra las diferencias entre amor y erotismo: el amor hace del objeto erótico un sujeto con albedrío; el erotismo convierte al ser deseado en un signo que es parte de un conjunto de signos. En la ceremonia erótica cada participante ocupa un lugar determinado y realiza una función específica, a la manera en que las palabras se asocian para componer una frase. La ceremonia erótica es una composición que es, asimismo, una representación. Por eso en ella la desnudez misma es un disfraz, una máscara; en otros casos, como en Sade y en Fourier, es un ejemplo filosófico, una alegoría de la naturaleza y sus manifestaciones, alternativamente aterradoras y placenteras. Las parejas desnudas y sus distintas posiciones no son sino cifras en las combinaciones de la matemática pasional del universo. También para las sectas erótico-religiosas la desnudez es un emblema: la muchacha de baja casta que copula con el adepto en el rito tántrico es realmente una divinidad, la Shakti o la *Dakini*, la Vacuidad y la vagina; y él mismo, el *yogi*, es simultáneamente la manifestación del rayo, *vajra*, el pene y la esencia diamantina del Buda.

Me falta todavía apuntar otras diferencias entre el amor y el erotismo. El primero es histórico, quiero decir: si hemos de dar crédito a los testimonios del pasado, aparece sólo en ciertos grupos y civilizaciones. El segundo es una nota constante en todas las sociedades humanas: no hay sociedad sin ritos eróticos como no hay sociedad sin lenguaje y sin trabajo. Además y sobre todo: el amor es individual; nadie ama, con amor amoroso, a una colectividad o a un grupo sino a una persona única. El erotismo, en cambio, es social: por eso la forma más antigua y general del erotismo es la ceremonia colectiva, la orgía o la bacanal. El erotismo tiende a enaltecer no el carácter único del objeto erótico sino sus singularidades y excentricidades –y siempre en beneficio de algún poder o principio genético, como la naturaleza o las pasiones. El amor es el reconocimiento de que cada persona es única y de ahí que su historia, en la Edad Moderna, se confunda con las aspiraciones revolucionarias que, desde el siglo XVIII, han proclamado la libertad y la soberanía de cada hombre. El erotismo, por el contrario, afirma la primacía de las fuerzas cósmicas o naturales: los hombres somos los juguetes de Eros y Thanatos, divinidades terribles.

El romanticismo y el surrealismo fueron movimientos que exaltaron al amor y así continuaron con gran y violenta originalidad la tradición de Occidente. En cambio, en la rebelión erótica moderna el amor no tiene un carácter central. En un artículo como éste no puedo detenerme en las causas de esta omisión, verdadera lesión espiritual y pasional de nuestra época. Me limitaré a decir que la decadencia del amor está en relación directa con el ocaso de la idea de *alma*. Al alejarse de la tradición de Occidente –o sea: de las sucesivas imágenes del amor que nos han dado poetas y filósofos– la rebelión erótica ha seguido, sin saberlo y a su manera, el camino que antes recorrieron sectas y tendencias como el gnosticismo y el tantrismo. Pero el movimiento moderno se despliega dentro de un contexto arreligioso y, así, a la inversa de gnósticos y tántricos, no se nutre de visiones religiosas sino que se alimenta de ideologías. De ahí que se manifieste no como una desviación religiosa sino como una protesta política. En realidad, tiene el mismo carácter espurio de las pseudorreligiones políticas del siglo XX. Ésta es la diferencia esencial entre los movimientos del pasado y el moderno.

El tantrismo fue una erotización del budismo y del hinduismo; algo semejante se propusieron, en los primeros siglos de nuestra era, los gnósticos: erotizar al cristianismo –y fracasaron. Hoy asistimos a una tentativa de signo contrario: la politización del erotismo. Protesta contra la moral occidental y muy especialmente contra el puritanismo, la rebelión erótica ha florecido sobre todo en los Estados Unidos y en otros países protestantes como Inglaterra, Alemania y, claro, en Suecia y Dinamarca. Incluso si se simpatiza, como en mi caso, con muchas de las reivindicaciones políticas, morales y sociales de estos movimientos, creo que hay que distinguir entre los aspectos políticos y los eróticos. Es cierto, por ejemplo, que la mujer ha sido oprimida en todas las civilizaciones pero no es cierto que la relación entre hombres y mujeres pueda reducirse a una relación de dominación política, económica o social. Esta reducción produce inmediatamente una confusión. No, la esencia del erotismo no es la política.

La rebelión contra la moral de la represión está ligada a dos condiciones que, si no la determinan, sí la explican: la abundancia económica y la democracia política. En los países comunistas no hay rebelión erótica y, como todos sabemos, las desviaciones sexuales se pagan con el presidio y el campo de trabajos forzados. En Occidente, la rebelión erótica es síntoma de un hecho decisivo y que está destinado a alterar el curso de la historia norteamericana y, con ella, la del mundo: el derrumbe del sistema de valores del capitalismo protestante. Ese derrumbe asume inmediatamente la forma de la crítica moral. La crítica se transforma en protesta y la protesta en exigencia política: el reconocimiento de la excepción. Así, a través de un curioso proceso, nuestra época convierte a la sexualidad en ideología. Por una parte, la excepción erótica desaparece como excepción: no es sino una inclinación natural; por la otra, reaparece como disentimiento: el erotismo se convierte en crítica social y política. La moralización del erotismo, su legalización, conduce a politizarlo. El sexo se vuelve crítico, redacta manifiestos, pronuncia arengas y desfila por calles y plazas. Ya no es la mitad inferior del cuerpo, la región sagrada y maldita de las pasiones, las convulsiones, las emisiones y los estertores. En Sade el sexo filosofa y sus silogismos son una procesión de lava: la lógica de la erupción y de la destrucción. Ahora el sexo se ha vuelto predicador público y su discurso es un llamado a la lucha: hace del placer un deber. Un puritanismo al revés. La industria convierte al erotismo en un negocio; la política, en una opinión.

*Cambridge, Mass., octubre de 1971*

«La mesa y el lecho: Charles Fourier» se publicó en *El ogro filantrópico*, México, Joaquín Mortiz, 1974.

## La religión solar de D. H. Lawrence

La novela más sonada de Lawrence, no la mejor, fue *Lady Chatterley's Lover*. Se publicó primero en Florencia, en 1928, en una edición limitada; provocó inmediatamente un gran revuelo que no tardó en convertirse, en los países anglosajones, en escándalo. En 1932 apareció una edición expurgada y sólo hasta 1959 salió a la luz una edición completa y destinada al público en general. Yo leí *El amante de lady Chatterley* hacia 1934 y me causó una impresión profunda, como las otras novelas, poemas, ensayos y libros de viaje de Lawrence. Leí sus obras con entusiasmo o, más exactamente, con esa pasión ávida y encarnizada que sólo se tiene en la juventud. Entre ellas, claro, me impresionaron las que escribió sobre México. Lawrence vio, oyó, tocó, olió y, en una palabra, sintió la tierra mexicana con sus montañas, sus pedregales, sus lagos, sus polvaredas, sus nubes enormes y sus grandes lluvias. Con poderosa fantasía, ayudado por sus finísimos sentidos –también por el entusiasmo y la cólera, las dos alas de su prosa– adivinó y recreó la dimensión mítica del paisaje mexicano, abrupta geografía que esconde en cada cráter extinto y en cada abismo verde una potencia sobrenatural. Lawrence tenía el don poético por excelencia: transfigurar aquello de que hablaba. Así logró lo que otros novelistas mexicanos y extranjeros no han conseguido: convertir a los árboles y las flores, los montes y los lagos, las serpientes y los pájaros de México, en *presencias*.

Es curioso, por no decir lamentable, que ningún crítico nuestro haya dedicado un estudio serio a la producción mexicana de Lawrence. *La Serpiente Emplumada* es un libro disparatado y entrañable, *Mañanas de México* vale más que cualquier tratado de psicología y varios de los himnos y poemas que esmaltan –la palabra es justa– su gran y fracasada novela están entre lo mejor de su poesía. Además, sus cuentos y sus cartas. Hay una *nouvelle* en la que aparece la sombra de México: *St. Mawr*. Creo que es una de las obras verdaderamente maestras de la literatura inglesa del siglo XX. En sus páginas la naturaleza vuelve a ser la divinidad pánica que veneraron los antiguos y la fuente de regeneración de nuestra degradada especie. Al final del relato la heroína, Lou, de regreso de los combates del árido erotismo moderno (Lawrence fue un gran creador de personajes femeninos), al contemplar los montes y cañadas de Nuevo México, dice unas palabras que son, más que una confesión, una revelación, en el sentido religioso y erótico del término: «Hay algo aquí que me ama y me desea. No puedo decir qué es. Pero es un espíritu... Es más real que los hombres... Es algo salvaje, más grande que la gente, más grande que la religión... Me desea. Y por él mi sexo es profundo y sagrado...».

Cada gran escritor pertenece a uno de los cuatro elementos que, según los antiguos, componen al universo: unos a la tierra, otros al aire, al fuego o al agua. Lawrence es terrestre pero su elemento nativo es el fuego, que es la sangre de la tierra y el gemelo adversario del agua. En los seres animados el principio vital del fuego se transforma en líquido: savia, semen, sangre. El fuego circula por las arterias del hombre convertido en sangre. Con el fénix, el pájaro que renace de la llama, la sangre es uno de los emblemas de Lawrence. Tal vez la obsesiva repetición de la palabra *sangre* y de sus asociaciones sexuales y religiosas en mi primer libro (*Raíz del hombre*, 1937) sea un eco del fervor con que lo leí esos años. Lawrence me ayudó a reinventar el mito del primer día del mundo: bajo el gran árbol de la sangre, los cuerpos enlazados beben el vino sagrado de la comunión. La tonalidad religiosa de esta visión erótica –la frase puede invertirse: eros y religión son vasos comunicantes– aparece también en un poeta que yo leía en esos años: Novalis. Los amantes, dice el poeta alemán, «sentados a la mesa siempre puesta y nunca vacía del deseo», consumarán la comunión de la carne y de la sangre. Poesía a un tiempo erótica y eucarística, como en uno de los *Himnos a la noche* (el VII), leído y releído muchas veces:

> ¿Quién puede decir que comprende
> el misterio de la sangre?
> Un día todo será cuerpo,
> un solo cuerpo.
> Y la pareja feliz ha de bañarse
> en la sangre divina...

A despecho de que la inspiración de Lawrence bebe en las mismas fuentes de la poesía de Novalis y del pensamiento místico de Jakob Böhme, fue acusado de pornografía. La acusación no era enteramente falsa; algunas de sus novelas son, en cierto modo, pornográficas; lo son por y en el exceso mismo de su religiosidad carnal. No en balde, al final de su vida, se ocupó con pasión del libro del Apocalipsis, en el que veía los restos mutilados de una religión solar, más antigua que el judeo-cristianismo. En esas páginas, escritas en 1929, un año antes de su muerte, dice claramente cuál era su propósito: «Lo que queremos es destruir nuestras falsas, inorgánicas relaciones, especialmente con el dinero, y restablecer nuestra relación orgánica y viva con el cosmos, el sol y la tierra, con la raza humana y con la nación y la familia. Comencemos con el sol y el resto, despacio, llegará». Se sentía una parte del sol, como los ojos son una parte del rostro. Nada más alejado del erotismo de Sade (una filosofía) o de Laclos (una psicología) que el erotismo religioso de Lawrence. Tal vez por esto lo han comprendido mejor los poetas que los intelectuales.

Hace unos días, hojeando una reciente antología de la *Nouvelle Revue Française*, me encontré con algunos comentarios y notas que muestran la resonancia que tuvo el libro de Lawrence en esos años. A pesar de que Francia cuenta con una rica tradición de obras eróticas, *Lady Chatterley's Lover* despertó un gran interés. No es inexplicable: Lawrence mostraba el otro aspecto del erotismo, su antigua cara religiosa y pánica, ignorada casi siempre por los escritores franceses. Para la tradición francesa el sexo es, sobre todo, placer, y la gama del placer es casi infinita. En uno de sus extremos colinda con la crueldad, el sufrimiento y la muerte («el placer único y supremo del amor –dice Baudelaire– reside en la certeza de hacer el mal»); en el otro, con la risa, la ropa íntima y el *badinage*. Los placeres eróticos son vistos en Francia como infracciones, desviaciones o rupturas del orden. Por esto no es extraño que la palabra *libertinaje*, de origen francés, haya estado asociada primero a la filosofía y a la libertad de las opiniones. A fines del siglo XVII un filósofo libertino era un incrédulo y la casta madame de Sévigné se llamaba a sí misma «libertina» por alguna de sus inocentes opiniones, poco convencionales.

Para la tradición francesa el erotismo se confunde con la libertad del individuo y sus pasiones; para Lawrence, el impulso sexual es impersonal: nos libera de los prejuicios y las reglas sociales sólo para hacernos regresar al gran todo anónimo del principio. En la evasión de Lawrence el sexo no aparece ni como placer ni como opinión libertaria sino como religión. Su práctica, lejos de ser un juego, es un ritual. En las novelas de Sade los falos, las vulvas y los otros órganos sexuales filosofan sin cesar; por esto nos interesan más sus opiniones que sus descripciones. Lawrence no razona ni filosofa: es un inspirado que nos transmite una revelación. En muy pocos escritores el sentimiento del mundo natural –árboles, flores, piedras, lagartos, yeguas, culebras– es tan intenso y profundo como en el novelista inglés. Apenas si debo señalar que esa intensidad y esa hondura son el resultado de una comunión sexual con el cosmos. Sus héroes y sus heroínas no buscan el placer sino la comunión.

Es natural que una obra tan abiertamente sexual y tan religiosamente carnal, despojada casi en absoluto de perversiones y de sadismo (lo contrario de Proust), sorprendiese a varios y notables escritores franceses. Uno de ellos fue el filósofo católico Gabriel Marcel, introductor del existencialismo en Francia. En 1929, casi al otro día de la aparición de *Lady Chatterley's Lover*, publicó en el número de mayo de la *Nouvelle Revue Française* una nota que todavía puede leerse con provecho. Marcel comienza por confesar que la novela de Lawrence le parece pornográfica pero agrega inmediatamente que es una pornografía nutrida en las fuentes mismas de la vida. Subraya con acierto el sentimiento de pacífica sexualidad (*détente phallique*) que se desprende de las mejores páginas de la novela. Un sentimiento, anoto al margen, que no es menos religioso que el «sentimiento oceánico» de Freud. A pesar de su crudeza, dice Marcel, esta novela es un libro ingenuo. Yo habría preferido que hubiese escrito: un libro inocente. Porque lo es, como es inocente el primer día del mundo.

El artículo de Marcel —uno de los primeros que se escribieron en Francia sobre Lawrence— fue una consagración entusiasta, a pesar de las cautelas del filósofo. Tres años después André Malraux publicó, en la misma *Nouvelle Revue Française* (enero de 1932), un breve y deslumbrante ensayo sobre *Lady Chatterley*. Creo que es uno de los mejores que he leído acerca de esa novela y del mismo Lawrence. Nueva prueba de la excelencia de Malraux, hoy ignorado por los apresurados y los necios. Este pequeño ensayo hace pensar que hubiera sido tan notable en la crítica literaria como lo es en la crítica de arte y en la novela. En unas cuantas páginas hace un análisis veloz, brillante y salpicado de observaciones agudas que abren imprevistas perspectivas, todavía en espera de ser exploradas. Por ejemplo: «en el siglo XVIII los hombres de raza blanca descubren que una idea puede ser más excitante que un cuerpo hermoso». Reflexión certera aunque, leída en 1990, requiere un doble ajuste: hoy no sólo las ideas nos excitan mucho menos que en 1930 sino que también ha disminuido la potencia magnética de los cuerpos. Las ideas han perdido su atracción y los cuerpos su misterio. La gratificación instantánea no sólo daña al deseo sino que frustra uno de los goces más ciertos del amor sexual: el mutuo descubrimiento que hace la pareja de sus cuerpos. Nuestras sociedades han substituido al deseo por la higiene, a la libertad por la promiscuidad.

Malraux comprendió inmediatamente todo lo que oponía Lawrence al erotismo moderno: el poeta inglés no ve al erotismo como una expresión del individuo sino que concibe al individuo, al hombre y a la mujer, como oficiantes de una sexualidad cósmica. Lawrence nos propone, dice, un mito. Pero un mito, añade con cierto escepticismo, «no acude a la razón sino a la complicidad de nuestros deseos y experiencias». Me parece que el juicio de Malraux es demasiado tajante y no toca un punto esencial. Cierto, el aire frío de este final de siglo ha disipado muchos sueños y lo que ha quedado del mito de Lawrence son dos o tres novelas y un puñado de poemas. Pero ¿Lawrence nos propuso, realmente, un mito? No fue ni quiso ser sino un escritor de obras de imaginación, un poeta novelista. Al mismo tiempo, pensó que la gran literatura era una visión del hombre y que esa visión no era una fantasía ni una ficción sino una revelación del hombre escondido que es cada hombre. Esa visión, transformada en palabra sensible, es decir, en forma: pan del entendimiento, podía ser comprendida y revivida por cada lector. Su idea de la literatura era una idea religiosa; por esto oponía a la noción moderna de *comunicación*, la de *sacramento*: la literatura como comunión.

Las raíces de la inspiración literaria de Lawrence son las del mito pero sus obras no son mitos; son novelas, poemas, relatos, ensayos. Son escritos profundamente personales, a la inversa de los mitos, que son invenciones impersonales e involuntarias. Los mitos surgen en una comunidad de manera anónima, imprevista y sin que nadie se lo proponga. Son creaciones orales y no se escriben sino cuando el antropólogo los recoge. Si los mitos se escribiesen, se escribirían solos. Aunque la obra de Lawrence no es un mito, la inspira un mito: el de la búsqueda de la inocencia primordial, el regreso al origen y al gran pacto con las bestias, las plantas, los elementos, el sol, la luna, los astros. A pesar de sus flaquezas y repeticiones, de sus excesos verbales y de su humor arbitrario, Lawrence fue un poeta-sacerdote de la religión más antigua del mundo. Fue consagrado sacerdote de esa religión no por un cónclave de esta o aquella Iglesia sino por mandato del sol. Su religión fue la del comienzo, un comienzo que no es cronológico ni es el de los antropólogos que estudian a las sociedades primitivas: es el diario comienzo, ese primer día que, cada día, inventan los amantes. Un comienzo sin fechas.

*1990*

«La religión solar de D. H. Lawrence» se publicó en *Al paso* (con el título «Los amantes de Lady Chatterley»), Barcelona, Seix Barral, 1992.

# II
# CONJUNCIONES Y DISYUNCIONES

Mi amigo Armando Jiménez me propuso que escribiese el prólogo de su libro *Nueva picardía mexicana*. Acepté y no había escrito sino unas cuantas páginas cuando me di cuenta de que, en lugar de ceñirme al tema, me perdía en vagabundeos y divagaciones. Decidí seguir a mi pensamiento sin tratar de guiarlo y el resultado fue este texto: comienza por ser un comentario al libro de Jiménez pero pronto se interna por regiones distintas, aunque colindantes con la picardía. Lo he dividido en cuatro partes, que pueden describirse así: «La metáfora» y «Conjugaciones», reflexiones sobre una metáfora y los términos o caras que la componen; «Eva y Prajñaparamita» y «El Orden y el Accidente», seguidas de ejemplos que muestran cómo dichos términos se asocian o disocian.

O. P. (1969)

# La metáfora

### SUS TÉRMINOS

Hay una relación indudable, aunque no enteramente aclarada, entre *pícaro*, *picardía* y *picar*. Al principio, según Coromines, se llamaba pícaro a los que se ocupaban en los menesteres y oficios que designa el verbo *picar*: pinche de cocina, picador de toros, etc. Más tarde la palabra pasó al lenguaje del hampa como «denominación de otras actividades menos honestas pero en las que también se *picaba* o se *mordía*». ¿Hará falta recordar al *mordelón* mexicano? Si es pícaro el que pica, picotea, corta, hiere, muerde, espolea, enardece, irrita: ¿qué es picardía? Por una parte, es una acción de pícaro; por la otra, un chiste, un cuento, un dibujo humorístico y satírico. El acto real y el acto simbólico: en un caso, se pica la piel o la bolsa ajena; en el otro, el pinchazo es imaginario.

La *Nueva picardía mexicana* de Armando Jiménez es un libro de imaginación; mejor dicho, es una colección de las fantasías y delirios verbales de los mexicanos, un florilegio de sus picardías imaginarias. Todas las flechas, todos los picos y aguijones del verbo picar, disparados contra un blanco que es, a un tiempo, indecible e indecente. ¿Indecible por indecente o indecente por indecible? Ya veremos. Por lo pronto, subrayo que si la picardía es imaginaria, su objeto no lo es. La agresión es simbólica; la realidad agredida, aunque innominada e innominable, es perfectamente real. Precisamente porque es «aquello de lo que no debe hablarse», todos hablan. Sólo que hablan con un lenguaje cifrado o alegórico: nada menos realista que los «cuentos colorados» y los «albures». La picardía es un territorio habitado por la alusión y la elusión. El libro de Jiménez es un repertorio de expresiones simbólicas, un catálogo de metáforas populares. Todas esas figuras del lenguaje aluden invariablemente a una misma y única realidad; su tema es un secreto conocido por todos pero que no puede mencionarse con su nombre en público. Así, el primer mérito de Jiménez no es tanto su erudición en materia de picardía, con ser mucha, cuanto el atreverse a decir en voz alta lo que todos repiten en baja. Ésta es la gran y saludable picardía de *Nueva picardía mexicana*.

Los mexicanos y, tal vez, también los otros hispanoamericanos, no podemos sino reconocernos en los cuentos y dichos de este libro. La sorpresa que nos produce su lectura no viene de la novedad –aunque contenga muchas cosas nuevas o desconocidas– sino de la familiaridad y la complicidad. Leerlo es participar en el secreto. ¿En qué consiste ese secreto? Este libro nos enseña nuestra otra cara, la oculta e inferior. Lo que digo debe entenderse literalmente: hablo de la realidad que está debajo de la cintura y que la ropa cubre. Me refiero a nuestra cara animal, sexual: al culo y los órganos genitales. No exagero ni invento; la metáfora es tan antigua como la de los ojos «espejos del alma» –y es más cierta. Hay un grabado de Posada que representa a un fenómeno de circo: una criatura enana vista de espaldas pero el rostro vuelto hacia el espectador y que muestra abajo, en el lugar de las nalgas, *otro* rostro. Quevedo no es menos explícito y uno de sus escritos juveniles ostenta este título: *Gracias y desgracias del ojo del culo*. Es una larga comparación entre el culo y el rostro. La superioridad del primero consiste en tener sólo un ojo, como los cíclopes que «descendían de los dioses del ver».

El grabado de Posada y la metáfora de Quevedo parecen decir lo mismo: la identidad entre el culo y la cara. No obstante, hay una diferencia: el grabado muestra que el culo es cara; Quevedo afirma que el culo es como la cara de los cíclopes. Pasamos del mundo humano al mitológico: si la cara es bestial como el culo (pues esto es lo que nos dice Posada), la bestialidad de ambos es divina o demoníaca. Para saber cómo es la cara de los cíclopes, lo mejor es preguntárselo a Góngora. Escuchemos a Polifemo en el momento en que, al contemplarse en el agua, descubre su rostro:

>  miréme y lucir vi un sol en mi frente
>  cuando en el cielo un ojo se veía:
>  neutra el agua dudaba a cual fe preste:
>  o al cielo humano o al cíclope celeste.

Polifemo ve su cara disforme como *otro* firmamento. Transformaciones: el ojo del culo: el del cíclope: el del cielo. El sol disuelve la dualidad cara y culo, alma y cuerpo, en una sola imagen deslumbrante y total. Recobramos la antigua unidad pero esa unidad no es ni animal ni humana sino ciclópea, mítica.

No vale la pena repetir ahora todo lo que el psicoanálisis nos ha enseñado sobre la lucha entre la cara y el culo, el principio de realidad (represivo) y el principio de placer (explosivo). Aquí me limitaré a observar que la metáfora que he mencionado –en su forma ascendente y en la descendente: el culo como cara y la cara como culo– alternativamente sirve a uno y otro principio. En un primer momento, la metáfora *descubre* una semejanza; inmediatamente después, la *recubre*, ya sea porque el primer término absorbe al segundo o a la inversa. De una y otra manera la semejanza se disipa y la oposición entre culo y cara reaparece, reforzada. En el primer momento, la semejanza nos parece insoportable –y por eso reímos o lloramos; en el segundo, la oposición también resulta insoportable –y por eso reímos o lloramos. Al decir que el culo es como otra cara, negamos la dualidad alma y cuerpo: reímos porque hemos resuelto (resoldado) la discordia que somos. Sólo que la victoria del principio de placer dura poco; nuestra risa, al mismo tiempo que celebra la reconciliación del alma y del cuerpo, la disuelve, la vuelve irrisoria. En efecto, el culo es serio; el órgano de la risa es el mismo que el del lenguaje: la lengua y los labios. Al reírnos del culo –esa caricatura de la cara– afirmamos nuestra separación y consumamos la derrota del principio de placer. La cara se ríe del culo y así traza de nuevo la raya divisoria entre el cuerpo y el espíritu.

Ni el falo ni el culo tienen sentido del humor. Sombríos, son agresivos. Su agresividad es el resultado de la represión risueña de la cara. Baudelaire lo descubrió mucho antes que Freud: la sonrisa y, en general, lo cómico son los estigmas del pecado original o, para decirlo en otros términos, los atributos de nuestra humanidad, el resultado y el testimonio de nuestra violenta separación del mundo natural. La sonrisa es el signo de nuestra dualidad; si a veces nos burlamos de nosotros mismos con la acrimonia con que nos burlamos diariamente de los otros es porque, efectivamente, somos siempre dos: el yo y el *otro*. Pero las emisiones violentas del falo, las convulsiones de la vulva y las explosiones del culo nos borran la sonrisa de la cara. Nuestros principios vacilan, sacudidos por un temblor psíquico no menos poderoso que los temblores de tierra. Agitados por la violencia de nuestras sensaciones e imaginaciones, pasamos de la seriedad a la carcajada. El yo y el *otro* se funden; y más: el yo es poseído por el *otro*. La carcajada es semejante al espasmo físico y psicológico: reventamos de risa. Esta explosión es lo contrario de la sonrisa y no estoy muy seguro de que pueda llamársela cómica. La comicidad implica dos, el que mira y el mirado, en tanto que al reír a carcajadas la distinción se borra o, al menos, se atenúa. La risotada no sólo suprime la dualidad sino que nos obliga a fundirnos con la risa general, con el gran estruendo fisiológico y cósmico del culo y el falo: el volcán y el monzón.

La carcajada es también una metáfora: la cara se vuelve falo, vulva o culo. Es el equivalente, en el nivel psicológico, de lo que son en el nivel verbal las expresiones de poetas y satíricos. Su explosión es una exageración no menos exagerada que la imagen poética de Góngora y la agudeza de Quevedo. Una y otras son el doble de la violencia fisiológica y cósmica. El resultado es una transmutación: saltamos del mundo de la dualidad, regido por el principio de realidad, al del mito de la unidad original. Así pues, la risa loca no es únicamente una respuesta al principio de placer ni tampoco su copia o reproducción, aunque sea ambas cosas: es la sublimación, la metáfora del placer. La carcajada es una síntesis (provisional) entre el alma y el cuerpo, el yo y el *otro*. Esa síntesis es una suerte de transformación o traducción simbólica: somos otra vez como los cíclopes. *Otra* vez: la carcajada es un regreso a un estado anterior; volvemos al mundo de la infancia, colectiva o individual, al mito y al juego. Vuelta a la unidad del principio, antes del tú y del yo, en un nosotros que abarca a todos los seres, las bestias y los elementos.

La otra respuesta a la violencia carnal es la seriedad, la impasibilidad. Es la respuesta filosófica, como la carcajada es la respuesta mítica. La seriedad es el atributo de los ascetas y de los libertinos. La carcajada es una relajación; el ascetismo, una rigidez: endurece al cuerpo para preservar al alma. Puede parecer extraño que cite al libertino al lado del asceta; no lo es: el libertinaje también es un endurecimiento, primero del espíritu y después de los sentidos. Un ascetismo al revés. Con su penetración habitual, Sade afirma que el filósofo libertino ha de ser imperturbable y que debe aspirar a la insensibilidad de los antiguos estoicos, a la ataraxia. Sus arquetipos eróticos son las piedras, los metales, la lava enfriada. Equivalencias, ecuaciones: falo y volcán, vulva y cráter. Parecido al terremoto por el ardor y la furia pasionales, el libertino ha de ser duro, empedernido como las rocas y peñascos que cubren el llano después de la erupción. La libertad, el estado filosófico por excelencia, es sinónimo de dureza.

Extraña coincidencia —mejor dicho: no tan extraña— con el budismo *vajrayana* que concibe al sabio y al santo, al adepto que ha alcanzado simultáneamente la sabiduría y la liberación, como un ser hecho a la imagen del diamante. *Vajrayana* es la vía o doctrina del rayo y del diamante. *Vajra* designa al rayo y, asimismo, a la naturaleza diamantina, invulnerable e indestructible, tanto de la doctrina como del estado de beatitud que conquista el asceta. Al mismo tiempo, en el rito y el lenguaje tántricos, *vajra* alude al órgano sexual masculino. La vulva es la «casa de *vajra*» y también la sabiduría. Series de metáforas compuestas por términos que pertenecen ora al mundo material, corpóreo, ora al mundo espiritual, incorpóreo: el rayo y el falo, la vulva y la sabiduría, el diamante y la beatitud del *yogi* liberado. La serie de términos materiales culmina en una metáfora que identifica a la descarga del fuego celeste con la dureza del diamante: petrificación de la llama; la serie de términos psíquicos se resuelve en otra imagen en la que el abrazo sexual es indistinguible del desasimiento del asceta durante la meditación: transfiguración de la pasión en la esencia. Las dos metáforas terminan por unirse: fusión del macrocosmos y el microcosmos.

En todas las civilizaciones aparecen parejas de conceptos opuestos tales como los que acabo de mencionar. Lo que me parece significativo en el budismo tántrico es que esa dualidad se manifiesta precisamente en la polaridad *fuego/diamante* y *erotismo/desasimiento*. No menos notable es la final resolución de esa doble oposición por el predominio del bimembre, *diamante/desasimiento*. El Buda supremo es *Vajrasattva*, «esencia diamantina» en sánscrito; los tibetanos lo llaman el «Señor de las piedras». Lo sorprendente es que en su origen *vajra* (el rayo) fue el arma de Indra, el jocundo y disoluto dios védico. Por lo visto hay un arco que une, por encima de los siglos, a los dos polos del espíritu humano. Un arco que, en este caso, va de Indra, dios de la tempestad y la ebriedad, dios de la terrible carcajada que precipita a todos los elementos en la confusión primordial, al Buda impasible, imperturbable y adamantino, abstraído en la contemplación de su resplandeciente vacuidad. Del himno védico al tratado de meditación, del rayo al diamante, de la carcajada a la filosofía. El tránsito del fuego a la piedra, de la pasión a la dureza, es análogo en la tradición religiosa de la India y en la filosofía libertina europea. La diferencia es que la primera nos ofrece una visión total, aunque vertiginosa, del hombre y del mundo, en tanto que la segunda termina en un callejón sin salida. En suma, vivimos entre el temblor de tierra y la petrificación, el mito y la filosofía. En un extremo, las convulsiones de la risa echan abajo el edificio de nuestros principios y corremos el riesgo de perecer bajo los escombros; en el otro, la filosofía nos amenaza —cualquiera que sea la máscara que escojamos: la de Calvino o la de Sade— con la momificación en vida. Divagaciones a la sombra de Coatlicue: la destrucción por el movimiento o por la inmovilidad. Tema para un moralista azteca.

## ENCARNACIÓN Y DISIPACIÓN

Desde que el hombre es hombre está expuesto a la agresión: a la de los otros y a la de sus propios instintos. La expresión *desde que el hombre es hombre* significa, en primer término, desde nuestro nacimiento y, además, desde que la especie se incorporó y adoptó la posición erecta. En este sentido nuestra condición no es histórica: la dialéctica de los principios de placer y de realidad se despliega en una zona intocada por los cambios sociales de los últimos ocho mil años. Hay, de todos modos, una diferencia: las sociedades antiguas elaboraron instituciones y métodos que, con mayor facilidad y con menos peligro para la especie que los de ahora, absorbían y transformaban los instintos agresores. Por una parte, los mecanismos de simbolización: un sistema de transformación de las obsesiones, impulsos e instintos en mitos e imágenes colectivas; por la otra, ios ritos: la encarnación de esas imágenes en ceremonias y fiestas. Apenas si debo aclarar que no creo ni en la superioridad de las civilizaciones que nos han precedido ni en la de la nuestra. Temo que la «sociedad sana» sea una utopía; no está ni en el pasado ni en el futuro, al menos tal como vemos a este último desde el presente[1]. No obstante, me parece evidente que la Antigüedad (o las Antigüedades, pues son varias) ofrecía un abanico de posibilidades de sublimación y encarnación más rico y eficaz que el nuestro.

Las culturas llamadas «primitivas» han creado un sistema de metáforas y de símbolos que, como ha mostrado Lévi-Strauss, constituyen un verdadero código de signos a un tiempo sensibles e intelectuales: un lenguaje. La función del lenguaje es significar y comunicar los significados, pero los hombres modernos hemos reducido el signo a la mera significación intelectual y la comunicación a la transmisión de información. Hemos olvidado que los signos son cosas sensibles y que obran sobre los sentidos. El perfume transmite una información que es inseparable de la sensación. Lo mismo sucede con el sabor, el sonido y las otras expresiones e impresiones sensuales. El rigor de la «lógica sensible» de los primitivos nos maravilla por su precisión intelectual; no es menos extraordinaria la riqueza de las percepciones: ahí donde una nariz moderna no distingue sino un vago olor, un salvaje percibe una gama definida de aromas. Lo más asombroso es el método, la manera de asociar todos esos signos hasta tejer con ellos series de objetos simbólicos: el mundo convertido en un lenguaje sensible. Doble maravilla: hablar con el cuerpo y convertir al lenguaje en un cuerpo.

---

1. Lévi-Strauss piensa que, si hubo una Edad de Oro, debemos situarla en las aldeas del neolítico. Quizá tenga razón. El Estado estaba en embriones, había apenas división del trabajo, no se conocían los metales (las armas) ni la escritura (burocracia de escribas y masa de esclavos) y la religión aún no se organizaba en clerecía. Hace años Kostas Papaioannou me decía casi lo mismo, mostrándome unas figurillas femeninas de fertilidad: la dicha en persona, el acuerdo con el mundo.

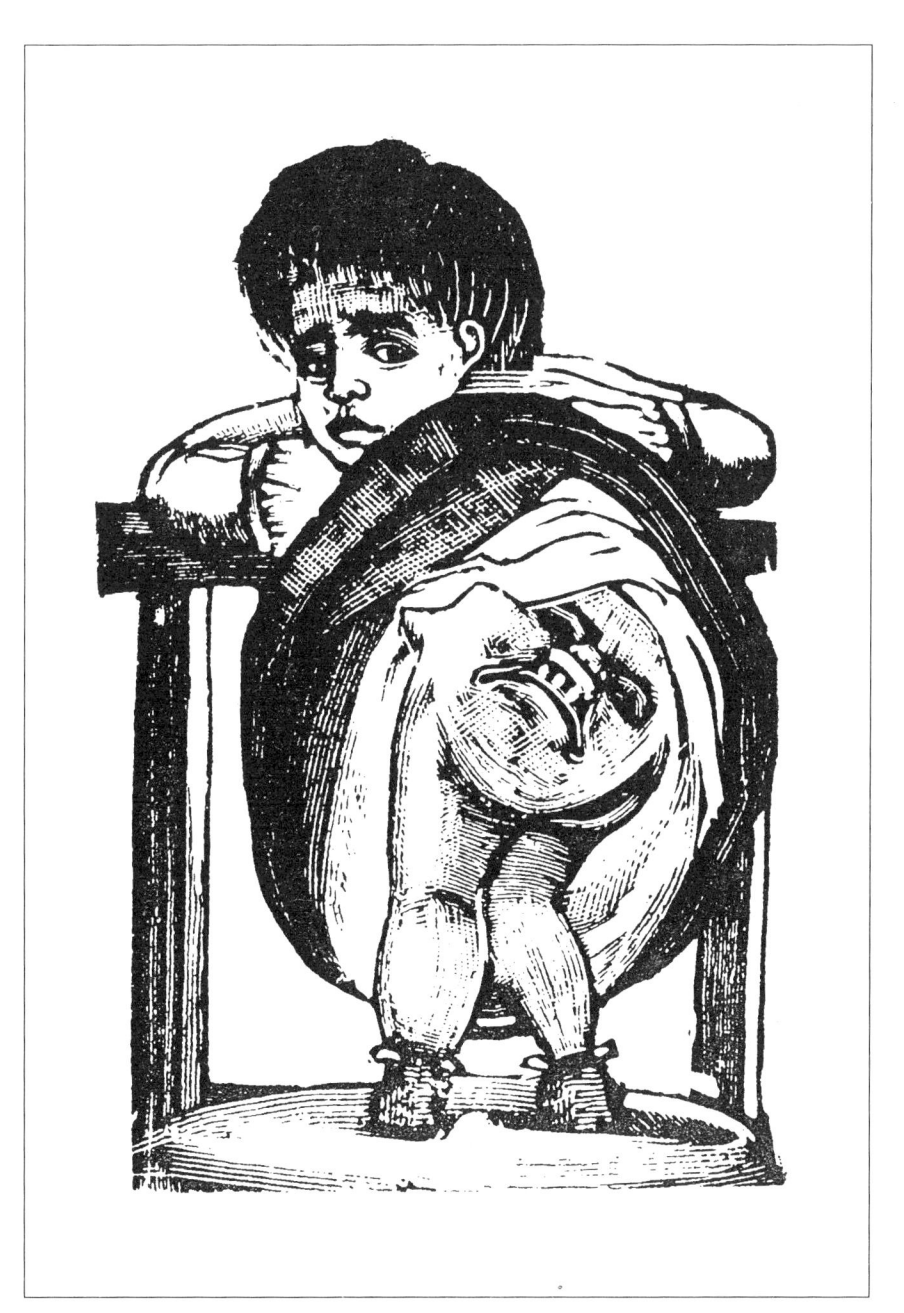

José Guadalupe Posada, *El Fenómeno*.

Diego Velázquez, *La Venus del espejo*, 1651.

Otra vía de absorción, transformación y sublimación: el tiempo cíclico. La fecha que regresa es de veras una vuelta del tiempo anterior, una inmersión en un pasado que es, simultáneamente, el de cada uno y el del grupo. La rueda del tiempo, al girar, permite a la sociedad la recuperación de las estructuras psíquicas sepultadas o reprimidas para reintegrarlas en un presente que es también un pasado. No sólo es el regreso de los antiguos y de la Antigüedad: es la posibilidad que cada individuo tiene de recobrar su porción viva de pasado. El psicoanálisis se propone dilucidar el incidente olvidado, de modo que la cura consiste, hasta cierto punto, en una recuperación de la memoria. El rito antiguo se despliega en un nivel que no es del todo el de la conciencia: no es la memoria que recuerda lo pasado sino el pasado que vuelve. Es lo que he llamado, en otro contexto, la *encarnación de las imágenes*.

Desde este punto de vista, el arte es el equivalente moderno del rito y de la fiesta: el poeta y el novelista construyen objetos simbólicos, organismos que emiten imágenes. Hacen lo que hace el salvaje: convierten al lenguaje en cuerpo. Las palabras ya no son cosas y, sin cesar de ser signos, se animan, *cobran cuerpo*. El músico también crea lenguajes corporales, geometrías sensibles. A la inversa del poeta y del músico, el pintor y el escultor hacen del cuerpo un lenguaje. Por ejemplo: la célebre *Venus del espejo* es una variante de la metáfora *sexo/cara*. Una variante que es una réplica a la imagen verbal de Quevedo y a la metáfora gráfica de Posada: en el cuadro de Velázquez no hay humillación de la cara o del sexo. Momento de milagrosa concordia. La diosa –nada menos celeste que esa muchacha tendida, por decirlo así, sobre su propia desnudez– da la espalda al espectador, como la enana de Posada. En el centro del cuadro, en la mitad inferior, a la altura del horizonte en el alba, precisamente en el lugar por el que aparece el sol, el oriente, la esfera perfecta de las caderas. Grupa-astro. Arriba, en el horizonte superior, en el cenit, en el centro del cielo: el rostro de la muchacha. ¿Su rostro? Más bien, como el Polifemo de Góngora, su reflejo en el «agua neutra» de un espejo. Vértigo: el espejo refleja el rostro de una imagen, reflejo de un reflejo. Prodigiosa cristalización de un momento que, en la realidad, ya se ha desvanecido...

Cuadro y poema: ritos solitarios de la contemplación y la lectura, festín de fantasmas, convite de reflejos. Las imágenes encarnan en el arte sólo para desencarnar en el acto de la lectura o la contemplación. Además, el artista cree en el arte y no, como el primitivo, en la realidad de sus visiones. Para Velázquez la Venus es una imagen, para Góngora el ojo solar del cíclope es una metáfora y para Quevedo el ano ciclópeo es un concepto más, una *agudeza*. En los tres casos: algo que no pertenece al dominio de la realidad sino al del arte. La sublimación poética se identifica así, casi totalmente, con el instinto de la muerte. Al mismo tiempo, la participación con los otros adopta la forma de la lectura. El primitivo también descifra signos, también lee, sólo que sus signos son un doble de su cuerpo y del cuerpo del mundo. La lectura del primitivo es corporal.

Por más artificiosas que nos parezcan, la agudeza de Quevedo y la metáfora de Góngora eran todavía lenguaje vivo. Si el siglo XVII había olvidado que el cuerpo es un lenguaje, sus poetas supieron crear un lenguaje que, tal vez a causa de su misma complicación, nos da la sensación de un cuerpo vivo. Ese cuerpo no es humano: es el de los cíclopes y las sirenas, los centauros y los diablos. Un lenguaje martirizado y poseído como un cuerpo endemoniado. Para medir los progresos sinuosos de la abstracción y la sublimación, basta comparar el lenguaje de Quevedo con el de Swift. El último es un escritor infinitamente más libre que el español pero su osadía es casi exclusivamente intelectual. Ante la violencia sensual de Quevedo, especialmente en el nivel escatológico, Swift se habría ofendido. *Affair* no de moral sino de gusto: todo está permitido en la esfera de las ideas y de los sentimientos, no en la de la sensibilidad. El siglo libertino fue también el inventor del buen gusto. La represión desaparece en una zona para reaparecer en otra, no ya enmascarada de moral sino bajo el antifaz de una estética.

Conocemos el horror de Swift por la anatomía femenina, un horror que viene de San Agustín y al que harán eco dos poetas modernos: Yeats y Juan Ramón Jiménez. El segundo dijo, en su mejor poema (*Espacio*): «Amor, amor, amor (lo cantó Yeats) es el *lugar del excremento*». Aunque probablemente Quevedo sintió la misma repulsión –fue misógamo, putañero y petrarquista– su reacción es más entera y, dentro de su pesimismo, más sana: «Es sin comparación mejor (el ojo del culo a los de la cara) pues anda siempre, en hombres y mujeres, vecino de los miembros genitales; y así se prueba que es bueno, según aquel refrán: *Dime con quién andas, y te diré quién eres*». El sistema de transformaciones simbólicas del catolicismo todavía ofrece –aún en el momento en que la Contrarreforma se repliega y aunque sea por la vía de la sátira y la escatología– la posibilidad de hablar físicamente de las cosas físicas. A pesar de que Swift es más libre intelectualmente que el poeta español, su sensualidad se enfrenta a prohibiciones no menos poderosas que las que imponían a Quevedo la neoescolástica, la monarquía absoluta y la Inquisición.

A medida que la represión se retira de la razón, aumentan las inhibiciones del lenguaje sensual. El extremo es Sade. Nadie ha tratado temas tan candentes en un lenguaje tan frío e insípido. Su ideal verbal cuando no cede al furor es una geometría y una matemática eróticas: los cuerpos como cifras y como símbolos lógicos, las posturas amorosas como silogismos. La abstracción colinda con la insensibilidad, por un lado; por el otro, con el aburrimiento. No quiero regatearle el genio a Sade, incluso si la beatería que lo rodea desde hace años provoca en mí ganas de blasfemar contra el gran blasfemo, pero nada ni nadie me hará decir que es un escritor sensual. El título de una de sus obras define a su lenguaje y a su estilo: *La Philosophie dans le boudoir*. La llama pasional vuelve a encenderse en el siglo XIX y los que la encienden son los poetas románticos, que creían en el amor único y en la sublimidad de las pasiones. La oleada romántica nos lleva a Joyce y los surrealistas. Un proceso en dirección inversa al de Sade y el siglo XVIII: del diamante al rayo, de la ataraxia a la pasión, de la filosofía en el *boudoir* a la poesía al aire libre. Y ahora, de nuevo, nos amenaza otra era glacial: a la guerra fría sucede el libertinaje en frío. Síntoma de la baja de tensión erótica: la degradación de las formas. Pues el principio de placer, que es explosión y subversión, también y por encima de todo es rito, representación, fiesta o ceremonia. Sacrificio y *cortesía*: Eros es imaginario y cíclico, lo contrario del *happening* que sólo sucede una vez.

Contrasta la riqueza de las invenciones verbales de *Nueva picardía mexicana* con la rusticidad y aun gazmoñería del sistema ético subyacente en la mayoría de los cuentos y dichos. Supersticiones, prejuicios, inhibiciones. El machismo y sus consecuencias: la misoginia y el odio irracional a «jotos» y «maricones». Esto último a despecho o, más bien, a causa de las raíces homosexuales de esta actitud hispanoamericana. En el fondo nuestros «machos» odian a la mujer y envidian al invertido: no es extraño que se conviertan en pistoleros. Así pues, el encanto del libro de Jiménez es sobre todo lingüístico y poético. Aquí sí hay *lenguaje en movimiento*: continua rotación de las palabras, insólitos juegos entre el sentido y el sonido, idioma en perpetua metamorfosis. *Les mots font l'amour*. Erotismo verbal y ñoñez intelectual y moral. Los textos de *Nueva picardía mexicana* no son atrevidos si los comparamos con los que publican ahora nuestros escritores jóvenes, pero muchos de éstos (los maduros ya ingresaron en la Academia) deberían recoger la lección de los «albures» que publica Jiménez.

Me he extendido sobre el tema del lenguaje porque el falo y el coño, además de ser objetos (órganos) simbólicos, son emisores de símbolos. Son el lenguaje pasional del cuerpo. Un lenguaje que sólo la enfermedad y la muerte acallan –no la filosofía. El cuerpo es imaginario no por carecer de realidad sino por ser la realidad más real: imagen al fin palpable y, no obstante, cambiante y condenada a la desaparición. Dominar el cuerpo es suprimir las imágenes que emite –y en eso consisten las prácticas del *yogi* y el asceta. O disipar su realidad –y eso es lo que hace el libertino. Unos y otro se proponen acabar con el cuerpo, con sus imágenes y con sus pesadillas: con su realidad. Pues la realidad del cuerpo es una imagen en movimiento fijada por el deseo. Si el lenguaje es la forma más perfecta de la comunicación, la perfección del lenguaje no puede ser sino erótica e incluye a la muerte y al silencio: al fracaso del lenguaje... ¿El fracaso? El silencio no es el fracaso sino el acabamiento, la *culminación* del lenguaje. ¿Y por qué nos empeñamos en decir que la muerte es *absurda*? ¿Qué sabemos de la muerte?

Desde esta perspectiva el libro de Jiménez me decepciona (no es una crítica: es una confesión) como me decepcionan todos los chistes y cuentos de la picaresca de otros países y lenguas. Cierto, las raíces del chiste y las del arte son las mismas, como todos repiten desde que Freud escribió su famoso ensayo sobre este tema. Lo que no siempre se recuerda es que esa semejanza de origen se convierte, al final, en una diferencia. Ambos, el chiste y el poema, son expresiones del principio de placer, victorioso por un instante del principio de realidad. En los dos casos el triunfo es imaginario pero en tanto que el chiste se disipa en el arte hay una voluntad de forma ausente en la picardía. ¿La forma es el triunfo contra la muerte o es una nueva trampa de Thanatos y de su cómplice, la sublimación? Tal vez ni lo uno ni lo otro: es amor frenético, deseo exasperado e infinitamente paciente por fijar –no al cuerpo sino al movimiento del cuerpo: el cuerpo en movimiento hacia la muerte. El cuerpo sacudido, movido por la pasión. No niego que el arte, como todo lo que hacemos, sea sublimación, cultura y, por tanto, homenaje a la muerte. Agrego que es sublimación que quiere encarnar: regresar al cuerpo. El chiste es ejemplar y, sea cínico o satírico, moral. Su moralidad última consiste en disiparse. El arte es lo contrario de la disipación, en el sentido físico y espiritual de la palabra: es concentración, deseo que busca encarnación.

# Conjugaciones

## UN ORO NEFASTO[1]

*Nueva picardía mexicana* tiene un interés psicológico y sociológico más inmediato que el lingüístico y no menos importante. No me propongo tocar ese tema: otros lo harán mejor que yo. Diré únicamente que es un repertorio de nuestros deseos y temores, atrevimientos y cobardías. En este sentido arroja una luz muy viva, aunque indirecta, sobre el sistema de represiones, externas e internas, de la sociedad mexicana. Si la obsesión por el falo y el coño es universal, son mexicanas las formas en que la expresamos. Lo mismo sucede con los blancos contra los que disparamos nuestras picardías. Ejemplos: aunque en todas partes hay partidos políticos revolucionarios y/o institucionales, no en todas existe un Partido Revolucionario Institucional; desde que el mundo es mundo hay nuevos ricos sólo que únicamente en México la burguesía es «revolucionaria»; si los «hijos de Sánchez» no son más desventurados que los del negro Smith de Chicago o los del siciliano Pedroni de Palermo, son distintos. Hubo muchos motines en 1968: gases lacrimógenos y garrotazos en París, Tokio, Delhi, Roma, Berlín –y tanques en Praga, Chicago y México. El nuestro se ajustó al sangriento arquetipo mítico que rige nuestra historia desde Itzcóatl y ocurrió en la antigua plaza de Tlatelolco, hoy llamada plaza de las Tres Culturas: el rito azteca, el español y el moderno.

Es natural que la sátira contra los sistemas y clases dominantes sea uno de los temas constantes de *Nueva picardía mexicana*: el principio de placer es subversivo. El orden dominante, cualquiera que sea, es represivo: es el orden de la dominación. La crítica social asume con frecuencia la forma de burla contra la pedantería de los cultos y las ridiculeces de la «buena educación». Es un elogio implícito, a veces explícito, de la sabiduría de los ignorantes. Dos sistemas de valores: la cultura de los pobres y la de los ricos. La primera es heredada, inconsciente y antigua; la segunda es adquirida, consciente y moderna. La oposición entre ambas no es sino una variación de la vieja dicotomía entre espontaneidad y conciencia, sociedad

---

1. *Un or néfaste incite pour son beau cadre une rixe...* (Mallarmé, primera versión del *Soneto en ix*.)

natural y sociedad culta o artificial. Otra vez Rousseau y Hobbes: la sociedad artificial es autoritaria y jerárquica; la natural es libre e igualitaria. Ahora bien, el sexo es subversivo no sólo por ser espontáneo y anárquico sino por ser igualitario: carece de nombre y de clase. Sobre todo: no tiene cara. No es individual: es genérico. El no tener cara el sexo es el origen de todas las metáforas que he mencionado y, además, el origen de nuestra desdicha. El sexo y el rostro están separados, uno abajo y otro arriba; como si no fuese bastante con esto, el primero anda oculto por la ropa y el segundo al descubierto. (De ahí que cubrir el rostro de la mujer, como hacen los musulmanes, equivalga a afirmar que realmente no tiene cara: su cara es sexo.) Esta separación, que nos ha hecho seres humanos, nos condena al trabajo, a la historia y a la construcción de sepulcros. También nos condena a inventar metáforas para suprimirla. El sexo y todas sus imágenes –desde las más complejas hasta los chistes de cantina– nos recuerdan que hubo un tiempo en que la cara estuvo cerca del suelo y de los órganos genitales. No había individuos y todos eran parte del todo. A la cara le parece insoportable ese recuerdo y por eso ríe –o vomita. El sexo nos dice que hubo una edad de oro; para la cara esa edad no es el rayo solar del cíclope sino el excremento.

Max Weber descubrió una relación entre la ética protestante y el desarrollo del capitalismo. Por su parte, algunos continuadores de Freud, señaladamente Erich Fromm, subrayan la conexión entre este último y el erotismo anal. Norman O. Brown ha hecho una síntesis brillante de ambos descubrimientos y, lo cual es todavía más importante, ha mostrado que la «visión excremental» constituye la esencia simbólica y, por tanto, jamás explícita, de la civilización moderna. La analogía contradictoria y complementaria entre el sol y el excremento es de tal modo evidente que casi dispensa la demostración. Es una pareja de signos que se funden y disocian alternativamente, regidos por la misma sintaxis simbolizante de otros signos: el agua y el fuego, lo abierto y lo cerrado, lo puntiagudo y lo redondo, lo seco y lo húmedo, la luz y la sombra. Las reglas de equivalencia, oposición y transformación que utiliza la antropología estructural son perfectamente aplicables a estos dos signos, sea en el nivel individual o en el social.

El erotismo anal es una fase infantil, pregenital, de la sexualidad individual que corresponde, en la esfera de los mitos sociales, a la edad de oro. Apenas si es necesario referirse a los juegos y fantasías infantiles en torno al excremento: «la vida empieza en lágrimas y caca...» (Quevedo). Por lo que toca a las imágenes míticas, señalo que si el sol es vida y muerte, el excremento es muerte y vida. El primero nos da luz y calor, pero un exceso de sol nos mata; por tanto, es vida que da muerte. El segundo es un desecho que es también un abono natural: muerte que da vida. Por otra parte, el excremento es el doble del falo como el falo lo es del sol. El excremento es el *otro* falo, el *otro* sol. Asimismo, es sol podrido, como el oro es luz congelada, sol materializado en lingotes contantes y sonantes. Guardar oro es atesorar vida (sol) y retener el excremento. Gastar el oro acumulado es esparcir vida, transformar la muerte en vida. En el transcurso de la historia todas estas imágenes se volvieron más y más abstractas, a medida que aumentaba la sublimación de los instintos. Más y más sublimes: más represivas. La cara se alejó del culo.

La ambivalencia del excremento y su identificación con el sol y con el oro, le dio una suerte de corporeidad simbólica –ora benéfica, ora nefasta– lo mismo entre los primitivos que en la Antigüedad y en el Medievo. A Norman O. Brown le interesan sobre todo sus metamorfosis recientes[1]. No es necesario acompañarlo en toda su apasionante excursión; baste con decir que las metamorfosis del oro y el excremento, sus uniones y separaciones, constituyen la historia secreta de la sociedad moderna. La condenación del excremento por la Reforma, como encarnación o manifestación del demonio, fue el antecedente y la causa inmediata de la sublimación capitalista: el oro (el excremento) convertido en billetes de banco y acciones. Por cierto, Brown no señala que a esta transformación en el nivel de los símbolos y las creencias corresponde, en el de la economía y la vida práctica, el tránsito de la economía cerrada, constituida por *cosas*, a la economía abierta del mercado capitalista, hecha de *signos*. Lutero recibe la revelación en la letrina, en el momento en que vacía el estómago. Las letrinas son el lugar infernal por definición. El sitio de la *pudrición* es el de la *perdición*: este mundo. La condenación de este mundo es la condenación de la putrefacción y de la pasión por atesorarla y adorarla: el becerro de oro es excrementicio. Esa condenación alcanza también al *desperdicio*. La conexión entre retención anal y economía racional, que mide los gastos, es clara. Entre atesoramiento y desperdicio no queda otro recurso que la sublimación. El segundo paso consistía en transformar en producto esa retención: ocultación y asepsia de la letrina y, simultáneamente, metamorfosis del sótano donde se guardan oro y riquezas en institución bancaria.

1. *Life against Death*. Hay traducción al español: *Eros y Tanatos* (México, Joaquín Mortiz, 1967). Brown publicó en 1966 otro volumen, *Love's Body*, que es la continuación y el complemento de *Eros y Tanatos*. Aún no ha sido traducido.

A pesar de que el protestantismo dominó a los mahometanos y a los hindúes durante siglos, no pudo o no quiso convertirlos. En cambio, logró la *conversión* del oro. Desapareció como cosa, perdió materialidad y se transformó en signo; y en nada menos, por una curiosa consecuencia de la moral calvinista, que en signo de los elegidos. El avaro es culpable de una pasión infernal porque juega con el oro que junta en su cueva como el niño con su excremento. La economía racional capitalista es limpia, útil y moral: es el sacrificio de omisión –lo contrario del sacrificio por gasto y de la hecatombe– que hacen los buenos ante la voluntad divina. La recompensa de la divinidad no se manifiesta en bienes materiales sino en signos: moneda abstracta. En el mismo instante en que el oro desaparece de los vestidos de hombres y mujeres tanto como de los altares y de los palacios, se transforma en la sangre invisible de la sociedad mercantil y circula, inodoro e incoloro, por todos los países. Es la salud de las naciones cristianas. No se guarda como en la Edad Media y tampoco se gasta y desparrama: corre, se propaga, se cuenta, se descuenta y así se *multiplica*. Posee una doble virtud: ser una mercancía y ser el signo de todas las mercancías. La moralización del oro y su transmutación en signo es paralela a la expulsión de las palabras sucias del lenguaje y a la invención y popularización del excusado inglés. La banca y el W.C. son expresiones típicas del capitalismo.

Antes que Freud y sus continuadores, Marx había ya advertido el carácter mágico del oro en la civilización antigua. En cuanto a su relación con el excremento: dijo que la sociedad capitalista es «la dominación de hombres vivos por materia muerta». Debería añadirse: la dominación por materia muerta abstracta, pues no es oro material el que nos asfixia sino el tejido de sus signos. En los países que, más por comodidad verbal que por afán de exactitud intelectual, llamamos socialistas, ha desaparecido el lucro individual y, por consiguiente, el signo del oro. No obstante, allá el poder no es menos sino más abstracto y asfixiante que en las sociedades capitalistas. La agresividad del excremento viene probablemente de su identificación infantil con el falo. Así, habría que estudiar la conexión escondida entre esa agresividad anal y la violencia abstracta de las burocracias del Este. Por supuesto también tendría que determinarse a qué otras zonas erógenas infantiles o pregenitales corresponde esta extraña sublimación del mito de la Edad de Oro. Una sublimación que es, en realidad, su negación. La transmutación del sol primordial –oro que era de todos, todo que era de oro– en el ojo omnisciente del Estado burocrático-policíaco es tan impresionante como la transformación del excremento en billetes de banco. Pero nadie ha abordado el tema, que yo sepa. Igualmente es una lástima que ninguno entre nosotros haya examinado, desde este punto de vista, un estilo artístico que se sitúa precisamente en el alba de nuestra época y que es la antítesis tanto del «socialismo» como del capitalismo modernos. Un estilo al que podría llamarse «el barroco excremental».

### PIRAS, MAUSOLEOS, SAGRARIOS

La Contrarreforma, el «estilo jesuítico» y la poesía hispánica del siglo XVII son el reverso de la austeridad protestante y de su condenación y sublimación del excremento. España extrae el oro de las Indias, primero de los altares del *demonio* (o sea: de los templos precolombinos) y después de las *entrañas* de la tierra. En ambos casos, se trata de un producto del mundo inferior, dominio de los bárbaros, los cíclopes y el cuerpo. América es una suerte de letrina fabulosa, sólo que ahora la operación no consiste en la retención del oro sino en su dispersión. La tonalidad no es moral sino mítica. El metal solar se desparrama sobre los campos de Europa en guerras insensatas y en empresas delirantes. Un soberbio desperdicio excremental de oro, sangre y pasión: descomunal y metódica orgía que recuerda las destrucciones rituales de los indios americanos, aunque mucho más costosa. Pero el oro de las Indias sirve también para cubrir el interior de las iglesias como una ofrenda solar. En las naves obscuras arden los altares y su dorada vegetación de santos, mártires, vírgenes y ángeles. Arden y agonizan. Oro más crepuscular que naciente y, por eso, más vivo y desgarrado por la sombra que avanza. Calor de luz y reflejos temblantes que evocan las glorias antiguas y nefastas del sol poniente y del excremento. ¿Vida que da muerte o muerte que da vida? Si el oro y su doble fisiológico son signos de las tendencias más profundas e instintivas de una sociedad, en el barroco español e hispanoamericano significan lo contrario del lucro productivo: son la ganancia que se inmola y se incendia, la consumación violenta de los bienes acumulados. Ritos de la perdición y el desperdicio. Sacrificio y defecación.

La dualidad *sol* y *excremento* se polariza en los dos grandes poetas del período, Góngora y Quevedo. Los dos son un extraordinario fin de fiesta de la poesía española: con ellos, y en ellos, se acaba una gran época de la literatura europea. Yo veo sus poemas como una ceremonia fúnebre, luminosas exequias del sol-excremento. Aunque Góngora es el poeta solar, no tuerce la boca para decir la palabra *caca* cuando es necesario; el artista más osado que ha dado la poesía de Occidente no tuvo lo que se llama «buen gusto». A Quevedo, el poeta excremental, tampoco le faltan luces. Al hablar de una sortija de oro que encerraba el retrato de una mujer, dice:

> En breve cárcel traigo aprisionado
> con toda su familia de oro ardiente,
> el cerco de la luz resplandeciente...

Y más adelante: «Traigo todas las Indias en la mano». El oro del Nuevo Mundo y su brillo infraterrestre de letrina ciclópea pero asimismo el resplandor intelectual del erotismo neoplatónico: la amada es luz, Idea. En este relámpago grabado arden la herencia petrarquista y el oro de los ídolos precolombinos, el infierno medieval y las glorias de Flandes e Italia, el cielo cristiano y el firmamento mitológico con sus estrellas, flores que pacen «las fieras altas de la piel luciente». Por esto, sin contradecirse, también dice en otro soneto: «La voz del ojo, que llamamos pedo, / ruiseñor de los putos...». El ano como un ojo que fuese también una boca. Todas estas imágenes están poseídas por la avidez, la rabia y la gloria de la muerte. Su complicación, su perfección y hasta su obscenidad pertenecen al género ritual y grandioso del holocausto.

Para Swift el excremento es un tema de meditación moral; para Quevedo, una materia plástica como los rubíes, las perlas y los mitos griegos y romanos de la retórica de su época. El pesimismo de Quevedo es total: todo es materia para el incendio. Sólo que ese incendio es una forma, un estilo; las llamas configuran una arquitectura verbal y sus chispas son intelectuales: ocurrencias, agudezas. El ejemplo de Quevedo es el más notable pero no es el único. En todo el período barroco español, lo mismo en la esfera de la poesía que en la de las artes plásticas, reina la oposición entre el oro y la sombra, la llama y lo obscuro, la sangre y la noche. Estos elementos no simbolizan tanto la lucha entre la vida y la muerte como una pelea a muerte entre dos principios o fuerzas rivales: esta vida y la otra, el mundo de aquí y el mundo de allá, el cuerpo y el alma. El cuerpo tienta al alma, quiere quemarla con la pasión para que se precipite en el hoyo negro. A su vez, el alma castiga al cuerpo; lo castiga con el fuego porque quiere reducirlo a cenizas. El martirio de la carne es en cierto modo la contrapartida de los autos de fe y las quemas de herejes. También lo es de los sufrimientos del alma, crucificada en la cruz ardiente de los sentidos. En los dos casos el fuego es purificador.

El incendio representa en esta dialéctica de la luz y la sombra, la llama y el carbón, el mismo principio que el rayo (*vajra*) en el budismo tántrico: la transmutación por la meditación de la pasión sexual en desasimiento diamantino corresponde, en la España de la Contrarreforma, a la transfiguración por el fuego de la carne en luz espiritual. Otra analogía: de la misma manera que el rayo (el falo) debe transmutarse en diamante, el árbol (el cuerpo humano) debe transformarse en cruz. En uno y en otro caso: reducción del elemento natural (rayo, árbol) a sus elementos esenciales para convertirlo en signo (cruz y *vajra* estilizado). Martirios y transfiguraciones de la naturaleza... Pero es tal el poder de la pasión, o tal la capacidad de placer del cuerpo, que el incendio se vuelve goce. El martirio no extingue sino que aviva al placer. El retorcerse de los miembros abrasados alude a sensaciones que entretejen delicias y tormentos. Ni siquiera el espíritu religioso fue insensible a la fascinación de la combustión. El «muero porque no muero» y el «placer de morir» de nuestros místicos son el reverso, el complemento y la transfiguración de los exasperados «mátame ya» y los «muero de placer» de los amantes. Almas y cuerpos chamuscados. En nuestro arte barroco el espíritu vence al cuerpo pero el cuerpo halla ocasión de glorificarse en el acto mismo de morir. Su desastre es su monumento.

El principio de placer, aun en esos homenajes a la muerte que son los poemas barrocos, se refugia siempre en la forma. Estamos condenados a morir y de ahí que inclusive la sublimación que nos alivia de la tiranía del superego, termine inevitablemente por servir al instinto del aniquilamiento. Como también estamos condenados a vivir, el principio de placer erige monumentos inmortales (o que quieren serlo) a la muerte... Mientras escribo esto, veo desde mi ventana los mausoleos de los sultanes de la dinastía Lodi. Edificios color de sangre apenas seca, cúpulas negras por el sol, los años y las lluvias del monzón –otras son de mármol y más blancas que el jazmín–, árboles de follaje fantástico plantados en prados geométricos como silogismos y, entre el silencio de los estanques y el del cielo de esmalte, los chillidos de los cuervos y los círculos silenciosos de los milanos. La bandada de cohetes de los pericos, rayas verdes que aparecen y desaparecen en el aire quieto, se cruza con las alas pardas de los murciélagos ceremoniosos. Unos regresan, van a dormir; otros apenas se despiertan y vuelan con pesadez. Ya es casi de noche y hay todavía una luz difusa. Estas tumbas no son de piedra ni de oro: están hechas de una materia vegetal y lunar. Ahora sólo son visibles los domos, grandes magnolias inmóviles. El cielo se precipita en el estanque. No hay abajo ni arriba: el mundo se ha concentrado en este rectángulo sereno. Un espacio en el que cabe todo y que no contiene sino aire y unas cuantas imágenes que se disipan.

El dios del islam no es de mi devoción pero en estas tumbas me parece que se disuelve la oposición entre la vida y la muerte. No en Swift, no en Quevedo.

Si se quiere encontrar, en la historia de la poesía española, la fusión de cara y sexo, lo mejor es dejar a Góngora y a Quevedo y buscar a otro poeta: Juan Ruiz, Arcipreste de Hita. Se dirá que olvido, entre otros, a Garcilaso y a Lope, a Fernando de Rojas y al gran Francisco Delicado. No los olvido. Lo que pasa es que, después de las ceremonias suntuosas y terribles del oro, el excremento y la muerte, hay que salir a respirar el aire brioso y eufórico del siglo XIV. Por eso busco al clérigo universal en su pequeña ciudad. Tal vez ha salido a una de sus expediciones erótico-venatorias y recorre los montes vecinos, poblados no por ninfas y centauros sino por robustas y lascivas serranas. O está de vuelta y se pasea en el atrio de la iglesia, acompañado por Trotaconventos. El clérigo y la alcahueta tejen redes amorosas o destejen las que le tienden dueñas y monjas:

> No me las enseñes más
> que me matarás.
> Estábase la monja
> en el monasterio,
> sus teticas blancas
> de so el velo negro.
> Más, que me matarás[1].

En el *Libro de buen amor*, que es el libro del loco amor, la escatología no es fúnebre ni el sexo es sangriento y dorado. No hay ni sublimación exagerada ni realismo exasperado, lo que no impide que las pasiones sean enérgicas. Nada de platonismo ni de jerarquías nobiliarias: la gran señora no es un castillo invulnerable pero «non se podría vencer por pintada moneda». Gran elogio. Al Arcipreste de veras le gustaban las mujeres; sabía que, si son la casa de la muerte, son asimismo la mesa del festín de la vida. Y ese saber no le producía ni horror ni rabia. A veces, al leer *Nueva picardía mexicana*, me llegan ráfagas de frescura, relentes serranos que son como ecos de Juan Ruiz y su mundo; entonces me reconcilio con el pueblo de México y con toda la gente de habla española. No, no somos únicamente descendientes de Quevedo ni, en el caso de nosotros

---

1. Diego Sánchez de Badajoz, *Lírica hispánica de tipo popular. Recopilación en metro*, 1554, selección, prólogo y notas de Margit Frenk Alatorre, México, 1966.

los mexicanos, del ascético Quetzalcóatl y del feroz Huitzilopochtli. También venimos del Arcipreste y de sus dueñas y doncellas, sus judías y sus moras –de ellas y de las muchachas desnudas del neolítico, esas mazorcas de maíz desenterradas en Tlatilco y que, intactas, todavía nos sonríen.

Leer a Quevedo en el jardín de un mausoleo musulmán del siglo XV puede parecer incongruente; no lo es leer el *Libro de buen amor*: su autor convivió con mahometanos, muchos de ellos y ellas cantores, bailarines y músicos errantes. Son los mismos que ahora todavía andan por Rajastán o Uttar Pradesh y que a veces, cuando pasan por Delhi, se sientan en círculo, en los prados que rodean a los mausoleos, para comer, cantar o dormir. Por supuesto, la vecindad histórica de España y el islam no borra las obvias y gruesas diferencias entre el mausoleo y el libro del poeta español. En este momento la que me interesa destacar es la siguiente: el primero reconcilia a la vida con la muerte y así la gananciosa es la última; el libro junta a la muerte con la vida y la que gana es la vida. En ambos casos hay un diálogo entre los dos principios. Claro que no es justo comparar un libro a un monumento. ¿Cuál es, entonces, la contrapartida occidental de estas tumbas? No acierto a responder. En ningún cementerio cristiano he sentido esta ligereza y serenidad. ¿Los de griegos y romanos? Quizá. Sólo que no me parecen tan aireados y acogedores como estos mausoleos. Allá la historia pesa; aquí se desvanece: es cuento, leyenda. La respuesta está fuera de Europa y del monoteísmo –en esta misma tierra de la India: los templos hindúes y las *caityas* budistas. Cierto, no son tumbas: los indios queman a sus muertos. No importa: muchos de estos santuarios guardan huesos de santos y aun dientes y otras reliquias del Buda. En los templos indios la vida no combate a la muerte: la absorbe. Y la vida, a su vez, se disuelve como se disuelve un día en el año y un año en el siglo.

En los santuarios indios la existencia, concebida como proliferación y repetición, se manifiesta con una riqueza insistente y monótona que evoca la irregularidad y la persistencia de la vegetación; en los mausoleos musulmanes se somete la naturaleza a una geometría a un tiempo implacable y elegante: círculos, rectángulos, hexágonos. Inclusive el agua se convierte en geometría. Encerrada en canales y estanques se distribuye en espacios geométricos: es visión; chorro de agua que cae sobre una fuente de piedra o murmullo de arroyo artificial entre riberas de mármol, se reparte en porciones regulares de tiempo: es sonido. Juegos de ecos y correspondencias entre el tiempo y el espacio; el ojo, encantado por las divisiones armónicas del espacio, contempla el reflejo de la piedra en el agua; el oído, arrobado por la repetición de una misma rima, escucha el son del agua al caer sobre la piedra. La diferencia entre el templo indio y el mausoleo musulmán es radical y depende, quizá, de lo siguiente: en un caso estamos ante un monismo que incluye al pluralismo del mundo natural y a un politeísmo riquísimo y complicado; en el otro, estamos ante un monoteísmo intransigente que excluye toda pluralidad natural y toda veleidad politeísta, así sea disimulada como en el catolicismo. En la civilización india, exaltación del cuerpo; en el islam, desaparición del cuerpo en la geometría de la piedra y el jardín.

Al hablar de los templos de la India hay que hacer una distinción entre los santuarios hindúes propiamente dichos y los budistas. En el interior de la India, el hinduismo y el budismo son los protagonistas de un diálogo sorprendente. Ese diálogo fue la civilización índica. El hecho de que haya cesado contribuye a explicar la postración, desde hace ocho siglos, de esa civilización, su incapacidad para renovarse y cambiar. El diálogo degeneró en el monólogo del hinduismo. Un monólogo que pronto asumió la forma de la repetición y el manierismo hasta la anquilosis final. El islam, que aparece en el momento en que desaparece el budismo en la India, no pudo ocupar el sitio de este último: la oposición entre hinduismo y budismo es una contradicción dentro de un mismo sistema mientras que la del islamismo y el hinduismo es el afrontamiento de dos sistemas distintos e incompatibles. Algo semejante ocurrió después con el cristianismo y, ahora, con las ideologías afiliadas a esta religión: democracia, socialismo... Occidente no ha conocido nada parecido: las religiones no cristianas a que tuvo que enfrentarse fueron versiones del mismo monoteísmo: el judaísmo y el islamismo.

Los orientalistas y filósofos que han descrito al budismo como un nihilismo negador de la vida estaban ciegos: nunca vieron las esculturas de Bharhut, Sanchi, Mathura y tantos otros lugares. Si el budismo es pesimista –y no veo cómo un pensamiento crítico pudiese no serlo– su pesimismo es radical e incluye a la negación de la negación: niega a la muerte con la misma lógica con que niega a la vida. Este refinamiento dialéctico le permitió, en su buena época, aceptar y glorificar al cuerpo. En cambio, en los grandes templos hindúes de Khajuraho y hasta en el de Konarak –que es menos rococó y que es realmente imponente en su hermosa vastedad–, el erotismo llega a volverse monótono. Falta algo: la alegría o la muerte, un chispazo de pasión real que sacuda a esas guirnaldas interminables de cuerpos ondulantes y de rostros que sonríen en una suerte de beatitud azucarada. Fabricación en serie del éxtasis: un orgasmo amanerado. La naturaleza tampoco está presente en esos juegos corporales, más complicados que apasionados. El hinduismo es excesivo no tanto por sus poderes intrínsecos, con ser considerables, cuanto porque ha digerido todas sus heterodoxias y contradicciones; su desmesurada afirmación carece del contrapeso de la negatividad, ese elemento crítico que es el núcleo creador del budismo. Gracias a la negación budista, la India antigua cambiaba, se transformaba y se recreaba; extirpada o asimilada su negación, la India no crece: prolifera. Por esto su erotismo es superficial, epidérmico: un tejido de sensaciones y contracciones. Los cuerpos enredados de Khajuraho equivalen a esos comentarios a un comentario de un comentario de los Brahma-sutra: las sutilezas de la argumentación no equivalen siempre a la verdadera profundidad, que es simple. La pululación de senos, falos, caderas, muslos y sonrisas extáticas acaba por empalagar. No en los monumentos budistas, no en Bharhut y, sobre todo: no en Karli. Los grandes relieves esculpidos en los lienzos de la portada de Karli son parejas desnudas y sonrientes: no dioses ni demonios sino seres como nosotros, aunque más fuertes y vivos. La salud que irradian sus cuerpos es natural: la solidez un poco pesada de las montañas y la gracia lenta de los ríos anchos. Seres naturales y civilizados: hay una inmensa cortesía en su poderosa sensualidad y su pasión es pacífica. Están allí plantados como árboles –sólo que son árboles que sonríen. Ninguna civilización ha creado imágenes tan plenas y cabales de lo que es el goce terrestre. Por primera y única vez, una alta cultura histórica pudo, y con ventaja, rivalizar con el neolítico y sus figurillas de fertilidad. El otro polo del islam y su geometría de reflejos en el fondo de los estanques.

## CONJUGACIONES

Capitalismo y protestantismo, Contrarreforma y poesía española, mausoleos mahometanos y templos índicos: ¿por qué nadie ha escrito una historia general de las relaciones entre el cuerpo y el alma, la vida y la muerte, el sexo y la cara? Sin duda por la misma razón que no se ha escrito una historia del hombre. Tenemos, en cambio, historias de los hombres, es decir, de las civilizaciones y las culturas. No es extraño: hasta la fecha nadie sabe qué sea realmente la «naturaleza humana». Y no lo sabemos porque nuestra «naturaleza» es inseparable de la cultura; y la cultura es las culturas. De ahí que el antropólogo norteamericano A. L. Kroeber haya propuesto una doble investigación: primero, hacer un inventario universal de los rasgos característicos –materiales, institucionales y simbólicos– de las distintas culturas y civilizaciones (de paso: una tarea casi infinita), destinado a «determinar los perímetros de la cultura humana»; segundo, hacer otro inventario, «entre los animales subhumanos, de las formas de conducta semejantes o anticipatorias de las formas humanas culturales»[1]. A partir de ese catálogo podría comenzarse a constituir tanto una teoría de la cultura como de la naturaleza humana. No deja de ser desconcertante que todavía no hayamos podido reducir a unidad ni la pluralidad de culturas ni la multiplicidad de genios y temperamentos humanos. Quizá al final de esta tarea, que me recuerda a la de Sísifo pero que los *computers* podrían abreviar, llegaremos a situar, ya que no a definir, nuestra naturaleza. Es evidente que se encuentra en el punto de intersección entre cultura humana y subcultura animal, sólo que ¿dónde está ese punto?

Por el momento no nos queda sino repetir que alma y cuerpo, cara y sexo, muerte y vida son realidades distintas que tienen nombres distintos en cada civilización y, por tanto, distintos significados. No es esto todo: es imposible traducir cabalmente de un área cultural a otra los términos centrales de cada cultura: ni *mukti* es realmente «liberación» ni *nirvana* es «extinción». Lo mismo sucede con el *te* de los chinos, la *democracia* de los griegos, la *virtus* de los romanos y el *yugen* de los japoneses. Cuando nos parece que hablamos de las mismas cosas con un árabe o con un esquimal, tal vez hablamos de cosas distintas; y no sería imposible que lo contrario también fuese cierto. La paradoja de esta situación consiste en lo siguiente: no podemos reducir a un patrón único y unívoco los diferentes significados de todos estos términos, pero sabemos que, hasta cierto punto, son análogos. Sabemos asimismo que constituyen la común preocupación de todos los hombres y de todas las sociedades. Apenas se examina con detenimiento esta dificultad, se advierte que nos enfrentamos no tanto a una diversidad de realidades como a una pluralidad de significados. Se me dirá, con razón, que si no sabemos a ciencia cierta qué significan las palabras, menos podremos saber a qué realidades se refieren. Es cierto, sólo que esta crítica alcanza a nuestros propios términos y no nada más a los ajenos: también para nosotros las palabras *vida*, *alma* o *cuerpo* son nombres cambiantes con significados cambiantes y que designan realidades cambiantes. Si aceptamos el aviso de la moderna filosofía del lenguaje,

---

1. A. L. Kroeber, *An Anthropologist looks at History*, University of California Press, 1966.

debemos seguirlo hasta el fin: lo que nos aconseja es callarnos —pero callarnos definitivamente. Quizá sea lo más racional, no lo más sabio. Así pues, sin desdeñar a los lógicos, prosigo...

Cada una de las palabras que nos preocupan posee, en el seno de su área lingüística, relaciones más o menos definidas con las otras: vida con muerte, sexo con espíritu, cuerpo con alma. Estas relaciones, por supuesto, no son únicamente bilaterales. Pueden ser triangulares y aun circulares. En efecto, hay un circuito biopsíquico que va de vida a sexo a espíritu a muerte a vida. No obstante, la relación básica es entre pares. Pues bien, esta relación —cualquiera que sea el significado particular de los términos que la componen— es universal: existe en todas partes y, casi seguramente, ha existido en todos los tiempos. Otra circunstancia, no menos decisiva y determinante: en todos los casos nos enfrentamos no a realidades sino a nombres. Por todo esto no es exagerado pensar que alguna vez podremos construir, en el campo de las civilizaciones y tal como Lévi-Strauss y su escuela lo hacen ya en el de las sociedades primitivas, una sintaxis universal. Señalo que esa sintaxis podría constituirse inclusive si, como hasta ahora, no se pudiese abordar plenamente el aspecto semántico. Primero hay que saber cómo funcionan y se relacionan entre ellos los signos y, después, averiguar qué significan. Esa investigación atacaría el problema desde una perspectiva opuesta a la que propone Kroeber. La conjunción de ambas investigaciones sería el punto de partida para una verdadera historia del hombre.

La relación entre los términos no puede ser, fundamentalmente, sino de oposición o afinidad. El exceso de oposición aniquila a uno de los términos que la componen; el exceso de afinidad también la destruye. Por tanto, la relación siempre está amenazada, ya sea por una conjunción exagerada o por una disyunción también exagerada. Además, el predominio excesivo de uno de los términos provoca desequilibrio: represión o relajación. Otrosí: la igualdad absoluta entre ambos produce la neutralización y, en consecuencia, la inmovilidad. De todo esto se deduce que la relación ideal exige, en primer lugar, cierto ligero desequilibrio de fuerzas; después, una relativa autonomía de cada término con respecto del otro. Ese ligero desequilibrio se llama recurso de sublimación (cultura) por una parte y, por la otra, posibilidad de irrigar la cultura con la espontaneidad (creación); y esa limitada autonomía se llama: libertad. Lo esencial es que la relación no sea tranquila: el diálogo entre oscilación e inmovilidad es lo que infunde *vida* a la cultura y da *forma* a la vida. Otra regla, inspirada como las anteriores en las que ha descubierto la antropología estructural:

los términos no son inteligibles sino en relación y no aisladamente considerados. Es algo que ya había dicho Chuang-tsé: la palabra *vida* sólo tiene sentido frente a la palabra *muerte*, el calor ante el frío, lo seco por oposición a lo húmedo. Finalmente, en la imposibilidad de traducir los términos que en cada civilización componen la relación (alma/cuerpo, espíritu/naturaleza, *purusha/prakriti*, etc.), lo mejor sería usar los signos lógicos o algebraicos que los englobasen a todos. O bien, las palabras *cuerpo* y *no-cuerpo*, siempre y cuando se entienda que no poseen significación alguna, excepto la de expresar una relación contradictoria. *No-cuerpo* no quiere decir ni *atman* ni *te* ni psique; simplemente es lo contrario de *cuerpo*. A su vez, *cuerpo* no posee ninguna connotación especial: denota lo contrario de *no-cuerpo*.

Me parece que si las observaciones que acabo de apuntar se desarrollasen más completamente, hasta darles una formulación sistemática, tal vez podría elaborarse con ellas un método de investigación aplicable lo mismo al estudio de las sociedades que al de los individuos. Digo individuos y no sólo sociedades porque también en ellos y en sus obras, como hemos visto en las de Velázquez y Posada, los signos *cuerpo* y *no-cuerpo* se combaten o reúnen. Aclaro que mi proposición es muy modesta; sugiero algo menos que una sintaxis o una morfología de las culturas: un termómetro. Un instrumento muy simple para medir los grados de frío o de fiebre de un espíritu y de una civilización. El cuadro de las temperaturas de una sociedad en un período más o menos largo no equivale, claro está, a su historia, pero las curvas de ascenso y descenso son un índice precioso sobre su vitalidad, su resistencia y su capacidad de afrontar otras caídas y subidas. La comparación entre los cuadros de temperatura de distintas civilizaciones puede enseñarnos, o más bien: confirmar lo que todos sabemos empíricamente, que hay civilizaciones frías, civilizaciones cálidas y otras en las que los períodos de fiebre se alternan bruscamente con los de hielo. ¿Y cómo mueren las civilizaciones? Unas, las frías, por una explosión de calor; las cálidas por un lento enfriamiento que produce desecación y, después, pulverización; otras, demasiado recluidas, perecen apenas se exponen a la intemperie y otras duermen milenios en la tibieza de una temperatura normal o se suicidan en el delirio de la fiebre.

Aunque nunca de una manera explícita y sistemática, muchas veces se ha estudiado las relaciones entre los signos que orientan la vida de las civilizaciones. Apenas si es necesario recordar los trabajos de Georges Dumézil sobre los indoeuropeos y lo que él llama su «ideología tripartita». Se trata de una hipótesis tan arriesgada como fecunda y que abre un nuevo camino no sólo a los estudios de mitología comparada sino también a los de las distintas civilizaciones. Desde la perspectiva descubierta por Dumézil quizá algún día alguien osará estudiar las civilizaciones del Extremo Oriente (China, Corea, Japón) y de la América precolombina. No sería imposible que ese estudio verificase lo que muchos sospechamos: la tendencia de ambas civilizaciones a pensar en términos cuadripartitos es algo más que una mera coincidencia. Tal vez la dualidad, el pensar por pares, sea común a todos los hombres y lo que distingue a las civilizaciones es la manera de combinar la pareja básica: estructuras tripartitas, cuadripartitas, circulares... Otro ejemplo, ahora en el interior de un período histórico determinado: el clásico estudio de Huizinga sobre el fin de la Edad Media. El historiador holandés describe las relaciones encarnizadas del principio de placer y del instinto de muerte, las represiones del segundo y las rebeliones del primero, la función del gasto y el holocausto en los torneos y el erotismo, la avaricia y la prodigalidad de los príncipes y la encarnación de todas estas tensiones contradictorias en las figuras antitéticas de Luis XI y de Carlos el Temerario. También puede estudiarse la sucesiva y alternativa dominación de cada uno de estos principios (signos) en el curso de la historia de una civilización. Se ha hecho ya varias veces y de un modo brillante. Uno de los campos favoritos de exploración es el contraste, en Occidente, entre la tonalidad espiritual exaltada de los siglos XII y XIII y la coloración sensual del Renacimiento. En esta esfera debemos a E. R. Dodds una magistral descripción del origen y de la progresiva y asfixiante dominación del concepto de *alma* sobre las antiguas creencias griegas hasta que la rebelión del *cuerpo* desintegró la fábrica de la ética social[1]. El mismo Dodds ha publicado otro libro (*Pagan and Christian in an Age of Anxiety*, Londres, 1965) que puede considerarse el complemento del anterior. Abarca el período que va de Marco Aurelio a Constantino. En su primer libro describe la rebelión de lo irracional (*cuerpo*) contra los rigores de la filosofía clásica y sus construcciones racionales; en el segundo, examina el trasfondo irracional y angustiado de la civilización antigua en su crepúsculo y la transformación de esos impulsos en una nueva racionalidad religiosa (*no-cuerpo*). Los libros de Dodds son algo más, por supuesto, pero lo que deseo destacar es la intervención decisiva de los signos que he llamado *cuerpo* y *no-cuerpo*.

La comparación entre civilizaciones distintas es el dominio en que reina, o reinaba hasta hace poco, Toynbee. Antes fue el de Spengler, hoy desacreditado y no siempre con justicia. Entre los estudios recientes de este géne-

[1]. *The Greeks and the Irrational*, Londres, 1951.

ro hay uno, muy estimulante para nosotros, los mexicanos, de Jacques Soustelle: *Les Quatre soleils* (París, 1967). En ese libro el antropólogo francés ofrece un puñado de reflexiones sobre la suerte posible de la civilización de Occidente. La particularidad del ensayo reside en que la perspectiva del autor es la de las concepciones cosmogónicas de los antiguos mayas y mexicanos. Creo que es la primera vez que alguien contempla la historia universal desde el mirador de la civilización mesoamericana. Soustelle señala la sorprendente modernidad del pensamiento precolombino[1]. Por mi parte subrayo que esa cosmogonía en perpetua rotación, hecha de la alternativa preeminencia del principio creador y del destructor, revela un pesimismo y una sabiduría no menos profundos que los de Freud. Es un nuevo ejemplo, tal vez el más claro, de la relación dinámica entre los signos *cuerpo* y *no-cuerpo*. Otra analogía: en la filosofía del movimiento de los mesoamericanos la noción de *catástrofe cósmica* –el fin de cada sol o era por un cataclismo– equivale a nuestra moderna noción de *Accidente*, tanto en las ciencias como en nuestra vida histórica. (Más adelante desarrollaré esta observación.) A la modernidad de su idea acerca de la inestabilidad y precariedad de la existencia –un cosmos que se destruye y se recrea continuamente– debe añadirse otro rasgo que los acerca aún más a nosotros: el excesivo crecimiento de los instintos agresivos en la fase final de esa civilización. El sadismo de la religión azteca y su puritanismo sexual, la institución de la «guerra florida» y el carácter riguroso de las concepciones políticas tenochcas son expresiones de una disyunción exagerada entre los signos *cuerpo* y *no-cuerpo*. Entre nosotros corresponde a la idea de la técnica como voluntad de poder, al auge de las ideologías militantes, al puritanismo de los países del Este europeo y a su contrapartida: la promiscuidad en frío y no menos fanática del Oeste y, en fin, al ánimo guerrero de todas nuestras empresas, sin excluir a las más pacíficas. La misma estética es militar entre nosotros: vanguardia, avanzadas, rupturas, conquistas. El paralelo con el arte náhuatl es sorprendente: el sistema simbólico de la poesía azteca –metáforas, comparaciones, vocabulario– era una suerte de doble verbal de la «guerra florida» que, a su vez, era el doble de la guerra cósmica. El mismo sistema analógico regía a la arquitectura sagrada, a la

---

1. Soustelle hace varias observaciones penetrantes sobre un tema que es, o debería ser, vital para nosotros: la viabilidad de una futura civilización «indo-latina», más o menos «afiliada» a la occidental. Este libro no ha sido comentado, hasta donde llegan mis noticias, por los historiadores y antropólogos mexicanos. Tampoco por los de los otros países latinoamericanos. Es lamentable y, también, revelador.

escultura y a las otras artes; todas son representaciones del movimiento universal: la guerra de los dioses, la de los astros y la de los hombres.

Todos estos ejemplos revelan que hay una suerte de *combinatoria* de los signos centrales de cada civilización y que de la relación entre esos signos depende, hasta cierto punto, el carácter de cada sociedad e incluso su porvenir. En la segunda parte de estas reflexiones mostraré, de una manera más concreta y sistemática, las formas –algunas formas– de unión y separación de los signos. En todos los casos y por más acusada que sea la disyunción o la conjunción, la relación no desaparece. La asociación de los signos, cualquiera que sea: tensa o relajada, es lo que nos distingue a los hombres de los otros animales. O sea: lo que nos hace seres complejos, problemáticos e imprevisibles. Como la dialéctica de la oposición y la fusión se despliega en todos los hombres y en todas las épocas, utilizaré el método de la comparación. Me serviré de ejemplos extraídos de Occidente, India y China por esta razón: creo que la civilización india es el otro polo de la de Occidente, la *otra versión del mundo indoeuropeo*. La relación entre India y Occidente es la de una oposición dentro de un sistema. La relación de ambos con el Extremo Oriente (China, Japón, Corea y Tíbet) es la relación entre dos sistemas distintos. Así, en el caso de estas reflexiones, los ejemplos chinos no son ni convergentes ni divergentes: son excéntricos. (¿Cuál es el otro polo del mundo de China y Japón? Tal vez la América precolombina.) Por último, sería injurioso para el buen sentido del lector advertirle que no pretendo reducir la historia a una combinación de signos como la de los hexagramas del *I Ching*. Los signos, sean los del cielo o los de la ciencia moderna, no dicen nuestro destino: nada está escrito.

# Eva y Prajñaparamita

### LA *YAKSHI* Y LA VIRGEN

Cualesquiera que sean el nombre y la significación particular del *cuerpo* y *no-cuerpo* dentro de cada civilización, la relación entre estos dos signos no es ni puede ser sino inestable. Las nociones de *salud* y *normalidad* son inaplicables en este dominio, ya que esa relación precisamente es la expresión de nuestra «enfermedad» constitucional: ser animales que secretan cultura, espíritu, sublimaciones. En cambio, por más oscilante y precaria que sea la relación —perpetuamente expuesta a las embestidas de muerte y vida, cara y sexo— sí hay raros momentos de equilibrio dinámico. Repito que esos momentos no son de tregua sino de diálogo contradictorio y creador. He mencionado al arte budista indio que va de Bharhut y Sanchi a Mathura, Karli y Amaravati; un ejemplo paralelo en Occidente sería el arte de la Edad Media, del románico al gótico. En el primero el acento se carga en lo corpóreo, por oposición complementaria al intelectualismo crítico y al rigor ascético del budismo; frente al catolicismo medieval —más corporal y menos radical en su crítica del mundo y de la existencia— las figuras de las vírgenes y los santos, por la misma ley de oposición complementaria, afirman el elemento espiritual e incorpóreo. Los genios de fertilidad masculina y femenina (*yaksha* y *yakshi*) y las parejas eróticas (*maithuna*) que cubren las partes exteriores de las *caityas*, rodean al santuario mismo del vacío: a un hombre desencarnado, el Buda; las vírgenes, santos y ángeles de las catedrales e iglesias medievales, a un dios encarnado, el Cristo. El extremo de la desencarnación es la figuración del Buda por sus símbolos anicónicos: la *stupa*, el árbol de la iluminación, el trono, la rueda de la doctrina; la respuesta a esta abstracción es la vitalidad y sensualidad de las esculturas de las *yakshis*. El extremo de la encarnación es la representación del nacimiento de Cristo y de los episodios de su vida terrestre, sobre todo el de su pasión y sacrificio; la respuesta a la sangre y al cuerpo martirizado del dios-hombre es el vuelo celeste y la transfiguración de los cuerpos.

El gran arte budista coincide con la aparición, hacia el primer siglo después de Cristo, de los primeros Sutra Prajñaparamita, origen de la tendencia *madhyamika*. Esta doctrina profesa un relativismo radical que la lleva a sostener como única realidad la vacuidad absoluta (*sunyata*). Por ser todo relativo, todo participa de la no-realidad absoluta, todo es vacuo; por tanto, se tiende un puente entre el mundo fenomenal (*samsara*) y la vacuidad; entre la realidad de este mundo y su irrealidad. Por una parte, realidad e irrealidad son términos relativos, interdependientes y opuestos; por la otra, son idénticos. A su vez, el arte de la Alta Edad Media es contemporáneo de la escolástica, que ahonda y refina la noción aristotélica de los grados del ser; tal como lo expresa el realismo moderado de Santo Tomás de Aquino. Así pues, las dos religiones postulan diversos niveles de realidad ontológica, la primera en dirección hacia la vacuidad y la segunda hacia el pleno ser. Esos niveles son grados o mediaciones entre lo corpóreo y lo espiritual, el principio de placer y el de extinción. De esta manera abren un abanico de posibilidades para combinar los signos contradictorios. De ahí que aparezcan lo mismo en los santuarios budistas que en las catedrales cristianas, monstruos grotescos y representaciones licenciosas o cómicas lado a lado de las imágenes del Buda, del Cristo y de sus símbolos sagrados. Entre el inframundo y el mundo superior hay una graduación de modos del ser –o de modos de la vacuidad. En ambos casos, el equilibrio consiste, como ya he dicho, en un leve desequilibrio: corporeidad y sensualidad en el budismo y, en el catolicismo medieval, transfiguración espiritual de los cuerpos. Una religión que niega realidad al cuerpo, lo exalta en su forma más plena: el erotismo; otra que ha hecho de la encarnación su dogma central, espiritualiza y transfigura a la carne.

La evolución divergente en estos dos movimientos –la dialéctica inherente a la relación contradictoria entre los signos *cuerpo* y *no-cuerpo*– es ejemplar en ambas religiones. El budismo nace en un medio no-sacerdotal y aristocrático: Gautama pertenecía al clan real de los *shakya* y era, en consecuencia, de casta guerrera; su prédica fue acogida inmediatamente por los nobles y, sobre todo, por los mercaderes, de modo que pronto se convirtió en la religión de renuncia de una clase urbana, cosmopolita y acaudalada; en su última expresión india, el tantrismo, se transforma en una religión de místicos errantes, fuera de la sociedad y floreciente en las castas populares. El cristianismo nace en un medio sacerdotal y proletario: Jesús es hijo de un carpintero y un descendiente de la casa de David; los primeros cristianos pertenecen al mundo que vive en la periferia social del Imperio romano; después el cristianismo fue la religión oficial de un imperio y, más tarde, él mismo adoptó una organización imperial; en su forma final, el protestantismo se convierte en la religión ascética del capitalismo.

No es exagerado afirmar que el cristianismo termina en el punto donde comienza el budismo. Este último, al iniciar su carrera de religión universal, era una secta más entre las que, en el siglo VI a.C., emprendían la crítica de la religión brahmánica y repensaban la tradición de los Upanishad. Las figuras de Gautama, Mahavira y otros reformadores religiosos recuerdan, en este sentido, a los teólogos de la primera época de la Reforma, a los Lutero, Zwinglio y Calvino. Pero en el curso de su historia el budismo descarta más y más sus tendencias originales, críticas y morales, para acentuar progresivamente sus rasgos metafísicos y rituales; los sistemas filosóficos *mahayana*, el culto a la imagen del Buda, la aparición de los bodisatvas como salvadores de los hombres, la doctrina de la compasión universal de los Budas, la perfección y la complejidad progresiva del ritual y las ceremonias. Etapas: crítica de la religión tradicional; filosofía religiosa; religión metafísica; religión ritualista. Una evolución contraria se observa en el cristianismo: nace como una doctrina de salvación y un anuncio del fin del mundo, esto es como una verdadera religión y no sólo como una crítica ni una simple reforma del judaísmo; se enfrenta al pensamiento pagano y crea, con los Padres de la Iglesia, una filosofía; construye en la Edad Media un gran sistema metafísico; pasa, en la Reforma, de la metafísica a la crítica y del rito a la moral. Movimientos análogos y en direcciones opuestas: en el budismo, de la crítica y la moral a la metafísica y la liturgia; en el cristianismo, tránsito de la metafísica a la moral y, en la esfera ritual, desvanecimiento paulatino de la noción de *eucaristía*, o sea, supremacía de la palabra evangélica (la moral) sobre la presencia divina (el sacramento). Encarnación y desencarnación.

La evolución de los estilos artísticos no ofrece, a primera vista, la misma correspondencia. Se trata, a mi entender, de un error de perspectiva. Si se delimita con cierta precisión el campo de la visión, la simetría inversa reaparece, aunque no con la misma nitidez que en el caso de la evolución histórica y religiosa. La primera dificultad consiste en que ni el arte cristiano ni el budista coinciden, respectivamente, con los límites espaciales y temporales de las civilizaciones occidental e india. Por tanto, debe determinarse el área de la comparación: en un caso, el arte cristiano de Occidente, con exclusión del arte del cristianismo primitivo (apéndice grecorromano), el bizantino, el copto, el sirio; en el otro, el arte budista indio, también con exclusión del arte grecorromano-budista y los de China, Corea y Japón, pero sin excluir a los de Ceilán, Java, Camboya y Birmania, que son parte, desde el punto de vista de los estilos, de la civilización india. (Nepal y Tíbet ocupan un lugar intermedio y singular.) El segundo obstáculo a la comparación es la diferente evolución de las dos civilizaciones. Conviene

*Eva*, relieve de la iglesia de Saint-Lazare en Autun, hacia 1125-1130.

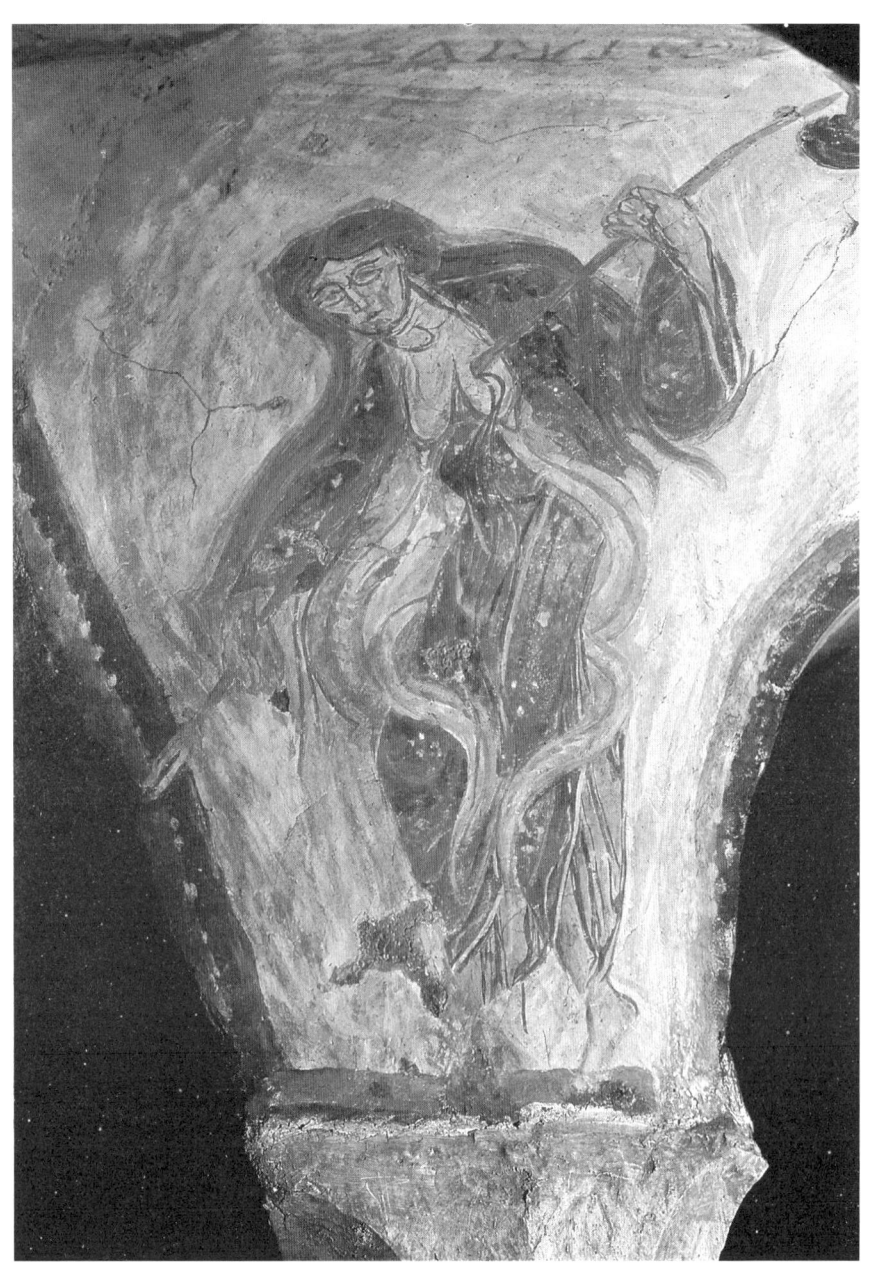

*La lujuria*, fresco de la iglesia de Tavant, siglo XII.

de nuevo delimitarlas; la de Occidente está afiliada directamente, para emplear el vocabulario de Toynbee, a la grecorromana; el caso de la India es más difícil: ¿el mundo védico representa lo que la civilización grecorromana para Occidente o es simplemente el primer período de la civilización índica? Cualquiera que sea nuestra respuesta a esta pregunta, es claro que hacia el siglo VI a.C. se inicia algo nuevo en la India –sea una fase distinta de la civilización védica o una nueva civilización[1]. Ahora bien, Kroeber distingue dos fases en la civilización occidental: la católica medieval y la moderna. La culminación de la Alta Edad Media fue seguida por una etapa de disgregación y confusión, a la que sucedió, por una revolucionaria recombinación de los elementos de nuestra civilización, un nuevo período: este que ahora vivimos y que, según parece, llega a su fin. En Occidente ocurrió lo que el mismo Kroeber llama *a reconstitution within civilizations*. En efecto, entre el universo de Newton y el de Einstein hay diferencias pero son el mismo universo; el de Santo Tomás y Abelardo es otro universo, distinto al nuestro. En cambio, la India no conoció, del siglo VI a.C. al siglo XIII, nada semejante al Renacimiento, la Reforma, el Siglo de las Luces y la Revolución industrial. No hubo «reconstitución» sino repetición, manierismo, autoimitación y, al final, esclerosis. No fueron las invasiones de los hunos blancos las que acabaron con la civilización india, aunque la hayan quebrantado; lo determinante fue la incapacidad para reconstituirse o autofecundarse. Dos circunstancias explican, tal vez, la lenta petrificación de la India y su final pulverización medieval: primero, que la Reforma (el budismo) se sitúa en el comienzo de esa civilización; segundo, que el triunfo de la Contrarreforma hindú desalojó a las clases burguesas, patronas del budismo, del centro de la vida social y colocó en su lugar, al desplomarse el imperio de los Gupta, a los jefes de armas locales y a los brahmanes. Esto último significó el fin de la monarquía central y, por tanto, de un Estado panindio: consolidación del feudalismo y del régimen de castas. La civilización india terminó en lo que llaman los historiadores, con involuntaria propiedad, Edad Media hindú. Puede decirse así que, en sus grandes trazos, la historia india es un proceso simétrico e

---

1. La relación entre la civilización del Indo y la de India es, por lo menos, dudosa. Aparte de estar separadas por un milenio o más, la del Indo parece más afín al mundo mesopotamio y, específicamente, al sumerio-babilonio. No obstante, en el hinduismo aparecen rasgos que quizá procedan de Mohenjo Daro y Harappa, tales como el culto a Shiva y a la Gran Diosa. Algunos aventuran que las prácticas yógicas y el régimen de castas tienen el mismo origen preario.

inverso al de Occidente... Todo lo anterior lleva a esta conclusión: para que la comparación tenga sentido debe hacerse entre la primera fase de la civilización occidental (catolicismo medieval) y la civilización india desde el siglo VI a.C. No importa la disparidad de tiempos: lo que pasó en cerca de dos mil años en la India, sucedió en Occidente en menos de un milenio.

La primera analogía inversa es la relación del arte cristiano de Occidente con el grecorromano y la del budista indio con el llamado arte de Gandhara (en realidad: grecorromano-budista). En Occidente: relación de filialidad; en la India: un arte de civilizaciones extrañas llevado a la región del noroeste y a la llanura gangética por unos invasores también extranjeros. En seguida: Occidente asimila la herencia grecorromana, absorbe las influencias bizantinas y bárbaras y crea un arte propio que no se extiende a otras civilizaciones; la India absorbe la influencia extraña sólo para oponerse a ella con más vigor (Mathura) y exporta ese arte extraño, ya indianizado, al Asia Central, China y Japón. La segunda analogía inversa se deduce de la comparación entre la evolución del arte cristiano y la del budista en relación con el arte de otras religiones: el arte cristiano, en su período preoccidental, utiliza las formas del arte pagano; el budista, a partir sobre todo de la dinastía gupta, se confunde estilísticamente con el arte hindú. Tercera analogía: el arte cristiano comienza antes de la civilización de Occidente, se convierte en el único arte de Occidente y no traspasa las fronteras de esa civilización; el arte de la India comienza por ser, predominantemente, el arte del budismo, posteriormente expresa sobre todo al hinduismo y, una vez extinta o en agonía esta civilización, se prolonga todavía con extraordinario brillo en Camboya y Birmania[1].

Las analogías anteriores son demasiado toscas y globales. La simetría inversa se precisa si se comparan más de cerca los distintos períodos estilísticos del arte cristiano de Occidente y del indio budista. En Occidente los historiadores del arte distinguen cuatro momentos: el formativo, el románico, el gótico y el gótico florido. La periodización del arte indio es más incierta y el vocabulario aún más vago. En general, se mencionan tres etapas: la budista, la gupta y postgupta, la medieval hindú. A su vez, tanto por su duración cuanto por sus cambios estilísticos, el período budista puede y debe dividirse en dos: uno formativo, no sin semejanzas con el Occidente, que tiene su más acabada expresión en las balaustradas de la *stupa* de Bharhut; el otro es el del mediodía: Mathura, Sanchi (*toranas* de

---

[1]. La evolución del jainismo es curiosa: empieza por ser un rival menor del budismo y termina por convertirse en una variante del hinduismo.

la gran *stupa*), Amaravati, Nagarjunanikonda, Karli. El período temprano está precedido por una etapa en la que el budismo primitivo no posee lo que se llama propiamente un estilo artístico; al gótico florido, el final en Occidente, suceden un cambio estilístico que es una ruptura total con la cristiandad medieval (el Renacimiento) y un movimiento religioso que no posee tampoco un estilo propio: la Reforma.

Los relieves de Bharhut son la primera gran obra del arte indio. Con esas admirables esculturas nace el estilo de una civilización. Un estilo que ni los cambios históricos y religiosos ni las influencias extrañas –como la de Gandhara– modificarán substancialmente y que se prolonga hasta los siglos XIII y XIV. Antes de Bharhut no hay nada que merezca el nombre de estilo: ni las *stupas* que vienen del período védico ni el arte cosmopolita de la dinastía maurya. El período formativo del arte de Occidente surge también de una zona indecisa en materia de estilo: las influencias bárbaras, las bizantinas y el pasado grecorromano. El arte carolingio es una tentativa fallida de resurrección de un estilo imperial; el de los Mauryas es otro intento, también fallido, de adopción de un estilo imperial extraño[1]. El arte de Occidente y el de la India, en sus períodos formativos, son tanto una reacción contra los dos falsos universalismos que los preceden (arte carolingio y cosmopolitismo greco-persa de los Maurya) como una transformación de la herencia más propia: en un caso el pasado grecorromano y el arte bárbaro y, en el otro, la *stup*a védica o prevédica. Son dos estilos que se buscan a sí mismos y que se encuentran, respectivamente, en Cluny y en Bharhut. Estas semejanzas externas hacen más reveladoras las divergencias de sentido y orientación espirituales. En Bharhut la balaustrada en torno al símbolo anicónico del Desencarnado es una decidida exaltación de la vida sensual y profana. La separación es absoluta pero la representación de escenas de las vidas anteriores del Buda (*jatakas*) tiende un puente entre los atributos del signo *cuerpo* y la ausencia de atributos del signo *no-cuerpo*. El arte bizantino había estilizado la presencia hasta convertirla en símbolo atemporal; las artes de los bárbaros también tendían a la abstrac-

---

1. Ananda Coomaraswamy sostiene que no hay tal influencia persa y que los pilares y capiteles de Ashoka revelan más bien una relación general con el arte de Asia occidental, especialmente Babilonia y Asiria, que con Persépolis. A mi juicio todo parece indicar lo contrario: las relaciones estrechas de los Maurya con los Seléucidas; la presencia de artesanos persas y griegos en Pataliputra, capital del Imperio indio; sobre todo, el pulido y el acabado de esos pilares y de las figuras de animales que coronan los capiteles, en la mejor tradición del arte híbrido, oficial e imperial de la corte del Gran Rey y de sus sucesores griegos.

ción y la ornamentación; en ambas tendencias predomina el signo sobre la figura humana, la línea sobre el volumen: antiescultura. El arte medieval cristiano reinventa el arte de la escultura que es, ante todo y sobre todo, la representación de la figura sagrada: el cuerpo del Dios encarnado. La primera gran obra de la escultura románica es, tal vez, el tímpano de la portada de Saint-Pierre de Moissac. Es una representación del Juicio Final: la figura del Señor –hierática, irradiante, inmensa– rodeada de vivaces figuras minúsculas. El contraste es significativo: en Bharhut la Nada es dios y Todo la adora; en Saint-Pierre el ser es Dios y rige al Todo.

Los dos momentos siguientes son: en la India, el apogeo del arte budista indio y, en Occidente, la madurez del románico. Ya me he referido a la terrestre sensualidad de las *yakshis* de Karli, Mathura y Sanchi, señalo ahora la vitalidad, a veces demoníaca y otras divina, de la escultura románica. En un caso, el cuerpo en su expresión más elemental, sensual y directa; en el otro, el cuerpo atravesado por fuerzas e impulsos ultramundanos no corpóreos. La contrapartida: en el budismo, la disolución de los mundos; en el cristianismo, la resurrección de la carne. En esta época empieza a representarse al Buda como una presencia y no únicamente por sus símbolos. Este cambio es una de las consecuencias de la gran revolución religiosa que experimenta el budismo: los Sutra Prajñaparamita proclaman la doctrina de los bodisatvas; un poco después, Nagarjuna y sus continuadores elaboran y refinan la noción de *śunyata*. Por lo primero, se introduce un elemento afectivo en el austero rigor budista: las figuras de los bodisatvas que, movidos por la compasión, renuncian al estado búdico o, mejor dicho, lo transcienden: su misión es salvar a todos los seres vivientes[1]. Por lo segundo, gracias al relativismo radical de Nagarjuna, el budismo recupera al mundo. El puente entre la existencia y la extinción cesa de ser un puente: la vacuidad es idéntica a la realidad fenomenal y percibir su identidad, realizarla, es saltar a la otra orilla, alcanzar la «Perfecta sabiduría» (*Prajñaparamita*). El arte románico conjuga las ideas de orden y ritmo. Concibe al templo como un espacio que es el ámbito de lo sobrenatural. Pero es un espacio terrestre: el templo no quiere escaparse de la tierra sino

---

1. El ideal del budismo *hinayana* es el *árhat*, el asceta que por la concentración y la meditación alcanza el *nirvana* y abandona el mundo fenomenal (*samsara*); el budismo *mahayana* exalta la figura del bodisatva, en el que la «Perfecta sabiduría» se une a la Compasión; en su forma última (*vajrayana*) el budismo tántrico acentúa el elemento pasional de la Compasión. En consecuencia, al referirme al tantrismo, más adelante, escribiré (com) Pasión, aunque la palabra sánscrita sea la misma: *karuna*.

que, trazado por la razón y medido por el ritmo, es el lugar de la manifestación de la Presencia. El viejo espíritu griego y mediterráneo, en su doble inclinación por la forma humana y por la geometría, se expresa otra vez y ahora en un lenguaje nuevo... En la India, una racionalidad estricta y devastadora rompe los límites entre la realidad fenomenal y lo absoluto y recupera al signo *cuerpo*, que deja de ser lo opuesto del *no-cuerpo*. En Occidente, la razón traza los límites del espacio sagrado y construye templos a imagen de la perfección absoluta: morada terrestre del *no-cuerpo*. Son los dos grandes momentos del budismo y el cristianismo y en ambos se alcanza, ya que no una imposible armonía entre los dos signos, un equilibrio dinámico: una plenitud.

El arte gupta y postgupta corresponden, en sentido inverso, al gótico. Primera diferencia: el período gupta y postgupta son ante todo una época de renacimiento hindú, especialmente vishnuita. La gran innovación en arquitectura es la invención del prototipo del templo hindú, en tanto que la escultura budista es menos interesante[1]; lo mismo debe decirse de la arquitectura y de la pintura (sobre lo que haya sido esta última nos dan una idea los frescos, tardíos, de Ajanta). Así, a diferencia de lo que ocurre en Occidente, un mismo estilo artístico sirve para expresar distintas instituciones y tendencias religiosas: hinduismo, budismo, jainismo. Lo mismo había sucedido antes, sólo que en los dos primeros períodos el arte indio fue esencialmente budista y en éste el budismo no sólo coexiste con el hinduismo sino que termina por cederle el sitio central. En Occidente hay una sola religión y un estilo único; en India, varias religiones con un mismo estilo. El cambio en Occidente es artístico: se pasa del románico al gótico. En la India no hay cambio sino maduración de un estilo y comienzo de un manierismo; el verdadero cambio es religioso: crecen las tendencias teístas[2] y el budismo exagera y complica su panteón. El arte gótico es sublime: la catedral no es el espacio que recibe a la presencia sino que vuela hacia ella. El signo *no-cuerpo* volatiliza las figuras y la piedra misma está poseída por un ansia espiritual. El arte gupta es sensual incluso en sus expresiones más espirituales, tales como los rostros contemplativos y sonrientes de Vishnú o el Buda. El gótico es flecha o espiral atormentada; el estilo gupta ama la curva que, se repliegue o se despliegue, palpita: el fruto, la cadera, el seno.

1. Cf. Hermann Goetz, *India*, Art of the World Series, Londres, 1959.
2. El término *teísmo* es equívoco: la adoración a un dios hecho persona o imagen de ninguna manera implica la noción de un dios creador y único como en Occidente.

La espiritualidad sensual postgupta –tal como se ve en Ajanta, Elefanta o Mahabalipuram– se expresa en un estilo de tal modo sabio que no tarda en desembocar en un barroquismo: las inmensas y delirantes catedrales eróticas de Khajuraho y Konarak. Otro tanto sucede, en dirección inversa, con el gótico florido. En los dos estilos triunfa la línea sinuosa y en los dos la línea se enlaza, desenlaza y vuelve a enlazarse hasta crear una vegetación tupida. El templo como un bosque hecho más de ramas y hojas que de troncos: proliferación superflua ya sea de lo espiritual o de lo corporal. En ambos: manipulación místico-erótica. Incendios labrados: el signo *no-cuerpo* es todopoderoso en el gótico florido; el signo *cuerpo* cubre los muros de los templos hindúes. Esta semejanza estilística subraya tres oposiciones de orden histórico. La primera: el arte de la llamada Edad Media india es predominantemente hindú y subsidiariamente budista, en tanto que el gótico florido es exclusivamente cristiano. La segunda: el arte indio se sobrevive y aun se regenera fuera de la India, sobre todo en Angkor, mientras que el cristiano se extingue en Occidente. Por último: después del arte medieval hindú no hay nada en la India: es el fin no sólo de un estilo sino de una civilización; después del gótico florido, surge otro arte y un nuevo Occidente.

Todas estas semejanzas y oposiciones se resumen en una: la del budismo primitivo y la reforma protestante. Dos religiones sin estilo artístico propio: una porque aún no lo había creado, la otra porque había desechado el que le ofrecía el catolicismo romano. Ahora bien, por más austera que sea, una religión sin liturgia, símbolos, templos o altares, no es una religión. Así, el budismo primitivo utilizó el estilo que tenía a la mano y lo modificó como pudo; otro tanto hizo el protestantismo. Aunque no conocemos los santuarios del budismo primitivo, los testimonios de la literatura y de la arqueología nos dan una idea bastante aproximada[1]. No deben de haber sido muy distintos de las iglesias protestantes: la misma sobriedad y simplicidad; el mismo horror por las imágenes realistas del Crucificado y del Iluminado; la misma veneración por los símbolos abstractos: la cruz y la rueda, el libro y el árbol... Esta breve descripción del doble movimiento del arte budista indio y del cristiano medieval –uno de la desencarnación a la encarnación y el otro de la encarnación a la desencarnación– muestra que en ciertos momentos coinciden casi completamente. Coincidencia ilusoria: cada religión sigue su propio camino y no se cruza con la otra ni en el tiempo ni en el espacio. Cada una dibuja una espiral sin saber que repro-

---

[1]. Cf. Étienne Lamotte, *Histoire du bouddhisme indien*, Lovaina, 1958.

duce, en sentido inverso, a la que dibuja la otra, como si se tratase de una duplicación, pero más perfecta y compleja, de ese juego de simetrías que Lévi-Strauss ha descubierto en el sistema mitológico de los indios americanos. No es difícil deducir la conclusión de todo esto: si esas dos religiones no se tocan en la historia, en cambio se cruzan en estas páginas. Y se cruzan porque el espíritu de todos los hombres, en todos los tiempos, es el teatro del diálogo entre el signo *cuerpo* y el signo *no-cuerpo*. Ese diálogo *es* los hombres.

A continuación ofrezco un cuadro que muestra las relaciones —semejanzas y oposiciones— entre el arte cristiano medieval y el budista indio:

```
                    ENCARNACIÓN
    O                                    
    C           I              V         
    C                                    I
    I          II             IV         N
    D                                    D
    E         III            III         I
    N                                    A
    T         IV              II         
    E               (sin estilo)         
                   V    ◄──►    I        
                                         
                  DESENCARNACIÓN
```
(OCCIDENTE ← → INDIA)

Los números romanos de la columna izquierda (Occidente) designan: I: Período formativo (postcarolingio); II: Románico; III: Gótico; IV: Gótico florido; V: Reforma protestante (sin estilo propio). En la columna derecha (India): I: Budismo primitivo (sin estilo propio); II: Período formativo (postmaurya); III: Arte de Mathura, Sanchi, Andhra e India occidental; IV: Gupta y postgupta; V: Edad Media hindú.

## JUICIO DE DIOS, JUEGO DE DIOSES

La última y más extrema expresión de la corporeización budista es el tantrismo; la fase final y más radical de la sublimación cristiana es el protestantismo. El paralelo entre estas dos tendencias religiosas es doblemente impresionante: por ser ejemplo de exagerado desequilibrio entre los signos *cuerpo* y *no-cuerpo* y porque ese común desequilibrio asume, de nuevo, la forma de una simetría inversa. Las oposiciones entre el tantrismo y el protestantismo son del género luz y sombra, calor y frío, blanco y negro. Ambos se enfrentan al conflicto insoluble entre el cuerpo y el espíritu (vacuidad para el budista) y ambos lo resuelven por una exageración. El protestantismo exagera la separación entre el cuerpo y el espíritu, en beneficio del segundo; el tantrismo postula la absorción del cuerpo otra vez en beneficio del «espíritu» (vacuidad). Los dos son ascéticos, sólo que en uno predomina la represión del cuerpo y en el otro la reintegración. Dos actitudes que engendran dos tipos obsesivos de sublimación: una moral y utilitaria, otra amoral y mística.

Como es sabido, hay un tantrismo hindú y uno budista. Las manifestaciones de uno y otro, sea en la esfera de las prácticas rituales y contemplativas (*sadhana*) o en la de la doctrina y la especulación, son a veces indistinguibles. Las relaciones entre estas dos tendencias no han sido enteramente dilucidadas y los especialistas discuten todavía si se trata de un préstamo hindú (*shaktismo* y shivaísmo) al budismo o a la inversa. Lo más probable es que su origen haya sido común y que hayan crecido simultánea y paralelamente pero sin confundirse nunca del todo. No obstante, la opinión más reciente tiende a sostener la anterioridad y la influencia del budismo tántrico sobre el hindú. En efecto, según André Bareau, ya desde el siglo III aparecen traducciones al chino de fórmulas tántricas budistas (*dharani*). El peregrino Hiuan-tsang, que visitó la India cuatro siglos más tarde, «señala que los monjes budistas de la provincia de Uddiyana recitaban las mismas fórmulas». Los dos grandes focos del tantrismo budista fueron, en la India occidental, la región de Uddiyana (el valle de Swat) y en la oriental los actuales estados de Bengala, Bihar y Orissa. En estos últimos, el tantrismo (hindú) todavía está vivo. Aunque la historia del tantrismo está por hacerse, es evidente que sus dos ramas son expresiones de un tronco común. El diálogo entre budismo e hinduismo se transforma, en el tantrismo, en algo así como un dúo amoroso: arrebatados por la misma melodía, los protagonistas se quitan las palabras de la boca.

Agehananda Bharati observa que el tantrismo hindú y el budista no contienen ninguna novedad especulativa, o nada que no esté ya en las doctrinas del hinduismo y en las del budismo *mahayana*[1]. La originalidad de ambos está en las prácticas y, sobre todo, en el énfasis con que proclaman la eficacia de esas prácticas: la liberación (*mukti/śunyata*) es una experiencia que podemos realizar aquí y ahora. Ambas tendencias coinciden en afirmar que esa experiencia consiste en la abolición o fusión de los contrarios: lo femenino y lo masculino, el objeto y el sujeto, el mundo fenomenal

---

1. Agehananda Bharati, *The Tantric Tradition*, Londres, 1965.

y el transcendental. Un absoluto que es el ser pleno para el hindú y la vacuidad inefable para el budista. La tradición india había afirmado también, y en términos semejantes, la abolición o fusión de los contrarios (*samanvaya*) y la ascensión a un estado de deleite indescriptible, no sin analogía con los de nuestros místicos: unión con lo absoluto (*ananda*) o disolución en la vacuidad (*samata*) o regreso al principio del principio, a lo innato (*sahaja*). Lo característico del tantrismo consiste en la decisión de abandonar la esfera conceptual y la de la moralidad corriente (buenas obras y devociones) para internarse en una verdadera «noche obscura» de los sentidos. El tantrismo predica una experiencia total, carnal y espiritual, que ha de verificarse concreta y realmente en el rito.

Tanto el tantrismo budista como el hindú recogen –más exacto sería decir: *reincorporan*– una antiquísima tradición de ritos orgiásticos y de fertilidad probablemente anterior a la llegada de los arios al subcontinente indio y que, por tanto, remonta por lo menos al segundo milenio antes de Cristo. El culto a la Gran Diosa y a un dios asceta y fálico, que algunos identifican como un proto-Shiva, aparece ya en la civilización del Indo, según dije más arriba. Se trata de una tradición subterránea que riega el subsuelo religioso de la India y que no ha cesado de alimentar, hasta nuestros días, a las grandes religiones oficiales. Su posición y su función, dentro del universo religioso, podría tal vez asemejarse a las de la hechicería medieval en Occidente, con ciertas y decisivas salvedades. La hostilidad de las religiones oficiales indias contra los cultos prevédicos fue mucho menor que la opuesta por el cristianismo a la hechicería; asimismo, la persistencia y la influencia de la corriente subterránea fue y es mucho mayor en la India que en Europa. Entre nosotros, la hechicería y las otras supervivencias del paganismo fueron suprimidas o, muy atenuadas y desfiguradas, se fundieron en el *corpus* del catolicismo; en la India la antigua corriente no sólo irrigó secretamente a las religiones oficiales sino que, dentro de ellas, logró constituirse como una esfera propia hasta afirmarse, en el tantrismo, como una vía legítima, aunque excéntrica, para alcanzar la liberación de las transmigraciones y un estado de gozo e iluminación. Las actitudes de las ortodoxias indias y cristianas frente a sus respectivos paganismos (*cuerpos*) son ejemplos mayores y extremos de conjunción y disyunción.

Parece inútil extenderse más sobre el tema de las semejanzas entre el budismo tántrico y el hindú. En cambio, vale la pena destacar una observación de Agehananda Bharati: mientras la rama hindú le debe a la budista gran parte de su sistema conceptual y de su vocabulario filosófico, ésta le debe a la hindú muchas de las divinidades de su panteón femenino. Esta circunstancia aconseja, para los fines de estas reflexiones, concentrarse sobre todo en el budismo tántrico como el otro polo del cristianismo protestante. Además, el budismo tántrico y el protestantismo fueron radicales, violentas reacciones frente a sus respectivas tradiciones religiosas; violentas, radicales y en dirección opuesta: contra la negación del signo *cuerpo* en el budismo y contra su afirmación en el catolicismo romano. Por estas razones, y por otras que aparecerán más adelante, en lo que sigue me referiré casi exclusivamente al budismo tántrico. Pero habrá un momento en que tendré que ocuparme, incluso a riesgo de complicar demasiado la exposición, de las reveladoras oposiciones entre la actitud hindú y la budista.

Empezaré por las relaciones del budismo tántrico y el protestantismo con las tradiciones religiosas que, a un tiempo, heredan y transforman: budismo *mahayana* y catolicismo romano. La tradición budista (se entiende que simplifico) es a su vez el resultado de otras dos: la yógica y la de los Upanishad. La primera es corporal y mágica, la segunda especulativa y metafísica. La tradición yógica es probablemente más antigua y corresponde a la herencia aborigen prearia; la otra es aria y está directamente ligada a la corriente brahmánica, de la que es expresión y crítica. El budismo se presenta, al iniciarse, como una crítica del brahmanismo, pero es una crítica que se enlaza fatal, espontáneamente, así sea para negarla, con la tradición de los Upanishad, que a su vez es una tradición crítica y especulativa. En el seno del budismo la tendencia razonante y la yógica, las prácticas de meditación silenciosa y las disputas filosóficas, sostienen un diálogo continuo: al ascetismo yógico *hinayana* se oponen las vertiginosas construcciones (mejor dicho: destrucciones) *mahayana*; a la estricta crítica filosófica *hinayana*, el vuelo pasional (yógico) de los bodisatvas *mahayana*. Dialéctica de la conjunción: el budismo tiende a asimilar y absorber al contrario más que a aniquilarlo. Llevada por la lógica de sus principios o arrastrada por la afición del espíritu indio a suprimir los contrarios sin aniquilarlos, la tendencia *mahayana* afirmó la identidad última entre el mundo fenomenal y la vacuidad, entre *samsara* y *nirvana*. Esta sorprendente afirmación metafísica tenía que provocar una resurrección de la corriente corporal, yógica, pero ahora como un ascetismo de signo inverso: un erotismo. Así pues, el tantrismo no se desvía del budismo ni es, como se ha dicho, una intrusión extraña, mágica y erótica, destructora de la tradición crítica y especulativa. Al contrario, fiel al budismo, es una nueva y más exagerada tentativa por reabsorber el elemento yógico, corporal y aborigen, en la gran negación crítica y metafísica del budismo *mahayana*. (O en la gran afirmación de la no-dualidad vedantina, en el caso del tantrismo hindú.) En suma, el tantrismo se propone la fusión extrema de las dos tradiciones por reabsorción del elemento más antiguo, mágico y corpóreo.

Ante el catolicismo, la actitud protestante es exactamente la opuesta. El catolicismo es también el resultado de dos tradiciones: el monoteísmo judaico y la herencia grecorromana. La segunda contiene un elemento especulativo, corporal y orgiástico, en tanto que el judaísmo no es metafísico sino moral y adora a un dios anicónico cuyo nombre mismo no se puede pronunciar. El protestantismo niega o atenúa, en sus versiones menos extremas, la herencia grecorromana y exalta una imagen ideal del cristianismo primitivo que está muy cerca del severo monoteísmo judío. O sea: separación de las dos tradiciones y preferencia por la tendencia anticorpórea y antimetafísica. Dentro de la tradición religiosa de la India, el budismo es una suerte de Reforma y su crítica al brahmanismo culmina en una separación análoga a la del protestantismo de la Iglesia romana; no obstante, la historia del budismo indio es una serie de compromisos, no tanto con la ortodoxia hindú como con las creencias hindúes; el último y más total de esos compromisos es el tantrismo. El protestantismo, en cambio, fue y es una separación que nada ni nadie ha podido resoldar. Desequilibrio por conjunción y desequilibrio por disyunción.

Las actitudes ante los alimentos son reveladoras. La regla general del protestantismo es la sobriedad y, en seguida, la simplicidad y el valor nutritivo de la comida. Nada de ayunos excesivos ni de orgías gastronómicas: una cocina insípida y utilitaria. El banquete tántrico es, ante todo, un exceso y su utilidad, si merece este calificativo, es ultramundana. Dos normas de la comida occidental: la distribución de los alimentos en platos distintos y los modales reservados en la mesa. Ante el altar y en el momento de la comunión, la reserva se transforma en recogimiento y veneración silenciosa. En la India se mezclan todos los guisos en un plato, ya sea por ascetismo o por hedonismo –los dos polos de la sensibilidad hindú. Por la misma razón y, además, porque no se usan cubiertos, la relación con los alimentos es más directa y física: se come con las manos y a veces el plato es una hoja de árbol. El tantrismo exagera esta actitud y en el festín ritual se come con voluntaria brutalidad. Así se subraya el carácter religioso del acto: regreso al caos original, absorción del mundo animal. En un caso, comida simple y, en el otro, exceso de condimentos; utilidad nutritiva, valor sacramental; sobriedad, exceso; distancia y reserva frente a los alimentos, cercanía y voracidad; separación de viandas, confusión de materias lícitas e ilícitas.

La determinación de lo que es lícito e ilícito en la comida expresa con gran violencia y claridad la dicotomía entre separación protestante y fusión tántrica. El sacramento protestante es casi inmaterial y así, a diferencia del rito católico, acentúa la división entre el cuerpo y el espíritu. El banquete tántrico es una violación ritual de las prohibiciones dietéticas y morales del hinduismo y el budismo. No sólo se come carne y se bebe alcohol sino que se ingieren materias inmundas. El Tantra Hevajra es explícito: *with the body naked and adorned with the bones accoutrements, one should eat the sacrament in its foul and impure form*. El sacramento está compuesto por minúsculas porciones de carne de hombre, vaca, elefante, caballo y perro, que el devoto debe mezclar, amasar, purificar, quemar y comer al mismo tiempo que ingiere las «cinco ambrosías». Ni el texto ni los comentarios son claros acerca de lo que sean realmente esas ambrosías: si la orina, el excremento, el semen y otras substancias corporales o los cinco productos de la vaca o, en fin, los nombres alegóricos de los cinco sentidos[1]. Cualquiera que sea la interpretación de este y otros pasajes la verdad es que los textos de los Tantra, sean budistas o hindúes, no dejan lugar a dudas sobre la necesidad de comer alimentos impuros en el momento de la consagración. Cierto, casi todos los comentarios insisten en el carácter simbólico de los ingredientes, sobre todo si se trata, como en el caso de los que menciona el Tantra Hevajra, de substancias excrementicias y de carne humana. Los comentaristas subrayan que los textos usan un lenguaje alegórico: los nombres de substancias y cosas inmundas designan, en realidad, objetos rituales y conceptos espirituales.

La explicación apenas si es válida: en muchos casos la relación alegórica es precisamente la contraria, quiero decir, los nombres de conceptos y objetos rituales designan, en el lenguaje cifrado de los textos, substancias materiales y órganos y funciones sexuales. Ejemplos: *bala* (poder mental) → *mamsa* (carne); *kakhola* (planta aromática) → *padma* (loto, vulva); *surya* (sol) → *rajas* (menstruo); *bodhicita* (pensamiento de la iluminación) → *sukra* (semen). La lista podría prolongarse[2]. No quiero decir, naturalmente, que el lenguaje alegórico de los Tantra consiste únicamente en atribuir

---

1. Véase *The Hevajra Tantra*, traducción y estudio crítico de D. L. Snellgrove, Londres, 1951.
2. Cf. *The Hevajra Tantra* y el citado libro de A. Bharati, *The Tantric Tradition*, especialmente el capítulo dedicado al «lenguaje intencional» (*Sandhabhasa*).

significados sexuales a las palabras que designan conceptos espirituales. El lenguaje tántrico es un lenguaje poético y de ahí que sus significados sean siempre plurales. Además, tiene la propiedad de emitir significados que son, diría, reversibles. La reversibilidad implica que cada palabra o cosa pueda convertirse en su contrario y después, o simultáneamente, volver a ser ella misma. El supuesto básico del tantrismo es la abolición de los contrarios –sin suprimirlos; ese postulado lo lleva a otro: la movilidad de los significados, el continuo vaivén de los signos y sus sentidos. La carne es efectivamente concentración mental; la vulva es un loto que es la vacuidad que es la sabiduría; el semen y la iluminación son uno y lo mismo; la cópula es, como subraya Mircea Eliade, *samarasa*, «*identité de jouissance*»: fusión del sujeto y el objeto, regreso al uno.

No es imposible que muchas veces el rito se haya realizado literalmente. De nada vale, por lo demás, tratar de ocultar el carácter no sólo repulsivo sino en ocasiones francamente criminal de los rituales tántricos. Por una parte, en virtud de la reversibilidad a que he aludido, es ocioso discutir si estamos ante símbolos o realidades: los símbolos son vividos como realidades y la realidad posee una dimensión simbólica, es una metáfora de lo absoluto; por la otra, si el rito tiene por objeto alcanzar un estado de no-dualidad, sea por fusión con el ser o por disolución en la vacuidad universal, es natural que se intente por todos los medios la supresión radical de las diferencias entre lo permitido y lo prohibido, lo agradable y lo inmundo, lo bueno y lo maldito. La comida tántrica es una transgresión. A diferencia de las transgresiones de Occidente, que son agresiones tendientes a aniquilar o herir al contrario, la del tantrismo se propone reintegrar –de nuevo: *reincorporar*– a todas las substancias, sin excluir a las inmundas, como el excremento, y a las prohibidas, como la carne humana.

Los Tantra hindúes se refieren a la consumación de las cinco Emes, es decir, las cinco substancias prohibidas por la ortodoxia brahmánica y que comienzan con la letra *m*: *mada* (vino), *matsya* (pescado), *mamsa* (carne), *mudra* (¿habichuelas?) y *maithuna* (copulación). Los dos últimos «ingredientes» son extraños. Bharati identifica *mudra* como habichuelas y supone que los devotos atribuyen a ese inocuo alimento un poder afrodisíaco. En el rito budista *mudra* es la pareja femenina. Probablemente tuvo la misma significación en el rito hindú. Otra posibilidad: tal vez *mudra* designó a una droga o a una porción de carne humana. Justifica esta última hipótesis el Tantra Hevajra que menciona con toda claridad y varias veces a la carne humana como alimento sagrado. En cuanto a la droga: Bharati dice que durante un rito se bebe una copa de *vijaya*, que no es otra cosa que el nombre tántrico del *bhang*, una poción hecha de *Cannabis indica* molido y disuelto en leche y jugo de almendras, muy popular en el norte de la India, sobre todo entre los religiosos mendicantes. Tampoco es clara la razón de incluir entre las cinco Emes a la copulación: no es un ingrediente ni un alimento. Además y sobre todo: constituye, por sí misma, la parte central del rito. Estas incongruencias revelan que la tradición tántrica hindú atraviesa por un período de confusión y desintegración... No es necesario extenderse más: la extrema inmaterialidad del sacramento protestante subraya la separación entre el espíritu y la materia, el hombre y el mundo, el alma y el cuerpo; el festín tántrico es una deliberada transgresión, una *ruptura* de las reglas que tiene por objeto provocar la *reunión* de todos los elementos y substancias. Abatir las murallas, desbordar los linderos, suprimir las diferencias entre lo horrible y lo divino, lo animal y lo humano, la carne muerta y los cuerpos vivos: *samarasa*, sabor idéntico de todas las substancias.

La misma oposición se manifiesta en la esfera propiamente ceremonial de los ritos. La comunión protestante es individual y, como ya dije, apenas si se ha conservado el carácter material, corpóreo, del sacramento. El rito protestante tiende a conmemorar la palabra de Cristo, no es una re-producción de su sacrificio como en la misa católica. En la ceremonia tántrica se mezclan todas las castas, desaparecen los tabúes de contagio corporal y el sacramento es comunal, claramente material, substancial. Comida inmaterial y comunión individual; comida extremadamente material y comunión colectiva. Separación: exageración de la pureza; mezcla: exaltación de la impureza.

El sistema de castas consiste en una distinción estricta y jerárquica de los grupos sociales fundada en las nociones religiosas de lo *puro* e *impuro*. A mejor casta, más severas interdicciones alimenticias y sexuales, mayor separación del mundo natural y de los otros grupos humanos; en cambio, en las castas inferiores son más laxas las prohibiciones rituales y menores los riesgos de contaminación por contacto con lo profano, lo bestial o lo inmundo. Pureza es separación, impureza es unión. La ceremonia tántrica subvierte el orden social pero no con propósitos revolucionarios sino rituales: afirma con mayor énfasis aún que las religiones oficiales la inmutable primacía de lo sagrado sobre lo profano. El protestantismo también fue una subversión del orden social y religioso, sólo que no trastornó las antiguas jerarquías para regresar a la mezcolanza primordial, sino, al contrario, para afirmar la libertad y la responsabilidad del individuo. O sea: separó, distinguió, trazó límites destinados a preservar la conciencia personal y la vida privada. En un caso, comunitarismo; en el otro, individualismo. Reforma religiosa, el protestantismo se transformó en una revolución social y política. Transgresión del orden religioso, el tantrismo no abandonó nunca la esfera de los símbolos y los ritos: no fue (ni es) una rebelión sino una ceremonia. La transgresión social del tantrismo completa a la transgresión alimenticia y con los mismos fines: la conjunción de los signos *cuerpo* y *no-cuerpo*. A la disolución de los sabores y las substancias en un sabor único e indistinto corresponde la disolución de las castas y las jerarquías en el círculo de los adeptos, imagen de la indistinción original.

Las primeras noticias modernas sobre el tantrismo aparecen en unos cuantos relatos y memorias de algunos viajeros y residentes europeos. Casi todos esos testimonios son de fines del siglo XVIII y principios del XIX. Alusiones veladas y, claro está, indignadas; otras veces el tono es más franco y, al mismo tiempo, más hostil: invectivas exaltadas en las que la execración se mezcla al horror –y ambos a la no confesada fascinación. Esta circunstancia y, además, el hecho de que los autores de estos testimonios fueron misioneros o funcionarios del British Raj, han movido a la opinión moderna a desecharlos como si se tratase de embustes y fabricaciones calumniosas. No hay razón para descartarlos totalmente. Por más parciales que sean, contienen una buena dosis de verdad. La prueba es que coinciden muchas veces con los textos. Pienso en el asesinato ritual que mencionan algunos de estos relatos. Aunque lo callan de un modo sistemático la mayoría de los comentaristas modernos (europeos e indios), aparece con todas sus letras en el Tantra Hevajra y, según entiendo, en algunos otros. Los intérpretes modernos, siguiendo a varios comentaristas tradicionales, tratan de explicar la presencia de un cadáver en el rito –sea el de un hombre asesinado o el de un muerto substraído del lugar de cremación– como otro ejemplo de simbolismo, semejante al de los alimentos impuros y excrementicios. El tantrismo conoce, por supuesto, la distinción entre significado simbólico o alegórico y significado material. La distinción adopta, según tenía que ser en un sistema como éste, la forma de una división ritual: los adeptos de la «mano derecha» siguen la interpretación alegórica en tanto que los de la «mano izquierda» aplican literalmente el texto. Ahora bien, el tantrismo de la «mano izquierda» no sólo es el más radical sino que es, por decirlo así, el más tántrico: ya he dicho que en este sistema religioso lo decisivo no es la doctrina sino la práctica (*sadhana*). Dicho esto, agrego que la diferencia entre los ritos de la «mano derecha» y los de la «izquierda» es grande pero no insalvable. Todo es real en el tantrismo –y todo es simbólico. La realidad fenomenal es más que el símbolo de la otra realidad: tocamos símbolos cuando creemos tocar cuerpos y objetos materiales. Y a la inversa: por la misma ley de reversibilidad, todos los símbolos son reales y tangibles, los conceptos son cuerpos y la misma nada tiene un sabor. Es lo mismo que el crimen sea real o figurado: realidad y símbolo se funden y, al fundirse, se desvanecen.

A diferencia de los sacrificios humanos de los aztecas y otros pueblos, el asesinato tántrico, real o mentido, no es tanto un sacrificio como una transgresión ritual. Me explico: el sacrificio, adopte la forma de la ofrenda o la propiciación, es una parte del rito pero no la central. Lo esencial no es el sacrificio de una víctima; lo que cuenta es el asesinato: el crimen, la transgresión, el romper los límites entre lo permitido y lo prohibido. La significación del acto es exactamente la contraria a la usual y predominante en otras religiones. Opera aquí la misma dialéctica de ruptura y reunión que rige la ingestión de alimentos impuros y la confusión de castas en el círculo de los oficiantes. El protestantismo no conoce nada semejante. Su dialéctica no es la de la transgresión –ruptura que provoca el desbordamiento y, por tanto, la conjunción de los contrarios– sino la de la justicia. No la inmolación de una víctima: el castigo del culpable. La justicia restablece los límites que el crimen ha violado. Distribución, repartición de premios y penas: un mundo en el que cada uno está en el sitio que le corresponde. La noción de *sacrificio* alude también a realidades y conceptos distintos. En el protestantismo, el sacrificio es incruento, moral; en seguida, el modelo del sacrificio cristiano es el de Dios, víctima voluntaria: no hay otro sacrificio que el de nosotros mismos. En el rito tántrico el oficiante es el sacrificador; en la ceremonia cristiana, el devoto, a imitación de Cristo, se ofrece a sí mismo en sacrificio. Su sacrificio es simbólico, es una representación del holocausto divino. Por último, en el cristianismo protestante el sacrificio es sobre todo una interiorización de la pasión de Cristo o su exteriorización simbólica pero no en el rito sino en la vida diaria: el trabajo y la conducta social. De una y otra manera el sacrificio cesa de ser corporal. En el tantrismo, confusión entre el símbolo y la realidad: el sacrificio puede ser real o figurado; en el cristianismo protestante, neta delimitación entre la sangre real y la simbólica. Predominio de los valores mágicos, físicos; supremacía de la moral.

Otra oposición: las distintas actitudes ante la muerte o, para ser exacto, ante los muertos. Aunque entre los cristianos es constante el pensamiento y la presencia de la muerte, el protestantismo pronto borró o atenuó sus representaciones corporales. La muerte se volvió idea, pensamiento que desvela y roe la conciencia: perdió cuerpo y figura. Desaparecieron todas esas imágenes, a un tiempo suntuosas y terribles, que obsesionaron a los artistas medievales y a los de la edad barroca en los países católicos. La actitud ante el cadáver, ya que no ante la muerte, fue semejante a la adoptada frente al oro y al excremento: la ocultación y la sublimación. Evaporación del muerto y conversión de la muerte en noción moral. No sé si la idea de la metempsicosis ayude a los indios a soportar la realidad de la muerte. Morir es difícil en todos los tiempos y en todas las civilizaciones. Temo que la función de esta creencia sea análoga a la de las nuestras: un recurso que nos defiende del horror que sentimos ante la fragilidad y desdicha de la existencia, una proyección de nuestro miedo ante la extinción definitiva. El Buda mismo condenó a los nihilistas que postulaban la aniquilación universal y absoluta. Sea como sea, la actitud de los indios ante los muertos es más natural que la de los cristianos protestantes pero no se complacen como nosotros, los españoles e hispanoamericanos, en sus representaciones físicas, carnales –excepto en el tantrismo. La afición de los mexicanos por los esqueletos y calaveras no tiene rival en ninguna parte del mundo, salvo en el arte budista de Tíbet y Nepal. Una diferencia: nuestros esqueletos son una sátira de la vida y los vivos; los de ellos son terribles y licenciosos. Y hay más: ninguna imagen del catolicismo español e hispanoamericano, ninguna alegoría de Valdés Leal y ninguna calavera de Posada poseen la significación alucinante, a fuerza de ser real, de ese cadáver que, según ciertos informantes, es el centro en torno al cual, en algunas ceremonias secretas, gira el rito entero. La definición de Philip Rawson es sobria y, en su concisión, suficiente: *Sexual meditation among the corpses*[1]. Exactamente lo opuesto de la meditación cristiana sobre la muerte y los muertos.

   El escándalo de los primeros viajeros europeos ante las prácticas tántricas es, hasta cierto punto, comprensible: la violencia de su censura corresponde a la violencia de la transgresión. Las diatribas de los misioneros cristianos no son más exaltadas que las de los brahmanes ortodoxos e, inclusive, que las de algunos religiosos tibetanos. Oigamos a Lha lama Yesheö, que escribió en el siglo XI: *Depuis le développement des rites d'union sexuelle, les gens se mêlent sans égard aux liens de parenté... Vos pratiques, de vous autres, tantristes abbés de village, peuvent paraître merveilleuses à d'autres s'ils en entendent parler dans d'autres royaumes... mais vous êtes plus avides de viande que faucons et loups, plus libidineux qu'ânes et taureaux, plus avides de décomposition que maisons en ruine ou poitrine de*

---

[1]. *Erotic Art of the East*, Nueva York, 1968.

*cadavre. Vous êtes moins propres que chiens et porcs. Ayant offert excréments, urine, sperme et sang aux dieux purs, vous renaîtrez dans (l'enfer du) marais de cadavres putréfiés. Quelle pitié!*[1] Esta imprecación expresa el horror de la conciencia moral ante el tantrismo.

La moral –cualquiera que sea: budista, cristiana, atea– es dualista: aquí y allá, lo bueno y lo malo, la izquierda y la derecha. Pero el tantrismo, apenas si vale la pena decirlo, no es inmoral: pretende transcender todos los dualismos y de ahí que no le convenga siquiera el adjetivo *amoral*. La actitud tántrica, precisamente por ser extremadamente religiosa, no es moral. En la esfera de lo numinoso no hay ni aquí ni allá, ni esto ni aquello –ni puntos cardinales ni preceptos morales. El tantrismo es una tentativa sobrehumana por ir realmente más allá del bien y del mal. En esta desmesura podría recordar a Nietzsche. Pero el «nihilismo» de Nietzsche es filosófico y poético, no religioso. Además, es solitario: la carcajada y la danza del superhombre sobre el abismo del eterno retorno. El centro, el corazón del tantrismo, es algo que Nietzsche rechaza: el rito. Y no obstante, el rito es el eterno retorno: no hay regreso de los tiempos sin rito, sin encarnación y manifestación de la fecha sagrada. Sin rito no hay regreso. Contradicción de Nietzsche: el superhombre, el «nihilista acabado», es un dios ateo, sin religión (rito) y sin retorno; la del tantrismo, un rito que jamás desemboca en la historia, que sólo es retorno, repetición. De nuevo: lo que en Occidente es acto e historia, en la India es rito y símbolo. A la idea de «transformar el mundo», la India responde (respondió) con otra no menos impresionante: disiparlo, volverlo metáfora.

Bharati subraya una y otra vez el carácter experimental del tantrismo. La observación es exacta si se limita a la esfera estrictamente religiosa. No hay otra, por lo demás, para el tantrismo. Por mi parte, señalo la tendencia a interpretar y realizar literalmente los símbolos. Literalidad ingenua y terrible, inocente y feroz, exacta como una operación de aritmética y alucinante como un viaje en sueños. El tantrismo es un sistema de encarnación de las imágenes y en esto reside la seducción y la repulsión que, alternativamente, ejerce sobre nosotros. El abate Dubois, que fue uno de los primeros en ocuparse de las costumbres y usos de la India, cuenta que en el «infame festín» tántrico los alimentos se colocaban sobre una muchacha desnuda, tendida cara al cielo. Muchos amigos y defensores de la civilización india han llamado embustero y delirante al abate. No sé qué me asombra más: si la furia de Dubois o la hipocresía de los otros ante su rela-

---

1. Citado por R. A. Stein, en *La Civilisation tibétanne*, París, 1962.

to. Nada, excepto la pudibundez que llamó a Konarak y a sus esculturas eróticas *the black pagoda*, nos permite dudar de la veracidad del abate. Por otra parte, la celebración de un festín en que una muchacha desnuda oficia, ésa es la palabra, como donadora del sacramento, no debería provocar la censura sino la alabanza. Es la encarnación de una imagen que aparece en la poesía de todos los tiempos: el cuerpo de la mujer como altar, mesa viva cubierta de frutos vivos, adorables y terribles. Novalis dijo que la mujer es el alimento corporal más elevado: ¿no es eso lo que también dice, sólo que carnal y literalmente, el rito tántrico? Sed y hambre de comida sagrada, festín de nuestra mortalidad, eucaristía. Durante la exposición surrealista dedicada al erotismo, hace unos años, hubo una ceremonia parecida: un festín en el que la mesa era una muchacha desnuda. Los surrealistas ignoraban el antecedente indio. Las imágenes encarnan.

Como todo el cristianismo, sólo que más acusadamente, el protestantismo carece de ritos realmente eróticos. El tantrismo es ante todo un rito sexual. La ceremonia del matrimonio cristiano es pública pero la copulación entre los esposos es privada. La ceremonia tántrica consiste en la copulación en público, ya sea de varias parejas o de una sola ante el círculo de devotos. Además, no se practica con la esposa sino con una *yogina*, en general de baja casta. Entre los cristianos el acto se realiza en la alcoba, es decir, en un sitio profano; los Tantra prescriben formalmente que debe ser en un templo o en un lugar consagrado, de preferencia en los sitios de cremación de los muertos. Copulación sobre las cenizas: anulación de la oposición entre vida y muerte, disolución de ambas en la vacuidad. La absorción de la muerte por la vida es el reverso del cristianismo; el desvanecimiento de los dos en un tercer término, *súnyata* (vacuidad), es el reverso del paganismo mediterráneo. Es imposible no admirar esta dialéctica que, sin negar la realidad de la vida y la no menos real evidencia de la muerte, las reconcilia al disiparlas. Y las reconcilia en la cima del acto carnal, ese momento relampagueante que es la afirmación más intensa del tiempo y, asimismo, su negación. La cópula es verdadera, realmente, la unión de *samsara* y *nirvana*, la perfecta identidad entre la existencia y la vacuidad, el pensamiento y el no-pensamiento. *Maithuna*: dos en uno, el loto y el rayo, la vulva y el falo, las vocales y las consonantes, el costado derecho del cuerpo y el izquierdo, el allá arriba y el aquí abajo.

La unión de los cuerpos y de los principios opuestos es asimismo la realización del arquetipo hermafrodita. La reintegración en la vacuidad equivale, en el nivel psicológico individual, a la unión de la parte masculina y femenina en cada uno de nosotros. Al identificarnos con la vacuidad, también nos realizamos carnal y psicológicamente: recobramos nuestra porción femenina o, en el caso de la mujer, masculina. Una paradoja que no lo es tanto: el tantrismo parte de la idea, hoy aceptada por biólogos y psicólogos, de que en cada hombre hay algo de mujer y a la inversa. En lugar de reprimir y separar lo femenino en el hombre y lo masculino en la mujer, busca la reconciliación de los dos elementos. No sé si se haya observado que las imágenes de los dioses indios, sin cesar por un instante de ser viriles, emanan cierta languidez y suavidad casi femeninas. Lo mismo sucede con sus diosas: los senos plenos, las caderas anchas, la cintura delgada y, no obstante, todas ellas irradian gravedad, aplomo y determinación de varones. El contraste con el Occidente cristiano es tajante. Resultados de nuestra represión de la feminidad en el hombre y de la masculinidad en la mujer: en un extremo, los océanos de curvas y las montañas de músculos de Rubens; en el otro, los triángulos y rectángulos del siglo xx.

El amor físico es profano y aun pecaminoso entre los cristianos; el tantrismo ignora lo que llamamos amor y su erotismo es sacramental. El protestantismo acentúa la división entre lo sagrado y lo profano, lo lícito y lo ilícito, lo masculino y lo femenino; el tantrismo se propone la absorción de lo profano por lo sagrado, la anulación de la diferencia entre lo lícito y lo ilícito, la fusión de lo masculino y lo femenino. La oposición más extrema se manifiesta en las funciones de ingestión y deyección. Como es sabido, la norma central del rito sexual tántrico consiste en la contención del esperma, no por razones de orden moral y menos aún por higiene, sino porque todo el acto está dirigido a la transmutación del semen y a su fusión con la vacuidad. Así, en el tantrismo, a la ingestión real o simbólica de excremento corresponde la retención del semen; en el protestantismo, a la retención real o simbólica de excremento corresponde la eyaculación rápida. La retención seminal implica una erotización de todo el cuerpo, un regreso a los juegos y placeres infantiles que el psicoanálisis llama poliformes, pregenitales y perversos. La eyaculación rápida es el triunfo del erotismo genital, que puede ser destructor y autodestructivo: frigidez en la mujer y placer frustrado en el hombre. La eyaculación está ligada indisolublemente a la muerte; la retención seminal es una regresión a un estado anterior de la sexualidad. Triunfo de la muerte o regreso a la sexualidad indiferenciada de la infancia: en ambos casos, egoísmo, miedo o desprecio del *otro* –o la *otra*. La disyunción y la conjunción hieren en su centro al principio de placer, a la vida.

El protestantismo exagera el horror cristiano ante el cuerpo. Origen y causa de nuestra perdición lo decente es no mencionarlo, excepto si se trata de la descripción objetiva y neutra de la ciencia. Para el tantrismo el cuerpo es el doble real del universo que, a su vez, es una manifestación del cuerpo diamantino e incorruptible del Buda. Por eso postula una anatomía y una fisiología simbólicas que sería largo y fastidioso exponer aquí. Diré únicamente que concibe al cuerpo como un microcosmos con seis nudos de energía sexual, nerviosa y psíquica; estos centros (*cakras*) se comunican entre sí, desde los órganos genitales hasta el cerebro, por dos canales: *rasana* y *lalana*. No se olvide que se trata de una anatomía simbólica: el cuerpo humano concebido como *mandala* que sirve de «apoyo» a la meditación y como *altar* en el que se consuma un sacrificio. Las dos venas nacen en el plexo sacro, lugar del *linga* (pene) y del *yoni* (vulva). La primera asciende por el lado derecho y polariza el aspecto masculino; la segunda sube por el costado izquierdo y simboliza el aspecto femenino. *Rasana* se identifica con la (com) Pasión (*karuna*) y con el método (*upaya*); *lalana* con la vacuidad (*śunyata*) y la sabiduría (*prajña*). La cadena de las correspondencias se ramifica hasta configurar una verdadera constelación semántica: *rasaña* (lengua) → *prana* (aliento vital) → *vyañajana* (la serie de las consonantes) → el río Yamuna; *lalana* (mujer disoluta) → *candra* (luna) → *apana* (exhalación) → *svara* (la serie de las vocales) → la madre (el río) Ganges. No faltan las equivalencias brutalmente materiales ni las bruscas cópulas de conceptos espirituales y realidades sexuales: *mahamamsa* (carne humana) → *alija* (las vocales místicas); *vajra* (rayo) → *linga* (pene) → *upaya*. Así, dos nociones más bien conceptuales del budismo *mahayana*, la compasión del bodisatva y la acción del pensamiento durante la meditación (*upaya*), adquieren un predominante simbolismo erótico y se convierten en homólogos de falo y esperma; igualmente *śunyata* (vacuidad) y *prajña* (sabiduría) evocan los órganos sexuales femeninos.

Durante el coito se intenta fundir el elemento femenino con el masculino, o sea: transcender la dualidad. El acto sexual es un homólogo de la meditación y ambos de la realidad, escindida en el esto y el aquello pero que, en sí misma, sólo es transparencia vacía. Entre las dos venas, *lalana* y *rasana*, corre una tercera: *avadhuti*. Lugar de unión e intersección, es el homólogo de la *yogina*, la mujer asceta-libertina que «no es ya ni sujeto ni objeto». La unión de las dos corrientes de energía en la vena central es la realización, la consumación. Un comentario a los poemas de Sahara y Kanha dice: «en el momento del gran deleite, nace el pensamiento de la iluminación, esto es, se produce el semen». El gran deleite (*mahasukha*) es asimismo *sahaja*: el estado natural, la vuelta a lo innato. A la unión horizontal, por decirlo así, entre la substancia femenina y la masculina, corresponde otra vertical: la unión del semen (*sukra*) con el pensamiento de la iluminación (*bodhicita*). La transmutación se logra, otra vez, por la unión con el principio femenino, en un momento que es el ápice o conjugación de todas las energías. La gota seminal (*bindu*) así transubstanciada, en lugar de derramarse, asciende por la espina dorsal hasta que estalla en una explosión silenciosa: es el loto que se abre en lo alto del cráneo. «La Reflexión es Consumación»: el *bindu* es *bodhicita*, pensamiento en blanco, vacuidad. La retención seminal es una operación alquímica y mística: no se trata de preservar la relación entre el cuerpo y el alma sino de disolver al primero en la vacuidad. La disyunción represiva en el protestantismo y la conjunción explosiva en el tantrismo terminan por coincidir.

A la fisiología mágica que he descrito sumariamente se yuxtapone una geografía religiosa: «Aquí, en el cuerpo, están los sagrados ríos Yamuna y Ganges, aquí están Pragaya y Benarés, el Sol y la Luna. En mis peregrinaciones he visitado muchos santuarios pero ninguno más santo que el de mi cuerpo» (poema de Sahara.) Si el cuerpo es tierra, y tierra santa, también es lenguaje –y lenguaje simbólico: en cada fonema y cada sílaba late una semilla (*bija*) que, al actualizarse en sonido, emite una vibración sagrada y un sentido oculto. *Rasana* representa a las consonantes y *lalana* a las vocales. Las dos venas o canales del cuerpo son ahora el lado masculino y femenino del habla... El lenguaje ocupa un lugar central en el tantrismo, sistema de metáforas encarnadas. A lo largo de estas páginas he aludido al juego de ecos, correspondencias y equivalencias del lenguaje cifrado de los Tantra (*sandhabhasa*). Los antiguos comentaristas designaban a este hermetismo erótico-metafísico como «lenguaje crepuscular»; los modernos, siguiendo a Mircea Eliade, lo llaman «lenguaje intencional»[1]. Pero los especialistas no dicen, o lo dicen como quien camina sobre ascuas, que ese lenguaje es esencialmente poético y que obedece a las mismas leyes de la creación poética.

Las metáforas tántricas no sólo están destinadas a ocultar al intruso el verdadero significado de los ritos sino que son manifestaciones verbales de la analogía universal en que se funda la poesía. Estos textos están regidos por la misma necesidad psicológica y artística que llevó a nuestros poetas barrocos a construirse un idioma dentro del idioma español, la misma que inspira al lenguaje de Joyce y al de los surrealistas: la concep-

---

1. Mircea Eliade, *Le Yoga. Immortalité et liberté*, París, 1954.

ción de la escritura como el doble del cosmos. Si el cuerpo es un cosmos para Sahara, su poema es un cuerpo –y ese cuerpo verbal es *súnyata*. El ejemplo más próximo e impresionante es el del *trobar clus* de los poetas provenzales. El hermetismo de la poesía provenzal es un *velo* verbal: opacidad para el ignorante y transparencia que deja ver la desnudez de la dama al que sabe contemplar. Hay que estar en el secreto. Digo: *estar* y no *saber* el secreto. Hay que participar: tejer el velo es un acto de amor y destejerlo es otro. Lo mismo sucede con el lenguaje hermético de los Tantra: para descifrarlo realmente no basta con conocer la clave: debemos penetrar en el bosque de símbolos, ser símbolo entre los símbolos. La poesía y el tantrismo se parecen en ser prácticas, experiencias concretas.

El lenguaje del cristianismo protestante es crítico y ejemplar, guía de la meditación y de la acción; el lenguaje de los Tantra es un microcosmos, el doble verbal del universo y del cuerpo. En el protestantismo el lenguaje obedece a las leyes de la economía racional y moral, a la justicia distributiva; en el tantrismo el principio cardinal es el de la riqueza que se gasta: ofrenda, don, sacrificio o, incluso, lujo, bienes destinados a la consumación o a la disipación. La «productividad» del lenguaje tántrico pertenece al orden, diría, de la magia imitativa: su modelo es la naturaleza –no el trabajo. Separación entre el lenguaje y la realidad: las escrituras santas concebidas como un conjunto de preceptos morales; unión del lenguaje con la realidad: la escritura *vivida* como el cuerpo analógico del cuerpo físico –y el cuerpo *leído* como escritura.

Al lado del «lenguaje intencional»: las fórmulas mágicas compuestas por esas sílabas que ya he mencionado antes, al hablar de *rasana* y *lalana*, como los rubros simbólicos de las consonantes y las vocales. Estas sílabas no llegan a constituir palabras y Bharati, un poco artificiosamente, las llama «morfemas o casi morfemas». Las sílabas (*bijas*) se unen entre sí y forman unidades sonoras: *mantras*. Ni *bijas* ni *mantras* tienen significación conceptual; no obstante, son extremadamente ricos en sentidos emocionales, mágicos y religiosos. Para Bharati el núcleo del tantrismo, su esencia como rito y como práctica, reside en los *mantras*. Podría añadirse que es el corazón de las religiones indias. Es la otra cara del yoga, ya que, como éste, no es intelectual, sino práctico y no-discursivo. El *mantra* es un medio, como el yoga, para obtener estos o aquellos poderes. Al mismo tiempo, la recitación del *mantra*, mental o sonora, traza un puente entre el recitante y el macrocosmos, a semejanza de los ejercicios respiratorios del *yogi*. Pero el *mantra* es sobre todo un instrumento ritual, trátese de ritos colectivos o íntimos. Además, hay otro aspecto sobre el que, me parece, no han reparado bastante los especialistas: los *mantras* son signos indicativos, señales sonoras de identificación. Cada divinidad, cada *guru*, cada discípulo, cada adepto, cada concepto y cada momento del rito tiene su *mantra*. El poeta Kanha lo ha dicho mejor que esta enredada explicación mía: las sílabas (*bijas*) se anudan en el tobillo desnudo de la *yogina* como ajorcas. Son atributos sonoros.

Ni las plegarias y letanías cristianas ni los abracadabras y otras fórmulas mágicas son el equivalente de los *mantras*. Tal vez lo sea la poesía o, mejor dicho, una de sus manifestaciones: aquella que alguna vez Alfonso Reyes llamó «jitanjáfora», la explosión no conceptual de las sílabas, goce, angustia, éxtasis, cólera, deseo. Un lenguaje más allá del lenguaje, como en los poemas de Schwitters, las interjecciones bárbaras de Artaud, las sílabas serpentinas y felinas de Michaux, las vocales extáticas de Huidobro... No, mi comparación omite lo esencial, aquello que distingue a los *mantras* de toda expresión poética occidental: los indios no inventan esos *bijoux sonores* –se transmiten de *guru* a discípulo. Tampoco son poemas: son amuletos verbales, talismanes lingüísticos, escapularios sonoros... Concluyo: frente a la llaneza verbal del cristianismo protestante, enemigo de toda escritura secreta, el lenguaje simbólico y hermético; frente al vocabulario neutro y abstracto de la moral, las palabras genitales y las cópulas fonéticas y semánticas; frente a las plegarias, los sermones y la economía del lenguaje racional, los *mantras* y sus cascabeles. Un lenguaje que distingue entre el acto y la palabra y, dentro de ésta, entre el significante y el significado; otro que borra la distinción entre la palabra y el acto, reduce el signo a mero significante, multiplica y cambia los significados, concibe al lenguaje como un juego idéntico al del universo en el que el lado derecho y el izquierdo, lo femenino y lo masculino, la plenitud y la vacuidad, son uno y lo mismo –un lenguaje que todo significa y, al fin de cuentas, significa nada[1].

La palabra *prajñaparamita* designa a uno de los conceptos cardinales del budismo *mahayana*. Es la «suprema sabiduría» de los bodisatvas y aquel que la ha alcanzado está ya en la «otra orilla», en la otra vertiente de la realidad. Es la vacuidad última y primera. Fin y principio del saber, también es una divinidad en el panteón budista. Las imágenes en piedra, metal y madera de Nuestra Señora Prajñaparamita son innumerables y algunas, por su hermosura, inolvidables. Confieso que la encarnación en la majestad del cuerpo femenino de un concepto tan abstracto como el de

---

1. Véase André Paloux, *Recherches sur le symbolique et l'énergie de la parole dans certains textes tantriques*, París, 1962.

la sabiduría en la vacuidad, no cesa de maravillarme. Imposible no pensar en la Sofía del cristianismo ortodoxo. Idea pura e imagen corporal, Prajñaparamita también es visión y sonido: es «un loto rojo de ocho pétalos» hecho de vocales y consonantes, «que surge de la sílaba Ah...». Y hay más: sonido y color, palabra reducida a su vibración luminosa, imagen de piedra en actitud de voluptuosa meditación y concepto metafísico, Prajñaparamita es al mismo tiempo una mujer real: la *yogina* del rito. La pareja es una iniciada, casi siempre de casta baja o profesión impura: la *candali* o la *dombi* (lavandera). Kanha dice en uno de sus cantos a la vacuidad: «Tú eres la *candali* de la pasión. Oh *dombi*, nadie es más disoluta que tú». *Candali* significa aquí el «calor místico» de los tibetanos: la unión del sol y de la luna, el humor de la mujer y el esperma del hombre, el loto de la Perfecta Sabiduría y el rayo de la (com) Pasión, fundidos y disueltos en una llamarada. La realidad fenomenal es idéntica a la realidad esencial: las dos son vacuidad. *Samsara* es *nirvana*[1].

Dentro del sistema tántrico las ramas budista e hindú se oponen, aunque de manera menos acusada, como el hinduismo y el budismo ortodoxos o tradicionales. La primera gran oposición: mientras en el tantrismo hindú el principio activo es el femenino (*shakti*), en el budista lo es el masculino (el Buda diamantino, *Vajrasattva* y otras divinidades y símbolos). En las representaciones tibetanas de la cópula ritual (*yab yum*) la divinidad masculina tiene un aspecto terrible y aun feroz en tanto que su pareja (*dakini*) es una frágil, aunque redonda, belleza; en las imágenes hindúes, la representación más enérgica, con frecuencia también terrible y feroz, del principio activo es la *shakti*, el polo femenino de la realidad. A primera vista, la noción hindú contradice las ideas sobre la mujer que han tenido casi todas las sociedades. No obstante, no carece de lógica: el absoluto (representado por Shiva) es el sujeto abstraído en el sueño de su infinito solipsismo; la aparición de la *shakti* es el nacimiento del objeto (la naturaleza, el mundo concreto) que despierta al sujeto de su letargo. La iconografía representa a la *shakti* danzando sobre el cuerpo dormido de Shiva, que

---

1. Sobre los poemas de Kanha y Sahara véase: *Les Chants mystiques de Kānha et Sahāra*, edición y traducción de M. Shabidullha, París, 1921. Cf. también los dos libros de S. B. Dasgupta: *An Introduction to Tantric Buddhism*, Calcuta, 1958, y *Obscure Religious Cults*, Calcuta, 1962. En *Buddhist Texts through the Ages* (Londres, 1954), obra colectiva de Conze, Horner, Waley y Snellgrove, puede leerse el texto de la hermosa evocación de Prajñaparamita y el poema de Sahara. Señalo también *The Royal Song of Sahara. A Study in the History of Buddist Thought*, traducción y notas de Herbert V. Gruenthier, University of Washington Press, 1969.

entreabre los ojos. En el judaísmo no sólo abundan las mujeres viriles y heroicas sino que nuestra madre Eva despierta a Adán de su sueño paradisíaco y lo obliga a enfrentarse con el mundo real: el trabajo, la historia y la muerte. En el relato bíblico también la mujer brota del costado del hombre dormido, como la *shakti* del sueño de Shiva, y también despierta a su compañero. Eva y *shakti* son naturaleza, mundo objetivo. Mi interpretación puede parecer traída por los cabellos. No lo es pero, incluso si lo fuera, no importaría: hay otra razón y más decisiva, según me propongo mostrar en seguida, que explica la aparente singularidad del *shaktismo*.

La razón de atribuir a la *shakti* valores como la actividad y la energía, que parecen ser masculinos por excelencia —aunque realmente no lo sean, al menos exclusivamente, como se ha visto— es de orden formal. Pertenece a lo que podría llamarse la ley de simetría o correspondencia entre los símbolos: la posición de un símbolo o de un concepto simbolizado determina la posición del símbolo antitético. En el budismo el principio activo es masculino (*upaya*) pero la consumación del rito —la abolición de la dualidad— posee una marcada tonalidad femenina. Los dos conceptos metafísicos centrales: *śunyata* y *prajñaparamita*, se conciben como femeninos. Cierto, la abolición de la dualidad implica la desaparición del polo femenino y el masculino, sólo que esa disolución, en el budismo, es de signo femenino. No podía ser de otro modo dada la posición de los símbolos. Desde el principio el budismo afirmó que el bien supremo (*nirvana*) era idéntico a la cesación del fluir de la existencia y, en su forma más alta, a la vacuidad. También desde el principio, en el budismo *mahayana* la vacuidad fue representada por el Cero redondo, imagen de la mujer. Para el hindú la beatitud suprema es la unión con el ser, con el no-dual, el Uno. La coloración es masculina: el Uno erguido es fálico, es el *linga* quieto, extático, pleno de sí. El budista concibe al absoluto como objeto y así lo convierte en homólogo del polo femenino de la realidad; el hindú lo piensa como sujeto y lo asocia con el polo masculino. Dos formas sagradas condensan estas imágenes: la *stupa* y el *linga* —el Cero y el Uno. Ahora bien, la actividad para alcanzar el Uno (masculino) no puede ser sino femenina (*shakti*). Puesto que la actividad es de esencia masculina, la *shakti* deberá expresar no solamente a la feminidad en su forma más plena —senos redondos, cintura estrecha, caderas poderosas— sino que esa feminidad pletórica de sí ha de emitir efluvios, irradiaciones masculinas. La misma razón de simetría simbólica explica la feminidad de los Budas y bodisatvas: son el principio masculino y activo que ha conquistado y asimilado la pasividad. A *śunyata* corresponde *upaya*; a Shiva corresponde *shakti*. El juego de correspondencias abarca al sistema entero.

Si atribuimos la cifra *cero* a la feminidad, sea activa o pasiva, y la cifra *uno* a la masculinidad, sea igualmente pasiva o activa, el resultado será el siguiente: en el budismo, 1 (activo) → 0 (pasiva); en el hinduismo, 0 (activa) → 1 (pasivo). Desde el punto de vista de sus respectivos ideales de beatitud, la oposición entre el tantrismo budista y el hindú es 0 (pasiva)/1 (pasivo). Los medios para alcanzar esas metas aparecen con la misma relación de oposición: 1 (activo)/0 (activa). La simetría inversa que rige a cada rama se reproduce en las relaciones entre las dos. Es la lógica del sistema y, sin duda, la lógica de todos los sistemas simbólicos.

La otra oposición no es menos radical y afecta a lo que, con la polaridad entre lo femenino y lo masculino, es el núcleo del tantrismo: la actitud ante la eyaculación seminal. A diferencia del budismo tántrico, en el hindú no hay retención del esperma. A pesar de los estudios que se han dedicado al tema desde hace más de veinticinco años, el primero en señalar este hecho desconcertante ha sido Agehananda Bharati, en una obra muy reciente (*The Tantric Tradition* se publicó en 1965). También Bharati ha sido el primero y, que yo sepa, el único en tratar de una manera sistemática esta relación de oposición. El abandono del esperma equivale a un sacrificio ritual, según puede verse en este pasaje de un texto tántrico (*Vamamarga*): «(el devoto), sin cesar de recitar mentalmente su *mantra*, abandona su esperma con esta invocación: *Om* con luz y éter (como si fuesen) mis dos manos. Yo, el triunfante... Yo, que he consumido *dharma* y *no-dharma* como las porciones del sacrificio, ofrezco esta oblación amorosamente en el fuego...». *Dharma* y *no-dharma* me parece que aquí designan, respectivamente, lo permitido y lo prohibido por el hinduismo ortodoxo. La mención final del fuego, identificado con el cuerpo femenino, alude a uno de los rituales más antiguos de la India: el sacrificio ígneo. La ceremonia tántrica hindú reincorpora y reactualiza la tradición india. Como es sabido, la religión védica estaba fundada en la noción de sacrificio ritual. Algo, observa con pertinencia Bharati, que ha sido y es el elemento cardinal de la religión hindú, desde la época védica hasta nuestros días. El budismo, en cambio, se presentó precisamente como una crítica del ritualismo brahmánico y de su obsesión por el sacrificio. Es verdad que en el transcurso de su historia creó rituales que rivalizan con los del hinduismo pero en ellos no es central la noción de *sacrificio*. El budismo carga el acento en la renuncia al mundo; el hinduismo concibe al mundo como un rito cuyo centro es el sacrificio. Ascetismo y ritualismo: retención seminal, abandono del esperma.

La simetría inversa que rige a la polaridad *femenino/masculino*, *activo/pasivo*, *vacuidad/ser*, se repite en la actitud ante la eyaculación, sólo que ahora se manifiesta en la forma de retención/abandono, renuncia/sacrificio, interiorización/exteriorización. El proceso es el mismo: retención del semen = disolución del sujeto en la vacuidad (objeto); abandono del semen = unión del objeto con el ser (sujeto). En esta dialéctica encontramos las mismas afirmaciones y negaciones que definen al budismo y al hinduismo: negación del alma y del yo, afirmación del ser (*atman*); un monismo sin sujeto, y un monismo que reduce el todo al sujeto...

Aunque la oposición entre el cristianismo protestante y el tantrismo es de otro orden, asume la misma forma de simetría inversa. La relación se acusa con mayor nitidez ante las funciones fisiológicas básicas de ingestión y deyección de las dos substancias y de sus símbolos: el excremento y el semen. A la retención simbólica del excremento en el cristianismo protestante corresponde, en sentido inverso y contrario, su ingestión también simbólica en el tantrismo hindú y budista (alimentos impuros). Frente a la eyaculación seminal, la tonalidad del tantrismo es improductiva y primordialmente religiosa: la retención y el abandono son homólogos, la primera, de la disolución en la vacuidad suprema y, el segundo, de la unión con la plenitud del ser; en el protestantismo la significación es productiva y moral: la procreación de hijos. La copulación es, en el tantrismo, una violación religiosa de las reglas morales; en el protestantismo, es una práctica legítima (si se realiza con la esposa) destinada a cumplir el precepto religioso bíblico. Destrucción de la moral por la religión; transformación de la religión en moral. El esperma, en el tantrismo, se transmuta en substancia sagrada que termina por ser inmaterial, ya sea porque la consume el fuego del sacrificio o porque se transfigura en «pensamiento de la iluminación». En el protestantismo el semen engendra hijos, familia: se vuelve social y se transforma en acción sobre el mundo.

El protestantismo reclamó la libre interpretación de los libros santos y de ahí que uno de los primeros problemas a que se enfrentó haya sido el del significado del texto sagrado: ¿qué quieren decir realmente las paradojas del Evangelio y los mitos e historias, frecuentemente inmorales, de la Biblia? La interpretación protestante es una crítica moral y racional del lenguaje mítico. El tantrismo también acepta la libertad de interpretación sólo que su exégesis es simbólica: transforma la metafísica del budismo *mahayana* en una analogía corporal y pasa así de la crítica al mito. El lenguaje protestante es claro; el de los Tantra es «el lenguaje crepuscular»: un idioma en el que cada palabra tiene cuatro o cinco sentidos a la vez, según se ha visto. Separación entre el mito y la moral; fusión de la moral y la metafísica en un lenguaje mítico. El protestantismo reduce el ritual al mínimo; el tantrismo es ante todo ritual. En un estudio singularmente penetrante Raimon Panikkar ha mostrado que el cristianismo es sobre todo una *ortodoxia* y el hinduismo una *ortopraxia*. Aunque quizá esta distinción no sea enteramente aplicable al budismo *hinayana*, sí lo es al *mahayana*. El protestantismo y el budismo tántrico exageran las tendencias de sus respectivas tradiciones religiosas: crítica de los textos y de la ortodoxia en el primero y ritualización de las ideas en el segundo. Preocupación por las opiniones y obsesión por las prácticas; lenguaje claro y discusión pública, lenguaje figurado y ceremonias clandestinas. El tantrismo es esotérico y la doctrina se transmite en secreto; el protestantismo se propaga abiertamente, por el ejemplo y el sermón para todos. Sectas escondidas y cerradas; sectas abiertas y que viven a la luz del día.

La negación del cuerpo y del mundo se transforma en moral utilitaria y en acción social; la absorción del cuerpo en la vacuidad culmina en el culto al desperdicio y en una actividad asocial. Exaltación de lo económico y lo útil; indiferencia frente al progreso y anulación de las distinciones sociales y morales. Introspección solitaria, sumas y restas del pecado y la virtud, confrontación silenciosa con un Dios terrible y justo: el mundo como proceso, juicio y sentencia. El mal y el bien, lo útil y lo nocivo son, como el ser y el no-ser, palabras huecas, ilusiones: el *yogi* es el hombre libre que ha traspasado el engaño dualista. El tribunal de la conciencia; el juego erótico del cosmos en la conciencia. Pesimismo, moralismo y utilitarismo. Pesimismo, amoralismo y contemplación no-productiva. Vida social organizada: el sacerdote se casa, dirige una familia y su iglesia está en el centro del pueblo; vida individual mística: el adepto es célibe, no tiene casa y vive al margen del mundo. El pastor y el asceta errante: uno, afeitado y vestido de negro, se ocupa en tareas filantrópicas; el otro, la cabellera enmarañada y el cuerpo desnudo cubierto de cenizas, baila y canta en los templos canciones místicas y licenciosas. El protestante vive desgarrado por la oposición entre predestinación y libertad; el religioso indio es una paradoja andante. Retención y transformación del excremento en signo económico; emisión seminal para procrear hijos. Absorción del excremento y negación del intercambio monetario; retención seminal para obtener la iluminación. Muerte por separación de la cara y el sexo: agresividad moral y, al final, rigidez. Muerte por fusión del sexo y la cara; autofagia y, al final, disolución. Figuras extremas y profanas de ambas tendencias: el banquero y el mendigo.

# El Orden y el Accidente

## ALQUIMIA SEXUAL Y CORTESÍA ERÓTICA

El sinólogo R. H. van Gulik, al que debemos varias obras valiosas –entre ellas esa triple, intrigante e intrincada historia policíaca: *Dee Goong An*–, publicó un poco antes de morir un libro monumental y fundamental sobre la vida sexual en la antigua China[1]. Valido de su familiaridad con las civilizaciones del Oriente, el sabio diplomático holandés propone una hipótesis nueva acerca del origen del tantrismo: la idea central –la retención del semen y su transmutación– viene del taoísmo. Van Gulik presenta argumentos poderosos. No es aquí el lugar para discutirlos ni mi limitadísima competencia me autoriza para terciar en el debate. Señalaré únicamente que en algunos textos tántricos hindúes se menciona a *Cina* (China) y a *Mahacina* (¿Mongolia, Tíbet?) como las tierras de elección de las prácticas de meditación sexual. Bharati cita un pormenor curioso: el ofrecimiento a Shiva de un pelo del pubis de la *shakti*, arrancado después de la cópula ritual y húmedo aún de semen, se llama *mahacina sadhana*. No hay que olvidar, por otra parte, que los textos a que me refiero son recientes en tanto que la antigüedad del budismo *vajrayana* remonta, por lo menos, al siglo VI después de Cristo. En realidad la solución del problema depende, tal vez, de la solución de otro, más importante: el origen del yoga. ¿Es preario y aborigen de la India, como piensa ahora la mayoría de los especialistas, o viene del Asia central (chamanismo), según opinan otros? La presencia de elementos yógicos en el taoísmo primitivo, señalados primero que nadie por Maspéro, aumenta nuestra perplejidad. El origen del yoga es tan obscuro como el de la idea del alma entre los griegos. En todo caso hay algo indudable: la antigüedad y la universalidad de la creencia en el semen

---

[1]. *Sexual Life in Ancient China*, Leiden, 1961. El libro comprende un período más amplio que el indicado por su título, ya que termina en el siglo XVII, con la dinastía Ming. Una observación al margen: el señor Van Gulik traduce al latín los pasajes escabrosos de los textos chinos, como si el conocimiento de esa lengua fuese un certificado de moralidad. El señor Snellgrove omite traducir algunos fragmentos, por fortuna muy pocos, del Tantra Hevajra, que considera particularmente escatológicos. Esto último es más grave: casi todos, más o menos y con poca o mucha dificultad, podemos entendérnoslas con el latín, no con el tibetano ni el sánscrito híbrido.

como una substancia dadora de vida. Esta idea, presente en todas las sociedades, llevó a otra que es igualmente universal: la retención del esperma es economía vital, atesoramiento de vida. La castidad como receta de inmortalidad. A reserva de volver sobre este tema, me limitaré por ahora a decir que los textos alquímicos chinos y los curiosos *tratados del lecho* ofrecen más de una analogía con los Tantra indios. Esas semejanzas no son coincidencias sino que revelan influencias precisas, ya sea que se trate de un préstamo indio a China o de que, como sostiene Van Gulik, el intercambio haya sido más complicado: primero, influencia china en India; después, reelaboración dentro del contexto religioso indio; finalmente, regreso a China. Ahora bien, dentro de la perspectiva de estas reflexiones y una vez aceptada la relación entre los textos chinos y los indios, lo que me interesa destacar es sus diferencias. Me parecen más significativas que las similitudes.

La erótica china es tan antigua como los cuatro emperadores legendarios. La erotología, en el sentido especializado del término, también es muy antigua y se confunde, por una parte, con la alquimia y, por la otra, con la medicina. Van Gulik menciona seis *tratados del lecho* del período Han, todos desaparecidos por obra del celo de los neoconfucianos y de la pudibundez de la dinastía manchú. En cambio, han llegado hasta nuestros días textos de las dinastías Sui, T'ang y Ming. El nombre colectivo de estas obritas era *Fang-nei* (literalmente: «dentro de la cama») y *Fang-shi* («el asunto de la cama»). Eran libros sumamente populares. Abundantemente ilustrados, constituían una suerte de manuales de uso común, principalmente entre los recién casados y también entre los solteros de ambos sexos. La forma literaria es la didáctica por excelencia, como la de nuestros catecismos: el sistema de preguntas y respuestas. En general los personajes del diálogo son el mítico Emperador Amarillo y una muchacha que lo instruye en los secretos sexuales. La interlocutora se llama a veces Su-nü, la Muchacha Simple; otras Hsüan-nü, la Muchacha Morena; y otras Ts'ai-nü, la Muchacha Elegida.

Aunque la inspiración es más taoísta que confuciana, al principio los seguidores de Confucio no mostraron demasiada oposición a su difusión. Para comprender el carácter de estos textos debe tenerse presente la concepción básica general en China sobre la sociedad, la naturaleza y el sexo. El principio es el mismo para confucianos y taoístas: el arquetipo del orden humano es el orden cósmico. La naturaleza y sus cambios (*T'ien tao*), la dualidad *luz* y *sombra*, *cielo* y *tierra*, *dragón* y *tigre*, es el fundamento del *I Ching* (Libro de las Mutaciones) tanto como de la moral y la política de Confucio, las especulaciones de Lao-tsé, y Chuang-tsé y las elucubraciones de la escuela *yang* y *yin*. No menos importante es la antigua idea de que el hombre produce semen en cantidades limitadas, en tanto que la mujer produce *ch'i*, humor vital, de manera ilimitada. De ahí que el hombre deba apropiarse del *ch'i* y conservar lo más posible su semen. Tal es el origen, absolutamente pragmático, a la inversa de la India, de la retención seminal. En los *tratados del lecho* se enumeran y describen minuciosamente los métodos para retener el semen y transformarlo en principio vital. Igualmente se indican los días fastos para la concepción, en general la semana siguiente al fin de la menstruación.

La inmortalidad en un sentido estricto no es una noción confuciana. Fan Hsüan Tzu pregunta a Mu-shu: «Los abuelos decían: muerto pero inmortal. ¿Qué querían decir?». Mu-shu responde: «En Lu vivía un alto dignatario que se llamaba Tsang Wen-chung. Después de su muerte, sus palabras permanecieron. Eso es lo que significa el antiguo proverbio. He oído que lo mejor es fundar por la virtud (los principios), después por la acción (el ejemplo) y después por las palabras (la doctrina). Esto es lo que podemos llamar inmortalidad. En cuanto a la preservación del nombre familiar y la continuación de los sacrificios de los antepasados: ninguna sociedad (civilizada) puede ignorar esas prácticas. Son loables pero no dan la inmortalidad»[1]. No obstante, la permanencia de la familia, la sociedad y el Estado son una suerte de inmortalidad social y biológica para Confucio y sus discípulos. El hombre es la sociedad y la sociedad es la naturaleza: una continuidad biológica, histórica y cósmica. Por tal razón, los *tratados del lecho* sólo tenían un valor subsidiario: reglas de conducta sexual destinadas a impedir la vejez prematura, preservar la vitalidad masculina y garantizar un coito fructífero. La erotología como una rama de la moral familiar y, por extensión, del buen gobierno. Debe agregarse que los consejos de los tratados eran efectivamente muy útiles si se recuerda que la familia china era polígama; en el fondo lo que predicaban esos libros era un control juicioso de la sexualidad masculina. La desconfianza confuciana, que más tarde se cambiaría en hostilidad, provino de la misma preocupación por la estabilidad y santidad de la familia. Los libros de erotología eran algo más que tratados de higiene: manuales de placer, enciclopedia de pequeñas o grandes perversiones, apologías del lujo y, lo

---

[1]. *Tso chuan* (Comentarios de Tso a los *Anales de otoño y primavera*), en *A Source Book in Chinese Philosophy*, compilación y traducción de Wing-tsit Chan, Princeton University Press, 1963.

que era peor, de los desórdenes pasionales. Leídos con avidez y no sólo por los hombres sino por las mujeres, trastornaban la armonía natural de las relaciones entre los sexos, esto es, la posición subalterna de la mujer.

El taoísmo se presentó desde el principio como un arte o método para alcanzar al mismo tiempo que un estado de feliz acuerdo con el cosmos, la inmortalidad o, por lo menos, la longevidad. El ser primordialmente un método y subsidiariamente una filosofía, lo asemeja al yoga. El parecido es aún más notable si se advierte que unos y otros, adeptos taoístas y *yogines*, utilizaban ciertas técnicas corporales para «nutrir el principio vital» y que entre ellas figuraban, en primer término, los ejercicios respiratorios. Entre las prácticas taoístas destinadas a obtener la inmortalidad las más importantes eran, sin duda, las relativas a la retención del esperma. Ya he mencionado la antigüedad y universalidad de la identificación del semen con los poderes vitales. Esta idea puede volverse obsesiva: en la India moderna la generalidad cree que toda pérdida de semen, por copulación o por derrame, acorta la vida. No es un secreto que muchos occidentales, así sea de una manera inconsciente, sienten el mismo temor. En la Antigüedad, al hacer del semen el homólogo del principio vital, se le divinizó: fue espíritu, potencia divina y creadora. Esta creencia contribuyó poderosamente al nacimiento y al desarrollo del ascetismo: la castidad no fue únicamente un procedimiento para atesorar vida sino asimismo un método para transmutar el esperma en espíritu y poder creador. ¿No es esto lo que nos dicen los mitos del nacimiento de Afrodita y Minerva? Pero la retención seminal, para el adepto taoísta, no podía ser sino la mitad de la operación: la otra mitad consistía en la apropiación del *ch'i* femenino, considerado como la manifestación más pura de la esencia *yin*. Aclaro: *esencia* más en el sentido material que en el filosófico, más fluido que idea. Desde su origen, la civilización china concibió al cosmos como un orden compuesto por el ritmo dual –unión, separación, unión– de dos poderes o fuerzas: el cielo y la tierra, lo masculino y lo femenino, lo activo y lo pasivo, *yang* y *yin*. Asimilar el *yin* (*ch'i*) y unirlo al *yang* (semen no derramado) equivalía a convertirse uno mismo en un cosmos idéntico al exterior, regido por el abrazo rítmico de los dos principios vitales.

Como el tantrismo y por las mismas razones de orden ritual y poético, el taoísmo inventó un sistema cifrado de expresiones y símbolos. El crítico inglés Philip Rawson lo califica como una «criptografía sexual»[1]. La

---

[1]. Cf. Philip Rawson, *Erotic Art of the East*, introducción de Alex Comfort, Nueva York, 1968.

diferencia con el tantrismo es, a mi juicio, la siguiente: los símbolos y expresiones tántricas son conceptos sensibles y obedecen a rigurosas distinciones de orden filosófico, en tanto que las imágenes taoístas son fluidas y están más cerca de la imaginación poética que del discurso racional. El taoísmo no está regido por una dialéctica intelectual sino por la ley de las asociaciones de imágenes: una arborescencia poética. En un caso, el cuerpo humano y el del cosmos concebidos como una geometría de conceptos, una lógica espacial; en el otro, como un sistema de metáforas y de imágenes visuales, un tejido de alusiones que perpetuamente se deshace y rehace. El patrón de la longevidad en el santoral taoísta es Shou Lou: este personaje aparece en pinturas y grabados como un risueño centenario de cabeza enorme –«repleta de semen», subraya Rawson– que lleva en la diestra un melocotón (imagen de la vulva), el dedo índice oprimiendo la hendidura de la fruta. El tantrismo nos enfrenta a símbolos precisos; el taoísmo a imágenes alusivas y elusivas. La cadena de asociaciones inspiradas por las formas naturales es extensa y sugestiva: granada entreabierta → peonía → concha → loto → vulva. El rocío, la niebla, las nubes y otros vapores están asociados al fluido femenino, lo mismo que ciertas clases de hongos. Otro tanto sucede con los atributos masculinos: pájaro, rayo, ciervo, árbol de jade. La imagen del cuerpo humano como el doble del cuerpo cósmico aparece una y otra vez en poemas, ensayos y pinturas. Un paisaje chino no es una representación realista, sino una metáfora de la realidad cósmica: la montaña y el valle, la cascada y el abismo son el hombre y la mujer, *yang* y *yin* en conjunción o disyunción. *La Gran Medicina de las Tres Cumbres* se halla en el cuerpo de la mujer y está compuesta por tres jugos o esencias: uno que viene de la boca femenina, otro de sus pechos y el tercero, el más potente, de la *Gruta del Tigre Blanco*, que está al pie de la *Cumbre del Hongo Purpúreo* (monte de Venus). Estas metáforas mitad poéticas y mitad medicinales explican, dice Rawson, la popularidad entre los chinos del *cunnilinctio*: «esa práctica era un excelente método para imbibirse del precioso fluido femenino». La geografía corporal tántrica alude a los lugares de la religión, es una guía de la peregrinación de los devotos: los ríos sagrados como el Ganges y el Yamuna, las ciudades santas como Benarés y Buddha Gaya. En China el cuerpo es una alegoría de la naturaleza: arroyos, hondonadas, cumbres, nubes, grutas, frutos, pájaros.

Es comprensible que los métodos de retención seminal y de apropiación del *ch'i* femenino fuesen inseparables de la alquimia y de las prácticas de meditación. Van Gulik menciona varios textos de alquimia en los que se equiparan las operaciones y transformaciones de las substancias a la copulación. Uno de ellos, titulado el *Pacto de la triple ecuación*, se funda en una analogía universal: la transmutación del cinabrio en mercurio, la del semen en principio vital durante el *coitus reservatus* y la transformación de los varios elementos según las combinaciones de los hexagramas del *I Ching*. El principio de «dos en uno» –en simetría inversa al del «uno en dos» del arquetipo andrógino– inspira lo mismo a la alquimia que a la erótica mística en todas partes. Apenas se concibe al cuerpo como el doble analógico del macrocosmos, la alquimia tiende un puente entre ambos. Inclusive un poeta que no se distinguió particularmente por su inclinación al misticismo taoísta, Po Chü-i, escribió un poema sobre los abrazos alquímicos del dragón verde (el hombre) y el tigre blanco (la mujer). Señalo, por último, que en sus formas extremas el taoísmo también conoció y practicó, a la manera tántrica, la copulación pública. No por libertinaje –aunque éste también sea ascético– sino para apropiarse del principio vital y así conquistar la inmortalidad o, al menos, la longevidad. Uno de los episodios más dramáticos de la antigua historia china es la revuelta popular llamada la Rebelión de los Turbantes Amarillos. El nombre alude a una secta taoísta que al final del período Han logró organizar una vasta porción de China en una suerte de comunismo militante y religioso. Aunque no conocemos sino los testimonios de los enemigos de los Turbantes Amarillos, parece ser indudable que el movimiento conquistó la apasionada adhesión del pueblo y de ciertos grupos pertenecientes a la *intelligentsia*. También es indudable que los rebeldes eran adeptos del misticismo sexual taoísta y que practicaban los ritos de copulación colectiva. El rito ha sobrevivido, en una semiclandestinidad, hasta nuestros días. En 1950 el gobierno de la República Popular de China descubrió y disolvió una secta (*I-Kuan-tao*) cuyos adeptos practicaban todavía las antiguas ceremonias sexuales del taoísmo mágico.

La erótica india no ofrece nada semejante. Para los indios, las tres actividades humanas centrales son el placer (*kama*), el interés (*artha*) y la vida espiritual y moral (*dharma*). La erótica es parte de la primera. Como en el caso de los tratados chinos, el primer libro, el famoso *Kamasutra*, no es el principio sino la continuación, y la culminación, de una tradición muy antigua. Aunque su contenido técnico es semejante al de los textos chinos –posiciones, afrodisíacos, recetas mágicas, lista de compatibilidades e incompatibilidades anatómicas y temperamentales– las diferencias son marcadas. En primer lugar, no es un tratado de relaciones sexuales conyugales, a pesar de que contiene observaciones sobre las casadas, sino que abarca toda la gama del comercio carnal entre hombres y mujeres: la seducción de las muchachas solteras tanto como el trato con las cortesanas, las viudas y las divorciadas. Diferencia mayor con China: tiene todo un capítulo dedicado expresamente al adulterio. El tema del libro es francamente el placer y más bien en la calle que en el hogar. El placer concebido como un arte y como un arte de gente civilizada. La tonalidad es predominantemente técnica: cómo gozar y dar goce, y estética: cómo embellecer la vida y volver más intensas y duraderas las sensaciones. No hay la menor preocupación ni por la salud, excepto como condición del placer, ni por la familia, ni por la inmortalidad. Doble ausencia: la moral y la mística, la política y la religión.

No conozco un libro menos utilitario ni menos religioso que el *Kamasutra*. Lo mismo sucede con los otros textos de la erótica india, tales como el *Kokasatra* y el *Anangaranga*. En ninguno de ellos se menciona la retención seminal aunque, por supuesto, se recomienda prolongar lo más posible el acto y se dan los consejos apropiados. Libros de estética erótica y de buenos modales de alcoba: su equivalente, dentro de otro contexto, sería *El cortesano* de Castiglioni. Los libros chinos eran parte de la medicina y bajo ese rubro figuraban en los antiguos catálogos. Los indios eran una rama de las artes mundanas, como el arte de los cosméticos y los perfumes, el tiro de arco y la culinaria, la música y el canto, la danza y la mímica. Otra diferencia, también capital: no estaban dirigidos ni al hombre de religión ni al jefe de familia sino al *dandy* elegante y a la cortesana rica. Estos dos tipos son, por lo demás, los héroes de los cuentos, novelas y poemas de la gran literatura *kavya*. Louis Renou observa con pertinencia que los tratados de erótica (más que de erotología) eran utilísimos para los escritores, poetas y dramaturgos, «que tenían necesidad de conocer la teoría del *kama* al mismo título que la del *alamkara* (retórica) y de la gramática. De hecho, toda la literatura refinada de la India clásica testimonia una gran familiaridad con la erótica»[1]. Manuales de técnica sexual, libros de cortesía erótica, catecismos de la elegancia ociosa y refinada: el placer como una rama de la estética.

La comparación de la alquimia erótica china con los textos tántricos revela diferencias de otra índole pero no menos decisivas. La alquimia, claro está, no falta en los Tantra y, como en el taoísmo, tiene por objeto unir el fluido masculino y el femenino. Ahora bien, la unión sirve a fines distintos en cada caso. En el primero es un medio para lograr la iluminación y, subsidiariamente, ciertos poderes mágicos (*siddhi*); en el otro, la inmortalidad es el fin esencial. La meta del taoísta es reconquistar el esta-

---

1. *L'Inde classique*, París, 1953.

do natural porque, entre otras cosas, ser inmortal significa precisamente volver a unirse al movimiento rítmico del cosmos, reengendrarse sin cesar como el año y sus estaciones, el siglo y sus años. El llamado quietismo taoísta es inactivo, no inmóvil: el sabio es como la naturaleza que gira imperturbable y sin descanso, cambiante siempre y siempre regresando a su comienzo sin comienzo. El ideograma de la unión sexual en el *I Ching* es *Chi-chi*: arriba el triagrama *k'an* (agua, nube, mujer) y abajo el triagrama *li* (fuego, luz, hombre). Es un momento y una situación en el orden natural: el chino no aspira a inmovilizarlo como el indio sino a repetirlo en el instante que señale la conjunción de los signos. Si el universo es cíclico y fluido, la inmortalidad debe ser vida que fluye y que recurre. El discurso de Occidente, la recurrencia de China...

El indio niega al curso y al transcurso; todas sus prácticas y meditaciones tienden a abolir al discurso y a su recurrencia: detener la rueda de las transmigraciones. El taoísta fluye con el fluir del cosmos: ser inmortal es recorrer el círculo y, al mismo tiempo, quedarse inmóvil en el centro. Es una paradoja que vale tanto como la paradoja cristiana o la budista. Vale tanto como ellas y es incomparablemente más sabia que la loca carrera de nuestro progreso, ese ciego y soberbio caminar de un punto desconocido a otro igualmente desconocido. El *hsü* taoísta es un estado de calma, libertad y ligereza invulnerable al ruido de afuera. No es la vacuidad del budismo, aunque sea también un estado de vaciedad. Más bien es lo fluido, lo no-determinado, lo que cambia sin cambiar, lo que nunca se detiene y está inmóvil. Unión y, no obstante, distancia, como la niebla en un paisaje Sung o esta línea de Su Tung-P'o: *Boatmen and water birds dream the same dream*[1]. Sueñan el mismo sueño pero no son lo mismo. Tres actitudes: el indio niega al tiempo natural del taoísta y al tiempo histórico de Confucio, los sacrifica en el altar de la vaciedad o de la no-dualidad: Confucio absorbe al tiempo natural y a su esencia: el *ch'i*, para transformarlo en tiempo histórico: familia, sociedad, Estado; el taoísta niega el tiempo histórico y a la cultura para seguir el ritmo del tiempo natural. Las diferencias entre las actitudes confuciana y taoísta son divergencias; las diferencias entre ellas y la actitud india, religiosa o profana, son una verdadera oposición que vuelve insignificantes las semejanzas. Lo asombroso no es que haya habido préstamos de una a otra civilización sino que una misma práctica, la retención del semen, haya sido objeto de tan opuestas elaboraciones y doctrinas.

1. *Su Tung-P'o*, traducido por Burton Watson, Columbia University Press, 1965.

El tantrismo niega al tiempo histórico y al natural. Así, la conjunción entre los signos *cuerpo* y *no-cuerpo* equivale, a pesar del exagerado materialismo de sus prácticas, a una descorporeización. El taoísmo niega al tiempo histórico y moral: aspira a reintegrarse en el tiempo cósmico y a ser uno con el ritmo cíclico del cielo y la tierra que, alternativamente, se abrazan y separan. Es otro caso de conjunción, aunque menos extremada que la del tantrismo budista e hindú. Menos extremada y más fecunda. Aparte de los clásicos taoístas, que cuentan entre los libros más hermosos y profundos de todas las civilizaciones, esta doctrina ha sido como un río secreto que durante siglos no ha cesado de fluir. Inspiró a casi todos los grandes poetas y calígrafos y le debemos la mejor pintura china, para no mencionar su influencia en el budismo *ch'an*, más conocido por su nombre japonés de *zen*. Sobre todo, fue durante siglos el contrapeso de la ortodoxia confuciana; gracias al taoísmo la vida china no fue únicamente una inmensa, complicada ceremonia, un tejido de genuflexiones y deberes. Chuang-tsé fue la sal de esa civilización; la sal y la puerta abierta al infinito. Por todo esto, es desleal comparar al taoísmo con el tantrismo, que no es, después de todo, sino la última fase del budismo; la comparación debe hacerse con las grandes escuelas *mahayanas* (*madhyamika* y *vijñana*). La conjunción budista es activa y deliberada; la taoísta, pasiva e inconsciente. El budismo creó una lógica estricta que no es menos compleja que la moderna lógica simbólica; el taoísmo fue asistemático y estético. En la conjunción budista el signo *no-cuerpo* asume la forma lógica del principio de identidad: *nirvana* es *samsara*; en la taoísta el escepticismo y el humor disuelven al *no-cuerpo*: es más una poética que una metafísica, un sentimiento del mundo más que una idea. La incapacidad del taoísmo para elaborar sistemas de la riqueza y complejidad del budismo, lo preservó: no se inmovilizó en una dogmática y fue como «el agua del valle», que refleja en su quietud todos los cambios del cielo. Asimismo, le impidió autocriticarse, negarse y transformarse. Lentamente se deslizó por la pendiente hasta fundirse y confundirse con las supersticiones más groseras del vulgo. El taoísmo cesó de fluir: se estancó.

## EL ORDEN Y EL ACCIDENTE

La actitud confuciana ante el sexo es moral pero no metafísica. Ni divinización ni condenación del falo. El cuerpo no es malo ni pecaminoso: es peligroso. Por eso debemos controlarlo y moderarlo. Control y moderación no quieren decir represión ni supresión sino armonía. El modelo de la armonía son los principios inmutables que rigen las conjunciones y disyunciones del cielo y la tierra. La sociedad virtuosa está regida por las mismas leyes: el imperio es el espejo del cosmos. Si el emperador es el hijo del cielo, el padre de familia es el sol de su casa. Regular la emisión de semen y absorber el principio vital femenino es conformarse a la armonía universal y contribuir a la salud general de la sociedad. La copulación conyugal es una parte del buen gobierno, como la etiqueta, el culto a los antepasados familiares, la imitación de los clásicos y el cumplimiento de los ritos. La esencia primordial del hombre es buena porque no es distinta a la bondad intrínseca de la naturaleza. Esa bondad innata se llama también orden, ya sea cósmico o social. El acto sexual cumple el objeto de la institución familiar –tener hijos y educarlos– que, a su vez, no hace sino reflejar y realizar entre los hombres el orden de la naturaleza. La procreación y la educación son fases de un mismo proceso. Durante la copulación, en los días favorables y con la mujer prescrita, se absorbe naturaleza en bruto, tiempo natural, que se transmuta en naturaleza social, histórica: hijos. Lo mismo sucede con la educación, que es el proceso de socialización e integración de la prole biológica en la familia y de ésta en el imperio. En los dos casos no se trata de cambiar de naturaleza sino de volver al orden natural. En esto consiste lo que he llamado, un poco inexactamente, transmutación. El tiempo pasional y caótico del sexo se convierte en tiempo histórico, social. La historia y la sociedad no son sino naturaleza pulida, devuelta a su estado prístino, primordial.

En el párrafo anterior he usado repetidas veces la palabra *historia*. Confieso que es una intrusión de un concepto extranjero al sistema de Confucio. Aclaro, pues, que historia debe entenderse, por una parte, como cultura y, por la otra, como la antigüedad arquetípica. El estado feliz de la Antigüedad puede volver si los hombres se cultivan como los abuelos. La palabra *te* se traduce en general por virtud, pero, según Waley, los antiguos chinos designaban también por *te* el acto de plantar semillas[1]. Por tanto, *te* es poder: posibilidad inherente de crecimiento. La virtud es innata en el hombre porque es una semilla; como tal, requiere cultivo. El modelo del cultivo, es decir: de la cultura, es la acción de la naturaleza, la gran productora de semillas y, así, de virtudes. La transformación del semen en vida social virtuosa –ya sea porque su emisión durante la copulación conyugal engendre hijos o porque su retención prolongue la vida– más que transformación es cultivo. En este sentido el acto sexual es idéntico a los otros

---

1. Arthur Waley, *The Way and its Power*, Londres, 1934.

actos del hombre civilizado; en todos ellos se cultiva el tiempo natural, hasta hacerlo coincidir con su principio escondido. Ese principio es *T'ien tao*: el orden cósmico.

La idea central que mueve al pensamiento de Confucio parece negar la relación entre los signos *cuerpo* y *no-cuerpo*. Y más: se tiene la impresión de que esos signos no se manifiestan siquiera en esa visión del mundo. En efecto, lo que he llamado *no-cuerpo* es *te*, virtud; y esa virtud no es, para Confucio, sino naturaleza. En cuanto al *cuerpo*: también es naturaleza y es productor de *te*. Todo se reduce a una diversidad de modos de existencia y no de esencia: cuerpo biológico individual, cuerpo social familiar, cuerpo político imperial, cuerpo del cosmos. Advierto, en primer término, que lo mismo podría decirse, aunque en sentido inverso, del budismo y del cristianismo: todo es vacuidad y todo es espíritu. En seguida: si se repara en la significación real de *te*, se percibe inmediatamente que no es naturaleza sino cultura. El término opuesto, correspondiente a *samsara* y a pecado, es *barbarie*, vida salvaje. *No-cuerpo* es cultura, vida social virtuosa. En consecuencia, la relación entre los signos es la misma que en las otras civilizaciones, aunque su significado particular sea distinto. Lo que ocurre –y esto explica la confusión– es que el *no-cuerpo* confuciano –y aún más acentuadamente el del taoísmo– estaba más cerca del *cuerpo* y de la naturaleza que la vacuidad budista y la divinidad cristiana. Por tal razón, inclusive si la sublimación operó como en las otras civilizaciones, el proceso de desequilibrio entre los signos fue distinto.

Max Weber describió en un estudio famoso las analogías entre el protestantismo y la clase mandarina confuciana. También señaló su esencial diferencia: el primero transforma al mundo; la segunda goza y usa de sus frutos. Pero a mi juicio la semejanza mayor (y no dicha) consiste en la transmutación del tiempo natural –excremento en un caso y en el otro semen– en tiempo histórico y social. Ahora bien, la diferencia no es menos notable que la semejanza. La concepción de Confucio de la sociedad está inspirada en la producción natural de las cosas por la acción del orden inmutable. Ése es el significado de *te* y de cultura. La sociedad virtuosa, la cultura, es sociedad que se autoproduce y se repite como la naturaleza. Naturaleza que se reintegra, semen que se reabsorbe, vida que se multiplica y se autorregula. Orden, control, jerarquía: una armonía que no excluye ni las desigualdades ni los castigos. No hay disyunción como en el protestantismo y la conjunción nunca es extrema, como en el taoísmo y el tantrismo. Pero el confucianismo no fue invulnerable (ninguna idea y ninguna institución lo son) al doble ataque del sexo y la muerte. En el confucianismo la sublimación se expresa como neutralización de los signos por una progresiva parálisis. Una inmovilidad que, para cumplirse más efectivamente, da la ilusión del movimiento: la naturaleza se vuelve cultura y ésta, a su vez, se enmascara en falsa naturaleza que, de nuevo, se convierte en cultura y así sucesivamente. A cada vuelta, la naturaleza es menos natural y la cultura más rígida y formal. China se conserva en la recurrencia pero no se niega y, por tanto, no va más allá de sí misma. La petrificación final era inevitable. La petrificación y el volver a empezar todo otra vez: ayer el Primer Emperador de los Ch'in y hoy su reencarnación, el presidente Mao. Un volver a empezar total, absoluto, ya que no sólo abarca al presente y al futuro sino también al pasado –ayer por la quema y destrucción de los clásicos, hoy por la distorsión de la civilización china y por la imposición de la «interpretación maoísta» de la historia. Maníacas confiscaciones del pasado, destinadas siempre a ser, a su vez, confiscadas por esa potencia que es, simultáneamente, la expresión más cierta del futuro y la abolición de todo tiempo: el olvido... En suma, el proceso de sublimación en el confucianismo fue la cultura: imitación de la naturaleza y de los clásicos; en el protestantismo, la represión moral. Las dos actitudes se expresan plásticamente, por decirlo así, en sus opuestas reacciones frente al semen y el excremento.

En India y China la conjunción fue el modo de relación entre los signos *cuerpo* y *no-cuerpo*. En el Occidente, la disyunción. En su última fase, el cristianismo exagera la separación: condenación del cuerpo y de la naturaleza en la ética protestante. El otro polo de la relación (espíritu, alma) es algo muy alejado del *tao* de Lao-tsé, la vacuidad de Nagarjuna o el orden natural de Confucio: el reino de las ideas y las esencias incorruptibles. Divorcio entre el cielo y la tierra: la virtud consiste en el sacrificio de la naturaleza para merecer el cielo. En su fase última, el cristianismo engendra la sociedad arreligiosa moderna y desplaza la relación vertical entre los términos por la horizontal: el cielo se vuelve historia, futuro, progreso; y la naturaleza y el cuerpo, sin dejar de ser enemigos, cesan de ser objetos de condenación para convertirse en sujetos de conversión. La historia no es circular y recurrente como en China; tampoco es un intervalo entre la Caída y el Fin, como en la sociedad medieval o, como en la democracia griega, lucha entre iguales: es acción abierta hacia el futuro, colonización de lo venidero. El antiguo cristianismo, gemelo en esto del islam, concibió a la acción histórica como cruzada, guerra santa y conversión de infieles. Los occidentales modernos transfieren la conversión a la naturaleza: operan sobre ella, contra ella, con el mismo celo y con mejores resultados que los cruzados contra los musulmanes. La transformación del excremento en oro abstracto no fue sino una parte de la inmensa tarea: someter al mundo natural, domar al fin a la materia contaminada y contaminadora, consumar la derrota del elemento potente y rebelde. La conquista, dominación y conversión de la naturaleza tiene raíces teológicas, aunque los que hoy la emprenden sean hombres de ciencia arreligiosos y aun ateos. La sociedad contemporánea ha dejado de ser cristiana pero sus pasiones son las del cristianismo. A pesar de que nuestra ciencia y nuestra técnica no son religiosas, poseen un temple cristiano: las inspira el furor pío de los cruzados y los conquistadores, ahora dirigido no a la conquista de las almas sino del cosmos. China concibió a la cultura como cultivo de la naturaleza; el Occidente moderno como dominio sobre ella; una fue cíclica y recurrente; la otra es dialéctica: se niega cada vez que se afirma y cada una de sus negaciones es un salto hacia lo desconocido.

Occidente: disyunción extrema y violencia no menos extrema. No faltará quien ponga en duda lo primero y observe que nuestra época es *materialista*. Otros dirán que la violencia de Occidente no es mayor que la de asirios, aztecas y tártaros, con la diferencia de que es una violencia creadora: ha cubierto la tierra de construcciones espléndidas y ha poblado de máquinas el espacio. Responderé brevemente. Es verdad que, desde el siglo XVI, el pensamiento de Occidente y sobre todo su ciencia es menos y menos espiritualista. La significación tradicional del signo *no-cuerpo* ha cambiado paulatinamente: primero tuvo un sentido religioso (la divinidad); después filosófico (idealismo); más tarde crítico y finalmente materialista. Esto último merece una aclaración. No importa que la concepción contemporánea de la materia tenga poco que ver con el antiguo materialismo: inclusive si la consideramos como un tejido de relaciones o estructuras que no están regidas, al menos en todos los casos, por el determinismo científico del siglo XIX, difícilmente podemos llamar *ideas* o *espíritu* a las partículas atómicas o a las células biológicas. Tampoco pensamos en ellas como *creaciones*: son objetos, cosas, nudos de relaciones y fuerzas que podemos describir aproximadamente. En esta esfera la idea de creación es o superflua o redundante: la noción de *un creador* no forma parte de las reglas del juego científico. Dicho todo esto, agrego que estamos ante un *materialismo* –para seguir empleando este término inexacto– que se opone a la realidad concreta del signo *cuerpo* con la misma rigidez del antiguo espíritu. Para conocer a la naturaleza –en realidad: para dominarla– la hemos cambiado; ha cesado de ser una presencia corpórea para transformarse en una relación. La naturaleza se ha vuelto, hasta cierto punto, inteligible; también se ha vuelto intangible. Ya no es *cuerpo*: es ecuación. Una relación que se expresa en símbolos y que, por tanto, es idéntica al pensamiento o reductible a sus leyes. El solipsismo científico es una variante del solipsismo lingüístico. Sobre este último decía Wittgenstein que era legítimo y coherente: «el mundo es mi mundo: esto se manifiesta por el hecho de que los límites del lenguaje significan los límites de mi mundo... Yo soy mi mundo». Sólo que ese «yo soy» no es el *cuerpo* sino mi lenguaje –el lenguaje. Un lenguaje que cada vez es menos mío: es el de la ciencia.

El carácter abstracto de nuestro materialismo también se manifiesta en las ciencias humanas. Las «cosas sociales» de Durkheim y Mauss no son realmente objetos sino instituciones y símbolos elaborados por una entelequia que se llama sociedad. Apenas si vale la pena destacar otro ejemplo: el del materialismo histórico o dialéctico. La primera expresión indica que estamos ante una materia histórica, hecha por los hombres. No es el *cuerpo*: es la historia. Por lo que toca a la segunda: nadie ha podido explicar todavía la relación entre materia y dialéctica. No, ni nuestra materia es corpórea ni nuestro materialismo es carnal. El viejo espíritu ha cambiado de domicilio y de nombre. Ha perdido algunos atributos y ha ganado otros: eso es todo. El mismo psicoanálisis es parte de la sublimación y, por tanto, de la neurosis de la civilización de Occidente. En efecto, las fronteras entre neurosis y sublimación son muy tenues: la primera nos encierra en un imaginario callejón sin salida y la segunda nos abre una salida igualmente imaginaria. La terapéutica del psicoanálisis equivale, en lo individual, a las sublimaciones colectivas. Norman O. Brown cita una frase de Freud que me economiza proseguir esta demostración: «las neurosis son estructuras asociales. Tratan de realizar por medios privados lo que se realiza en la sociedad por medios colectivos». Esos medios colectivos son las sublimaciones que llamamos arte, religión, filosofía, ciencia y psicoanálisis. Sólo que las sublimaciones, englobadas bajo el signo *no-cuerpo*, conducen también a las sociedades a callejones sin salida cuando la relación con el signo *cuerpo* se rompe o se degrada. Esto es lo que ocurre en Occidente, no a pesar de nuestro materialismo sino por causa suya. Es un materialismo abstracto, una suerte de platonismo al revés, desencarnado como la vacuidad del Buda. Ni siquiera provoca ya la respuesta del *cuerpo*: se ha deslizado en él y, como un vampiro, le chupa la sangre. Basta hojear una revista de modas para comprobar el estado lastimoso a que ha reducido el nuevo materialismo a la forma humana: los cuerpos de esas muchachas son la imagen misma del ascetismo, la privación y el ayuno.

La disyunción de Occidente, contrariamente a lo que ocurría en la conjunción oriental, impide el diálogo entre el *no-cuerpo* y el *cuerpo*, de modo que fatalmente nos lleva a la acumulación de las sublimaciones. Ahora que «el camino de la acumulación de sublimaciones –dice Brown– es también el camino de la acumulación de la agresión». El resultado es la explosión. No es necesario extenderse en la descripción de las atrocidades de Occidente. Acepto de buen grado, por lo demás, que las de las otras civilizaciones no hayan sido menos terribles. En cambio, subrayo la tonalidad específica de la violencia occidental. Para el Occidente cristiano las sociedades extrañas fueron siempre la encarnación del mal: vieron en ellas al enemigo del *no-cuerpo*; las sociedades extrañas –salvajes y civilizadas– eran manifestaciones del mundo inferior: *cuerpo*. Y como cuerpos fueron tratados, con el mismo rigor con que los ascetas castigaban a sus sentidos. Shakespeare lo dice sin tapujos en *La tempestad*. La diferencia de actitudes entre la colonización en América de los hispano-portugueses católicos y la de los anglosajones protestantes no es sino una expresión de las actitudes básicas de unos y otros ante el *cuerpo*. Para el catolicismo de la Contrarreforma todavía existía la posibilidad de mediación entre el *cuerpo* y el *no-cuerpo*; consecuencia: la conversión y el mestizaje. Para el protestantismo, el abismo era ya insalvable; resultado: el exterminio de los indios americanos o su reclusión en los «territorios reservados».

El sentimiento de culpa refuerza nuestras tendencias agresivas. Asimismo, las transfiere: los otros nos amenazan, nos persiguen, quieren destruirnos. Los otros son también y predominantemente lo *otro*: los dioses, las fuerzas naturales, el universo entero. En todas las civilizaciones, sin excluir el primer período de la nuestra (catolicismo medieval), los terremotos, epidemias, inundaciones, sequías y demás calamidades eran vistas como una agresión sobrenatural. A veces: manifestaciones de la cólera, el capricho y aun la insensata alegría de las divinidades; otras: castigos por los pecados, los excesos o las faltas de los hombres. Un recurso consistía en aplacar o comprar la benevolencia de la deidad con sacrificios, buenas obras, ritos de expiación, desagravios y otras prácticas; otro medio era la transfiguración de la pena por la sublimación ética o filosófica, como en el *Edipo* de Sófocles o en la visión de Arjuna en el campo de batalla, al contemplar a Vishnú como el indiferente dador de vida y muerte. De ambas maneras, por el rito o por la resignación filosófica, el hombre podía reconciliarse con su desgracia. Esa reconciliación, ilusoria o no, tenía una virtud específica: insertar la desdicha en el orden cósmico y humano, volver inteligible la excepción, dar sentido al accidente. La ciencia moderna ha eliminado las epidemias y nos ha dado explicaciones plausibles acerca de las otras catástrofes naturales: la naturaleza ha dejado de ser la depositaria de nuestro sentimiento de culpa; al mismo tiempo, la técnica ha extendido y amplificado la noción de *accidente* y, además, le ha dado un carácter absolutamente distinto. Dudo que el número de las víctimas de caídas de caballo y de picaduras de serpiente haya sido mayor en la Antigüedad, incluso proporcionalmente, al que ahora causan los automóviles que se vuelcan, los trenes que se descarrilan, los aviones que se estrellan. El accidente es parte de nuestra vida cotidiana y su sombra puebla nuestros insomnios como el mal de ojo desvela a los pastores en los villorrios de Afganistán.

Aparte del accidente individual y diario, hay el Accidente universal: la bomba. La amenaza de extinción planetaria no tiene fecha fija: puede ser hoy o mañana o nunca. Es la indeterminación extrema, aún más difícil de prever que la ira de Jehová o la rabia de Shiva. El Accidente es lo probable inminente. Lo inminente porque puede suceder hoy; lo probable porque en nuestro universo no solamente han desaparecido los dioses, el espíritu, la armonía cósmica y la ley de la causalidad plural budista, sino porque, simultáneamente, se ha desplomado el determinismo confiado de la ciencia del siglo XIX. El principio de indeterminación en la física contemporánea y la prueba de Gödel en la lógica son el equivalente del Accidente en el mundo histórico. No digo que sean lo mismo: digo que en los tres casos los sistemas axiomáticos y deterministas han perdido su consistencia y revelan una falla inherente. Esa falla no es realmente una falla: es una propiedad del sistema, algo que le pertenece en tanto que sistema. El Accidente no es una excepción ni una enfermedad de nuestros regímenes políticos; tampoco es un defecto corregible de nuestra civilización: es la consecuencia natural de nuestra ciencia, nuestra política y nuestra moral. El Accidente forma parte de nuestra idea del progreso como la concupiscencia de Zeus y la ebriedad y la glotonería de Indra eran parte, respectivamente, del mundo griego y de la cultura védica. La diferencia consiste en que se podía distraer a Indra con un sacrificio de *soma* pero el Accidente es incorruptible e imprevisible.

Convertir al Accidente en una de las ruedas del orden histórico en marcha no es menos prodigioso que demostrar que ni el cerebro humano ni los *computers* pueden probar que los axiomas de la geometría y la aritmética –o sea: los fundamentos de las matemáticas y el modelo de la lógica– son absolutamente consistentes[1]. Sólo que las consecuencias son distintas: la prueba de Gödel o las conclusiones de Heisenberg nos dejan perplejos;

---

1. Ernest Nagel y James B. Newman, *Gödel's Proof*, Nueva York, 1958. Ramon Xirau ha traducido este libro al español y ha hecho agudos comentarios sobre el tema.

el Accidente nos aterra. El signo *no-cuerpo* ha sido siempre represivo y ha amenazado a los hombres con el infierno eterno, el círculo de las transmigraciones y otras penas terribles. Ahora nos promete la extinción total y accidental sin distinguir entre justos y pecadores. El Accidente se ha vuelto una paradoja de la necesidad: posee la fatalidad de ésta y la indeterminación de la libertad. El *no-cuerpo*, transformado en ciencia materialista, es sinónimo del terror: el Accidente es uno de los atributos de la razón que adoramos. El atributo terrible, como la soga de Shiva o el rayo de Júpiter. La moral cristiana le ha cedido sus poderes de represión pero, al mismo tiempo, toda pretensión de moralidad se ha retirado de ese poder superhumano. Es el regreso de la angustia de los aztecas aunque sin presagios ni signos celestes. La catástrofe se vuelve banal e irrisoria porque el Accidente, al fin de cuentas, no es sino un accidente.

## LA NOVIA PUESTA AL DESNUDO POR SUS SOLTEROS

Las respuestas internas a la represión de Occidente han sido tan violentas como las reacciones externas contra su opresión colonial. Además, asumieron desde el principio formas bizarras y fantásticas. Van Gulik subraya que un examen de los *tratados del lecho* arroja un número muy reducido de perversiones y desviaciones sexuales. Cualquiera que haya leído las novelas eróticas chinas abundará en la opinión del sinólogo holandés. Lo mismo sucede con la literatura y el arte de la India, trátese de la escultura, la novela, la poesía o los libros de erotología. La excepción son los textos tántricos y aun en ellos los ritos escatológicos y sangrientos tienen por objeto, precisamente, reabsorber el instinto destructor. La relación de conjunción impidió, en la antigua Asia, el crecimiento excesivo del sadismo y el masoquismo. Ninguna civilización, con la excepción tal vez de la azteca, puede ofrecer un arte que rivalice en ferocidad sexual con el de Occidente. Y hay una diferencia con los aztecas: su arte fue una sublimación religiosa; el nuestro es profano. Porque al hablar de crueldad no aludo a las sombrías representaciones del arte religioso del fin de la Edad Media ni a las de la Contrarreforma en España: me refiero al arte moderno, desde el siglo XVIII hasta nuestros días. Sade es único y lo es porque en esta materia el Occidente ha sido único. La relación entre *no-cuerpo* y *cuerpo* asume en ciertas obras eróticas europeas la forma: *tortura y orgasmo*. La muerte como espuela del placer y como señora de la vida. De Sade a la *Histoire d'O* nuestro erotismo es un himno fúnebre o una pantomima siniestra. En

Sade, el placer desemboca en la insensibilidad: a la explosión sexual sucede la inmovilidad de la lava enfriada. El cuerpo se vuelve cuchillo o piedra; la materia, el mundo natural que respira y palpita, se transforma en una abstracción, un silogismo filoso: suprime la vida y acaba por degollarse a sí mismo. Extraña condenación: se mata y así revive, para matarse de nuevo.

En regiones menos cargadas de agresividad que la novela erótica moderna, la violencia estalla con la misma energía aunque con menos crueldad fantástica. Por ejemplo, la pelea por el amor libre, la educación sexual, la abolición de las leyes que castigan las desviaciones eróticas y otras reivindicaciones de ese jaez. Lo que me escandaliza no es, claro está, la legitimidad de esas aspiraciones sino la expresión combativa y guerrera que adoptan. Los derechos del amor, la lucha por la igualdad sexual entre hombres y mujeres, la libertad de los instintos: ese vocabulario es el de la política y la guerra. Cierto, en todas las civilizaciones aparece la analogía entre el erotismo y el combate pero en ninguna, excepto en la nuestra, asume la forma de protesta revolucionaria. La lidia erótica es un juego, una representación para el indio o el chino; para el occidental la metáfora guerrera adquiere inmediatamente un sentido militar y político con la consiguiente serie de proclamas, reglamentos, normas y deberes. Nada más lejos del combate cuerpo a cuerpo. El fanatismo de nuestros rebeldes es la contrapartida de la severidad puritana; hay una moral de la disolución como hay una moral de la represión y las dos agobian a sus creyentes con pretensiones igualmente exorbitantes.

Otro ejemplo: nuestra actitud ante la desviación sexual. La literatura china trata poco el tema del homosexualismo masculino y lo hace con ligereza; en cuanto al femenino, su actitud es más bien benévola. Más que un problema de moral es un asunto de economía vital: no es infame la cópula entre hombres; es nociva porque su práctica exagerada malogra la apropiación del precioso *ch'i* femenino. La literatura y el arte de la India son aún más parcos, aunque abundan las estampas eróticas con temas lesbianos. Es claro que ambas civilizaciones no ignoraron estas desviaciones. Si no las exaltaron como los griegos, los persas y los árabes, tampoco las persiguieron con la saña de Occidente. El «pecado nefando» es otra singularidad del cristianismo. En Delhi y otras ciudades y pueblos de Uttar Pradesh y Rajastán hay una secta de músicos y bailarines que recorren las calles y plazas vestidos de mujer. Son artistas ambulantes que ejercen, subsidiariamente, la prostitución masculina. Su presencia es frecuente y casi obligada en ceremonias de nacimientos y matrimonios, lo mismo entre los hindúes que entre los musulmanes. En la India victoriana de nuestros días —deformada por la doble herencia del puritanismo musulmán e inglés— nadie habla de ellos, pero nadie prescinde de sus bailes y cantos cuando nace un hijo o alguien se casa en la familia. En Occidente los homosexuales tienden a ser vindicativos y sus ritos son algo así como reuniones de conspiradores y de conjurados. Otro hábito que en Oriente es visto más bien como un ejercicio de higiene física y psíquica, no como una abominación: la masturbación. Trátese de prácticas solitarias, heterosexuales u homosexuales, nuestro erotismo es re-formador y no, como debiera ser, con-formador. La discordia es el complemento del Accidente.

La historia del *cuerpo* en la fase final de Occidente es la de sus rebeliones. No creo que en ninguna otra época ni en ninguna otra civilización el impulso erótico se haya manifestado como una subversión pura o predominantemente sexual. Quiero decir: el erotismo es algo más que una mera urgencia sexual, es una expresión del signo *cuerpo*. Ahora bien, el signo *cuerpo* no es independiente; es una *relación* y siempre es un hacia, frente, contra o con el signo *no-cuerpo*. La rebelión de Occidente parece indicar que la disyunción entre los signos se ha extremado tanto que su relación tiende a desvanecerse casi del todo. La situación recuerda, en sentido inverso, la herejía cátara con su énfasis en la castidad y su negación de la procreación. Ayer, tentativa de disolución del signo *cuerpo*; ahora, del *no-cuerpo*. ¿Pero desaparece realmente la relación? Tengo mis dudas, en uno y en otro caso. Por lo que toca a los cátaros, debe tenerse presente que, como en todas las religiones, había dos morales: la de los «creyentes» (laicos) y la de los «perfectos». Otro indicio: inclusive si no se ve a la poesía provenzal como una expresión cifrada del catarismo, según pretende Denis de Rougemont, sí es evidente la influencia de este movimiento en la concepción del amor cortés. Pues bien, en este último no hay negación de ninguno de los dos signos: la ambigua exaltación del adulterio y de la dama ideal, el rito de la contemplación de la amada que se deja ver desnuda a condición de no ser tocada y esa suerte de idealización del *coitus reservatus* que era el *asang*[1], afirman simultáneamente al *cuerpo* y al *no-cuerpo*. No podía ser de otro modo: el uno no

---

1. El *asang* era uno de los grados del amor cortés y consistía en que los amantes, desnudos, penetraban en el lecho pero no llegaban a consumar el acto. (Cf. René Nelli, *L'Érotique des troubadours*, Tolosa, 1963.) Para Nelli se trata de una transposición y una purificación de la «prueba de amor» caballeresca. No debe descontarse, además y sobre todo, la influencia oriental, ya sea por intermedio del maniqueísmo cátaro o por contacto con la erótica árabe.

vive sin el otro. Sus uniones y separaciones son la substancia del erotismo, aquello que lo distingue de la mera sexualidad. No hay erotismo sin referencia al *no-cuerpo*, como no hay religión sin referencia al *cuerpo*. La sexualidad pura no existe entre los hombres. Es un mito humano –y una realidad entre las especies inferiores y los vegetales. La función del erotismo en todas las sociedades es doble: por una parte, es una sublimación y una transmutación imaginaria de la sexualidad y así sirve al *no-cuerpo*; por la otra, es una ritualización y una actualización de las imágenes y así sirve al *cuerpo*. El rito corporal está referido al *no-cuerpo*, como se ve en el tantrismo: la imagen erótica, como todos sabemos por experiencia propia, está referida al *cuerpo*. En la imagen el *cuerpo* pierde su realidad corpórea; en el rito, el *no-cuerpo* encarna. La relación entre los dos signos subsiste siempre, trátese de imágenes tradicionales y de ritos colectivos o de fantasías individuales y juegos privados. En consecuencia, si la nueva moral sexual carece efectivamente de referencia al *no-cuerpo*, debe interpretarse como una nostalgia de la vida animal, una renuncia a la cultura humana y, en consecuencia, al erotismo. No es así, según se verá. Es una moral: una nueva tentativa del *no-cuerpo* por deslizarse en el *cuerpo*, disgregar su imagen y convertirlo en realidad abstracta. El catarismo fue la aversión al *cuerpo* por el espíritu; la nueva moral sexual es una perversión del *cuerpo* por el espíritu.

No es menos inquietante que la rebelión de los sentidos adopte la forma de una reivindicación social y política. Insertar al sexo en el catálogo de los derechos del hombre es tan paradójico como regular la copulación conyugal por las normas del buen gobierno. No obstante, hay una diferencia: el buen gobierno confuciano tendía a conservar la sociedad y estaba referido a una realidad a un tiempo natural e ideal: el cielo y su curso (*T'ien tao*); la sexualidad como derecho tiende a cambiar la sociedad y está referida a una realidad únicamente ideal, abstracta. Pedimos libertad sexual no en nombre del *cuerpo*, que no es sujeto de derecho, sino de una entidad ideal: el hombre. Los movimientos erotizantes de otras civilizaciones, tales como el taoísmo tardío y el tantrismo, fueron religiosos; en otros casos –el amor cortés y la pasión romántica son los ejemplos más próximos– nacieron y vivieron en las fronteras de la estética, la religión y la filosofía. En Occidente, desde el siglo XVIII, el erotismo ha sido intelectual y revolucionario. Los filósofos libertinos fueron primordialmente ateos y materialistas, subsidiariamente sensualistas y hedonistas. Su erótica era la consecuencia de su materialismo y de su ateísmo, una parte de su polémica contra los poderes represivos de la monarquía y la Iglesia. El combate entre los signos *cuerpo* y *no-cuerpo* se transformó en un debate y la lucha se desplazó de la esfera de las imágenes, los símbolos y los ritos a la de las ideas y las teorías. El tránsito de la religión a la filosofía y de la estética a la política fue el principio de la desencarnación del cuerpo. *Les 120 journées de Sodoma* son un tratado de filosofía revolucionaria, no un manual de buenas maneras sexuales como el *Kamasutra* ni una guía de la iluminación como el Tantra Hevajra. Los antiguos conocían las prácticas que describe Sade, de modo que lo realmente nuevo no consistió en recordar su existencia sino en transformarlas en opiniones: dejaron de ser abominaciones o ritos sagrados, según la civilización, para convertirse en ideas.

El fenómeno nuevo no es el erotismo sino la supremacía de la política. En el pasado se profesaban ideas religiosas y filosóficas pero no se tenían, en un sentido estricto, ideas políticas. La razón: la política no era una idea. La acción pública era materia de moral o de conveniencia: un arte, una técnica o un deber santo, como en la república romana. Todo esto poco o nada tenía que ver con la concepción de la política como teoría[1]. A la inversa del pasado, nuestra política es fundamentalmente una visión del mundo. El erotismo de Sade es una filosofía revolucionaria, una política: esgrime las prácticas aberrantes como un orador acumula en su discurso los agravios del pueblo contra el gobierno. Es cierto que entre los griegos la política era una actividad central, el atributo que distinguía al ciudadano no sólo del esclavo sino del bárbaro. Sólo que no era un método para cambiar al mundo. Su finalidad era individual y colectiva: en primer término, destacar frente a los otros por la persuasión del ejemplo virtuoso o la habilidad de la retórica y así ganar fama, conquistar renombre y, en suma, realizar el ideal del ciudadano; en segundo lugar, contribuir a la salud de la *polis*, cualquiera que sea el significado que quiera darse a *salud* y a *polis*: la independencia de la ciudad o su poderío, la libertad de los ciudadanos o su felicidad. Las doctrinas políticas de Platón, Aristóteles y los estoicos no son una teoría del mundo sino la proyección de sus respectivas teorías en la esfera de la sociedad y el Estado. Para los enciclopedistas y, más tarde, para Marx, la teoría no sólo es inseparable de la práctica sino que ella misma, en tanto que teoría, es ya práctica, acción sobre el mundo. La teoría, *por serlo*, es política. En una sociedad como la china, preocupada ante todo por la preservación del orden social y la continuidad de la cultura –preocupaciones que, aunque parezcan serlo, no

---

1. Los clásicos griegos y romanos se ocuparon de la política, la pensaron y sistematizaron pero no la convirtieron en una visión del mundo.

son exclusivamente políticas– la censura misma era una función imperial: el trono nombraba ministros y censores como un jardinero se sirve simultáneamente del abono y las tijeras. Así, la política formaba parte de la cosmología (la ley del cielo) y el arte de cultivar. En nuestra sociedad, la ciencia y la cultura son expresiones de las clases, las naciones y las civilizaciones: son historia y, en última instancia, política. Al decir que para nosotros la política es una visión del mundo cometo una leve inexactitud: nuestra idea del mundo no es una visión sino un juicio y de ahí que sea también una acción, una práctica. La imagen del mundo o, más bien, *la idea del mundo como imagen*, ha cedido el sitio a otra idea, a otra imagen: la de la teoría revolucionaria. Nuestra idea del mundo es: *cambiar al mundo*. Para muchos de nuestros contemporáneos, la política es sinónimo de revolución.

Al tratar de traducir la palabra *revolución* los chinos no encontraron mejor expresión que *ko-ming*[1]. Ahora bien, *ko-ming* quiere decir «cambio de mandato» y, por extensión, cambio de dinastía. ¿Mandato de quién? No del pueblo sino del Cielo. El Mandato del Cielo (*T'ien ming*) significa que el principio que rige a la naturaleza (*T'ien tao*) ha descendido sobre un príncipe. En el *Libro de la historia*, el duque Chou dice: «El cielo causó la ruina de la dinastía Yin. Ellos perdieron el Mandato del Cielo y lo recibimos nosotros, los Chou. Pero no me atrevo a asegurar que nuestros descendientes lo conservarán». El método para conservar el mandato es la virtud confuciana. Nada más lejos de nuestras ideas democráticas y, asimismo, de la concepción del derecho al trono por la ley de la sangre. Naturalmente esta doctrina despertó la oposición, no de los filósofos de la voluntad popular (no los había), sino de los apologistas de la autoridad imperial. La antigua China elaboró, como el otro polo de la actitud asocial e individualista del taoísmo, una doctrina, el legalismo o realismo (*Fachia*), que muy sumariamente puede reducirse a lo que sigue: puesto que la relación entre los nombres y las realidades que designan (*hsing-ming*: formas y nombres) es cambiante y depende de las circunstancias, la teoría de las leyes inmutables del Cielo (*T'ien tao*) no tiene aplicación en el arte de gobernar a los hombres; incumbe al príncipe dar a cada nombre un sentido unívoco y gobernar en consecuencia: al definir lo que es bueno y lo que es malo, lo útil y lo nocivo al Estado, podrán aplicarse con certeza los premios y los castigos. Han Fei Tzu exhorta así a su señor: «Descarta la bene-

---

1. Cf. Joseph R. Levenson, *Confucian China and its Modern Fate*, vol. II, Londres, 1964.

volencia de Yen (monarca legendario) y olvida a la sabiduría de Tzu-Kung. Arma a los estados de Hsü y Lu hasta que puedan encararse a un ejército de diez mil carros de guerra y entonces los de Ch'i y Ching no podrán manejarnos, como ahora, según su gusto»[1]. De este modo se rechazaba la autoridad de la tradición −el sentido inmutable de los nombres− y con ella la teoría del Mandato del Cielo: la autoridad no tiene otro origen que el príncipe, árbitro de los nombres y de los premios y los castigos. La doctrina del Mandato del Cielo afirma, por el contrario, que los nombres y los significados son inmutables: los que cambian son los príncipes. Si la teoría justifica el cambio de régimen e incluso obliga al hombre virtuoso a asesinar al príncipe que viola su Mandato, impide al mismo tiempo el cambio de sistema. Levenson comenta: T'ien ming *doctrine really was an expression of conflict with the emperor, though a burocratic, not a democratic expression... a defence of gentry-literati in their conflict-collaboration with the emperor in manipulating the state*. Exactamente lo opuesto a la doctrina de Saint-Just: al ejecutar a Luis XVI se trataba sobre todo de herir de muerte al principio monárquico.

En Occidente, *revolución* no significa solamente cambio de sistema (y no de gobierno) sino algo más y nunca visto: cambio de la naturaleza humana. Lo mismo en la sociedad medieval cristiana que en las otras, la transmutación del hombre era una operación de índole religiosa; ni siquiera los filósofos, excepto las filosofías religiosas como la platónica, se atrevieron a intervenir en esta esfera. Pero el cristianismo, en su ocaso, transfirió la misión tradicional de todas las religiones a los partidos revolucionarios: ahora son ellos, no la gracia ni los sacramentos, los agentes de la transmutación. Este desplazamiento coincide con otro en la esfera del arte y de la poesía. En el pasado, el fin primero y último del arte era la celebración o la condenación de la vida humana; a partir de los románticos alemanes y con mayor energía después de Rimbaud, la poesía se propone *cambiar la vida*. La revolución social y el arte revolucionario se convirtieron en empresas religiosas o, al menos, que la Antigüedad consideró siempre como la jurisdicción exclusiva de la religión. En este reparto de los despojos de la religión, la revolución se quedó con la ética, la educación, el derecho y las instituciones públicas: el *no-cuerpo*. El arte con los símbolos, las ceremonias, las imágenes: todo aquello que he lla-

---

[1]. Han Fei Tzu, *Basic Writings*, traducción de Burnon Watson, Columbia University Press, 1966. Cf. también: Arthur Waley, *Three Ways of Thought in Ancient China*, Londres, 1939.

mado la encarnación de las imágenes y que es la expresión sublimada, aunque sensible, del signo *cuerpo*.

La rebelión de los sentidos, como parte del cambio general, se ha expresado a veces como reivindicación social y otras como rebelión poética –quiero decir: fusión de la poesía con la revuelta filosófico-moral y con el erotismo, según la concepción romántica y surrealista. Ésta es una de las facetas –más exactamente: una de las raíces– de la ambivalencia del arte moderno, desgarrado perpetuamente entre la expresión de la vida, ya sea para celebrarla o para condenarla, y la reforma de esa misma vida. Los artistas y poetas de la Edad Moderna coincidieron con los revolucionarios en la empresa de destrucción de las viejas imágenes de la religión y la monarquía, pero no podían acompañarlos en la substitución de esos símbolos por meras abstracciones ideológicas. La crisis se inicia con los románticos alemanes divididos entre su inicial simpatía por la Revolución francesa y su idealismo corporal y analógico. Debemos a Novalis algunas de las máximas más luminosas sobre el erotismo y las relaciones entre el cuerpo del hombre y el del cosmos: asimismo, es el autor de uno de los ensayos más reaccionarios de esa época: *Europa y la cristiandad*. El conflicto, lejos de atenuarse, se ha agudizado en los últimos cincuenta años. No es necesario recordar el drama del surrealismo, el suicidio de Mayakovski o el martirio moral de César Vallejo. Cuando el poeta peruano, en pleno *engagement* comunista, zahiere a los «obispos bolcheviques», no les reprocha tanto su arrogante y sectaria teología de funcionarios cuanto que no hayan podido transformar la idea de fraternidad proletaria en una verdadera comunión: un rito sin dios pero con sacramentos. Nostalgia del símbolo encarnado en la eucaristía.

Las revoluciones y cambios de la modernidad entronizaron el signo *no-cuerpo*, que se transformó en agente revolucionario y en pedagogo de la sociedad. Así pudo sublimar y moralizar a la rebelión de los sentidos. En sus formas más radicales, la transformó en lucha por los derechos eróticos, sean de la mujer o de las minorías sexuales. En sus expresiones moderadas, la canalizó: acción en favor de la educación sexual y la higiene, implantación de una legislación más racional del matrimonio monogámico y adopción de leyes de divorcio, supresión de las penas bárbaras contra las desviaciones eróticas y otras reformas similares. Nada de esto era ni es lo que piden los sentidos exasperados: piden imágenes, símbolos, ritos. Formas imaginarias y, no obstante, reales, de nuestros deseos y obsesiones; ceremonias en las que esas imágenes cobren cuerpo al fin, sin cesar de ser imágenes. El nuevo materialismo afirma, con el mismo énfasis que las antiguas religiones, que posee la llave del universo. No sabemos si realmente la tiene pero es seguro que no ha podido darnos una imagen de este mundo ni de los otros. Su universo no tiene cuerpo y su materia es abstracta e incorpórea como una idea. Su ciencia nos dice cómo funcionan los órganos genitales y nos ha enseñado más sobre esto que todos los *Kamasutras* y los *tratados del lecho*. En cambio, no nos ha dado una erótica: en sus manuales las palabras *placer* e *imaginación* han sido substituidas por *orgasmo* y *salud*. Sus recetas son técnicas para conservar el poder genético, regular el nacimiento de los hijos, limpiar nuestra psique de las telarañas del miedo, exorcizar los fantasmas del padre y la madre. Nos enseñan a ser normales, no a enamorarnos ni apasionarnos. Nada más lejos de un arte de amar. Al explicarnos cómo está hecho el cuerpo y cómo funciona, anulan su imagen. A todo esto hay que agregar la boga de los deportes, que ha introducido una confusión entre vigor y belleza, destreza física y sabiduría erótica. No es extraña la reacción juvenil de nuestros días, con su predilección por los trajes vistosos, los adornos fantásticos, los peinados decadentes o salvajes, los afeites y aun el desaseo personal. Es mejor oler mal que usar el agua de colonia que anuncia la televisión... Libertad gris de la sociedad industrial, falsa libertad que hace de la pasión una higiene. Las posiciones de los cuerpos en el *Kamasutra* se recortan sobre un paisaje imaginario, el *décor* convencional de la poesía *kavya*; el telón de fondo de las descripciones de la erotología contemporánea es chabacano cuando no es macabro.

No todo es higiene y *confort* en la sociedad industrial desarrollada. Aparte de que faltan la fantasía y la voluptuosidad, hay también la degradación del cuerpo. La ciencia lo redujo a una serie de combinaciones moleculares y químicas; el capitalismo a un objeto de uso, como los otros que producen las industrias. La sociedad burguesa ha dividido al erotismo en tres dominios: uno, el peligroso, regido por el código penal; otro por el ministerio de salud y bienestar social; y el tercero por la industria de espectáculos. El orgasmo es la meta universal –una de tantas de la producción y más rápida y efímera que las otras. La ética protestante sublimó el excremento; el capitalismo ha introducido el principio de la producción racional en materia erótica. En los países comunistas la vieja moralidad cristiana ha cedido el sitio a una suerte de neoconfucianismo menos letrado y más obtuso que el de los Ch'ing. Al hablar del puritanismo soviético me refiero al período relativamente tolerante inaugurado por Jruschov. En los tiempos de Stalin el régimen conoció un terror no menos irracional que el del Accidente: la Desviación política y la Desviación erótica. Sólo que el terror del Accidente ha sido hasta ahora más bien de orden psicológico en tanto que el de la Desviación pasó inmediatamente a la vía de los hechos: ¿cuántos millones murieron en los «campos de reeducación por el trabajo» y en la colectivización, para no hablar de los millones de ejecutados durante las purgas? Es útil recordar esto de tiempo en tiempo porque el hombre –sobre todo el intelectual y especialmente el intelectual de izquierda, enamorado de los sistemas– es un animal de poca memoria. La primera regla de una educación realmente libre sería inspirar a la niñez la repugnancia por todas las doctrinas de «felicidad obligatoria». Sus paraísos están cubiertos de patíbulos... En la primera mitad del siglo XX, no contento con adoptar las maneras neutras de la ciencia y aplicar a la sexualidad los métodos eficaces de la producción industrial en serie, el signo *no-cuerpo* se revistió de su antiguo traje de verdugo e intervino en la política, a veces como ejecutor del Tercer Reich y otras como Comisario del pueblo.

Perseguido por los idólatras de la abundancia y por los revolucionarios, el signo *cuerpo* se refugió en el arte. Los restos del cuerpo: una forma desfigurada por la represión y la cólera, martirizada por el sentimiento de culpa y la ironía. Las deformaciones de la figura humana, en el arte del pasado, eran rituales; en el nuestro son estéticas o psicológicas. Ejemplo de lo primero: el racionalismo agresivo del cubismo; y de lo segundo, la no menos agresiva emotividad del expresionismo. Es la subjetividad –racional, sentimental o simplemente irónica pero siempre culpable– que se venga. No olvido que, desde Rousseau y Blake, hay una línea secreta de exaltación del cuerpo que llega hasta nuestros días; tampoco olvido que cada vez que aparece en la superficie histórica, es reprimida o absorbida por la ética-estética imperante. La verdad es que el arte contemporáneo no nos ha dado una imagen del cuerpo: es una misión que hemos confiado a los modistas y a los publicistas. No se trata, por supuesto, de un defecto del arte actual sino de una carencia de nuestra sociedad. El arte revela, celebra o consagra la imagen del *cuerpo* que cada civilización inventa. Mejor dicho, la imagen del *cuerpo* no se inventa: brota, se desprende como un fruto o un hijo del *cuerpo* del mundo. La imagen del *cuerpo* es el doble de la del cosmos, la respuesta humana al arquetipo universal no-humano. Cada civilización ha visto al *cuerpo* de una manera distinta porque cada una tenía una idea distinta del mundo. *Cuerpo* y mundo se acarician o se desgarran, se reflejan o se niegan: las vírgenes de Chartres sonríen como las muchachas cretenses pero su sonrisa es distinta: sonríen con otro mundo –con el otro mundo. Lo mismo sucede con la actitud reflexiva del poderoso bodisatva de Mathura o con la blancura desgarrada del San Sebastián de Mantegna, cubierto de flechas. El universo se desdobla en el *cuerpo*, que es su espejo y su criatura. Nuestra época es crítica: deshizo la antigua imagen del mundo y no ha creado otra. Por eso no tenemos *cuerpo*. Arte de la desencarnación, como en Mallarmé, o arte hilarante y escalofriante como en la pintura de Marcel Duchamp. La última imagen de la Virgen cristiana, la dama ideal de los provenzales y la Gran Diosa de los mediterráneos es *La Mariée mise à nu par ses célibataires, même...* El cuadro está dividido en dos partes: arriba la diosa, convertida en un motor; abajo sus adoradores, sus víctimas y sus amantes –no Acteón, Adonis ni Marte sino nueve fantoches uniformados de policías, porteros de hotel y curas. El semen, la esencia vital de los taoístas, vuelto una suerte de gasolina erótica, que se incendia *antes* de tocar el cuerpo de la Novia. Del rito al juguete eléctrico: una bufonería infernal.

La idea de *revolución* fue la gran invención de Occidente en su segunda fase. Las sociedades del pasado no tuvieron realmente revoluciones sino *ko-ming*, cambios de mandato y dinastía. Aparte de esos cambios, experimentaron profundas transformaciones: nacimientos, muertes y resurrecciones de religiones. En esto también nuestra época es única. Si esta segunda fase de Occidente toca a su término, como afirman muchos y como nos lo dice la realidad misma que todos vivimos, el indicio más claro de la proximidad del fin es lo que, proféticamente, Ortega y Gasset llamó «el ocaso de las revoluciones». Es verdad que nunca habíamos tenido tantas; también lo es que ninguna de ellas se ajusta a la concepción occidental de lo que es una revolución. Esto es capital porque, asimismo, ninguna otra sociedad había hecho de la revolución su ideal central. Como los primeros cristianos en espera de la Parusía, la sociedad moderna aguarda, desde 1840, la llegada de la Revolución. Y la revolución llega: no la esperada, sino otra, siempre otra. Ante esta realidad inesperada y que nos defrauda, los teólogos especulan y tratan de mostrar, a la manera de los mandarines confucianos, que el mandato del cielo (la idea de *revolución*) es el mismo: lo que ocurre es que el príncipe (la revolución concreta) es indigno del mandato. Sólo que hay un momento en que la gente cesa de creer en las especulaciones de los teólogos. Eso es lo que ha empezado a ocurrir en la segunda mitad de nuestro siglo. Asistimos ahora al desenlace: la revolución contra la revolución. No es un movimiento reaccionario ni está inspirado por Washington: es la revuelta de los pueblos subdesarrollados y la rebelión juvenil en los países desarrollados. En ambos casos la idea de la *revolución* ha sido atacada en su centro mismo, tanto o más que la idea conservadora del *orden*.

Me he ocupado en otra parte de lo que no hay más remedio que llamar «el fin del período revolucionario de Occidente»[1]. Aquí sólo repetiré que la idea de *revolución* —en la acepción estricta de esta palabra, tal como ha sido definida por el pensamiento moderno— está en crisis porque su raíz misma, su fundamento, también lo está: la concepción lineal del tiempo y de la historia. La modernidad secularizó al tiempo cristiano y entre la tríada temporal —pasado, presente y futuro— coronó al último como la potencia rectora de nuestras vidas y de la historia. Desde el siglo XVIII el futuro ha reinado en Occidente. Hoy esta idea del tiempo se acaba: vivimos la decadencia del futuro. Por esto es un error considerar a las agitaciones sociales contemporáneas como expresiones del (supuesto) proceso revolucionario en que se ha hecho consistir la historia. Aunque estos trastornos han sido extraordinariamente violentos y probablemente lo serán todavía más en lo porvenir, no corresponden de ninguna manera a las ideas que tirios y troyanos, de Chateaubriand a Trotski, habían elaborado sobre lo que es o debe ser una revolución. Al contrario, todos estos cambios, empezando por el de Rusia y sin excluir a los de China y Cuba, desmienten las previsiones de la teoría: ninguno de ellos ha ocurrido en donde debería haber sucedido ni sus protagonistas fueron los que deberían haber sido. Perversa obstinación de la realidad: otros lugares, otras clases y fuerzas sociales, otros resultados. Estos acontecimientos, cualquiera que sea su significación última, desmienten a la idea lineal de la historia, esa noción del transcurso humano como un proceso dueño de una lógica —o sea: un verdadero *discurso*.

La idea de *proceso* implica que las cosas suceden unas detrás de otras, ya sea por saltos (revolución) o por cambios graduales (evolución). *Proceso* es sinónimo de *progreso* porque se piensa que todo cambio se traduce, a la larga o a la corta, por un avance. Ambos modos del suceder, el revolucionario y el evolutivo, corresponden a una visión de la historia como marcha hacia… no se sabe exactamente hacia dónde, excepto que ese *dónde* es mejor que el de ahora y que está en el futuro. La historia como continua, inacabable colonización del futuro. Hay algo infernal en esta visión optimista de la historia; la filosofía del progreso es realmente una teoría de la condenación del hombre, castigado a caminar perpetuamente y a sabiendas de que nunca llegará a su destino final. Las raíces de

---

[1]. Véase en este volumen, p. 588.

esta manera de pensar se hunden en el sentimiento judeo-cristiano de la culpa y su contrapartida mítica es la expulsión del Edén original que relata la Biblia. En el jardín paradisíaco brillaba un presente sin mácula; en los desiertos de la historia el único sol que nos guía es el huidizo del futuro. El sujeto de esta continua peregrinación no es una nación, una clase o una civilización sino una entidad abstracta: la humanidad. Como el sujeto histórico *humanidad* carece de substancia, no se presenta nunca en persona: actúa por medio de sus representantes, este o aquel pueblo, esta o aquella clase. Persépolis, Roma o Nueva York, la monarquía o el proletariado, *representan* a la humanidad en un momento u otro de la historia como un diputado representa a sus electores –y, asimismo, como un actor a su personaje. La historia es un teatro en el que un personaje único, la humanidad, se desdobla en muchos: siervos, señores, burgueses, mandarines, clérigos, campesinos, obreros. La gritería incoherente se resuelve en diálogo racional y éste en un monólogo filosófico. La historia es discurso. Pero las revueltas del siglo XX han violado tanto las reglas de la acción dramática como las de la representación. Por una parte, irrupciones imprevistas que trastornan la linealidad histórica: lo que debería haber pasado no ha ocurrido y lo que debió pasar después, pasa ahora mismo; por la otra, si los campesinos chinos o los revolucionarios latinoamericanos son hoy los representantes del sujeto *humanidad*: ¿a quién o qué representan los obreros norteamericanos y europeos, para no hablar del mismísimo proletariado ruso? Uno y otros, sucesos y actores, desmienten el texto de la pieza. Escriben otro texto –lo inventan. La historia se vuelve improvisación. Fin del discurso y de la legibilidad racional.

A las rupturas del orden lineal corresponde lo que podría llamarse la inversión de la causalidad histórica. Daré un ejemplo. Se suponía que la revolución sería la consecuencia de la contradicción insalvable entre las fuerzas de producción creadas por el capitalismo y el sistema de propiedad capitalista. La oposición fundamental era: producción social industrial/propiedad privada capitalista. Esta oposición real, material, podía expresarse como una dicotomía lógica entre la razón (producción social industrial) y la sinrazón (propiedad privada capitalista). El socialismo sería así el resultado del desarrollo económico de la era industrial y, simultáneamente, el triunfo de la razón sobre la irracionalidad del sistema capitalista. La necesidad (la historia) poseía el rigor de la lógica, era razón encarnada. Asimismo, historia y razón se identificaban con la moral: el socialismo era la justicia. Por último: historia, razón y moral se resolvían en progreso. Pero las revueltas modernas, sin excluir a la rusa, no han sido la consecuencia del desarrollo económico sino precisamente de la ausencia de desarrollo. Ninguna de ellas estalló porque existiese una contradicción insalvable entre el sistema de producción industrial y el sistema de propiedad capitalista. Al contrario: en esos países la contradicción atravesaba por su fase inicial y, por tanto, era social e históricamente productiva. Los resultados de esos movimientos fueron también paradójicos. En Rusia (me serviré del ejemplo soviético por ser el más claro) se saltó de un incipiente capitalismo industrial al sistema de propiedad estatal. Al suprimir la etapa de la libre concurrencia, se evitó el desempleo, los monopolios y otras calamidades del capitalismo. Al mismo tiempo, se pasó por alto, literalmente, la contrapartida política y social del capitalismo: el sindicalismo libre y la democracia. Ahora bien, si no fue una consecuencia del desarrollo, el socialismo ha sido un método para impulsarlo. Por tanto, no ha tenido más remedio que aceptar la ley férrea del desarrollo: el ahorro, la acumulación de capital (llamada, púdicamente: «acumulación del capital socialista»). Toda acumulación entraña expropiación de la plusvalía y explotación de los trabajadores; la diferencia entre la acumulación capitalista y la «socialista» ha sido que, en el primer caso, los obreros pudieron asociarse y defenderse en tanto que en el segundo, por la ausencia de instituciones democráticas, fueron (y son) explotados con toda libertad por sus «representantes». El socialismo, que había dejado de ser sinónimo de razón histórica, también ha cesado de serlo de justicia. Ha perdido su dignidad filosófica y su halo moral. Las llamadas «leyes históricas» se han evaporado. En el mejor y más generoso de estos ejemplos (Cuba), la revuelta no es hija de la «razón histórica» sino que es una tentativa de la «razón moral» por imponerse sobre la irracionalidad de la historia[1]. La racionalidad inherente al proceso histórico se revela al fin como un mito más. Mejor dicho: como una variación del mito del tiempo lineal.

La concepción lineal de la historia contiene una triple exigencia. La primera es la unidad de tiempo: un presente lanzado siempre hacia el futuro. La segunda es una trama única: la historia universal, se considere a ésta como la manifestación del Absoluto en el tiempo, la expresión de la lucha de clases o cualquiera otra hipótesis semejante. La tercera es la acción continua de un personaje también único: la humanidad y sus máscaras sucesivas y transitorias. Las revueltas y rebeliones del siglo XX han revelado que el personaje de la historia es plural y que es irreductible a la noción de

---

[1]. Pronto el régimen cubano abandonó el «voluntarismo» moral que ejemplificó Guevara y se convirtió en una dictadura burocrática. (*Nota de 1971*.)

*lucha de clases* tanto como a la sucesión progresiva y lineal de civilizaciones (los egipcios, los griegos, los romanos, etc.). La pluralidad de protagonistas ha mostrado, además, que la trama de la historia también es plural: no es una línea única sino muchas y no todas ellas rectas. Pluralidad de personajes y pluralidad de tiempos en marcha hacia muchos *dóndes*, no todos situados en un futuro que se desvanece apenas lo tocamos.

El ocaso del futuro es un fenómeno que se manifiesta, naturalmente, ahí donde brilló como un verdadero sol: la sociedad occidental moderna. Daré dos ejemplos de su declinación: la crisis de la noción de *vanguardia* en la esfera del arte y la violenta irrupción de la sexualidad. La forma extrema de la modernidad en arte es la destrucción del objeto; esta tendencia, que se inició como una crítica de la noción de *obra de arte*, culmina ahora en una negación de la noción misma de *arte*. El círculo se cierra, el arte deja de ser «moderno»: es un presente instantáneo. En cuanto a la sexualidad y al tiempo: el cuerpo nunca ha creído en el progreso, su religión no es el futuro sino el hoy. La emergencia del presente como el valor central es visible en muchas zonas de la sensibilidad contemporánea: es un fenómeno ubicuo. No obstante, se dibuja con mayor nitidez en el movimiento de rebeldía juvenil. Si la revuelta de las naciones subdesarrolladas niega las previsiones del pensamiento revolucionario sobre la lógica de la historia y sobre el sujeto histórico universal de nuestro tiempo (el proletariado), la rebelión juvenil destrona la primacía del futuro y desacredita los supuestos tanto del mesianismo revolucionario como del evolucionismo liberal: lo que apasiona a los jóvenes no es el progreso de la entelequia llamada humanidad sino la realización de cada vocación humana concreta, aquí y ahora mismo.

La universalidad de la rebelión juvenil es el verdadero signo de los tiempos: *la señal del cambio de tiempo*. Cierto, esa universalidad no debe hacernos olvidar que el movimiento de la juventud tiene un sentido distinto en cada país: negación de la sociedad de abundancia y oposición al imperialismo, la discriminación racial y la guerra en los Estados Unidos y en Europa occidental; lucha por una sociedad democrática, contra la opresión de las burocracias comunistas y contra la injerencia soviética, en los países «socialistas» del Este europeo; oposición contra el imperialismo yanqui y los opresores locales, en América Latina. Pero estas diferencias, así como otras que no menciono porque no vienen al caso, no empañan el hecho decisivo: el estilo de la rebelión juvenil consiste en poner en entredicho a las instituciones y sistemas morales y sociales vigentes en Occidente. Todas esas instituciones y sistemas constituyen lo que se llama la *modernidad* por oposición al mundo medieval. Todas ellas son hijas del tiempo lineal y todas son negadas ahora. La negación no viene del pasado sino del presente. La doble crisis del marxismo y de la ideología del capitalismo liberal y democrático posee la misma significación que la revuelta del mundo subdesarrollado y la rebelión juvenil: son expresiones del fin del tiempo lineal.

Al crepúsculo de la idea de *revolución* corresponde la rapidez con que, a diferencia de las antiguas religiones, los movimientos revolucionarios se transforman en sistemas rígidos. La mejor definición que conozco de este proceso es de un guerrillero de Michoacán: «todas las revoluciones degeneran en gobiernos». La situación del otro heredero del cristianismo, el arte, no es mejor. Pero su postración no es consecuencia de la rigidez intolerante de un sistema sino de la promiscuidad de tendencias y maneras. El arte vive y muere de su enfermedad congénita: el estilo. No hay arte que no engendre un estilo y no hay estilo que no termine por matar al arte. Al insertar la idea de la *revolución* en el arte, nuestra época ha creado una pluralidad de estilos y pseudoestilos. Esta abundancia se resuelve en otra abundancia: la de estilos muertos apenas nacidos. Las escuelas proliferan y se propagan como una mancha fungosa hasta que su misma abundancia acaba por borrar las diferencias entre una y otra tendencia; los movimientos duran lo que duran los insectos: unas cuantas horas; la estética de la novedad, la sorpresa y el cambio se resuelve en imitación, tedio y repetición... ¿Qué nos queda? En primer término, el arma de los moribundos: el humor. Como dijo aquel poeta irlandés, Patrick Kavanagh, al médico que lo visitaba: *I'm afraid I'm not going to die...* Nos queda mofarnos de la muerte y así conjurarla. Nos queda volver a empezar.

En la rebelión juvenil me exalta, más que la generosa pero nebulosa política, la reaparición de la pasión como una realidad magnética. No estamos frente a una nueva rebelión de los sentidos, a pesar de que el erotismo no está ausente de ella, sino ante una explosión de las emociones y los sentimientos. Una búsqueda del signo *cuerpo* no como cifra del placer (aunque no debemos tenerle miedo a la palabra *placer*: es hermosa en todas las lenguas) sino como un imán que atrae a todas las fuerzas contrarias que nos habitan. Punto de reconciliación del hombre con los otros y consigo mismo; asimismo, punto de partida, más allá del *cuerpo*, hacia lo *otro*. Los muchachos descubren los valores que encendieron a figuras tan opuestas como Blake y Rousseau, Novalis y Breton: la espontaneidad, la negación de la sociedad artificial y sus jerarquías, la fraternidad no sólo con los hombres sino con la naturaleza, la capacidad para entusiasmarse y también para indignarse, la facultad maravillosa –la facultad de maravillarse. En una palabra: el corazón. En este sentido su rebelión es distinta a las que la precedieron en este siglo, con la excepción de la de los surrealistas. La tradición de estos jóvenes es más poética y religiosa que filosófica y política; como el romanticismo, con el que tiene más de una analogía, su rebelión no es tanto una disidencia intelectual, una heterodoxia, como una herejía pasional, vital, libertaria. Cierto, con frecuencia la ideología juvenil es una simplificación y una reducción acrítica de la tradición revolucionaria de Occidente, ella misma escolástica e intolerante. La infección del espíritu de sistema ha alcanzado a muchos grupos que postulan con arrogancia tesis autoritarias y obscurantistas como el maoísmo y otros fanatismos teológicos. Abrazar como filosofía política el «marxismo a la china» e intentar aplicarlo a las sociedades industriales de Occidente es, a un tiempo, grotesco y desolador. Pero no es la ideología de los jóvenes sino su actitud abierta, su sensibilidad más que su pensamiento, lo que, si no me convence, me conmueve. Creo que en ellos y por ellos despunta, así sea obscura y confusamente, otra posibilidad de Occidente, algo no previsto por los ideólogos y que sólo unos cuantos poetas vislumbraron. Algo todavía sin forma como un mundo que amanece. ¿O es una ilusión nuestra y esos disturbios son los últimos fulgores de una esperanza que se apaga?

Oír a cualquier actor o testigo presencial de la revuelta juvenil de mayo de 1968 en París es una experiencia que pone a prueba nuestra capacidad de juzgar con objetividad. En todos los relatos que he escuchado aparece una nota sorprendente: la tonalidad a un tiempo apasionada y desinteresada de la revuelta como si la acción se confundiese con la representación: el motín convertido en una fiesta y la discusión política en una ceremonia colindante en un extremo con el teatro épico y en el otro con la confesión pública. El secreto de la fascinación que ejerció el movimiento sobre todos aquellos que, inclusive como espectadores, se acercaron a sus manifestaciones, residió en su tentativa por unir la política, el arte y el erotismo. Fusión de la pasión privada y la pasión pública, continuo flujo y reflujo entre lo maravilloso y lo cotidiano, el acto vivido como una representación estética, conjunción de la acción y su celebración. Reunión del hombre con su imagen: los reflejos del espejo resueltos en otro *cuerpo* luminoso. Experiencia de la verdadera conversión: no únicamente un cambio de ideas sino de sensibilidad; más que un cambio del ser, un *volver a ser*. Una revelación social y psíquica que por unos cuantos días ensanchó los límites de la realidad y extendió el dominio de lo posible. El regreso al origen, al principio del principio: ser uno mismo al estar con todos. Recuperación de la palabra: mis palabras son tuyas, hablar contigo es hablar conmigo. Reaparición de todo aquello –la comunión, la transfiguración, la transformación del agua en vino y de la palabra en *cuerpo*– que las religiones reclaman como suyo pero que es anterior a ellas y que constituye la otra dimensión del hombre, su otra mitad y su reino perdido. El hombre, perpetuamente expulsado, arrojado al tiempo y en búsqueda de *otro* tiempo –un tiempo prohibido, inaccesible: el ahora. No la eternidad de las religiones sino la incandescencia del instante: consumación y abolición de las fechas. ¿Cuál es la vía de entrada a ese presente? André Breton habló alguna vez de la posibilidad de insertar en la vida moderna un *sagrado extrarreligioso*, compuesto por el triángulo del amor, la poesía y la rebelión. Ese *sagrado* no puede emerger sino del fondo de una experiencia colectiva. La sociedad debe manifestarlo, encarnarlo, vivirlo y, así, vivirse, consumarse. La revuelta como camino hacia la Iluminación. Aquí y ahora: salto a la otra orilla.

Nostalgia de la Fiesta. Pero la Fiesta es una manifestación del tiempo cíclico del mito, es un presente que regresa, en tanto que nosotros vivimos en el tiempo lineal y profano del progreso y de la historia. Tal vez la revuelta juvenil no ha sido sino una Fiesta vacía, el llamamiento, la invocación de un acontecimiento siempre futuro y que jamás se hará presente –jamás será. O tal vez fue una conmemoración: la revolución no aparece ya como la elusiva inminencia del futuro sino como un pasado al que no podemos volver y tampoco abandonar. En uno u otro caso no está aquí, sino allá, siempre allá. Poseída por la memoria de su futuro o de su pasado, por lo que fue o lo que pudo ser –no, no poseída: deshabitada, vacía: huérfana de su origen y de su futuro– la sociedad los mima. Al mimarlos, los exorciza: durante unas semanas se niega a sí misma en las blasfemias y los sacrilegios de su juventud para luego afirmarse más completa y cabalmente en la represión. Magia mimética. Víctima ungida por el prestigio ambiguo de la profanación, la juventud es el chivo expiatorio de la ceremonia: en ella, después de haberse autoprofanado, la sociedad se castiga a sí misma. Profanación y castigo simbólicos: todo es una representación inclusive si, como ocurrió el 2 de octubre de 1968 en la plaza de Tlatelolco en México, la ceremonia moderna evoca (repite) el rito azteca: varios cientos de muchachos y muchachas inmolados, sobre las ruinas de una pirámide, por el ejército y la policía. La literalidad del rito –la realidad del sacrificio– subraya atrozmente el carácter irreal y expiatorio de la represión: el régimen mexicano castigó en los jóvenes a su propio pasado revolucionario. Pero no es ésta la ocasión para tratar el caso de México... Lo que me interesa destacar ahora es un fenómeno no menos universal que la revuelta de estudiantes: la actitud de la clase obrera y de los partidos que la representan o dicen representarla.

En todos los casos y en todos los países los obreros no han participado en el movimiento, excepto como aliados momentáneos y a *contre-cœur*. Indiferencia difícilmente explicable, salvo si aceptamos una de estas dos hipótesis: o la clase obrera no es una clase revolucionaria o la revuelta juvenil no se inscribe dentro del cuadro clásico de la lucha de clases (apenas sería uno de sus epifenómenos). En verdad, estas dos explicaciones son una y la misma: si la clase obrera no es revolucionaria y, no obstante, lejos de atenuarse, se agudizan los conflictos y las luchas sociales; si, además, el recrudecimiento de estas luchas no coincide con una crisis económica sino con un período de abundancia; si, por último, no ha aparecido una nueva clase mundial y explotada que substituya al proletariado en su misión revolucionaria... es evidente que la teoría de la lucha de clases no puede dar cuenta de los fenómenos contemporáneos. Debemos buscar otro principio, otra explicación. Algunos me dirán que los países subdesarrollados son el nuevo proletariado. Casi es ocioso replicar: ni es nuevo el fenómeno de la dependencia colonial ni esos países constituyen una clase; por tal razón y, asimismo, por su heterogeneidad social, económica e histórica, no tienen ni pueden elaborar programas y planes universales como los de una clase, un partido o una Iglesia internacionales. En cuanto a la juventud: ninguna argucia dialéctica o artificio de la imaginación podrá transformarla en una clase social. De ahí que, desde el punto de vista de las doctrinas revolucionarias, lo que resulta realmente poco explicable es la actitud de los jóvenes: nada tienen que ganar, ninguna filosofía los ha nombrado agentes de la historia y no expresan a ningún principio histórico universal. Extraña situación: son ajenos al drama real de la historia como el corderillo bíblico era ajeno al diálogo entre Jehová y Abraham. La extrañeza desaparece si se advierte que, como la totalidad del rito, la víctima es una representación, mejor dicho: una hipóstasis de las antiguas clases revolucionarias.

El mundo moderno nació con la revolución democrática de la burguesía que nacionalizó y colectivizó, por decirlo así, a la política. Al abrir a la colectividad una esfera que hasta entonces había sido el dominio cerrado de unos cuantos, se pensó que la politización general (la democracia) tendría como consecuencia inmediata la distribución del poder entre todos. Aunque la democracia, por el artificio de los partidos y por la manipulación de los medios de información, se ha convertido en un método de unos pocos para controlar y atesorar poder, nos habitan los fantasmas de la democracia revolucionaria: todos esos principios, creencias, ideas y formas de vivir y sentir que dieron origen a nuestro mundo. Nostalgia y remordimiento. De ahí, probablemente, que la sociedad celebre costosos y a veces sangrientos rituales revolucionarios. La ceremonia conmemora una ausencia o, más exactamente, convoca, conjura y castiga, todo junto, a una Ausente. La Ausente tiene un nombre público y otro nombre secreto: el primero es Revolución y alude al tiempo lineal de la historia; el otro es Fiesta y evoca al tiempo circular del mito. Son uno y el mismo: la Revolución que vuelve es la Fiesta, el principio del principio que regresa. Sólo que no vuelve realmente: todo es pantomima y, al otro día, ayuno y penitencia. Fiesta de la diosa razón –sin Robespierre ni guillotina pero con gases lacrimógenos y televisión. La Revuelta como orgía verbal, saturnal de lugares comunes. Náuseas de la Fiesta.

¿O la rebelión juvenil es un indicio más de que vivimos un *fin de los tiempos*? Ya dije mi creencia: el tiempo moderno, el tiempo lineal, homólogo de las ideas de progreso e historia, siempre lanzado hacia el futuro; el tiempo del signo *no-cuerpo*, empeñado en dominar a la naturaleza y domeñar a los instintos, el tiempo de la sublimación, la agresión y la automutilación: nuestro tiempo –se acaba. Creo que entramos en otro tiempo, un tiempo que aún no revela su forma y del que no podemos decir nada excepto que no será ni tiempo lineal ni cíclico. Ni historia ni mito. El tiempo que vuelve, si es que efectivamente vivimos una vuelta de los tiempos, una revuelta general, no será ni un futuro ni un pasado sino un presente. Al menos esto es lo que, obscuramente, reclaman las rebeliones contemporáneas. Tampoco piden algo distinto el arte y la poesía, aunque a veces lo ignoren los artistas y los poetas. El regreso del presente: el tiempo que viene se define por un *ahora* y un *aquí*. Por eso es una negación del signo *no-cuerpo* en todas sus versiones occidentales, sean religiosas o ateas, filosóficas o políticas, materialistas o idealistas. El presente no nos proyecta en ningún más allá –abigarradas eternidades del otro mundo o paraísos abstractos del fin de la historia– sino en la médula, el centro invisible del tiempo: aquí y ahora. Tiempo carnal, tiempo mortal: *el presente no es inalcanzable, el presente no es un territorio prohibido*. ¿Cómo tocarlo, cómo penetrar en su corazón transparente? No lo sé y creo que nadie lo sabe... Tal vez la alianza de poesía y rebelión nos dará la visión. En su conjunción veo la posibilidad del regreso del signo *cuerpo*: la encarnación de las imágenes, el regreso de la figura humana, radiante e irradiante de símbolos. Si la rebelión contemporánea (y no pienso únicamente en la de los jóvenes) no se disipa en una sucesión de algaradas o no degenera en sistemas autoritarios y cerrados, si articula su pasión en la imaginación poética, en el sentido más libre y ancho de la palabra *poesía*, nuestros ojos incrédulos serán testigos del despertar y vuelta a nuestro abyecto mundo de esa realidad, corporal y espiritual, que llamamos «presencia amada». Entonces el amor dejará de ser la experiencia aislada de un individuo o una pareja, una excepción o un escándalo... Por primera y última vez aparecen en estas reflexiones la palabra *presencia* y la palabra *amor*. Fueron la semilla de Occidente, el origen de nuestro arte y de nuestra poesía. En ellas está el secreto de nuestra resurrección.

*Delhi, septiembre a octubre de 1968;*
*Pittsburgh y Chatham, julio a agosto de 1969*

*Conjunciones y disyunciones* se publicó en México, Joaquín Mortiz, 1969.

# III
# LA LLAMA DOBLE

Amor y erotismo

## *Liminar*

¿Cuándo se comienza a escribir un libro? ¿Cuánto tiempo tardamos en escribirlo? Preguntas fáciles en apariencia, arduas en realidad. Si me atengo a los hechos exteriores, comencé estas páginas en los primeros días de marzo de este año y lo terminé al finalizar abril: dos meses. La verdad es que comencé en mi adolescencia. Mis primeros poemas fueron poemas de amor y desde entonces este tema aparece constantemente en mi poesía. Fui también un ávido lector de tragedias y comedias, novelas y poemas de amor, de los cuentos de *Las mil noches y una noche* a *Romeo y Julieta* y *La cartuja de Parma*. Esas lecturas alimentaron mis reflexiones e iluminaron mis experiencias. En 1960 escribí medio centenar de páginas sobre Sade, en las que procuré trazar las fronteras entre la sexualidad animal, el erotismo humano y el dominio más restringido del amor. No quedé enteramente satisfecho pero aquel ensayo me sirvió para darme cuenta de la inmensidad del tema. Hacia 1965 vivía yo en la India; las noches eran azules y eléctricas como las del poema que canta los amores de Krishna y Radha. Me enamoré. Entonces decidí escribir un pequeño libro sobre el amor que, partiendo de la conexión íntima entre los tres dominios –el sexo, el erotismo y el amor–, fuese una exploración del sentimiento amoroso. Hice algunos apuntes. Tuve que detenerme: quehaceres inmediatos me reclamaron y me obligaron a aplazar el proyecto. Dejé la India y unos diez años después, en los Estados Unidos, escribí un ensayo acerca de Fourier, en el que volví sobre algunas de las ideas esbozadas en mis apuntes. Otras preocupaciones y trabajos, nuevamente, se interpusieron. Mi proyecto se alejaba más y más. No lo podía olvidar pero tampoco me sentía con ánimos para ejecutarlo.

Pasaron los años. Seguí escribiendo poemas que, con frecuencia, eran poemas de amor. En ellos aparecían, como frases musicales recurrentes –también como obsesiones–, imágenes que eran la cristalización de mis reflexiones. No le será difícil a un lector que haya leído un poco mis poemas encontrar puentes y correspondencias entre ellos y estas páginas. Para mí la poesía y el pensamiento son un sistema de vasos comunicantes. La fuente de ambos es mi vida: escribo sobre lo que he vivido y vivo. Vivir es también pensar y, a veces, atravesar esa frontera en la que sentir y pensar se funden: la poesía. Mientras tanto, el papel en que había garrapateado mis notas de la India se volvió amarillento y algunas páginas se perdieron en las mudanzas y en los viajes. Abandoné la idea de escribir el libro.

En diciembre pasado, al reunir algunos textos para este volumen de mis Obras Completas, recordé aquel libro tantas veces pensado y nunca escrito. Más que pena, sentí vergüenza: no era un olvido sino una traición. Pasé algunas noches en vela, roído por los remordimientos. Sentí la necesidad de volver sobre mi idea y realizarla. Pero me detenía: ¿no era un poco ridículo, al final de mis días, escribir un libro sobre el amor? ¿O era un adiós, un testamento? Moví la cabeza, pensando que Quevedo, en mi lugar, habría aprovechado la ocasión para escribir un soneto satírico. Procuré pensar en otras cosas; fue inútil: la idea del libro no me dejaba. Transcurrieron varias semanas de dudas. De pronto, una mañana, me lancé a escribir con una suerte de alegre desesperación. A medida que avanzaba, surgían nuevas vistas. Había pensado en un ensayo de unas cien páginas y el texto se alargaba más y más con imperiosa espontaneidad hasta que, con la misma naturalidad y el mismo imperio, dejó de fluir. Me froté los ojos: había escrito un libro. Mi promesa estaba cumplida.

Este libro tiene una relación íntima con un poema que escribí hace unos pocos años: *Carta de creencia*. La expresión designa a la carta que llevamos con nosotros para ser creídos por personas desconocidas; en este caso, la mayoría de mis lectores. También puede interpretarse como una carta que contiene una declaración de nuestras creencias. Al menos, ése es el sentido que yo le doy. Repetir un título es feo y se presta a confusión. Por esto preferí otro título, que, además, me gusta: *La llama doble*. Según el *Diccionario de autoridades* la llama es «la parte más sutil del fuego, que se eleva y levanta a lo alto en figura piramidal». El fuego original y primordial, la sexualidad, levanta la llama roja del erotismo y ésta, a su vez, sostiene y alza otra llama, azul y trémula: la del amor. Erotismo y amor: la llama doble de la vida.

*México, a 4 de mayo de 1993*

## Los reinos de Pan

La realidad sensible siempre ha sido para mí una fuente de sorpresas. También de evidencias. En un lejano artículo de 1940 aludí a la poesía como «el testimonio de los sentidos». Testimonio verídico: sus imágenes son palpables, visibles y audibles. Cierto, la poesía está hecha de palabras enlazadas que despiden reflejos, visos y cambiantes: ¿lo que nos enseña son realidades o espejismos? Rimbaud dijo: *Et j'ai vu quelquefois ce que l'homme a cru voir*. Fusión de *ver* y *creer*. En la conjunción de estas dos palabras está el secreto de la poesía y el de sus testimonios: aquello que nos muestra el poema no lo vemos con nuestros ojos de carne sino con los del espíritu. La poesía nos hace tocar lo impalpable y escuchar la marea del silencio cubriendo un paisaje devastado por el insomnio. El testimonio poético nos revela otro mundo dentro de este mundo, el mundo *otro* que es este mundo. Los sentidos, sin perder sus poderes, se convierten en servidores de la imaginación y nos hacen oír lo inaudito y ver lo imperceptible. ¿No es esto, por lo demás, lo que ocurre en el sueño y en el encuentro erótico? Lo mismo al soñar que en el acoplamiento, abrazamos fantasmas. Nuestra pareja tiene cuerpo, rostro y nombre pero su realidad real, precisamente en el momento más intenso del abrazo, se dispersa en una cascada de sensaciones que, a su vez, se disipan. Hay una pregunta que se hacen todos los enamorados y en ella se condensa el misterio erótico: ¿quién eres? Pregunta sin respuesta... Los sentidos son y no son de este mundo. Por ellos, la poesía traza un puente entre el *ver* y el *creer*. Por ese puente la imaginación cobra cuerpo y los cuerpos se vuelven imágenes.

La relación entre erotismo y poesía es tal que puede decirse, sin afectación, que el primero es una poética corporal y que la segunda es una erótica verbal. Ambos están constituidos por una oposición complementaria. El lenguaje –sonido que emite sentidos, trazo material que denota ideas incorpóreas– es capaz de dar nombre a lo más fugitivo y evanescente: la sensación; a su vez, el erotismo no es mera sexualidad animal: es ceremonia, representación. El erotismo es sexualidad transfigurada: metáfora. El agente que mueve lo mismo al acto erótico que al poético es la imaginación. Es la potencia que transfigura al sexo en ceremonia y rito, al lenguaje en ritmo y metáfora. La imagen poética es abrazo de realidades opuestas y la rima es cópula de sonidos; la poesía erotiza al lenguaje y al mundo porque ella misma, en su modo de operación, es ya erotismo. Y del mismo modo: el erotismo es una metáfora de la sexualidad animal. ¿Qué dice esa metáfora? Como todas las metáforas, designa algo que está más allá de la realidad que la origina, algo nuevo y distinto de los términos que la componen. Si Góngora dice «púrpura nevada», inventa o descubre una realidad que, aunque hecha de ambas, no es sangre ni nieve. Lo mismo sucede con el erotismo: dice o, más bien: *es*, algo diferente a la mera sexualidad.

Aunque las maneras de acoplarse son muchas, el acto sexual dice siempre lo mismo: reproducción. El erotismo es sexo en acción pero, ya sea porque la desvía o la niega, suspende la finalidad de la función sexual. En la sexualidad, el placer sirve a la procreación; en los rituales eróticos el placer es un fin en sí mismo o tiene fines distintos a la reproducción. La esterilidad no sólo es una nota frecuente del erotismo sino que en ciertas ceremonias es una de sus condiciones. Una y otra vez los textos gnósticos y tántricos hablan del semen retenido por el oficiante o derramado en el altar. En la sexualidad la violencia y la agresión son componentes necesariamente ligados a la copulación y, así, a la reproducción; en el erotismo, las tendencias agresivas se emancipan, quiero decir: dejan de servir a la procreación, y se vuelven fines autónomos. En suma, la metáfora sexual, a través de sus infinitas variaciones, dice siempre *reproducción*; la metáfora erótica, indiferente a la perpetuación de la vida, pone entre paréntesis a la reproducción.

La relación de la poesía con el lenguaje es semejante a la del erotismo con la sexualidad. También en el poema –cristalización verbal– el lenguaje se desvía de su fin natural: la comunicación. La disposición lineal es una característica básica del lenguaje; las palabras se enlazan una tras otra de modo que el habla puede compararse a una vena de agua corriendo. En el poema, la linealidad se tuerce, vuelve sobre sus pasos, serpea: la línea recta cesa de ser el arquetipo en favor del círculo y la espiral. Hay un momento en que el lenguaje deja de deslizarse y, por decirlo así, se levanta y se mece sobre el vacío; hay otro en el que cesa de fluir y se transforma en un sólido transparente –cubo, esfera, obelisco– plantado en el centro de la página. Los significados se congelan o se dispersan; de una y otra manera, se niegan. Las palabras no dicen las mismas cosas que en la prosa; el poema no aspira ya a decir sino a ser. La poesía pone entre paréntesis a la comunicación como el erotismo a la reproducción.

Ante los poemas herméticos nos preguntamos perplejos: ¿qué dicen? Si leemos un poema más simple, nuestra perplejidad desaparece, no nuestro asombro: ¿ese lenguaje límpido –agua, aire– es el mismo en que están escritos los libros de sociología y los periódicos? Después, superado el asombro, no el encantamiento, descubrimos que el poema nos propone otra clase de comunicación, regida por leyes distintas a las del intercambio de noticias e informaciones. El lenguaje del poema es el lenguaje de todos los días y, al mismo tiempo, ese lenguaje dice cosas distintas a las que todos decimos. Ésta es la razón del recelo con que han visto a la poesía mística todas las Iglesias. San Juan de la Cruz no quería decir nada que se apartase de las enseñanzas de la Iglesia; no obstante, sin quererlo, sus poemas decían otras cosas. Los ejemplos podrían multiplicarse. La peligrosidad de la poesía es inherente a su ejercicio y es constante en todas las épocas y en todos los poetas. Hay siempre una hendedura entre el decir social y el poético: la poesía es la *otra* voz, como he dicho en otro escrito. Por esto es, a un tiempo, natural y turbadora su correspondencia con los aspectos del erotismo, negros y blancos, a que he aludido antes. Poesía y erotismo nacen de los sentidos pero no terminan en ellos. Al desplegarse, inventan configuraciones imaginarias: poemas y ceremonias.

No me propongo detenerme en las afinidades entre la poesía y el erotismo. En otras ocasiones he explorado el tema; ahora lo he evocado sólo como una introducción a un asunto distinto, aunque íntimamente asociado a la poesía: el amor. Ante todo, hay que distinguir al amor, propiamente dicho, del erotismo y de la sexualidad. Hay una relación tan íntima entre ellos que con frecuencia se les confunde. Por ejemplo, a veces hablamos de la vida sexual de fulano o de mengana pero en realidad nos referimos a su vida erótica. Cuando Swann y Odette hablaban de *faire cattleya* no se referían simplemente a la copulación; Proust lo señala: «aquella manera particular de decir *hacer el amor* no significaba para ellos exactamente lo mismo que sus sinónimos». El acto erótico se desprende del acto sexual: es sexo y es otra cosa. Además, la palabra talismán, *cattleya*, tenía un sentido para Odette y otro para Swann: para ella designaba cierto placer erótico con cierta persona y para él era el nombre de un sentimiento terrible y doloroso: el amor que sentía por Odette. No es extraña la confusión: sexo, erotismo y amor son aspectos del mismo fenómeno, manifestaciones de lo que llamamos vida. El más antiguo de los tres, el más amplio y básico, es el sexo. Es la fuente primordial. El erotismo y el amor son formas derivadas del instinto sexual: cristalizaciones, sublimaciones, perversiones y condensaciones que transforman a la sexualidad y la vuelven, muchas veces, incognoscible. Como en el caso de los círculos concéntricos, el sexo es el centro y el pivote de esta geometría pasional.

El dominio del sexo, aunque menos complejo, es el más vasto de los tres. Sin embargo, a pesar de ser inmenso, es apenas una provincia de un reino aún más grande: el de la materia animada. A su vez, la materia viva es sólo una parcela del universo. Es muy probable, aunque no lo sabemos a ciencia cierta, que en otros sistemas solares de otras galaxias existan planetas con vida parecida a la nuestra; ahora bien, por más numerosos que pudiesen ser esos planetas, la vida seguiría siendo una ínfima parte del universo, una excepción o singularidad. Tal como lo concibe la ciencia moderna, y hasta donde nosotros, los legos, podemos comprender a los cosmólogos y a los físicos, el universo es un conjunto de galaxias en perpetuo movimiento de expansión. Cadena de excepciones: las leyes que rigen al movimiento del universo macrofísico no son, según parece, enteramente aplicables al universo de las partículas elementales. Dentro de esta gran división, aparece otra: la de la materia animada. La segunda ley de la termodinámica, la tendencia a la uniformidad y la entropía, cede el sitio a un proceso inverso: la individuación evolutiva y la incesante producción de especies nuevas y de organismos diferenciados. La flecha de la biología parece disparada en sentido contrario al de la flecha de la física. Aquí surge otra excepción: las células se multiplican por gemación, esporulación y otras modalidades, o sea por partenogénesis o autodivisión, salvo en un islote en el que la reproducción se realiza por la unión de células de distinto sexo (gametos). Este islote es el de la sexualidad, y su dominio, más bien reducido, abarca al reino animal y a ciertas especies del reino vegetal. El género humano comparte con los animales y con ciertas plantas la necesidad de reproducirse por el método del acoplamiento y no por el más simple de la autodivisión.

Una vez delimitadas, en forma sumaria y grosera, las fronteras de la sexualidad, podemos trazar una línea divisoria entre ésta y el erotismo. Una línea sinuosa y no pocas veces violada, sea por la irrupción violenta del instinto sexual o por las incursiones de la fantasía erótica. Ante todo, el erotismo es exclusivamente humano: es sexualidad socializada y transfigurada por la imaginación y la voluntad de los hombres. La primera nota que diferencia al erotismo de la sexualidad es la infinita variedad de formas en que se manifiesta, en todas las épocas y en todas las tierras. El erotismo es invención, variación incesante; el sexo es siempre el mismo. El protagonista del acto erótico es el sexo o, más exactamente, los sexos. El plural es de rigor porque, incluso en los placeres llamados solitarios, el deseo sexual inventa siempre una pareja imaginaria... o muchas. En todo encuentro erótico hay un personaje invisible y siempre activo: la imaginación, el deseo. En el acto erótico intervienen siempre dos o más, nunca uno. Aquí aparece la primera diferencia entre la sexualidad animal y el erotismo humano: en el segundo, uno o varios de los participantes pueden ser un ente imaginario. Sólo los hombres y las mujeres copulan con íncubos y súcubos.

Las posturas básicas, según los grabados de Giulio Romano, son dieciséis, pero las ceremonias y juegos eróticos son innumerables y cambian continuamente por la acción constante del deseo, padre de la fantasía. El erotismo cambia con los climas y las geografías, con las sociedades y la historia, con los individuos y los temperamentos. También con las ocasiones, el azar y la inspiración del momento. Si el hombre es una criatura «ondulante», el mar en donde se mece está movido por las olas caprichosas del erotismo. Ésta es otra diferencia entre la sexualidad y el erotismo. Los animales se acoplan siempre de la misma manera; los hombres se miran en el espejo de la universal copulación animal; al imitarla, la transforman y transforman su propia sexualidad. Por más extraños que sean los ayuntamientos animales, unos tiernos y otros feroces, no hay cambio alguno en ellos. El palomo zurea y hace la ronda en torno a la hembra, la mantis religiosa devora al macho una vez fecundada, pero esas ceremonias son las mismas desde el principio. Aterradora y prodigiosa monotonía que se vuelve, en el mundo del hombre, aterradora y prodigiosa variedad.

En el seno de la naturaleza el hombre se ha creado un mundo aparte, compuesto por ese conjunto de prácticas, instituciones, ritos, ideas y cosas que llamamos cultura. En su raíz, el erotismo es sexo, naturaleza; por ser una creación y por sus funciones en la sociedad, es cultura. Uno de los fines del erotismo es domar al sexo e insertarlo en la sociedad. Sin sexo no hay sociedad pues no hay procreación; pero el sexo también amenaza a la sociedad. Como el dios Pan, es creación y destrucción. Es instinto: temblor pánico, explosión vital. Es un volcán y cada uno de sus estallidos puede cubrir a la sociedad con una erupción de sangre y semen. El sexo es subversivo: ignora las clases y las jerarquías, las artes y las ciencias, el día y la noche: duerme y sólo despierta para fornicar y volver a dormir. Nueva diferencia con el mundo animal: la especie humana padece una insaciable sed sexual y no conoce, como los otros animales, períodos de celo y períodos de reposo. O dicho de otro modo: el hombre es el único ser vivo que no dispone de una regulación fisiológica y automática de su sexualidad.

Lo mismo en las ciudades modernas que en las ruinas de la Antigüedad, a veces en las piedras de los altares y otras en las paredes de las letrinas, aparecen las figuras del falo y la vulva. Príapo en erección perpetua y Astarté en jadeante y sempiterno celo acompañan a los hombres en todas sus peregrinaciones y aventuras. Por esto hemos tenido que inventar reglas que, a un tiempo, canalicen al instinto sexual y protejan a la sociedad de sus desbordamientos. En todas las sociedades hay un conjunto de prohibiciones y tabúes –también de estímulos e incentivos– destinados a regular y controlar al instinto sexual. Esas reglas sirven al mismo tiempo a la sociedad (cultura) y a la reproducción (naturaleza). Sin esas reglas la familia se desintegraría y con ella la sociedad entera. Sometidos a la perenne descarga eléctrica del sexo, los hombres han inventado un pararrayos: el erotismo. Invención equívoca, como todas las que hemos ideado: el erotismo es dador de vida y de muerte. Comienza a dibujarse ahora con mayor precisión la ambigüedad del erotismo: es represión y es licencia, sublimación y perversión. En uno y otro caso la función primordial de la sexualidad, la reproducción, queda subordinada a otros fines, unos sociales y otros individuales. El erotismo defiende a la sociedad de los asaltos de la sexualidad pero, asimismo, niega a la función reproductiva. Es el caprichoso servidor de la vida y de la muerte.

Las reglas e instituciones destinadas a domar al sexo son numerosas, cambiantes y contradictorias. Es vano enumerarlas: van del tabú del incesto al contrato del matrimonio, de la castidad obligatoria a la legislación sobre los burdeles. Sus cambios desafían a cualquier intento de clasificación que no sea el del mero catálogo: todos los días aparece una nueva práctica y todos los días desaparece otra. Sin embargo, todas ellas están compuestas por dos términos: la *abstinencia* y la *licencia*. Ni una ni otra son absolutas. Es explicable: la salud psíquica de la sociedad y la estabilidad de sus instituciones dependen en gran parte del diálogo contradictorio entre ambas. Desde los tiempos más remotos las sociedades pasan por períodos de castidad o continencia seguidos de otros de desenfreno. Un ejemplo inmediato: la cuaresma y el carnaval. La Antigüedad y el Oriente conocieron también este doble ritmo: la bacanal, la orgía, la penitencia pública de los aztecas, las procesiones cristianas de desagravio, el Ramadán de los musulmanes. En una sociedad secular como la nuestra, los períodos de castidad y de licencia, casi todos asociados al calendario religioso, desaparecen como prácticas colectivas consagradas por la tradición. No importa: se conserva intacto el carácter dual del erotismo, aunque varía su fundamento: deja de ser un mandamiento religioso y cíclico para convertirse en una prescripción de orden individual. Esa prescripción casi siempre tiene un fundamento moral, aunque a veces también acude a la autoridad de la ciencia y la higiene. El miedo a la enfermedad no es menos poderoso que el temor a la divinidad o que el respeto a la ley ética. Aparece nuevamente, ahora despojada de su aureola religiosa, la doble faz del erotismo: fascinación ante la vida y ante la muerte. El significado de la metáfora erótica es ambiguo. Mejor dicho: es plural. Dice muchas cosas, todas distintas, pero en todas ellas aparecen dos palabras: *placer* y *muerte*.

Nueva excepción dentro de la gran excepción que es el erotismo frente al mundo animal: en ciertos casos la abstención y la licencia, lejos de ser relativas y periódicas, son absolutas. Son los extremos del erotismo, su más allá y, en cierto modo, su esencia. Digo esto porque el erotismo es, en sí mismo, deseo: un disparo hacia un más allá. Señalo que el ideal de una absoluta castidad o de una licencia no menos absoluta son realmente ideales; quiero decir, muy pocas veces, tal vez nunca, pueden realizarse completamente. La castidad del monje y de la monja está continuamente amenazada por las imágenes lúbricas que aparecen en los sueños y por las poluciones nocturnas; el libertino, por su parte, pasa por períodos de saciedad y de hartazgo, además de estar sujeto a los insidiosos ataques de la impotencia. Unos son víctimas, durante el sueño, del abrazo quimérico de los íncubos y los súcubos; otros están condenados, durante la vigilia, a atravesar los páramos y desiertos de la insensibilidad. En fin, realizables o no, los ideales de absoluta castidad y de total libertinaje pueden ser colectivos o individuales. Ambas modalidades se insertan en la economía vital de la sociedad, aunque la segunda, en sus casos más extremos, es una tentativa personal por romper los lazos sociales y se presenta como una liberación de la condición humana.

No necesito detenerme en las órdenes religiosas, comunidades y sectas que predican una castidad más o menos absoluta en conventos, monasterios, *ashrams* y otros lugares de recogimiento. Todas las religiones conocen esas cofradías y hermandades. Es más difícil documentar la existencia de comunidades libertinas. A diferencia de las asociaciones religiosas, casi siempre parte de una Iglesia y por tal razón reconocidas públicamente, los grupos libertinos se han reunido casi siempre en lugares apartados y secretos. En cambio, es fácil atestar su realidad social: aparecen en la literatura de todas las épocas, lo mismo en las de Oriente que en las de Occidente. Han sido y son no sólo una realidad social clandestina sino un género literario. Así, han sido y son doblemente reales. Las prácticas eróticas colectivas de carácter público han asumido constantemente formas religiosas. No es necesario, para probarlo, recordar los cultos fálicos del neolítico o las bacanales y saturnales de la Antigüedad grecorromana; en dos religiones marcadamente ascéticas, el budismo y el cristianismo, figura también y de manera preeminente la unión entre la sexualidad y lo sagrado. Cada una de las grandes religiones históricas ha engendrado, en sus afueras o en sus entrañas mismas, sectas, movimientos, ritos y liturgias en las que la carne y el sexo son caminos hacia la divinidad. No podía ser de otro modo: el erotismo es ante todo y sobre todo *sed de otredad*. Y lo sobrenatural es la radical y suprema otredad.

Las prácticas eróticas religiosas sorprenden lo mismo por su variedad como por su recurrencia. La copulación ritual colectiva fue practicada por las sectas tántricas de la India, por los taoístas en China y por los cristianos gnósticos en el Mediterráneo. Lo mismo sucede con la comunión con el semen, un rito de los adeptos del tantrismo, de los gnósticos adoradores de Barbelo y de otros grupos. Muchos de estos movimientos erótico-religiosos, inspirados por sueños milenaristas, unieron la religión, el erotismo y la política; entre otros, los Turbantes Amarillos (taoístas) en China y los anabaptistas de Jean de Leyden en Holanda. Subrayo que en todos esos rituales, con dos o tres excepciones, la reproducción no juega papel alguno, salvo negativo. En el caso de los gnósticos, el semen y la sangre menstrual debían ser ingeridos para reintegrarlos al Gran Todo, pues creían que este mundo era la creación de un demiurgo perverso; entre los tántricos y los taoístas, aunque por razones inversas, la retención del semen era de rigor; en el tantrismo hindú, el semen se derramaba como una oblación. Probablemente éste era también el sentido del bíblico «pecado de Onán». El *coitus interruptus* formaba parte, casi siempre, de aquellos rituales. En suma, en el erotismo religioso se invierte radicalmente el proceso sexual: expropiación de los inmensos poderes del sexo en favor de fines distintos o contrarios a la reproducción.

El erotismo encarna asimismo en dos figuras emblemáticas: la del religioso solitario y la del libertino. Emblemas opuestos pero unidos en el mismo movimiento: ambos niegan a la reproducción y son tentativas de salvación o de liberación personal frente a un mundo caído, perverso, incoherente o irreal. La misma aspiración mueve a las sectas y a las comunidades, sólo que en ellas la salvación es una empresa colectiva –son una sociedad dentro de la sociedad– mientras que el asceta y el libertino son asociales, individuos frente o contra la sociedad. El culto a la castidad, en Occidente, es una herencia del platonismo y de otras tendencias de la Antigüedad para las que el alma inmortal era prisionera del cuerpo mortal. La creencia general era que un día el alma regresaría al Empíreo; el cuerpo volvería a la materia informe. Sin embargo, el desprecio al cuerpo no aparece en el judaísmo, que exaltó siempre los poderes genésicos: *creced y multiplicaos* es el primer mandamiento bíblico. Tal vez por esto y, sobre todo, por ser la religión de la encarnación de Dios en un cuerpo humano, el cristianismo atenuó el dualismo platónico con el dogma de la resurrección de la carne y con el de los «cuerpos gloriosos». Al mismo tiempo, se abstuvo de ver en el cuerpo un camino hacia la divinidad, como lo hicieron otras religiones y muchas sectas heréticas. ¿Por qué? Sin duda por la influencia del neoplatonismo en los Padres de la Iglesia.

En Oriente el culto a la castidad comenzó como un método para alcanzar la longevidad: ahorrar semen era ahorrar vida. Lo mismo sucedía con los efluvios sexuales de la mujer. Cada descarga seminal y cada orgasmo femenino eran una pérdida de vitalidad. En un segundo momento de la evolución de estas creencias, la castidad se convirtió en un método para adquirir, mediante el dominio de los sentidos, poderes sobrenaturales e incluso, en el taoísmo, la inmortalidad. Ésta es la esencia del yoga. A pesar de estas diferencias, la castidad cumple la misma función en Oriente que en Occidente: es una prueba, un ejercicio que nos fortifica espiritualmente y nos permite dar el gran salto de la naturaleza humana a la sobrenatural.

La castidad sólo es un camino entre otros. Como en el caso de las prácticas eróticas colectivas, el *yogi* y el asceta podían servirse de las prácticas sexuales del erotismo, no para reproducirse sino para alcanzar un fin propiamente sobrenatural, sea éste la comunión con la divinidad, el éxtasis, la liberación o la conquista de «lo incondicionado». Muchos textos religiosos, entre ellos algunos grandes poemas, no vacilan en comparar al placer sexual con el deleite extático del místico y con la beatitud de la unión con la divinidad. En nuestra tradición es menos frecuente que en la oriental la fusión entre lo sexual y lo espiritual. Sin embargo, el Antiguo Testamento abunda en historias eróticas, muchas de ellas trágicas e incestuosas; algunas han inspirado textos memorables, como la de Ruth, que le sirvió a Victor Hugo para escribir *Booz endormi*, un poema nocturno en el que «la sombra es nupcial». Pero los textos hindúes son más explícitos. Por ejemplo, el famoso poema sánscrito de Jayadeva, *Gita Govinda*, canta los amores adúlteros del dios Krishna (el Señor Obscuro) con la vaquera Radha. Como en el caso del *Cantar de los cantares*, el sentido religioso del poema es indistinguible de su sentido erótico profano: son dos aspectos de la misma realidad. En los místicos sufíes es frecuente la confluencia de la visión religiosa y la erótica. La comunión se compara a veces con un festín entre dos amantes en el que el vino corre en abundancia. Ebriedad divina, éxtasis erótico.

Aludí más arriba al *Cantar de los cantares* de Salomón. Esta colección de poemas de amor profano, una de las obras eróticas más hermosas que ha creado la palabra poética, no ha cesado de alimentar la imaginación y la sensualidad de los hombres desde hace más de dos mil años. La tradición judía y la cristiana han interpretado esos poemas como una alegoría de las relaciones entre Jehová e Israel o entre Cristo y la Iglesia. A esta confusión le debemos el *Cántico espiritual* de San Juan de la Cruz, uno de los poemas más intensos y misteriosos de la lírica de Occidente. Es imposible leer los poemas del místico español únicamente como textos eróticos o como textos religiosos. Son lo uno, lo otro y algo más, algo sin lo cual no serían lo que son: poesía. La ambigüedad de los poemas de San Juan ha tropezado, en la época moderna, con resistencias y equívocos. Algunos se empeñan en verlos como textos esencialmente eróticos: otros los juzgan sacrílegos. Recuerdo el escándalo del poeta Auden ante ciertas imágenes del *Cántico espiritual*: le parecían una grosera confusión entre la esfera carnal y la espiritual.

La crítica de Auden era más platónica que cristiana. Debemos a Platón la idea del erotismo como un impulso vital que asciende, escalón por escalón, hacia la contemplación del sumo bien. Esta idea contiene otra: la de la paulatina purificación del alma que, a cada paso, se aleja más y más de la sexualidad hasta que, en la cumbre de su ascensión, se despoja de ella enteramente. Pero lo que nos dice la experiencia religiosa –sobre todo a través del testimonio de los místicos– es precisamente lo contrario: el erotismo, que es sexualidad transfigurada por la imaginación humana, no desaparece en ningún caso. Cambia, se transforma continuamente y, no obstante, nunca deja de ser lo que es originalmente: impulso sexual.

En la figura opuesta, la del libertino, no hay unión entre religión y erotismo; al contrario, hay oposición neta y clara: el libertino afirma el placer como único fin frente a cualquier otro valor. El libertino casi siempre se opone con pasión a los valores y a las creencias religiosas o éticas que postulan la subordinación del cuerpo a un fin trascendente. El libertinaje colinda, en uno de sus extremos, con la crítica y se transforma en una filosofía; en el otro, con la blasfemia, el sacrilegio y la profanación, formas inversas de la devoción religiosa. Sade se jactaba de profesar un intransigente ateísmo filosófico pero en sus libros abundan los pasajes de religioso furor irreligioso y en su vida tuvo que enfrentarse a varias acusaciones de sacrilegio e impiedad, como las del proceso de 1772 en Marsella. André Breton me dijo alguna vez que su ateísmo era una creencia; podría decirse también que el libertinaje es una religión al revés. El libertino niega al mundo sobrenatural con tal vehemencia que sus ataques son un homenaje y, a veces, una consagración. Es otra y más significativa la verdadera diferencia entre el anacoreta y el libertino: el erotismo del primero es una sublimación solitaria y sin intermediarios; el del segundo es un acto que requiere, para realizarse, el concurso de un cómplice o la presencia de una víctima. El libertino necesita siempre al *otro* y en esto consiste su condenación: depende de su objeto y es el esclavo de su víctima.

El libertinaje, como expresión del deseo y de la imaginación exasperada, es inmemorial. Como reflexión y como filosofía explícita es relativamente moderno. La curiosa evolución de las palabras *libertinaje* y *libertino* puede ayudarnos a comprender el no menos curioso destino del erotismo en la Edad Moderna. En español *libertino* significó al principio «hijo de liberto» y sólo más tarde designó a una persona disoluta y de vida licenciosa. En francés, la palabra tuvo durante el siglo XVII un sentido afín al de *liberal* y *liberalidad*: generosidad, desprendimiento. Los libertinos, al principio, fueron poetas o, como Cyrano de Bergerac, poetas-filósofos. Espíritus aventureros, fantásticos, sensuales, guiados por la loca imaginación como Théophile de Viau y Tristan L'Hermite. El sentido de ligereza y desenvoltura de la palabra *libertinaje* en el siglo XVIII lo expresa con mucha gracia madame de Sévigné: *Je suis tellement libertine quand j'écris, que le premier tour que je prends règne tout le long de ma lettre.* En el siglo XVIII el libertinaje se volvió filosófico. El libertino fue el intelectual crítico de la religión, las leyes y las costumbres. El deslizamiento fue insensible y la filosofía libertina convirtió al erotismo de pasión en crítica moral. Fue la máscara ilustrada que asumió el erotismo intemporal al llegar a la Edad Moderna. Cesó de ser religión o profanación, y en ambos casos rito, para transformarse en ideología y opinión. Desde entonces el falo y la vulva se han vuelto ergotistas y fiscalizan nuestras costumbres, nuestras ideas y nuestras leyes.

La expresión más total y, literalmente, tajante, de la filosofía libertina fueron las novelas de Sade. En ellas se denuncia a la religión con no menos furia que al alma y al amor. Es explicable. La relación erótica ideal implica, por parte del libertino, un poder ilimitado sobre el objeto erótico, unido a una indiferencia igualmente sin límites sobre su suerte; por parte del «objeto erótico», una complacencia total ante los deseos y caprichos de su señor. De ahí que los libertinos de Sade reclamen siempre la absoluta obediencia de sus víctimas. Estas condiciones nunca se pueden satisfacer; son premisas filosóficas, no realidades psicológicas y físicas. El libertino necesita, para satisfacer su deseo, saber (y para él saber es sentir) que el cuerpo que toca es una sensibilidad y una voluntad que sufren. El libertinaje exige cierta autonomía de la víctima, sin la cual no se produce la contradictoria sensación que llamamos *placer/dolor*. El sadomasoquismo, centro y corona del libertinaje, es asimismo su negación. En efecto, la sensación niega, por un lado, la soberanía del libertino, lo hace depender de la sensibilidad del «objeto»; por el otro, niega también la pasividad de la víctima. El libertino y su víctima se vuelven cómplices a costa de una singular derrota filosófica: se rompe, al mismo tiempo, la infinita impasibilidad del libertino y la infinita pasividad de la víctima. El libertinaje, filosofía de la sensación, postula como fin una imposible insensibilidad: la ataraxia de los antiguos. El libertinaje es contradictorio: busca simultáneamente la destrucción del *otro* y su resurrección. El castigo es que el *otro* no resucita como cuerpo sino como sombra. Todo lo que ve y toca el libertino pierde realidad. Su realidad depende de la de su víctima: sólo ella es real y ella es sólo un grito, un gesto que se disipa. El libertino vuelve fantasma todo lo que toca y él mismo se vuelve sombra entre las sombras.

En la historia de la literatura erótica Sade y sus continuadores ocupan una posición singular. A pesar de la rabiosa alegría con que acumulan sus lóbregas negaciones, son descendientes de Platón, que exaltó siempre al Ser. Descendientes luciferinos: hijos de la luz caída, la luz negra. Para la tradición filosófica Eros es una divinidad que comunica a la obscuridad con la luz, a la materia con el espíritu, al sexo con la idea, al aquí con el allá. Por estos filósofos habla la luz negra, que es la mitad del erotismo: media filosofía. Para encontrar visiones más completas hay que acudir no sólo a los filósofos sino a los poetas y a los novelistas. Reflexionar sobre Eros y sus poderes no es lo mismo que expresarlo; esto último es el don del artista y del poeta. Sade fue un escritor prolijo y pesado, lo contrario de un gran artista; Shakespeare y Stendhal nos dicen más sobre la enigmática pasión erótica y sus sorprendentes manifestaciones que Sade y sus modernos discípulos, encarnizados en transformarla en un discurso filosófico. En los escritos de estos últimos las mazmorras y los lechos de navajas del sadomasoquismo se han convertido en una tediosa cátedra universitaria en la que disputa interminablemente la pareja *placer/dolor*. La superioridad de Freud reside en que supo unir su experiencia de médico con su imaginación poética. Hombre de ciencia y poeta trágico, Freud nos mostró el camino de la comprensión del erotismo: las ciencias biológicas unidas a la intuición de los grandes poetas. Eros es solar y nocturno: todos lo sienten pero pocos lo ven. Fue una presencia invisible para su enamorada Psique por la misma razón que el sol es invisible en pleno día: por exceso de luz. El doble aspecto de Eros, luz y sombra, cristaliza en una imagen mil veces repetida por los poetas de la *Antología griega*: la lámpara encendida en la obscuridad de la alcoba.

Si queremos conocer la faz luminosa del erotismo, su radiante aprobación de la vida, basta con mirar por un instante una de esas figurillas de fertilidad del neolítico: el tallo de arbusto joven, la redondez de las caderas, las manos que oprimen unos senos frutales, la sonrisa extática. O al menos, si no podemos visitarlo, ver alguna reproducción fotográfica de las inmensas figuras de hombres y mujeres esculpidas en el santuario budista de Karli, en la India. Cuerpos como ríos poderosos o como montañas pacíficas, imágenes de una naturaleza al fin satisfecha, sorprendida en ese momento de acuerdo con el mundo y con nosotros mismos que sigue al goce sexual. Dicha solar: el mundo sonríe. ¿Por cuánto tiempo? El tiempo de un suspiro: una eternidad. Sí, el erotismo se desprende de la sexualidad, la transforma y la desvía de su fin, la reproducción; pero ese desprendimiento es también un regreso: la pareja vuelve al mar sexual y se mece en su oleaje infinito y apacible. Allí recobra la inocencia de las bestias. El erotismo es un ritmo: uno de sus acordes es separación, el otro es regreso, vuelta a la naturaleza reconciliada. El más allá erótico está aquí y es ahora mismo. Todas las mujeres y todos los hombres han vivido esos momentos: es nuestra ración de paraíso.

La experiencia que acabo de evocar es la del regreso a la realidad primordial, anterior al erotismo, al amor y al éxtasis de los contemplativos. Este regreso no es huida de la muerte ni negación de los aspectos terribles del erotismo: es una tentativa por comprenderlos e integrarlos a la totalidad. Comprensión no intelectual sino sensible: saber de los sentidos. Lawrence buscó toda su vida ese saber; un poco antes de morir, milagrosa recompensa, nos dejó en un fascinante poema un testimonio de su descubrimiento: el regreso al Gran Todo es el descenso al fondo, al palacio subterráneo de Plutón y de Perséfone, la muchacha que cada primavera vuelve a la tierra. Regreso al lugar del origen, donde muerte y vida se abrazan:

¡Dadme una genciana, una antorcha!
Que la antorcha bífida, azul, de esta flor me guíe
por las gradas obscuras, a cada paso más obscuras,

hacia abajo, donde el azul es negro y la negrura azul,
donde Perséfone, ahora mismo, desciende del helado
   Septiembre
al reino ciego donde el obscuro se tiende sobre la
   obscura,
y ella es apenas una voz entre los brazos plutónicos,
una invisible obscuridad abrazada a la profundidad
   negra,
atravesada por la pasión de la densa tiniebla
bajo el esplendor de las antorchas negras que derraman
sombra sobre la novia perdida y su esposo[1].

---

1. *Bavarian Gentians*. La traducción del fragmento es mía.

## Eros y Psique

Una de las primeras apariciones del amor, en el sentido estricto de la palabra, es el cuento de Eros y Psique que inserta Apuleyo en uno de los libros más entretenidos de la Antigüedad grecorromana: *El asno de oro* (o *Las metamorfosis*). Eros, divinidad cruel y cuyas flechas no respetan ni a su madre ni al mismo Zeus, se enamora de una mortal, Psique. Es una historia, dice Pierre Grimal, «directamente inspirada por el *Fedro*, de Platón: el alma individual (Psique), imagen fiel del alma universal (Venus), se eleva progresivamente, gracias al amor (Eros), de la condición mortal a la inmortalidad divina». La presencia del alma en una historia de amor es, en efecto, un eco platónico y lo mismo debo decir de la búsqueda de la inmortalidad, conseguida por Psique al unirse con una divinidad. De todos modos, se trata de una inesperada transformación del platonismo: la historia es un cuento de amor realista (incluso hay una suegra cruel: Venus), no el relato de una aventura filosófica solitaria. No sé si los que se han ocupado de este asunto hayan reparado en lo que, para mí, es la gran y verdadera novedad del cuento: Eros, un dios, se enamora de una muchacha que es la personificación del alma, Psique. Subrayo, en primer término, que el amor es mutuo y correspondido: ninguno de los dos amantes es un objeto de contemplación para el otro; tampoco son gradas en la escala de la contemplación. Eros quiere a Psique y Psique a Eros; por esto, muy prosaicamente, terminan por casarse. Son innumerables las historias de dioses enamorados de mortales pero en ninguno de esos amores, invariablemente sensuales, figura la atracción por el alma de la persona amada. El cuento de Apuleyo anuncia una visión del amor destinada a cambiar, mil años después, la historia espiritual de Occidente. Otro portento: Apuleyo fue un iniciado en los misterios de Isis y su novela termina con la aparición de la diosa y la redención de Lucio, que había sido transformado en asno para castigarlo por su impía curiosidad. La transgresión, el castigo y la redención son elementos constitutivos de la concepción occidental del amor. Es el tema de Goethe en el *Segundo Fausto*, el de Wagner en *Tristán e Isolda* y el de *Aurélia* de Nerval.

En el cuento de Apuleyo, la joven Psique, castigada por su curiosidad –o sea: por ser la esclava y no la dueña de su deseo–, tiene que descender al palacio subterráneo de Plutón y Proserpina, reino de los muertos pero también de las raíces y los gérmenes: promesa de resurrección. Pasada la prueba, Psique vuelve a la luz y recobra a su amante: Eros el invisible al fin se manifiesta. Tenemos otro texto que termina también con un regreso y que puede leerse como la contrapartida de la peregrinación de Psique. Me refiero a las últimas páginas del *Ulises* de Joyce. Después de vagabundear por la ciudad, los dos personajes, Bloom y Stephen, regresan a la casa de Ulises-Bloom. O sea: a Ítaca, donde los espera Penélope-Molly. La mujer de Bloom es todas las mujeres o, más bien, es la mujer: la fuente perenne, el gran coño, la montaña madre, nuestro comienzo y nuestro fin. Al ver a Stephen, joven poeta, Molly decide que pronto será su amante. Molly no sólo es Penélope sino Venus pero, sin la poesía y sus poderes de consagración, no es ni mujer ni diosa. Aunque Molly es una ignorante, sabe que ella no es nada sin el lenguaje, sin las metáforas sublimes o idiotas del deseo. Por esto se adorna con piropos, canciones y tonadas a la moda como si fuesen collares, aretes y pulseras. La poesía, la más alta y la más baja, es su espejo: al ver su imagen, se adentra en ella, se abisma en su ser y se convierte en un manantial.

Los espejos y su doble: las fuentes, aparecen en la historia de la poesía erótica como emblemas de caída y de resurrección. Como la mujer que en ellas se contempla, las fuentes son agua de perdición y agua de vida; verse en esas aguas, caer en ellas y salir a flote, es volver a nacer. Molly es un manantial y habla sin cesar en un largo soliloquio que es como el inagotable murmullo que mana de una fuente. ¿Y qué dice? Todo ese torrente de palabras es un gran Sí a la vida, un Sí indiferente al bien o al mal, un Sí egoísta, próvido, ávido, generoso, opulento, estúpido, cósmico, un Sí de aceptación que funde y confunde en su monótono fluir al pasado, al presente y al futuro, a lo que fuimos y somos y seremos, todo junto y todos juntos en una gran exclamación como un oleaje que alza, hunde y revuelve a todos en un todo sin comienzo ni fin:

> Sí el mar carmesí a veces como el fuego y las gloriosas puestas de sol y las higueras en los jardines de la Alameda sí y todas las extrañas callejuelas y las casas rosadas y azules y amarillas y los jardines de rosas y de jazmines y de geranios y de cactos y Gibraltar cuando yo era chica y donde yo era una Flor de la Montaña sí cuando me puse la rosa en el cabello como hacían las chicas andaluzas o me pondré una colorada sí y cómo me besó bajo la pared morisca y yo pensé bueno tanto da él como otro y después le pedí con los ojos que me lo preguntara otra vez y después él me preguntó si yo quería sí para que dijera sí mi flor de la montaña y yo primero lo rodeé con mis brazos sí y lo atraje hacia mí para

que pudiera sentir mis senos todo perfume sí y su corazón golpeaba loco y sí yo dije quiero sí[1].

El gran Sí de Molly contiene todas las negaciones y las convierte en un himno a la vida indiferenciada. Es una afirmación vital semejante a la de *Rrose Sélavy* de Duchamp. Celebración de Eros, no de Psique. Hay una frase en el monólogo de Molly que no hubiera podido decir ninguna mujer enamorada: «me besó bajo la pared morisca y yo pensé bueno tanto da él como otro...». No, no es lo mismo con éste o con aquél. Y ésta es la línea que señala la frontera entre el amor y el erotismo. El amor es una atracción hacia una persona única: a un cuerpo y a un alma. El amor es elección; el erotismo, aceptación. Sin erotismo –sin forma visible que entra por los sentidos– no hay amor pero el amor traspasa al cuerpo deseado y busca al alma en el cuerpo y, en el alma, al cuerpo. A la persona entera.

El sentimiento amoroso es una excepción dentro de esa gran excepción que es el erotismo frente a la sexualidad. Pero es una excepción que aparece en todas las sociedades y en todas las épocas. No hay pueblo ni civilización que no posea poemas, canciones, leyendas o cuentos en los que la anécdota o el argumento –el mito, en el sentido original de la palabra– no sea el encuentro de dos personas, su atracción mutua y los trabajos y penalidades que deben afrontar para unirse. La idea del encuentro exige, a su vez, dos condiciones contradictorias: la atracción que experimentan los amantes es involuntaria, nace de un magnetismo secreto y todopoderoso; al mismo tiempo, es una elección. Predestinación y elección, los poderes objetivos y los subjetivos, el destino y la libertad, se cruzan en el amor. El territorio del amor es un espacio imantado por el encuentro de dos personas.

Durante mucho tiempo creí, siguiendo a Denis de Rougemont y a su célebre libro *L'Amour et l'Occident*, que este sentimiento era exclusivo de nuestra civilización y que había nacido en un lugar y en un período determinados: Provenza, entre los siglos XI y XII. Hoy me parece insostenible esta opinión. Ante todo, debe distinguirse entre el sentimiento amoroso y la idea del amor adoptada por una sociedad y una época. El primero pertenece a todos los tiempos y lugares; en su forma más simple e inmediata no es sino la atracción pasional que sentimos hacia una persona entre muchas. La existencia de una inmensa literatura cuyo tema

---

[1]. Traducción de José Salas Subirat.

central es el amor es una prueba concluyente de la universalidad del sentimiento amoroso. Subrayo: el sentimiento, no la idea. Amor en la forma sumaria en que lo he definido más arriba: misteriosa inclinación pasional hacia una sola persona, es decir, transformación del «objeto erótico» en un sujeto libre y único. Los poemas de Safo no son una filosofía del amor: son un testimonio, la forma en que ha cristalizado este extraño magnetismo. Lo mismo puede decirse de las canciones recogidas en el *Shih-Ching* (*Libro de los cantos*), de muchos romances españoles o de cualquier otra colección poética de ese género. Pero a veces la reflexión sobre el amor se convierte en la ideología de una sociedad; entonces estamos frente a un modo de vida, un arte de vivir y morir. Ante una ética, una estética y una etiqueta: una *cortesía*, para emplear el término medieval.

La *cortesía* no está al alcance de todos: es un saber y una práctica. Es el privilegio de lo que podría llamarse una aristocracia del corazón. No una aristocracia fundada en la sangre y los privilegios de la herencia sino en ciertas cualidades del espíritu. Aunque estas cualidades son innatas, para manifestarse y convertirse en una segunda naturaleza el adepto debe cultivar su mente y sus sentidos, aprender a sentir, hablar y, en ciertos momentos, a callar. La cortesía es una escuela de sensibilidad y desinterés. *Razón de amor*, nuestro hermoso poema de amor, el primero en nuestra lengua (siglo XIII), comienza así:

> Qui triste tiene su coraçón
> benga oyr esta razón.
> Odrá razón acabada,
> feyta d'amor e bien rymada.
> Vn escolar la rimó
> que siempre duenas amó;
> mas siempre ouo cryança
> en Alemania y en França;
> moró mucho en Lombardía
> para aprender cortesía[1].

El *amor cortés* se aprende: es un saber de los sentidos iluminados por la luz del alma, una atracción sensual refinada por la cortesía. Formas aná-

---

1. Quien tenga triste su ánimo, venga a oír este relato. Escuchará un cumplido poema de amor muy bien rimado. Lo escribió un clérigo muy enamorado de las mujeres; se educó en Alemania y en Francia y, durante largos años, residió en Lombardía para aprender las normas cortesanas. (Versión de Manuel Alvar.)

logas a las de Occidente florecieron en el mundo islámico, en la India y en el Extremo Oriente. Allá también hubo una cultura del amor, privilegio de un grupo reducido de hombres y mujeres. Las literaturas árabe y persa, ambas estrechamente asociadas a la vida de la corte, son muy ricas en poemas, historias y tratados sobre el amor. En fin, dos grandes novelas, una china y otra japonesa, son esencialmente historias de amor y ambas suceden en un ambiente cerrado y aristocrático.

En la novela de Cao Xuequin, *El sueño del aposento rojo* (*Hung lou meng*), la historia sucede en una mansión palaciega y el héroe y las dos heroínas pertenecen a la aristocracia[1]. El libro está esmaltado de poemas y de reflexiones sobre el amor. Estas últimas son una mezcla de la metafísica del budismo y del taoísmo, todo teñido de creencias y supersticiones populares como en la *Tragicomedia de Calixto y Melibea*, nuestro gran y terrible libro de amor. La severa filosofía de Confucio apenas si aparece en *El sueño del aposento rojo*, salvo como una fastidiosa red de prohibiciones y preceptos que los adultos oponen a la pasión juvenil. Reglas hipócritas que encubren la desenfrenada codicia y lujuria de esos mismos adultos. Oposición entre el mundo profano y el sagrado: la moral de los mayores es mundana mientras que el amor entre Bao-yu y Dai-yu es el cumplimiento de un destino decretado hace miles y miles de años. Algo semejante debe decirse de *Genji Monogatari* (*Historia del Genji*), la novela de Murasaki Shikibu, dama de la corte japonesa: los personajes son miembros de la más alta nobleza y sus amores están vistos a través de una melancólica filosofía impregnada de budismo y del sentimiento de transitoriedad de las cosas en este mundo. Es extraño que Denis de Rougemont haya sido insensible a todos estos testimonios: ahí donde florece una alta cultura cortesana brota una filosofía del amor. La relación de esa filosofía con el sentimiento general reproduce la de este último con el erotismo y la de ambos con la sexualidad. La imagen de los círculos concéntricos, evocada al comenzar estas páginas, regresa: el sexo es la raíz, el erotismo es el tallo y el amor la flor. ¿Y el fruto? Los frutos del amor son intangibles. Éste es uno de sus enigmas.

---

1. Aunque el título de la novela, *El sueño del aposento rojo*, es hermoso y ha sido consagrado por la autoridad de los años, es inexacto. En realidad *Hung lou meng* quiere decir: «Sueño de mansiones rojas». Se llamaba así a las casas de los ricos por el color rojizo de sus muros; las casas del común de la gente eran grises.

Aceptada la existencia en otras civilizaciones de varias ideologías del amor, agrego que hay diferencias fundamentales entre ellas y la de Occidente. La central me parece la siguiente: en Oriente el amor fue pensado dentro de una tradición religiosa; no fue un pensamiento autónomo sino una derivación de esta o aquella doctrina. En cambio, en Occidente, desde el principio, la filosofía del amor fue concebida y pensada fuera de la religión oficial y, a veces, frente a ella. En Platón el pensamiento sobre el amor es inseparable de su filosofía; y en esta última abundan las críticas a los mitos y a las prácticas religiosas (por ejemplo, a la plegaria y al sacrificio como medios para obtener favores de los dioses). El caso más elocuente es el del amor cortés, que fue visto por la Iglesia no sólo con inquietud sino con reprobación. Nada de esto se encuentra en la tradición oriental. La novela de Cao Xuequin está compuesta como un contrapunto entre dos mundos que, aunque separados, viven en comunicación: el más allá del budismo y el taoísmo, poblado por monjes, ascetas y divinidades, frente a las pasiones, encuentros y separaciones de una familia aristocrática y polígama en la China del siglo XVIII. Metafísica religiosa y realismo psicológico. La misma dualidad rige a la novela de Murasaki. Ninguna de estas obras ni las otras novelas, piezas de teatro y poesías de tema amoroso fueron acusadas de heterodoxia. Algunas entre ellas fueron criticadas e incluso, a veces, prohibidas por sus atrevimientos y obscenidades, no por sus ideas.

La concepción occidental de destino y su reverso y complemento: la libertad, es substancialmente diferente de la concepción oriental. Esta diferencia incluye otras dos, íntimamente asociadas: la responsabilidad de cada uno por nuestros actos y la existencia del alma. El budismo, el taoísmo y el hinduismo comparten la creencia en la metempsicosis y de ahí que la noción de un *alma individual* no sea muy neta en esas creencias. Para hindúes y taoístas lo que llamamos alma no es sino un momento de una realidad sin cesar cambiante desde el pasado y que, fatalmente, seguirá transformándose en vidas venideras hasta alcanzar la liberación final. En cuanto al budismo: niega resueltamente la existencia de un alma individual. En las dos novelas –para volver a las obras de Cao Xuequin y de Murasaki– el amor es un destino impuesto desde el pasado. Más exactamente: es el *karma* de cada personaje. El *karma*, como es sabido, no es sino el resultado de nuestras vidas anteriores. Así, el amor súbito de Yugao hacia el Genji y los celos que despierta en la «dama de Rokujo» son el fruto no sólo de su presente sino, sobre todo, de sus vidas pasadas. Shuichi Kato observa la frecuencia con que Murasaki usa la palabra *sukuse* (*karma*) para explicar la conducta y el destino de sus personajes. En cambio, en Occidente el amor es un destino libremente escogido; quiero decir, por más poderosa que sea la influencia de la predestinación –el ejemplo más conocido es el brebaje mágico que beben Tristán e Isolda– para que el destino se cumpla es necesaria la complicidad de los amantes. El amor es un nudo en el que se atan, indisolublemente, destino y libertad.

Debo señalar ahora un parecido que, al final, se convierte en una nueva oposición. En *El sueño del aposento rojo* y en la *Historia del Genji* el amor es una escuela de desengaños, un camino en el que paulatinamente la realidad de la pasión se revela como una quimera. La muerte tiene, como en la tradición occidental, una función capital: despierta al amante extraviado en sus sueños. En las dos obras el análisis de la pasión amorosa y de su carácter simultáneamente real e irreal es penetrante y finísimo; de ahí que se las haya comparado con varias novelas europeas y muy especialmente con la de Proust. También *À la recherche du temps perdu* es el relato de una sinuosa peregrinación que conduce al Narrador, de desengaño en desengaño y guiado por ese Virgilio que es la memoria involuntaria, a la contemplación de la realidad de realidades: el tiempo mismo. En las dos novelas orientales el camino del desengaño no lleva a la salvación del yo sino a la revelación de una vacuidad inefable e indecible; no vemos una aparición sino una desaparición: la de nosotros mismos en un vacío radiante. Al final de la obra de Proust el Narrador contempla la cristalización del tiempo vivido, un tiempo suyo e intransferible pero que ya no es suyo: es la realidad tal cual, apenas una vibración, nuestra porción de inmortalidad. La peregrinación de Proust es una búsqueda personal, inspirada por una filosofía independiente de la religión oficial; las de los héroes de Cao Xuequin y Murasaki son una confirmación de las verdades y enseñanzas del budismo y del taoísmo. Por más violentas que hayan sido sus transgresiones, en Oriente el amor fue vivido y pensado dentro de la religión; pudo ser un pecado, no una herejía. En Occidente el amor se desplegó frente a la religión, fuera de ella y aun en contra. El amor occidental es el hijo de la filosofía y del sentimiento poético que transfigura en imagen todo lo que toca. Por esto, para nosotros, el amor ha sido un *culto*.

No es extraño que la filosofía del amor haya aparecido primero en Grecia. Allá la filosofía se desprendió muy pronto de la religión: el pensamiento griego comenzó con la crítica de los filósofos presocráticos a los mitos. Los profetas hebreos hicieron la crítica de la sociedad desde la religión; los pensadores griegos hicieron la crítica de los dioses desde la razón. Tampoco es extraño que el primer filósofo del amor, Platón, haya sido también un poeta: la historia de la poesía es inseparable de la del amor. Por todo esto, Platón es el fundador de nuestra filosofía del amor. Su influencia dura todavía, sobre todo por su idea del alma; sin ella no existiría nuestra filosofía del amor o habría tenido una formulación muy distinta y difícil de imaginar. La idea del alma, según los entendidos, no es griega; en Homero las almas de los muertos no son realmente almas, entidades incorpóreas: son sombras. Para un griego antiguo no era clara la distinción entre el cuerpo y el alma. La idea de un alma diferente del cuerpo aparece por primera vez en algunos presocráticos, como Pitágoras y Empédocles; Platón la recoge, la sistematiza, la convierte en uno de los ejes de su pensamiento y la lega a sus sucesores. Sin embargo, aunque la concepción del alma es central en la filosofía del amor platónico, no lo es en el sentido en que lo fue después en Provenza, en Dante y en Petrarca. El amor de Platón no es el nuestro. Incluso puede decirse que la suya no es realmente una filosofía del amor sino una forma sublimada (y sublime) del erotismo. Esta afirmación puede parecer temeraria. No lo es; para convencerse basta con leer los dos diálogos dedicados al amor, *Fedro* y el *Banquete*, especialmente el último, y compararlos con los otros grandes textos sobre el mismo tema que nos han dejado la filosofía y la poesía.

El *Banquete* está compuesto por varios discursos o elogios del amor pronunciados por siete comensales. Muy probablemente representan las opiniones y puntos de vista corrientes en aquella época sobre el tema, salvo el de Sócrates, que expresa las ideas de Platón. Destaca el bello discurso de Aristófanes. Para explicar el misterio de la atracción universal que unos sienten hacia otros, acude al mito del andrógino original. Antes había tres sexos: el masculino, el femenino y el andrógino, compuesto por seres dobles. Estos últimos eran fuertes, inteligentes y amenazaban a los dioses. Para someterlos, Zeus decidió dividirlos. Desde entonces, las mitades separadas andan en busca de su mitad complementaria. El mito del andrógino no sólo es profundo sino que despierta en nosotros resonancias también profundas: somos seres incompletos y el deseo amoroso es perpetua sed de compleción. Sin el *otro* o la *otra* no seré yo mismo. Este mito y el de Eva que nace de la costilla de Adán son metáforas poéticas que, sin explicar realmente nada, dicen todo lo que hay que decir sobre el amor. Pero no son una filosofía y responden al misterio del amor con otro misterio. Además, el mito del andrógino no toca ciertos aspectos de la relación amorosa que para mí son esenciales, como el del nudo entre libertad y predestinación o entre vida mortal e inmortalidad.

El centro del *Banquete* es el discurso de Sócrates. El filósofo relata a sus oyentes una conversación que tuvo con una sabia sacerdotisa extranjera, Diotima de Mantinea. Platón se sirve con frecuencia de mitos antiguos (o inventados) expuestos por algún visitante ilustre. Parece extraño que, en una sociedad predominantemente homosexual como era el círculo platónico, Sócrates ponga en labios de una mujer una doctrina sobre el amor. Pienso que se trata de una *reminiscencia*, precisamente en el sentido que da Platón a esta palabra: un descenso a los orígenes, al reino de las madres, lugar de las verdades primordiales. Nada más natural que una anciana profetisa sea la encargada de revelar los misterios del amor. Diotima comienza diciendo que Eros no es ni un dios ni un hombre: es un demonio, un espíritu que vive entre los dioses y los mortales. Lo define la preposición *entre*: en medio de esta y la otra cosa. Su misión es comunicar y unir a los seres vivos. Tal vez por esto lo confundimos con el viento y lo representamos con alas. Es hijo de Pobreza y de Abundancia y esto explica su naturaleza de intermediario: comunica a la luz con la sombra, al mundo sensible con las ideas. Como hijo de Pobreza, busca la riqueza; como hijo de Abundancia, reparte bienes. Es el deseante que pide, el deseado que da.

Amor no es hermoso: desea la hermosura. Todos los hombres desean. Ese deseo es búsqueda de posesión de lo mejor: el estratega desea alcanzar la victoria, el poeta componer un himno de insuperable belleza, el ceramista fabricar ánforas perfectas, el comerciante acumular bienes y dinero. ¿Y qué desea el amante? Busca la belleza, la hermosura humana. El amor nace a la vista de la persona hermosa. Así pues, aunque el deseo es universal y aguijonea a todos, cada uno desea algo distinto: unos desean esto y otros aquello. El amor es una de las formas en que se manifiesta el deseo universal y consiste en la atracción por la belleza humana. Al llegar a este punto, Diotima previene a Sócrates: el amor no es simple. Es un mixto compuesto por varios elementos, unidos y animados por el deseo. Su objeto tampoco es simple y cambia sin cesar. El amor es algo más que atracción por la belleza humana, sujeta al tiempo, la muerte y la corrupción. Diotima prosigue: todos los hombres desean lo mejor, comenzando por lo que no tienen. Estamos contentos con nuestro cuerpo si sus miembros son sanos y ágiles; si nuestras piernas fuesen deformes y se negasen a sostenernos, no vacilaríamos en desecharlas para tener en su lugar las del atleta campeón en la carrera. Y así con todo lo que deseamos. ¿Y qué provecho obtenemos cuando alcanzamos aquello que deseamos? La índole del provecho varía en cada caso pero el resultado es el mismo: nos sentimos felices. Los hombres aspiran a la felicidad y la quieren para siempre.

El deseo de belleza, propio del amor, es también deseo de felicidad; y no de felicidad instantánea y perecedera sino perenne. Todos los hombres padecen una carencia: sus días están contados, son mortales. La aspiración a la inmortalidad es un rasgo que une y define a todos los hombres.

El deseo de lo mejor se alía al deseo de tenerlo para siempre y de gozarlo siempre, todos los seres vivos y no sólo los humanos participan de este deseo: todos quieren perpetuarse. El deseo de reproducción es otro de los elementos o componentes del amor. Hay dos maneras de generación: la corporal y la del alma. Los hombres y las mujeres, enamorados de su belleza, unen sus cuerpos para reproducirse. La generación, dice Platón, es cosa divina lo mismo entre los animales que en los humanos. En cuanto al otro modo de generación: es el más alto pues el alma engendra en otra alma ideas y sentimientos imperecederos. Aquellos que «son fecundos por el alma» conciben con el pensamiento: los poetas, los artistas, los sabios y, en fin, los creadores de leyes y los que enseñan a sus conciudadanos la templanza y la justicia. Un amante así puede engendrar en el alma del amado el saber, la virtud y la veneración por lo bello, lo justo y lo bueno. El discurso de Diotima y los comentarios de Sócrates son una suerte de peregrinación. A medida que avanzamos, descubrimos nuevos aspectos del amor, como aquel que, al ascender por una colina, contempla a cada paso los cambios del panorama. Pero hay una parte escondida que no podemos ver con los ojos sino con el entendimiento. «Todo esto que te he revelado —dice Diotima a Sócrates— son los misterios menores del amor.» En seguida lo instruye en los más altos y escondidos.

En la juventud nos atrae la belleza corporal y se ama sólo a un cuerpo, a una forma hermosa. Pero si lo que amamos es la hermosura, ¿por qué amarla nada más en un cuerpo y no en muchos? Y Diotima vuelve a preguntar: si la hermosura está en muchas formas y personas, ¿por qué no amarla en ella misma? ¿Y por qué no ir más allá de las formas y amar aquello que las hace hermosas: la idea? Diotima ve al amor como una escala: abajo, el amor a un cuerpo hermoso; en seguida, a la hermosura de muchos cuerpos; después a la hermosura misma; más tarde, al alma virtuosa; al fin, a la belleza incorpórea. Si el amor a la belleza es inseparable del deseo de inmortalidad, ¿cómo no participar en ella por la contemplación de las formas eternas? La belleza, la verdad y el bien son tres y son uno; son caras o aspectos de la misma realidad, la única realidad realmente real. Diotima concluye: «aquel que ha seguido el camino de la iniciación amorosa en el orden correcto, al llegar al fin percibirá súbitamente una hermosura maravillosa, causa final de todos nuestros esfuerzos... Una hermosura eterna, no engendrada, incorruptible y que no crece ni decrece». Una belleza entera, una, idéntica a sí misma, que no está hecha de partes como el cuerpo ni de razonamientos como el discurso. El amor es el camino, el ascenso, hacia esa hermosura: va del amor a un cuerpo solo al de dos o más; después, al de todas las formas hermosas y de ellas a las acciones virtuosas; de las acciones a las ideas y de las ideas a la absoluta hermosura. La vida del amante de esta clase de hermosura es la más alta que puede vivirse pues en ella «los ojos del entendimiento comulgan con la hermosura y el hombre procrea no imágenes ni simulacros de belleza sino realidades hermosas». Y éste es el camino de la inmortalidad.

El discurso de Diotima es sublime. Sócrates fue también sublime pues fue digno de ese discurso en su vida y, sobre todo, en su muerte. Comentar ese discurso es como interrumpir la silenciosa contemplación del sabio con las habladurías y las disputas de aquí abajo. Pero ese mismo amor a la verdad —aunque en mi caso sea pequeño y nada sublime— me obliga a preguntarme: ¿Diotima habló realmente del amor? Ella y Sócrates hablaron de Eros, ese demonio o espíritu en el que encarna un impulso que no es ni puramente animal ni espiritual. Eros puede extraviarnos, hacernos caer en el pantano de la concupiscencia y en el pozo del libertino; también puede elevarnos y llevarnos a la contemplación más alta. Esto es lo que he llamado *erotismo* a lo largo de estas reflexiones y lo que he tratado de distinguir del amor propiamente dicho. Repito: hablo del amor tal como lo conocemos desde Provenza. Este amor, aunque existía en forma difusa como sentimiento, no fue conocido por la Grecia antigua ni como idea ni como mito. La atracción erótica hacia una persona única es universal y aparece en todas las sociedades; la idea o filosofía del amor es histórica y brota sólo allí donde concurren ciertas circunstancias sociales, intelectuales y morales. Platón sin duda se habría escandalizado ante lo que nosotros llamamos amor. Algunas de sus manifestaciones le habrían repugnado, como la idealización del adulterio, el suicidio y la muerte; otras le habrían asombrado, como el culto a la mujer. Y los amores sublimes, como el de Dante por Beatriz o el de Petrarca por Laura, le habrían parecido enfermedades del alma.

También el *Banquete* contiene ideas y expresiones que nos escandalizarían si no fuese porque lo leemos con cierta distancia histórica. Por ejemplo, cuando Diotima describe las escalas del amor dice que se comienza por amar sólo a un cuerpo hermoso pero que sería absurdo no reconocer que otros cuerpos son igualmente hermosos; en consecuencia, sería igualmente absurdo no amarlos a todos. Es claro que Diotima está hablando de algo muy distinto a lo que llamamos amor. Para nosotros la fidelidad es una de las condiciones de la relación amorosa. Diotima no sólo parece ignorarlo sino que ni siquiera se le ocurre pensar en los sentimientos de aquel o aquella que amamos: los ve como simples escalones en el ascenso hacia la contemplación. En realidad, para Platón el amor no es propiamente una *relación*: es una aventura solitaria. Al leer ciertas frases del *Banquete* es imposible no pensar, a pesar de la sublimidad de los conceptos, en un Don Juan filosófico. La diferencia es que la carrera del Burlador es hacia abajo y termina en el infierno mientras que la del amante platónico culmina en la contemplación de la idea. Don Juan es subversivo y, más que el amor a las mujeres, lo inspira el orgullo, la tentación de desafiar a Dios. Es la imagen invertida del Eros platónico.

La severa condenación del placer físico y la prédica de la castidad como camino hacia la virtud y la beatitud son la consecuencia natural de la separación platónica entre el cuerpo y el alma. Para nosotros esa separación es demasiado tajante. Éste es uno de los rasgos que definen a la época moderna: las fronteras entre el alma y el cuerpo se han atenuado. Muchos de nuestros contemporáneos no creen ya en el alma, una noción apenas usada por la psicología y la biología modernas; al mismo tiempo, lo que llamamos *cuerpo* es hoy algo mucho más complejo de lo que era para Platón y su tiempo. Nuestro cuerpo posee muchos atributos que antes eran del alma. El castigo del libertino, como he tratado de mostrar más arriba, consiste en que el cuerpo de su víctima, «el objeto erótico», es también una conciencia; por la conciencia el objeto se transforma en sujeto. Lo mismo puede decirse de la concepción platónica. Para Platón los objetos eróticos —sean el cuerpo o el alma del efebo— nunca son sujetos: tienen un cuerpo y no sienten, tienen un alma y se callan. Son realmente *objetos* y su función es la de ser escalas en el ascenso del filósofo hacia la contemplación de las esencias. Aunque en el curso de esa ascensión el amante —mejor dicho: el maestro— sostiene relaciones con otros hombres, su camino es esencialmente solitario. En esa relación con los otros puede haber dialéctica, es decir, división del discurso en partes, pero no hay diálogo ni conversación. El texto mismo del *Banquete*, aunque adopta la forma del diálogo, está compuesto por siete discursos separados. En el *Banquete*, erotismo en su más pura y alta expresión, no aparece la condición necesaria del amor: el *otro* o la *otra*, que acepta o rechaza, dice Sí o No y cuyo mismo silencio es una respuesta. El *otro*, la *otra* y su complemento, aquello que convierte al deseo en acuerdo: el albedrío, la libertad.

.

*Il Giardino dell'amore.*

François Boucher, *Hércules y Onfalia*, 1731-1734.

Giulio Romano, fragmento del
*Banquete de las bodas de Amor y Psique*, 1525-1535.

Ilustración de la obra *Historia del Genji*,
de Murasaki Shikibu, siglo XII.

## Prehistoria del amor

Al comenzar estas reflexiones señalé las afinidades entre erotismo y poesía: el primero es una metáfora de la sexualidad, la segunda una erotización del lenguaje. La relación entre amor y poesía no es menos sino más íntima. Primero la poesía lírica y después la novela –que es poesía a su manera– han sido constantes vehículos del sentimiento amoroso. Lo que nos han dicho los poetas, los dramaturgos y los novelistas sobre el amor no es menos precioso y profundo que las meditaciones de los filósofos. Y con frecuencia es más cierto, más conforme a la realidad humana y psicológica. Los amantes platónicos, tal como los describe el *Banquete*, son escasos; no lo son las emociones que, en unas cuantas líneas, traza Safo al contemplar una persona amada:

> Igual parece a los eternos dioses
> Quien logra verse frente a ti sentado:
> ¡Feliz si goza tu palabra suave,
>     Suave tu risa!
>
> A mí en el pecho el corazón se oprime
> Sólo en mirarte: ni la voz acierta
> De mi garganta a prorrumpir; y rota
>     Calla la lengua.
>
> Fuego sutil dentro mi cuerpo todo
> Presto discurre: los inciertos ojos
> Vagan sin rumbo, los oídos hacen
>     Ronco zumbido.
>
> Cúbrome toda de sudor helado:
> Pálida quedo cual marchita hierba
> Y ya sin fuerzas, sin aliento, inerte,
>     Parezco muerta[1].

---

1. Cito la admirable traducción de Marcelino Menéndez Pelayo, hecha en la misma estrofa de Esteban Manuel de Villegas: cuatro versos blancos, los tres primeros sáficos y el final adónico. Pablo Neruda empleó la misma forma en *Ángela Adónica*, uno de los mejores poemas de *Residencia en la tierra*. Aunque menos perfecto en la versificación, el poema de Neruda merece ser comparado con la traducción de Menéndez Pelayo. Los

No es fácil encontrar en la poesía griega poemas que posean esta concentrada intensidad, pero abundan composiciones con asuntos semejantes al de la poetisa, salvo que no son lésbicos. (En esto Safo también fue excepcional: el homosexualismo femenino, al contrario del masculino, apenas si aparece en la literatura griega.) Las fronteras entre erotismo y amor son movedizas; sin embargo, no me parece arriesgado afirmar que la gran mayoría de los poemas griegos son más eróticos que amorosos. Esto también es aplicable a la *Antología palatina*. Algunos de esos breves poemas son inolvidables: los de Meleagro, varios atribuidos a Platón, algunos de Filodemo y, ya en el período bizantino, los de Paulo el Silenciario. En todos ellos vemos –y sobre todo oímos– al amante en sus diversos estados de ánimo –el deseo, el goce, la decepción, los celos, la dicha efímera– pero nunca al *otro* o a la *otra* ni a sus sentimientos y emociones. Tampoco hay diálogos de amor –en el sentido de Shakespeare y de Lope de Vega– en el teatro griego. Egisto y Clitemnestra están unidos por el crimen, no por el amor: son cómplices, no amantes; la pasión solitaria devora a Fedra y los celos a Medea. Para encontrar prefiguraciones y premoniciones de lo que sería el amor entre nosotros hay que ir a Alejandría y a Roma. El amor nace en la gran ciudad.

El primer gran poema de amor es obra de Teócrito: *La hechicera*[1]. Fue escrito en el primer cuarto del siglo III a. C. y hoy, más de dos mil años después, leído en traducciones que por buenas que sean no dejan de ser traducciones, conserva intacta su carga pasional. El poema es un largo monólogo de Simetha, amante abandonada de Delfis. Comienza con una invocación a la luna en sus tres manifestaciones: Artemisa, Selene y Hécate, la Terrible. Sigue la entrecortada relación de Simetha, que da órdenes a su sirvienta para que ejecute esta o aquella parte del rito negro a que ambas se entregan. Cada uno de esos sortilegios está marcado por un punzante estribillo: *pájaro mágico, devuélveme a mi amante, tráelo a mi casa*[2]. Mientras la criada

---

dos poemas expresan dos momentos opuestos del erotismo: el de Safo, la concentrada ansiedad del deseo; el de Neruda, el reposo después del abrazo. El fuego y el agua.

1. O *Las hechiceras*. Según Marguerite Yourcenar la traducción literal es *Los filtros mágicos* (*Pharmaceutria*). Con buen sentido, otro traductor, Jack Lindsay, prefiere usar como título el nombre de la heroína, Simetha.

2. *Pájaro mágico*: un instrumento de hechicería compuesto por un disco de metal con dos perforaciones y que se hacía girar con una cuerda. Representaba al torcecuello, el pájaro en que fue transformada por Hera una ninfa, celestina de los amores adúlteros de Zeus con Ío.

esparce en el suelo un poco de harina quemada, Simetha dice: «son los huesos de Delfis». Al quemar una rama de laurel, que chisporrotea y se disipa sin dejar apenas ceniza, condena al infiel: «que así se incendie su carne...». Después de ofrecer tres libaciones a Hécate, arroja al fuego una franja del manto que ha olvidado Delfis en su casa y prorrumpe: «¿por qué, Eros cruel, te has pegado a mi carne como una sanguijuela?, ¿por qué chupas mi sangre negra?». Al terminar su conjuro, Simetha le pide a su acólita que esparza unas yerbas en el umbral de Delfis y escupa sobre ellas diciendo: «machaco sus huesos». Mientras Simetha recita sus sortilegios, se le escapan confesiones y quejas: está poseída por el deseo y el fuego que enciende para quemar a su amante es el fuego en que ella misma se quema. Rencor y amor, todo junto: Delfis la desfloró y la abandonó pero ella no puede vivir sin ese hombre deseado y aborrecido. Es la primera vez que en la literatura aparece –y descrito con tal violencia y energía– uno de los grandes misterios humanos: la mezcla inextricable de odio y amor, despecho y deseo.

El furor amoroso de Simetha parece inspirado por Pan, el dios sexual de pezuñas de macho cabrío, cuya carrera hace temblar al bosque y cuyo hálito sacude los follajes y provoca el delirio de las hembras. Sexualidad pura. Pero una vez cumplido el rito, Simetha se calma como, bajo la influencia de la luna, se calma el oleaje y se aquieta el viento en la arboleda. Entonces se confía a Selene como a una madre. Su historia es simple. Por su relato adivinamos que es una muchacha libre y de condición modesta (aunque no tanto: tiene una sirvienta); vive sola (habla de sus amigas y vecinas, no de su familia); tal vez, para mantenerse, desempeña algún oficio. Es una persona del común, una mujer joven como hay miles y miles en todas las ciudades del mundo, desde que en el mundo hay ciudades: Simetha hoy podría vivir en Nueva York, Buenos Aires o Praga. Un día unas vecinas la invitan a la procesión de Artemisa. Coqueta, se viste con su traje mejor y cubre sus espaldas con un chal de lino que le presta una amiga. Encuentra entre la multitud a dos jóvenes que vienen de la palestra, barbirrubios y de torsos soleados y relucientes. *Coup de foudre*: «yo vi ...», dice Simetha, pero no dice a quién. ¿Para qué? Vio a la realidad misma en un cuerpo y un nombre: Delfis. Turbada, regresa a su casa presa de una idea fija. Pasan días y días de fiebre e insomnio. Simetha consulta con magos y brujas, como ahora consultamos a los psiquiatras y, como nosotros, sin resultado alguno. Sufre

> ...la dolencia
> de amor, que no se cura
> sino con la presencia y la figura.

No sin dudas –es púdica y orgullosa– le envía a Delfis un mensaje. El joven atleta se presenta al punto en su casa y Simetha, al verlo, describe su emoción casi con las mismas expresiones de Safo: «me cubrió toda un sudor de hielo... no podía decir una palabra, ni siquiera esos balbuceos con que los niños llaman a su madre en el sueño; y mi cuerpo, inerte, era el de una muñeca de cera»[1]. Delfis se deshace en promesas y ese mismo día duerme en la cama de ella. A este encuentro se suceden otros y otros. De pronto, una ausencia de dos semanas y el inevitable chisme de una amiga: Delfis se ha enamorado de otra persona aunque, dice la indiscreta, no sé si es de un muchacho o de una muchacha. Simetha termina con un voto y una amenaza: ama a Delfis y lo buscará pero, si él la rechaza, tiene unos venenos que le darán la muerte. Y se despide de Selene (y de nosotros): «Adiós, diosa serena: yo soportaré como hasta ahora mi desdicha; adiós, diosa de rostro resplandeciente, adiós, estrellas que acompañan tu carro en su pausada carrera a través de la noche en calma». El amor de Simetha está hecho de deseo obstinado, desesperación, cólera, desamparo. Estamos muy lejos de Platón. Entre lo que deseamos y lo que estimamos hay una hendedura: amamos aquello que no estimamos y deseamos estar para siempre con una persona que nos hace infelices. En el amor aparece el mal: es una seducción malsana que nos atrae y nos vence. Pero ¿quién se atreve a condenar a Simetha?

El poema de Teócrito no habría podido escribirse en la Atenas de Platón. No sólo por la misoginia ateniense sino por la situación de la mujer en la Grecia clásica. En la época alejandrina, que tiene más de un parecido con la nuestra, ocurre una revolución invisible: las mujeres, encerradas en el gineceo, salen al aire libre y aparecen en la superficie de la sociedad. Algunas fueron notables, no en la literatura y las artes, sino en la política, como Olimpia, la madre de Alejandro y Arsinoe, la mujer de Ptolomeo Filadelfo. El cambio no se limitó a la aristocracia sino que se extendió a esa inmensa y bulliciosa población de comerciantes, artesanos, pequeños propietarios, empleados menores y toda esa gente que, en las grandes ciudades, ha vivido y vive aún del cuento. Aparte de su valor poético, el poema de Teócrito arroja indirectamente cierta luz sobre la sociedad helenística. En cierto modo es un poema de costumbres; es significativo que nos muestre no la vida de los príncipes y los potentados sino la de la clase media de

---

1. Catulo también imitó, casi textualmente, el pasaje de Safo. Un ejemplo más de cómo la poesía más propia y personal está hecha de imitación y de invención.

la ciudad, con sus pequeñas y grandes pasiones, sus apuros, su sentido común y su locura. Por este poema y por otros suyos, así como por los «mimos» de Herondas, podemos hacernos una idea de la condición femenina y de la relativa libertad de movimientos de las mujeres.

Convertir a una mujer joven y pobre como Simetha en el centro de un poema pasional que alternativamente nos conmueve, nos enternece y nos hace sonreír, fue una inmensa novedad literaria e histórica. Lo primero pertenece a Teócrito y a su genio; lo segundo, a la sociedad en que vivió. La novedad histórica del poema fue el resultado de un cambio social que, a su vez, era una consecuencia de la gran creación del período helenístico: la transformación de la ciudad antigua. La *polis*, encerrada en sí misma y celosa de su autonomía, se abrió al exterior. Las grandes ciudades se convirtieron en verdaderas cosmópolis por el intercambio de personas, ideas, costumbres y creencias. Entre los poetas del período helenístico que figuran en la *Antología palatina*, varios eran extranjeros, como el sirio Meleagro. Esta gran creación civilizadora fue realizada en medio de las guerras y de las monarquías despóticas que caracterizan a esa época. Y el mayor logro fue, sin duda, la aparición en las nuevas ciudades de un tipo de mujer más libre. El «objeto erótico» comenzó a transformarse en sujeto. La prehistoria del amor en Occidente está, como ya dije, en dos grandes ciudades: Alejandría y Roma.

Las mujeres –más exactamente: las patricias– ocupan un lugar destacado en la historia de Roma, lo mismo bajo la República que durante el Imperio. Madres, esposas, hermanas, hijas, amantes: no hay un episodio de la historia romana en que no participe alguna mujer al lado del orador, el guerrero, el político o el emperador. Unas fueron heroicas, otras virtuosas y otras infames. En los años finales de la República aparece otra categoría social: la cortesana. No tardó en convertirse en uno de los ejes de la vida mundana y en el objeto de la crónica escandalosa. Unas y otras, las patricias y las cortesanas, son mujeres libres en los diversos sentidos de la palabra: por su nacimiento, por sus medios y por sus costumbres. Libres, sobre todo, porque en una medida desconocida hasta entonces tienen albedrío para aceptar o rechazar a sus amantes. Son dueñas de su cuerpo y de su alma. Las heroínas de los poemas eróticos y amorosos provienen de las dos clases. A su vez, como en Alejandría, los poetas jóvenes forman grupos que conquistan la notoriedad tanto por sus obras como por sus opiniones, sus costumbres y sus amores. Catulo fue uno de ellos. Sus querellas literarias y sus sátiras no fueron menos sonadas que sus poemas de amor. Murió joven y sus mejores poemas son la confesión de su amor por Lesbia, nombre poético que ocultaba a una patricia célebre por su hermosura, su posición y su vida disoluta (Clodia). Una historia de amor alternativamente feliz y desdichada, ingenua y cínica. La unión de los opuestos –el deseo y el despecho, la sensualidad y el odio, el paraíso entrevisto y el infierno vivido– se resuelve en breves poemas de concentrada intensidad. Los modelos de Catulo fueron los poetas alejandrinos, sobre todo Calímaco –famoso en la Antigüedad pero del que no sobreviven sino fragmentos– y Safo. La poesía de Catulo tiene un lugar único en la historia del amor por la concisa y punzante economía con que expresa lo más complejo: la presencia simultánea en la misma conciencia del odio y el amor, el deseo y el desprecio. Nuestros sentidos no pueden vivir sin aquello que nuestra razón y nuestra moral reprueban.

El conflicto de Catulo es semejante al de Simetha, aunque con variantes decisivas. La primera es el sexo: en los poemas de Catulo habla un hombre. Diferencia significativa: el hombre, no la mujer, es quien está en situación de dependencia. La segunda: el héroe no es una ficción y habla en nombre propio. Con esto no quiero decir que los poemas de Catulo sean simples confesiones o confidencias; en ellos, como en todas las obras poéticas, hay un elemento ficticio. El poeta que habla es y no es Catulo: es una *persona*, una máscara que deja ver el rostro real y que, al mismo tiempo, lo oculta. Sus penas son reales y también son figuras del lenguaje. Son imágenes, representaciones. El poeta convierte a su amor en una suerte de novela en verso, aunque no por esto menos vivido y sufrido. Otra diferencia: ella y él, sobre todo ella, pertenecen a las clases superiores. Como son dos seres libres y en cierto modo asociales –ella por su posición, él por ser poeta– se atreven a romper con las convenciones y reglas que los atan. Su amor es un ejercicio de libertad, una transgresión y un desafío a la sociedad. Éste es un rasgo que figurará más y más en los anales de la pasión amorosa, de *Tristán e Isolda* a las novelas de nuestros días. Por último, Catulo es un poeta y su reino es el de la imaginación. A la inversa de Simetha, más simple y rústica, no busca vengarse con filtros y venenos; su venganza asume una forma imaginaria: sus poemas.

En Catulo aparecen tres elementos del amor moderno: la elección, la libertad de los amantes; el desafío, el amor es una transgresión; finalmente, los celos. Catulo expresa en breves poemas, lúcidos y dolorosos, el poder de una pasión que se filtra poco a poco en la conciencia hasta paralizar nuestra voluntad. Fue el primero que advirtió la naturaleza imaginaria de los celos y su poderosa realidad psicológica. Es imposible confundir estos celos con el sentimiento de la honra mancillada. En Otelo se mezclan los celos auténticos –ama a Desdémona– con la cólera del hombre ofendido. Pero es el amor, en la forma pervertida de los celos, la pasión que lo mueve: *And I will kill thee, / And love you after*. En cambio, los personajes de los dramas españoles, particularmente los de Calderón, no son celosos: al vengarse limpian una mancha, casi siempre imaginaria, que empaña su honra. No están enamorados: son los guardianes de su reputación, los esclavos de la opinión pública. Como dice uno de ellos:

> El legislador tirano
> ha puesto en ajena mano
> mi opinión y no en la mía.

En todos estos ejemplos, sin excluir al más conmovedor: Otelo, el código social es determinante. No en Proust, el gran poeta moderno, no del amor sino de su secreción venenosa, su perla fatal: los celos. Swann se sabe víctima de un delirio. No lo liga a Odette ni la tiranía de la atracción sexual ni la del espíritu. Años después, al recordar su pasión, se confiesa: «y pensar que he perdido los mejores años de mi vida por una mujer que no era mi tipo». Su atracción hacia Odette es un sentimiento inexplicable, salvo en términos negativos: Odette lo fascina porque es inaccesible. No su cuerpo: su conciencia. Como la amada ideal de los poetas provenzales, es inalcanzable. Lo es, a pesar de la facilidad con que se entrega, por el mero hecho de existir. Odette es infiel y miente sin cesar pero, si fuese sincera y fiel, también sería inaccesible. Swann la puede tocar y poseer, la puede aislar y encerrar, puede convertirla en su esclava: una parte de ella se le escapará. Odette será siempre *otra*. ¿Odette existe realmente o es una ficción de su amante? El sufrimiento de Swann es real: ¿también es real la mujer que lo causa? Sí, es una presencia, un rostro, un cuerpo, un olor y un pasado que no serán nunca suyos. La presencia es real y es impenetrable: ¿qué hay detrás de esos ojos, esa boca, esos senos? Swann nunca lo sabrá. Tal vez ni la misma Odette lo sabe; no sólo miente a su amante: se miente a ella misma.

El misterio de Odette es el de Albertine y el de Gilberte: el *otro* siempre se nos escapa. Proust analiza interminablemente su desdicha, desmenuza las mentiras de Odette y los subterfugios de Albertine pero se niega a reconocer la libertad del *otro*. El amor es deseo de posesión y es desprendimiento; en Proust sólo es lo primero y por esto su visión del amor es negativa. Swann sufre, se sacrifica por Odette, termina por casarse con ella y le da su nombre: ¿la amó alguna vez? Lo dudo y él mismo lo dudó también. Catulo y Lesbia son asociales; Swann y Odette, amorales. Ella no lo ama: lo usa. Él tampoco la ama: la desprecia. No obstante, no puede separarse de ella: sus celos lo atan. Está enamorado de su sufrimiento y su sufrimiento es vano. Vivimos con fantasmas y nosotros mismos somos fantasmas. Para salir de esta cárcel imaginaria no hay sino dos caminos. El primero es el del erotismo y ya vimos que termina en un muro. La pregunta del amante celoso, ¿en qué piensas, qué sientes?, no tiene sino la respuesta del sadomasoquismo: atormentar al *otro* o atormentarnos a nosotros mismos. En uno y en otro caso el *otro* es inaccesible e invulnerable. No somos transparentes ni para los demás ni para nosotros mismos. En esto consiste la falta original del hombre, la señal que nos condena desde el nacimiento. La otra salida es la del amor: la entrega, aceptar la libertad de la persona amada. ¿Una locura, una quimera? Tal vez, pero es la única puerta de la cárcel de los celos. Hace muchos años escribí: el amor es un sacrificio sin virtud; hoy diría: el amor es una apuesta, insensata, por la libertad. No la mía, la ajena.

La época de Augusto es la de la gran poesía latina: Virgilio, Horacio, Ovidio. Todos ellos nos han dejado obras memorables. ¿Poemas de amor? Los de Horacio y Ovidio son variaciones, con frecuencia perfectas, de los temas tradicionales del erotismo, casi siempre impregnadas de epicureísmo. ¿Y Virgilio? San Agustín dijo: «lloré por Dido cuando debería haber llorado por mis pecados». Gran elogio al artista insuperable; sin embargo, la descripción de los amores de Eneas y Dido es grandiosa como un espectáculo de ópera o como una tempestad vista de lejos: la admiramos pero no nos toca. Un poeta mucho más imperfecto, Propercio, supo comunicar con mayor hondura e inmediatez las penas y las alegrías del amor. Propercio inventa una heroína: Cintia. Mezcla de ficción y realidad, es una figura literaria y una persona real. Sabemos que existió y conocemos su nombre: Hostia, aunque los eruditos discuten si fue una cortesana o una mujer casada con un hombre de posibles. Amores novelescos y, no obstante, muy reales: encuentros, separaciones, infidelidades, mentiras, entregas, disputas interminables, momentos de sensualidad, otros de pasión, ira o morosa melancolía.

La modernidad de Propercio es extraordinaria. Añado que es la modernidad de Roma; no una gran ciudad: la ciudad. Muchos de los incidentes y episodios que relatan algunas elegías parecen arrancados de una novela moderna o de un filme. Por ejemplo: Cintia decide pasear por los alrededores de Roma con un amigo, en apariencia para honrar a la casta Juno, en realidad a Venus. Propercio decide vengarse y organiza una pequeña juerga en un lugar retirado. Mientras trata de divertirse con dos cortesanas pescadas en lugares equívocos –completan el cuadro un flautista egipcio y un enano que acompaña a la música con las palmas– Cintia irrumpe, despeinada y furiosa. Batalla campal, arañazos y mordiscos, fuga de las dos intrusas y el clamor del vecindario. Cintia vence y, al fin, perdona a su amante (IV-8). Realismo, amor por lo pintoresco y el detalle veraz, pasional y grotesco. Un humor que no perdona ni al autor ni a su amada. Pound redescubrió ese humor y lo hizo suyo. Pero la modernidad de Propercio no sólo es literaria: es un eslabón en la historia de la poesía amorosa.

Hay una elegía de Propercio que inaugura un modo poético destinado a tener continuadores ilustres. Me refiero a la elegía séptima del cuarto libro. Algunos críticos la condenan; les parece de mal gusto tanto por su asunto como por algunas de sus expresiones. A mí, en cambio, me conturba hondamente. El poema comienza con la declaración de un hecho insólito y que el poeta enuncia como si fuese algo natural y en el orden de las cosas: «No es una fábula, los manes existen; el fantasma de los muertos se escapa de la pira y vuelve entre nosotros». Cintia ha muerto y fue incinerada apenas ayer. El lugar de las cremaciones está al lado de una carretera ruidosa como un cementerio de París o Nueva York. Precisamente a la hora en que su amante la recuerda, el fantasma se presenta en su lecho solitario. Es la misma de siempre, hermosa, aunque un poco más pálida. Hay detalles atroces: una parte de su túnica está chamuscada y ha desaparecido la sortija de berilo que llevaba en el anular, devorada por el fuego. Cintia ha vuelto para reprocharle sus infidelidades –olvida, como siempre, las suyas–, recordarle sus traiciones y repetirle su amor. El espectro termina con estas palabras: «puedes ahora andar con otras pero pronto serás mío, únicamente mío». Es alucinante el contraste entre el carácter sobrenatural del episodio y el realismo de la descripción, un realismo subrayado por la actitud y las palabras de Cintia, sus quejas, sus celos, sus transportes eróticos, la túnica quemada, el anillo desaparecido. Cintia revive su pasión como si no hubiese muerto: es una verdadera *alma en pena*. Al final de su fúnebre entrevista, se escapa de los brazos de su amante, no por su voluntad sino porque amanece «y una imperiosa ley ordena a las sombras regresar a las aguas del Leteo». Y le repite: serás mío y mezclaré el polvo de tus huesos con el polvo de los míos (*mecum eris et mixtis ossibus ossa teram*). Mil seiscientos años después Quevedo escribiría: «polvo serán, mas polvo enamorado».

Aunque la literatura antigua está llena de fantasmas, ninguna de esas apariciones tiene la realidad terriblemente física del espectro de Cintia. Tampoco su fúnebre erotismo: obligada por la ley divina, Cintia se desprende de los brazos de su amante contra su voluntad y esa separación equivale a una muerte renovada. Ulises y Eneas descienden al reino de las sombras y hablan con los muertos: uno va en busca de Tiresias para conocer su destino y el otro de su padre, Anquisis; a los dos los rodean tropeles de muertos ilustres, deudos, amigos, héroes y heroínas; ninguna de esas entrevistas tiene rasgos eróticos. Eneas divisa a Dido entre las sombras —como aquel, dice Virgilio, «que ve o cree ver a la luna atravesar débilmente las nubes»— pero la reina, rencorosa, no responde a sus palabras de arrepentimiento y se aleja en el bosque profundo. La escena es conmovedora; sin embargo, la emoción que provoca en nosotros pertenece a otro tipo de sentimiento: la compasión. En cambio, la visita de Cintia es una cita de amor de un vivo con una muerta. Propercio inaugura un género que llegará hasta Baudelaire y sus descendientes: la entrevista erótica con los muertos. La Edad Media estuvo poblada por íncubos y súcubos, demonios que, en forma de hombre y de mujer, se deslizaban en los lechos y copulaban con los frailes y las vírgenes, los siervos y las señoras. Estas apariciones lascivas y las del «demonio del mediodía» —tentación de los hijos de Saturno, los religiosos y los solitarios que cultivan al espíritu— son distintas al espectro de Cintia. Son espíritus infernales, no almas de difuntos.

En el Renacimiento y el período barroco la visita del fantasma se asoció al neoplatonismo. Hay varios ejemplos en esa tradición poética. El más impresionante es el soneto de Quevedo: *Amor constante más allá de la muerte*. Un astro negro y blanco, ardiente y helado. Conforme a la doctrina platónica, en la hora de la muerte el alma inmortal abandona al cuerpo y asciende a las esferas superiores o regresa a la tierra para purgar sus faltas. El cuerpo se corrompe y vuelve a ser materia amorfa; las almas de los enamorados se buscan y se unen. En esto el cristianismo coincide con el platonismo; incluso las almas de los adúlteros Paolo y Francesca giran juntas en el segundo círculo del Infierno. Sin embargo, hay una diferencia substancial: a la inversa de la doctrina platónica, el cristianismo salva al cuerpo que, después del Juicio Final, resucita y vive la eternidad de la Gloria o la del Averno. Quevedo rompe con esta doble tradición y dice algo que no es ni platónico ni cristiano. El soneto de Quevedo ha sido justa y universalmente admirado pero me parece que no ha sido advertida su singularidad ni se ha reparado en todo lo que lo separa de la tradición neoplatónica. No es ésta la ocasión para emprender un análisis de este poema y me limitaré a un comentario sucinto. Para mayor claridad, transcribo el texto:

### AMOR CONSTANTE MÁS ALLÁ DE LA MUERTE

> Cerrar podrá mis ojos la postrera
> sombra que me llevare el blanco día,
> y podrá desatar esta alma mía
> hora a su afán ansioso lisonjera;
>
> mas no de esotra parte en la ribera
> dejará la memoria, en donde ardía;
> nadar sabe mi llama la agua fría,
> y perder el respeto a ley severa.
>
> Alma a quien todo un Dios prisión ha sido,
> venas que humor a tanto fuego han dado,
> medulas que han gloriosamente ardido:
>
> su cuerpo dejará, no su cuidado;
> serán ceniza, mas tendrá sentido;
> polvo serán, mas polvo enamorado.

En el primer cuarteto el poeta evoca –o más exactamente: convoca– el día de su muerte. El mundo visible se desvanece y el alma, desatada del tiempo y sus engaños, regresa a la noche del principio, que es también la del fin. Conformidad con la ley de la vida: los hombres son mortales y sus horas están contadas. En el segundo cuarteto la conformidad se transforma en rebeldía. Insólita y poco cristiana transgresión: la memoria de su amor seguirá ardiendo en la otra orilla del Leteo. El alma, encendida por la pasión y vuelta llama nadadora, cruza el río del olvido. La conjunción de agua y fuego es una metáfora antigua como la imaginación humana, empeñada desde el principio en resolver la oposición de los elementos en unidad; en el soneto de Quevedo las nupcias del fuego y el agua asumen la forma de una relación a un tiempo polémica y complementaria. La llama lucha con el agua y la vence; a su vez, el agua es un obstáculo que, al mismo tiempo, le permite a la llama flotar sobre su moviente superficie. El alma, llama enamorada, viola la «ley severa» que separa al mundo de los muertos del de los vivos.

El primer terceto consuma la transgresión y prepara la metamorfosis final. En una rápida enumeración une, sin confundirlos, al alma y al cuerpo, este último personificado por dos elementos de la pasión erótica: la sangre y la médula. La primera línea dice que el alma ha vivido prisionera de «todo un Dios». No el Dios cristiano sino, aunque grande, un dios entre los otros: Eros, el amor. La imagen de la prisión amorosa aparece en otros poemas de Quevedo; por ejemplo, en el soneto que tiene por tema a un retrato de su amada que llevaba en una sortija: «En breve cárcel traigo aprisionado...». En general, como se ve precisamente en este soneto, no es el alma del amante la prisionera sino la figura de la amada, que está grabada (presa) en el corazón o en el alma de su enamorado. El amante, dice sor Juana en otro soneto, labra con su fantasía una cárcel para encerrar la imagen amada. Aunque Quevedo dice lo contrario –el alma del amante es la prisionera– no borra la relación entre los dos términos, el amante y la amada. Ahora bien, en uno y otro caso el emblema de la pareja es el deseo que teje una cárcel amorosa. El deseo es una consagración, sea porque la cárcel es divina (Eros) o porque la prisionera es una diosa o una semidiosa (la mujer amada). Se conserva así una de las nociones cardinales del amor en Occidente: la consagración de la amada. En sus dos vertientes la imagen suscita la de la sagrada comunión, turbadora y sacrílega analogía que es asimismo una violación del platonismo y del cristianismo. La segunda línea recoge la conjunción entre el agua y el fuego pero ahora de una manera más acusada y violenta: la sangre del cuerpo alimenta la llama inmaterial de la pasión. La tercera línea no es menos impresionante: el fuego pasional consume la médula de los huesos. Nueva fusión de lo material y lo espiritual: la médula es la parte más íntima y secreta de la persona, «lo más substancioso –dice el diccionario– de una cosa no material».

El sobrecogedor terceto final es el resultado de la transmutación en que consiste el combate amoroso entre el fuego y el agua, la vida y la muerte. En la primera línea el alma del amante abandona su cuerpo, «no su cuidado». Afirmación de la inmortalidad del alma pero que continúa presa en los lazos de este mundo. El alma sigue prendida, por el deseo, a otro cuerpo, el de la mujer amada. El «cuidado» que retiene al alma a la orilla del río del olvido y que convierte a la memoria en llama nadadora, no es el amor a las ideas eternas ni al Dios cristiano: es deseo hacia una persona humana, mortal. La frase de Blake, «la eternidad está enamorada de las obras del tiempo», es perfectamente aplicable a este verso blasfemo. La línea siguiente invierte los términos de la paradoja: las venas «serán ceniza, mas tendrá sentido». Los residuos inanimados del cuerpo no perderán ni la sensibilidad ni la conciencia: sentirán y se darán cuenta de su sentimiento. La médula es objeto de la misma transmutación: aunque será polvo, materia vil, seguirá amando. Los restos del muerto, sin dejar de ser despojos materiales, conservan los atributos del alma y de la vida: el sentir y el sentido. En la tradición platónica, el alma abandona el cuerpo en busca de las formas eternas; en la cristiana, el alma se reunirá con su cuerpo un día: el día de los días (el del Juicio Final). Heredero de ambas tradiciones, Quevedo las altera y, en cierto modo, las profana: aunque el cuerpo se deshace en materia informe, esa materia está animada. El poder que la anima y le infunde una terrible eternidad es el amor, el deseo.

Religión y poesía viven en continua ósmosis. En el soneto de Quevedo es constante la presencia de los mitos y los ritos del paganismo grecorromano; también están presentes, aunque de modo menos directo, los misterios del cristianismo. El tema del soneto es profundamente religioso y filosófico: la supervivencia del alma. Pero la visión de Quevedo es única y, en su singularidad, trágica. El cuerpo dejará de ser una forma humana; será materia inánime y, no obstante, seguirá amando. La distinción entre alma y cuerpo se desvanece. Derrota del alma: todo vuelve a ser polvo. Derrota del cuerpo: ese polvo está animado y siente. El fuego, que destruye al cuerpo, también lo anima y lo convierte en cenizas deseantes. El fuego del poema es metafórico y designa a la pasión; sin embargo, en el ánimo del lector evoca obscuramente el rito pagano grecorromano de la incineración del cadáver, reprobado por la Iglesia. Es imposible saber si Quevedo tuvo conciencia de esta asociación; probablemente se dejó llevar por imágenes inconscientes. Por lo demás, no importa demasiado saberlo; lo que cuenta es lo que siente el lector al leer el poema... y lo que siente es que el fuego del amor de pronto deja de ser una gastada metáfora y se vuelve una llama real que devora el cuerpo de un muerto. Resurrección de una imagen que duerme en el inconsciente colectivo de nuestra civilización. El *Diccionario de autoridades*, al definir el significado de la palabra *ceniza*, dice que designa «los huesos y residuos de algún difunto, haciendo alusión al estilo que introdujo y observó la Antigüedad de quemar los cuerpos de sus difuntos, separando sus cenizas para conservarlas en sepulcros, urnas o pirámides». El soneto de Quevedo es una urna de forma piramidal, una llama.

En la Edad Moderna la entrevista fúnebre con el fantasma adopta otras formas. Algunas están impregnadas de religiosidad y ven en la amada muerta y en su visita una promesa de redención: la Aurélia de Nerval o la Sophie de Novalis. Otras veces la visión se presenta como una culpable alucinación y otras más como la proyección de una conciencia perversa.

En las visiones de Baudelaire triunfa el mal, con su cortejo de vampiros y demonios. No es fácil saber si esas imágenes son hijas de un espíritu enfermo o las formas del remordimiento. El tema del fantasma erótico en la literatura moderna es muy vasto; ni es el momento de explorarlo ni yo me siento capaz de hacerlo. Recuerdo solamente un poema de López Velarde que combina la promesa religiosa de salvación por el amor, predilecta de los románticos, con el realismo de Propercio. Ese poema fue escrito un poco antes de que muriese el poeta; quedó inconcluso y contiene dos líneas indescifrables. Todo esto lo hace más impresionante.

El poema revela un estado de ánimo al que le conviene admirablemente una de sus palabras predilectas: *zozobra*. Puede leerse como una premonición: es el relato de un sueño que el poeta llama «apocalíptico», doble anuncio de sus postrimerías y de unas nupcias fúnebres. Es un sueño que expresa sus deseos y sus temores: poema de amor a una muerta y terror ante la muerte. López Velarde podría haber dicho, como Nerval: *c'est la mort –ou la morte...* Su visión es realista: aunque no la menciona por su nombre, es claro que la mujer de la aparición es Fuensanta, su amor juvenil y a la que dedicó su primer libro. Muerta unos años antes, en 1917, había sido enterrada en el valle de México, lejos de su provincia nativa. Por esto la llama «la prisionera del valle de México». También menciona el traje con que fue sepultada, comprado en un viaje de recreo. La aparecida lleva unos guantes negros y lo atrae «al océano de su seno». Escalofriante correspondencia entre los dos poemas: Propercio cuenta que, aunque la voz y el talante del fantasma de Cintia eran los de un ser vivo, «los huesos de sus dedos crujían al moverse sus frágiles manos»; López Velarde, menos brutalmente, dice que sus cuatro manos se enlazaron «como si fuesen los cuatro cimientos de la fábrica de los universos» y se pregunta:

> ¿Conservabas tu carne en cada hueso?
> El enigma de amor se veló entero
> en la prudencia de tus guantes negros.

Los poemas de Catulo y Propercio son visiones sombrías del amor: celos, traiciones, abandono, muerte. Pero así como, frente al erotismo negro de Sade, surgen la pasión solar de Lawrence y el gran Sí de aceptación de Molly Bloom, en la literatura grecorromana hay también poemas y novelas que celebran el triunfo del amor. Ya mencioné el cuento de Apuleyo. Otro ejemplo es *Dafnis y Cloe*, la pequeña obra maestra de Longo. Las novelas griegas del período alejandrino y romano son ricas en historias de amor. Hoy pocos leen esas obras; en su tiempo fueron inmensamente populares, como lo son ahora las novelas sentimentales. También fueron muy gustadas en los siglos XVI y XVII. Cervantes confiesa que la obra de su vejez, *Los trabajos de Persiles y Segismunda*, que él consideraba su novela más perfecta y la mejor escrita, había sido inspirada por Heliodoro. La crítica moderna agrega otra influencia griega: la de Aquiles Tacio. Autores tan diversos como Tasso, Shakespeare y Calderón admiraron a Heliodoro y a veces lo imitaron. Conocemos el amor que el adolescente Racine profesaba a Teógenes y a Cariclea, los héroes de la novela de Heliodoro; sorprendido por su severo maestro en plena lectura de ese autor profano, Racine sufrió sin chistar la confiscación del libro, diciendo: «no importa, lo sé de memoria». Era explicable la afición a este tipo de obras: aparte de ser muy entretenidas por las peripecias y aventuras que contaban, mostraban a los lectores de los siglos XVI y XVII un aspecto de la Antigüedad muy distinto al de la época clásica y más cercano a sus preocupaciones y a su sensibilidad. A diferencia de las novelas latinas, como *El satiricón* y *El asno de oro*, que pertenecen realmente a la picaresca, el centro de las novelas griegas es el amor, un tema que era también el de los poetas del Renacimiento y del barroco.

La preeminencia de los asuntos eróticos, sobre todo heterosexuales, es una nota predominante en la literatura y el arte de la época helenística. No aparece en la Grecia clásica. Michael Grant señala que uno de los poetas más famosos de este período, Apolonio de Rodas, «fue el primer poeta que convirtió al amor en un tema cardinal de la poesía épica»[1]. Se refiere a la historia de la pasión de Medea por Jasón en *Los argonautas*. Ese amor había sido tema de tragedia para Eurípides; Apolonio lo transformó en una historia romántica. En la Comedia Nueva el eje de la acción dramática es invariablemente el amor de un joven de buena familia por una hetaira o una esclava que, al final, resulta ser la hija de un ciudadano prominente, robada al nacer. Las heroínas de Eurípides eran reinas y princesas; las de Menandro, hijas de familias burguesas. También abundan en esas obras mujeres de modesta condición, como la Simetha de Teócrito, o conducidas por la cruel fortuna al estado servil. Las hetairas, que habían gozado de una posición elevada en la Atenas de Pericles, la conservaron en Alejandría y en las otras ciudades. En las novelas de Heliodoro, Tacio y los otros, los héroes son príncipes y princesas reducidos por la caprichosa Fortuna –que

---

1. Michael Grant, *From Alexander to Cleopatra. The Hellenistic World*, Nueva York, 1986.

había substituido al severo Destino– a la servidumbre, la esclavitud y otras desdichas. Sus complicadas y fantásticas aventuras –prisiones, fugas, combates, estratagemas para burlar a déspotas lascivos y a reinas en celo– tenían como fondo y acompañamiento los naufragios, las travesías por desiertos y montañas, los viajes por países bárbaros y de costumbres extrañas. El exotismo siempre ha sido uno de los condimentos de las historias de amor. El viaje, además, cumplía otra función: la del obstáculo vencido. La función del viaje era doble: alejaba a los amantes y al final, inesperadamente, los juntaba. Al cabo de mil penalidades, libres al fin de la malevolencia y la lujuria de tiranos y tiranas, él y ella regresaban a su tierra sanos, salvos y puros para, al fin, casarse.

La sociedad clásica reprobó a la pasión amorosa. Platón, en el *Fedro*, la juzga un delirio. Más tarde, en las *Leyes*, llegó incluso a proscribir la pasión homosexual. Los otros filósofos no fueron menos severos y aun Epicuro vio en el amor una amenaza contra la serenidad del alma. En cambio, los poetas alejandrinos lo exaltaron, aunque sin cerrar los ojos ante sus estragos. Ya insinué, más arriba, las razones de orden histórico, social y espiritual de este gran cambio. En las grandes urbes apareció un nuevo tipo de hombre y mujer, más libre y dueño de sí. El ocaso de las democracias y la aparición de monarquías poderosas provocaron un repliegue general hacia la vida privada. La libertad política cedió el sitio a la libertad interior. En esta evolución de las ideas y las costumbres fue decisiva la nueva situación de la mujer. Sabemos que por primera vez en la historia griega las mujeres comenzaron a desempeñar oficios y funciones fuera de su casa. Algunas fueron magistrados, un hecho que habría sido insólito para Platón y Aristóteles; otras fueron parteras, otras se dedicaron a los estudios filosóficos, a la pintura, a la poesía. Las mujeres casadas eran bastante libres, como se ve por la verdura de los dichos de las locuaces comadres de Teócrito y Herondas. El matrimonio comenzó a verse como un asunto que no debía arreglarse únicamente entre los jefes de familia sino como un acuerdo en el que era esencial la participación de los contrayentes. Todo esto prueba, una vez más, que la emergencia del amor es inseparable de la emergencia de la mujer. No hay amor sin libertad femenina.

Un ateniense del siglo v a.C. era, ante todo, un ciudadano; un alejandrino del siglo iii a.C. era un súbdito de Ptolomeo Filadelfo. «La novela griega, la Comedia Nueva y, más tarde, la elegía amorosa –dice Pierre Grimal– no podían nacer sino en una sociedad que había aflojado los lazos tradicionales para darle al individuo un lugar más amplio... La novela abre las puertas del gineceo y salta las murallas del jardín por el que se paseaban las hijas de las familias decentes.» Esto fue posible porque se había creado un espacio íntimo de libertad y ese espacio estaba abierto a la mirada del poeta y a la del público. El individuo privado aparece y, con él, un tipo de libertad desconocida: «la tradición encadena y determina al héroe trágico, mientras que el héroe de la novela es libre»[1]. Los deberes políticos, exaltados por la filosofía de Platón y Aristóteles, son desplazados por la búsqueda de la felicidad personal, la sabiduría o la serenidad, al margen de la sociedad. Pirrón busca la indiferencia, Epicuro la templanza, Zenón la impasibilidad: virtudes privadas. Otros buscan el placer, como Calímaco y Meleagro. Todos desdeñan la vida política.

En Roma los poetas elegíacos proclaman con cierta ostentación que sirven a una milicia distinta a la que combate en las contiendas civiles o conquista tierras lejanas para Roma: la *militia amoris*. Tibulo elogia la Edad de Oro porque, a la inversa de la nuestra, «que ha ensangrentado los mares y llevado la muerte a todas partes», no conoció el azote de la guerra: «el arte cruel del guerrero aún no había forjado la espada». Las únicas batallas que exalta Tibulo en sus poemas son las del amor. Propercio es más desafiante. En una elegía le deja a Virgilio la gloria de celebrar la victoria de Augusto en Acio; él prefiere cantar sus amores con Cintia, como el «voluptuoso Catulo, que hizo a Lesbia, con sus versos, más famosa que Helena». En otra elegía nos dice con desenvoltura lo que siente ante las hazañas patrióticas: «El divino César (Augusto) se apresta a llevar sus armas hasta el Indo..., a someter las corrientes del Tigris y el Éufrates..., a llevar al templo de Júpiter los trofeos de los partos vencidos... A mí me basta con aplaudir el desfile desde la Vía Sacra...». Todos estos testimonios de Alejandría y Roma pertenecen a lo que he llamado la *prehistoria* del amor. Todos ellos exaltan una pasión que la filosofía clásica había condenado como una servidumbre. La actitud de Propercio, Tibulo y los otros poetas era un desafío a la sociedad y a sus leyes, una verdadera premonición de lo que hoy llamamos «desobediencia civil». No en nombre de un principio general, como en el caso de Thoreau, sino por una pasión individual como el héroe de *La edad de oro*, la película de Buñuel y Dalí. Los poetas también podrían haber dicho que el amor nace de una atracción involuntaria que nuestro albedrío transforma en unión voluntaria. Esto último es su condición necesaria, el acto que transforma la servidumbre en libertad.

---

1. Pierre Grimal, introducción a *Romans, grecs et latins*, Bibliothèque de La Pléiade, Gallimard, 1958.

## La dama y la santa

La Antigüedad grecorromana conoció al amor, casi siempre como pasión dolorosa y, no obstante, digna de ser vivida y en sí misma deseable. Esta verdad, legada por los poetas de Alejandría y de Roma, no ha perdido nada de su vigencia: el amor es deseo de compleción y así responde a una necesidad profunda de los hombres. El mito del andrógino es una realidad psicológica: todos, hombres y mujeres, buscamos nuestra mitad perdida. Pero el mundo antiguo careció de una doctrina del amor, un conjunto de ideas, prácticas y conductas encarnadas en una colectividad y compartidas por ella. La teoría que pudo haber cumplido esa función, el eros platónico, más bien desnaturalizó al amor y lo transformó en un erotismo filosófico y contemplativo del que, además, estaba excluida la mujer. En el siglo XII, en Francia, aparece al fin el amor, no ya como un delirio individual, una excepción o un extravío sino como un ideal de vida superior. La aparición del amor cortés tiene algo de milagroso pues no fue la consecuencia de una prédica religiosa ni de una doctrina filosófica. Fue la creación de un grupo de poetas en el seno de una sociedad más bien reducida: la nobleza feudal del mediodía de la antigua Galia. No nació en un gran imperio ni fue el fruto de una vieja civilización: surgió en un conjunto de señoríos semiindependientes, en un período de inestabilidad política pero de inmensa fecundidad espiritual. Fue un anuncio, una primavera. El siglo XII fue el siglo del nacimiento de Europa; en esa época surgen lo que serían después las grandes creaciones de nuestra civilización, entre ellas dos de las más notables: la poesía lírica y la idea del amor como forma de vida. Los poetas inventaron al amor cortés. Lo inventaron, claro, porque era una aspiración latente de aquella sociedad[1].

La literatura sobre el amor cortés es vastísima. Aquí tocaré sólo unos cuantos puntos que juzgo esenciales en relación con el objeto de estas reflexiones. En otros escritos he tratado este asunto así como otros dos conexos: el amor en la poesía de Dante y en la lírica del barroco hispano; en este ensayo no volveré sobre ello[2]. El término *amor cortés* refleja la dis-

---

1. *Poesía provenzal* es un término inexacto, tanto desde el punto de vista lingüístico como geográfico, pero consagrado por costumbre.
2. Todos los textos que en seguida menciono han aparecido en distintos volúmenes de estas obras: *Apariencia desnuda. La obra de Marcel Duchamp*, en *Los privilegios*

tinción medieval entre *corte* y *villa*. No el amor villano –copulación y procreación– sino un sentimiento elevado, propio de las cortes señoriales. Los poetas no lo llamaron amor cortés; usaron otra expresión: *fin'amors*, es decir, amor purificado, refinado[1]. Un amor que no tenía por fin ni el mero placer carnal ni la reproducción. Una ascética y una estética. Aunque entre estos poetas hubo personalidades notables, lo que cuenta realmente es su obra colectiva[2]. Las diferencias individuales, con ser profundas, no impidieron que todos compartiesen los mismos valores y la misma doctrina. En menos de dos siglos estos poetas crearon un código de amor, todavía vigente en muchos de sus aspectos, y nos legaron las formas básicas de la lírica de Occidente. Tres notas de la poesía provenzal: la mayor parte de los poemas tiene por tema el amor; este amor es entre hombre y mujer; los poemas están escritos en lengua vulgar. Dante da la razón de esta preferencia por la lengua vulgar y no por el latín: los poetas querían darse a entender por las damas (*Vita nuova*). Poemas no para ser leídos sino oídos, acompañados por la música, en la *cour* del castillo de un gran señor. Esta feliz combinación entre la palabra hablada y la música sólo podía darse en una sociedad aristocrática amiga de los placeres refinados, compuesta por hombres y mujeres de la nobleza. Y en esto reside su gran novedad histórica: el banquete platónico era de hombres solos y las reuniones que se adivinan en los poemas de Catulo y Propercio eran fiestas de libertinos, cortesanas y aristócratas de vida libre como Clodia.

Varias circunstancias históricas hicieron posible el nacimiento del amor cortés. En primer término, la existencia de señoríos feudales relativamente independientes y ricos. El siglo XII fue un período de afluencia: agricultura próspera, comienzos de la economía urbana, actividad comercial no sólo entre las regiones europeas sino con el Oriente. Fue una época abierta al exterior: gracias a las Cruzadas los europeos tuvieron un contacto más es-

---

*de la vista I*, vol. 6, 1994, pp. 233-247; «Concilio de luceros», en *Sor Juana Inés de la Cruz o las trampas de la fe*, vol. 5, 1994, pp. 242-246; y «Quevedo, Heráclito y algunos sonetos», en *Fundación y disidencia*, vol. 3, 1994, pp. 125-127.

1. *Amor* en provenzal es voz femenina. Sin embargo, para evitar confusiones, cuando use la expresión *fin'amors* me serviré del género masculino.
2. Entre ellos: Guillermo IX, duque de Aquitania (el primer poeta provenzal), Jaufré Rudel, Marcabrú, Bernart de Ventadorn, Arnaut Daniel, Bertran de Born, la condesa de Dia (¿Beatriz o Isoarda?), Peire Vidal, Peire Cardenal... Sobre la poesía provenzal la literatura es abundante. En español contamos con una obra fundamental: Martín de Riquer, *Los trovadores (Historia literaria y textos)*, tres tomos, Barcelona, Ariel, 1983.

trecho con el mundo oriental, con sus riquezas y con sus ciencias; a través de la cultura árabe, redescubrieron a Aristóteles, a la medicina y a la ciencia grecorromanas. Entre los poetas provenzales algunos participaron en las Cruzadas. El fundador, Guillermo de Aquitania, estuvo en Siria y más tarde en España. Las relaciones con esta última fueron particularmente fructíferas tanto en el dominio de la política y el comercio como en el de las costumbres; no era raro encontrar en las cortes de los señores feudales bailarinas y cantantes árabes de Al-Andalus. Al comenzar el siglo XII el mediodía de Francia fue un lugar privilegiado en el que se entrecruzaban las más diversas influencias, desde las de los pueblos nórdicos a las de los orientales. Esta diversidad fecundó a los espíritus y produjo una cultura singular que no es exagerado llamar la primera civilización europea.

La aparición del amor cortés sería inexplicable sin la evolución de la condición femenina. Este cambio afectó sobre todo a las mujeres de la nobleza, que gozaron de mayor libertad que sus abuelas en los siglos obscuros. Varias circunstancias favorecieron esta evolución. Una fue de orden religioso: el cristianismo había otorgado a la mujer una dignidad desconocida en el paganismo. Otra, la herencia germánica: ya Tácito había señalado con asombro que las mujeres germanas eran mucho más libres que las romanas (*De Germania*). Finalmente, la situación del mundo feudal. El matrimonio entre los señores no estaba fundado en el amor sino en intereses políticos, económicos y estratégicos. En ese mundo en perpetua guerra, a veces en países lejanos, las ausencias eran frecuentes y los señores tenían que dejar a sus esposas el gobierno de sus tierras. La fidelidad entre una y otra parte no era muy estricta y abundan los ejemplos de relaciones extraconyugales. Hacia esa época se había hecho popular la leyenda arturiana de los amores adúlteros de la reina Ginebra con Lanzarote así como la suerte desdichada de Tristán e Isolda, víctimas de una pasión culpable. Por otra parte, aquellas damas pertenecían a familias poderosas y algunas no vacilaban en enfrentarse a sus maridos. Guillermo de Aquitania tuvo que soportar que su segunda mujer lo abandonase y que, refugiada en una abadía y aliada a un obispo, no descansase hasta lograr su excomunión[1]. Entre las mujeres de ese período destacó la figura de Leonor de Aquitania, esposa de dos reyes, madre de Ricardo Corazón de León y patrona de poetas. Varias damas de la aristocracia fueron también trovadoras; ya he mencionado a la condesa de Dia, famosa *trobairitz*.

---

1. La abadía de Fontevrault, gobernada por una abadesa. Guillermo la llamó «abadía de putas».

Las mujeres disfrutaron de libertades en el período feudal que perdieron más tarde por la acción combinada de la Iglesia y la monarquía absoluta. El fenómeno de Alejandría y Roma se repitió: la historia del amor es inseparable de la historia de la libertad de la mujer.

No es fácil determinar cuáles fueron las ideas y doctrinas que influyeron en la aparición del amor cortés. En todo caso, fueron pocas. La poesía provenzal nació en una sociedad profundamente cristiana. Sin embargo, en muchos puntos esenciales el amor cortés se aparta de las enseñanzas de la Iglesia y aun se opone a ellas. La formación de los poetas, su cultura y sus creencias eran cristianas pero muchos de sus ideales y aspiraciones estaban en pugna con los dogmas del catolicismo romano. Eran sinceros creyentes y, al mismo tiempo, oficiaban en un culto secular y que no era el de Roma. No parece que esta contradicción los haya perturbado, al menos al principio; en cambio, no pasó inadvertida para las autoridades eclesiásticas, que siempre reprobaron al amor cortés. En cuanto a la influencia de la Antigüedad grecorromana: fue insignificante. Los poetas provenzales conocían a los poetas latinos de manera vaga y fragmentaria. Había, sí, el precedente de una literatura «neolatina» de clérigos que escribían «epístolas amatorias» a la manera de Ovidio; según René Nelli: «no tuvieron influencia ni en el estilo de los primeros trovadores ni en sus ideas sobre el amor»[1]. Varios críticos afirman que la prosodia de la poesía litúrgica latina influyó en la métrica y en las formas estróficas de la lírica provenzal. Es posible. De todos modos, los temas religiosos de esa poesía no podían influir en las canciones eróticas de los provenzales. Por último: el platonismo, el gran fermento erótico y espiritual de Occidente. Aunque no hubo una transmisión directa de las doctrinas platónicas sobre el amor, es verosímil que hayan llegado a los poetas provenzales ciertas nociones de esas ideas a través de los árabes. Esta hipótesis merece un comentario aparte.

Al hablar de las relaciones entre la «cortesía» árabe y la de Occitania, René Nelli dice: «La influencia más temprana, profunda y decisiva fue la de la España musulmana. Las Cruzadas en España enseñaron más a los barones meridionales que las Cruzadas en Oriente». La mayoría de los entendidos admite que los poetas provenzales adoptaron dos formas poéticas populares arábigo-andaluzas: el zéjel y la jarcha. Menciono, en seguida, otro préstamo de mayor significación y que tuvo consecuencias muy profundas no sólo en la poesía sino en las costumbres y las creencias: la inversión de las

---

1. René Nelli, *L'Érotique des troubadours*, Tolosa, 1963.

posiciones tradicionales del amante y su dama. El eje de la sociedad feudal era el vínculo vertical, a un tiempo jurídico y sagrado, entre el señor y el vasallo. En la España musulmana los emires y los grandes señores se habían declarado sirvientes y esclavos de sus amadas. Los poetas provenzales adoptan la costumbre árabe, invierten la relación tradicional de los sexos, llaman a la dama su señora y se confiesan sus sirvientes. En una sociedad mucho más abierta que la hispano-musulmana y en la que las mujeres gozaban de libertades impensables bajo el islam, este cambio fue una verdadera revolución. Trastocó las imágenes del hombre y la mujer consagradas por la tradición, afectó a las costumbres, alcanzó al vocabulario y, a través del lenguaje, a la visión del mundo. Siguiendo el uso de los poetas de Al-Andalus, que llamaban a sus amadas *sayyidí* (mi señor) y *mawlanga* (mi dueño), los provenzales llamaron a sus damas *midons* (*meus dominus*). Es un uso que ha llegado hasta nuestros días. La masculinización del tratamiento de las damas tendía a subrayar la alteración de la jerarquía de los sexos: la mujer ocupaba la posición superior y el amante la del vasallo. El amor es subversivo.

Podemos ahora abordar el difícil tema del platonismo. En la erótica árabe el amor más alto es el puro; todos los tratadistas exaltan la continencia y elogian los amores castos. Se trata de una idea de origen platónico, aunque modificada por la teología islámica. Es conocida la influencia de la filosofía griega en el pensamiento árabe. Los *falasifos* (transcripción árabe de *filósofos*) dispusieron muy pronto de las obras de Aristóteles y de algunos tratados platónicos y neoplatónicos. Hay una línea de filósofos árabes impregnados de neoplatonismo. Es útil distinguir entre aquellos que concebían al amor como un camino hacia la divinidad y los que lo circunscribían a la esfera humana, aunque con una ventana abierta a las esferas superiores. Para la ortodoxia islámica la vía mística que busca la unión con Dios es una herejía: la distancia entre el creador y la criatura es infranqueable. A pesar de esta prohibición, una de las riquezas espirituales del islam es la mística sufí, que sí acepta la unión con Dios. Entre los poetas y místicos sufíes, algunos fueron mártires y murieron por sus ideas. A la tendencia ortodoxa pertenecía Muhammad Ibn Dawud, jurista y poeta de Bagdad. Su caso es singular porque Ibn Dawud fue también el autor de un libro, *Kitab-al-Zahra* (*El libro de la flor*), que es un tratado sobre el amor en el que es claramente perceptible la influencia del *Banquete* y el *Fedro*: el amor nace de la vista de un cuerpo hermoso, los grados del amor van de lo físico a lo espiritual, la belleza del amado como vía hacia la contemplación de las formas eternas. Sin embargo, fiel a la ortodoxia, Ibn Dawud rechaza la unión con Dios: la divinidad, sempiterna *otredad*, es inaccesible.

Un siglo después, en la Córdoba de los Omeyas, el filósofo y poeta Ibn Hazm, una de las figuras más atrayentes de Al-Andalus, escribe un pequeño tratado de amor, *El collar de la paloma*, traducido hoy a casi todas las lenguas europeas. Nosotros tenemos la suerte de contar con la admirable versión de Emilio García Gómez[1]. Para Ibn Hazm el amor nace, como en Platón, de la vista de la hermosura física. También habla, aunque de manera menos sistemática, de la escala del amor, que va de lo físico a lo espiritual. Ibn Hazm menciona un pasaje de Ibn Dawud que, a su vez, es una cita del *Banquete*: «Mi parecer (sobre la naturaleza del amor) es que consiste en la unión entre las partes de almas que andan divididas, en relación a cómo eran primero en su elevada esencia, pero no como lo afirma Ibn Dawud (¡Dios se apiade de él!) cuando, respaldándose en la opinión de cierto filósofo, dice que las almas son "esferas partidas", sino por la relación que tuvieron antes en su altísimo mundo...». El filósofo es Platón y las «esferas partidas» aluden al discurso sobre los andróginos en el *Banquete*. La idea de que las almas se buscan en este mundo por las relaciones que tuvieron antes de descender a la tierra y encarnar en un cuerpo, también es de estirpe platónica: es la *reminiscencia*.

Hay otros ecos del *Fedro* en *El collar de la paloma*: «Veo una forma humana pero, cuando medito más detenidamente, creo ver en ella un cuerpo que viene del mundo celeste de las Esferas». La contemplación de la hermosura es una epifanía. Por mi parte he encontrado otro eco de Ibn Hazm, no en los poetas provenzales sino en Dante. En el primer capítulo de *El collar de la paloma* se lee: «El amor, en sí mismo, es un accidente y no puede, por tanto, ser soporte de otros accidentes» (capítulo primero: «La esencia del amor»). En el capítulo XXV de la *Vita nuova* se dice, casi con las mismas palabras: «El amor no existe en sí como substancia: es el accidente de una substancia». En uno y otro caso el sentido es claro: el amor no es ni un ángel ni un ser humano (una substancia incorpórea inteligente o una substancia corpórea inteligente) sino *algo que les pasa* a los hombres: una pasión, un accidente. La distinción entre substancia y accidente es más aristo-

---

1. Según García Gómez, *El libro de la flor* es probablemente de 890 y *El collar de la paloma* de 1022. En su extensa introducción a *El collar de la paloma* (Madrid, Alianza Editorial, 1971), García Gómez hace una interesante comparación entre las ideas de Ibn Hazm y las del Arcipreste de Hita. Nos hace falta un buen ensayo moderno sobre *El libro de buen amor*.

télica que platónica pero lo que deseo subrayar es la turbadora coincidencia entre Ibn Hazm y Dante. Me parece que, a medida que pasan los años, se confirma más y más la idea de Asín Palacios, el primero que descubrió la presencia del pensamiento árabe en la poesía de Dante.

¿Conocieron los provenzales el tratado de Ibn Hazm? Aunque es imposible dar una respuesta segura, hay indicios que parecen mostrar la influencia del tratado árabe sobre el *fin'amors*. Más de ciento cincuenta años después, Andrés el Capellán escribe, a pedido de María de Champaña, hija de Leonor de Aquitania, un tratado sobre el amor: *De arte honesta amandi*, en el que repite ideas y fórmulas que figuran en *El collar de la paloma*[1]. No es gratuito suponer, además, que antes de escrito el tratado de Andrés el Capellán (1185), los poetas conocían, así fuese de manera fragmentaria, las ideas de la erótica árabe, al mismo tiempo que asimilaban las formas métricas y el vocabulario amoroso de su poesía. Las afinidades son numerosas: el culto a la belleza física, las escalas del amor, el elogio a la castidad –método de purificación del deseo y no fin en sí misma– y la visión del amor como la revelación de una realidad transhumana, pero no como una vía para llegar a Dios. Esto último es decisivo: ni el amor cortés ni la erótica de Ibn Hazm son una mística. En los dos el amor es humano, exclusivamente humano, aunque contenga reflejos de otras realidades o, como dice Hazm, del «mundo de las Esferas». Concluyo: la concepción occidental del amor muestra mayor y más profunda afinidad con la de árabes y persas que con las de la India y el Extremo Oriente. No es extraño: ambas son derivaciones o, más exactamente, desviaciones de dos religiones monoteístas y ambas comparten la creencia en un alma personal y eterna.

El amor cortés florece en la misma época y en la misma región geográfica en que aparece y se extiende la herejía cátara[2]. Debido a sus prédicas igualitarias y a la pureza y rectitud de costumbres de sus obispos, el catarismo conquistó rápidamente una vasta audiencia popular. Su teología impresionó a los letrados, a la burguesía y a la nobleza. Sus críticas a la Iglesia ro-

---

1. *The Art of Courtly Love*, edición, traducción e introducción de J. J. Parry, Nueva York, 1941.
2. Del griego *kátharos*: puros. ¿Por qué suprimimos la h de *kátharos*? El francés la conserva. Aunque la Academia lo acepta e incluso lo aplaude, la pretensión de fonetizar del todo a la ortografía del español es inútil y bárbara. Nos separa más y más de nuestras raíces y de las otras lenguas europeas, como se ve en los casos de *posdata, sicología, seudónimo* y otros engendros.

mana alentaron a una población cansada de los abusos del clero y de las intrusiones de los legados papales. La ambición de los grandes señores, que deseaban apoderarse de los bienes de la Iglesia y que se sentían amenazados por la monarquía francesa, favoreció también a la nueva fe. Por último, un sentimiento colectivo que no sé si llamar nacionalista: el orgullo y la conciencia de compartir una lengua, unas costumbres y una cultura. Un sentimiento difuso pero poderoso: el de pertenecer a una comunidad, la Occitania, el país de la lengua de *oc*, rival del país de la lengua de *oil*. Dos sociedades, dos sensibilidades que habían cristalizado en dos maneras de decir *oui* (sí), esa partícula que nos define no por lo que negamos sino por lo que afirmamos y somos. Al enraizar en Occitania, la religión cátara se identificó con la lengua y la cultura del país. Muchos de los grandes señores y damas que protegieron a los trovadores tenían simpatías por esa doctrina. Aunque hubo pocos trovadores cátaros –y ninguno de ellos escribió poesías amorosas– es natural que hubiese cierta relación entre el amor cortés y las creencias de los cátaros. Pero no contento con esta verdad inocua, Denis de Rougemont fue más allá: pensó que los poetas provenzales se habían inspirado en la doctrina cátara y que de ella venían sus ideas cardinales. De deducción en deducción llegó a afirmar que el amor occidental era una herejía –y una herejía que no sabía que lo era. La idea de Rougemont es seductora y confieso que durante algún tiempo conquistó, no sin reticencias, mi adhesión. Ya no y en seguida explico mis razones.

Más que una herejía, el catarismo fue una religión pues su creencia fundamental es un dualismo que se opone a la fe cristiana en todas sus modalidades, de la católica romana a la bizantina. Sus orígenes están en Persia, cuna de religiones dualistas. Los cátaros profesaban no sólo la coexistencia de dos principios –la luz y las tinieblas– sino en su versión más extrema, la de los albigenses, la de dos creaciones. Como varias sectas gnósticas de los primeros siglos, creían que la tierra era la creación de un demiurgo perverso (Satán) y que la materia era, en sí misma, mala. Creían también en la transmigración de las almas, condenaban la violencia, eran vegetarianos, predicaban la castidad (la reproducción era un pecado), no condenaban al suicidio y dividían a su Iglesia en «perfectos» y simples creyentes. El crecimiento de la Iglesia cátara en el mediodía de Francia y en el norte de Italia es un fenómeno asombroso, no inexplicable: el dualismo es nuestra respuesta espontánea a los horrores y las injusticias de aquí abajo. Dios no puede ser el creador de un mundo sujeto al accidente, al tiempo, al dolor y a la muerte; sólo un demonio pudo haber creado una tierra manchada de sangre y regida por la injusticia.

Ninguna de estas creencias tiene la menor afinidad con las del amor cortés. Más bien debe decirse lo contrario: hay oposición entre ellas. El catarismo condena a la materia y esa condenación alcanza a todo amor profano. De ahí que el matrimonio fuese visto como un pecado: engendrar hijos de carne era propagar la materia, continuar la obra del demiurgo Satán. Se toleraba el matrimonio, para el común de los creyentes, como un *pis aller*, un mal necesario. El *fin'amors* lo condena también pero por una razón diametralmente opuesta: era un vínculo contraído, casi siempre sin la voluntad de la mujer, por razones de interés material, político o familiar. Por esto exaltaba las relaciones fuera del matrimonio, a condición de que no estuviesen inspiradas por la mera lascivia y fuesen consagradas por el amor. El cátaro condenaba al amor, incluso al más puro, porque ataba el alma a la materia; el primer mandamiento de la «cortesía» era el amor a un cuerpo hermoso. Lo que era santo para los poetas, era pecado para los cátaros.

La imagen de la escala figura en casi todos los cultos. Contiene dos ideas: la de ascenso y la de iniciación. Por lo primero, el amor es una elevación, un cambio de estado: los amantes transcienden, por un momento al menos, su condición temporal y, literalmente, se transportan a otro mundo. Por lo segundo, conocen una realidad oculta. Se trata de un conocimiento no intelectual: el que contempla y conoce no es el ojo del intelecto, como en Platón, sino el del corazón. Hay que agregar otra nota, derivada no de la tradición religiosa ni de la filosófica sino de la realidad feudal: el «servicio» del amante. Como el vasallo, el amante sirve a su amada. El «servicio» tiene varias etapas: comienza con la contemplación del cuerpo y el rostro de la amada y sigue, conforme a un ritual, con el intercambio de signos, poemas, entrevistas. ¿Dónde y cuándo termina? Si se leen los textos, se comprueba que, durante el primer período de la poesía provenzal, no había equívoco posible: la consumación del amor era el goce carnal. Era una poesía caballeresca, escrita por señores y dirigida a damas de su clase social. En un segundo momento aparecen los poetas profesionales; muchos de ellos no pertenecían a la nobleza y vivían de sus poemas, unos errantes de castillo en castillo y otros bajo la protección de un gran señor o de una dama de alta alcurnia. La ficción poética del principio, que convertía al señor en vasallo de su dama, dejó de ser una convención y reflejó la realidad social: los poetas, casi siempre, eran de rango inferior al de las damas para las que componían sus canciones. Era natural que se acentuase la tonalidad ideal de la relación amorosa, aunque siempre asociada a la persona de la dama. La persona: su alma y su cuerpo.

No hay que olvidar que el ritual del amor cortés era una ficción poética, una regla de conducta y una idealización de la realidad social. Así, es imposible saber cómo y hasta qué punto sus preceptos se cumplían. También hay que tener en cuenta que durante la segunda época del amor cortés, que fue su mediodía, la mayoría de los trovadores eran poetas de profesión y sus cantos expresaban no tanto una experiencia personal vivida como una doctrina ética y estética. Al componer sus canciones de amor, cumplían una función social. Pero es evidente, asimismo, que los sentimientos e ideas que aparecen en sus poemas correspondían de algún modo a lo que pensaban, sentían y vivían los señores, las damas y los clérigos de las cortes feudales. Con esta salvedad, enumero los tres grados del «servicio» amoroso: pretendiente, suplicante y aceptado[1]. La dama, al aceptar al amante lo besaba y con esto terminaba su servicio. Pero había un cuarto grado: el de amante carnal (*drutz*). Muchos trovadores no aprobaban que se llegase al *fach* (al hecho: la copulación). Esta reserva se debía sin duda al cambio del rango de los trovadores que se habían convertido en poetas profesionales; sus poemas no reflejaban sus sentimientos y, además, era ya demasiado grande la distancia que los separaba de las damas. A veces no sólo era el rango sino la edad: ellos o ellas eran viejos. Finalmente, se pensaba que la posesión mataba al deseo y al amor. Sin embargo, Martín de Riquer señala que la crítica moderna «ha puesto en claro que el *fin'amors* puede aspirar a la unión física... Si tal aspiración no existiera, no tendría el menor sentido el género llamado *alba*, que supone ya consumada la unión entre los amantes»[2]. De paso, esas canciones, frescas como el amanecer, iluminarían a la lírica europea, de los ruiseñores de Shakespeare a las alondras de Lope de Vega:

> Pareja de ruiseñores
> que canta la noche entera,
> y yo con mi bella amiga
> bajo la enramada en flor,
> hasta que grite el vigía
> en lo alto de la torre:
> ¡arriba, amantes, ya es hora,
> el alba baja del monte![3]

1. René Nelli, *op. cit.*
2. Martín de Riquer, *op. cit.*
3. Poema anónimo. Mi versión es libre.

La idea de que el amor es una iniciación implica que es también una prueba. Antes de la consumación física había una etapa intermedia que se llamaba *assag* o *assai*: prueba de amor. Muchos poemas aluden a esta costumbre y entre ellos uno de la condesa de Día y otro de una *trobairitz* menos conocida, Azalais de Porcairagues. Esta última expresamente se refiere al *assai*: «Bello amigo... Pronto llegaremos a la prueba (*tost en venrem a l'assai*) y me entregaré a vuestra merced». El *assai* comprendía, a su vez, varios grados: asistir al levantarse o acostarse de la dama; contemplarla desnuda (el cuerpo de la mujer era un microcosmos y en sus formas se hacía visible la naturaleza entera con sus valles, colinas y florestas); en fin, penetrar en el lecho con ella y entregarse a diversas caricias, sin llegar a la final (*coitus interruptus*)[1].

Nuestro poema *Razón de amor*, que en sus primeros versos alude expresamente al amor cortés, ofrece una encantadora descripción del *assai*. Un jardín deliciosamente artificial: el «lugar ameno». La fuente, los árboles floridos, los pájaros, las rosas, el lirio, la salvia, las violas, las yerbas de olor: una primavera balsámica. Aparece un joven: es un «escolar», viene de Francia o de Italia, busca a alguien y se tiende junto a la fuente; como hace calor, deja al lado sus ropas y bebe el agua fría del manantial. Llega una doncella de rara hermosura y se describen con placer sus rasgos físicos y su vestido: el manto y el brial de seda, el sombrero, los guantes. La joven avanza cortando flores y mientras las corta canta una canción de amor. Él se levanta y sale a su encuentro: le pregunta si «sabe de amor», ella le contesta que sí pero que aún no conoce a su amigo. Al fin se reconocen por las prendas que se han enviado: ella es aquella que él espera y él es aquel que ella busca. Ambos son adeptos de la «cortesía». Se juntan, se abrazan, se tienden «so ell oliuar», ella se quita el manto y lo besa en los ojos y en la boca («tan gran sabor de mí auia, / sol fablar non me podia»). Así, acariciándose, pasan un gran rato («Vna grant pieça ali estando, / de nuestro amor ementando»), hasta que ella tiene que despedirse y se va, con mucha pena y juramentos de amor. El mancebo se queda solo y dice: «Que que la ui fuera del uerto, / por poco non fuy muerto».

El texto que ha llegado hasta nosotros no parece completo; tal vez es un fragmento de un poema más largo. Hay ciertos elementos que hacen pensar que es una alegoría. Entre las ramas de un manzano el joven descubre dos vasos. Uno es de plata y contiene un vino claro y bermejo, de-

---

1. He comentado esta ceremonia en las páginas finales de *Apariencia desnuda. La obra de Marcel Duchamp*, en el sexto volumen de estas obras.

jado para su amigo por la dueña del huerto. ¿Es la misma que se solaza con el mancebo «so ell oliuar» o es otra, mencionada por la doncella y que también lo quiere? El segundo vaso es de agua fría. El joven confiesa que lo habría bebido de buen grado de no ser por el temor de que estuviese hechizado. No intentaré descifrar este misterioso poema; lo he citado sólo para mostrar, con un ejemplo de nuestra lengua, el rito del *assai*, la prueba de amor.

Entre el amor cortés y el catarismo hay, claro, puntos de contacto pero también los hay con el cristianismo y con la tradición platónica. Estas afinidades son naturales; lo asombroso y significativo es que el amor cortés, desde el principio, se haya manifestado de manera independiente y con características que prohíben confundirlo con las creencias de los cátaros o con los dogmas de la Iglesia católica. Fue una herejía tanto del cristianismo como de las creencias cátaras y de la filosofía platónica del amor. Mejor dicho: fue una disidencia, una transgresión. Digo esto porque fue esencialmente secular, vivido y sentido por seglares. Lo he llamado *culto* porque tuvo ritos y fieles pero fue un culto frente o fuera de las Iglesias y las religiones. Éste es uno de los rasgos que separan al erotismo del amor. El erotismo puede ser religioso, como se ve en el tantrismo y en algunas sectas gnósticas cristianas; el amor siempre es humano. Así pues, la exaltación del amor no era ni podía ser compatible con el riguroso dualismo de los cátaros. Cierto, en el momento de la gran crisis del catarismo, que arrastró en su caída a la civilización provenzal, el país invadido por las tropas de Simón de Montfort y las conciencias violadas por los inquisidores, es comprensible que los poetas provenzales, como el resto de la población, hayan mostrado simpatías por la causa de los cátaros. No podía ser de otro modo: con el pretexto de extirpar una herejía, el rey francés, Luis VIII, en complicidad con el papa Inocencio III, que proclamó la Cruzada contra los albigenses, extendió su dominación en el mediodía y acabó con Occitania. En aquellos días terribles todos los occitanos –católicos y cátaros, nobles y burgueses, pueblo y poetas– fueron víctimas de la soldadesca de Simón de Montfort y de los crueles inquisidores dominicanos. Pero no es descabellado suponer que si, por un milagro, los cátaros hubiesen triunfado, ellos también habrían condenado al amor cortés.

Las razones de la Iglesia de Roma para condenar al *fin'amors*, aunque distintas a las de los cátaros, no eran menos poderosas. Ante todo, la actitud frente al matrimonio. Para la Iglesia es uno de los siete sacramentos instituidos por Jesucristo. Atentar contra su integridad o poner en duda su santidad no era únicamente una falta grave: era una herejía. Para los adeptos del amor cortés, el matrimonio era un yugo injusto que esclavizaba a la mujer, mientras que el amor fuera del matrimonio era sagrado y confería a los amantes una dignidad espiritual. Como la Iglesia, condenaban al adulterio por lascivia pero lo convertían en un sacramento si lo ungía el fluido misterioso del *fin'amors*. La Iglesia tampoco podía aprobar los ritos de la cortesía amorosa; si los primeros escalones, aunque pecaminosos, podían parecer inocuos, no se podía decir lo mismo de las distintas ceremonias extremadamente sensuales que componían el *assai*. La Iglesia condenaba a la unión carnal, aun dentro del matrimonio, si no tenía como fin declarado la procreación. El amor cortés no sólo era indiferente a esta finalidad sino que sus ritos exaltaban un placer físico ostensiblemente desviado de la reproducción.

 La Iglesia elevó la castidad al rango de las virtudes más altas. Su premio era ultraterreno: la gracia divina y aun, para los mejores, la beatitud en el cielo. Los poetas provenzales se hacían lenguas sin cesar de una misteriosa exaltación, a un tiempo física y espiritual, que llamaban *joi* y que era una recompensa, la más alta, del amor. Esta *joi* no era ni la simple alegría ni el gozo sino un estado de felicidad indefinible. Los términos en que algunos poetas describen la *joi* hacen pensar que se refieren al goce de la posesión carnal, aunque refinado por la espera y la *mezura*: el amor cortés no era un desorden sino una estética de los sentidos. Otros hablan del sentimiento de unión con la naturaleza a través de la contemplación de la amante desnuda, comparándolo con la sensación que nos embarga ante ciertos paisajes una mañana de primavera. Para otros más, era una elevación del alma semejante a los transportes de los místicos y a los éxtasis de los filósofos y poetas contemplativos. La felicidad es, por esencia, indecible; la *joi* de los provenzales era un género inusitado de felicidad y, así, doblemente indecible. Sólo la poesía podía aludir a ese sentimiento. Otra diferencia: la *joi* no era un premio *postmortem* como el otorgado a la abstinencia, sino una gracia natural concedida a los amantes que habían depurado sus deseos.

 Todas estas diferencias se conjugaban en una mayor: la elevación de la mujer, que de súbdita pasaba a ser señora. El amor cortés otorgaba a las damas el señorío más preciado: el de su cuerpo y su alma. La elevación de la mujer fue una revolución no sólo en el orden ideal de las relaciones amorosas entre los sexos sino en el de la realidad social. Es claro que el amor cortés no confería a las mujeres derechos sociales o políticos; no era una reforma jurídica: era un cambio en la visión del mundo. Al trastocar el orden jerárquico tradicional, se tendía a equilibrar la inferioridad social de la mujer con su superioridad en el dominio del amor. En este sentido fue un paso hacia la igualdad de los sexos. Pero a los ojos de la Iglesia la ascensión de la dama se traducía en una verdadera deificación. Pecado mortal: amar a una criatura con el amor que debemos profesar al Creador. Idolatría, confusión sacrílega entre lo terrestre y lo divino, lo temporal y lo eterno. Comprendo que Rougemont haya visto en el amor una herejía; también comprendo que W. H. Auden dijese que el amor era «una enfermedad del cristianismo». Para los dos no había ni puede haber salud fuera de la Iglesia. Pero comprender una idea no es compartirla: pienso exactamente lo contrario.

En primer término, el amor aparece en otras civilizaciones: ¿el amor también es una herejía del budismo, el taoísmo, el vishnuismo y el islam? En cuanto al amor occidental: lo que los teólogos y sus seguidores modernos llaman la deificación de la mujer fue en realidad un *reconocimiento*. Cada persona es única y por esto no es un abuso de lenguaje hablar de «la santidad de la persona». La expresión, por lo demás, es de origen cristiano. Sí, cada ser humano, sin excluir a los más viles, encarna un misterio que no es exagerado llamar santo o sagrado. Para los cristianos y los musulmanes el gran misterio es la *caída*: la de los hombres pero también la de los ángeles. La gran caída, el gran misterio, fue el del ángel más bello, el lugarteniente de las milicias celestiales: Luzbel. La caída de Luzbel prefigura y contiene a la de los hombres. Pero Luzbel, hasta donde sabemos, es irredimible: su condena es eterna. El hombre, en cambio, puede pagar su falta, cambiar la caída en vuelo. El amor es el reconocimiento, en la persona amada, de ese don de vuelo que distingue a todas las criaturas humanas. El misterio de la condición humana reside en su libertad: es caída y es vuelo. Y en esto también reside la inmensa seducción que ejerce sobre nosotros el amor. No nos ofrece una vía de salvación; tampoco es una idolatría. Comienza con la admiración ante una persona, lo sigue el entusiasmo y culmina con la pasión que nos lleva a la dicha o al desastre. El amor es una prueba que a todos, a los felices y a los desgraciados, nos ennoblece.

El fin del amor cortés coincide con el fin de la civilización provenzal. Los últimos poetas se dispersaron; algunos se refugiaron en Cataluña y en España, otros en Sicilia y en el norte de Italia. Pero antes de morir la poesía provenzal fecundó al resto de Europa. Por su influencia las leyendas celtas del ciclo arturiano se transformaron y, gracias a su popularidad, la «cortesía» se convirtió en un ideal de vida. Chrétien de Troyes fue el primero en insertar en la materia épica tradicional la nueva sensibilidad. Su novela en verso sobre los amores ilícitos de Lanzarote con la reina Ginebra fue muy imitada. Entre todos esos relatos destaca el de Tristán e Isolda, arquetipo hasta nuestros días de lo que se ha llamado amor-pasión. En la historia de Tristán hay elementos bárbaros y mágicos que le dan una grandeza sombría pero que la apartan del ideal de la «cortesía». Para los provenzales, que en esto siguen a Ibn Hazm y a la erótica árabe, el amor es el fruto de una sociedad refinada; no es una pasión trágica, a pesar de los sufrimientos y penas de los enamorados, porque su fin último es la *joi*, esa felicidad que resulta de la unión entre el goce y la contemplación, el mundo natural y el espiritual. En los amores de Tristán con Isolda los elementos mágicos –el filtro que beben por error los amantes– contribuyen poderosamente a subrayar las potencias irracionales del erotismo. Víctimas de esos poderes, no les queda a los amantes otra salida que la de la muerte. La oposición entre esta visión negra de la pasión y la de la «cortesía», que la ve como un proceso purificador que nos lleva a la iluminación, constituye la esencia del misterio del amor. Doble fascinación ante la vida y la muerte, el amor es caída y vuelo, elección y sumisión.

La influencia de esa literatura, que mezclaba las leyendas bárbaras con la «cortesía», fue inmensa. Un célebre episodio de la *Divina Comedia* ilustra el poder que ejerció sobre los espíritus. Dante encuentra, en el segundo círculo del Infierno, el de los lujuriosos, a Paolo y Francesca. Interrogada por el poeta, Francesca le cuenta que un día, mientras ella y Paolo leían juntos un libro que narraba los amores de Lanzarote y Ginebra, descubrieron el mutuo amor que se tenían y que los llevó a la muerte. Al llegar al pasaje en que Lanzarote y Ginebra, unidos por su pasión, se besan por primera vez, detuvieron su lectura y se miraron turbados. Entonces

*questi, che mai da me non fia diviso,*
*la bocca mi baciò tutto tremante*[1].

Y Francesca comenta: *quel giorno più non vi leggemmo avante...*[2]. Se ha discutido mucho si Dante se apiadó o no de la suerte de la desdichada

---

1. «éste de quien jamás seré apartada, / la boca me besó todo anhelante» (versión de Ángel Crespo).
2. «no leímos ya más, desde ese instante...» (*ídem*).

pareja. Lo cierto es que, al oír su historia y verlos en el infierno, se desmayó.

En buena teología la suerte de los pecadores sólo puede inspirarnos disgusto o repugnancia. Lo contrario sería una blasfemia: dudar de la justicia divina. Pero Dante era también un pecador y sus pecados eran sobre todo pecados de amor, como Beatriz se lo recuerda más de una vez. Tal vez por esto y por la simpatía que sentía hacia Francesca –era amigo de su familia– cambió un poco la historia: en la novela es Ginebra la que primero besa a Lanzarote. Dante se propuso unir al teólogo y al poeta pero no siempre lo consiguió. Como todos los poetas del *dolce stil novo*, conocía y admiraba a los provenzales. En el episodio de Paolo y Francesca alude dos veces a la doctrina del amor cortés. La primera es un eco de su maestro, Guido Guinizelli, que veía al amor como una aristocracia del corazón: *Amor, ch'al cor gentil ratto s'apprende*. El amor es una cofradía espiritual y sólo aquellos de ánimo generoso pueden amar realmente. La segunda repite una máxima de Andrés el Capellán: «*Amor, ch'a nullo amato amar perdona*». Amor manda y desobedecerlo, para el alma noble, es imposible. Francesca, al repetir esta máxima, ¿no se disculpa de su amoroso pecado? ¿Y esa disculpa no es también un nuevo pecado? ¿Qué habrá pensado realmente Dante de todo esto?

Dante cambió radicalmente al amor cortés al insertarlo en la teología escolástica. Así redujo la oposición entre el amor y el cristianismo. Al introducir una figura femenina de salvación, Beatriz, como intermediaria entre el cielo y la tierra, transformó el carácter de la relación entre el amante y la dama. Beatriz siguió ocupando la posición superior pero el vínculo entre ella y Dante cambió de naturaleza. Algunos se han preguntado: ¿era amor realmente? Pero si no lo era, ¿por qué ella intercedía por un pecador en particular? El amor es exclusivo; la caridad no lo es: preferir a una persona entre otras es un pecado contra la caridad. Así, Dante sigue preso del amor cortés. Beatriz cumple, en la esfera del amor, una función análoga a la de la Virgen María en el dominio de las creencias generales. Ahora bien, Beatriz no es una intercesora universal: la mueve el amor a una persona. En su figura hay una ambigüedad: Beatriz es amor y es caridad. Añado otra ambigüedad, no menos grave: Beatriz es casada. De nuevo Dante sigue al amor cortés y en una de sus más osadas transgresiones de la moral cristiana. ¿Cómo justificar la solicitud con que Beatriz vela por la salud espiritual de Dante si no es por la intervención del amor?

También era casada Laura, la amada de Petrarca. (Por cierto, antepasada del marqués de Sade.) No se trata, naturalmente, de una coincidencia:

los dos poetas fueron fieles al arquetipo del amor cortés. El hecho es particularmente significativo si se piensa que Dante y Petrarca no sólo fueron poetas de genio distinto sino que sus concepciones sobre el amor también eran distintas. Petrarca es un espíritu menos poderoso que Dante; su poesía no abraza la totalidad del destino humano, suspendido del hilo del tiempo entre dos eternidades. Pero su concepción del amor es más moderna: ni su amada es una mensajera del cielo ni entreabre los misterios sobrenaturales. Su amor es ideal, no celeste; Laura es una dama, no una santa. Los poemas de Petrarca no relatan visiones sobrenaturales: son análisis sutiles de la pasión. El poeta se complace en las antítesis –el fuego y el hielo, la luz y la tiniebla, el vuelo y la caída, el placer y el dolor– porque él mismo es el teatro del combate de pasiones opuestas.

Dante o la línea recta; Petrarca o el continuo zigzag. Sus contradicciones lo inmovilizan hasta que nuevas contradicciones lo ponen de nuevo en movimiento. Cada soneto es una arquitectura aérea que se disipa para renacer en otro soneto. El *Canzoniere*, a diferencia de la *Commedia*, no es el relato de una peregrinación y un ascenso; Petrarca vive y describe un interminable debate con él mismo y en sí mismo. Vive hacia dentro y no habla sino con su yo interior. Es el primer poeta moderno; quiero decir, el primero que tiene conciencia de sus contradicciones y el primero que las convierte en substancia de su poesía. Casi toda la poesía europea del amor puede verse como una serie de glosas, variaciones y transgresiones del *Canzoniere*. Muchos poetas superan a Petrarca en esto o en aquello, aunque pocas veces en la totalidad. Pienso en Ronsard, Donne, Quevedo, Lope de Vega y, en suma, en los grandes líricos del Renacimiento y el barroco. Al final de su vida, Petrarca sufrió una crisis espiritual y renunció al amor; lo juzgó un extravío que había puesto en peligro su salvación, según nos cuenta en sus confesiones (*Secretum*). Su maestro fue San Agustín, otro gran apasionado y más sensual que él. Su retractación fue también un homenaje: un reconocimiento de los poderes del amor.

El legado provenzal fue doble: las formas poéticas y las ideas sobre el amor. A través de Dante, Petrarca y sus sucesores, hasta los poetas surrealistas del siglo XX, esta tradición ha llegado hasta nosotros. Vive no sólo en las formas más altas del arte y la literatura de Occidente sino en las canciones, las películas y los mitos populares. Al principio, la transmisión fue directa: Dante hablaba el lemosín y en el Purgatorio, cuando aparece Arnaut Daniel, lo hace hablar en verso y en lengua de *oc*. También Cavalcanti, que viajó por el mediodía de Francia, conocía el provenzal. Lo mismo sucedió con todos los poetas de esa generación. Aunque hoy sólo un grupo de personas habla la lengua de *oc*, la tradición que fundó la poesía provenzal no ha desaparecido. La historia del amor cortés, sus cambios y metamorfosis, no sólo es la de nuestro arte y de nuestra literatura: es la historia de nuestra sensibilidad y de los mitos que han encendido muchas imaginaciones desde el siglo XII hasta nuestros días. La historia de la civilización de Occidente.

## Un sistema solar

Si se hace un repaso de la literatura occidental durante los ocho siglos que nos separan del amor cortés, se comprueba inmediatamente que la inmensa mayoría de esos poemas, piezas de teatro y novelas tienen por asunto el amor. Una de las funciones de la literatura es la representación de las pasiones; la preponderancia del tema amoroso en nuestras obras literarias muestra que el amor ha sido una pasión central de los hombres y las mujeres de Occidente. La otra ha sido el poder, de la ambición política a la sed de bienes materiales o de honores. En el curso de estos ocho siglos, ¿ha cambiado el arquetipo que nos legaron los poetas provenzales? Contestar a esta pregunta requiere más de un minuto de reflexión. Los cambios han sido tantos que es casi imposible enumerarlos; no menos difícil sería intentar un análisis de cada tipo o variante de la pasión amorosa. De la dama de los provenzales a Ana Karenina ha corrido mucha agua. Los cambios comenzaron con Dante y han continuado hasta nuestros días. Cada poeta y cada novelista tiene una visión propia del amor; algunos, incluso tienen varias y encarnadas en distintos personajes. Tal vez el más rico en caracteres es Shakespeare: Julieta, Ofelia, Marco Antonio, Rosalinda, Otelo... Cada uno de ellos es el amor en persona y cada uno es diferente de los otros. Otro tanto puede decirse de Balzac y su galería de enamoradas y enamorados, de una aristócrata como la duquesa de Langeais a una plebeya salida de un burdel como Esther Gobsek. Los enamorados de Balzac vienen de todas las clases y de los cuatro puntos cardinales. Incluso se atrevió a romper una convención respetada desde la época del amor cortés y en su obra aparece por primera vez el amor homosexual: la pasión sublimada y casta del antiguo presidiario Vautrin por Lucien de Rubempré, *homme à femmes*, y la de la marquesa de San Real por Paquita Valdés, la *fille aux yeux d'or*. Ante tal variedad, puede concluirse que la historia de las literaturas europeas y americanas es la historia de las metamorfosis del amor.

Apenas enunciada, siento la necesidad de rectificar y matizar mi conclusión: ninguno de estos cambios ha alterado, en su esencia, el arquetipo creado en el siglo XII. Hay ciertas notas o rasgos distintivos del amor cortés –no más de cinco, como se verá más adelante– que están presentes en todas las historias de amor de nuestra literatura y que, además, han sido la base de las distintas ideas e imágenes que hemos tenido sobre este sentimiento desde la Edad Media. Algunas ideas y convenciones han desaparecido, como la de ser casada la dama y pertenecer a la nobleza o la de ser de sexo distinto los enamorados. El resto permanece, ese conjunto de condiciones y cualidades antitéticas que distinguen al amor de las otras pasiones: atracción/elección, libertad/sumisión, fidelidad/traición, alma/cuerpo. Así, lo verdaderamente asombroso es la continuidad de nuestra idea del amor, no sus cambios y variaciones. Francesca es una víctima del amor y la marquesa de Merteuil es una victimaria, Fabricio del Dongo triunfa de las asechanzas que pierden a Romeo, pero la pasión que los exalta o los devora es la misma. Todos son héroes y heroínas del amor, ese sentimiento extraño que es simultáneamente una atracción fatal y una libre elección.

Uno de los rasgos que definen a la literatura moderna es la crítica; quiero decir, a diferencia de las del pasado, no sólo canta a los héroes y relata su ascenso o su caída, sino que los analiza. Don Quijote no es Aquiles y en su lecho de muerte se entrega a un amargo examen de conciencia; Rastignac no es el piadoso Eneas, al contrario: sabe que es despiadado, no se arrepiente de serlo y, cínico, se lo confiesa a sí mismo. Un intenso poema de Baudelaire se llama *L'Examen de minuit*. El objeto de predilección de todos estos exámenes y análisis es la pasión amorosa. La poesía, la novela y el teatro modernos sobresalen por el número, la profundidad y la sutileza de sus estudios acerca del amor y su cortejo de obsesiones, emociones y sensaciones. Muchos de esos análisis –por ejemplo, el de Stendhal– han sido disecciones; lo sorprendente, sin embargo, ha sido que en cada caso esas operaciones de cirugía mental terminan en resurrecciones. En las páginas finales de *La educación sentimental*, quizá la obra más perfecta de Flaubert, el héroe y un amigo de juventud hacen un resumen de sus vidas: «uno había soñado con el amor, el otro con el poder, y ambos habían fracasado. ¿Por qué?». A esta pregunta, el protagonista principal, Frédéric Moreau, responde: «Tal vez la falla estuvo en la línea recta». O sea: la pasión es inflexible y no sabe de acomodos. Respuesta reveladora, sobre todo si se repara en que el que habla así es un *alter ego* de Flaubert. Pero Frédéric-Flaubert no está decepcionado del amor; a pesar de su fracaso, le sigue pareciendo que fue lo mejor que le había pasado y lo único que justificaba la futilidad de su vida. Frédéric estaba decepcionado de sí mismo; mejor dicho: del mundo en que le había tocado vivir. Flaubert no desvaloriza al amor: describe sin ilusiones a la sociedad burguesa, ese tejido execrable de compromisos, debilidades, perfidias, pequeñas y grandes traiciones, sórdido egoísmo. No fue ingenioso sino veraz cuando dijo: *Madame Bo-*

*vary, c'est moi.* Emma Bovary fue, como él mismo, no una víctima del amor sino de su sociedad y de su clase: ¿qué hubiera sido de ella si no hubiese vivido en la sórdida provincia francesa? Dante condena al mundo desde el cielo: la literatura moderna lo condena desde la conciencia personal ultrajada.

La continuidad de nuestra idea del amor todavía espera su historia; la variedad de formas en que se manifiesta, aguarda a una enciclopedia. Pero hay otro método más cerca de la geografía que de la historia y del catálogo: dibujar los límites entre el amor y las otras pasiones como aquel que esboza el contorno de una isla en un archipiélago. Esto es lo que me he propuesto en el curso de estas reflexiones. Dejo al historiador la inmensa tarea, más allá de mis fuerzas y de mi capacidad, de narrar la historia del amor y de sus metamorfosis; al sabio, una labor igualmente inmensa: la clasificación de las variantes físicas y psicológicas de esta pasión. Mi intención ha sido mucho más modesta.

Al comenzar, procuré deslindar los dominios de la sexualidad, del erotismo y del amor. Los tres son modos, manifestaciones de la vida. Los biólogos todavía discuten sobre lo que es o puede ser la vida. Para algunos es una palabra vacía de significado; lo que llamamos vida no es sino un fenómeno químico, el resultado de la unión de algunos ácidos. Confieso que nunca me han convencido estas simplificaciones. Incluso si la vida comenzó en nuestro planeta por la asociación de dos o más ácidos (¿y cuál fue el origen de esos ácidos y cómo aparecieron sobre la tierra?), es imposible reducir la evolución de la materia viva, de los infusorios a los mamíferos, a una mera reacción química. Lo cierto es que el tránsito de la sexualidad al amor se caracteriza no tanto por una creciente complejidad como por la intervención de un agente que lleva el nombre de una linda princesa griega: Psique. La sexualidad es animal; el erotismo es humano. Es un fenómeno que se manifiesta dentro de una sociedad y que consiste, esencialmente, en desviar o cambiar el impulso sexual reproductor y transformarlo en una representación. El amor, a su vez, también es ceremonia y representación pero es algo más: una purificación, como decían los provenzales, que transforma al sujeto y al objeto del encuentro erótico en personas únicas. El amor es la metáfora final de la sexualidad. Su piedra de fundación es la libertad: el misterio de la persona.

No hay amor sin erotismo como no hay erotismo sin sexualidad. Pero la cadena se rompe en sentido inverso: amor sin erotismo no es amor y erotismo sin sexo es impensable e imposible. Cierto, a veces es difícil distinguir entre amor y erotismo. Por ejemplo, en la pasión violentamente sensual que unía a Paolo y a Francesca. No obstante, el hecho de que sufriesen juntos su pena, sin poder ni sobre todo *querer* separarse, revela que los unía realmente el amor. Aunque su adulterio había sido particularmente grave –Paolo era hermano de Giovanni Malatesta, el esposo de Francesca– el amor había refinado su lujuria; la pasión, que los mantiene unidos en el infierno, si no los salva, los ennoblece.

Es más fácil distinguir entre el amor y los otros afectos menos empapados de sexualidad. Se dice que amamos a nuestra patria, a nuestra religión, a nuestro partido, a ciertos principios e ideas. Es claro que en ninguno de estos casos se trata de lo que llamamos amor; en todos ellos falta el elemento erótico, la atracción hacia un cuerpo. Se ama a una persona, no a una abstracción. También se emplea la palabra *amor* para designar el afecto que profesamos a la gente de nuestra sangre: padres, hijos, hermanos y otros parientes. En esta relación no aparece ninguno de los elementos de la pasión amorosa: el descubrimiento de la persona amada, generalmente una desconocida; la atracción física y espiritual; el obstáculo que se interpone entre los amantes; la búsqueda de la reciprocidad; en fin, el acto de elegir una persona entre todas las que nos rodean. Amamos a nuestros padres y a nuestros hijos porque así nos lo ordena la religión o la costumbre, la ley moral o la ley de la sangre. Se me dirá: ¿y el complejo de Edipo y de Electra, la atracción hacia nuestros padres, no es erótica? La pregunta merece respuesta por separado.

El famoso complejo, cualquiera que sea su verdadera pertinencia biológica y psicológica, está más cerca de la mera sexualidad que del erotismo. Los animales no conocen el tabú del incesto. Según Freud, todo el proceso inconsciente de la sexualidad, bajo la tiranía del súper-ego, consiste precisamente en desviar este primer apetito sexual, y transformado en inclinación erótica, dirigirlo hacia un objeto distinto y que substituye a la imagen del padre o de la madre. Si la tendencia edípica no se transforma, aparece la neurosis y, a veces, el incesto. Si el incesto se realiza sin el consentimiento de uno de los participantes, es claro que hay estupro, violación, engaño o lo que se quiera pero no amor. Es distinto si hay atracción mutua y libre aceptación de esa atracción; pero entonces el afecto familiar desaparece: ya no hay padres ni hijos sino amantes. Agrego que el incesto entre padres e hijos es infrecuente. La razón probablemente es la diferencia de edades: en el momento de la pubertad, el padre y la madre ya han envejecido y han dejado de ser deseables. Entre los animales no existe la prohibición del incesto pero en ellos el tránsito de la cría a la plena sexualidad es brevísimo. El incesto humano casi nunca es voluntario. Las dos hijas de Lot emborracharon a su padre dos noches seguidas para aprovecharse consecutivamente de su estado; en cuanto al incesto paterno: todos los días leemos en la prensa historias de padres que abusan sexualmente de sus hijos. Nada de esto tiene relación con lo que llamamos amor.

Para Freud las pasiones son juegos de reflejos; creemos amar a X, a su cuerpo y a su alma, pero en realidad amamos a la imagen de Y en X. Sexualismo fantasmal que convierte todo lo que toca en reflejo e imagen. En la literatura no aparece el incesto entre padres e hijos como una pasión libremente aceptada: Edipo *no sabe* que es hijo de Yocasta. La excepción son Sade y otros pocos autores de esa familia: su tema no es el amor sino el erotismo y sus perversiones. En cambio, al amor entre hermanos le debemos una obra espléndida de John Ford (*'Tis Pity She's a Whore*) y páginas memorables de Musil en su novela *El hombre sin atributos*. En estos ejemplos –hay otros– la ciega atracción, una vez reconocida, es aceptada y elegida. Es lo contrario justamente del afecto familiar, en el que el elemento voluntario, la elección, no aparece. Nadie escoge a sus padres, sus hijos y sus hermanos: todos escogemos a nuestras y nuestros amantes.

El amor filial, el fraternal, el paternal y el maternal no son amor: son *piedad*, en el sentido más antiguo y religioso de esta palabra. *Piedad* viene de *pietas*. Es el nombre de una virtud, nos dice el *Diccionario de autoridades*, que «mueve e incita a reverenciar, acatar, servir y honrar a Dios, a nuestros padres y a la patria». La *pietas* es el sentimiento de devoción que se profesaba a los dioses en Roma. *Piedad* significa también misericordia y, para los cristianos, es un aspecto de la caridad. El francés y el inglés distinguen entre las dos acepciones y tienen dos vocablos para expresarlas: *piété* y *piety* para la primera y, para la segunda, *pitié* y *pity*. La piedad o amor a Dios brota, según los teólogos, del sentimiento de orfandad: la criatura, hija de Dios, se siente arrojada en el mundo y busca a su Creador. Es una experiencia literalmente fundamental pues se confunde con nuestro nacimiento. Se ha escrito mucho sobre esto; aquí me limito a recordar que consiste en el sentirse y saberse expulsados del todo prenatal y echados a un mundo ajeno: esta vida. En este sentido el amor a Dios, es decir, al Padre y al Creador, tiene un gran parecido con la piedad filial. Ya señalé que el afecto que sentimos por nuestros padres es involuntario. Como en el caso de los sentimientos filiales, y según la buena definición de nuestro *Diccionario de autoridades*, amar al Creador no es amor: es piedad. Tampoco el amor a nuestros semejantes es amor: es caridad. Una linda condesa balzaquiana resumió todo esto, con admirable y concisa impertinencia, en una carta a un pretendiente: *Je puis faire, je vous l'avoue, une infinité de choses par charité, tout, excepté l'amour*[1].

La experiencia mística va más allá de la piedad. Los poetas místicos han comparado sus penas y sus deliquios con los del amor. Lo han hecho con acentos de estremecedora sinceridad y con imágenes apasionadamente sensuales. Por su parte, los poetas eróticos también se sirven de términos religiosos para expresar sus transportes. Nuestra poesía mística está impregnada de erotismo y nuestra poesía amorosa de religiosidad. En esto nos apartamos de la tradición grecorromana y nos parecemos a los musulmanes y a los hindúes. Se ha intentado varias veces explicar esta enigmática afinidad entre mística y erotismo pero no se ha logrado, a mi juicio, elucidarla del todo. Añado, de paso, una observación que podría quizá ayudar un poco a esclarecer el fenómeno. El acto en que culmina la experiencia erótica, el orgasmo, es indecible. Es una sensación que pasa de la extrema tensión al más completo abandono y de la concentración fija al olvido de sí; reunión de los opuestos, durante un segundo: la afirmación del yo y su disolución, la subida y la caída, el allá y el aquí, el tiempo y el no-tiempo. La experiencia mística es igualmente indecible: instantánea fusión de los opuestos, la tensión y la distensión, la afirmación y la negación, el estar fuera de sí y el reunirse con uno mismo en el seno de una naturaleza reconciliada.

Es natural que los poetas místicos y los eróticos usen un lenguaje parecido: no hay muchas maneras de decir lo indecible. No obstante, la diferencia salta a la vista: en el amor el objeto es una criatura mortal y en la mística un ser intemporal que, momentáneamente, encarna en esta o aquella forma. Romeo llora ante el cadáver de Julieta; el místico ve en las heridas de Cristo las señas de la resurrección. Reverso y anverso: el enamorado ve y toca una presencia; el místico contempla una aparición. En la visión mística el hombre dialoga con su Creador, o, si es budista, con la Vacuidad; en uno y en otro caso, el diálogo se entabla –si es que es posible hablar de diálogo– entre el tiempo discontinuo del hombre y el tiempo sin fisuras de la eternidad, un presente que nunca cambia, crece o decrece, siempre idéntico a sí mismo. El amor humano es la unión de dos seres sujetos al tiempo y a sus accidentes: el cambio, las pasiones, la enfermedad, la muerte. Aunque no nos salva del tiempo, lo entreabre para que, en un relámpago, aparezca su naturaleza contradictoria, esa vivacidad que sin cesar se anula y renace y que, siempre y al mismo tiempo, es ahora y es nunca. Por esto, todo amor, incluso el más feliz, es trágico.

1. *Le Lys dans la vallée*.

Se ha comparado muchas veces a la amistad con el amor, en ocasiones como pasiones complementarias y en otras, las más, como opuestas. Si se omite el elemento carnal, físico, los parecidos entre amor y amistad son obvios. Ambos son afectos elegidos libremente, no impuestos por la ley o la costumbre, y ambos son relaciones interpersonales. Somos amigos de una persona, no de una multitud; a nadie se le puede llamar, sin irrisión, «amigo del género humano». La elección y la exclusividad son condiciones que la amistad comparte con el amor. En cambio, podemos estar enamorados de una persona que no nos ame pero la amistad sin reciprocidad es imposible. Otra diferencia: la amistad no nace de la vista, como el amor, sino de un sentimiento más complejo: la afinidad en las ideas, los sentimientos o las inclinaciones. En el comienzo del amor hay sorpresa, el descubrimiento de *otra persona* a la que nada nos une excepto una indefinible atracción física y espiritual; esa persona, incluso, puede ser extranjera y venir de otro mundo. La amistad nace de la comunidad y de la coincidencia en las ideas, en los sentimientos o en los intereses. La simpatía es el resultado de esta afinidad; el trato refina y transforma a la simpatía en amistad. El amor nace de un flechazo; la amistad, del intercambio frecuente y prolongado. El amor es instantáneo; la amistad requiere tiempo.

Para los antiguos la amistad era superior al amor. Según Aristóteles la amistad es «una virtud o va acompañada de virtud; además, es la cosa más necesaria de la vida»[1]. Plutarco, Cicerón y otros lo siguieron en su elogio de la amistad. En otras civilizaciones no fue menor su prestigio. Entre los grandes legados de China al mundo está su poesía y en ella el tema de la amistad es preponderante, al lado del sentimiento de la naturaleza y el de la soledad del sabio. Encuentros, despedidas y evocaciones del amigo lejano son frecuentes en la poesía china, como en este poema de Wang Wei al despedirse de un amigo en las fronteras del imperio:

ADIÓS A YÜAN, ENVIADO A ANS-HSI

En Wei. Lluvia ligera moja el polvo ligero.
En el mesón los sauces verdes aún más verdes.
—Oye, amigo, bebamos otra copa,
Pasado el Paso Yang no hay «oye, amigo»[2].

---

1. *Ética nicomaquea*, VIII, traducción de Antonio Gómez Robledo, México, 1983.
2. El Paso de Yang, más allá de la ciudad de Wei, era el último puesto militar, en la frontera con los bárbaros (Hsieng-nu).

Aristóteles dice que hay tres clases de amistad: por interés o utilidad, por placer y la «amistad perfecta, la de los hombres de bien y semejantes en virtud, porque éstos se desean igualmente el bien». Desear el bien para el otro es desearlo para uno mismo si el amigo es hombre de bien. Los dos primeros tipos de amistad son accidentales y están destinados a durar poco; el tercero es perdurable y es uno de los bienes más altos a que puede aspirar el hombre. Digo *hombre* en el sentido literal y restringido de la palabra: Aristóteles no se refiere a las mujeres. Su clasificación es de orden moral y quizá no corresponde del todo a la realidad: ¿un hombre malo no puede ser amigo de un hombre bueno? Pílades, modelo de amistad, no vacila en ser cómplice de su amigo Orestes en el asesinato de su madre Clitemnestra y de Egisto, su amante.

Al preguntarse la razón de la amistad que lo unía al poeta Étienne de La Boétie, se responde Montaigne: «porque él era él y porque yo era yo». Y agrega que en todo esto «había una fuerza inexplicable y fatal, mediadora de esta unión». Un enamorado no habría respondido de otra manera. Sin embargo, es imposible confundir al amor con la amistad y en el mismo ensayo Montaigne se encarga de distinguirlos: «aunque el amor nace también de la elección, ocupa un lugar distinto al de la amistad... Su fuego, lo confieso, es más activo, punzante y ávido; pero es un fuego temerario y voluble... un fuego febril», mientras que «la amistad es un calor parejo y universal, templado y a la medida... un calor constante y tranquilo, todo dulzura y pulimento, sin asperezas...». La amistad es una virtud eminentemente social y más duradera que el amor. Para los jóvenes, dice Aristóteles, es muy fácil tener amigos pero con la misma facilidad se deshacen de ellos: la amistad es una afección más propia de la madurez. No estoy muy seguro de esto pero sí creo que la amistad está menos sujeta que el amor a los cambios inesperados. El amor se presenta, casi siempre, como una ruptura o violación del orden social; es un desafío a las costumbres y a las instituciones de la comunidad. Es una pasión que, al unir a los amantes, los separa de la sociedad. Una república de enamorados sería ingobernable; el ideal político de una sociedad civilizada —nunca realizado— sería una república de amigos.

¿Es irreductible la oposición entre el amor y la amistad? ¿No podemos ser amigos de nuestras amantes? La opinión de Montaigne —y en esto sigue a los antiguos— es más bien negativa. El matrimonio le parece impropio para la amistad: aparte de ser una unión obligatoria y para toda la vida —aunque haya sido escogida libremente— el matrimonio es el teatro de tantos y tan diversos intereses y pasiones que la amistad no tiene cabida en él. Disiento. Por una parte, el matrimonio moderno no es ya indisoluble ni tiene mucho que ver con el matrimonio que conoció Montaigne; por otra, la amistad entre los esposos –un hecho que comprobamos todos los días– es uno de los rasgos que redimen al vínculo matrimonial. La opinión negativa de Montaigne se extiende, por lo demás, al amor mismo. Acepta que sería muy deseable que las almas y los cuerpos mismos de los amantes gozasen de la unión amistosa; pero el alma de la mujer no le parece «bastante fuerte para soportar los lazos de un nudo tan apretado y duradero». Así, coincide con los antiguos: el sexo femenino es incapaz de amistad. Aunque esta opinión puede escandalizarnos, para refutarla debemos someterla a un ligero examen.

Es verdad que no hay en la historia ni en la literatura muchos ejemplos de amistad entre mujeres. No es demasiado extraño: durante siglos y siglos –probablemente desde el neolítico, según algunos antropólogos– las mujeres han vivido en la sombra. ¿Qué sabemos de lo que realmente sentían y pensaban las esposas de Atenas, las muchachas de Jerusalén, las campesinas del siglo XII o las burguesas del XV? En cuanto conocemos un poco mejor un período histórico, aparecen casos de mujeres notables que fueron amigas de filósofos, poetas y artistas: Santa Paula, Vittoria Colonna, madame de Sévigné, George Sand, Virginia Woolf, Hannah Arendt y tantas otras. ¿Excepciones? Sí, pero la amistad es, como el amor, siempre excepcional. Dicho esto, hay que aceptar que en todos los casos que he citado se trata de amistades entre hombres y mujeres. Hasta ahora la amistad entre las mujeres es mucho más rara que la amistad entre los hombres. En las relaciones femeninas son frecuentes el picoteo, las envidias, los chismes, los celos y las pequeñas perfidias. Todo esto se debe, casi seguramente, no a una incapacidad innata de las mujeres sino a su situación social. Tal vez su progresiva liberación cambie todo esto. Así sea. La amistad requiere la estimación, de modo que está asociada a la revalorización de la mujer... Y vuelvo a la opinión de Montaigne: me parece que no se equivocó enteramente al juzgar incompatibles el amor y la amistad. Son afectos, o como él dice, fuegos distintos. Pero se equivocó al decir que la mujer está negada para la amistad. Tampoco la oposición entre amor y amistad es absoluta: no sólo hay muchos rasgos que ambos comparten sino que el amor puede transformarse en amistad. Es, diría, uno de sus desenlaces, como lo vemos en algunos matrimonios. Por último: el amor y la amistad son pasiones raras, muy raras. No debemos confundirlas ni con los amoríos ni con lo que en el mundo llaman corrientemente «amistades» o relaciones. Dije más arriba que el amor es trágico; añado que la amistad es una respuesta a la tragedia.

Una vez trazados los límites, a veces fluctuantes y otras imprecisos, entre el amor y los otros afectos, se puede dar otro paso y determinar sus elementos constitutivos. Me atrevo a llamarlos constitutivos porque son los mismos desde el principio: han sobrevivido a ocho siglos de historia. Al mismo tiempo, las relaciones entre ellos cambian sin cesar y producen nuevas combinaciones, a la manera de las partículas de la física moderna. A este continuo intercambio de influencias se debe la variedad de las formas de la pasión amorosa. Son, diría, un haz de relaciones, como el imaginado por Roman Jakobson en el nivel más básico del lenguaje, el fonológico, entre sonido y sentido, cuyas combinaciones y permutaciones producen los significados. No es extraño, por esto, que muchos hayan sentido la tentación de diseñar una combinatoria de las pasiones eróticas. Es una empresa que nadie ha podido llevar a cabo con éxito. Pienso, por mi parte, que es imposible: no debe olvidarse nunca que el amor es, como decía Dante, un accidente de una persona humana y que esa persona es imprevisible. Es más útil aislar y determinar el conjunto de elementos o rasgos distintivos de ese afecto que llamamos amor. Subrayo que no se trata ni de una definición ni de un catálogo sino de un reconocimiento, en el primer sentido de esta palabra: examen cuidadoso de una persona o de un objeto para conocer su naturaleza e identidad. Me serviré de algunos de los atisbos que han aparecido en el transcurso de estas reflexiones pero unidos a otras observaciones y conjeturas: recapitulación, crítica e hipótesis.

Al intentar poner un poco de orden en mis ideas, encontré que, aunque ciertas modalidades han desaparecido y otras han cambiado, algunas han resistido a la erosión de los siglos y las mutaciones históricas. Pueden reducirse a cinco y componen lo que me he atrevido a llamar los elementos constitutivos de nuestra imagen del amor. La primera nota característica del amor es la exclusividad. En estas páginas me he referido a ella varias veces y he procurado demostrar que es la línea que traza la frontera entre el amor y el territorio más vasto del erotismo. Este último es social y aparece en todos los lugares y en todas las épocas. No hay sociedad sin ritos y prácticas eróticos, desde los más inocuos a los más sangrientos. El erotismo es la dimensión humana de la sexualidad, aquello que la imaginación añade a la naturaleza. Un ejemplo: la copulación frente a frente, en la que los dos participantes se miran a los ojos, es una invención humana y no es practicada por ninguno de los otros mamíferos. El amor es individual o, más exactamente, interpersonal: queremos únicamente a una persona y le pedimos a esa persona que nos quiera con el mismo afecto exclusivo. La exclusividad requiere la reciprocidad, el acuerdo del otro, su voluntad. Así pues, el amor único colinda con otro de los elementos constitutivos: la libertad. Nueva prueba de lo que señalé más arriba: ninguno de los elementos primordiales tiene vida autónoma; cada uno está en relación con los otros, cada uno los determina y es determinado por ellos.

Dentro de esa movilidad, cada elemento es invariable. En el caso del amor único es una condición absoluta: sin ella no hay amor. Pero no solamente con ella: es necesario que concurran, en mayor o menor grado, los otros elementos. El deseo de exclusividad puede ser mero afán de posesión. Ésta fue la pasión analizada con tanta sutileza por Marcel Proust. El verdadero amor consiste precisamente en la transformación del apetito de posesión en entrega. Por esto pide reciprocidad y así trastorna radicalmente la vieja relación entre dominio y servidumbre. El amor único es el fundamento de los otros componentes: todos reposan en él; asimismo, es el eje y todos giran en torno suyo. La exigencia de exclusividad es un gran misterio: ¿por qué amamos a esta persona y no a otra? Nadie ha podido esclarecer este enigma, salvo con otros enigmas, como el mito de los andróginos del *Banquete*. El amor único es una de las facetas de otro gran misterio: la persona humana.

Entre el amor único y la promiscuidad hay una serie de gradaciones y matices. Sin embargo, la exclusividad es la exigencia ideal y sin ella no hay amor. ¿Pero la infidelidad no es el pan de cada día de las parejas? Sí lo es y esto prueba que Ibn Hazm, Guinezelli, Shakespeare y el mismo Stendhal no se equivocaron: el amor es una pasión que todos o casi todos veneran pero que pocos, muy pocos, viven realmente. Admito, claro, que en esto como en todo hay grados y matices. La infidelidad puede ser consentida o no, frecuente u ocasional. La primera, la consentida, si es practicada solamente por una de las partes, ocasiona a la otra graves sufrimientos y penosas humillaciones: su amor no tiene reciprocidad. El infiel es insensible o cruel y en ambos casos incapaz de amar realmente. Si la infidelidad es por mutuo acuerdo y practicada por las dos partes —costumbre más y más frecuente— hay una baja de tensión pasional; la pareja no se siente con fuerza para cumplir con lo que la pasión pide y decide relativizar su relación. ¿Es amor? Más bien es complicidad erótica. Muchos dicen que en estos casos la pasión se transforma en amistad amorosa. Montaigne habría protestado inmediatamente: la amistad es un afecto tan exclusivo o más que el amor. El permiso para cometer infidelidades es un arreglo o, más bien, una resignación. El amor es riguroso y, como el libertinaje, aunque en dirección opuesta, es un ascetismo. Sade vio con clarividencia que el libertino aspira a la insensibilidad y de ahí que vea al otro como un objeto; el enamorado busca la fusión y de ahí que transforme al objeto en sujeto. En cuanto a la infidelidad ocasional: también es una falta, una debilidad. Puede y debe perdonarse porque somos seres imperfectos y todo lo que hacemos está marcado por el estigma de nuestra imperfección original. ¿Y si amamos a dos personas al mismo tiempo? Se trata siempre de un conflicto pasajero; con frecuencia se presenta en el momento de tránsito de un amor a otro. La elección, que es la prueba del amor, resuelve invariablemente, a veces con crueldad, el conflicto. Me parece que todos estos ejemplos bastan para mostrar que el amor único, aunque pocas veces se realice íntegramente, es la condición del amor.

El segundo elemento es de naturaleza polémica: el obstáculo y la transgresión. No en balde se ha comparado al amor con la guerra: entre los amores famosos de la mitología griega, rica en escándalos eróticos, están los amores de Venus y Marte. El diálogo entre el obstáculo y el deseo se presenta en todos los amores y asume siempre la forma de un combate. Desde la dama de los trovadores, encarnación de la lejanía –geográfica, social o espiritual–, el amor ha sido continua y simultáneamente interdicción e infracción, impedimento y contravención. Todas las parejas, lo mismo las de los poemas y novelas que las del teatro y del cine, se enfrentan a esta o aquella prohibición y todas, con suerte desigual, a menudo trágica, la violan. En el pasado el obstáculo fue sobre todo de orden social. El amor nació, en Occidente, en las cortes feudales, en una sociedad acentuadamente jerárquica. La potencia subversiva de la pasión amorosa se revela en el amor cortés, que es una doble violación del código feudal: la dama debe ser casada y su enamorado, el trovador, de un rango inferior. A finales del siglo XVII español, lo mismo en España que en las capitales de los virreinatos de México y Perú, aparece una curiosa costumbre erótica que es la simétrica contrapartida del amor cortés, llamada los «galanteos de palacio». Al establecerse la corte en Madrid, las familias de la nobleza enviaban a sus hijas como damas de la reina. Las jóvenes vivían en el palacio real y participaban en los festejos y ceremonias palaciegas. Así, se anudaban relaciones eróticas entre estas damas jóvenes y los cortesanos. Sólo que estos últimos en general eran casados, de modo que los amoríos eran ilegítimos y temporales. Para las damas jóvenes, los «galanteos de palacio» fueron una suerte de escuela de iniciación amorosa, no muy alejada de la «cortesía» del amor medieval[1].

Con el paso del tiempo las prohibiciones derivadas del rango y de las rivalidades de clanes se han atenuado, aunque sin desaparecer completamente. Es impensable, por ejemplo, que la enemistad entre dos familias, como la de los Capuleto y los Montesco, impida en una ciudad moderna los amores de dos jóvenes. Pero hay ahora otras prohibiciones no menos rígidas y crueles; además, muchas de las antiguas se han fortalecido. La interdicción fundada en la raza sigue vigente, no en la legislación sino en las costumbres y en la mentalidad popular. El moro Otelo encontraría que, en materia de relaciones sexuales entre gente de diferente raza, las opiniones mayoritarias en Nueva York, Londres o París no son menos sino más intolerantes que las de Venecia en el siglo XVI. Al lado de la barrera de la sangre, el obstáculo social y el económico. Aunque hoy la distancia entre ricos y pobres, burgueses y proletarios no mantiene la forma rígida y tajante que dividía al caballero del siervo o al cortesano del plebeyo, los obstáculos fundados en la clase social y en el dinero determinan aún las relaciones sexuales. Distancia entre la realidad y la legislación: esas diferencias no figuran en los códigos sino en las costumbres. La vida de todos los días, para no hablar de las novelas ni de las películas, abunda en historias de amor cuyo nudo es una interdicción social por motivos de clase o de raza.

Otra prohibición que todavía no ha desaparecido del todo es la relativa a las pasiones homosexuales, sean masculinas o femeninas. Esta clase de relación fue condenada por las Iglesias y durante mucho tiempo se la llamó el «pecado nefando». Hoy nuestras sociedades –hablo de las grandes ciudades– son bastante más tolerantes que hace algunos años; sin embargo, el anatema aún persiste en muchos medios. No hay que olvidar que hace apenas un siglo causó la desgracia de Oscar Wilde. Nuestra literatura generalmente ha esquivado este tema: era demasiado peligroso. O lo ha disfrazado: todos sabemos, por ejemplo, que Albertine, Gilberte y las otras *jeunes filles en fleur* eran en realidad muchachos. Gide tuvo mucha entereza al publicar *Corydon*; la novela de E. M. Foster, *Maurice*, por voluntad del autor apareció después de su muerte. Algunos poetas modernos fueron más atrevidos y entre ellos destaca un español: Luis Cernuda. Hay que pensar en los años, el mundo y la lengua en que publicó Cernuda sus poemas para apreciar su denuedo.

---

1. Véase *Sor Juana Inés de la Cruz o las trampas de la fe* (pp. 128-129), quinto volumen de estas obras, 1994.

En el pasado las prohibiciones más rigurosas y temidas eran las de las Iglesias. Todavía lo siguen siendo, aunque en las sociedades modernas, predominantemente seculares, son menos escuchadas. Las Iglesias han perdido gran parte de su poder temporal. La ganancia ha sido relativa: el siglo XX ha perfeccionado los odios religiosos al convertirlos en pasiones ideológicas. Los Estados totalitarios no sólo substituyeron a las inquisiciones eclesiásticas sino que sus tribunales fueron más despiadados y obtusos. Una de las conquistas de la modernidad democrática ha sido substraer del control del Estado a la vida privada, vista como un dominio sagrado de las personas; los totalitarios dieron un paso atrás y se atrevieron a legislar sobre el amor. Los nazis prohibieron a los germanos las relaciones sexuales con gente que no fuese aria. Además, concibieron proyectos eugenésicos destinados a perfeccionar y purificar a la «raza alemana», como si se tratase de caballos o de perros. Por fortuna no tuvieron tiempo para llevarlos a cabo.

Los comunistas no fueron menos intolerantes; su obsesión no fue la pureza racial sino la ideológica. Todavía vive en la memoria pública el recuerdo de las humillaciones y bajezas que debían soportar los ciudadanos de esas naciones para casarse con personas del «mundo libre». Una de las grandes novelas de amor de nuestra época –*El doctor Zhivago*, la novela de Borís Pasternak– relata la historia de dos amantes separados por los odios de las facciones ideológicas durante la guerra civil que sucedió a la toma del poder por los bolcheviques. La política es la gran enemiga del amor. Pero los amantes siempre encuentran un instante para escapar de las tenazas de la ideología. Ese instante es diminuto e inmenso, dura lo que dura un parpadeo y es largo como un siglo. Los poetas provenzales y los románticos del siglo XIX, si hubiesen podido leerlas, habrían aprobado con una sonrisa las páginas en que Pasternak describe el delirio de los amantes, perdidos en una cabaña de la estepa, mientras los hombres se degüellan por abstracciones. El poeta ruso compara esas caricias y esas frases entrecortadas con los diálogos sobre el amor de los antiguos filósofos. No exageró: para los amantes el cuerpo piensa y el alma se toca, es palpable.

El obstáculo y la transgresión están íntimamente asociados a otro elemento también doble: el dominio y la sumisión. En su origen, como ya dije, el arquetipo de la relación amorosa fue la relación señorial: los vínculos que unían al vasallo con el señor fueron el modelo del amor cortés. Sin embargo, la transposición de las relaciones reales de dominación a la esfera del amor —zona privilegiada de lo imaginario— fue algo más que una traducción o una reproducción. El vasallo estaba ligado al señor por una obligación que comenzaba con el nacimiento mismo y cuya manifestación simbólica era el homenaje de pleitesía. La relación de soberanía y dependencia era recíproca y natural; quiero decir, no era el objeto de un convenio explícito y en el que interviniese la voluntad, sino la consecuencia de una doble fatalidad: la del nacimiento y la de la ley del suelo donde se nacía. En cambio, la relación amorosa se funda en una ficción: el código de cortesía. Al copiar la relación entre el señor y el vasallo, el enamorado transforma la fatalidad de la sangre y el suelo en libre elección: el enamorado escoge, voluntariamente, a su señora y, al escogerla, elige también su servidumbre. El código del amor cortés contiene, además, otra transgresión de la moral señorial: la dama de alta alcurnia olvida, voluntariamente, su rango y cede su soberanía.

El amor ha sido y es la gran subversión de Occidente. Como en el erotismo, el agente de la transformación es la imaginación. Sólo que, en el caso del amor, el cambio se despliega en relación contraria: no niega al *otro* ni lo reduce a sombra sino que es negación de la propia soberanía. Esta autonegación tiene una contrapartida: la aceptación del *otro*. Al revés de lo que ocurre en el dominio del libertinaje, las imágenes encarnan: el *otro*, la *otra*, no es una sombra sino una realidad carnal y espiritual. Puedo tocarla pero también *hablar* con ella. Y puedo oírla —y más: *beberme* sus palabras. Otra vez la transubstanciación: el cuerpo se vuelve voz, sentido; el alma es corporal. Todo amor es eucaristía.

El afán constante de todos los enamorados y el tema de nuestros grandes poetas y novelistas ha sido siempre el mismo: la búsqueda del reconocimiento de la persona querida. Reconocimiento en el sentido de confesar, como dice el diccionario, la dependencia, subordinación o vasallaje en que se está respecto de otro. La paradoja reside en que ese reconocimiento es voluntario: es un acto libre. Reconocimiento, asimismo, en el sentido de confesar que estamos ante un misterio palpable y carnal: una persona. El reconocimiento aspira a la reciprocidad pero es independiente de ella. Es una apuesta que nadie está seguro de ganar porque es una apuesta que depende de la libertad del *otro*. El origen de la relación de vasallaje es la obligación natural y recíproca del señor y del feudatario; el del amor es la búsqueda de una reciprocidad libremente otorgada. La paradoja del amor único reside en el misterio de la persona que, sin saber nunca exactamente la razón, se siente invenciblemente atraída por otra persona, con exclusión de las demás. La paradoja de la servidumbre reposa sobre otro misterio: la transformación del objeto erótico en persona lo convierte inmediatamente en sujeto dueño de albedrío. El objeto que deseo se vuelve sujeto que me desea o que me rechaza. La cesión de la soberanía personal y la aceptación voluntaria de la servidumbre entrañan un verdadero cambio de naturaleza: por el puente del mutuo deseo el objeto se transforma en sujeto deseante y el sujeto en objeto deseado. Se representa al amor en forma de un nudo; hay que añadir que ese nudo está hecho de dos libertades enlazadas.

Dominación y servidumbre, así como obstáculo y transgresión, más que elementos por sí solos, son variantes de una contradicción más vasta que los engloba: fatalidad y libertad. El amor es atracción involuntaria hacia una persona y voluntaria aceptación de esa atracción. Se ha discutido mucho acerca de la naturaleza del impulso que nos lleva a enamorarnos de esta o aquella persona. Para Platón la atracción era un compuesto de dos deseos, confundidos en uno solo: el deseo de hermosura y el de inmortalidad. Deseamos a un cuerpo hermoso y deseamos engendrar en ese cuerpo hijos hermosos. Este deseo, como se ha visto, paulatinamente se transforma hasta culminar, ya depurado, en la contemplación de las esencias y las ideas. Pero ni el amor ni el erotismo, según creo haberlo mostrado en este libro, están necesariamente asociados al deseo de reproducción; al contrario, con frecuencia consisten en un poner entre paréntesis el instinto sexual de procreación. En cuanto a la hermosura: para Platón era una y eterna, para nosotros es plural y cambiante. Hay tantas ideas de la belleza corporal como pueblos, civilizaciones y épocas. La belleza de hoy no es la misma que aquella que encendió la imaginación de nuestros abuelos; el exotismo, poco apreciado por los contemporáneos de Platón, es hoy un incentivo erótico. En un poema de Rubén Darío que, hace cien años ahora, escandalizó y encandiló a sus lectores, el poeta recorre todos los encuentros eróticos posibles con españolas y alemanas, chinas y francesas, etíopes e italianas. El amor, dice, es una pasión cosmopolita.

La hermosura, además de ser una noción subjetiva, no juega sino un papel menor en la atracción amorosa, que es más profunda y que todavía no ha sido enteramente explicada. Es un misterio en el que interviene una química secreta y que va de la temperatura de la piel al brillo de la mirada, de la dureza de unos senos al sabor de unos labios. *Sobre gustos no hay nada escrito*, dice el refrán; lo mismo debe decirse del amor. No hay reglas. La atracción es un compuesto de naturaleza sutil y, en cada caso, distinta. Está hecha de humores animales y de arquetipos espirituales, de experiencias infantiles y de los fantasmas que pueblan nuestros sueños. El amor no es deseo de hermosura: es ansia de compleción. La creencia en los brebajes y hechizos mágicos ha sido, tradicionalmente, una manera de explicar el carácter, misterioso e involuntario, de la atracción amorosa. Todos los pueblos cuentan con leyendas que tienen como tema esta creencia. En Occidente, el ejemplo más conocido es la historia de Tristán e Isolda, un arquetipo que sería repetido sin cansancio por el arte y la poesía. Los poderes de persuasión de la Celestina, en el teatro español, no están únicamente en su lengua elocuente y en sus pérfidas zalamerías sino en sus filtros y brebajes. Aunque la idea de que el amor es un lazo mágico que literalmente cautiva la voluntad y el albedrío de los enamorados es muy antigua, es una idea todavía viva: el amor es un hechizo y la atracción que une a los amantes es un encantamiento. Lo extraordinario es que esta creencia coexiste con la opuesta: el amor nace de una decisión libre, es la aceptación voluntaria de una fatalidad.

El Renacimiento y la edad barroca, sin renunciar al filtro mágico de Tristán e Isolda, concibieron una teoría de las pasiones y las simpatías. El símbolo predilecto de los poetas de esta época fue el imán, dueño de un misterioso e irresistible poder de atracción. En esta concepción fueron determinantes dos legados de la Antigüedad grecorromana: la teoría de los cuatro humores y la astrología. Las afinidades y repulsiones entre los temperamentos sanguíneo, nervioso, flemático y melancólico ofrecieron una base para explicar la atracción erótica. Esta teoría venía de la tradición médica de Galeno y de la filosófica de Aristóteles, al que se atribuía un tratado sobre el temperamento melancólico. La creencia en la influencia de los astros tiene su origen en Babilonia, pero la versión que recoge el Renacimiento es de estirpe platónica y estoica. Según el *Timeo*, en el viaje celeste de las almas al descender a la tierra para encarnar en un cuerpo, reciben las influencias fastas y nefastas de Venus, Marte, Mercurio, Saturno y los otros planetas. Esas influencias determinan sus predisposiciones e inclinaciones. Por su parte, los estoicos concebían al cosmos como un sistema regido por las afinidades y simpatías de la energía universal (*pneuma*), que se reproducían en cada alma individual. En una y otra doctrina el alma individual era parte del alma universal y estaba movida por las fuerzas de amistad y repulsión que animan al cosmos.

Los románticos y los modernos han reemplazado el neoplatonismo renacentista por explicaciones psicológicas y fisiológicas, tales como la cristalización, la sublimación y otras parecidas. Todas ellas, por más diversas que sean, conciben al amor como atracción fatal. Sólo que esa fatalidad, sean sus víctimas Calixto y Melibea o Hans Castorp y Claudia, ha sido en todos los casos libremente asumida. Agrego: y ardientemente invocada y deseada. La fatalidad se manifiesta sólo con y a través de la complicidad de nuestra libertad. El nudo entre libertad y destino –el gran misterio de la tragedia griega y de los autos sacramentales hispánicos– es el eje en torno al cual giran todos los enamorados de la historia. Al enamorarnos, escogemos nuestra fatalidad. Trátese del amor a Dios o del amor a Isolda, el amor es un misterio en el que libertad y predestinación se enlazan. Pero la paradoja de la libertad se despliega también en el subsuelo psíquico: las vegetaciones venenosas de las infidelidades, las traiciones, los abandonos, los olvidos, los celos. El misterio de la libertad amorosa y su flora alternativamente radiante y fúnebre ha sido el tema central de nuestros poetas y artistas. También de nuestras vidas, la real y la imaginaria, la vivida y la soñada.

La quinta nota distintiva de nuestra idea del amor consiste, como en el caso de las otras, en la unión indisoluble de dos contrarios, el cuerpo y el alma. Nuestra tradición, desde Platón, ha exaltado al alma y ha menospreciado al cuerpo. Frente a ella y desde sus orígenes, el amor ha ennoblecido el cuerpo: sin atracción física, carnal, no hay amor. Ahora asistimos a una reversión radicalmente opuesta al platonismo: nuestra época niega al alma y reduce el espíritu humano a un reflejo de las funciones corporales. Así ha minado en su centro mismo a la noción de *persona*, doble herencia del cristianismo y la filosofía griega. La noción de *alma* constituye a la persona y, sin persona, el amor regresa al mero erotismo. Más adelante volveré sobre el ocaso de la noción de *persona* en nuestras sociedades; por ahora, me limito a decir que ha sido el principal responsable de los desastres políticos del siglo xx y del envilecimiento general de nuestra civilización. Hay una conexión íntima y causal, necesaria, entre las nociones de *alma*, *persona*, *derechos humanos* y *amor*. Sin la creencia en un alma inmortal inseparable de un cuerpo mortal, no habría podido nacer el amor único ni su consecuencia: la transformación del objeto deseado en sujeto deseante. En suma, el amor exige como condición previa la noción de *persona* y ésta la de un alma encarnada en un cuerpo.

La palabra *persona* es de origen etrusco y designaba en Roma a la máscara del actor teatral. ¿Qué hay detrás de la máscara, qué es aquello que *anima* al personaje? El espíritu humano, el alma o ánima. La persona es un ser compuesto de un alma y un cuerpo. Aquí aparece otra y gran paradoja del amor, tal vez la central, su nudo trágico: amamos simultáneamente un cuerpo mortal, sujeto al tiempo y sus accidentes, y un alma inmortal. El amante ama por igual al cuerpo y al alma. Incluso puede decirse que, si no fuera por la atracción hacia el cuerpo, el enamorado no podría amar al alma que lo anima. Para el amante el cuerpo deseado es alma; por esto le habla con un lenguaje más allá del lenguaje pero que es perfectamente comprensible, no con la razón, sino con el cuerpo, con la piel. A su vez el alma es palpable: la podemos tocar y su soplo refresca nuestros párpados o calienta nuestra nuca. Todos los enamorados han sentido esta transposición de lo corporal a lo espiritual y viceversa. Todos lo saben con un saber rebelde a la razón y al lenguaje. Algunos poetas lo han dicho:

> ... *her pure and eloquent blood*
> *Spoke in her cheeks, and so distinctly wrought*
> *That one might almost say, her body thought*[1].

Al ver en el cuerpo los atributos del alma, los enamorados incurren en una herejía que reprueban por igual los cristianos y los platónicos. Así, no es extraño que haya sido considerado como un extravío e incluso como una locura: el *loco amor* de los poetas medievales. El amor es loco porque encierra a los amantes en una contradicción insoluble. Para la tradición platónica, el alma vive prisionera en el cuerpo; para el cristianismo, venimos a este mundo sólo una vez y sólo para salvar nuestra alma. En uno y otro caso hay oposición entre alma y cuerpo, aunque el cristianismo la haya atenuado con el dogma de la *resurrección de la carne*, y la doctrina de los *cuerpos gloriosos*. Pero el amor es una transgresión tanto de la tradición platónica como de la cristiana. Traslada al cuerpo los atributos del alma y éste deja de ser una prisión. El amante ama al cuerpo como si fuese alma y al alma como si fuese cuerpo. El amor mezcla la tierra con el cielo: es la gran subversión. Cada vez que el amante dice: *te amo para siempre*, confiere a una criatura efímera y cambiante dos atributos divinos: la inmortalidad y la inmutabilidad. La contradicción es en verdad trágica: la carne se corrompe, nuestros días están contados. No obstante, amamos. Y amamos con el cuerpo y con el alma, en cuerpo y alma.

Esta descripción de los cinco elementos constitutivos de nuestra imagen del amor, por más somera que haya sido, me parece que revela su naturaleza contradictoria, paradójica o misteriosa. Mencioné a cinco rasgos dis-

---

1. John Donne, *Second Anniversary*.

tintivos; en realidad, como se ha visto, pueden reducirse a tres: la exclusividad, que es amor a una sola persona; la atracción, que es fatalidad libremente asumida; la persona, que es alma y cuerpo. El amor está compuesto de contrarios pero que no pueden separarse y que viven sin cesar en lucha y reunión con ellos mismos y con los otros. Estos contrarios, como si fuesen los planetas del extraño sistema solar de las pasiones, giran en torno a un sol único. Este sol también es doble: la pareja. Continua transmutación de cada elemento: la libertad escoge la servidumbre, la fatalidad se transforma en elección voluntaria, el alma es cuerpo y el cuerpo es alma. Amamos a un ser mortal como si fuese inmortal. Lope lo dijo mejor: *a lo que es temporal llamar eterno*. Sí, somos mortales, somos hijos del tiempo y nadie se salva de la muerte. No sólo sabemos que vamos a morir sino que la persona que amamos también morirá. Somos los juguetes del tiempo y de sus accidentes: la enfermedad y la vejez, que desfiguran al cuerpo y extravían al alma. Pero el amor es una de las respuestas que el hombre ha inventado para mirar de frente a la muerte. Por el amor le robamos al tiempo que nos mata unas cuantas horas que transformamos a veces en paraíso y otras en infierno. De ambas maneras el tiempo se distiende y deja de ser una medida. Más allá de felicidad o infelicidad, aunque sea las dos cosas, el amor es intensidad; no nos regala la eternidad sino la vivacidad, ese minuto en el que se entreabren las puertas del tiempo y del espacio: aquí es allá y ahora es siempre. En el amor todo es dos y todo tiende a ser uno.

## El lucero del alba

Desde el siglo XVIII los europeos se examinan sin cesar y se juzgan. Este desmesurado interés por ellos mismos no es simple narcisismo: es angustia ante la muerte. En el mediodía de su civilización los griegos inventaron la tragedia; la inventaron, dice Nietzsche, por un exceso de salud; sólo un organismo fuerte y lúcido puede ver de frente al sol cruel del destino. La conciencia histórica nació con Occidente y quien dice historia dice conciencia de la muerte. Heredera del cristianismo, que inventó el examen de conciencia, la modernidad ha inventado la crítica. Éste es uno de los rasgos que nos distinguen de otras épocas; ni la Antigüedad ni la Edad Media practicaron la crítica con la pasión de la modernidad: crítica de los otros y de nosotros mismos, de nuestro pasado y de nuestro presente. El examen de conciencia es un acto de introspección solitaria pero en el que aparecen los fantasmas de los otros y también el fantasma de aquel que fuimos –un fantasma plural pues fuimos muchos. Este descenso a la caverna de nuestra conciencia lo hacemos a la luz de la idea de la muerte: descendemos hacia el pasado porque sabemos que un día moriremos y, antes, queremos estar en paz con nosotros mismos. Creo que algo semejante se puede decir de las meditaciones filosóficas e históricas sobre la civilización de Occidente: son exámenes de conciencia, diagnósticos sobre la salud de nuestras sociedades y discursos ante su muerte más o menos próxima. De Vico a Valéry nuestros filósofos no cesan de recordarnos que las civilizaciones son mortales. En los últimos cincuenta años estos melancólicos ejercicios se han hecho más y más frecuentes; casi todos son admonitorios y algunos desesperanzados. Son muy pocos ya, cualquiera que sea su bando, los que se atreven a anunciar «mañanas radiantes». Si pensamos en términos históricos, vivimos en la edad de hierro, cuyo acto final es la barbarie; si pensamos en términos morales, vivimos en la edad de fango.

Los estudios sobre la salud histórica y moral de nuestras sociedades comprenden todas las ciencias y las especialidades: la economía, la política, el derecho, los recursos naturales, las enfermedades, la demografía, el descenso general de la cultura, la crisis de las universidades, las ideologías y, en fin, todo el abanico de las actividades humanas. Sin embargo, en ninguno de ellos –salvo unas cuantas excepciones que pueden contarse con los dedos– aparece la más ligera reflexión sobre la historia del amor en

Occidente y sobre su situación actual. Me refiero a libros y estudios sobre el amor propiamente dicho, no a toda esa abundante literatura acerca de la sexualidad humana, su historia y sus anomalías. Sobre estos temas la bibliografía es muy rica y va del ensayo al tratado de higiene. Pero el amor es otra cosa. Omisión que dice mucho sobre el temple de nuestra época. Si el estudio de las instituciones políticas y religiosas, las formas económicas y sociales, las ideas filosóficas y científicas es imprescindible para tener una idea de lo que ha sido y es nuestra civilización, ¿cómo no va a serlo el de nuestros sentimientos, entre ellos el de aquel que, durante mil años, ha sido el eje de nuestra vida afectiva, la imaginaria y la real? El ocaso de nuestra imagen del amor sería una catástrofe mayor que el derrumbe de nuestros sistemas económicos y políticos: sería el fin de nuestra civilización. O sea: de nuestra manera de sentir y vivir.

Un error que debemos corregir es la costumbre de referir estos fenómenos exclusivamente a la civilización de Occidente. Aunque se asiste hoy en muchas partes a la resurrección de los particularismos nacionales y aun tribales, es claro que, por primera vez en la historia de nuestra especie, vivimos los comienzos de una sociedad mundial. La civilización de Occidente se ha extendido al planeta entero. En América arrasó a las culturas nativas; nosotros, los americanos, somos una dimensión excéntrica de Occidente. Somos su prolongación y su réplica. Lo mismo puede decirse de otros pueblos de Oceanía y África. Esto que digo no implica ignorancia o menosprecio de las sociedades nativas y sus creaciones; no enuncio un juicio de valor: doy constancia de un hecho histórico. Predicar la vuelta a las culturas africanas o el regreso a Tenochtitlan o al Inca es una aberración sentimental —respetable pero errónea— o un acto de cínica demagogia. Por último, la influencia occidental ha sido y es determinante en el Oriente. En conexión con el tema de estas reflexiones apenas si necesito recordar las numerosas y hondas analogías entre nuestra concepción del amor y la del Extremo Oriente y la India. En el caso del islam el parentesco es aún más íntimo: el amor cortés es impensable sin la erótica árabe. Las civilizaciones no son fortalezas sino cruces de caminos y nuestra deuda con la cultura árabe, en esta materia, es inmensa. En suma, la imagen o idea del amor es hoy universal y su suerte, en este fin de siglo, es inseparable de la suerte de la civilización mundial.

Al hablar de la continuidad del amor es útil repetir que no me refiero al sentimiento, que probablemente pertenece a todos los tiempos y lugares, sino a las concepciones sobre esta pasión elaboradas por algunas sociedades. Estas concepciones no son construcciones lógicas: son la expresión de profundas aspiraciones psíquicas y sexuales. Su coherencia no es racional sino vital. Por esto las he llamado imágenes. Añado que, si no son una filosofía, son una visión del mundo y, así, son también una ética y una estética: una *cortesía*. Finalmente, la notable continuidad de la imagen del amor, del siglo XII a nuestros días, no significa inmovilidad. Al contrario; en su historia abundan las mudanzas y las innovaciones. El amor ha sido un sentimiento constantemente creador y subversivo.

Entre todas las civilizaciones la de Occidente ha sido, para bien y para mal, la más dinámica y cambiante. Sus cambios se han reflejado en nuestra imagen del amor; a su vez, ésta ha sido un potente y casi siempre benéfico agente de esas transformaciones. Piénsese, por ejemplo, en la institución matrimonial: de sacramento religioso a contrato interpersonal, de arreglo de familias sin participación de los contrayentes a convenio entre ellos, de la obligación de la dote a la separación de bienes, de estado indisoluble y para toda la vida al divorcio moderno. Otro cambio más: el adulterio. Estamos ya muy lejos de los cuchillos con que los esposos del siglo XVII degollaban a sus mujeres para vengar su honra. La lista de los cambios podrá alargarse. No es necesario. La gran novedad de este fin de siglo es el laxismo de las sociedades liberales de Occidente. Me parece que la conjunción de tres factores lo explica: el primero, social, ha sido la creciente independencia de la mujer; el segundo, de orden técnico, la aparición de métodos anticoncepcionales más eficaces y menos peligrosos que los antiguos; el tercero, que pertenece al dominio de las creencias y los valores, es el cambio de posición del cuerpo, que ha dejado de ser la mitad inferior, meramente animal y perecedera del ser humano. La revolución del cuerpo ha sido y es un hecho decisivo en la doble historia del amor y del erotismo: nos ha liberado pero puede también degradarnos y envilecernos. Volveré sobre esto más adelante.

La literatura retrata los cambios de la sociedad. También los prepara y los profetiza. La paulatina cristalización de nuestra imagen del amor ha sido la obra de los cambios tanto en las costumbres como en la poesía, el teatro y la novela. La historia del amor no sólo es la historia de una pasión sino de un género literario. Mejor dicho: la historia de las diversas imágenes del amor que nos han dado los poetas y los novelistas. Esas imágenes han sido retratos y transfiguraciones, copias de la realidad y visiones de otras realidades. Al mismo tiempo, todas esas obras se han alimentado de la filosofía y el pensamiento de cada época: Dante de la escolástica, los poetas renacentistas del neoplatonismo, Laclos y Stendhal de la Enciclopedia, Proust de Bergson, los poetas y novelistas modernos de Freud.

En nuestra lengua el ejemplo mayor, en este siglo, es el de Antonio Machado, nuestro poeta filósofo, cuya obra en verso y en prosa gira en torno a la temporalidad humana y en consecuencia a nuestra esencial incompleción. Su poesía, como él mismo lo dijo alguna vez, fue un «canto de frontera» —al otro lado está la muerte— y su pensamiento sobre el amor una reflexión sobre la ausente y, más radicalmente, sobre la ausencia.

Me parece que no es exagerado afirmar, no como si fuese una ley histórica pero sí como algo más que una simple coincidencia, que todos los grandes cambios del amor corresponden a movimientos literarios que, simultáneamente, los preparan y los reflejan, los transfiguran y los convierten en ideales de vida superior. La poesía provenzal ofreció a la sociedad feudal del siglo XII la imagen del amor cortés como la de un género de vida digno de imitación. La figura de Beatriz, mediadora entre este mundo y el otro, se desdobló en sucesivas creaciones como la Margarita de Goethe y la Aurélia de Nerval; al mismo tiempo, por obra del contagio poético, iluminó y confortó las noches de muchos solitarios. Stendhal describió por primera vez, con fingido rigor científico, el amor-pasión. Digo fingido porque su descripción es más bien una confesión que una teoría, aunque congelada por el pensamiento del siglo XVIII. Los románticos nos enseñaron a vivir, a morir, a soñar y, sobre todo, a amar. La poesía ha exaltado al amor y lo ha analizado, lo ha recreado y lo ha propuesto a la imitación universal.

El fin de la primera guerra mundial tuvo repercusiones en todos los órdenes de la existencia. La libertad de las costumbres, sobre todo eróticas, fue inusitada. Para comprender la alegría que experimentaron los jóvenes ante los atrevimientos de esos años, hay que recordar el rigorismo y la gazmoñería que, durante todo el siglo XIX, impuso al mundo la moral de la burguesía. Las mujeres salieron a la calle, se cortaron el pelo, se subieron las faldas, enseñaron sus cuerpos y les sacaron la lengua a los obispos, los jueces y los profesores. La liberación erótica coincidió con la revolución artística. En Europa y América surgieron grandes poetas del amor moderno, un amor que mezclaba al cuerpo con la mente, a la rebelión de los sentidos con la del pensamiento, a la libertad con la sensualidad. Nadie lo ha dicho y ya es hora de decirlo: en la América de lengua española aparecieron en esos años dos o tres grandes poetas del amor. Fue la erupción del enterrado lenguaje de la pasión. Lo mismo sucedió en Rusia, antes de que descendiese sobre ese país la edad de plomo de Stalin. Sin embargo, ninguno de estos poetas nos dejó una teoría del amor semejante a las que nos legaron los neoplatónicos del Renacimiento y los románticos. Eliot y Pound fueron hombres de pensamiento pero no les interesó el amor sino la política y la religión. La excepción fue, como en el siglo XII, Francia. Allá la vanguardia estética, el surrealismo, pronto se convirtió en una rebelión filosófica, moral y política. Uno de los ejes de la subversión surrealista fue el erotismo. Lo mejor de la poesía surrealista es poesía amorosa; pienso sobre todo, aunque no únicamente, en Paul Éluard. Algunos de los surrealistas escribieron también ensayos; Benjamin Péret acuñó en un hermoso texto la expresión «amor sublime», para diferenciar a este sentimiento del amor-pasión de Stendhal[1]. En fin, la tradición iniciada por Dante y Petrarca fue continuada por la figura central del surrealismo, André Breton.

En la obra y la vida de Breton se mezclan la reflexión y el combate. Si su temperamento filosófico lo insertó en la línea de Novalis, su arrojo lo llevó a combatir, como Tibulo y Propercio, en la *militia amoris*. No como simple soldado sino como capitán. Desde su nacimiento el surrealismo se presentó como un movimiento revolucionario. Breton quiso unir lo privado y lo social, la rebelión de los sentidos y del corazón –encarnada en su idea del amor único– con la revolución social y política del comunismo. Fracasó y hay ecos de ese fracaso en las páginas de *L'Amour fou*, uno de los pocos libros modernos que merece ser llamado *eléctrico*. Su actitud no fue menos intransigente frente a la moral de la burguesía. Los románticos habían luchado en contra de las prohibiciones de la sociedad de su época y habían sido los primeros en proclamar la libertad del amor. Aunque en la Europa de 1920 y 1930 todavía subsistían muchas interdicciones, también se habían popularizado los preceptos y las doctrinas del amor libre. En ciertos grupos y medios la promiscuidad reinaba, disfrazada de libertad. Así, el combate de Breton por el amor se desplegó en tres frentes: el de los comunistas, empeñados en ignorar la vida privada y sus pasiones; el de las antiguas prohibiciones de la Iglesia y la burguesía; y el de los emancipados. Combatir a los dos primeros no era difícil, intelectualmente hablando; combatir al tercer grupo era arduo pues implicaba la crítica de su medio social. No hay nada más difícil que defender a la libertad de los libertarios.

Uno de los grandes méritos de Breton fue haberse dado cuenta de la función subversiva del amor y no únicamente, como la mayoría de sus contemporáneos, del mero erotismo. Percibió también, aunque no claramente, las diferencias entre el amor y el erotismo pero no pudo o no quiso ahondar

---

1. «Le Noyau de la comète», prefacio a la *Anthologie de l'amour sublime*, París, 1956.

en esas diferencias y así se privó de dar una base más sólida a su idea del amor. En su tentativa por insertar su idea del amor en el movimiento revolucionario y filosófico de su época –¿lo sabía?– no hizo sino seguir a los poetas del pasado, especialmente a uno de los fundadores, Dante, que se propuso abolir la oposición entre el amor cortés y la filosofía cristiana. En la actitud de Breton aparece de nuevo la dualidad del surrealismo: por una parte, fue una subversión, una ruptura; por la otra, encarnó la tradición central de Occidente, esa corriente que una y otra vez se ha propuesto unir la poesía al pensamiento, la crítica a la inspiración, la teoría a la acción. Fue ejemplar que en los momentos de la gran desintegración moral y política que precedió a la segunda guerra mundial, Breton haya proclamado el lugar cardinal del amor único en nuestras vidas. Ningún otro movimiento poético de este siglo lo hizo y en esto reside la superioridad del surrealismo; una superioridad no de orden estético sino espiritual.

La posición de Breton fue subversiva y tradicional. Se opuso a la moral prevaleciente en nuestras sociedades, tanto a la burguesa como a la pseudorrevolucionaria; al mismo tiempo y con la misma decisión, continuó la tradición legada por los románticos e iniciada por los poetas provenzales. Sostener la idea del amor único en el momento de la gran liberación erótica que siguió a la primera guerra era exponerse al escarnio de muchos; Breton se atrevió a desafiar la opinión «avanzada» con denuedo e inteligencia. No fue enemigo de la nueva libertad erótica pero se negó a confundirla con el amor. Señaló los obstáculos que se oponen a la elección amorosa: los prejuicios morales y sociales, las diferencias de clase y la alienación. Esta última le parecía el verdadero y gran obstáculo: ¿cómo escoger si no somos dueños ni siquiera de nosotros mismos? Breton atribuía la enajenación, siguiendo a Marx, al sistema capitalista; una vez que éste desapareciese, desaparecería también la alienación. Su otro maestro, Hegel, el primero en formular el concepto de enajenación, tenía una idea menos optimista. La alienación consiste en el sentimiento de estar ausentes de nosotros mismos; otros poderes (¿otros fantasmas?) nos desalojan, usurpan nuestro verdadero ser y nos hacen vivir una vida vicaria, ajena. No ser lo que se es, estar fuera de sí, ser un otro sin rostro, anónimo, una ausencia: esto es la enajenación. Para Hegel la alienación nace con la *escisión*.

¿Qué entendía Hegel por escisión? Kostas Papaioannou lo explica de manera sucinta: «La concepción judeo-cristiana desvalorizó a la naturaleza y la transformó en objeto... Al mismo tiempo rompió el lazo orgánico entre el hombre y la ciudad (la *polis*). Por último, la razón moderna generalizó la escisión: después de haber opuesto el espíritu a la materia, el alma al cuerpo, la fe al entendimiento, la libertad a la necesidad... la escisión terminó por englobar todas las oposiciones en una mayor: la *subjetividad absoluta* y la *objetividad absoluta*»[1]. Pero hay un momento extremo de esta separación del mundo y de sí mismo; entonces el hombre «intenta regresar a sí mismo y la salvación se vuelve accesible». Como toda su generación, Hegel creyó al principio en la Revolución francesa y pensó que estaba destinada a suprimir la alienación y a reconciliar al hombre con la naturaleza y consigo mismo. El fracaso revolucionario lo obligó a replegarse y a concebir una filosofía que repensase a la totalidad y la reconstruyese entre los fragmentos dispersos a que la había reducido la incesante labor de la negatividad del sujeto. En lugar de la cura incompleta de la escisión que había sido la Revolución francesa, Hegel propuso una filosofía que incluía, asimismo, una respuesta al enigma de la historia y un diagnóstico de la escisión. No una «filosofía de la historia» sino una «historia filosófica» de los hombres. Si la sociedad civil se había mostrado «incapaz de constituirse como un sujeto universal, debía someterse al Estado... Si la *polis* era imposible, el Estado sería transcendente con respecto a la sociedad». ¿Cura de la escisión y la alienación? Sí, pero a través de la desaparición del sujeto, engullido por el Estado, que para Hegel era la forma más alta en que podía encarnar el espíritu objetivo.

Tal vez el error de Hegel y de sus discípulos consistió en buscar una solución histórica, es decir, temporal, a la desdicha de la historia y a sus consecuencias: la escisión y la alienación. El calvario de la historia, como él llamaba al proceso histórico, está recorrido por un Cristo que cambia sin cesar de rostro y de nombre pero que siempre es el mismo: el hombre. Es el mismo pero jamás *está* en sí mismo: es tiempo y el tiempo es constante separación de sí. Se puede refutar la existencia del tiempo y reputarlo una ilusión. Esto fue lo que hicieron los budistas. Sin embargo, no pudieron substraerse a sus consecuencias: la rueda de las reencarnaciones y el *karma*, la culpa del pasado que nos empuja sin cesar a vivir. Podemos negar al tiempo, no escapar de su abrazo. El tiempo es continua escisión y no descansa nunca: se reproduce y se multiplica al separarse de sí mismo. La escisión no se cura con tiempo sino con algo o con alguien que sea no-tiempo.

Cada minuto es el cuchillo de la separación: ¿cómo confiarle nuestra

---

[1]. Kostas Papaioannou, *Hegel*, París, 1962.

vida al cuchillo que nos degüella? El remedio está en encontrar un bálsamo que cicatrice para siempre esa continua herida que nos infligen las horas y los minutos. Desde que apareció sobre la tierra –sea porque haya sido expulsado del paraíso o porque es un momento de la evolución universal de la vida– el hombre es un ser incompleto. Apenas nace y se fuga de sí mismo. ¿A dónde va? Anda en busca de sí mismo y se persigue sin cesar. Nunca es el que es sino el que quiere ser, el que se busca; en cuanto se alcanza, o cree que se alcanza, se desprende de nuevo de sí, se desaloja, y prosigue su persecución. Es el hijo del tiempo. Y más: el tiempo es su ser y su enfermedad constitucional. Su curación no puede estar sino fuera del tiempo. ¿Y si no hubiese nada ni nadie más allá del tiempo? Entonces el hombre estaría condenado y tendría que aprender a vivir cara a esta terrible verdad. El bálsamo que cicatriza la herida del tiempo se llama religión; el saber que nos lleva a convivir con nuestra herida se llama filosofía.

¿No hay salida? Sí la hay: en algunos momentos el tiempo se entreabre y nos deja ver el *otro lado*. Estos instantes son experiencias de la conjunción del sujeto y del objeto, del yo soy y el tú eres, del ahora y el siempre, el allá y el aquí. No son reducibles a conceptos y sólo podemos aludir a ellas con paradojas y con las imágenes de la poesía. Una de estas experiencias es la del amor, en la que la sensación se une al sentimiento y ambas al espíritu. Es la experiencia de la total extrañeza: estamos fuera de nosotros, lanzados hacia la persona amada; y es la experiencia del regreso al origen, a ese lugar que no está en el espacio y que es nuestra patria original. La persona amada es, a un tiempo, tierra incógnita y casa natal, la desconocida y la reconocida. Sobre esto es útil citar, más que a los poetas o a los místicos, precisamente a un filósofo como Hegel, gran maestro de las oposiciones y las negaciones. En uno de sus escritos de juventud dice: «el amor excluye todas las oposiciones y de ahí que escape al dominio de la razón... Anula la objetividad y así va más allá de la reflexión... En el amor la vida se descubre en ella misma ya exenta de cualquier incompleción». El amor suprime la escisión. ¿Para siempre? Hegel no lo dice pero probablemente en su juventud lo creyó. Incluso puede decirse que toda su filosofía y especialmente la misión que atribuye a la dialéctica –lógica quimérica– no es sino una gigantesca traducción de esta visión juvenil del amor al lenguaje conceptual de la razón.

En el mismo texto Hegel percibe con extraordinaria penetración la gran y trágica paradoja que funda el amor: «los amantes no pueden separarse sino en la medida en que son mortales o cuando reflexionan sobre la posibilidad de morir». En efecto, la muerte es la fuerza de gravedad del amor. El impulso amoroso nos arranca de la tierra y del aquí; la conciencia de la muerte nos hace volver: somos mortales, estamos hechos de tierra y tenemos que volver a ella. Me atrevo a decir algo más. El amor es vida plena, unida a sí misma: lo contrario de la separación. En la sensación del abrazo carnal, la unión de la pareja se hace sentimiento y éste, a su vez, se transforma en conciencia: el amor es el descubrimiento de la unidad de la vida. En ese instante, la unidad compacta se rompe en dos y el tiempo reaparece: es un gran hoyo que nos traga. La doble faz de la sexualidad reaparece en el amor: el sentimiento intenso de la vida es indistinguible del sentimiento no menos poderoso de la extinción del apetito vital, la subida es caída y la extrema tensión, distensión. Así pues, la fusión total implica la aceptación de la muerte. Sin la muerte, la vida –la nuestra, la terrestre– no es vida. El amor no vence a la muerte pero la integra en la vida. La muerte de la persona querida confirma nuestra condena: somos tiempo, nada dura y vivir es un continuo separarse; al mismo tiempo, en la muerte cesan el tiempo y la separación: regresamos a la indistinción del principio, a ese estado que entrevemos en la cópula carnal. El amor es un regreso a la muerte, al lugar de reunión. La muerte es la madre universal. «Mezclaré tus huesos con los míos», le dice Cintia a su amante. Acepto que las palabras de Cintia no pueden satisfacer a los cristianos ni a todos los que creen en otra vida después de la muerte. Sin embargo, ¿qué habría dicho Francesca si alguien le hubiese ofrecido salvarla pero sin Paolo? Creo que habría contestado: escoger el cielo para mí y el infierno para mi amado es escoger al infierno, condenarse dos veces.

Breton también se enfrentó al otro gran misterio del amor: la elección. El amor único es el resultado de una elección pero la elección, a su vez, ¿no es el resultado de un conjunto de circunstancias y coincidencias? Y esas coincidencias, ¿son meras casualidades o tienen un sentido y obedecen a una lógica secreta? Estas preguntas lo desvelaron y lo llevaron a escribir páginas memorables. El encuentro precede a la elección y en el encuentro lo fortuito parece determinante. Breton advirtió con perspicacia que el encuentro está constituido por una serie de hechos que acaecen en la realidad objetiva, sin que aparentemente los guíe designio alguno y sin que nuestra voluntad participe en su desarrollo. Camino sin rumbo fijo por una calle cualquiera y tropiezo con una transeúnte; su figura me impresiona; quiero seguirla, desaparece en una esquina y un mes después, en la casa de un amigo o a la salida de un teatro o al entrar en un café, la mujer reaparece; sonríe, le hablo, me responde y así comienza una relación que nos marcará para siempre. Hay mil variantes del encuentro pero en todas ellas interviene un agente que a veces llamamos azar, otras casualidad y otras destino o predestinación. Casualidad o destino, la serie de estos hechos objetivos, regidos por una causalidad externa, se cruza con nuestra subjetividad, se inserta en ella y se transforma en una dimensión de lo más íntimo y poderoso en cada uno de nosotros: el deseo. Breton recordó a Engels y llamó a la intersección de las dos series, la exterior y la interior: *azar objetivo*[1].

Breton formula de manera nítida y económica su idea del azar objetivo: «una forma de la necesidad exterior que se abre camino en el inconsciente humano». La serie causal exterior se cruza con una causa interna: el inconsciente. Ambas son ajenas a nuestra voluntad, ambas nos determinan y su conjunción crea un orden, un tejido de relaciones, sobre el que ignoramos tanto la finalidad como la razón de ser. ¿Esa conjunción de circunstancias es accidental o posee un sentido y una dirección? Sea lo uno o lo otro, somos juguetes de fuerzas ajenas, instrumentos de un destino que asume la forma paradójica y contradictoria de un accidente necesario. El azar objetivo cumple, en la mitología de Breton, la función del filtro mágico en la leyenda de Tristán e Isolda y la del imán en las metáforas de la poesía renacentista. El azar objetivo crea un espacio literalmente imantado: los amantes, como sonámbulos dotados de una segunda vista, caminan, se cruzan, se separan y vuelven a juntarse. No se buscan: se encuentran. Breton recrea con clarividencia poética esos estados que conocen todos los amantes al principio de su relación: el saberse en el centro de un tejido de coincidencias, señales y correspondencias. Sin embargo, una y otra vez nos previene que no escribe un relato novelesco ni una ficción: nos presenta un documento, nos da la relación de un hecho vivido. La fantasía, la extrañeza, no son invenciones del autor: son la realidad misma. ¿Lo es su interpretación? Sí y no: Breton cuenta lo que vio y vivió pero en su relato se despliega, bajo el nombre de *azar objetivo*, una teoría de la libertad y la necesidad.

El azar objetivo, tal como lo expone Breton, se presenta como *otra* explicación del enigma de la atracción amorosa. Como las otras –el bebedi-

---

1. Véase, sobre la noción de *azar objetivo* en Breton, la penetrante «Noticia» que consagra Marguerite Bonnet a *L'Amour fou* en el segundo volumen de las *Œuvres Complètes* de André Breton, Bibliothèque de La Pléiade, Gallimard, París, 1992. Véase también, en el mismo volumen, la «Noticia» de la señora Bonnet y de E. A. Hubert sobre *Les Vases communicants*. Por cierto, la expresión *azar objetivo* no aparece en Engels.

zo, la influencia de los astros o las tendencias infantiles del psicoanálisis– deja intacto al otro misterio, el fundamental: la conjunción entre destino y libertad. Accidente o destino, azar o predestinación, para que la relación se realice necesita la complicidad de nuestra voluntad. El amor, cualquier amor, implica un sacrificio; no obstante, a sabiendas escogemos sin pestañear ese sacrificio. Éste es el misterio de la libertad, como lo vieron admirablemente los trágicos griegos, los teólogos cristianos y Shakespeare. También Dante y Cavalcanti pensaban que el amor era un accidente que, gracias a nuestra libertad, se transformaba en elección. Cavalcanti decía: el amor no es la virtud pero, nacido de la perfección (de la persona amada), es lo que la hace posible. Debo añadir que la virtud, cualquiera que sea el sentido que demos a esa palabra, es ante todo y sobre todo un *acto libre*. En suma, para decirlo usando una enérgica expresión popular: *el amor es la libertad en persona*. La libertad encarnada en un cuerpo y un alma... Con Breton se cierra el período que precede a la segunda guerra mundial. La tensión que recorre muchas de las páginas de su libro se debe probablemente a que tenía conciencia de que escribía frente a la noche inminente: en 1937 las sombras de la guerra, que habían cubierto el cielo español, se agolpaban en el horizonte. ¿Pensaba, a pesar de su fervor revolucionario, que su testimonio era también un testamento, un legado? No lo sé. En todo caso, se daba cuenta de cómo son precarias y elusivas las ideas con que pretendemos explicar el enigma de la elección amorosa. Ese enigma es parte de otro mayor, el del hombre que, suspendido entre el Accidente y la necesidad, transforma su predicamento en libertad.

Los antiguos representaban al planeta Venus, al lucero del alba, en la figura de un joven portador de una antorcha: Lucifer (*lux, lucis*: luz + *ferre*: portar). Para traducir un pasaje del Evangelio en el que Jesús habla de Satán como de «una centella caída del cielo», San Jerónimo usó la palabra que designaba a la estrella de la mañana: Lucifer. Feliz deslizamiento del significado: llamar al ángel rebelde, al más bello del ejército celestial, con el nombre del heraldo que anuncia el comienzo del alba, fue un acto de imaginación poética y moral: la luz es inseparable de la sombra, el vuelo de la caída. En el centro de la negrura absoluta del mal apareció un reflejo indeciso: la luz vaga del amanecer. Lucifer: ¿comienzo o caída, luz o sombra? Tal vez lo uno y lo otro. Los poetas percibieron esta ambigüedad y le sacaron el partido que sabemos. Lucifer fascinó a Milton pero también a los románticos, que lo convirtieron en el ángel de la rebeldía y en el portaantorcha de la libertad. Las mañanas son breves y más breves aún las que ilumina la luz zigzagueante de Lucifer. Apareció al despuntar el siglo XVIII y a la mitad del XIX palideció su resplandor rojizo, aunque siguió iluminando con una luz tenue y perlada, luz del pensamiento más que del corazón, el largo atardecer del simbolismo. Hacia el final de su vida Hegel aceptó que la filosofía llega siempre tarde y que a la luz del alba sucede la del crepúsculo: «el ave de Minerva comienza su vuelo al caer la noche».

La modernidad ha tenido dos mañanas: una, la que vivió Hegel y su generación, que comienza con la Revolución francesa y termina cincuenta años después; otra, la que se inicia con el gran despertar científico y artístico que precede a la primera gran guerra del siglo XX y que termina al estallar la segunda. El emblema de este segundo período es, otra vez, la figura ambigua de Lucifer. Ángel del mal, su sombra cubre las dos guerras, los campos de Hitler y Stalin, la explosión de Nagasaki e Hiroshima; ángel rebelde de la luz, es la chispa que enciende todas las grandes innovaciones de nuestra época en la ciencia, la moral y las artes. De Picasso a Joyce y de Duchamp a Kafka, la literatura y el arte de la primera mitad del siglo XX han sido luciferinos. No se puede decir lo mismo del período que sucedió a la segunda guerra y cuyas postrimerías, según todos los signos, vivimos ahora. El contraste es sobrecogedor. Nuestro siglo se inició con grandes movimientos revolucionarios en el dominio del arte, como el cubismo y el abstraccionismo, a los que siguieron otras revueltas pasionales, como el surrealismo, que se distinguió por su violencia. Cada género literario, de la novela a la poesía, fue el teatro de una sucesión de cambios en la forma, la orientación y el sentido mismo de las obras. Esas transformaciones y sacudimientos abarcaron también a la comedia y al drama. El cine, además, fue influido por todos esos experimentos; a su vez, su técnica de presentación de las imágenes y su ritmo influyeron profundamente en la poesía y en la novela. El simultaneísmo, por ejemplo, imperante en la poesía y en la novela de esos años, es un hijo directo del montaje cinematográfico. Nada semejante ocurrió en la etapa que siguió a la segunda guerra. El ángel rebelde, Lucifer, abandonó al siglo.

No soy pesimista ni nostálgico. El período que ahora vivimos no ha sido estéril, aunque la producción artística ha sido dañada gravemente por las plagas del mercantilismo, el lucro y la publicidad. La pintura y la novela, por ejemplo, han sido convertidas en productos sometidos a la moda, la primera a través del fetichismo del objeto único y la segunda por el mecanismo de la producción en masa. Sin embargo, desde 1950 no han cesado de aparecer obras y personalidades notables en los campos de la poesía, la música, la novela y las artes plásticas. Pero no ha surgido ningún gran movimiento estético o poético. El último fue el surrealismo. Hemos tenido resurrecciones, unas meramente ingeniosas y otras brillantes. Mejor dicho, hemos tenido, para emplear la exacta palabra inglesa, *revivals*. Pero un *revival* no es una resurrección: es una llamarada que pronto se apaga. El siglo XVIII tuvo un neoclasicismo; nosotros hemos tenido un «neoexpresionismo», una «transvanguardia» y hasta un «neorromanticismo». ¿Y qué han sido el *pop art* y la poesía *beat* sino derivaciones, la primera de Dadá y la otra del surrealismo? El expresionismo-abstracto de Nueva York también fue una tendencia derivada; nos dio algunos artistas excelentes pero, de nuevo, fue un *revival*, una llamarada. Otro tanto hay que decir de una tendencia filosófico-literaria de postguerra, que apareció en París y se extendió al mundo entero: el existencialismo. Por su método, fue una prolongación de Husserl; por sus temas, de Heidegger. Un ejemplo más: a partir de 1960 comenzaron a publicarse ensayos y libros sobre Sade, Fourier, Roussel y otros. Algunos de esos estudios e interpretaciones son agudos, penetrantes y, a veces, profundos. Pero no fueron revelaciones originales: esos autores y esas obras habían sido descubiertos cuarenta años antes por Apollinaire y los surrealistas. Otro *revival*. No vale la pena seguir... Repito: la segunda mitad del siglo XX no es pobre en obras notables; sin embargo, incluso por su naturaleza misma, esas obras representan algo muy distinto y aun contrario a las de la primera mitad de siglo. No las ilumina la luz ambigua y violenta de Lucifer: son obras crepusculares. ¿El melancólico Saturno es su numen? Tal vez, aunque Saturno ama los matices. La mitología lo pinta como el soberano de una edad de oro espiritual minado por la bilis negra, la melancolía, ese humor que ama el claroscuro. En cambio, nuestro tiempo es simplista, sumario y brutal. Después de haber caído en la idolatría de los sistemas ideológicos, nuestro siglo ha terminado en la adoración de las Cosas. ¿Qué lugar tiene el amor en un mundo como el nuestro?

## La plaza y la alcoba

La guerra fría duró más de cuarenta años. Además de la pugna entre los dos grandes bloques que se formaron después de la derrota del Eje y de las otras vicisitudes de ese período, una polémica conmovió a la clase intelectual y a vastos segmentos de la opinión. Ese debate hacía pensar, a veces, en las disputas teológicas de la Reforma y la Contrarreforma o en las controversias que encendió la Revolución francesa. Sin embargo, hubo una diferencia de monta: las discusiones de la guerra fría fueron más de orden político y moral que filosófico y religioso; no versaron sobre las causas primeras o últimas sino que tuvieron como tema principal una cuestión *de facto*: la verdadera naturaleza del régimen soviético, que se ostentaba como socialista. Fue una polémica necesaria y árida: desenmascaró a la mentira, deshonró a muchos y heló las mentes y los corazones de otros, pero no produjo ideas nuevas. Fue milagroso que en esa atmósfera de litigios y denuncias, de ataques y contraataques, se escribiesen poemas y novelas, se compusiesen conciertos y se pintasen cuadros. No menos milagrosa fue la aparición de escritores y artistas independientes en Rusia, Polonia, Checoslovaquia, Hungría, Rumania y en los otros países esterilizados por la doble opresión del dogmatismo pseudorrevolucionario y del espíritu burocrático. También en América Latina, a pesar de las dictaduras militares y de la obcecación de la mayoría de nuestros intelectuales, enamorados de soluciones simplistas, aparecieron en esos años varios notables poetas y novelistas. Esta época probablemente ha llegado a su fin. Como ya señalé, ha sido un período más de obras y personalidades aisladas que de movimientos literarios y artísticos.

En Occidente se repitió el fenómeno de la primera postguerra: triunfó y se extendió una nueva y más libre moral erótica. Este período presenta dos características que no aparecen en el anterior: una, la participación activa y pública de las mujeres y de los homosexuales; otra, la tonalidad política de las demandas de muchos de esos grupos. Fue y es una lucha por la igualdad de derechos y por el reconocimiento jurídico y social; en el caso de las mujeres, de una condición biológica y social; en el de los homosexuales, de una excepción. Ambas demandas, la igualdad y el reconocimiento de la diferencia, eran y son legítimas; sin embargo, ante ellas los comensales del *Banquete* platónico se habrían restregado los ojos: el sexo ¿materia de debate político? En el pasado había sido frecuente la fusión entre erotismo y religión: el tantrismo, el taoísmo, los gnósticos; en nuestra época la política absorbe al erotismo y lo transforma: ya no es una pasión sino un derecho. Ganancia y pérdida: se conquista la legitimidad pero desaparece la otra dimensión, la pasional y espiritual. Durante todos estos años se han publicado, según ya dije, muchos artículos, ensayos y libros sobre sexología y otras cuestiones afines, como la sociología y la política del sexo, todas ellas ajenas al tema de estas reflexiones. El gran ausente de la revuelta erótica de este fin de siglo ha sido el amor. Contrasta esta situación con los cambios que introdujeron el neoplatonismo renacentista, la filosofía «libertina» del siglo XVIII o la gran revolución romántica. En lo que sigue espero mostrar algunas de las causas de esta falla, verdadera quiebra que nos ha convertido en inválidos no del cuerpo sino del espíritu.

Ortega y Gasset señaló alguna vez la presencia de ritmos vitales en las sociedades: períodos de culto a la juventud seguidos de otros a la vejez, exaltación de la maternidad y del hogar o del amor libre, de la guerra y la caza o de la vida contemplativa. Me parece que los cambios en la sensibilidad colectiva que hemos vivido en el siglo XX obedecen a un ritmo pendular, a un vaivén entre Eros y Thanatos. Cuando esos cambios de la sensibilidad y el sentimiento coinciden con otros en el dominio del pensamiento y el arte, brotan nuevas concepciones del amor. Se trata de auténticas conjunciones históricas, como se ve en el amor cortés, para citar sólo un ejemplo. Una ocasión para que se realizase una convergencia de esta índole pudo haber sido la generosa explosión juvenil de 1968. Por desgracia, la revuelta de los estudiantes no poseía ideas propias ni produjo obras originales como las de los otros movimientos del pasado. Su gran mérito fue atreverse, con ejemplar osadía, a proclamar y tratar de llevar a la práctica las ideas libertarias de los poetas y escritores de la primera mitad del siglo. Sartre y otros intelectuales participaron en los mítines y los desfiles pero no fueron actores sino coro: aplaudieron, no inspiraron. 1968 no fue una revolución: fue la representación, la fiesta de la revolución. La ceremonia era real; la deidad invocada, un fantasma. Fiesta de la revolución: nostalgia de la parusía, convocación de la Ausente. Por un instante pareció brillar la luz equívoca y rojiza de Lucifer; pronto se apagó, obscurecida por el humo de las discusiones en los cónclaves de jóvenes puros y dogmáticos. Después, algunos de ellos formaron bandas de terroristas.

En la Unión Soviética y en los países bajo su dominio ocurrió lo contrario: se fortificaron las antiguas prohibiciones y, en nombre de un «progresismo» arcaico, la burocracia volvió a entronizar los preceptos más conservadores y convencionales de la moral de la burguesía del siglo XIX. El arte y la literatura sufrieron la misma suerte: el academicismo, expulsado de la vida artística de Occidente por la vanguardia, se refugió en la «patria del socialismo». Lo más curioso fue encontrar, entre los defensores de la mediocre cultura oficial soviética, a muchos antiguos vanguardistas europeos y latinoamericanos. Nunca se molestaron en explicarnos esta contradicción. También aprobaron sin chistar la legislación reaccionaria de las burocracias comunistas en materia sexual y erótica. Conformismo moral y estético, abyección espiritual.

El Imperio comunista fue una fortaleza construida sobre arenas movedizas. Algunos creímos que el régimen estaba amenazado de petrificación; no, su mal era una degeneración del sistema nervioso: la parálisis. Los primeros síntomas se manifestaron a la caída de Jruschov. En menos de treinta años la fortaleza se desmoronó y arrastró en su caída a una construcción más antigua: el Imperio zarista. Al Tercer Reich lo aniquilaron la desmesura de Hitler, las bombas de los aliados y la resistencia rusa; a la Unión Soviética lo inestable de sus fundaciones –el carácter heterogéneo del Imperio zarista–, la irrealidad del programa social y económico bolchevique y la crueldad de los métodos usados para implantarlo. Además, la rigidez de la doctrina, versión simplista del marxismo, verdadera camisa de fuerza impuesta al pueblo ruso. La rapidez de la caída todavía nos asombra. Pero sigue en pie la gran incógnita que ha sido Rusia desde su aparición en la historia universal hace ya cinco siglos: ¿qué le aguarda a ese pueblo? Y Rusia, ¿qué le tiene guardado al mundo?

El futuro es impenetrable: ésta es la lección que nos han dado las ideologías que pretendían poseer las llaves de la historia. Es cierto que a veces el horizonte se cubre de signos: ¿quién los traza y quién puede descifrarlos? Todos los sistemas de interpretación han fallado. Hay que volver a empezar y hacerse la pregunta que se hicieron Kant y los otros fundadores del pensamiento moderno. Mientras tanto, no me parece temerario denunciar la superstición de la historia. Ha sido y es un gran almacén de novedades, unas maravillosas y otras terribles; también ha sido una inmensa bodega en donde se acumulan las repeticiones y las cacofonías, los disfraces y las máscaras. Después de las orgías intelectuales de este siglo es preciso desconfiar de la historia y aprender a pensar con sobriedad. Ejercicio de desnudez: desechar los disfraces, arrancar las máscaras. ¿Qué ocultan? ¿El rostro del presente? No, el presente no tiene cara. Nuestra tarea es, justamente, darle una cara. El presente es una materia a un tiempo maleable e indócil: parece obedecer a la mano que la esculpe y el resultado es siempre distinto al que imaginábamos. Hay que resignarse pues no nos queda otro recurso: por el solo hecho de estar vivos, tenemos que enfrentarnos al presente y hacer un rostro de esa confusión de líneas y volúmenes. Convertir al presente en presencia. De ahí que la pregunta sobre el lugar del amor en el mundo actual sea, a un tiempo, ineludible y crucial. Escamotearla es, más que una deserción, una mutilación.

Durante muchos años algunos participamos en una batalla que a ratos parecía perdida: defender al presente –informe, imperfecto, manchado por muchos horrores pero depositario de gérmenes de libertad– del sistema totalitario, oculto bajo la máscara del futuro. Cayó al fin la careta y el rostro terrible, al contacto del aire, comenzó a deshacerse como, en el cuento de Poe, se deshicieron las facciones de Mr. Valdemar, vueltas un líquido grisáceo. Las semillas y gérmenes de libertad que defendimos de los totalitarismos de este siglo hoy se secan en las bolsas de plástico del capitalismo democrático. Debemos rescatarlas y esparcirlas por los cuatro puntos cardinales. Hay una conexión íntima y causal entre amor y libertad.

La herencia que nos dejó 1968 fue la libertad erótica. En este sentido el movimiento estudiantil, más que el preludio de una revolución, fue la consagración final de una lucha que comenzó al despuntar el siglo XIX y que prepararon por igual los filósofos libertinos y sus adversarios, los poetas románticos. Pero ¿qué hemos hecho de esa libertad? Veinticinco años después de 1968 nos damos cuenta, por una parte, de que hemos dejado que la libertad erótica haya sido confiscada por los poderes del dinero y la publicidad; por la otra, del paulatino crepúsculo de la imagen del amor en nuestra sociedad. Doble fracaso. El dinero ha corrompido, una vez más, a la libertad. Se me dirá que la pornografía acompaña a todas las sociedades, incluso a las primitivas; es la contrapartida natural de las restricciones y prohibiciones que son parte de los códigos sociales. Y en cuanto a la prostitución: es tan antigua como las primeras ciudades; al principio estuvo asociada a los templos, según puede verse en el *Poema de Gilgamesh*. Así pues, no es nueva la conexión entre la pornografía, la prostitución y el lucro. Tanto las imágenes (pornografía) como los cuerpos (prostitución) han sido siempre y en todas partes objeto de comercio. Entonces, ¿en dónde está la novedad de la situación actual? Contesto: en primer lugar, en las proporciones del fenómeno y, según se verá, en el cambio de naturaleza que ha experimentado. En seguida: se suponía que la libertad sexual acabaría por suprimir tanto el comercio de los cuerpos como el de las imágenes eróticas. La verdad es que ha ocurrido exactamente lo contrario. La sociedad capitalista democrática ha aplicado las leyes impersonales del mercado y la técnica de la producción en masa a la vida erótica. Así la ha degradado, aunque como negocio el éxito ha sido inmenso.

Los pueblos han visto siempre con una mezcla de fascinación y de terror a las representaciones del cuerpo humano. Los primitivos creían que las pinturas y las esculturas eran los dobles mágicos de las personas reales. Todavía en algunos lugares apartados hay aldeanos que se niegan a ser fotografiados porque creen que aquel que se apodera de la imagen de su cuerpo también se apodera de su alma. En cierto modo no se equivocan: hay un lazo indisoluble entre lo que llamamos alma y lo que llamamos cuerpo. Es extraño que en una época en que se habla tanto de derechos humanos, se permita el alquiler y la venta, como señuelos comerciales, de imágenes del cuerpo de hombres y mujeres para su exhibición, sin excluir a las partes más íntimas. Lo escandaloso no es que se trate de una práctica universal y admitida por todos sino que nadie se escandalice: nuestros resortes morales se han entumecido. En muchos pueblos la belleza fue vista como un trasunto de la divinidad; hoy es un signo publicitario. En todas las religiones y en todas las civilizaciones la imagen humana ha sido venerada como sagrada y de ahí que, en algunas, se haya prohibido la representación del cuerpo. Uno de los grandes atractivos de la pornografía consistió, precisamente, en la transgresión de estas creencias y prohibiciones. Aquí interviene el cambio de naturaleza que ha experimentado la pornografía y al que me referí más arriba.

La modernidad desacralizó al cuerpo y la publicidad lo ha utilizado como un instrumento de propaganda. Todos los días la televisión nos presenta hermosos cuerpos semidesnudos para anunciar una marca de cerveza, un mueble, un nuevo tipo de automóvil o unas medias de mujer. El capitalismo ha convertido a Eros en un empleado de Mammón. A la degradación de la imagen hay que añadir la servidumbre sexual. La prostitución es ya una vasta red internacional que trafica con todas las razas y todas las edades, sin excluir, como todos sabemos, a los niños. Sade había soñado con una sociedad de leyes débiles y pasiones fuertes, en donde el único derecho sería el derecho al placer, por más cruel y mortífero que fuese. Nunca se imaginó que el comercio suplantaría a la filosofía libertina y que el placer se transformaría en un tornillo de la industria. El erotismo se ha transformado en un departamento de la publicidad y en una rama del comercio. En el pasado, la pornografía y la prostitución eran actividades artesanales, por decirlo así; hoy son parte esencial de la economía de consumo. No me alarma su existencia sino las proporciones que han asumido y el carácter que hoy tienen, a un tiempo mecánico e institucional. Han dejado de ser transgresiones.

Para comprender nuestra situación nada mejor que comparar dos políticas en apariencia opuestas pero que producen resultados semejantes. Una es la estúpida prohibición de las drogas, que lejos de eliminar su uso, lo ha multiplicado y ha hecho del narcotráfico uno de los grandes negocios del siglo XX; un negocio tan grande y poderoso que desafía a todas las policías y amenaza la estabilidad política de algunas naciones. Otra, la licencia sexual, la moral permisiva: ha degradado a Eros, ha corrompido a la imaginación humana, ha resecado las sensibilidades y ha hecho de la libertad sexual la máscara de la esclavitud de los cuerpos. No pido el regreso de la odiosa moral de las prohibiciones y los castigos: señalo que los poderes del dinero y la moral del lucro han hecho de la libertad de amar una servidumbre. En este dominio, como en tantos otros, las sociedades modernas se enfrentan a contradicciones y peligros que no conocieron las del pasado.

La degradación del erotismo corresponde a otras perversiones que han sido y son, diría, el tiro por la culata de la modernidad. Basta con citar unos cuantos ejemplos: el mercado libre, que abolió el patrimonialismo y las alcabalas, tiende continuamente a producir enormes monopolios que son su negación; los partidos políticos, órganos de la democracia, se han transformado en aplanadoras burocráticas y en poderosos monipodios; los medios de comunicación corrompen los mensajes, cultivan el sensacionalismo, desdeñan las ideas, practican una censura disimulada, nos inundan de noticias triviales y escamotean la verdadera información. ¿Cómo extrañarse entonces de que la libertad erótica hoy designe a una servidumbre? Repito: no propongo que se supriman las libertades; pido, y no soy el único en pedirlo, que cese la confiscación de nuestras libertades por los poderes de lucro. Ezra Pound resumió admirablemente nuestra situación en tres líneas:

> *They have brought whores for Eleusis.*
> *Corpses are set to banquet*
> *at behest of usura.*

La muerte es inseparable del placer, Thanatos es la sombra de Eros. La sexualidad es la respuesta a la muerte: las células se unen para formar otra célula y así perpetuarse. Desviado de la reproducción, el erotismo crea un dominio aparte regido por una deidad doble: el placer que es muerte. Es lo contrario de una casualidad que los cuentos de *El Decamerón*, gran elogio del placer carnal, sean precedidos por la descripción de la peste que asoló a Florencia en 1348; tampoco que un novelista hispanoamericano, Gabriel García Márquez, haya escogido como el lugar y la fecha de una novela de amor precisamente la malsana Cartagena en los días de la epidemia del cólera. Hace unos pocos años el SIDA apareció de improviso entre nosotros, con la misma silenciosa alevosía con que se presentó antes la sífilis[1]. Pero hoy estamos menos preparados para enfrentarnos a esa enfermedad que hace cinco siglos. En primer lugar, por nuestra fe en la medicina moderna, una fe que linda con la credulidad supersticiosa; enseguida, porque nuestras defensas morales y psicológicas se han debilitado. A medida que la técnica domina a la naturaleza y nos separa de ella, crece nuestra indefensión ante sus ataques. Era una diosa donadora, como todas las grandes divinidades, de vida y de muerte; hoy es un conjunto de fuerzas, un depósito de energía que podemos dominar, canalizar y explotar. Dejamos de temerla y creímos que era nuestra servidora. De pronto, sin aviso, nos muestra su otro rostro, el de la muerte. Tenemos que aprender, otra vez, a mirar a la naturaleza. Esto implica un cambio radical en nuestras actitudes.

No sé si la ciencia encontrará pronto una vacuna contra el SIDA. Ojalá. Pero lo que deseo subrayar es nuestra indefensión psicológica y moral frente a esa enfermedad. Es claro que las medidas profilácticas –el uso del condón y otras– son indispensables; también es claro que no bastan. El contagio está ligado a la conducta, de modo que en la propagación del mal interviene la responsabilidad de cada individuo. Olvidar esto sería hipócrita y nefasto. Un especialista de estas cuestiones escribe: «la historia de la humanidad muestra que ninguna enfermedad se ha logrado eliminar únicamente por los tratamientos. Nuestra única esperanza para lograr frenar el SIDA descansa en la prevención. Puesto que es poco probable que podamos disponer en un futuro cercano de una vacuna que se pueda aplicar a toda la población, la única vacuna de que disponemos por ahora es la

---

1. La mayoría de los especialistas desechan hoy la teoría de los orígenes americanos de la sífilis. Pero es un hecho que los europeos tuvieron conciencia clara de esta enfermedad –antes probablemente confundida con la lepra– después de los viajes de Colón. También es un hecho comprobado la existencia de la sífilis en América antes de la llegada de los europeos.

educación»[1]. Ahora bien, nuestra sociedad carece hoy de autoridad moral para predicar la continencia, para no hablar de la castidad. El Estado moderno, con buenas y malas razones, se abstiene hasta donde le es posible de legislar sobre estas materias. Al mismo tiempo la moral familiar, generalmente asociada a las creencias religiosas tradicionales, se ha desmoronado. ¿Y con qué cara podrían proponer la moderación los medios de comunicación que inundan nuestras casas con trivialidades sexuales? En cuanto a nuestros intelectuales y pensadores: ¿en dónde encontraremos entre ellos a un Epicuro, para no hablar de un Séneca? Quedan las Iglesias. En una sociedad secular como la nuestra, no es bastante. En verdad, fuera de la moral religiosa, que no es aceptable para muchos, el amor es el mejor defensor en contra del SIDA, es decir, en contra de la promiscuidad. No es un remedio físico, no es una vacuna: es un paradigma, un ideal de vida fundado en la libertad y en la entrega. Un día se encontrará la vacuna contra el SIDA pero, si no surge una nueva ética erótica, continuará nuestra indefensión frente a la naturaleza y sus inmensos poderes de destrucción. Creíamos que éramos los dueños de la tierra y los señores de la naturaleza; ahora estamos inermes ante ella. Para recobrar la fortaleza espiritual debemos antes recobrar la humildad.

El fin del comunismo nos obliga a ver con mayor rigor crítico la situación moral de nuestras sociedades. Sus males no son exclusivamente económicos sino, como siempre, políticos, en el buen sentido de la palabra. O sea: morales. Tienen que ver con la libertad, la justicia, la fraternidad y, en fin, con lo que llamamos comúnmente valores. En el centro de esas ideas y creencias está la noción de *persona*. Es el fundamento de nuestras instituciones políticas y de nuestras ideas sobre lo que deben ser la justicia, la solidaridad y la convivencia social. La noción de *persona* se confunde con la de *libertad*. No es fácil definir a esta última. Desde el nacimiento de la filosofía se debate el tema: ¿cuál es el sitio de la libertad en un universo regido por leyes inmutables? Y en el caso de las filosofías que admiten la contingencia y el accidente: ¿qué sentido tiene la palabra *libertad*? Entre el azar y la necesidad, ¿hay un lugar para la libertad? Estas cuestiones rebasan los límites de este ensayo y aquí me limito a decir mi creencia: la libertad no es un concepto aislado ni se la puede definir aisladamente; vive en

---

1. Mervyn F. Silverman, de la American Foundation for AIDS Research. Citado por los doctores Samuel Ponce de León y Antonio Lazcano Araujo en «¿Quo vadis Sida?», ensayo publicado en *La Jornada Semanal*, México, 11 de abril de 1993.

relación permanente con otro concepto sin el cual no existiría: la *necesidad*. A su vez, ésta es impensable sin la libertad: la necesidad se sirve de la libertad para realizarse y la libertad sólo existe frente a la necesidad. Esto lo vieron los trágicos griegos con mayor claridad que los filósofos. Desde entonces, los teólogos no han cesado de discutir sobre la relación entre la predestinación y el albedrío; los científicos modernos han vuelto sobre el tema y un notable cosmólogo contemporáneo, Stephen Hawking, ha llamado a los agujeros negros una *singularidad* física, es decir, una excepción o accidente. Así pues, hay lugares del espacio-tiempo donde cesan las leyes que rigen al universo. Si se somete esta idea a una crítica rigurosa, resulta impensable o inconsistente. Se parece a las antinomias de Kant, que él juzgaba insolubles. Sin embargo, los agujeros negros existen. Pues del mismo modo: la libertad existe. A sabiendas de que enunciamos una paradoja, podemos decir que la libertad es una dimensión de la necesidad.

Sin libertad no hay lo que llamamos *persona*. ¿La hay sin alma? Para la mayoría de los científicos y para muchos de nuestros contemporáneos, el alma ha desaparecido como una entidad independiente del cuerpo. La juzgan una noción innecesaria. Pero al mismo tiempo que decretan su desaparición, el alma reaparece no fuera sino precisamente dentro del cuerpo: los atributos de la antigua alma, como el pensamiento y sus facultades, se han convertido en propiedades del cuerpo. Basta con hojear un tratado de psicología moderna y de las nuevas disciplinas *cognoscitivas* para advertir que el cerebro y otros órganos poseen hoy casi todas las facultades del alma. El cuerpo, sin dejar de ser cuerpo, se ha vuelto alma. Volveré sobre este punto al final de este ensayo. Por lo pronto señalo que, desde un punto de vista estrictamente científico, hay todavía varios problemas que no han sido resueltos. El primero y central es explicar y describir el salto de lo físico-químico al pensamiento. La lógica hegeliana había encontrado una explicación, probablemente quimérica: el salto dialéctico de lo cuantitativo a lo cualitativo. La ciencia, con razón, no es partidaria de estos *passe-partout* lógicos pero tampoco ha encontrado una explicación realmente convincente del supuesto origen físico-químico del pensamiento.

Las consecuencias de esta manera de pensar han sido funestas. El eclipse del alma ha provocado una duda que no me parece exagerado llamar ontológica sobre lo que es o puede ser realmente una persona humana. ¿Es mero cuerpo perecedero, un conjunto de reacciones físico-químicas? ¿Es una máquina, como piensan los especialistas de la «inteligencia artificial»? En uno u otro caso, es un ente o, más bien, un producto que, si llegásemos a tener los conocimientos necesarios, podríamos reproducir e incluso mejorar a voluntad. La persona humana, que había dejado de ser el trasunto de la divinidad, ahora también deja de ser un resultado de la evolución natural e ingresa en el orden de la producción industrial: es una fabricación. Esta concepción destruye la noción de *persona* y así amenaza en su centro mismo a los valores y creencias que han sido el fundamento de nuestra civilización y de nuestras instituciones sociales y políticas. Así pues, la confiscación del erotismo y del amor por los poderes del dinero es apenas un aspecto del ocaso del amor; el otro es la evaporación de su elemento constitutivo: la persona. Ambos se completan y abren una perspectiva sobre el posible futuro de nuestras sociedades: la barbarie tecnológica.

Desde la Antigüedad grecorromana, a pesar de los numerosos cambios de orden religioso, filosófico y científico, habíamos vivido en un universo mental relativamente estable pues reposaba sobre dos poderes en apariencia inconmovibles: la materia y el espíritu. Eran dos nociones a un tiempo antitéticas y complementarias. Una y otra, desde el Renacimiento, comenzaron a vacilar. En el siglo XVIII uno de los pilares, el espíritu, comenzó a desmoronarse. Paulatinamente abandonó, primero, al cielo y, después, a la tierra; dejó de ser la primera causa, el principio originador de todo lo que existe; casi al mismo tiempo, se retiró del cuerpo y de las conciencias. El alma, el *pneuma*, como decían los griegos, es un soplo y, soplo al fin, se volvió aire en el aire. Psique volvió a su patria lejana, la mitología. Más y más, a través de distintas hipótesis y teorías, pensamos que el alma depende del cuerpo o, más exactamente, que es una de sus funciones. El otro término, la antigua materia, límite extremo del cosmos para Plotino, también se ha ido desvaneciendo. Ya no es ni substancia ni nada que podamos oír, ver o tocar: es energía que, a su vez, es tiempo que se espacializa, espacio que se resuelve en duración. El alma se ha vuelto corpórea; la materia, insubstancial. Doble ruptura que nos ha encerrado dentro de una suerte de paréntesis: nada de lo que vemos parece ser de verdad y es invisible aquello que es de verdad. La realidad última no es una presencia sino una ecuación. El cuerpo ha dejado de ser algo sólido, visible y palpable: ya no es sino un complejo de funciones; y el alma se ha identificado con esas funciones. La misma suerte han corrido los objetos físicos, desde las moléculas hasta los astros. Al contemplar el cielo nocturno, los antiguos veían en las figuras de las constelaciones una geometría animada: el orden mismo; para nosotros, el universo ha dejado de ser un espejo o un arquetipo. Todos estos cambios han alterado a la idea del amor al grado de volverla, como el alma y como la materia, incognoscible.

Para los antiguos, el universo era la imagen visible de la perfección; en la moción circular de los astros y los planetas, Platón veía la figura misma del ser y del bien. Reconciliación del movimiento y la identidad: el girar de los cuerpos celestes, lejos de ser cambio y accidente, era el diálogo del ser consigo mismo. Así, el mundo sublunar, nuestra tierra –región del Accidente, la imperfección y la muerte– tenía que imitar al orden celeste: la sociedad de los hombres debería copiar a la sociedad de los astros. Esta idea alimentó al pensamiento político de la Antigüedad y del Renacimiento; la encontramos en Aristóteles y en los estoicos, en Giordano Bruno y en Campanella. El último que vio en el cielo el modelo de la ciudad de los justos fue Fourier, que tradujo la atracción newtoniana a términos sociales: en Harmonía la atracción pasional y no el interés regiría las relaciones humanas. Pero Fourier fue una excepción: ninguno de los grandes pensadores políticos del siglo XIX y del XX se ha inspirado en la física y en la astronomía modernas. La situación fue muy claramente descrita y resumida por Einstein: «la política es para el momento, la ecuación para la eternidad». Interpreto sus palabras así: el puente entre la eternidad y el tiempo, el espacio estelar y el espacio humano, el cielo y la historia, se ha roto. Estamos solos en el universo. Pero para Einstein el universo aún poseía una figura, era un orden. También esa creencia hoy se tambalea y la física cuántica postula un universo *otro* dentro del universo. Si hemos de creer a la ciencia contemporánea, el universo está en expansión, es un mundo que se dispersa. La sociedad moderna también es una sociedad errante. Somos hombres errantes en un mundo errante.

Al obscurecimiento de la antigua imagen del mundo corresponde el ocaso de la idea de *alma*. En la esfera de las relaciones humanas la desaparición del alma se ha traducido en una paulatina pero irreversible desvalorización de la persona. Nuestra tradición había creído que cada hombre y cada mujer era un ser único, irrepetible; los modernos los vemos como órganos, funciones y procesos. Las consecuencias han sido terribles. El hombre es un ser carnicero y un ser moral: como todos los animales vive matando pero para matar necesita una doctrina que lo justifique. En el pasado, las religiones y las ideologías le suministraron toda clase de razones para asesinar a sus semejantes. Sin embargo, la idea de *alma* fue una defensa contra el homicidio de los Estados y las Inquisiciones. Se dirá: defensa débil, frágil, precaria. Aunque no lo niego, agrego: defensa al fin. El primer argumento en favor de los indios americanos fue afirmar que eran criaturas con alma: ¿quién podría ahora repetir, con la misma autoridad, el argumento de los misioneros españoles? En la gran polémica que conmovió a las conciencias en el siglo XVI, Bartolomé de Las Casas se atrevió a decir: estamos aquí, en América, no para sojuzgar a los nativos sino para convertirlos y salvar sus almas. En una época dominada por la idea de *cruzada*, que justificaba a la conquista por la conversión forzada de los infieles, la noción de *alma* fue un escudo contra la codicia y la crueldad de los esclavistas. El alma fue el fundamento de la naturaleza sagrada de cada persona. Porque tenemos alma, tenemos albedrío: facultad para escoger.

Se ha dicho que nuestro siglo puede ver con desdén a los asirios, a los mongoles y a todos los conquistadores de la historia: las matanzas de Hitler y de Stalin no tienen paralelo. Se ha dicho menos, sin embargo, que hay una relación directa entre la concepción que reduce la persona a un mero mecanismo y los campos de concentración. Con frecuencia se compara a los Estados totalitarios del siglo XX con la Inquisición. La verdad es que ésta sale bien parada con la comparación; ni en los momentos más sombríos de su furor dogmático, los inquisidores olvidaron que sus víctimas eran personas: querían matar al cuerpo y salvar, si era posible, el alma. Comprendo que esta idea nos parezca horrible pero ¿qué decir de los millones que, en los campos del Gulag, perdieron el alma antes de perder el cuerpo? Pues lo primero que hicieron con ellos fue convertirlos en categorías ideológicas; o sea, para emplear el eufemismo moderno: los «expulsaron del discurso histórico»; después, los eliminaron. La «historia» fue la piedra de toque: estar fuera de la historia era perder la identidad humana. La deshumanización de las víctimas, por lo demás, correspondía a la deshumanización de los verdugos; se veían a sí mismos no tanto como pedagogos del género humano sino como ingenieros. Sus cortesanos llamaron a Stalin «ingeniero de almas». En realidad las palabras *víctima* y *verdugo* no pertenecen al vocabulario del totalitarismo, que sólo conocía términos como *raza* y *clase*, instrumentos y agentes de una supuesta mecánica y física de la historia. La dificultad para definir el fenómeno totalitario consiste en que no se le pueden aplicar las antiguas categorías políticas, como tiranía, despotismo, cesarismo y otras por el estilo. De ahí la frecuencia del término *ingeniero* en la época de Stalin. La razón es clara: el Estado totalitario fue, literalmente, el primer poder *desalmado* en la historia de los hombres.

Parecerá extraño que me haya referido a la historia política moderna al hablar del amor. La extrañeza se disipa apenas se repara en que amor y política son los dos extremos de las relaciones humanas: la relación pública y la privada, la plaza y la alcoba, el grupo y la pareja. Amor y política son dos polos unidos por un arco: la persona. La suerte de la persona en la sociedad política se refleja en la relación amorosa y viceversa. La historia de Romeo y Julieta es ininteligible si se omiten las querellas señoriales en las ciudades italianas del Renacimiento y lo mismo sucede con la de Larisa y Zhivago fuera del contexto de la Revolución bolchevique y la guerra civil. Es inútil citar más ejemplos. Todo se corresponde. La relación entre amor y política está presente a lo largo de la historia de Occidente. En la Edad Moderna, desde la Ilustración, el amor ha sido un agente decisivo tanto en el cambio de la moral social y las costumbres como en la aparición de nuevas prácticas, ideas e instituciones. En todos estos cambios –pienso sobre todo en dos grandes momentos: el romanticismo y la primera postguerra– la persona humana fue la palanca y el eje. Cuando hablo de persona humana no evoco una abstracción: me refiero a una totalidad concreta. He mencionado una y otra vez a la palabra *alma* y me confieso culpable de una omisión: el alma, o como quiera llamarse a la psique humana, no sólo es razón e intelecto: también es una *sensibilidad*. El alma es cuerpo: sensación; la sensación se vuelve afecto, sentimiento, pasión. El elemento afectivo nace del cuerpo pero es algo más que la atracción física. El sentimiento y la pasión son el centro, el corazón del alma enamorada. Como pasión y no sólo como idea, el amor ha sido revolucionario en la Edad Moderna. El romanticismo no nos enseñó a pensar: nos enseñó a sentir. El crimen de los revolucionarios modernos ha sido cercenar del espíritu revolucionario al elemento afectivo. Y la gran miseria moral y espiritual de las democracias liberales es su insensibilidad afectiva. El dinero ha confiscado al erotismo porque, antes, las almas y los corazones se habían secado.

Aunque el amor sigue siendo el tema de los poetas y novelistas del siglo XX, está herido en su centro: la noción de *persona*. La crisis de la idea del *amor*, la multiplicación de los campos de trabajo forzado y la amenaza ecológica son hechos concomitantes, estrechamente relacionados con el ocaso del alma. La idea del *amor* ha sido la levadura moral y espiritual de nuestras sociedades durante un milenio. Nació en un rincón de Europa y, como el pensamiento y la ciencia de Occidente, se universalizó. Hoy amenaza con disolverse; sus enemigos no son los antiguos, la Iglesia y la moral de la abstinencia, sino la promiscuidad, que lo transforma en pasatiempo, y el dinero, que lo convierte en servidumbre. Si nuestro mundo ha de recobrar la salud, la cura debe ser dual: la regeneración política incluye la resurrección del amor. Ambos, amor y política, dependen del renacimiento de la noción que ha sido el eje de nuestra civilización: la persona. No pienso en un imposible regreso a las antiguas concepciones del alma; creo que, so pena de extinción, debemos encontrar una visión del hombre y de la mujer que nos devuelva la conciencia de la singularidad y la identidad de cada uno. Visión a un tiempo nueva y antigua, visión que vea, en términos de hoy, a cada ser humano como una criatura única, irrepetible y preciosa. Toca a la imaginación creadora de nuestros filósofos, artistas y científicos redescubrir no lo más lejano sino lo más íntimo y diario: el misterio que es cada uno de nosotros. Para reinventar al amor, como pedía el poeta, tenemos que inventar otra vez al hombre.

## Rodeos hacia una conclusión

En su origen, en la antigua Grecia, las fronteras entre las ciencias y la filosofía eran indiscernibles; los primeros filósofos fueron también y sin contradicción físicos, biólogos, cosmólogos. El ejemplo mejor es el de Pitágoras: matemático y fundador de un movimiento filosófico-religioso. Un poco más tarde comienza la separación y Sócrates la consuma: la atención de los filósofos se desplaza hacia el hombre interior. El objeto filosófico por excelencia, más que la naturaleza y sus misterios, fue el alma humana, los enigmas de la conciencia, las pasiones y la razón. Sin embargo, no decreció el interés por la *physis* y los secretos del cosmos: Platón cultivó las matemáticas y la geometría; Aristóteles se interesó en las ciencias biológicas; Demócrito y el atomismo; los estoicos elaboraron un sistema cosmológico que tiene aspectos extrañamente modernos... Con el fin del mundo antiguo se precipitó la separación; en la Edad Media las ciencias apenas si se desarrollan y fueron más prácticas que teóricas, mientras que la filosofía se convirtió en sierva del saber supremo, la teología. En el Renacimiento comienza, de nuevo, la unión entre el saber científico y la especulación filosófica. La alianza no duró mucho: las ciencias conquistaron paulatinamente su autonomía, se especializaron y cada una se constituyó como un saber separado; la filosofía, por su parte, se transformó en un discurso teórico general, sin bases empíricas, desdeñoso de los saberes particulares y alejado de las ciencias. El último gran diálogo entre la ciencia y la filosofía fue el de Kant. Sus sucesores dialogaron con la historia universal, como Hegel, o con ellos mismos, como Schopenhauer y Nietzsche. El discurso filosófico se volvió sobre sí mismo, examinó sus fundamentos y se interrogó: crítica de la razón, crítica de la voluntad, crítica de la filosofía y, en fin, crítica del lenguaje. Pero los territorios que la filosofía abandonaba, las ciencias los iban ocupando, del espacio cósmico al espacio interior, de los átomos y los astros a las células y de éstas a las pasiones, las voliciones y el pensamiento.

A medida que las ciencias se constituían y fijaban los territorios de su competencia, se desplegaba un doble proceso: primero, la progresiva especialización de los conocimientos; después, en dirección contraria, la aparición de líneas de convergencia y de puntos de intersección entre las diversas ciencias. Por ejemplo, entre la física y la química o entre la química y la biología. Por una parte, los límites de cada especialidad, el *hasta aquí* llega esta o aquella disciplina; por la otra, el *desde aquí* comienza un nuevo territorio que, para ser explorado, necesita del concurso de dos o más ciencias. En el último medio siglo se ha acelerado este proceso de cruzamiento de distintas disciplinas: el elemento *tiempo*, que había jugado un papel secundario, sobre todo en la física y la astronomía, se convirtió en un factor determinante. Primero, la relatividad de Einstein imprimió movimiento, por decirlo así, al universo de Newton, en el que el espacio y el tiempo eran invariantes. Después, la hipótesis del *big-bang* (o como la llama acertadamente Jorge Hernández Campos: *gran-pum*) introdujo al tiempo en la especulación científica: si el universo tuvo un comienzo, también tendrá, inexorablemente, un fin. O sea: el cosmos tiene una historia y uno de los objetos de la ciencia es conocer esa historia y contarla. La física se volvió crónica del cosmos. Nuevas preguntas se dibujaron en el horizonte, cuestiones que la ciencia, desde Newton, había desdeñado, tales como el origen del universo, su fin probable y la dirección de la flecha del tiempo: ¿está obligada a seguir la curvatura del espacio y así a volver sobre sí misma? Estas cuestiones, provocadas por el desarrollo mismo de la física, son sin duda legítimamente científicas; asimismo, son de orden filosófico: «la cosmología contemporánea –dice un especialista– es una cosmología especulativa»[1]. Intersección de la ciencia más moderna y de la más antigua filosofía: las preguntas que hoy se hacen los científicos se las hicieron, hace dos mil quinientos años, los filósofos jónicos, fundadores del pensamiento occidental. Sometidas a la rigurosa crítica de la ciencia, estas preguntas hoy regresan y son tan actuales como en los albores de nuestra civilización. Ahora bien, si las preguntas que hoy se hacen los cosmólogos son las mismas del principio: ¿lo son sus respuestas?

Entre los libros que sobre estos asuntos los legos hemos podido leer con mayor provecho se encuentra el de Steve Weinberg: *The First Three Minutes* (1977). Ciencia e historia: este libro es el relato más comprensible, claro e inteligente de los tres minutos que sucedieron al *big-bang*. Todo lo que ha pasado en el cosmos desde hace millones de millones de años es una consecuencia de ese *fiat lux* instantáneo. Pero ¿qué pasó o qué había antes? Como la Biblia y otros textos religiosos y mitológicos, los científicos nada nos dicen acerca de lo que hubo o sucedió antes del comienzo. Weinberg dice que sobre esto nada se sabe y que, además, nada se puede decir. Tiene razón. Pero su prudencia nos enfrenta a un enigma lógico y ontológico que ha hecho vacilar todas las certidumbres filosóficas: ¿qué es la nada? Pregunta contradictoria y que contiene su anulación:

---

[1]. Alam Lightman y Roberta Brower, *Origins*, Harvard University Press, 1990.

es imposible que la nada sea algo, porque si fuese esto o aquello no sería, dejaría de ser nada. Pregunta insensata y cuya única respuesta es el silencio... que tampoco es una respuesta.

Afirmación inobjetable: nada se puede decir de la nada. No obstante, postular a la nada, al no-ser, como anterior al ser, según se deduce de la hipótesis del *big-bang*, es afirmar algo igualmente contradictorio: la nada es el origen del ser. Esta afirmación nos lleva directamente a la sentencia que es el fundamento religioso, no racional, del judeo-cristianismo: en el principio Dios creó al mundo de la nada. La respuesta religiosa introduce un tercer enigma entre el enigma que es el no-ser y el enigma que es el ser: Dios. Pero la hipótesis científica es aún más misteriosa que la Biblia: omite al agente creador. Confieso que me parece más razonable, aunque me deja igualmente perplejo e insatisfecho, la creencia religiosa: un agente creador, Dios, que es el sumo ser, saca de sí mismo a la nada. Desde un punto de vista estrictamente lógico, la hipótesis científica es menos consistente que la creencia religiosa: ¿cómo sin un creador todopoderoso pudo emerger el ser del no-ser? Los filósofos paganos acogieron con una comprensible sonrisa de incredulidad la idea judía y cristiana de un Dios que hace de la nada un mundo: ¿cuál habría sido su reacción ante la hipótesis de un universo que brota repentinamente de la nada, sin causa y movido por sí mismo?

Ante la imposibilidad lógica y ontológica de deducir al ser de la nada, Platón imaginó un demiurgo que, mezclando los elementos preexistentes, había creado o, más exactamente, recreado al mundo. El demiurgo se inspiró en las ideas y las formas eternas. El mundo y nosotros somos copias, trasuntos, reflejos de la realidad eterna. Por su parte, Aristóteles concibió un *motor inmóvil*, lo que fue una pequeña contradicción –¿cómo puede ser inmóvil un motor?– aunque menos flagrante que la de la Biblia. Tal vez para esquivar estos escollos, varios científicos modernos, entre ellos Hawking, piensan que probablemente, antes del *big-bang*, lo que sería después el universo era una «singularidad» cósmica, una suerte de agujero negro primordial. Los agujeros negros no están regidos por las leyes del espacio-tiempo cósmico sino por los principios de la física cuántica, es decir, por el principio de indeterminación. Las «singularidades» de Hawking y de otros recuerdan inmediatamente al caos original de la mitología griega. Esta idea fue recogida y reelaborada con gran sutileza por los neoplatónicos; para Plotino fue la imagen invertida del Uno: lo Múltiple. Pero así como del Uno nada se puede decir, ni siquiera que es, pues está antes del ser y el no-ser, tampoco se puede decir nada de lo Múltiple: cada una de las propiedades que lo definen al mismo tiempo lo niegan. El caos de los neoplatónicos es una hermosa premonición de los agujeros negros de la física contemporánea.

La hipótesis de un agujero negro primordial es más consistente que las otras; en el principio había algo: el caos. Esta idea nos conduce a otra: si el comienzo fue una excepción o singularidad (el caos), y si se acepta que todo aquello que tiene un comienzo tiene también un fin, es claro que el universo acabará por volver al estado original y se convertirá en un agujero negro. Un agujero negro es materia reconcentrada, máxima entropía: en cierto momento de su condensación, está destinado a estallar en un *big-bang* y a recomenzar todo de nuevo. Esta hipótesis nos recuerda a los estoicos, que habían imaginado una sucesión de creaciones y destrucciones: del caos primordial al universo, del universo como un sistema hecho de afinidades y repulsiones a una colisión que produciría un incendio cósmico y de esta conflagración universal al recomienzo del ciclo... Este pequeño recorrido nos revela que la moderna cosmología especulativa regresa continuamente a las respuestas que nuestra tradición filosófica y religiosa ha dado a las preguntas sobre el comienzo del mundo.

Con extraordinaria presunción, algunos filósofos han decretado la muerte de la filosofía. Para Hegel, la filosofía se había «realizado» en su sistema; para su continuador, Marx, había sido sobrepasada por la dialéctica materialista (Engels sostuvo el fin de la «cosa en sí» kantiana, resuelta en producción social por la acción del trabajo humano); Heidegger acusó a la metafísica de «ocultar al ser»; otros hablaron de la «miseria de la filosofía». Con la misma arrogancia hoy podría hablarse de la «miseria de la ciencia». No lo creo. Mejor dicho: creo lo contrario. La gran lección filosófica de la ciencia contemporánea consiste, precisamente, en habernos mostrado que las preguntas que la filosofía ha cesado de hacerse desde hace dos siglos –las preguntas sobre el origen y el fin– son las que de verdad cuentan. Las ciencias, gracias a su prodigioso desarrollo, tenían que enfrentarse a esos temas en algún momento; ha sido una bendición para nosotros que ese momento haya sido nuestro tiempo. Es una de las pocas cosas, en este crepuscular fin de siglo, que enciende en nuestro ánimo una pequeña luz de esperanza. En 1954, en una carta a un colega, Einstein decía: «el físico no es sino un filósofo que se interesa en ciertos casos particulares; de otro modo no sería sino un técnico». Podría añadirse que esos casos particulares, en el transcurso de una generación, han revelado ser los centrales. En otra ocasión, al hablar de sí mismo y de su obra, Einstein escribió: «Yo no soy realmente un físico sino un filósofo e incluso un metafísico». Si esta frase hubiese sido escrita ahora, tal vez Einstein la habría formulado de un modo ligeramente distinto: «Soy un físico y por eso mismo soy un filósofo e incluso un metafísico». Juicio perfectamente aplicable a los cosmólogos especulativos contemporáneos.

La pregunta sobre el origen reaparece en el dominio de la biología. ¿Cuándo y cómo comenzó la vida en la tierra? Para responder a esta pregunta es necesario, de nuevo, el concurso de varias disciplinas: la física y la astronomía, la geología, la química, la genética. La mayoría de los entendidos piensan que la aparición sobre la tierra del fenómeno que llamamos vida tiene algo de milagroso. Con lo cual quieren decir que es difícilmente explicable, de tal modo son numerosos y complejos los factores físico-químicos y ambientales que deben reunirse para que, espontáneamente y sin la acción de un agente externo, pueda producirse la vida. Uno de los más notables geneticistas contemporáneos, Francis Crick, que obtuvo el premio Nobel en 1962 por su descubrimiento, con James Watson y Maurice Wilkins, de la estructura molecular del ADN, ha dedicado un libro a este tema: *Life itself, its Origins and Nature* (1981)[1]. Crick comienza por decirnos que es casi imposible que la vida sea oriunda de nuestro planeta: hay que buscar fuera su origen. ¿Dónde? Desde luego no en el sistema solar, por razones obvias, sino en otro sistema análogo al nuestro. ¿En nuestra galaxia o en otra? Crick no lo especifica. Tampoco pretende localizar el lugar de su aparición –sería imposible– ni describe cómo pudo haber surgido la vida en ese incógnito planeta. Simplemente supone que allá, cualquiera que haya sido ese *allá*, las condiciones fueron más favorables que en la tierra. Pero ¿cómo llegó la vida al globo terrestre? Debido a las distancias que separan unos de otros a los soles y a las galaxias, sería imposible que criaturas vivas, incluso dueñas de una longevidad varias veces superior a la nuestra, pudiesen llegar a la tierra y plantar las primeras semillas de vida. Un viaje de esa naturaleza tendría una duración de miles de millones de años terrestres. Años antes de Crick, en 1903, frente a dificultades semejantes, otro premio Nobel, el físico sueco S. A. Arrhenius, había ideado una ingeniosa hipótesis: nubes de esporas flotantes, venidas del espacio exterior, habían caído en la tierra cuando nuestro globo era lo que, con expre-

---

1. He comentado el libro de Crick en un pequeño ensayo de 1982: «Inteligencias extraterrestres y demiurgos, bacterias y dinosaurios». Este texto fue recogido en *Sombras de obras* (1985) e incluido en el segundo volumen –*Excursiones/Incursiones*– de estas obras.

sión pintoresca, los científicos llaman un «caldo de cultivo» favorable a la reproducción de bacterias y otros organismos elementales. Arrhenius llamó a su hipótesis: *Panespermia*. Crick recogió esta idea, la modificó y la desarrolló en una curiosa mezcla de especulación lógica y de fantasía.

La hipótesis de Arrhenius tenía un defecto: la inmensidad de las distancias y las inclemencias del espacio habrían destruido a las nubes de frágiles esporas mucho antes de que hubiesen podido acercarse a nuestro planeta. De deducción en deducción Crick llegó a una conclusión lógicamente irreprochable: las bacterias tenían que haber llegado a la tierra en vehículos herméticamente cerrados e invulnerables a las lluvias de asteroides y a las otras inclemencias del espacio exterior. De las naves estelares a sus constructores no había sino un paso: una civilización, en un momento muy alto de su evolución, había decidido propagar la vida entre los planetas de otros sistemas. Crick no dice cómo esos sabios y filantrópicos seres lograron averiguar las condiciones de la tierra y de los otros planetas que escogieron. En cambio, supone que esta decisión fue tomada cuando aquellos sabios descubrieron que su civilización y ellos mismos estaban condenados a la extinción. Entonces, en un acto de filantropía cósmica destinado no a salvarlos a ellos sino a la vida misma, idearon transportar los gérmenes vitales a otros planetas en naves inmunes a las vicisitudes de un viaje tan azaroso. ¿Por qué las bacterias? Por ser los únicos organismos que, preservados en un medio favorable, podrían reproducirse indefinidamente y resistir así la duración de un viaje interestelar. Ya en tierra, las bacterias repetirían los pasos de la evolución natural, que las llevarían a la aparición de la especie humana y, un poco más tarde, al momento en que Crick escribiría su libro, en el que expondría su teoría: *Panespermia dirigida*.

El libro de Crick es sorprendente por varias razones. Dos de ellas son su rigor deductivo y su nobleza moral. Sin embargo, tiene algunas inconsistencias, como el episodio de los dinosaurios. Fueron los reyes de la tierra durante más de seiscientos millones de años y todavía lo seguirían siendo si no hubiese sido por su súbita extinción, aún no explicada del todo. Algunos especialistas dudan que la causa de la desaparición de los gigantescos saurios haya sido la caída de un aerolito que obscureció a la tierra, acabó con la vegetación y, así, los privó de alimento. En fin, cualquiera que haya sido la causa, ¿qué habría ocurrido si los saurios no hubiesen perecido?, ¿qué rumbo habría tomado la evolución? El episodio de los dinosaurios significa la intervención del azar y del Accidente en el fundamento mismo de las ciencias biológicas: la evolución natural. Su extinción súbita era imprevisible. Así pues, la aparición de la inteligencia humana sobre el planeta se debe a un accidente. La introducción del factor tiempo en la biología la convierte en historia. Y ya se sabe, la historia es impredecible. Somos hijos del azar.

Crick no se hace estas preguntas pero, como en el caso de las cosmologías especulativas, es imposible no advertir sus involuntarias, no buscadas coincidencias con las hipótesis y doctrinas de la Antigüedad sobre estos temas. La civilización extraterrestre de Crick tiene más de un parecido con el demiurgo de Platón o con los de varias sectas gnósticas de los primeros siglos de nuestra era. Los extraterrestres no crearon a la vida; así Crick esquiva el escollo lógico de sacar de la nada al ser; como el demiurgo del *Timeo*, usan los elementos ya existentes, los combinan y los lanzan al espacio: las bacterias descienden a la tierra como las almas de Platón. Pero hay una diferencia substancial: el demiurgo no da la vida por nosotros, mientras que la civilización extraterrestre, en trance de morir, envía al espacio sus mensajeros de vida. Muerte que da vida. La figura de Cristo en la cruz es el arquetipo, el modelo inconsciente que inspira la fantasía de la civilización agonizante ideada por Crick. Como tantos otros científicos, el biólogo inglés se prohíbe introducir un agente creador (Dios) para explicar el origen de la vida en la tierra pero ¿qué es esa civilización extraterrestre a punto de morir sino el equivalente del Dios cristiano y su promesa de resurrección? Estamos ante la traducción en términos de ciencia e historia de un misterio religioso.

En el libro de Mervin Minsky, *The Society of Mind* (1985), el autor no nos ofrece la divinización de una civilización extraterrestre sino la del ingeniero electrónico. Minsky es una de las autoridades en «inteligencia artificial» y está convencido de que no sólo es factible sino inminente la fabricación de máquinas pensantes. Su libro parte de una analogía; lo que llamamos mente es un conjunto de partes diminutas como las partículas elementales que componen al átomo: electrones, protones, elusivos quarks. Las fuerzas que mueven a las partes que componen la mente no son ni pueden ser diferentes a las que juntan, separan y hacen girar a las partículas atómicas. La analogía más perfecta entre unas y otras es el circuito de llamadas y respuestas en que consiste la operación de una computadora. A mí se me ocurre otra analogía: las pequeñas partes recuerdan a las piezas de un rompecabezas; aisladamente no tienen forma identificable pero unidas con otras se transforman en una mano, una hoja de árbol, una tela, hasta que, todas juntas, cobran figura y sentido: son una joven que se pasea con su perro por una arboleda. Las partes que componen la mente son movibles y, como las piezas del rompecabezas, no saben por qué o para qué se mueven ni quién las mueve. *No piensan*, aunque son partes, y partes indispensables, del pensamiento. Aquí brota una diferencia que deshace la simetría: las piezas del rompecabezas están movidas por una mano que sí sabe lo que hace y para qué lo hace. Una intención inspira a la mano y a la cabeza del jugador. En el caso de la mente no hay jugador: el yo desaparece. La máquina no piensa pero *hace* al pensamiento sin que nadie la guíe.

Un punto que Minsky omite: la relación entre la mente, concebida como un aparato, y el mundo exterior. Para que la mente humana comience a funcionar –en la práctica funciona las veinticuatro horas del día, sin excluir las dedicadas al sueño– necesita recibir un estímulo exterior. El número de esos estímulos exteriores es prácticamente infinito, de modo que la máquina, para escoger aquello que le interesa, debe estar provista de un selector de objetos o temas pensables que sea el equivalente de lo que llamamos sensibilidad, atención y voluntad. Estas facultades no son puramente racionales y están impregnadas de afectividad. Así pues, la máquina tendría que ser, además de inteligente, sensible. En realidad, tendría que convertirse en el exacto duplicado de nuestras facultades: voluntad, imaginación, entendimiento, memoria, etc. Entraríamos así en las fantasías repulsivas de mundos habitados por criaturas idénticas. Por otra parte, incluso si la máquina pensante fuese el duplicado de la mente humana, habría de todos modos una diferencia que no vacilo en llamar inmensa: la mente humana no sabe que es realmente una máquina ni tiene conciencia de serlo; la mente cree en una ilusión: su yo, su conciencia. En el caso de una máquina fabricada por un ingeniero, ¿qué clase de conciencia podría tener? Ante un estímulo dado, la máquina pensante comienza esa serie de operaciones que llamamos sentir, percibir, observar, medir, escoger, combinar, desechar, probar, decidir, etc. Estas operaciones son de orden material y consisten en sucesivas uniones y separaciones, yuxtaposiciones y divisiones de las partes que componen la máquina hasta que aparece un resultado: una idea, un concepto. Platón, Aristóteles, Kant y Hegel se esforzaron por definir lo que es una idea y un concepto, sin lograrlo enteramente. La máquina resuelve el problema: es un momento de una cadena de operaciones materiales realizadas por partículas diminutas y movidas por una corriente eléctrica.

¿Quién realiza las operaciones que *son* el pensamiento de la máquina? Nadie. Para los budistas el yo es una construcción mental sin existencia propia, una quimera. Suprimirlo es suprimir la fuente del error, del deseo y la desdicha, liberarse del fardo del pasado (*karma*) y entrar en lo incondicionado: la liberación absoluta (*nirvana*). La máquina pensante de Minsky no tiene preocupaciones morales ni religiosas: elimina el yo por ser innecesario. Pero ¿es realmente innecesario? ¿Podemos vivir sin el yo? Para los budistas, la extinción del yo implica la extinción de la ilusión que llamamos vida y nos abre las puertas del *nirvana*. Para Minsky la supresión del yo no tiene consecuencias morales sino científicas y técnicas. Por lo primero, nos hace comprender el funcionamiento de la mente; por lo segundo, nos permitirá fabricar máquinas pensantes más y más simples y perfectas. Hay que examinar más de cerca esta pretensión.

Desde que el hombre comenzó a pensar, es decir, desde que comenzó a ser hombre, un silencioso testigo lo mira pensar, gozar, sufrir y, en una palabra, vivir: su conciencia. ¿Qué realidad tiene la conciencia, ese *darnos cuenta* de lo que hacemos y pensamos? La idea que tiene Minsky de la conciencia puede compararse a la de la imagen en un espejo. La comparación es útil pues nos permite ver con cierta claridad la diferencia entre una máquina y una conciencia. Si nos miramos en un espejo, la imagen que vemos nos remite a nuestro cuerpo; la conciencia, que no tiene figura visible, no nos remite a un yo (reputado ilusorio por Minsky) pero tampoco, como podría esperarse, al objeto que la origina: el circuito de relaciones entre las diminutas partículas. Si la conciencia es la proyección de un mecanismo, ¿por qué esa proyección y el mecanismo mismo se evaporan y se vuelven invisibles? O dicho de otra manera: si me miro en un espejo, veo mi imagen; si pienso que estoy pensando, esto es, si me doy cuenta de lo que hago, no miro ni miraré nunca mis pensamientos. Pensamos y al pensar nos damos cuenta de que pensamos; no obstante, no vemos lo que pensamos; entonces ¿cómo las descargas eléctricas que provocan los movimientos de las distintas partes que componen la mente, en lugar de transformarse en figuras visibles o audibles, se convierten en pensamientos invisibles y que no ocupan lugar en el espacio? Eliot dijo: «entre el pensamiento y el acto, cae la sombra». En este caso, la sombra se evapora: el pensamiento tiene cuerpo pero no sombra: es una máquina que vuelve invisible aquello que produce. Es una anomalía, una verdadera singularidad, en el sentido que da Hawking al término. La máquina pensante de Minsky se presenta como un modelo más simple, económico y eficiente de lo que llamamos mente o espíritu. La verdad es que introduce un misterio no menos arduo que la inmaterialidad del alma o que la transubstanciación del pan y el vino en la Eucaristía. Su máquina es milagrosa y estúpida: milagrosa porque produce, con medios materiales, pensamientos invisibles e incorpóreos; estúpida porque no sabe que los piensa.

Descartes fue el primero, según parece, al que se le ocurrió la idea de ver la mente como una máquina. Pero una máquina dirigida por un espíritu. El siglo XVIII concibió al universo como un reloj manejado por un relojero omnisciente: Dios. La idea de una máquina que marcha por sí misma, que nadie maneja y que puede acrecentar, atenuar y cambiar de dirección la corriente que la mueve, es una idea del siglo XX. Aunque esta idea, como se ha visto, es contradictoria, no podemos descartarla del todo. Es un hecho que podemos fabricar máquinas capaces de realizar ciertas operaciones mentales: las computadoras. Aunque no hemos fabricado máquinas que puedan regularse a sí mismas, los especialistas dicen que no es enteramente imposible que lo logremos pronto. La cuestión es saber hasta dónde puede llegar la inteligencia de esas máquinas y cuáles pueden ser los límites de su autonomía. Lo primero quiere decir: ¿la inteligencia humana puede fabricar objetos más inteligentes que ella misma? Si atendemos a la lógica, la respuesta es negativa: para que la inteligencia humana crease inteligencias más inteligentes que ella misma, tendría que ser más inteligente que ella misma. Se trata de una imposibilidad a un tiempo lógica y ontológica. En cuanto a lo segundo: los hombres están movidos por sus deseos, ambiciones y proyectos pero limitados por el poder real de su inteligencia y de los medios de que dispone: ¿cuáles podrían ser las ambiciones y los deseos de las máquinas pensantes? No podrían ser sino aquellos inscritos desde su fabricación por su fabricante: el hombre. La autonomía de las máquinas depende, esencialmente, del hombre. Es una autonomía condicionada, quiero decir: no es una verdadera autonomía.

Vuelvo a la comparación entre las piezas de un rompecabezas y las partes que componen la máquina pensante. Ya señalé que la diferencia entre ambas consiste en que a las piezas del rompecabezas las mueve un jugador y a las de la máquina pensante un programa activado por una corriente eléctrica. ¿Qué ocurre si alguien desconecta a la máquina de su fuente de energía? La máquina deja de *pensar*. El rompecabezas y la máquina dependen de un agente. Y hay algo más: la resolución del enigma que es el rompecabezas consiste en rehacer una figura; el jugador no inventa esa figura sino que reconstruye la que le ofrecen las piezas en diversos y diminutos fragmentos. En el caso de las inteligencias artificiales que conocemos (computadoras) ocurre algo semejante: sus operaciones obedecen a un programa, a un plan del operador del aparato. En ambos casos el agente (yo, razón, alma, operador, como se le quiera llamar) es indispensable. Y lo es por partida doble: porque pone en movimiento al aparato y porque determina de antemano el campo y la índole de sus funciones y operaciones. Pero las máquinas pensantes con que sueñan algunos especialistas de la inteligencia artificial, ¿no sobrepasan estas limitaciones? Si hemos de creerles, esas máquinas no sólo tendrán la facultad de autorregularse y autodirigirse sino que serán mucho más inteligentes que los hombres. En un arranque de entusiasmo, un autor de obras de ciencia ficción justamente célebre, Arthur C. Clarke, dijo recientemente: «considero que el hombre es una especie transitoria, que será suplantada por alguna forma de vida que va a incluir tecnología de computadoras». Se refería sin duda a las inteligencias artificiales. Clarke invoca, como tantos otros, los manes de Darwin: las máquinas pensantes son un momento de la evolución natural, como las amibas, los dinosaurios, las hormigas y los hombres. Pero hay una gran diferencia: Darwin encerró en un paréntesis la noción de un creador, Dios, que hubiese puesto en marcha el proceso de la evolución natural; como Crick y otros muchos, Clarke reintroduce al agente creador, ahora enmascarado como biólogo e ingeniero electrónico.

He transcrito las palabras de Clarke como una muestra de una manera de pensar muy extendida, sobre todo entre los científicos y los técnicos. Debo aclarar que fui lector asiduo de sus libros, fascinante unión de ciencia y fantasía; recuerdo con placer y nostalgia una luminosa tarde de hace más de treinta años, en la que lo vi, sentado con un amigo, en la terraza del hotel Mount Lavinia, en las afueras de Colombo. El mar golpeaba la costa y cubría los peñascos de la diminuta bahía con un manto roto de espumas hirvientes. No me atreví a dirigirle la palabra: me pareció un visitante de otro planeta... En la frase del novelista inglés reaparece, encubierta por preocupaciones de orden científico, el viejo espíritu especulativo que animó no sólo a la filosofía sino, con más frecuencia, a las visiones de los profetas y fundadores de sectas y religiones. La ciencia comenzó por desplazar a Dios del universo; después, entronizó a la historia, a veces encarnada en ideologías redentoras y otras en civilizaciones filantrópicas; ahora coloca en su lugar al científico y al técnico, al fabricante de máquinas más inteligentes que su creador y dueñas de una libertad que no conocieron Lucifer y sus huestes rebeldes. La imaginación religiosa concibió a un Dios superior a sus criaturas; la imaginación técnica ha concebido a un Dios-ingeniero inferior a sus inventos.

Aunque tengo mis reservas acerca de la moderna concepción biológica de la mente, me parece más rica y fecunda que las teorías mecanicistas. Estas últimas ven en las computadoras un modelo para comprenderla y el punto de partida para la fabricación de inteligencias artificiales; en cambio, la concepción biológica tiene bases más firmes pues se funda en la observación del organismo humano, ese extraño y complejo compuesto de sensaciones, percepciones, voliciones, sentimientos, pensamientos y actos. Una teoría de esta naturaleza es la de Gerald M. Edelman, que acaba de publicar un libro que es una fascinante exposición de sus hallazgos y de sus hipótesis[1]. No sólo es un tratado de neurobiología de la mente sino que abarca otros temas, como la aparición de la conciencia en el curso de la evolución y las relaciones de la ciencia biológica con la física y la cosmología. Para Edelman la mente es un producto de la evolución y, así, tiene una historia que es la de la materia misma, de las partículas atómicas a las células y de éstas al pensamiento y sus creaciones. Se trata de una característica que la especie humana comparte, en sus formas más rudimentarias, con los mamíferos, muchas aves y algunos reptiles.

La existencia de materia inteligente en la tierra es, según Edelman, un fenómeno único en el universo. (En esto se aparta de Crick.) Una autoridad en estos asuntos, el neurólogo Oliver Sacks, ha comentado en estos términos el libro de Edelman: «Leemos excitados las últimas teorías sobre la mente –químicas, cuánticas o "computacionales"– y después nos preguntamos: ¿eso es todo?... Si queremos tener una teoría de la mente tal y como opera realmente en los seres vivientes, tiene que ser radicalmente distinta a cualquier teoría inspirada en la computadora. Tiene que fundarse en el sistema nervioso, en la vida interior de la criatura viva, en el funcionamiento de sus sensaciones e intenciones... en su percepción de los objetos, gente y situaciones... en la habilidad de las criaturas superiores para pensar abstracciones y compartir, a través del lenguaje y la cultura, la conciencia de otros»[2]. O sea: el modelo debe ser el hombre mismo, ese animal que piensa, habla, inventa y vive en sociedades (cultura). Comentaré brevemente algunas de las ideas de Edelman. Como las anteriores, claro está, mis reflexiones no serán de orden científico.

La primera ventaja de la nueva teoría es que desecha la analogía con las computadoras y se resiste al simplismo de las explicaciones meramente físico-químicas. Otra ventaja es su realismo: la mente debe estudiarse pre-

---

1. Gerald M. Edelman, *Bright Air, Bright Fire. On the Matter of the Mind*, Basic Books, 1993.
2. Oliver Sacks, «Making up the Mind», en *The New York Review of Books*, 8 de abril de 1993.

cisamente en su medio propio, el organismo humano, como un momento de la evolución natural. Cierto, la teoría es aún incompleta –hay vastos territorios inexplorados– y muchas de sus hipótesis carecen de verificación empírica. Estas limitaciones no invalidan su fecundidad: es una hipótesis que nos hace pensar. Edelman comienza por el comienzo, por la sensación en su forma más simple, que llama *feelings*: frío o calor, desahogo o estrechez, lo dulce o lo amargo, etc. Las sensaciones implican una valoración: esto es desagradable, aquello es placentero, lo de más allá es áspero y así sucesivamente hasta lo más complejo, como la pena que es también alegría o el placer que es dolor. Las sensaciones son percepciones embrionarias, pues, ¿sentiríamos si no nos diésemos cuenta de que sentimos? A su vez, la percepción es concepción; al percibir la realidad le imponemos inmediatamente una forma a nuestra percepción, la construimos: «cada percepción es un acto de creación».

La idea del carácter creador de la percepción, comenta Sacks, aparece ya en Emerson. La verdad es que su origen se remonta a la filosofía griega y era corriente en la psicología medieval y renacentista. Corresponde a la teoría, vigente hasta el siglo XVII, sobre la función de los llamados «sentidos interiores»: el sentido común, la estimativa, la imaginativa, la memoria y la fantasía, encargados de recoger y purificar los datos de los cinco sentidos exteriores y transmitirlos, como formas inteligibles, al alma racional. La imagen o forma que recibe el entendimiento no es el dato crudo de los sentidos. En la tradición budista también aparecen estas divisiones, en un orden ligeramente distinto: sensación, percepción, imaginación y entendimiento. Cada una de estas divisiones designa un momento de un proceso que convierte a los datos y estímulos exteriores en impresiones, ideas y conceptos; en la sensación está ya presente la percepción que transmite esos datos a la imaginación que los entrega, como formas, al entendimiento que, por su parte, los transforma en intelecciones. El proceso creador de las operaciones mentales no es una idea nueva aunque sí lo sea la manera en que la neurología moderna describe y explica el proceso.

En cada uno de los momentos de esta complicada serie de operaciones –compuesta de millones de llamadas y respuestas en la red de relaciones neurológicas– aparece una *intención*. Aquello que sentimos y percibimos no es únicamente una sensación o una representación sino algo ya dotado de una dirección, un valor o una inminencia de significación. Como es sabido, la fenomenología de Edmund Husserl se funda en el concepto de *intencionalidad*. Husserl tomó esta idea, modificándola substancialmente, del filósofo austríaco Franz Brentano. En todas nuestras relaciones con el mundo objetivo –sensaciones, percepciones, imágenes– aparece un elemento sin el cual no hay ni conciencia del mundo ni conciencia de uno mismo: el objeto posee ya, en el momento mismo de aparecer en la conciencia, una dirección, una intención. Según Brentano el sujeto tiene invariablemente una relación intencional con el objeto que percibe; o más claramente: el objeto está incluido en la percepción del sujeto como intencionalidad. El objeto, cualquiera que sea, aparece indefectiblemente como algo deseable o temible o enigmático o útil o ya conocido, etc. Lo mismo sucede con las sensaciones y percepciones de Edelman: no son meras sensaciones ni representaciones: son ya, como él dice, valoraciones. Me parece que es fácil extraer una conclusión de todo esto: la noción de *intencionalidad* nos remite a un sujeto, sea éste la conciencia de Husserl o el circuito neurológico de Edelman. Sin embargo, Edelman se rehúsa a considerar la existencia de un sujeto al que puede atribuirse la intencionalidad con que aparece el objeto. No obstante su negación del sujeto, a Edelman le impresiona mucho «la unidad con que el mundo aparece ante el perceptor, a pesar de la multitud de maneras de percibirlo que emplea el sistema nervioso»[1]. No le impresiona menos que «las teorías actuales de la mente no puedan explicar la existencia de un elemento que integre o unifique todas esas percepciones». Dilema peliagudo: por una parte, negación del sujeto; por la otra, necesidad de un sujeto. ¿Cómo lo resuelve Edelman?

Para hacer más comprensible su concepción, Edelman se sirve de una metáfora: la mente es una orquesta que ejecuta una obra sin director. Los músicos –las neuronas y los grupos de neuronas– están conectados y cada ejecutante responde a otro o lo interpela; así crean colectivamente una pieza musical. A diferencia de las orquestas de la vida real, la orquesta neurológica no toca una partitura ya escrita: improvisa sin cesar. En esas improvisaciones aparecen y reaparecen frases (experiencias) de otros momentos de ese concierto que ha comenzado en nuestra niñez y que terminará con nuestra muerte. Se me ocurren dos observaciones. La primera: en la hipótesis de Edelman, la iniciativa pasa del director de la orquesta a los ejecutantes. En el caso de la orquesta real, los ejecutantes son sujetos conscientes y con la intención de componer colectivamente una pieza: ¿esa conciencia y esa voluntad existen también en las neuronas? Si es así: ¿las neuronas se han puesto previamente de acuerdo? ¿O hay acaso un orden preestablecido que rige las llamadas y respuestas de las neuronas? En uno

---

1. Oliver Sacks, art. cit.

y en otro caso el director no desaparece: se disemina. El problema se desplaza pero no se resuelve. La segunda: la improvisación requiere siempre un plan. El ejemplo más inmediato es el del jazz y el de las *ragas* de la India: los músicos improvisan con cierta libertad pero dentro de un patrón y una estructura básica. Lo mismo sucede con las otras improvisaciones, sean musicales o de otra índole. Trátese de una batalla o de un diálogo de negocios, de un paseo por el bosque o de una discusión pública, seguimos un plan. Poco importa que ese plan haya sido trazado un minuto antes y que sea muy vago y esquemático: es un plan. Y todos los planes requieren un planificador. ¿Quién hace el plan de la orquesta neurológica?

Como se ha visto, a Edelman no se le escapa la dificultad de explicar el funcionamiento de las neuronas sin la presencia de un director de orquesta, sin un sujeto. Con cierta frecuencia se refiere al sentimiento de identidad, a un ser y a una conciencia. Estas palabras designan a *construcciones* de las neuronas. El circuito neurológico, conectado con todo nuestro cuerpo y compuesto por millones de neuronas (algunas son tribus nómadas, lo que me asombra y me deja perplejo), no sólo construye nuestro mundo con los ladrillos y piedras de las sensaciones, las percepciones y las intelecciones, sino que construye al sujeto mismo: a nuestro ser y a nuestra conciencia. Construcciones a un tiempo sólidas y evanescentes: nunca desaparecen pero cambian continuamente de forma. Continua metamorfosis de nuestra imagen del mundo y de nosotros mismos. Esta visión –pues se trata de una verdadera visión– recuerda a las concepciones budistas acerca de la naturaleza quimérica de la realidad y del sujeto humano. Para los budistas el yo tampoco tiene una existencia propia e independiente: es una construcción, una conglomeración de elementos mentales y sensoriales. Estos elementos o, más bien, racimos de elementos, son cinco en total (*skandhas* en sánscrito o *kandhas* en pali). Los elementos componen al sujeto y a su conciencia; son el producto de nuestro *karma*, la suma de nuestros errores y pecados en vidas pasadas y en la presente. Por la meditación y por otros medios podemos destruir la ignorancia y el deseo, liberarnos del yo y entrar en lo incondicional, un estado indefinible que no es vida ni muerte y del que no se puede decir absolutamente nada (*nirvana*).

El parecido entre estas concepciones y las de la neurología es extraordinario. También son notables las diferencias. El constructor del yo, para el budista, es el *karma*; para Edelman, el sistema nervioso. El budista debe destruir al yo si quiere escapar de la desdicha que es nacer y romper el lazo que lo ata a la rueda de las encarnaciones. Para Edelman el yo y la conciencia son construcciones indestructibles, salvo por un trastorno del circuito neurológico (enfermedad o muerte). El yo es una construcción y depende de la interacción de las neuronas. Es un artificio necesario e indispensable: sin él no podríamos vivir. Aquí aparece la gran cuestión: el día en que el hombre descubra que su conciencia y su ser mismo no son sino construcciones, artificios, ¿podrá seguir viviendo como hasta ahora? Parece imposible. En cuanto la conciencia se diese cuenta de que es una construcción del sistema nervioso y de que su funcionamiento depende de las neuronas, perdería su eficacia y dejaría de ser conciencia. La concepción de la conciencia como una construcción de las neuronas afecta no sólo al organismo individual, a cada hombre, sino a la colectividad entera. Nuestras instituciones, leyes, ideas, artes y, en fin, nuestra civilización entera, está fundada en la noción de una persona humana dotada de libertad. ¿Se puede fundar una civilización sobre una construcción neurológica?

Para el budista la liberación comienza en el momento en que el individuo rompe la costra de la ignorancia y se da cuenta de su situación. Este *darse cuenta* es la consecuencia de un acto libre: el yo, la conciencia, decide su disolución para escapar del ciclo vida-muerte-vida... La libertad exige, como la orquesta neurológica, un sujeto, un yo. Sin yo, no hay libertad de decisión; sin libertad –dentro de los límites que he señalado– no hay persona humana. La actitud de Edelman ante esta cuestión es muy matizada. La mente no es, para él, sino *a special kind of process depending on special arrangements of matter*. O sea: la materia de que está hecha la mente no es distinta al resto de la materia; lo que es único es su organización. De esta propiedad se deriva otra: cada mente es distinta y única. Cada organismo humano es una colección de experiencias subjetivas, sentimientos y sensaciones (*qualia*); este conjunto de experiencias, aunque comunicables hasta cierto punto por el lenguaje y por otros medios, constituye un dominio virtualmente inaccesible para las mentes ajenas.

La pluralidad de mentes, señala Edelman, impide una teoría enteramente científica; siempre habrá excepciones, variaciones y regiones desconocidas. Toda descripción científica de la mente está condenada a ser parcial; nuestro conocimiento será siempre aproximado. Esta verdad abarca también a nuestra vida interior: conocerse a sí mismo es, a un tiempo, una necesidad ineludible y un ideal inalcanzable. Así pues, «el problema no consiste en aceptar la existencia de *almas* individuales, pues es claro que cada individuo es único y que no es una máquina...». El problema consiste en «aceptar que las mentes individuales son mortales: ¿se puede fundar una moral sobre esta premisa?». A mí no me parece imposible y Edelman también parece creerlo, aunque se pregunta «¿cuál sería el resultado de aceptar que cada *espíritu* individual es realmente corpóreo y de que, precisamente por serlo, es mortal, *precioso* e impredecible en su creatividad?». En otro pasaje de su libro sugiere que «la nueva visión científica de la mente puede dar nueva vida a la filosofía, limpia ya de la fenomenología husserliana, ayuna de ciencia, y de las reducciones de las teorías mecanicistas».

Es imposible no estar de acuerdo con Edelman sobre estos puntos. Yo también creo que «la filosofía necesita una nueva orientación». Pero estas afirmaciones de Edelman contrastan extrañamente con muchas de sus ideas básicas. Más exactamente: las contradicen. Sacks señala que aún no podemos *ver* los grupos de neuronas ni dibujar los mapas de sus interacciones; tampoco podemos *oír* a la orquesta que sin cesar ejecuta sus improvisaciones en nuestro cerebro. De ahí que Edelman y sus colegas hayan concebido «animales sintéticos, artefactos que actúan por medio de computadoras pero cuya conducta (si se puede usar esta palabra) no está programada ni es *robótica* sino *noética*». (De paso: una palabra de estirpe husserliana.) Edelman no duda de que, en un futuro no demasiado lejano, será perfectamente posible fabricar «artefactos conscientes». Y Sacks comenta: «*felizmente* esto no ocurrirá sino hasta bien entrado el siglo próximo». ¿Felizmente? No podemos lavarnos las manos: es imposible aplazar la discusión de un tema de esta gravedad hasta el siglo próximo. Confieso mi asombro y mi decepción.

Estas divagaciones de un lego acerca de temas científicos de actualidad no han sido una mera digresión: tuvieron un doble objeto. El primero, mostrar que las ciencias contemporáneas, no por insuficiencia sino, al contrario, por su desarrollo mismo, han tenido que hacerse ciertas preguntas filosóficas y metafísicas que, desde hace siglos, habían decidido ignorar los científicos, fuese porque les parecía que estaban fuera de su jurisdicción o porque eran consideradas cuestiones superfluas, contradictorias o sin sentido. El hecho de que muchos y muy notables científicos formulen hoy esas preguntas tiene una clara significación: abre la puerta para que vuelva a discutirse el viejo tema de las relaciones entre el alma y el cuerpo. Apenas si necesito repetir que no pretendo ni deseo una vuelta a las antiguas concepciones. El cuerpo posee hoy atributos que antes fueron del alma y esto, en sí mismo, es saludable. Pero el viejo equilibrio –o más exactamente: el viejo, ligero y fecundo desequilibrio entre el alma y el cuerpo– se ha roto. Todas las civilizaciones han conocido el diálogo –hecho de conjunciones y disyunciones– entre el *cuerpo* y el *no-cuerpo* (alma, psique, *atman* y otras denominaciones). Nuestra cultura es la primera que ha pretendido abolir ese diálogo por la supresión de uno de los interlocutores: el alma. O si se prefiere un término neutro: el *no-cuerpo*. Según procuré mostrar en otro escrito, el *cuerpo* se ha convertido más y más en un mecanismo y lo mismo ha ocurrido con el alma[1]. Cambios en la genealogía del hombre: primero, criatura de Dios; después, resultado de la evolución de las células primigenias; y ahora mecanismo. La inquietante ascensión de la máquina como arquetipo del ser humano dibuja una interrogación sobre el porvenir de nuestra especie.

Por todo esto me pareció que no era un despropósito comentar, desde un punto de vista ajeno a las ciencias pero no contrario a ellas, algunos de los asuntos que hoy preocupan a los científicos. Me parece que los tiempos están maduros para iniciar una reflexión filosófica, basada en las experiencias de las ciencias contemporáneas, que nos ilumine acerca de las viejas y permanentes cuestiones que han encendido al entendimiento humano: el origen del universo y el de la vida, el lugar del hombre en el cosmos, las relaciones entre nuestra parte pensante y nuestra parte afectiva, el diálogo entre el *cuerpo* y el alma. Todos estos temas están en relación directa con el objeto de este libro: el amor y su lugar en el horizonte de la historia contemporánea.

El segundo objeto de estas digresiones ha sido mostrar que, al malestar social y espiritual de las democracias liberales, descrito en el capítulo anterior, corresponde un malestar no menos profundo en la esfera de la cultura. En el dominio de la literatura y las artes la dolencia se manifiesta por un doble fenómeno que he analizado en otros escritos: la comercialización de las artes, especialmente la pintura y la novela, así como la multiplicación y proliferación de modas literarias y artísticas de corta vida. Estas modas se propagan con la rapidez de las epidemias medievales y dejan tantas víctimas como ellas[2]. En el caso de las ciencias ya aludí a lo más grave: la mecanización, la reducción a modelos mecánicos de complejos fenómenos mentales. La idea de «fabricar mentes» lleva espontáneamente a la aplicación de la técnica industrial de la producción en serie: la fabricación de clones, réplicas idénticas de este o aquel tipo de mente individual. De acuerdo con las

---

1. Véase *Conjunciones y disyunciones* (1969), libro recogido en este volumen, páginas 107-206.
2. Véase *La otra voz. Poesía y fin de siglo* (1990), recogido en el primer volumen –*La casa de la presencia*– de estas obras.

necesidades de la economía o de la política, los gobiernos o las grandes compañías podrían ordenar la manufactura de este o aquel número de médicos, periodistas, profesores, obreros o músicos. Más allá de la dudosa viabilidad de estos proyectos, es claro que la filosofía en que se sustentan lesiona en su esencia a la noción de *persona humana*, concebida como un ser único e irrepetible. Esto es lo inquietante de las nuevas concepciones y esto es lo que hoy debemos discutir, «felizmente» o no. Si la criatura humana se convierte en un objeto que puede substituirse y duplicarse por otro, el género humano se vuelve *expendable*: algo que puede reemplazarse con facilidad, como los otros productos de la industria. El error de esta concepción es filosófico y moral. Lo segundo es más grave que lo primero. La identificación entre la mente y la máquina no es sino una analogía, tal vez útil desde el punto de vista científico, pero que no puede interpretarse literalmente sin riesgo de terribles abusos. En realidad estamos ante una variante de las sucesivas tentativas de deshumanización que han sufrido los hombres desde el comienzo de la historia.

En el siglo XVI los europeos decidieron que los indios americanos no eran totalmente racionales. Lo mismo se dijo en otras ocasiones de los negros, los chinos, los hindúes y otras colectividades. Deshumanización por la diferencia: si ellos no son como nosotros, ellos no son enteramente humanos. En el siglo XIX Hegel y Marx estudiaron otra variedad, fundada no en la diferencia sino en la enajenación. Para Hegel la enajenación es tan vieja como la especie humana: comenzó en el alba de la historia con la sumisión del esclavo a la voluntad de un amo. Marx descubrió otra variante, la del trabajador asalariado: la inserción de un hombre concreto es una categoría abstracta que lo despoja de su individualidad. En ambos casos literalmente se roba a la persona humana de una parte de su ser, se reduce el hombre al estado de cosa y de instrumento. Tocó a los nazis y a los comunistas llevar a su conclusión final estas mutilaciones psíquicas. Los dos totalitarismos se propusieron la abolición de la singularidad y diversidad de las personas: los nazis, en nombre de un absoluto biológico, la raza; los comunistas, en nombre de un absoluto histórico, la clase, representada por una ortodoxia ideológica encarnada en un Comité Central. Ahora, en nombre de la ciencia, se pretende no el exterminio de este o aquel grupo de individuos sino la fabricación en masa de androides. Entre las novelas de predicción del futuro, la más actual hoy no es la de Orwell sino la de Huxley: *Brave New World*. La esclavitud tecnológica está a la vista. La persona humana sobrevivió a dos totalitarismos: ¿sobrevivirá a la tecnificación del mundo?

Este largo rodeo ha tocado a su fin. Su conclusión es breve: los males que aquejan a las sociedades modernas son políticos y económicos pero asimismo son morales y espirituales. Unos y otros amenazan al fundamento de nuestras sociedades: la idea de *persona humana*. Esa idea ha sido la fuente de las libertades políticas e intelectuales; asimismo, la creadora de una de las grandes invenciones humanas: el amor. La reforma política y social de las democracias liberales capitalistas debe ir acompañada de una reforma no menos urgente del pensamiento contemporáneo. Kant hizo la crítica de la razón pura y de la razón práctica; necesitamos hoy otro Kant que haga la crítica de la razón científica. El momento es propicio porque en la mayoría de las ciencias es visible, hasta donde los legos podemos advertirlo, un movimiento de autorreflexión y autocrítica, como lo muestran admirablemente los cosmólogos modernos. El diálogo entre la ciencia, la filosofía y la poesía podría ser el preludio de la reconstitución de la unidad de la cultura. El preludio también de la resurrección de la persona humana, que ha sido la piedra de fundación y el manantial de nuestra civilización.

## Repaso: la llama doble

Todos los días oímos esta frase: nuestro siglo es el siglo de la comunicación. Es un lugar común que, como todos, encierra un equívoco. Los medios modernos de transmisión de las noticias son prodigiosos; lo son mucho menos las formas en que usamos esos medios y la índole de las noticias e informaciones que se transmiten en ellos. Los medios muchas veces manipulan la información y, además, nos inundan con trivialidades. Pero aun sin esos defectos toda comunicación, incluso la directa y sin intermediarios, es equívoca. El diálogo, que es la forma más alta de comunicación que conocemos, siempre es un afrontamiento de alteridades irreductibles. Su carácter contradictorio consiste en que es un intercambio de informaciones concretas y singulares para el que las emite y abstractas y generales para el que las recibe. Digo *verde* y aludo a una sensación particular, única e inseparable de un instante, un lugar y un estado psíquico y físico: la luz cayendo sobre la yedra verde esta tarde un poco fría de primavera. Mi interlocutor escucha una serie de sonidos, percibe una situación y vislumbra la idea de *verde*. ¿Hay posibilidades de comunicación concreta? Sí, aunque el equívoco nunca desaparece del todo. Somos hombres, no ángeles. Los sentidos nos comunican con el mundo y, simultáneamente, nos encierran en nosotros mismos: las sensaciones son subjetivas e indecibles. El pensamiento y el lenguaje son puentes pero, precisamente por serlo, no suprimen la distancia entre nosotros y la realidad exterior. Con esta salvedad, puede decirse que la poesía, la fiesta y el amor son formas de comunicación concreta, es decir, de comunión. Nueva dificultad: la comunión es indecible y, en cierto modo, excluye la comunicación: no es un intercambio de noticias sino una fusión. En el caso de la poesía, la comunión comienza en una zona de silencio, precisamente cuando termina el poema. Podría definirse al poema como un organismo verbal productor de silencios. En la fiesta –pienso, ante todo, en los ritos y en otras ceremonias religiosas– la fusión se opera en sentido contrario: no el regreso al silencio, refugio de la subjetividad, sino entrada en el gran todo colectivo: el yo se vuelve un nosotros. En el amor, la contradicción entre comunicación y comunión es aún más patente.

El encuentro erótico comienza con la visión del cuerpo deseado. Vestido o desnudo, el cuerpo es una presencia: una forma que, por un instante, es todas las formas del mundo. Apenas abrazamos esa forma, dejamos de percibirla como presencia y la asimos como una materia concreta, palpable, que cabe en nuestros brazos y que, no obstante, es ilimitada. Al abrazar a la presencia, dejamos de verla y ella misma deja de ser presencia. Dispersión del cuerpo deseado: vemos sólo unos ojos que nos miran, una garganta iluminada por la luz de una lámpara y pronto vuelta a la noche, el brillo de un muslo, la sombra que desciende del ombligo al sexo. Cada uno de estos fragmentos vive por sí solo pero alude a la totalidad del cuerpo. Ese cuerpo que, de pronto, se ha vuelto infinito. El cuerpo de mi pareja deja de ser una forma y se convierte en una substancia informe e inmensa en la que, al mismo tiempo, me pierdo y me recobro. Nos perdemos como personas y nos recobramos como sensaciones. A medida que la sensación se hace más intensa, el cuerpo que abrazamos se hace más y más inmenso. Sensación de infinitud: perdemos cuerpo en ese cuerpo. El abrazo carnal es el apogeo del cuerpo y la pérdida del cuerpo. También es la experiencia de la pérdida de la identidad: dispersión de las formas en mil sensaciones y visiones, caída en una substancia oceánica, evaporación de la esencia. No hay forma ni presencia: hay la ola que nos mece, la cabalgata por las llanuras de la noche. Experiencia circular: se inicia por la abolición del cuerpo de la pareja, convertido en una substancia infinita que palpita, se expande, se contrae y nos encierra en las aguas primordiales; un instante después, la substancia se desvanece, el cuerpo vuelve a ser cuerpo y reaparece la presencia. Sólo podemos percibir a la mujer amada como forma que esconde una alteridad irreductible o como substancia que se anula y nos anula.

La condenación del amor carnal como un pecado contra el espíritu no es cristiana sino platónica. Para Platón la forma es la idea, la esencia. El cuerpo es una presencia en el sentido real de la palabra: la manifestación sensible de la esencia. Es el trasunto, la copia de un arquetipo divino: la idea eterna. Por esto, en el *Fedro* y en el *Banquete*, el amor más alto es la contemplación del cuerpo hermoso: contemplación arrobada de la forma que es esencia. El abrazo carnal entraña una degradación de la forma en substancia y de la idea en sensación. Por esto también Eros es invisible; no es una presencia: es la obscuridad palpitante que rodea a Psique y la arrastra en una caída sin fin. El enamorado ve la presencia bañada por la luz de la idea; quiere asirla pero cae en la tiniebla de un cuerpo que se dispersa en fragmentos. La presencia reniega de su forma, regresa a la substancia original para, al fin, anularse. Anulación de la presencia, disolución de la forma: pecado contra la esencia. Todo pecado atrae un castigo: vueltos del arrebato, nos encontramos de nuevo frente a un cuerpo y un alma otra vez extraños. Entonces surge la pregunta ritual: ¿en qué piensas? Y la respuesta: en nada. Palabras que se repiten en interminables galerías de ecos.

No es extraño que Platón haya condenado al amor físico. Sin embargo, no condenó a la reproducción. En el *Banquete* llama divino al deseo de procrear: es ansia de inmortalidad. Cierto, los hijos del alma, las ideas, son mejores que los hijos de la carne; sin embargo, en las *Leyes* exalta a la reproducción corporal. La razón: es un deber político engendrar ciudadanos y mujeres que sean capaces de asegurar la continuidad de la vida en la ciudad. Aparte de esta consideración ética y política, Platón percibió claramente la vertiente pánica del amor, su conexión con el mundo de la sexualidad animal y quiso romperla. Fue coherente consigo mismo y con su visión del mundo de las ideas incorruptibles. Pero hay una contradicción insalvable en la concepción platónica del erotismo: sin el cuerpo y el deseo que enciende en el amante, no hay ascensión hacia los arquetipos. Para contemplar las formas eternas y participar en la esencia, hay que pasar por el cuerpo. No hay otro camino. En esto el platonismo es el opuesto a la visión cristiana: el eros platónico busca la desencarnación mientras que el misticismo cristiano es sobre todo un amor de encarnación, a ejemplo de Cristo, que se hizo carne para salvarnos. A pesar de esta diferencia, ambos coinciden en su voluntad de romper con este mundo y subir al otro. El platónico por la escala de la contemplación, el cristiano por el amor a una divinidad que, misterio inefable, ha encarnado en un cuerpo.

Unidos en su negación de este mundo, el platonismo y el cristianismo vuelven a separarse en otro punto fundamental. En la contemplación platónica hay participación, no reciprocidad: las formas eternas no aman al hombre; en cambio, el Dios cristiano padece por los hombres, el Creador está enamorado de sus criaturas. Al amar a Dios, dicen los teólogos y los místicos, le devolvemos, pobremente, el inmenso amor que nos tiene. El amor humano, tal como lo conocemos y vivimos en Occidente desde la época del amor cortés, nació de la confluencia entre el platonismo y el cristianismo y, asimismo, de sus oposiciones. El amor humano, es decir, el verdadero amor, no niega al cuerpo ni al mundo. Tampoco aspira a otro ni se ve como un tránsito hacia una eternidad más allá del cambio y del tiempo. El amor es amor no *a* este mundo sino *de* este mundo; está atado a la tierra por la fuerza de gravedad del cuerpo, que es placer y muerte. Sin alma –o como quiera llamarse a ese *soplo* que hace de cada hombre y de cada mujer una *persona*– no hay amor pero tampoco lo hay sin cuerpo. Por el cuerpo, el amor es erotismo y así se comunica con las fuerzas más vastas y ocultas de la vida. Ambos, el amor y el erotismo –llama doble– se alimentan del fuego original: la sexualidad. Amor y erotismo regresan siempre a la fuente primordial, a Pan y a su alarido que hace temblar la selva.

El reverso del Eros platónico es el tantrismo, en sus dos grandes ramas: la hindú y la budista. Para el adepto de Tantra, el cuerpo no manifiesta la esencia: es un camino de iniciación. Más allá no está la esencia, que para Platón es un objeto de contemplación y de participación; al final de la experiencia erótica el adepto llega, si es budista, a la vacuidad, un estado en que la nada y el ser son idénticos; si es hindú, a un estado semejante pero en el que el elemento determinante no es la nada sino el ser –un ser siempre idéntico a él mismo, más allá del cambio. Doble paradoja: para el budista, la nada está llena; para el hinduista, el ser está vacío. El rito central del tantrismo es la copulación. Poseer un cuerpo y recorrer en él y con él todas las etapas del abrazo erótico, sin excluir a ninguno de sus extravíos o aberraciones, es repetir ritualmente el proceso cósmico de la creación, la destrucción y la recreación de los mundos. También es una manera de romper ese proceso y detener la rueda del tiempo y de las sucesivas reencarnaciones. El *yogi* debe evitar la eyaculación y esta práctica obedece a dos propósitos: negar la función reproductiva de la sexualidad y transformar el semen en pensamiento de iluminación. Alquimia erótica: la fusión del yo y del mundo, del pensamiento y la realidad, produce un relámpago: la iluminación, llamarada súbita que literalmente consume al sujeto y al objeto. No queda nada: el *yogi* se ha disuelto en lo incondicionado. Abolición de las formas. En el tantrismo hay una violencia metafísica ausente en el platonismo: romper el ciclo cósmico para penetrar en lo incondicionado. La cópula ritual es, por una parte, una inmersión en el caos, una vuelta a la fuente original de la vida; por otra, es una práctica ascética, una purificación de los sentidos y de la mente, una desnudez progresiva hasta llegar a la anulación del mundo y del yo. El *yogi* no debe retroceder ante ninguna caricia pero su goce, cada vez más concentrado, debe transformarse en suprema indiferencia. Curioso paralelo con Sade, que veía en el libertinaje un camino hacia la ataraxia, la insensibilidad de la piedra volcánica.

Las diferencias entre el tantrismo y el platonismo son instructivas. El amante platónico contempla la forma, el cuerpo, sin caer en el abrazo; el *yogi* alcanza la liberación a través de la cópula. En un caso, la contemplación de la forma es un viaje que conduce a la visión de la esencia y a la participación con ella; en el otro, la cópula ritual exige atravesar la tiniebla erótica y realizar la destrucción de las formas. A pesar de ser un rito acentuadamente carnal, el erotismo tántrico es una experiencia de desencarnación. El platonismo implica una represión y una sublimación: la forma amada es intocable y así se substrae de la agresión sádica. El *yogi* aspira a la abolición del deseo y de ahí la naturaleza contradictoria de su tentativa: es un erotismo ascético, un placer que se niega a sí mismo. Su experiencia está impregnada de un sadismo no físico sino mental: hay que destruir las formas. En el platonismo, el cuerpo amado es intocable; en el tantrismo el intocable es el espíritu del *yogi*. Por esto tiene que agotar, durante el abrazo, todas las caricias que proponen los manuales de erotología pero reteniendo la descarga seminal; si lo consigue, alcanza la indiferencia del diamante: impenetrable, luminoso y transparente.

Aunque las diferencias entre el platonismo y el tantrismo son muy hondas —corresponden a dos visiones del mundo y del hombre radicalmente opuestas— hay un punto de unión entre ellos: el *otro* desaparece. Tanto el cuerpo que contempla el amante platónico como la mujer que acaricia el *yogi*, son objetos, escalas en una ascensión hacia el cielo puro de las esencias o hacia esa región fuera de los mapas que es lo incondicionado. El fin que ambos persiguen está más allá del *otro*. Esto es, esencialmente, lo que los separa del amor, tal como ha sido descrito en estas páginas. Es útil repetirlo: el amor no es la búsqueda de la idea o la esencia; tampoco es un camino hacia un estado más allá de la idea y la no-idea, el bien y el mal, el ser y el no-ser. El amor no busca nada más allá de sí mismo, ningún bien, ningún premio; tampoco persigue una finalidad que lo transcienda. Es indiferente a toda transcendencia: principia y acaba en él mismo. Es una atracción por un alma y un cuerpo; no una idea: una persona. Esa persona es única y está dotada de libertad; para poseerla, el amante tiene que ganar su voluntad. Posesión y entrega son actos recíprocos.

Como todas las grandes creaciones del hombre, el amor es doble: es la suprema ventura y la desdicha suprema. Abelardo llamó al relato de su vida: *Historia de mis calamidades*. Su mayor calamidad fue también su más grande felicidad: haber encontrado a Eloísa y ser amado por ella. Por ella fue hombre: conoció el amor; y por ella dejó de serlo: lo castraron. La historia de Abelardo es extraña, fuera de lo común; sin embargo, en todos los amores, sin excepción, aparecen esos contrastes, aunque casi siempre menos acusados. Los amantes pasan sin cesar de la exaltación al desánimo, de la tristeza a la alegría, de la cólera a la ternura, de la desesperación a la sensualidad. Al contrario del libertino, que busca a un tiempo el placer más intenso y la insensibilidad moral más absoluta, el amante está perpetuamente movido por sus contradictorias emociones. El lenguaje popular, en todos los tiempos y lugares, es rico en expresiones que describen la vulnerabilidad del enamorado: el amor es una herida, una llaga. Pero, como dice San Juan de la Cruz, es «una llaga regalada», un «cauterio suave», una «herida deleitosa». Sí, el amor es una flor de sangre. También es un talismán. La vulnerabilidad de los amantes los defiende. Su escudo es su indefensión, están armados de su desnudez. Cruel paradoja: la sensibilidad extrema de los amantes es la otra cara de su indiferencia, no menos extrema, ante todo lo que no sea su amor. El gran peligro que acecha a los amantes, la trampa mortal en que caen muchos, es el egoísmo. El castigo no se hace esperar: los amantes no ven nada ni a nadie que no sea ellos mismos hasta que se petrifican... o se aburren. El egoísmo es un pozo. Para salir al aire libre, hay que mirar más allá de nosotros mismos: allá está el mundo y nos espera.

El amor no nos preserva de los riesgos y desgracias de la existencia. Ningún amor, sin excluir a los más apacibles y felices, escapa a los desastres y desventuras del tiempo. El amor, cualquier amor, está hecho de tiempo y ningún amante puede evitar la gran calamidad: la persona amada está sujeta a las afrentas de la edad, la enfermedad y la muerte. Como un remedio contra el tiempo y la seducción del amor, los budistas concibieron un ejercicio de meditación que consistía en imaginar al cuerpo de la mujer como un saco de inmundicias. Los monjes cristianos también practicaron estos ejercicios de denigración de la vida. El remedio fue vano y provocó la venganza del cuerpo y de la imaginación exasperada: las tentaciones a un tiempo terribles y lascivas de los anacoretas. Sus visiones, aunque sombras hechas de aire, fantasmas que la luz disipa, no son quimeras: son realidades que viven en el subsuelo psíquico y que la abstención alimenta y fortifica. Transformadas en monstruos por la imaginación, el deseo las desata. Cada una de las criaturas que pueblan el infierno de San Antonio es un emblema de una pasión reprimida. La negación de la vida se resuelve en violencia. La abstención no nos libra del tiempo: lo transforma en agresión psíquica, contra los otros y contra nosotros mismos.

No hay remedio contra el tiempo. O, al menos, no lo conocemos. Pero hay que confiarse a la corriente temporal, hay que vivir. El cuerpo envejece porque es tiempo como todo lo que existe sobre esta tierra. No se me oculta que hemos logrado prolongar la vida y la juventud. Para Balzac la edad crítica de la mujer comenzaba a los treinta años; ahora a los cincuenta. Muchos científicos piensan que en un futuro más o menos próximo será posible evitar los achaques de la vejez. Estas predicciones optimistas contrastan con lo que sabemos y vemos todos los días: la miseria aumenta en más de la mitad del planeta, hay hambrunas e incluso en la antigua Unión Soviética, en los últimos años del régimen comunista, aumentó la tasa de la mortalidad infantil. (Ésta es una de las causas que explican el desplome del Imperio soviético.) Pero aun si se cumpliesen las previsiones de los optimistas, seguiríamos siendo súbditos del tiempo. Somos tiempo y no podemos substraernos a su dominio. Podemos transfigurarlo, no negarlo ni destruirlo. Esto es lo que han hecho los grandes artistas, los poetas, los filósofos, los científicos y algunos hombres de acción. El amor también es una respuesta: por ser tiempo y estar hecho de tiempo, el amor es, simultáneamente, conciencia de la muerte y tentativa por hacer del instante una eternidad. Todos los amores son desdichados porque todos están hechos de tiempo, todos son el nudo frágil de dos criaturas temporales y que saben que van a morir; en todos los amores, aun en los más trágicos, hay un instante de dicha que no es exagerado llamar sobrehumana: es una victoria contra el tiempo, un vislumbrar el otro lado, ese allá que es un aquí, en donde nada cambia y todo lo que es realmente *es*.

La juventud es el tiempo del amor. Sin embargo, hay jóvenes viejos incapaces de amor, no por impotencia sexual sino por sequedad de alma; también hay viejos jóvenes enamorados: unos son ridículos, otros patéticos y otros más sublimes. Pero ¿podemos amar a un cuerpo envejecido o desfigurado por la enfermedad? Es muy difícil, aunque no enteramente imposible. Recuérdese que el erotismo es singular y no desdeña ninguna anomalía. ¿No hay monstruos hermosos? Además, es claro que podemos seguir amando a una persona, a pesar de la erosión de la costumbre y la vida cotidiana o de los estragos de la vejez y la enfermedad. En esos casos, la atracción física cesa y el amor se transforma. En general se convierte no en piedad sino en compasión, en el sentido de compartir y participar en el sufrimiento de otro. Ya viejo, Unamuno decía: no siento nada cuando rozo las piernas de mi mujer pero me duelen las mías si a ella le duelen las suyas. La palabra *pasión* significa sufrimiento y, por extensión, designa también al sentimiento amoroso. El amor es sufrimiento, padecimiento, porque es carencia y deseo de posesión de aquello que deseamos y no tenemos; a su vez, es dicha porque es posesión, aunque instantánea y siempre precaria. El *Diccionario de autoridades* registra otra palabra hoy en desuso pero empleada por Petrarca: *comphatía*. Deberíamos reintroducirla en la lengua pues expresa con fuerza este sentimiento de amor transfigurado por la vejez o la enfermedad del ser amado.

Según la tradición, el amor es un compuesto indefinible de alma y cuerpo; entre ellos, a la manera de un abanico, se despliega una serie de sentimientos y emociones que van de la sexualidad más directa a la veneración, de la ternura al erotismo. Muchos de esos sentimientos son negativos: en el amor hay rivalidad, despecho, miedo, celos y finalmente odio. Ya lo dijo Catulo: el odio es indistinguible del amor. Esos afectos y esos resentimientos, simpatías y antipatías, se mezclan en todas las relaciones amorosas y componen un licor único, distinto en cada caso y que cambia de coloración, aroma y sabor según cambian el tiempo, las circunstancias y los humores. Es un filtro más poderoso que el de Tristán e Isolda. Da vida y muerte: todo depende de los amantes. Puede transformarse en pasión, aborrecimiento, ternura y obsesión. A cierta edad, puede convertirse en *comphatía*. ¿Cómo definir a este sentimiento? No es un afecto de la cabeza ni del sexo sino del corazón. Es el fruto último del amor, cuando se ha vencido a la costumbre, al tedio y a esa tentación insidiosa que nos hace odiar todo aquello que hemos amado.

El amor es intensidad y por esto es una distensión del tiempo: estira los minutos y los alarga como siglos. El tiempo, que es medida isócrona, se vuelve discontinuo e inconmensurable. Pero después de cada uno de esos instantes sin medida, volvemos al tiempo y a su horario: no podemos escapar de la sucesión. El amor comienza con la mirada: miramos a la persona que queremos y ella nos mira. ¿Qué vemos? Todo y nada. No por mucho tiempo; al cabo de un momento, desviamos los ojos. De otro modo, ya lo dije, nos petrificaríamos. En uno de sus poemas más complejos, Donne se refiere a esta situación. Arrobados, los amantes se miran interminablemente:

> *Wee, like sepulchrall statues lay;*
> *All day, the same our postures were,*
> *And wee said nothing, all the day.*

Si se prolongase esta inmóvil beatitud, pereceríamos. Debemos volver a nuestros cuerpos, la vida nos reclama:

> *Love mysteries in soules doe grow,*
> *But yet the body is his booke.*

Tenemos que mirar, juntos, al mundo que nos rodea. Tenemos que ir más allá, al encuentro de lo desconocido.

Si el amor es tiempo, no puede ser eterno. Está condenado a extinguirse o a transformarse en otro sentimiento. La historia de Filemón y Baucis, contada por Ovidio en el libro VIII de *Las metamorfosis*, es un ejemplo encantador. Júpiter y Mercurio recorren Frigia pero no encuentran hospitalidad en ninguna de las casas adonde piden albergue, hasta que llegan a la choza del viejo, pobre y piadoso Filemón y de su anciana esposa, Baucis. La pareja los acoge con generosidad, les ofrece un lecho rústico de algas y una cena frugal, rociada con un vino nuevo que beben en vasos de madera. Poco a poco los viejos descubren la naturaleza divina de sus huéspedes y se prosternan ante ellos. Los dioses revelan su identidad y ordenan a la pareja que suba con ellos a la colina. Entonces, con un signo, hacen que las aguas cubran la tierra de los frigios impíos y convierten en pantano sus casas y sus campos. Desde lo alto, Baucis y Filemón ven con miedo y lástima la destrucción de sus vecinos; después, maravillados, presencian cómo su choza se transforma en un templo de mármol y techo dorado. Entonces Júpiter les pide que digan su deseo. Filemón cruza unas cuantas palabras con Baucis y ruega a los dioses que los dejen ser, mientras duren sus vidas, guardianes y sacerdotes del santuario. Y añade: puesto que hemos vivido juntos desde nuestra juventud, queremos morir unidos y a la misma hora: «que yo no vea la pira de Baucis ni que ella me sepulte». Y así fue: muchos años guardaron el templo hasta que, gastados por el tiempo, Baucis vio a Filemón cubrirse de follajes y Filemón vio cómo el follaje cubría a Baucis. Juntos dijeron: «Adiós, esposo» y la corteza ocultó sus bocas. Filemón y Baucis se convirtieron en dos árboles: una encina y un tilo. No vencieron al tiempo, se abandonaron a su curso y así lo transformaron y se transformaron.

Filemón y Baucis no pidieron la inmortalidad ni quisieron ir más allá de la condición humana: la aceptaron, se sometieron al tiempo. La prodigiosa metamorfosis con la que los dioses –el tiempo– los premiaron fue un regreso: volvieron a la naturaleza para compartir con ella, y en ella, las sucesivas transformaciones de todo lo vivo. Así, su historia nos ofrece a nosotros, en este fin de siglo, otra lección. La creencia en la metamorfosis se fundó, en la Antigüedad, en la continua comunicación entre los tres mundos: el sobrenatural, el humano y el de la naturaleza. Ríos, árboles, colinas, bosques, mares, todo estaba animado, todo se comunicaba y todo se transformaba al comunicarse. El cristianismo desacralizó a la naturaleza y trazó una línea divisoria e infranqueable entre el mundo natural y el humano. Huyeron las ninfas, las náyades, los sátiros y los tritones o se convirtieron en ángeles o en demonios. La Edad Moderna acentuó el divorcio: en un extremo, la naturaleza y, en el otro, la cultura. Hoy, al finalizar la modernidad, redescubrimos que somos parte de la naturaleza. La tierra es un sistema de relaciones o, como decían los estoicos, una «conspiración de elementos», todos movidos por la simpatía universal. Nosotros somos partes, piezas vivas en ese sistema. La idea del parentesco de los hombres con el universo aparece en el origen de la concepción del amor. Es una creencia que comienza con los primeros poetas, baña a la poesía romántica y llega hasta nosotros. La semejanza, el parentesco entre la montaña y la mujer o entre el árbol y el hombre, son ejes del sentimiento amoroso. El amor puede ser ahora, como lo fue en el pasado, una vía de reconciliación con la naturaleza. No podemos cambiarnos en fuentes o encinas, en pájaros o en toros, pero podemos *reconocernos* en ellos.

No menos triste que ver envejecer y morir a la persona que amamos, es descubrir que nos engaña o que ha dejado de querernos. Sometido al tiempo, al cambio y a la muerte, el amor es víctima también de la costumbre y del cansancio. La convivencia diaria, si los enamorados carecen de imaginación, puede acabar con el amor más intenso. Poco podemos contra los infortunios que reserva el tiempo a cada hombre y a cada mujer. La vida es un continuo riesgo, vivir es exponerse. La abstención del ermitaño se resuelve en delirio solitario, la fuga de los amantes en muerte cruel. Otras pasiones pueden seducirnos y arrebatarnos. Unas superiores, como el amor a Dios, al saber o a una causa; otras bajas, como el amor al dinero o al poder. En ninguno de esos casos desaparece el riesgo inherente a la vida: el místico puede descubrir que corría detrás de una quimera, el saber no defiende al sabio de la decepción que es todo saber, el poder no salva al político de la traición del amigo. La gloria es una cifra equivocada con frecuencia y el olvido es más fuerte que todas las reputaciones. Las desdichas del amor son las desdichas de la vida.

A pesar de todos los males y todas las desgracias, siempre buscamos querer y ser queridos. El amor es lo más cercano, en esta tierra, a la beatitud de los bienaventurados. Las imágenes de la Edad de Oro y del paraíso terrenal se confunden con las del amor correspondido: la pareja en el seno de una naturaleza reconciliada. A través de más de dos milenios, lo mismo en Occidente que en Oriente, la imaginación ha creado parejas ideales de amantes que son la cristalización de nuestros deseos, sueños, temores y obsesiones. Casi siempre esas parejas son jóvenes: Dafnis y Cloe, Calixto y Melibea, Bao-yu y Dai-yu. Una de las excepciones es, precisamente, la de Filemón y Baucis. Emblemas del amor, esas parejas conocen una dicha sobrehumana pero también un final trágico. La Antigüedad vio en el amor un desvarío e incluso el mismo Ovidio, gran cantor de los amoríos fáciles, dedicó un libro entero, las *Heroidas*, a las desventuras del amor: separación, ausencia, engaño. Se trata de veintiuna epístolas de mujeres célebres a los amantes y esposos que las han abandonado, todos ellos héroes legendarios. Sin embargo, para la Antigüedad el arquetipo fue juvenil y dichoso: Dafnis y Cloe, Eros y Psique. En cambio, la Edad Media se inclina decididamente por el modelo trágico. El poema de Tristán comienza así: «Señores, ¿les agradaría oír un hermoso cuento de amor y de muerte? Se trata de la historia de Tristán y de Isolda, la reina. Escuchad cómo, entre grandes alegrías y penas, se amaron y murieron el mismo día, él por ella y ella por él...». Desde el Renacimiento, nuestro arquetipo también es trágico: Calixto y Melibea, pero, sobre todo y ante todo, *Romeo y Julieta*. Esta última es la más triste de todas esas historias, pues los dos mueren inocentes y víctimas no del destino sino de la casualidad. Con Shakespeare el accidente destrona al Destino antiguo y a la Providencia cristiana.

Hay una pareja que abarca a todas las parejas, de los viejos Filemón y Baucis a los adolescentes Romeo y Julieta; su figura y su historia son las de la condición humana en todos los tiempos y lugares: Adán y Eva. Son la pareja primordial, la que contiene a todas. Aunque es un mito judeocristiano, tiene equivalentes o paralelos en los relatos de otras religiones. Adán y Eva son el comienzo y el fin de cada pareja. Viven en el paraíso, un lugar que no está más allá del tiempo sino en su principio. El paraíso es lo que está *antes*; la historia es la degradación del tiempo primordial, la caída del *eterno ahora* en la sucesión. Antes de la historia, en el paraíso, la naturaleza era inocente y cada criatura vivía en armonía con las otras, con ella misma y con el todo. El pecado de Adán y Eva los arroja al tiempo sucesivo: al cambio, al accidente, al trabajo y a la muerte. La naturaleza, corrompida, se divide y comienza la enemistad entre las criaturas, la carnicería universal: todos contra todos. Adán y Eva recorren este mundo duro y hostil, lo pueblan con sus actos y sus sueños, lo humedecen con su llanto y con el sudor de su cuerpo. Conocen la gloria del hacer y del procrear, el trabajo que gasta el cuerpo, los años que nublan la vista y el espíritu, el horror del hijo que muere y del hijo que mata, comen el pan de la pena y beben el agua de la dicha. El tiempo los habita y el tiempo los deshabita. Cada pareja de amantes revive su historia, cada pareja sufre la nostalgia del paraíso, cada pareja tiene conciencia de la muerte y vive un continuo cuerpo a cuerpo con el tiempo sin cuerpo... Reinventar el amor es reinventar a la pareja original, a los desterrados del Edén, creadores de este mundo y de la historia.

El amor no vence a la muerte: es una apuesta contra el tiempo y sus accidentes. Por el amor vislumbramos, en esta vida, a la otra vida. No a la vida eterna sino, como he tratado de decirlo en algunos poemas, a la vivacidad pura. En un pasaje célebre, al hablar de la experiencia religiosa, Freud se refiere al «sentimiento oceánico», ese sentirse envuelto y mecido por la totalidad de la existencia. Es la dimensión pánica de los antiguos, el *furor* sagrado, el entusiasmo: recuperación de la totalidad y descubrimiento del yo como totalidad dentro del Gran Todo. Al nacer, fuimos arrancados de la totalidad; en el amor todos nos hemos sentido regresar a la totalidad original. Por esto, las imágenes poéticas transforman a la persona amada en naturaleza —montaña, agua, nube, estrella, selva, mar, ola— y, a su vez, la naturaleza habla como si fuese mujer. Reconciliación con la totalidad que es el mundo. También con los tres tiempos. El amor no es la eternidad; tampoco es el tiempo de los calendarios y los relojes, el tiempo sucesivo. El tiempo del amor no es grande ni chico: es la percepción instantánea de todos los tiempos en uno solo, de todas las vidas en un instante. No nos libra de la muerte pero nos hace verla a la cara. Ese instante es el reverso y el complemento del «sentimiento oceánico». No es el regreso a las aguas del origen sino la conquista de un estado que nos reconcilia con el exilio del paraíso. Somos el teatro del abrazo de los opuestos y de su disolución, resueltos en una sola nota que no es de afirmación ni de negación sino de aceptación. ¿Qué ve la pareja en el espacio de un parpadeo? La identidad de la aparición y la desaparición, la verdad del *cuerpo* y del *no-cuerpo*, la visión de la presencia que se disuelve en un esplendor: vivacidad pura, latido del tiempo.

*México, a 1 de mayo de 1993*

*La llama doble. Amor y erotismo* se publicó en Barcelona, en Círculo de Lectores y en Seix Barral, 1993.

# IV

VISLUMBRES DE LA INDIA

# Los antípodas de ida y vuelta

*... para no caer en los errores en que estuvieron los antiguos Philósophos, que creyeron no haber Antípodas.*
    Diccionario de autoridades *(Padre Alfonso de Ovalle)*

### BOMBAY

En 1951 vivía en París. Ocupaba un empleo modesto en la Embajada de México. Había llegado hacía seis años, en diciembre de 1945; la medianía de mi posición explica que no se me hubiese enviado, al cabo de dos o tres años, como es la costumbre diplomática, a un puesto en otra ciudad. Mis superiores se habían olvidado de mí y yo, en mi interior, se lo agradecía. Trataba de escribir y, sobre todo, exploraba esa ciudad, que es tal vez el ejemplo más hermoso del genio de nuestra civilización: sólida sin pesadez, grande sin gigantismo, atada a la tierra pero con voluntad de vuelo. Una ciudad en donde la mesura rige con el mismo imperio, suave e inquebrantable, los excesos del cuerpo y los de la cabeza. En sus momentos más afortunados –una plaza, una avenida, un conjunto de edificios– la tensión que la habita se resuelve en armonía. Placer para los ojos y para la mente. Exploración y reconocimiento: en mis paseos y caminatas descubría lugares y barrios desconocidos pero también reconocía otros, no vistos sino leídos en novelas y poemas. París era, para mí, una ciudad, más que inventada, reconstruida por la memoria y por la imaginación. Frecuentaba a unos pocos amigos y amigas, franceses y de otras partes, en sus casas y, sobre todo, en cafés y en bares. En París, como en otras ciudades latinas, se vive más en las calles que en las casas. Me unían a mis amigos afinidades artísticas e intelectuales. Vivía inmerso en la vida literaria de aquellos días, mezclada a ruidosos debates filosóficos y políticos. Pero mi secreta idea fija era la poesía: escribirla, pensarla, vivirla. Agitado por muchos pensamientos, emociones y sentimientos contrarios, vivía tan intensamente cada momento que nunca se me ocurrió que aquel género de vida pudiera cambiar. El futuro, es decir: lo inesperado, se había esfumado casi totalmente.

Un día el embajador de México me llamó a su oficina y me mostró, sin decir palabra, un cable: se ordenaba mi traslado. La noticia me conturbó. Y más, me dolió. Era natural que se me enviase a otro sitio pero era triste dejar París. La razón de mi traslado: el gobierno de México había establecido relaciones con el de la India, que acababa de conquistar su Independencia (1947) y se proponía abrir una misión en Delhi. Saber que se me destinaba a ese país, me consoló un poco: ritos, templos, ciudades cuyos nombres evocaban historias insólitas, multitudes abigarradas y multicolores, mujeres de movimientos de felino y ojos obscuros y centelleantes, santos, mendigos... Esa misma mañana me enteré también de que la persona nombrada como embajador de la nueva misión era un hombre muy conocido e influyente: Emilio Portes Gil. En efecto, Portes Gil había sido presidente de México. El personal, además del embajador, estaría compuesto por un consejero, un segundo secretario (yo) y dos cancilleres.

¿Por qué me habían escogido a mí? Nadie me lo dijo y yo nunca pude saberlo. Sin embargo, no faltaron indiscretos que me dieron a entender que mi traslado obedecía a una sugerencia de Jaime Torres Bodet, entonces director general de la UNESCO, a Manuel Tello, ministro de Relaciones Exteriores. Parece que a Torres Bodet le molestaban algunas de mis actividades literarias y que le había desplacido particularmente mi participación, con Albert Camus y María Casares, en un acto destinado a recordar la iniciación de la guerra de España (18 de julio de 1936), organizado por un grupo más o menos cercano a los anarquistas españoles. Aunque el gobierno de México no mantenía relaciones con el de Franco –al contrario, excepción única en la comunidad internacional, había un embajador mexicano acreditado ante el gobierno de la República Española en el exilio– a Torres Bodet le habían parecido «impropias» mi presencia en aquella reunión político-cultural y algunas de mis expresiones. Confieso que jamás pude verificar la verdad de este asunto. Me dolería calumniar a Torres Bodet. Nos separaron algunas diferencias pero siempre lo estimé, como pude mostrarlo en el ensayo que dediqué a su memoria. Fue un mexicano eminente. Pero debo confesar también que el rumor no era implausible. Aparte de que nunca fui santo de la devoción del señor Tello, años después oí al mismo Torres Bodet hacer, en una comida, una curiosa confidencia. Se hablaba de los escritores en la diplomacia y él, tras recordar los casos de Reyes y de Gorostiza en México, los de Claudel y Saint-John Perse en Francia, añadió: pero debe evitarse a toda costa que dos escritores coincidan en la misma embajada.

Me despedí de mis amigos. Henri Michaux me regaló una pequeña antología del poeta Kabir, Krishna Riboud un grabado de la diosa Durga y Kostas Papaioannou un ejemplar del Bhagavad Gita. Este libro fue mi guía espiritual en el mundo de la India. A la mitad de mis preparativos de viaje, recibí una carta de México con instrucciones del embajador: me daba cita en El Cairo para que desde ahí, con el resto del personal, abordásemos en Port-Said un barco polaco que nos llevaría a Bombay: el *Battory*. La noticia me extrañó: lo normal habría sido usar el avión directo de París a Delhi. Sin embargo, me alegré: echaría un vistazo a El Cairo, a su museo y a las pirámides, atravesaría el Mar Rojo y visitaría Adén antes de llegar a Bombay. Ya en El Cairo el señor Portes Gil nos dijo que había cambiado de opinión y que él llegaría a Delhi por la vía aérea. En realidad, según me enteré después, quería visitar algunos lugares en Egipto antes de emprender el vuelo hacia Delhi. En mi caso era demasiado tarde para cambiar de planes: había que esperar algún tiempo para que la compañía naviera accediese a reembolsar mi pasaje y yo no tenía dinero disponible para pagar el billete del avión. Decidí embarcarme en el *Battory*. Eran los últimos días del gobierno del rey Faruk, los disturbios eran frecuentes —poco después ocurrió el incendio del célebre hotel Shepherd— y la ruta entre El Cairo y Port-Said no era segura: la carretera había sido cortada varias veces. Viajé a Port-Said, en compañía de dos pasajeros más, en un automóvil que llevaba enarbolada la bandera polaca. Sea por esta circunstancia o por otra, el viaje transcurrió sin incidentes.

El *Battory* era un barco alemán dado a Polonia como compensación de guerra. La travesía fue placentera aunque la monotonía del paisaje al atravesar el Mar Rojo a veces oprime el ánimo: a derecha e izquierda se extienden unas tierras áridas y apenas onduladas. El mar era grisáceo y quieto. Pensé: también puede ser aburrida la naturaleza. La llegada a Adén rompió la monotonía. Una carretera pintoresca rodeada de altos peñascos blancos lleva del puerto propiamente dicho a la ciudad. Recorrí encantado los bazares ruidosos, atendidos por levantinos, indios y chinos. Me interné por las calles y callejuelas de las inmediaciones. Una multitud abigarrada y colorida, mujeres veladas y de ojos profundos como el agua de un pozo, rostros anónimos de transeúntes parecidos a los que se encuentran en todas las ciudades pero vestidos a la oriental, mendigos, gente atareada, grupos que reían y hablaban en voz alta y, entre todo aquel gentío, árabes silenciosos, de semblante noble y porte arrogante. Colgada de sus cinturas, la vaina vacía de un puñal o una daga. Eran gente del desierto y la desarmaban antes de entrar en la ciudad. Solamente en Afganistán he visto un pueblo con semejante garbo y señorío.

La vida en el *Battory* era animada. El pasaje era heterogéneo. El personaje más extraño era un maharaja de rostro monástico, rodeado de sirvientes solícitos; obligado por algún voto ritual, evitaba el contacto con los extraños y en la cubierta su silla estaba rodeada por una cuerda, para impedir la cercanía de los otros pasajeros. También viajaba una vieja señora que había sido la esposa (o la amiga) del escultor Brancusi. Iba a la India invitada por un magnate admirador de su marido. Nos acompañaba asimismo un grupo de monjas, la mayoría polacas, que todos los días rezaban, a las cinco de la mañana, una misa que celebraban dos sacerdotes también polacos. Todas iban a Madrás, a un convento fundado por su orden. Aunque los comunistas habían tomado el poder en Polonia, las autoridades del barco cerraban los ojos ante las actividades de las religiosas. O quizá esa tolerancia era parte de la política gubernamental en aquellos días. Me conmovió presenciar y oír la misa cantada por aquellas monjas y los dos sacerdotes la mañana de nuestro desembarco en Bombay. Frente a nosotros se alzaban las costas de un país inmenso y extraño, poblado por millones de infieles, unos que adoraban ídolos masculinos y femeninos de cuerpos poderosos, algunos con rasgos animales, y otros que rezaban al Dios sin rostro del islam. No me atreví a preguntarles si se daban cuenta de que su llegada a la India era un episodio tardío del gran fracaso del cristianismo en esas tierras... Una pareja que inmediatamente atrajo mi atención fue la de una agraciada joven hindú y su marido, un muchacho norteamericano. Pronto trabamos conversación y al final del viaje ya éramos amigos. Ella era Santha Rama Rau, conocida escritora y autora de dos notables adaptaciones, una para el teatro y otra para el cine, de *A Passage to India*; él era Faubian Bowers, que había sido edecán del general MacArthur y autor de un libro sobre el teatro japonés (*Kabuki*).

Llegamos a Bombay una madrugada de noviembre de 1951. Recuerdo la intensidad de la luz, a pesar de lo temprano de la hora; recuerdo también mi impaciencia ante la lentitud con que el barco atravesaba la quieta bahía. Una inmensa masa de mercurio líquido apenas ondulante; vagas colinas a lo lejos; bandadas de pájaros; un cielo pálido y jirones de nubes rosadas. A medida que avanzaba nuestro barco, crecía la excitación de los pasajeros. Poco a poco brotaban las arquitecturas blancas y azules de la ciudad, el chorro de humo de una chimenea, las manchas ocres y verdes de un jardín lejano. Apareció un arco de piedra, plantado en un muelle y rematado por cuatro torrecillas en forma de piña. Alguien cerca de mí y como yo acodado a la borda, exclamó con júbilo: *The Gateway of India!* Era un inglés, un geólogo que iba a Calcuta. Lo había conocido dos días antes y me enteré de que era hermano del poeta W. H. Auden. Me explicó que el monumento era un arco, levantado en 1911 para recibir al rey Jorge II y a su esposa (Queen Mary). Me pareció una versión fantasiosa de los arcos romanos. Más tarde me enteré de que el estilo del arco se inspiraba en el que, en el siglo XVI, prevalecía en Gujarat, una provincia india. Atrás del monumento, flotando en el aire cálido, se veía la silueta del Hotel Taj Mahal, enorme pastel, delirio de un Oriente finisecular, caído como una gigantesca pompa no de jabón sino de piedra en el regazo de Bombay. Me restregué los ojos: ¿el hotel se acercaba o se alejaba? Al advertir mi sorpresa, el ingeniero Auden me contó que el aspecto del hotel se debía a un error: los constructores no habían sabido interpretar los planos que el arquitecto había enviado desde París y levantaron el edificio al revés, es decir, la fachada hacia la ciudad, dando la espalda al mar. El error me pareció un «acto fallido» que delataba una negación inconsciente de Europa y la voluntad de internarse para siempre en la India. Un gesto simbólico, algo así como la quema de las naves de Cortés. ¿Cuántos habríamos experimentado esta tentación?

Una vez en tierra, rodeados de una multitud que vociferaba en inglés y en varias lenguas nativas, recorrimos unos cincuenta metros del sucio muelle y llegamos al destartalado edificio de la aduana. Era un enorme galerón. El calor era agobiante y el desorden indescriptible. No sin trabajos identifiqué mi pequeño equipaje y me sometí al engorroso interrogatorio del empleado aduanal. Creo que la India y México tienen los peores servicios aduanales del mundo. Al fin liberado, salí de la aduana y me encontré en la calle, en medio de la batahola de cargadores, guías y choferes. Encontré al fin un taxi, que me llevó en una carrera loca a mi hotel, el Taj Mahal. Si este libro no fuese un ensayo sino unas memorias, le dedicaría varias páginas a ese hotel. Es real y es quimérico, es ostentoso y es cómodo, es cursi y es sublime. Es el sueño inglés de la India a principios de siglo, poblado por hombres obscuros, de bigotes puntiagudos y cimitarra al cinto, por mujeres de piel de ámbar, cejas y pelo negros como alas de cuervo, inmensos ojos de leona en celo. Sus arcos de complicados ornamentos, sus recovecos imprevistos, sus patios, terrazas y jardines nos encantan y nos marean. Es una arquitectura literaria, una novela por entregas. Sus pasillos son los corredores de un sueño fastuoso, siniestro e inacabable. Escenario para un cuento sentimental y también para una crónica depravada. Pero el Taj Mahal ya no existe; más exactamente, ha sido modernizado y así lo han degradado como si fuese un motel para turistas del *Middle West*... Un servidor de turbante e inmaculada chaqueta blanca me llevó a mi habitación. Era pequeña pero agradable. Acomodé mis efectos en el ropero, me bañé rápidamente, y me puse una camisa blanca. Bajé corriendo la escalera y me lancé a la ciudad. Afuera me esperaba una realidad insólita:

oleadas de calor, vastos edificios grises y rojos como los de un Londres victoriano crecidos entre las palmeras y los banianos como una pesadilla pertinaz, muros leprosos, anchas y hermosas avenidas, grandes árboles desconocidos, callejas malolientes,

torrentes de autos, ir y venir de gente, vacas esqueléticas sin dueño, mendigos, carros chirreantes tirados por bueyes abúlicos, ríos de bicicletas,

algún sobreviviente del *British Raj* de riguroso y raído traje blanco y paraguas negro,

otra vez un mendigo, cuatro santones semidesnudos pintarrajeados, manchas rojizas de betel en el pavimento,

batallas a claxonazos entre un taxi y un autobús polvoriento, más bicicletas, otras vacas y otro santón semidesnudo,

al cruzar una esquina, la aparición de una muchacha como una flor que se entreabre,

rachas de hedores, materias en descomposición, hálitos de perfumes frescos y puros,

puestecillos de vendedores de cocos y rebanadas de piñas, vagos andrajosos sin oficio ni beneficio, una banda de adolescentes como un tropel de venados,

mujeres de sarís rojos, azules, amarillos, colores delirantes, unos solares y otros nocturnos, mujeres morenas de ajorcas en los tobillos y sandalias no para andar sobre el asfalto ardiente sino sobre un prado,

jardines públicos agobiados por el calor, monos en las cornisas de los edificios, mierda y jazmines, niños vagabundos,

un baniano, imagen de la lluvia como el cactus es el emblema de la sequía, y adosada contra un muro una piedra embadurnada de pintura roja, a sus pies unas flores ajadas: la silueta del dios mono,

la risa de una jovencita esbelta como una vara de nardo, un leproso sentado bajo la estatua de un prócer *parsi*,

en la puerta de un tugurio, mirando con indiferencia a la gente, un anciano de rostro noble,

un eucalipto generoso en la desolación de un basurero, el enorme cartel en un lote baldío con la foto de una estrella de cine: luna llena sobre la terraza del sultán,

más muros decrépitos, paredes encaladas y sobre ellas consignas políticas escritas en caracteres rojos y negros incomprensibles para mí,

rejas doradas y negras de una villa lujosa con una insolente inscripción:

*Easy Money*, otras rejas aún más lujosas que dejaban ver un jardín exuberante, en la puerta una inscripción dorada sobre el mármol negro,

en el cielo, violentamente azul, en círculos o en zigzag, los vuelos de gavilanes y buitres, cuervos, cuervos, cuervos...

Al anochecer regresé al hotel, rendido. Cené en mi habitación pero mi curiosidad era más fuerte que mi fatiga y, después de otro baño, me lancé de nuevo a la ciudad. Encontré muchos bultos blancos tendidos en las aceras: hombres y mujeres que no tenían casa. Tomé un taxi y recorrí distritos desiertos y barrios populosos, calles animadas por la doble fiebre del vicio y del dinero. Vi monstruos y me cegaron relámpagos de belleza. Deambulé por callejuelas infames y me asomé a burdeles y tendejones: putas pintarrajeadas y gitones con collares de vidrio y faldas de colorines. Vagué por Malabar Hill y sus jardines serenos. Caminé por una calle solitaria y, al final, una visión vertiginosa: allá abajo el mar negro golpeaba las rocas de la costa y las cubría de un manto hirviente de espuma. Tomé otro taxi y volví a las cercanías del hotel. Pero no entré; la noche me atraía y decidí dar otro paseo por la gran avenida que bordea a los muelles. Era una zona de calma. En el cielo ardían silenciosamente las estrellas. Me senté al pie de un gran árbol, estatua de la noche, e intenté hacer un resumen de lo que había visto, oído, olido y sentido: mareo, horror, estupor, asombro, alegría, entusiasmo, náuseas, invencible atracción. ¿Qué me atraía? Era difícil responder: *Human kind cannot bear much reality*. Sí, el exceso de realidad se vuelve irrealidad pero esa irrealidad se había convertido para mí en un súbito balcón desde el que me asomaba, ¿hacia qué? Hacia lo que está más allá y que todavía no tiene nombre...

Mi repentina fascinación no me parece insólita: en aquel tiempo yo era un joven poeta bárbaro. Juventud, poesía y barbarie no son enemigas: en la mirada del bárbaro hay inocencia, en la del joven apetito de vida y en la del poeta hay asombro. Al día siguiente llamé a Santha y a Faubian. Me invitaron a tomar una copa en su casa. Vivían con los padres de Santha en una lujosa mansión que, como todas las de Bombay, estaba rodeada por un jardín. Nos sentamos en la terraza, alrededor de una mesa con refrescos. Al poco tiempo llegó su padre. Un hombre elegante. Había sido el primer embajador de la India ante el gobierno de Washington y acababa de dejar su puesto. Al enterarse de mi nacionalidad, me preguntó con una risotada: «¿Y México es una de las barras o una de las estrellas?». Enrojecí y estuve a punto de contestar con una insolencia pero Santha intervino y respondió con una sonrisa: «Perdona, Octavio. Los europeos no saben geografía pero mis compatriotas no saben historia». El señor Rama Rau se excusó: «Era sólo una broma... Nosotros mismos, hasta hace poco, éramos una colonia». Pensé en mis compatriotas: también ellos decían sandeces semejantes cuando hablaban de la India. Santha y Faubian me preguntaron si ya había visitado algunos de los edificios y lugares famosos. Me recomendaron ir al museo y, sobre todo, visitar la isla de Elefanta.

Un día después volví al muelle y encontré pasaje en un barquito que hacía el servicio entre Bombay y Elefanta. Conmigo viajaban algunos turistas y unos pocos indios. El mar estaba en calma; atravesamos la bahía bajo un cielo sin nubes y en menos de una hora llegamos al islote. Altas peñas blancas y una vegetación rica y violenta. Caminamos por un sendero gris y rojo que nos llevó a la boca de la cueva inmensa. Penetré en un mundo hecho de penumbra y súbitas claridades. Los juegos de la luz, la amplitud de los espacios y sus formas irregulares, las figuras talladas en los muros, todo, daba al lugar un carácter *sagrado*, en el sentido más hondo de la palabra. Entre las sombras, los relieves y las estatuas poderosas, muchas mutiladas por el celo fanático de los portugueses y los musulmanes, pero todas majestuosas, sólidas, hechas de una materia solar. Hermosura corpórea, vuelta piedra viva. Divinidades de la tierra, encarnaciones sexuales del pensamiento más abstracto, dioses a un tiempo intelectuales y carnales, terribles y pacíficos. Shiva sonríe desde un más allá en donde el tiempo es una nubecilla a la deriva y esa nube, de pronto, se convierte en un chorro de agua y el chorro de agua en una esbelta muchacha que es la primavera misma: la diosa Parvati. La pareja divina es la imagen de la felicidad que nuestra condición mortal nos ofrece sólo para, un instante después, disiparla. Ese mundo palpable, tangible y eterno no es para nosotros. Visión de una felicidad al mismo tiempo terrestre e inalcanzable. Así comenzó mi iniciación en el arte de la India.

## DELHI

Una semana después tomé el tren hacia Delhi. No llevaba conmigo una cámara fotográfica pero sí un guía seguro: *Murray's Handbook of India, Pakistan, Burma and Ceylon*, en la edición de 1949, comprada el día anterior en el *bookstall* del Taj Mahal. En la primera página tres líneas de Milton:

> *India and the Golden Chersonese*
> *And utmost Indian Isle Trapobane,*
> *Dusk faces with white silken turbans wreathed.*

Aquel viaje interminable, con sus estaciones llenas de gente y sus vendedores de golosinas y chucherías me hizo pensar no en las visiones de un poeta inglés del siglo XVII sino en los versos de un mexicano del siglo XX:

> ... Patria: tu casa todavía
> es tan grande que el tren va por la vía
> como aguinaldo de juguetería...

Imposible no recordar, ante aquel paisaje, a ratos desolado y siempre con esa monotonía que es uno de los atributos de la inmensidad, otro viaje de mi infancia, no menos largo, hecho con mi madre de la ciudad de México a San Antonio, Texas. Fue durante el período final de la Revolución mexicana. Para protegernos de los guerrilleros que asaltaban los trenes, viajaba con nosotros una escolta militar. Mi madre veía con recelo a los oficiales: iba a reunirse con mi padre, desterrado político en los Estados Unidos y adversario de aquellos militares. Tenía la obsesión de los ahorcados, con la lengua de fuera y balanceándose colgados de los postes del telégrafo a lo largo de la vía. Los había visto varias veces, en otros viajes de México a Puebla. Al llegar a un lugar en donde había combatido, hacía poco, una partida de alzados con las tropas federales, me cubrió la cara con un movimiento rápido de la mano mientras que con la otra bajaba la cortina de la ventanilla. Yo estaba adormecido y su movimiento me hizo abrir los ojos: entreví una sombra alargada, colgada de un poste. La visión fue muy rápida y antes de que me diese cuenta de lo que había visto, se desvaneció. Tendría entonces unos seis años y al recordar este incidente mientras veía la interminable llanura de la India, pensé en las matanzas de 1947 entre los hindúes y los musulmanes. Matanzas a la orilla de un ferrocarril, lo mismo en México que en la India... Desde el principio, todo lo que veía provocaba en mí, sin que yo me lo propusiese, la aparición de imágenes olvidadas de México. La extrañeza de la India suscitaba en mi mente la otra extrañeza, la de mi propio país. Los versos de Milton y su exotismo se fundían con mi propio e íntimo exotismo de mexicano. Acababa de escribir *El laberinto de la soledad*, tentativa por responder a la pregunta que me hacía México; ahora la India dibujaba ante mí otra interrogación aún más vasta y enigmática.

Me instalé en Nueva Delhi en un hotel pequeño y agradable. Nueva Delhi es irreal, como lo son la arquitectura gótica levantada en Londres el siglo pasado o la Babilonia de Cecil B. de Mille. Quiero decir: es un conjunto de imágenes más que de edificios. Su equivalente estético no está tanto en la arquitectura como en la novela: recorrer esa ciudad es pasearse por las páginas de una obra de Victor Hugo, Walter Scott o Alexandre Dumas. La historia y la época son distintas pero el encanto es el mismo. Nueva Delhi no fue edificada lentamente, a través de los siglos y la inspiración de sucesivas generaciones, sino que, como Washington, fue planeada y construida en unos pocos años por un arquitecto: sir Edwin Lutyens. A pesar del eclecticismo del estilo –una visión pintoresca de la arquitectura europea clásica y de la india– el conjunto no es sólo atractivo sino, con frecuencia, imponente. Las grandes moles marmóreas del antiguo palacio virreinal, hoy residencia del presidente de la república (Rashtrapati Bhawan), tienen grandeza. Sus jardines de estilo mogol son de un trazo perfecto y hacen pensar en un tablero de ajedrez en el que cada pieza fuese un grupo de árboles o una fuente. Hay otros edificios notables en el mismo estilo híbrido. El diseño de la ciudad es armonioso: anchas avenidas plantadas de hileras de árboles, plazas circulares y una multitud de jardines. Nueva Delhi fue concebida como una ciudad-jardín. Por desgracia, en mi última visita, en 1985, me sorprendió su deterioro. El excesivo crecimiento de la población, los autos, el humo que despiden y los nuevos distritos, casi todos construidos con materiales baratos y en un estilo chabacano, han afeado a Nueva Delhi. Sin embargo, en ciertas secciones se han levantado algunas construcciones hermosas; por ejemplo, la Embajada de los Estados Unidos. También hay otra, más pequeña y menos conocida: la de Bélgica, imaginativa creación de Satish Gujrat, un notable pintor convertido en arquitecto y que se ha inspirado en la pesada arquitectura, no exenta de grandeza, de Tughlakabad (siglo XIV)[1].

Nueva Delhi es la última de una serie de ciudades edificadas en la misma área. La más antigua, de la que no quedan vestigios, se llamó Indrapashta, según se dice en el poema épico Mahabharata. Se supone que floreció mil quinientos años antes de Cristo. La ciudad que precedió a Nueva Delhi fue obra del emperador Shah Jahán, nieto de Akbar y al que le debemos el Taj Mahal, de fama universal. *Old Delhi*, como se llama ahora a la ciudad de Shah Jahán, aunque dañada por la plétora de habitantes y la pobreza, contiene edificios muy hermosos, por desgracia maltratados por el tiempo y la incuria. Sus calles y callejuelas hirvientes de vida popular evocan lo que podrían haber sido las grandes ciudades del Oriente en los siglos XVII y XVIII, tal como las describen los relatos de los viajeros europeos. El Fuerte Rojo, a la orilla del ancho río Yamuna, es poderoso como una fortaleza y gracioso

---

1. Sus ruinas, grandiosas y severas, pueden verse en las cercanías de Delhi.

como un palacio. En sus vastas salas, sus jardines y sus espejos de agua, la soberana es la simetría. Casi todos los grandes monumentos de Delhi pertenecen al arte islámico: mezquitas, mausoleos, minaretes. Para ver al gran arte hindú hay que salir de Delhi. Pero yo no pude viajar mucho durante esta primera estancia en la India, que apenas duró unos meses. El implacable señor Tello volvió a cambiarme, en esta ocasión a Tokio. Pero ésa es otra historia.

Es difícil encontrar una torre que reúna cualidades tan opuestas como la altura, la solidez y la esbelta elegancia del Kutb Minar (siglo XIII). El color rojizo de la piedra, contrastado con la transparencia del aire y el azul del cielo, le dan al monumento un dinamismo vertical, como un inmenso cohete que pretendiese perforar las alturas. Es una «torre de victoria», bien plantada en el suelo y que asciende, inflexible, prodigioso árbol pétreo. Parece que la construcción original fue obra de Prithvi Raj, el último rey hindú de Delhi. La torre era parte de un templo que albergaba también al famoso Pilar de Hierro, que ostenta una inscripción del período gupta (siglo IV). No menos hermoso pero más sereno, como si la geometría hubiese decidido transformarse en agua corriente y columnatas de árboles, es el mausoleo del emperador Humayun. Como en los otros mausoleos musulmanes, nada en ese monumento recuerda a la muerte. El alma del difunto ha desaparecido, ida al transmundo, y su cuerpo se ha vuelto un montoncito de polvo. Todo se ha transformado en una construcción hecha de cubos, medias esferas y arcos: el universo reducido a sus elementos geométricos esenciales. Abolición del tiempo convertido en espacio y el espacio en un conjunto de formas simultáneamente sólidas y ligeras, creadoras de otro espacio hecho, por decirlo así, de aire. Edificios que han durado siglos y que parecen un parpadeo de la fantasía. Un orden del que ha desaparecido, como en el poema de Baudelaire, «el vegetal irregular», salvo como estilización para decorar un muro. El mausoleo puede compararse a un poema compuesto no de palabras sino de árboles, estanques, avenidas de arena y flores: metros estrictos que se cruzan y entrecruzan en ángulos que son rimas previstas y, no obstante, sorprendentes.

En la arquitectura islámica nada es escultórico, exactamente lo contrario de lo que ocurre en la hindú. Uno de los grandes atractivos de esos edificios es que están rodeados de jardines regidos por una geometría hecha de variaciones que se repiten regularmente. Combinación de prados y avenidas de arena bordeadas de árboles. Entre las avenidas de palmeras y los prados multicolores, inmensos estanques rectangulares que reflejan, según la hora y los cambios de la luz, diferentes aspectos de los edificios inmóviles y de las nubes viajeras. Juegos incansables, siempre distintos y siempre los mismos, de la luz y del tiempo. El agua cumple una doble y mágica función: reflejar al mundo y disiparlo. Vemos y, después de ver, no nos queda sino un puñado de imágenes que se fugan. No hay nada aterrador en esas tumbas: nos dan la sensación de infinitud y pacifican al alma. La simplicidad y la armonía de sus formas satisfacen una de las necesidades más profundas de nuestro espíritu: el anhelo de orden, el amor a la proporción. Al mismo tiempo, exaltan a nuestra fantasía. Esos monumentos y esos jardines nos incitan a soñar y a volar. Son alfombras mágicas.

Nunca olvidaré una tarde en una mezquita minúscula, a la que penetré por casualidad. No había nadie. Los muros eran de mármol y ostentaban inscripciones del Corán. Arriba, el azul de un cielo impasible y benévolo, sólo interrumpido, de vez en cuando, por una bandada verde de pericos. Pasé un largo rato sin hacer ni pensar en nada. Momento de beatitud, roto al fin por el pesado vuelo circular de los murciélagos. Sin decirlo, me decían que era hora de volver al mundo. Visión del infinito en el rectángulo azul de un cielo sin mácula. Años más tarde, en Herat, tuve una experiencia semejante. No en una mezquita sino en el balcón de un minarete en ruinas. Quise fijarla en un poema. Reproduzco las líneas finales porque, quizá, dicen mejor y más simplemente lo que yo ahora quiero decir al recordar esas experiencias:

>  No tuve la visión sin imágenes,
> no vi girar las formas hasta desvanecerse
> en claridad inmóvil,
> el ser ya sin substancia del sufí.
> No bebí plenitud en el vacío...
> Vi un cielo azul y todos los azules,
> del blanco al verde
> todo el abanico de los álamos,
> y sobre el pino, más aire que pájaro,
> el mirlo blanquinegro.
> Vi al mundo reposar en sí mismo.
> Vi las apariencias.
> Y llamé a esa media hora:
> Perfección de lo Finito.

A pesar de la brevedad de mi estancia, hice algunas amistades. Los indios son hospitalarios y cultivan la olvidada religión de la amistad. Muchas de esas relaciones duran todavía, salvo aquellas rotas por la muerte.

Sería fastidioso mencionar a todos esos amigos y amigas pero debo hacer tres excepciones: J. Kripallani y su mujer, sobrina del poeta Tagore, me iniciaron en la moderna literatura en hindi y en bengalí. Creo que a ellos les debo –¿o fue a Henri Michaux?– el haber conocido a Lokenath Bhattacharya, autor de cuentos y textos en los que, en un estilo simple, logra evocar la realidad menos tangible: la ausencia. Narayan Menon, notable musicólogo y amante de la poesía, me introdujo con tacto, paciencia y sabiduría en dos artes complejas y sutiles: la música y la danza; en fin, tuve la suerte de ayudar a un joven pintor de talento, Satish Gujrat, para que fuese a México becado. Invitado por mis amigos y bajo su dirección comencé a frecuentar los conciertos de música y de danza. Muchos de ellos en los hermosos jardines del Delhi de aquella época. Las dos artes me entreabrieron las puertas de las leyendas, los mitos y la poesía; al mismo tiempo me dieron una comprensión más cabal de la escultura que, a su vez, es la clave de la arquitectura hindú. Se ha dicho que la arquitectura gótica es música petrificada; puede decirse que la arquitectura hindú es danza esculpida.

Pero en esta ocasión apenas si le di un vistazo al arte indio. Mi visita fue interrumpida cuando apenas comenzaba. Hice de nuevo mis maletas y tomé el primer avión disponible. Me esperaba una experiencia no menos fascinante: la del Japón.

REGRESO

Once años más tarde, en 1962, regresé a Delhi como embajador de mi país. Permanecí un poco más de seis años. Fue un período dichoso: pude leer, escribir varios libros de poesía y prosa, tener unos pocos amigos a los que me unían afinidades éticas, estéticas e intelectuales, recorrer ciudades desconocidas en el corazón de Asia, ser testigo de costumbres extrañas y contemplar monumentos y paisajes. Sobre todo, allá encontré a la que hoy es mi mujer, Marie José, y allá me casé con ella. Fue un segundo nacimiento. Juntos recorrimos varias veces el subcontinente. En mi primer viaje había tenido ocasión de visitar Birmania y Tailandia. En el segundo, Vietnam, Camboya y Nepal. Además, era embajador ante los gobiernos de Afganistán y de Ceilán, de modo que pasamos largas temporadas en esos dos países. Cuando la situación internacional lo permitía, viajábamos en automóvil de Nueva Delhi a Kabul, a través de Pakistán. Así pudimos visitar varias veces a Lahore y a otras ciudades, sin excluir naturalmente las venerables ruinas de Taxila. Al atravesar el Indo, nos salían al encuentro grupos de álamos y de chopos, árboles mediterráneos que nosotros saludábamos al pasar con el gesto que hacemos al encontrarnos con unos amigos a los que no se ha visto desde hace mucho. En Peshawar se tiene el primer contacto con los pathanes, raza guerrera y caballeresca. Más tarde, al internarse en Afganistán, aparecen nómadas como los khoji y, hacia la frontera con la antigua Unión Soviética, los uzbekos. Peshawar fue una ciudad ilustre en la historia del budismo. Quedan en las inmediaciones varias estupas y otros restos arquitectónicos pero la religión ha desaparecido, suplantada por el islam. En cambio, en el museo descubrimos el arte de los kafires, impresionantes esculturas en madera de héroes a pie o a caballo. Los kafires son un pueblo indoeuropeo que resistió a todas las invasiones por más de tres mil años y que aparece en uno de los mejores cuentos de Kipling: *The Man who could be King*[1]. Volvimos a ver esculturas semejantes en el museo de Kabul, que contenía también admirables piezas del arte grecobudista. Uso el tiempo pasado porque no sé si la guerra que ha asolado a ese país no ha destruido también esos tesoros.

De Peshawar al Khyber Pass: las incontables invasiones de más de tres milenios pero, sobre los vagos recuerdos históricos, la realidad de la imaginación humana: Kipling, sus cuentos, sus novelas, sus poemas. Viejas tierras de Gandhara, donde han chocado ejércitos y religiones, ¿qué es lo que ha quedado de toda esa sangre derramada y de todas esas disputas filosóficas y religiosas? Apenas un puñado de fragmentos, a veces admirables y otras curiosos: la cabeza de un bodisatva que podría ser un Apolo, un relieve arrancado a un santuario, una procesión de guerreros kushanes e indogriegos, algunos con los rostros desfigurados por el celo musulmán, un torso, una mano, pedazos adorables de cuerpos femeninos corroídos por los siglos. Si se interna uno más en el país, se puede ver, no lejos de Bamian, famosa por sus Budas gigantescos, un montón de piedras de lo que fue la llamada Ciudad Roja, enteramente demolida por Gengis Khan. La visita a Balk (la antigua Bactria) es decepcionante: el tiempo, las guerras y la incuria han destruido hasta las ruinas. Pero es hermoso transitar

---

1. Hoy la región que habita ese pueblo, en las montañas del Hindukush, se llama Nuristán (Tierra de la Luz). Fue convertido, a sangre y fuego, en 1895, a la religión del Profeta. *Kafir* significa «infiel», de modo que el nombre que los musulmanes daban a esta región, *Kafiristán*, significa «Tierra de infieles». Los kafires son indoeuropeos y, hasta que fueron vencidos por los afganos, profesaron el politeísmo, con un panteón de divinidades semejante al de los griegos, romanos, celtas y germanos. Un detalle curioso: el uso de la silla, inhabitual en los pueblos asiáticos.

por ese país de gente noble, montañas peladas y pequeños valles feraces. Contemplar el Amu-Darya (el Oxus de Herodoto) y ver correr sus aguas poderosas calma al espíritu: el agua es más fuerte que la historia. O como dice el poeta chino: «el imperio se rompe, quedan montes y ríos». En aquellos días, la Misión Arqueológica Francesa había descubierto los restos de una *Alejandría sobre el Oxus*, una más entre las ciudades de ese nombre que fundó Alejandro a su paso por aquellas tierras.

También viajamos mucho por el sur de la India: Madrás, Mahabalipuram, Madurai, Tanjore, Chidambaram. Muchos de estos nombres aparecen en mis poemas de esos años. Y el salto, los saltos, a Ceilán, que hoy llaman Sri Lanka. Allá visitamos Kandy, Anuradhapura y... ¿a qué seguir? Las enumeraciones son aburridas y ésta, además, no tiene mucho sentido. Pero a propósito de Ceilán debo contar una pequeña anécdota. En una de nuestras visitas, Marie José y yo pasamos una temporada en una casa que nos prestó un amigo de Colombo, construida en un promontorio frente al mar y desde la que se podía ver la fortaleza de Galle, fundada por los portugueses en el siglo XVI. La construcción actual, un poco posterior, es holandesa. En las cercanías hay una ensenada sobre la que cae, azul y blanco, un chorro de agua potable que mana entre las rocas. Allí los barcos portugueses se detenían para proveerse de agua fresca. A un paso, separado apenas por una colina que atraviesa un sendero, hay un pequeño pueblo de pescadores y, medio escondido entre los cocoteros, un minúsculo templo budista, atendido por una docena de monjes, casi todos jóvenes y risueños. La arena de la playa es fina y dorada, las aguas azules y verdes, translúcidas; en el fondo, pueden verse formaciones rosadas de corales. Un lugar paradisíaco y, en aquella época, solitario. Cuál no sería mi sorpresa cuando, un año después, me enteré de que Pablo Neruda había vivido en ese lugar treinta años antes y de que, según le cuenta a un amigo en una carta, lo había encontrado abominable. El hombre es los hombres; cada uno de nosotros es distinto. Y sin embargo, todos somos idénticos.

He mencionado todos estos nombres como si fuesen talismanes que, al frotarlos, reviven imágenes, rostros, paisajes, momentos. También como certificados: son un testimonio de que mi educación india duró varios años y no fue meramente libresca. Aunque estuvo lejos de ser completa —temo haberme quedado en los rudimentos— me ha marcado hondamente. Ha sido una educación sentimental, artística y espiritual. Su influencia puede verse en mis poemas, en mis escritos en prosa y en mi vida misma.

En esta segunda estancia tuvimos varios amigos. Sería fastidioso mencionarlos a todos pero, por lo menos, tengo que recordar a J. Swaminatham, pintor y poeta, espíritu que unía la originalidad de la visión al rigor intelectual. Al inteligente Sham Lal, gran conocedor tanto del pensamiento moderno occidental como de la tradición filosófica de la India, especialmente de la budista. A Krishnan Khannan, pintor de volúmenes sólidos y equilibrados. Al ensayista político Romesh Thapar, hombre de gran vitalidad y perspicacia intelectual, y a su mujer, Raj, no menos aguda y vivaz; a su hermana, la conocida historiadora Romila Thapar; a la novelista Ruth Jhalavala, conocida no sólo por sus inteligentes adaptaciones al cine de varias novelas de Forster sino por sus propias obras; a Kushwant Singh, inquieto periodista y autor de una historia de los sikhs en dos volúmenes; al pintor Husain, el más viejo y el más joven de los pintores indios, con un pie en la vanguardia y el otro en la tradición; a dos poetas notables, Agyega (S. Vatsyanan), patriarca de la poesía hindi, y a un joven que murió demasiado joven, Shrikant Verma. Una noche, exactamente el 16 de noviembre de 1985, durante nuestra última visita a la India, Sham Lal reunió a un grupo de amigos en su casa. Había leído *Renga*, un poema que, en 1969, habíamos escrito en París cuatro poetas (Charles Tomlinson, Jacques Roubaud, Edoardo Sanguineti y yo). Se le ocurrió que la experiencia podía repetirse, ahora con poetas de lengua hindi. Aceptamos y sobre la marcha distribuyó hojas de papel entre Agyega, Verma y yo. Nuestro poema está compuesto, siguiendo la tradición de la poesía en urdu y en hindi, por una estrofa de seis versos más dos finales a manera de conclusión. El primer verso fue escrito por mí, en español; el segundo y el tercero por Agyega, en hindi; el cuarto y el quinto por Verma, también en hindi; y el sexto de nuevo por mí, en español. Los dos últimos versos, la coda, fueron escritos tres veces por los tres poetas, de modo que el poema tiene tres finales distintos. Lo publico ahora en recuerdo de Shrikant Verma, que murió en plena juventud:

*Poema de la amistad*

O. P.   La amistad es un río y un anillo.
A.   El río fluye a través del anillo.
   El anillo es una isla en el río.
S. V.   Dice el río: antes no hubo río, después sólo río.
   Antes y después: lo que borra la amistad.
O. P.   ¿Lo borra? El río fluye y el anillo se forma.
A.   La amistad borra al tiempo y así nos libera.
   Es un río que, al fluir, inventa sus anillos.

S. V.   En la arena del río se borran nuestras huellas.
        En la arena buscamos al río: ¿dónde te has ido?
O. P.   Vivimos entre olvido y memoria: este instante
        es una isla combatida por el tiempo incesante.

También tuvimos amigos músicos, como Chatur Lal, gran maestro de la *tabla* y que bebía más whisky que un escocés. Y los pintores: Gaytonde, cuyos paisajes abstractos, sin parecerse a la realidad, eran crepúsculos de Bombay; J. Kumar, hombre sonriente y artista de construcciones severas; Ambadas, que ahora vive en Noruega... Y a dos mujeres notables. Una: Pupul Jayakar, conocida y reconocida autora de varios y hermosos libros, indispensables para todo aquel que desee conocer un aspecto de la tradición india: su fascinante arte popular. La otra es Usha Bhagat, gran conocedora de la música popular del norte. Imposible no recordar a un catalán hindú, a un tiempo teólogo y ave viajera en todos los climas, de Benarés a Santa Bárbara, California: Raimon Panikkar. Hombre de inteligencia eléctrica y con el que discutí muchas horas, no como podría suponerse sobre alguna doctrina de Santo Tomás o un pensamiento de Pascal, sino en torno a algún punto controversial del Gita o de un sutra budista. Nunca he oído a nadie atacar con la furia dialéctica de Panikkar a la herejía budista... desde la ortodoxia de Shankara. Otro conversador de razones afiladas: Nirad C. Chaudhuri. Un gnomo, un duendecillo que, apenas abre la boca, cautiva nuestra atención con sus ocurrencias, sus reflexiones agudas e impertinentes, sus opiniones arbitrarias, su cultura y sus sarcasmos, su valiente, descarada sinceridad. Chaudhuri es el autor de una obra maestra, *Autobiography of an Unknown Indian*, y de varios libros de ensayos cáusticos y penetrantes sobre su país y sus compatriotas. Su último libro, *Thy Hand, Great Anarch! India, 1921-1952* (Londres, 1987), un volumen de más de novecientas páginas, es quizá demasiado prolijo para un extranjero que no se interese demasiado en los detalles e intimidades de la política india, pero contiene páginas admirables y que iluminan con otra luz, más cruel pero más real, la historia moderna de la India. El capítulo final, «Credo ut Intelligam», es un testamento filosófico y moral que, simultáneamente, nos conmueve y nos hace pensar.

Conocí a Raja Rao, el novelista y ensayista, en 1961, en París, en casa del poeta Yves Bonnefoy, un poco antes de mi segundo viaje a la India. La noche de nuestro encuentro descubrimos que a los dos, aunque por razones distintas, nos interesaba la herejía cátara. A él, por ser un espíritu filosófico y religioso; a mí, por la relación –a mi juicio muy tenue y meramente circunstancial– entre el catarismo y el amor cortés. Nos hicimos amigos y en cada uno de sus viajes a Delhi –era profesor en una universidad norteamericana– no dejaba de visitarme. Después, nos hemos visto en distintos sitios. La última vez fue en Austin, en un festival de poesía. Lo presenté con el poeta Czeslaw Milosz, también profundamente religioso y de temperamento filosófico. Simpatizaron inmediatamente y se embarcaron en largos y arduos diálogos. Al oírlos, recordé la anécdota: después de la batalla final que profetizan los libros santos, entre los escombros y los cadáveres, avanzan dos hombres, los únicos sobrevivientes. Apenas se encuentran, comienzan a discutir. Uno es un hindú adepto del Vedanta; el otro, un cristiano, un tomista. Al ver al hindú, el cristiano repite: el mundo es un accidente; nació del *fiat lux* divino; fue creado y, como todo lo que tiene un principio, tendrá un fin: la salvación está más allá del tiempo. El otro responde: este mundo no tuvo principio ni tendrá fin; es necesario y autosuficiente; no lo alteran los cambios; es, ha sido y será siempre idéntico a sí mismo. No se sabe cómo terminó el diálogo. Mejor dicho: el diálogo continúa…

Pues bien, a fines de 1963, recibí un telegrama de Bruselas en donde se me anunciaba que me habían otorgado el Premio Internacional de Poesía de Knokke le Zoute. En aquellos días aquel premio gozaba de prestigio. No era un premio popular; pocos conocían su existencia pero para esos pocos –los únicos que me interesaban de verdad– era, más que una distinción, una suerte de confirmación. Se lo habían concedido a Saint-John Perse, a Ungaretti y a Jorge Guillén. La noticia me conturbó. Desde mi adolescencia escribía poemas y había publicado varios libros pero la poesía había sido siempre, para mí, un culto secreto, oficiado fuera del circuito público. Jamás había obtenido un premio y jamás lo había pedido. Los premios eran públicos; los poemas, secretos. Aceptar el premio, ¿no era romper el secreto, traicionarme? Estaba en estas congojas cuando se presentó Raja Rao. Le conté mi cuita. Me oyó, movió la cabeza y me dijo: yo no puedo darle un consejo pero conozco a alguien que podría dárselo. Si usted acepta mi sugerencia, mañana lo llevaré con esa persona. Acepté, sin preguntar nada más. Al día siguiente, temprano por la tarde, pasó por mí y me llevó a una modesta casa, en las afueras de Delhi. Era un *ashram*, un lugar de retiro y meditación. La directora espiritual era una mujer muy conocida en ciertos círculos, la madre Ananda Mai.

El *ashram* era modesto, sobrio sin severidad y más parecido a un colegio que a un convento. Cruzamos un pequeño patio con dos prados mustios y dos arbolillos. Había una puerta abierta y por ella entramos en una salita. Había una docena de personas, las sillas distribuidas en semicírculo. Al fondo, en el centro, sentada en el suelo, una mujer de unos cincuenta años, morena, el pelo negro suelto, los ojos hondos y líquidos, los labios gruesos y bien dibujados, los hoyos de la nariz anchos, como hechos para respirar profundamente, el cuerpo pleno y poderoso, las manos elocuentes. Vestía un sarí de algodón azul obscuro. Nos recibió con una sonrisa –conocía a Rao desde hacía tiempo– y nos indicó con un gesto que tomásemos asiento. La conversación, interrumpida por nuestra llegada, continuó. Hablaba en hindi pero también en inglés cuando su interlocutor era un extranjero. Hablaba jugando con las naranjas de una cesta cercana. De pronto, me miró, sonrió y me lanzó una naranja, que yo atrapé al vuelo y guardé. Me di cuenta de que se trataba de un juego y de que ese juego encerraba cierto simbolismo. Tal vez quería decir que lo que llamamos *vida* es un juego y nada más. Ananda comenzó a hablar en inglés y dijo: con frecuencia me preguntan quién soy. Y yo les contesto: soy una muñeca, la muñeca de cada uno de ustedes. Soy lo que ustedes quieren que sea. En realidad, no soy nadie. Una mujer como las otras. Pero la muñeca que ustedes llaman Ananda, la madre, es una hechura suya. Soy su juguete... Háganme la pregunta que deseen pero de antemano les digo que la respuesta no será mía sino de ustedes. Es como un juego que consiste en que cada uno se responde a sí mismo.

Hubo varias preguntas –había cuatro o cinco europeos y norteamericanos, entre ellos dos mujeres– hasta que llegó mi turno. Antes de que pudiese hablar, Ananda me interrumpió: «Ya Raja Rao me contó su pequeño problema». «¿Y qué piensa usted?», le dije. Se echó a reír: «¡Qué vanidad! Sea humilde y acepte ese premio. Pero acéptelo sabiendo que vale poco o nada, como todos los premios. No aceptarlo es sobrevalorarlo, darle una importancia que tal vez no tiene. Sería un gesto presuntuoso. Falsa pureza, disfraz del orgullo... El verdadero desinterés es aceptarlo con una sonrisa, como recibió la naranja que le lancé. El premio no hace mejores a sus poemas ni a usted mismo. Pero no ofenda a los que se lo han concedido. Usted escribió esos poemas sin ánimo de ganancia. Haga lo mismo ahora. Lo que cuenta no son los premios sino la forma en que se reciben. El desinterés es lo único que vale...». Una vieja señora alemana quiso intervenir pero Ananda la disuadió con estas palabras: «Por hoy hemos terminado...». Yo esperaba que, como sucede en otras congregaciones, la sesión terminase con el canto de algún himno. No fue así: sin mucha ceremonia dos ayudantes de Ananda nos invitaron a salir. Algunos se quedaron en el patio, esperando sin duda una entrevista privada. Raja

Rao me tomó por el brazo y, al llegar a nuestro coche, me preguntó: «¿Está usted contento?». Repuse: «Sí, sí lo estoy. No por el premio: por lo que oí...». Rao agregó: «No sé si se habrá fijado que Ananda se limitó a repetir la doctrina del Gita». No, no me había dado cuenta. Sólo años más tarde comprendí: dar y recibir son actos idénticos si se realizan con desinterés.

Las palabras de Ananda Mai me animaron a aceptar el premio. Al año siguiente, para recibirlo, viajé a Bélgica pero me detuve por unos días en París. Una mañana –azar, destino, afinidades electivas o como quiera llamarse a esos encuentros– me crucé con Marie José. Ella había dejado Delhi unos meses antes y yo ignoraba su paradero, como ella el mío. Nos vimos y, más tarde, decidimos volver juntos a la India. Recuerdo que una noche, un poco antes de mi salida de París, le conté a André Breton mi sorprendente encuentro y él me contestó citándome cuatro versos de un misterioso poema de Apollinaire (*La gitana*):

> Sabiendo que nos condenamos
> en el camino nos amamos;
> lo que nos dijo la gitana
> lo recordamos abrazados[1].

Nosotros, Marie José y yo, no obedecimos al oráculo de una gitana y nuestro encuentro fue un reconocimiento. Cierto, vivir es una condena pero asimismo es una elección, es determinismo y es libertad. En el encuentro de amor los dos polos se enlazan en un nudo enigmático y así, al abrazar a nuestra pareja, abrazamos a nuestro destino. Yo me buscaba a mí mismo y en esa búsqueda encontré a mi complemento contradictorio, a ese tú que se vuelve yo: las dos sílabas de la palabra *tuyo*... Pero no escribo unas memorias: estas páginas, aunque rozan la autobiografía, son una introducción a mis tentativas por responder a la pregunta que hace la India a todo aquel que la visita. Prosigo; mis obligaciones oficiales me llevaron también a tratar a varios políticos. Entre ellos recuerdo sobre todo a Nehru. Fue en los últimos años de su vida. A pesar de su visible cansancio, me sorprendió siempre su elegancia: inmaculadamente vestido de blanco y una rosa en el ojal. No era difícil adivinar que sus dos grandes pasiones habían sido la política y las mujeres. Era un aristócrata y los años de lucha, las prisiones, las discusiones con sus compañeros y sus adversarios, su día-

---

1. Traducción mía.

rio frotarse con las multitudes o con la turba diplomática, nada había abolido sus buenas maneras, su porte y su sonrisa. Al llamarlo aristócrata pienso, primero, en sus orígenes: un brahmán de Cachemira, hijo de un padre célebre y rico, Motilal Nehru; en seguida, en su educación anglicana, que se convirtió en una segunda naturaleza. Nunca habló hindi sino urdu y el hindustani coloquial. Alguna vez, en 1931, Gandhi escribió lo siguiente sobre Nehru: «Es más inglés que indio en sus maneras de pensar y de vestir; con frecuencia se siente mejor entre ingleses que con sus compatriotas...». Nehru era un hombre de cultura occidental; ni en su pensamiento ni en sus palabras puede encontrarse una huella de simpatía o afinidad con la doble tradición religiosa india, la hindú y la musulmana. Le interesaba lo que hacían los artistas jóvenes: un buen día se presentó, para sorpresa nuestra, en la inauguración de una exposición en una galería desconocida, organizada por un grupo de jóvenes iconoclastas, encabezados por J. Swaminathan y para la que yo había escrito un pequeño prefacio. Al final vivió días amargos: el conflicto con China. Toda su política internacional en esos años, como puede verse a través de los discursos de Menon (pienso que fue su genio malo), se dirigía a crear un frente antioccidental, una de cuyas alas era la Organización de los Países No Alineados y la otra la del bloque socialista. ¿Se dio cuenta de su terrible error de cálculo...?

A Nehru lo traté poco. En cambio, frecuenté a Indira, su hija, primero cuando, a la muerte de su padre, era ministra de Información; después, cuando ocupó el puesto de primera ministra. Indira me consultaba a veces sobre asuntos de cultura y política latinoamericanas. Era una mujer reservada aunque afable; sus preguntas y sus observaciones eran sucintas y sobre asuntos concretos, lo contrario de su padre. Durante muchos años fue su confidente, su brazo derecho y su consejera. Extraña alianza del amor filial y la pasión política que, más tarde, se transformó en una mezcla aún más explosiva: el amor maternal y los intereses políticos. Primero exaltó y protegió a su hijo menor, Sanjay, al que preparó cuidadosamente para que la sucediese en el poder. Cuando Sanjay murió en un accidente de aviación, transfirió esos designios a su otro hijo, Rajiv, que a su muerte la sucedió. Indira pertenecía a una tradición democrática y moderna pero sus sentimientos profundos eran tradicionales: la familia. Aunque no era religiosa, estaba poseída por la pasión y la creencia de pertenecer a una estirpe predestinada (¡brahmanes de Cachemira!). No era una idea sino un sentimiento. Esta pasión nubló, al final, su claro entendimiento político y su realismo. Se había formado en las luchas internas y externas del Partido del Congreso. Esta experiencia y su instinto –llevaba en la sangre la política–

la hicieron vencer muchas veces a sus adversarios, veteranos del partido, hombres de prestigio como Morarji Desai, mayores que ella y reputados como grandes estrategas políticos. Pero su misma astucia la perdió: para vencer a sus enemigos en el Punjab, que eran miembros de su propio partido, alentó a los extremistas que, más tarde, la asesinarían.

En 1984, cerca de dieciséis años después de haber dejado la India, fui invitado a impartir en Delhi la conferencia anual en memoria de Jawaharlal Nehru. La invitación había sido hecha por una sugerencia de Indira. Era una gran distinción que, además, nos daba la ocasión de regresar. Ese año había sido invitado también por la Japan Foundation. Decidí visitar primero el Japón, cumplir allá con mis compromisos, recorrer de nuevo ese país admirable y después viajar a Delhi. Estábamos en Kyoto mi mujer y yo cuando nos enteramos de que Indira había sido asesinada por dos de sus guardias personales, ambos sikhs. La noticia nos estremeció. A los pocos días, no sin dificultad, pude comunicarme con Delhi. Disturbios y matanzas habían sucedido al crimen; se decidió, como era natural, suspender la conferencia pero los funcionarios indios insistieron en que, de todos modos, volviese por dos semanas a Delhi. Encontramos a un país desgarrado. Para los sikhs, el gobierno indio era un cómplice de las maquinaciones hindúes en su contra; para los hindúes, la pasión religiosa se mezclaba al nacionalismo: el *sikhismo*, como religión, está muy cerca del islam. Las escenas brutales de 1947 se habían repetido, aunque por menos tiempo y limitadas a Delhi y a otras plazas fuertes del hinduismo. El populacho volvió a hacer de las suyas, se asesinó a muchos sikhs (no sabría decir a cuántos) y sus negocios fueron saqueados. Algunos de mis amigos, originarios de Punjab aunque no eran sikhs, culpaban a Indira: había sido la primera víctima de un conflicto provocado por ella misma. Creo que tenían razón: a mí me parece claro que Indira, movida por el demonio de la política, encendió el fuego que la quemó. Pero la verdad profunda era y es muy distinta; no puede reducirse a una cuestión de personas pues pertenece a la historia de ese país. Los indios lograron en el pasado crear una gran civilización; en cambio, no pudieron constituirse en una nación unificada ni crear un Estado nacional. Las fuerzas centrífugas de la India son viejas y poderosas; no han destrozado al país porque, sin proponérselo, se neutralizan unas a otras.

El nuevo primer ministro, Rajiv Gandhi, renovó la invitación. Di la conferencia en 1985, sin imaginarme que también él, un poco después, sería asesinado. Pasaron algunos años y a fines de 1993 tropecé –ésa es la palabra– con las veinte páginas de mi conferencia. Las releí y me di cuenta de su insuficiencia. Decidí, primero, ampliarlas; después, insatisfecho, escribí todo de nuevo. El resultado fue este pequeño libro. No son memorias: es un ensayo que se propone, con unas cuantas notas rápidas, contestar a una pregunta que rebasa las anécdotas personales: ¿cómo ve un escritor mexicano, a fines del siglo XX, la inmensa realidad de la India? Repito: no son memorias ni evocaciones; lo que viví y sentí durante los seis años que pasé en la India está en mi libro de poemas *Ladera este* y en un pequeño libro en prosa: *El mono gramático*. Ya lo he dicho en otra ocasión: un libro de poemas es una suerte de diario en el que el autor intenta fijar ciertos momentos excepcionales, hayan sido dichosos o desventurados. En este sentido, este libro no es sino una larga nota a pie de página de los poemas de *Ladera este*. Es su contexto, no vital sino intelectual.

Me doy cuenta de las lagunas de este ensayo. No solamente son numerosas sino inmensas. Por ejemplo, apenas si hablo de la literatura y, sobre todo, de los dos grandes poemas épicos, el Mahabharata y el Ramayana. Y algo no menos grave: no me ocupo de los cuentos, las fábulas y los apólogos. La influencia del *Pañchatantra* ha sido inmensa en los países árabes, en Persia y en Europa. Apenas si necesito recordar el libro de *Calila e Dimna*, traducido al español, al latín, al alemán, al francés y a otras lenguas. Varias de las fábulas de La Fontaine vienen del libro indio. Menos famosa pero, para mi gusto, más entretenida, es la colección llamada *Cuentos del vampiro*. Tenemos la fortuna de contar con una moderna traducción elegante y nítida de Louis Renou (Gallimard, Connaissance de l'Orient, 1963). Después, en 1979, apareció en la misma colección una notable traducción de Léon Verschaeve de una serie de relatos (*La Cité d'or*), extraídos del mismo libro a que pertenecen los cuentos del vampiro: *Océano donde desembocan los ríos de los cuentos*. También debo mencionar otro libro encantador: *Tales of Ancient India* (Chicago, 1950), traducción y selección de J. A. B. van Buitenen. En todos estos cuentos conviven, en mezcla sorprendente, dos géneros literarios netamente separados entre nosotros: el cuento de hadas y la novela picaresca, el didactismo y el libertinaje. Es un rasgo que aparece también en el carácter del pueblo indio: el realismo descarnado aliado a la fantasía delirante, la astucia refinada y la credulidad inocente. Parejas contradictorias y constantes en el alma india, como la sensualidad y el ascetismo, la avidez de bienes materiales y el culto al desinterés y la pobreza. Pero vuelvo a las lagunas de este libro: son muchas y van de la poesía, la filosofía y la historia a la arquitectura, la escultura y la pintura. El tema, por su inmensidad y por la variedad de asuntos que contiene, es rebelde a la síntesis. Además, está más allá de mi saber tanto como de mis intenciones. Por esto creo que su título define su carácter: *Vislumbres de la India*. Vislumbrar: atisbar, columbrar, distinguir apenas, entrever. Vislumbres: indicios, realidades percibidas entre la luz y la sombra. Todo esto puede resumirse en una frase: este libro no es para los especialistas; no es hijo del saber sino del amor.

# Religiones, castas, lenguas

## RAMA Y ALÁ

Lo primero que me sorprendió de la India, como a todos, fue su diversidad hecha de violentos contrastes: modernidad y arcaísmo, lujo y pobreza, sensualidad y ascetismo, incuria y eficacia, mansedumbre y violencia, pluralidad de castas y de lenguas, dioses y ritos, costumbres e ideas, ríos y desiertos, llanuras y montañas, ciudades y pueblecillos, la vida rural y la industrial a distancia de siglos en el tiempo y juntas en el espacio. Pero la peculiaridad más notable y la que marca a la India no es de índole económica o política sino religiosa: la coexistencia del islam y el hinduismo. La presencia del monoteísmo más extremo y riguroso frente al politeísmo más rico y matizado es, más que una paradoja histórica, una herida profunda. Entre el islam y el hinduismo no sólo hay oposición sino incompatibilidad. En el primero, la teología es simple y estricta; en el hinduismo, la variedad de sectas y doctrinas provoca mareo. Mínimo de ritos entre los musulmanes; proliferación de ceremonias entre los hindúes. El hinduismo es un conjunto de ceremonias complicadas y el islam es una fe simple y clara. El monoteísmo islámico afirma de modo categórico la preeminencia del uno: un solo Dios, una sola doctrina y una sola hermandad de creyentes. Cierto, el islamismo ha conocido y conoce divisiones pero no son tan profundas ni tan numerosas como las del hinduismo. Este último no sólo acepta la pluralidad de dioses sino de doctrinas (*darsanas*), sectas y congregaciones de fieles. Algunas de estas hermandades de creyentes –verdaderas religiones dentro de la gran religión pluralista que es el hinduismo– se acercan al monoteísmo cristiano, como la de los adeptos de Krishna; otras hacen pensar en el politeísmo original de los pueblos indoeuropeos: dioses guardianes del orden cósmico, dioses guerreros y dioses de la agricultura y del comercio. En un caso, un dios creador; en el otro, la rueda de las sucesivas eras cósmicas con su cortejo de dioses y humanidades.

Nada más distinto de los grandes libros religiosos, poéticos, históricos y jurídicos de los hindúes que los de los indios musulmanes; nada más opuesto también que sus estilos arquitectónicos, artísticos y literarios. ¿Son dos civilizaciones frente a frente en un territorio o son dos religiones en el seno de una civilización? Es imposible responder a esta pregunta. El hinduismo se originó en la India y es íntima, filial, su relación con la religión védica, que fue la de las tribus arias que se internaron en el subcontinente en el segundo milenio antes de Cristo. En cambio, el islamismo es una religión que vino de fuera, ya formada y con una teología a la que nada podía agregarse. Vino, además, como la fe de los ejércitos extranjeros que, desde el siglo VIII, irrumpieron en la India. Fue una religión impuesta. Pero fue algo más: el islam muy pronto echó raíces en la India y se convirtió en la fe de millones desde hace cerca de mil años. Durante todos estos siglos de convivencia, las dos comunidades han preservado su identidad. No hubo fusión. Sin embargo, muchas cosas unen a los indios musulmanes y a los hindúes: costumbres semejantes, lenguas, el amor al terruño, la cocina, la música, el arte popular, el vestido y, para acortar una enumeración que se volvería interminable, la historia. Ahora bien, la historia que los une, también los separa. He hablado de convivencia; debo agregar que esa convivencia ha sido una larga rivalidad, hecha de sospechas, amenazas y luchas sordas que se han transformado, con frecuencia, en encuentros sangrientos.

Las primeras incursiones de guerreros musulmanes ocurren en 712, en la provincia de Sind. Al principio se trataba de expediciones de pillaje; estas incursiones pronto se convirtieron en verdaderas invasiones de conquista. A la ocupación del Punjab sucedió la fundación del sultanato de Delhi (1206). El sultanato fue ocupado sucesivamente, hasta su desaparición en el siglo XVI, por varias dinastías, todas de origen turco. Los conquistadores y sus descendientes dejaron casi intacta la fábrica social, de modo que en los pueblos y villorrios la vida no cambió sensiblemente. En las ciudades el gran cambio fue el desplazamiento de los antiguos grupos dirigentes –brahmanes, chatrias, comerciantes ricos– sobre los que fue superpuesta la nueva aristocracia turca. Fue un cambio religioso, político y económico, consecuencia de una victoria militar, que no afectó a las estructuras sociales básicas. Las conversiones al islam fueron numerosas. La política de los sultanes fue la de mantener el *statu quo*, ya que la mayoría de la población era hindú y la conversión por la espada, como pretendían los ortodoxos, habría provocado únicamente graves disturbios. Al mismo tiempo, los sultanes y la nobleza «buscaron siempre conservar su posición predominante no sólo sobre los nativos que no eran musulmanes sino sobre los indios que habían adoptado la fe islámica e incluso sobre los turcos musulmanes que venían de regiones lejanas de la suya»[1].

---

1. Véase S. M. Ikram, *Muslim Civilization in India*, Nueva York, Columbia University Press, 1964.

El sultanato de Delhi, aunque desgarrado por luchas intestinas y rebeliones de nobles ambiciosos, fue el centro del mundo musulmán. Su apogeo coincidió con la general decadencia islámica y con la gran catástrofe que acabó con el califato: la conquista y el saqueo de Bagdad por las tropas de Gengis Khan (1258). Delhi se convirtió en el gran centro de atracción del mundo islámico y muchos intelectuales y artistas encontraron refugio en la nueva capital. Sin embargo, y «a despecho de la eminencia cultural de Delhi, no puede decirse que el sultanato haya sido un período, en la esfera de la ciencia y la filosofía, comparable a los de Bagdad y Córdoba»[1]. En efecto, Delhi no tuvo ni un Averroes ni un Avicena. El gran período creador del islamismo había concluido. Ésta es una de las paradojas históricas de la India musulmana: su apogeo coincide con la decadencia de la civilización islámica. Hubo, sí, poetas de gran distinción, como Amir Khusrú, que escribió en persa y en hindi. También fue notable la contribución musulmana en el campo de la historia, un género prácticamente ausente en la literatura hindú. No menos importante que la historia –y acaso más significativa desde el punto de vista de las relaciones entre la cultura hindú y la musulmana– fue la música. Es sabido que la música hindú influyó profundamente en la árabe y en la del Asia central. Por esto dije, más arriba, que entre las cosas que unían a las dos comunidades se encuentra el arte musical. Exactamente lo contrario de lo que ocurrió en la arquitectura y en la pintura. Compárese Ellora con el Taj Mahal o los frescos de Ajanta con las miniaturas mogoles. No estamos ante estilos artísticos distintos sino ante dos visiones del mundo.

¿Y la conversión de los nativos? Ya indiqué que millones abrazaron la nueva fe. Casi todos los conversos pertenecían a las castas bajas. El fenómeno de la conversión se explica, como en el caso de México, por la combinación de varias circunstancias: la primera, de orden político y militar, fue la conquista; en seguida, el islam abría la posibilidad de liberarse de la cadena de los renacimientos sucesivos (la terrible ley kármica), una liberación que no sólo era religiosa sino social: el converso ingresaba en la fraternidad de los creyentes; la tercera, en fin, la acción de los misioneros musulmanes. Los sufíes predicaron con celo –como los misioneros de Nueva España– en dos regiones que hoy están gobernadas por regímenes oficialmente islámicos: Pakistán y Bangladesh. En el misticismo sufí hay una vena panteísta que tiene ciertas afinidades con el hinduismo. Entre el siglo XIII y el XV, es decir, durante el sultanato de Delhi, tres órdenes de

---

1. S. M. Ikram, *op. cit.*

sufíes emigraron a India[1]. Sus miembros ejercieron una profunda influencia, tanto en los musulmanes como en los hindúes; a su vez, muchos entre ellos hicieron suyo el monismo panteísta de los místicos y poetas hindúes: todo es Dios y unirse al todo es unirse a Dios. Una doctrina claramente herética para el pensamiento ortodoxo musulmán: entre Dios y sus criaturas hay un abismo infranqueable. La lucha entre la ortodoxia (*sharia*) y el misticismo sufí ha marcado hondamente la literatura religiosa del islam. Su caso no es único: una tensión análoga ha opuesto la Iglesia de Roma a los movimientos místicos del cristianismo occidental, de San Francisco de Asís a San Juan de la Cruz.

La tradición sufí, durante el sultanato de Delhi, es rica en figuras notables, como el famoso Nizam ud-din, todavía venerado en un mausoleo de Delhi que conserva también los restos del poeta Amir Khusrú, que fue su amigo. Pero el sufismo de ese período no traspasó los límites de la ortodoxia. El fin del sultanato es el de la fusión entre el misticismo hindú y el sufí. Entre los hindúes surge un movimiento de devoción popular hacia un dios personal. Esa deidad personal encarna para el creyente lo absoluto. Unirse a la deidad es alcanzar la liberación (*moksha*) o, al menos, gozar de la experiencia de lo divino. No es extraño que la devoción popular (*bhakti*) haya suscitado, en toda la India, poemas, cantos y danzas. En cambio, fue pobre en especulaciones filosóficas y teológicas, lo contrario de la tradición brahmánica. En la *bhakti* se llega a lo divino no por la razón sino por el amor. Las tres deidades en que se concentraron esos cultos fueron Vishnú, Shiva y Devi, la Gran Diosa en sus diferentes manifestaciones. El culto a Vishnú, a la vez, adoptó dos formas: la devoción a Krishna o a Rama, ambos avatares del dios.

En estos movimientos en los que el panteísmo se funde al culto de un dios personal, no es imposible encontrar ciertas huellas del sufismo. La gran diferencia, a mi juicio, es que la *bhakti*, impregnada de afectividad y de amor a la deidad como en el sufismo, es un monoteísmo matizado o, más bien, relativo. Al unirse con Krishna o con la Diosa, el devoto se une con una manifestación de lo absoluto, no con un Dios creador. Krishna no es un dios único, excluyente de otras divinidades, como Alá en el islam. Sin embargo, la afirmación de que el camino hacia Dios no son ni los ritos, eje del hinduismo, ni el conocimiento, fundamento de todos los *darsanas*, sino el amor, tiene una indudable semejanza con las doctrinas sufíes. El antece-

---

[1]. Véase Peter Hardy, *Islam in Medieval India*, en *Sources of Indian Tradition*, Nueva York, Columbia University Press, 1966.

dente filosófico del sufismo, su origen, está en el pensamiento del español Ibn Arabi (1165-1240), que predicó la unión con Dios a través de sus creaciones. Las afinidades de Ibn Arabi con el neoplatonismo sólo son una vertiente de su poderoso pensamiento. Hay también un exaltado erotismo, como lo expresa su libro de poemas: *El intérprete del deseo*. La unión de los opuestos, trátese de lógica o de experiencia mística, también tiene un aspecto carnal y cósmico: la copulación entre el polo femenino y el masculino del universo. Poeta y filósofo, parece que Ibn Arabi experimentó una verdadera epifanía en la figura de una mujer persa, encontrada en La Meca y que le mostró el camino de la unión del amor humano con el divino. El amor abre los ojos al entendimiento, y el mundo de apariencias que es este mundo se transforma en un mundo de apariciones. Todo lo que tocamos y vemos es divino. Esta síntesis entre el panteísmo y el monoteísmo, es decir, entre la creencia en la divinidad de la creación (el mundo) y la creencia en un Dios creador, fue el fundamento, siglos después, del pensamiento de grandes poetas místicos de la India, como Tukaram y Kabir.

Un hecho revelador: todos esos poetas místicos escribieron y cantaron en lenguas vernáculas, no en sánscrito, persa o árabe. Tukaram (1598-1649), poeta hindú en lengua marathi, no teme referirse al islam en términos como éste: «El primero entre los grandes nombres es el de Alá...». En seguida, afirma su panteísmo: «Tú eres en el Uno... En (la visión del Uno) no hay ni yo ni tú...». La figura emblemática de estos movimientos es un poeta de casta inferior, un tejedor de Benarés, Kabir (1440-1518). Kabir era de origen musulmán. A diferencia de la mayoría de los otros poetas hindúes, profesó un deísmo estricto pero, sin duda para subrayar su tentativa de fusión de las dos religiones, llama a ese Dios único indistintamente con su nombre musulmán e hindú: Alá y Rama (Vishnú). Tagore tradujo los poemas de Kabir porque, con razón, veía en su poesía la fallida promesa de lo que la India pudo haber sido. Para un historiador moderno, Kabir fue «un pionero de la poesía devota en hindi, usando la lengua vernácula para popularizar temas religiosos recogidos en las tradiciones hindúes y musulmanas»[1]. Es cierto pero fue algo más: un gran poeta. Su visión fue unitaria: «Si Dios está en la mezquita, ¿a quién pertenece entonces este mundo?... Si Rama está en la imagen que tú adoras, ¿quién entonces puede saber lo que afuera sucede?... Kabir es el hijo de Alá y de Rama. Es mi *guru*, es mi *pir*». *Guru* es el término hindú para designar al maestro espiritual; *pir* es el nombre sufí.

---

1. V. Raghavan, *The Way of Devotion*, en *Sources of Indian Tradition*, Nueva York, Columbia University Press, 1960.

Este poderoso movimiento de devoción popular no encontró eco ni entre los filósofos y teólogos ni entre los políticos de las dos religiones. Así, no se transformó ni en una nueva religión ni en una política. En el movimiento *bhakti* estaba quizá el germen de la unión de las dos comunidades y del nacimiento de una nueva India.

El siglo XVI es el del gran cambio: Babur, descendiente por la línea paterna de Tamerlán y por la materna de Gengis Khan, un gran guerrero que fue también un gran organizador y un escritor notable, funda en 1526 el Imperio mogol. Fue la época del apogeo de la civilización islámica en la India, en los siglos XVI y XVII. La decadencia comienza a principios del XVIII. Sin embargo, aunque debilitado y desgarrado por disensiones intestinas, el imperio dura hasta el siglo XIX, cuando lo substituye la dominación inglesa. La tendencia a la fragmentación —rasgo permanente de la historia de la India y al que tuvieron que enfrentarse continuamente los sultanes de Delhi— se acentuó durante el largo ocaso del Imperio mogol. Pero las luchas no fueron única y exclusivamente religiosas sino el resultado de las ambiciones de los príncipes y de las rivalidades nacionales. Las relaciones entre hindúes y musulmanes no dejaron de ser tensas pero hubo un momento de armonía bajo el reinado del gran emperador Akbar (1556-1605), una figura que tiene para los indios el prestigio de un Ashoka para los budistas o el de un Carlomagno para los europeos.

La rama del islam que hasta el día de hoy prevalece en la India es la sunnita, que se considera a sí misma como la ortodoxa y a la que pertenece la mayoría de los musulmanes. El advenimiento de los mogoles al poder fue visto con cierta inquietud por los jefes religiosos (ulemas). No era fácil olvidar que las mujeres de Gengis Khan pertenecían a distintas religiones, prueba de su ecuanimidad ante todas las creencias; tampoco que Tamerlán había favorecido a la herejía chiíta. En el caso de Akbar el recelo pronto se transformó en reprobación. Su casamiento con una princesa *rajput*[1] y el nombramiento de dos príncipes de la misma casta como generales en sus ejércitos, escandalizaron a los ortodoxos. Muchos de los «oficiales y funcionarios más fieles de Akbar fueron hindúes», dice Vincent Smith[2]. Algunos de sus amigos íntimos también lo fueron. La entronización del príncipe Salim, que bajo el nombre de Jahangir ascendió al trono a la muerte de Akbar (lo había nombrado su heredero un poco an-

---
[1]. Casta guerrera descendiente probablemente de los hunos heftalitas, que invadieron la India a fines del siglo V y formaron la aristocracia de Rajastán.
[2]. *History of India*, revisada por H. G. Rawlinson, Oxford University Press, 1951.

*Akbar (1542-1605) sobre un elefante sigue a otro elefante por un puente de barcas que se hunde,* boceto de Basawan y pintura de Chatai, siglo XVI.

*Príncipe Salim (1569-1627)*
—más tarde emperador Jahangir–, por Bichitr, hacia 1630.

tes de morir), fue posible gracias al apoyo del rajá Man Singh y de otros príncipes *rajput*[1]. Otra acción de Akbar que fue un desafío no sólo a la ortodoxia sino a la práctica seguida por todos los gobiernos islámicos fue la abolición del impuesto (*jizya*), que estaban obligados a pagar todos los que no fuesen mahometanos. La política de tolerancia se convirtió en política de conciliación.

En su juventud, Akbar se había interesado en la poesía persa, especialmente en la de Hafiz, muy influido por el panteísmo sufí, teñido de exaltado erotismo. Tal vez el sufismo lo llevó a interesarse en las otras religiones. Hizo traducir el Atharva Veda, el Ramayana y el Mahabharata; en su ciudad-palacio de Fatehpur Sikri –una de las obras maestras de la arquitectura islámica– elevó una Sala de los Cultos, en la que se reunían teólogos y sacerdotes de diversas creencias: musulmanes sunnitas y chiítas, sufíes, *pandits* y doctores en las escrituras y filosofías de la India, adeptos de Zoroastro y, en fin, jesuitas de Goa. Desafió el descontento de muchos musulmanes influyentes y proclamó un decreto llamado La Fe Divina, en el que se le designaba como el árbitro de las disputas religiosas. Pero Akbar no intentó convertirse en el jefe de una nueva religión. Su ánimo era, más bien, ecléctico y conciliador, aunque estos propósitos estaban impregnados de un designio: imponer sobre todos, hombres y creencias, la voluntad del soberano.

Los dividendos políticos de esta actitud fueron muy grandes y, en general, benéficos. Los hindúes, sobre todo los de las castas superiores, antes indiferentes si no hostiles, vieron con simpatía y gratitud al emperador. Al mismo tiempo, se ganó el respeto y la estimación de los teólogos, los brahmanes y, en general, los intelectuales. La opinión de los musulmanes fue, en su mayoría, adversa, aunque no se manifestó en actos violentos. El máximo y más decidido enemigo del eclecticismo de Akbar fue el jeque Ahmad Sirhindi. Combatió sobre todo al panteísmo sufí, que era el punto de unión entre el misticismo hindú y el islámico. Su defensa de la ortodoxia tenía un aspecto teológico: su crítica al panteísmo de Ibn Arabi y sus seguidores; Dios no puede confundirse con sus hechuras y la contemplación de lo divino, ya que es inefable, si no quiere terminar en un nihilismo, debe volver a la realidad objetiva del mundo y de su creador, Alá. No hay unión con Dios; Alá está más allá siempre pero podemos y debemos amarlo. Y ese amor comienza por la obediencia a su ley. De paso: hay una indudable semejanza entre el misticismo de Ibn Arabi, la teología negativa de los mís-

---

1. Vincent A. Smith, *op. cit.*

ticos cristianos y la vacuidad de Nagarjuna. En las tres corrientes la negación es el camino hacia lo absoluto.

La prédica del jeque Ahmad tenía también una vertiente práctica, política. La defensa de la ortodoxia era la defensa de la comunidad musulmana y de sus privilegios, especialmente los de los ulemas y los del trono, sus funcionarios y cortesanos. La obediencia al monarca es un aspecto central de la ley islámica. Lo mismo puede decirse de la historiografía, en la que no es fácil distinguir el relato más o menos objetivo de los hechos del panegírico al sultán o al emperador. Todo esto y el inmenso prestigio de Akbar como político, militar y hombre esclarecido, explica quizá que la oposición musulmana no se haya manifestado en rebeliones violentas.

El emperador Jahangir, sucesor de Akbar, no siguió la política de conciliación de su padre pero tampoco cayó en el extremo contrario. Su reinado fue un período de tolerancia y de convivencia. Los hindúes de las castas superiores, como en los reinados anteriores, sea a través de alianzas militares o por su afluencia económica (mercaderes y terratenientes), ocuparon puestos de distinción. Pero no hubo nada comparable a la política de Akbar y tampoco un movimiento de fusión popular de las dos religiones (*bhakti*). Jahangir dejó unas *Memorias* en persa que los entendidos elogian por la vivacidad de su estilo. Tuvo disposiciones estéticas y habilidad política pero no lo inspiró ningún gran designio. Amó el placer y dejó que el imperio fuese gobernado, como Francia bajo Luis XV por madame Pompadour, por su guapa e inteligente mujer Nur Jahán. Sucedió a Jahangir su hijo, Shah Jahán, que asumió el poder después de asesinar, según la tradición de la dinastía, a su hermano y a otros parientes sospechosos de aspirar al trono. Shah Jahán es famoso, con justicia, por las obras de arquitectura que dejó en Agra, Delhi y otros lugares. Fue un período de esplendor artístico. Sus últimos años fueron de pena y desolación. Primero la muerte de Mumtaz Mahal, a cuya memoria construyó el famoso mausoleo conocido como Taj Mahal, y después su indulgencia en el uso excesivo del opio, que debilitó su carácter y su energía, se unieron a las disputas de sus cuatro hijos. La querella terminó en una guerra de sucesión en vida todavía de Shah Jahán. El vencedor, después de matar a sus tres hermanos y de confinar a su padre, como prisionero, en un palacio, ocupó el trono con el nombre de Aurangzeb.

La figura de uno de los príncipes inmolados, Dara Shikoh, merece una mención especial. Era el hijo mayor de Shah Jahán y el favorito de su padre, el destinado a sucederle. Pero no era un político ni un militar sino un intelectual. Por esto, como hombre de acción, fracasó: fue derrotado y perdió la vida. Educado en la tradición sufí, mostró el mismo interés de su abuelo Akbar por las otras religiones. El panteísmo de Ibn Arabi lo llevó al hinduismo y aunque nunca abandonó la fe islámica, sus obras lo revelan como un espíritu que buscaba un puente entre las dos religiones. Estaba seguro de que ese puente era la filosofía de los Upanishad, a la que llamó la «más perfecta de las revelaciones divinas». Su antipatía hacia los ulemas y los *mullahs* (maestros en la doctrina y la ley islámicas), es la del místico y, asimismo, la del librepensador ante todas las clerecías. Elogio del silencio y burla de la cháchara clerical:

> En el Paraíso no hay *mullahs*
> ni se oye el ruido de sus discusiones y debates...

Dara Shikoh tradujo al persa, en 1657, con la ayuda de algún *pandit*, los Upanishad. Un orientalista y viajero francés, Anquetil du Perron, hizo una versión al latín de la traducción de Dara. Esta versión, publicada en dos volúmenes en 1801 y 1802, fue la que leyó Schopenhauer. La influencia filosófica de esta traducción ha sido inmensa: por una parte, Nietzsche y, por otra, Emerson.

Dara fue ejecutado de manera ignominiosa –no hay otra palabra– después de haber sido condenado por herejía. El asesinato de Dara y sus hermanos, por más cruel que nos parezca, era parte de la tradición de la dinastía. La política religiosa de Aurangzeb, en cambio, constituía para la mayoría de sus súbditos una violación más grave: no afectaba a los individuos de una familia sino al conjunto de pueblos que gobernaba. La ejecución de Dara Shikoh por el delito de herejía fue un signo del rumbo funesto que tomarían los acontecimientos. La cuestión religiosa, nunca ausente de los espíritus desde la instauración del sultanato en el siglo XIII, se convirtió en un asunto de vida o muerte. Sin llegar a la actitud ecléctica de Akbar, los emperadores mogoles habían aceptado desde el principio, como un hecho obvio, que gobernaban unos territorios inmensos habitados por una mayoría de idólatras y de infieles. Aurangzeb, fanático sunnita, se propuso un imposible: «gobernar a un vasto imperio compuesto por una mayoría de hindúes conforme a los principios de un asceta musulmán»[1]. Aurangzeb era un hombre de inteligencia superior, voluntad inquebrantable y severidad moral, aunque no exenta de cruel-

---

1. Vincent Smith, *op. cit.*

dad y duplicidad. Fue un político astuto y un militar de talento. Sus gustos eran simples y reprobaba con frecuencia el lujo y la ostentación de su padre, Shah Jahán. El Taj Mahal le parecía un monumento de impiedad. Sin embargo, su largo reinado fue una sucesión de graves errores, guerras insensatas y fútiles victorias. Con él comenzó la decadencia del imperio.

Bajo Aurangzeb la división entre hindúes y musulmanes se volvió infranqueable. El emperador volvió a imponer el odiado impuesto (*jizya*) a los no musulmanes; derribó templos y sobre sus cimientos levantó mezquitas; destruyó con saña los reinos musulmanes chiítas de Golconda y Bijapur; se enemistó con los *rajput*, antiguos aliados de sus abuelos; se enfrentó sin éxito a un nuevo poder hindú, los marathas, acaudillados por un jefe osado y brillante, visto por su pueblo y por la mayoría de los hindúes como un héroe: Sivaji. A la muerte de Sivaji y como la rebelión no se apagase con la desaparición de su jefe, Aurangzeb decidió encabezar personalmente a sus ejércitos. En el Decán, en tierra enemiga, pasó guerreando los últimos años de su vida. Murió en 1707 a los ochenta y ocho años. Su reinado había durado medio siglo, de modo que pudo ver cómo sus victorias, su austeridad personal y sus inflexibles principios habían consumado la ruina de su imperio. ¿Quiénes hicieron más daño a la India, los disolutos Jahangir y Shah Jahán o el austero Aurangzeb?

Lo demás es bien conocido: las luchas intestinas entre los nuevos poderes (sikhs, marathas), la creciente debilidad del imperio –sombra de sí mismo– y la aparición de un nuevo protagonista, que no venía del Asia central como los turcos y los mogoles, sino de más allá del mar: los británicos. Aunque los invasores eran también monoteístas, su ánimo no era la conversión de los infieles, fuesen mahometanos o hindúes, sino la dominación económica y política. Al principio, las actividades de The East India Company fueron esencialmente comerciales pero la economía es, como la religión, inseparable de la política y en poco tiempo la Compañía se convirtió en un poder militar y político.

Durante todo el período de la decadencia del imperio, es decir, desde los primeros años del siglo XVIII hasta la mitad del XIX, la coexistencia entre hindúes y musulmanes perdió el carácter de oposición irreductible que había tenido bajo Aurangzeb, pero no hubo conciliación entre las dos creencias. Hubo, sí, pactos políticos y militares entre los jefes hindúes y los musulmanes, todos provisionales y dictados por las circunstancias; lo que no hubo fueron movimientos de reconciliación religiosa o cultural como el de Akbar o, en el otro extremo, los de un Kabir o un Tukaram.

Sin embargo, aunque siguieron siendo entidades separadas y rivales, la tensión se aflojó. Me refiero sobre todo a la situación de los grandes señores, a los jefes de armas y, en general, a los miembros de las castas altas. En cuanto a los pueblos y villorrios: siempre habían gozado de cierta autonomía, lo mismo para proseguir sus cultos tradicionales que en materia de autogobierno en la esfera local (*pañchayat*). Sus verdaderos enemigos eran los terratenientes, los recaudadores de impuestos y las bandas de guerreros o de bandidos –distinguirlos no era fácil– que asolaban al país. La India vivió un siglo de anarquía y de luchas civiles. Entre los candidatos a substituir al fantasmal imperio de Delhi, había principados musulmanes como el de Oudh en el norte y el de Mysore en el sur, hindúes como el poderoso imperio maratha o los sikhs, que no eran ni hindúes ni musulmanes. Además y sobre todo: The East India Company, que se había transformado en una gran potencia política, en las dos ramas de esta actividad: la diplomacia y la guerra.

La conquista de la India fue una descomunal hazaña histórica, que duró más de un siglo y en la que intervino una sucesión de personalidades extraordinarias. La primera de ellas fue Robert Clive. Los sucesores de Clive –pienso sobre todo en un Warren Hastings y en un lord Wellesley– se mostraron a la altura de su ejemplo y fueron a un tiempo sagaces diplomáticos y notables guerreros. La Compañía se convirtió más y más en un instrumento de la política de expansión de la Gran Bretaña y se decidió que fuese dirigida por un gobernador general, nombrado por el gobierno inglés y responsable ante un ministro de Estado. Sin embargo, los ingleses decidieron respetar la institución imperial mogola, representada por el anciano Bahadur Shah II, gran amante de la poesía urdu. En mayo de 1857, estalló un motín en los cuarteles de Meerut, que albergaban un grueso contingente de tropas nativas (*cipayos*) al servicio de los ingleses. La rebelión se propagó rápidamente. Los principales actores fueron los *cipayos*, acaudillados por Nana Sahib y por muchos príncipes y potentados musulmanes. También participaron algunos rajás (*rajput*), entre ellos una intrépida mujer, la rani de Jhansi, y los jefes marathas. Los rebeldes se apoderaron de Delhi y nombraron emperador del Hindustán al octogenario Bahadur Shah. La rebelión fue aplastada en menos de un año, a pesar de la inferioridad numérica de las tropas de los ingleses y sus aliados. Bahadur murió, unos pocos años después, desterrado, en Birmania. Se ha discutido mucho sobre las causas de la rebelión; fueron numerosas pero ninguna de carácter estrictamente religioso, aunque sí hay que subrayar que la participación de los musulmanes fue preponderante[1]. La causa de la rápida derrota de los alzados: la falta de unidad en los propósitos y en la acción. Unos, como el jefe maratha, querían el restablecimiento de su reino; otros, la restauración de Oudh y así sucesivamente.

Una vez restablecida la paz, el gobierno de Londres aceptó formalmente la responsabilidad de gobernar a la India, que se convirtió en un virreinato. El gobernador general fue nombrado virrey. La proclama de la reina Victoria (noviembre de 1858) garantizaba solemnemente la libertad religiosa y confirmaba el derecho de los indios a servir (participar) en el gobierno virreinal. Lo segundo fue la semilla de la futura independencia de la India. Lo primero, abolía la fusión entre el Estado y la religión. Los más afectados por esta política de libertad religiosa fueron los musulmanes. Aparte de que se les veía con suspicacia por su activa participación en la rebelión, de un golpe se les desalojaba de su tradicional posición privilegiada en los Estados musulmanes. Varios autores musulmanes han acusado al gobierno virreinal de haber favorecido a los hindúes y así acentuar la separación entre las dos comunidades. El cargo no me parece enteramente justificado. La separación existía desde la fundación del sultanato de Delhi en 1206. Con la excepción de Akbar, ninguno de los soberanos musulmanes, durante siete siglos, hizo un verdadero esfuerzo para convertir la coexistencia de las dos religiones en auténtica convivencia. Su religión se lo prohibía: al idólatra hay que convertirlo o exterminarlo. Tampoco la tolerancia, a pesar de lo que se ha dicho sobre la no-violencia, es una virtud hindú: para ellos todos somos –cristianos, mahometanos o ateos– intocables, criaturas impuras.

En cuanto al carácter o naturaleza histórica de los sucesos de 1857: es revelador que mientras los historiadores ingleses hablen de motín (*The Mutiny*), los indios usen la palabra *revuelta* (*The Revolt*). No menos revelador es que ninguno de ellos use la palabra *revolución*. En efecto, no lo fue. Es útil comparar el motín (o más exactamente: los motines) de 1857 con la Independencia de 1947. El primero fue la rebelión del viejo orden. No fue una revuelta nacional porque la idea de *nación* aún no había penetrado en la conciencia india. Se trata de un concepto moderno, importado por los ingleses. La revuelta de 1857 fue un intento fallido y desordenado por volver al estado de cosas anterior al dominio inglés; la

---

1. El motín comenzó con el rumor de que un nuevo tipo de rifle, distribuido entre los *cipayos*, había sido engrasado con grasa de vaca, pecado abominable para los hindúes, o de cerdo, alimento impuro para los musulmanes.

Independencia de 1947 fue el triunfo de las ideas e instituciones inglesas… sin los ingleses.

Ya indiqué que la libertad religiosa proclamada por los ingleses favorecía a los hindúes. En primer término, porque abolía los privilegios de los musulmanes y eximía a la población hindú de pagar un impuesto por el solo hecho de no pertenecer a la religión islámica. En seguida, porque para los hindúes, especialmente para las castas superiores –los brahmanes y los vaisas– era más fácil la convivencia con el monoteísmo cristiano que con el musulmán. Los misioneros británicos no tenían una relación específica, oficial, con el Estado como la tenían los ulemas y los *mullahs*. No creer en los Evangelios no era un acto de rebelión contra el Estado. Además, el monoteísmo cristiano llegaba acompañado de una cultura secular que, a veces, era también su crítica: la ciencia, la filosofía política, la democracia. Todo esto lo presintió confusamente el novelista y patriota bengalí Bakim Chandra Chaterjii, que veía en la victoria británica un acto providencial de Vishnú: al aniquilar al poder musulmán, preparaba la resurrección del hinduismo. La profecía de Chaterjii sólo se cumplió en parte: no hubo resurrección del hinduismo pero sí división del antiguo imperio en dos naciones: India y Pakistán.

Me he extendido tal vez demasiado sobre la división entre el hinduismo y el islamismo. La verdad es que no había más remedio: el tema es crucial. Pero debo añadir que en la India existen otras comunidades religiosas que no pertenecen al islam ni al hinduismo. No me refiero a la minoría cristiana, sino a comunidades que viven entre ambas religiones, como los sikhs y, en el otro extremo, los jainitas. El sikhismo es un compromiso con la religión militante del islam; el jainismo, una herejía arcaica, como la del budismo. El jainismo es no-violento y sus relaciones con el hinduismo, a lo largo de dos milenios, lo han transformado en una variedad más de la religión madre. Sería exagerado decir que el jainismo es una casta dentro del hinduismo pero no lo es decir que ya no es una heterodoxia. El caso de los sikhs, comunidad guerrera, es el opuesto. Durante muchos años, especialmente durante las terribles matanzas entre hindúes y musulmanes en el período que siguió a la Independencia, los sikhs fueron aliados decididos del gobierno de la India; hoy una activa fracción de esa comunidad ha declarado la guerra a ese gobierno y a la mayoría hindú. Los sikhs son un ejemplo de cómo las diferencias religiosas se convierten insensiblemente en movimientos políticos separatistas. Por último: las tribus y comunidades que viven al margen del hinduismo y que son objeto de una lenta absorción. La religión hindú es un conglomerado de creencias y de ritos; aunque carece de misioneros, son inmensos sus poderes de asimilación. No conoce la conversión, en el sentido cristiano y musulmán, pero practica con éxito la absorción. Como una inmensa boa metafísica, la religión hindú digiere lenta e implacablemente culturas, dioses, lenguas y creencias extrañas.

## MATRIZ CÓSMICA

La complejidad de la India no se agota con la división entre el islam y el hinduismo y con la profusión de comunidades, religiones y sectas que viven entre las dos grandes religiones. Otro elemento que deja perplejo al observador es la institución de las castas. Es un fenómeno singular y en verdad único. Aunque tiene algunos parecidos en otros lugares y en otras épocas –por ejemplo, en la antigua Esparta– en ningún lado ha alcanzado tal complejidad ni semejante longevidad. Por lo que toca a la duración, bastará con decir que tiene más de dos mil años de existencia; en cuanto a la complejidad, me limito a señalar que hay más de tres mil castas, cada una con características propias, sus rituales y sus divinidades, sus reglas de parentesco y sus tabúes sexuales y alimenticios. No menos complejos son los principios religiosos y éticos que las inspiran y las realidades étnicas, históricas y económicas a que responden. ¿Pero qué son realmente las castas y cuáles son los motivos que les dieron nacimiento? Confieso que ninguna de las definiciones ni de las causas sociales, económicas e históricas que se aducen para explicar el fenómeno me satisface enteramente, aunque en muchas de ellas encuentro hipótesis originales y, sobre todo, datos y noticias. La explicación más coherente, original y profunda es la de Louis Dumont[1]. Pero la paradójica ventaja de su teoría sobre las otras consiste en que no es una explicación causalista sino una descripción antropológica. Dumont no nos dice *por qué* hay castas en la India, sino *cómo* operan y en qué consiste el sistema social e ideológico en que se inscriben y al que deben sus características.

Para Dumont las castas son, ante todo, realidades sociales: familia, lengua, oficio, profesión, territorio; asimismo, son una ideología: una religión, una mitología, una ética, un sistema de parentesco y una dietética. Son un fenómeno que no es explicable sino dentro y desde la visión hindú del mundo y de los hombres. Me parece que Dumont tiene razón; su teoría es impecable. Pero me inquieta su silencio sobre el origen de las castas. Sin una

---

[1] Louis Dumont, *Homo hierarchicus*, París, N.R.F., 1966.

explicación que sea, por decirlo así, genética, toda teoría es incompleta. Con esta salvedad, haré una exposición sintética de las ideas de Dumont, con unos cuantos comentarios personales. Al final, volveré sobre el tema del origen de las castas.

Comenzaré por decir que la bibliografía sobre las castas es inmensa. El tema es, por sí mismo, ya que no una ciencia aparte, sí una especialidad de la sociología y la antropología. La ventaja de Dumont es que toma en cuenta toda esa bibliografía. Subrayo que su gran erudición es crítica, quiero decir, es un punto de partida para exponer sus hipótesis, casi siempre originales y con frecuencia convincentes. Ante todo, para aclarar un poco nuestras ideas hay que precisar el sentido de la palabra sánscrita *varna*. No designa realmente a la casta, como se creyó durante mucho tiempo[1]. Es un término frecuente en la literatura de la India antigua y puede traducirse como color, para distinguir a los arios de los nativos. Pero también es categoría, estado, condición social, posición en un orden jerárquico. Los *varnas* son cuatro: los *brahmanes* (sacerdotes), los *chatrias* (guerreros), los *vaisas* (mercaderes, hombres de negocios) y los *shudras* (campesinos, obreros, servidores). Dentro de las tres categorías superiores, dos están compuestas por individuos dos veces nacidos y de ahí su superioridad: los brahmanes y los chatrias. La división, piensa Dumézil, en su origen fue tripartita y corresponde a las tres funciones tradicionales de los indoeuropeos, tal como se ve en su mitología: dioses que rigen el orden cósmico, dioses guerreros y dioses que lo conservan o mantienen con su actividad. El cuarto *varna* fue añadido cuando los indoeuropeos penetraron en la India, en el tercer milenario, y se encontraron con los pueblos nativos. Los cuatro *varnas* son categorías que figuran en las castas pero que no las constituyen.

El nombre hindú de las castas es *jati*, que significa «especie», como las especies animales y vegetales. O sea, para hablar como el diccionario, «grupo de seres vivos con características comunes». Las castas son entidades mucho más pequeñas que los *varnas*. Varios rasgos las definen. En primer término, el origen, la sangre: se nace en esta o aquella casta; en seguida, el territorio o zona en que viven; el oficio o profesión; el régimen de parentesco (el miembro $X$ de la casta $M$ puede casarse con la mujer $Y$ de la casta $Q$ pero no con una de la casta $A$ o $Z$); la dieta, que va del vegetarianismo más estricto para ciertas castas de brahmanes a la posibi-

---

[1]. Los portugueses fueron los primeros en usar, en el siglo XVI y ante la compleja realidad social hindú, la palabra *casta* en el sentido de *linaje*.

lidad de comer carne de res para los intocables. Demos un segundo paso y tratemos de distinguir entre casta y clase.

Para un occidental moderno, el individuo es el elemento primordial. Una clase, una secta, una iglesia, un partido político e incluso una nación son conjuntos de individuos. Esto es lo que distingue, dice Tocqueville, a la sociedad democrática moderna de las sociedades aristocráticas del pasado, en las que se pertenecía a la nobleza, al Estado llano, al campesinado y a este o aquel oficio, según la familia de que se procediera. La familia era la unidad básica. En la India la unidad es la casta. Ésa es la realidad primera y la última. Ahora bien, ¿qué es lo que distingue a una casta de la otra? En primer lugar, a diferencia de nuestras clases, el signo distintivo de la casta es una noción religiosa, no económica ni política. Esa noción, como todo o casi todo lo que pertenece al dominio de lo sagrado, se desdobla en lo puro y lo impuro. Las castas, como las clases, son elementos de un todo jerárquico. Aquí aparece la diferencia entre la concepción hindú y la de Occidente y lo que nos permite distinguir entre clase y casta. Nuestra idea de jerarquía es muy distinta de la que es el fundamento de la casta. Para nosotros, la clase está asociada al poder y a la riqueza. El criterio que en Occidente rige a las jerarquías sociales es el de un orden que va del inferior al superior fundado en la dominación, ya sea política o económica. Las castas también son elementos del sistema jerárquico hindú pero el fundamento de ese orden no es el poder ni el dinero, sino una noción religiosa: la pureza y la impureza. No hay perfecta coincidencia, como en el caso de las clases, entre la casta y la situación material. El vaisa, el mercader, puede ser mucho más rico que el chatria, el guerrero. De hecho casi siempre ha sido así: abundan las historias de guerreros que han tenido que obtener dinero de un mercader, ya sea por medio de préstamos o por la fuerza. Por su parte, es claro que el chatria posee la fuerza suprema, la de la espada; sin embargo, en la jerarquía de las castas, el brahmán es su superior. Cierto, ser miembro de una casta alta implica desahogo económico, mejor educación y otras ventajas materiales. Sin embargo, hay muchos brahmanes pobres, muy pobres, mientras que abundan los comerciantes y los empresarios que, sin pertenecer a las castas altas, son riquísimos. La nueva clase media de Bombay y Delhi no está compuesta por brahmanes ni por chatrias. Al mismo tiempo, muchos de los líderes comunistas y extremistas, tanto en Bengala como en Kerala, son brahmanes. Nehru también era descendiente de una familia de brahmanes mientras que Mahatma Gandhi era un vaisa.

Además de su función religiosa, las castas son grupos gobernados por un consejo que cumple una función política de autogobierno. A la autonomía política para los asuntos interiores hay que agregar la función económica. Las castas son asociaciones de ayuda mutua. No sólo son sociedades cooperativas, como las nuestras, sino grupos solidarios, verdaderas fraternidades. Cada individuo está seguro casi siempre de encontrar ayuda en los otros miembros de su casta. Por otra parte, los lazos entre los miembros de una casta no sólo son políticos y económicos sino consanguíneos. Las reglas de parentesco de cada casta son muy estrictas y complejas. Así, el sistema no sólo es una red de relaciones económicas y políticas sino de familias unidas por el matrimonio, los padres, los hijos, los primos, los sobrinos.

Todo este complejo nudo de relaciones gira en torno a otros dos ejes. El primero es el oficio, la profesión: hay castas de joyeros, carpinteros, tejedores. Incluso hay castas de ladrones (*the criminal tribes* de la legislación británica). El otro eje es el territorio: cada casta está enraizada en un suelo determinado, sea en un pequeño poblado o en una gran urbe. El suelo, finalmente, implica la lengua. En este sentido, la realidad a un tiempo maleable e indestructible de la casta, esencialmente religiosa, tiende a fundirse con otras realidades políticas, económicas y lingüísticas. Las castas tienen intereses económicos y políticos pero, insisto, el fundamento del sistema es religioso: el nacimiento, el *karma*. Este tejido de relaciones religiosas, económicas, políticas, territoriales, lingüísticas y de parentesco da a las castas una extraordinaria solidez. De otro modo sería inexplicable su supervivencia después de más de dos milenios.

La casta es lo contrario de nuestras clases y asociaciones, formadas por individuos. En ella la realidad primordial es la colectiva. No es un conglomerado de individuos sino un círculo de familias. Pero un círculo que encierra al individuo: se nace, se vive y se muere en una casta. Sólo hay una vía de salida de la casta, aparte de la muerte: la renuncia al mundo, la consagración a la vida religiosa del ermitaño y del contemplativo, que recorre los caminos semidesnudo y sin más propiedad que un botecillo de latón para recoger las limosnas y los alimentos. Hay tal vez un millón de *sadhúes* que recorren los caminos, solos o en pequeños grupos, a veces cubiertos de cenizas y siempre pintados, en la frente o en el pecho, los emblemas de la secta u orden a que pertenecen, como el tridente de Shiva. Se les ve mucho en las peregrinaciones y en los lugares santos del hinduismo. Como en los casos de los monjes, sean cristianos o budistas, entre ellos hay pícaros, lunáticos y también santos. Sea como sea, todos ellos han renunciado a su casta y, así, a su familia y a sus posesiones. En la India, como ocurría en la Europa medieval, hay dos clases de mendigos: los necesitados, enfermos o estropeados, y los religiosos.

Renunciar a la casta es como salir del vientre materno, que nos calienta y defiende del exterior. La casta nos protege pero no es un vehículo de movilidad social. Esto es lo que la distingue radicalmente de todos los grupos y colectividades de las sociedades democráticas modernas (o de las semimodernas como las de América Latina). La casta no promueve a los individuos. Sin embargo, una casta puede variar de *status*. Por ejemplo, una casta de trabajadores pobres, favorecida por esta o aquella circunstancia, aumenta sus ingresos y, a continuación, cambia de régimen alimenticio, de costumbres e incluso de nombre. La casta, como un todo, no este o aquel individuo, asciende en la escala social. Añado que se trata de casos excepcionales y que, como todas las excepciones, confirman la regla. Las castas no fueron inventadas para cambiar sino para perdurar. Y han perdurado. Es un modelo de organización social pensado para una sociedad estática. Los cambios sociales lo desnaturalizan. La casta es ahistórica; su función consiste en oponer a la historia y los cambios una realidad inmutable. Las castas, naturalmente, cambian como todo en esta vida; pero cambian muy lentamente: una de sus características centrales es la resistencia al cambio.

La oposición entre historia y casta se convierte en enemistad mortal cuando la historia asume la forma del progreso y la modernidad. Al hablar de modernidad no me refiero solamente al liberalismo democrático y al socialismo, sino a su rival: el nacionalismo. Las castas constituyen una realidad indiferente a la idea de *nación*. El moderno nacionalismo hindú, según se verá más adelante, amenaza a la casta porque substituye la diferencia específica que constituye a cada casta por una realidad ideológica que las engloba a todas. El nacionalismo erosiona las diferencias entre las castas, que son su razón de ser, como la democracia erosiona el concepto jerárquico que las sustenta. La modernidad, en sus dos direcciones, es incompatible con el sistema de castas. Así como cada individuo *es* su casta, cada casta *es* el sistema: la red de relaciones que, simultáneamente, las une y las distingue a unas de las otras. Lo que une a las castas y las constituye como un verdadero sistema solar en perpetuo y lento movimiento circular, es la relación de unas con otras. Esa relación es de alteridad: cada casta tiene sus dioses, su territorio, su oficio, su lengua, sus reglas de parentesco y su dieta. Cada casta es única y distinta pero todas giran en torno del mismo principio inmutable: el origen, es decir, la pureza.

La fortaleza del sistema reside en la pluralidad de sus manifestaciones

—cada casta es diferente— y en la fijeza del principio que las une como un sol a sus planetas. El sistema es un obstáculo a la modernización de la India, ese gran proyecto que se inició a fines del siglo pasado al contacto con las ideas inglesas. Un grupo de intelectuales bengalíes fundó, a fines del siglo pasado, un movimiento político religioso (Brahmo Samaj) que tenía por objeto purificar al hinduismo y, en cierto modo, armonizarlo con el cristianismo moderno. Pero el sistema de castas está fundado en un principio central del hinduismo: el *karma*. Esta idea es el sustento religioso y metafísico del hinduismo y, asimismo, el fundamento de la institución de las castas. ¿Cómo destruir a las castas sin tocar al hinduismo?

El sistema ha resistido a dos tentativas de conversión, la mahometana y la cristiana. Desde la Independencia, hace ya cerca de medio siglo, resiste a la doble embestida del secularismo democrático y a la del nacionalismo hindú. También ha resistido a la civilización moderna, de los ferrocarriles a las fábricas, que ignoran las distinciones de casta. Se dice que la existencia de las castas y su ideología estática es una de las causas de la pobreza y la miseria de millones de hindúes. Es verdad, pero no es toda la verdad: en otros países de África, Asia y América Latina en donde se desconoce esa institución, hay también miseria y terrible desigualdad. Entonces ¿no hay remedio? La respuesta debe matizarse. El sistema no es eterno. Nada humano lo es. Muy probablemente las castas que conoció el Buda en el siglo VI a.C. no son las mismas de hoy. Pienso que en las ciudades la transformación de las castas, hasta su eventual desaparición, será más rápida que en el campo. Pero son imprevisibles las formas que adoptará este lento proceso de mutación.

En Occidente, desde fines del siglo XVIII, se ha sobrevalorado al cambio. En la India tradicional, como en las antiguas sociedades europeas, se ha valorado a la inmutabilidad. Para la tradición filosófica india, sea la budista o la hindú, la impermanencia es una de las marcas de la imperfección de los seres humanos y, en general, de todos los entes. Los mismos dioses están sujetos a la ley fatal del cambio. Uno de los valores de la casta, para la mentalidad tradicional hindú, es precisamente su resistencia al cambio. El centro del sistema de castas, hay que repetirlo, es religioso: la noción de *pureza*. Ésta depende, a su vez, de la creencia en el *karma*: somos responsables de nuestras vidas pasadas. La casta es uno de los eslabones en la cadena de nacimientos y renacimientos en que consiste la existencia. Una cadena de la que forman parte todos los seres vivos. Los brahmanes y los chatrias son superiores porque han nacido, por lo menos, dos veces. Así han recorrido ya un trecho del penoso camino del renacer y el remorir.

Primacía de lo colectivo: el individuo nace, vive y muere en su casta. Para nosotros esta condición es insoportable. El Occidente moderno ha exaltado, al lado del cambio, al individuo. Sin la acción y el esfuerzo del individuo, no habría cambios; asimismo, sin cambios, el individuo no podría desarrollarse; sería como una planta a la que le faltan el agua y el sol. Cambio e individuo se completan. El egotismo aparece en todas las épocas y en todas las sociedades. Con su habitual penetración, Tocqueville distingue entre el egotismo y el individualismo. El primero «nace del instinto ciego… es un vicio tan viejo como el mundo y pertenece a todas las sociedades». El individualismo, por el contrario, nace con la democracia. El individualismo tiende a separar a cada persona y a su familia de la sociedad. En las sociedades individualistas, la esfera privada desplaza a la pública. Para el ateniense la mayor dignidad era la de ser ciudadano, una condición que le daba derecho a intervenir en los asuntos públicos. El ciudadano moderno defiende a su intimidad, trátese de sus convicciones religiosas o de sus intereses económicos, de su filosofía o de su propiedad. Para él lo que cuenta es él mismo y su pequeño círculo, no los intereses generales de la ciudad o la nación. En las sociedades aristocráticas, continúa Tocqueville, todos ocupan posiciones fijas, «uno sobre el otro, con el resultado de que cada uno tiene arriba a un superior, cuya protección necesita, y abajo a otro que le pide cooperación. Así, en las sociedades aristocráticas del pasado, las personas estaban casi siempre estrechamente ligadas a algo que estaba fuera de su esfera propia y de ahí que estuviesen dispuestas a olvidarse de sí mismas».

Tocqueville no niega el egoísmo de las aristocracias y su escaso interés por el bien colectivo pero subraya su espontáneo sacrificio por otros hombres y por valores colectivos transmitidos por la tradición. Las sociedades aristocráticas son heroicas; recordemos la fidelidad del vasallo por su señor, del guerrero por su fe. Estas actitudes han desaparecido casi completamente en el mundo moderno. En las sociedades democráticas, en las que el cambio es continuo, los lazos que atan al individuo con sus antepasados se desvanecen y aquellos que lo ligan con sus conciudadanos se relajan. La indiferencia (yo agregaría, la envidia) es uno de los grandes defectos de las sociedades democráticas. El individualismo más feroz –es extraño pero real– se asocia estrechamente con otra de las características de las democracias actuales: el igualitarismo. Tocqueville concluye: «la democracia no sólo hace que cada hombre olvide a sus antepasados sino que substrae a sus descendientes y lo separa de sus contemporáneos: lo arroja para siempre en sí mismo y, al final, lo encierra enteramente en la soledad de su propia alma». Profecía que se ha cumplido cabalmente en nuestros días.

Las sociedades modernas me repelen por partida doble. Por una parte, han convertido a los hombres –una especie en la que cada individuo, según todas las filosofías y religiones, es un ser único– en una masa homogénea; los modernos parecen todos salidos de una fábrica y no de una matriz. Por otra, han hecho un solitario de cada uno de esos seres. Las democracias capitalistas no han creado la igualdad sino la uniformidad y han substituido la fraternidad por la lucha permanente entre los individuos. Nos escandaliza el cinismo de los emperadores romanos que le daban al pueblo «pan y circo», pero ¿qué es lo que hacen hoy la televisión y los llamados «ministerios de cultura»? Se creía que a medida que se ampliase la esfera privada y el individuo tuviese más tiempo libre para sí, aumentaría el culto a las artes, la lectura y la meditación. Hoy nos damos cuenta de que el hombre no sabe qué hacer con su tiempo; se ha convertido en el esclavo de diversiones en general estúpidas y las horas que no dedica al lucro, las consagra a un hedonismo fácil. No repruebo el culto al placer; lamento la vulgaridad general. Recuerdo los males del individualismo contemporáneo no para defender a la institución de las castas sino para atenuar un poco el hipócrita escándalo que provoca entre nuestros contemporáneos. Por lo demás, mi propósito no es justificar a las castas sino dar una idea de lo que son realmente. Por mi parte, si pudiese, de buen grado las cambiaría radicalmente. La existencia de los intocables me parece ignominiosa. Pero las castas deberían desaparecer no para que sus víctimas se transformen en servidores del dios voraz del individualismo sino para que, entre ellas y nosotros, descubramos la fraternidad.

Dumont no nos explica cómo nació esta extraña institución. Hay muchas teorías pero exponerlas sería una tarea inmensa, fastidiosa y para la que no estoy preparado. Prefiero arriesgarme a presentar, de la manera más sucinta, un puñado de impresiones y opiniones. No es aventurado suponer que las castas nacieron como un resultado de las inmigraciones arias en el subcontinente, en el segundo milenio antes de Cristo. De ahí la división original tripartita de los tres *varnas*: sacerdotes, guerreros y comerciantes (Dumézil). Ahora bien, la India es una inmensa caldera y aquel que cae en ella está condenado a permanecer para siempre. Desde hace más de dos milenios esas tierras han conocido un sinnúmero de inmigraciones e invasiones de los pueblos más diversos. La pluralidad de razas, lenguas y costumbres, a lo largo de tres milenios, así como la diversidad geográfica, convirtieron a las tribus y grupos originales en embriones de la división por castas, sobre todo cuando se trataba de la convivencia de distintos grupos en un mismo territorio. Intervino la división del trabajo: hubo agricultores y carpinteros, músicos y herreros, bailarinas en los templos y guerreros en el Palacio Real.

Al lado de los factores geográficos, políticos y económicos, la fuerza o influencia de cada grupo, la habilidad manual o intelectual, hay que tener en cuenta otro factor determinante: la religión. El hinduismo se extendió por todo el subcontinente. El proceso fue lento y sólo hasta ahora empieza a ser estudiado. Duró sin duda cientos de años, tal vez dos milenios. El brahmanismo se mezcló con los cultos nativos pero sin perder los rasgos distintivos que heredó de la religión védica. Así se formó el actual hinduismo. Ya señalé que el hinduismo es una religión que no convierte a los individuos pero que absorbe a las comunidades y tribus, con sus dioses y sus ritos. Al extenderse el hinduismo, se extendió también –si es que no existía ya antes en muchos de esos pueblos– una idea que es el eje del brahmanismo, el budismo y otras religiones de los pueblos asiáticos: la metempsicosis, la transmigración de las almas a través de sucesivas existencias. Es una idea que se encuentra en el chamanismo primitivo. La casta nació de la combinación de todos estos factores etnográficos, geográficos, históricos y religiosos. Es un fenómeno social cuyo fundamento es religioso, la pureza, a su vez fundada en la ley kármica: somos la consecuencia de nuestras vidas pasadas. Por esto, nuestros sufrimientos son, simultáneamente, reales e irreales: pagamos una deuda y así nos preparamos para una reencarnación más feliz.

A todo esto, debo agregar algo esencial: a diferencia de griegos, romanos y chinos, la India antigua no tuvo noción de *historia*. El tiempo es un sueño de Brahma. Es *maya*: una ilusión. Así, el origen y el modelo de las instituciones sociales no está en el pasado como entre los chinos y los griegos. La institución de las castas no fue fundada por un héroe mítico como el Emperador Amarillo o por un legislador legendario como Licurgo. Nació sola, aunque por la voluntad divina, cósmica, del suelo y el subsuelo de la sociedad, como una planta. De nuevo: casta es *jati* y *jati* es especie. La casta es, por decirlo así, un producto natural. El modelo de la institución es el orden de la naturaleza, con sus distintas especies animales y vegetales. En mi ensayo sobre el pensamiento de Lévi-Strauss, relato cómo en el sur de la India, para explicarme las diferencias entre los elefantes y los tigres, mis interlocutores hindúes, unos lugareños, acudieron a un ejemplo que venía de la clasificación de las castas por su régimen de parentesco y por su dieta: los tigres eran carnívoros y monógamos mientras que los elefantes eran vegetarianos y polígamos. La casta reproduce al orden natural: se inserta en la naturaleza y en sus movimientos, que son las reiteraciones de una ley inmutable. En el Bhagavad Gita, el dios Krishna le dice al héroe Arjuna: la casta es uno de los ejes de la rueda cósmica.

BABEL

La institución de las castas, con ser central, no es lo único que desafía a la comprensión del viajero. No menos desconcertante es la pluralidad de lenguas, unas indoeuropeas, otras dravidias, tibetanas y aborígenes. La Constitución de la India reconoce catorce lenguas pero el número es mucho mayor. Según el *Linguistic Survey of India* de 1927[1], en ese año se hablaban 179 lenguas y 544 dialectos. Deja perplejo, además del número, la imbricación entre lengua, cultura, religión y características étnicas. La relación entre lengua y religión es particularmente íntima y tiene, como es natural, repercusiones políticas. El ejemplo más notable son las afinidades y las oposiciones, no pocas veces violentas, entre las tres lenguas del norte: el urdu, el hindi y el hindustani. Estas relaciones se inscriben dentro de la gran división entre el islam y el hinduismo. Apenas si necesito recordar que el urdu es hoy la lengua oficial de Pakistán, mientras que el hindi es la de la India, al menos en teoría.

El urdu fue, en su origen, la lengua del «campamento», es decir, el idioma hablado por la gente en las afueras de los palacios de los príncipes musulmanes. Lengua de la plaza pública y del bazar. En los palacios se hablaba el persa, el árabe y tal vez algunos otros idiomas del Asia central. Babur, el primer emperador mogol, era originario de Fargana, una tierra célebre por la hermosura y la agilidad de sus caballos, cantados en la poesía china. Babur escribió sus célebres *Memorias* en turco. Sin embargo, el persa fue la lengua de la corte y en ella escribió sus *Memorias* el emperador Jahangir, biznieto de Babur. El persa fue la lengua oficial de los gobiernos musulmanes desde la ocupación de Lahore por las tropas del sultán de Ghazni en el siglo XI hasta el siglo XIX, en que fue substituido por el inglés. Pero la verdadera lengua de la gente, sin excluir a la élite intelectual y religiosa, fue el urdu, que muy pronto ocupó un lugar central. No podía ser de otro modo: era el idioma del país. Descendiente de una lengua vernácula que viene del sánscrito, es una forma del hindi occidental hablado en la región de Delhi y con una fuerte pro-

[1]. Esta publicación es la más completa y confiable sobre este asunto. No puede decirse lo mismo de los censos hechos después de la Independencia.

porción de vocablos persas y, en menor número, árabes y turcos. El urdu se extendió por todo el norte de la India, hasta lo que hoy es Pakistán. En un período temprano, fue ya una lengua literaria. El primer gran poeta que escribió en urdu fue Amir Khusrú. El último de esta sucesión de notables poetas es Ghalib, el poeta de Delhi. Protegido del último emperador mogol, a Ghalib le tocó ver y sufrir los horrores de la rebelión de 1857. Aparte de su poesía lírica y de una fallida historia de la dinastía timúrida (Babur era descendiente de Tamerlán), Ghalib es autor de cartas vívidas y pintorescas que nos dejan vislumbrar lo que fue Delhi en esos años y el temperamento, a un tiempo pasional, sarcástico y a ratos cínico de Ghalib[1].

El hindustani fue y es la lengua popular del norte de la India. Como el urdu, la base del hindustani es el hindi, es decir, una lengua derivada del sánscrito, pero de suelta sintaxis y en la que abundan las expresiones inglesas, amén de las persas, árabes y de otras lenguas vernaculares del subcontinente. Una verdadera *lingua franca*. El hindustani, como el urdu y el hindi en sus distintas variedades, desciende de un pracrito, es decir, de una de las lenguas en que se diversificó el sánscrito, como las actuales lenguas romances que vienen del latín. En cuanto al hindi: lo forman una variedad de lenguas y dialectos que, poco a poco, se han ido unificando. En este proceso de unificación han participado decisivamente, primero, las comunidades religiosas hindúes y después, desde la Independencia, la acción oficial y la de muchos intelectuales indios. A diferencia del urdu y del hindi, el hindustani no posee una literatura escrita; en cambio, ha sido y es la lengua de la mayoría de los indios en el norte del país. Por tal razón, cuando se discutió en el Partido del Congreso la cuestión de cuál podría ser la lengua nacional de la India, Gandhi se inclinó por el hindustani. Nehru también favoreció esta solución aunque siempre insistió, fiel a sus ideas de modernización de la India, en la función preponderante que debería tener el inglés como lengua administrativa y como instrumento de cultura científica y filosófica. Mantener vivo al inglés, pensaba, era tener abierta la puerta hacia Occidente.

El hindustani fue derrotado en el Congreso por la presión de los grupos más nacionalistas, entre ellos la del célebre e influyente Subhas Chandra Bose, que un poco después moriría combatiendo contra los ingleses al lado de los japoneses. La decisión de convertir al hindi en la lengua nacional de

---

1. Mirza Asadullah Kaham Ghalib (1797-1869). Véase el libro de Ralph Russelid y Khursidul Islam: *Ghalib, Life and Letters*, Londres, 1969.

la futura nación, fue arrojar aceite al fuego de la disputa con los musulmanes. Para ellos la lengua tradicional y nacional había sido el urdu. Además, el urdu era hablado por más gente que el hindi. Sin embargo, unos pocos años más tarde, la Asamblea Constituyente aprobó la moción de hacer del hindi la lengua nacional. Decisión imprudente y que es imposible llevar a cabo: el hindi es una lengua extranjera en el sur de la India, en el Decán, en Bengala y, en fin, en la mayoría del país. Por fortuna, diversas disposiciones han aplazado el cumplimiento de este mandato constitucional. De todos modos, la consecuencia inmediata fue el desplazamiento del urdu. En ciertos círculos, hablar en urdu es casi una herejía. Sin embargo, fue la única lengua india que habló con propiedad Nehru. Aunque desplazado, el urdu sigue siendo el idioma de ciertas regiones[1].

La solución exactamente inversa se adoptó en Pakistán. Allá el urdu es la lengua nacional y hablar en hindi es una doble falta, contra la nación y contra la fe. En uno y otro caso la solución estuvo teñida de nacionalismo político e intolerancia religiosa. El hindi que se pretende imponer a la India presenta otra desventaja: es un idioma del que se han suprimido muchas voces extranjeras, ya sean inglesas, persas o árabes; en su lugar, se han injertado neologismos que vienen del sánscrito. Algo así como si a los ingleses, un buen día, se les hubiese ocurrido limpiar al inglés de las impurezas extranjeras, especialmente de los vocablos de origen francés, con la peregrina idea de que eran reliquias de la conquista normanda. La verdad es que muy pocos comprenden cabalmente el hindi oficial, que se ha convertido en un dialecto culterano y burocrático. Para que el *High Hindi*, como llaman con retintín al idioma oficial, se transforme en una lengua viva, tendrá que sumergirse en el habla popular y aceptar las voces ajenas, cualquiera que sea su origen. Las lenguas vivas son impuras, híbridas.

El mapa lingüístico muestra que el triunfo del hindi ha sido muy relativo. Aparte del hindi occidental y del oriental, en el norte y en el centro de la India hay otras lenguas indoeuropeas de gran importancia, como el panjabi y el rajastani. En otras partes se habla el bihari, el oryia, el marathi, el bengalí. Este último ha sido tradicionalmente un idioma de cultura y con una gran historia literaria. A través del bengalí y sus escritores y poetas, la cultura inglesa, en la segunda mitad del siglo XIX, penetró en la India. En el sur predominan las lenguas dravidias, también ricas en literatura: el tamil, el telugú, el kánada y otras. En el noreste y el noroeste

---

[1]. En 1961 lo hablaban 24 millones de personas.

hay distintas lenguas del grupo tibetano (en Ladakh y en Assam), para no hablar de las viejas lenguas aborígenes.

El problema lingüístico de la India es, asimismo, un problema político y cultural: ¿cómo pueden entenderse tantos millones de hombres y mujeres que hablan tantas y tan distintas lenguas? ¿Cómo educar a esa inmensa población sin una lengua común de cultura? Bajo el Imperio mogol la lengua oficial era el persa. Pero el persa nunca fue una lengua popular: en el norte se hablaba urdu o distintas variedades del hindi, aunque la verdadera *lingua franca*, como he dicho, fue y es el hindustani. En el resto del país se hablaban (se hablan) las otras lenguas vernáculas. El Imperio inglés unió bajo su dominio, por primera vez en la historia de la India, a todos los pueblos. Algo que no consiguieron antes los imperios que lo antecedieron: el maurya, el gupta y el mogol. Ésta fue la gran obra histórica de los ingleses: dar un solo gobierno y una sola ley para todas las naciones indias. El inglés se convirtió no solamente en la lengua oficial sino en la lengua de comunicación entre las poblaciones de hablas distintas. Con la Independencia, la cuestión lingüística reveló su terrible verdad contradictoria: ¿cuál es o puede ser la lengua nacional de la India? El congreso decidió que sería el hindi, un idioma que no habla ni hablará nunca la mayoría del país. Así, como una solución que se dijo transitoria pero que ya dura medio siglo, la verdadera lengua para gobernar a todos esos pueblos y para que se comprendan entre ellos, ha sido el inglés. Un inglés que, por ley natural histórica, más y más se convertirá en un anglo-indio. Volveré sobre esto más adelante. Por lo pronto, cierro este capítulo con una pregunta: ¿cómo puede convertirse ese conjunto de pueblos, religiones, castas y lenguas en una verdadera nación? Trataré de contestar a esta pregunta en el próximo capítulo.

# Un proyecto de nación

### FESTINES Y AYUNOS

La India es un museo etnográfico e histórico. Pero es un museo vivo y en el que coinciden la modernidad más moderna con arcaísmos que han sobrevivido milenios. Por esto es una realidad que es más fácil enumerar y describir que definir. Ante esta diversidad, es legítimo preguntarse: ¿la India es realmente una nación? La respuesta no es inequívoca. Por una parte, es un conglomerado de pueblos, culturas, lenguas y religiones diferentes; por la otra, es un territorio bajo el dominio de un Estado regido por una Constitución nacional. En este sentido, podría decirse que la India, como dijo alguna vez Jayaprakash Narayan, *is a nation in the making*. Ahora bien, una nación es ante todo una tierra y una sociedad unidas por una herencia –lengua, cultura, religión– pero asimismo por un proyecto nacional. Ya dije que la India, en primer término, es una civilización, o más bien dos: la hindú y la islámica. Ambas son un conjunto de sociedades tradicionales, en las que la religión es el centro de la vida común. Una religión mezclada con los usos de cada grupo, la lengua y el patriotismo local. Estas sociedades, en sus dos ramas: la hindú y la musulmana, han experimentado y experimentan numerosos cambios, debidos a diversas influencias, entre ellas las de la técnica y la economía modernas. Sin embargo, siguen siendo fieles a sus tradiciones. Al mismo tiempo, frente a esas sociedades tradicionales tenemos un Estado moderno, que se proclama nacional y que es obedecido en todo el país, a pesar de los numerosos y a veces violentos movimientos separatistas. Se trata de una enorme contradicción histórica. Comprenderla es comenzar a comprender un poco la realidad india.

El Estado no es una realidad aislada; aparte de existir por el consenso tácito de la mayoría de los indios, es la expresión de la voluntad de distintos grupos que, a pesar de las diferencias que los separan, coinciden en la idea central que inspira a lo que he llamado «el proyecto nacional»: hacer del conglomerado de pueblos que es la India una verdadera nación. Este proyecto nació en el siglo pasado en la élite intelectual de la India, principalmente en Bengala, y fue el resultado de las ideas filosóficas y políticas importadas por los británicos. El imperialismo trajo consigo su propia negación: los Evangelios y la democracia, la crítica intelectual y el nacionalismo. Al lado de esta élite intelectual y política, protagonista histórica de la India desde fines del siglo pasado, hay que mencionar la aparición de una nueva clase de empresarios y de una clase media, que ya es afluente en las principales ciudades. Esta clase media sin mucha cultura y sin un gran sentido de las tradiciones es, como en todo el mundo, adoradora de la técnica y de los valores del individualismo, especialmente en su versión norteamericana. Es una clase destinada a tener más y más influencia en la sociedad. Extraña situación: las clases medias, en la India y en el resto del planeta, desdeñan la vida pública, cultivan la esfera privada –el negocio, la familia, los placeres egoístas– y, no obstante, determinan más y más el curso de la historia. Son los hijos de la televisión.

En cuanto a las élites tradicionales, herederas del despertar intelectual y político de la primera mitad del siglo: están compuestas por intelectuales y políticos. Es la generación, en política, de Rajiv Gandhi y sus sucesores, lo mismo en el gobierno que en la oposición. Entre ellos, a la inversa de sus padres y sus abuelos, la ideología tiene poco peso. Una excepción –y una excepción de primordial importancia: el nacionalismo hindú, en el que la ideología es determinante. Lo mismo puede decirse de las otras minorías disidentes en Punjab (sikhs), Assam y en Tamil Nadu. El pragmatismo de los actuales dirigentes del Partido del Congreso es, en sí mismo, positivo, pero el pragmatismo, por más realista que sea –mejor dicho: si en verdad es realista–, no debe abandonar nunca la doble herencia que dejaron los fundadores de la República: el secularismo y la democracia. Sin ellos, el agresivo nacionalismo hindú (o más exactamente: hinduista) puede ganar la partida y destruir a la nación india. Entre los intelectuales hay muchos de gran distinción; la élite india, desde principios del siglo pasado, asimiló con inteligencia y originalidad la cultura y la ciencia de Occidente, en su versión inglesa. Tuvo y tiene matemáticos, físicos, biólogos e historiadores de primer orden, para no citar a grandes poetas como Tagore. Muchos de esos escritores escriben en inglés y son justamente estimados por sus novelas y libros de cuentos. Pienso, claro está, en Salman Rushdie pero también en escritores menos ruidosos, como R. K. Narayan. La preeminencia de la literatura india escrita en inglés –los casos de Chaudhuri y de Ved Metha son otro ejemplo– no se debe únicamente a los méritos literarios de esas obras, aunque las de los autores que he citado los tienen en alto grado, sino a su accesibilidad.

Resumo: además de ser una civilización, la India es un Estado, heredero del British Raj; en seguida, es una gran democracia. En realidad, desde una perspectiva histórica y política, la India es una *Commonwealth*, una confederación o unión de pueblos y naciones, siempre en peligro de fragmentación pero que, una vez pasada la tragedia de la división en 1947, ha resistido a las tendencias centrífugas. Así pues, la Constitución de la India se funda en una ficción: no es una realidad sino un proyecto. Pero esa ficción ha resistido a los sucesivos movimientos separatistas que la amenazan y los ha vencido. Es una ficción que posee una realidad histórica y política de insospechada vitalidad. Es el proyecto de una minoría que se ha mostrado capaz de enfrentarse con éxito a una tradición milenaria de luchas intestinas. Este hecho merece una reflexión.

La idea de *nación*, no su realidad, es relativamente moderna. Se dice con frecuencia que los Estados Unidos son la primera nación moderna, la que inaugura la modernidad. Es cierto. Pero se olvida, también con frecuencia, que los Estados Unidos son el primer pueblo que de una manera consciente y deliberada se propuso ser una nación. Los mismos revolucionarios franceses, que usaron y abusaron de la palabra *nación*, siguieron en esto a los norteamericanos. El movimiento francés fue una verdadera revolución, es decir, fue el cambio de un régimen por otro. Pero la realidad histórica llamada Francia existía antes de la Revolución y siguió viviendo después de ella. En los Estados Unidos, antes de la Independencia, no había, en sentido estricto, una nación. La llamada Revolución de Independencia norteamericana fue un nacimiento: una nueva nación brotó de la voluntad de los hombres. Los ingleses, los franceses, los alemanes, los italianos y los otros europeos, son hijos de sus respectivas tradiciones. Los norteamericanos inventaron su propia tradición. La piedra de fundación de los Estados Unidos no es el pasado sino, gran paradoja histórica, el futuro. Su Constitución no reconoce una realidad anterior; es un auténtico acto de fundación que consiste en el proyecto de hacer una nación. El ejemplo de los Estados Unidos fue recogido por muchos pueblos, entre ellos los de América Latina. Aunque la idea de fundar una nación llegó a la India por la vía inglesa, su origen está en los Estados Unidos. El proyecto de nación de los indios se enfrenta a dificultades enormes apenas se le compara con el modelo norteamericano. En primer lugar, la existencia de un pasado milenario, rico en tradiciones y creaciones. En seguida, la heterogeneidad de ese pasado: religiones, lenguas, tradiciones diversas y, a veces, enemigas entre ellas. Me ocuparé primero de la segunda diferencia, es la más obvia, y después de la primera.

Los angloamericanos resolvieron el problema de la heterogeneidad con el *melting pot*: la fusión de todas las razas, lenguas y culturas en una sola, bajo el dominio de la misma ley y del mismo idioma, el inglés. El experimento fue afortunado durante el siglo XIX y durante la primera mitad del XX. Hoy está en crisis, como todos sabemos. Pero es una crisis que no afecta a los cimientos: todas las minorías étnicas hablan en inglés (salvo un puñado de mexicanos), exigen ciertos derechos en nombre de la Constitución y todos son creyentes en la *American way of life* (aunque nadie sabe, a ciencia cierta, en qué consiste). En suma, no son movimientos separatistas; al contrario, pretenden insertarse en la nación en igualdad de circunstancias a las de las minorías de origen europeo. Los indios, por su parte, resolvieron esta cuestión con la institución de las castas, que ha permitido la coexistencia de muchos pueblos y comunidades dentro de un orden jerárquico peculiar que ya describí. Es claro que el sistema de castas es un gran obstáculo para la modernización, meollo del proyecto de nación de los fundadores.

La otra gran diferencia entre los Estados Unidos y la India es su actitud frente al pasado. Ya indiqué que el fundamento de los Estados Unidos no es una tradición común, según ocurre con los otros pueblos, sino el proyecto de crear un futuro común. Para la India moderna, como para México, el proyecto nacional, el futuro por realizar, implica asimismo una crítica de su pasado. En los Estados Unidos, el pasado de cada uno de los grupos étnicos que componen a esa gran nación es un asunto particular; los Estados Unidos, en sí mismos, no tienen pasado. Nacieron con la modernidad, son la modernidad. En cambio, la modernización es la parte central del proyecto de nación de las élites indias. En este sentido, el parecido con México es notable: en los dos casos estamos ante un proyecto polémico frente a la tradición propia: la modernización comienza por ser una crítica de nuestros pasados.

En México esa crítica fue emprendida sobre todo por los liberales del siglo XIX, influidos por el pensamiento francés y el ejemplo de los Estados Unidos; en la India, por los primeros intelectuales modernos, sobre todo bengalíes, que en el siglo XIX asimilaron la cultura inglesa. La crítica en ambos países fue y es ambigua: es una ruptura con ese pasado y es una tentativa por salvarlo. Lo mismo en México que en la India, siempre ha habido elocuentes e inteligentes defensores de la cultura tradicional no europea. Es natural: es un pasado muy rico y, sobre todo, vivo todavía. Esto último es particularmente cierto en la India. En México la civilización prehispánica fue destruida y lo que queda son supervivencias; en la India la antigua civilización es una realidad que abarca y permea toda la vida social. La influencia del pasado ha sido determinante en la historia moderna de la India. Gandhi lo vio con claridad: fue un político y un hombre religioso; quiso cambiar a la India pero no en el sentido de la modernidad occidental. Su ideal era una versión idealizada de la civilización hindú. Así pues, el proyecto de nación que es la India se enfrenta, por una parte, a realidades que parecen invencibles; por otra, entraña una contradicción íntima: considera al pasado como un obstáculo y, simultáneamente, lo exalta y quiere salvarlo.

Desde hace dos siglos México se debate ante el mismo dilema, aunque nuestro conflicto no puede compararse ni por su magnitud ni por su complejidad con el de la India. La Conquista y la Evangelización unieron a los distintos pueblos prehispánicos; hoy la inmensa mayoría de los mexicanos es católica y habla en español. Cierto, hay islotes de culturas prehispánicas pero ya cristianizadas. La cuestión a la que se enfrenta México es cómo dar el salto a la modernidad sin haber pasado por las experiencias culturales y políticas de los siglos XVIII y XIX, que cambiaron radicalmente a los europeos y a los norteamericanos y que son el fundamento de la modernidad. En la India la cuestión es diferente, primero por la antigüedad y la heterogeneidad de ese pasado y, en seguida, por su enormidad: millones y millones de individuos con lenguas y tradiciones distintas. Sin embargo, esa diversidad recubre una profunda unidad: la de una civilización en la que se ha injertado otra, extraña, con la que ha convivido cerca de un milenio sin que haya habido fusión entre ellas.

He mencionado ciertas semejanzas y diferencias entre la India y México. Aquí me atrevo a interrumpir el hilo de mi argumento con una digresión acerca de algunos de los rasgos que unen a los dos países y de otros que los separan. Pido perdón al lector por este circunloquio: después de todo, soy mexicano... Durante los años en que viví en la India advertí que entre los indios era muy viva la conciencia de sus diferencias con otros pueblos. Es una actitud que comparten los mexicanos. Una conciencia que no excluye, para los indios, sus diferencias con las naciones del Sudeste asiático y, para nosotros, con las naciones latinoamericanas. De ahí que no sea exagerado decir que el hecho de ser mexicano me ayudó a ver las diferencias de la India... desde mis diferencias de mexicano. No son las mismas, por supuesto, pero son un punto de vista; quiero decir, puedo comprender, hasta cierto punto, qué significa ser indio porque soy mexicano. Una comparación entre esas diferencias podría ayudarnos a comprendernos mejor a nosotros mismos y, tal vez, a comprender un poco la complejidad de la India.

Aparte de esta conciencia de nuestras diferencias, todo nos separa. Sin embargo, hay unos cuantos y sorprendentes parecidos en los usos y las costumbres. Por ejemplo, el lugar destacado que tiene el chile en la cocina india y en la mexicana. En la geografía gastronómica universal las dos cocinas tienen un lugar único y que no es exagerado llamar excéntrico: son infracciones imaginativas y pasionales de los dos grandes cánones del gusto, la cocina china y la francesa. La palabra *chile* es de origen nahua; la planta es originaria de América. Así pues, se trata de una exportación mexicana. En la antigua cocina de la India, a juzgar por los textos literarios, me decía mi amigo Sham Lal, que ha estudiado un poco el asunto, no aparece mención alguna del chile. ¿Cuándo llegó el chile –mejor dicho las distintas familias de chiles– a la India y se convirtió en el obligado condimento de sus *curries*? ¿Llegó por las Filipinas, por Cochin o por Goa? Otro producto probablemente originario de México es un fruto conocido en la India por su nombre español: *chico*. Entre nosotros su nombre completo es *chicozapote*. En Cochin y en otras partes del sur lo llaman por su nombre mexicano levemente cambiado: *zapota*. En cambio, el mango es un producto –y una palabra: viene del tamil– originario de la India. Los mangos más estimados en México se llaman todavía «mangos de Manila». En cuanto al *curry*: en Travancore y en otras partes del sur se designa a cierta clase de *curries* con un nombre, *mola*, que parece ser una leve corrupción de nuestro *mole*, como zapota lo es de zapote. Mole viene de *muli*, «salsa» en idioma nahua. Hay una indudable semejanza, debida al chile, entre el *curry* y el mole: la combinación de lo dulce y lo picante, el color rojizo de reflejos suntuosos y el ser el acompañamiento de una carne o de una legumbre. El mole se inventó en Puebla, en el siglo XVII, en un convento. ¿Es una ingeniosa versión mexicana del *curry*, o el *curry* es una adaptación hindú de una salsa mexicana? Nuestra perplejidad aumenta apenas se recuerda que no hay una sino muchas clases de *curries* y de moles. Otra similitud culinaria: en lugar de pan, los indios comen una tortilla muy parecida a la nuestra, llamada *chapati*, aunque no está hecha de maíz molido sino de harina de trigo. El chapati hace las veces de cuchara, como la tortilla de maíz mexicana. ¡Una cuchara comestible!

Si pasamos de la cocina al vestido, se presenta inmediatamente a la mente la «china poblana», con su fastuoso atavío. En Nueva España se llamó «chinos» y «chinas» a los orientales que venían de Filipinas, Japón, China y la India. Se sabe que durante esa época tuvimos un comercio muy activo con esas regiones. Se ha dicho que el vestido de la «china poblana» podría ser una adaptación de los trajes femeninos de Gujarat, que llegaron a México por Cochin y las Filipinas. No es descabellada esta suposición, aunque necesitamos más pruebas. La mención del mole y de la «china», ambos de Puebla, evoca a su vez la figura enigmática de Catarina de San Juan, a la que ha dedicado un curioso libro el historiador mexicano Francisco de la Maza. El título del libro es ya una ilustración de estas reflexiones: *Catarina de San Juan, princesa de la India y visionaria de Puebla* (México, 1971). Catarina de San Juan fue una devota del siglo XVII, famosa por sus visiones, que relataba a sus confesores y guías espirituales, todos ellos jesuitas. Catarina fue seguida y venerada por muchos devotos, unos religiosos y otros laicos, impresionados por sus austeridades y por sus entrevistas con los seres celestiales. Estuvo a punto de ser beatificada aunque la Iglesia retrocedió a medio camino e incluso prohibió su culto. Está enterrada en Puebla, en la capilla del convento de Santa Clara, el mismo convento, extraña coincidencia, en donde se inventó, en el mismo siglo, el mole.

Catarina de San Juan era de origen indio. Según sus biógrafos jesuitas, era nativa de Delhi. Pero las descripciones que hace Catarina de esa ciudad son de tal modo fantásticas que es imposible saber si realmente se trata de Delhi o de otra ciudad. Lo mismo digo de su linaje: afirmaba ser descendiente del Gran Mogol[1]. Catarina decía que el nombre de su madre era Borta y que el suyo mismo, antes de su bautismo, era Mirra. Borta no parece ser nombre indio y Mirra es nombre de origen grecolatino. Los testimonios que tenemos de Catarina de San Juan son doblemente inciertos, tanto por el celo indiscreto de sus panegiristas, como porque ella misma no pudo nunca hablar con corrección el español ni aprendió a leerlo y escribirlo. Lo que sí es indudable es que Catarina fue secuestrada, cuando tendría unos ocho o diez años, en una incursión de piratas en la costa occidental de la India. Vivió en Cochin una temporada, ya como esclava. Después fue a dar a Manila, allí la vendieron y la transportaron a Acapulco. Llegó a Puebla en 1621. La había comprado una pareja de ricos y devotos poblanos sin hijos, con los que vivió hasta la muerte de ambos. Aunque formalmente era su esclava, Catarina fue la acompañante y el guía espiritual de la pareja. No es éste el lugar para contar su curiosa historia, su matrimonio «blanco» con un chino (costumbre frecuente en la India), sus visiones religiosas, su fama y, después de su muerte, los esfuerzos de la Iglesia por borrar su memoria. Los dichos y los hechos de Catarina no revelan un conocimiento de la fe hindú. Tampoco de la islámica. Son devoción barroca del siglo XVII. Pero tal vez nos hace falta un estudio moderno y más completo sobre ella.

1. En aquella época Aurangzeb, ferviente musulmán, ocupaba el trono de Delhi.

De la Maza era un excelente conocedor de nuestra historia colonial pero tenía apenas noticias de la cultura y las tradiciones de la India. En los relatos de sus visiones, Catarina menciona con frecuencia las visitas que hace Nuestro Señor Jesucristo a su pobre habitación (vivió al final de sus días en un convento pero no se ordenó de monja). Menciona este hecho como si se tratara de las visitas de un enamorado. Es indudable que ella veía sus tratos con Jesús como una relación amorosa. No es rara esta confusión de sentimientos en la tradición católica, sobre todo en los siglos XVI y XVII. El ejemplo máximo de esta tendencia es la poesía de San Juan de la Cruz. Pero es imposible no recordar que una tradición semejante —y aun más poderosa y carnalmente más explícita— existe en la India, lo mismo entre los devotos de Krishna que entre los sufíes. Aunque las experiencias de Catarina de San Juan son pedestres —sus confidencias se parecen a los diálogos de las muchachas con sus galanes— recuerdan inevitablemente los amores de Krishna con una mortal de baja clase, la vaquera Radha. Las descripciones de Catarina no son sensuales sino sentimentales y dulzonas. Entre las visiones que cuenta a su confesor está la visita de la Virgen María, que la reprende con un mohín por sus intimidades con el Señor. Al poco tiempo, Jesús se le aparece y la calma: no debe hacer caso de los celos de la Virgen. Esto no me parece católico y tampoco musulmán pero sí hindú: una diosa que padece de celos... Sea como sea, es significativo, mejor dicho: emblemático, que Catarina de San Juan, la visionaria religiosa más notable del período virreinal, haya sido una hindú.

La comida, más que las especulaciones místicas, es una manera segura de acercarse a un pueblo y a su cultura. Ya señalé que muchos de los sabores de la cocina india son también de la mexicana. Sin embargo, hay una diferencia esencial, no en los sabores sino en la presentación: la cocina mexicana consiste en una sucesión de platillos. Se trata, probablemente, de una influencia española. En la cocina europea esta sucesión de platos obedece a un orden muy preciso. Es una cocina diacrónica, como ha dicho Lévi-Strauss, en la que los guisos van uno tras otro, en una suerte de marcha interrumpida por breves pausas. Es una sucesión que evoca tanto al desfile militar como a la procesión religiosa. Asimismo a la *teoría*, en el sentido filosófico de la palabra. La cocina europea es una *demostración*. La cocina mexicana obedece a la misma lógica, aunque no con el mismo rigor: es una cocina mestiza. En ella interviene otra estética: el contraste, por ejemplo, entre lo picante y lo dulce. Es un orden violado o puntuado por cierto exotismo. Diferencia radical: en la India los distintos guisos se juntan en un solo y gran plato. No sucesión ni desfile sino aglutinación y superposición de substancias y de sabores: comida sincrónica. Fusión de los sabores, fusión de los tiempos.

Si nos detenemos por un instante en la historia de la India, encontramos que éste también es el rasgo que la distingue de las otras civilizaciones: más que sucesión de épocas, su historia ha sido superposición de pueblos, religiones, instituciones y lenguas. Si de la historia pasamos a la cultura, aparece el mismo fenómeno: no sólo pluralidad de doctrinas, dioses, ritos, cosmologías y sectas, sino aglutinación y yuxtaposición. En el vishnuismo no es difícil encontrar ecos y reminiscencias shivaítas, budistas y jainitas; en el movimiento de intensa devoción a un dios (*bhakti*) también son claramente discernibles las huellas del sufismo. En el shivaísmo de Cachemira hay resonancias sufíes; por ejemplo en Lala, profetisa del siglo XIV. En los poemas que nos ha dejado, el yoga se une a la tradición de exaltado erotismo místico de los poetas sufíes:

> Danza, Lala, vestida sólo de aire,
> canta, Lala, cubierta sólo de cielo:
> aire y cielo, ¿hay vestido más hermoso?

En el caso de la cocina india, asombra tanto la diversidad de los sabores y su aglutinación en un plato, como el número y el rigor de los tabúes de orden ritual, desde la prohibición terminante de usar la mano izquierda hasta la regla de alimentarse sólo de leche y sus derivados. En un extremo, el festín; en el otro, el ayuno. El régimen alimenticio es un inmenso abanico de prohibiciones: para ciertas castas de brahmanes, generalmente las más altas, el tabú contra la carne se extiende al pescado y a los huevos; para otras, sólo se refiere a la carne de res. Frente a la suculencia de ciertos platos y la diversidad de las salsas, los frecuentes ayunos y la severidad de las dietas. Conocí a un prominente líder del Partido del Congreso, compañero de Gandhi y de Nehru, hábil ministro de Finanzas, que se alimentaba únicamente de nueces, yogur y jugos de frutas. Como en el caso del ayuno, ciertas comidas tienen una coloración religiosa. Pienso en el festín tántrico, una comida ritual de ciertas sectas en las que se mezclan los alimentos y las substancias, se come carne, se bebe alcohol o se ingieren drogas alucinógenas. La ceremonia termina con la copulación entre los participantes, hombres y mujeres. A veces, estas ceremonias se realizan en la noche, en las cercanías de los lugares de cremación de los muertos.

El equivalente de las prohibiciones alimenticias son las reglas que rigen a cada casta en sus relaciones con las otras castas. En todas ellas, la separación es de rigor. Dualidad: el festín tántrico es parte central de un rito sexual y así es la exacta contrapartida de los ayunos y la castidad de los otros devotos. Son dos extremos de la vida religiosa hindú, como dos espejos frente a frente que se envían imágenes contrarias. En la esfera de la cultura, el equivalente de las prohibiciones alimenticias, sociales y religiosas se expresa en el amor a las clasificaciones y a las distinciones, tanto gramaticales como conceptuales. Uno de los más ciertos títulos de gloria de la civilización hindú es la gramática de Panini; menos recordada aunque no menos notable es la obra de sus grandes lógicos, tanto de los hindúes como de los budistas. Al lado de este amor escrupuloso por las distinciones y las categorías, los relatos confusos de los Puranas.

En el ámbito de la sociedad la institución de las castas preservó la pluralidad de pueblos y culturas pero impuso en ellas un orden jerárquico fundado en una noción religiosa; lo mismo puede decirse de la moral social e individual, del lenguaje del pensamiento filosófico e incluso, como hemos visto, de la cocina. Por todo esto puede decirse, sin gran exageración, que la civilización hindú (no la islámica) es el teatro de un diálogo entre el Uno y el Cero, el ser y la vacuidad, el Sí y el No. Dentro de cada sistema, del pensamiento a la cocina, brota la negación, la crítica. En sus formas más externas, la negación implica la ruptura total. El renunciante (*samnyasin*) abandona su casta, su familia, sus propiedades y su ciudad para convertirse en un asceta vagabundo. El ayuno niega al festín, el silencio del místico a la palabra del poeta y del filósofo. El cero, la negación, asume en el budismo la forma de la vacuidad. En la filosofía, estrechamente asociada a la religión, como nuestra escolástica medieval, las diferencias entre las seis escuelas tradicionales (*darsanas*) se concentraron en el debate que divide a la escuela *samkhya* del Vedanta. Para la primera el mundo se divide en una pluralidad de almas individuales y en una substancia única, origen y fin de todo lo existente, inmensa matriz del universo; para la filosofía vedantina el sujeto y el objeto, el alma individual y el alma del universo son dos aspectos de la misma realidad: triunfo del monismo más riguroso. En su primer período, el budismo postula un pluralismo radical, bastante cercano a la tendencia *samkhya*: no hay sujeto sino estados transitorios y evanescentes. En su segundo período, con Nagarjuna y otros filósofos, el pluralismo budista se resuelve en una suerte de monismo paradójico y de signo opuesto al del Vedanta: no el Ser sino la Vacuidad.

La religión hindú es el resultado de una evolución milenaria. Su fuente doctrinal y canónica es la religión de los grupos arios que llegaron al subcontinente en el segundo milenio antes de Cristo y cuyas creencias fueron codificadas en los textos sagrados: los Cuatro Vedas, los Brahmana y los Upanishad. En el curso de los siglos esta religión experimentó grandes cambios. Entre ellos fue determinante la influencia del yoga, una tendencia probablemente de origen preario. Asimismo, sufrió dos escisiones: la budista y la jainita. La primera se transformó en una religión universal; la segunda vive aún, asociada estrechamente al hinduismo. En el transcurso de los siglos la religión brahmánica produjo complejos sistemas filosóficos y, sobre todo, dos grandes poemas épicos, el Mahabharata y el Ramayana. El primero es un cosmos verbal que contiene uno de los textos más hermosos y profundos de la literatura universal: el Bhagavad Gita (el Canto del Señor). Además, el Mahabharata es una emocionante historia épica que cuenta las luchas que dividen a una familia de príncipes.

La duración de la religión hindú, así como de la civilización que la ha creado, habría sido imposible sin la crítica y la exégesis de las seis grandes tendencias filosóficas; tampoco sin la gran negación budista. La crítica interior fortaleció y vitalizó a la religión de la India, que de otro modo habría degenerado en una masa informe de creencias, ritos y mitos. Frente a la amenaza de aglutinación, que fatalmente termina en caos o en petrificación, la India opuso el dique de la crítica, la exégesis, las distinciones lógicas y la negación. Pero el pensamiento hindú se detuvo, víctima de una suerte de parálisis, hacia fines del siglo XIII. En esta época también se edifican los últimos grandes templos. La parálisis histórica coincide con otros dos grandes fenómenos: la extinción del budismo y la victoria del islam en Delhi y otros lugares. La versión de que el budismo desapareció víctima de la violencia islámica –los guerreros musulmanes arrasaron los conventos budistas y pasaron a cuchillo a los monjes– sólo es parcialmente cierta. La verdad es que ya siglos antes los peregrinos budistas chinos habían observado la general decadencia intelectual y moral de los monasterios. Lo más probable es que la mayoría de los creyentes, al desaparecer los monasterios, hayan adoptado al hinduismo. Fue un regreso a la religión madre.

Frente al islam, el hinduismo se replegó sobre sí mismo. Carecía de algo que es fundamental en las pugnas entre religiones: una Iglesia y un Estado. Además, se había secado espiritualmente, transformado en una serie de ritos y supersticiones. Al cesar la crítica interna, las negaciones que habían hecho del brahmanismo una religión creadora, comenzó el gran letargo de la civilización hindú, un letargo que dura todavía. El islam, por su parte, llegó al subcontinente como una religión ya hecha y dueña de una teología y una mística. Al islam le debe la India obras excelsas de arte, sobre todo en el dominio de la arquitectura y, en menor grado, de la pintura, pero no un pensamiento nuevo y original. Hubo que esperar varios siglos y la aparición del otro gran monoteísmo, el cristiano, para que comenzase el despertar de los hindúes y los musulmanes.

## SINGULARIDAD DE LA HISTORIA INDIA

Este largo rodeo gastronómico-filosófico me ha llevado al punto de partida. Pero para comprender con un poco más de claridad la naturaleza de la contradicción entre el proyecto de nación que es la India y su historia, vale la pena señalar las singularidades de esta última. Es inevitable un nuevo rodeo. Uno de los temas recurrentes de la historia de la India es el choque de civilizaciones. De ahí que no me haya parecido impertinente comparar a veces esos choques con los que ha sufrido México. Una última advertencia, antes de comenzar estas reflexiones: siempre me ha maravillado la diversidad de culturas y civilizaciones; sin embargo, así como juzgo bárbara la creencia en la superioridad de una raza sobre las otras, también me parece una superstición moderna medir a todas las culturas con el mismo rasero. Admiro profundamente la originalidad de la civilización mesoamericana y de la incaica pero me doy cuenta de que ninguna de las dos ha dado a los hombres creaciones comparables con los Upanishad, el Bhagavad Gita o el Sermón de Sarnath. Mis comparaciones, sea con la historia de Occidente o con la de México, no son valoraciones.

La antigüedad de la civilización india es enorme: mientras la civilización del valle del Indo florece entre 2500 y 1700 a.C., la cultura «madre» de Mesoamérica, la olmeca, se desarrolló entre 1000 a.C. y 300 de nuestra Era. Otra diferencia aún más notable: las culturas mesoamericanas nacieron y crecieron en un aislamiento total hasta el siglo XVI; la India, en cambio, estuvo siempre en relación con los otros pueblos y culturas del Viejo Mundo, primero con Mesopotamia y, más tarde, con persas, griegos, kuchanes, romanos, chinos, afganos, mongoles. El pensamiento, las religiones y el arte de la India fueron adoptados por muchos pueblos asiáticos; a su vez, los indios absorbieron y transformaron ideas y creaciones de otras culturas. Los pueblos mexicanos no experimentaron nada semejante a la penetración del budismo en Ceilán, China, Corea, Japón y el Sudeste asiático o a la influencia de la escultura griega y romana sobre el arte de la India o a los mutuos préstamos entre el cristianismo, el budismo y el zoroastrismo. Las culturas mexicanas vivieron en una inmensa soledad histórica; jamás conocieron la experiencia cardinal y repetida de las sociedades del Viejo Mundo: la presencia del *otro*, la intrusión de civilizaciones extrañas, con sus dioses, sus técnicas y sus visiones del mundo y del transmundo.

Frente a la vertiginosa diversidad del Viejo Mundo, la homogeneidad de las culturas mexicanas es impresionante. La imagen que presenta la historia mesoamericana, desde sus orígenes hasta el siglo XVI, a la llegada de los españoles, es la del círculo. Una y otra vez esos pueblos, durante dos milenios, comenzaron y recomenzaron, con las mismas ideas, creencias y técnicas, la misma historia. No la inmovilidad sino un girar en el que cada nueva etapa era, simultáneamente, fin y recomienzo. A Mesoamérica le faltó el contacto con gentes, ideas e instituciones extrañas. Mesoamérica se movía sin cambiar: perpetuo regreso al punto de partida. Todas las civilizaciones –sin excluir a las de China y Japón– han sido el resultado de cruces y choques con culturas extrañas. Todas, menos las civilizaciones prehispánicas de América. Los antiguos mexicanos vieron a los españoles como seres sobrenaturales llegados de otro mundo porque no tenían categorías mentales para identificarlos. Carecieron de la experiencia y del concepto que designa a los hombres de otra civilización[1].

El fundamento de la civilización hindú es indoeuropeo. La civilización que nació en el valle del Indo, más que un origen, es un antecedente. No desconozco, claro, que en Mohenjo-daro y en Harappa aparecen prefiguraciones de la cultura y la religión de la India, como un proto-Shiva, el *linga*, el culto a la Gran Diosa y a los espíritus arbóreos. De todos modos, me parece que la civilización del Indo, de la que sabemos poquísimo, presenta más afinidades con la de Mesopotamia. Por otra parte, apenas si debo aclarar que, al hablar de indoeuropeos, no aludo a una raza sino a realidades y conceptos lingüísticos, culturales e históricos. Desde esta perspectiva, es indudable que los rasgos característicos de la civilización hindú son de origen indoeuropeo: los Vedas y las otras escrituras santas, la mitología, la lengua sagrada y literaria, los grandes poemas y, por último, algo decisivo: la organización social. Debo citar una vez más a Georges Dumézil, que ha mostrado las relaciones entre la mitología india y las de los otros pueblos

---

1. Véanse mis ensayos «Asia y América», 1965, en *Las peras del olmo*, México, 1966; «El arte de México», en *In/mediaciones*, Barcelona, 1978; «El águila, el jaguar y la Virgen», introducción al catálogo de la exposición de arte mexicano presentada en 1990 por el Museo Metropolitano de Nueva York. Todos estos ensayos se han incluido en el volumen VII –*Los privilegios de la vista II*– de las Obras Completas, México, Círculo de Lectores-Fondo de Cultura Económica, 1994.

indoeuropeos (celtas, iranios, germanos, romanos, griegos), el origen indoeuropeo del sistema de castas y, sobre todo, la preeminencia de la visión tripartita del mundo, presente lo mismo en los mitos que en las tres funciones y categorías sociales: sacerdotes, guerreros y artesanos.

Comunidad de orígenes lingüísticos y culturales no quiere decir identidad de evolución. El desarrollo de la civilización de la India puede verse como un caso de simetría inversa de la de Occidente[1]. En la historia de la India antigua no aparecen acontecimientos de significación y consecuencias parecidas a los de la difusión del helenismo y la dominación imperial de Roma. El helenismo unificó a las élites de los pueblos mediterráneos y de las antiguas civilizaciones del Cercano y Medio Oriente; Roma completó la obra de Alejandro y de sus sucesores transformando este universalismo cultural –filosofía y ciencia, artes y literatura– en una realidad política, económica y administrativa. La influencia fue recíproca: Roma unificó al mundo y las élites adoptaron la cultura y el pensamiento grecorromanos; los pueblos sometidos a las instituciones políticas de Roma, a su vez, influyeron en sus dominadores a través de sus religiones y divinidades: Roma y Alejandría erigieron altares a Isis y Serapis, Atis y Cibeles, Astarté y Mitra. En la India, por el contrario, el proceso de unificación de los diversos pueblos y culturas del subcontinente no fue la obra de un Estado imperial y de una cultura predominantemente filosófica y literaria como la griega, sino de la expansión religiosa del hinduismo y el budismo. El Estado fue el protagonista central de la Antigüedad mediterránea: reyes, césares, cónsules, generales, oradores, administradores; en la India los agentes históricos fueron los reformadores religiosos y sus adeptos y discípulos, las corporaciones sacerdotales, las sectas y los monjes, casi siempre aliados al poder de una dinastía, una casta o un grupo como el de los mercaderes urbanos que protegió al budismo. En un caso, primacía de lo político; en el otro, de lo religioso.

El gran ausente de la India clásica fue un Estado universal. Este hecho ha marcado a la historia de la India hasta nuestro tiempo. Es el hecho central y el que ha decidido la historia del subcontinente. Los tres grandes imperios históricos, el maurya, el gupta y el mogol nunca dominaron a todo el continente. La historia política de la India fue siempre la de monarquías rivales, en lucha permanente unas en contra de las otras. Sólo hasta el siglo XIX, con el Imperio inglés, los pueblos de la India fueron

---

1. He explorado esta simetría contradictoria en los estilos artísticos y en las actitudes religiosas ante el cuerpo en *Conjunciones y disyunciones* (1969), libro incluido en este volumen (pp. 109-207).

gobernados por un poder central y con jurisdicción sobre todo el territorio y sus habitantes. El Estado actual, en ciertos aspectos fundamentales, tales como el de la soberanía sobre la integridad del territorio, la democracia, el régimen de partidos, la igualdad ante la ley, los derechos humanos, la libertad de creencias y otros más, es el heredero del British Raj. Algo semejante puede decirse de México, aunque la herencia española no haya contenido los principios modernos que acabo de mencionar. Nosotros somos hijos de la Contrarreforma. En México la realidad tanto como la idea de ser una nación nacen ya en el siglo XVII, cien años después de la Conquista. Antes de la llegada de los conquistadores españoles, los pueblos de Mesoamérica, como los de la India, compartían una civilización con valores comunes, pero vivían en guerra permanente unos contra otros. La dominación española acabó con la guerra perpetua y unificó a las distintas naciones bajo un Estado universal. El actual Estado mexicano es el heredero del Estado español y no, como se dice y se repite, del Estado azteca. Este último nunca logró dominar a las otras naciones. Por lo demás, no se lo propuso; para los aztecas la guerra tenía una función económica: el tributo de los vencidos, y una religiosa: el sacrificio.

En Europa la dominación de Roma preparó el otro gran acontecimiento que ha marcado a la historia de Occidente y que tampoco tiene un equivalente en la India: el triunfo del monoteísmo cristiano. A la caída del Imperio romano de Occidente, la Iglesia lo substituyó. De este modo se evitó un regreso a la barbarie y se preservaron los lazos con la Antigüedad grecorromana. Los bárbaros se cristianizaron y, a su vez, el cristianismo recogió la herencia grecorromana. En el Imperio de Oriente, el cristianismo se identificó con el Estado bizantino; en el de Occidente el latín se convirtió en el lenguaje de la religión, la filosofía y la cultura. Así, el triunfo del monoteísmo cristiano cambió decisiva y radicalmente a las sociedades paganas pero sin romper enteramente con la antigua civilización. En la India no ocurrió nada parecido. La religión brahmánica original conoció cambios numerosos. Uno de ellos fue decisivo: el budismo. A su vez, el budismo atravesó por una fase de estancamiento que coincidió, primero, con un renacimiento de la influencia brahmánica y, en seguida, con la aparición del islam en el subcontinente. El budismo desapareció de la India –pérdida inmensa– aunque fecundó a otros pueblos, entre ellos a China y, después, a Japón. Como ya dije, las relaciones entre el hinduismo y el islam no fueron fecundas: vivieron uno frente al otro en perpetua hostilidad. En Europa, primero los Padres de la Iglesia y después los grandes escolásticos medievales se alimentaron de los filósofos griegos. Virgilio guía a Dante en su viaje por el Infierno. En cambio, los teólogos musulmanes no vieron a los Vedas y a los Upanishad con la veneración con que San Agustín y Santo Tomás de Aquino habían visto a Platón y a Aristóteles.

El monoteísmo llegó demasiado tarde a la India y en una de sus versiones más radicales y extremas: el islam. Me refiero, claro, al monoteísmo como religión. La idea de un principio único aparece lo mismo entre los filósofos griegos que entre los indios, como lo muestran, entre otros ejemplos, las especulaciones de un Plotino o de un Shankara. Pero una cosa es el deísmo filosófico y otra el monoteísmo en sus tres grandes manifestaciones históricas: la judía, la cristiana y la musulmana. No es necesario compartir la idea de Freud, que veía en el absolutismo teológico del faraón Akhenatón (Amenofis IV) el origen del monoteísmo judío, para darse cuenta de la relación que naturalmente se establece entre la creencia en un solo Dios y un poder único. Ésta ha sido la gran fuerza del monoteísmo: su capacidad para convertirse en el alma de un Estado supranacional, como lo muestran los casos del Imperio bizantino y del califato. El monoteísmo ha sido el gran unificador de pueblos, lenguas, razas y culturas distintas. También ha sido el gran divisor de los hombres y la fuente de muchas y terribles intolerancias. El relativo fracaso del islam en la India –logró convertir a millones pero la mayoría siguió siendo fiel a sus antiguas creencias y deidades– es una prueba de la doble faz del monoteísmo: cuando no une, separa de un tajo.

La India le debe al islam obras admirables en el dominio de la arquitectura, la pintura, la música y la jardinería, para no hablar de sus grandes logros históricos, como la creación del Imperio mogol. Sin embargo, la coexistencia del islam y el hinduismo ha sido, salvo en raros períodos, no una convivencia sino una rivalidad que se transforma una y otra vez en violencia sanguinaria. Ya me referí al ejemplo del monoteísmo cristiano que logró, al mismo tiempo, la unidad religiosa de Europa y que tendió un puente hacia la antigua civilización grecorromana. Esto último fue posible porque tanto los Padres de la Iglesia como los doctores del período escolástico injertaron la filosofía griega en la doctrina cristiana. Sin Platón, Aristóteles, Séneca y los estoicos, los cristianos probablemente no habrían tenido filosofía. Así, desde los primeros siglos hasta nuestros días, la cultura grecorromana no ha dejado de fecundar a Occidente. En el islam la filosofía griega también tuvo una influencia profunda; los árabes transmitieron al Occidente medieval el pensamiento de Aristóteles y la medicina de Galeno; sin embargo, la presencia del pensamiento griego en el islam se apagó sin cambiarlo fundamentalmente. Averroes fracasó mientras que Tomás de Aquino triunfó. De ahí tal vez que ni la civilización islámica ni la hindú hayan tenido nada comparable al Renacimiento. Ésta es la tercera singularidad de la civilización hindú, compartida con la islámica: ninguna de las dos tuvieron ni Reforma religiosa ni Renacimiento cultural, artístico y filosófico. Estos dos movimientos son el fundamento de la modernidad y sin ellos la expansión europea, comenzada por los portugueses y los españoles en el siglo XVI, se habría detenido. En el momento de su gran expansión imperialista los europeos se encontraron frente a culturas petrificadas.

El ejemplo contrario y complementario es el de los pueblos americanos, que no pudieron resistir a los conquistadores europeos; sus culturas desaparecieron, a la inversa de lo que ocurrió con los hindúes, los musulmanes y los chinos ante los imperialismos europeos. El choque entre los españoles y los mesoamericanos fue un violento encuentro entre civilizaciones que se resolvió por la derrota de la mentalidad mágica y la cultura ritualista. La inferioridad científica, filosófica, técnica y política de los mesoamericanos no explica enteramente a la Conquista. Hay un hecho de orden político-religioso que favoreció a los españoles: Mesoamérica era el campo de una perpetua batalla. La idea central de los mesoamericanos, de los mayas y zapotecas a los teotihuacanos y a los aztecas, era el carácter sagrado de la guerra. El mundo había sido creado por la guerra cósmica entre las divinidades astrales y por el sacrificio divino: la sangre de los dioses había hecho nacer al mundo. Las batallas entre los hombres eran repeticiones rituales y recurrentes de la guerra cósmica. Terminaban con el sacrificio de los guerreros vencidos en lo alto de la pirámide. El sentido del sacrificio podría escapársenos si no reparamos en su doble función: por una parte, significaba alimentar a los dioses con el alimento divino, la sangre, y así colaborar a la perpetuación del orden cósmico; por la otra, entrañaba la divinización de la víctima. Ya señalé otro factor poco mencionado por los historiadores: la soledad histórica. El contacto con los europeos fue fatal para aquellas naciones porque su aislamiento, que las había preservado del mundo exterior, también las había desarmado ante toda influencia de fuera. En menos de un siglo todas las sociedades prehispánicas –salvo unos cuantos islotes protegidos por la selva, el desierto o alguna otra barrera natural– fueron dominadas por los españoles. En algunas regiones las epidemias –otra consecuencia funesta del aislamiento– diezmaron a la población.

El choque de civilizaciones fue, como casi siempre ha ocurrido en la historia, el combate de dos visiones del mundo y del transmundo, es decir, de dos religiones. Como en la India, la lucha fue entre el politeísmo de los nativos y el monoteísmo de los invasores. Pero al revés de lo que ocurrió en la India, no hubo coexistencia sino derrota del antiguo politeísmo y conversión en masa al monoteísmo cristiano. Esta conversión, como todas, fue voluntaria y forzada. Voluntaria porque la nueva religión ofrecía a los pueblos mesoamericanos una liberación de la terrible opresión de los antiguos cultos, fundados en dos instituciones sangrientas: la guerra perpetua y el sacrificio. Forzada porque el cristianismo fue una religión impuesta por los vencedores. No puedo ni debo extenderme sobre este asunto. No obstante, así sea de paso, debo mencionar una circunstancia que explica la conversión de los aborígenes mexicanos. No es una explicación total –ninguna explicación histórica lo es– pero sin ella el fenómeno se transforma en un enigma insoluble. Ya dije que una creencia unía a todos esos pueblos: la guerra cósmica y el sacrificio. Los dioses combaten y se sacrifican entre ellos para crear al mundo (o más bien para recrearlo, ya que sus mitos hablan de creaciones anteriores). Así pues, la idea del sacrificio es el corazón, en sentido figurado y real, de las religiones mesoamericanas. La sangre, como la lluvia, es creadora. El cristianismo les ofreció una sublimación de sus creencias: el sacrificio de un Dios hecho hombre y que derrama su sangre para redimir al mundo. Esta idea había escandalizado a los griegos y a los romanos, como después, cuando la conocieron, escandalizó a los hindúes y a los chinos: ¡un Dios víctima, un Dios ajusticiado! Sin embargo, esta idea fue el puente, para los antiguos mexicanos, entre su antigua religión y el cristianismo.

La literatura sobre la dominación de españoles y portugueses abunda en rasgos sombríos y en juicios severos; sin negar la verdad de muchas de esas descripciones y condenas, hay que decir que se trata de una visión unilateral. Muchas de esas denuncias fueron inspiradas por la envidia y las rivalidades imperialistas de franceses, ingleses y holandeses. No todo fue horror: sobre las ruinas del mundo precolombino los españoles y los portugueses levantaron una construcción histórica grandiosa que, en sus grandes trazos, todavía está en pie. Unieron a muchos pueblos que hablaban lenguas diferentes, adoraban dioses distintos, guerreaban entre ellos o se desconocían. Los unieron a través de leyes e instituciones jurídicas y políticas pero, sobre todo, por la lengua, la cultura y la religión. Si las pérdidas fueron enormes, las ganancias han sido inmensas.

Para juzgar con equidad la obra de los españoles en México hay que subrayar que sin ellos –quiero decir: sin la religión católica y la cultura que implantaron en nuestro país– no seríamos lo que somos. Seríamos, probablemente, un conjunto de pueblos divididos por creencias, lenguas y culturas distintas. El monoteísmo católico, a través de la dominación española, unió a los pueblos de México. Aquí debo subrayar una circunstancia que me parece esencial y sin la cual sería incompleta la explicación del tránsito, en México, del politeísmo al monoteísmo cristiano. La versión del cristianismo que se impuso en México fue la del catolicismo. He mencionado la recuperación de la filosofía griega que hicieron, primero, los Padres de la Iglesia y, después, los escolásticos medievales. No menos decisiva fue la transformación de las antiguas divinidades paganas en santos y en diablos cristianos. Más de mil años después, el fenómeno se repitió en México. Una de las grandes creaciones del catolicismo mexicano fue la aparición de la Virgen de Guadalupe a un indio mexicano, precisamente en una colina en cuya cumbre, antes de la Conquista, se levantaba el santuario de una diosa prehispánica. Así, el catolicismo enraizó en México y, al mismo tiempo, transformó las antiguas divinidades en santos, vírgenes y demonios de la nueva religión. Nada semejante ocurrió en la India con el monoteísmo musulmán o con el protestantismo cristiano. Ambos veían el culto a las imágenes, a los santos y a las vírgenes como una idolatría.

El catolicismo hispánico se mostró muchas veces intolerante pues estaba poseído por un espíritu de cruzada. Era una religión que se había formado durante siglos de lucha contra un monoteísmo no menos intransigente: el islam. Sin embargo, heredero de Roma, poseía una capacidad para asimilar cultos extraños de la que carecía el cristianismo protestante, mucho más rígido y estrecho. Los españoles y portugueses se proponían convertir a los infieles y no retrocedieron ante el uso de la coacción para lograr su propósito. Fueron los últimos imperios premodernos. Los ingleses nunca mostraron demasiado interés en cristianizar a los pueblos sometidos a su imperio. Ahora bien, allí donde el Estado imperial se contenta con administrar a las naciones sometidas, como ocurrió con el imperialismo europeo en la Edad Moderna, una vez que esos pueblos recobran su independencia, resucitan las antiguas querellas tribales y religiosas. Los ingleses dejaron una herencia inapreciable en la India: unas instituciones jurídicas y políticas democráticas y una administración que los indios han tenido el talento de mantener. Pero también dejaron intactas las antiguas divisiones religiosas, étnicas y culturales. Esas divisiones, desaparecido el poder inglés, no tardaron en transformarse en sangrientas luchas civiles. El resultado fue la tripartición actual: India, Pakistán y Bangladesh.

## GANDHI: CENTRO Y EXTREMO

El primer contacto de los indios con el monoteísmo cristiano moderno se realizó a través de los portugueses, que se establecieron en 1510 en Goa[1]. Lograron extenderse y convirtieron a algunos grupos, pero pronto tuvieron que competir y luchar con otros poderes europeos –holandeses, franceses, ingleses– que buscaban bases y privilegios de orden comercial. La India estaba desgarrada por las luchas entre los distintos reinos, una situación de anarquía que se acentuó desde comienzos del siglo XVIII, a la muerte de Aurangzeb. Los ingleses vencieron a todos sus rivales extranjeros y nativos en una pugna militar y diplomática que duró dos siglos. En 1868 se estableció en fin el virreinato de la India. La dominación británica se caracterizó por varios rasgos que es necesario destacar. En primer lugar, a diferencia de los conquistadores musulmanes o de los españoles y portugueses, los ingleses carecían de espíritu de cruzada: no querían convertir sino dominar, lo mismo en la esfera económica que en la política. Se trata de un rasgo plenamente moderno. The East India Company se resistió durante mucho tiempo a intervenir o a mezclarse en los asuntos religiosos y políticos de los indios. Lo hizo después obligada por las circunstancias.

Subrayo otro rasgo distintivo: con el imperialismo inglés llegaron a la India, juntos pero no unidos, el cristianismo protestante y la modernidad. En la India no hubo una Iglesia nacional o estatal, como la anglicana en Inglaterra. Aunque el gobierno inglés se consideraba cristiano, no hubo una religión de Estado ni el gobierno se proponía convertir a sus súbditos indios. La separación entre el poder temporal y las distintas Iglesias cristianas fue, desde el principio, un hecho aceptado por todos. El Estado inglés, a diferencia del español, no se propuso la conversión de los hindúes y los mahometanos. Además, los cristianos estaban divididos en varias sectas y no podían constituir un poder rival al del Estado, como ocurría en los dominios españoles. Tampoco había entre las Iglesias protestantes

---

1. Dejo de lado la leyenda de las dos visitas de Santo Tomás a la India (durante la segunda, dice la tradición, fue sacrificado en Mylapore, en el año 68). En cambio, es seguro que desde el siglo I se fundaron en Malabar comunidades cristianas que pertenecen a la Iglesia siria y que aún sobreviven. Pero la versión del cristianismo que los indios conocieron en el siglo XVI era y es muy distinta. Véase: Romila Thapar, *History of India*, 1, Londres, 1966.

órdenes tan influyentes como la de los dominicos y, sobre todo, la de los jesuitas. La cristianización de la India fue una empresa realizada por misioneros que pertenecían a distintas denominaciones. El género de monoteísmo que profesaban (y profesan) esas Iglesias volvía imposible la asimilación del culto a las imágenes y a los ídolos que adoraban los hindúes. Tampoco eran posibles las combinaciones o transacciones de los jesuitas, que adoptaron el sistema de castas en el sur de la India y que en China declaraban que el culto a los antepasados no contenía nada herético. En suma, el cristianismo que importaron los ingleses era una versión moderna de esta religión: separación entre la Iglesia y el Estado, abolición del culto a las imágenes, libertad de interpretación de las Escrituras y los otros principios de la Reforma. Una religión pobre en ritos y en ceremonias pero impregnada de rigorismo moral y sexual. Lo contrario, exactamente, de la religión popular hindú.

La modernidad comienza con la Reforma; uno de sus elementos constitutivos es la libertad de examen, es decir, la crítica. El cristianismo que llegó con los ingleses a la India fue un cristianismo moderno pues en su interior llevaba el gran elemento disolvente de todas las creencias: la libre interpretación de las Escrituras. Con el cristianismo protestante llegó a la India el pensamiento moderno: la filosofía, la ciencia, la democracia política, el nacionalismo. El imperialismo introdujo en la India a la modernidad y, con ella, la crítica de su dominación. En México la crítica de los abusos de los españoles fue hecha por frailes como Bartolomé de Las Casas, cuyos argumentos estaban fundados en el cristianismo medieval y en la filosofía escolástica. Precisamente lo contrario de lo que ocurrió en la India: allá la adopción de la modernidad, por un puñado de intelectuales, implicaba la crítica de la dominación británica desde los principios mismos del sistema inglés. Tanto por razones de orden comercial como político, los funcionarios de la Compañía empezaron a usar, en sus tratos con los nativos, la lengua oficial de la corte de Delhi, el persa. Muy pronto, los ingleses se interesaron en la civilización india y en 1784 el orientalista William Jones funda la Asiatic Society en Calcuta, que era entonces la capital de la India británica. A su vez, muchos indios aprendieron el inglés, casi todos por motivos de orden práctico pero también, algunos, por un auténtico interés intelectual en la cultura europea. Casi todos eran brahmanes de Bengala y con ellos comienza, en sentido estricto, la India moderna. Fue el renacimiento del hinduismo pero de un hinduismo influido por la versión protestante del cristianismo y que sería el origen del movimiento político de Independencia.

La influencia inglesa se habría limitado a unas cuantas personalidades si no hubiese sido por la adopción del sistema inglés de enseñanza. Esta decisión fue adoptada en 1835 por recomendación de Macaulay, entonces un hombre de 34 años y que el año anterior había sido nombrado presidente de la Comisión de Instrucción Pública. Hay que decir que doce años antes, en una carta al gobernador general, Rammohun Roy, llamado el «padre de la India moderna», pedía que se estableciesen en Bengala escuelas que enseñasen a los nativos el inglés en lugar del sánscrito o del persa: «ruego a Vuestra Excelencia que se sirva comparar el estado de la ciencia y la literatura en Europa antes de los tiempos de lord Bacon con los progresos en el saber hechos desde entonces... Adoptar el sistema sánscrito de educación –como lo proponían, entre otros, el orientalista William Jones– sería la mejor manera de mantener a este país en la obscuridad de la ignorancia...». Roy admiraba la tradición hindú y nunca se convirtió al cristianismo, de modo que su argumento no podía tacharse de traición. En cuanto a Macaulay: fundó su decisión en su no oculto desdén por la tradición india, la musulmana y la hindú, así como en su culto exaltado a la cultura europea y, sobre todo, al idioma inglés. Lo veía, no sin razón, como la lengua universal del futuro. El desdén de Macaulay por las culturas orientales se debía a su ignorancia de esas grandes tradiciones, un raro error de perspectiva en un historiador de su distinción; sin embargo, básicamente, tenía razón: ni los hindúes ni los musulmanes habían producido, desde el siglo XIII, un cuerpo de conocimientos y de obras literarias y artísticas comparable a los de los europeos. Eran dos civilizaciones petrificadas espiritualmente aunque en perpetua convulsión en los dominios de la política y la guerra.

La proposición de Macaulay triunfó. Su idea era abrir el mundo de la cultura moderna a los indios. Entre sus argumentos citaba el precedente de Rusia: «en menos de ciento veinte años esa nación, bárbara como nuestros antepasados antes de las Cruzadas, se ha levantado del abismo de ignorancia en que estaba sumida y ha tomado su lugar entre las naciones civilizadas... Las lenguas de Europa occidental civilizaron a Rusia. No dudo que harán por los hindúes lo que han hecho por los tártaros...». Macaulay admitía que era imposible extender el sistema inglés de enseñanza a toda la población. Aquí aparece otra diferencia con la dominación hispana en América: la imposición del español sobre los aborígenes americanos tenía un doble propósito, uno político-administrativo y otro religioso. En ambos casos no aparece la intención de Macaulay y de la administración inglesa. Macaulay precisaba que era «imposible, con nuestros recursos limitados, educar a la mayoría de la población. Por ahora, debemos preocuparnos por formar una clase de personas que se conviertan en intérpretes entre nosotros y los millones que gobernamos. Una clase de sangre y color indios pero inglesa en sus gustos, su moral, sus opiniones y su intelecto». A esa clase, añadía, le correspondería en el futuro extender, poco a poco, los conocimientos modernos en la gran masa de la población.

La reforma educativa de 1835 tuvo consecuencias decisivas en la formación de la India moderna que todavía siguen influyendo en la vida de ese país. En primer lugar, como lo deseaba Macaulay, se creó esa clase intelectual de indios anglicistas, primero en Bengala y después en los principales centros del subcontinente, como Bombay, Delhi y Madrás. Pero muy pronto esa clase se sirvió de las ideas inglesas y europeas para reinterpretar su propia tradición y así sembrar las semillas del movimiento de Independencia. Otra consecuencia fue la de proveer a las naciones indias con un lenguaje común. Hoy todavía, como he señalado, el inglés sigue siendo la lengua de comunicación entre las diversas comunidades lingüísticas. Al mismo tiempo, la reforma unió y desunió. El persa fue desplazado como idioma oficial y la comunidad musulmana se sintió también desplazada. Los musulmanes se encerraron en sus tradiciones y esto los colocó en una situación desventajosa frente a los hindúes. Más tarde, imitaron con celo a sus rivales y se adiestraron en las nuevas maneras de hablar y pensar. Pero la brecha entre las dos comunidades se había hecho más ancha y profunda. La participación en la cultura inglesa, bien común, no unió a los hindúes y a los musulmanes sino que los separó aún más. ¿Por qué? Probablemente porque la interpretación de la cultura moderna que hicieron ambas comunidades no implicó el abandono de sus respectivas religiones. Hubo que esperar dos generaciones para que apareciesen figuras realmente seculares y agnósticas, como Nehru. Los intelectuales indios vieron en la cultura moderna europea no tanto un pensamiento crítico universal como un medio para purificar sus tradiciones, desfiguradas por siglos de ignorancia, inmovilidad intelectual y supersticiones milenarias[1].

El movimiento político fue precedido por una reforma religiosa del hinduismo, en la que fue determinante la influencia del cristianismo inglés. El padre de la reforma, Rammohun Roy, se propuso restaurar en su pureza

---

1. Véase, sobre este tema y otros conexos que trato en seguida, la antología de textos de los reformadores y sus sucesores, precedidos por útiles notas de introducción, de Stephen N. Hay, en la sección *Modern India and Pakistan*, en *Sources of Indian Tradition*, Nueva York, Columbia University Press, 1960.

original al hinduismo. Influido por las ideas de la Iglesia unitaria, no le fue difícil encontrar en las escrituras del brahmanismo una prueba de que la verdadera religión hindú, desfigurada por siglos de superstición, era un monoteísmo no menos riguroso que el de los cristianos. No buscó lo que distingue al pensamiento indio del occidental sino aquello en que podrían parecerse. Estoy seguro de que nunca se dio cuenta de que era autor de una piadosa superchería. La misma confusión se advierte en los reformadores que lo sucedieron. El célebre shri Ramakrishna predicó la vuelta a la religión tradicional; era un devoto de la Gran Diosa y la contempló con frecuencia en sus visiones; también «vio a Dios en sus diversas manifestaciones: Krishna, Cristo y Mahoma» (*sic*). Su discípulo, Swam Vivekananda, en un discurso pronunciado en 1899, se lamenta de la debilidad de los hindúes, que aceptan con inconsciencia las costumbres occidentales, y los incita a que vuelvan a sus antiguos ritos y creencias; sin distinción de castas los hindúes deben abrazarse «como verdaderos hermanos». Aparte de su sabor evangélico, esta exhortación contiene una triple herejía: el abrazo provoca la contaminación entre los miembros de castas distintas, la hermandad entre los hombres niega la ley kármica y postula la existencia de un Dios creador. Para defender al hinduismo de las críticas de los misioneros, los reformadores lo cristianizaron. Su religión secreta fue el cristianismo: sin saberlo ni quererlo habían hecho suyos sus valores.

El redescubrimiento del hinduismo a través de estos brahmanes e intelectuales anglófilos, más allá del rigor y la exactitud de su interpretación de los Vedas y las otras escrituras, llevó a los hindúes a descubrir que, en efecto, eran los herederos de una gran civilización. Al mismo tiempo, muchos europeos descontentos espiritualmente, hijos desdichados de la modernidad, encontraban en las doctrinas orientales una desconocida fuente de sabiduría. La Sociedad Teosófica, muy influyente en esos años, hizo suyas la doctrina hindú de la metempsicosis y la ley kármica. Annie Besant, célebre en la historia del socialismo «fabiano», se adhirió a la Sociedad y la presidió hasta su muerte en 1933. A principios de siglo se instaló en la India, participó en la lucha por la Independencia, sufrió prisión y en 1917 fue elegida presidenta del Congreso Nacional Indio[1]. Fue el quinto –y el último– británico que ocupó ese puesto.

Las tendencias nacionalistas se alimentaron de las ideas de los reformadores religiosos. Y no sólo de sus ideas sino de sus sentimientos y pasio-

---

1. Annie Besant creía que en una de sus previas existencias había sido un hindú. También había sido Hipatia y Giordano Bruno.

nes. Hinduismo y nacionalismo fueron sinónimos. Algo semejante ocurrió entre los musulmanes. Una corriente paralela se propuso limpiar al islam de supersticiones y adherencias ajenas. En realidad se trataba de barnizarlo de cristianismo. También para los musulmanes la política se volvió indistinguible de la religión (si alguna vez el islam ha hecho esta distinción). Así, no es extraño que los musulmanes viesen con desconfianza las actividades del Congreso Nacional Indio. Desde el principio las diferencias entre ellos y los hindúes se tiñeron de pasión e intolerancia religiosa. La lucha por la Independencia muchas veces fue lucha contra la religión enemiga. El Congreso Nacional Indio se reunió por primera vez en 1885 y en su fundación participó de manera decisiva Allan O. Hume, un escocés de tendencias más bien moderadas. El Congreso era una suerte de «leal oposición» a la administración virreinal y sólo más tarde, por obra de Gandhi, cambió de métodos y metas. Los musulmanes tuvieron apenas participación en estas actividades.

Poco después de su fundación el Congreso se dividió en moderados y en extremistas. Los primeros eran admiradores sinceros del sistema democrático inglés, eran gradualistas porque sabían que las instituciones cambian más lentamente que las leyes: la democracia inglesa había sido el resultado de la evolución de la sociedad desde el siglo XVI. Pero la democracia inglesa era una cosa en Inglaterra y otra en la India; los moderados cerraban muchas veces los ojos ante los abusos de muchos miembros de la colonia inglesa, imbuidos de la idea de su superioridad frente a los nativos. Además, en sus relaciones con el gobierno virreinal, eran con frecuencia demasiado cautos. Sin embargo, fueron ellos los que conquistaron los derechos a la libertad de expresión y de asociación que, un poco más tarde, aprovecharían los extremistas. Los moderados pertenecían a los grupos más afluentes de la sociedad, se interesaban mucho en las reformas de largo alcance, sobre todo en la esfera de la economía y de las relaciones sociales. En este sentido fueron los precursores de la India moderna y contemporánea. Otra herencia todavía válida: su perspectiva era secular, laica y, aunque muchos entre ellos eran creyentes, siempre separaron con cuidado los asuntos de este mundo de los del transmundo. Por último, lo más valioso: fueron demócratas. Pero todas estas actitudes, en sí mismas loables, los apartaban de los grupos populares, movidos por pasiones religiosas.

Los extremistas, en cambio, se ganaron muy pronto a las masas. Las razones: su intransigencia frente al poder extranjero, sus demandas de justicia social, su exaltado nacionalismo no sólo frente a las autoridades inglesas sino ante las otras minorías étnicas y religiosas, especialmente la musulmana. A la violencia verbal, los extremistas unían la de la acción: manifestaciones ruidosas, motines e incluso, en varios casos, el atentado terrorista. Varios de sus líderes sufrieron prisión y esto los convirtió en héroes populares. La eficacia de la táctica de los extremistas se debió, fundamentalmente, a la unión de dos pasiones populares: la religión y el nacionalismo. Los hindúes eran profundamente religiosos pero su religiosidad se volvió más activa, agresiva y violenta, por la inyección de la nueva pasión, hasta entonces desconocida en la India y en Asia: el nacionalismo. La ideología nacionalista es una invención moderna europea y su mezcla con las religiones tradicionales ha sido y es explosiva. El nacionalismo hinduista de los extremistas del Congreso, como R. G. Tilak (1856-1920), fue la semilla de la ideología del actual Bharatiya Janata Party (BJP), que hoy amenaza con su doctrina de un nacionalismo hindú no sólo a la democracia sino a la integridad de la India[1].

La lucha de los extremistas no estaba dirigida únicamente en contra de los ingleses. Tilak era oriundo de Maharashtra, centro de la lucha desde el siglo XVII en contra de los mogoles. A Tilak se le ocurrió celebrar en la región maratha dos festivales, uno en honor del dios Ganesha y el otro en memoria de Sivaji, el héroe maratha que había combatido contra Aurangzeb. Reavivación del combate tradicional contra el islam: la fecha del festival consagrado a Ganesha, el dios elefante, coincidía con una fiesta religiosa islámica. La unión entre la política y la religión, el nacionalismo y el hinduismo, no podía ser más completa. Sin embargo, en la actitud de Tilak y de los otros extremistas había una contradicción, que es la misma a la que hoy se enfrentan (aunque no lo dicen) los hinduistas del BJP y de los otros grupos ultraderechistas: la idea de *nación* es incompatible con la institución de las

---

1. El BJP es un partido nacionalista que se propone convertir a la India en una nación hindú. Es el partido mayoritario de la oposición en el Parlamento (1994). A las instigaciones de sus elementos más exaltados se debe la demolición de una mezquita en la pequeña ciudad de Ayodhya en el estado de Uttar Pradesh, en el norte de la India, supuesto lugar de nacimiento del dios Rama (un avatar de Vishnú). Según los nacionalistas, el emperador Babur, hacia 1528, había echado abajo un templo consagrado al lugar de nacimiento de Rama y sobre los escombros había construido una mezquita. El 6 de diciembre de 1992, una multitud de fanáticos –trescientos mil– convocados por los partidos y grupos de extrema derecha, destruyó la mezquita y levantó, en un cerrar de ojos, una suerte de templo dedicado a Rama. Las consecuencias fueron una serie de motines, sobre todo en Bombay, en los que perecieron más de mil quinientas personas, musulmanes en su mayoría.

castas. El nacionalismo hindú, fundado en la religión, hace de todos los grupos sociales un todo más o menos homogéneo: una nación. Las castas desaparecen o se convierten en realidades subsidiarias y dependientes de la realidad de realidades: la nación hindú. Ahora bien, el fundamento de este nacionalismo es religioso y la existencia de las castas es una de las consecuencias del principio central del hinduismo: la ley kármica. Ni los extremistas de ayer ni los nacionalistas de hoy se han planteado siquiera esta contradicción. Pero que no se la hayan planteado no quiere decir que no exista. Su significado es claro: el nacionalismo hindú como los otros llamados «fundamentalismos político-religiosos» –por ejemplo: los islámicos en el Cercano Oriente y en el norte de África– son versiones reaccionarias de una ideología moderna. La gran falla de los nazis fue que no pudieron invocar a un Odín o a un Thor como los hinduistas alistan en sus filas a Rama y los musulmanes a Mahoma.

La división entre moderados y extremistas paralizó al Congreso. Ninguno de los dos grupos habría logrado llevar a buen término el movimiento de Independencia. En ese momento, en 1920, Mohandas K. Gandhi se convierte en la figura central. Ese año también, como un signo del tiempo nuevo, muere Tilak. La acción de Gandhi, espiritual y política –términos indisolubles en su caso–, no sólo resolvió una situación que parecía sin salida sino que la superó. Lo religioso y lo político se unieron en su figura, como entre los extremistas, pero el punto de unión fue otro, contrario: la no-violencia y la amistad con las otras comunidades religiosas, especialmente con los musulmanes. A la inversa del nacionalismo de los extremistas, en Gandhi la política no absorbía a la religión; más bien la religión humanizaba a la política. Esa religión gandhiana no era la ortodoxa, sino una versión reformista pero que las masas aceptaban porque se apoyaba en su conducta, que era la del asceta venerado por la tradición. Gandhi logró lo que no habían conseguido los moderados: enraizar en el pueblo; al mismo tiempo, mostró a los extremistas que la tolerancia y la no-violencia no estaban reñidas con la intransigencia y la eficacia. Para las masas, Gandhi encarnó una figura venerada por todos los hindúes: el asceta que renuncia al mundo; para las mentes políticas y prácticas, en cambio, era el hombre de acción, capaz de hablar con las multitudes y con las autoridades, hábil en la negociación e incorruptible en los principios.

La fusión entre lo religioso y lo político, el ascetismo y el sentido pragmático, sólo es un aspecto de la sorprendente concordancia de los contrarios que hace de Gandhi una figura única. Fue un hindú tradicional pero también fue un occidental. En su pensamiento político y en su religión, las dos caras inseparables de su personalidad, la influencia de Occidente fue profunda y es claramente perceptible. Su acción política no se fundó en ninguna tradición hindú sino en el pacifismo de Lev Tolstói; sus ideales de reforma social están más cerca de Kropotkin que del código de Manú; en su idea de la resistencia pasiva es visible la huella de la «desobediencia civil» de Thoreau. Su familia era vishnuita y él mismo era un ferviente devoto de Vishnú. Sin embargo, leyó el Bhagavad Gita en la traducción al inglés de sir Edwin Arnold. En Gandhi se funde la tradición jainita de la no-violencia (*ahimsa*) con el activismo de un Tolstói y de un Thoreau, que no vaciló en ir a la cárcel antes que pagar, en 1847, el impuesto para la guerra de los Estados Unidos en contra de México. La no-violencia tiene un doble fundamento: uno, político y ético, que es occidental; otro, religioso, que es jainita. Subrayo que el jainismo, aunque de hecho integrado a la tradición hindú, siempre ha sido visto por los ortodoxos como una tendencia que no cabe en el pluralismo del hinduismo.

La cosmología jainita afirma la solidaridad entre todos los seres vivos; ejercer la violencia sobre uno de ellos, por insignificante que sea, es pecar contra el cosmos entero. Recuerdo mi estupor cuando vi a un grupo de monjes jainitas –prodigiosos mnemotécnicos, por otra parte– con la boca cubierta por un lienzo para no matar algún insecto con su aliento. Eran probablemente jainitas los «filósofos gimnosofistas» (es decir: desnudos) que asombraron a Alejandro y a su séquito con la sutileza de sus razonamientos y el rigor de sus austeridades. También son jainitas muchos y prósperos joyeros y comerciantes. A despecho de su prédica de la no-violencia, dice A. L. Basham, «la ética jainita tiene con frecuencia un carácter glacial pues su altruismo está inspirado por un egoísmo superior»[1]. En Gandhi es perceptible también, ya que no la frialdad, el pragmatismo jainita. Su genio consistió en transformar a la no-violencia de moral religiosa personal en cruzada colectiva que encendió a millones de almas. Aunque el Partido del Congreso fue, desde sus orígenes, un movimiento secular, estuvo sujeto, en sus dos ramas, a varias influencias religiosas, todas ellas hindúes. Ésta fue su gran falla: jamás pudo atraer a un número suficiente de musulmanes. También en esto, aunque no lo haya logrado, Gandhi fue una excepción: tendió la mano a los musulmanes y a los sikhs. La religión no estorbó al político pragmático y realista; la política, a su vez, no lo manchó ni enturbió su fe.

Su doctrina era contradictoria: era nacionalista y creía en la democracia pero, al mismo tiempo, odiaba a la técnica, a la industria y a la civilización

---

1. *The Wonder that was India*, Londres, 1954.

occidentales, a las que consideraba una «enfermedad». Sus invenciones eran, en sí mismas, dañinas. «No siento enemistad hacia los ingleses; la siento frente a su civilización» (*Hind Swaraj,* Indian Home Rule, 1909). Veía en el ferrocarril y en el telégrafo inventos funestos… pero los usaba. Su utopía social era una idealización de la antigua civilización hindú que no tenía más realidad que la del hombre natural de Rousseau. Su prédica tenía un doble y contradictorio objetivo: liberar al pueblo indio de la dominación británica y regresar a una sociedad, fuera del tiempo, dedicada a la agricultura, enemiga del lucro, pacífica y creyente en su religión tradicional. Una Arcadia poblada no por pastores enamorados sino por ascetas amantes de sus dioses, todos ellos manifestaciones o encarnaciones de la Verdad. Nunca quiso o pudo explicar a sus oyentes y lectores cuál era esa verdad que inspiraba a sus actos y a sus palabras. Pero no hay que buscar en él coherencia filosófica o siquiera lógica. No fue Sócrates y el secreto de la inmensa influencia que ejerció sobre su pueblo no está en sus razones sino en la unión del acto y de la palabra al servicio de un propósito desinteresado. No quiso ni el poder ni la gloria: buscó servir a los otros, especialmente a los desvalidos. Lo probó con su vida y con su muerte.

En un siglo impío como el nuestro, la figura de Gandhi tiene algo de milagrosa: en él se fundieron lo más opuesto, la acción y la pasividad, la política –que es la forma más descarnada del apetito de poder– al servicio de una religión del desinterés. Contradicción viviente: siempre afirmó su fe en la religión tradicional y, no obstante, nada más alejado del hinduismo ortodoxo que la fraternización entre las castas, la amistad con los musulmanes y la doctrina de la no-violencia. No es fácil estar de acuerdo –yo no lo estoy– con muchas de las ideas políticas y filosóficas de Gandhi; comprendo y comparto su horror ante muchos aspectos de la civilización tecnológica contemporánea, pero los remedios que nos propone son, unos, quiméricos y, otros, nocivos. La pobreza no es un remedio contra la injusticia ni contra el hartazgo. Pero no debemos juzgarlo; a los santos no se les juzga: se les venera.

El asesinato de Gandhi no puede verse únicamente como un crimen político; su asesino y el grupo que inspiró su acción no lo veían como un adversario político sino como un hereje. Para los nacionalistas hindúes, herederos del odio que profesaba Tilak al islam, las herejías de Gandhi, que no cesaban de denunciar –por ejemplo, su interpretación blasfema de la doctrina del Gita, que no condena a la violencia sino que la exalta como el *dharma* del guerrero–, habían culminado en una abominación: no sólo había sido incapaz de evitar la separación de Pakistán sino que había iniciado una huelga de hambre, pidiendo que cesasen las matanzas y que las turbas hindúes desalojasen las mezquitas que habían invadido en Delhi y en otros lugares. En efecto, en 1938 Gandhi había declarado: «Mi hinduismo no es sectario. Incluye todo lo mejor, a mi juicio, del islam, el cristianismo, el budismo y el zoroastrismo... Toda mi vida he trabajado por la causa de la unidad entre hindúes y musulmanes. Ha sido la pasión de mi primera juventud. Entre mis mejores y más nobles amigos hay algunos que son musulmanes...».

El asesino de Gandhi, un tal N. V. Godse, había sido un colaborador íntimo y un lugarteniente de V. D. Savarkar, un brahmán oriundo de Maharashtra, como Tilak. Ardiente nacionalista, desde joven se distinguió por la violencia de sus ideas y sus acciones. Vivió en Londres entre 1906 y 1910, en apariencia como estudiante de derecho pero en realidad dedicado a actividades terroristas. Allá tuvo una polémica con Gandhi, en 1909. Perseguido por la policía británica, intentó refugiarse en Francia pero sin éxito. Condenado en 1911 a prisión perpetua en el penal de las islas Andaman, obtuvo en 1927 la libertad condicional pero con la prohibición de participar en política. Sin embargo, desde 1937 reanudó en público su actividad política, al frente del partido Hindu Mahasabha (Gran Asamblea de los Hindúes). Al cabo de siete años tuvo que renunciar a la presidencia por razones de salud. Aunque intelectualmente responsable del asesinato de Gandhi, cometido por uno de sus discípulos, jamás se pudo probar su participación en el crimen y tuvo que ser liberado por falta de pruebas.

Las ideas de Savarkar han sido la fuente teórica de todos los movimientos nacionalistas hindúes y hoy son el meollo de la doctrina del influyente Bharatiya Janata Party. Un libro de Savarkar, que se ha convertido en un clásico de los nacionalistas hindúes, compendia sus ideas: *Hindutva*. Es difícil traducir esta palabra; como hispanidad, negritud o mexicanidad, quiere decir algo así como «hinduidad»: aquello que es característico y esencial del ser hindú. Para Savarkar «ser hindú significa ser una persona que ve esta tierra, del río Indo hasta el Océano, como su patria pero también como su Tierra Santa»[1]. Savarkar mezcla dos conceptos distintos: uno territorial y otro religioso. Sin embargo, su visión del hinduismo, según él y sus seguidores, es más cultural que religiosa. Por ejemplo, «aboga por la

---

1. Sobre el movimiento nacionalista contemporáneo, véase el agudo ensayo de Ashutosh Varshney: «Battling the Past, Forging a Future? Ayodhya and Beyond», en *India Briefings*, colección de estudios y artículos publicados por The Asia Society en 1993 y editado por Philip Oldenburg.

remoción de las barreras que separan a las castas, el libre acceso de los intocables a los templos ortodoxos y la reconversión de hindúes que han abrazado otras religiones, como el islam o el cristianismo»[1]. En esto, el hinduismo nacionalista puede parecerse al de Gandhi, ya que implica una reforma, así sea muy limitada, de la religión. La diferencia, esencial, consiste en que el hinduismo de Gandhi es inclusivo y comprende a otras religiones y maneras de pensar, mientras que el de Savarkar es exclusivo: para ser hindú no basta con haber nacido en la India sino ser parte de la cultura hindú. La imagen que tienen los nacionalistas de la cultura de la India es la de una cultura mutilada, en la que no figuran Akbar o el poeta Amir Khusrú ni tampoco monumentos como el Fuerte Rojo en Delhi o el Taj Mahal en Agra. ¿Y los sikhs y los grandes filósofos budistas? La India, como cultura y como historia, es más grande que el hinduismo y comprende varias tradiciones, unas nativas, como el budismo, que han emigrado a otros países, y otras extranjeras que han enraizado en esa tierra, como el islam. Así, el nacionalismo hindú vive en permanente contradicción: su idea de la cultura hindú es religiosa; su visión de la religión hindú implica su transformación en un credo político. La conversión de la cultura en religión termina por la conversión de la religión en política.

Como todos los nacionalismos, el hinduista es una religión política. O sea: una corrupción política de la religión. En la tradición islámica esta confusión es frecuente e incluso constituye uno de los rasgos, negativos, de la historia de la civilización árabe. Los tres grandes monoteísmos —el judaico, el cristiano y el islámico— se prestan con mayor facilidad a este género de mezclas: un solo Dios, una sola ley y un solo señor. A despecho de su pluralismo y su sincretismo, el nacionalismo hindú ha caído en una suerte de caricatura del monoteísmo pues substituye su politeísmo original por la adoración de un dios ideológico: la nación. Hay más de un parecido entre el nacionalismo hindú y el musulmán. El fundamento de este último es religioso y está en el Corán. Así pues, la crítica del nacionalismo musulmán, lo mismo en Pakistán que en los otros países y comunidades islámicas, debe comenzar por una crítica de la *sharia* (la ortodoxia sunnita), para distinguir lo que es vivo y permanente en ella y lo que es circunstancial (los aspectos propiamente políticos)[2]. Se trata de una em-

---

1. Stephen N. Hay, *op. cit.*
2. Véanse las penetrantes reflexiones de Akeel Bilgrami: «What is a Muslim? Fundamental Commitment and Cultural Identity», en *Critical Inquiry*, verano de 1992, University of Chicago Press.

presa gigantesca y que los intelectuales hindúes y musulmanes deben intentar en circunstancias históricas particularmente desventajosas, no solamente por el renacimiento de los fanatismos religiosos y nacionalistas en todo el mundo sino por la ausencia de una tradición crítica moderna en esas culturas. Ni el islam ni el hinduismo tuvieron un Renacimiento como el europeo y por esto tampoco tuvieron una Ilustración.

Nosotros, los hispanos, podemos vislumbrar un poco lo que significa la ausencia de una tradición crítica porque nuestras dificultades para modernizarnos se derivan, en buena parte, de la debilidad del pensamiento hispano en el siglo XVIII. Subrayo que la ausencia de un pensamiento crítico moderno no implica la ausencia de una gran literatura. El caso de la América Latina contemporánea es un ejemplo; otro, el de Rabindranath Tagore. No fue un pensador, fue un gran artista. Su obra y su persona fueron un puente entre la India y el mundo. Admirado por los mejores en Europa, como W. B. Yeats y André Gide, en los países hispánicos tuvo fervientes y numerosos lectores. Visitó Buenos Aires y fue amigo de Victoria Ocampo, a la que dedicó un libro de poemas. Un gran poeta, Juan Ramón Jiménez, en colaboración con su mujer, Zenobia Camprubí, tradujo gran parte de su obra. Esas traducciones influyeron en muchos poetas jóvenes de aquellos años, entre ellos Pablo Neruda. En uno de sus primeros libros, *Veinte poemas de amor y una canción desesperada*, es audible el eco, en ciertos momentos, de la voz de Tagore. Aunque nunca tuvo actividades realmente políticas, el poeta fue un apasionado defensor de la independencia de la India y de sus valores. (Su padre, Debendranath Tagore, fue una de las figuras centrales del renacimiento, en Bengala, de la cultura hindú.) Entre Gandhi y Tagore surgieron ciertas dificultades por algunas críticas del poeta a la política gandhiana, como la condenación *in toto* de la civilización occidental o la quema de ropa y productos extranjeros (prefiero, decía Tagore, dar esos vestidos a los que andan desnudos). Estas diferencias no enturbiaron la mutua admiración que se profesaron. Pero es útil recordarlas: en general los poetas han mostrado, a pesar de tener fama de lo contrario, buen sentido, algo que no se puede decir de los santos. El diálogo entre el poeta y el santo es difícil porque el primero, antes de hablar, debe oír a los otros, quiero decir, al lenguaje, que es de todos y de nadie; en cambio, el santo habla con Dios o consigo mismo, dos formas del silencio.

## NACIONALISMO, SECULARISMO, DEMOCRACIA

El Partido del Congreso siempre fue plural, incluso en su fase más combativa. Al lado de una persona religiosa como Gandhi, había agnósticos como Nehru y nacionalistas como Subhas Chandra Bose. Este último fue muy popular, como antes lo había sido Tilak. Se inspiró en el hinduismo tradicional pero, como los extremistas de la generación anterior, le inyectó un ingrediente explosivo: el nacionalismo. Bose representó el ala más agresiva y combatiente del Partido del Congreso; su virulencia lo acercó al fascismo y durante la guerra combatió al lado de los japoneses. Murió en Taiwan, en un accidente de aviación. Aunque excluido del panteón oficial de la república, su memoria es venerada por muchos; en las ferias y otros lugares de reunión popular, su foto se ve en los puestos en donde se venden chucherías e imágenes de las estrellas de cine y de dioses como Vishnú, Krishna, Shiva, Kali o Hanuman, el dios mono.

Ninguno de estos revolucionarios tuvo una relación directa con los movimientos socialistas internacionales. La excepción fue M. N. Roy, otro brahmán de Bengala. Su verdadero nombre era Narendranat Bhattacharya (1887-1954). Aunque poco conocido en México, una época de su vida está asociada a la historia política de nuestro país. Muy joven se alistó en el nacionalismo extremista; perseguido por la policía británica, se refugió en los Estados Unidos, en Chicago; después, a la entrada de ese país en la guerra, encontró asilo, como tantos otros pacifistas y socialistas norteamericanos, en México. Eran los años de la Revolución mexicana y Roy no tardó en asociarse con los grupos más radicales. Su participación fue decisiva en la fundación del Partido Comunista de México. Impresionado por su talento y sus actividades, Lenin lo invitó, a través de Mijaíl Borodín, agente comunista en México, a colaborar en la Tercera Internacional. Viajó a Moscú con un pasaporte oficial expedido por el gobierno del presidente Carranza y protegido por los cónsules de nuestro país en diversos países. Trabajó como agente de la Internacional Comunista en el Asia central y en China. Rompió con el Komintern en 1929 y unos años después con el marxismo. Regresó a la India, luchó por la Independencia y sufrió una prolongada prisión. Durante la segunda guerra, comprendiendo la amenaza que representaban el nazismo y el imperialismo japonés, se declaró partidario de la colaboración con Inglaterra y las otras naciones democráticas, a la inversa de Gandhi y de Nehru, que declararon la no-cooperación. Convencido del fracaso del sistema totalitario fundado por Lenin y los bolcheviques en 1917, ideó una respuesta revolucionaria a la crisis del socialismo: «el humanismo radical». La respuesta era insuficiente pero eran legítimos los motivos que la inspiraban. La vida y la obra de Roy son un ejemplo del destino del intelectual revolucionario en el siglo XX[1].

Ante la figura de Jawaharlal Nehru, que se proclamó socialista pero que fue dirigente de un movimiento nacionalista como el Partido del Congreso, es legítimo preguntarse: ¿cuál fue su verdadera ideología? Fue socialista, si se piensa en sus primeras actividades políticas, en sus esfuerzos por inclinar el Partido del Congreso hacia la izquierda, en sus diferencias con Gandhi y con Sardar V. Patel y en sus declaraciones y pronunciamientos públicos. Sin embargo, a pesar del intenso interés con que siguió siempre el desarrollo de la política internacional, su acción se desplegó en la India y tuvo como objetivo central la independencia de la tutela británica. Al principio, su racionalismo y su socialismo lo enfrentaron a Gandhi, a pesar de la admiración que sentía hacia el hombre que había logrado movilizar a millones en una cruzada pacífica. Pero le inquietaba que los objetivos políticos se aliasen al ánimo religioso. Sin embargo, reconoció que ese camino era el eficaz y se convirtió en colaborador del Mahatma. Finalmente, gracias a su inteligencia y a su influencia entre los militantes, se volvió su lugarteniente, sin perder su independencia intelectual y política.

Ya en el poder, su socialismo no lo llevó a adoptar medidas realmente revolucionarias en materia social (la socialización de la propiedad); en cambio, emprendió una vigorosa política de intervención económica del Estado. Alguna vez dijo: nuestro propósito no es la expropiación del capital sino su control social. Esta política, por lo demás, contó con el apoyo de los grandes capitalistas indios, tanto por su nacionalismo (los protegía de la competencia exterior) como porque estaba dirigido a crear una

---

[1]. Después de su muerte, se publicó un libro: *M.N. Roy's Memoirs,* Bombay, Allied Publishers, Private Ltd., 1964. Gran parte de la primera sección del libro está dedicada a sus años en México, que fueron los de su iniciación revolucionaria. El relato de las intrigas y complicidades entre el gobierno de Carranza y la Embajada de Alemania, en plena guerra, corrobora lo que ya se sabía: los esfuerzos de los alemanes por utilizar a México como una base en contra de los Estados Unidos y la actitud más bien favorable a esta idea del gobierno de Carranza. Por desgracia, es muy difícil identificar a los protagonistas mexicanos del relato: casi ninguno de los nombres citados por Roy es de personas conocidas. ¿Fallas de la memoria de Roy? ¿O ignorancia de los editores? Digo esto porque, aparte de los nombres, las descripciones que hace Roy de la ciudad de México y de la vida en esos años son vívidas y veraces.

estructura económica que ellos, por sí solos, no hubiesen podido construir. Algo semejante ocurrió en México durante el período postrevolucionario. El estatismo de Nehru fue necesario en su momento, como el mexicano; después, continuado por sus sucesores, tuvo los resultados que ese tipo de política ha tenido en todo el mundo: marasmo económico por la ausencia de competidores, crecimiento desmesurado de una burocracia inspirada casi siempre no por la lógica económica sino por los intereses políticos, patrimonialismo y, en fin, corrupción. Los beneficiarios directos del estatismo económico no son los trabajadores sino los burócratas.

La política internacional de Nehru tuvo una iniciación brillante pero pronto se reveló unilateral y quimérica. Su gran proyecto, la constitución de un bloque de naciones no-alineadas, sirvió más bien a los intereses de la Unión Soviética que a los de la paz. Aparte de que sus aliados principales no eran realmente demócratas –Tito, Nasser, Sukarno– el gobierno de Nehru se embarcó en una imprudente e ingenua política de amistad con el régimen de Mao. No pudo o no quiso ver el cisma que dividió a las potencias comunistas y su ceguera lo llevó a convertirse en víctima de ese cisma. La humillante invasión china de la frontera noroccidental de la India, la llamada línea McMahon, fue en realidad un aviso beligerante de Pekín dirigido a Moscú... a través de Nueva Delhi. Durante años había confiado en la amistad de los chinos y ahora veía cómo éstos se aliaban a Pakistán. Ante el clamor público, Nehru tuvo que deshacerse de Krishna Menon, su vocero en las Naciones Unidas y en otros foros, al que había nombrado ministro de la Defensa. Menon era un hombre arrogante e inteligente pero, como sucede con muchos ensoberbecidos, no era dueño de sus ideas: estaba poseído por ellas. Nehru nunca pudo reponerse del gran fracaso de su política internacional. Esa pena ensombreció sus últimos años.

Las relaciones con Pakistán han sido siempre agrias, lo mismo durante el gobierno de Nehru que bajo los de sus sucesores. La querella por Cachemira no ha cesado de envenenar los ánimos. La mayoría de la población es musulmana: hubo un momento en que se entrevió una solución intermedia: conceder a Cachemira cierta autonomía política y económica bajo el gobierno del jeque Abdullah, antiguo amigo de Nehru y adversario del régimen paquistaní. Pero Nehru se negó a acceder a esta demanda e incluso encarceló a Abdullah. Decisión injusta e impolítica. Tal vez temía que esa concesión animase a otras regiones a pedir lo mismo. La escisión es la amenaza permanente de la India. Y aquí debo referirme brevemente a la primera y más grave, la de Pakistán, que le costó la vida no sólo a Gandhi sino a centenares de miles de hindúes y musulmanes[1]. Según Percival Spear la falta es imputable tanto al gobierno virreinal como a la intransigencia de Nehru, apoyado por Gandhi. Al estallar la guerra, la India se convertía automáticamente, como parte del Imperio británico, en nación beligerante. A mayor abundamiento, cuando el conflicto estalló muchos indios elegidos en comicios legítimos participaban en el gobierno. La mayoría pertenecía al Partido del Congreso, que había ganado de manera inequívoca y con gran margen las elecciones. Era un paso importante hacia la Independencia. Pero las autoridades virreinales no tuvieron el tacto de consultar a la población ni a los dirigentes del Congreso. Por su parte, los líderes del Congreso exigieron una declaración formal y solemne por la cual la Gran Bretaña se comprometía a dar la Independencia a la India como un Estado más de la Commonwealth. La respuesta de Londres fue vaga. Nehru y su grupo consideraron que se trataba de una artimaña. Gandhi vaciló por un instante pero al fin se inclinó por la posición de Nehru y así el Congreso se decidió por la política de no-cooperación, aunque Gandhi la suavizó en la práctica. No era bastante y era demasiado tarde. La ruptura se había consumado y muchos líderes del Congreso fueron a parar en la cárcel. Por su parte, la Liga Musulmana, bajo la dirección del hábil y competente Mohammed Alí Jinnah, aprovechó la ocasión para crecer y, con la benevolencia del gobierno virreinal, extender su influencia entre los musulmanes. Así se preparó la división.

Al llegar el momento de las negociaciones, en 1947, Jinnah se mostró inflexible y exigió la creación de una nación independiente, Pakistán (la Tierra de los Puros). Estallaron motines en todo el país, sobre todo en el norte, y comenzaron las matanzas entre hindúes y musulmanes que sólo se detuvieron con el asesinato de Gandhi, en enero de 1948. La división era inevitable. Pero todos estos incidentes, unos terribles y otros hijos de la torpeza y la intransigencia, constituyen la causa eficiente, como decían los escolásticos, de la división. Las causas profundas son más antiguas y se confunden con la historia misma de la India desde el siglo XIII. En alguna ocasión Nehru comparó la India a un palimpsesto, en el que «uno debajo del otro, están inscritos muchos hechos, ideas y sueños, sin que ninguno de ellos cubra completamente a los que están abajo». Así es: las *masa-*

---

1. No se conocen con exactitud las cifras pero la más probable es la de medio millón de muertos. Véase Percival Spear, *A History of India*, 2, Nueva York, Penguin Books, 1984.

*cres* de 1947 no recubren sino que hacen más visible la trágica historia de las relaciones entre hindúes y musulmanes.

Lo mismo entre los precursores de fines de siglo en Bengala que entre los dirigentes del Congreso, aparece cierta ambigüedad, para llamarla de alguna manera, entre sus ideas democráticas y su profundo hinduismo. Su nacionalismo político es a veces indistinguible de su fervor religioso, aunque no haya adoptado las formas aberrantes del hinduismo de Savarkar y sus seguidores. Nehru es la gran excepción. Su tentativa de modernización de la India, en parte realizada, correspondía a lo que él era realmente. No fue, como sus antecesores y sus compañeros, un alma dividida por dos tradiciones sino una mente y una sensibilidad desgarrada por el enigma casi siempre trágico de la historia. Sus vacilaciones obedecieron a la complejidad de las circunstancias, no a la influencia de valores e ideas irreconciliables. Amó a la India con un amor lúcido y por esto, sin compartirlas, comprendió y aceptó sus contradicciones. Su amor por la civilización de Occidente, en su vertiente racionalista y socialista, no estaba teñido de superstición beata y de ahí que haya podido ver a los europeos como sus pares. Su misma política antioccidental fue el producto de sus años de estudiante en Harrow y en Cambridge: allí aprendió a odiar no a los ingleses sino al imperialismo.

Como muchos de su generación –entre ellos algunos de los mejores– no comprendió, o se negó a comprender, el verdadero significado político y moral del totalitarismo comunista. Fue un grave error y lo pagó al final de sus días. Pero también hay que decir que Nehru, en el siglo de Hitler, Stalin y Mao, fue un político civilizado. Figura contradictoria, como su época misma: aristócrata, fue socialista; demócrata, ejerció una suerte de dictadura pacífica; agnóstico, gobernó una masa de creyentes; hombre de ideas morales, no retrocedió a veces a ser parte de combinaciones y compromisos no siempre limpios. Pero todos sus errores pesan poco frente a los aspectos positivos de su obra. Fue el heredero de Gandhi, no su discípulo ni su continuador. Al contrario, movió a la India en una dirección opuesta a la que predicaba el Mahatma: la modernidad. Fue el fundador de la república y su legado puede compendiarse en tres palabras: nacionalismo, secularismo y democracia.

La India moderna es inexplicable sin la influencia de la cultura inglesa, como Nehru sin sus años de formación en Cambridge. Ante todo, el nacionalismo. Como sentimiento y realidad histórica es tan antiguo como los hombres: no hay sociedad que no se haya sentido unida por una tierra, unas costumbres y una lengua; como idea, es una invención moderna de los europeos. Así pues, es una ideología tanto como un sentimiento y, como todos los sentimientos, puede ser altruista o destructor. También grotesco. En pueblos como la India y México, que han sido colonias y sufren dolencias psíquicas, el nacionalismo a veces es agresivo y mortífero, otras cómico. He leído y oído decir a periodistas mexicanos e incluso a una historiadora, que los sacrificios humanos entre los aztecas y otras naciones mesoamericanas eran una patraña, una calumnia inventada por los españoles para justificar la Conquista. En la India un profesor descubre que el *linga* es un signo astronómico que la ignorancia popular, engañada por los europeos, ha transformado en símbolo fálico. Hace años, en un popular y respetado periódico de Delhi, leí que un famoso político, miembro del Congreso y antiguo ministro, creía en la astrología «porque era una ciencia». No me sorprendió: en esos días varios antropólogos mexicanos interpretaban unos relieves de la pirámide de Xochicalco con representaciones de signos calendáricos mayas, zapotecas y nahuas como la conmemoración de una «reunión científica de astrónomos». La astrología convertida en astronomía.

Ni los indios ni los mexicanos reniegan de su pasado: lo recubren y lo repintan. Es un proceso no enteramente consciente y de ahí su eficacia: nos pone al abrigo de la crítica. Es una vacuna psicológica. En un folleto de turismo las esculturas eróticas de los templos de Konarak y Khajuraho se describen como una suerte de propaganda destinada a estimular las uniones matrimoniales en una época en que la boga del ascetismo amenazaba con despoblar al país. En el tantrismo, el coito prolongado y sin emisión de semen es un rito para alcanzar la iluminación; un intérprete moderno nos explica que no es un rito sino un método de *birth control*. Nehru diserta en el Parlamento acerca de la necesidad de asimilar la ciencia y la técnica modernas; un diputado lo interpela para recordarle que en el período védico los hindúes se servían de aparatos para explorar el espacio exterior. Y concluía: «cito un hecho histórico aceptado por la ciencia, puesto que los Puranas (libros sagrados) lo relatan». La ciencia goza de un prestigio religioso; es natural que se crea en la religión como una ciencia. Hace años, paseando con un amigo extranjero recién llegado a México, le mostré una de nuestras avenidas más hermosas, el Paseo de la Reforma. Me miró con asombro y me dijo: «Pero si México es un país católico...». Tuve que explicarle que para nosotros la palabra *Reforma* no alude a la revolución religiosa de Lutero y Calvino que cambió al mundo sino a unas leyes dictadas por el presidente Juárez el siglo pasado. ¿Y cómo decirle que la expresión *cultura de Occidente* no designa, en la Escuela Nacional de Antropología de México, a la civilización del Oeste europeo sino a una cultura prehispánica, más bien primitiva, localizada en el noroeste de México?

Todo esto sería divertido si no fuese también aterrador. El nacionalismo no es un dios jovial: es Moloch empapado en sangre. En general, los excesos del nacionalismo se originan por el culto que profesan sus creyentes a la homogeneidad: una sola fe y una sola lengua para todos. Un *slogan* comercial popular expresa muy bien este anhelo: *¡Como México no hay dos!* Pero en la India conviven varios nacionalismos y todos combaten entre ellos. Uno, el nacionalismo hindú, quiere dominar a los otros y someterlos a su ley, como Aurangzeb, sólo que al revés, hace más de tres siglos. Otro, en Cachemira, quiere unirse a un Estado hostil, Pakistán. Ignora así la experiencia de Bangladesh: la religión puede unir a los pueblos si, además, éstos comparten una lengua, una tradición y una historia común. No es el caso de Cachemira. Otros, como los sikhs y los tamiles, son separatistas. Por su parte, los musulmanes pretenden substraerse a varios preceptos legales cuando están en contradicción con los mandamientos de la *sharia*. Una musulmana divorciada pidió la pensión que concede la ley india; la Corte de Justicia dictaminó en su favor pero Rajiv Gandhi, temeroso de enajenarse el voto de los musulmanes, desobedeció el mandato legal. Se violó así un principio fundamental del derecho moderno en todas las democracias: la igualdad ante la ley, sin distinción de sexo, raza o religión.

¿Cómo se puede hacer frente a todas estas tendencias que amenazan con un regreso al siglo XVIII, el siglo de la anarquía india y de las guerras incesantes? La respuesta está en el secularismo. Principió en 1868 con la proclama de la reina Victoria que garantizaba la libertad de creencias. Fue perfeccionado por los dirigentes del Congreso, consagrado por la Constitución y encarnado en la figura de Nehru. Los principios son pocos y claros: no hay religión de Estado, separación entre el poder temporal y el religioso, igualdad ante la ley, libertad de creencias, respeto por las minorías y por los derechos de los individuos. El secularismo no sólo es un principio jurídico abstracto: es una política concreta, sometida a la diaria prueba de la realidad. En el caso de la India, esa realidad es endiabladamente confusa. La Constitución otorga al gobierno central vastos poderes para hacer frente a las tendencias separatistas pero el uso de esos poderes puede conducir a abusos que, generalmente, resultan contraproducentes. Éste fue el caso de Indira Gandhi. El secularismo implica imparcialidad; sin embargo, por sí sola, la imparcialidad puede confundirse con la impotencia. El verdadero secularismo requiere tacto: combinar la tolerancia con la fuerza. Así pues, el ejercicio del secularismo depende de dos condiciones. La primera es la división de poderes, de modo que el judicial pueda impedir los abusos del ejecutivo o las decisiones muchas veces partidistas del legislativo. El poder judicial es el encargado del respeto a la ley –*the rule of law*– sin el cual no hay orden social. La segunda condición es la *prudencia* del gobernante. Ésta era la virtud cardinal del político para Aristóteles. En la Edad Media se llamaba «prudente» al buen rey. Sin prudencia, cruelmente ausente en las democracias modernas, lo mismo entre los dirigentes que entre las masas, es imposible el buen gobierno.

Una política que sea, a un tiempo, secular y realista, debe tener en cuenta, en dosis variables, según las circunstancias, tanto al ejemplo de la modernidad occidental como a los valores de la tradición. Por esto he mencionado las dos condiciones que exige un secularismo eficaz: una, moderna, es la división de poderes, la herencia democrática inglesa; otra, inmemorial y que pertenece tanto a la tradición europea como a la hindú, es la *prudencia*. En el pensamiento tradicional hindú, la figura del rey, el guerrero y hombre de acción, es inseparable de la del brahmán, que representa la sabiduría y en sus expresiones más altas, el dominio de las pasiones. El rey prudente es aquel que domina sus pasiones. Jean-Alphonse Bernard observa con perspicacia que «el problema político de la India, ahora como antes, no consiste en el conflicto irremediable entre tradición y modernidad, autoridad y democracia, sino en la polarización excesiva del poder en la cúspide»[1]. En efecto, esto es lo que ocurrió en el régimen de Indira Gandhi y también, en circunstancias diferentes, en el de Nehru. Pero para comprender más cabalmente el conflicto, hay que tener en cuenta la tendencia tradicional al separatismo y a la fragmentación. Ésta es la realidad a la que tuvieron que enfrentarse lo mismo el Imperio maurya y el gupta que el mogol y el británico. Es una historia de dos mil años de luchas entre los separatismos y el centralismo.

La pugna entre la autoridad central y los poderes locales sólo puede resolverse por la fusión entre la modernidad (democracia y división de poderes) y el centralismo tradicional. Salvo en figuras excepcionales como las de Ashoka y Akbar, la realidad política tradicional en la India ha sido la del poder despótico. La originalidad del proyecto de nación que es la India moderna consiste, precisamente, en el propósito de evitar el peligro del despotismo con el único remedio conocido: la democracia. Cierto, la demo-

---

1. Jean-Alphonse Bernard, *L'Inde, le pouvoir et la puissance*, París, Librairie Arthème Fayard, 1985.

cracia también puede ser tiránica y la dictadura de la mayoría no es menos odiosa que la de una persona o un grupo. De ahí la necesidad de la división de poderes y del sistema de controles. Pero las mejores leyes del mundo se convierten en letra muerta si el gobernante es un déspota, un hombre que domina a los demás porque es incapaz de dominarse a sí mismo. Repito: una política secular realista combina la modernidad democrática con la vieja y tradicional virtud de la prudencia.

Un vistazo a la historia moderna de la India y de la América Latina ayudará a comprender un poco la diferencia de la evolución política de ambas regiones. Cuando se piensa en el Imperio español de América, sorprende la vastedad del territorio y el número y la diversidad de pueblos que comprendía. La inmensidad de las distancias, la heterogeneidad de las poblaciones y la lentitud y dificultad de las comunicaciones, no impidieron ni un gobierno en general pacífico ni la armonía entre las distintas regiones. A principios del siglo XIX los reinos y las provincias que componían el imperio se alzaron en contra de la dominación de Madrid. A diferencia de lo que ocurrió en la India, la lucha se convirtió en una larga guerra. De ahí que, una vez consumada la Independencia, haya aparecido un gremio, el militar, con ambiciones políticas y decidido a imponer sus ideas por la fuerza. Las guerras de Independencia fueron semilleros de caudillos. Con ellos comenzó esa enfermedad endémica de nuestras sociedades, el militarismo, y sus secuelas: golpes de Estado, alzamientos, guerras civiles. Al liberarnos de la dominación española, la Independencia no nos abrió las puertas de la modernidad sino las del pasado. Regresaron los caudillos, terrible y triple herencia de árabes, españoles e indios americanos: el jeque, el mandamás, el cacique. En cambio, la India conquistó la independencia no a través de una lucha armada sino por medio de un largo proceso democrático. Así se evitó la aparición de los caudillos, esos mesías con entorchados y esos césares revolucionarios que han proliferado en tantos países de Asia, África y América Latina.

Ya he señalado que una de las características de la historia de la India ha sido la ausencia de un Estado universal que uniese a todos los distintos pueblos de lenguas y culturas diferentes. El Imperio británico, como el español en América, fue el agente de la unificación. Pero ahí termina el parecido. El legado inglés no fue religioso ni artístico sino jurídico y político. En ese legado el secularismo ocupa un lugar central. Por ejemplo: el tránsito de la India hacia la Independencia hubiera sido imposible sin el concurso de dos instituciones seculares, creadas por los ingleses pero formadas por indios: el ejército y el Civil Service. En la América Latina el ejército ha sido el actor principal de los desórdenes civiles; en la India, el defensor del orden y la Constitución. En cuanto a la burocracia: todavía no hemos logrado crear un servicio civil comparable a los de Europa y Japón.

Entre secularismo y democracia hay una correspondencia íntima. Un Estado democrático no secular no es realmente democrático; un Estado secular no democrático es una tiranía. Secularismo y democracia son los dos aspectos complementarios de la herencia de Nehru. Uno y otra han sufrido deterioros graves desde su muerte pero han resistido a la doble embestida de la corrupción política y de los nacionalismos y regionalismos. Con frecuencia oigo decir que en un país como la India, que se enfrenta a problemas sociales y demográficos inmensos, lo esencial no es la democracia sino atender a la economía y a las necesidades populares. Nadie puede negar –y menos que nadie un mexicano: nuestro país padece males semejantes– que la pobreza alcanza en la India dimensiones a un tiempo conmovedoras e indignantes. Pero este argumento cierra los ojos ante los progresos también inmensos en muchos dominios, como la agricultura y ciertas ramas de la industria. Aunque la crítica a la democracia se ha amortiguado, debido al hundimiento de las naciones totalitarias «socialistas», vale la pena, todavía, hacerle frente. En primer término, la democracia no es un obstáculo para la modernización y el desarrollo económico y social; al contrario, quizá sea una de sus condiciones. Allí donde los gobiernos acudieron a métodos coercitivos para impulsar la economía, tras de iniciales y engañosos avances, los resultados fueron desastrosos. Además, privados de derechos básicos como el de libre asociación y el de huelga, los trabajadores no comparten sino una porción mínima del producto nacional. Por supuesto, la democracia no es una panacea que cure todas las dolencias y que imponga de manera automática la justicia social. No es un método para acelerar el progreso económico; es un medio para evitar que ese progreso se realice a expensas de la mayoría. No es la espuela de la producción sino un instrumento para introducir un poco de justicia en nuestro terrible mundo.

Entre las causas del retraso social y económico de la India, también del de México, está la explosión demográfica. Tal vez es la más importante. En el caso de México he tratado este asunto en varios escritos y no voy a repetir ahora lo que he dicho en otras ocasiones. Además, mis reflexiones no se refieren a este tema, abundantemente tratado por muchos autores, sino a la paradoja del Estado indio –moderno, secular y democrático– frente a sociedades en buena parte todavía tradicionales. A lo largo de estas páginas me he ocupado de los aspectos políticos e ideológicos de esta cuestión pero debo mencionar, así sea de paso, otro factor también determinante. Aparte de la existencia de una administración central, una ley común y una democracia política que abarca a todo el país, hay una red nacional de intereses, actividades e intercambios económicos y comerciales. Esta red no es menos sólida que la política. En su lucha en contra de los separatismos, especialmente frente a la amenaza que hoy representa la resurrección del hinduismo militante, los intereses económicos nacionales son los aliados del secularismo del Estado. También lo es la herencia cultural, que es plural pues comprende lo mismo al budista Ashoka que al musulmán Akbar, a Tagore el poeta y a Gandhi, el de la camisa blanca de algodón manchada de sangre.

Asistimos hoy, al final del siglo, a la resurrección de pasiones, creencias, ideas y realidades étnicas y psíquicas que parecían enterradas. El regreso de la pasión religiosa y del fervor nacionalista esconde un significado ambiguo: ¿es la vuelta de los demonios y los fantasmas que la razón había exorcizado o es la revelación de verdades y realidades profundas, ignoradas por nuestras orgullosas construcciones intelectuales? No es fácil responder a esta pregunta. Lo que sí puede decirse es que la resurrección de los nacionalismos y los «fundamentalismos» (¿por qué no llamarlos con su verdadero nombre: fanatismos?) se ha convertido en una amenaza a la paz internacional y a la integridad de las naciones. Para la India esta amenaza es permanente, diaria. Ya señalé que el remedio es doble: secularismo y democracia. La tarea es particularmente difícil porque, como he indicado, requiere un delicado balance entre el federalismo y el centralismo. Por fortuna, el fanatismo hinduista es fuerte en el norte, en Maharashtra y en otras regiones del centro, no en el sur. Creo que la heterogeneidad podría jugar en favor del secularismo en contra de las pretensiones hegemónicas del hinduismo.

Por supuesto, es imposible prever el giro de los acontecimientos en el futuro. En la esfera de la política y la historia, como quizá en todo, actúa siempre ese poder desconocido que los antiguos llamaban Fortuna. Sin olvidar esto, debo añadir que, lo mismo en el campo de la psicología que en el de la política, el método más seguro para resolver los conflictos —aunque sea también el más lento— es el diálogo. Al hablar con nuestro adversario, lo convertimos en nuestro interlocutor. Ésta es la esencia de la democracia. Su preservación entraña la conservación del proyecto de los fundadores de la India moderna: un Estado que englobe, sin suprimirla, la diversidad de pueblos y religiones. Es una tarea que exige realismo e imaginación. Asimismo, cierta virtud. Toda gran creación histórica, ley terrible, se edifica sobre un sacrificio. En el caso de la democracia india, sobre la sangre de un justo, Mahatma Gandhi; también sobre la de Indira, su hijo Rajiv y la de incontables víctimas inocentes. Todos ellos murieron para que un día los hindúes, los musulmanes, los sikhs y los otros puedan conversar en paz.

# Lo lleno y lo vacío

## LA *APSARA* Y LA *YAKSHI*

La *apsara* y la *yakshi* son, en la mitología hindú, criaturas femeninas como nuestras dríadas y hamadríadas. Las *apsaras* –«moviéndose en el agua»– son las «hijas del placer», según el Ramayana, y forman el «tesoro común de los dioses». Las *yakshis*, más terrestres, están asociadas al culto a los árboles, son lascivas y figuran con frecuencia en la escultura budista.

A pesar de que me he extendido más de lo que preveía, sólo he tocado unos cuantos temas históricos y políticos. No tuve más remedio que hacerlo: son asuntos que a todos nos atañen. Sin embargo, hubiera preferido escribir sobre lo que amo y siento: la India no entró en mí por la cabeza sino por los ojos, los oídos y los otros sentidos. Hablé de mi desembarco en Bombay una mañana de hace cuarenta años: todavía respiro el aire húmedo, veo y oigo a la multitud en las calles, recuerdo los colores brillantes de los sarís, el rumor de las voces, mi deslumbramiento ante el Trimurti de Elefanta. También me referí de paso a la cocina; a ella le debo una primera y pequeña intuición que me enseñó más sobre la India que un tratado: entreví que su secreto no consiste en ser una mezcla de sabores sino una graduación hecha de oposiciones y conjunciones a un tiempo violentas y sutiles. No sucesión, como en Occidente, sino conjunción. Es una lógica que rige a casi todas las creaciones indias. La música fue otra iniciación, más larga y más noble; confieso que en ese arte, como en tantas otras cosas, sigo siendo un novicio. Lo digo con cierta pena, a despecho de que durante años fue mi constante compañía. La escuché en noches memorables de concierto en los jardines de Delhi, confundida con el rumor del viento en los follajes; otras veces, la oí deslizarse en mi cuarto, como un río sinuoso, alternativamente obscuro y centelleante. *Ragas* que son soliloquios y meditaciones, melodías pasionales que trazan círculos y triángulos en un espacio mental, geometría de sonidos que transforman una habitación en una fuente, en un surtidor o en un remanso. Lo que aprendí en la música –además del placer de recorrer esas galerías de ecos y esos jardines de árboles transparentes, en donde los sonidos piensan y los pensamientos danzan– fue algo que también encontré en la poesía y en el pensamiento: la tensión entre la unidad y la vacuidad, el continuo ir y venir entre ambas.

La escultura fue mi primera revelación y la más duradera. No pienso únicamente en las obras de las altas épocas –ya referí la impresión que me causaron las esculturas de la isla de Elefanta– sino también en los prodigios mínimos que son los objetos populares, hechos de barro, metal o madera, sonoros como pájaros, formas fantásticas nacidas de las manos de un artesano anónimo. La gran escultura india es naturalista como la griega y la romana y así se sitúa en un universo estético opuesto al de la escultura del antiguo México, amante de las abstracciones terribles. Pero en el arte popular la sensibilidad india y la mexicana convergen: fantasía, humor, colores violentos y formas bizarras. El mundo de lo sagrado cotidiano y de la poesía diaria. El amor a los objetos que participan de las funciones del talismán, el utensilio y el juguete es una vertiente de la sensibilidad india; la otra es la afición a las nomenclaturas y las enumeraciones, trátese de formas, sabores y sensaciones o de conceptos y figuras gramaticales. La lógica, la gramática, la estética y la erótica coinciden en la predilección por los catálogos y las clasificaciones. Los tratados de erótica son diccionarios de posturas, caricias y sensaciones.

Al mismo tiempo, la pasión por la unidad. No es una casualidad que el pensamiento indio haya descubierto el cero; tampoco que lo haya visto, simultáneamente, como un concepto matemático y una realidad metafísica[1]. Para Shankara el Uno es el límite de lo pensable; para Nagarjuna, la vacuidad. Entre el Uno y el cero, combate incesante y abrazo instantáneo, se despliega la historia del pensamiento indio. La gran pregunta sobre la realidad del mundo –¿qué es, cómo es?– abarca también a la cuestión del origen: ¿qué había al comienzo, hubo un comienzo? En uno de los himnos más hermosos del Rig Veda, llamado a veces Himno de la Creación (10.129), el poeta intenta imaginarse cómo fue el principio del principio y se pregunta:

> No había nada, ni siquiera la nada,
> no había aire, ni, más allá, cielo.
> ¿Qué cubría al cosmos, dónde estaba?
> ¿Quién lo regía? ¿Había sólo agua y abismo?

---

[1]. El México precolombino también conoció el cero pero su descubrimiento tuvo consecuencias distintas: figura en la numeración, no en la filosofía religiosa.

No había muerte ni inmortalidad,
no se encendía ni apagaba la antorcha del día y la noche.
El Uno respiraba sin aire, se sostenía sin apoyo.
Sólo había el Uno y no había nadie[1].

En la estrofa que sigue el deseo desciende, se entierra en el Uno, como una semilla, lo despierta y el mundo nace. Pero la pregunta de las dos primeras estrofas –¿qué hubo *antes*?– no es contestada. (Tampoco la física moderna la contesta.) Primera y turbadora confesión de ignorancia: ese *antes* que designa al estado primordial es un antes de todos los antes. Sin embargo, el himno insinúa, anticipándose así a Plotino, que el Uno está antes del ser y del no-ser, antes de la dualidad. Y el poeta comenta: «los sabios, que han buscado en sus almas a la sabiduría, saben que son hermanos lo que es y lo que no es». Todo lo que puede decirse sobre el ser y el no-ser está en esa línea enigmática y sublime.

El monismo idealista levanta sus grandes construcciones de conceptos por eliminación y sucesivas negaciones. El absoluto, el principio en cuyo seno se disuelven todas las contradicciones (*brahman*) «no es esto ni esto ni esto». Ningún predicado le conviene, todos lo limitan. Con el mismo método se ha edificado el gran templo de Ellora, que no es sino una montaña tallada; también los santuarios de Ajanta, Karli y otros sitios son excavaciones en las rocas inmensas. Doble y grandioso designio: esculpir montañas, construir edificios de razones sobre un reflejo en el abismo. Hay una absoluta correspondencia entre el pensamiento hindú, su arquitectura y su escultura. El budismo no ha sido menos osado. Su dialéctica es una vertiginosa sucesión de conceptos, uno tras otro destrozados por la navaja de la lógica hasta que, de pronto, nos enfrentamos al cero: *śunyata*, indecible irrealidad real de la vacuidad. Todas estas especulaciones tienen un equivalente –más exactamente: una traducción sensible, corpórea– en la escultura y en la pintura. Nunca he visto presencias más plenamente terrestres que las figuras de donantes (*dampati*) de la fachada del santuario budista de Karli. Son la tierra y el agua, lo más antiguo y lo más joven, convertidos en cuerpos de hombres y mujeres. Los elementos terrestres y celestes no en trance de cólera o de alegría –ambos peligrosos para los mortales– sino en un instante de sensualidad pacífica. Un instante largo como un siglo. Al ver esas parejas desnudas, sensuales sin crueldad, comprendí

---

1. Traduzco de la versión inglesa de A. J. Basham: *The Wonder that was India*, 1954. Véase también *Le Véda*, textos reunidos y presentados por Jean Varenne, 1967.

el significado de la palabra *benevolencia*. Esos gigantes sonrientes son encarnaciones de la sílaba *Sí*, enorme y carnal aceptación de la vida. Un Sí grande como el oleaje y las montañas. Sin embargo, gran paradoja, esas esculturas custodian el templo de la vacuidad, el altar del cero, el santuario del *No*.

En la antología de poesía sánscrita de Vidyakara, traducida hace algún tiempo al inglés por el profesor Daniel H. Ingalls, la gran mayoría de los poemas son eróticos[1]. No es extraño que el autor de la selección haya sido un monje budista. Tanto en los santuarios budistas como en los de jainitas e hindúes abundan las figuras eróticas. Algunos templos, como los de Konarak y Khajuraho, pueden verse como manuales de posiciones sexuales. *Kamasutras* esculpidos. La unión entre erotismo y religión, aunque menos intensa y explícita que en la India, es también un rasgo de la literatura hispánica de los siglos XVI y XVII: la religiosidad más ferviente y severa mezclada a un exaltado sensualismo. Apenas si necesito recordar el ardiente erotismo de la poesía de San Juan de la Cruz o la prosa de Santa Teresa, en las que muchas veces es difícil distinguir entre la experiencia espiritual y la sensación física. ¿Y cómo olvidar que Lope de Vega y Góngora fueron sacerdotes, y monja Juana Inés de la Cruz? Entre los poemas de la antología de Vidyakara aparecen muchos atribuidos a Dharmakirti. Al leer ese nombre me froté los ojos: ¿sería posible que el autor de esos poemas eróticos fuera el severo lógico budista? El profesor Ingalls disipó mis dudas: casi seguramente son una y la misma persona el poeta apasionado, sensual e irónico y el filósofo de mente afilada y razones estrictas.

Cito el caso de Dharmakirti porque me parece un ejemplo, entre muchos, de esta desconcertante unión entre pensamiento y sensualidad, abstracción y deleite de los sentidos. El filósofo Dharmakirti reduce al absurdo todos los razonamientos; el poeta Dharmakirti, ante un cuerpo de mujer, reduce al absurdo su dialéctica. Dharmakirti vivió a fines del siglo VII. Nació en Trimalaya, en el sur de la India, y probablemente estudió en el célebre monasterio de Nalanda. Dejó siete tratados de lógica, varios comentarios sobre los sutras y un puñado de poemas eróticos. Dharmakirti negó la autoridad de las escrituras budistas (no la del Buda) y sostuvo que el hombre percibe a la realidad pero que esa percepción es instantánea e

---

1. Editada por D. D. Kosambi y V. V. Gokhala, *The Subhasitaratnakosa*, recopilada por Vidyakara, Harvard Oriental Series, vol. 42, Cambridge, Mass., 1957. Traducida por Daniel H. Ingalls, *An Anthology of Sanskrit Court Poetry*, Harvard Oriental Series, vol. 44, Cambridge, Mass., 1965.

*Yakshis*, columnas de Bhutesar, Mathura, siglo II.

*Cortesana ebria, ayudada por un joven y atendida por una joven criada y una cortesana mayor*, Mathura, siglo I-II.

inefable; con los restos de esas percepciones la mente construye entidades fantasmales que llamamos pasado y futuro, yo y tú. Entre sus poemas hay uno en el que prueba la verdad de la doctrina budista (nada ha sido creado) a través de una muchacha y de su cuerpo. A partir de las traducciones de Ingalls y de John Brough (*Poems from the Sanskrit*, 1968), me atreví a componer este poema en castellano:

*Prueba*

Su piel es azafrán al sol tostado,
son de gacela los sedientos ojos.

–Ese Dios que la hizo, ¿cómo pudo
dejar que lo dejara? ¿Estaba ciego?

–No es hechura de ciego este prodigio:
Es mujer y es sinuosa enredadera.

La doctrina del Buda así se prueba:
nada en este universo fue creado.

El poema de Dharmakirti podría figurar en la *Antología palatina*; posee la perfección y la economía de un epigrama de Meleagro o de Filodemo. Es a un tiempo sensual, intelectual e irónico: cambia un guiño de inteligencia con el lector. Muchos de los poemas de la antología de Vidyakara tienen un extraño pero indudable parecido con la poesía alejandrina y con sus continuadores romanos, como Catulo. También con la escultura helenística: curvas y músculos, caderas opulentas y senos firmes, vastas espaldas masculinas, muslos y brazos de mujer aptos para cerrarse sobre otro cuerpo: viñas y enredaderas enroscadas en una columna o en un torso viril. Cuerpos hechos para los ejercicios fogosos del amor, poesía muy moderna por su elogio sin tapujos del placer físico.

La otra cara de la medalla: poesía amanerada y que acaba por cansarnos como nos cansan los banquetes repetidos. ¿Qué le falta? Me atrevo a decirlo: silencio, reticencia. La gran poesía sánscrita comparte con la griega y con la latina la elocuencia, la nobleza y la sensualidad de las formas, la violencia y sublimidad de las pasiones, en fin, la plenitud del gran arte pero, como sus hermanas, no sabe callar. Ignora el secreto de los chinos y los japoneses: la insinuación, la alusión oblicua. Su valor supremo es la belleza, la corporal y la espiritual, entendidas ambas como armonía entre las partes. Sin embargo, confieso que mis reservas son fútiles: leer esos poemas es una experiencia de claridad. Su lenguaje puede ser complicado, nunca confuso; sus ideas son limitadas pero nítidas y bien dibujadas; sus formas, armoniosas y precisas. Es una poesía que ignora lo que está más allá de los ojos y la razón, todos esos infinitos y transfinitos que nos rodean, descubiertos por el hombre moderno. En cambio, nos recuerda que ver es pensar y así reconcilia a las dos facultades más altas del hombre, la vista y el entendimiento.

A pesar de que uno de los temas preferidos de los poetas de la tradición sánscrita es el placer físico, la atracción pasional entre hombres y mujeres, sus poemas son, con frecuencia, más ingeniosos que apasionados. Cuatro versos del poeta Bhavakadevi son un buen ejemplo. El poeta elogia unos senos femeninos con una imagen política y guerrera. Los pechos de su amada son

> dos monarcas hermanos, iguales en nobleza,
> en la misma eminencia se miran, lado a lado,
> soberanos de vastas provincias que han ganado,
> en guerras fronterizas, desafiante dureza...

La unión de lo erótico y lo marcial –«a batallas de amor campos de plumas», dijo Góngora– es tan antigua como la poesía. Apollinaire habría sonreído ante la imagen de Bhavakadevi, él que comparó dos pechos a dos obuses:

> *Deux fusants*
> *Rose éclatement*
> *Comme deux seins que l'on dégrafe*
> *Tendent leur bouts insolemment...*

La inclinación de los hindúes por las clasificaciones, los catálogos y las taxonomías, aparece también en la poesía sánscrita. Cada parte del cuerpo femenino se describe a través de imágenes y expresiones convencionales; su incansable repetición obligaba a los poetas, que escribían para una minoría de conocedores, a buscar agudezas y juegos verbales más y más complicados. Cito, casi al azar, algunas de esas metáforas y comparaciones: el rostro de la mujer amada es la luna y sus diferentes cambios; su aliento, la brisa de primavera; sus ojos, dos peces; su cuello, una torre, una columna, un tallo; sus cejas, dos arcos, dos serpientes; su gracia al andar podía ser elefantina o el viento apacible que pasa entre los follajes; sus pechos, grandes ánforas pletóricas o dos colinas apenas separadas por un estrecho desfiladero; su talle, el de la avispa, un árbol tierno o la gacela; sus nalgas, poderosas esferas capaces de sostener el cuerpo del universo; el pubis, una colina boscosa y negra... Muchas de estas imágenes aparecen también en la poesía occidental, aunque no con la misma y obsesiva frecuencia. Otras, apenas si son mencionadas por nuestros poetas. Al hablar de la manera en que los poetas pintaban la transformación de la adolescente en mujer, Daniel Ingalls dice: «el talle se afina, aparecen los tres pliegues del vientre» (considerados como uno de los cánones de la belleza femenina), «las caderas y los pechos crecen y el *romavali* se insinúa». Ingalls explica: «el *romavali* es la línea vertical del vello que nace unas pocas pulgadas abajo del ombligo. Visible sólo en una mujer de piel clara y pelo muy negro, era visto como una marca de belleza». Agrego que también indicaba el tránsito entre la adolescencia y la juventud, el signo de la madurez sexual de la mujer:

> Hacia el ombligo, apenas una línea,
> asciende y brilla el *romavali*,
> asta de la bandera que ha plantado
> el amor en su nueva ciudadela[1].

A estos cuatro versos responden, unas páginas después, estos cinco de un poeta anónimo:

> Tallo firme, sostiene el *romavali*,
> dos lotos se abren: sus senos apretados.
> Casa de dos abejas: sus pezones obscuros.
> Estas flores delatan al tesoro
> bajo el monte del pubis escondido.

La belleza de ciertos poemas de la poesía clásica (*kavya*) me hace pensar también en poetas renacentistas como Tasso. Triunfo del verso de perfecta factura hecho de una línea melodiosa, resuelta en escultura y movimiento. Pero en los poemas sánscritos no aparece un sentimiento frecuente en la poesía de Tasso y otros poetas de esa época: la melancolía. En los poemas indios, en cambio, figura una nota rara en los nuestros: la molicie, ese momento en que la forma, sin perder su elegancia, parece vacilar, presa de un placer extremo, hasta que desfallece en una deliciosa

---

1. Ladahacandra, en la antología de poesía sánscrita de Daniel H. Ingalls.

caída. El poema se vuelve un cuerpo desnudo, recamado de joyas y que yace vencido. La molicie es un efluvio que resplandece y desintegra. También es un agente de metamorfosis: el cuerpo masculino, desfalleciente por el exceso de placer, se retuerce como el de una muchacha y, a su vez, el cuerpo femenino, aguijoneado e incluso encabritado por el deseo, salta sobre su pareja como un tigre. La transposición añade ambigüedad al combate erótico: Krishna parece a veces una doncella y la grácil Parvati se convierte, en un abrir y cerrar de ojos, en la terrible Durga. En una famosa colección de poemas atribuidos a Bilhana (¿siglo XI?) pueden leerse estos versos:

*Arriba y abajo*

Todavía hoy recuerdo sus aretes de oro,
círculos de fulgores, rozando sus mejillas
–¡era tanto su ardor al cambiar posiciones!–
mientras que su meneo, rítmico en el comienzo,
al galope después, en perlas convertía
las gotas de sudor que su piel constelaban[1].

Nada más lejano a estos juegos equívocos que la pintura de un Giulio Romano, para citar a un pintor enamorado también de la plenitud corporal. La ambigüedad de los juegos amorosos que describen Kalidasa, Amaru y otros poetas no son realmente perversiones, en el sentido que da Freud a esta expresión: juegos pregenitales. También, a diferencia de los clásicos grecorromanos, el homosexualismo apenas si aparece en esta tradición poética. Tampoco hay noción del pecado ni conciencia de transgresión de las normas. Ésta es la gran diferencia con la erótica occidental, que es un conjunto de infracciones y violaciones. Bataille afirmaba que el erotismo esencialmente es transgresión. El arte erótico hindú lo desmiente; el erotismo no es un código sino un abanico. Al desplegarse, replegarse y volver a desplegarse, el abanico muestra todas las gamas del placer. Pero no es un arte ni una poesía que conozca el sadismo. Cierto, el rasguño tiene una función emblemática en la erótica y la poética de la India. El *Kamasutra* enumera las distintas marcas corporales en el juego amoroso –rasguños, mordidas– y las codifica escrupulosamente. Para darse cuenta de la diferencia entre la literatura erótica moderna de Occidente y la hin-

---

1. *Poèmes d'un voleur d'amour*, traducción del sánscrito al francés por Amina Okeda, Connaissance de l'Orient, Gallimard, 1988.

dú, basta con comparar, por ejemplo, un texto de Bataille con estos versos de Kishitisa, notables por su refinamiento verbal y sensual:

> ¿Cuándo veré de nuevo, firmes, plenos, tus muslos
> que en defensa se cierran el uno contra el otro
> para después abrirse, al deseo obedientes,
> y al caer de las sedas súbito revelarme,
> como sello de lacre sobre un tesoro oculto,
> húmeda todavía, la marca de mis uñas?

La morbidez ha sido vista siempre, en Occidente, como un vicio, ya sea moral o estético. Los antiguos retóricos prevenían a los poetas y a los oradores en contra del peligro del estilo demasiado recargado y ornamental, que llamaban *asiático*. La crítica parece justa, al menos si se piensa en ciertos textos indios como el *Gita Govinda*, el famoso poema de Jayadeva (siglo XIII). Lo he leído varias veces en distintas versiones inglesas y francesas: el resultado invariablemente ha sido, después del deslumbramiento inicial, fatiga y empalago. No es sólo la morbidez sino el excesivo formalismo estético: un poema de amor (los amores adúlteros y sagrados de Radha con el dios Krishna) regido por un arte hecho de rigurosas prescripciones. La pasión convertida en ballet. Me doy cuenta de que la severidad de mi juicio no depende de la perfección del poema, que es indiscutible, sino del género a que pertenece. Me parece tan lejos de la sensibilidad moderna como las novelas pastoriles de los siglos XVI y XVII. (Cervantes se burló de ellas pero escribió una.) *Gita Govinda* es un poema lírico y dramático en el que se cuenta una historia erótica y religiosa (los amores del dios Krishna con la vaquera Radha) a través de un recitativo seguido, en cada caso, por una canción compuesta de varias estrofas. Acompañan a las canciones distintas melodías (*ragas*). Unión de la música con la poesía lírica y dramática. No es extraño que el poema –y su numerosa descendencia– haya a su vez suscitado un género pictórico: las miniaturas, algunas admirables, que ilustran los amores del dios con la linda vaquera.

La estructura del poema es extraordinariamente compleja, no sólo por la constante relación entre música y palabra, sino por la diversidad de metros empleados por Jayadeva así como por el frecuente recurso a las aliteraciones, rimas y metáforas, como en la poesía clásica sánscrita. Hay más de un eco de Kalidasa, dicen los conocedores, en Jayadeva. Al mismo tiempo en el *Gita Govinda* aparece un elemento popular, nuevo en la tradición de la poesía clásica, escrita para una minoría. A este elemento le debe el poema su extraordinaria popularidad y las numerosas imitaciones que lo siguieron. El género recuerda, por su perfección formal, al madrigal poético italiano y hace pensar en los poemas de Tasso puestos en música por Monteverdi. Pero el madrigal es corto y puramente lírico, mientras que el extenso poema de Jayadeva colinda con el teatro y con la narración. Es un drama lírico. En el muy sugestivo estudio que precede a su excelente traducción del *Gita Govinda*, Barbara Stoler Miller dice que las canciones, con su compleja estructura rítmica, «crean una superficie sensual de ornamentaciones verbales que sugiere la comparación con las superficies esculpidas de los templos de Bhubaneswar y Khajuraho»[1]. La observación es justa: la poesía sánscrita, a un tiempo sensible y palpable, evoca la plasticidad de la escultura. Como los cuerpos y las formas de las estatuas y los relieves, las palabras se miran y se tocan.

El poema de Jayadeva es el último gran poema de la tradición sánscrita. Al mismo tiempo, es el comienzo de otra tradición en las lenguas vernáculas. A partir del siglo XIV surgen, en distintas partes del norte de la India y en Bengala, varios poetas que también cantan los amores del dios con la vaquera y en los que se une una intensa devoción religiosa a una no menos intensa sensualidad, reforzada por la música y los grabados. Entre estos poetas, todos más espontáneos y directos que Jayadeva, hay algunos de gran mérito, como Vidyapati, Chandi Das, Mira Bai (una princesa y poetisa), Sur Das. A Jayadeva lo admiramos pero algunos de estos poetas logran lo que él no consigue: encantarnos y conmovernos. Pienso especialmente en Vidyapati y en Chandi Das. Nosotros, en español, tenemos la fortuna de contar con una traducción de las canciones de Vidyapati, hecha del inglés, por el poeta mexicano Gabriel Zaid. Una pequeña obra admirable en la que se funden la espontaneidad y la gracia con un rigor verbal que logra hacerse invisible.

Los sucesores de Jayadeva en lenguas vernáculas, señala W. G. Archer, no lo siguen servilmente. Por una parte, su tema no es únicamente la temporal separación de Krishna y Radha, sino toda la historia de sus amores; por la otra, «sometieron cada incidente de la relación entre ambos a un análisis deleitado». No es difícil comprender la razón del deleite de los poetas en analizar esos episodios ni el del público que los escuchaba: en esos amores, como tal vez en todos, aparecía un elemento pasional y sub-

---

1. *Love Song of the Dark Lord (Jayadeva's Gita Govinda)*, edición y traducción de Barbara Stoler Miller, Nueva York, Columbia University Press, 1977.

versivo: Radha era casada y de condición humilde (guardaba el ganado del pueblo), Krishna era un príncipe y asimismo un dios. Subversión del orden social y ruptura, por el amor, de la distancia que separa a los seres humanos de los dioses. Muchos de esos episodios provocaban la risa de los auditores, como ver que Krishna, para colarse en la casa de Radha, se disfraza de vendedor de flores o de médico. Otros son más equívocos: hay un momento en que Krishna se viste con la ropa de Radha y ésta con la de su divino amante. En otro episodio, Krishna sorprende en el río a Radha. Visión inolvidable de lo que es el despertar del deseo: ese momento en que Radha descubre, con pánico y alegría, las dos puntas erectas de sus senos bajo la tela de su camisa. Doble sorpresa: Krishna sorprende en el baño a Radha sorprendida al descubrir su propio cuerpo.

## CASTIDAD Y LONGEVIDAD

La erótica hindú es muy antigua y, como puede verse en el *Kamasutra* y en otros textos, posee características que la distinguen tanto de la árabe y la china como de la europea. He dedicado un pequeño libro a estos temas y no vale la pena volver ahora sobre ellos[1]. El otro polo de la licencia sexual es la castidad. Con insuperable concisión dice el poeta Bhartrihari (¿siglo VII?):

> ¿Para qué toda esa hueca palabrería?
> Sólo dos mundos valen la devoción de un hombre:
> la juventud de una mujer de pechos generosos,
> inflamada por el vino del ardiente deseo,
> o la selva del anacoreta...[2].

El deseo del placer sexual o el deseo de liberación de la cadena de las transmigraciones a que nos invita el ermitaño en la selva o en la caverna de una montaña. En este dominio también aparece una divergencia entre la tradición hindú y la occidental. Las diferencias entre el ascetismo hindú y el cristiano no son menos sino más acusadas que las eróticas. La palabra clave del erotismo occidental —me refiero al moderno, del siglo XVIII a

---

1. Véase *Conjunciones y disyunciones*, 1969, incluido en este volumen (pp. 109-207).
2. Bhartrihari, *Poems*, traducción de Barbara Stoler Miller, Nueva York, Columbia University Press, 1967.

nuestros días– es violación. Es una afirmación de orden moral y psicológico; la del hindú es placer. Asimismo, en el ascetismo cristiano el concepto central es redención; en el de la India, liberación. Estos dos términos encierran ideas opuestas sobre el mundo y el transmundo, sobre el cuerpo y el alma. Ambos apuntan hacia lo que se ha convenido en llamar el «bien supremo» pero ahí cesa el parecido: redención y liberación son caminos que parten del mismo punto –la condición desdichada del hombre– pero que se dirigen a metas opuestas. Para comprender un poco en qué consiste esta divergencia hay que comenzar por definir el lugar que tiene la abstinencia sexual en la tradición ética y religiosa de Occidente y en la de la India. Se trata de la misma práctica pero sus fundamentos religiosos y filosóficos, su sentido y sus finalidades son distintos para el hindú y para el cristiano.

Los orígenes del culto cristiano a la castidad no están en la Biblia ni en los Evangelios sino en la filosofía griega, particularmente en el platonismo. Ni en el Génesis ni en los otros libros del Antiguo Testamento se condena al cuerpo o a la naturaleza. Se condena al adulterio, al incesto, al onanismo (coito interrumpido), a la homosexualidad y a formas del comercio sexual juzgadas aberrantes e incluso blasfemas para la ética religiosa hebrea. Se trata, en general, de prácticas orgiásticas, derivadas con frecuencia de los cultos de fertilidad. De ahí que fuesen consideradas por el pensamiento judío como recaídas en el politeísmo. Eran vistas como desviaciones religiosas, como regresos a la vieja idolatría. En los Evangelios tampoco hay condenación del cuerpo ni del sexo. En cambio, en la tradición filosófica griega, adoptada por los Padres de la Iglesia y por la escolástica medieval, la reprobación del cuerpo es explícita. Es una consecuencia natural de la concepción del ser humano como un compuesto de cuerpo y de alma, uno perecedero y sujeto a la corrupción, la otra inmortal. La idea de un alma distinta al cuerpo no es, según parece, oriunda de Grecia; vino de fuera y no figura, por ejemplo, en Homero. Aparece en algunos presocráticos, como Pitágoras y Empédocles; más tarde, Platón la recoge, la refina y la formula de una manera magistral y definitiva en algunos pasajes inolvidables del *Fedón* y del *Fedro*. Todavía en el *Banquete* la contemplación del cuerpo hermoso es un peldaño en la escala hacia la visión del bien supremo: la forma, el arquetipo, la idea. En el *Fedón*, el alma, presa en su cuerpo mortal, recuerda su vida anterior entre las otras almas inmortales; en las *Leyes* el cuerpo es condenado. Con menos rigorismo que su maestro, Aristóteles pensó siempre que la felicidad máxima a que podía aspirar el sabio era contemplar, desasido de las pasiones corporales, el movimiento de los astros, imagen del orden del universo. Más o menos mitigada, ésta fue la actitud de los estoicos, los epicúreos y aun los escépticos: para unos y otros el dominio del cuerpo y sus pasiones era la vía de la verdadera felicidad. Plotino y sus discípulos extremaron el rigorismo platónico.

El cristianismo es la religión de la encarnación de Dios en un hombre y la de la resurrección de los cuerpos. Una doctrina igualmente escandalosa para los gnósticos y los neoplatónicos. La fe cristiana, nos avisa San Agustín, no es maniquea. Sin embargo, los teólogos y la Iglesia terminaron por hacer suya la condenación del cuerpo. Incluso algunos filósofos cristianos, como Orígenes, exageraron la reprobación platónica. No es difícil entender por qué la Iglesia adoptó, aunque no enteramente y con ciertas decisivas restricciones, la idea negativa del cuerpo. Desde el principio –o sea: desde San Pablo– el interlocutor del cristianismo no fue el politeísmo pagano sino la filosofía griega, que había pensado en un principio único y que había elaborado una metafísica y una ética incomparablemente más ricas que las del monoteísmo judío. Los Padres de la Iglesia y sus sucesores se enfrentaron a un reto colosal: ¿cómo explicar y cómo *pensar* a un Dios único y creador, al mismo tiempo persona y principio impersonal, sin recurrir a los términos y conceptos de la filosofía griega? O dicho de otro modo: ¿cómo aplicar al Dios del cristianismo los predicados y los atributos del Motor Inmóvil de Aristóteles o del Uno de Plotino? Había que trazar un puente que uniera al Ser de la filosofía con el Dios de los Evangelios. Fue una tarea de siglos y que sólo mucho más tarde pudo llevar a buen término Santo Tomás de Aquino. Lo mismo sucedió con la ética de los estoicos y con la necesaria distinción entre el alma inmortal y el cuerpo mortal. Sin esa distinción no hubiera sido posible encontrar un fundamento filosófico a la concepción cristiana de la persona humana ni a la redención de Cristo. ¿A quién redime Cristo? Al hombre, una criatura cuya alma inmortal ha sido dañada por el pecado original. Pero el hombre es un compuesto de alma y cuerpo. De ahí que la victoria del platonismo haya sido parcial. La doctrina de la resurrección de los cuerpos no condena a la carne: la transfigura y, literalmente, la salva, le da la inmortalidad.

El cristianismo probablemente no habría adoptado la visión pesimista de Platón de no ser por dos ideas que, aunque no aparecen en la tradición grecorromana, son el verdadero fundamento de la actitud cristiana frente al cuerpo: la creencia en un Dios único, creador del universo, y la noción del *pecado original*. Estas dos ideas son la columna vertebral del judaísmo y del cristianismo, así como el punto de unión entre ambos. En el relato del Génesis, Dios hace al hombre del lodo primordial y a su compañera de una de sus costillas. Creación material como la del escultor con la piedra o la madera. Adán está hecho de arcilla y Eva es «hueso de sus huesos y carne de su carne», como dice la hermosa traducción de Cipriano de Valera. El primer mandamiento divino es «creced y multiplicaos». Lejos de condenar al cuerpo, Jehová exalta los poderes genésicos. Adán y Eva no son como las almas descritas por Platón en el *Timeo*, que descienden del Empíreo, atraviesan los cielos, reciben los influjos fastos y nefastos de los planetas y encarnan en un cuerpo sujeto a la enfermedad, el accidente, las pasiones y la muerte. No, Adán y Eva son tierra hecha carne y animada por el soplo divino. Su pecado no fue la unión sexual –ése era su deber cósmico: multiplicarse– sino la desobediencia.

En el Edén hay dos árboles, el de la vida y el del conocimiento. El fruto del primero es comida de inmortalidad y mientras Adán y Eva vivan en el Jardín del Señor no conocerán a la muerte. En cuanto al otro árbol, que es el de la Ciencia del Bien y del Mal: Dios prohíbe expresamente a la pareja comer su fruto. Extraña prohibición pues ese fruto es el del saber supremo y aquel que lo coma será como Dios. Esto es, al menos, lo que le dice la serpiente a Eva. Las interpretaciones de este controvertido pasaje (Génesis 3) son variadas: ¿la serpiente engañó a Eva?; si la engañó, ¿por qué Dios llama al árbol fatal de la Ciencia del Bien y del Mal? En fin, cualquiera que sea nuestra interpretación, la pareja come el fruto y es expulsada del Edén. Su falta es la desobediencia. Pero la raíz de esa falta es algo infinitamente más grave: haberse preferido a ellos mismos. Su pecado es no amar a Dios, su creador, sino quererse a sí mismos y querer ser dioses. Los hombres son libres como los ángeles y, como ellos, hacen mal uso de su libertad: quieren divinizarse. Imitan a Satanás y sus huestes. Dentro de esta concepción, se inserta la condenación del amor al cuerpo. Pero el cristianismo no condena al cuerpo sino a los excesos del amor al cuerpo. Amar exclusivamente a un cuerpo es una de las formas en las que el hombre se ama a sí mismo y se olvida de Dios y de sus semejantes. La condenación platónica del cuerpo no hizo sino reforzar la noción de *pecado original*: la culpable preferencia de la criatura por ella misma. El verdadero ídolo del hombre es el hombre mismo.

Desde la perspectiva del pensamiento hindú el relato del Génesis es insensato. Aparte de distintas incoherencias, como el carácter equívoco del árbol de la Ciencia del Bien y del Mal, hay una idea difícilmente aceptable para la tradición hindú: la noción de un *Dios creador*. La pregunta acerca del origen del mundo y de los hombres aparece en el Rig Veda, pero la respuesta, como se ha visto, es otra pregunta. En general, los libros sagrados dicen que el universo es el resultado de la operación de leyes misteriosas e impersonales. En algunos textos se afirma «que el tiempo (*Kala*) o el deseo (*Kama*)», una especie de voluntad cósmica como la de Schopenhauer, «es la fuerza que mueve los cambios del universo». Una estrofa de un himno del Atharva Veda (19.53) dice: «Kala, el tiempo, creó al señor de las criaturas, Prajapati», el demiurgo creador[1]. Desde la época védica el pensamiento religioso concibió un principio único, que los Upanishad llaman *brahman* (el ser del cosmos) y que es idéntico a *atman* (el ser del hombre). Sin embargo, nunca infirieron de este principio la existencia de un dios creador del mundo y de los hombres. Lo divino, no el divino, es la fuerza creadora y la matriz del cosmos. Lo divino se manifiesta en la pluralidad de dioses. La idea de un pecado original, consecuencia de la primer desobediencia, en la que se manifestó el culpable amor del hombre hacia sí mismo y su indiferencia frente al *Otro* y a los otros, es incomprensible para la tradición india. El universo no fue creado y ahí en donde no hay Señor no hay ni mandamiento ni desobediencia.

Las divinidades indias poseen, como las de los griegos y romanos, una fuerte sexualidad. Entre sus poderes está un inmenso poder genésico que las lleva a acoplarse con todo género de seres vivos y a producir sin cesar nuevos individuos y especies. La actividad del universo es vista a veces como una inmensa cópula divina. Las historias de la mitología son las historias de los acoplamientos y las batallas de los dioses, las diosas y su progenie heroica. El dios de la Biblia es un dios neutro, a la inversa de Zeus y de Vishnú, de Venus y de Aditi, siempre en busca de una pareja. En una tradición de diosas y dioses en continuo celo, es imposible condenar al amor sexual, salvo si, como ocurrió en Grecia, la filosofía hace previamente una crítica de los dioses y de la mitología. Pero la India no tuvo un Jenófanes. Al contrario, la filosofía dependió siempre de la religión: fue una exégesis, no una crítica. Y cuando rompió con la religión, fue para crear otra religión: el budismo. Entre las fuerzas creadoras del universo, los textos señalan una y otra vez al deseo sexual. En el Atharva Veda se lee: «*Kama* (el Deseo) fue el primero en nacer; ni los dioses ni los antepasados muertos y los vivos lo igualaron: es superior a todos y más poderoso...» (9.2). Y en otro himno: «El Deseo se levantó en el comienzo y fue la primera semilla del pensamiento...» (A.V. 19.52). Condenar

---

1. Cf. Franklin Edgerton, *The Beginnings of Indian Philosophy (Selections from the Rig Veda, Atharva Veda, Upanishad and Mahabarata)*, Londres, 1965.

al cuerpo y a la sexualidad humana en una tradición como la hindú habría sido condenar a los dioses y a las diosas, agentes de la poderosa sexualidad cósmica. Así pues, la castidad y el ascetismo hindú tienen otro origen.

El placer sexual es, en sí mismo, valioso. Para los hindúes es uno de los cuatro fines del hombre. Aparte de ser una fuerza cósmica, uno de los agentes del movimiento universal, el deseo (*Kama*) es también un dios, semejante al Eros de los griegos. *Kama* es un dios porque el deseo, en su forma más pura y activa, es energía sagrada: mueve a la naturaleza entera y a los hombres. En esta visión de la sexualidad como energía cósmica y del cuerpo como reserva de energía creadora reside una de las causas, probablemente la más antigua, de la abstinencia sexual. El cuerpo, como la naturaleza entera, es vida que produce vida: la semilla fecunda a la tierra y el semen al vientre de la mujer. El cuerpo humano no sólo atesora vida: transforma su energía en pensamiento y el pensamiento en poder. La castidad comenzó por ser una práctica dirigida a atesorar vida y energía vital. Fue una receta de longevidad y, para algunos, de inmortalidad. Esta idea es uno de los fundamentos de la filosofía yoga y del tantrismo. Es también parte central del taoísmo chino[1]. La vida es energía, poder físico y psíquico; el sexo es poder y poder fecundante que se multiplica; el cuerpo es una fuente de sexualidad y, por lo tanto, de energía. Retener el semen (*bidu*), guardarlo y transformarlo en energía psíquica, es apropiarse de grandes poderes naturales y sobrenaturales (*siddhi*). Lo mismo sucede con el flujo sexual femenino (*rajas*). Un texto tántrico dice: «el *bidu* es Shiva y las *rajas* son la Shakti (la pareja del dios), el semen es la luna y las *rajas* el sol...». Por esto, aunque el placer (*Kama*) es uno de los fines del hombre, el sabio lo descarta y escoge la vía de la abstinencia y de la meditación solitaria. El placer es deseable pero finito; no nos salva de la muerte ni nos libera de las sucesivas reencarnaciones. La castidad nos da poder para la gran batalla: romper la cadena de las transmigraciones.

## CRÍTICA DE LA LIBERACIÓN

Según la ética tradicional, son cuatro los fines de la vida humana: *artha*, *kama*, *dharma* y *moksha* (o *mukti*). El primero se refiere a la vida práctica, al mundo de las ganancias y de las pérdidas, los éxitos y los fracasos;

---

[1]. Cf. *Conjunciones y disyunciones*, 1969, incluido en este volumen (pp. 109-207).

el segundo, dominio del placer y la vida sexual, no está regido por el interés sino por el deseo; el tercero comprende a la vida superior: el deber, la moral y los principios que norman la conducta de cada uno frente a su familia, su casta y la sociedad; el cuarto consiste en la liberación de las cadenas de la existencia. *Moksha* es romper el círculo de las transmigraciones infinitas y su monótono estribillo:

> *Birth and copulation and death*
> *That's all, that's all, that's all, that's all,*
> *Birth and copulation and death*[1].

Los cuatro fines son legítimos pero en la escala de los valores el placer es superior al negocio, el deber al placer y la liberación a los otros tres. Aquel que busca la liberación no ve en su cuerpo un obstáculo sino un instrumento. Las prácticas ascéticas, aun las más severas, son una doma progresiva del cuerpo. El *yogi* no busca separar a su alma de su cuerpo, como el místico platónico: quiere convertirlo en un arma de liberación. Más exactamente: en un trampolín del salto mortal que lo lleve a lo incondicionado. El ascetismo, en todas sus manifestaciones, colinda en un extremo con la erótica y, en el otro, con el atletismo. La idea de *liberación* es común a las tres grandes religiones nacidas en la India y las tres descendientes de la religión védica: el hinduismo, el budismo y el jainismo. *Moksha* es la respuesta heroica a la condición desdichada del hombre y a las causas que la originan. Como el cristiano, el hindú parte de la conciencia de nuestra desdicha pero la explicación de sus causas es distinta. Pueden resumirse en dos términos: *samsara* y *karma*. Estas dos palabras ocupan en el pensamiento religioso indio el mismo lugar que en el cristiano la creación del hombre y el pecado original. Tríada cristiana: creación, pecado original, redención; tríada india: *samsara, karma, moksha*.

La vida moral está regida por el *dharma* de cada uno, según su casta y sus características personales. No es fácil definir a la palabra *dharma*: es virtud, lo mismo en el sentido grecorromano de la palabra que en el moderno pero también es ley moral, conducta recta y código divino. Para los budistas, el *dharma* es la doctrina misma y así abarca una materia demasiado vasta, pues comprende no sólo a las distintas formas del budismo (*hinayana, mahayana* y *tantra* son las principales divisiones), sino a los textos canónicos en varios idiomas: pali, sánscrito, chino, tibetano, etcétera.

1. T. S. Eliot, *Sweeney Agonistes*.

Sin embargo el término no es inexacto porque hay un núcleo de creencias comunes a todas las sectas y que son la esencia del budismo[1]. Así pues, *dharma* es doctrina, ideal de vida, código ético, rectitud en los actos y en los pensamientos. En su expresión más alta y pura, según lo explica Krishna a Arjuna en el Bhagavad Gita, es el acto que realizamos porque es nuestro deber y sin buscar provecho alguno. Es en cierto modo una versión del «imperativo categórico kantiano». Pero el cumplimiento del *dharma* no puede darnos la verdadera felicidad, que consiste en la liberación de los lazos que nos atan a una existencia que desemboca en la muerte y en un inevitable renacer para remorir de nuevo. El *dharma* no detiene al girar de la rueda de las transmigraciones.

La creencia en la transmigración es uno de los supuestos básicos del pensamiento religioso indio y es común al hinduismo, al budismo y al jainismo. No es un concepto estrictamente racional: es un artículo de fe. No obstante, es considerado como una evidencia que nadie pone en duda. *Samsara* abarca a todos los seres vivos, de las larvas a los dioses. ¿Qué mueve a la rueda de las transmigraciones? Un texto de las escrituras budistas dice: «Cada ser está encadenado a *samsara* y a cada uno su *karma* lo lleva más allá». Es decir, su *karma* lo lleva a renacer[2]. *Karma* significa acto, pero también y sobre todo implica las consecuencias de nuestros actos. Somos hijos no de nuestros padres sino de aquel y aquellos que fuimos en vidas pasadas. Los hindúes hablan de «ley kármica» y los budistas de «cadena de las causas». La idea es clara: cada acto, como todo en este mundo, tiene una causa, necesariamente anterior en el tiempo. Así, *karma* es el efecto de cada acto en aquel que lo realiza, sea en esta vida, en la pasada o en la venidera. Esta creencia también es común a las tres religiones. Es una de las cuatro verdades santas del budismo. En el Sermón de Sarnath el Buda «echó a andar la rueda de la ley», es decir, enunció la doctrina y la resumió en cuatro verdades. La primera es la verdad del dolor y la desdicha humana (*duhkka*): «nacer es dolor, envejecer es dolor, la enfermedad es dolor, morir es dolor...». La segunda verdad: «El origen del dolor es el deseo, que lleva a renacer y se deleita en el placer y la pasión, busca prolongar la vida y ansía el poder...». La tercera verdad: «la extinción del dolor por la extinción del deseo...». La cuarta verdad es la ma-

---

1. Para muchas escuelas budistas, especialmente para la tendencia *madhyamika*, los *dharmas* son asimismo los constituyentes últimos de la realidad.
2. Samyutta-nikaya I, 38, en *Buddhist Texts*, edición de E. Conze, I. B. Horner, D. Snellgrove y Arthur Waley, Londres, 1954.

nera de detener la rueda de *samsara* por la extinción del deseo a través del óctuple camino que lleva a la liberación y al *nirvana*.

Liberación no es salvación, en el sentido cristiano. No hay alma o persona que salvar: el liberado se libera de la ilusión del yo, su ser es el Ser. La liberación no consiste en renacer en el reino de los cielos sino en destruir la doble fatalidad que nos ata a este mundo y a su insensato girar: *moksha* nos libera del peso del *karma* que hace mover la rueda de *samsara*. La liberación se alcanza en esta existencia (*jivan-mukti*: liberado en vida) o en la otra. El liberado rompe con el existir en el tiempo y penetra en lo incondicionado. Así, conoce la inmortalidad aunque no conoce la duración: *moksha* extingue la diferencia entre ayer, hoy y mañana, entre aquí y allá. El liberado vive en un eterno presente y habita un sitio que es todas partes y ninguna. Para él siempre es ahora y es aquí. Todo comienza por un acto libre: la renuncia al mundo; a esta decisión negativa debe suceder una acción positiva, diaria y tenaz. Empresa paradójica pues es una actividad destinada a conquistar un estado de no-actividad. En busca de la quietud, se obliga al cuerpo a violar las leyes fisiológicas y al espíritu a lo imposible: pensar sin pensamientos. Continua interpenetración entre lo mental y lo corporal, entre sentirse tocado por el pensamiento y pensado por el tacto o la vista, movimiento inmóvil de una meditación solitaria que sin cesar desteje aquello mismo que teje, hasta alcanzar un estado de beatitud indescriptible: *ananda*.

*Moksha* es una gnosis y una praxis. Por lo primero, es un conocer. No en el sentido moderno de saber, reducido generalmente a una información sobre esto o aquello, sino en el más antiguo de *realizar* la verdad, o sea: hacerla real y efectiva, vivirla y confundirse con ella. Por esto, *moksha* es un autoconocimiento. Para conocerse a sí mismo, el sujeto practica la introspección y la crítica eliminando lo superfluo: el *karma* y sus adherencias, aficiones, repugnancias, nostalgias, afectos, ego, conciencia personal. Así descubre que es otro su verdadero ser. Ese ser tiene, según las escuelas y las religiones, distintos nombres: *atman*, *sat*, *purusha*. También vacuidad. No es ni un yo ni un tú ni un él. No es nombre ni pronombre. No tiene peso, tamaño, edad, sabor: es, solamente es… Como praxis, *moksha* es un ascetismo, íntimamente ligado al yoga y a sus disciplinas. El yoga impregna a todas las religiones y filosofías de la India antigua. Es probable que sea anterior a la llegada de las tribus arias en el subcontinente y que sea una elaboración extraordinariamente compleja y sutil de rituales y creencias chamánicas prehistóricas. La finalidad del yoga es el control del cuerpo y de la conciencia. Su práctica, por lo tanto, es inseparable de la noción de *poder* (*siddhi*) y está saturada de resabios mágicos. De nuevo: arcaísmo y sutileza, gnosis y praxis, *moksha* es un estado paradójico a un tiempo negativo y positivo. Negativo porque es una liberación de los lazos que nos atan al mundo y al tiempo; positivo porque lo incondicionado es la beatitud. Shankara dice: «*moksha* es eterno pues no experimenta cambio alguno... es omnipresente como el aire libre de alteraciones, autosuficiente y no está compuesto de partes: es uno... es *brahman* (el Ser)».

La liberación es obra de solitarios y el goce de la beatitud también es solitario. En ninguno de los grandes textos indios que tratan este tema aparecen los otros. Ésta es una de las grandes diferencias con el cristianismo y también, aunque en menor grado, con la filosofía griega. Los antiguos indios se interesaron en la ciencia y el arte de la política, como lo muestra el pensamiento de Kautilya, pero su preocupación se centraba en el poder, cómo adquirirlo y cómo conservarlo. La idea de una sociedad justa no forma parte de la tradición filosófica hindú. Se dirá que la concepción del *dharma* suple esta omisión. No me lo parece: el *dharma* es una ética, no una política. La diferencia con el ideal cristiano es aún mayor y más radical: salvarse, para el cristiano, es entrar en el reino de los cielos. Un reino es una entidad colectiva y el cielo es una sociedad perfecta de bienaventurados y santos. Lo contrario del solitario liberado hindú. Los textos hindúes, con una excepción a la que más adelante me referiré, tampoco exaltan la acción ciudadana, al contrario de griegos, romanos y chinos. El pensamiento de Confucio es esencialmente político. Platón y Aristóteles escribieron libros de política y ambos veían en la acción de los ciudadanos una de las vías más altas de la virtud y de la sabiduría. No creían, por supuesto, que la política fuese el camino hacia la sabiduría; pensaban, más bien, que el descenso de la sabiduría a la ciudad y su transformación en acción era la esencia de la política. En el caso del cristianismo la política está impregnada de religiosidad y puede resumirse en una palabra: *caridad*. El pensamiento cristiano, desde el principio, en su diálogo con el Imperio romano y, más tarde, en la Edad Media, con el orden temporal, concibió y creó sistemas políticos que el hinduismo y el budismo ignoraron. La diferencia con China es aún más radical. De ahí la indignación de muchos letrados chinos ante la difusión del budismo en su país.

Es claro que hay oposición entre la vida contemplativa del religioso o del filósofo y la vida activa del político. Sin embargo, en nuestra tradición filosófica —sea la de la Antigüedad, la cristiana o la moderna— se han buscado siempre puentes entre la acción y la contemplación. Lo mismo sucedió en

China… Dicho todo esto, hay que agregar que, al final de las *Eneadas*, al hablar de la contemplación del Uno, la más alta, Plotino dice que «el bienaventurado se libera de las cosas de acá abajo y emprende el vuelo, solitario, hacia el Solitario» (*Eneadas*, 9.11). El Solitario, al contemplar al Uno, descubre que es él mismo: el que contempla se ve en lo contemplado. En esto estriba la gran diferencia del cristianismo con las filosofías paganas. Para estas últimas, en el diálogo entre el hombre y lo absoluto no hay lugar para los otros hombres. Pero ¿es realmente un diálogo? El Ser de la filosofía griega es autosuficiente: oye a los hombres pero no les responde; es contemplado por ellos pero no los mira. Ni el Uno ni las Formas eternas ni el Motor Inmóvil son figuras de redención. La Antigüedad no conoció ni un Salvador ni un Redentor. Conocer y ver al Ser, para el griego y el romano, era la felicidad suprema: experiencia sublime pero sin *correspondencia*. Lo mismo sucede (con una excepción) en la tradición de la India: *brahman*, *sat* y las otras entidades se dejan amar sin reciprocidad. ¿Y el Buda? No es un dios que encarna para salvar a los hombres; es un hombre que renuncia a ser dios para enseñar a los hombres el camino hacia la liberación solitaria.

El carácter insolidario de la liberación tiene, naturalmente, algunas excepciones. No demasiadas. Ya mencioné a Krishna. Volveré a él dentro de un momento: ahora debo referirme brevemente a los bodisatvas. El budismo primitivo (*hinayana*) veneró la figura del *ahrat*, un sabio o santo (para la tradición es lo mismo) que alcanza el *nirvana*, o sea la iluminación. Está libre de la cadena del *karma*: es un incondicionado. El *ahrat* es un solitario. El budismo *mahayana* concibió a los bodisatvas, seres que han renunciado transitoriamente al estado bienaventurado de Budas para ayudar a las criaturas vivas en su lenta peregrinación hacia la iluminación. Los bodisatvas no son dioses ni tampoco, en un sentido estricto, hombres, aunque lo fueron en vidas pasadas. Son entidades cuya naturaleza es la vacuidad. O sea: no-entidades. Su realidad es paradójica e indecible. Son liberados que han renunciado al *nirvana*, pero que, sin embargo, gozan de la clarividencia de aquel que lo ha alcanzado. Los bodisatvas reúnen dos virtudes que el budista Conze llama, con cierta razón, contradictorias: la sabiduría (*prajña*) y la compasión (*karuna*). Por lo primero, son Budas pero su infinita compasión los ha hecho aplazar el despertar definitivo. Señalo que se alcanza el estado de bodisatvas por el camino de la sabiduría solitaria. A su vez, la sabiduría abre las puertas de la compasión. La sabiduría es el origen de la compasión, no a la inversa. El budismo no exalta a los «pobres de espíritu». Para alcanzar el *nirvana* no bastan las obras buenas; además hay que conquistar el conocimiento. Lo que cuenta es la experiencia de la verdad, el *es-*

*tar* en la verdad. Como la liberación hindú, la iluminación budista es una experiencia solitaria. Cierto, los bodisatvas son figuras de salvación, criaturas que, como nuestros santos, siempre están dispuestas a ayudar a los simples mortales. Sin embargo, aunque sus beneficios son innumerables, todos ellos son de orden espiritual. Los bodisatvas no conocen la verdadera y humilde caridad: nos dan el pan y el agua del conocimiento, no el pan y el agua reales que sacian el hambre y la sed.

*Moksha* es un ideal religioso y filosófico. Libera al individuo heroico que escoge ese camino áspero, hecho de austeridades, pero ignora un aspecto de la libertad. Para nosotros, la libertad tiene una dimensión política. Nos preguntamos siempre cuál es la naturaleza de nuestra relación con la divinidad o con el medio que nos rodea, sea el biológico o el social: ¿somos libres de veras o nuestra libertad es condicional? ¿Es una gracia divina o es un acto en el que se revela el misterio de la persona humana? Estas preguntas y otras del mismo género nos llevan a situar nuestra libertad en el mundo. No es un ideal para salir del mundo sino para hacerlo habitable. Al contrario de la liberación hindú, que tiene por ideal lo incondicionado, mi libertad tiene un límite: la libertad de los otros. De otro modo mi libertad se transformaría en despotismo.

Por los supuestos mismos de su tradición y de su historia, los indios no podían concebir a la libertad como un ideal político e insertarlo en la fábrica de la sociedad. No sólo es incompatible con la institución de las castas; les faltaba, además, el fundamento de una tradición verdaderamente crítica. En su forma más genuina y rigurosa, la crítica sólo puede desplegarse en una sociedad que concibe a la libertad como un bien común de todos los ciudadanos. Entre la crítica a los dioses y el derecho a votar y escoger a sus gobernantes, la relación es muy clara desde la época de la democracia ateniense. Porque tuvieron democracia, los griegos tuvieron tragedia, comedia y filosofía libre. En China también hubo crítica política, a veces encarnizada, pero nunca se discutieron los fundamentos de la sociedad como en Grecia. Sólo en dos épocas de profunda crisis social, el debate filosófico y político se refirió a los primeros principios: en el período de los Reinos Combatientes y en el siglo III, en el que imperó la filosofía de la acción/no-acción de los taoístas. En general, la crítica se limitó a elogiar o a censurar los actos de los ministros del Hijo del Cielo; los mandarines no pusieron en tela de juicio a las instituciones: fueron defensores del orden social que, para ellos, era el reflejo del orden del cielo. Para Marx la crítica del cielo era el comienzo de la crítica de este mundo. No se equivocaba. Hay que añadir que ambas críticas son inseparables en la democracia.

*Moksha* significa libertad absoluta e incondicionada. El liberado posee un poder ilimitado sobre sí mismo y sobre la realidad que lo rodea: ha conquistado un estado sobrehumano. Vive más allá de la pasión y la compasión, el bien y el mal. Es impasible e indiferente como los elementos naturales. La India ha venerado siempre al *samnyasin*, al renunciante que escoge la vía del ascetismo y de la meditación. Pero el *samnyasin* no es un redentor ni quiere salvar al mundo: sabe que el mundo está condenado de antemano. El mundo es *maya* y es *duhkka*: ilusión y miseria. Es tiempo, dominio de lo impermanente. Así pues, si el mundo no tiene remedio y nadie puede salvar al prójimo, la liberación es una empresa de solitarios. El liberado no es Cristo ni Prometeo. No obstante, como ya señalé más arriba, hay una excepción: la doctrina que Krishna expone en el Bhagavad Gita al guerrero Arjuna. Los orígenes de Krishna son obscuros. Es un avatar de Vishnú (el octavo) pero antes fue un dios tribal no ario. Quizá fue un héroe cultural en la India arcaica. Tiene cierto parecido con Hércules por sus proezas pero también con Eros por sus amores. Es una deidad celeste: es azul y negro como el firmamento[1]. El Bhagavad Gita es un poema religioso y filosófico insertado en el gran poema épico Mahabharata y que asume la forma de un diálogo entre el héroe Arjuna y el dios Krishna, que aparece como el cochero de su carro de guerra.

Antes de comenzar la batalla, Arjuna vacila, corroído por remordimientos anticipados: su *dharma* de príncipe guerrero lo lleva a combatir y, además, su causa es justa; pero los enemigos a que se enfrenta son de su sangre: sus primos. Matarlos sería un crimen inexpiable en contra de las leyes de la casta. Krishna lo disuade con estas palabras estremecedoras: «Lloras por aquellos que no debes llorar. El sabio no llora ni por los vivos ni por los muertos». En seguida, le expone la doctrina tradicional sobre la irrealidad del mundo. No es un juego quimérico sino la naturaleza misma (*prakriti*) la que lleva al hombre a la acción. Aquel que cree que en la batalla va a matar y aquel que cree que va a morir, los dos, son unos ignorantes. El ser ni nace ni muere, el ser es indestructible y permanente: ¿cómo puede matar o cómo puede morir? Pero si tú crees que, en efecto, tu adversario puede morir, no te aflijas: morir es inevitable. Todos los seres nacen, mueren y vuelven a nacer pero el ser que habita en cada cuerpo es inmortal e inmutable. Arjuna replica, perplejo: «Tú dices que el yoga del conocimiento (la vía solitaria de la meditación que nos lleva a la liberación)

---

1. Debemos a un joven investigador mexicano, Benjamín Preciado, un valioso estudio de mitología comparada: *The Krishna Cycle in the Puranas*, Delhi, 1984.

es superior a la acción. Ahora, me dices que la acción es ilusoria. Entonces, ¿por qué me empujas a cometer unos hechos terribles?». El dios responde: «hay una doble vía: el yoga del conocimiento y el yoga de la acción (*karma yoga*)». El hombre no se libera únicamente por la mera renuncia. La acción también libera. En seguida lo instruye en su doctrina.

Hasta ahora Krishna se ha limitado a afirmar que la acción es inevitable: nacer y vivir es hacer y obrar. Pero ¿cómo puede ser legítima la acción, cómo puede ser camino de liberación? Krishna es una manifestación de Vishnú, el dios supremo que crea al mundo, lo preserva y lo destruye. Krishna continúa: nada en los tres mundos me queda por cumplir o por alcanzar; sin embargo, participo en la acción… Los mundos serían destruidos si yo no cumpliese mi parte. Así como el ignorante obra por apego al acto (y a sí mismo), el sabio obra sin apego (como yo) y con el solo fin de ayudar al mundo. ¿Filantropía? No enteramente: Krishna habla aquí en su aspecto de dios que conserva al mundo. Pero una cosa es conservarlo, evitar que caiga en el caos y el desorden, y otra cambiarlo, redimirlo: Krishna no se propone la redención sino la preservación del orden universal. Su propósito es revelarle a Arjuna la vía para impedir que un acto, por más meritorio que sea, como combatir por los suyos y en defensa de la justicia, tenga consecuencias y produzca un *karma*. Krishna prosigue: aunque estamos encadenados por nuestros actos y sus consecuencias, hay ciertas acciones que nos liberan, aquellas que ejecutamos con absoluto desprendimiento. Krishna exhorta al héroe a cumplir su deber de guerrero, aunque cause innumerables dolores y muertes, a condición de que la acción sea acometida y llevada a cabo de modo desinteresado. La doctrina de Krishna es la de la acción/no-acción, quiero decir, la del acto que no encadena al que lo ejecuta.

Es imposible no conmoverse ante la doctrina de Krishna. Pero me pregunto: ¿quién puede realizar un acto así? ¿Cómo y dónde? El héroe del Bhagavad Gita es doblemente heroico: es un guerrero y es un santo, un hombre de acción y un filósofo quietista. Pues la acción que predica Krishna sólo puede cumplirse por una operación espiritual semejante a la liberación del asceta solitario: por una ruptura total de todos los lazos que nos unen al mundo y por la destrucción del yo y de la ilusión del tiempo. Imaginemos ese momento: Arjuna ve a Arjuna combatiendo y sabe que él es y no es ese Arjuna; el verdadero Arjuna no es el que combate ni el que se ve combatir sino el otro, que no tiene nombre y que sólo *es*. En ese mismo instante, el futuro se desvanece y el tiempo se disipa: Arjuna ya esta libre de Arjuna. ¿Quién realiza el acto y cuándo? Todo sucede en un eterno ahora, sin antecedentes ni consecuentes, sin ayer ni mañana. La acción sin acción es idéntica a la liberación y por esto Krishna postula, frente al yoga del conocimiento, el yoga de la acción. El acto ejecutado por Arjuna, ¿es un acto o se ha disipado también, con el héroe y con sus víctimas?

La doctrina de Krishna es sublime y profunda. Me atrevo, sin embargo, a exponer tímidamente tres observaciones. La primera: entre la liberación solitaria y la acción que fatalmente engendra *karma*, Krishna no propone realmente una nueva solución sino que traza un puente: hay acciones que, si son realizadas con verdadero desprendimiento, equivalen al acto del asceta que se desprende de sus sensaciones y de sus pensamientos para saltar a lo incondicionado. En uno y otro caso hay ruptura con el mundo, muerte del yo y renacimiento en una región en donde ya no hay noche ni día. ¿Reconciliación entre la quietud y la acción? Más bien, transformación de la acción en una suerte de vertiginosa quietud. La segunda observación: aunque la acción no encadena al héroe, afecta a los otros, a todos los hombres que van a perecer bajo sus flechas y su espada. Algunos son sus maestros, como Drona, otros sus parientes, como Bishma, su tío. ¿Y las viudas, los hijos, los padres, los hermanos, los amigos? El desinterés sobrehumano que predica Krishna tiene otra cara: la indiferencia frente al sufrimiento ajeno. No es fácil –la angustia de Arjuna lo prueba– cerrar los ojos ante las consecuencias de la horrible matanza. Me parece más clara la respuesta de Tomás de Aquino: matar es un pecado pero hay guerras justas. La tercera observación es una continuación de la segunda: el desprendimiento de Arjuna es un acto íntimo, una renuncia a sí mismo y a sus apetitos, un acto de heroísmo espiritual y que, sin embargo, no revela amor al prójimo. Arjuna no salva a nadie, excepto a sí mismo. ¿Exagero? No lo creo: lo menos que se puede decir es que Krishna predica un desinterés sin filantropía. Le enseña a Arjuna cómo escapar del *karma* y cómo salvarse a sí mismo, no cómo salvar a los otros.

Termino estas reflexiones: no es posible definir a la civilización de la India –sin excluir a los musulmanes, que poseen también una hermosa tradición mística– solamente, como es costumbre en Occidente, por su versión religiosa y ascética. Gandhi fue un verdadero hindú y un santo pero ni la santidad ni la castidad definen a la India. La *apsara* y la *yakshi* equilibran la balanza: la hermosura física también posee una irradiación que, a su manera, es magnetismo espiritual. El pueblo indio no es resignado ni ascético. Con frecuencia ha sido violento y la sensualidad es un rasgo prominente en su arte y en sus costumbres. Pasividad y ascetismo son una cara de la medalla. Pasividad también se llama amor activo por las ideas; ascetismo es asimismo erotismo y, muchas veces, violencia: Krishna, Shiva, Durga, son dioses enamorados y combativos. El genio indio es amor por la abstracción más alta y, simultáneamente, pasión por la imagen concreta. A veces es rico; otras prolijo. Nos fascina y nos cansa. Ha creado el arte más lúcido y el más instintivo. Es abstracto y naturalista, sexual e intelectual, pedante y sublime. Todo junto. Vive entre los extremos, abraza los extremos, plantado en la tierra e imantado por un más allá invisible. Por una parte: repetición de formas, superposición de conceptos, sincretismo. Por la otra: sed de totalidad y unidad. Opulencia y desnudez. Y en sus momentos más altos: encarnación de una totalidad que es plenitud y vacuidad, transfiguración del cuerpo en una forma que, sin dejar de ser corporal y sensible, es espiritual.

## LOS ARTILUGIOS DEL TIEMPO

Cada civilización es una visión del tiempo. Instituciones, obras de arte, técnicas, filosofías, todo lo que hacemos o soñamos, es un tejido de tiempo. Idea y sentimiento del transcurrir, el tiempo no es mera sucesión; para todos los pueblos es un proceso que posee una dirección o apunta hacia un fin. El tiempo tiene un sentido. Mejor dicho: el tiempo es el sentido del existir, inclusive si afirmamos que éste carece de sentido. Las opuestas actitudes de hindúes y cristianos ante la condición humana –*karma* y pecado original, *moksha* y redención– se inscriben en distintas visiones del tiempo. Las dos actitudes son manifestaciones y consecuencias del suceder temporal; no solamente pasan en el tiempo y están hechas de tiempo, sino que son el efecto de un hecho que determina al tiempo y a su dirección. Ese hecho, en el caso del cristianismo, ocurrió antes de que comenzase el tiempo: la falta de Adán y Eva se cometió en un lugar hasta entonces inmune al cambio: el Paraíso. La historia del género humano comienza con la expulsión del Edén y nuestra caída en la historia. En el caso del hinduismo (y del budismo) la causa no es anterior sino inherente al tiempo mismo. Para el cristianismo, el tiempo es hijo de la falta original y por esto su visión del tiempo es negativa, aunque no enteramente: los hombres, por el sacrificio de Cristo, y gracias al ejercicio de su libertad, que es un don de Dios, pueden salvarse. El tiempo no sólo es condenación; es también una prueba. Para el hindú el tiempo, en sí mismo, es malo. Mejor dicho, por ser impermanente y cambiante, es ilusorio, es *maya*: una mentira en apariencia placentera pero que no es sino sufrimiento, error y, al final, muerte que nos condena a renacer en la horrible ficción de otra vida igualmente dolorosa y quimérica.

Para los cristianos y los judíos, también para los musulmanes, sólo hubo una creación. «La cosmografía clásica –dice Louis Renou– imagina un huevo de Brahma de donde brotan las series de creaciones sucesivas»[1]. No una creación sino muchas. Renou agrega: «La duración del universo, desde los comienzos hasta su disolución, es un día de Brahma; una infinidad de nacimientos lo han precedido y otras disoluciones lo seguirán». El universo dura lo que dura el sueño de Brahma; al despertar, el universo se desvanece pero vuelve a nacer apenas la divinidad se echa a dormir de nuevo. Brahma está condenado a soñar al mundo y nosotros a ser su sueño. Conocemos la duración de estos sueños recurrentes: 2.190 millones de años terrestres. En otras versiones la duración de esos sueños es de 4.320 millones de años. Cada ciclo (*kalpa*) está compuesto por eras (*yugas*). Hay cuatro en cada *kalpa* y nosotros vivimos en la cuarta era, la final, de este ciclo: *kaliyuga*. Es la era del error, la confusión de castas y la degradación del orden cósmico y social. Su fin se aproxima y perecerá por la doble acción del fuego y del agua. Después de un período de letargo cósmico, el universo recomenzará otro ciclo. Así pues, el tiempo se acaba, tiene un fin: pero renace y vuelve a recorrer el mismo círculo: es un sinfín[2]. En el budismo y el jainismo hay ciclos y cifras semejantes. Contrasta la enormidad de estos ciclos con la duración que los cristianos atribuían al mundo: unos pocos miles de años. En la cosmología hindú, incluyendo a la budista y a la jainita, también hay, como en Giordano Bruno y en las hipótesis de muchos científicos modernos, pluralidad de mundos habitados por criaturas inteligentes. En cada uno de esos mundos hay otros Budas y otros Mahaviras[3]. Los textos budistas nos dicen, incluso, que un Buda futuro enseñará a los hombres olvidadizos la vía recta hacia el *nirvana*. Conocemos su nombre: Maitreya.

La idea de sucesivas creaciones cósmicas y la concomitante de edades o eras del mundo aparecen en muchos pueblos. Fue una creencia de los indios americanos; los antiguos mexicanos decían que el número de las creaciones, que ellos llamaban *soles*, era el cinco. La última, la quinta, era la actual: sol del movimiento. Estas creencias también figuran en otros pue-

---

1. Louis Renou, *La Civilisation de l'Inde ancienne d'après les textes sanscrites*, París, 1950.
2. Véase Luis González Reiman, *Tiempo cíclico y eras del mundo en la India*, El Colegio de México, 1988.
3. Mahavira: el fundador del jainismo.

blos del Oriente, el Asia Menor y el Mediterráneo. La compartieron varios filósofos: Pitágoras, Empédocles, Platón, los estoicos. Otra semejanza entre hindúes y grecorromanos: el mundo sublunar es imperfecto y defectuoso porque cambia sin cesar. El cambio delata una carencia; el ser incompleto, el hombre, aspira a la plenitud del ser, siempre idéntico a sí mismo. El cambio, la incesante mutación que son el tiempo y el mundo, aspira a la identidad inmutable del ser. Para los griegos y los hindúes el movimiento era difícilmente comprensible, salvo como tentativa por alcanzar la inmutabilidad del ser, que está más allá del tiempo. De ahí que Heráclito conciba al mundo no como progresión hecha de la lucha de los contrarios –según supone la moderna interpretación, errónea a mi juicio–, sino como un ritmo compuesto por sucesivas rupturas seguidas de reconciliaciones: la unidad se divide en dos mitades que se odian, se aman y terminan por reunirse para volver a separarse y así hasta el fin de los siglos. No las «afinidades electivas» sino regidas por una fatalidad: cada afirmación engendra su negación que, a su vez, se niega en otra afirmación. Heráclito ignoró al progreso; también Platón y Aristóteles. Por esto los dos últimos ven en el círculo a la imagen de la perfección: el punto de su comienzo es también el de su fin. El círculo está hecho a semejanza de la moción eterna de los cuerpos celestes. El movimiento tiene sed de inmovilidad, el tiempo de inmutabilidad.

La complejidad de la cosmogonía hindú y la enorme duración de sus ciclos se parecen a la lógica que rige a las pesadillas. Al final, esas cosmogonías se disuelven; abrimos los ojos y nos damos cuenta de que hemos vivido entre fantasmas. El sueño de Brahma, lo que llamamos realidad, es una quimera, una pesadilla. Despertar es descubrir la irrealidad de este mundo. El carácter negativo del tiempo no proviene de ser la consecuencia de un pecado original sino al contrario: el pecado o falta original del hombre es ser un hijo del tiempo. El mal está en el tiempo. ¿Por qué es malo el tiempo? Por ser impermanente, ilusorio, irreal. El tiempo carece de substancia: es sueño, es mentira, *maya*. Esta palabra se traduce en general por «ilusión». Pero hay que agregar que la ilusión que es el mundo es una creación divina. Un Upanishad dice: «Debes saber que la Naturaleza (*prakriti*) es ilusión (*maya*) y que el Señor es el ilusionista (*mayín*)». En el Bhagavad Gita, para explicar a Arjuna sus nacimientos, Krishna dice: «Aunque no tuve nacimiento y mi ser es inmortal... encarné en un ser mortal (en este mundo) a través de mi poder (*maya*)». Aquí *maya* es poder. Pero, agrega Krishna en otro pasaje, «aquellos que buscan refugio en mí traspasan ese poder divino (*maya*)». Así, *maya* es ilusión e igualmente poder creador de apariencias. La realidad real, la única, no es una creación ni una apariencia: es el ser inmutable e increado. Es la vacuidad para el budista. *Maya* es tiempo pero no en el sentido occidental, que lo ve como un proceso dinámico, sino como vana repetición de una falsa realidad, una apariencia. Todo lo que cambia adolece de irrealidad; lo real es lo que permanece: el ser absoluto (*brahman*). El hombre es impermanente como el cosmos pero en su fondo está el ser (*atman*), idéntico al ser universal. Ambos están más allá del tiempo, fuera del acontecer. El ser no piensa, ni siente, ni cambia: es. Por su parte, el budismo negó al ser y vio al ego como un conjunto de elementos insubstanciales que la meditación debe disgregar y después disolver. Hinduismo y budismo son una crítica radical del tiempo.

Para el hinduismo el tiempo no tiene sentido o, más bien, no tiene otro que el de extinguirse en el pleno ser, como le dice Krishna a Arjuna. Esta concepción del tiempo explica la ausencia de conciencia histórica entre los hindúes. La India ha tenido grandes poetas, filósofos, arquitectos, pintores pero, hasta la Edad Moderna, ningún historiador. Entre los distintos medios de los hindúes para negar al tiempo, hay dos particularmente impresionantes: la negación metafísica y la social. La primera impidió el nacimiento de ese género literario, científico y filosófico que llamamos historia; la segunda, la institución de las castas, inmovilizó a la sociedad.

El contraste con los musulmanes es notable. También con los chinos, para los que la perfección está en el pasado. Confucio dice: «No invento, transmito. Creo en la Antigüedad y la amo». La civilización es un orden que no es diferente al orden natural y cósmico: es un ritmo. La barbarie es la transgresión de las reglas de la naturaleza, la confusión del principio celeste con el terrestre, la mezcla de los cinco elementos y los cuatro puntos del horizonte: ruptura del ritmo cósmico. La barbarie no está antes de la historia, sino fuera de ella. El alba de la civilización, la mítica edad feliz del Emperador Amarillo, es también su mediodía, su momento más alto. El apogeo está en el amanecer; el comienzo es la perfección y por esto es el arquetipo por excelencia. La Antigüedad es perfecta porque es el estado de armonía entre el mundo natural y el social. De ahí la importancia de los cinco libros clásicos. Son la fuente del saber político y el fundamento del arte de gobernar; la política es una parte de la teoría de la correspondencia universal; la música, la poesía, la danza, los ritos son política porque son ritmo; la imitación de los antiguos es la vía del sabio y del gobernante virtuoso. La heterodoxia taoísta no creía en los clásicos ni en la civilización y la virtud, en la acepción que daban a estas palabras Confucio y sus discípulos, pero coincidió con ellos en ver a la naturaleza como un modelo: la sabiduría es acorde con el ritmo natural, saber no es conocimiento sino afinación del alma. El sentido del tiempo está en el pasado, la Antigüedad es el sol que ilumina nuestras obras, juzga nuestros actos, guía nuestros pasos.

Entre los musulmanes la historia es más bien crónica, no meditación sobre el tiempo. No obstante, Ibn Khaldun divide a las sociedades humanas en dos grupos: culturas primitivas y civilizaciones. Las primeras, nómadas o sedentarias, no conocen propiamente la historia: atadas a la tierra o errantes en el desierto, viven siempre en el mismo tiempo. Las civilizaciones nacen, alcanzan un apogeo, declinan y desaparecen: sobre sus piedras vuelven a triscar las cabras. Las civilizaciones son organismos individuales, cada uno con sus características propias, pero todos sujetos a la ley del nacimiento y la muerte. Contienen, sin embargo, un elemento intemporal: la religión. La verdadera perfección no está en el tiempo sino en las religiones, sobre todo en la última, el islam, que es la revelación definitiva.

El tiempo cristiano no es cíclico sino rectilíneo. Tuvo un principio: Adán, Eva y la caída; un punto intermedio: la Redención y el sacrificio de Cristo; un período final: el nuestro. El tiempo cristiano rompe el ritmo circular del paganismo. Para Platón y Aristóteles el movimiento perfecto es el circular; a imagen de las revoluciones de los cuerpos celestes, es racional y eterno. El movimiento rectilíneo es accidental y finito; es contingente: no se mueve por sí mismo sino gracias a la impulsión de un agente exterior. El cristianismo invierte los términos: el tiempo rectilíneo, el humano, es el que cuenta porque es el de nuestra salvación o condenación. No es un movimiento eterno ni indefinido; tiene un fin, en el doble sentido de la palabra: término y finalidad. Por lo primero, es definitivo; por lo segundo, posee un sentido; y por ambas cosas es un tiempo decisivo. El cristianismo introduce la decisión, la libertad: su tiempo significa redención o perdición. Su valor no reside en el pasado, aunque la caída sea la causa del tiempo y de la historia, sino en el presente: ahora mismo me salvo o me condeno. Este ahora está referido a un futuro también definido: la hora final, sea la de nuestra muerte individual o la del Juicio Universal. El cristianismo coincide con las otras religiones en concebir la perfección en un más allá del tiempo pero ese más allá no está ni en el pasado ni fuera del tiempo sino en un futuro preciso, definido: el fin del tiempo. Ese fin es el comienzo de algo que ya no es tiempo, algo que no podemos nombrar aunque a veces lo llamamos eternidad.

La idea moderna del tiempo se funda en la del cristianismo. También para nosotros el tiempo es sucesión lineal, historia –no sagrada sino profana. La conversión del tiempo religioso en tiempo profano tuvo como inmediata consecuencia transformarlo: cesó de ser finito y definido para ser infinito e indefinido. El tiempo moderno es un permanente más allá, un futuro siempre inalcanzable e irrealizable. Ese futuro es indefinible puesto que no tiene fin ni finalidad: su esencia consiste en ser un futuro intocable. A medida que el futuro se aleja, el pasado se aleja: también es intocable. Sin embargo, podemos explorarlo y calcular con cierta precisión la antigüedad de la especie humana y aun la de la tierra y del sistema solar. En cambio, el futuro es y será incalculable. Tal vez lograremos saber de dónde venimos; no es fácil que sepamos hacia dónde vamos. Disparado hacia adelante, flecha en línea recta, nuestro tiempo no tiene más sentido que el de ser un perpetuo movimiento, cada vez más cerca –cada vez más lejos– de la futura perfección. La idea que nos espolea es maravillosa e insensata: el futuro es progreso.

La expansión europea trastornó el ritmo de las sociedades orientales; quebró la *forma* del tiempo y el *sentido* de la sucesión. Fue algo más que una invasión. Esos pueblos habían sufrido ya otras dominaciones y sabían lo que es el yugo del extraño pero la presencia europea les pareció una *disonancia*. Ciertos espíritus trataron de adivinar un propósito detrás de esa agitación frenética y de esa voluntad tendida hacia un futuro indefinido. Al descubrir en qué consistía esa idea, se escandalizaron: pensar que el tiempo es progreso sin fin, más que una paradoja mística, les pareció una aberración. A la turbación se mezcló el asombro: por irracional que fuese esa concepción, ¿cómo no ver que, gracias a ella, los europeos obraban prodigios? La reprobación con que vieron las élites hindúes y musulmanas el materialismo de los europeos se transformó rápidamente en admiración. Reconocieron que, si no eran más sabios que ellos, los ingleses eran más poderosos. Su saber no conducía ni a la contemplación de la divinidad ni a la liberación; su ciencia era acción: la naturaleza les obedecía y en sus ciudades el poder de los fuertes y los ricos pesaba menos. Era la vieja magia, ahora al alcance de todo aquel que conociese la fórmula del encantamiento.

La ciencia y la técnica, el poder del hombre sobre el mundo material y la libertad que nos da ese poder: éste es el secreto de la fascinación que el Occidente ejerció sobre las élites del Viejo Oriente. Fue un verdadero vértigo: el tiempo pesó menos, los hombres no eran esclavos ni de las revoluciones de los astros ni de la ley kármica. La hora podía asumir la forma que nuestra voluntad y nuestro saber le impusiesen. El mundo se volvió maleable. La aparición del tiempo moderno resultó en una inversión de los valores tradicionales, lo mismo en Europa que en Asia: ruptura del tiempo circular pagano, destrucción del absoluto intemporal hindú, descrédito del pasado chino, fin de la eternidad cristiana. Dispersión y multiplicación de la perfección: su casa es el futuro y el futuro está en todas partes y en ninguna, al alcance de la mano y siempre más allá. El progreso dejó de ser una idea y se convirtió en una fe. Cambió al mundo y a las almas. No nos redime de nuestra contingencia; la exalta como una aventura que sin cesar recomienza: el hombre ya no es la criatura del tiempo sino su hacedor.

Trampas del tiempo: en el momento en que la idolatría del cambio, la creencia en el progreso como una ley histórica y la preeminencia del futuro triunfan en todo el mundo, esas ideas han comenzado a desmoronarse. Dos guerras mundiales y la instauración de tiranías totalitarias han hecho tambalearse a nuestra fe en el progreso; la civilización tecnológica ha demostrado que posee inmensos poderes de destrucción, lo mismo del ambiente natural que en el mundo de la cultura y del espíritu. Ríos envenenados, bosques transformados en desiertos, ciudades contaminadas, almas deshabitadas. La civilización de la abundancia es también la de las hambrunas en África y en otros sitios. La derrota del nazismo y la del comunismo totalitario han dejado intactos y al descubierto todos los males de las sociedades democráticas liberales, dominadas por el demonio del lucro. La famosa frase de Marx acerca de la religión como el opio del pueblo, puede aplicarse ahora, con mayor razón, a la televisión, que acabará por anestesiar al género humano, sumido en una beatitud idiota. El futuro ha dejado de ser una promesa radiante y se ha vuelto una interrogación sombría.

Para Gandhi, las civilizaciones iban y venían; lo único que quedaba en pie era el *dharma*: la verdad del humilde sin más espada que la no-violencia. En cierto modo, no le faltaba razón: la historia es la gran constructora de ruinas. Él oponía a las invenciones dañinas de Occidente, su fe en una sociedad compuesta por pequeñas aldeas de agricultores y artesanos. La historia misma, en su forma más ciega y brutal, lo ha desmentido: la explosión demográfica ha hecho añicos el sueño de las aldeas felices. Cada aldea es un hoyo de miseria y desdicha. No insistiré en lo que todos sabemos, aunque la mayoría no de un modo muy claro: nuestra idea del tiempo se ha resquebrajado y sus milagrosas invenciones nos queman las manos y la mente. Tal vez el remedio esté en colocar en el centro de la tríada temporal, entre el pasado que se aleja y el futuro que nunca llega, al presente. A la realidad concreta de cada día. Creo que la reforma de nuestra civilización deberá comenzar con una reflexión sobre el tiempo. Hay que fundar una nueva política enraizada en el presente. Pero éste es otro tema y que he tratado en otros libros… Estas páginas comenzaron con una tentativa por responder la interrogación que me hizo la India. Ahora terminan con una pregunta que nos engloba a todos: ¿en qué tiempo vivimos?

## Despedida

El último año de mi estancia en la India coincidió con las grandes revueltas juveniles. Las seguí, desde lejos, con asombro y con esperanza. No comprendía claramente cuál era el significado de esos movimientos; diré en mi abono que sus protagonistas tampoco lo sabían. Lo que sí sabíamos todos es que era una rebelión contra los valores e ideas de la sociedad moderna. Aquella agitación no estaba inspirada por los comunistas sino por un ánimo libertario y por esto mismo, a pesar de su confusión, era saludable. La rebelión estudiantil de París, en 1968, fue la más inspirada y la que más me impresionó. Los dichos y los actos de aquellos jóvenes me parecían la herencia de algunos grandes poetas modernos a un tiempo rebeldes y profetas: un William Blake, un Victor Hugo, un Walt Whitman. Mientras cavilaba sobre estos temas, el verano de 1968 se nos echó encima. El calor excesivo nos obligó, a Marie José y a mí, a buscar un retiro temporal en un pequeño pueblo en las estribaciones de los Himalayas, un antiguo lugar de veraneo de los ingleses: Kasauli. Nos instalamos en un hotelito, el único del pueblo, todavía regentado por dos viejas señoras inglesas, sobrevivientes del British Raj. Llevé conmigo un excelente aparato de radio que me permitía oír diariamente las noticias y comentarios de la BBC de Londres.

Nos paseábamos por los alrededores de Kasauli pero ni las vistas de aquellas montañas inmensas y, abajo, las llanuras de la India, ni los jardines encantadores donde abundaban los prados de hortensias –jardinería inglesa al pie de montes sublimes– lograban apartarnos de los sucesos de París. Durante esas semanas sentí que mis esperanzas juveniles renacían: si los obreros y los estudiantes se unían, asistiríamos a la primera y verdadera revolución socialista. Tal vez Marx no se había equivocado: la revolución estallaría en un país avanzado, con un proletariado maduro y educado en las tradiciones democráticas. Esa revolución se extendería a todo el mundo desarrollado, acabaría con el capitalismo y también con los regímenes totalitarios que habían usurpado el nombre del socialismo en Rusia, China, Cuba y otros países. Y una novedad no prevista por Marx: esa revolución sería asimismo el comienzo de una profunda mutación en las conciencias. La poesía, heredera de las grandes tradiciones espirituales de Occidente, entraba en acción. Era la realización, al fin, de los sueños de los románticos del XIX y de los surrealistas del XX. A mí nunca me habían conquistado enteramente la poética y la estética del surrealismo. Practiqué en muy raras ocasiones la «escritura automática»; siempre creí –y lo sigo creyendo– que en la poesía se combinan, de manera inextricable, la inspiración y el cálculo. Lo que me atrajo del surrealismo, sobre todo, fue la unión entre la poesía y la acción. Esto era, para mí, la esencia o sentido de la palabra *revolución*. André Breton había muerto apenas hacía dos años, precisamente en el momento en que esas ideas, que él había encarnado de manera admirable y ejemplar, comenzaban a cobrar cuerpo y realidad histórica.

Los acontecimientos pronto me desengañaron. Asistíamos, sí, a una suerte de temblor, no en la tierra: en las conciencias. La explicación del fenómeno no estaba en el marxismo sino, quizá, en la historia de las religiones, en el subsuelo psíquico de la civilización de Occidente. Una civilización enferma; las agitaciones juveniles eran como esas fiebres pasajeras pero que delatan males más profundos. Regresamos a Delhi y allí me esperaba otra noticia: en la ciudad de México había estallado otra revuelta estudiantil. Se trataba, en buena parte, de un eco de las que habían ocurrido antes en los Estados Unidos, en Alemania y en Francia. La rebelión se limitaba a la ciudad de México y era un movimiento de jóvenes de la clase media más o menos afluentes. No era un movimiento proletario ni logró atraer a los trabajadores. Pero ponía en aprietos al gobierno, dedicado en esos días a la preparación de las Olimpiadas, que deberían celebrarse en México unos meses después. Lo que ocurría en México, además, tenía ciertas características propias y no era un simple reflejo de los sucesos que habían sacudido a otros países. En el movimiento mexicano faltaban la crítica moral, social y sexual a la sociedad burguesa, el anarquismo orgiástico y poético, por decirlo así, de los rebeldes parisinos, expresado en frases eléctricas como *Prohibido prohibir* o *La playa está bajo los adoquines*, expresiones que recordaban los manifiestos y declaraciones de los surrealistas cuarenta años antes. En cambio, en las demandas de los muchachos mexicanos aparecían varios asuntos concretos y, entre ellos, uno que era y sigue siendo el corazón de las polémicas políticas en México: la democracia.

La demanda de una reforma democrática del régimen correspondía a un anhelo general de la población, especialmente de sectores cada vez más numerosos de la clase media. El país estaba cansado de la dominación de cerca de medio siglo del partido oficial (Partido Revolucionario Institucional), que había sobrevivido a las necesidades históricas y políticas de su nacimiento en 1929. Cierto, el propósito real de los dirigentes estudiantiles era de índole revolucionaria: veían en la democracia sólo un punto de apoyo para saltar a la etapa siguiente, la revolucionaria, que instauraría el socialismo. En esto, su ideología era radicalmente diferente a la de los rebeldes de París. Los mexicanos eran jóvenes magnetizados por el ejemplo del Che Guevara. Un ejemplo, diré de paso, a un tiempo suicida e inservible: la historia había tomado ya un rumbo distinto al escogido por el revolucionario argentino. Pero la conjunción de la revuelta estudiantil y la palabra *democracia* hizo inmensamente populares, en la ciudad de México, a los estudiantes.

En esos días recibí una comunicación del secretario de Relaciones Exteriores de México, Antonio Carrillo Flores, hombre afable, inteligente y sensible. Me pedía que le informara acerca de las medidas que había tomado el gobierno de la India ante situaciones semejantes a la de México. Era una nota dirigida a todos nuestros embajadores. En mi respuesta, aparte de proporcionar los informes que se me habían pedido, añadía a título personal un largo comentario. Lo esencial de mi argumentación aparece, ampliado, en un pequeño libro que publiqué un poco después: *Postdata* (1969). Justificaba la actitud de los estudiantes en lo que se refería a su demanda de una reforma democrática y, sobre todo, sugería que no se usase la fuerza y que se buscase una solución política al conflicto. Carrillo Flores me contestó con un telegrama: agradecía mi respuesta, había leído con suma atención mis comentarios y se los había mostrado al presidente de la República, que se había manifestado igualmente interesado. Dormí tranquilo por diez o doce días hasta que, la mañana del 3 de octubre, me enteré de la represión sangrienta del día anterior. Decidí que no podía continuar representando a un gobierno que había obrado de una manera tan abiertamente opuesta a mi manera de pensar. Escribí a Carrillo Flores para comunicarle mi decisión y visité al ministro de Negocios Extranjeros de la India con el mismo propósito.

La reacción del gobierno indio fue extremadamente discreta y amable. Indira Gandhi, que ya era primera ministra, no podía despedirme oficialmente pero nos invitó, a Marie José y a mí, a una cena íntima, en su casa, con Rajiv, su mujer, Sonia, y algunos amigos comunes. Los escritores y artistas organizaron una suerte de homenaje-despedida en The International House. Hubo artículos y entrevistas en la prensa. El corresponsal de *Le Monde*, Jean Wetz, buen amigo, publicó en su diario un extenso comentario sobre el caso. Unos días después, tomamos el tren hacia Bombay, en donde embarcaríamos en el *Victoria*, un barco que hacía el servicio entre el Oriente y el Mediterráneo. El viaje de Delhi a Bombay fue emocionante, no sólo porque me recordaba el que había hecho unos veinte años antes, sino porque en algunas estaciones grupos de jóvenes estudiantes abordaban nuestro vagón, para ofrecernos las tradicionales guirnaldas de flores. En Bombay nos instalamos en el Taj Mahal y visitamos algunos amigos. El último domingo lo pasamos en la isla de Elefanta. Había sido mi primera experiencia del arte de la India; también había sido la primera de Marie José, años después de la mía y antes de conocernos. Los turistas eran numerosos y esto malogró al principio nuestra visita. Pero la belleza del lugar acabó por vencer a todas las distracciones e intrusiones. El azul del mar y del cielo; la bahía redonda y sus litorales, unos blancos, otros verdes, ocres, violetas; la isla caída en el agua como una piedra inmensa; la cueva y, en la penumbra, las estatuas, imágenes de seres que son de este mundo y de otro que nosotros sólo podemos entrever... Revivió lo que habíamos sentido años antes. Pero iluminado por otra luz más grave: sabíamos que veíamos todo aquello por última vez. Era como alejarnos de nosotros mismos: el tiempo abría sus puertas, ¿qué nos esperaba? Esa noche, de regreso al hotel, a manera de despedida y de invocación, escribí estas líneas:

> Shiva y Parvati:
>         los adoramos
> no como a dioses,
>           como imágenes
> de la divinidad de los hombres.
> Ustedes son lo que el hombre hace y no es,
> lo que el hombre ha de ser
> cuando pague la condena del quehacer.
> Shiva:
>     tus cuatro brazos son cuatro ríos,
> cuatro surtidores.
>         Todo tu ser es una fuente
> y en ella se baña la linda Parvati,
> en ella se mece como una barca graciosa.
> El mar palpita bajo el sol:
> son los gruesos labios de Shiva que sonríe;
> el mar es una larga llamarada:
> son los pasos de Parvati sobre las aguas.
> Shiva y Parvati:
>       la mujer que es mi mujer

y yo,
    nada les pedimos,
nada que sea del otro mundo,
                    sólo
la luz sobre el mar,
la luz descalza sobre el mar y la tierra dormidos.

*México, a 20 de diciembre de 1994*

*Vislumbres de la India* se publicó en Barcelona, en Círculo de Lectores y en Seix Barral, 1995.

# V
# CLAUDE LÉVI-STRAUSS
# O EL NUEVO FESTÍN DE ESOPO

## Una metáfora geológica. Comercio verbal y comercio sexual: valores, signos, mujeres

Hace unos quince años un comentario de Georges Bataille sobre *Les Structures élémentaires de la parenté* me reveló la existencia de Claude Lévi-Strauss. Compré el libro y, tras varias e infructuosas tentativas, abandoné su lectura. Mi buena voluntad de aficionado a la antropología y mi interés en el tema (el tabú del incesto) se estrellaron contra el carácter técnico del volumen. El año pasado un artículo de *The Times Literary Supplement* (Londres) volvió a despertar mi curiosidad. Leí con pasión *Tristes tropiques* y en seguida, con un deslumbramiento creciente, *Anthropologie structurale*, *La Pensée sauvage*, *Le Totémisme aujourd'hui* y *Le Cru et le cuit*. Este último es un libro particularmente difícil y el lector sufre una suerte de vértigo intelectual al seguir al autor en su sinuosa peregrinación a través de la maleza de los mitos de los indios bororo y ge. Recorrer ese laberinto es penoso pero fascinante: muchos trozos de ese «concierto» del entendimiento me exaltaron, otros me iluminaron y otros más me irritaron. Aunque leo por placer y sin tomar notas, la lectura de Lévi-Strauss me descubrió tantas cosas y despertó en mí tales interrogaciones que, casi sin darme cuenta, hice algunos apuntes. Este texto es el resultado de mi lectura.

Los escritos de Lévi-Strauss poseen una importancia triple: antropológica, filosófica y estética. Sobre lo primero apenas si es necesario decir que los especialistas consideran fundamentales sus trabajos sobre el parentesco, los mitos y el pensamiento salvaje. La etnografía y la etnología americanas le deben estudios notables; además, en casi todas sus obras hay muchas observaciones dispersas sobre problemas de la prehistoria y la historia de nuestro continente: la antigüedad del hombre en el Nuevo Mundo, las relaciones entre Asia y América, el arte, la cocina, los mitos indoamericanos... Lévi-Strauss desconfía de la filosofía pero sus libros son un diálogo permanente, casi siempre crítico, con el pensamiento filosófico y especialmente con la fenomenología. Por otra parte, su concepción de la antropología como una parte de una futura semiología o teoría general de los signos y sus reflexiones sobre el pensamiento (salvaje y domesticado) son en cierto modo una filosofía: su tema central es el lugar del hombre en el sistema de la naturaleza. En un sentido más reducido, aunque no menos estimulante, su obra de «moralista» tiene también un interés filosófico: Lévi-Strauss continúa la tradición de Rousseau y Diderot, Montaigne y Montesquieu.

Su meditación sobre las sociedades no europeas se resuelve en una crítica de las instituciones occidentales y esta reflexión culmina en la última parte de *Tristes tropiques* en una curiosa profesión de fe, ahora sí francamente filosófica, en la que ofrece al lector una suerte de síntesis entre los deberes del antropólogo, el pensar marxista y la tradición budista. Entre las contribuciones de Lévi-Strauss a la estética mencionaré dos estudios sobre el arte indoamericano –uno acerca del dualismo representativo en Asia y América, otro en torno al tema de la serpiente con el cuerpo repleto de pescados– y sus brillantes aunque no siempre convincentes ideas sobre la música, la pintura y la poesía. Poco diré del valor estético de su obra. Su prosa me hace pensar en la de tres autores que tal vez no son de su predilección: Bergson, Proust y Breton. En ellos, como en Lévi-Strauss, el lector se enfrenta a un lenguaje que oscila continuamente entre lo concreto y lo abstracto, la intuición directa del objeto y el análisis: un pensamiento que ve a las ideas como formas sensibles y a las formas como signos intelectuales… Lo primero que sorprende es la variedad de una obra que no pretende ser sino antropológica; lo segundo, la unidad del pensamiento. Esta unidad no es la de la ciencia sino la de la filosofía, así se trate de una filosofía antifilosófica.

Lévi-Strauss ha aludido en varias ocasiones a las influencias que determinaron la dirección de su pensamiento: la geología, el marxismo y Freud. Un paisaje se presenta como un rompecabezas: colinas, rocas, valles, árboles, barrancos. Ese desorden posee un sentido oculto; no es una yuxtaposición de formas diferentes sino la reunión en un lugar de distintos tiempos-espacios: las capas geológicas. Como el lenguaje, el paisaje es diacrónico y sincrónico al mismo tiempo: es la historia condensada de las edades terrestres y es también un nudo de relaciones. Un corte vertical muestra que lo oculto, las capas invisibles, es una «estructura» que determina y da sentido a las más superficiales. Al descubrimiento intuitivo de la geología se unieron, más tarde, las lecciones del marxismo (una geología de la sociedad) y el psicoanálisis (una geología psíquica). Esta triple lección puede resumirse en una frase: Marx, Freud y la geología le enseñaron a explicar lo visible por lo oculto; o sea: a buscar la relación entre lo sensible y lo racional. No una disolución de la razón en el inconsciente sino una búsqueda de la racionalidad del inconsciente: un superracionalismo. Estas influencias constituyen, para seguir usando la misma metáfora, la geología de su pensamiento: son determinantes en un sentido general. No menos decisivas para su formación fueron la obra sociológica de Marcel Mauss y la lingüística estructural.

Ya he dicho que mis comentarios no son de orden estrictamente científico; examino las ideas de Lévi-Strauss con la curiosidad, la pasión y la inquietud de un lector que desea comprenderlas porque sabe que, como todas las grandes hipótesis de la ciencia, están destinadas a modificar nuestra imagen del mundo y del hombre. Así, no me propongo situar su pensamiento dentro de las modernas tendencias de la antropología, aunque es evidente que, por más original que nos parezca y que lo sea efectivamente, ese pensamiento es parte de una tradición científica. El mismo Lévi-Strauss, por lo demás, en su «Leçon inaugurale» en el Colegio de Francia (enero de 1960), ha señalado sus deudas con la antropología angloamericana y con la sociología francesa. Más explícito aún, en varios capítulos de *Anthropologie structurale* y en muchos pasajes de *Le Totémisme aujourd'hui* revela y aclara sus coincidencias y discrepancias con Boas, Malinowski y Radcliffe-Brown. Sobre esto vale la pena subrayar que una y otra vez ha recordado que sus primeros trabajos fueron concebidos y elaborados en unión estrecha con la antropología angloamericana. No obstante, fueron las ideas de Mauss las que lo prepararon a recibir la lección de la lingüística estructural y a saltar de una manera más total que otros antropólogos del funcionalismo al estructuralismo. Durkheim había afirmado que los fenómenos jurídicos, económicos, artísticos o religiosos eran «proyecciones de la sociedad»: el todo explicaba a las partes. Mauss recogió esta idea pero advirtió que cada fenómeno posee características propias y que el «hecho social total» de Durkheim estaba compuesto por una serie de planos superpuestos: cada fenómeno, sin perder su especificidad, alude a los otros fenómenos. Por tal razón, lo que cuenta no es la explicación global sino la relación entre los fenómenos: la sociedad es una totalidad porque es un sistema de relaciones. La totalidad social no es una substancia ni un concepto sino que «consiste finalmente en el circuito de relaciones entre todos los planos».

En su famoso ensayo sobre el don, Mauss advierte que el regalo es recíproco y circular: las cosas que se intercambian son asimismo hechos totales; o dicho de otro modo: las cosas (utensilios, productos, riquezas) son vehículos de relación. Son valores y son signos. La institución del *potlatch* —o cualquiera otra análoga— es un sistema de relaciones: la donación recíproca asegura o, mejor, realiza la relación[1]. Así pues, la cultura de una so-

---

[1]. «Los kwatiuth de América del Norte tienen una suerte de moneda hecha de placas de cobre que se intercambian durante grandes ceremonias colectivas de intercambio de dones y regalos que ellos llaman *potlatch*. El valor de estas placas depende del número de *potlatch* en los que la moneda ha figurado» (**Marcel Mauss**, *Manuel d'ethnographie*, París, 1947). Véase del mismo autor: «**Essai** sur le don», en *Sociologie et anthropologie*, París, 1950.

ciedad no es la suma de sus utensilios y objetos; la sociedad es un sistema total de relaciones que engloba tanto al aspecto material como al jurídico, religioso y artístico. Lévi-Strauss recoge la lección de Mauss y, sirviéndose del ejemplo de la lingüística, concibe a la sociedad como un conjunto de signos: una estructura. Pasa así de la idea de la sociedad como una totalidad de funciones a la de un sistema de comunicaciones. Es revelador que Georges Bataille (*La Part maudite*) haya extraído conclusiones diferentes del ensayo de Mauss. Para Bataille se trata no tanto de reciprocidad, circulación y comunicación de bienes, como de choque y violencia, poder sobre los otros y destrucción de riquezas: el *potlatch* es una actividad análoga al erotismo y al juego, su esencia no es distinta a la del sacrificio. Bataille pretende desentrañar el contenido histórico y psicológico del *potlatch*; Lévi-Strauss lo considera como una estructura atemporal, independientemente de su contenido. Su posición lo enfrenta al funcionalismo de la antropología sajona, al historicismo y a la fenomenología.

Más adelante trataré con mayor detenimiento el tema de la relación polémica entre el pensamiento de Lévi-Strauss y el historicismo y la fenomenología. En cambio, aquí es oportuno esbozar, de paso, sus afinidades y diferencias con los puntos de vista de Malinowski y de Radcliffe-Brown. Para el primero, «los hechos sociales no se reducen a fragmentos dispersos; el hombre los vive, los realiza, y esta conciencia subjetiva, tanto como sus condiciones objetivas, es una forma de su realidad». Malinowski tuvo el gran mérito de mostrar «experimentalmente» que las ideas que tiene una sociedad de sí misma son parte inseparable de la misma sociedad y de esta manera revalorizó la noción de *significado* en el hecho social; pero redujo la significación de los fenómenos sociales a la categoría de función. La idea de *relación*, capital en Mauss, se resuelve en la de *función*: las cosas y las instituciones son signos por ser funciones. Por su parte, Radcliffe-Brown introdujo la noción de *estructura* en el campo de la antropología, sólo que el gran sabio inglés pensaba que «la estructura es del orden de los hechos: algo dado en la observación de cada sociedad particular...». La originalidad de Lévi-Strauss reside en ver a la estructura no únicamente como un fenómeno resultante de la asociación de los hombres sino como «un sistema regido por una cohesión interna –y esta cohesión, inaccesible para el observador de un sistema aislado, se revela en el estudio de las transformaciones, gracias a las cuales se redescubren propiedades similares en sistemas en apariencia diferentes» («Leçon inaugurale»). Cada sistema –formas de parentesco, mitologías, clasificaciones, etc.– es como un lenguaje que puede traducirse al lenguaje de otro sistema. Para Radcliffe-Brown la estructura «es la manera durable que tienen los grupos y los individuos de constituirse y asociarse en el interior de una sociedad»; por tanto, cada estructura es particular e intraducible a las otras. Lévi-Strauss piensa que la estructura es un sistema y que cada sistema está regido por un código que permite, si el antropólogo logra descifrarlo, su traducción a otro sistema. Por último, a diferencia de Malinowski y Radcliffe-Brown, para Lévi-Strauss las categorías inconscientes, lejos de ser irracionales o simplemente funcionales, poseen una racionalidad inmanente, por decirlo así. El código es inconsciente –y racional. Nada más natural, en consecuencia, que viese en el sistema fonológico de la lingüística estructural el modelo más acabado, transparente y universal de esa razón inconsciente subyacente en todos los fenómenos sociales, trátese de relaciones de parentesco o de fabulaciones míticas. Cierto, no fue el primero en pensar que la lingüística era el modelo de la investigación antropológica. Sólo que, en tanto que los antropólogos angloamericanos la consideraron como una rama de la antropología, Lévi-Strauss afirma que la antropología es (o será) una rama de la lingüística. O sea: una parte de una futura ciencia general de los signos.

A riesgo de repetir lo que otros han dicho muchas veces (y mejor que yo), debo detenerme y esclarecer un poco la relación particular que une al pensamiento de Lévi-Strauss con la lingüística[1]. Como es sabido, el tránsito del funcionalismo al estructuralismo se opera, en lingüística, entre 1920 y 1930. A la idea de que «cada ítem del lenguaje –oración, palabra, morfema, fonema, etc.– existe solamente para llenar una función, generalmente de comunicación», se superpone otra: «ningún elemento del lenguaje puede ser valorado si no se le considera en relación con los otros elementos»[2]. La noción de *relación* se convierte en el fundamento de la teoría: el lenguaje es un sistema de relaciones. Por su parte Ferdinand de Saussure había hecho una distinción capital: el carácter dual del signo, compuesto de un *significante* y un *significado*, sonido y sentido. Esta relación –aún no enteramente explicada– define el campo propio de la lingüística: cada uno de los elementos del lenguaje, inclusive los más pequeños, «posee dos aspectos, uno el significante y otro el significado». El análisis debe tener en cuenta esta dualidad y proceder del texto a la frase y de ésta a la palabra y al morfema, la unidad mínima dueña de significado. La investigación no se detiene en este último porque la fundación de la fonología permitió dar un paso decisivo: el análisis de los fonemas, uni-

---

1. Véase, al final de este libro, el apéndice 1, p. 559.
2. Josep Vackek, *The Linguistic School of Praga*, 1966.

dades que, «a pesar de no poseer significado propio, participan en la significación». La función significativa del fonema consiste en que designa una relación de alteridad u oposición frente a los otros fonemas; aunque el fonema carece de significado, su posición en el interior del vocablo y su relación con los otros fonemas hacen posible la significación. Todo el edificio del lenguaje reposa sobre esta oposición binaria. Los fonemas pueden descomponerse en elementos más pequeños, que Jakobson llama «haz o conjunto de partículas diferenciales»[1]. Como los átomos y sus partículas, el fonema es un «campo de relaciones»: una estructura. No es esto todo: la fonología muestra que los fenómenos lingüísticos obedecen a una estructura inconsciente: hablamos sin saber que, cada vez que lo hacemos, ponemos en movimiento una estructura fonológica. Así pues, el habla es una operación mental y fisiológica que reposa sobre leyes estrictas y que, no obstante, escapan al dominio de la conciencia clara.

Saltan a la vista las analogías de la lingüística, por una parte, con la física, la genética y la teoría de la información; por la otra, con la «psicología de la forma». Lévi-Strauss se propuso aplicar el método estructural de la lingüística a la antropología. Nada más legítimo: el lenguaje no sólo es un fenómeno social sino que constituye, simultáneamente, el fundamento de toda sociedad y la expresión social más perfecta del hombre. La posición privilegiada del lenguaje lo convierte en un modelo de la investigación antropológica: «como los fonemas, los términos de parentesco son elementos de significación; como ellos, no adquieren esta significación sino a condición de participar en un sistema; como los sistemas fonológicos, los sistemas de parentesco son elaboraciones del espíritu en el nivel del pensamiento inconsciente; por último, la repetición de formas de parentesco y reglas de matrimonio, en regiones alejadas y entre pueblos profundamente diferentes, hace pensar que, como en el caso de la fonología, los fenómenos visibles son el producto del juego de leyes generales aunque ocultas... En un *orden distinto de realidades*, los fenómenos de parentesco son fenómenos del *mismo tipo* que los lingüísticos»[2]. No se trata, por supuesto, de *trasladar* el análisis lingüístico a la antropología sino de *traducirlo* en términos antropológicos. Entre las formas de la traducción hay una que Jakobson llama «transmutación»: interpretación de signos lingüísticos por medio de un sistema de signos no lingüísticos. En este caso la operación consiste, al contrario, en la interpretación de un sistema de signos no lingüísticos

---

1. Roman Jakobson, *Essais de linguistique générale*, París, 1963.
2. Claude Lévi-Strauss, *Anthropologie structurale*.

(por ejemplo: las reglas de parentesco) por medio de signos lingüísticos[1].

No me extenderé en la descripción de las formas, siempre rigurosas y a veces extremadamente ingeniosas, que asume la interpretación de Lévi-Strauss. Señalo solamente que su método se funda más en una analogía que en una identidad. Además, adelanto una observación: si el lenguaje –y con él la sociedad entera: ritos, arte, economía, religión– es un sistema de signos, ¿qué significan los signos? Un autor muy citado por Jakobson, el filósofo Charles Peirce, dice: «el sentido de un símbolo es su traducción en otro símbolo». A la inversa de Husserl, el filósofo angloamericano reduce el sentido a una operación: un signo nos remite a otro signo. Respuesta circular y que se destruye a sí misma: si el lenguaje es un sistema de signos, un signo de signos, *¿qué significa este signo de signos?* Los lingüistas coinciden con la lógica matemática, aunque por razones opuestas, en el horror a la semántica. Jakobson tiene consciencia de esta carencia: «después de haber anexado los sonidos de la palabra a la lingüística y constituido la fonología, debemos ahora incorporar las significaciones lingüísticas a la ciencia del lenguaje». Así sea. Mientras tanto, reparo que esta concepción del lenguaje termina en una disyuntiva: si sólo tiene sentido el lenguaje, el universo no lingüístico carece de sentido e inclusive de realidad; o bien, todo es lenguaje, desde los átomos y sus partículas hasta los astros. Ni Peirce ni la lingüística nos dan elementos para afirmar lo primero o lo segundo. Triple omisión: en un primer momento se soslaya el problema del nexo entre sonido y sentido, que no es simplemente el efecto de una convención arbitraria como pensaba F. de Saussure; en seguida, se excluye el tema de la relación entre la realidad no lingüística y el sentido, entre ser y significado; por último, se omite la pregunta central: el sentido de la significación. Advierto que esta crítica no es enteramente aplicable a Lévi-Strauss. Más arriesgado que los lingüistas y los partidarios de la lógica simbólica, el tema constante de sus meditaciones es precisamente el de las relaciones entre el universo del discurso y la realidad no verbal, el pensamiento y las cosas, la significación y la no significación.

En sus estudios sobre el parentesco, Lévi-Strauss procede de manera contraria a la mayoría de sus predecesores: no pretende explicar la prohibición del incesto a partir de las reglas de matrimonio sino que se sirve de aquélla para volver inteligibles a las segundas. La universalidad de la prohibición, cualesquiera que sean las modalidades que adopte en este o aquel

---

1. Véase, al final de este libro, el apéndice 2, pp. 559-560.

grupo humano, es análoga a la universalidad del lenguaje, cualesquiera que sean también las características y la diversidad de los idiomas y dialectos. Otra analogía: es una prohibición que no aparece entre los animales –por lo cual puede inferirse que no tiene un origen biológico o instintivo– y que, no obstante, es una compleja estructura inconsciente como el lenguaje. En fin, todas las sociedades la conocen y la practican pero hasta ahora –a pesar de que abundan las interpretaciones míticas, religiosas y filosóficas– no tenemos una teoría racional que explique su origen y su vigencia. Lévi-Strauss rechaza, con razón, todas las hipótesis con que se ha pretendido explicar el enigma del tabú del incesto, desde las teorías finalistas y eugenésicas hasta la de Freud. A propósito de este último señala que atribuir el origen de la prohibición al deseo por la madre y al asesinato del padre por los hijos, es una hipótesis que revela las obsesiones del hombre moderno pero que no corresponde a ninguna realidad histórica o antropológica. Es un «sueño simbólico»: no es el origen sino la consecuencia de la prohibición.

La regla no es puramente negativa; no tiende a suprimir las uniones sino a diferenciarlas: esta unión no es lícita y aquélla sí lo es. La regla está compuesta de un *sí* y un *no*, oposición binaria semejante a la de las estructuras lingüísticas elementales. Es un cedazo que orienta y distribuye el fluir de las generaciones. Cumple así una función de alteridad y mediación –diferenciar, seleccionar y combinar– que convierte a las uniones sexuales en un sistema de significaciones. Es un artificio «por el cual y en el cual se cumple el tránsito de la naturaleza a la cultura». La metamorfosis del sonido bruto en fonema se reproduce en la de la sexualidad animal en sistema de matrimonio; en ambos casos la mutación se debe a una operación dual (esto *no*, aquello *sí*) que selecciona y combina –signos verbales o mujeres. Del mismo modo que los sonidos naturales reaparecen en el lenguaje articulado pero ya dueños de significación, la familia biológica reaparece en la sociedad humana, sólo que cambiada. El «átomo» o elemento mínimo de parentesco no es el biológico o natural –padre, madre e hijo– sino que está compuesto por cuatro términos: hermano y hermana, padre e hija. Es imposible seguir a Lévi-Strauss en toda su exploración y de ahí que me limite a citar una de sus conclusiones: «el carácter primitivo e irreductible del elemento de parentesco es una consecuencia de la prohibición del incesto…, en la sociedad humana un hombre no puede obtener una mujer sino de otro hombre, que le entrega a su hija o a su hermana». La interdicción no tiene otro objeto que permitir la circulación de mujeres y en este sentido es una contrapartida de la obligación de donar, estudiada por Mauss.

La prohibición es recíproca y gracias a ella se establece la comunicación entre los hombres: «las reglas de matrimonio y los sistemas de parentesco son una suerte de lenguaje» –un conjunto de operaciones que transmiten mensajes. A la objeción de que las mujeres son valores y no signos y las palabras signos y no valores, Lévi-Strauss responde que, sin duda, originalmente las segundas eran también valores (hipótesis que no me parece descabellada si pensamos en la *energía* que irradian todavía ciertas palabras); por lo que toca a las mujeres: fueron (y son) signos, elementos de ese sistema de significaciones que es el sistema del parentesco... No soy antropólogo y debería callarme. Aventuro, de todos modos, un tímido comentario: la hipótesis explica con gran elegancia y precisión las reglas de parentesco y de matrimonio por la prohibición universal del incesto, pero ¿cómo se explica la prohibición misma, su origen y su universalidad? Confieso que me cuesta trabajo aceptar que una norma inflexible y en la cual no es infundado ver la fuente de toda moral –fue el primer *No* que opuso el hombre a la naturaleza– sea simplemente una regla de tránsito, un artificio destinado a facilitar el intercambio de mujeres. Además, echo de menos la descripción del fenómeno; Lévi-Strauss nos describe la operación de las reglas, no aquello que regulan: la atracción y la repulsión por el sexo opuesto, la visión del cuerpo como un nudo de fuerzas benéficas o nocivas, las rivalidades y las amistades, las consideraciones económicas y las religiosas, el terror y el apetito que despierta una mujer o un hombre de otro grupo social o de otra raza, la familia y el amor, el juego violento y complicado entre veneración y profanación, miedo y deseo, agresión y transgresión –todo ese territorio magnético, magia y erotismo, que cubre la palabra *incesto*. ¿Qué significa este tabú que nada ni nadie explica y que, aunque parece no tener justificación biológica ni razón de ser, es la raíz de toda prohibición? ¿Cuál es el fundamento de este *No* universal?[1]. Es verdad que este *No* contiene un *Sí*: la prohibición no sólo separa a la sexualidad animal de la sexualidad social sino que, como el lenguaje, ese *Sí* funda al hombre, constituye a la sociedad. La prohibición del incesto nos enfrenta, en otro plano, al mismo

---

[1]. Estamos muy lejos de haber resuelto el enigma de la prohibición del incesto. Años después de escritas y publicadas estas líneas, un discípulo de Lévi-Strauss, el brillante Pierre Clastres, desaparecido prematuramente, dio a conocer un estudio, *Arqueología de la violencia*, que es una explicación coherente y, a mi juicio, acertada, sobre el intercambio de mujeres entre los primitivos: es la consecuencia de la realidad básica de las sociedades primitivas, es decir, de la guerra y del sistema de alianzas que la acompaña. Sobre este asunto véase, además, «El pacto verbal», ensayo incluido en este volumen, pp. 658-668.

enigma del lenguaje: si el lenguaje nos funda, nos da sentido, ¿cuál es el sentido de ese sentido? El lenguaje nos da la posibilidad de *decir*, pero ¿qué quiere decir: *decir*? La pregunta sobre el incesto es semejante a la del sentido de la significación. La respuesta de Lévi-Strauss es singular: estamos ante una operación inconsciente del espíritu humano y que, en sí misma, carece de sentido o fundamento aunque no de utilidad: gracias a ella —y al lenguaje, el trabajo y el mito— los hombres somos hombres. La pregunta sobre el fundamento del tabú del incesto se resuelve en la pregunta sobre la significación del hombre y ésta en la del espíritu. Así pues, hay que penetrar en una esfera en la que el espíritu opera con mayor libertad ya que no se enfrenta ni a los procesos económicos ni a las realidades sexuales sino a sí mismo.

Símbolos, metáforas y ecuaciones. La posición y el significado. Asia, América y Europa.
Tres transparentes: el arco iris, el veneno y la zarigüeya.
El espíritu: algo que es nada

Frente al mito, Lévi-Strauss adopta una posición francamente intelectualista y lamenta la preferencia moderna por la vida afectiva, a la que atribuye poderes que no tiene: «es un error creer que ideas claras pueden nacer de emociones confusas»[1]. Critica también a la fenomenología de la religión, que trata de reducir a «sentimientos informes e inefables» fenómenos intelectuales sólo en apariencia distintos a los de nuestra lógica. La pretendida oposición entre pensamiento lógico y pensamiento mítico no revela sino nuestra ignorancia: sabemos leer un tratado de filosofía pero no sabemos cómo deben leerse los mitos. Cierto, poseemos una clave –las palabras de que están hechos– pero su significado se nos escapa porque el lenguaje ocupa en el mito un lugar parecido al del sistema fonológico dentro del mismo lenguaje. Lévi-Strauss inicia su demostración con esta idea: la pluralidad de mitos, en todos los tiempos y en todos los espacios, no es menos notable que la repetición en todos los relatos míticos de ciertos procedimientos. Lo mismo sucede en el universo del discurso: la pluralidad de textos resulta de la combinación de un número muy reducido de elementos lingüísticos permanentes. Asimismo, la elaboración mítica no obedece a leyes distintas de las lingüísticas: selección y combinación de signos verbales. La distinción entre lengua y habla, propuesta por F. de Saussure, también es aplicable a los mitos. La primera es sincrónica y postula un tiempo reversible; la segunda es diacrónica y su tiempo es irreversible. O como decimos en español: «lo dicho, dicho está». El mito es habla, su tiempo alude a lo que pasó y es un decir irrepetible; al mismo tiempo, es lengua: una estructura que se actualiza cada vez que volvemos a contar la historia.

La comparación entre mito y lenguaje conduce a Lévi-Strauss a buscar los elementos constitutivos del primero. Esos elementos no pueden ser los fonemas, los morfemas o los semantemas, pues si así fuese el mito sería un discurso como los otros. Las unidades constitutivas del mito son frases

---

1. A. M. Hocart, citado por Lévi-Strauss en *La Structure des mythes*.

u oraciones mínimas que, por su posición en el contexto, describen una relación importante entre los diversos aspectos, incidentes y personajes del relato. Lévi-Strauss propone que llamemos a estas unidades *mitemas*. Puesto que un mito es un cuento contado con palabras, ¿cómo distinguir los mitemas de las otras unidades puramente lingüísticas? Los mitemas son «nudos o haces de relaciones míticas» y operan en un nivel superior al puramente lingüístico. En el nivel más bajo, se encuentra la estructura fonológica; en el segundo, la sintáctica, común a todo discurso; en el tercero, el discurso mítico propiamente dicho. La estructura sintáctica es a la mítica lo que la fonológica a la sintáctica. Si la investigación logra aislar a los mitemas como la fonología lo hizo con los fonemas, se podrá disponer de un haz de relaciones que formen una estructura. Las combinaciones de los mitemas deben producir mitos con la misma fatalidad y regularidad con que los fonemas producen sílabas, morfemas, palabras y textos. Los mitemas son a un tiempo significativos (dentro del relato) y presignificativos (como elementos de un segundo discurso: el mito). Gracias a los mitemas, los mitos son habla y lengua, tiempo irreversible (relato) y reversible (estructura), diacronía y sincronía. De nuevo, a reserva de exponer más completamente mis puntos de vista al final de este trabajo, anticipo una reflexión: si el mito es un paralenguaje, su relación con el lenguaje es inversa a la del sistema de parentesco. Este último es un sistema de significaciones que se sirve de elementos no lingüísticos; el mito opera con el lenguaje como si éste fuese un sistema presignificativo: lo que dice el mito *no* es lo que dicen las palabras del mito. El sistema de parentesco se descifra por medio de una clave o código superior: el lenguaje; ¿cuál sería la clave paralingüística que descifre el sentido de los mitos? Y esa clave, ¿sería traducible a la del lenguaje? En suma, los mitos nos enfrentan otra vez al problema del sentido de la significación.

En su ensayo *La Structure des mythes*, preludio a otros trabajos más ambiciosos, Lévi-Strauss se sirve de la historia de Edipo como piedra de toque de sus ideas. No le interesa el contenido del mito ni pretende ofrecer una nueva interpretación sino que intenta descifrar su estructura: el sistema de relaciones que lo determina y que, probablemente, no es distinto al de todos los otros mitos. Busca una ley general, formal y combinatoria. No sin que levantasen las cejas más de un antropólogo y muchos helenistas y psicólogos, recogió el mayor número posible de versiones; después, aisló las unidades mínimas, los mitemas, que aparecen en esas variantes. Algunos han criticado este procedimiento: ¿cómo pueden determinarse objetivamente los mitemas? La objeción carece de valor si se recuerda que una de las características de los mitos es la recurrencia de ciertos temas y motivos. Inclusive de esta manera pueden reconstruirse versiones incompletas y aun descubrir mitemas que, por esta o aquella razón, no aparecen en ninguna versión. Tal es el caso del defecto corporal de Edipo, que no figura en las variantes conocidas. Una vez determinados los mitemas, Lévi-Strauss los inscribió en una tarjeta, dispuestos en columnas horizontales y verticales. Cada mitema designaba un haz de relaciones, es decir, era la expresión concreta de una función de relación. Reproduzco, muy simplificado, el cuadro de Lévi-Strauss:

| 1 | 2 | 3 | 4 |
|---|---|---|---|
|  | Edipo mata a Layo, su padre |  |  |
|  |  | Edipo inmola a la Esfinge | Edipo: pies hinchados |
| Edipo se casa con su madre |  |  |  |
|  | Eteocles mata a su hermano |  |  |
| Antígona entierra a su hermano |  |  |  |

Si leemos de derecha a izquierda, *contamos* el mito; si de arriba a abajo, penetramos en su estructura. La primera columna corresponde a la idea de relaciones de parentesco demasiado íntimas (entre Edipo y su madre, Antígona y su hermano); la segunda describe una desvalorización de esas mismas relaciones (Edipo asesina a su padre, Eteocles a su hermano); la tercera se refiere a la destrucción de los monstruos; la cuarta a una dificultad para caminar. La relación entre la primera y la segunda columna es obvia: las une una doble y contraria desmesura, exagerar o minimizar las relaciones de parentesco. La relación entre Edipo y la Esfinge reproduce la de Cadmos y el dragón: para fundar a Tebas el héroe debe matar al monstruo. Es una relación entre el hombre y la tierra que alude al conflicto entre la creencia en el origen terrestre de nuestra especie (autoctonía) y el hecho de que cada uno de nosotros es hijo de un hombre y de una mujer. En consecuencia, la tercera columna es una negación de esa relación y reproduce, en otro nivel, el tema de la columna segunda. Muchos mitos representan a los hombres nacidos de la tierra como inválidos, cojos o de andar vacilante. Aunque el significado del nombre de Edipo no es claro, el análisis confirma que, como los de su padre y su abuelo (el primero cojo y el segundo sordo), alude a un defecto corporal[1]. Por tanto, la columna cuarta afirma lo que niega la tercera y, de nuevo en otro nivel, repite el tema de la primera. Así pues, la relación entre la tercera columna y la cuarta es de la misma índole que la de la primera y la segunda. Estamos ante una doble pareja de contradicciones: la primera es a la segunda lo que la tercera es a la cuarta. Esta fórmula puede variarse: la primera es homóloga de la cuarta, la segunda de la tercera. En términos morales: el parricidio se paga con el incesto; en términos cosmológicos: negar la autoctonía (ser un hombre hecho y *derecho*) implica matar al monstruo de la tierra. El defecto se paga con el exceso. El mito ofrece una solución al conflicto por medio de un sistema de símbolos que operan a la manera de los sistemas de la lógica y la matemática.

Al encontrar la estructura del mito de Edipo, Lévi-Strauss está en aptitud de aplicar las mismas leyes combinatorias a mitos de otras civilizaciones. Boas había señalado que las adivinanzas son un género casi completamente ausente entre los indios de América del Norte. Hay dos excepciones: los bufones o payasos ceremoniales de los indios pueblo –nacidos según los mitos de un comercio sexual incestuoso– que divierten a los espectadores con adivinanzas; y ciertos mitos de los indios algonquines, relativos a lechuzas que profieren enigmas que, bajo pena de muerte, el héroe debe resolver. La analogía con el mito de Edipo es doble: por una parte, entre incesto y adivinanza; por la otra, entre la esfinge y las lechuzas. Así pues hay una relación entre incesto y adivinanza: la respuesta a un enigma une a dos términos inconciliables y el incesto a dos personas también inconciliables. La operación mental en ambos casos es idéntica: unir a dos términos contradictorios. Esta relación se reproduce en otros mitos, sólo que de una manera inversa. Por ejemplo, en el mito del Grial. En el de Edipo, un monstruo postula una pregunta sin respuesta; en el mito celta, hay una respuesta sin pregunta. En efecto, Perceval no se atreve a preguntar qué es y para qué sirve el recipiente mágico. En un caso, el mito presenta a un personaje que abusa del comercio sexual ilícito y que, al mismo tiempo, posee tal sutileza de espíritu que puede resolver la

---

1. ¿El nombre de Edipo significa «pie hinchado» o «aquel que conoce la respuesta del enigma de los pies»? Como es sabido, la esfinge pregunta: ¿Cuál es la criatura que tiene cuatro pies al alba, dos al mediodía y tres en el crepúsculo? La respuesta es: el hombre. Me parece que el enigma de la esfinge confirma la hipótesis de Lévi-Strauss: el tema de las columnas tercera y cuarta es el del origen del hombre.

adivinanza de la esfinge; en el otro, hay un personaje casto y tímido que no osa formular la pregunta que disipará el encantamiento. Comercio sexual ilícito = resolución de una adivinanza que plantea la unión de dos términos contradictorios; abstinencia sexual = incapacidad para preguntar. El conflicto entre la autoctonía y el origen real, sexual, de los hombres, exige una solución inversa. La existencia de la esfinge (autoctonía) implica la desvalorización de los lazos consanguíneos (parricidio); la desaparición del monstruo, la exageración de los mismos lazos (incesto). Aunque Lévi-Strauss se abstiene de estudiar los mitos de las civilizaciones históricas (el mito de Edipo es más bien una ilustración de sus ideas que un estudio de mitología griega), observo que la misma lógica se despliega en el mito de Quetzalcóatl. Varios investigadores han dedicado notables estudios al tema y apenas si es necesario recordar, por ejemplo, la brillante interpretación de Laurette Séjourné. No obstante, el método de Lévi-Strauss ofrece la posibilidad de estudiar el mito más como una operación mental que como una proyección histórica. Los elementos históricos no desaparecen pero quedan integrados en ese sistema de transformaciones que abarca desde los sistemas de parentesco y las instituciones políticas hasta la mitología y las prácticas rituales. Advierto que el estructuralismo no pretende explicar a la historia: el acontecimiento, el suceder es un dominio que no toca; sin embargo, desde el punto de vista de la antropología, tal como la concibe Lévi-Strauss, la historia no es sino una de las variantes de la estructura. El mito de Quetzalcóatl es un producto histórico –sea o no histórico su personaje central– en la medida en que es una creación religiosa de una sociedad concreta; al mismo tiempo, es una operación mental sujeta a la misma lógica de los otros mitos –sin excluir a los mitos modernos, como el de la Revolución. Aquí sólo me limitaré a señalar ciertos rasgos y elementos significativos: Tezcatlipoca, dios cojo y señor de magos y hechiceros, asociado íntimamente al mito de los sacrificios humanos, tienta a Quetzalcóatl y lo lleva a cometer el doble pecado de adulterio e incesto (Quetzalcóatl se emborracha y se acuesta con su hermana). A la inversa de lo que ocurre con Edipo, salvador de Tebas al descifrar el enigma de la esfinge, Quetzalcóatl es víctima del engaño del hechicero y así pierde su reino y ocasiona la pérdida de Tula. Los aztecas, que se consideraron siempre los herederos de la grandeza de Tula, *representaron* de nuevo el mito de Quetzalcóatl (quiero decir: lo celebraron, lo vivieron) en el momento de la Conquista española, sólo que a la inversa. Tal vez el mito de Quetzalcóatl, si se logra descifrar su estructura, pueda darnos la llave de los dos misterios de la historia antigua de México: el fin de las grandes teocracias y el principio de las culturas históricas (la oposición entre Teotihuacan y Tula, podría decirse, para simplificar) y la actitud de los aztecas ante Cortés.

En la segunda parte de su ensayo Lévi-Strauss acude a varios mitos de los indios pueblo para ampliar su demostración. En ellos también se manifiesta una oposición de términos irreconciliables: autoctonía y nacimiento biológico, cambio y permanencia, vida y muerte, agricultura y caza, paz y guerra. Estas oposiciones no siempre son evidentes porque a veces los términos originales han sido substituidos por otros. La permutación de un término por otro tiene por objeto encontrar términos de mediación entre las oposiciones. La forma de operación del pensamiento mítico no es distinta a la de nuestra lógica; difiere en el empleo de los símbolos porque en lugar de proposiciones, axiomas y signos abstractos se sirve de héroes, dioses, animales y otros elementos del mundo natural y cultural. Es una lógica concreta y no menos rigurosa que la de los matemáticos. La posición de los términos de mediación es privilegiada. Por ejemplo, el cambio implica muerte para los indios pueblo; por la intervención del mediador *agricultura* se permuta en crecimiento vital. Guerra, sinónimo de muerte, se transforma en vida por obra de otra mediación: *caza*. La oposición entre animales carnívoros y herbívoros se resuelve en otra mediación: la de coyotes y zopilotes que se alimentan de carne como los primeros pero que, como los herbívoros, no son cazadores. La misma operación de permutación rige la carrera de los dioses y de los héroes. A cada oposición corresponde un mediador, de modo que la función de los mesías se esclarece: son encarnaciones de proposiciones lógicas que resuelven una contradicción. Algo semejante ocurre con los gemelos divinos, los dioses hermafroditas y un extraño personaje, el payaso mítico, que aparece en muchos mitos y ritos. La penetración psicológica, en este caso, no es menor que el rigor lógico: la risa, como es sabido, disuelve la contradicción en una unidad convulsiva y que niega a los dos términos de la oposición. Entre estos payasos míticos hay uno, el *Ash boy*, que ocupa en la mitología de los pueblo un lugar parecido al de la Cenicienta en Occidente: los dos son mediadores entre obscuridad y luz, fealdad y belleza, riqueza y pobreza, el mundo de abajo y el de arriba. La relación entre la Cenicienta y el *Ash boy* adopta la forma de inversión simétrica. Más adelante encontraremos de nuevo esta relación entre algunos mitos y leyendas europeos y otros de América[1].

La ambigüedad del mediador se explica no tanto por razones psicoló-

---

1. Véase, al final de este libro, el apéndice 3, pp. 560-561.

gicas como por su posición en el interior de la fórmula: es un término que permite disolver o transcender la oposición. Por tal razón un término positivo (dios, héroe, monstruo, animal, planta, astro) puede transformarse en uno negativo: sus cualidades dependen de su posición dentro del mito. Ningún elemento posee significación propia; la significación brota del contexto: Edipo es «bueno» al inmolar a la esfinge; es «malo» al desposarse con su madre; es «débil» al marchar con dificultad; «fuerte» cuando mata a su padre. Cada término puede ser substituido por otro, a condición de que haya entre ellos una relación necesaria. Los mitos obedecen a las mismas leyes de la lógica simbólica; si se substituyen los nombres propios y los mitemas por signos matemáticos, el mito y sus variantes, inclusive las más contradictorias, pueden condensarse en una fórmula que es el resultado de una ley general, formal y combinatoria. No repetiré aquí la demostración de Lévi-Strauss y señalo solamente que, al final de su razonamiento, el mito aparece no como una narración lineal sino como un haz de elementos mínimos (mitemas), ligados por relaciones de afinidad o de oposición. Según se agrupen de esta o de aquella manera, los mitemas producen esta o aquella versión del mito. Resumo: hay una estructura subyacente en cada relato mítico; los elementos que componen esa estructura se relacionan –o sea: se unen, desunen y cambian– a la manera de los símbolos y signos de la lógica y la matemática. El pensar mítico pone en operación un sistema de asociación y de transformación de mitemas; cada mito produce un mito o es producto de otro mito. Por lo tanto, los mitos no tienen existencia propia: son inteligibles sólo dentro de la constelación mítica a que pertenecen. Son fragmentos de un sistema... Al concluir su estudio, Lévi-Strauss afirma que el mito «tiene por objeto ofrecer un modelo lógico para resolver una contradicción –algo irrealizable si la contradicción es real». Observo, en consecuencia, una diferencia entre el pensar mítico y el del hombre moderno: en el mito se despliega una lógica que no se enfrenta a la realidad y su coherencia es meramente formal; en la ciencia, la teoría debe someterse a la prueba de la experimentación; en la filosofía, el pensamiento es crítico. Acepto que el mito es una lógica pero no veo cómo pueda ser un saber. Por último, el método de Lévi-Strauss prohíbe un análisis del significado particular de los mitos: por una parte, piensa que esos significados son contradictorios, arbitrarios y, en cierto modo, insignificantes; por la otra, afirma que el significado de los mitos se despliega en una región que está más allá del lenguaje.

El sistema de simbolización se reproduce sin cesar. El mito engendra mitos: oposiciones, permutaciones, mediaciones y nuevas oposiciones.

Cada solución es «ligeramente distinta» de la anterior, de modo que el mito «crece como una espiral»: la nueva versión lo modifica y, al mismo tiempo, lo repite. Por esto la interpretación de Freud, independientemente de su valor psicológico, es una versión más del mito de Edipo. Podría agregarse que el estudio de Lévi-Strauss constituye otra versión, ya no en términos psicológicos sino lingüísticos y de lógica simbólica. Éste es el tema, justamente, de *Le Cru et le cuit*. Análisis de cerca de doscientos mitos sudamericanos, opera como un aparato de transformaciones que los engloba y los «traduce» a términos intelectuales. Esta traducción es una transmutación y de ahí que, como su autor lo dice, sea «un mito de los mitos americanos». *Le Cru et le cuit* responde en cierto modo a mi pregunta acerca del significado de los mitos: a la manera de los símbolos de Peirce, el sentido de un mito es otro mito. Cada mito despliega su sentido en otro que, a su vez, alude a otro y así sucesivamente hasta que todas esas alusiones y significados tejen un texto: un grupo o familia de mitos. Ese texto alude a otro y otro; los textos componen un conjunto, no tanto un discurso como un sistema en movimiento y perpetua metamorfosis: un lenguaje. La mitología de los indios americanos es un sistema y ese sistema es un idioma. Otro tanto puede decirse de la mitología indoeuropea y de la mongólica: cada una constituye un idioma. Por otra parte, el significado de un mito depende de su posición en el grupo y de ahí que, para descifrarlo, sea necesario tener en cuenta el contexto en que aparece. El mito es una frase de un discurso circular y que cambia constantemente de significado: repetición y variación[1].

Esta manera de pensar nos enfrenta a conclusiones vertiginosas. El grupo social que elabora el mito *ignora* su significado; aquel que cuenta un mito no sabe lo que dice, repite un fragmento de un discurso, recita una estrofa de un poema cuyo principio, fin y tema desconoce. Lo mismo ocurre con sus oyentes y con los oyentes de otros mitos. Ninguno sabe que ese relato es parte de un inmenso poema: *los mitos se comunican entre ellos por medio de los hombres y sin que éstos lo sepan*. Idea no muy alejada de la de los románticos alemanes y los surrealistas: no es el poeta el que se sirve del lenguaje sino éste el que habla a través del poeta. Hay una diferencia: el poeta tiene consciencia de ser un instrumento del lenguaje y no estoy seguro de que el hombre del mito sepa que lo es de una mitología. (La discusión de este punto es prematura: baste decir, por ahora, que para Lévi-Strauss la distinción es superflua pues piensa que la conciencia

---

1. Véase, al final de este libro, el apéndice 4, p. 561.

es una ilusión.) La situación que describe *Le Cru et le cuit* es análoga a la de los ejecutantes de una sinfonía que estuviesen incomunicados y separados por el tiempo y el espacio: cada uno tocaría su fragmento como si fuese la obra completa. Nadie entre ellos podría escuchar el concierto porque para oírlo hay que estar fuera del círculo, lejos de la orquesta. En el caso de la mitología americana ese concierto empezó hace milenios y hoy unas cuantas comunidades dispersas y agonizantes repiten sus últimos acordes. Los lectores de *Le Cru et le cuit* son los primeros que escuchan esa sinfonía y los primeros que saben que la escuchan. Pero ¿la oímos realmente? Escuchamos una traducción o, más exactamente, una transmutación. No un mito sino otro mito. En esto consiste la paradoja del libro de Lévi-Strauss.

La razón de esta paradoja reside en la naturaleza dual del mito. Según ya dije, en el mito el lenguaje articulado desempeña la misma función que el sistema fonológico en el discurso común: el mito se sirve de las palabras como nosotros, al hablar, nos servimos de los fonemas. Así pues, el mito propiamente dicho, la historia contada con palabras, es una estructura presignificativa sobre la que se edifica el verdadero discurso mítico. Sólo que este segundo discurso «transciende el lenguaje articulado»: lo podemos comprender –como comprendemos a la música– pero no reducirlo a conceptos verbales. Y ese discurso segundo es el que traduce Lévi-Strauss en un sistema de relaciones, fórmulas y ecuaciones... Apunto mis desacuerdos. En primer término: los fonemas no significan por sí mismos en tanto que los relatos míticos son ya lenguaje y poseen significación. O sea: en el mito la estructura presignificativa es ya significativa. Así pues, si aceptamos la idea de Lévi-Strauss, el mito es dos discursos. Y más: esos discursos son contradictorios, ya que el primer nivel emite significados distintos a los del segundo; a su vez, el segundo nivel vuelve literalmente insignificante al primer nivel. Ahora bien, el primer nivel está hecho de los incidentes y peripecias de un relato; ese relato es el mito para la generalidad, sin excluir al narrador y a sus oyentes; en cambio, para Lévi-Strauss, el relato no es sino una estructura, análoga a la fonológica en el discurso ordinario, sobre la que se apoya el verdadero mito, que se despliega en el segundo nivel. Observo una notable diferencia entre el discurso ordinario y el discurso mítico. En el primero, la estructura fonológica –el primer nivel– está hecha de un tejido de fonemas sin significación propia mientras que el discurso propiamente dicho –el segundo nivel– está formado por palabras y frases dueñas de una significación; en el mito, el relato –primer nivel– está compuesto por palabras y frases que poseen un significado, en tanto que el segundo nivel está constituido por las relaciones entre los diferentes mitemas. O dicho de otro modo: en el discurso ordinario, el primer nivel es presignificativo y el segundo, significativo; en el mito, el primer nivel es significativo (es un relato) y el segundo se despliega más allá del lenguaje articulado. Así pues, para Lévi-Strauss el verdadero discurso mítico –el segundo nivel– no es una narración sino una suerte de concierto mental formado por signos (mitemas) en relaciones de oposición, mediación y afinidad. Un discurso que, como la música, «trasciende el lenguaje articulado». Nueva y más grave dificultad: a diferencia de lo que ocurre en la sala de conciertos *no oímos* las relaciones entre los mitemas que componen el segundo nivel. Lo que oímos es el relato, el primer nivel; en un segundo momento, *extraemos* los mitemas de la narración, los recomponemos y así construimos un concierto mental. Ese concierto es intraducible, como la música, al lenguaje que hablamos. Subrayo el carácter mental del concierto: a diferencia de los que oímos en las salas de música, no está hecho de sonidos. *No lo oímos: lo pensamos.* Añado que sólo hasta ahora lo podemos pensar, gracias al método de Lévi-Strauss. Durante miles de años, miles de comunidades distribuidas en todo el planeta han inventado y repetido miles de mitos sin saber lo que hacían. Creyeron siempre que sus relatos respondían a sus preguntas acerca del origen de los hombres y los animales, la vida de las plantas y la de los astros, la razón de ser del día y de la noche, de la sequía y la lluvia, de la caza y de la unión sexual, del nacimiento y de la muerte; en realidad no hacían sino componer un concierto de signos que nadie oía ni podía comprender –para comenzar a comprenderlo debemos apelar al método de Lévi-Strauss. Subrayo: comprendemos no el concierto original sino su traducción al lenguaje formalizado de la ciencia moderna. En suma, en contra de lo que se ha pensado tradicionalmente, los mitos no contienen ninguna verdad. Su valor es sobre todo estético. Los mitos no nos dicen nada sobre el hombre aunque sí nos enseñan mucho sobre la extraña capacidad de su mente para aislar y combinar fonemas, notas, números, mitemas y toda clase de signos. ¿Qué dicen esas combinaciones? Nada, literalmente nada: producen figuras hechas de combinaciones binarias. La mente humana es un inmenso, complejo y perfecto aparato de significar cuyos productos, literalmente, no significan nada. Hipótesis fascinante y que, simultáneamente, me seduce y me repele.

*Le Cru et le cuit* es apenas el comienzo de una tarea vastísima: determinar la sintaxis de la mitología del continente americano. Lévi-Strauss rechaza el método de la reconstrucción histórica no sólo por razones de principio –aunque éstas sean fundamentales, según se ha visto– sino porque es imposible determinar los préstamos que se han hecho unas a otras las sociedades indoamericanas desde el fin del Pleistoceno hasta nuestros días: América fue «una Edad Media sin Roma». Su exploración reposa, en cambio, sobre esta evidencia: los pueblos que han elaborado esos mitos «utilizan los recursos de una dialéctica de oposiciones y mediaciones dentro de una común concepción del mundo». El análisis estructural confirma así las presunciones de la etnografía, la arqueología y la historia sobre la unidad de la civilización americana. No es difícil inferir que esta investigación desembocará en una empresa aún más ambiciosa: una vez determinada la sintaxis del sistema mitológico americano, habrá que ponerla en relación con las de los otros sistemas: el indoeuropeo, el de Oceanía, el de África y el de los pueblos mongoloides de Asia. Aventuro desde ahora una hipótesis, nada gratuita pues la obra de Lévi-Strauss nos ofrece bastantes indicios para postularla: entre el sistema indoeuropeo y el americano la relación ha de ser de *simetría inversa*, tal como lo muestran el *Ash boy* norteamericano y la Cenicienta europea. Este ejemplo no es el único: las constelaciones de Orión y del Cuervo cumplen funciones inversas aunque simétricas entre los indios del Brasil y los griegos. Lo mismo sucede con la costumbre del *charivari* (cencerrada) en Europa occidental y el ruido ritual con que los mismos indios brasileños afrontan los eclipses: en ambos casos se trata de una respuesta a una desunión o a una unión antinatural, sexual en el Mediterráneo y astronómica en Sudamérica.

La figura del triángulo es central en el pensamiento de Lévi-Strauss. Por esto, aunque sea temerario, no será ocioso preguntarse si la vieja oposición entre Oriente y Occidente, el mundo indoeuropeo y el mongólico, no se resuelve en una mediación americana *anterior* a la llegada de los europeos a nuestro continente. El sistema mitológico americano podría ser el punto de unión, la mediación entre dos sistemas míticos contradictorios. Salto sobre una fácil objeción –«el mundo americano es parte del área mongoloide»– porque la antigüedad del hombre en América permite considerar a las culturas indias como creaciones originales, ya que no autóctonas. La relación entre la India y América sería así de simetría inversa, no sólo en el espacio sino en el tiempo: el subcontinente indio es el punto de convergencia real, *histórico*, entre el área mongoloide y la indoeuropea, en tanto que el continente americano sería el punto de coincidencia, *no histórico*, entre ambas. Otra relación contradictoria: el sistema mitológico indoeuropeo predomina en la India mientras que la mitología americana posee el mismo origen de la mongoloide. La mediación indoaria carga el acento en lo indoeuropeo; la americana en lo mongoloide. En el caso de América las perspectivas de esta suposición son portentosas ya que los indoamericanos ignoraron del todo los sistemas míticos de las otras dos áreas. A la manera de Lévi-Strauss podría decirse que las civilizaciones se comunican entre ellas sin que aquellos que las elaboran se den cuenta. La universalidad de la razón —una razón más grande que la razón crítica— quedaría demostrada por la acción de un pensamiento que hasta hace poco llamábamos irracional o prelógico.

No sé si Lévi-Strauss aprobaría del todo esta interpretación de su pensamiento. En *Tristes tropiques* y en otras obras alude al problema de las relaciones entre Asia y América y se inclina por una idea cada vez más popular entre los estudiosos: las indudables analogías entre ciertos rasgos de la civilización americana, la china y las del sudeste de Asia, no pueden ser sino consecuencia de inmigraciones y contactos culturales entre ambos continentes[1]. Lévi-Strauss va más lejos y aventura la existencia de un triángulo subártico que uniría la Escandinavia y el Labrador con el norte de América y a éste con China y el Sudeste asiático. Esta circunstancia, dice, haría más comprensible el estrecho «parentesco del ciclo del Grial con la mitología de los indios de la América septentrional»: los celtas y la civilización escandinava subártica habrían sido los transmisores. Es extraño que apele a la historia para explicar estas analogías: toda su tentativa se dirige, más bien, a ver en este tipo de coincidencias no la consecuencia de una historia sino de una operación del espíritu humano. Sea como sea, no creo traicionarlo si afirmo que su obra intenta resolver la heterogeneidad de las historias particulares en una estructura atemporal. A las pretensiones de la historia universal, que vanamente trata de reducir la pluralidad de las civilizaciones a una sola dirección ideal —ayer encarnada en la Providencia y hoy desencarnada en la idea del progreso— opone una visión vivificante: no hay pueblos marginales y la pluralidad de culturas es ilusoria porque es una pluralidad de metáforas que dicen lo mismo. Hay un punto en el que se cruzan todos los caminos; este punto no es la civilización occidental sino el espíritu humano que obedece, en todas partes y en todos los tiempos, a las mismas leyes.

*Le Cru et le cuit* parte del examen de un mito de los indios bororo rela-

---

1. Esta hipótesis me parece, hasta ahora, infundada. En *Puertas al campo* (1967) he dedicado al tema un comentario: «Asia y América», texto incluido en el séptimo volumen —*Los privilegios de la vista II*— de estas obras.

tivo al origen de la tempestad y muestra su conexión secreta con otros mitos de los mismos indios. Después descubre los nexos de este grupo de mitos con los de las sociedades vecinas hasta explorar un sistema inmenso que se extiende en un territorio no menos inmenso. Reduce las relaciones de cada mito y cada grupo de mitos a «esquemas de relaciones» que a su vez revelan afinidades o isomorfismos con otros esquemas y grupos de esquemas. Nace así «un cuerpo de múltiples dimensiones» que sin cesar se transforma y que vuelve interminable su traducción y su interpretación. Esta dificultad no es demasiado grave: el propósito de Lévi-Strauss no es tanto estudiar todos los mitos americanos cuanto descifrar su estructura, aislar sus elementos y términos de relación, descubrir la forma de operación del pensamiento mítico. Por otra parte, si el mito es un objeto en perpetua metamorfosis, su interpretación también obedece a la misma ley. El libro de Lévi-Strauss recoge y repite, no sin cambiarlos, temas de sus libros anteriores y adelanta motivos y observaciones que sus libros futuros han de elaborar –nunca exactamente sino a la manera de las variaciones de un poema. Su tentativa me recuerda, en otro nivel, a la de Mallarmé: tanto *Un Coup de dés* como *Le Cru et le cuit* son aparatos de significaciones. Esta coincidencia no es fortuita: Mallarmé anticipa muchas de las tentativas modernas, lo mismo en la esfera de la poesía, la pintura y la música que en la del pensamiento. Mallarmé parte del pensamiento poético (salvaje) hacia el lógico y Lévi-Strauss del lógico hacia el salvaje. La anexión de la razón lógica por los símbolos de la poesía coincide en un momento con la reconquista de la lógica sensible por la razón crítica.

Al mostrar la relación entre los mitos bororo y ge, el antropólogo francés descubre que todos ellos tienen como tema, nunca explícito, la oposición entre lo crudo y lo cocido, la naturaleza y la cultura. Los mitos del jaguar y el puerco salvaje, asociados a los del origen de la planta del tabaco, aluden al descubrimiento del fuego y la cocción de los alimentos. Por medio del sistema de permutaciones que he descrito más arriba en forma sumaria y grosera, Lévi-Strauss pasa revista a 187 mitos en los que se repite esta dialéctica de la oposición, la mediación y la transformación. Uno tras otro, en una suerte de danza –poesía y matemáticas– se suceden los símbolos contradictorios: lo continuo y lo discontinuo, la vida breve y la inmortalidad, el agua y los ornamentos funerarios, lo fresco y lo corrompido, la tierra y el cielo, lo abierto y lo cerrado –las aberturas del cuerpo humano convertidas en un sistema simbólico de la ingestión y la deyección–, la roca y el leño podrido, el canibalismo y el vegetarianismo, el incesto y el parricidio, la caza y la agricultura, el humo y el trueno... Los cinco sentidos se transforman en categorías lógicas y a esta clave de la sensibilidad se superpone una astronómica que se transforma en otra hecha de la oposición entre ruido y silencio, habla y canto. Todos estos mitos son metáforas culinarias pero a su vez la cocina es un mito, una metáfora de la cultura.

Tres símbolos me llamaron la atención: el arco iris, la zarigüeya y el veneno para pescar. Los tres son mediadores entre la naturaleza y la cultura, lo continuo y lo discontinuo, la vida y la muerte, lo crudo y lo podrido. El arco iris significa el fin de la lluvia y el origen de la enfermedad; de ambas maneras es un mediador: en el primer aspecto porque es un emblema de la conjunción benéfica entre cielo y tierra y en el segundo porque encarna la fatal transición entre la vida y la muerte. El arco iris es un homólogo de la zarigüeya, animal lascivo y apestoso: un atributo la liga a la vida y el otro a la muerte (putrefacción). El *timbo* es un veneno que usan los indios para pescar y así es una substancia natural utilizada en una actividad cultural ambigua (pesca y caza son transformaciones de la guerra). En los tres símbolos la ruptura o discontinuidad esencial entre naturaleza y cultura, cuyo ejemplo máximo y central es la cocina, se adelgaza y atenúa. Su carácter equívoco no proviene sólo de ser depositarios de propiedades contradictorias sino de que son categorías lógicas difíciles de pensar: en ellos la dialéctica de las oposiciones está a punto de desvanecerse. Por su misma transparencia son, diría, elementos impensables –algo así como el pensamiento que se piensa. Para recrear la discontinuidad, el arco iris se disgrega (origen del cromatismo, que es una forma atenuada de la continuidad natural); el veneno niega por su función su naturaleza (es una substancia mortífera que da vida); y la zarigüeya se transforma, en ciertos mitos de exaltados y siniestros tintes sexuales, de homólogo de la enfermedad y la «mujer fatal» en nodriza e introductora de la agricultura. No es extraño que en un momento de su exposición Lévi-Strauss asocie el cromatismo del Tristán wagneriano con el veneno y a los dos con la suerte desdichada de Isolda la zarigüeya.

El verdadero tema de todos estos mitos es la oposición entre la cultura y la naturaleza tal como se expresa en la creación humana por excelencia: la cocción de los alimentos por el fuego domesticado. Tema prometeico de resonancias múltiples: escisión entre los dioses y los hombres, la vida continua del cosmos y la vida breve de los humanos pero asimismo mediación entre la vida y la muerte, el cielo y el agua, las plantas y los animales. Sería ocioso tratar de enumerar todas las ramificaciones de esta oposición pues engloba todos los aspectos de la vida humana. Es un tema que nos conduce al centro de la meditación de Lévi-Strauss: el lugar del hombre en la naturaleza. La posición de la cocina como actividad que juntamente separa y une al mundo natural y al humano no es menos central que la prohibición universal del incesto. Ambas están prefiguradas por el lenguaje, que es lo que nos separa de la naturaleza y lo que nos une a ella y a nuestros semejantes. El lenguaje *significa* la distancia entre el hombre y las cosas tanto como la voluntad de anularla. La cocina y el tabú del incesto son homólogos del lenguaje. La primera es mediación entre lo crudo y lo podrido, el mundo animal y el vegetal; el segundo entre la endogamia y la exogamia, la promiscuidad disoluta y el onanismo del uno. El modelo de ambos es la palabra, puente entre el grito y el silencio, la no significación de la naturaleza y la insignificancia de los hombres. Los tres son cedazos que cuelan el mundo natural anónimo y lo transmutan en nombres, signos y cualidades. Cambian el torrente amorfo de la vida en cantidad discreta y en familias de símbolos. En los tres el tejido del cedazo está hecho de una substancia impalpable: la muerte. Lévi-Strauss apenas si la cita. Tal vez se lo prohíbe su orgulloso materialismo. Además, desde cierto punto de vista, la muerte sólo es otra manifestación de la inmortal materia viviente. Pero ¿cómo no ver en esa necesidad de diferenciar entre naturaleza y cultura para en seguida introducir un término de mediación entre ambas, el eco y la obsesión de sabernos mortales?

La muerte es la verdadera diferencia, la raya divisoria entre el hombre y la corriente vital. El sentido último de todas esas metáforas es la muerte. Cocina, tabú del incesto y lenguaje son operaciones del espíritu pero el espíritu es una operación de la muerte. Aunque la necesidad de sobrevivir por la alimentación y la procreación es común a todos los seres vivos, los artificios con que el hombre afronta a esta fatalidad lo convierten en un ser aparte. Sentirse y saberse mortal es ser diferente: la muerte nos condena a la cultura. Sin ella no habría ni artes ni oficios: lenguaje, cocina y reglas de parentesco son mediaciones entre la vida inmortal de la naturaleza y la brevedad de la existencia humana. Aquí Lévi-Strauss coincide con Freud y, en el otro extremo, con Hegel y con Marx. Más cerca de los dos últimos que del primero, en un segundo movimiento su pensamiento procura disolver la dicotomía entre cultura y naturaleza –no por el trabajo, la historia o la revolución, sino por el conocimiento de las leyes de la mente del hombre. El mediador entre la vida breve y la inmortalidad natural es la mente: un aparato inconsciente y colectivo, inmortal y anónimo como las células. Por esto me parece ser un homólogo del arco iris, el veneno para pescar y la zarigüeya. Como esos tres elementos vivaces y fúnebres, por su origen está del lado de la naturaleza y por su función y sus productos del lado de la cultura. En ella se borra casi completamente la oposición entre muerte y vida, la significación discreta del hombre y la no significación infinita del cosmos. Frente a la muerte el espíritu es vida y frente a ésta, muerte. Desde el principio el entendimiento humano se ha estrellado ante la imposibilidad lógica de explicar la nada por el ser o el ser por la nada. Tal vez el espíritu sea el mediador. En la esfera de la física se llega a conclusiones parecidas; el profesor John Wheeler, en una reciente reunión de la Physical Society, afirma que es imposible localizar un evento en el tiempo o en el espacio: *antes* y *después*, *aquí* y *allá* son nociones que carecen de sentido. Hay un punto en el cual *something is nothing and nothing is something...* El tema del espíritu y el del sentido de la significación son gemelos pero antes de tocarlos debo examinar las relaciones entre el mito, la música y un huésped no invitado a ese festín de Esopo que es la obra de Lévi-Strauss: la poesía.

## Intermedio discordante. Defensa de una Cenicienta y otras divagaciones. Un triángulo verbal: mito, épica y poema

*Le Cru et le cuit* es un libro de antropología que adopta la forma de un concierto. No es la primera vez que una obra literaria se sirve de términos y formas musicales aunque, en general, han sido los poetas los que se han inspirado en la música, no los hombres de ciencia. Cierto, desde Apollinaire y Picasso la relación entre poesía y pintura ha sido más íntima que entre poesía y música. Creo que ahora la orientación está a punto de cambiar, tanto por la evolución de la música contemporánea como por el renacimiento de la poesía oral. Ambas, música y poesía, encontrarán en los nuevos medios de comunicación un terreno de unión. Por lo demás, varios poetas modernos —Mallarmé, Eliot y, entre nosotros, José Gorostiza— han dado a sus creaciones una estructura musical en tanto que otros —Valéry, García Lorca— han acentuado la relación entre poesía y danza. Por su parte los músicos y los danzantes siempre han visto en las formas poéticas un modelo o arquetipo de sus creaciones. El parentesco entre poesía, música y danza es natural: las tres son artes temporales. Lévi-Strauss justifica la forma de su libro por la índole de la materia que estudia y por la naturaleza misma de su método de interpretación: cree que existe una verdadera analogía no, como podría esperarse, entre la poesía y el mito sino entre el mito y la música. Y más: en la esfera del análisis de los mitos se presentan «problemas de construcción para los cuales la música ha inventado ya soluciones». Dejo al lado esta afirmación enigmática y me limitaré a discutir las razones que lo impulsan a postular una relación particular entre el pensamiento mítico y el musical.

El fundamento de su demostración se condensa en esta frase: «música y mito son lenguajes que transcienden, cada uno a su manera, el nivel del lenguaje articulado». Esta afirmación provoca inmediatamente dos observaciones. En primer término, la música no transciende al lenguaje articulado por la sencilla razón de que su código o clave —la gama musical— no es lingüístico. En un sentido estricto la música no es lenguaje, aunque sea lícito llamarla así por metáfora o por extensión del término. Como las otras artes no verbales, la música es un sistema de comunicación análogo, no idéntico, al lenguaje. Para transcender algo hay que pasar por ese algo e ir más allá: la música no trasciende el lenguaje articulado porque no pasa por él. La segunda observación: como el mito, aunque en dirección contraria, la poesía trasciende el lenguaje[1]. Gracias a la movilidad de los signos lingüísticos, las palabras explican a las palabras: toda frase dice algo que puede ser dicho por otra frase, todo significado es un querer decir que puede ser dicho de otra manera. La «frase poética» –unidad rítmica mínima del poema, cristalización de las propiedades físicas y semánticas del lenguaje– nunca es un querer decir: es un decir irrevocable y final, en el que sentido y sonido se funden. El poema es inexplicable, excepto por sí mismo. Por una parte, es una totalidad indisociable y un cambio mínimo altera a toda la composición; por la otra, es intraducible: más allá del poema no hay sino ruido o silencio, un sinsentido o una significación que las palabras no pueden nombrar. El poema apunta hacia una región a la que aluden también, con la misma obstinación y la misma impotencia, los signos de la música. Dialéctica entre sonido y silencio, sentido y no sentido, los ritmos musicales y poéticos dicen algo que sólo ellos pueden decir, sin decirlo del todo nunca. Por eso, como la música, el poema «es un lenguaje inteligible e intraducible». Subrayo que no sólo es intraducible a las otras lenguas sino al idioma en que está escrito. La traducción de un poema es siempre la creación de otro poema; no es una reproducción sino una metáfora equivalente del original.

En suma, la poesía trasciende al lenguaje porque transmuta ese conjunto de signos móviles e intercambiables que es el lenguaje en un decir último. Tocado por la poesía, el lenguaje es más plenamente lenguaje y, simultáneamente, cesa de ser lenguaje: es poema. Objeto hecho de palabras, el poema desemboca en una región inaccesible a las palabras: el sentido se disuelve, ser y sentido son lo mismo... Lévi-Strauss reconoce en parte lo que he dicho: «en el lenguaje el primer código no significante (el fonológico) es medio e instrumento de significación del segundo; la dualidad se restablece en la poesía, que recobra el valor virtual de la significación del primero para integrarla en el segundo...». Admite que la poesía cambia al lenguaje pero piensa que, lejos de trascenderlo, se encierra así más totalmente entre sus mallas: desciende del sentido a los signos sensibles, regre-

---

[1]. En *El arco y la lira* (1956) me he ocupado largamente del tema, así como de las relaciones entre mito y poema. En este pasaje y en otros más repetiré, a veces textualmente, lo que digo en este libro. (*El arco y la lira* se incluye en el primer volumen –*La casa de la presencia*– de estas obras.)

sa de la palabra al fonema. Sólo diré que me parece una perversa paradoja definir de esta manera la actividad de Dante, Baudelaire o Coleridge.

Música y mito «requieren una dimensión temporal para manifestarse». Su relación con el tiempo es peculiar porque lo afirman sólo para negarlo. Son diacrónicos y sincrónicos: el mito cuenta una historia y, como el concierto, se despliega en el tiempo irreversible de la audición; el mito se repite, se re-engendra, es tiempo que vuelve sobre sí mismo –lo que pasó está pasando ahora y volverá a pasar– y la música «inmoviliza al tiempo que transcurre... de modo que al escucharla accedemos a una suerte de inmortalidad». En una obra anterior Lévi-Strauss ya había subrayado la dualidad del mito, que corresponde a la distinción entre lengua y habla, estructura atemporal y tiempo irreversible de la elocución. La analogía entre música y mito es perfecta sólo que puede extenderse a la danza y, de nuevo, a la poesía. Las relaciones entre danza y música son de tal modo estrechas que me ahorran toda explicación. En el caso de la poesía se reproduce la dualidad sincrónica y diacrónica del lenguaje, aunque en un nivel más elevado ya que el segundo código, el significativo, le sirve al poeta para construir un tercer nivel no sin semejanzas con el de la música y, claro está, con el que describe Lévi-Strauss en *Le Cru et le cuit*. El tiempo del poema es cronométrico y, asimismo, es otro tiempo que es la negación de la sucesión. En la vida diaria decimos: «lo que pasó, pasó», pero en el poema aquello que pasó, regresa y encarna de nuevo. El poeta, dice el centauro Quirón a Fausto, «no está encadenado al tiempo: fuera del tiempo Aquiles encontró a Helena». ¿Fuera del tiempo? Más bien en el tiempo original... Inclusive en los poemas épicos y en las novelas históricas el tiempo del relato escapa a la sucesión. El pasado y el presente de los poemas no son los de la historia y los del periodismo; no son aquello que fue ni aquello que pasa sino lo que está siendo, lo que se está haciendo. Gesta, gestación: un tiempo que se reencarna y re-engendra. Y reencarna de dos maneras: en el momento de la creación y en el de la recreación, cuando el lector o el oyente reviven las imágenes y ritmos del poema y convocan a ese tiempo flotante que regresa... «No todos los mitos son poemas pero, en este sentido, todos los poemas son mitos» (*El arco y la lira*, p. 85). Poemas y mitos coinciden en transmutar el tiempo en una categoría temporal especial, un pasado siempre futuro y siempre dispuesto a ser presente, a *presentarse*. Así pues, las relaciones de la música con el tiempo no son esencialmente distintas a las de la poesía y la danza. La razón es clara: son tres artes temporales que, para realizarse, deben negar a la temporalidad.

Las artes visuales repiten esta relación dual, no con el tiempo sino con el espacio: un cuadro es un espacio que nos remite a otro espacio. El espacio pictórico anula al espacio real del cuadro; es una construcción que contiene un espacio dueño de propiedades análogas a las del «tiempo congelado» de la música y la poesía. Un cuadro es un espacio en el que vemos otro espacio; un poema es un tiempo que transparenta otro tiempo, fluido e inmóvil juntamente. La arquitectura, más poderosa que la pintura y la escultura, altera aún más radicalmente al espacio físico: no sólo vemos un espacio que no es el real sino que vivimos y morimos en ese segundo espacio. La *stupa* es una metáfora del monte Meru pero es una metáfora encarnada o, más exactamente, petrificada: la tocamos y la vemos como un verdadero monte. El teatro, la danza y el cine –artes temporales y espaciales, visuales y sonoras– combinan esta pareja de dualidades: el tablado y la pantalla son un espacio que crea otro espacio sobre el cual se desliza un tiempo cronométrico que es reversible como el de la poesía, la música y el mito.

La música y el mito «operan a partir de un doble continuo, externo e interno». El primero consiste, en el caso del mito, en «una serie teóricamente ilimitada de ocurrencias históricas o tenidas por tales, entre las cuales cada sociedad extrae un número pertinente de acontecimientos»; por lo que toca a la música, cada sistema musical escoge una gama entre la serie de sonidos físicamente realizables. Casi es innecesario observar que lo mismo sucede con la danza: cada sistema selecciona, dentro de los movimientos del cuerpo humano y aun de los animales, unos cuantos que constituyen su vocabulario. La danza de Kerala (*katakali*) se sirve de una gama mímica en tanto que en la europea hay una suerte de sintaxis del salto y la contorsión. En la poesía sánscrita se alaba la gracia elefantina de las bailarinas y en Occidente el cisne y otras aves son los parangones de la danza. En poesía el continuo sonoro del habla se reduce a unos cuantos metros y es sabido que cada lengua prefiere sólo unos pocos: octosílabo y endecasílabo en español, alejandrino y eneasílabo en francés. No es esto lo único: cada sistema de versificación adopta un método distinto para constituir su canon métrico: versificación cuantitativa en la Antigüedad grecorromana, silábica en las lenguas romances y acentual en las germánicas. Como el código sonoro es también semántico, cada sistema está compuesto por una serie de reglas estrictas que operan en el nivel semántico como la versificación en el sonoro. El arte de versificar es un arte de decir que no combina todos los elementos del lenguaje sino un grupo reducido. En fin, mitos y poemas se asemejan de tal modo que no sólo los primeros emplean con frecuencia las formas métricas y los procedimien-

Autorretrato de Claude Lévi-Strauss en la Amazonia, 1938.

Página del cuaderno de notas de Claude Lévi-Strauss,
durante su viaje a la Amazonia en 1938.

tos retóricos de la poesía sino que la materia misma de los mitos –«los acontecimientos» a que alude Lévi-Strauss– es también materia de poesía. Aristóteles llama *mitos* a los argumentos o historias de la tragedia. Al escribir la *Fábula de Polifemo y Galatea*, Góngora no sólo nos regaló un poema que ocupa en la poesía del siglo XVII el lugar de *Un Coup de dés* en la del XX sino que nos ofreció una nueva versión del mito del cíclope.

El «continuo interno» reside en el tiempo psicofisiológico del oyente. La longitud del relato, la recurrencia de los temas, las sorpresas, paralelismos, asociaciones y rupturas provocan en el auditorio reacciones de orden psíquico y fisiológico, respuestas mentales y corporales: el interés del mito es «palpitante». La música afecta de manera aún más acentuada nuestro sistema visceral: carrera, salto, inmovilidad, encuentro, desencuentro, caída en el vacío, ascenso a la cima. No sé si Lévi-Strauss haya reparado en que todas estas sensaciones pueden reducirse a esta dualidad: movimiento e inmovilidad. Estas dos palabras evocan a la danza, que es la verdadera pareja de la música. La danza nos invita a transformarnos en música: nos pide que la *acompañemos*; y la música nos invita a danzar: nos pide que la *encarnemos*. El hechizo de la música proviene de que el compositor «retira aquello que el oyente espera o le da algo que no esperaba». La palabra *sorpresa* dice de manera muy imperfecta este sentimiento de «espera engañada o recompensada más allá de lo previsto». La misma dialéctica entre lo esperado y lo inesperado se despliega en la poesía. Es una característica común a todas las artes temporales y que incluso forma parte de la oratoria: un juego entre el antes, el ahora y el después. En el nivel sonoro los oyentes esperan una rima o una serie de sonidos y se asombran de que el poema resuelva la secuencia en una forma imprevista. Nada me hizo más viva esta experiencia que escuchar una recitación de poemas en urdu, una lengua que desconozco: el auditorio escuchaba con avidez y aprobaba o se desconcertaba cuando el poeta le ofrecía algo distinto a lo que aguardaba. Étiemble dice que la poesía es un ejercicio respiratorio y muscular en el que interviene tanto la actividad de los pulmones como la de la lengua, los dientes y los labios. Whitman y Claudel insistieron sobre el ritmo de inspiración y expiración del poema. Todas estas sensaciones las reproducen el oyente y el lector. Ahora bien, como en poesía *the sound must seem an echo of the sense*, esos ejercicios fisiológicos poseen un significado; repetición y variación, ruptura y unión son procedimientos que engendran reacciones a un tiempo psíquicas y físicas. La dialéctica de la sorpresa, dice Jakobson, fue definida por el poeta Edgar Allan Poe, «el primero que valoró desde el punto de vista métrico y psicológico el placer que engendra lo inesperado al surgir de lo esperado, el uno y el otro impensables sin su contrario».

En la música y los mitos hay «una inversión de la relación entre emisor y receptor pues el segundo se descubre significado por el mensaje del primero: la música vive en mí, yo me escucho a través de ella... El mito y la obra musical son como un director de orquesta cuyos oyentes fuesen los silenciosos ejecutantes». De nuevo: poeta y lector son momentos de una misma operación; después de escrito el poema, el poeta se queda solo y son los otros, los lectores, los que se recrean a sí mismos al recrear el poema. La experiencia de la creación se reproduce en sentido inverso: ahora el poema se abre ante el lector. Al penetrar en esas galerías transparentes, se desprende de sí mismo y se interna en «otro él mismo», hasta entonces desconocido. A un tiempo el poema nos abre las puertas de la extrañeza y del reconocimiento: yo soy ése, yo estuve aquí, ese mar me conoce, yo te conozco, en tus pensamientos veo mi imagen repetida mil veces hasta la incandescencia... El poema es un mecanismo verbal que produce significados sólo y gracias a un lector o un oyente que lo pone en movimiento. El significado del poema no está en lo que quiso decir el poeta sino en lo que dice el lector por medio del poema. El lector es ese «silencioso ejecutante» de que habla Lévi-Strauss. Es un fenómeno común a todas las artes: el hombre se comunica consigo mismo, se descubre y se inventa, por medio de la obra de arte.

Si los mitos «no tienen autor y no existen sino encarnados en una tradición», el problema que presenta la música es más grave: tiene un autor pero ignoramos cómo se escriben las obras musicales. «No sabemos nada de las condiciones mentales de la creación musical»: ¿por qué sólo unos cuantos secretan música y son innumerables aquellos que la aman? Esta circunstancia y el hecho de que «entre todos los lenguajes sólo el musical sea inteligible e intraducible», convierten al compositor «en un ser semejante a los dioses y a la música misma en el misterio supremo de las ciencias humanas –un misterio que las resiste y que guarda las llaves de su progreso». Lévi-Strauss llama a los aficionados a la pintura «fanáticos»; este párrafo es un ejemplo de cómo el fanatismo, ahora musical, ayudado por la fatal tendencia a la elocuencia de las lenguas latinas, puede extraviar a los espíritus más altos. El misterio de la creación musical no es más recóndito ni más tenebroso que el misterio de la creación pictórica, poética o matemática. Todavía no sabemos por qué unos hombres son Newton y otros Tiziano. El mismo Freud dijo que poco o nada sabía del proceso psicológico de la creación artística. La diferencia numérica entre los creadores de obras musicales y los aficionados a la música se repite en todas las artes y las ciencias: no todos son Whitman, Darwin o Velázquez pero muchos comprenden y aman sus obras. Tampoco es exacto que la música sea el único lenguaje «inteligible e intraducible». Ya dije que lo mismo sucede con la poesía y la danza. Añado ahora los ejemplos de la pintura y la escultura: ¿cómo traducir el arte negro, el de la Antigüedad grecorromana o el japonés? Cada «traducción» es una creación o transmutación que se llama cubismo, arte renacentista, impresionismo. Ninguna obra de arte es traducible y todas son inteligibles –si poseemos la clave o código.

Lévi-Strauss no hace una distinción, capital a mi juicio, entre código y *obra*. El código de la música es más amplio que el de la poesía pero lo es menos que el de la pintura. El sistema musical europeo reposa en la gama de notas y es más extenso que el sistema poético francés, basado en la estructura fonológica de esa lengua; sin embargo, basta pasar de frontera musical y vivir en China o en la India para que la música occidental deje de ser inteligible. El lenguaje de las artes visuales es más extenso –no más universal– porque su código, como lo dice Lévi-Strauss, se «organiza en el seno de la experiencia sensible». El código de la pintura –colores, líneas, volúmenes– es más sensible que intelectual y, por tanto, es accesible a mayor número de hombres, independientemente de su lengua y de su civilización. A medida que aumenta la perfección y la complejidad del código, su popularidad decrece. El código de las matemáticas es menos extenso y más perfecto que el del habla corriente. El código lingüístico, por la misma razón de perfección y de complejidad, es menos extenso que el musical y así sucesivamente hasta llegar a la danza, la pintura y la escultura. Se dirá que la música usa un lenguaje propio «y que no es susceptible de ningún uso general», en tanto que las palabras del poeta no son distintas a las del comerciante, el clérigo o el revolucionario. De nuevo: la música no es lenguaje articulado, característica que la une a la pintura y a las otras artes no verbales. En este sentido el lenguaje de los colores y las formas también es un dominio exclusivo de la pintura, aunque su código sea menos elaborado y perfecto que el de la música. Por tanto, la primera distinción que debe hacerse es entre estructuras verbales y estructuras no verbales. Por ser el lenguaje el más perfecto de los sistemas de comunicación, las estructuras verbales son el modelo de las no verbales. En el universo propiamente lingüístico la poesía y la matemática se encuentran en situación de oposición simétrica: en la primera, los significados son múltiples y los signos inamovibles; en la segunda, los signos son movibles y el significado unívoco. Es claro que la música y las otras artes no verbales participan de esta característica de la poesía. La ambigüedad es el signo distintivo de la poesía y esta propiedad poética convierte en artes a la música, la pintura y la escultura.

Si de los códigos se pasa a las obras, el juicio de Lévi-Strauss resulta aún más injusto. La universalidad de una obra no depende de su código sino de su mensaje. Me explico. Aceptaré por un momento esa infundada pretensión que ve en el lenguaje musical un sistema de comunicación más perfecto que el lingüístico: ¿Debussy es más perfecto y universal que Shakespeare, Goya o los relieves de Baharut que, con tanta razón, admira el sabio francés? Con un código «sensible» el Greco crea una obra espiritual y Mondrian una pintura intelectual que colinda con la geometría y la teoría binaria de la cibernética. Con un código que, según Lévi-Strauss, debe poco a los sonidos naturales, Stravinski escribe la *Consagración de la primavera*, poema de las fuerzas y ritmos naturales. La universalidad y el carácter de las obras no dependen del código sino de ese imponderable, verdadero misterio, que llamamos arte o creación. La confusión entre código y obra quizá explica los desdeñosos juicios de Lévi-Strauss sobre la pintura abstracta, la música serial y la concreta. Sobre esta última habría que decir que, como la electrónica, es parte de la búsqueda de una estructura sonora inconsciente o sea de unidades concretas naturales. Esta tentativa recuerda a la «lógica concreta de las cualidades sensibles» de *La Pensée sauvage*. Por lo demás, en uno de los libros más poéticos y estimulantes que he leído en los últimos años (*Silence*) dice John Cage: «la forma de la música nueva es distinta a la antigua pero posee una relación con las grandes formas del pasado, la fuga y la sonata, del mismo modo que hay una relación entre estas dos últimas». En arte toda ruptura es transmutación.

Unas páginas más adelante, guiado por el demonio de la analogía, Lévi-Strauss advierte en la música las seis funciones que asignan los lingüistas a los mensajes verbales. Otra vez: esas seis funciones aparecen también en la danza y, claro está, en las otras artes. Aunque música y danza no son lenguaje articulado, son sistemas de comunicación muy parecidos al lenguaje y de ahí que su mensaje sea el equivalente de una de las funciones lingüísticas: la función poética. Según Jakobson, esta función no está centrada en el emisor, el receptor, el contacto entre ambos, el contexto del mensaje o el código, sino sobre el mensaje mismo. Así, la función poética distingue a los frescos de Ajanta de los *comics* dominicales: son arte no porque nos cuenten las vidas anteriores del Buda –tarea que cumplen con creces los *jatakas*– sino porque son pintura. En ese mensaje visual aparecen otras funciones –la emotiva, la denotativa, etc.– pero el mensaje es sobre todo pictórico y nos pide que lo recibamos como tal. Ahora bien, el predominio de la función poética en la poesía no implica que en un poema no aparezcan las otras funciones; del mismo modo, un mensaje verbal puede utilizar los recursos de la función poética sin que esto signifique que sea un poema. Ejemplos: los anuncios comerciales y, en el otro extremo, los mitos. El mismo libro de Lévi-Strauss muestra que los mitos son parte de la función poética: los mitos son objetos verbales y que, por tanto, utilizan un código lingüístico; este primer código (que implica dos niveles: el fonológico y el significativo o semántico) le sirve al pensamiento mítico para elaborar una segunda clave; a su vez, *Le Cru et le cuit* ofrece un tercer código que permite traducir la «lógica concreta» del mito en un sistema de símbolos y proposiciones lógicas. Esta traducción es una transmutación y tiene más de un parecido con la traducción poética, tal como la definió Valéry: con medios diferentes producir efectos o resultados *semejantes*. Tal vez podría replicarse que mi analogía olvida una diferencia: en tanto que la traducción poética se hace de un código lingüístico a otro, la traducción de Lévi-Strauss entraña el paso de un sistema a otro sistema, del relato mítico a los símbolos de las matemáticas y las proposiciones de la ciencia. No lo creo: en ambos casos la traducción es transmutación y en ambos no abandonamos la esfera del lenguaje –algo que no ocurre con la música. Mitos y ecuaciones se traducen como los poemas: cada traducción es una transformación. La transformación es posible porque mitos, poemas y símbolos matemáticos y lógicos operan como sistemas de equivalencias.

La función poética (cito de nuevo a Jakobson) traslada el principio de la equivalencia del eje de la selección al de la combinación. La formulación de todo mensaje verbal comprende dos operaciones: la selección y la combinación. Por la primera, escogemos la palabra más adecuada entre un grupo de palabras: «sea *niño* el tema del mensaje; el locutor selecciona entre *chiquillo*, *pequeño*, *mocoso*, etc.»; después, repite la operación con el complemento: *duerme*, *sueña*, *reposa*, *está quieto*; en seguida combina las dos selecciones: *el niño duerme*. La selección se realiza «sobre la base de similitud o disimilitud, sinonimia o antonimia, en tanto que la combinación, la construcción de la secuencia, reposa sobre la contigüidad». La poesía trastorna este orden y «promueve la equivalencia al rango de procedimiento constitutivo de la secuencia». La equivalencia opera en todos los niveles del poema: el sonoro (rima, metro, acentos, aliteraciones, etc.) y el semántico (metáforas y metonimias). El metalenguaje también utiliza «secuencias de unidades equivalentes y combina expresiones sinónimas en frases-ecuaciones: *A* igual a *A*. Pero entre poesía y metalenguaje hay una oposición diametral: en el metalenguaje la secuencia se utiliza para construir una ecuación; en poesía, la ecuación sirve para construir una secuencia»[1]. El libro de Lévi-Strauss es un metalenguaje y, simultáneamente, un mito de mitos; por lo primero se sirve de los mitemas para construir proposiciones que son, en cierto modo, ecuaciones; por lo segundo, participa de la función poética pues se sirve de las ecuaciones para elaborar secuencias. En el caso de los mitos que examina Lévi-Strauss el orden se invierte: secundariamente son un metalenguaje y primordialmente se inscriben dentro de la función poética. Los mitos participan de la poesía y de la filosofía, sin ser ni lo uno ni lo otro.

La noción de *función poética* permite establecer la conexión íntima entre mito y poema. Si se observa la estructura de uno y otro se advierte inmediatamente una nueva semejanza. Lévi-Strauss ha hecho una contribución fundamental al descubrir que las unidades mínimas de un mito son mayores que las del discurso: frases u oraciones que cristalizan haces de relaciones. En el poema se encuentra un equivalente de los mitemas: lo que he llamado, a falta de expresión mejor, «frase poética». A diferencia de la prosa, la unidad de esta frase, lo que la constituye como tal y la convierte en imagen, no es (únicamente) el sentido sino el ritmo. O sea: el poema está compuesto de frases o unidades mínimas en las que el sonido y el sentido son una y la misma cosa. Son frases que se resuelven en otras frases en virtud del principio de equivalencia a que alude Jakobson y que convierten al poema en un universo de ecos y de analogías. Poemas y mitos nos abren las puertas del bosque de las semejanzas.

Procuraré ahora señalar la diferencia entre mito y poema. En relación con los signos verbales el mito se halla en una posición equidistante de la poesía y la matemática: como en la primera, su significado es plural; como en la segunda, sus signos son más fácilmente intercambiables que en la poesía. Dentro de la función poética, el poema lírico se encuentra en un extremo y en el opuesto el mito. Entre el poema lírico y el mito hay un término intermedio: la poesía épica. Es sabido que la poesía épica se sirve del mito como materia prima o argumento y la decadencia del género épico (o mejor: su metamorfosis en novela) se debe al relativo ocaso de los mitos en Occidente. Digo relativo porque nuestros mitos han cambiado de

---

1. Roman Jakobson, «Linguistics and Poetics», en *Style and Language*, edición de T. Sebeok, 1960.

forma y se llaman utopías políticas, tecnológicas, eróticas. Esos mitos son la substancia de nuestras novelas y dramas –desde Don Juan, Fausto y Rastignac hasta Swann y Tim Finnegan. Los préstamos entre mito y épica son innumerables y casi todos los recursos del primero los usa la segunda y a la inversa. En suma, el mito se sitúa en las fronteras de la función poética, un poco más allá de la novela, el poema épico, el cuento, las leyendas y otras formas mixtas.

El mito no es poema ni ciencia ni filosofía aunque coincida con el primero por sus procedimientos (función poética), con la segunda por su lógica y con la última por su ambición de ofrecernos una idea del universo. Así pues, de la misma manera que la épica traduce el mito a equivalencias fijas (metro y metáforas), la filosofía lo traduce a conceptos y la ciencia a secuencias de proposiciones. El libro de Lévi-Strauss, por tal razón, es «un mito de mitos americanos», un poema, y simultáneamente un libro de ciencia... Confieso que no puedo entender su impaciencia frente a la poesía y los poetas. Alguna vez oí decir a José Gaos que la soberbia del filósofo es una pasión contradictoria, ya que es consecuencia de su visión total del universo y del exclusivismo de esa visión. Es cierto: la visión del filósofo es un todo en el que faltan muchas cosas. Lévi-Strauss se ha curado de esa soberbia con el antídoto de la humildad del hombre de ciencia pero aún le queda cierto malhumor filosófico ante ese ser extraño que es la poesía. Por mi parte, me doy cuenta de que he dedicado demasiadas páginas a este tema y reconozco, tardíamente, que yo también he incurrido en el pecado pasional. No obstante, diré algo más: al escribir estas líneas escucho las primeras notas de una *raga* del norte de la India: no, en ningún momento *Le Cru et le cuit* me hizo pensar en la música. El placer que me dio ese libro evoca otras experiencias: la lectura de las *Soledades*, la de *Un Coup de dés* y la de *À la recherche du temps perdu*.

## Cualidades y conceptos: pares y parejas, elefantes y tigres. La recta y el círculo. Los remordimientos del progreso. Ingestión, conversión, expulsión. El fin de la Edad de Oro y el comienzo de la escritura

La obra de Lévi-Strauss tiende un arco que une dos paisajes contrarios: la naturaleza y la cultura. Dentro de la segunda se repite la oposición: *La Pensée sauvage* describe el pensamiento de las sociedades primitivas y lo compara con el de las históricas. Aclaro que el primero no es el pensar de los salvajes sino una conducta mental presente en todas las sociedades y que en la nuestra se manifiesta principalmente en las actividades artísticas. Asimismo, el adjetivo *histórico* no quiere decir que los primitivos carezcan de historia; del mismo modo que en nuestro mundo el pensamiento salvaje ocupa un lugar marginal y casi subterráneo, la noción de *historia* no tiene entre los primitivos la jerarquía suprema que nosotros le otorgamos. Esta repugnancia hacia el pensar histórico no le quita rigor, realismo y coherencia al pensamiento salvaje. Una vez más: su lógica no es distinta a la nuestra por lo que toca a su forma de operación aunque sí lo sea por sus objetos y por los fines a que aplica sus razonamientos. Por ejemplo, entre los primitivos los sistemas de clasificación que comprende el rubro general de taxonomía no son menos exactos que los de nuestras ciencias naturales y son más ricos. Uno y otro, el herbolario australiano y el botánico europeo, introducen un orden en la naturaleza pero en tanto que el primero tiene en cuenta ante todo las cualidades sensibles de la planta –olor, color, forma, sabor– y establece una relación de analogía entre esas cualidades y las de los otros elementos naturales y humanos, el hombre de ciencia mide y busca relaciones de orden morfológico y cuantitativo entre los ejemplares, las familias, los géneros y las especies. El primero tiende a elaborar sistemas totales y el segundo especializados. En uno y en otro caso se trata de relaciones que se expresan por esta fórmula: esto es como aquello o esto no es como aquello. Se ha dicho muchas veces que el pensamiento salvaje es irracional, global y cualitativo mientras que el de la ciencia es exacto, conceptual y cuantitativo. Esta oposición, tema constante de las disquisiciones de la antropología de principios de siglo, se ha revelado ilusoria. La química moderna «reduce la variedad de los perfumes y sabores a la combinación, en proporciones diferentes, de cinco elementos: carbono, hidrógeno, oxígeno, azufre y ázoe». Aparece así un dominio inaccesible hasta ahora a la experimentación e investigación: ese mundo de características oscilantes que sólo son perceptibles y definibles por medio del concepto de *relación*. El hombre de ciencia del pasado medía, observaba y clasificaba; el primitivo siente, clasifica y combina; la ciencia contemporánea penetra, como el primitivo, en el mundo de las cualidades sensibles gracias a las nociones de *combinación, simetría y oposición*. Las taxonomías de los primitivos no son místicas ni irracionales. Al contrario, su método no difiere del de los *computers*: son cuadros de relaciones.

La magia es un sistema completo y no menos coherente consigo mismo que la ciencia. La distinción entre ambas reside en «la naturaleza de los fenómenos a que una y otra se aplican». A su vez, esta diferencia es resultado de otra: «las condiciones objetivas en que aparecen el conocimiento mágico y el científico». Esto último explica que la ciencia obtenga mejores resultados que la magia. Si esta observación es exacta (y yo creo que lo es) la diferencia entre magia y ciencia sería, en primer término, la precisión, la exactitud y la fineza no de nuestros sentidos ni de nuestra razón sino de nuestros aparatos, y en segundo lugar, las finalidades distintas de la magia y de la ciencia. Por lo que toca a lo primero, ya se verá que no es tan grande como se cree la inferioridad técnica y operatoria del pensamiento salvaje y que sus conquistas no han sido menos importantes que las de la ciencia. Lo segundo nos enfrenta a un problema de otra índole: la orientación contradictoria de las sociedades. Más adelante trataré este tema capital; aquí sólo diré que la magia se plantea problemas que la ciencia ignora o que, por ahora, prefiere no tocar. En este sentido puede parecer impaciente y lo es, pero ¿no lo son también, y con tan escasas esperanzas de éxito como ella, las religiones y las filosofías de las sociedades históricas?

Magia y ciencia proceden por operaciones mentales análogas. En varios capítulos brillantes y arduos Lévi-Strauss analiza el sistema del totemismo –cuya existencia autónoma le parece un error de perspectiva de sus predecesores– para poner de relieve las características esenciales de esta «lógica concreta de las cualidades sensibles». En una forma que no es esencialmente distinta a la nuestra, el primitivo establece una relación entre lo sensible y lo inteligible. Lo primero nos remite a la categoría de significante y lo segundo a la de significado: las cualidades son signos que se integran en sistemas significativos por medio de relaciones de oposición y semejanza. Lejos de estar sumergido en un mundo obscuro de fuerzas irracionales, el primitivo vive en un universo de signos y mensajes. Desde este punto de vista está más cerca de la cibernética que de la teología medieval. No obstante, hay algo que nos separa de ese mundo: la afectividad. El salvaje se siente parte de la naturaleza y afirma su fraternidad con las especies animales. En cambio, después de habernos creído hijos de dioses quiméricos, nosotros afirmamos la singularidad y exclusividad de la especie humana por ser la única que posee una historia y que lo sabe. Más sobrios y sabios, los primitivos desconfían de la historia porque ven en ella el principio de la separación, el comienzo del exilio del hombre errante en el cosmos.

El pensamiento salvaje parte de la observación minuciosa de las cosas y clasifica todas las cualidades que le parecen pertinentes; en seguida, integra esas «categorías concretas» en un sistema de relaciones. El modo de integración, ya se sabe, es la oposición binaria. El proceso puede reducirse a estas etapas: observar, distinguir y relacionar por pares. Estos grupos de pares forman un código que después se puede aplicar a otros grupos de fenómenos. El principio no es distinto al que inspira la operación de las máquinas «pensantes» de la ciencia contemporánea. Por ejemplo, el sistema de clasificación totémico es un código que puede servir para volver inteligible el sistema de prohibiciones alimenticias de las castas. Como es sabido, el régimen de castas se ha presentado siempre como una institución radicalmente distinta al totemismo; Lévi-Strauss pone en operación el sistema de transformaciones y muestra la conexión formal entre uno y otro régimen, aunque el primero sea característico de la India y el otro de Australia. Esta conexión, una vez más, no es histórica: el llamado totemismo y las castas son operaciones de una estructura mental colectiva e inconsciente que procede por un método combinatorio de oposiciones y similitudes. Castas y totemismo son expresiones de un *modus operandi* universal, aunque las primeras sean parte de una sociedad histórica extraordinariamente compleja como es la hindú y el segundo sea primitivo. El eje de esta lógica es la relación entre lo sensible y lo inteligible, lo particular y lo universal, lo concreto y lo abstracto. Los primitivos no «participan», como creía Lévy-Bruhl; los primitivos clasifican y relacionan. Su pensamiento es analógico, rasgo que no sólo los une a los poetas y los artistas de las sociedades históricas sino también a la gran tradición de los herméticos de la Antigüedad y la Edad Media –o sea: a los precursores de la ciencia moderna. La analogía es sistemática y se presenta «bajo un doble aspecto: su coherencia y su capacidad de extensión, prácticamente ilimitada». Por lo primero, resiste a la crítica del grupo; por lo segundo, el sistema puede englobar a todos los fenómenos. Es una lógica concreta porque para ella lo sensible es significativo; es una lógica simbólica porque las categorías sensibles están en relación de oposición o de isomorfismo con otras categorías y así pueden construir un sistema de equivalencias formales entre los signos.

De una y otra manera, como ciencia de lo concreto y como lógica atemporal, el pensamiento salvaje se opone a la historia. El sistema de clasificación totémico es el mejor ejemplo de la resistencia de las sociedades primitivas a los cambios que implica toda sucesión histórica. Las clasificaciones totémicas «comprenden dos grupos: una serie natural, zoológica y botánica, concebida en su aspecto sobrenatural (los antepasados), y una serie cultural, compuesta por los grupos humanos». La primera es el origen de la segunda pero a esta relación temporal se superpone otra: como la primera serie coexiste con la segunda a través del tiempo, las relaciones del hoy con el principio del principio son constantes. La clasificación totémica es un canon intemporal que regula la vida social e impide la fuga del grupo hacia la historia. Una sociedad que escoge el camino contrario, esto es, el de la sucesión y la historia, debe renunciar a la doble serie finita del totemismo y postular una serie única e infinita. Para nosotros la idea del fluir de las generaciones sucesivas es algo natural; para un australiano esta concepción sería suicida: el grupo se desintegraría, las clasificaciones se disolverían. Lévi-Strauss no dice que las sociedades primitivas están fuera de la historia; señala que unas sociedades escogen el camino del cambio y que otras, por el contrario, se obstinan en ser fieles a una imagen atemporal, en la que ven su origen y el modelo invariable de su acontecer. El sistema de clasificaciones totémicas no es el único método para anular o limitar la acción corrosiva de la historia. Todos los primitivos procuran «vaciar de su contenido» al hecho histórico: ayer y mañana son lo mismo, el fin es idéntico al comienzo. Como en la realidad cada instante es distinto y único, el mito ofrece una solución para abolir la singularidad de la historia: hoy no es ayer pero el hoy para ser realmente y prolongarse en el mañana debe imitar al ayer. Un ayer fuera del tiempo y que es el verdadero hoy. El ayer atemporal es el puente entre cada instante. El rito completa esta función: encarna al mito, introduce efectivamente el pasado en el presente y de este modo suprime la historicidad del instante. En los sistemas de clasificación, en los mitos y en los rituales, la historia ingresa en el ciclo de los fenómenos recurrentes y así pierde su virulencia. Para nosotros la «imagen del mundo» de este o aquel pueblo es la consecuencia de su historia; deberíamos decir, más bien, que la historia es la proyección de nuestra imagen del mundo.

Sin negar su exactitud, me parece que esta división entre sociedades que han escogido definirse por la historia y sociedades que han preferido hacerlo por los sistemas de clasificación, olvida un grupo intermedio. La idea de un tiempo cíclico no es exclusiva de los primitivos sino que aparece en muchas civilizaciones que llamamos «históricas». Inclusive podría decirse que sólo el Occidente moderno se ha identificado plena y frenéticamente con la historia, al grado de definir al hombre como un ser histórico, con evidente ignorancia y desdén de las ideas que las otras civilizaciones se han hecho de sí mismas y de la especie humana. La visión del tiempo cíclico engloba al acaecer histórico como una estrofa subordinada del poema circular que es el cosmos. Es un compromiso entre el sistema atemporal de los primitivos y la concepción de una historia sucesiva e irrepetible. China combinó siempre el sistema atemporal, el tiempo cíclico y la historicidad. El modelo era un pasado arquetípico, el tiempo mítico de los cuatro emperadores; la realidad histórica era la anécdota de cada período, con sus sabios, sus soberanos, sus guerras, sus poetas, sus santos y sus cortesanas. Entre estos dos polos, la extrema inmovilidad y la extrema movilidad, la mediación era el movimiento circular de la dualidad: *yin* y *yang*. Un pensamiento emblemático, como lo llama Marcel Granet, que acentúa la realidad de las fuerzas impersonales al particularizarlas y disuelve la de la historia en mil anécdotas coloridas y transitorias. En verdad, China no conoció la historia sino los anales. Es una civilización rica en relatos históricos pero sus grandes historiadores no formularon nunca lo que se llama una filosofía de la historia. No la necesitaban pues tenían una filosofía de la naturaleza. La historia china es una ilustración de las leyes cósmicas y por tanto carece de ejemplaridad por sí misma. El modelo era atemporal: el principio del principio. La civilización mesoamericana negó más totalmente a la historia. Del altiplano de México a las tierras tropicales de Centroamérica, durante más de dos mil años, se sucedieron varias culturas e imperios y ninguno de ellos tuvo conciencia histórica. Mesoamérica no tuvo historia sino mitos y, sobre todo, ritos. La caída de Tula, la penetración tolteca en Yucatán, la desaparición de las grandes teocracias y las guerras y peregrinaciones de los aztecas fueron acontecimientos transformados en ritos y vividos como ritos. No se entenderá la Conquista de México por los españoles si no se contempla como la vieron y vivieron los aztecas: como un grandioso rito final.

La actitud de la India ante la historia es aún más asombrosa. Presumo que ha sido una respuesta al hecho que ha determinado la vida de los hombres y las instituciones en el subcontinente desde hace más de cinco mil años: la necesidad de coexistir con otros grupos humanos distintos en un espacio infranqueable y que, aunque parezca inmenso, era y es fatalmente limitado. La India es una gigantesca caldera y aquel que cae en ella no sale nunca. Haya sido ésta la causa o sea otra la razón de la aversión por la historia, lo cierto es que ninguna otra civilización ha sufrido más sus intrusiones y ninguna la ha negado con tal obstinación. Desde el principio la India se propuso abolir la historia por la crítica del tiempo y la pluralidad de sociedades y comunidades históricas por el régimen de castas. La infinita movilidad de la historia real se transforma en una fantasmagoría centelleante y vertiginosa en la que los hombres y los dioses giran hasta fundirse en una suerte de nebulosa atemporal; el mundo abigarrado del acontecer desemboca o, mejor dicho, regresa a una región neutra y vacía, en la que el ser y la nada se reabsorben. Budismo y brahmanismo niegan a la historia. Para los dos el cambio, lejos de ser una manifestación positiva de la energía, es el reino ilusorio de la *impermanencia*. Frente a la heterogeneidad de los grupos étnicos –cada uno con una lengua, una tradición, un sistema de parentesco y un culto particulares– la civilización india adopta una solución contraria: no la disolución sino el reconocimiento de cada particularidad y su integración en un sistema más amplio. La crítica del tiempo y el régimen de castas son los dos polos complementarios y antagonistas del sistema indio. Por medio de ambos la India se propone la abolición de la historia.

El modelo del régimen de castas no es histórico ni está fundado únicamente en la idea de la supremacía de un grupo sobre otro, aunque éste haya sido uno de sus orígenes y la más importante de sus consecuencias. Su modelo es la naturaleza: la diversidad de las especies animales y vegetales y su coexistencia. Al ver una manada de elefantes salvajes –el macho, las hembras y sus crías– en uno de esos *wild life sanctuaries* que abundan en este país, mi guía me dijo: «Los animales vegetarianos como el elefante son polígamos y los no vegetarianos –por nada del mundo habría dicho: carnívoros– como el tigre, son monógamos». Esta creencia en la conexión entre el régimen alimenticio y el sistema de parentesco de los animales arroja más luz sobre la teoría de las castas que la lectura de un tratado. Tiene razón Lévi-Strauss: la casta no es un homólogo del totemismo pero podría decirse que es una mediación entre este último y la historia. Es una manera de integrar la vida fluida en una estructura no temporal... La unidad mínima del sistema social de la India no es, como en las sociedades modernas, el individuo sino el grupo. Esta característica indica de nuevo que su modelo no es la sociedad histórica sino la sociedad natural, con sus órdenes, especies, familias y razas. Los individuos son prisioneros de su casta; prisioneros y usufructuarios. Vida fetal, pues a nada se parece más la casta que a un vientre maternal. Tal vez esto explica el narcisismo hindú, el amor de su arte por las curvas y de su literatura por los laberintos, la feminidad de sus dioses y la masculinidad de sus diosas, su concepción del templo como una matriz y lo que llamaría Freud la perversidad infantil polimórfica de los juegos eróticos de sus divinidades y aun de su música. Me pregunto si la noción psicológica conocida como *complejo de Edipo* es enteramente aplicable a la India; no es el deseo de regresar a la madre sino la imposibilidad de salir de ella lo que, a mi parecer, caracteriza al hindú. ¿Fue siempre así o esta situación es el resultado de la agresión exterior que obligó a la civilización india a replegarse en sí misma? Por desdén o por miedo, abstraído o contraído, el hindú ha sido insensible a la seducción de los países extraños: no buscó lo desconocido en la lejanía sino en sí mismo. Entre ciertas castas, la prohibición de viajar por mar era explícita y terminante. No obstante, en el pasado los hindúes fueron grandes marinos y los monumentos más hermosos del período Pallava —uno de los grandes regalos del arte indio a la escultura mundial— se encuentran precisamente en un puerto, Mallapuram, que hoy es un pueblo de pescadores.

El individuo no puede salir de su casta pero las castas pueden cambiar de posición, ascender o descender[1]. La movilidad social se realiza por un canal doble. Uno, individual y al alcance de todos, es la renuncia al mundo, la vida vagabunda del monje budista y del *samnyasin* hindú; otro, colectivo, es el lento e imperceptible movimiento de las castas, en torno y hacia ese centro vacío que es el corazón del hinduismo: la vida contemplativa. Convertir a la sociedad histórica en una sociedad natural y a la naturaleza en un juego filosófico, en una meditación de lo uno sobre la irrealidad de la pluralidad, es una tentativa grandiosa —quizá el sueño más ambicioso y coherente que haya soñado el hombre. Pero la historia, como si se tratase de una venganza, se ha encarnizado con la India. Una y otra vez ha sido invadida por pueblos que militaban bajo la bandera del movimiento y el cambio: primero los persas, los griegos, los escitas, los kuchanes y los hunos blancos; más tarde, los musulmanes con su Dios único y su fraternidad de creyentes; y al fin los europeos con su progreso no menos universal y sectario que la religión del Profeta. Erosión de la abstracción intemporal por el cambio, caída del ser inmóvil en la corriente reputada ilusoria del tiempo. En la esfera social las invasiones no modificaron al sistema de castas pero lo hicieron más rígido. Para defenderse mejor la civilización india acudió a la contracción. Dos universalismos —distintos pero igualmente

---

1. J. H. Hutton, *Castes in India*, Londres, 1963.

exclusivos: el islam y el cristianismo protestante– rodearon y desnaturalizaron a un particularismo universal. El experimento indio, por lo demás, habría fracasado aun sin las invasiones: la historia en su forma más cruda, es decir: la demografía, degeneró el sistema de coexistencia en uno de los regímenes más injustos e inútiles de la era moderna.

Este fracaso me hace reflexionar sobre la suerte de otro experimento, diametralmente opuesto al indio pero que trata de resolver el *mismo* problema. Me refiero a los Estados Unidos. Ese país fue fundado por un universalismo exclusivista: el puritanismo y su consecuencia político-ideológica, la democracia anglosajona. Una vez purificado el territorio de elementos extraños –por la exterminación y la segregación de la población indígena– los Estados Unidos se propusieron crear una sociedad en la que las particularidades nacionales europeas, con exclusión de las otras, se fundiesen en un *melting pot*. El todo sería animado por la historia en su expresión más directa y agresiva: el progreso. O sea, a la inversa de la India, el proyecto angloamericano consiste en una desvalorización de los particularismos sociales y raciales (europeos) y en una supervaloración del cambio. Pero los particularismos no europeos, el negro especialmente, crecieron de tal modo (fuera del *melting pot* y dentro de la sociedad) que hoy hacen imposible toda tardía tentativa de fusión. Así pues, el *melting pot* ha dejado de ser el modelo histórico de los Estados Unidos y ese país está condenado a la escisión o a la coexistencia. Por su parte la valoración excesiva del progreso ha engendrado su descrédito ante un grupo numeroso, compuesto sobre todo por jóvenes y adolescentes. Esto último es decisivo. La revuelta contra la abundancia –en oposición simétrica a la de los países subdesarrollados, que es una revuelta contra la pobreza– es una rebelión contra la idea del *progreso*. No es accidental la afición de la juventud angloamericana por las drogas. El país de la acción y de las bebidas fuertes descubre de pronto la seducción de la contemplación y la inmovilidad. El borracho no es contemplativo ni pasivo sino discursivo y agresivo; el que ingiere drogas escoge la inmovilidad y la introspección. La borrachera culmina en el grito; la alucinación en el silencio. Las drogas son una crítica de la conversación, la acción y el cambio, los grandes valores de Occidente y de sus herederos angloamericanos. Es un portento que la crisis de los fundamentos de la sociedad angloamericana coincida con su máxima expansión imperial. Es un gigante que camina cada vez más de prisa sobre un hilo cada vez más delgado[1].

---

1. Véase, al final de este libro, el apéndice 5, p. 562.

La pluralidad de sociedades y civilizaciones provoca perplejidad. Ante ella hay dos actitudes contradictorias: el relativismo (esta sociedad vale tanto como aquélla) o el exclusivismo (sólo hay una sociedad valiosa –generalmente la nuestra). La primera pronto nos paraliza intelectual y moralmente: si el relativismo nos ayuda a comprender a los otros, también nos impide valorarlos y nos prohíbe cambiarlos –a ellos y a nuestra propia sociedad. La segunda actitud no es menos falsa: ¿cómo juzgar a los otros y en dónde está el criterio universal y eterno que podría autorizarnos a decretar que esta sociedad es buena y aquélla es mala? Descendiente de Montaigne y Rousseau, de Sahagún y De Las Casas, la solución de Lévi-Strauss es la buena: respetar a los otros y cambiar a los suyos, comprender lo extraño y criticar lo propio. Esta crítica culmina en la de la idea central que inspira a nuestra sociedad: el progreso. La etnografía nació casi al mismo tiempo que la idea de *historia* concebida como progreso ininterrumpido; no es extraño que sea, simultáneamente, la consecuencia del progreso y la crítica del progreso. Por supuesto, Lévi-Strauss no lo niega: lo sitúa en su contexto histórico, el mundo del Occidente moderno, y señala que no es una ley histórica universal ni un criterio de valor aplicable a todas las sociedades.

En general el progreso se mide por el dominio sobre la naturaleza, es decir, por la cantidad de energía de que disponemos. Si la ciencia y la tecnología fuesen el criterio decisivo, una civilización como la mesoamericana, que no rebasó al neolítico por lo que toca a sus utensilios, no merecería siquiera el nombre de *civilización*. No obstante, los mesoamericanos no sólo nos han dejado un arte, una poesía y una cosmología complejos y refinados sino que en el dominio de la técnica realizaron proezas notables, sobre todo en la agricultura. En el de la ciencia descubrieron el concepto del *cero* y elaboraron un calendario más perfecto, exacto y racional que el de los europeos. Si de la técnica pasamos a la moral, la comparación sería aún más desventajosa para nosotros: ¿somos más sensibles, más honrados o más inteligentes que los salvajes? ¿Nuestras artes son mejores que las de los egipcios o los chinos y nuestros filósofos son superiores a Platón o a Nagarjuna? Vivimos más años que un primitivo pero nuestras guerras causan más víctimas que las pestes medievales. Aunque la mortalidad infantil ha disminuido, aumenta día a día el número de menesterosos –no en los países industriales sino en los que llamamos por eufemismo «subdesarrollados» y que constituyen las dos terceras partes de la humanidad. Se dirá que todo esto son lugares comunes. Lo son. También la idea del *progreso* se ha vuelto un lugar común.

Lo mejor y lo peor que se puede decir del progreso es que ha cambiado al mundo. La frase se puede invertir: lo mejor y lo peor que se puede decir de las sociedades primitivas es que apenas si han cambiado al mundo. Ambas variantes necesitan una enmienda: ni nosotros lo hemos modificado tanto como creemos ni los primitivos tan poco. Los pueblos que enarbolan la idea del *progreso* han alterado más el equilibrio social que el natural, aunque este último empieza ya a ser afectado. Las modificaciones han sido internas y externas. En el interior, la aceleración técnica produjo trastornos, revoluciones y guerras; hoy amenaza la integridad psíquica y biológica de la población. En el exterior, la sociedad progresista ha destruido innumerables sociedades y ha esclavizado, humillado y mutilado a los supervivientes. Cierto, los cambios que ha introducido son inmensos, muchas veces benéficos y, sobre todo, innegables. También son innegables sus desequilibrios y sus crímenes. Decirlo no implica nostalgia alguna por el pasado: toda sociedad es contradictoria y no hay ninguna que escape a la crítica. Si la sociedad progresista no es mejor que las otras sociedades, tampoco tiene el monopolio del mal. Los aztecas, los asirios y los grandes imperios nómadas del Asia central no fueron menos crueles, engreídos y brutales que nosotros. En el museo de los monstruos nuestro lugar, sobresaliente, no es el primero.

El progreso es nuestro destino histórico; nada más natural que nuestra crítica sea una crítica del progreso. Estamos condenados a criticar al progreso del mismo modo que Platón y Aristófanes debían criticar a la democracia ateniense, el budismo al ser inmóvil del brahmanismo y Lao-tsé a la virtud y la sabiduría confucianas. La crítica del progreso se llama etnología. Los estudios etnográficos nacieron en el momento de la expansión de Occidente y asumieron inmediatamente una forma polémica: defensa de la humanidad de los indígenas, tercamente negada por sus descubridores y expoliadores, y crítica de los procedimientos «civilizadores» de los europeos. No es un azar que los españoles y portugueses, a quienes corresponde la dudosa gloria de haber iniciado la conquista de las nuevas tierras, tengan derecho a una gloria más cierta: ser los fundadores de la etnografía. Las descripciones que hicieron los portugueses del sistema de castas en Travancore y otras regiones del sur de la India, las de los jesuitas de las civilizaciones de China y Japón y los textos de los españoles sobre las instituciones y costumbres de los indios americanos, son los primeros estudios de etnografía y antropología del mundo moderno. En muchos casos, como en el de Sahagún, ese método fue tan riguroso y objetivo como el de los modernos antropólogos que hoy recorren el mundo provistos de magnetófonos y otros aparatos.

Lévi-Strauss dice que la etnografía es la expresión de los «remordimientos» de Occidente. No sé si haya reparado en el origen cristiano de este sentimiento. La crítica de los excesos del progreso es una crítica del poder y de los poderosos. El cristianismo fue el primero que se atrevió a criticar al poder y a exaltar a los humildes. Nietzsche dice que el cristianismo, justamente por ser una moral del resentimiento, afinó nuestra psicología e inventó el examen de conciencia, esa operación que sirve al hombre para juzgarse y condenarse. La introspección es una invención cristiana y termina siempre con un juicio moral, no sobre los otros sino sobre uno mismo. El examen de conciencia consiste en ponerse en el lugar de los otros, verse en la situación del humillado o del vencido: el *otro*. Es una tentativa por reconocernos en el *otro* y, así, recobrarnos a nosotros mismos. El cristianismo descubrió al *otro* y aún más: descubrió que el yo sólo vive en función del tú. La dialéctica cristiana del examen de consciencia la repite la etnografía no en la esfera individual sino en la social: reconocer en el *otro* a un ser humano y reconocernos a nosotros mismos no en la semejanza sino en la diferencia. Además, sin el cristianismo la idea rectilínea del tiempo (la historia) no habría nacido. Debemos a esa religión el progreso, sus excesos y sus remordimientos: la técnica, el imperialismo y la etnografía.

Hay un aspecto central de la dominación hispano-portuguesa que me interesa destacar. La política ibérica en el Nuevo Mundo reproduce punto por punto la de los musulmanes en el Asia Menor, India, el norte de África y la misma España: la conversión, ya sea por las buenas o a sangre y fuego. Aunque parezca extraño, la evangelización de América fue una empresa de estilo e inspiración mahometanos. El furor destructor de los españoles tiene el mismo origen teológico que el de los musulmanes. Al contemplar en el norte de la India las estatuas desfiguradas por el islam, recordé inmediatamente a las quemas de códices en México. La pasión constructora de unos y otros no fue menos intensa que su rabia destructora y obedeció a la misma razón religiosa. Los monumentos dejados por los musulmanes en India no se parecen a los que levantaron en América los españoles y los portugueses pero su significación es análoga: primero el templo-fortaleza (iglesia o mezquita) y después las grandes obras civiles y religiosas. La arquitectura obedece al ritmo histórico: ocupación, conversión y organización. No se olvide, además, que las invasiones de los musulmanes en el subcontinente indio y la Conquista de América fueron empresas que liberaron a una parte de la población indígena, oprimida por la otra: parias de la India y, en América, pueblos sometidos al Inca y a los crueles aztecas.

Conquista y liberación son parte de un mismo proceso de conversión. Digo conversión porque los musulmanes y sus discípulos portugueses y españoles no se propusieron recuperar al *otro* respetando su *otredad*, como el antropólogo: querían convertirlo, cambiarlo. La humanización consistía en transformar al indígena infiel en hermano en la fe. Los súbditos de Babur y los de su contemporáneo Carlos V, cualquiera que fuese su situación social, pertenecían a una misma comunidad si su fe era la de sus señores. Mezquita e iglesia eran, sobre la tierra, la prefiguración del más allá: el sitio en que se anulan las diferencias de raza y jerarquía, el lugar en donde se suprime la alteridad. Los musulmanes y los ibéricos se enfrentaron al problema de la *otredad* por medio de la conversión; los europeos modernos, por la exterminación o la exclusión. Ejemplos: la aniquilación de los aborígenes en los Estados Unidos y Australia. En la India, en donde era imposible físicamente la eliminación de los nativos, tampoco hubo evangelización y la población cristiana no llega hoy a diez millones en tanto que son más de cincuenta los musulmanes[1]. Si se comparan estos procedimientos con los de los indios mesoamericanos, se advierte una diferencia: ni conversión a la manera musulmana e hispano-portuguesa ni exclusión o exterminio a la moderna sino divinización. Sanguinarios y filosóficos a un tiempo, los aztecas resolvieron el problema de la *otredad* por el sacrificio de los prisioneros de guerra. La destrucción física era asimismo una transfiguración: la víctima alcanzaba la inmortalidad solar. Conversión, exclusión, exterminación, ingestión...

Para un chino o para un aborigen australiano la función crítica no ofrecía la dificultad teórica que presenta para nosotros: el juicio brotaba de la comparación entre el presente y el modelo atemporal, fuese éste el pasado mítico del Emperador Amarillo o la serie de antepasados animales divinizados. Lo mismo puede decirse de todas las otras civilizaciones: la *Edad de Oro* era un término de referencia y no importaba que estuviese situada antes, después o fuera de la historia. Era un modelo inmutable. En una sociedad que sin cesar se transforma, la Edad de Oro, el sistema ideal de referencia, también cambia. Por tal razón nuestra crítica es también pensamiento

---

1. La matanza de los indios en Argentina, Uruguay y Chile fue consecuencia de una deliberada e irracional imitación de los procedimientos angloamericanos: se identificó al progreso con el exterminio de la población indígena y con la inmigración europea. Uno de los propulsores de esa política fue Domingo Faustino Sarmiento, uno de los prohombres oficiales de América Latina. El lema «gobernar es poblar» despobló a esos tres países.

utópico, búsqueda de una edad de oro que sin cesar se transforma. Nuestra sociedad ideal cambia continuamente y no tiene un lugar fijo ni en el tiempo ni en el espacio; hija de la crítica, se crea, se destruye y se recrea como el progreso mismo. Un permanente volver a empezar: no un modelo sino un proceso. Tal vez por esto las utopías modernas tienden a presentarse como un regreso a aquello que no cambia: la naturaleza. La seducción del marxismo consiste en ser una filosofía del cambio que nos promete una futura edad de oro que ya el pasado más remoto, «el comunismo primitivo», contenía en germen. Combina así el prestigio de la modernidad con el del arcaísmo. Condenadas al cambio, nuestras utopías oscilan entre los paraísos anteriores a la historia y las metrópolis de hierro y vidrio de la técnica, entre la vida prenatal del feto y un edén de robots. Y de ambas maneras nuestros paraísos son infernales: unos se resuelven en el tedio de la naturaleza incestuosa y otros en la pesadilla de las máquinas.

Quizá la verdadera Edad de Oro no está en la naturaleza ni en la historia sino entre ellas: en ese instante en que los hombres fundan su agrupación con un pacto que, simultáneamente, los une entre ellos y une al grupo con el mundo natural. El pensamiento de Rousseau es una fuente y Lévi-Strauss señala que muchos de los descubrimientos de la antropología contemporánea confirman sus intuiciones. Sin embargo la imagen que se hacía el filósofo ginebrino de la primera edad no corresponde a la realidad prehistórica: los cazadores del paleolítico han dejado un arte extraordinario pero aquella sociedad no es ciertamente un modelo ideal. En cambio, Lévi-Strauss cree que el período neolítico –precisamente antes de la invención de la escritura, la metalurgia y el nacimiento de la civilización urbana con sus masas envilecidas y sus monarcas y sacerdotes sanguinarios– es lo que más se acerca a nuestra idea de una edad de oro. Los hombres del neolítico –según Gordon Childe: probablemente las mujeres– inventaron las artes y oficios que son el fundamento de toda vida civilizada: la cerámica, los tejidos, la agricultura y la domesticación de los animales. Estos descubrimientos son decisivos y quizá sean superiores a los realizados en los últimos seis mil años de historia. Se confirma así aquello que apunté más arriba: el pensamiento salvaje no resulta inferior al nuestro ni por la finura de sus métodos ni por la importancia de sus descubrimientos. Otro punto a favor del neolítico: ninguna de sus invenciones es nociva. No se puede decir lo mismo de las sociedades históricas. Sin pensar en el ininterrumpido progreso en el arte de matar, ¿se ha reflexionado sobre la función ambivalente de la escritura? Su invención coincide con la aparición de los grandes imperios y con la construcción de obras monumentales. En un pasaje impresionante,

Lévi-Strauss demuestra que la escritura fue propiedad de una minoría y que no sirvió tanto para comunicar el saber como para dominar y esclavizar a los hombres. No fue la letra sino la imprenta la que liberó a los hombres. Los liberó de la superstición de la palabra escrita. Añadiré que, en realidad, no fue la imprenta la liberadora sino la burguesía, que se sirvió de esta invención para romper el monopolio del saber sagrado y divulgar un pensamiento *crítico*. La idea de Marshall McLuhan, que atribuye a la imprenta la transformación de Occidente, es infantil: no son las técnicas sino la conjugación de hombres e instrumentos lo que cambia a una sociedad.

En otro ensayo me he ocupado de la expresión escrita en relación con la verbal: la escritura desnaturaliza el diálogo entre los hombres[1]. Aunque el lector puede asentir o disentir, carece del derecho de interrogar al autor y de ser escuchado por éste. Poesía, filosofía y política –las tres actividades en las que el habla despliega todos sus poderes– sufren una suerte de mutilación. Si es verdad que gracias a la escritura disponemos de una memoria objetiva universal, también lo es que ella ha acentuado la pasividad de los ciudadanos. La escritura fue el saber sagrado de todas las burocracias y hoy mismo es comunicación unilateral: estimula nuestra capacidad receptiva y al mismo tiempo neutraliza nuestras reacciones, paraliza nuestra crítica. Interpone entre nosotros y el que escribe –sea un filósofo o un déspota– una distancia. Sin embargo, no creo que los nuevos medios de comunicación oral, en los que depositan tantas esperanzas McLuhan y otros, logren reintroducir el verdadero diálogo entre los hombres. A despecho de que han devuelto a la palabra su dinamismo verbal –algo que la poesía y la literatura contemporáneas no han aprovechado aún del todo–, radio y televisión aumentan la distancia entre el que habla y el que oye: convierten al primero en una presencia todopoderosa y al segundo en una sombra. Son, como la escritura, instrumentos de dominación. Si hay un grano de verdad en la visión del neolítico como una edad feliz, esa verdad consiste no en la justicia de sus instituciones, sobre las que sabemos poquísimo, sino en el carácter pacífico de sus descubrimientos y, sobre todo, en que esas comunidades no conocieron otra forma de relación que la personal de hombre a hombre. El verdadero fundamento de toda democracia y socialismo auténtico es, o debería ser, la conversación: los hombres frente a frente. Sobre esto debemos a Lévi-Strauss páginas inolvidables, como en aquellas en que descubre lo bien fundado de la adivinación de Rousseau:

---

[1] «Los signos en rotación», Buenos Aires, 1965, incluido en el primer volumen –*La casa de la presencia*– de estas obras.

el origen de la autoridad, en las sociedades más simples, no es la coerción de los poderosos sino el mutuo consentimiento. Impulsado por su entusiasmo, Lévi-Strauss llega a decir que la «edad de oro está en nosotros». Frase maravillosa pero ambigua. ¿Se refiere a un estado interior y personal o a la posibilidad de regresar con los nuevos medios técnicos a una suerte de edad de oro de la era industrial? Temo que, er el segundo sentido, esta idea sea utópica: nunca hemos estado más lejos de la comunicación entre persona y persona. La enajenación, si es que aún guarda sentido esa palabra manoseada, no es únicamente consecuencia de los sistemas sociales, sean éstos capitalistas o socialistas, sino de la índole misma de la técnica: los nuevos medios de comunicación acentúan, fortalecen la incomunicación. Deforman a los interlocutores: magnifican a la autoridad, la vuelven inaccesible –una divinidad que habla pero no escucha– y así nos roban el derecho y el placer de la réplica. Suprimen el diálogo[1].

---

[1]. Sobre este tema y las posibilidades y limitaciones de los nuevos medios de comunicación véanse mis ensayos «La nueva analogía: poesía y tecnología», 1967 (recogido en el primer volumen –*La casa de la presencia*– de estas obras), «Televisión: cultura y diversidad» y «El pacto verbal» (recogidos en este volumen).

Las prácticas y los símbolos. El sí o el no
y el más o el menos. El inconsciente del hombre
y el de las máquinas. Los signos que se destruyen:
transfiguraciones. Taxila

Lévi-Strauss ha declarado varias veces que es un discípulo de Marx (discípulo, no creyente). Materialista y determinista, piensa que las instituciones y las ideas que se hace una sociedad de sí misma son el producto de una estructura inferior inconsciente. Tampoco es insensible al programa histórico de Marx y, si no me equivoco, cree que el socialismo es (¿o pudo ser?) la etapa próxima de la historia de Occidente y quizá del mundo entero[1]. Si concibe a la sociedad como un sistema de comunicaciones, es natural que la propiedad privada le parezca un obstáculo a la comunicación: «en el lenguaje –dice Jakobson– no hay propiedad privada: todo está socializado...». Dicho esto, no veo cómo se le podría llamar marxista sin forzar el sentido de la palabra. Por ejemplo, no estoy seguro de que comparta la teoría que ve en la cultura un simple reflejo de las relaciones materiales. Cierto, dice aceptar sin dificultad la primacía de la estructura económica sobre las otras y en *La Pensée sauvage* afirma que estas últimas son realmente superestructuras; agrega inclusive que sus estudios podrían llamarse «teoría general de las superestructuras». No obstante, limita la validez del determinismo económico a las sociedades históricas; en cuanto a las no históricas, asegura que los lazos consanguíneos desempeñan en ellas la función decisiva del modo de producción económica en las históricas. Apoya su aseveración en algunas opiniones de Engels en una carta a Marx. No pretendo terciar en un punto difícil y, de todas maneras, marginal, pero confieso que su idea de las relaciones entre la *praxis* y el pensamiento se me antoja muy alejada de la concepción marxista.

En *La Pensée sauvage* distingue entre *prácticas* y *praxis*; el estudio de las primeras, distintivas de los géneros de vidas y formas de civilización, es el dominio de la etnología y el de la segunda de la historia. Las prácticas serían superestructuras. Entre la praxis y las prácticas hay un mediador: «el esquema conceptual, por el cual una materia y una forma se realizan como

---

[1]. Me parece que, a juzgar por sus últimos escritos, esas esperanzas se han desvanecido del todo (1983).

estructuras a la vez empíricas e inteligibles». A mi modo de ver esta idea elimina la noción de *praxis* o, al menos, le da un sentido distinto al del marxismo. La relación inmediata y activa del hombre con las cosas y con los otros hombres es indistinguible, según Marx, del pensamiento: «las controversias sobre la realidad y la no realidad del pensamiento, separado de la *práctica*, pertenecen al dominio de la escolástica». (Tesis sobre Feuerbach.) Praxis y pensamiento no son entidades distintas y ambos son inseparables de las leyes objetivas de la realidad social: el modo de producción. Marx se opone al antiguo materialismo, dice Kostas Papaioannou, porque éste ignora a la historia. Para Marx la naturaleza es histórica, de modo que su materialismo es una *concepción histórica de la materia*. El antiguo materialismo «afirmaba la prioridad de la naturaleza exterior pero una naturaleza objetiva, independiente del sujeto, no existe». El mundo sensible no es un mundo de objetos: es el mundo de la praxis, esto es, de la materia modelada y cambiada por la actividad humana. La función de la praxis es «modificar históricamente a la naturaleza».

Si el marxismo es una concepción histórica de la naturaleza, también es una concepción materialista de la historia: la praxis, «el proceso vital real», es el ser del hombre y su conciencia no es sino el reflejo de esa materia que la praxis ha vuelto histórica. La conciencia y el pensamiento humanos son productos no de la naturaleza sino de la naturaleza histórica o sea de la sociedad y su modo de producción. Ni la naturaleza ni el pensamiento aislado definen al hombre sino la actividad práctica, el trabajo: la historia. Lévi-Strauss dice, al final de *La Pensée sauvage*, que la praxis sólo puede concebirse a condición de que exista *antes* el pensamiento, bajo la «forma de una estructura objetiva del psiquismo y del cerebro». El espíritu es algo dado y constituido desde el principio. Es una realidad insensible a la acción de la historia y a los modos de producción porque es un objeto físico-químico, un aparato que combina las llamadas y respuestas de las células cerebrales ante los estímulos exteriores. En la praxis la mente repite la misma operación que en el momento de elaborar las prácticas: separa, combina y emite. El espíritu transforma lo sensible en signos. En la concepción de Marx advierto la primacía de lo histórico: modo de producción social; en la de Lévi-Strauss, la de lo químico-biológico: modo de operación natural. Para Marx la conciencia cambia con la historia; para Lévi-Strauss el espíritu humano no cambia: su reino no es el de la historia sino el de la naturaleza.

Desde esta perspectiva puede entenderse mejor su polémica con Sartre y el equívoco que los une y separa. Para Sartre la oposición entre razón analítica y razón dialéctica es real porque es histórica; quiero decir: cada una de ellas corresponde a una historia y a un modo de producción distintos o, más exactamente, a distintas etapas de una misma historia. La razón dialéctica niega a la razón analítica y así la engloba y la transciende. No es la razón en movimiento, como pretende Lévi-Strauss, sino el movimiento de la razón. Ese movimiento la cambia y la convierte efectivamente en otra razón: aquello que dice la razón analítica lo entiende la dialéctica en tanto que esta última habla en un lenguaje incomprensible para aquélla. La razón dialéctica sitúa a la analítica dentro de su contexto histórico y, al relativizarla, la integra a su movimiento. En cambio, la razón analítica es incompetente para juzgar a la dialéctica... El defecto de la posición de Sartre es el de toda dialéctica apenas cesa de reposar sobre un fundamento. Si fuese cierto que la razón dialéctica puede comprender y juzgar a la analítica y que ésta es incompetente para comprenderla y juzgarla, ¿la razón dialéctica se comprende y se puede justificar a sí misma? La razón dialéctica es una ilustración de la paradoja del movimiento: la tierra se mueve alrededor de un sol que parece inmóvil y que, para los fines del movimiento terrestre, efectivamente lo está. Ahora bien, a la dialéctica le falta, desde Hegel, un sol: si la dialéctica es el movimiento del espíritu debería existir un punto de referencia –un sol, un fundamento gracias al cual el movimiento es movimiento. El fundamento de la dialéctica tiene que ser no-dialéctico pues de otro modo no habría movimiento, no habría dialéctica. Marx nunca explicó con claridad las relaciones entre su método y la dialéctica de Hegel, aunque prometió hacerlo en unas cuantas páginas. Así pues, nos falta el punto de referencia entre la dialéctica y la materia. Engels quiso remediar esta omisión con sus disquisiciones sobre la dialéctica de la naturaleza, hoy inaceptables para la ciencia, como lo ha mostrado, entre otros, el mismo Sartre[1].

La dialéctica materialista carece de fundamento y no posee un sistema de referencia que permita comprenderla y, literalmente, medirla. La ciencia contemporánea admite que el observador altera el fenómeno pero sabe que lo altera. Si no fuese así, no habría observación ni determinación del fenómeno. En verdad, desaparecería la noción misma de *fenómeno objetivo*. Podría replicarse que el punto de referencia del marxismo es el salto

---

[1]. Véase la nota de Maximilien Rubel al *postfacio* de Marx a la segunda edición alemana de *El capital* (*Oeuvres de Karl Marx*, primer volumen, Bibliothèque de La Pléiade). Asimismo el ensayo de Kostas Papaioannou: «Le Mythe de la dialectique» (*Contrat Social*, número de septiembre-octubre de 1963).

dialéctico: gracias a la negación podemos comprender a la afirmación. Sería una operación «progresivo-regresiva», para emplear el vocabulario de Sartre: la razón dialéctica comprende a la analítica y así la salva. Observo que la salva sólo para disolverla, del mismo modo que la negación ilumina la afirmación sólo para borrarla mejor. Si la dialéctica pretende encontrar su fundamento no antes sino después del salto, tropieza con esta dificultad: ese después se transforma inmediatamente en un antes. La dialéctica nos parecía un movimiento y ahora se convierte en un frenesí inmóvil. En suma, la crítica de Sartre es un arma de dos filos: resuelve la contradicción entre materia y dialéctica en beneficio de la segunda. El marxismo cesa de ser un materialismo y la dialéctica se convierte en un alma en pena en busca de su cuerpo, en busca de su fundamento.

Lévi-Strauss señala que Sartre convierte a la historia en un refugio de la transcendencia y que, por tanto, es culpable del delito de idealismo. Tal vez esté en lo cierto, con una salvedad: sería una transcendencia que se destruye a sí misma porque cada vez que se transciende, se anula. Por su parte Sartre está en lo justo al decir que la dialéctica transciende a la razón analítica. Lo que ocurre es que, al transcenderla, ella misma se anula como razón. Para restaurar su dignidad racional, la dialéctica debería realizar una operación incompatible con su naturaleza: comparecer ante el juicio de la razón analítica. Algo imposible porque, según se ha visto, la razón analítica no comprende el lenguaje de la dialéctica: carece de dimensión histórica como la dialéctica carece de fundamento. Por lo demás, la pregunta sobre el fundamento o razón suficiente también alcanza a la razón de Lévi-Strauss: ¿cuál es la *razón* de las operaciones físico-químicas del cerebro? Esta interrogación repite en otro nivel la pregunta del comienzo: ¿cuál es el significado del significar? En uno y otro extremo del sistema de Lévi-Strauss aparece el fantasma de la filosofía. A reserva de volver sobre esto, diré que el equívoco entre Lévi-Strauss y Sartre consiste en que uno y otro alteran la noción marxista de *praxis*: el primero en beneficio de una naturaleza exterior a la historia y el segundo en el de una dialéctica puramente histórica. Para Lévi-Strauss la historia es una categoría de la razón; para Sartre la razón es una categoría histórica. Sartre es un historicista a secas y su concepción recuerda al racio-vitalismo de Ortega y Gasset, con la diferencia de que para el escritor francés no son las generaciones sino las clases las encarnaciones del movimiento histórico. Lévi-Strauss es un materialista también a secas y su pensamiento prolonga el materialismo del siglo XVIII, con la diferencia de que para él la materia no es una substancia sino una relación.

Más pertinente que la crítica marxista es la del antropólogo inglés Edmund Leach[1]. Aquí descendemos de la escolástica a la tierra firme del sentido común. Leach comienza por señalar que la importancia de la obra de Lévi-Strauss reside en que se propone explicar «el contenido no verbal de la cultura como un sistema de comunicaciones; por tanto, aplica a la sociedad humana los principios de una teoría general de la comunicación». O sea: la estructura binaria de la fonología y de los cerebros electrónicos que componen mensajes por la combinación de pulsaciones negativas y positivas. La distinción binaria es un «instrumento analítico de primer orden pero presenta ciertas desventajas. Una de ellas es que tiende a subestimar arbitrariamente los problemas relativos a los valores». Estos últimos pueden ser abordados con mayor probabilidad de éxito por los *analogical computers*. En tanto que estos mecanismos responden a las preguntas en términos de más o menos, las máquinas que usan el sistema binario contestan únicamente con un *sí* o un *no*. Leach ilustra su observación con el sistema de clasificación totémica tal como ha sido definido por Lévi-Strauss. Según el antropólogo francés, los aborígenes no escogen a esta o aquella especie animal como tótem por su utilidad sino por sus cualidades y peculiaridades, esto es, por ser más fácilmente definibles –por su aptitud para formar parejas conceptuales. Los funcionalistas británicos afirman que las especies se convierten en tótem por su utilidad; por ejemplo: por ser comestibles. Lévi-Strauss sostiene que son categorías de clasificación: se convierten en tótem por ser pensables y no por ser comestibles. Aunque su solución es más universal y simple que la primera –sobre todo si se acepta que el totemismo no es una institución aislada sino un aspecto de un sistema general de coordinación del universo y de la sociedad– ofrece un inconveniente. La teoría británica es cruda e ingenua: el animal es sagrado por su función benéfica o nociva; la de Lévi-Strauss nos muestra la razón formal de las clasificaciones totémicas pero no toca algo esencial: *¿por qué son sagradas* las especies totémicas? La misma observación puede aplicarse al tabú alimenticio o al sexual. Por ejemplo, no basta decir que los europeos no comen carne de perro y los musulmanes de cerdo; el primer tabú es implícito y el segundo es explícito. Esta diferencia, según Leach, no puede ser explicada por el método binario. En suma, Lévi-Strauss «nos muestra la lógica de las categorías religiosas y al mismo tiempo ignora precisamente aquellos aspectos del fenómeno que son específicamente religiosos». Creo que Leach tiene ra-

1. «Telsar and the aborigines or *La Pensée sauvage*» (1964).

zón pero señalo que su aguda crítica evoca, sin proponérselo, a un interlocutor que él y Lévi-Strauss han expulsado del simposio antropológico: la fenomenología de la religión.

Leach no toca los fundamentos del método de Lévi-Strauss: simplemente propone substituir en ciertos casos la analogía binaria por otra más refinada. Por mi parte, me pregunto si es válido el principio básico: ¿es un modelo universal la teoría general de la comunicación? A primera vista la respuesta debe ser afirmativa, al menos en la esfera de la materia viva, tal como lo ha mostrado la genética contemporánea. No obstante, es legítimo presumir que, como ha ocurrido siempre en la historia de la ciencia, tarde o temprano aparecerá una diferencia que haga inoperante el modelo. Tengo otra duda: las máquinas piensan pero no saben que piensan; el día en que lleguen a saberlo, ¿seguirán siendo máquinas? Se me dirá que todos los hombres, por el solo hecho de hablar, piensan y, no obstante, sólo muy pocos y en contadas ocasiones se dan cuenta de que cada vez que pronuncian una palabra realizan una operación mental. Replico que basta con que un solo hombre se dé cuenta de que piensa para que todo cambie: lo que distingue al pensamiento de toda otra operación es su capacidad de saberse pensamiento. Apenas escrita esta frase, advierto en ella cierta inconsistencia; mi idea presupone algo que no he probado y que no es fácil probar: un yo, una conciencia. Si el pensamiento es el que se da cuenta de que piensa –y no podría ser de otro modo– estamos ante una propiedad general del pensamiento; por tanto, si las máquinas piensan, un día sabrán que piensan. ¿La conciencia es ilusoria y consiste en una simple operación?[1] Me repliego y arriesgo otro comentario: la razón de las máquinas es inflexible, infalible e irrebatible en tanto que la nuestra está sujeta a desfallecimientos, extravíos y delirios. Como decía Zamiatín: el hombre es un enfermo y su enfermedad se llama fantasía: «cada vuelta de un émbolo es un inmaculado silogismo pero ¿quién ha oído a una polea revolverse en la cama noches enteras o cavilar durante las horas de reposo?». Atribuyo esta diferencia a que tenemos inconscientes distintos: a las máquinas les falta algo o algo nos sobra a nosotros. ¿O esto también es una ilusión?

Lévi-Strauss introduce una distinción singular entre el inconsciente y el subconsciente. Este último es un depósito de imágenes y recuerdos, «un aspecto de la memoria» –algo así como un archivo inmenso, desordenado y repleto. El inconsciente, al contrario, «siempre está vacío»; recibe las «pulsiones», emociones, representaciones y otros estímulos exteriores y

---

1. Véase, al final de este libro, el apéndice 6, pp. 562-563.

los organiza y transforma «como el estómago los alimentos que lo atraviesan». A pesar de que Freud pensaba que un día los progresos de la química harían innecesario el largo tratamiento psicoanalítico, su concepción del inconsciente se opone totalmente a la de Lévi-Strauss: los procesos psíquicos, inconscientes y subconscientes, poseen para Freud una *finalidad*. Esta finalidad recibe varios nombres: deseo, principio de placer, Eros, Thanatos, etc. Muchos han subrayado el parentesco de este inconsciente psicológico con las estructuras económicas de Marx, también inconscientes y, asimismo, dueñas de una dirección. El inconsciente y la historia son fuerzas en marcha y caminan independientemente de la voluntad de los hombres. Lejos de ser aparatos vacíos que transforman en signos aquello que reciben del exterior, son realidades henchidas que sin cesar cambian al hombre y se transforman a sí mismas. La materia viva de Freud aspira al *nirvana* de la materia inerte; quiere reposar en la unidad pero está condenada a moverse y a dividirse, a desear y a odiar las formas que engendra. El hombre histórico de Hegel y Marx quiere suprimir su alteridad, ser uno otra vez con los otros y con la naturaleza pero está condenado a cambiarse continuamente y a cambiar al mundo. En un libro brillante (*Eros y Thanatos*) Norman O. Brown ha mostrado que la energía de la historia puede llamarse también Eros reprimido y sublimado. La dialéctica histórica, sea la de Hegel o la de Marx, se reproduce en la teoría de Freud: *afirmación* y *negación* son conceptos que corresponden a los de *libido* y *represión*, *placer* y *muerte*, *actividad* y *nirvana*.

El materialismo de Freud y el de Marx no suprimen la idea de *finalidad*: la sitúan en un nivel más profundo que el de la conciencia y así la fortifican. Ajena a la conciencia, esa finalidad es efectivamente una fuerza irrebatible. Al mismo tiempo, Marx y Freud ofrecen una solución: apenas el hombre se da cuenta de las fuerzas que lo mueven, está en aptitud, ya que no de ser libre, al menos de establecer una cierta armonía entre lo que es realmente y lo que piensa ser. Esta conciencia es un saber activo: para Marx, prometeico y heroico, es la actividad social, la praxis consciente de sí misma que transforma al mundo y al hombre; para el pesimista Freud es el equilibrio, roto continuamente, entre deseo y represión. Así pues, la diferencia entre estas dos concepciones del inconsciente y la de Lévi-Strauss reside en que, en el primer caso, el hombre accede al conocimiento de un inconsciente activo y dueño de una finalidad en tanto que, en el segundo, contempla un aparato que no conoce más actividad que la repetición y que carece de finalidad. Es un *saber del vacío*.

En su comentario a *Les Structures élémentaires de la parenté*, citado al principiar estas páginas, Georges Bataille lamentaba que Lévi-Strauss tocase apenas el tema de la relación entre el intercambio de mujeres y el erotismo. La dualidad *prohibición* y *donación* aparece también en este último: es una suerte de oscilación entre horror y atracción que se resuelve siempre en violencia, ya sea interior (renuncia) o exterior (agresión). El juego pasional constituye lo específico del fenómeno aunque otras circunstancias –económicas, religiosas, políticas, mágicas– concurran también a determinarlo. En otras palabras, Bataille pedía que el tabú del incesto y su contrapartida: las reglas de parentesco y matrimonio, se explicasen no sólo como una forma de la donación, una expresión particular de la teoría de la circulación de bienes y signos, sino por aquello que los distingue de los otros sistemas de comunicación. Yo diré más: el erotismo es comunicación pero sus elementos específicos, aparte de que lo aíslan y lo oponen a las otras formas de intercambio, anulan la noción misma de *comunicación*. Por ejemplo, decir que el matrimonio es una relación entre signos que designan nombres (rangos y linajes) y valores (prestaciones, hijos, etc.), es omitir aquello que lo caracteriza: ser una mediación entre renuncia y promiscuidad y, así, crear un ámbito cerrado y legítimo en donde puede desplegarse el juego erótico. Ahora bien, si las mujeres son signos portadores de nombres y bienes, debe agregarse que son signos pasionales. La dialéctica propia del placer –don y posesión, deseo y gasto vital– confiere a esos signos un sentido contradictorio: son la familia, el orden, la continuidad y son asimismo lo único, el extravío, el instante erótico que rompe la continuidad. Los signos eróticos destruyen la significación –la queman y la transfiguran: el sentido regresa al ser. Y del mismo modo, el abrazo carnal al realizar la comunicación, la anula. Como en la poesía y en la música, los signos ya no significan: son. El erotismo transciende la comunicación.

Bataille señala que la prohibición del incesto también está ligada a otras dos negaciones por las que el hombre se opone a su animalidad original: el trabajo y la conciencia de la muerte. Ambas nos enfrentan a un mundo que Lévi-Strauss prefiere ignorar: la historia. El hombre hace y al hacer se deshace, muere –y lo sabe. Me pregunto: ¿el hombre es una operación o una pasión, un signo o una historia? Esta pregunta puede repetirse, según se ha visto, ante los otros estudios de Lévi-Strauss sobre los mitos y el pensamiento salvaje. Con extraordinaria penetración ha descubierto la lógica que los rige y ha mostrado que, lejos de ser confusas aberraciones psíquicas o manifestaciones de ilusorios arquetipos, son sistemas coherentes y no menos rigurosos que los de la ciencia. En cambio, omite la descripción del contenido concreto y específico. Tampoco se interesa por el significado particular de esos mitos y símbolos dentro del grupo que los elabora. Convertido en una simple combinación, el fenómeno se evapora y la historia se reduce a un discurso incoherente y a una gesta fantasmal. No faltará quien me diga: un hombre de ciencia no tiene por qué extraviarse en los laberintos de la fenomenología ni en los de la filosofía de la historia. Pienso lo contrario. La obra de Lévi-Strauss nos apasiona porque interrumpe el doble e interminable monólogo de la fenomenología y de la historia. Esa interrupción es, a un tiempo, histórica y filosófica: la negación de la historia es una respuesta a la historia y la filosofía reaparece como crítica del sentido –como crítica de la razón.

Ricoeur ha encontrado un sorprendente parecido entre el sistema de Kant y el de Lévi-Strauss: a la manera del primero, éste postula un entendimiento universal regido por leyes y categorías invariables[1]. La diferencia sería que el del antropólogo francés es un entendimiento sin sujeto transcendental. Lévi-Strauss acepta lo bien fundado de la comparación y, sin negarla, señala sus límites: el etnólogo no parte de la hipótesis de una razón universal sino de la observación de sociedades particulares y poco a poco, por la clasificación y comparación de cada elemento distintivo, dibuja las líneas «de una estructura anatómica general». El resultado es una imagen de la forma de la razón y una descripción de su funcionamiento. La semejanza que señala Ricoeur no debe hacernos olvidar una diferencia no menos decisiva: Kant se propuso descubrir los límites del entendimiento; Lévi-Strauss disuelve al entendimiento en la naturaleza. Para Kant hay un sujeto y un objeto; Lévi-Strauss borra esa distinción. En lugar del sujeto postula un *nosotros* hecho de particularidades que se oponen y combinan. El sujeto se veía a sí mismo y los juicios del entendimiento universal eran los suyos. El *nosotros* no puede verse: no tiene un sí mismo, su intimidad es exterioridad. Sus juicios no son suyos: es el vehículo de un juicio. Es la extrañeza en persona. Ni siquiera puede saberse una cosa entre las cosas: es una transparencia a través de la cual una cosa,

---

1. Observo, al pasar, que Martin Heidegger, en *El ser y el tiempo*, se propuso algo semejante, sólo que no en la esfera del entendimiento sino en la de la temporalidad. Por eso se ha opuesto, con razón, a que se confunda su pensamiento con el existencialismo. El formalismo de Lévi-Strauss me prohíbe comparar sus concepciones con las de Heidegger; no así con el antiguo nominalismo: en su sistema el universo se resuelve en signos, nombres. Valdría la pena explorar más estas afinidades.

el espíritu, mira a las otras cosas y se deja mirar por ellas. Al abolir el sujeto, Lévi-Strauss destruye el diálogo de la conciencia consigo misma y el diálogo del sujeto con el objeto.

La historia del pensamiento de Occidente ha sido la de las relaciones entre el ser y el sentido, el sujeto y el objeto, el hombre y la naturaleza. Desde Descartes el diálogo se alteró por una suerte de exageración del sujeto. Esta exageración culminó en la fenomenología de Husserl y en la lógica de Wittgenstein. El diálogo de la filosofía con el mundo se convirtió en el monólogo interminable del sujeto. El mundo enmudeció. El crecimiento del sujeto a expensas del mundo no se limita a la corriente idealista: la naturaleza histórica de Marx y la naturaleza «domesticada» de la ciencia experimental y de la tecnología también ostentan la marca de la subjetividad. Lévi-Strauss rompe brutalmente con esta situación e invierte los términos: ahora es la naturaleza la que habla consigo misma, a través del hombre y sin que éste se dé cuenta. No es el hombre sino el mundo el que no puede salir de sí mismo. Si no fuese forzar demasiado al lenguaje, diría que el entendimiento universal de Lévi-Strauss es un objeto transcendental. El «hombre en sí» ni siquiera es inaccesible: es una ilusión, la cifra momentánea de una operación. Un signo de cambio, como los bienes, las palabras y las mujeres.

Por medio de reducciones sucesivas y rigurosas, Lévi-Strauss recorre el camino de la filosofía moderna sólo que en sentido inverso y para llegar a conclusiones simétricamente opuestas. En un primer movimiento, reduce la pluralidad de las sociedades e historias a una dicotomía que las engloba y las disuelve: pensamiento salvaje y pensamiento domesticado. En seguida, descubre que esta oposición es parte de otra oposición fundamental: naturaleza y cultura. En un tercer momento, revela la identidad entre las dos últimas: los productos de la cultura –mitos, instituciones, lenguaje– no son esencialmente distintos a los productos naturales ni obedecen a leyes diferentes a las que rigen a sus homólogas, las células. Todo es materia viva que cambia. La materia misma se evapora: es una operación, una relación. La cultura es una metáfora del espíritu humano y éste no es sino una metáfora de las células y sus reacciones químicas que, a su vez, son otra metáfora. Salimos de la naturaleza y volvemos a ella. Sólo que ahora es una selva de símbolos: los árboles reales y las fieras, los insectos y los pájaros se han transformado en ecuaciones. Puede verse ahora con mayor claridad en qué consiste la oposición de Lévi-Strauss a la dicotomía entre historia y estructura, pensamiento salvaje y domesticado. No es que le parezca falsa sino que, por más decisiva que sea *para nosotros*, no es realmente esencial. Cierto, el acontecer histórico es «poderoso –pero inánime»: su reino es la contingencia. Cada acontecimiento es único y en ese sentido no es el estructuralismo, sino la historia, quien puede, hasta cierto punto, explicarlo. Al mismo tiempo, todos los acontecimientos están regidos por la estructura, esto es, por una razón universal inconsciente. Esta última es idéntica entre los salvajes y los civilizados: pensamos distintas cosas de la misma manera. La estructura no es histórica: es natural y en ella reside la verdadera *naturaleza* humana. Es un regreso a Rousseau, sólo que a un Rousseau que hubiese pasado por la Academia platónica. Para Rousseau el hombre natural era el hombre pasional; para Lévi-Strauss las pasiones y la sensibilidad son también relaciones y no escapan a la razón y al número, a las matemáticas. La naturaleza humana, ya que no una esencia ni una *idea*, es un concierto, una *ratio*, una *proporción*.

En un mundo de símbolos, ¿qué simbolizan los símbolos? No al hombre pues, si no hay sujeto, el hombre no es ni el ser significado ni el ser significante. El hombre es, apenas, un momento en el mensaje que la naturaleza emite y recibe. La naturaleza, por su parte, no es una substancia ni una cosa: es un mensaje. ¿Qué dice ese mensaje? La pregunta que me hice al comenzar y que ha reaparecido una y otra vez a lo largo de estas páginas, regresa y se convierte en la pregunta final: ¿qué dice el pensamiento, cuál es el sentido de la significación? La naturaleza es estructura y la estructura emite significados; por tanto, no es posible suprimir la pregunta sobre el significado. La filosofía, bajo la máscara de la semántica, interviene en una conversación a la que nadie la ha invitado pero que sin ella carecería de *sentido*. Para que un mensaje sea comprendido es indispensable que el receptor conozca el código utilizado por el emisor. Los hombres tenían la presunción, en el doble sentido de esta palabra, de conocer ese código, así fuese a medias. Otros pensaron que el código no existía. El fundamento de la pretensión de los primeros consistía en creer que el hombre era el *receptor* de los mensajes que le dirigía Dios, el cosmos, la naturaleza o la idea. Los segundos afirmaban que el hombre era el *emisor*. Kant debilitó la primera creencia y mostró que una región de la realidad era intocable, inaccesible. Su crítica minó los sistemas metafísicos tradicionales y, en cierto modo, fortificó a la posición de los partidarios de la segunda hipótesis. Por medio de la operación de la dialéctica, Hegel transformó a la inaccesible *cosa en sí* de Kant en concepto; Marx dio el segundo paso y convirtió al «concepto» en «naturaleza histórica»; Engels llegó a pensar que «la praxis, especialmente la experimentación y la industria», habían acabado para siempre con la *cosa en sí*, a la que llamó una «extravagancia filosófica».

El fin de la *cosa en sí*, proclamado por Hegel y sus discípulos materialistas, fue una subversión de las posiciones en el antiguo diálogo que sostienen el hombre y el cosmos: ahora sería éste el emisor y la naturaleza escucharía. La ininteligibilidad de la naturaleza se transformó, por la negación creadora del concepto y la praxis, en significación histórica. El hombre humaniza al cosmos, esto es, le da sentido: lo convierte en un lenguaje. La pregunta sobre el sentido del sentido la contesta el marxismo de esta manera: todo sentido es histórico. *La historia disuelve al ser en el sentido.* La respuesta de Lévi-Strauss a esta afirmación podría llamarse: meditación en las ruinas de Taxila o el marxismo corregido por el budismo.

Quizá el capítulo más hermoso de ese hermoso libro que se llama *Tristes tropiques* sea el último. El pensamiento alcanza en esas pocas páginas una densidad y una transparencia que harían pensar en las construcciones del cristal de roca si no fuese porque está animado por una palpitación que no recuerda tanto a la inmovilidad mineral como a la vibración de las ondas de la luz. Una geometría de resplandores que adopta la forma fascinante de la espiral. Es el caracol marino, símbolo del viento y de la palabra, signo del movimiento entre los antiguos mexicanos: cada paso es simultáneamente una vuelta al punto de partida y un avanzar hacia lo desconocido. Aquello que abandonamos al principio nos espera, transfigurado, al final. Cambio e identidad son metáforas de Lo Mismo: se repite y nunca es el mismo. El etnógrafo regresa del Nuevo al Viejo Mundo y en la antigua tierra de Gandhara une los dos extremos de su exploración: en la selva brasileña ha visto cómo se constituye una sociedad y en Taxila contempla los restos de una civilización que se concibió a sí misma como un sentido que se anula. En el primer caso fue testigo del nacimiento del sentido; en el segundo, de su negación. Doble regreso: el etnólogo vuelve de las sociedades sin historia a la historia presente; el intelectual europeo regresa a un pensamiento que nació hace dos mil quinientos años y descubre que en ese comienzo ya estaba inscrito el fin. El tiempo también es una metáfora y su transcurrir es tan ilusorio como nuestros esfuerzos por detenerlo: ni transcurre ni se detiene. Nuestra mortalidad misma es ilusoria: cada hombre que muere asegura la supervivencia de la especie, cada especie que se extingue confirma la perduración de un movimiento que se despeña incansablemente hacia una inmovilidad siempre inminente y siempre inalcanzable.

Taxila no es sólo una asamblea de civilizaciones sino de dioses: los antiguos cultos de fertilidad y Zoroastro, Apolo y la Gran Diosa, Shiva y el dios sin rostro del islam. Entre todas esas divinidades, la figura del

Buda, ese hombre que renunció a ser Dios y que, por la misma decisión, renunció a ser hombre. Así venció, al mismo tiempo, la tentación de la eternidad y la no menos insidiosa de la historia. Lévi-Strauss señala la ausencia de monumentos cristianos en Taxila. No sé si esté en lo cierto al pensar que el islam impidió el encuentro entre el budismo y el cristianismo pero no se equivoca al decir que ese encuentro habría disipado el hechizo terrible que ha enloquecido a Occidente: su carrera frenética en busca del poder y la autodestrucción. El budismo es la malla que falta en la cadena de nuestra historia. Es el primer nudo y el último: el nudo que, al deshacerse, deshace la cadena. La afirmación del sentido histórico culmina fatalmente en una negación del sentido: «entre la crítica marxista que libera al hombre de sus primeras cadenas y la crítica budista que consuma su liberación, no hay oposición ni contradicción». Un doble movimiento que une al principio con el fin: aquello que nos propuso el Buda al comienzo de nuestra historia quizá sólo es realizable al terminar: únicamente el hombre libre del fardo de la necesidad histórica y de la tiranía de la autoridad podrá contemplar sin miedo su propia nadería. La historia del pensamiento y la ciencia de Occidente no han sido sino una serie «de demostraciones suplementarias de la conclusión a la que quisiéramos escapar»: la distinción entre el sentido y la ausencia de sentido es ilusoria.

Dije al principio que la respuesta de Peirce a la pregunta sobre el sentido era circular: el significado de la significación es significar. Como en el caso del marxismo, Lévi-Strauss no niega ni contradice la respuesta de Peirce; la recoge y, fiel al movimiento de la espiral, la enfrenta consigo misma: sentido y no sentido son lo mismo. Esta afirmación es una repetición de la antigua palabra del Iluminado y, simultáneamente, es una palabra distinta y que sólo un hombre del siglo XX podría proferir. Es la verdad del principio, transfigurada por nuestra historia y que únicamente frente a nosotros se revela: el sentido es una operación, una relación. Combinación de llamadas y respuestas psicoquímicas o de *dharmas* impermanentes e insubstanciales, el *yo* no existe. Existe un nosotros y su existir es apenas un parpadeo, una combinación de elementos que tampoco tienen existencia propia. Cada hombre y cada sociedad están condenados a «perforar el muro de la necesidad» y a cumplir el duro deber de la historia, a sabiendas de que cada movimiento de liberación los encierra aún más en su prisión. ¿No hay salida, no hay *otra orilla*? La «edad de oro está en nosotros» y es momentánea: ese instante inconmensurable en el que –cualesquiera que sean nuestras creencias, nuestra civilización y la época en que vivimos– nos sentimos no como un yo aislado ni como un nosotros extraviado en el laberinto de los siglos sino como una parte del todo, una palpitación en la respiración universal –fuera del tiempo, fuera de la historia, inmersos en la luz inmóvil de un mineral, en el aroma blanco de una magnolia, en el abismo encarnado y casi negro de una amapola, en la mirada «grávida de paciencia, serenidad y perdón recíproco que, a veces, cambiamos con un gato». Lévi-Strauss llama a esos instantes: *desprendimiento*. Yo agregaría que son también un *des-conocimiento*: disolución del sentido en el ser, aunque sepamos que el ser es idéntico a la nada.

Occidente nos enseña que el ser se disuelve en el sentido y Oriente que el sentido se disuelve en algo que no es ni ser ni no-ser: en un Lo Mismo que ningún lenguaje designa excepto el del silencio. Pues los hombres estamos hechos de tal modo que el silencio también es lenguaje para nosotros. La palabra del Buda tiene sentido, aunque afirme que nada lo tiene, porque apunta al silencio: si queremos saber lo que realmente dijo debemos interrogar a su silencio. Ahora bien, la interpretación de lo que *no dijo* el Buda es el eje de la gran controversia que divide a las escuelas desde el principio. La tradición cuenta que el Iluminado no respondió a diez preguntas: ¿el mundo es eterno o no?, ¿el mundo es infinito o no?, ¿cuerpo y alma son lo mismo o son diferentes?, ¿el Tathagata vivirá después de su muerte o no o ambas cosas o ninguna de las dos? Para algunos esas preguntas no se podían contestar; para otros, Gautama no supo cómo responder; y para otros, prefirió no contestar. K. N. Jayatilleke traduce las interpretaciones de las escuelas a términos modernos[1]. Si el Buda no conocía las respuestas, fue un agnóstico ingenuo; si prefirió callar porque responderlas podría desviar a los oyentes de la verdadera vía, fue un reformador pragmático; si calló porque no había respuesta posible, fue un racionalista agnóstico (las preguntas están más allá de los límites de la razón) o un positivista lógico (las preguntas carecen de sentido y, por tanto, de respuesta). El joven profesor singalés se inclina por la última solución. A despecho de que la tradición histórica parece contradecirlo, su hipótesis me parece plausible si se recuerda el carácter extremadamente intelectualista del budismo, fundado en una teoría combinatoria del mundo y del ego que prefigura muchas ideas contemporáneas. Pero esta interpretación, no muy alejada de la posición de Lévi-Strauss, olvida otra posibilidad: el silencio, en sí mismo, es una

---

1. *Early Buddhist Theory of Knowledge*, Londres, 1963.

respuesta. Ésa fue la interpretación de la tendencia *madhyamika* y de Nagarjuna y sus discípulos. Me inclino por ella. Hay dos silencios: uno, antes de la palabra, es un querer decir; otro, después de la palabra, es un saber que no puede decir lo único que valdría la pena decir. El Buda dijo todo lo que se puede decir con las palabras: los errores y los aciertos de la razón, la verdad y la mentira de los sentidos, la fulguración y el vacío del instante, la libertad y la esclavitud del nihilismo. Palabra henchida de razones que se anulan y de sensaciones que se entredevoran. Pero su silencio dice algo distinto.

La esencia de la palabra es la relación y de ahí que sea la cifra, la encarnación momentánea de todo lo que es relativo. Toda palabra engendra una palabra que la contradice, toda palabra es relación entre una negación y una afirmación. Relación es atar alteridades, no resolución de contradicciones. Por eso el lenguaje es el reino de la dialéctica que sin cesar se destruye y renace sólo para morir. El lenguaje es dialéctica, operación, comunicación. Si el silencio del Buda fuese la expresión de este relativismo no sería silencio sino palabra. No es así: con su silencio cesan el movimiento, la operación, la dialéctica, la palabra. Al mismo tiempo, no es la negación de la razón ni del movimiento: el silencio del Buda es la *resolución* del lenguaje. Salimos del silencio y volvemos al silencio: a la palabra que ha dejado de ser palabra. Lo que dice el silencio del Buda no es negación ni afirmación. Dice otra cosa, alude a un más allá que está aquí. Dice *śunyata*: todo está vacío porque todo está pleno, la palabra no es decir porque el único decir es el silencio. No un nihilismo sino un relativismo que se destruye y va más allá de sí mismo. El movimiento no se resuelve en inmovilidad: es inmovilidad y la inmovilidad es movimiento. La negación del mundo implica una vuelta al mundo, el ascetismo es un regreso a los sentidos, *samsara* es *nirvana*, la realidad es la cifra adorable y terrible de la irrealidad, el instante no es la refutación sino la encarnación de la eternidad, el cuerpo no es una ventana hacia el infinito: es el infinito mismo. ¿Hemos reparado que los sentidos son a un tiempo los emisores y los receptores de todo sentido? Reducir el mundo a la significación es tan absurdo como reducirlo a los sentidos. Plenitud de los sentidos: allí el sentido se desvanece para, un instante después, contemplar cómo la sensación se dispersa. Vibración, ondas, llamadas y respuestas: silencio. No el saber del vacío: un *saber vacío*. El silencio del Buda no es un conocimiento sino lo que está después del conocimiento: una sabiduría. Un *desconocimiento*. Un estar suelto y, así, resuelto. La quietud es danza y la soledad del asceta es idéntica, en el centro de la espiral inmóvil, al abrazo de las parejas enamoradas del santuario de Karli. Saber que *sabe nada* y que culmina en una poética y en una erótica. Acto instantáneo, forma que se disgrega, palabra que se evapora: el arte de danzar sobre el abismo.

*Delhi, a 17 de diciembre de 1966*

## Apéndices

1. Una de las consecuencias más grotescas del obscurantismo estaliniano fue la introducción del adjetivo despectivo *formalista* en las discusiones artísticas y literarias. Durante años los críticos pseudomarxistas marcaron con el sello infamante de ese vocablo a muchos poemas, cuadros, novelas y obras musicales. Esta acusación resultaba aún más insensata en países como el nuestro, en el que nadie sabía lo que significaba realmente la palabra *formalismo*. Algo así como si el arzobispo de México, hipnotizado por un brahmán de Benarés, condenase a nuestros protestantes no por herejía cristiana sino por incurrir en los errores del Buda. Entre los formalistas rusos se encuentran dos de los fundadores de la lingüística estructural: Nikolái Serguéi Trubetzkoy y Roman Jakobson. Ambos abandonaron la Unión Soviética en la década de los veinte y participaron decisivamente en los trabajos de la escuela lingüística de Praga. El primero murió en 1939, víctima indirecta de los nazis; el segundo, también perseguido por los camisas pardas, se refugió en los Estados Unidos, en donde desarrolló buena parte de su obra científica. Murió en Cambridge, Mass., en 1981. La historia del formalismo ruso está íntimamente ligada a la del futurismo. Mayakovski, Jlébnikob, Burljuk y otros poetas y pintores del grupo participaron en las discusiones lingüísticas de los formalistas. El amigo íntimo de Mayakovski, el crítico Ósip Brik, fue uno de los animadores de la Sociedad de Estudios sobre el Lenguaje Poético (Opojaz). Mayakovski estaba presente la noche en que Jakobson leyó su ensayo sobre Jlébnikob y, según un testigo, «escuchó intensamente los abstrusos razonamientos del joven lingüista, en los que examinaba la prosodia de los futuristas a la luz de conceptos derivados de Edmund Husserl y Ferdinand de Saussure» (Victor Erlich, *Russian Formalism*, 1965).

2. En los últimos años la lingüística estructural ha sido objeto de ciertas críticas, señaladamente de Noam Chomsky y su escuela. Cualquiera que sea el alcance de esas críticas, no afectan, a mi parecer, las adquisiciones fundamentales del estructuralismo lingüístico, especialmente las relativas al sistema fonológico. Sobre esto Chomsky ha sido explícito: la gramática generativa, con su división en estructuras profundas y superficiales, no niega al sistema fonológico sino que lo ve como una de las expresiones o productos de principios aún más abstractos y generales, subyacentes en

todos los lenguajes, innatos en el hombre y que constituyen la facultad de hablar. Por otra parte, cualesquiera que sean las diferencias entre las ideas de Lévi-Strauss y las de Chomsky, ambos coinciden en pensar que la mente humana está regida por principios universales y leyes de operación idénticas para todos. Esas leyes son inconscientes: cada vez que hablamos las cumplimos sin darnos cuenta. Por último, los dos ven inscritas en el lenguaje las leyes de esa combinatoria que está en la mente o, más exactamente, que es la mente.

3. Valdría la pena analizar, desde este punto de vista, la mitología del México antiguo. Las religiones mesoamericanas son un inmenso ballet cósmico de transformaciones, un grandioso baile de disfraces en el que cada nombre es una fecha y una máscara, un haz de atributos contradictorios. Por ejemplo, Quetzalcóatl. Es un Mesías, un mediador típico. En el nivel histórico es un mediador entre las culturas de la costa del golfo de México y las del Altiplano, las grandes teocracias y los toltecas, el mundo náhuatl y el maya; en el cosmológico, entre la tierra (serpiente) y el cielo (pájaro), el aire (la máscara bucal de pico de pato) y el agua (caracol marino), el mundo subterráneo (el descenso a los infiernos) y el celeste (el planeta Venus); en el mágico-moral, entre el sacrificio y el autosacrificio, la penitencia y el exceso, la continencia y la lujuria, la embriaguez y la sobriedad. Es un mito de emergencia (el origen del hombre) y un mito de tránsito; es la imagen del tiempo, la encarnación del movimiento, su fin y su transfiguración (la autoinmolación por el fuego y su metamorfosis en planeta). Mito astronómico y héroe cultural, es sobre todo una cristalización de la dualidad, la cifra del enigma de las relaciones entre ésta y la unidad. Su nombre quiere decir «gemelo precioso» y su doble es Xólotl. Este último posee muchos nombres, figuras y atributos: perro, ser contrahecho (como Edipo), tigre, divinidad sexual, animal anfibio (*axólotl*). Naturalmente habría que poner entre paréntesis todas estas relaciones, acercarse al mito con ojos más inocentes y objetivos y, después de recoger todas las variantes, inscribir en un cuadro los mitemas pertinentes. Por lo demás, el sentido de la figura de Quetzalcóatl sólo resultará inteligible el día en que se la estudie como parte de un sistema mítico más vasto y que abarca no sólo a Mesoamérica sino al norte del continente y probablemente también a Sudamérica. La pluralidad de sociedades que adoptaron y modificaron el mito prohíbe estudiarlo por medio del método histórico. El único adecuado, así, sería el de Lévi-Strauss. Apunto, por ahora, algo evidente: la historia de Quetzalcóatl es en realidad un conjunto de historias, una familia de mitos o, más exactamente,

un sistema. Su tema es la mediación. La situación del templo de Quetzalcóatl en Tenochtitlan, entre los consagrados a Tláloc y a Huitzilopochtli, revela una suerte de triángulo en el que la figura del primero es un punto de unión entre dos constelaciones míticas, una asociada a las plantas y al agua y otra astronómica y guerrera. Esta dualidad, como ha observado Soustelle, corresponde también a la estructura de la sociedad azteca y a la situación peculiar de este pueblo en el contexto de las culturas del Altiplano: Huitzilopochtli era el dios tribal azteca en tanto que Tláloc representa un culto mucho más antiguo. Recordaré, en fin, que el sumo pontífice entre los aztecas ostentaba el nombre de Quetzalcóatl y que, dice Sahagún, «eran dos los sumos sacerdotes».

4. Ver a los mitos como frases o partes de un discurso que comprendería a todos los mitos de una civilización, es una idea desconcertante pero tónica. Aplicada a la literatura, por ejemplo, nos revelaría una imagen distinta y quizá más exacta de lo que llamamos tradición. En lugar de ser una sucesión de nombres, obras y tendencias, la tradición se convertiría en un sistema de relaciones significativas: un lenguaje. La poesía de Góngora no sería únicamente algo que está después de Garcilaso y antes de Rubén Darío sino un texto en relación dinámica con otros textos; leeríamos a Góngora no como un texto aislado sino en su contexto: aquellas obras que lo determinan y aquellas que su poesía determina. Si concebimos a la poesía de lengua española más como un sistema que como una historia, la significación de las obras que la componen no depende tanto de la cronología ni de nuestro punto de vista como de las relaciones de los textos entre ellos y del movimiento mismo del sistema. La significación de Quevedo no se agota en su obra ni en la del conceptismo del siglo XVII; el sentido de su palabra lo encontramos más plenamente en algún poema de Vallejo aunque, por supuesto, lo que dice el poeta peruano no es idéntico a aquello que quiso decir Quevedo. El sentido se transforma sin desaparecer: cada transmutación, al cambiarlo, lo prolonga. La relación entre una obra y otra no es meramente cronológica o, más bien, esa relación es variable y altera sin cesar la cronología; para *oír* lo que dicen los poemas de la última época de Juan Ramón Jiménez hay que leer una canción del siglo XIV (verbigracia: *Aquel árbol que mueve la hoja...* del almirante Hurtado de Mendoza). La idea de Lévi-Strauss nos invita a ver la literatura española no como un conjunto de obras sino como una sola obra. Esa obra es un sistema, un lenguaje en movimiento y en relación con otros sistemas: las otras literaturas europeas y su descendencia americana.

5. Ya escrito este libro, llegó a mis manos el excelente estudio que ha dedicado a las castas de la India el señor Louis Dumont (*Homo hierarchicus*, París, 1966). El antropólogo francés rechaza la explicación historicista que yo apunto pero en cambio coincide conmigo, hasta cierto punto, al ver como una suerte de oposición simétrica entre el sistema social hindú y el del Occidente moderno: en el primero, el elemento –si es que puede hablarse de elemento– no es el individuo sino las castas y la sociedad, concebida como relación, es jerárquica; en el segundo, el elemento es el individuo y la sociedad es igualitaria. He dedicado un largo comentario a las ideas del señor Dumont en *Corriente alterna* (1967). En el mismo libro trato con mayor amplitud el tema de la oposición entre comunicación y meditación, borrachera y drogas. Diré aquí solamente que las dos imágenes más significativas de nuestra tradición son el Banquete platónico y la Cena última de Cristo. Ambas son símbolos de la comunicación y aun de la comunión; en las dos, el vino ocupa un lugar central. Oriente, por el contrario, ha exaltado sobre todo al ermitaño: el recluso Gautama, el *yogi* a la sombra del baniano o en la soledad de una cueva. Ahora bien, el alcoholismo es una exageración de la comunicación; la ingestión de drogas, su negación. El primero se inserta en la tradición del Banquete (el diálogo filosófico) y la comunión (el misterio de la eucaristía); las segundas, en la tradición de la contemplación solitaria. En los países de Occidente, las autoridades se preocupaban hasta hace poco por los peligros sociales del alcoholismo; hoy empiezan a alarmarse por el uso, cada vez más extendido, de las substancias alucinógenas. En el primer caso, se trata de un *abuso*; en el de las drogas, de una *disidencia*. ¿No es éste un síntoma de un cambio de valores en Occidente, especialmente en la nación más adelantada y próspera: los Estados Unidos?

6. La concepción de Lévi-Strauss recuerda, por una parte, a Hume; por la otra, al Buda. La semejanza con el budismo es extraordinaria: *In Buddhism there is not percipient apart from perception, no conscious subject behind consciousness... The term* subject *must be understood to mean not the self-same permanent conscious subject but merely a transitory state of consciousness... The object of Abhidhamma is to show that there is not soul or ego apart from the states of consciousness; but that each seemingly simple state is in reality a highly complex compound, constantly changing and giving rise to new combinations* (S. Z. Aung en su introducción a *Abhidhammattha-Sangha*, Pali Text Society, 1963). Sin embargo, del parecido entre el pensamiento budista y el de Lévi-Strauss, este último no acepta ni

la renuncia ascética (le parece egoísta) ni mucho menos esa realidad indecible e indefinible, excepto en términos negativos, que llamamos *nirvana*. Debe sentirse más lejos aún, supongo, de los puntos de vista del budismo *mahayana*. Cierto, la idea de que todos los elementos (*dharmas*) son interdependientes no es distinta a su concepción y tampoco lo es ver en ellos simples *nombres* vacíos de substancia; en cambio, deducir de ese relativismo un absoluto, en cierto modo inefable, debe provocarle cierta repugnancia intelectual. La paradoja del budismo no consiste en ser una filosofía religiosa sino en ser una religión filosófica: reduce la realidad a un fluir de signos y nombres pero afirma que la sabiduría y la santidad (una sola y misma cosa) reside en la desaparición de los signos. «Los signos del Tathagata –dice el Sutra Vagrakkhedika– son los no-signos.» Diré, por último, que no es accidental la semejanza entre el budismo y el pensamiento de Lévi-Strauss: es una prueba más de que Occidente, por sus propios medios y por la lógica misma de su historia, llega ahora a conclusiones fundamentalmente idénticas a las que habían llegado el Buda y sus discípulos. El pensamiento humano es uno y debemos a Lévi-Strauss –entre otras muchas cosas– haber demostrado que la razón del primitivo o la del oriental no es menos rigurosa que la nuestra.

*Claude Lévi-Strauss o el nuevo festín de Esopo* se publicó en México, Joaquín Mortiz, 1967.

# VI
## CORRIENTE ALTERNA

# La persona y el principio

### ATEÍSMOS

Es casi imposible escribir sobre la *muerte de Dios*. No es un tema de disertación, aunque desde hace más de medio siglo abundan los trinos y las aleluyas. Esa vasta y no siempre legible literatura no agota el asunto pues todo lo que ahora se dice y se hace ostenta la marca de ese acontecimiento. El ateísmo, explícito o implícito, es universal. Pero hay que distinguir varias categorías de ateos: aquellos que creen creer en un Dios vivo y que en realidad piensan y viven como si nunca hubiera existido: son los verdaderos ateos y forman la mayoría de nuestros conciudadanos; los ateos por convicción filosófica, para los que Dios no ha muerto porque nunca existió y que, no obstante, creen en alguno de sus sucedáneos (razón, progreso, historia): son los pseudoateos; y aquellos que aceptan su muerte y tratan de vivir desde esta perspectiva insólita. Son la minoría y pueden dividirse a su vez en dos grupos: los que no se resignan y, como *El frenético* de Nietzsche, entonan en los templos vacíos su *Requiem æternam deo*; y aquellos para quienes el ateísmo es un *acto de fe*. Ambos viven religiosamente, con ligereza y gravedad, la muerte de Dios. Con ligereza porque viven como si se les hubiese quitado un peso de encima; con gravedad porque al desaparecer el poder divino, sustento de la creación, el suelo se hunde bajo sus pies. Sin Dios el mundo se ha vuelto más ligero y el hombre más pesado.

La muerte de Dios es un capítulo de la historia de las religiones, como la muerte del gran Pan o la fuga de Quetzalcóatl. También es un momento de la conciencia moderna. Ese momento es religioso. Lo es de una manera singular y vivirlo exige un temple que ha de combinar, en dosis variables, el rigor del pensamiento y la pasión de la fe. Como todo momento, es transitorio; como todo momento religioso, es definitivo. Bañado por la luz divina, el momento religioso centellea y dice: para siempre. Es el tiempo humano colgado de la eternidad por un hilo, el hilo de la presencia sobrenatural; si ese hilo se rompe, el hombre cae. El momento que vive el ateo es definitivo en sentido contrario: su horizonte es la anulación de la presencia. Como en el momento religioso, en el del ateo también el tiempo humano se asume como fragilidad y contingencia ante una dimensión extratemporal: la ausencia de Dios es eterna como su presencia. El momento religioso positivo es el fin del tiempo profano y el principio del tiempo sagrado: ese fin es una resurrección. El momento religioso negativo es el fin de la eternidad y el comienzo del tiempo profano: ese comienzo es una caída. No hay resurrección porque el comienzo es un fin: el ateo cae en el sinfín del tiempo sucesivo en el que cada minuto repite a otro. La condenación no es el tormento sino la repetición. El momento religioso positivo es una conversión; el negativo es una reversión. Para el creyente ese momento es una apelación y una respuesta; para el ateo, un silencio sin apelación.

El silencio en que culmina la muerte de Dios provoca en el ateo la incredulidad. Disparado de sí, vertido hacia el exterior, grita: «¡Yo busco a Dios, busco a Dios!». Grito insensato pues sabe que «lo matamos entre todos: tú y yo. Todos nosotros somos sus asesinos». *El frenético* sabe que Dios ha muerto pues él lo mató. Tal vez por esto no se resigna y literalmente no puede creer en lo que dice. De ahí que grite y cante, se torture y se regocije. Anda fuera de sí. La muerte de Dios lo ha expulsado de su ser y lo ha hecho renegar de su esencia humana. *El frenético* quiere ser dios porque anda en busca de Dios. La otra clase de ateo se encara al acontecimiento con ánimo igualmente religioso y no menos contradictorio: sabe que la muerte de Dios no es un hecho sino una creencia. Y cree. Pero ¿en qué apoyar su creencia, cómo se manifiesta su fe, en qué forma encarna? Es una creencia vacía, una fe sin Dios. En ambos casos se trata de algo que difícilmente puede satisfacer la exigencia del entendimiento. La incredulidad de *El frenético* es un desvarío y no resiste a la prueba mayor: si Dios estuviese vivo, ese minuto de su muerte sería también el de su resurrección. La credulidad del otro tampoco prevalece contra la razón: si es una creencia, ¿quién y qué la prueba? No hay nadie para atestiguarla o verificarla. Es una verdad anónima puesto que nadie la encarna o asume, excepto el ateo. Y él la encarna como negación. El ateo vive una extraña certidumbre: no cree –salvo si cree en nada.

Nietzsche vio con clarividencia las dificultades del ateísmo. Esas dificultades le parecieron insuperables, al menos mientras el hombre siga siendo hombre. Por eso su «nihilismo» para «acabarse» o perfeccionarse exige el advenimiento del superhombre. Sólo el superhombre puede ser ateo porque sólo él sabe jugar. *El frenético* del conocido pasaje de *La gaya ciencia*, después de haber anunciado el asesinato de Dios en plazas y mercados, dice que se trata de un acto que es *excesivo* para la medida humana: «Jamás se cometió acción más grandiosa y aquellos que nazcan después de nosotros pertenecerán, a causa de esto, a una historia más ilustre que toda otra historia...». Si la grandeza de ese crimen es excesiva para nosotros, ¿surgió ya otra estirpe de hombres capaces de soportar la terrible carga? Y si no ha nacido, ¿hay signos de su futura aparición? Nietzsche anunciaba en 1882 que Dios había muerto; no es presuntuoso decir hoy que el superhombre no ha nacido... *El frenético* sabe que, muerto Dios, el hombre debe vivir como un dios. Saberlo lo pone fuera de sí: el hombre debe ir más allá de su ser, salir de su naturaleza y reclamar la carga, el riesgo y el goce de la divinidad. La muerte de Dios lo lleva a cambiar de ser, a jugar su vida contra la vida divina. De ahora en adelante el hombre debe contemplar la vida entera, la propia y la del cosmos, a la divina: como un juego. Toda creación es juego, representación. Nietzsche lo dice una y otra vez: en nuestro tiempo lo que cuenta es el arte y no la verdad. El hombre trabaja y conoce; los dioses juegan: crean. Los mundos reposaban en la mano de Dios; ahora es el hombre el que debe sostenerlos. No pesan más que ayer ni es su peso el que precipita al hombre en el despeñadero del tiempo sin fin. Nuestro abismo no es el infinito cósmico sino la muerte. El hombre está marcado por la contingencia –y lo sabe. Por eso no puede jugar como un dios. La gravedad, su pesadumbre original, lo ata al suelo. No danza en la altura; danza sobre un agujero. La danza del hombre es terror y nostalgia de la caída.

El tema de Nietzsche no es el de la muerte de Dios sino el de su asesinato. Aunque el nombre filosófico del asesino sea *voluntad de poder*, los verdaderos reos somos todos y cada uno de nosotros. Pero se puede ver la muerte de Dios como un hecho histórico, es decir, podemos pensar que murió de muerte natural, vejez o enfermedad. En este caso el diagnóstico no incumbe a la filosofía ni a la teología sino a la historia de las ideas y las creencias de Occidente. Es muy conocido. Tal vez en Egipto nació la idea de un Dios único. La divinidad solar de un gran imperio pasó por una serie de metamorfosis: dios tribal que desplaza a una deidad volcánica, señor de un pueblo escogido, redentor de la especie humana, creador y rey de este mundo y del otro. Aunque la Antigüedad clásica había pensado el Ser y concibió la Idea y la Causa inmóvil, ignoró la noción de un Dios creador y único. Entre el Dios judeo-cristiano y el Ser de la metafísica pagana hay una contradicción insuperable: los atributos del Ser no son aplicables a un Dios creador, salvador y personal. El Ser no es Dios. Y más: el Ser es incompatible con cualquier monoteísmo. El Ser es y no puede ser sino ateo o politeísta. Dios, nuestro Dios, fue víctima de la infección filosófica: el *Logos* fue el virus, el agente fatal. Así pues, la historia de la filosofía nos limpia de la culpa de la muerte de Dios: no fuimos nosotros los asesinos sino el tiempo y sus accidentes. Tal vez esta explicación no sea sino un subterfugio. Examinada de cerca, no resiste la crítica: Dios muere en el seno de la sociedad cristiana y muere precisamente porque esa sociedad no era esencialmente cristiana. Nuestra conversión al paganismo fue de tal modo incompleta que los cristianos nos servimos de la filosofía pagana para matar a nuestro Dios. La filosofía fue el arma pero el brazo que la empuñó fue nuestro brazo. No hay más remedio que regresar a la idea de Nietzsche: el ateísmo sólo puede vivirse desde la perspectiva de la muerte de Dios como un acto personal –aunque ese pensamiento sea insoportable e intolerable. En verdad, sólo los cristianos pueden matar a Dios.

Apenas si conozco el otro gran monoteísmo. Sospecho, sin embargo, que el islam ha experimentado dificultades semejantes a las del cristianismo. Ante la imposibilidad de encontrar un fundamento racional o filosófico al Dios único, Abû Hámid Ghazali escribe su *Incoherencia de la filosofía*; un siglo después, Averroes contesta con su *Incoherencia de la incoherencia*[1]. También para los musulmanes la lucha entre Dios y la filosofía fue una lucha a muerte. Allí ganó Dios y un Nietzsche musulmán podría haber escrito: «La filosofía ha muerto; la matamos entre todos, tú y yo...». La India y el Extremo Oriente han inventado una divinidad que no ha creado al mundo y que no lo destruirá –esas funciones son la responsabilidad de dioses especializados. Salvaron así a Dios de la doble imperfección de crear y de crear mundos y seres imperfectos. En realidad suprimieron a Dios: si no es creador, ¿para qué es Dios? (Y si es creador...) La divinidad hindú está abstraída en una autocontemplación infinita. No se interesa en el acontecer humano ni interviene en el curso del tiempo: sabe que todo es una quimera. Su inactividad no afecta a los creyentes: miríadas de dioses proveen a sus necesidades de cada día. No contentos con la existencia de muchos cielos e infiernos, cada uno poblado por innumerables dioses y demonios, los budistas concibieron a los bodisatvas, seres que combinan la perfección impasible del Buda con la actividad compasiva de las divinidades: no son dioses sino entidades metafísicas dotadas de pasión salvadora.

El Oriente puede dispensarse de la idea de un Dios creador porque antes hizo una crítica del tiempo. Si la verdadera realidad es un ser inmóvil

---

1. Henri Corbin prefiere traducir *Autodestrucción de los filósofos* y *Autodestrucción de la autodestrucción*, respectivamente. (*Histoire de la philosophie islamique*, 1964.)

—o su contrario: la vacuidad igualmente inmóvil del budismo— el tiempo es irreal e ilusorio. Habría sido inútil inventar a un Dios creador de una ilusión. Las dificultades del ateísmo occidental provienen del tiempo: la realidad del tiempo exige la realidad del Dios que lo creó. Por eso Dios está antes del tiempo: es su sustento y su origen. Nietzsche trató de resolver este rompecabezas por medio del eterno retorno: la muerte de Dios es un momento del tiempo circular, un fin que es un comienzo. Sólo que el tiempo cíclico encierra otra contradicción: al tiempo de la muerte de Dios sucederá el de su resurrección. Nerval lo dijo: *Ils reviendront, ces Dieux qui tu pleures toujours!* El eterno retorno convierte a Dios en una manifestación del tiempo pero no lo suprime. Para acabar con Dios hay que acabar con el tiempo: ésa es la lección del budismo. Ahora bien, si nosotros nos arriesgásemos a formular una crítica del tiempo que no fuese menos radical que la del budismo, esa crítica tendría que ser esencialmente distinta. En tanto que el Buda se enfrentó a un tiempo cíclico, el nuestro es lineal, sucesivo e irrepetible. Para nosotros Dios no está en el tiempo sino antes... Tal vez el ateísmo es un problema de *posición*: no de nosotros frente a Dios sino de Dios frente al tiempo. Pensar a Dios *después* del tiempo. Pensar que el tiempo tendrá un fin —y una finalidad: no la creación de un superhombre sino de un verdadero Dios. Ese Dios podría ser pensado sin congoja y sin desgarramiento porque no sería el Creador sino la Criatura. No un hijo nuestro: el Hijo del tiempo y que nace al morir el tiempo. Concebir el tiempo no como sucesión y caída infinita sino como principio creador finito: un Dios se forma en las entrañas vacías del instante. Si el ateo imaginase un Dios que lo espera al fin del tiempo, ¿cesarían la contradicción, la rabia y el remordimiento? Dios no ha muerto y nadie lo mató: aún no nace. La idea no es menos terrible que la de Nietzsche pues culmina en una conclusión que el Occidente rechaza con horror desde el principio de su historia: el fin del tiempo. Nosotros, que matamos a Dios, ¿nos atreveremos a matar al tiempo?

*Delhi, 1967*

«Ateísmos» se publicó en *Corriente alterna*, México, Siglo XXI, 1967.

## EL ETERNO RETORNO

En 1887 Nietzsche dijo que Europa no estaba madura para el budismo, es decir, para la crítica de esa ilusión que es la voluntad de poder. Pero en el mismo texto agrega: «el nihilismo es la forma europea del budismo: la existencia tal cual es, sin finalidad ni sentido, regresando siempre, sin fin y de manera ineludible, a la nada: el eterno retorno...». Nietzsche nos enfrenta a lo impensable. Mejor dicho, nos encierra en una tautología, pues el pensamiento del eterno retorno no es sino eso: una terrible tautología. ¿Podemos romperla? Sólo si somos capaces de llevar hasta sus últimas consecuencias la crítica misma de Nietzsche.

Este período de la historia mundial, según Nietzsche, es el de la aparición del nihilismo. Su expresión más clara es la voluntad de poder. Aquí debe añadirse algo que no aparece en la descripción de Nietzsche: la voluntad de poder, a su vez, se confunde, en su origen y en sus distintas manifestaciones, con nuestra visión del tiempo. Esa visión ha sido y es polémica: Occidente concibe al tiempo no sólo como *marcha* sino como *combate*. Nuestra idea del tiempo ha asumido dos formas: una es la tradicional y popular que, desde hace más de dos siglos, ve al tiempo como progreso sin fin; otra, más insidiosa y secreta, lo concibe como «eterno retorno de lo idéntico». Es un secreto a voces que asistimos al crepúsculo de la ilusión del progreso. Los primitivos creían que el tiempo podía acabarse o, más exactamente, que se *gastaba*; a nosotros nos ha tocado vivir algo no menos asombroso: el desvanecimiento de la idea del *tiempo* que ha inspirado a toda la historia de Occidente desde el siglo XVIII. Pero soy inexacto: el tiempo del progreso no se acaba realmente: se estrella contra un muro. ¿Y el tiempo que anunció Nietzsche? Aunque él nunca formuló claramente su idea –¿visión o idea?– me parece que no debemos confundirla, como es frecuente hacerlo, con el tiempo circular de las viejas civilizaciones ni con el Gran Año de los neoplatónicos o con la cíclica conflagración en la que los estoicos veían el fin y el principio del cosmos. El *eterno retorno* de Nietzsche no es una consagración del regreso del pasado sino una subversión del presente. En esto consiste su poder de seducción: no es una reiteración de lo que ha sido, sino un descubrirnos el abismo que es nuestro fundamento. Y en esto consiste su terrible *novedad*.

Dije antes que el *eterno retorno* nos encierra en una tautología. Añado ahora que esa tautología adopta la forma del espejo que se refleja a sí mismo: lo que es, ha sido ya; lo que ha sido, será y volverá a ser un haber sido.

El ser se disgrega no en la pluralidad de sus mutaciones sino en la repetición ilusoria de sus cambios. Los cambios se resuelven en identidad y la identidad se abisma en sí misma y así se desvanece... Decir que este momento repite a otro momento es repetir algo ya dicho. Si, al decirlo, ignoro que lo dije antes, la repetición no lo es; ese decir es una novedad absoluta y, por eso mismo, desmiente al eterno retorno: este momento es *único*. Pero si *ya sé* que dije antes que este instante repite a otro, la frase con que lo digo no sólo pierde su novedad sino también su significado: ¿*quién* la dice y *quién* la oye? Así pues, la manera de romper el círculo y de romper la tautología es, precisamente, recorrerlo: decirlo, pensarlo. Apenas lo digo, el eterno retorno se desvanece doblemente: como eternidad y como retorno. En efecto, ¿*quién* regresa y a *qué* regresa?

*Delhi, 1967*

«El eterno retorno» es un texto inédito.

## NIHILISMO Y DIALÉCTICA

Dios no pudo convivir con la filosofía: ¿puede la filosofía vivir sin Dios? Desaparecido su adversario, la metafísica deja de ser la ciencia de las ciencias y se vuelve lógica, psicología, antropología, historia, economía, lingüística. Hoy el reino de la filosofía es ese territorio, cada vez más exiguo, que aún no exploran las ciencias experimentales. Si se ha de creer a los nuevos lógicos es apenas el residuo no-científico del pensamiento, un error de lenguaje. Quizá la metafísica de mañana, si el hombre venidero aún siente la necesidad del pensar metafísico, se iniciará como una crítica de la ciencia tal como en la Antigüedad principió como crítica de los dioses. Esa metafísica se haría las mismas preguntas que se ha hecho la filosofía clásica pero el lugar, el *desde*, de la interrogación no sería el tradicional *antes* de toda ciencia sino un *después* de las ciencias. Es difícil, sin embargo, que el hombre vuelva alguna vez a la metafísica. Después del desengaño de las ciencias y de las técnicas, buscará una poética. No el secreto de la inmortalidad ni la llave de la eternidad: la fuente de la vivacidad, el chorro que funde vida y muerte en una sola imagen erguida.

La muerte de Dios implica la desaparición de la metafísica, inclusive si no se acepta la interpretación que hace Heidegger de la frase de Nietzsche. En ese notable estudio, Heidegger nos dice que la palabra *Dios* no designa únicamente al Dios cristiano sino al mundo suprasensible en general: «Dios es el nombre que da Nietzsche a la esfera de las ideas y los ideales». Si fuese así, la muerte de Dios no sería sino un episodio de un drama más vasto: un capítulo, el último, de la historia de la metafísica. No lo creo. *El frenético* no dice que Dios haya muerto de muerte natural o histórica; dice que lo hemos asesinado. Se trata de un acto personal y sólo si lo pensamos como un crimen, cometido entre todos y por cada uno de nosotros, podemos entrever la terrible grandeza de nuestra época. Pero aun si se piensa que Dios ha muerto de muerte natural o filosófica, su desaparición provoca inexorablemente la extinción de la metafísica: el pensar pierde su objeto, su *obstáculo*. La filosofía de Occidente se alimentó de la carne de Dios; desaparecida la deidad, el pensamiento perece. Sin alimento sagrado no hay metafísica.

Después de haber devorado a los dioses paganos, la antigua metafísica construyó sus hermosos sistemas. Vencedora y ya sin enemigos, se disgregó en sectas y escuelas (estoicismo, epicureísmo) o se desangró en tentativas de creación religiosa (neoplatonismo). Esta última empresa se reveló estéril: la metafísica se alimenta de religión pero no es creadora de religiones. En cambio, las sectas dieron al hombre de la Antigüedad algo que no nos han dado las filosofías modernas: una *sagesse*. Ninguna de nuestras filosofías ha producido un Adriano o un Marco Aurelio. Ni siquiera un Séneca: nuestros filósofos prefieren la «autocrítica» al veneno. Cierto, la filosofía moderna nos ha dado una política y nuestros filósofos coronados se llaman Lenin, Trotski, Stalin y Mao Tse-tung. Entre los dos primeros y los dos últimos el descenso ha sido vertiginoso. En menos de cincuenta años el marxismo, definido por Marx como un pensamiento crítico y revolucionario, se transformó en la escolástica de los verdugos (el estalinismo) y ahora en el catecismo primario de setecientos millones de seres humanos. La *sagesse* moderna no viene de la filosofía sino del arte. No es una *sagesse* sino una locura, una poética. En el siglo pasado se llamó romanticismo y en la primera mitad del nuestro: surrealismo. Ni la filosofía ni la religión ni la política han resistido el ataque de la ciencia y de la técnica. El arte resistió. Dadá –sobre todo Duchamp y Picabia– se sirvieron de la técnica y así se burlaron de ella, la inutilizaron. No fueron los únicos: fueron los más osados. El arte moderno es una pasión, una crítica y un culto. También es un juego y una sabiduría –loca sabiduría.

La filosofía pagana no creó ninguna religión pero mató a la nueva. El cristianismo resucitó a Platón y Aristóteles y desde entonces el Dios y el Ser, el Único y lo Uno, lucharon en abrazo mortal. La razón absorbió a Dios y se coronó reina: Occidente pensó que si era imposible adorar a un dios racional, al menos podía venerar a una razón divina. Kant destronó a la razón. Roída por la crítica como ella había roído a Dios, la razón se volvió dialéctica. El tránsito de la Dialéctica del Espíritu al materialismo dialéctico fue el capítulo final. La relación entre Marx y la filosofía es análoga a la de Nietzsche y el cristianismo. En ambos casos lo decisivo es un acto personal que se postula como un método universal; no hay una historia de la filosofía: hay filósofos en la historia. La destrucción de Nietzsche consiste en la inversión de los principios o fundamentos de la metafísica y culmina en la subversión de los valores tradicionales. Marx no había procedido de otra manera. Según él mismo dice, se limitó a colocar a la dialéctica en su posición *natural*: los pies en la tierra y la cabeza arriba. Lo sensible, el mundo material, fue el fundamento del universo y el antiguo fundamento, la idea, fue su expresión. Para Marx la palabra *natural* no sólo quiere decir lo normal (no era un realista ingenuo); tampoco proclamó la primacía de la naturaleza sobre el espíritu. Esto último habría sido una repetición del antiguo materialismo. La naturaleza de Marx es histórica. La gran novedad fue la humanización de la materia: la acción del hombre, la praxis, vuelve inteligible el opaco mundo natural. Marx quiso escapar así de la contradicción del materialismo tradicional pero introdujo otra oposición que ninguno de sus continuadores ha logrado anular: la dicotomía *naturaleza y espíritu* reaparece como dualidad entre *historia* y *naturaleza*. Si la naturaleza es dialéctica, la historia es parte de la naturaleza y entonces toda la teoría de la praxis –la acción humana que convierte a la materia en historia– resulta superflua; la distinción entre el materialismo dialéctico y el viejo materialismo del siglo XVIII resulta ilusoria: el marxismo no es un historicismo sino un naturalismo. La otra posibilidad no es menos contradictoria: si la naturaleza no es dialéctica, aparece un hiato y el dualismo regresa.

Según Heidegger la operación del «nihilismo completo» no consiste tanto en el cambio de valores o en su devaluación como en la inversión del valor de los valores. La derogación de lo suprasensible –Idea, Dios, Imperativo Categórico, Progreso– como valor supremo no implica la anulación de los valores sino la aparición de un nuevo principio que instaura los valores. Ese principio será de ahora en adelante la fuente del valor. Es la vida. Y la vida en su forma más directa y agresiva: la voluntad de poder. La esencia de la vida es voluntad y la voluntad se expresa como poder. No sé si efectivamente la esencia de la vida sea la voluntad de poder. En todo caso, no me parece que sea el principio u origen del valor, aquello que lo instaura; tampoco creo que sea su fundamento. La esencia de la voluntad de poder se cifra en la palabra *más*. Es un apetito: no un más ser sino un ser más. No el ser: el querer ser. Ese querer ser es la herida por donde se desangra la voluntad de poder. Del mismo modo que el movimiento no puede ser la razón o principio del movimiento (¿quién lo mueve, en qué se apoya?), la voluntad de poder no es el ser sino un querer ser y por esto es incapaz de fundarse a sí mismo y ser el fundamento de los valores. Su esencia consiste en ir más allá de sí; para encontrar su razón de ser, su *principio*, debe agotar su movimiento, ir hasta el fin: regresar al comienzo. El eterno retorno de lo Mismo entraña una nueva subversión de valores: la restauración de la idea, lo suprasensible, como fundamento del valor. Ni la voluntad de poder ni la idea son principios: son momentos del eterno retorno, fases de lo Mismo.

Ante el materialismo dialéctico el entendimiento se enfrenta a dificultades análogas. La dialéctica es la forma de manifestación, la manera de ser, de la materia, única realidad real; la materia en movimiento es el fundamento de todos los valores. Pero entre materia y dialéctica hay una contradicción: las llamadas leyes de la dialéctica no son observables en los procesos y cambios de la materia. Si lo fuesen, dejaría de ser materia: sería historia, pensamiento o idea. Por otra parte, la dialéctica no puede fundarse a sí misma porque su esencia consiste en negarse apenas se afirma. Es un renacer y remorir perpetuos. Si la voluntad de poder está continuamente amenazada por el regreso de lo Mismo, la dialéctica lo está por su propio movimiento: cada vez que se afirma, se niega. Para no anularse necesita un fundamento, un principio *anterior* al movimiento. Si el marxismo rechaza al espíritu o a la idea como fundamento y si, por otra parte, según se ha visto, tampoco puede serlo la materia –el círculo se cierra. En uno y otro caso, voluntad de poder o dialéctica de la materia, lo sensible «reniega en sí mismo de su esencia». Esa esencia es precisamente aquello que suprimen en su movimiento la voluntad y la dialéctica: lo suprasensible como fundamento de la realidad, principio original y realidad de realidades. Ambas tendencias desembocan en el nihilismo. El de Nietzsche es un nihilismo que sabe que lo es y por eso es «acabado»: contiene el retorno de lo Mismo y su esencia, en esta época de la historia, es lúdica: juego trágico, arte. El de Marx es un nihilismo que se ignora. Aunque es prometeico, crítico y filantrópico no por eso es menos nihilista.

El materialismo dialéctico y la voluntad de poder operaron efectivamente una subversión de valores que nos aligeró y nos templó. Hoy han perdido su virulencia[1]. La esencia de las dos tendencias es el *más* pero esa

---

[1]. El marxismo la ha perdido como filosofía, no como «ideología» revolucionaria de los países «subdesarrollados».

terrible energía, a medida que se acelera, se degrada. En nuestros días, la forma perfecta del *más* no es el pensamiento (el arte o la política) sino la técnica. La inversión de valores de la técnica acarrea una devaluación de todos los valores, sin excluir a los del marxismo y los de Nietzsche. La vida deja de ser arte o juego y se vuelve «técnica de vida»; lo mismo ocurre con la política: el técnico y el experto suceden al revolucionario. Socialismo ya no quiere decir transformación de las relaciones humanas sino desarrollo económico, elevación del nivel de vida y utilización de la fuerza de trabajo como palanca en la lucha por la autarquía y la supremacía mundial. El socialismo se ha vuelto una ideología y, ahí donde ha triunfado, es una nueva forma de enajenación. Tampoco ha nacido el superhombre aunque hoy los hombres tienen un poder que nunca soñaron los Césares y los Alejandros. El hombre de la técnica es una mezcla de Prometeo y Sancho Panza. Es el «americano» típico: un titán que ama el orden y el progreso, un gigantón fanático que venera el hacer y nunca se pregunta qué es lo que hace y por qué lo hace. No conoce el juego sino el deporte; arroja bombas en Vietnam y envía mensajes a su casa el día de las madres, cree en el amor sentimental y su sadismo se llama higiene, arrasa ciudades y visita al psiquiatra. Sigue atado al cordón umbilical y es explorador del espacio exterior. Progreso, solidaridad, buenas intenciones y actos execrables. No es el hombre de la desmesura; es el desaforado. Perpetuamente arrepentido y perpetuamente satisfecho... Estas reflexiones no son una queja. Nuestro mundo no es peor que el de ayer ni el de mañana será mejor. Además, la vuelta al pasado es imposible. La crítica que hicieron Marx y Nietzsche de nuestros valores fue de tal modo radical que no queda nada de esas construcciones. Esa crítica es nuestro punto de partida y sólo por ella y con ella podemos abrirnos paso hacia ¿dónde? Tal vez ese *dónde* no está en futuro alguno ni en ningún más allá sino en ese espacio y ese tiempo que coincide con nuestro ahora mismo. ¿Algo subsiste? El arte es lo que queda de la religión: la danza sobre el principio. ¿Y qué queda de la razón? La crítica de lo real y la exigencia de encontrar el punto de intersección entre el movimiento y la esencia.

*Delhi, 1967*

«Nihilismo y dialéctica» se publicó en *Corriente alterna*, México, Siglo XXI, 1967.

## LA PERSONA Y EL PRINCIPIO

Un reciente y notable estudio del señor Louis Dumont sobre el régimen hindú de castas (*Homo hierarchicus*, París, 1966) confirma de manera inesperada, al menos para mí, las reflexiones que he aventurado sobre la dificultad que presenta el ser ateo en Occidente y, en sentido opuesto pero simétrico, el ser deísta en la India. El orientalista francés señala que las castas no son unidades o elementos, en el sentido en que lo son el proletariado, la burocracia, el ejército o la Iglesia: corporaciones, entes sociales, individuos completos y distintos de los otros. Las castas no se definen como substancias, no son *clases*, sino conjuntos de relaciones. Cierto, cada casta posee características propias: territorio, ocupación, función, régimen alimenticio y matrimonial, ceremonias, rituales, etc. Todos estos rasgos no constituyen realmente la casta: definen su relación frente a las otras castas. Son signos de su posición en el conjunto, características distintivas y no constitutivas. Lo que constituye a una casta es el sistema general; lo que la define es su posición dentro del sistema. Es una concepción inversa a la nuestra: para nosotros el individuo constituye a la sociedad y uno y otra se definen como unidades autosuficientes. En Occidente la sociedad es o un conjunto de individuos o un ser total, algo como un individuo colectivo. Cuando los políticos excitan al pueblo a marchar «como un solo hombre», hacen más que repetir un lugar común: dicen que el grupo es un individuo. Lo que llaman los sajones: *the political body*. Entre nosotros la nación es proyección del individuo; en la India, el individuo es una proyección de la sociedad. Nuestro derecho público cristaliza en la *constitución*, palabra que viene de *stare*: estar de pie, inmóvil y firme. Denota la voluntad colectiva de constituirse como un solo ser, como un individuo. En la India no encuentro nada parecido. Todos los conceptos políticos y morales –de la institución de la realeza y el sistema de *varnas* al *dharma*– ignoran la idea de la sociedad como voluntad unitaria. En las lenguas de la India no hay una palabra que designe la realidad que llamamos nación.

El modelo de Occidente es la unidad indivisible, trátese de metafísica (el ser), psicología (el yo) o del mundo social (la nación, la clase, los cuerpos políticos). Un modelo que, por lo demás, no corresponde a la realidad y que ésta destruye continuamente: la poesía, el erotismo, la mística y, en la esfera de la historia, la guerra y los conflictos intestinos, son las formas violentas y extemporáneas con que la *otredad* le recuerda al Uno su existencia. El gran descubrimiento del pensamiento moderno en sus distintas ramas –de la física, la química y la biología a la lingüística, la antropología y la psicología– consiste precisamente en haber encontrado, en lugar de un elemento último irreductible, una relación, un conjunto de partículas inestables y evanescentes. La unidad es plural, contradictoria, en perpetuo cambio e insubstancial. Así pues, el pensamiento contemporáneo está lejos de corroborar los supuestos que inspiraban a la tradición central de Occidente. Por el contrario, el arquetipo de la India, su estructura mental básica, es la pluralidad, el flujo, la relación; del mismo modo que los elementos son combinaciones, el individuo es una sociedad. Las ideas de interdependencia y jerarquía son la consecuencia natural de la noción de *relación*. Nosotros concebimos al sistema como individuo; los hindúes ven al individuo como sistema. Nuestra idea de la comunidad de naciones es la de una asamblea de iguales, en derecho si no en realidad; el régimen de castas postula una interdependencia jerárquica. En Occidente: individualismo, igualdad, rivalidad; en la India: relación, interdependencia, jerarquía. La idea de *substancia* inspira a nuestras concepciones; el sistema de castas carece de substancia: es una cadena de relaciones. Decir que el mundo de castas es un mundo de relaciones equivale a decir que *la caste particulière, l'homme particulier, n'ont pas de substance; ils existent empiriquement, ils n'ont pas d'être... L'individu n'est pas. C'est pourquoi, pour les Hindoues eux-mêmes, dès qu'ils prennent un point de vue substantialiste, tout y compris les dieux, est irréel: l'illusionisme est ici en germe, sa popularité et celle du monisme ne sauraient étonner.* Pero antes de ver cómo el pensamiento filosófico disuelve a los dioses, veamos cómo aparecen éstos ante la imaginación popular.

Con frecuencia mis amigos hindúes han tratado de explicarme el politeísmo por medio de una fórmula simple y, en el fondo, europea: los dioses son manifestaciones de lo divino. La explicación no nos dice por qué los dioses cambian de nombre, de región a región y de casta a casta. Ver en este fenómeno un aspecto del sincretismo es ofrecer, en lugar de una interpretación, un nombre: el sincretismo, a su vez, necesita ser explicado. Además, los dioses cambian también de jerarquía y de significado: aquí son creadores y allá destructores. Esos cambios están en relación con el calendario: hay una rotación de divinidades, una revolución divina análoga a la revolución de los astros. La interpretación de los hindúes modernos –los nombres cambian pero el dios permanece– es incompleta y, de nuevo, europea: dotan de substancia a las divinidades, las convierten en individuos. La verdad parece ser lo contrario: los dioses son intercambiables porque son insubstanciales. Son distintos y son los mismos por no poseer existencia autónoma; su ser no es realmente ser: es la condensación momentánea de un conjunto de relaciones. El dios no es sino un haz de atributos –benévolos, funestos e indiferentes– que se actualizan dentro de un contexto determinado. El significado del dios –la actualización de estos o aquellos atributos– depende de su posición dentro del sistema general. Como el sistema está en continua rotación, la posición de los dioses igualmente cambia sin cesar. Otra particularidad: el dios aparece casi siempre acompañado de su consorte. La dualidad, fundamental en el tantrismo, impregna toda la vida religiosa hindú: lo masculino y lo femenino, lo puro y lo impuro, el lado derecho y el izquierdo. Por último, el dios es dueño de un «vehículo» –el toro de Shiva, la rata de Ganesha, el león de Durga– y está rodeado de una caterva de familiares y parásitos. Cada pareja reina sobre un enjambre de divinidades menores. Dios aislado, pareja, enjambre: no individuos sino relaciones.

El panteón hindú es un conjunto de enjambres, un sistema de sistemas. Así pues, reproduce en cierto modo el régimen de las castas. No obstante, sería un error considerarlo como un mero reflejo de la estructura social, según quisiera un marxismo primario: el sistema de castas, por su parte, reposa sobre la distinción entre lo puro y lo impuro. La sociedad hindú es religiosa y la religión hindú, social. Todo se corresponde. Lo divino no es la emanación de un dios; tampoco es una substancia impersonal, un fluido. Lo divino es una sociedad: un conjunto de relaciones, un campo magnético, una frase. Los dioses serían así como los átomos, las células o los fonemas de lo divino. Aquí haré una crítica a la teoría de Dumont. Me parece que le falta algo esencial: la descripción de aquello que distingue a la sociedad humana de la divina. Hay un elemento diferencial, una nota, un signo –hay algo que separa a lo sagrado de lo profano, a lo puro de lo impuro, a las castas de los enjambres divinos. Dumont nos dice cómo funciona el sistema y en qué consiste su estructura pero no nos dice *qué es*. Su definición no es inexacta: es formal, omite el contenido del fenómeno que estudia. No discutiré más este punto porque lo que me interesa no es la fenomenología del hinduismo sino destacar la solución que dieron al mismo problema los brahmanes y el pensamiento filosófico de la India.

La pregunta se puede formular, un poco brutalmente, de esta manera: ¿qué es lo divino? La respuesta, antigua como los Upanishad, es simple y tajante: hay un ser impersonal, idéntico a sí mismo siempre, un ser que sólo es y que es impermeable al cambio, en el cual todos los dioses, las realidades, los tiempos y los seres se disuelven y reabsorben: *Brahman*. Esta idea reduce a irrealidad fantasmagórica al mundo celeste y al terrestre, al tiempo y al espacio. Más tarde sería completada con otra: el ser del hombre, *atman*, es idéntico al ser del mundo. Quedó así abolido el sujeto. Observo que este monismo absoluto exige una negación no menos absoluta de la realidad y del tiempo. Y hay más: el ser inalterable e indestructible puede definirse únicamente por la negación; no es esto ni aquello ni lo de más allá: *neti, neti*. No es el todo ni las partes; no es transcendencia ni tampoco inmanencia; no está en ninguna parte y es siempre y en todas partes. La negación abrió la puerta al pluralismo *samkhya* y al budismo: bastó con aplicar la crítica del cambio y de la realidad a la idea de *brahman* y a la correlativa de *atman*. El budismo cortó por lo sano: ni ser ni yo, todo es relación causal. El pluralismo *samkhya* postuló una naturaleza sin dios (*prakriti*) y almas individuales (*purusha*). Entre estos dos extremos, un monismo absoluto y un pluralismo igualmente absoluto, se despliega el abanico del pensamiento hindú. Por más profundas que parezcan las diferencias entre una y otra posición, todas ellas se disuelven o reconcilian en su fase final: *moksha, nirvana*. La aniquilación, reabsorción o liberación del yo individual equivale a la desaparición de uno de los términos. Abolición del cambio, la dualidad, el tiempo, la irreal realidad del yo. La *bakthi* misma –la unión amorosa del devoto con su deidad– no es una excepción: por más individual y substancializado que nos parezca Krishna, sólo es un avatar de Vishnú, una manifestación del ser impersonal, tal como lo relata el conocido e impresionante pasaje del Bhagavad Gita. En todos los casos, victoria de lo Uno.

La inmensa tentativa del pensamiento especulativo por infundir una substancia al sistema divino, por convertir la relación en ser distinto y autosuficiente, culmina en un monismo explícito (*vedanta*) o implícito (budismo *madhyamika*). En apariencia simplifico pero no tanto: por una parte, todos los pluralismos desembocan en la idea de *moksha* o *nirvana*, que los anula; por la otra, la oposición entre el hinduismo y el budismo –en sus formas más extremas: el monismo de Shankara y el relativismo de Nagarjuna– es una oposición complementaria. La versión blanca y la versión negra de un mismo pensamiento que postula con idéntico rigor la irrealidad de todo lo que no sea el Ser o la irrealidad de todo lo que no sea el Cambio. La afirmación del Ser se realiza por medio de negaciones absolutas: ni esto ni aquello; la afirmación del Cambio también es negativa y absoluta: *in primitive Buddhism all elements are interdependent and real; in the new Buddhism, they are unreal because they are interdependent*[1]. El Ser y *sunyata* (vacuidad) son idénticos: nada se puede decir sobre ellos, excepto la sílaba *no*.

1. T. Scherbatsky, *Buddhist Logic*, 1962.

En sánscrito cero se puede decir *súnya* (vacío) pero también *purna* (pleno).

Puede ahora apreciarse en qué consiste el tránsito de la relación a la unidad. La relación desaparece, sea por absorción en el Ser o dispersión en el no-ser; desaparece pero no se transforma en substancia. Ninguno de los dos conceptos en que se disuelve, Ser o Vacuidad, muestran parecido alguno con los conceptos correlativos del pensamiento occidental: principio de razón suficiente, causa, fundamento, razón de ser. Ni el Ser del Vedanta ni la Vacuidad del budismo son constituyentes; al contrario: son disolventes. Con ellos no empieza el hombre: con ellos termina. Son la verdad final. No están en el comienzo, como el ser, la energía, el espíritu o el Dios cristiano; están más allá, en una región que sólo la negación puede designar. Son la liberación, lo incondicionado; ni muerte ni vida sino la libertad de la cadena de morir y vivir. En realidad, no son conceptos ontológicos, al menos a la manera de Occidente. Traducir *brahman* por «Ser» y *súnyata* por «Vacuidad» es algo peor que una inexactitud lingüística: una infidelidad espiritual.

Una de las consecuencias de esta manera de pensar es que el problema del tiempo y el de la creación pasan a segundo término. La noción de un tiempo irreversible y la consecuente de un Dios creador de ese tiempo son nociones que, propiamente hablando, no pertenecen a la lógica del sistema. Son ideas superfluas, conceptos hijos de la ilusión o curiosidades de las sectas. Es verdad que el Dios personal desempeña un papel de primer orden en la vida religiosa hindú pero, según ya dije, aparece siempre como manifestación o avatar de otra divinidad que a su vez no tiene más consistencia que ser una relación en el conjunto de relaciones que es el sistema divino. Desde la perspectiva de la especulación hindú, el deísmo es un fenómeno secundario. Lo es de dos maneras: en primer término, dice Hajime Nakamura, *the ultimate Absolute presumed by the Indian is not a personal god but an impersonal Principle*[1]; además, el dios es creador por error o inadvertencia, engañado por el poder de la ilusión (*maya*). O como señala el mismo Nakamura: *there is no maya in God himself but when he creates the world... maya attaches itself to him. «God is an illusory state.»* Dios no tiene ser: ¿lo tiene ese Principio de que habla el profesor japonés?

Aunque pocos estarán de acuerdo conmigo, creo que el *brahman* hindú no corresponde a nuestra idea de ser: es un concepto impersonal, vacío, insubstancial —el otro polo y el complemento de la noción de *relación*. Me explico: lo contrario del ser es el no-ser y sobre esa pareja se edifica la me-

---

1. Hajime Nakamura, *Ways of Thinking of Eastern Peoples*, 1964.

tafísica griega y europea; lo contrario de la relación es la ausencia de relación, la nulidad, el cero (*śunya*). El absoluto hindú, *brahman*, carece de relaciones; el absoluto budista, *śunyata*, no es sino relaciones irreales. Ambos se definen por la ausencia y ambos eliminan o absorben el término contrario: anulan la relación. En Occidente, el acento se carga sobre la afirmación: vemos al No-ser desde el Ser; en la India, sobre la negación: ven a la relación –al mundo humano y al divino– desde un Absoluto que se define como negación o que es la negación misma. El No-ser de Occidente está subordinado al Ser, es *carencia* de realidad; la relación hindú, el flujo vital, está subordinada al cero, es *exceso* irreal. En el primer caso, la unidad del Ser es positiva; en el segundo es negativa. Por eso *brahman* es, en esencia, idéntico a *śunyata*: los dos son el *No* que opone lo Absoluto tanto a la relación –mundo, tiempo, dioses– como al pensamiento discursivo. Nosotros tenemos la tendencia a exagerar la oposición entre *brahman* y *śunyata*, entre la teoría del *atman* (ser) y la del *anatma* (no-ser), porque concebimos esa oposición en términos de metafísica occidental. Así, Raimon Panikkar lamenta que «no haya surgido todavía, entre el Parménides de la India y su Heráclito, un Aristóteles... que muestre cómo el ser que se mueve, cambia y no es aún *brahman*, tampoco es nulidad irreal»[1]. De nuevo: la mediación es imposible porque la oposición no es entre *Ser* y *No-ser* ni entre *Ser* y *Cambio* sino entre dos conceptos que nacen de algo totalmente extranjero a la tradición griega y europea. El pensamiento de Occidente arranca de la idea de *substancia*, *cosa*, *elemento*, *ser*; el de la India de la *relación*, la *interpenetración*, la *interacción*, el *flujo*. Por eso define al Absoluto como cesación del cambio, esto es, como negación de la relación y de la acción. La India no niega el Ser: lo ignora. Niega el cambio: es *maya*, ilusión. El pensamiento europeo no niega la relación: la ignora. Afirma el cambio: es el ser al desplegarse o manifestarse.

La negación y el estatismo o inmovilidad son dos rasgos constantes del pensamiento de la India, en la rama hindú tanto como en la budista. Nakamura subraya la afición de los indios por las expresiones negativas; son abundantes lo mismo en sánscrito y pali que en los idiomas modernos. Ahí donde un europeo dice «victoria o derrota», un indio dice «victoria o no-victoria». En lugar de paz, «no-violencia», y «no-pereza» en lugar de diligencia. El cambio es «impermanencia» y aquel que ha alcanzado la iluminación o liberación «va a un no-encuentro con el Rey de los muertos». Lo negativo abstrae, impersonaliza, chupa la substancia a las ideas y los actos.

---

1. Raimon Panikkar, *Maya e Apocalisse*, Roma, 1966.

Nagarjuna formuló toda su doctrina en Ocho Negaciones. Si lo real es negación, el cambio es irreal. Para nosotros lo real es positivo y de ahí que el cambio no sea sinónimo de irrealidad. El cambio puede ser un modo imperfecto del ser *con relación* a la esencia, pero no es una ilusión. Para el hindú el cambio es una ilusión porque *carece de relación* con lo absoluto. Lo más notable –lo más profundo– es la identificación de la realidad con la negación. También es notable la concepción estática del cambio. El griego dice: todo fluye; el hindú: todo es impermanente. En Occidente es difícil pensar la nada y Heidegger ha mostrado que, en verdad, es impensable: es el fondo insondable sobre el que aletea el pensar. En la India lo difícil es pensar el ser. La esencia, la realidad de realidades, carece de forma y de nombre. Para Platón la esencia es la *idea*: una forma, un arquetipo. Los griegos inventaron la geometría; los hindúes, el cero. Para nosotros la religiosidad hindú es atea. Un hindú podrá decir que inclusive nuestra ciencia y nuestro ateísmo están impregnados de deísmo. El tiempo y el cambio son reales para nosotros porque son modos del ser –un ser que emerge del caos o de la nada y que se despliega como una aparición. Las divinidades de Occidente son presencias que emanan energía. La idea de Otto sobre lo numinoso es una consecuencia de nuestro sentimiento del dios como presencia magnética: lo divino es el fluido de la deidad, su producción. En la India, el dios es el producto de lo divino. En fin, entre nosotros, lo divino se concentra en la Persona; entre los hindúes se disuelve en lo Impersonal.

«La persona y el principio» se publicó en *Corriente alterna*, México, Siglo XXI, 1967.

## EL LIBERADO Y LOS LIBERTADORES

La dialéctica de Nagarjuna es la negación universal: el camino hacia la vacuidad; en la de Hegel, la negación es un momento creador del proceso, la negatividad es la vía hacia el ser. En la dialéctica hegeliana la contradicción «no resulta en nulidad absoluta o Nada: esencialmente es una negación de su propio contenido»[1]. La filosofía occidental nunca ha ignorado la negatividad inherente al concepto, sólo que ha visto en ella un aspecto de la idea, el ser o la realidad, no un absoluto y menos aún lo Absoluto. Así, Occidente ha inventado la negación creadora, la crítica revolucionaria, la con-

1. T. Scherbatsky, *Buddhist Logic* (en el capítulo sobre la dialéctica: «European Parallels: Kant and Hegel»).

tradición que afirma aquello mismo que niega. La India ha inventado la liberación por la negación y ha convertido a ésta en la madre sin nombre de todos los seres vivos. Estas dos visiones contrarias han engendrado, a su vez, dos tipos de sabiduría, dos modelos de vida espiritual: el libertador y el liberado. Para el último, la crítica es un instrumento de desasimiento: no quiere constituirse sino desistirse; para el primero, es un arma de creación: quiere reunirse consigo mismo y con el mundo. El hindú ejerce la negación como un método interior: no pretende salvar al mundo sino destruir en sí mismo al mundo; el europeo la practica como una perforación de la realidad, como una manera de apropiarse del mundo: gracias a la negación, el concepto cambia al mundo y lo hace suyo. El liberado usa la crítica como aprendizaje del silencio; el libertador se sirve de ella para someter la palabra indócil a la ley de la razón. El hindú afirma que el lenguaje, al llegar a cierto nivel, carece de significado; el occidental ha decidido que aquello que carece de significación carece también de realidad. En Europa la crítica determina las causas y las estructuras y es un instrumento de medición tan fino que ha hecho de la misma indeterminación, ya que no una ley, un principio. En la India la negación, no menos sutil que la de Occidente aunque aplicada a otros fenómenos, está al servicio de la indeterminación: su oficio es abrirnos las puertas de lo incondicionado... Pero tal vez será mejor emprender el paralelo desde la perspectiva de la antropología. Volveré una vez más al libro de Dumont, guía inmejorable.

Al comparar la sociedad occidental moderna con la hindú, el antropólogo francés traza, a la manera de su maestro Lévi-Strauss, un cuadro de oposiciones simétricas. Lo substantivo en la India es la pareja religiosa de lo puro y lo impuro y sobre esta distinción se construye el edificio social: la sociedad jerárquica (interdependencia y separación de castas); en Occidente lo substantivo es la noción arreligiosa de *individuo* y sobre ella se asienta la concepción de la sociedad igualitaria y la idea de *nación*. En la India la estructura social es religiosa; en Europa es económico-política. Así pues, lo adjetivo en el mundo hindú es lo económico-político y entre nosotros lo es la religión (asunto privado). Las contradicciones, adjetivas también, son: en la India, las sectas; en Occidente, los totalitarismos, los racismos, las clases y la jerarquía (residuos de nobleza, el ejército, la Iglesia, etc.). Todas estas oposiciones se resumen en dos mayores: el hombre como sociedad (hombre jerárquico) y la sociedad como individuo (hombre igualitario). La sociedad jerárquica es total pero no totalitaria y así ha inventado una vía de salida para el hombre individual: la vida libre del *samnyasin*, el *sadhú* y el monje budista o jainita. Esa libertad se consigue por medio de la renuncia al mundo: a los deberes y a las ventajas de la casta. Dumont no encuentra nada equivalente en la tradición occidental. En efecto, el ideal del sabio de la Antigüedad estuvo de tal modo ligado a la idea de la *polis* que apenas si es necesario aludir al carácter social de la sabiduría grecorromana. Durante el apogeo del cristianismo, la acción de los santos y de los religiosos se desplegó en el mundo, aunque sirviesen a una causa y a una verdad ultramundanas. En cambio, en la India el *samnyasin* vive efectivamente fuera de la sociedad: escapa a sus reglas y su acción no tiende ni a la reforma del mundo ni a la salvación de las almas[1]. ¿Hay algo en el Occidente moderno que pueda compararse a la institución del *samnyasin*? Dumont no lo cree. Yo creo que sí: el artista rebelde y el revolucionario profesional. Aunque son dos tipos de hombre en vías de desaparición en las sociedades industriales, sus figuras todavía encienden la imaginación de muchos jóvenes.

No es absurdo comparar al *samnyasin* con el artista y el revolucionario: el vagabundo que busca la liberación y los que aspiran a liberarnos se encuentran en una posición excéntrica en sus respectivas sociedades. Así pues, habrá que comparar, en primer término, la relación de uno y otros con sus mundos. El *samnyasin* no se opone al mundo: lo niega; el artista se coloca al margen, en actitud de desafío y escarnio; el revolucionario se opone activamente: quiere destruirlo para edificar otro mejor. La primera relación es religiosa y de indiferencia; la segunda es secular, activa y de oposición. La reacción de la sociedad también es diferente. La hindú adopta una actitud de reverencia y de extrema benevolencia; el *sadhú* puede practicar los ritos más extravagantes, crueles o repulsivos, los más

---

1. Cierto, los que vivimos en Delhi, presenciamos en 1966 el espectáculo de una manifestación popular, encabezada por varias centenas de *sadhúes*, que se batió con arrojo contra la policía a las puertas del Parlamento indio. Se trataba de una protesta contra la matanza de vacas; *donc*, de un acto religioso. No niego que, además, en este caso, como en otros, hay contagio de los procedimientos de Occidente, ya que no de las ideas. Sobre esto vale la pena señalar que la ideología igualitaria no ha destruido el sistema de castas pero puede convertirlo en algo muy peligroso: en algunos lugares las castas ya obran como individuos y se han convertido en corporaciones políticas cerradas. El igualitarismo ha quebrantado las nociones de *jerarquía* e *interdependencia* y así ha hecho de la casta una entidad agresiva. El igualitarismo es contradictorio: por una parte, es un proyecto de fundar la armonía social en la igualdad; por la otra, abre las puertas a la competencia y la rivalidad. Su verdadero nombre es *envidia*. El mismo fenómeno se observa en las luchas «comunalistas», es decir, entre hindúes, mahometanos y sikhs: las diferencias religiosas no han desaparecido, sólo que ahora se expresan como lucha política violenta que, a veces, se transforma en guerra civil.

opuestos a la religión y al ritual colectivos, sostener las opiniones menos convencionales, andar vestido o desnudo: nada de eso empaña su prestigio o compromete su respetabilidad. Es un *intocable*, sólo que su contacto no mancha: ilumina, limpia. Es la excepción sagrada, la violación santificada, la transgresión legítima, la fiesta encarnada en un individuo. Está libre de la relación: la casta no lo define. Una pura singularidad andante. El artista es el incomprendido, el parásito, el excéntrico; vive en un grupo cerrado y aun el barrio que habita con sus congéneres es un lugar equívoco; lo miran con desconfianza el burgués, el proletario y el profesor. El revolucionario es el perseguido por todas las policías, el hombre sin pasaporte y con mil nombres, denunciado por la prensa y reclamado por el juez: todo es legítimo para neutralizarlo. Otra contradicción sorprendente: el artista consagrado regresa al mundo, es millonario o gloria nacional y, si es mexicano, al morir lo entierran en el Panteón de los Hombres Ilustres; el revolucionario en el poder, por su parte, constituye inmediatamente un Comité de Salud Pública y persigue con mayor rigor que el antiguo tirano a todos los disidentes. En cambio, el *samnyasin* no puede regresar al mundo, bajo pena de convertirse en un intocable pero ahora de aquellos cuya sombra corrompe hasta el agua santa del Ganges. Por último, el asceta hindú aspira a la liberación: romper el ciclo de muerte y nacimiento, anular el yo, disolverse en lo ilimitado y lo incondicionado, acabar con el esto y el aquello, el sujeto y el objeto –penetrar con los ojos abiertos en la noche de la Negación. El artista quiere realizarse o realizar una obra, salvar la belleza o cambiar el lenguaje, dinamitar las conciencias o liberar las pasiones, oponerse a la muerte, comunicarse con los hombres aunque sólo sea para mejor escupirlos. El revolucionario quiere abolir la injusticia, imponer la libertad, hacernos felices o virtuosos, aumentar la producción y el consumo, someter las pasiones a la perfección de la geometría. *Cambiar el mundo y cambiar la vida*: estas dos fórmulas, que tanto conmovían a Breton, son el resumen de la sabiduría moderna de Occidente. Si un *samnyasin* las oyese y las *comprendiese*, después de recobrarse de su natural estupefacción, las saludaría con una carcajada que interrumpiría por un instante la meditación de todos los Budas y el largo abrazo erótico de Shiva y Parvati.

*Delhi, 1966*

«El liberado y los libertadores» se publicó en *Corriente alterna*, México, Siglo XXI, 1967.

# Revuelta, revolución, rebelión

REVUELTA, REVOLUCIÓN, REBELIÓN

En castellano se usa poco la palabra *revuelta*. La mayoría prefiere *revolución* y *rebelión*. A primera vista lo contrario habría sido lo natural: *revuelta* es más popular y expresiva. En 1611 Covarrubias la definía así: «rebolver es ir con chismerías de una parte a otra y causar enemistades y quistiones: y a éste llamamos rebolvedor y reboltoso, rebuelta la cuestión»[1]. Los significados de *revuelta* son numerosos, desde segunda vuelta hasta confusión y mezcla de una cosa con otra; todos están regidos por la idea de *regreso* asociada a la de *desorden y desarreglo*. Ninguna de las acepciones es buena, quiero decir: ninguna dice que la revuelta sea un hecho valioso. En una sociedad como la España del siglo XVII, la revuelta representaba un principio funesto: la confusión de clases, el regreso al caos primitivo, la agitación y desorden que amenaza la fábrica social. *Revuelta* era algo que disolvía las distinciones en una masa informe. Para Bernardo de Balbuena la civilización consiste en la institución de las jerarquías, creadora de la necesaria desigualdad entre los hombres; la barbarie es el retorno a la naturaleza: a la igualdad. No es fácil determinar cuándo empezó a usarse la palabra *revuelta* con la significación de levantamiento espontáneo del pueblo. Según Coromines la historia de la acepción *alboroto* o *alteración del orden social* está por hacer. En francés aparece hacia 1500, en el sentido de «cambiar de partido» y sólo hasta un siglo después adquiere el significado de «rebelión». Aunque el diccionario de Littré indica que viene del italiano *rivoltare* (volver del revés), Coromines piensa que tal vez sea de procedencia catalana: *revolt, temps de revolt*. Cualquiera que sea su origen, la mayoría escribe y dice «revolución» o «rebelión» cuando se refiere a disturbios y sublevaciones públicos. *Revuelta* se deja para significar motín o agitación sin propósito definido. Es una palabra plebeya.

Las diferencias entre el revoltoso, el rebelde y el revolucionario son muy marcadas. El primero es un espíritu insatisfecho e intrigante, que siembra la confusión; el segundo es aquel que se levanta contra la autori-

[1]. Joan Coromines, *Diccionario crítico etimológico de la lengua castellana*.

dad, el desobediente o indócil; el revolucionario es el que procura el cambio violento de las instituciones. (Apenas me detengo en las definiciones de nuestros diccionarios porque parecen inspiradas por la Dirección de Policía.) A pesar de estas diferencias, hay una relación íntima entre las tres palabras. La relación es jerárquica: *revuelta* vive en el subsuelo del idioma; *rebelión* es individualista; *revolución* es palabra intelectual y alude, más que a las gestas de un héroe rebelde, a los sacudimientos de los pueblos y a las leyes de la historia. *Rebelión* es voz militar; viene de *bellum* y evoca la imagen de la guerra civil. Las minorías son rebeldes; las mayorías, revolucionarias. Aunque el origen de *revolución* sea el mismo que el de *revuelta* (*volvere*: rodar, enrollar, desenrollar) y aunque ambas signifiquen «regreso», la primera es de estirpe filosófica y astronómica: vuelta de los astros y planetas a su punto de partida, movimiento de rotación en torno a un eje, ronda de las estaciones y las eras históricas. En *revolución* las ideas de *regreso* y *movimiento* se funden en la de *orden*; en *revuelta* esas mismas ideas denotan desorden. Así, *revuelta* no implica ninguna visión cosmogónica o histórica: es el presente caótico o tumultuoso. Para que la revuelta cese de ser alboroto y ascienda a la historia propiamente dicha debe transformarse en *revolución*. Lo mismo sucede con *rebelión*: los actos del rebelde, por más osados que sean, son gestos estériles si no se apoyan en una doctrina revolucionaria. Desde fines del siglo XVIII la palabra cardinal de la tríada es *revolución*. Ungida por la luz de la idea, es filosofía en acción, crítica convertida en acto, violencia lúcida. Popular como la revuelta y generosa como la rebelión, las engloba y las guía. La revuelta es la violencia del pueblo; la rebelión, la sublevación solitaria o minoritaria; ambas son espontáneas y ciegas. La revolución es reflexión y espontaneidad: una ciencia y un arte.

El descenso de la palabra *revuelta* se debe a un hecho histórico preciso. Es una palabra que expresa muy bien la inquietud y la inconformidad de un pueblo que, aunque se amotine contra esta o aquella injusticia, está dominado por la noción de que la autoridad es sagrada. Igualitaria, la revuelta respeta el derecho divino del monarca: *de rey abajo, ninguno*. Su violencia es el oleaje del mar contra el acantilado: lo cubre de espuma y se retira. La acepción moderna de *revolución* en España e Hispanoamérica fue una importación de los intelectuales. Cambiamos *revuelta*, voz popular y espontánea pero sin dirección, por una que tenía un prestigio filosófico. La boga del vocablo no indica tanto una revuelta histórica, un levantamiento popular, como la aparición de un nuevo poder: la filosofía. A partir del siglo XVIII la razón se vuelve un principio político subversivo. El revolucionario es un filósofo o, al menos, un intelectual: un hombre de ideas. *Revolución* convoca muchos nombres y significados: Kant, la Enciclopedia, el Terror jacobino y, más que nada, la destrucción del orden de los privilegios y las excepciones, la fundación de un orden que no dependa de la autoridad sino de la libre razón. Las antiguas virtudes se llamaban fe, fidelidad, honor. Todas ellas acentuaban el vínculo social y correspondían a otros tantos valores comunes: la fe, a la Iglesia como encarnación de la verdad revelada; la fidelidad, a la autoridad sagrada del monarca; el honor, a la tradición fundada en la sangre. Esas virtudes tenían su contrapartida en la caridad de la Iglesia, la magnanimidad del rey y la lealtad de los súbditos, fuesen villanos o señores. *Revolución* designa a la nueva virtud: la justicia. Todas las otras –fraternidad, igualdad, libertad– se fundan en ella. Es una virtud que no depende de la revelación, el poder o la sangre. Universal como la razón, no admite excepciones e ignora por igual la arbitrariedad y la piedad. *Revolución*: palabra de los justos y de los justicieros. Un poco después surge otra palabra hasta entonces vista con horror: *rebelión*. Desde el principio fue romántica, guerrera, aristocrática, *déclasée*. *Rebelde*: el héroe maldito, el poeta solitario, los enamorados que pisotean las leyes sociales, el plebeyo genial que desafía al mundo, el dandy, el pirata. *Rebelión* también alude a la religión. No al cielo sino al infierno: soberbia del príncipe caído, blasfemia del titán encadenado. *Rebelión*: melancolía e ironía. El arte y el amor fueron rebeldes; la política y la filosofía, revolucionarias.

En la segunda mitad del siglo pasado aparece otro vocablo: *reformista*. No venía de Francia sino de los países sajones. La palabra no era nueva; lo eran su sentido y la aureola que la rodeaba. Palabra optimista y austera, singular combinación de protestantismo y positivismo. Esta alianza de la vieja herejía y la nueva, el luteranismo y la ciencia, hizo que la odiasen todos los casticistas y conservadores. Su odio no era gratuito: bajo apariencias decorosas la palabra escondía el contrabando revolucionario. Pero era una palabra decente. No vivía en los suburbios de los revoltosos ni en las catacumbas de los rebeldes sino en las aulas y las redacciones de los periódicos. El revolucionario invocaba a la filosofía; el reformista a las ciencias, la industria y el comercio: era un fanático de Spencer y los ferrocarriles. Ortega y Gasset hizo una distinción muy aguda, aunque tal vez no muy cierta, entre el revolucionario y el reformista: el primero quiere cambiar los usos; el segundo, corregir los abusos. Si fuese así, el reformista sería un rebelde que ha sentado cabeza, un satán que desea colaborar con los poderes constituidos. Digo esto porque el rebelde, a diferencia del revolucionario, no pone en entredicho la totalidad del orden. El rebelde ataca al tirano; el revolucionario a la tiranía. Admito que hay rebeldes que juzgan tiránicos a todos los gobiernos; no es menos cierto que condenan el abuso, no el poder mismo; en cambio, para los revolucionarios el mal no reside en los excesos del orden constituido sino en el orden mismo. La diferencia, me parece, es considerable. A mi juicio las semejanzas entre el revolucionario y el reformista son mayores que aquello que los separa. Los dos son intelectuales, los dos creen en el progreso, los dos rechazan al mito: su creencia en la razón es inquebrantable. El reformista es un revolucionario que ha escogido el camino de la evolución y no el de la violencia. Sus métodos son distintos, no sus objetivos: también el reformista se propone cambiar los usos. Uno es partidario del salto; el otro del paso. Ambos creen en la historia como proceso lineal y marcha hacia adelante. Hijos de la burguesía, los dos son modernos.

*Revolución* es una palabra que contiene la idea del tiempo cíclico y, en consecuencia, la de regularidad y repetición de los cambios. Pero la acepción moderna no designa la vuelta eterna, el movimiento circular de los mundos y los astros, sino el cambio brusco y *definitivo* en la dirección de los asuntos públicos. Si ese cambio es definitivo, el tiempo cíclico se rompe y un nuevo tiempo comienza, rectilíneo. La nueva significación destruye a la antigua: el pasado no volverá y el arquetipo del suceder no es lo que fue sino lo que será. En su sentido original, *revolución* es un vocablo que afirma la primacía del pasado: toda novedad es un regreso. La segunda acepción postula la primacía del futuro: el campo de gravitación de la palabra se desplaza del ayer conocido al mañana por conocer. Es un haz de significaciones nuevas: preeminencia del futuro, creencia en el progreso continuo y en la perfectibilidad de la especie, racionalismo, descrédito de la tradición y la autoridad, humanismo. Todas estas ideas se funden en la del tiempo rectilíneo: la historia concebida como marcha. Es la irrupción del tiempo profano. El tiempo cristiano era finito: comenzaba en la Caída y terminaba en la Eternidad, al otro día del Juicio Final. El tiempo moderno, revolucionario o reformista, rectilíneo o en espiral, es infinito.

El cambio de significado de *revolución* afecta también a la palabra *revuelta*. Guiada por la filosofía, se transforma en actividad prerrevolucionaria: accede a la historia y al futuro. Por su parte la palabra guerrera, *rebelión*, absorbe los antiguos significados de *revuelta* y *revolución*. Como la primera, es protesta espontánea frente al poder; como la segunda, encarna al tiempo cíclico que pone arriba lo que estaba abajo en un girar sin fin. El rebelde, ángel caído o titán en desgracia, es el eterno inconforme. Su acción no se inscribe en el tiempo rectilíneo de la historia, dominio del revolucionario y del reformista, sino en el tiempo circular del mito: Júpiter será destronado, volverá Quetzalcóatl, Luzbel regresará al cielo. Durante todo el siglo XIX el rebelde vive al margen. Los revolucionarios y los reformistas lo ven con la misma desconfianza con que Platón había visto al poeta y por la misma razón el rebelde prolonga los prestigios nefastos del mito.

*Delhi, 1967*

«Revuelta, revolución, rebelión» se publicó en *Corriente alterna*, México, Siglo XXI, 1967.

## LA RONDA VERBAL

Los significados de las palabras permanecieron intactos. Fue un cambio de posición, no de sentido. Y fue un cambio triple: unas palabras que eran oídas con desconfianza y reprobación ascienden al cielo verbal y ocupan el lugar de otros tres vocablos venerables: *rey, tradición, Dios*; en el interior del triángulo, *revolución* se convierte en la palabra central; y en el interior de cada palabra, los significados secundarios se vuelven los más importantes: *revuelta* no es tanto confusión como alzamiento popular, *rebelión* deja de ser desobediencia díscola para transformarse en protesta generosa, *revolución* no es regreso al origen sino instauración del futuro. Como en el caso de la posición de los cromosomas en las células hereditarias, estos desplazamientos determinaron otros en nuestro sistema de creencias y valores. Las palabras y los significados eran los mismos, pero a la manera de la evolución de las figuras de baile en el tablado o de las estrellas en el cielo, la rotación de las palabras reveló una distinta orientación de la sociedad. Ese cambio produjo asimismo una alteración de los ritmos vitales. El tiempo rectilíneo, el tiempo moderno, ocupa el centro de la constelación verbal y el tiempo circular, imagen de la perfección eterna para Platón y Aristóteles, abandona el ámbito de la razón y se degrada en creencia más o menos inconsciente. La noción de *perfección* se vuelve simultáneamente accesible para todos e infinita: es un progreso continuo, no individual sino colectivo. El género humano recobra su inocencia original, puesto que es perfectible por sus obras y no por la gracia divina; el hombre individual pierde la posibilidad de la perfección, puesto que no es él, sino la humanidad entera, el sujeto del progreso sin fin. La especie progresa aunque se pierda el individuo. La mancha original se desvanece pero el cielo se despuebla. Al cambio de orientación en las actividades y pensamientos de los hombres corresponde un cambio de ritmo: el tiempo rectilíneo es el tiempo acelerado. El tiempo antiguo estaba regido por el pasado: la tradición era el arquetipo del presente y del futuro. El tiempo moderno siente el pasado como un fardo y lo arroja por la borda: está imantado por el futuro. No ha sido la técnica la creadora de la velocidad: la instauración del tiempo moderno hizo posible la velocidad de la técnica. Ésa es la significación de la frase vulgar: *ahora se vive más aprisa*. La aceleración depende de que vivimos cara al futuro, en un tiempo horizontal y en línea recta.

Para un protagonista de la historia moderna este desplazamiento de las palabras es una revolución en el sentido político: un cambio radical y definitivo; para un espectador que se colocase fuera del torbellino histórico, ese cambio sería también una revolución –en el sentido astronómico: un momento de la rotación del mundo. El segundo punto de vista no es absurdo. Desde el interior de la conjunción presente se advierte ya un nuevo desplazamiento verbal: a medida que nos alejamos del siglo XIX y de sus filosofías, la figura del revolucionario pierde su brillo y la del rebelde asciende en el horizonte. Debo advertir que se trata de un fenómeno que sólo afecta a una mitad de la sociedad contemporánea: a los países industriales o «desarrollados» y sin excluir a los de la periferia, la Unión Soviética y el Japón. El cambio es visible en las artes, desde las más abstractas como la música y la poesía hasta las más populares: la novela y el cine. La mudanza también es palpable en la vida pública y en la imaginación de las masas. Nuestros héroes y heroínas son seres de excepción pero, a diferencia de los del pasado, no sólo afrontan las leyes sociales sino que las afrentan. Inclusive en la tierra de elección de la moral del «hombre futuro» y en el reducto de los valores tradicionales, la Unión Soviética y el Japón, triunfa la rebelión moderna que afirma el valor único del presente instantáneo. Nuestra visión del tiempo ha vuelto a cambiar: la significación no está en el pasado ni en el futuro sino en el instante. En nombre del instante han caído una a una las antiguas barreras; lo prohibido, territorio inmenso hace un siglo, hoy es una plaza pública a la que cada hijo de vecino tiene derecho de entrada.

La moda, las canciones, los bailes, las costumbres eróticas, la publicidad y las diversiones, todo, está ungido por la luz equívoca de la subversión. Porque nuestra rebeldía es equívoca. Figura intermedia entre el revolucionario y el tirano, el rebelde moderno encarna los sueños y los terrores de una sociedad que, por primera vez en la historia, conoce simultáneamente la abundancia colectiva y la inseguridad psíquica. Un mundo de objetos mecánicos nos obedece y nunca hemos tenido menos confianza en los valores de la tradición y en los de la utopía, en la fe y en la razón. Las sociedades industriales no son creyentes: son crédulas. Por una parte, son fanáticas del progreso y de la ciencia; por la otra, han cesado de confiar en la razón. Son noveleras y antitradicionalistas, lo que no les impide haber abandonado casi por completo la idea de *revolución*. La evaporación de los valores del pasado y del futuro explica la rabia con que nuestros contemporáneos se abrazan al instante. Abrazan a un fantasma y no lo saben; esto los distingue de los epicúreos y de los románticos. El culto al instante fue una *sagesse* o una desesperación. En la Antigüedad grecorromana fue una filosofía para enfrentarse a la muerte; en la época moderna, la pasión que transforma el instante en acto único. El instante no era únicamente lo pasajero sino lo excepcional, aquello que nos ocurría una vez y para siempre: el «instante fatal», el de la muerte o el del amor, el instante de la verdad. Excepcional y definitivo, era también una experiencia personal. La nueva rebeldía diluye el instante en lo cotidiano y lo despoja de su mayor seducción: lo imprevisto. No es lo que puede ocurrir el día menos pensado sino lo que pasa a todas horas. Es un culto promiscuo: engloba a todas las clases, edades y sexos. Para nuestros padres el instante era sinónimo de separación, línea entre el antes y el después; hoy designa la mezcla de una cosa con otra. No la fusión: la confusión. La noción de *grupo*, algo aparte y opuesto a la sociedad, cede el sitio a la de oleada que asciende a la superficie para desaparecer inmediatamente en la masa líquida.

Es comprensible la indiferencia del público ante los gobernantes actuales: ningún mandatario de los países desarrollados puede proclamar la subversión universal. El amor y el terror que infundían Lenin y Trotski, Stalin y Hitler, parecen hoy aberraciones colectivas. Extinguida la especie de los grandes revolucionarios y la de los déspotas, los nuevos gobernantes no son jefes ni guías sino administradores. Cuando surge una personalidad brillante, los políticos y las masas no ocultan su zozobra. Los yanquis lloraron a Kennedy y, después, respiraron: podían volver a vivir tranquilos. El asesinato de Kennedy refleja el estado de espíritu de la sociedad angloamericana. Al principio se pensó que el joven presidente había sido víctima de una conspiración, ya fuese de la derecha o de la izquierda: un nuevo crimen «ideológico». No, la investigación parece que ha puesto en claro que fue un acto aislado de un hombre confuso. En la pieza de Lope de Vega la justicia pregunta: «¿Quién mató al Comendador?», y el pueblo responde en coro: «¡Todos a una!». A Kennedy lo mató uno como todos. Ese uno no tiene rostro: es el ninguno universal. No es extraño que en este mundo de funcionarios el general De Gaulle resulte una excepción: es un sobreviviente de la edad heroica. Lejos de ser un revolucionario, es la encarnación misma de la tradición y de ahí que, a su manera, represente también una rebelión: un gobernante con estilo es algo insólito en un mundo de medianías. Jruschov hablaba en refranes, como Sancho Panza; Eisenhower repetía con dificultad las fórmulas del *Reader's Digest*; Johnson se expresa en un dialecto híbrido, mezcla de la retórica popular del New Deal y de la brutalidad del *sheriff* texano; los otros cultivan la jerga impersonal y bastarda de los «expertos» de las Naciones Unidas. Basta con volver los ojos hacia el Tercer Mundo para darse cuenta del contraste. Por más primarias que nos parezcan sus ideas y por más brutales que sean sus actos, sobre todo los del primero, Mao Tse-tung o Nasser son algo más que gobernantes: son jefes y son símbolos. Sus nombres son talismanes que abren las puertas de la historia, cifras del destino de sus pueblos. En sus figuras se alía el antiguo prestigio del héroe al más moderno del revolucionario. Son el poder y la filosofía, Aristóteles y Alejandro en un solo hombre. Para encontrar algo parecido en las naciones «desarrolladas» habría que acudir a los verdaderos héroes populares: los cantantes, las bailarinas, las actrices, los exploradores del espacio.

El ocaso de los caudillos y el de los revolucionarios con programas geométricos podría ser el anuncio de un renacimiento de los movimientos libertarios y anarquistas. No lo es: somos testigos de la decadencia de los sistemas y del crepúsculo de los tiranos, no de la aparición de un nuevo pensamiento crítico. Abundan los inconformes y los rebeldes, pero esa rebelión, tal vez por una instintiva y legítima desconfianza hacia las ideas, es sentimental y pasional; no es un juicio sobre la sociedad sino una negación; no es una acción continua sino un estallido y, después, un pasivo ponerse al margen. Además, los rebeldes se reclutan hoy entre las minorías; los intelectuales y los estudiantes, no los obreros ni las masas populares, son los que protestan en los Estados Unidos contra la guerra en Vietnam. La rebeldía es el privilegio de los grupos que gozan de algo que la sociedad industrial aún no ha podido (o querido) dar a todos: el ocio y la cultura. La nueva rebeldía no es proletaria ni popular y esta característica es un indicio más de la progresiva desvalorización de dos vocablos que acompañaron a la palabra *revolución* en su ascenso y en su lenta caída: pueblo y clase. Asociado a la Revolución francesa, el primero fue una noción romántica que encendió los espíritus en el siglo XIX. El marxismo substituyó esta palabra por un concepto que parecía más exacto: las *clases*. Ahora éstas tienden a transformarse en sectores: el público y el privado, el industrial y el agrícola, los sindicatos y las corporaciones. En lugar de una imagen dinámica de la sociedad, como una totalidad contradictoria, los sociólogos y los economistas nos ofrecen una clasificación de los hombres por sus ocupaciones.

*Delhi, 1967*

«La ronda verbal» se publicó en *Corriente alterna*, México, Siglo XXI, 1967.

## EL RATÓN DEL CAMPO Y EL DE LA CIUDAD

El marxismo nos enseñó que la sociedad moderna se define por la contradicción entre capital y trabajo, burgueses y proletarios. Sin negar que la sociedad es contradictoria, François Perroux elabora una clasificación que le parece corresponder mejor a la índole de la era industrial: señores y servidores de las máquinas. Los señores no son siempre los propietarios sino los administradores, los técnicos, los gerentes y los expertos. Esta clasificación ofrece la ventaja de englobar formas de explotación no-capitalista que Marx no había previsto, tales como la del régimen soviético. Al mismo tiempo, desaparece la visión marxista de una historia polémica, no sin analogías con la tragedia clásica aunque con la diferencia de que el Prometeo proletario vencía al fin a los dioses e inauguraba el reinado de la libertad sobre la necesidad. En lugar de las clases, las funciones; en lugar de la Némesis de la historia, el concepto de *diálogo social*, que «se despliega con una lógica propia, diferente a la de la lucha». Debemos a Raymond Aron un concepto que ha hecho fortuna: la definición de los países desarrollados, cualquiera que sea su régimen social, como sociedades industriales. Aron no ignora ni disminuye las profundas diferencias entre las sociedades del Oeste y las del Este europeo, pero afirma, con razón, que en unas y otras lo determinante no son tanto los sistemas políticos como la función de la ciencia y la técnica en los modos de producción. Así, Aron propone que llamemos a este conjunto de naciones y pueblos: «la civilización industrial».

Todas estas concepciones tienen un rasgo en común: desplazan las antiguas dicotomías –clases, filosofías, civilizaciones– por una imagen de la sociedad como un conjunto de ecuaciones. Para los antiguos la sociedad humana era una metáfora del cuerpo, un animal superior (*the social body* de la filosofía política de los sajones); para Michelet la historia era poesía épica; para Marx y Nietzsche una representación teatral o, más exactamente, esa región donde el teatro cesa de ser representación y encarna en la vida y la muerte de los hombres y las sociedades. Hoy los arquetipos no son ni la biología ni el teatro sino la teoría de la comunicación. Inspirados por las matemáticas y la lógica combinatoria, nuestra visión es formal: no nos interesa saber qué dicen los mensajes ni quién los dice sino cómo se dicen, la forma en que se transmiten y reciben. Aron escribe: «Sería vano buscar un espíritu común entre el gerente de una empresa angloamericana y el director de un *trust* soviético... pero a medida que las economías se industrializan, uno y otro deben *calcular* los gastos y las entradas, prever una *duración* –ciclo de producción– y traducir todos estos datos en *cantidades* comparables...». El carácter único del fenómeno, la significación del mensaje, cede el sitio a la noción formal y cuantitativa. La sociedad industrial utiliza los instrumentos que le proporciona la ciencia y sus métodos no son distintos a los del laboratorio. Por tanto, son los medios, no los fines ni la orientación de cada sociedad, lo que cuenta. La historia como pasión se evapora.

La noción de *clase* no ha tenido mejor suerte entre los regímenes que dicen ser marxistas. La concepción de *proletariado* como una clase universal es central en el marxismo y sin ella toda la teoría se derrumba: sin clase universal no hay ni revolución mundial ni sociedad socialista internacional. Esta idea ha sido quebrantada de dos maneras por los herederos de Marx. La primera rectificación surgió en Yugoslavia y ahora se ha convertido en doctrina casi oficial de todos los comunistas. Consiste en afirmar que cada nación debe llegar al socialismo por su propio camino y por sus propios medios[1]. Marx había subrayado que el internacionalismo proletario no era una idea filosófica como el cosmopolitismo de los estoicos, sino la consecuencia de una realidad social: la relación entre el obrero y los medios de producción. El proletario, a diferencia del artesano, no sólo no es dueño de su trabajo ni de sus utensilios de producción sino que ve reducido su ser a la categoría de «fuerza abstracta de trabajo». Sufre así el mismo proceso de cuantificación que los otros medios de producción. Como la electricidad, el carbón o el petróleo, el obrero no tiene patria ni color local. El desarraigo es su condición y su única tradición es la lucha que lo liga a los otros desarraigados, los demás proletarios. La nueva interpretación representa una inversión radical de la idea de Marx: la nebulosa idea de *nación*

---

1. En realidad fue Stalin el primero que postuló la teoría (aberrante) de «socialismo en un solo país».

—creación de la burguesía— se vuelve predominante y es inclusive la vía hacia el socialismo. Marx esperaba que el proletariado destruiría las fronteras; sus herederos le han devuelto respetabilidad al nacionalismo.

La otra modificación no consiste en supeditar el internacionalismo proletario al nacionalismo sino en extender ese internacionalismo a otras clases. Es la tesis de los chinos: la lucha del campo contra la ciudad es la estrategia mundial de la revolución, la forma en que se manifiesta la lucha de clases en la segunda mitad de nuestro siglo. Marx pensaba que sería la clase obrera, una vez en el poder, la que disolvería la oposición entre el campo y la ciudad; Mao Tse-tung postula precisamente lo contrario. Esta idea es antimarxista y habría escandalizado por igual a Lenin y a Rosa Luxemburg, a Trotski y al mismísimo Stalin. La universalidad de la clase obrera no es cuantitativa (no era la clase más numerosa en la época de Marx y no lo ha sido nunca) sino que es consecuencia de su posición histórica: es la clase más avanzada. Hija de la industria y de la ciencia, es el producto social humano más reciente, la clase que hereda todas las conquistas de la burguesía y de las otras clases que precedieron a esta última en la dominación. Por tal razón representa el interés común y general: «la clase revolucionaria... no se presenta como una clase sino como el representante de toda la sociedad, aparece como la masa total de la sociedad frente a la clase dominante»[1]. Del mismo modo que la burguesía destruyó el estrecho particularismo feudal y edificó el Estado nacional, el proletariado rompe el nacionalismo burgués y establece la sociedad internacional. Los campesinos y los obreros son aliados naturales por ser las clases más oprimidas y más numerosas, pero esta identidad de intereses no anula sus diferencias: los campesinos son la clase más antigua, los obreros la más reciente; los primeros son una supervivencia de la era preindustrial y los segundos los fundadores de una nueva época. Marx nunca creyó en una revolución comunista de los campesinos. Al final de su vida, en 1870, decía en una carta a Kugelmann: «Sólo Inglaterra puede servir de palanca para una revolución seriamente económica. Es el único país en donde ya no hay campesinos». Antes había dicho: «Un movimiento comunista no puede partir nunca del campo»[2]. La relación de cada clase con la industria, es decir, con la forma más acabada y perfecta del sistema de producción de nuestra época, define su función histórica. La del campesino es pasiva: sufre la acción de la máquina como consumidora de materia prima

---

1. Marx y Engels, *La ideología alemana* (1845).
2. Ídem.

y de productos naturales y de ahí que su negatividad sea inoperante. Atado a la tierra, el labrador puede rebelarse, pero su rebelión es local o, a lo sumo, nacional. Si la universalidad es la industria, la relación de la burguesía con ésta es contradictoria: la industria es internacional y la burguesía nacional; la primera es social y la segunda privada. El proletariado resuelve esta contradicción porque, como la industria, es internacional y, como ella, socializa los productos.

Todo esto es archisabido. Lo recuerdo no porque piense que Marx tenía razón en todo y acerca de todo, sino porque es bueno enfrentar sus palabras a las de aquellos que se llaman sus discípulos ortodoxos y esgrimen contra sus oponentes el anatema del «revisionismo». Es claro que el proletariado no ha desempeñado la función revolucionaria internacional que Marx le había asignado. Sin embargo, toda la teoría marxista gira en torno de esta idea y de ahí que ninguno de sus herederos la haya puesto en duda. Lenin pensó que la lucha independentista de los países coloniales y semicoloniales, especialmente los asiáticos, agravaría la situación de los países imperialistas y disiparía «la atmósfera de ficticia paz social» imperante en esos países, gracias a las concesiones que la burguesía victoriosa de la primera guerra mundial había hecho a las masas oprimidas, «a expensas de los países vencidos y de los pueblos coloniales». Esa lucha «culminaría en una crisis total del capitalismo mundial». Así pues, para Lenin el eje seguía siendo la clase obrera y la revolución era inseparable de una crisis del capitalismo. Trotski fue aún más explícito y en 1939 decía que la segunda guerra mundial provocaría «una revolución proletaria en los países adelantados que, inevitablemente, se extenderá a la Unión Soviética, destruirá la burocracia y llevará a cabo la regeneración de la Revolución de Octubre... No obstante, si la guerra no se resolviese en una revolución proletaria –o si la clase obrera tomase el poder y fuese incapaz de conservarlo y lo entregase a una burocracia– tendríamos que reconocer que las esperanzas del marxismo en el proletariado se han revelado falsas». Rosa Luxemburg, que fue uno de los primeros en señalar la importancia del mundo «subdesarrollado» en la evolución de la historia contemporánea, no pensaba, en lo esencial y sobre este punto, de una manera distinta.

*Delhi, 1967*

«El ratón del campo y el de la ciudad» se publicó en *Corriente alterna*, México, Siglo XXI, 1967.

## EL CANAL Y LOS SIGNOS

Marx redujo las ideas a reflejos del modo de producción y de la lucha de clases; Nietzsche a ilusiones sin realidad real, máscaras que la voluntad de poder desgarra para mostrar que detrás de ellas no hay nada; Freud las describió como sublimaciones del inconsciente. Ahora *mister* Marshall McLuhan las convierte en productos derivados de los medios de comunicación. McLuhan es un escritor de talento y al escribir su nombre a continuación de los de Marx, Nietzsche y Freud no pretendo aplastarlo con el necio argumento de la autoridad. Lo cito, en primer término, porque sus ideas son un ejemplo de la suerte que han corrido las de estos tres precursores y críticos de la civilización moderna. McLuhan es un autor de moda, como Spengler hace 40 años. Hay que agregar que, aunque no es un reaccionario como el filósofo alemán, carece de su genio sombrío. McLuhan ha tomado de Spengler la idea de que la técnica es una extensión del cuerpo, pero en tanto que para el segundo la mano es una garra, para el primero es un signo: uno es el profeta del Armagedón y el otro de Madison Avenue. Los escritos de McLuhan son ricos en paradojas y afirmaciones estimulantes, las primeras casi siempre ingeniosas y las segundas no pocas veces exactas. Puede molestarnos el tono enfático, el gusto inmoderado por las citas y la volubilidad intelectual, pero estos vicios retóricos son de su país y de nuestra época: McLuhan es un escritor típico de su medio y de su tiempo. Por tal razón es sintomático o, más bien, significativo, que el tema central de sus escritos sea precisamente el de la significación.

Los puntos de vista de McLuhan son una exageración y una simplificación de lo que han dicho, entre otros, Peirce, Wittgenstein, Heidegger y Lévi-Strauss. Me apresuro a aclarar que estos autores en nada se parecen entre ellos –en nada, excepto en esto: los cuatro conciben la realidad como un tejido de significaciones y afirman que el significado último de este conjunto de significados o no existe o es indecible. Para unos hay un más allá del lenguaje al que sólo puede aludir el silencio (Wittgenstein) y tal vez la poesía (Heidegger); para los otros estamos encerrados en una malla de lenguaje a un tiempo transparente e irrompible (Peirce: «el significado de un símbolo es otro símbolo») o somos apenas un eslabón de esa malla, un signo, un momento del mensaje que la naturaleza se dice a sí misma (Lévi-Strauss: «los mitos se comunican entre ellos a través de los hombres y sin que éstos se den cuenta»). McLuhan traduce estas ideas al nivel de la industria y de la publicidad: el mensaje depende del medio de comunicación y si éste cambia, los significados también cambian o desaparecen.

Es indudable que hay decisivas diferencias entre participar en un diálogo platónico y la lectura en alta voz del *Banquete* ante un auditorio, entre leer a solas la *Crítica de la razón pura* y contemplar en la pantalla de la televisión el debate de un grupo de profesores sobre el mismo tema. Las diferencias no son únicamente formales: el cambio de forma de comunicación altera el mensaje. En cuanto se pasa del diálogo a la exposición, el sentido mismo de la palabra *filosofía* se transforma. Nada de esto es nuevo y Max Weber, entre otros, ha hecho brillantes descripciones de la interrelación entre las ideas y las formas sociales. Tampoco es nuevo convertir la técnica en el origen del *Logos*: Engels alegremente asignaba a la industria la tarea filosófica de acabar con la *cosa en sí* de Kant. Lo que es nuevo es hacer de una rama de la técnica –los medios de comunicación– el motor de la historia. La radio y la televisión substituyen a la Providencia y a la Economía, al Genio de los pueblos y al Inconsciente. Apenas si vale la pena preguntarse: si los cambios de los medios de comunicación determinan y explican los otros cambios sociales, ¿cómo y quién explica los cambios de los medios de comunicación? Aunque las ideas de McLuhan no resisten a la crítica histórica, es sintomático que la gente las acepte sin parpadear. Se dirá que es un efecto de la publicidad. Si así fuese, McLuhan tendría razón: el significado depende de los medios de comunicación que lo transmiten. O dicho de manera más simple: la exactitud de mis afirmaciones sobre la publicidad es la publicidad de mis afirmaciones. *The medium is the message*. Ésta es la manera de razonar que impera en nuestros días. Todos dicen que los antiguos significados han desaparecido. Es cierto, sólo que no basta con afirmar «creo (o no creo) en Dios»; hay que demostrar su existencia (o su inexistencia). Esto es lo que no hace McLuhan. Se ahorra todo razonamiento porque juzga que no es necesario demostrar y que es suficiente con mostrar. De acuerdo, pero ¿qué muestra?

La conocida distinción de Saussure entre significante y significado, característica dual de todos los signos, quizá puede despejar la confusión. McLuhan comienza por identificar al mensaje con el medio de comunicación y así convierte a este último en signo, ya que todo mensaje está compuesto por signos. Para McLuhan los medios son significantes, sólo que su significado se reduce a esta estupenda redundancia: los medios de comunicación son los medios de comunicación. Un ejemplo hará más clara mi observación. En una de las primeras páginas de *Understanding media* dice: «el contenido de todo medio es otro medio. El contenido de la escritura es la palabra hablada, del mismo modo que el contenido de la palabra impresa es la escrita y la impresa el contenido de la telegráfica». Este párrafo, aparte de ser una parodia de la frase de Peirce citada más arriba, introduce varias confusiones. La primera consiste en hablar de contenido y forma al referirse a los fenómenos de comunicación. Es evidente que el contenido de una jarra puede ser agua, vino o cualquier otro líquido, pero una jarra no se define por su contenido sino por su función y, más exactamente, por su significado: una jarra es un utensilio que sirve para contener substancias, generalmente líquidas. Lo mismo sucede con los medios de comunicación: la escritura «contiene» palabras pero asimismo puede contener números, sonidos musicales, etc. En rigor, la escritura no contiene: *significa*. Es un signo visual que remite a otro signo oral: la palabra. Si hemos de ser precisos, hay que decir que los medios de comunicación –radio, televisión– no tienen contenido, están siempre vacíos: son conductos transmisores, canales por donde fluyen los signos. Estos últimos, a su vez, son como cápsulas que contienen a los significados. El significante –sonido, letra o cualquier otra marca o señal– dispara su significado si alguien pone en operación el sistema de descarga: la lectura, si se trata de la palabra escrita.

La noción de *contenido* podría aplicarse con mayor exactitud a los signos que a los canales que los transmiten. Sin embargo, como la vieja metáfora de la forma y del contenido introduce nuevas y peligrosas confusiones, nadie la emplea. Significante y significado no son idénticos a forma y contenido. La jarra puede contener agua, aceite o vino; el sonido *martes* significa solamente el día que vendrá después del lunes y ningún otro día. Naturalmente los significados cambian de acuerdo con la posición de los signos en las frases, pero éste es otro cantar. Diré solamente que la dualidad *significante* y *significado* se reproduce en la frase, en el texto y en el discurso. En suma, la escritura no contiene a la palabra: alude a ella, la señala, la significa. Algo idéntico ocurre con el texto impreso, el signo telegráfico y la palabra hablada.

Al decir que los medios son el mensaje, McLuhan afirma que el mensaje no es lo que nosotros decimos sino lo que dicen los medios, a pesar de nosotros o sin que nosotros lo sepamos. Los medios se convierten en significantes y producen, automática y fatalmente, su significado. Esta idea supone que hay una relación natural o inmanente entre el signo y su significado. Es una idea tan antigua como Platón. Pero lo contrario es lo cierto: la relación entre el significante y el significado es convencional, arbitraria. Es, diría, uno de los productos, el más alto, del pacto social. El sonido *pan* en español designa ese alimento que según el padrenuestro deberíamos comer todos los días, pero en urdu y en hindustaní quiere decir «betel». Para nosotros el signo de la cruz es el símbolo del cristianismo; para un maya del siglo V el mismo signo quizá significaba fertilidad o alguna otra idea –o no significaba absolutamente nada. De nuevo, el significado de los signos es el resultado de una convención. Si los medios de comunicación son signos, como afirma McLuhan, su significado debe ser el producto de una convención, explícita o tácita. Por tanto, la clave del significado no está en los medios de comunicación sino en la estructura de la sociedad que ha creado esos medios y los ha vuelto significantes. No son los medios los que significan; la sociedad es la que significa, y nos significa, por ellos y en ellos.

McLuhan no se equivoca al decir que los medios de comunicación también significan, también son mensajes. Es claro que todo medio puede convertirse en signo porque todos los signos son, igualmente, medios. Sólo que hay medios y medios, signos y signos. La palabra es un medio de comunicación y la radio otro. En el caso de la palabra, signo y medio son inseparables: sin el sonido *pan* el significado no se produce. El sonido es el signo por medio del cual el significado aparece. En cambio, las ondas radiofónicas son medios por los cuales aparece toda clase de signos –inclusive signos no verbales: música, señales de radiotelegrafía, ruidos naturales o artificiales, etc. La relación entre significante y significado es íntima, constitucional, en el caso de la palabra: el primer elemento depende del segundo y a la inversa. En el caso de la radio, por el contrario, no existe esa relación entre significante y significado. O más exactamente, esa relación, según se verá, es insignificante. Cuando McLuhan dice que el medio es el mensaje, en realidad quiere decir que el medio –radio, televisión, etc.– se ha convertido en signo lingüístico; ahora bien, si descomponemos el signo *radio* en sus dos mitades, significante y significado, encontramos que el primero es *radio* y el segundo... también *radio*. Al llegar a este punto, recordaré lo que ha dicho Jakobson acerca de las funciones lingüísticas. Una de esas funciones consiste en ser un mensaje que tiene por objeto «establecer, prolongar o interrumpir la comunicación, verificar si el circuito funciona». Es una función que practicamos todos los días al usar el teléfono: ¡oiga!, ¿me oye? En la vida diaria es un ritual: los ¿cómo está usted?, ¡qué milagro que lo veo!, ¿eh?, ¡ah!, hum, pst, etc. Entre los primitivos la función «fática» –así la llama Malinowski– ocupa un rango de primer orden, mágico y ceremonial. Jakobson señala que aparece también entre los mirlos, loros y otros pájaros parlanchines. Es la única función lingüística que tienen en común con nosotros. Asimismo, es la primera que conocen los niños al aprender a hablar. Según McLuhan, la era de los medios de comunicación planetaria e interplanetaria es la del regreso a la hermosa tautología del lenguaje animal. Como la de los pájaros, nuestra comunicación tiene por objeto comunicar la comunicación.

En la palabra *revolución* se conjugaban la espontaneidad de la historia y la universalidad de la razón: era el *Logos* en movimiento y encarnado entre los hombres. La técnica absorbe todos esos significados y se convierte en el agente activo de la historia. Marx tenía una gran fe en la industria pero creía que las máquinas, por sí solas, carecían de significación; la función de las máquinas le parecía inteligible únicamente dentro del contexto social: ¿quiénes son sus dueños y quiénes las mueven? El hombre impregna de sentido a sus instrumentos. Lévi-Strauss ha mostrado que la invención de la escritura coincide con el nacimiento de los grandes imperios en Mesopotamia y en Egipto: la escritura fue el monopolio de las burocracias eclesiásticas y durante siglos fue un instrumento de opresión. En manos de la burguesía, la imprenta acabó con el monopolio clerical del saber y arruinó para siempre el carácter sagrado, por secreto, de la escritura. Así pues, el significado de la escritura y el de la imprenta dependen del contexto social: es la sociedad la que les otorga significación y no a la inversa. En la primera mitad del siglo muchos escritores de todas las tendencias publicaron libros sobre la técnica de la revolución; hoy se publican todos los días libros y artículos sobre la revolución de la técnica. Sería absurdo negar que la técnica –o más exactamente: las técnicas– nos cambia; igualmente lo sería ignorar que toda técnica es el producto de una sociedad y de unos hombres concretos. No me interesa destacar la importancia innegable de la técnica en el mundo moderno; todos, hasta los niños de escuela, sabemos y repetimos que las dos grandes revoluciones en la historia humana han sido la del neolítico y la de la industria y que en el seno de esta última se opera ahora una nueva revolución: la electrónica. Lo que deseo subrayar es la superstición por la *idea* de la técnica. Esta idea es un mito no menos poderoso que el de la razón o el de la revolución, con la diferencia de que es un mito nihilista: no significa, no postula ni niega valores. Los antiguos sistemas, del cristianismo al marxismo, eran simultáneamente una crítica de la realidad y una imagen de otra realidad. Así, eran una visión del mundo. La técnica, según he tratado de mostrar en otro ensayo (*Los signos en rotación*, 1965)[1], no es una imagen

---

1. Incluido en el primer volumen –*La casa de la presencia*– de estas obras.

del mundo sino una operación sobre la realidad. El nihilismo de la técnica no consiste únicamente en ser la expresión más acabada de la voluntad de poder, como piensa Heidegger, sino en que carece de significación. El *¿para qué?* y el *¿por qué?* son preguntas que la técnica no se hace. No es ella, por lo demás, la que tendría que hacérselas sino nosotros.

*Delhi, 1967*

«El canal y los signos» se publicó en *Corriente alterna*, México, Siglo XXI, 1967.

## HARTAZGO Y NÁUSEA

El culto a la idea de la técnica implica la desvalorización de todas las otras ideas. El fenómeno es particularmente visible en el campo del arte. La nueva vanguardia elude cualquier justificación racional o filosófica. Dadá se presentó como una rebelión metafísica. La literatura teórica del futurismo italiano fue la porción más significativa de ese movimiento: sus manifiestos eran superiores a sus poemas. El pensamiento del surrealismo, crítico y utópico, fue tan importante como las creaciones de sus poetas y pintores. Hoy la mayoría de los artistas prefiere el acto al programa, el gesto a la obra. Mayakovski exaltó la técnica, Lawrence la denunció; los nuevos no critican ni elogian: manipulan los aparatos y artefactos modernos. Ayer la rebelión fue un grito o un silencio; ahora es un alzarse de hombros: el *porque sí* como razón de ser. El viejo sueño de la poesía, desde los románticos hasta los surrealistas, fue la fusión de los contrarios, la metamorfosis de un objeto en su opuesto. La creación y la destrucción eran los polos de una misma energía vital y la tensión entre ambos alimentó el arte moderno. El expresionismo hizo de la fealdad una nueva belleza y de lo horrible una forma paradójica de lo sublime; prolongó así una tendencia de nuestra tradición: «feo hermosamente el rostro», dice el poeta barroco al aludir a Cristo en la cruz. La nueva estética es la indiferencia. No la metáfora: la yuxtaposición, que crea una suerte de neutralidad entre los elementos del cuadro o del poema. Ni arte ni anti-arte: no-arte. La boga misma del erotismo es sospechosa: oscila entre la promiscuidad y la impotencia. La partícula *a* reina sobre el hombre y su lenguaje.

El cambio de posiciones en el triángulo verbal –de la revuelta a la revolución y de ésta a la rebelión– parece señalar un cambio de orientación: tránsito de la utopía al mito, fin del tiempo rectilíneo y comienzo del cíclico. Los signos son engañosos. En Occidente y en los países «desarrollados» se vive un interregno: nada ha substituido a los antiguos principios, a la fe o a la razón. El apogeo del rebelde y el carácter ambiguo de su rebelión delatan precisamente que estamos ante una ausencia. Son los signos de una carencia. Cualquiera que sea la sociedad a que pertenezca, el rebelde es un ser al margen: si deja de serlo, cesa de ser rebelde. Por eso no puede ser guía ni oriente. Es el combatiente solitario, la minoría disidente, la separación y la excepción. La sociedad industrial ha perdido su centro y de ahí que se busque en las afueras: intenta hacer de la excepción la regla. El tiempo rectilíneo la arrancó de su origen y literalmente la desarraigó; perdió su fundamento, ese principio *anterior* que es la justificación del presente y del futuro, la razón de ser de toda comunidad. Cortada del pasado y lanzada hacia un futuro siempre inasible, vive al día: no puede volver a sus principios y, así, recobrar sus poderes de renovación. Su abundancia material e intelectual no logra ocultar su pobreza esencial: es dueña de lo superfluo pero carece de lo esencial. El ser se le ha ido por un agujero sin fondo: el tiempo, que ha perdido su antigua consistencia. El vacío se revela como desorientación y ésta como movimiento. Es un movimiento que, por carecer de dirección, es semejante a una inmovilidad frenética.

En la ausencia de regla, la excepción se convierte en regla: entronización del rebelde, tentativa por hacer del excéntrico el centro. Pero apenas la excepción se generaliza, una nueva debe reemplazarla. Es la moda aplicada a las ideas, la moral, el arte y las costumbres. La necesidad angustiosa de apropiarse de cada nueva excepción –para en seguida asimilarla, castrarla y desecharla– explica la benevolencia de los poderes constituidos, especialmente en los Estados Unidos, ante la nueva rebeldía. Al nihilismo satisfecho de los poderosos corresponde el nihilismo ambiguo de los artistas rebeldes. El destino del rebelde era la derrota o la sumisión. La primera es casi imposible ahora: los poderes sociales aceptan todas las rebeliones, no sin antes cortarles las uñas y las garras. No creo que la rebeldía sea el valor central del arte pero me apena la simulación o la utilización astuta de uno de los impulsos más generosos del hombre. Es difícil resignarse a la degradación de la palabra *no*, convertida en llave o ganzúa para forzar las puertas de la fama y del dinero. No acuso a los artistas de mala fe; señalo que, como dice el crítico inglés Alvarez, «en Nueva York y en Londres lo difícil es fracasar... el poeta y el artista se enfrentan hoy a una audiencia devota, tolerante e imperturbable, que premia los vituperios más apasionados con aplausos y plata contante y sonante». La exaltación del rebelde es una manera de domesticarlo. El antiguo rebelde era parte de un ciclo inmutable. Rueda del orden cósmico, gloria y castigo eran el verso y reverso de su destino: Prometeo y Luzbel, la filantropía y la conciencia. El rebelde moderno es el disparo de una sociedad en expansión horizontal: el cohete un instante luminoso y después opaco. Renombre y obscuridad: la exaltación termina en la neutralización. Es un rebelde que ignora la mitad de su destino, el castigo; por eso difícilmente accede a la otra mitad: la conciencia.

La historia de la rebeldía moderna no se reduce, claro está, a la de su asimilación por las instituciones. Lo milagroso es que en una sociedad que ha dado a las mayorías un bienestar inimaginable hace treinta o cuarenta años, la casta más favorecida, la juventud, se rebele de una manera espontánea. No es la rebelión de los desposeídos sino la protesta de los satisfechos —la protesta contra la satisfacción. No han faltado pedagogos que se lamenten de la desorientación de los jóvenes. Olvidan que el fenómeno es universal, sólo que la actitud juvenil es lúcida en tanto que los viejos creen (o pretenden) saber hacia dónde van: ceguera y, con más frecuencia, hipocresía. Además, la sociedad industrial muestra que la abundancia no es menos inhumana que la pobreza. Los monstruos del progreso rivalizan con los de la miseria. El espectáculo de los leprosos, las viudas y los mendigos de Benarés no es menos degradante que el hacinamiento de carne humana en las playas del Mediterráneo o en Coney Island. La abyección del hartazgo sobrepasa a la de la privación... Se necesita cierto cinismo para decir que la rebelión juvenil es ilógica. En efecto, lo es. Para la mayoría de nuestros contemporáneos la razón ya no es el *Logos*, el principio del principio, sino el sinónimo de la eficacia: no es coherencia ni armonía sino poder; para la minoría, los hombres de ciencia y los filósofos, la razón se ha convertido en una manera de relacionar y combinar mensajes, una operación indistinguible de las que realizan las células y sus ácidos. Por todo esto, es natural que la rebelión de los jóvenes no se funde, como las anteriores, en sistemas más o menos coherentes; es el resultado de algo más elemental: el asco. En los Estados Unidos y en Occidente las ideas se han evaporado y en los países socialistas las utopías han sido manchadas por los césares revolucionarios.

Los antiguos antagonismos oponían unas a otras las razas, las naciones y las creencias. Los hombres se mataban porque su vecino rezaba en árabe y no en latín, hablaba inglés y no francés, era negro o creía en la propiedad colectiva. Hoy no son las clases sino las edades las que se afrontan. Tocqueville se lamentaba de que en su siglo fuesen los intereses y no las ideas los que unían y dividían a los hombres. Si la rebeldía contemporánea ignora a las ideas, muestra también una espléndida indiferencia hacia los intereses: los muchachos no piden más y su gesto no es siquiera de combate sino de renuncia. Aunque todas las épocas han conocido la querella de las generaciones, ninguna la había experimentado con la violencia de la nuestra. El muro que separaba a un capitalista de un comunista, a un cristiano de un ateo, ahora se interpone entre un hombre de cincuenta años y otro de veinte. Al nivelar o dulcificar las diferencias sociales, la sociedad industrial ha exasperado las biológicas. Si la técnica y su consecuencia, la abundancia, han hecho de las naciones desarrolladas un mundo más o menos homogéneo, en cambio han envenenado las relaciones entre padres e hijos. El asesinato ritual del padre por los hijos puede ser una fantasía antropológica de Freud, pero es una realidad psicológica de la era industrial.

Al escribir el párrafo anterior quizá me dejé llevar por ideas y sentimientos que también se han desvanecido; los jóvenes no odian ni desean: aspiran a la indiferencia. Ése es el valor supremo. El *nirvana* regresa. Por supuesto, no se trata de un budismo a la occidental. Lo que quiero señalar es una analogía histórica: también las doctrinas del Buda y del Mahavira nacieron en un momento de gran prosperidad social y las ideas de ambos reformadores fueron adoptadas con entusiasmo no por los pobres sino por la clase de los mercaderes. La religión de la renuncia a la vida fue una creación de una sociedad cosmopolita y que conocía el desahogo y el lujo. Otra semejanza: según ya dije en otra parte del libro, la nueva rebeldía, como el budismo, pone en tela de juicio el lenguaje y desvaloriza la comunicación[1]. A mí esto me maravilla. Es un signo de sabiduría inconsciente: en la época de la electrónica, los muchachos escogen el silencio como la forma más alta de expresión. Es algo que debería hacer reflexionar a los que se extasían ante la segunda revolución tecnológica, los *computers* y los nuevos medios de comunicación.

La diferencia entre la actitud de los jóvenes y la del budismo es que éste se funda en una crítica racional y la rebeldía juvenil es instintiva. La primera es un juicio: el mundo es irreal; la segunda es una reacción casi física de repulsa: yo no quiero ser parte de este mundo que ha inventado los campos de concentración y ha arrojado bombas atómicas sobre el Japón. El budismo es un discurso que culmina en un silencio; la nueva rebeldía comienza en silencio y se disipa en grito. Los Sutra budistas son notables por su enorme extensión y por su coherencia. A estas caracterís-

---

[1] «Conocimiento, drogas, inspiración», en el segundo volumen –*Excursiones/Incursiones*– de estas obras.

ticas intelectuales corresponde, en la vida práctica, una estricta disciplina monástica que exalta, entre otras virtudes, la perseverancia y la paciencia. Por el contrario, la expresión más perfecta y viva del espíritu de nuestra época, tanto en la filosofía como en la literatura y las artes, es el fragmento. Las grandes obras de nuestro tiempo no son bloques compactos sino totalidades de fragmentos, construcciones siempre en movimiento por la misma ley de oposición complementaria que rige a las partículas en la física y en la lingüística. El equivalente vital del fragmento es el acto aislado y espontáneo: el *happening*, la manifestación de protesta, la unión y dispersión de los grupos en plazas públicas, playas y otros sitios de peregrinación. En la Navidad de 1966 se reunieron varios cientos de muchachos europeos y americanos en Katmandú; casi todos, ellos y ellas, habían hecho el viaje por cortas etapas solos o en pequeños grupos, a veces a pie y otras en autobuses y camiones. Este amor por el vagabundeo revela un parecido que no hay más remedio que llamar turbador: la nueva rebeldía exalta, como el budismo, al hombre errante, al desarraigado. No es un nomadismo: el nómada viaja con su casa, sus bienes y su familia. El peregrino abandona su mundo y su errar por calles, ciudades y despoblados es una renuncia. Tal vez la actitud de los jóvenes rebeldes de Occidente es el anuncio de una nueva peregrinación. ¿Hacia dónde?

En la segunda mitad del siglo XX la única internacional activa es la de los jóvenes. Es una internacional sin programa y sin dirigentes. Es fluida, amorfa y universal. La rebelión juvenil y la emancipación de la mujer son quizá las dos grandes transformaciones de nuestra época. La segunda es sin duda más importante y duradera. Es un cambio comparable al del neolítico; este último alteró radicalmente nuestra relación con la naturaleza y el primero modificará no menos profundamente las relaciones sexuales de los hombres, la familia y los sentimientos individuales. Rimbaud decía que deberíamos «reinventar el amor»; tal vez sea ésa la misión de la mujer en nuestro tiempo. La rebelión juvenil es un epifenómeno. Lo es por dos razones. En primer término, por su naturaleza misma: toda rebelión depende del sistema contra el que se rebela, ya que no se propone la creación de un orden nuevo sino que es la protesta contra el imperante. Hay una cierta complicidad entre el déspota y el rebelde: son figuras complementarias. En segundo término, al disminuir las tensiones entre clase y clase o entre nación y nación, la sociedad industrial no ha destruido la contradicción que, desde su origen, la caracteriza: solamente la ha expulsado. Ahora la contradicción no está *dentro* sino *fuera*: no es el proletariado sino los países «subdesarrollados». En consecuencia, debe distinguirse entre la *rebelión* en el interior y la *revuelta* del exterior. La primera es una prueba de salud; una sociedad que se examina, se niega y absorbe sus negaciones, es una sociedad en movimiento. La segunda representa una contradicción hasta ahora insuperable. Es la Contradicción, la otra cara de la realidad.

*Delhi, 1967*

«Hartazgo y náusea» se publicó en *Corriente alterna*, México, Siglo XXI, 1967.

## REVISIÓN Y PROFANACIÓN

En los países de Occidente la sociedad de la abundancia obliga a los hombres a consumir sin respiro nuevos objetos y productos. Al mismo tiempo, los consumidores deben renunciar a sus deseos más íntimos y a sus sueños más profundos. Sobrealimentación + castración = sociedad de los satisfechos. Es natural, por tanto, que la rebelión de los muchachos oponga, a las antiguas utopías geométricas, el valor único e irreemplazable de la vida concreta. No se trata de construir la ciudad perfecta sino de preservar la vida propia, la energía del deseo que despliega su interrogación maravillosa aquí y ahora mismo: el enigma frágil como la mariposa –el enigma terrible, alado y con garras. La rebelión contra la abundancia enlatada y la felicidad manufacturada es igualmente rebelión contra la idea de *revolución*. El futuro ha perdido su seducción: lo que cuenta es el acto instantáneo, la ruptura del orden abstracto que impone la industria. En las naciones del Este europeo la rebelión contra la ortodoxia revolucionaria asume dos formas: la revisión y la profanación. La primera predomina en Yugoslavia, Polonia, Hungría y Checoslovaquia, es decir, ahí donde lo permiten las condiciones objetivas, la tradición histórica y la relativa liberalidad de los regímenes. Es un movimiento de gran envergadura intelectual, si ha de juzgarse por los libros y ensayos de Kolakowski, Kott y otros más. Una verdadera resurrección del espíritu crítico, que quizá está destinada a renovar el pensamiento revolucionario. Es un examen de conciencia que no puede confundirse con esas variaciones apologéticas sobre el marxismo a que nos tienen acostumbrados los intelectuales de izquierda en Occidente. Ojalá que su suerte no sea la del arte y el pensamiento revolucionarios de Rusia, ahogados al finalizar la década de 1920... La profanación se manifiesta con singular violencia en el arte: poemas, novelas, sátiras, memorias. Al principio los escritores denunciaron los horrores del período estaliniano pero poco a poco esa denuncia se ha extendido al presente. No se trata de un nuevo episodio de la «guerra fría». Esos artistas no son agentes, conscientes o inconscientes, de una conspiración de la CIA. La mayoría no ve en el mundo de Occidente una respuesta a sus preguntas ni un arquetipo digno de imitación: se acabaron los paraísos. La civilización industrial, en sus dos vertientes: la capitalista y la comunista, ha logrado la unanimidad en la reprobación. En un poema reciente Voznesenski llama «hermano» al poeta Robert Lowell. Otro rasgo digno de señalarse: en los países de Europa oriental y occidental, la crítica es intelectual, filosófica o política; en Rusia no es ideológica: es una reacción vital, una insurrección de la vida particular contra la abstracción de las ideologías. En esto, como en tantas otras cosas, la actitud de los rusos es semejante a la de los angloamericanos: ni Robert Lowell ni Voznesenski ponen en duda los principios que fundan a sus respectivas sociedades sino la realidad en que se han convertido esos principios. En las dos sociedades más poderosas del mundo industrial, la idea de *revolución* ha desaparecido casi completamente y su lugar lo ocupan la protesta reformista y la rebelión individual.

La profanación se expresa también como indiferencia. Según es público y sabido, en la Unión Soviética y en los países europeos del Este la juventud muestra una repugnancia instintiva por todo debate intelectual sobre el marxismo. Los cursos sobre el materialismo dialéctico en las universidades son vistos con el mismo horror con que los muchachos, en México, ven las lecciones de «civismo» y en los colegios de curas las de «catecismo». No es que el marxismo les parezca falso: les parece aburrido. Tampoco sienten la necesidad de criticarlo; se ha convertido en una creencia y a las creencias no las refuta la razón sino la práctica, la vida misma. Hasta hace poco la historia del marxismo podía condensarse en esta frase: de la crítica a la teología. El nuevo capítulo podría llamarse: de la teología al rito. En los países «socialistas» de Europa el marxismo ya no es la verdad revelada sino la creencia heredada.

La situación en China es distinta[1]. Ahí la rebelión se expresa como vuelta a los orígenes del comunismo. Es una rebelión paradójica y contradictoria. Es paradójica porque es una rebelión dentro de la revolución: los guardias rojos se llaman a sí mismos «rebeldes revolucionarios». Es contradictoria porque los jóvenes se alzan contra los viejos y los maltratan en nombre de otro viejo: Mao Tse-tung. El «culto de la personalidad» y la rebelión son realidades incompatibles... Lo que ocurre en China tiene un

---

1. Escrito durante la llamada Revolución cultural.

aire irreal, como si de nuevo la historia volviese a ser teatro. Sólo que ahora asistimos a una representación de teatro oriental, con una lógica dramática distinta a la de Occidente; no tragedia ni comedia sino historia contada, cantada y bailada. Pantomima épica. Los muchachos empuñan el famoso cuadernillo rojo de Mao a la manera de esos bastones que enarbolan los bailarines en los ballets y recitan el texto como quien profiere una fórmula en una danza ceremonial de guerra.

Según parece, la Revolución cultural (otro marbete mágico) tiene por objeto romper el monopolio de poder de la burocracia del Partido Comunista. La rebelión de los guardias rojos es una tentativa por devolver al régimen su carácter popular y revolucionario. Nada más alentador y necesario. En este sentido, el movimiento podría aparecer como un saludable retorno a Rosa Luxemburg y a su doctrina de la «espontaneidad revolucionaria» de las masas. Por supuesto, los dirigentes de la Revolución cultural se han cuidado de mencionar el nombre de Rosa Luxemburg y afirman que el movimiento es un regreso al espíritu de la Comuna de París. La razón es clara: la teoría de la «espontaneidad revolucionaria» tiene una coloración francamente antileninista. En su tiempo fue la crítica más lúcida y profética de los peligros de la concepción de Lenin sobre el Partido Comunista como una asociación cerrada de profesionales de la Revolución. Por otra parte, no veo cómo sin una organización centralizada y sin una burocracia poderosa, podrá llevarse a cabo la industrialización de China. El desarrollo industrial exige lo que se llama la «acumulación de capital». La acumulación puede ser privada o estatal, capitalista o socialista. En el primer caso, exige una economía de mercado, esto es, de lucro; en el segundo, una administración que «retire» a los productores obreros y campesinos una parte del valor de su trabajo para crear el capital estatal o colectivo. Así pues, la lucha contra la burocracia comunista no tendrá por resultado sino fortalecer a otro grupo, probablemente el ejército. La función de los militares, o de cualquier otro sector, no será distinta a la de la burocracia soviética. La experiencia de China confirma la de Rusia: el verdadero socialismo es una consecuencia de la abundancia y no un método para crearla. Por lo menos en este punto Marx tenía razón: la sociedad igualitaria se funda en el desarrollo y toda economía de escasez engendra opresión y regimentación.

*Delhi, 1967*

«Revisión y profanación» se publicó en *Corriente alterna*, México, Siglo XXI, 1967.

## LAS DOS RAZONES

Hace unos cuarenta años Ortega y Gasset hizo la crítica de la razón geométrica y del espíritu revolucionario; ahora Sartre ha hecho la de la rebeldía. En sus puntos de vista percibo una suerte de contradicción simétrica; el hecho me parece digno de atención porque no sé si se haya reparado en las semejanzas entre el pensador español y el francés. Al primero se le recuerda poco mientras que el segundo disfruta de fama mundial, tal vez porque Ortega fue conservador y Sartre es progresista o revolucionario. Aunque los dos vienen de la fenomenología, no es su común origen la razón única de su parecido. Aquello que los une no es tanto las ideas como el estilo de atacarlas, hacerlas suyas y compartirlas con el lector. Ambos, cada uno a su manera y en direcciones contrarias, transformaron el pensamiento alemán moderno en meditación moral e histórica. A pesar de que no cultivan el estilo hablado, se les *oye* pensar: el tono de sus escritos es caluroso y perentorio –un tono magistral, en el buen y mal sentido de la palabra. Entusiasman e irritan y así nos obligan a participar en sus demostraciones. Ortega dijo alguna vez que él no era sino un periodista y Heidegger ha dicho lo mismo de Sartre. Es cierto: no son los filósofos del siglo, son la filosofía en el siglo. ¿Fueron algo distinto Voltaire y Holbach?

El escritor francés es más sistemático y su obra es más amplia y variada que la del español. Su acción pública también ha sido más generosa y arriesgada. Sartre se ha propuesto algo destinado al fracaso: la reconciliación entre la vida concreta y la vida histórica, el existencialismo y el marxismo. Su originalidad filosófica no reside, sin embargo, en esta inmensa y a ratos descosida tarea de síntesis sino en los hallazgos que, una y otra vez, enriquecen su reflexión. Si no ha fundado una moral, nos ha recordado que pensar y escribir son actos y no ceremonias. La escritura es una elección y no únicamente una fatalidad; la belleza crea un ámbito de responsabilidad y no confiere a nadie, ni al escritor ni al lector, impunidad. Las virtudes de Ortega son muy distintas. Mediterráneo y de origen católico como Sartre es nórdico y protestante, su prosa es clara y plástica. No la nubla la «sublimidad» de sus maestros alemanes ni la altera esa tensión religiosa que exaspera secretamente a la de Sartre, en perpetua rebelión contra el cristianismo de su infancia. Sartre ha eliminado a Dios de su sistema pero no al cristianismo. El pesimismo de Ortega es más radical y su afirmación de los valores vitales no implica la afirmación de transcendencia alguna, así se disimule con la máscara de la historia. Ortega es pagano, Sartre es un apóstata del cristianismo. Por último, Ortega tuvo mayor penetración histórica y muchas de sus predicciones se han cumplido. No se puede decir lo mismo de Sartre. No es la primera vez, por lo demás, que el pensamiento reaccionario revela extrañas dotes proféticas. Siempre me han maravillado las adivinaciones de Chateaubriand, Tocqueville, Donoso Cortés, Henry Adams. Fueron clarividentes a pesar de que sus valores eran los del pasado –o quizá por eso mismo: en ellos estaba viva aún la antigua noción cíclica del tiempo.

Según Ortega la bancarrota de la razón geométrica anuncia el ocaso del espíritu revolucionario, hijo del racionalismo europeo. La gran proveedora de utopías y proyectos revolucionarios, la razón, ha encarnado en la vida y se ha vuelto razón histórica o vital: es tiempo y no construcción intemporal. No creo que se haya equivocado y me asombra su agudeza: se necesitaba una extraordinaria perspicacia para haber adivinado, en pleno apogeo del milenarismo bolchevique, la situación de la Europa actual. Pero su crítica fue sumaria y el nuevo principio que proclamó, la razón histórica, me parece una versión apenas remozada del vitalismo y del historicismo alemanes. Para Ortega nuestra época es la de la ausencia de fundamentos; pues bien, en esa ausencia consiste su nuevo principio: su razón vital o histórica es mero cambio, sin que el pensador español nos diga la razón y los modos que asume el cambio.

Sartre ha tropezado con una dificultad semejante: encontrar un fundamento a la dialéctica. Heredera de la razón (pura, geométrica o analítica), la dialéctica es la verdadera razón histórica: es el único método que da cuenta de la sociedad, sus cambios y sus relaciones en el interior de sí misma (las clases) o con la naturaleza y las otras sociedades no históricas, primitivas o marginales. Pero la razón dialéctica no da cuenta del hombre concreto: hay una parte del yo, dice el mismo Sartre, irreductible a las determinaciones de la historia y sus clases. No es eso todo: la dialéctica no se explica a sí misma, no constituye su fundamento: apenas se constituye, se divide. La crítica de Lévi-Strauss a Sartre es pertinente: si hay una oposición fundamental entre la razón dialéctica y la analítica, una de las dos debe ser «menos racional»; puesto que la segunda es el fundamento de las ciencias exactas, ¿qué clase de razón será la dialéctica? La otra alternativa es igualmente contradictoria: si la dialéctica es razón, su fundamento no puede ser otro que la razón analítica. Para el antropólogo francés la diferencia entre las dos razones pertenece a la categoría de oposición complementaria: la razón dialéctica no es otra cosa que la analítica y, al mismo tiempo, es aquello que le permite a esta última comprender a la sociedad y sus cambios, instituciones y representaciones. La crítica de Lévi-Strauss es justa a medias: revela la contradicción de Sartre pero no la disuelve ni transciende: ¿cuál es el fundamento de ese nuevo elemento que aparece en la razón analítica cuando se transforma en dialéctica? Razón vital y razón dialéctica son razones en busca permanente de un principio de razón suficiente.

Ortega estudia al reformista como figura antitética del revolucionario; Sartre, al rebelde. En su estudio sobre Baudelaire, el escritor francés parte de una idea que no es muy distinta a la de Ortega: el revolucionario quiere destruir el orden imperante e implantar otro, más justo; el rebelde se levanta contra los excesos del poder. Ortega había dicho: el revolucionario quiere cambiar los usos; el reformista, corregir los abusos. El punto de partida es semejante, no las conclusiones: Ortega decreta el ocaso de las revoluciones; Sartre desenmascara al rebelde para afirmar la primacía del revolucionario. En otro lugar me he ocupado de las ideas de Ortega; ahora me interesa seguir a Sartre en su razonamiento. Es natural que la figura del rebelde lo fascine y lo irrite: por una parte, fue el modelo que lo llevó, en su juventud, a romper con su mundo; por la otra, es una excepción que desmiente la regla revolucionaria. Revelar que su insumisión se inserta en el orden que pretende atacar y que, en el fondo, su rebeldía es un homenaje paradójico al poder, equivale a mostrar que la regla revolucionaria es universal y que la revuelta de los artistas, de Baudelaire al surrealismo, es una querella íntima de la burguesía. El rebelde es un pilar del poder: si éste se derrumbase, moriría aplastado. Y más: es su parásito. El rebelde se alimenta de poder: la iniquidad de arriba justifica sus blasfemias. Su razón de ser se funda en la injusticia de su condición; apenas cesa la injusticia, cesa su razón de existir. Satán no desea la desaparición de Dios: si la divinidad desapareciese, también él desaparecería. El diabolismo sólo vive como excepción y, por tanto, confirma la regla. Rebelarse es resignarse a seguir siendo prisionero de las reglas del poder; si el rebelde desease realmente la libertad, no atacaría al poder de las reglas sino a las reglas del poder, no al tirano sino al poder mismo. Así pues, la rebeldía no se puede fundar en ninguna particularidad o excepción –sin excluir la de ser poeta, negro o proletario– sin incurrir al mismo tiempo en la contradicción y, en la esfera moral, en la mala fe.

La verdadera rebelión ha de fundarse en un proyecto que abarque a los otros y, por tanto, tiene que ser universal. El negro no reivindica su negrura sino su humanidad: lucha porque la negrura se reconozca como parte constitutiva de la especie y de ahí que su rebelión se disuelva en un proyecto universal: la liberación de los hombres. La rebelión es una conducta que desemboca fatalmente en la revolución o que termina por traicionarse a sí misma. La rebelión de Baudelaire es una suerte de simulación circular, una representación; no se transforma en una causa ni abraza en su protesta a la desdicha de los otros. Exaltación de su singularidad humillada, es la contrapartida del Dios tiránico. La rebelión del poeta es una comedia en la que el yo juega contra el poder sin jamás decidirse a derribarlo. Baudelaire no quiere ni se atreve a ser libre; si se atreviese de verdad, dejaría de verse como un objeto, cesaría de ser esa cosa vista alternativamente con desprecio y ternura por el Padrastro cruel y la Madre infiel. Su rebeldía forma parte de su *dandysmo*. El poeta quiere ser visto. Mejor dicho, quiere ver que lo vean: la mirada ajena le da conciencia de sí y, simultáneamente, lo petrifica. De ambas maneras satisface su deseo secreto y contradictorio: ser un espectáculo desgarrador para los otros y una estatua imperturbable para sí mismo. Su *dandysmo* consiste en ser invulnerable y abierto a la mirada, como en un teatro en el que el actor anulase simultáneamente a los espectadores y a su propia conciencia. Su rebeldía es nostalgia de la infancia y homenaje al poder; conciencia de la separación y deseo de regreso al «verde paraíso». Un paraíso en el que no cree. Su rebelión lo condena al espejo: no ve a los otros sino su propia mirada que lo mira.

*Delhi, 1967*

«Las dos razones» se publicó en *Corriente alterna*, México, Siglo XXI, 1967.

## LA EXCEPCIÓN DE LA REGLA

Sartre le pide a Baudelaire que deje de ser lo que es para ser ¿qué y quién? No lo dice pero le opone la figura de Victor Hugo. La *idea* de Victor Hugo pues, en la realidad, me imagino que prefiere los poemas de Baudelaire. Una y otra vez Sartre escoge lo que más critica: las abstracciones. En política fue la idea de *la revolución*, no la situación concreta de la Unión Soviética, la que lo llevó, hacia 1950, a defenderla contra viento y marea, sin excluir a Stalin y sus campos de concentración. No porque los aprobase sino porque no le parecían un hecho que desmintiese la realidad histórica (ideal): los campos eran una mancha que desfiguraba al régimen pero que no destruía su carácter socialista. Por cierto, los argumentos de la revista de Sartre, *Les Temps Modernes*, eran semejantes a los empleados por Trotski años antes, en el momento del pacto germano-soviético y la invasión de Finlandia: la noción de un *Estado obrero degenerado*, pero que conservaba intactas las bases de la propiedad social, no era muy distinta a la de la *révolution en panne* que sostenían Sartre y Merleau-Ponty. No siempre la posición de Sartre ha sido tan clara. Recordaré que durante la Revolución húngara hizo unas extrañas declaraciones: «El error más grave ha sido probablemente el informe de Jruschov, pues la denuncia pública y solemne, la exposición detallada de todos los crímenes de un personaje sagrado (Stalin), que ha representado por tanto tiempo al régimen, es una locura cuando a tal franqueza no corresponde una previa y considerable elevación del nivel de vida de la población... Las masas no estaban preparadas para recibir la verdad...». Hacer depender del nivel de vida de las masas su capacidad para comprender la verdad, es tener una idea muy poco revolucionaria de éstas y muy poco filosófica de la verdad...

El ensayo sobre Genet aclara aún más las ideas de Sartre sobre la rebeldía. Cito este libro, tal vez uno de los mejores del pensador francés, no como un modelo de crítica literaria ni de análisis psicológico sino como una exposición brillante y a veces de verdad profunda de algunas de sus ideas sobre este tema. Según Sartre el rebelde logra transcender su actitud inicial: su negación es total y esa negación absoluta se transforma, por la escritura, en una afirmación. Al escogerse como deyección y eyaculación, Genet se proyecta y se eyacula –se transfigura y así se libera. En el libro de Sartre el poeta Genet se convierte en una entidad conceptual. Sólo que si los conceptos son entidades manejables, los hombres son realidades irreductibles: después de leer ese ensayo conocemos mejor el pensamiento de Sartre pero el hombre real que es Genet se ha evaporado, reducido a ejemplo de una demostración. Genet escoge el «mal» y se vuelve «santo»; Santa Teresa escoge el «bien» y se vuelve «ramera». No sé lo que pensará el escritor francés de esta idea; estoy seguro de que la monja española se habría reído de buena gana. Sospecho que el primero no cree en la realidad ontológica del mal, aunque todo el razonamiento de Sartre tiende a demostrar que ése es el fondo de su proyecto vital; en cambio, no hay duda de que para Santa Teresa la única realidad, no ideal sino sensible y espiritual, era Dios. ¿Por qué la negación del primero es «buena» y la afirmación de la segunda, no menos total que la de Genet, es «mala»? Cierto, Sartre no se propone sino mostrar que la abyección y la santidad nacen de la misma fuente y que hay un momento en que terminan por confundirse. Esta idea no carece de verdad pero examinarla ahora me desviaría demasiado. Lo que me prohíbe aceptar el juicio de Sartre sobre Genet se refiere a su concepción del proyecto vital: si Genet escoge el mal, ¿por qué escribe y lo hace bien?

La tendencia a explicar un nivel de realidad por otro más antiguo e inconsciente –el régimen social, la vida instintiva– es una herencia de Marx, Nietzsche y Freud. Esta manera de pensar ha cambiado nuestra visión del mundo y a ella le debemos innumerables descubrimientos. ¿Cómo no ver, al mismo tiempo, sus limitaciones? Recordaré la crítica de Polanyi: un reloj está hecho de moléculas y átomos regidos por las leyes físicas de la materia; si esas leyes dejasen de funcionar por un momento, el reloj se detendría. Este razonamiento no se aplica a la situación inversa: aplastad el reloj y sus fragmentos continuarán obedeciendo a las mismas leyes... Se trata de dos niveles de significación diferente. Para Sartre el proyecto es la mediación entre dos realidades: el yo y su mundo. En su última obra filosófica reaparece la misma idea: *L'homme est médié par les choses dans la mesure même où les choses sont médiées par l'homme.* Como el hombre no es un ser simple, la mediación implica tres niveles por lo menos: la realidad instintiva o inconsciente, la conciencia y el mundo (las cosas y los otros). Creo que el método de Sartre da cuenta, hasta donde es posible, de esta complejidad. No creo, en cambio, que pueda explicar las obras: aunque son parte del proyecto vital, su significación no se agota en la del proyecto. Entre obras y biografías hay un hiato. La relación entre ambas es la misma que la de las moléculas y el reloj de Polanyi. El truhán francés y la santa española son escritores, quiero decir, autores de obras que poseen una significación distinta a la de sus vidas. Sartre critica la creencia en la eternidad de las obras porque piensa que son signos históricos, jeroglíficos de la temporalidad. Pero si las obras no son eternas –¿qué se quiere decir con esa palabra?–, sí duran más que los hombres. Su duración se debe a dos circunstancias: la primera es que son independientes de sus autores y de sus lectores; la segunda es que, por tener vida propia, sus significados cambian para cada generación y aun para cada lector. Las obras son mecanismos de significación múltiple, irreductibles al proyecto de aquel que las escribe.

Sartre denuncia la literatura como una ilusión: escribimos porque no podemos vivir como quisiéramos. La literatura es la expresión de una falta, el recurso contra una carencia. También es cierto lo contrario: la palabra es la condición constitutiva del ser hombres. Es un recurso contra el ruido y el silencio insensatos de la naturaleza y la historia pero asimismo es la actividad humana por excelencia. Vivir implica hablar y sin habla no hay vida plena para el hombre. La poesía, que es la perfección del habla –lenguaje que se habla a sí mismo–, nos invita a la vida total. El desdén por la palabra delata que Sartre tiene nostalgia no de la plenitud humana sino del ser pleno: los dioses no hablan porque son realidades autosuficientes. En su ateísmo hay una suerte de rabia religiosa, ausente en los sabios y en otros filósofos ateos. Si la palabra central de su filosofía es *libertad*, hay que añadir que es una libertad que brota de una *condenación*. Para el escritor francés no tenemos más remedio que ser libres y por eso hablamos, escribimos y recomenzamos cada día una estatua de humo, insensata rebelión contra nuestra muerte e imagen de nuestra ruina. Su visión del hombre es la de la Caída: somos carencia, falta, vacío. El proyecto es una tentativa para llenar el agujero, la carencia de ser. Pero el proyecto no nos dice nada sobre una realidad que nos muestra la plenitud aun en el vacío: las obras. Gracias a ellas penetramos en otro mundo de significaciones y vemos nuestra propia intimidad bajo otra luz: salimos del encierro del yo. Genet y Santa Teresa son los autores de una obra. El primero es un escritor original; la segunda es algo más e infinitamente más precioso: un espíritu visionario dotado de una conciencia crítica nada común. (Compárese *Les Mots* con lo que nos cuenta la monja de su vida.) Esas obras se desprenden de sus autores y son inteligibles para nosotros, aunque no lo sean las vidas de sus creadores.

La respuesta de Baudelaire a la crítica de Sartre son sus poemas. ¿En dónde está la realidad: en sus cartas y otros documentos íntimos o en su obra? De nuevo: se trata de dos órdenes diferentes. Nacida de la mala fe y del narcisismo masoquista de un *voyeur*, para el que la desnudez de la mujer es un espejo que lo reduce a reflejo y así lo salva de la mirada ajena, ¿esa poesía nos libera o nos encadena, nos miente o nos dice algo esencial sobre el hombre y su lenguaje? Toda gran obra de arte nos obliga a preguntarnos qué es el lenguaje. Esa pregunta pone en entredicho las significaciones, el mundo de convicciones que alimentan al hombre histórico, para que aparezca el *otro*. Aunque Sartre se ha hecho esa pregunta, no cree que toque a la poesía hacérsela y responderla: piensa que el poeta convierte las palabras en cosas. Pero las cosas, tocadas por la mano del hombre, se impregnan de sentido, se vuelven interrogación o respuesta. Todas las obras humanas son lenguajes. El poeta no transforma en cosa a la palabra: devuelve al signo su pluralidad de significados y obliga al lector a que complete su obra. El poema es recreación constante. Cierto, Sartre no se propuso juzgar a la poesía sino desenmascarar al poeta, acabar con su mito. El propósito fue laudable, no el resultado. Por una parte, el análisis del proyecto no esclarece el significado real de la obra; por la otra, sin sus poemas la vida de Baudelaire resulta ininteligible. No quiero decir que su obra explique su vida; digo que es una parte de su vida: sin sus poemas Baudelaire no sería Baudelaire. La paradoja de las relaciones entre vida y obra consiste en que son realidades complementarias sólo en un sentido: podemos leer los poemas de Baudelaire sin conocer ningún detalle de su biografía; no podemos estudiar su vida si ignoramos que fue el autor de *Les Fleurs du mal*.

*Delhi, 1967*

«La excepción de la regla» se publicó en *Corriente alterna*, México, Siglo XXI, 1967.

## LAS REGLAS DE LA EXCEPCIÓN

La crítica a Baudelaire tiene un interés más general porque en ese ensayo Sartre esboza una distinción entre rebeldes y revolucionarios que, a mi modo de ver, es central en su pensamiento político. Su punto de partida no es tanto la oposición entre usos y abusos como entre el orden injusto y las injusticias del orden: los usos del régimen burgués son en verdad abusos; los abusos de los regímenes socialistas, males pasajeros, históricos. No es difícil entender la razón de este relativismo. La sociedad burguesa puede darnos libertades pero esencialmente es negación de la libertad; su mal es constitucional: procede de la propiedad privada de los medios de producción y su moral y sus leyes son la consagración de la explotación de los hombres. El régimen comunista, aunque nos arrebate durante un período más o menos largo ciertos derechos y libertades, tiende hacia la libertad: su fundamento es la propiedad colectiva y su moral está inspirada en el principio de la liberación universal de los hombres. Lo primero que uno podría preguntarse es si la realidad soviética o china corresponde efectivamente a esta idea. A estas alturas parece locura afirmarlo; decir que en esos países ha desaparecido la explotación de los hombres, o que está en vías de desaparición, pertenece más bien a la esfera de la creencia que a la de la experiencia y la razón. Pero acepto, por un instante, que la dicotomía es real. Si es así, ¿cuál debe ser la actitud de los ciudadanos chinos, rusos o yugoslavos ante los abusos de sus gobiernos? Se dirá que su rebelión tiene otro sentido: bajo el régimen burgués los usos son abusos; en el socialista la distinción se restablece y, en consecuencia, la rebelión es legítima: desaparece la mala fe. Observo que este razonamiento justifica la rebelión de los ciudadanos pero no la conducta de los gobiernos revolucionarios. No importa: convengo en que un gobierno revolucionario puede padecer momentáneos extravíos. De todos modos, la regla universal se bifurca: hay dos clases de abusos y dos de rebeldes: los buenos y los malos, ellos y nosotros. El ciudadano de un país socialista puede ser rebelde pero no revolucionario; el de una nación burguesa debe ser revolucionario y no rebelde. Ése es el tema, si no me equivoco, de algunas de las piezas de teatro de Sartre. Me pregunto de nuevo: ¿cuál debe ser la actitud de un revolucionario en Occidente ante los rebeldes de los países socialistas: condenarlos en nombre del proyecto universal que es el socialismo o ayudarlos por los medios que estén a su alcance? Lo primero sería un regreso al estalinismo; lo segundo...

Ya sé que en la realidad las circunstancias son bastante más complicadas y que entre los extremos que señalo hay un gran número de decisiones posibles; lo que deseo es subrayar la fragilidad de una distinción que a primera vista parece universal. En teoría Sartre tiene razón: su relativismo moral no lo es tanto pues depende de una regla válida para todos en esta época histórica. Esa regla no es una ley inflexible: se funda en un proyecto universal, la liberación de los hombres, que es tanto una consecuencia de la historia moderna como materia de mi libre elección. Ese proyecto es la mediación entre nosotros y el mundo en que vivimos. La distinción moral depende del proyecto y éste, a su vez, de la situación real de la sociedad a que se pertenezca: corregir los abusos del régimen burgués no es bastante porque su injusticia es radical y constitucional; y a la inversa. Sin embargo, todo se nubla apenas se enfrenta la regla a la realidad: la dicotomía se disgrega y acaba por desvanecerse.

En nuestros días hay un elemento nuevo, la revuelta del Tercer Mundo: ¿también opera entre nosotros la distinción de revolucionarios y rebeldes? Es claro que no y Sartre ha apoyado los movimientos de rebelión en las antiguas colonias europeas y en nuestra América. Casi ninguno de esos movimientos es socialista, en el sentido recto de la palabra, y todos ellos son apasionadamente nacionalistas. Inclusive muchos combinan ambas tendencias en una forma paradójica: el socialismo árabe, en la versión de Nasser o en la de los argelinos, no pretende disolver el arabismo en el socialismo sino arabizar a este último. Su rebelión es la de un particularismo que se anexa una universalidad, precisamente lo contrario de lo que postula Sartre: la disolución de la excepción en la regla universal. Lo mismo sucede en otras naciones de Asia y África. Y allí donde los dirigentes se proclaman discípulos de Marx y Lenin, como en Cuba, no por eso dejan de afirmar la originalidad e independencia de sus revoluciones nacionales. Así pues hay una tercera clase de rebeldes, a la que no es aplicable la distinción de Sartre; su rebelión es una afirmación de su particularidad.

En el campo de los poderes constituidos la dispersión no es menos visible. La querella entre los rusos y los chinos es la más grave pero no es la única que separa a los Estados socialistas. Aunque estas diferencias asumen la forma de oposiciones doctrinarias, sus raíces son los particularismos nacionales y la diversidad contradictoria de los intereses políticos y económicos de los miembros del grupo socialista. El otro bando también se escinde y está amenazado de disgregación. Las tendencias que representa el general De Gaulle no son un incidente pasajero, como quisieran los angloamericanos, sino un signo de la resurrección política de Europa occidental. En un futuro más o menos próximo las naciones europeas, unidas en una comunidad a través de pactos bilaterales, iniciarán una política independiente que no tardará en enfrentarlas a los angloamericanos y también a los rusos. Japón seguirá el mismo camino en breve. El proceso de dispersión de las alianzas en Occidente se presenta en forma simétrica pero opuesta al del otro bando: aparecen primero las diferencias de orden económico y político, más tarde las nacionales y al final las doctrinarias. Es revelador, por otra parte, que las divisiones de los antiguos bloques no correspondan a ninguna transformación de las estructuras sociales y económicas ni a un cambio de filosofía política: unos y otros se siguen llamando a sí mismos socialistas y demócratas.

Los síntomas del cambio mundial están a la vista. En el momento de la crisis en Santo Domingo, la actitud de Francia en las Naciones Unidas no fue muy distinta a la de la Unión Soviética. Sucede lo mismo en el caso de Vietnam. Por el contrario, los intereses políticos de los soviéticos coinciden con los de los angloamericanos en el subcontinente indio. Sería ocioso multiplicar los ejemplos y bastará con recordar el más notable: la reciente amistad entre China y Pakistán. A medida que se acelere el proceso de disgregación, esto es, apenas la Europa occidental recobre la iniciativa política y el policentrismo se convierta en la ideología de las naciones de la Europa oriental, aparecerá con mayor claridad el carácter ilusorio de las viejas categorías históricas. Estamos ante realidades nuevas y sólo las grandes potencias, por interés propio, se empeñan en ignorarlas. Los más obstinados son los yanquis. En Vietnam destruyen a un pueblo en nombre del anticomunismo. Un crimen, además, inútil y que puede ser el principio de su ruina. La misma excusa les sirvió para justificar su invasión de Santo Domingo. Nadie les creyó, ni siquiera ellos mismos. Ni el acto ni la excusa eran nuevos: esa invasión repetía otras; y la búsqueda de una justificación moral es un reflejo puritano que los hispanoamericanos conocemos desde hace más de un siglo. La moral acompaña a los anglosajones en sus proezas como el golpe de pecho y el escribano seguían a los conquistadores. Es la moral cristiana disuelta en la sangre, algo así como un bochorno psíquico. Lo malo es que ahora el rubor se ha convertido en colorete.

La oposición mayor de nuestra época no es la que nos enseñó el marxismo –capital y trabajo, proletarios y burgueses– sino otra, no prevista por los fundadores de la doctrina ni por los discípulos, llámense Kautsky o Lenin, Trotski o Stalin. Esta oposición, como es sabido, es la de países «desarrollados» y «subdesarrollados». Sólo a ella puede aplicarse con todo rigor la opinión de Marx sobre el carácter irreductible y creciente del antagonismo entre burgueses y proletarios: cada día las naciones ricas son más ricas y las pobres más pobres. Pero las categorías del marxismo no coinciden enteramente con la situación actual ni explican la nueva contradicción. La revuelta del Tercer Mundo es un movimiento pluralista que no se propone la creación de una sociedad universal. Las formas políticas y sociales que adopta, del socialismo estatal a la economía privada, no son fines en sí sino medios para acelerar su evolución histórica y acceder a la modernidad. Por tanto, no son un modelo universal. El Tercer Mundo carece de una teoría general revolucionaria y de un programa; no se inspira en una filosofía ni aspira a construir la ciudad futura según las previsiones de la razón o la lógica de la historia; tampoco es una doctrina de salvación o liberación como lo fueron en su tiempo el budismo, el cristianismo, el islam, la Revolución francesa y el marxismo revolucionario. En una palabra: es una revuelta mundial pero no es ecuménica; es una afirmación de un particularismo a través de un universalismo –y no a la inversa. Con esto no quiero decir que sea ilegítima. Al contrario, no sólo me parece justa sino que en ella veo, después del gran fracaso de nuestra Independencia, la última posibilidad que tenemos los latinoamericanos de acceder a la historia. Sólo por ella cesaremos de ser objetos, para emplear el vocabulario de Sartre, y empezaremos a ser dueños de nosotros mismos. Esa revuelta es la nuestra. Pero no es un proyecto universal y, en consecuencia, no podemos extraer de ella una regla universal. La distinción entre rebeldes y revolucionarios se desvanece porque no es discernible una orientación única en la historia contemporánea. Negar su vigencia no significa caer en un empirismo grosero. Si estamos ante un cambio de los tiempos, como lo creo firmemente, el fenómeno afecta nuestras creencias y sistemas de pensar. En verdad lo que se acaba es el tiempo rectilíneo y lo que comienza es otro tiempo.

*Delhi, 1967*

«Las reglas de la excepción» se publicó en *Corriente alterna*, México, Siglo XXI, 1967.

## EL PUNTO FINAL

La acepción de la palabra *revolución* como cambio violento y definitivo de la sociedad pertenece a una época que concibió la historia como un proceso sin fin. Rectilínea, evolutiva o dialéctica, la historia estaba dotada de una orientación más o menos previsible. Poco importaba que ese proceso apareciese, visto de cerca, como marcha sinuosa, espiral o zigzagueante; al final la línea recta se imponía: la historia era un continuo ir hacia adelante. Esta idea no habría podido manifestarse dentro de la antigua concepción cíclica del tiempo. La ruptura del tiempo circular fue obra de la razón. Pero la ruptura habría sido imposible si antes la razón no hubiese cambiado de posición. La metafísica la consideró como el fundamento del orden del universo, el principio suficiente de todo cuanto es; la razón era la garantía de la coherencia del cosmos, es decir: de su *cohesión*, y de ahí que el movimiento mismo tuviese en ella su origen y su centro. Pacto del tiempo cristiano y la geometría griega: en la tierra, el tiempo rectilíneo y finito del hombre; en los cielos, el tiempo circular y eterno de los astros y los ángeles. Apenas la razón hizo la crítica de sí misma, después de haber hecho la de los dioses, dejó de ocupar el centro del cosmos. No por eso perdió sus privilegios: se convirtió en el principio revolucionario por excelencia. Agente capaz de modificar el curso de los acontecimientos, la razón se volvió activa y libertaria. Activa: fue movimiento, principio siempre cambiante y sin cesar ascendente; libertaria: fue el instrumento de los hombres para cambiar el mundo y cambiarse a sí mismos. La sociedad humana se transformó en el campo de operación de la razón y la historia fue el desarrollo de una proposición, un discurso que el hombre pronuncia desde la Edad de Piedra. Las primeras palabras de la historia fueron un balbuceo; pronto se convirtieron en una marcha de silogismos. Los progresos de la sociedad eran también los de la razón: la gesta de la técnica poseía la claridad y la necesidad de una demostración.

El marxismo ha sido la expresión más coherente y convincente de esta manera de pensar. Combina el prestigio de la ciencia con el de la moral; al mismo tiempo es un pensamiento total, como las religiones y filosofías del pasado. Si la historia es la marcha convergente de sociedad y razón, la acción revolucionaria consistirá en suprimir, cada vez en niveles más elevados, las contradicciones entre una y otra. La razón debe caminar con los pies sobre la tierra y, simultáneamente, la realidad social y la natural han de humanizarse, esto es, adquirir la libertad y la necesidad de las operaciones racionales. En la era burguesa la contradicción esencial es la divergencia entre el sistema de propiedad y el de producción: el segundo es «más racional» que el primero. La producción industrial tiende hacia la universalidad, es energía domesticada por el hombre y que, a su vez, podrá domar para siempre a la naturaleza; la propiedad privada ahoga la fuerza social de producción, el proletariado, e impide la universalización de los productos al retirarlos de la circulación, ya sea por la acumulación o por el despilfarro. El sistema industrial crea la abundancia; el capitalismo impide que accedan a ella las mayorías, trátese del proletariado o de la masa de esclavos coloniales. El significado del comunismo es doble: libera las fuerzas de producción y universaliza la distribución de los productos. La abundancia hace posible la igualdad y ambas producen la libertad auténtica, concreta. A medida que el proceso revolucionario se cumple, desaparecen las clases y las naciones; la sociedad civil y la económica se funden; las contradicciones entre economía y política se diluyen en provecho de la primera; el Estado, su moral y sus gendarmes, se evaporan. En suma, en su etapa más avanzada el comunismo disuelve la contradicción fundamental de lo que Marx llamaba la «pre-historia» humana: el sistema económico se vuelve plenamente social, es decir, racional y universal; y la razón se socializa, encarna efectivamente en los hombres. En ese momento surgen otras contradicciones, no especificadas por la doctrina... En la realidad, según todos sabemos, las contradicciones fueron otras y aparecieron antes de que terminase el proceso revolucionario que corresponde a esta época de la historia. No vale la pena enumerarlas: la clase universal, el proletariado, siguió siendo presa del reformismo y del nacionalismo; no hubo revoluciones en los países desarrollados; en Alemania triunfó el nazismo; en Rusia el estalinismo abatió a los compañeros de Lenin; y hoy, en el Tercer Mundo, los protagonistas centrales de la revuelta son los campesinos, la pequeña burguesía y los intelectuales... Aparte de no formar parte de la lógica del sistema, estas inesperadas contradicciones fueron como la intrusión de otra realidad, arcaica y disonante. Algo así como la aparición de un poeta borracho en una reunión de académicos. La historia se puso a desvariar. Dejó de ser un discurso para volver a ser un texto enigmático aunque, tal vez, no del todo incoherente.

Después de todo esto es explicable la tentación de enterrar al marxismo. Nada más difícil. Por una parte, esa filosofía es parte de nosotros mismos y, en cierto modo, la llevamos ya en la sangre. Por la otra, renegar de su herencia moral sería renegar al mismo tiempo de la porción más lúcida y generosa del pensamiento moderno. Cierto, el marxismo es apenas un punto de vista –pero es nuestro punto de vista. Es irrenunciable porque no tenemos otro. Su posición es semejante a la de la geometría de Euclides: no rige en todos los espacios. La limitación del marxismo, sin embargo, no reside únicamente en que no sea aplicable a todas las sociedades (por ejemplo: a las primitivas)[1] sino en que no ha podido decirnos cuál es el sentido general del movimiento de la historia. Dentro de la teoría moderna de la evolución hay una rama especial, la biología de la microevolución, que estudia los cambios en el interior de las células. Es la disciplina central en esta materia y sus descubrimientos han alterado radicalmente nuestras ideas sobre la herencia y las mutaciones de las especies. Ahora bien, los especialistas todavía no pueden explicarnos la «dirección» de las mutaciones; quiero decir, no saben si las variaciones confirman o no el proceso biológico tal como lo concibe la teoría sintética de la evolución. Tal vez la razón reside en la fatal intervención del punto de vista del observador: nada nos permite afirmar, excepto un prejuicio filosófico, que mutación y evolución sean sinónimos. La comparación de la microevolución con el marxismo no es fortuita. «La esencia de mi método –dice Marx en el prefacio a *El capital*– es la fuerza de la abstracción»: el análisis aísla a la «célula social» y la descompone en sus elementos. Como la microevolución, el marxismo ha descrito la célula social y ha revelado su estructura interna pero ha sido incapaz de prever la dirección general de la sociedad. Sus pretensiones en este campo son exorbitantes e infundadas. No pongo en duda la exactitud de sus análisis; pienso que no revelan el sentido de los cambios históricos.

El marxismo, justamente por ser la forma más perfecta y acabada del pensamiento correspondiente a la época del tiempo rectilíneo, revela que ese tiempo no es todos los tiempos. Y quizá podría agregarse: si la dialéctica no puede fundarse a sí misma es porque reposa, como todas las filosofías de la modernidad, sobre un abismo. Ese abismo es la escisión del antiguo tiempo cíclico. Nuestro tiempo es el de la búsqueda del fundamento o, como decía Hegel, el de la conciencia de la escisión. El marxismo, fiel a Hegel en esto, ha sido una tentativa por unir lo que fue separado. Pensamiento inclinado sobre la sociedad, descubrió que su célula es un organismo complejo, compuesto por un tejido de relaciones determinadas por el proceso social de producción económica; reveló asimismo la interdependencia entre los intereses y las ideas; por último, mostró que

---

1. Véase el capítulo XVI de *Anthropologie structurale*, de Claude Lévi-Strauss, sobre relaciones consanguíneas y estructuras económicas entre los primitivos.

las sociedades no son amalgamas informes sino conjuntos de fuerzas inconscientes y semiconscientes (economía, superestructuras e ideologías en perpetua interpenetración) que obedecen a ciertas leyes independientes de nuestra voluntad. Muchas de sus afirmaciones, desde la concepción de la cultura como un reflejo de las relaciones sociales de producción hasta la idea de la misión universal revolucionaria del proletariado, nos parecen hoy más que dudosas. Asimismo, tenemos otra visión de las correspondencias e interrelaciones entre los sistemas de producción, las filosofías, las instituciones y los estilos artísticos de cada período histórico. Por lo demás, Marx no afirmó la primacía de la economía –es decir: de las «cosas»– sino de las relaciones de producción: «puede criticarse las insuficiencias de esta concepción fundamental del marxismo pero es imposible decir que esas *relaciones de producción* constituyan en el pensamiento de Marx un *orden en sí*, una objetividad exterior a los hombres»[1]. Precisamente toda su polémica contra los economistas clásicos se dirigía a combatir el «fetichismo de la cosa económica», la idea de que existen «leyes naturales de la economía». El marxismo afirma que esas leyes no son naturales sino sociales: han sido hechas por los hombres.

Marx fundó la ciencia de las relaciones sociales. En cambio, ignoró la morfología de las sociedades y las civilizaciones, aquello que las separa y distingue por encima de los sistemas de producción económica. Hay muchas cosas que no caben en el marxismo, desde las obras de arte hasta las pasiones: todo aquello que es *único*, sea en un hombre individual o en las civilizaciones. Marx fue insensible a lo que sería uno de los descubrimientos de Nietzsche: la fisonomía de las culturas, su forma particular y su vocación singular. No vio que las llamadas «superestructuras», lejos de ser meros reflejos de los sistemas de producción, son asimismo expresiones simbólicas y que la historia, que es un lenguaje, es sobre todo una metáfora. Esa metáfora es muchas metáforas: las sociedades humanas, las civilizaciones; y una sola metáfora: el diálogo entre el hombre y el mundo. Marx no podía explicarse el «milagro» del arte griego: no correspondía al sistema social de Grecia. ¿Qué habría dicho ante las artes de los primitivos o ante las de Oriente y la América precolombina? Sin embargo, esas artes no se proponen nada distinto a las modernas o a las del Renacimiento: son metáforas del hombre ante el mundo, del mundo en el hombre. En fin, el marxismo ha sido uno de los agentes de los cambios históricos de nuestro siglo pero

---

1. Kostas Papaioannou, «Le Mythe de la dialectique», en la revista *Contrat Social*, núm. 6, 1964, París.

su explicación de esos cambios ha sido insuficiente y, sobre todo, sus previsiones acerca de su sentido y dirección han resultado falsas. Desde este punto de vista, a la inversa de lo que piensa Sartre, el marxismo no es un *saber* sino precisamente una *ideología*. Lo es por partida doble: en los países comunistas porque, al cubrir la realidad social con un velo de conceptos, es una apología de relaciones sociales fundamentalmente injustas; en los países no comunistas porque, como el mismo Sartre lo dice, se ha convertido en «metafísica dogmática».

Aunque el marxismo se ha transformado en una ideología, en su origen fue un pensamiento crítico. En esto último reside su actualidad y el germen de su futura fecundidad. Al hablar de actualidad del marxismo crítico, no pienso en las disquisiciones sobre la dialéctica de Sartre ni en las ingeniosas y sabias variaciones de Althusser. El primero trata de conciliar el marxismo con el existencialismo; el segundo, con el estructuralismo. En ambos casos se trata de nuevas contribuciones al marxismo como «ideología»; quiero decir: inclusive cuando critican las versiones vulgares o tenidas por tales del marxismo (dialéctica de la naturaleza, «economismo», etc.), estos autores se abstienen de criticarlo como «ideología» y, por tanto, robustecen su carácter de escritura sagrada. Sartre reduce el marxismo a una mera dialéctica histórica y así lo desnaturaliza y lo transforma en un «saber» –una filosofía sin fundamento exterior y que se funda a sí misma continuamente. La empresa de Althusser es de signo contrario. Trata de devolver al marxismo su dignidad de ciencia y de teoría: la estructura frente a la historia. Esta interpretación también desnaturaliza al marxismo, aunque ahora no para transformarlo en un «saber total» sino en una «teoría general», una ciencia. Lo histórico desaparece del marxismo, como antes Sartre había disipado la estructura. Ahora bien, «el análisis estructural –dice François Furet– es una tentativa por extender a las ciencias humanas los métodos de las ciencias de la naturaleza, pero Althusser y sus amigos la desvían sutilmente hacia el dogmatismo marxista, al que postulan como un *a priori* de la reflexión –ya que desde el principio consideran este último como un equivalente del modelo matemático». No es ahora el momento de ocuparme de las ideas de Althusser. Señalaré únicamente que la fuente de Althusser es la *Introducción general a la crítica de la economía política* (1857), en cuyas páginas Marx traza un programa del método de esta ciencia en términos que, hasta cierto punto, anticipan el estructuralismo. (No podía ser de otro modo: ya he dicho que su modelo era la célula: «la mercancía –dice en el prefacio a *El capital*– es la forma celular económica».) Pero en la misma *Introducción...* subraya hasta el cansancio que la ciencia social es histórica: «cuando hablamos de producción, se trata siempre de producción en un estado determinado de la evolución social». Althusser afirma que Marx produjo un nuevo conocimiento, del cual no pudo darse entera cuenta. Esta idea es de la más pura cepa marxista: la ciencia y el trabajo *producen* conocimiento, vuelven humana e inteligible la materia. Ese conocimiento, precisamente por ser un producto, es histórico –no es una estructura matemática. Sartre ve el marxismo como historia y moral. Althusser lo ve como ciencia. De ambas maneras pretenden hacerlo impermeable a toda crítica. En realidad no lo critican: lo erigen como modelo intocable, ya sea del proceso histórico o de las estructuras de la ciencia.

Si la esencia del marxismo es la crítica, su revisión no puede venir sino de un acto de autocrítica. La crítica al marxismo como ideología es la condición indispensable para el renacimiento del pensar marxista y, en general, del pensamiento revolucionario. El programa de esta revisión crítica fue trazado por Marx mismo y, dice Papaioannou[1], bastará substituir la palabra *religión* por *marxismo ideológico* para comprender su actualidad: «la crítica de la religión es la condición de toda crítica… el fundamento de la crítica irreligiosa es el siguiente: el hombre hace la religión y no la religión al hombre… Pero el hombre es el mundo del hombre, el Estado, la sociedad. Ese Estado y esa sociedad producen la religión: una conciencia absurda del mundo, porque ellos mismos constituyen un mundo absurdo. La religión es la teoría general de este mundo, su compendio enciclopédico, su lógica en forma popular…, su sanción moral, su razón general de justificación y consolación…, la crítica de la religión es, en germen, la de este valle de lágrimas…, la crítica del cielo se transforma en la crítica de la tierra, la crítica de la religión en la del derecho, la de la teología en crítica de la política…». Daría todas las especulaciones de los marxistas modernos sobre la dialéctica, el lenguaje, la estructura o la praxis entre los lacandones, por un análisis concreto de las relaciones sociales de producción en la Unión Soviética o en China. Pero la crítica de la tierra es imposible sin la crítica del cielo. No, el marxismo no es un saber total ni una ideología, aunque los que gobiernan (y hablan) en su nombre lo hayan convertido en «una teoría general del mundo» y en «un compendio enciclopédico». En el prólogo a su *Crítica de la economía política* (1859), Marx cuenta que él y Engels decidieron, en 1845, hacer su «examen de conciencia filosófico». El resultado fue *La ideología alemana*. Tal vez

---

1. *L'Idéologie froide*, París, 1967.

alguno en nuestra generación tendrá el valor y el genio de hacer de nuevo ese examen de conciencia filosófico y de hacerlo con el mismo rigor. Mientras esto no ocurra, nuestros filósofos, sabios y poetas, no contentos con hacer la apología del cielo ideológico continuarán haciendo la de la tierra y sus tiranos.

*Delhi, 1967*

«El punto final» se publicó en *Corriente alterna*, México, Siglo XXI, 1967.

## UNA FORMA QUE SE BUSCA

La carrera del revolucionario, como héroe o arquetipo del tiempo rectilíneo, ha sido paralela a la de las teorías que han expresado y modelado simultáneamente nuestra época, desde Maquiavelo hasta Trotski. Ante un estado de cosas injusto y, sobre todo, que ha perdido su razón de ser, el hombre se rebela. Esa rebelión pasa de la negación a la conciencia: se vuelve crítica del orden existente y proyecto de orden universal, justo y racional. A la crítica sucede la acción: la empresa revolucionaria exige la invención de una técnica y de una moral. La primera concibe la violencia como un instrumento y el poder como una palanca. Transforma así las relaciones humanas en objetos físicos, mecanismos o fuerzas. La violencia reaccionaria es pasional: castigo, humillación, venganza, sacrificio; la revolucionaria es racional y geométrica: no una pasión sino una técnica. Si la violencia se convierte en técnica, necesita una nueva moral que justifique o concilie la contradicción entre fuerza y razón, libertad y poder. La moral antigua distinguía entre medios y fines –distinción teórica que pocas veces impidió el crimen y el abuso pero distinción al fin y al cabo. El revolucionario, como lo explica Trotski en *Su moral y la nuestra* con una suerte de ardor helado, no puede darse el lujo de distinguir. Fines y medios no son buenos ni malos en sí: son o no son revolucionarios. La moral del imperativo categórico, o cualquiera otra semejante, sólo es viable en una sociedad que haya destruido para siempre las fuentes de la coerción y la violencia: la propiedad privada y el Estado. Gandhi pensaba que lo único que cuenta son los medios: si son buenos, los fines también lo serán. Trotski se niega a distinguir entre medios y fines: unos y otros corresponden a situaciones históricas determinadas. Los medios son fines y éstos aquéllos: lo que cuenta es el contexto histórico, la lucha de clases.

Las ideas de Trotski pueden alarmarnos pero no podemos calificarlas de inmorales sin caer en la hipocresía y el maniqueísmo. Todo cambia, sin embargo, apenas el revolucionario asume el poder. La contradicción entre razón y violencia, poder y libertad, velada en el momento de la lucha revolucionaria, aparece entonces con toda claridad: al asumir la autoridad, el revolucionario asume la injusticia del poder, no la violencia del esclavo. Es verdad que no es imposible justificar el terror: si el Estado revolucionario debe enfrentarse al asedio de los enemigos del exterior o del interior, la violencia es legítima. Pero ¿quién juzga sobre la legitimidad del terror: las víctimas o los teólogos en el poder? Esta discusión podría prolongarse hasta el infinito. Cualquiera que sea nuestra opinión, hay algo que me parece incontrovertible: el terror es una medida de excepción. Su persistencia delata que el Estado revolucionario ha degenerado en un cesarismo. Además, la conquista del poder plantea al revolucionario otro dilema no menos grave y urgente que el del terror: la nueva realidad no coincide nunca con las ideas y programas revolucionarios. Lo extraño sería lo contrario: los programas no se aplican a objetos físicos sino a sociedades humanas, cuya esencia es la indeterminación. Ante el carácter opaco y a veces monstruoso de la nueva realidad, dos caminos se abren al revolucionario: la rebelión o el poder, el patíbulo o la administración. El revolucionario termina por donde empezó: se somete o se rebela. Escoja una u otra solución, deja de ser revolucionario. El ciclo se cierra y comienza otro. Es el fin del tiempo rectilíneo: la historia no es una marcha continua.

El fin del tiempo rectilíneo puede comprenderse de dos maneras. La primera consiste en pensar que efectivamente podría acabarse: una hecatombe atómica, por ejemplo, le pondrá término. Esta visión apocalíptica, llena de turbadoras resonancias cristianas, constituye nada menos que el fundamento de la política de coexistencia pacífica de la Unión Soviética. No sin razón los chinos se han escandalizado y la han denunciado como una traición a la doctrina. Afirmar que la historia puede acabarse en una llamarada implica varias herejías menores y una mayor: la historia deja de ser un proceso dialéctico y la marcha de la realidad hacia la razón desemboca en un acto irracional y por definición insignificante: una explosión material. La segunda manera de concebir el fin del tiempo rectilíneo es mucho más modesta: se reduce a afirmar que la historia moderna ha cambiado de orientación y que asistimos a una verdadera *revuelta* de los tiempos. Decir que el tiempo rectilíneo se acaba no es una herejía intelectual ni delata una culpable nostalgia por el mito y sus ciclos fatales y sangrientos. El tiempo cambia de forma y con él nuestra visión del mundo, nuestras concepciones intelectuales, el arte y la política. Quizá sea prematuro tratar de decir cuál es la forma que asume el tiempo; no lo será señalar, aquí y allá, algunos signos indicadores del cambio.

Desde 1905 el universo ha cambiado de figura y la línea recta ha perdido sus privilegios. «El espacio de Einstein –dice Whittaker– no es ya el foro en el que se representaba el drama de la física; hoy el espacio es uno de los actores porque la gravitación está enteramente controlada por la curvatura, que es una propiedad geométrica del espacio.» Parece innecesario, por otra parte, referirse a la concepción moderna de la estructura del átomo, en especial a las partículas elementales. Será suficiente con recordar que no se trata propiamente de elementos sino de zonas de interacción, campos de relación. Un cambio semejante se observa en las otras ciencias: la biología de la microevolución, la lingüística, la teoría de la información y la antropología estructural de Lévi-Strauss abandonan las explicaciones lineares y coinciden en su visión de la realidad como un sistema de relaciones sincrónicas. Célula, palabra, signo, grupo social: cada unidad es un conjunto de partículas, a la manera de las del átomo; cada partícula, más que unidad aislada, es una relación. El análisis lingüístico, dice Jakobson, distingue dos niveles en el lenguaje: el semántico, del morfema a la palabra, la frase y el texto; y el fonológico: fonemas y partículas distintivas. El primer nivel, el semántico, está regido por la significación; el segundo es una estructura que podría llamarse presignificativa pero sin la cual no podría darse la significación. En cierto modo la estructura fonológica determina el sentido, a la manera de un aparato de transformación que convierte las ondas en signos sonoros o visuales. Los fonemas son «sistemas de átomos simbólicos», cada uno compuesto por partículas diferenciales: aunque los fonemas y sus partículas no poseen significado propio, participan en la significación porque su función consiste en distinguir una unidad fonológica de otra. Designan una alteridad: esto no es aquello. En su nivel más simple el lenguaje es relación de oposición o asociación y sobre esta combinación binaria reposa toda la inmensa riqueza de sus formas y significados. Si de los fonemas se asciende hasta la palabra, se confirmará que el lenguaje es una suerte de aparato de transformación simbólica: las distintas combinaciones de los vocablos –esto es: su posición en el interior de la frase– producen el significado. El fenómeno se repite en el texto: los significados varían de acuerdo con la posición de las frases. Estas relaciones no son «históricas», diacrónicas: el lenguaje es una estructura permanente. I. A. Richards ha señalado recientemente que el mismo proceso combinatorio opera en microbiología: «los niveles molecular, cromosomático y celular coinciden con los de morfema, frase y texto en la jerarquía lingüística». La analogía puede extenderse a la antropología, a la teoría de la comunicación y a otros campos, sin excluir a los de la creación artística y poética.

En un libro reciente de los profesores S. Toulmin y J. Goodfield (*The Architecture of Matter*[1]), leo: *The distinction between living and non-living things can no longer be drawn in* material *terms. What marks them off from one another is not the stuff of which they are made: the contrast is rather one between systems where organization and activities differ in complexity*. Si el antiguo espíritu es una reacción química de las células del cerebro, la antigua materia no es más que una organización, una estructura: un circuito de relaciones. Todas estas concepciones reducen la idea del tiempo rectilíneo a una mera variante en el sistema de relaciones. La cronología, el sucederse las cosas unas detrás de otras, es una relación pero no es la única ni la más importante. A la relación diacrónica, las ciencias modernas –la física, la lingüística, la genética y la antropología– oponen la relación sincrónica. El modelo de la ciencia no es la historia. En rigor, el antes y el después son maneras de aludir a los fenómenos, expresiones simbólicas o metáforas, artificios del lenguaje.

En *The Idea of Progress*, el historiador inglés J. B. Bury describe los esfuerzos realizados por los sociólogos e historiadores del siglo pasado por descubrir la ley del movimiento de la civilización. Contra las esperanzas de Kant, ningún Kepler o Newton encontró esa ley histórica. Por un momento la teoría de la evolución, ya que no la física ni la astronomía, pareció ofrecer un fundamento sólido. Darwin terminó su *Origen de las especies* con estas palabras: *As all the living forms of life are the lineal descendants of these which live before the Silurian epoch, we may feel certain that the ordinary succession by generation has never once broken, and that no cataclysm has desolated the whole world... And as natural selection works solely by and for the good of each being, all corporeal and mental environments will tend towards perfection*. Por una parte, la física y la astronomía contemporáneas se inclinan más bien por la idea de que el universo ha sido y es el teatro de continuas explosiones y cataclismos; por la otra, inclusive si fuese exacta, y no lo es, la piadosa teoría de la selección natural como Providencia que opera «por y para el bien de cada especie» –esa ley biológica no es aplicable a la historia humana ni siquiera como analogía. La idea de la *evolución*, sobre todo

1. Londres, 1962.

en su forma contemporánea (la llamada «teoría sintética de la evolución»), se presta con igual facilidad y falta de fundamento a interpretaciones optimistas o pesimistas pero no es una ley histórica. Por último, la historia y la etnología, al descubrir la pluralidad de sociedades y de civilizaciones, han mostrado que la idea del *progreso*, ya no como ley sino como agente ideológico de los cambios sociales, ha tenido escasa influencia entre los hombres, excepto en el mundo de Occidente y durante el período moderno. Nuestra civilización no ha sido (ni será) la única civilización y la idea del *progreso* tampoco ha sido (ni será) la única que mueva a los hombres. El progreso postula, dice Bury, «la ilusión de la finalidad». Al mismo tiempo, la destruye: si todo es cambio, la idea del *progreso* está condenada a muerte por el mismo proceso: *another star, unnoticed now or invisible, will climb up the intellectual heaven, and human emotions will react to its influence, human plans respond to its guidance*. Añadiré que algunos ya tienen noticia de esa estrella, aunque todavía no sea del todo visible.

Las formas artísticas del pasado, clásicas o barrocas, eran cerradas. Destinadas a presentar, encerraban siempre una figura. Desde el simbolismo los artistas aislaron los elementos, rompieron la forma y así dispersaron la presencia. El simbolismo se propuso, más que convocar la realidad, evocarla. La poesía fue una liturgia de la ausencia y, más tarde, una explosión verbal. Las otras artes siguieron el camino de la poesía e incluso fueron más allá. A la destrucción de la forma cerrada sucedió la embestida contra el lenguaje; a la anulación del significado, la del signo; a la de la imagen y la figuración, la de la representación pintada. Hoy la poesía, en las formas extremas de la «poesía concreta», es composición tipográfica a medio camino entre el signo y el significado; y la pintura ha dejado de serlo propiamente: es el triunfo de la cosa sobre la representación (*pop art*) y del procedimiento sobre la expresión (*op art*). Pero la historia del arte moderno no se reduce a la disgregación de la forma cerrada y a la irrupción del objeto (verbal, plástico o sonoro). A fines del siglo pasado, un poco antes de morir, Mallarmé publica *Un Coup de dés*. En *Los signos en rotación* (1965) me he referido a la significación de ese texto. Repetiré que su publicación señala algo más que el nacimiento de un estilo o de un movimiento: es la aparición de una forma abierta, que intenta escapar de la escritura lineal. Una forma que sin cesar se destruye y recomienza: regresa a su nacimiento sólo para volver a dispersarse y volverse a reunir. La página también deja de ser un foro: es un espacio que participa en la significación, no porque la posea en sí misma sino porque vive en relación de alteridad y conjunción, alternativamente, con la escritura que la cubre y la desnuda. La página es escritura; la escritura, espacio. El poema cambia de significados a medida que cambia la posición de sus elementos: palabras, frases y blancos. En rotación constante, en busca perpetua de su significado final, sin alcanzarlo jamás del todo, el poema es un mecanismo de transformación como las células y los átomos. Éstos son transformadores de energía y vida; el poema, de representaciones simbólicas. Unos y otros son aparatos metafóricos... Todas las obras que realmente cuentan en lo que va del siglo, sea en la literatura, la música o la pintura, obedecen a una inspiración análoga. No el círculo en torno a un centro fijo ni la línea recta: una dualidad errante que se dispersa y se contrae, una y mil, siempre dos y siempre juntos y opuestos, relación que no se resuelve ni en unidad ni en separación, significado que se destruye y renace en su contrario. Una forma que se busca.

*Delhi, 1967*

«Una forma que se busca» se publicó en *Corriente alterna*, México, Siglo XXI, 1967.

## LA REVUELTA

Una civilización es un sistema de vasos comunicantes. Por tanto, no será abusivo trasladar en términos de historia y política todo lo que he dicho sobre las tendencias del pensamiento moderno. Mi primera observación es la siguiente: si la historia no es una marcha rectilínea, tampoco es un proceso circular. En un mundo curvo es imposible no regresar en cierto momento al punto de partida, salvo si el espacio también marcha con nosotros. O sea: si ha dejado de ser el foro para convertirse en uno de los actores. El espacio en que se ha representado la historia en los últimos siglos se llama América Latina, Asia y África. En Europa los pueblos fueron, hasta cierto punto, los protagonistas de la historia: en nuestras tierras fueron los objetos. No es exagerado decir que hemos sido tratados como paisaje, cosas o espacio inerte. Hoy el espacio se ha incorporado y participa en la representación. Aquí interviene la segunda observación: si el espacio es actor, es también autor. Continuo cambio de trama y personajes, la historia ya no es una pieza escrita por un filósofo, un partido o un Estado poderoso; no hay «destino manifiesto»: ninguna nación o clase tiene el monopolio del futuro. La historia es diaria invención, permanente creación: una hipótesis, un juego arriesgado, una apuesta contra lo imprevisible. No una ciencia sino un saber; no una técnica: un arte.

El fin del tiempo rectilíneo es también el fin de la revolución, en la acepción moderna de la palabra: cambio definitivo en un espacio neutro. Pero en el otro, más antiguo, el fin de la línea recta confirma que vivimos en una revolución: giro de los astros, rotación de las civilizaciones y los pueblos. El cambio de posición de las palabras en nuestro universo verbal puede ayudarnos a comprender el sentido de lo que ocurre. La palabra *revuelta* fue desplazada por *revolución*; ahora *revolución*, fiel a su etimología, regresa a su antiguo significado, vuelve a su origen: vivimos la revuelta. La sublevación de los pueblos del Tercer Mundo no es una rebelión: en tanto que las rebeliones son excéntricas, marginales y minoritarias, este movimiento engloba a la mayoría de la humanidad y, aunque haya nacido en la periferia de las sociedades industriales, se ha convertido en el centro de las preocupaciones contemporáneas. El levantamiento del Tercer Mundo tampoco es una revolución. Sobre esto último no vale la pena repetir lo que dije más arriba: estamos ante un movimiento plural que no corresponde a nuestras ideas sobre lo que es o debe ser una revolución. En verdad es una revuelta popular y espontánea que aún busca su significado final. Los extremos la desgarran y, simultáneamente, la alimentan: las ideas universales le sirven para proclamar su particularismo; la originalidad de sus antiguas religiones, artes y filosofías para justificar su derecho a la universalidad. Colección abigarrada de pueblos en andrajos y civilizaciones en añicos, la heterogeneidad del Tercer Mundo se vuelve unidad frente a Occidente: es el *otro* por definición, su caricatura y su conciencia, la otra cara de sus inventos, su justicia, su caridad, su culto a la persona y sus institutos de seguridad social. Afirmación de un pasado anterior a Cristo y las máquinas, es también voluntad de modernidad; tradicionalista, prisionero de ritos y costumbres milenarias, ignora el valor y el sentido de su tradición; modernista, oscila entre Buda y Marx, Shiva y Darwin, Alá y la cibernética. Siente fascinación y horror, amor y envidia por sus antiguos señores: quiere ser como las «naciones desarrolladas» y no quiere ser como ellas. El Tercer Mundo no sabe lo que es, excepto que es voluntad de ser.

Las sociedades industriales, cualquiera que sea su régimen político, gozan de una prosperidad jamás alcanzada en el pasado por ninguna otra civilización. La abundancia no es sinónimo de salud: nunca en la historia el nihilismo había sido tan general y total. No incurriré en la fácil descripción de los males psíquicos y morales de Occidente; tampoco en la debilidad de pronosticar la inminencia de su derrumbe. Ni lo juzgo próximo ni lo deseo. Si no creo en el fin de las sociedades industriales –en realidad ahora empieza la «segunda vuelta» de Europa– tampoco me niego a ver lo evidente: se mueven con rapidez pero han perdido el sentido y la dirección del movimiento. En los últimos veinte años hemos asistido al desmoronamiento de las pretensiones universalistas de la Unión Soviética. Espero mucho de los poetas, los sabios y los artistas de Rusia. Espero, sobre todo, el despertar del pueblo ruso: oír esa voz profunda y húmeda que a veces, como una ráfaga, oímos al leer a sus poetas y novelistas. Creo en el espíritu del pueblo ruso casi como en una revelación religiosa pero, por fortuna para ellos y para nosotros, Moscú no es Roma. Por lo que toca a los Estados Unidos: aunque son el país más poderoso de la tierra, carecen de una filosofía a la medida de su fuerza y de sus ambiciones. El pensamiento político de los angloamericanos es una herencia de los ingleses. Fue suficiente en la época de su expansión en América Latina; ahora, como ideología mundial, no es menos anticuada que la doctrina de la libre empresa, la máquina de vapor y otras reliquias del siglo XIX. Los Estados Unidos son un caso único en la historia: un imperialismo en busca de un universalismo. ¿El secreto de la vitalidad de las tendencias «aislacionistas» no estará en la conciencia obscura que tiene ese pueblo de la contradicción que existe entre su poderío y la filosofía política que lo fundó? Ni su genio nacional ni las circunstancias –ya es demasiado tarde en la historia del mundo– son propicios, por lo demás, a la elaboración de ese hipotético universalismo. La universalidad de los Estados Unidos es la de la técnica, es decir, lo contrario de una ideología y aun de una política. Tal vez esto explica la brutalidad de los métodos yanquis y el maquiavelismo a corto plazo de su política internacional. No es eso todo: los angloamericanos no pueden aspirar ya a la hegemonía mundial, no sólo por la existencia de la Unión Soviética –disminuida, no eliminada, como rival– sino por el nacimiento de la República Popular de China y por el renacimiento de Europa. La clave del futuro de las sociedades industriales y, en buena parte, el de la revuelta del Tercer Mundo, se encuentra en Europa, la del Oeste y la del Este. Allí ocurrirán grandes cambios que, tal vez, abrirán un horizonte más despejado a este siglo violento, destructor de sistemas y destruido por ellos. Para limitarme a lo inmediato: una política europea independiente modificaría las relaciones entre las superpotencias y afectaría decisivamente la historia en África, Asia y América Latina. Las sociedades industriales podrían así iniciar un nuevo tipo de diálogo, entre ellas y con el resto del mundo.

Ignoro cuál será el porvenir de la revuelta del Tercer Mundo. La obsesión de los dirigentes de estas naciones y de su *intelligentsia*, casi en su totalidad educada en las antiguas metrópolis, es el desarrollo económico y social. Unos ven en las versiones más o menos burocráticas del «socialismo» la manera más rápida de alcanzar el nivel industrial; otros confían en la «economía mixta», la técnica, los préstamos del extranjero, la educación, etc. A estas alturas ya no es posible tener la confianza que hace veinte años se tenía en el «socialismo» burocrático o estatal. Ha hecho sus pruebas. La otra solución no es menos dudosa. Los préstamos, siempre insuficientes e interesados, son con frecuencia contraproducentes; no aceleran el desarrollo sino la inflación y, como es necesario administrarlos, engendran nuevos ejércitos de burócratas y «expertos». Estos últimos son la calamidad moderna de esos países; si la viruela y la malaria diezmaban a las poblaciones, la nueva peste extranjera paraliza la mente y la imaginación. Por lo que toca a la técnica: antes de ser un método de desarrollo es un estado de conciencia, una actitud ante la naturaleza y la sociedad. La mayoría de los pueblos de Asia y África ven en la técnica un milagro, un prodigio y no una operación en la que interviene como elemento central la visión cuantitativa del mundo. La educación moderna es hasta ahora el dudoso privilegio de una minoría. Su resultado más inmediato y visible ha sido interponer un muro entre los educados a la occidental y el pueblo con una cultura tradicional. Minorías sin pueblo y pueblo sin minorías. Además, las víctimas de la educación occidental padecen esa enfermedad que se llama «doble personalidad» o, en términos morales, inautenticidad. Así, lo más urgente es que el Tercer Mundo recobre su propio ser y se enfrente a su realidad. Esto requiere una crítica rigurosa y despiadada de sí mismo y de la verdadera índole de sus relaciones con las ideas modernas. Estas ideas han sido muchas veces meras superposiciones: no han sido instrumentos de liberación sino máscaras. Como todas las máscaras, su función consiste en defendernos de la mirada ajena y, por un proceso circular que ha sido descrito muchas veces, de la mirada propia. Al ocultarnos del mundo, la máscara también nos oculta de nosotros mismos. Por todo esto, el Tercer Mundo necesita, más que dirigentes políticos, especie abundante, algo más raro y precioso: críticos. Hacen falta muchos Swift, Voltaire, Zamiatín, Orwell. Y como en esas tierras, antiguas patrias de la orgía dionisíaca y del saber erótico, hoy impera un puritanismo hipócrita y pedante, también hacen falta unos cuantos Rabelais y Restif de la Bretonne vernáculos.

El gran problema a que se enfrentarán las sociedades industriales en los próximos decenios es el del ocio. El ocio había sido, simultáneamente, la bendición y la maldición de la minoría privilegiada. Ahora lo será de las masas. Es un problema que no será resuelto sin la intervención de la imaginación poética, en el recto sentido de las palabras *imaginación* y *poesía*. En la era precapitalista el pueblo era más pobre pero trabajaba menos horas y había más días de fiesta. No obstante, el ocio popular nunca fue un problema, gracias a la abundancia de ceremonias, festejos, peregrinaciones, ferias y ritos religiosos. Es un arte que hemos olvidado, como hemos perdido el de la meditación y la contemplación solitaria. Occidente debe redescubrir el secreto de la encarnación del poema en la vida colectiva: la fiesta. El descenso de la palabra entre los hombres y su repartición: el *Pentecostés* y la *Pasión*. La otra alternativa es siniestra: el ocio envilecido de los grandes imperios, el circo romano y el hipódromo bizantino. Esta última posibilidad no es remota sino real e inminente: la prefiguran las vacaciones y el amor a los espectáculos idiotas. Aunque los problemas de las sociedades «subdesarrolladas» son exactamente los contrarios, requieren igualmente el ejercicio de la imaginación, política y poética. El primero y más inmediato es librarse hasta donde sea posible de las garras de las grandes potencias. Escapar a la dialéctica de las rivalidades internacionales y de las esferas de influencia: dejar de ser instrumentos. Es difícil pero no imposible: hay ejemplos. El segundo, no menos urgente, consiste en inventar modelos de desarrollo integral que sean más rápidos y eficaces, menos costosos y exóticos, que los elaborados por los «expertos» de Occidente. Más viables y, sobre todo, más en consonancia con su genio y su historia. Antes hablé de la necesidad de un Swift indonesio o de un Zamiatín árabe; también es indispensable la presencia de una imaginación activa y enraizada en la tierra mental nativa: soñar y obrar en términos de la realidad propia. ¿Cómo es posible que esos pueblos, creadores de conjuntos arquitectónicos que fueron asimismo centros de convivencia humana, puntos convergentes de la imaginación y la acción práctica, las pasiones y la contemplación, el placer y la política –esos pueblos que hicieron del jardín un espejo de la geometría, del templo una escultura palpitante de símbolos, del sonar del agua en la piedra un lenguaje rival del de los pájaros–, cómo es posible que hayan renegado a tal punto de su historia y de su vocación? Pero las minorías dirigentes, a pesar de su nacionalismo –o a causa de ese nacionalismo, que es otra máscara europea–, prefieren el lenguaje abstracto que aprendieron en las escuelas de economía de Londres, París o Amsterdam.

El único Voltaire hindú que yo conozco, Nirad C. Chaudhuri, ha escrito en un momento de explicable exasperación que lo primero que habría que hacer es expulsar del país a todos los expertos extranjeros; renunciar a la ayuda del exterior, escasa, humillante y corruptora; liquidar a la minoría dirigente, sea de izquierda o derecha, adore a Su Majestad Británica o al Presidium del PC ruso, al Pentágono o al presidente Mao... y comenzar todo de nuevo, como las tribus arias hace cuatro mil años. ¿Y no es eso lo que han hecho, cada uno a su manera, Japón y China: pensar y aplicar las ideas occidentales en términos chinos y japoneses? El dilema parece ser: ¿convertir las ideas o convertirse a ellas? Es un dilema falso: al adoptar a un dios o a un sistema extraño, lo convertimos y nos convierte. El problema, por lo demás, es teórico: el Tercer Mundo está *condenado* a la modernidad y de lo que se trata no es tanto de escapar a ese destino como de encontrar una forma menos inhumana de conversión. Una forma que no implique, como ahora, la duplicidad y la escisión psíquica. Una forma que, asimismo, no consume definitivamente la enajenación, la muerte del alma. De ahí la necesidad de la autocrítica y de la imaginación. La primera pone el dedo en la llaga: la mentira; la segunda proyecta modelos de desarrollo que sean también de convivencia: el «nivel de vida» es una categoría abstracta y la verdadera vida es concreta, particular... La revuelta del Tercer Mundo no encuentra su forma y por eso degenera en cesarismos delirantes o languidece bajo el dominio de burocracias cínicas y muelles. Los dirigentes no saben exactamente lo que quieren ni cómo obtener aquello que vagamente se han propuesto. Lo que ha ocurrido en los últimos años, tanto en Asia como en África, no es alentador.

En cuanto a nosotros, los latinoamericanos: vivimos quizá nuestra última posibilidad histórica. Se dice y repite que pertenecemos al Tercer Mundo. Hay que agregar que nuestra situación es fronteriza y singular: nos define, como a todos esos pueblos, el escaso desarrollo industrial y la dependencia, más o menos determinante, según el caso, de poderes extraños (en el nuestro: los Estados Unidos). Al mismo tiempo, nuestra realidad económica y social es distinta y también lo es nuestra historia. La Conquista y dominación de los españoles y portugueses en América no se parece a la de los europeos en Asia y aún menos en África. Tampoco hay semejanza entre nuestros movimientos de independencia y los de esas naciones. A diferencia de lo que ocurrió en la India o el Sudeste asiático, ninguna de las grandes civilizaciones precolombinas resistió al dominio español; tampoco ninguna religión no cristiana está viva entre nosotros. El salto hacia la modernidad en América Latina se realiza desde el cristianismo y no desde el islamismo, el budismo o el hinduismo. Ese salto es natural, por decirlo así:

la modernidad nació como una crítica del cristianismo —es la hija del cristianismo, no del islam o del hinduismo. Para nosotros el cristianismo es una vía, no un obstáculo; implica un cambio, no una *conversión* como en Asia y en África. Lo mismo debo decir de la influencia del pensamiento político europeo, especialmente el de Francia, en nuestras guerras de Independencia y en nuestras instituciones republicanas. No menos decisiva que la influencia de la Revolución francesa fue la de la otra gran revolución que inaugura la modernidad: la de la Independencia de los Estados Unidos. En ambos casos se trata de una libre elección, no una imposición ni una herencia de la dominación colonial. Por último, los antagonismos sociales tienen un carácter distinto entre nosotros. Por más incompleta, injusta e imperfecta que sea la integración social y cultural, en América Latina no existen dos sociedades frente a frente y con valores opuestos, según ocurre en la mayoría de los países asiáticos y africanos. Cierto, hay minorías y supervivencias del período prehispánico pero no tienen la gravedad ni el peso del régimen de castas en India, las lealtades tribales en África y el nomadismo en otras regiones. La historia configura a América Latina como un caso aparte. En realidad, somos una porción excéntrica y atrasada de Occidente. Excéntrica como los Estados Unidos; atrasada, dominada y explotada como los otros países del Tercer Mundo y algunos de Europa.

El tema de América Latina requiere un análisis por separado y de ahí que me haya abstenido de tratarlo a lo largo de estas divagaciones y comentarios. Hace ya muchos años, en las últimas páginas de otro libro, señalaba que «nadie se había inclinado sobre el rostro borroso e informe de las revoluciones agrarias y nacionalistas de América Latina y Oriente para tratar de entenderlas como lo que son: un fenómeno universal que requiere una nueva interpretación... Aún es más desolador el silencio de la *intelligentsia* latinoamericana, que vive en el centro del torbellino»[1]. La Revolución de Cuba, posterior a esas líneas, hace más urgente esa reflexión. Por ahora sólo diré que no se trata únicamente de liquidar un estado de cosas injusto, anacrónico y que nos condena, en lo exterior, a la dependencia y, en lo interior, al ciclo inacabable de la dictadura a la anarquía y de ésta otra vez a la dictadura; también y, sobre todo, se trata de recobrar nuestro verdadero pasado, roto y vendido al otro día de la Independencia. América Latina ha sido desmembrada: diecinueve pseudonaciones creadas por las oligarquías, los generales y el imperialismo. La modifica-

---

1. *El laberinto de la soledad* (1950), en el octavo volumen —*El peregrino en su patria*— de estas obras.

ción de nuestras estructuras sociales y jurídicas y la recuperación del pasado —o sea: la unión latinoamericana— no son dos tareas distintas: son una y la misma. La actual división política de nuestra tierra no corresponde ni a la realidad histórica ni a la económica. Casi ninguno de nuestros países, con excepción de los más extensos, constituye una unidad económica viable. Lo mismo sucede en la esfera de lo político: sólo una asociación libre de toda influencia no latinoamericana puede preservarnos.

No sé si el modelo que adoptarán los pueblos latinoamericanos —en el sentido científico de la palabra *modelo*— será el de la Revolución de México o el de la de Cuba. Ambos, por razones distintas, me parecen limitados. En verdad, no son modelos sino formas casi accidentales que las circunstancias externas e internas dieron a dos movimientos populares que, en un principio, carecían de ideología precisa. Lo más probable es que los otros pueblos de nuestro continente inventen formas distintas. Ésa es la gran tarea latinoamericana y la que pondrá a prueba la imaginación política de nuestra gente: descubrir formas viables de revuelta o de reforma (según el caso) y crear nuevas instituciones, formas genuinas, nuestras, de asociación humana. Desarrollo no significa progreso cuantitativo únicamente; ante todo es, o debería ser, solución al problema de la convivencia como una totalidad que incluye tanto el trabajo como el ocio, el estar juntos y el estar solos, la libertad individual y la soberanía popular, la comida y la música, la contemplación y el amor, las necesidades físicas, las intelectuales y las pasionales... Insisto en que se trata de una empresa latinoamericana: ninguno de nuestros países podrá salvarse solo. Ni siquiera México, el único efectivamente en vías de desarrollo económico. No dudo que los mexicanos, a pesar del crecimiento demográfico, logremos en unos quince o veinte años más modernizar totalmente al país y convertirnos en lo que se llama una nación desarrollada. No es bastante: el desarrollo no es un fin sino un medio —sobre todo en un mundo de supernaciones y de bloques de Estados. Además, el desarrollo económico y el cambio de estructuras sociales y jurídicas serían inútiles sin la confederación política, sin la asociación latinoamericana. Si fracasamos, seguiremos siendo lo que somos: una región de caza y pesca para los poderosos de mañana, sean como ahora los yanquis o los sucedan los rusos o los chinos[1].

1. Hoy, treinta años después de escritos, releo estos párrafos con malestar y aun rubor. La realidad ha desmentido muchas de mis aventuradas afirmaciones e infundadas previsiones. Una apreciación más sobria y cuerda de estos asuntos puede encontrarse en mis escritos posteriores, especialmente en «Las dos caras de la revuelta» (en «Itinerario», prólogo del noveno volumen —*Ideas y costumbres I*— de estas obras).

El tiempo cíclico era fatalista: lo que está abajo estará arriba, el camino de subida es el de bajada. Para romper el ciclo el hombre no tenía más recurso que negar la realidad, la del mundo y la del tiempo. La crítica más radical y coherente fue la del Buda. Pero el budismo, que nació como una crítica del tiempo y de la ilusión de la salvación, se convirtió pronto en una religión y, así, regresó al tiempo circular. En Occidente, el tiempo rectilíneo postuló la identidad y la homogeneidad; por lo primero, negó que el hombre es pluralidad: un yo que es siempre otro, un desemejante semejante que nunca conocemos enteramente y que es nuestro yo mismo; por lo segundo, exterminó o negó a los otros: negros, amarillos, primitivos, proletarios, locos, enamorados –a todos los que, de una manera u otra, eran o se sentían distintos. La respuesta al tiempo circular fue la santidad o el cinismo, Buda o Diógenes; la respuesta al tiempo rectilíneo fue la revolución o la rebelión: Marx o Rimbaud. No sé cuál sea la forma del tiempo nuestro: sé que es una revuelta. Satán no desea la desaparición de Dios: quiere destronarlo, hablar con él de igual a igual. Restablecer la relación original, que no fue sumisión ni aniquilación del otro sino oposición complementaria. El tiempo rectilíneo intentó anular las diferencias, suprimir la alteridad; la revuelta contemporánea aspira a reintroducir la *otredad* en la vida histórica.

Una nueva forma emerge en la confusión presente, una figura en movimiento que se hace y rehace sin cesar. A la manera de los átomos y las células, esa forma es dinámica porque es hija de la oposición fundamental: la relación binaria entre yo y tú, nosotros y ellos. Relación binaria: contradicción: diálogo. En el diálogo está la salud. Gracias a la contradicción, la sociedad industrial recobrará la gravedad, contrapeso necesario de su actual ligereza; y el Tercer Mundo al fin empezará a caminar. No tengo una idea idílica del diálogo: afrontamiento de dos alteridades irreductibles, es más frecuentemente lucha que abrazo. Ese diálogo es la historia: no excluye la violencia pero tampoco es sólo violencia. La revuelta de América Latina no se reduce a lo económico y a lo político; es un movimiento histórico en el sentido más amplio de la palabra, es decir, abarca esos territorios que designa con cierta vaguedad la palabra *civilización*: un estilo, un lenguaje, una visión. No se equivocaban Rodó y Darío al pensar que había una incompatibilidad esencial entre nosotros y los Estados Unidos. Unos y otros somos brotes excéntricos de Europa; a unos y a otros nos definen distintos pasados y un presente no menos antagónico. Pero la incompatibilidad no depende únicamente de la historia, los sistemas, las ideologías o las técnicas sino de algo irreductible a todo eso –algo que sólo se expresa como símbolo o metáfora: aquello que antes se llamaba el *alma*, la de los hombres y la de las civilizaciones. Peleamos para preservar nuestra alma; hablamos para que el otro la reconozca y para reconocernos en la suya, distinta a la nuestra. Los poderosos conciben la historia como un espejo: ven en el rostro deshecho de los otros –humillados, vencidos o «convertidos»– el esplendor del suyo propio. Es el diálogo de las máscaras, ese doble monólogo del ofensor y del ofendido. La revuelta es la crítica de las máscaras, el comienzo del verdadero diálogo. También es la invención del propio rostro. América Latina empieza a tener cara.

*Delhi, 1967*

«La revuelta» se publicó en *Corriente alterna*, México, Siglo XXI, 1967.

## Discurso de Jerusalén[1]

Hace apenas unos días mi mujer y yo dejamos la ciudad de México. Durante el viaje, mientras volábamos sobre dos continentes y dos mares, pensé continuamente en un párrafo de la carta que, unos meses antes, me había enviado el señor Teddy Kollek, alcalde de Jerusalén, para anunciarme que se me había otorgado el premio que hoy, conmovido y agradecido, tengo el honor de recibir. En su carta el señor Kollek me decía que el Premio Internacional Jerusalén tiene por objeto distinguir una obra literaria que sea asimismo una defensa y una exaltación de la libertad. Nada me parece más natural que unir libertad y literatura: son realidades complementarias. Sin la libertad, la literatura es sólo sonido sin destino ni sentido; sin la palabra, la libertad es un acto ciego. La palabra encarna en el acto libre y la libertad se vuelve conciencia al reflejarse en la palabra. Ya en el avión volví a pensar en el misterio de la libertad y descubrí que estaba indisolublemente enlazado a las piedras y al destino de Jerusalén. Pero antes de describir la naturaleza de la relación entre Jerusalén y la libertad, debo hacer un breve paréntesis.

Llamo «misterio» a la libertad –a pesar de ser un término que usamos todos los días– por dos razones; la primera, por ser un concepto paradójico y que desafía a todas las definiciones; la segunda, porque en el antiguo sentido de la palabra, es decir, en su sentido religioso, la libertad fue literalmente un misterio. En su origen, la libertad fue un fenómeno indefinible, ambiguo, simultáneamente obscuro y luminoso, según ocurre con todo lo que pertenece al dominio, magnético y contradictorio, que llamamos «lo sagrado». En nuestros días la libertad es un concepto político, pero las raíces de ese concepto son religiosas. Del mismo modo que el científico encuentra en un pedazo de terreno diversos estratos geológicos, en la palabra *libertad* podemos percibir diferentes capas de significados: idea moral, concepto político, paradoja filosófica, lugar común retórico, careta de tiranos y, en el fondo, misterio religioso, diálogo del hombre con el destino.

Al reflexionar sobre los cambios de sentido de la palabra *libertad*, descubrí de pronto que la dirección de mi viaje, en el plano geográfico y espacial, correspondía a la de mi pensamiento en el plano histórico y espiritual. Al aterrizar el avión en Nueva York, primera escala de nuestro

---

[1]. Discurso de aceptación del premio Jerusalén (1977).

vuelo, recordé que en la fundación de esa ciudad había sido decisiva la doble concepción, holandesa e inglesa, de la libertad. Esta concepción, traducida primero a términos filosóficos y después a jurídicos y políticos, fue el fundamento de la Constitución de los Estados Unidos y de su historia. Al llegar a Londres, segunda escala de nuestro viaje, di otro salto en el espacio y en el tiempo: ¿cómo olvidar que el mundo moderno comienza con la Reforma y cómo olvidar que los ingleses transformaron ese movimiento de libertad religiosa en la primera revolución política de Occidente? Por último, al enfilar el avión hacia Jerusalén, volví a comprobar la correspondencia de mis movimientos con la orientación de mi pensamiento: regresaba al origen, al lugar donde la palabra humana y la divina se enlazaron en un diálogo que fue el comienzo de la doble idea que ha alimentado a nuestra civilización desde el principio: la idea de *libertad* y la idea de *historia*. Ambas son inseparables de la palabra judía y, especialmente, de uno de los momentos centrales de esa palabra: el Libro de Job. Con el diálogo entre Job, sus amigos y Dios, comienza algo que después se prosiguió en otras tierras y ciudades –Atenas, Florencia, París, Londres–, algo que todavía no termina y que hoy ha regresado al lugar de su nacimiento. Jerusalén, «la ciudad de las hermosas colinas», como la llamó Jehuda-Haleví, que no llegó a verla con los ojos de la carne pero que la contempló con los ojos de la imaginación, Jerusalén, la antigua ciudad de la palabra, ahora se ha convertido en la ciudad de la libertad.

En todas las civilizaciones hay un momento en el que el hombre se enfrenta al enigma de la libertad. En el Bhagavad Gita ese momento es el de la epifanía del dios Krishna. El dios ha asumido la forma humana de cochero del carro de guerra del héroe Arjuna. Un día antes de la batalla, Arjuna vacila y duda: si toda matanza es horrible, la que se avecina lo es más que las otras pues los jefes del ejército enemigo son sus primos y parientes, gente de su propia casta. La destrucción de la casta, dice Arjuna, produce la destrucción de «las leyes de la casta», es decir, la destrucción de la ley moral. Krishna combate las razones del héroe con argumentos éticos y racionales pero, ante la resistencia de Arjuna, se manifiesta en su forma divina. Esa forma abarca todas las formas, las de la vida tanto como las de la muerte. Arjuna, aterrado, se prosterna ante esta presencia que comprende todas las presencias y en la que bien y mal dejan de ser realidades opuestas. Krishna resume la situación del hombre frente a Dios en una frase: «Tú eres mi herramienta». La libertad se disuelve en el absoluto divino. En el otro extremo, Sófocles nos presenta el predicamento de Antígona frente al cadáver de su hermano: si lo entierra, cumple con la ley del cielo pero viola la ley de la ciudad. El diálogo entre Creonte y Antígona no es el conflicto entre dos voluntades sino entre dos leyes: la sagrada y la humana. Antígona escoge la ley del cielo –y perece; Creonte escoge la de los hombres –y también perece. ¿Escogieron realmente? El destino griego no es menos implacable que el dios Krishna.

En el Libro de Job la perspectiva cambia radicalmente. Los sufrimientos de Job pueden verse como una ilustración viva del poder de Dios y de la obediencia del justo. Éste es el punto de vista divino, por decirlo así. El punto de vista de Job es otro: aunque está «vestido de llagas» –como dice, admirablemente, la versión castellana de Cipriano de Valera– persiste en sostener su inocencia. Cierto, se inclina ante la voluntad divina y admite su miseria; al mismo tiempo, confiesa que encuentra incomprensible el castigo que padece: «Diré a Dios: no me condenes, hazme entender por qué pleiteas conmigo» (X: 2). Si no duda, tampoco cede: «Aun cuando me matare, en él esperaré: empero mis caminos defenderé delante de él» (XII: 15). El diálogo que entabla Job con Dios no es un diálogo entre dos leyes sino entre dos libertades. Job no niega su miseria ontológica –Dios es el ser y el hombre está roído por la nada– pero desde la perspectiva de su insignificancia –«mis días son contados y el sepulcro me está aparejado»– afirma el carácter irreductible y singular de su persona. Job es Job, un ser al mismo tiempo único y desdichado. Job reclama el reconocimiento de su particularidad y en esta exigencia, simultáneamente justa e insensata, reside el fundamento de la libertad y su carácter indefinible: la libertad es lo particular frente a lo general, la partícula de ser que escapa a todos los determinismos, el residuo irreductible y que no podemos medir. El verdadero misterio no está en la omnipotencia divina sino en la libertad humana.

La libertad no es una esencia ni una idea en el sentido platónico de estas palabras, porque es, como no se cansa de repetirlo Job, una particularidad que dialoga con un determinismo y que, frente a él, se obstina en ser distinta y única[1]. La libertad es indefinible; no es un concepto sino una experiencia concreta y singular, enraizada en un aquí y un ahora irrepetibles. Por ser siempre distinta y cambiante la libertad es historia. Mejor dicho, la historia es el lugar de manifestación de la libertad. No niego la existencia de fuerzas y factores objetivos, unos de orden material y otros ideológicos; digo simplemente que la historia no puede reducirse a esas

---

1. Cf. *La Non-philosophie biblique* de André Neher, en *Histoire de la philosophie*, t. I, Bibliothèque de la Pléiade, París, Gallimard, 1969.

fuerzas y que hay que contar con la complicidad o con la rebeldía del hombre frente a ellas. Alternativamente víctima y señor de esas fuerzas, el hombre es el donador de sentido. La historia no es el sentido del hombre, como sostienen con cierta perversidad algunas filosofías: el hombre es el sentido de la historia. De Bossuet a Hegel y Marx, las distintas filosofías de la historia son engañosas. La historia no es discurso ni teoría: es el diálogo entre lo general y lo particular, los determinismos objetivos y un ser único e indeterminado.

El azar y la necesidad, dos palabras muy citadas en estos días, quizá puedan explicar los fenómenos biológicos, no los históricos. El azar, en la historia, se llama libertad. Es el elemento imprevisible, la partícula de indeterminación, el residuo rebelde a todas las definiciones y medidas. Es Job. La historia no es una filosofía ni puede extraerse de ella una filosofía, salvo la filosofía antifilosófica de lo particular y lo imprevisible –la filosofía de la libertad.

El caso de la historia moderna de Israel ilustra de un modo insuperable lo que acabo de decir. Nuestro siglo ha sido y es un tiempo sombrío, inhumano. Un siglo terrible y que será visto con horror en el futuro –si los hombres han de tener un futuro. Pero también hemos sido testigos de momentos y episodios luminosos. Uno de esos momentos fue el de la fundación de Israel; otro, el del combate por la existencia y la independencia de esta nueva nación; otro más, la unificación de Jerusalén y su actual renacimiento cívico y cultural. Aquí conviene repetir que toda tentativa por dividir de nuevo a Jerusalén no sólo sería un inmenso e injustificable error histórico sino que acarrearía otra vez incontables sacrificios a las poblaciones judía y árabe. Nada de lo que he dicho es obstáculo para que se encuentre una solución justa y pacífica que ponga fin al conflicto que desgarra a esta parte del mundo y en la que tengan cabida las legítimas aspiraciones de los distintos pueblos y comunidades, sin excluir naturalmente a las de los palestinos… Termino: la historia no demuestra: muestra. La lucha de Israel por su existencia y su independencia no se resuelve en una doctrina o en una filosofía política o social. Israel no nos ofrece una idea sino algo mejor, más vivo y más real: un ejemplo.

*Jerusalén, a 26 de abril de 1977*

«Discurso de Jerusalén» se publicó en *El ogro filantrópico*, México, Joaquín Mortiz, y Barcelona, Seix Barral, 1979.

# El pacto verbal

### TELEVISIÓN: CULTURA Y DIVERSIDAD

Este texto fue leído en el seminario «La Edad de la Televisión», el 24 de julio de 1979, durante el Segundo Encuentro Mundial de la Comunicación, celebrado en Acapulco. En algunos diarios y revistas de la ciudad de México se publicaron artículos y notas en los que, con rara unanimidad, se deploraba mi defensa de la televisión privada y mi condena de la estatal. Digo que esa unanimidad es *rara* porque la más distraída lectura de mi intervención muestra que en ningún momento distinguí entre televisión privada y pública; me referí exclusivamente al modo de usarlas y pedí, *para ambas*, mayor pluralidad y diversidad. Abogué por la imaginación, la crítica y el respeto a las minorías. Un día después, durante el coloquio con el público, elogié el sistema dual británico: a la televisión privada porque no está regida únicamente por el *rating* ya que, sin desdeñarlo, también ofrece al público programas, imágenes e ideas que, aunque hoy sean minoritarias, quizá no lo serán mañana; a la televisión estatal no sólo por la excelencia de muchos de sus programas sino por su independencia frente al gobierno. Televisión estatal no es sinónimo de televisión gubernamental.

Participo en este encuentro no como un experto en materia de comunicaciones, no lo soy, sino como un escritor. El tema es la televisión y la cultura. Yo no hablaré desde el punto de vista de la televisión sino desde el punto de vista de la cultura, es decir, no cómo ve la televisión a la cultura, sino cómo ve la cultura a la televisión y qué es lo que espera de ella. Empezaré por mi idea de lo que es la cultura.

Como ustedes saben, *cultura* es una palabra que tiene diversas y contradictorias acepciones. La palabra es de origen agrario: cultivar la tierra significa labrarla, trabajarla para que dé frutos. Cultivar el espíritu o cultivar un pueblo significa labrarlos para que den frutos. Hay una palabra rival de cultura: *civilización*. *Civil* significa perteneciente a la ciudad y *civilidad* significa cortesía, trato con los otros. En la palabra *cultura* encontramos un elemento productivo; lo esencial es la producción, dar frutos. En la palabra *civilización* encontramos un elemento de relación: lo que cuenta es que los hombres se entiendan entre ellos. La palabra *civilización* es de origen urbano y evoca la idea de ciudad, de ley y de régimen político. La oposición entre cultura y civilización es bastante más profunda de lo que se piensa. No son dos maneras distintas de llamar al mismo fenómeno sino dos concepciones opuestas de ese fenómeno. *Cultura* es una palabra ligada a la tierra, al suelo; *civilización* implica la idea de construcción social, histórica. Por eso se puede hablar de cultura popular pero no de civilización popular[1].

El término *cultura* ha sido el preferido por los antropólogos y los sociólogos, especialmente por los ingleses, los norteamericanos y los alemanes. *Civilización* ha sido un término más usado por los historiadores. Volveré al final sobre la oposición entre cultura y civilización. Es una oposición en el interior del mismo fenómeno, es decir, en el interior de la sociedad. Al principio el término *cultura* fue usado por los antropólogos para designar y estudiar sociedades pequeñas y autosuficientes. El modelo por excelencia de la cultura fue la aldea, mientras que el modelo de la civilización fue la ciudad, la urbe; y para nosotros, latinos, la urbe por excelencia: Roma. Pero ahora, poco a poco, ha comenzado a usarse la palabra *cultura* no sólo para designar a las sociedades primitivas, sin escritura, como hace cincuenta o sesenta años, sino también para estudiar a las sociedades históricas aunque, claro, hay algunos antropólogos, como Lévi-Strauss, que se escandalizan por el uso que los sociólogos hacen de esta palabra.

¿Qué es cultura entonces? En el sentido limitado al que me he referido, es el conjunto de cosas, instituciones, ideas e imágenes que usa una sociedad determinada, ya porque las haya inventado o porque las haya heredado o porque las haya adoptado de otras culturas. Una cultura es ante todo un conjunto de cosas: arados, cucharas, fusiles, micrófonos, autos, barcos, campos de cultivo, jardines. Cosas hechas por el hombre; cosas que el hombre ha inventado: una silla, una taza, este micrófono por el que hablo; cosas que el hombre ha transformado: un pedazo de tierra, un río al que se ha rectificado el curso; cosas y seres que el hombre ha domado o dominado: caballos, burros, átomos, la corriente eléctrica. Cultura es aquello que el hombre usa, por ejemplo: el petróleo; y aquello que el hombre nombra, por ejemplo: una estrella. La Vía Láctea es parte de nuestra cultura; no es un valor de uso como el petróleo, pero es un cono-

---

1. No sigo enteramente a Spengler en su célebre pero no siempre convincente teoría sobre cultura y civilización.

cimiento, un saber sobre el cielo y es una imagen: fue un mito en la Antigüedad y ahora es una metáfora que usamos diariamente.

La cultura es un conjunto de cosas que tienen un nombre. Asimismo, es un conjunto de instituciones: Estados, Iglesias, familias, escuelas, sindicatos, milicias, academias. La sociedad es un conglomerado de hombres y mujeres, no una aglomeración ni una masa amorfa. Del mismo modo que la sociedad inventa sillas, arados, locomotoras y ametralladoras, inventa formas sociales que son organizaciones, estructuras de relación, producción, distribución, es decir, formas de solidaridad. La sociedad se inventa a sí misma al crear sus instituciones. *Instituir* significa fundar y la sociedad se funda a sí misma cada vez que se instituye como cultura. Éste es uno de los fenómenos más sorprendentes: el hombre, los hombres juntos, se fundan a sí mismos a través de sus instituciones. O sea: los hombres se instituyen a través de sus culturas y se convierten en Estados, naciones, familias, tribus.

La sociedad, al instituirse, también se nombra y así se distingue de otras sociedades. Una sociedad se llama Atenas, otra se llama Tenochtitlan y otra Babilonia. Cada uno de los miembros de la sociedad también tiene un nombre. Así, cada sociedad y sus miembros ingresan en el universo de los nombres, en el mundo de los signos: la sociedad es un lenguaje. La cultura de una sociedad es casi ininteligible si se desconocen los significados de su lenguaje. La cultura no sólo es material (cosas) e institucional (estructuras sociales) sino que es signo (idea, concepto). Estas ideas y conceptos generalmente van por parejas y son de orden moral, político, religioso, estético, económico. En cada cultura encontramos lo bueno y lo malo, lo prohibido y lo permitido, lo legal y lo ilegal, lo profano y lo sagrado, la pérdida y la ganancia, lo justo y lo injusto, lo falso y lo verdadero. Todas las sociedades tienen un repertorio de conocimientos sobre la naturaleza y el más allá, el bien y el mal, el individuo y la sociedad y, en fin, conocimientos sobre el conocimiento mismo.

En cada sociedad encontramos, en formas verbales y no verbales, un mundo de imágenes; esas imágenes representan ideas, conceptos, creencias sociales. Pensamos en las más simples y sencillas: la cruz, la media luna, los colores de una bandera. Estas imágenes no sólo aluden a lo visible sino también a lo invisible, pues el hombre, que está en continuo diálogo con la naturaleza y sus semejantes, también lo está con lo desconocido y lo invisible. A veces esas imágenes representan entes abstractos: un triángulo, una esfera; o bien, entes imaginarios: un centauro, una sirena, un dragón. Y hay algo más: cada uno de los elementos que he mencionado —los objetos y los utensilios materiales, las ideas y las instituciones— son imágenes y colindan con lo imaginario: una silla puede convertirse en un trono, una balanza en el emblema de la justicia. Un filósofo contemporáneo, Cornelius Castoriadis, ha mostrado que en todas las culturas es posible discernir un nivel funcional y otro imaginario. Las cosas y las instituciones son funciones y medios; a través de ellas la sociedad realiza cientos de fines: alimentarse, autorregularse, reproducirse, vestirse, guerrear, comerciar. Al mismo tiempo, la sociedad se imagina a sí misma e imagina otros mundos. Así se retrata, se recrea, se rehace, y se sobrepasa: habla con ella misma y habla con lo desconocido. La sociedad crea imágenes del futuro o del otro mundo. Lo más notable es que, después, los hombres imitan esas imágenes. De este modo, la imaginación social es el agente de los cambios históricos. La sociedad es continuamente otra, se hace otra, diferente; al imaginarse, se inventa. La imaginación tiene un papel cardinal en la historia humana, aunque hasta ahora no se ha reconocido su importancia decisiva. El funcionalismo, que reduce la cultura a un mero instrumento social, y el marxismo, que la piensa como una mera superestructura de la economía, no son, estrictamente, teorías falsas sino insuficientes. No sólo se les escapan muchas cosas, sino que no ven esa característica central que destaca Castoriadis: la imaginación, la capacidad que la sociedad tiene de producir imágenes y, después, creer en aquello mismo que imagina. Todos los grandes proyectos de la historia humana son obras de la imaginación, encarnada en los actos de los hombres.

Concluyo: la cultura es el conjunto de objetos, instituciones, conceptos, ideas, costumbres, creencias e imágenes que distinguen a cada sociedad. Todos estos elementos están en continua comunicación: los conceptos y las ideas cambian a las cosas y a las instituciones; a su vez, las costumbres y las creencias modifican a las ideas. Hay una continua interrelación entre todos los elementos de la cultura. Esto nos revela otra característica esencial: la cultura, todas las culturas, desde las primitivas hasta la contemporánea, son sistemas simbólicos. Justamente porque la sociedad produce sin cesar imágenes, puede producir símbolos, vehículos de transmisión de diferentes significados. Dentro del sistema de signos y símbolos que es toda cultura, los hombres tienen nombres; son signos dentro de un sistema de signos pero signos que producen signos. El hombre no sólo se sirve del lenguaje: es lenguaje productor de lenguajes.

La sociedad no es una masa indiferenciada sino una compleja estructura o, más bien, un sistema de estructuras. Cada parte, cada elemento —clases, grupos, individuos— está en relación con los otros. Las estructuras son verticales u horizontales. La relación vertical es de dominación, es una relación jerárquica. La relación horizontal es generalmente de rivalidad. Ambas, con frecuencia, son relaciones de antagonismo y de oposición. Al mismo tiempo, cada sociedad está en relación con otras sociedades. Hay una sociedad de las culturas y esa sociedad es internacional. Las relaciones entre las culturas pueden ser como las de la sociedad consigo misma y con los elementos que la componen: de oposición –rivalidades, guerras, revoluciones– o de intercambio de bienes económicos, ideas, instituciones, artes, religiones, técnicas. La comunicación entre culturas es más compleja que la comunicación en el interior de cada cultura, pues incluye un factor nuevo y determinante: la traducción. Es una actividad que cambia aquello mismo que transmite. No puedo detenerme en el tema y me limitaré a decir lo siguiente: las culturas son locales, autosuficientes (más bien: *fueron* autosuficientes) y son monolingües; la traducción introduce al *otro*, al extraño, al diferente, en su forma más radical: un lenguaje distinto. Y un lenguaje distinto significa una manera distinta de pensar y sentir, una visión *otra* del mundo. Allí donde aparece la traducción, el concepto de *cultura*, esencialmente antropológico, resulta insuficiente y debemos usar el concepto, eminentemente histórico, de civilización. Una civilización es una sociedad de culturas unidas por una red de creencias, técnicas, conceptos e instituciones. Una civilización comprende diversas culturas nacionales, como pueden verse en todas las grandes civilizaciones: la grecorromana, la china, la islámica, la mesoamericana, la occidental. La civilización requiere un medio de comunicación entre las diversas culturas, cada una con una lengua propia; ese medio es una lengua común –el latín en la Edad Media o el sánscrito en la antigua India– o es la traducción, como ocurre en nuestros días. Pertenecemos, los participantes de este encuentro, a distintas culturas; cada uno habla su lengua propia pero para comunicarnos usamos el método de la interpretación simultánea, que es una de las formas de la traducción. Aunque hablamos lenguas distintas, pertenecemos a la misma civilización.

Las sociedades primitivas son homogéneas y relativamente simples. Pueden verse y estudiarse como unidades autosuficientes. Las sociedades modernas son extraordinariamente complejas. En las sociedades en apariencia más homogéneas, por ejemplo: las del Occidente moderno, encontramos una impresionante diversidad de elementos. Dentro de cada cultura moderna, dentro de cada sociedad, hay muchas culturas y sociedades. Pensemos en una sociedad que desde hace siglos ha sido objeto de una tenaz voluntad de unificación a través del Estado, la educación, la administración y la economía: Francia. Sin embargo, en esa Francia donde se ha ejercido un gran poder centralista desde el siglo XVII, todavía están vivas las antiguas culturas nacionales y regionales: la Occitania, la Bretaña, el País Vasco. Además, muchas creencias, costumbres, instituciones, maneras de vivir y convivir persisten y no han sido destruidas, a pesar de lo que muchos creían, por la modernización. La pluralidad de culturas y de tiempos históricos es mayor aún si se piensa en países donde han confluido distintas civilizaciones, como es el caso de España: celtas, romanos, fenicios, visigodos, árabes, judíos. Todos ellos están vivos, no en la superficie sino en la profundidad histórica, en el subsuelo psíquico español. México es todavía más complejo. En primer término, porque a la rica herencia española hay que añadir la no menos rica y viva herencia india con su pluralidad de culturas, naciones y lenguas: mayas, zapotecas, totonacas, mixtecas, nahuas. En segundo término, porque todos esos elementos heterogéneos, en continua interacción, han sido sometidos, desde la Independencia y aún antes, desde fines del siglo XVIII, a un proceso de modernización que todavía no termina.

La modernización, en México, significó en el siglo XIX la adopción de modelos republicanos de origen norteamericano y francés; en el siglo XX, la adopción de técnicas y formas de cultura que tampoco son tradicionales y que también son originarias de Estados Unidos y de Europa. En México existe, por una parte, pluralidad de culturas y civilizaciones; por la otra, pluralidad de tiempos históricos. El poeta López Velarde, hace cincuenta años, decía que en el mismo pueblo, por la misma calle y a la misma hora se paseaban católicos de Pedro el Ermitaño y jacobinos de la Era Terciaria. Hay que agregar que muchos mexicanos somos contemporáneos de Moctezuma y otros de sor Juana Inés de la Cruz sin que por eso, en algunos casos, dejemos de ser ciudadanos del siglo XX. Las épocas históricas y las distintas culturas que han conformado a nuestro país conviven en el alma de los mexicanos y dentro de cada uno de nosotros discuten, pelean, se funden y confunden.

Además de esta pluralidad de culturas en el interior de las sociedades modernas, especialmente en aquellas, como México, en proceso de formación, hay otra dualidad de la que se habló mucho hace diez o quince años y cuyo fantasma ha sido evocado hoy. Algunos intelectuales y periodistas norteamericanos, populistas nostálgicos de las culturas tradicionales europeas, inventaron la existencia de dos culturas antagónicas: alta cultura y cultura popular. Esta idea, traducida al mexicano, ha sido usada como arma polémica por algunos. La alta cultura es elitista y reaccionaria; la cultura popular es espontánea y creadora. Lo curioso es que, en México, los apóstoles de la cultura popular son intelectuales minoritarios, miembros de cerradas cofradías y devotos de ceremonias en las catacumbas. En todas las sociedades hay un saber especializado y, por lo tanto, hay técnicas y lenguajes especializados. Ese saber y esos lenguajes minoritarios coexisten con las creencias e ideas colectivas. En un país católico, la mayoría cree en la Santísima Trinidad pero sólo unas pocas personas son teólogos capaces de explicar ese misterio. Sin embargo, aunque hay una diferencia entre la «alta cultura» del teólogo y la «cultura popular» del creyente, evidentemente no podemos decir que el teólogo traiciona a la cultura popular o a la inversa. El teólogo y el simple creyente pertenecen a la misma cultura. Y del mismo modo: aunque sólo unos cuantos conocen los principios científicos que rigen su funcionamiento, todos oímos la radio y vemos la televisión.

Las relaciones entre la llamada alta cultura y la cultura popular, es decir, entre los distintos lenguajes y saberes especializados y las creencias colectivas, son íntimas y diarias. El profesor que explica en su cátedra la teoría de la relatividad o la genética contemporánea puede ser un gran aficionado a la música rock o un apasionado lector de novelas policíacas. Cultura popular y alta cultura conversan en el interior de este profesor eminente. El jazz se convirtió en la música preferida de los escritores y artistas de vanguardia en las décadas de los treinta y los cuarenta: nuevo ejemplo de la coexistencia, en el seno de una élite, de la cultura popular y la cultura minoritaria. A su vez, la música popular imita y adapta la poesía minoritaria de una generación anterior. En un tiempo, los poetas modernistas hispanoamericanos fueron considerados herméticos y decadentes. Piensen ustedes en lo que se dijo, en su momento, de Rubén Darío o de Amado Nervo. Treinta años después, Agustín Lara se volvía un autor popular utilizando en las letras de sus canciones procedimientos e imágenes que venían de Darío y Nervo. Cierto: un Darío y un Nervo ya diluidos. En suma, alta cultura y cultura popular son términos en continuo vaivén. La relación entre ambas, como todas las relaciones, es de oposición y de afinidad. A veces hay contradicción entre estos dos extremos; a veces hay fusión. Esto es lo que hace creadora a una sociedad: la contradicción complementaria.

A lo largo del siglo xx ha predominado la creencia (digo creencia porque eso ha sido realmente, una creencia más que una teoría) de que la pluralidad de culturas y civilizaciones tradicionales estaba destinada a desaparecer. El mundo del futuro sería un mundo unificado, en el que todos los hombres compartirían una civilización semejante: la civilización de la ciencia y de la técnica. Se pensaba que la unificación del planeta sería la lógica consecuencia del progreso. Distintas ideologías concurrían a justificar esta creencia. Los marxistas pensaban que el agente de la unificación sería el proletariado internacional, que aboliría las fronteras y las distintas culturas nacionales. Los liberales, por su parte, creían que el libre juego de la empresa y el mercado, tanto como la influencia benéfica de la ciencia y la técnica, harían desaparecer o, al menos, atenuarían las diferencias culturales y las tradiciones religiosas y lingüísticas. La civilización industrial realizaría al fin el proyecto de modernización iniciado en el siglo XVIII por los filósofos de la Ilustración: las culturas tradicionales, con sus usos y sus mitos, sus absurdas supersticiones, sus danzas curiosas y su poesía anacrónica, desaparecerían de la faz de la tierra. La historia del siglo XX ha desmentido esas predicciones. No sólo el proceso de modernización no ha abolido las culturas tradicionales sino que hoy, en todos lados del planeta, asistimos a una verdadera resurrección de particularismos que parecían enterrados para siempre. El siglo XIX heredó de la Enciclopedia la idea de un hombre universal, el mismo en todas las latitudes; nosotros, en el siglo XX, hemos descubierto al hombre plural, distinto en cada parte. La universalidad para nosotros no es el monólogo de la razón sino el diálogo de los hombres y las culturas. Universalidad significa pluralidad.

Piensen ustedes en el panorama de los últimos diez años: resurrección —nada menos que en Europa, la cuna de la modernidad, la ciencia y la tecnología— de los nacionalismos culturales, religiosos y políticos: vascos, catalanes, bretones, sicilianos, irlandeses y escoceses, valones. En los Estados Unidos: el despertar de los negros y los chicanos. Aparecen asimismo, en muchos países, las reivindicaciones de la mujer y de las minorías culturales, lingüísticas y sexuales. Resurrección —mejor dicho: reaparición, pues nunca estuvieron muertas— de las grandes religiones. Dos ejemplos: el renacimiento del judaísmo y el no menos impresionante y vigoroso despertar del islam. Los mexicanos tenemos otro ejemplo más cercano: la visita del papa reveló un México que unos cuantos obcecados no querían ver, ese México tradicional que siempre ha estado vivo, como lo han sabido siempre los poetas mexicanos, aunque pocas veces lo hayan reconocido nuestros sociólogos. La revolución del siglo XX no ha sido la revolución de una clase internacional; tampoco la revolución de la ciencia y la tecnología. Cierto, todos nos servimos de la ciencia y la tecnología. Por ejemplo: yo me sirvo ahora de este micrófono. Pero cada uno de nosotros se sirve de estos aparatos para decir su verdad particular y única. La revolución ha sido en verdad una *resurrección*: la de los particularismos de cada cultura. Regresamos a la diversidad. Éste es uno de los pocos signos positivos de este terrible fin de siglo. Porque la uniformidad es muerte y la forma más perfecta de la uniformidad es la muerte universal, la exterminación colectiva que se practica en el siglo XX. La vida es siempre particular y local: es *mi* vida, esta vida mía de ahora. La resurrección de las culturas nacionales y regionales es un signo de vida.

¿Qué le puede pedir la cultura, entendida como diversidad, hoy a la televisión, este poderoso y prodigioso medio de comunicación? Pues le podemos pedir solamente una cosa: que sea fiel a la vida, es decir, que sea plural, que sea abierta. No una televisión gobernada por un grupo de burócratas empeñados en hacer la unanimidad en torno al Jefe y a la Doctrina o en vender este o aquel producto. Le pedimos una variedad de canales de televisión que expresen la diversidad y pluralidad de la cultura mexicana: la llamada alta cultura y la cultura popular, la cultura central y la cultura periférica, la de la ciudad de México y la de la provincia, la de las mayorías pero también la de las minorías, la de los críticos disidentes y la de los artistas solitarios. Queremos una televisión que sea el medio para que los mexicanos se comuniquen entre sí y con el mundo que los rodea. No una televisión sino muchas televisiones, y todas en sentido distinto. En un pasaje impresionante de su autobiografía Lévi-Strauss indica que la invención de la escritura contribuyó a esclavizar a los hombres. En efecto, hasta la invención de la imprenta, la escritura fue el saber secreto y sagrado de muchas castas burocráticas. Hoy mismo la escritura es comunicación unilateral: leer un libro estimula nuestra capacidad receptiva y nuestra imaginación pero, a veces, neutraliza nuestra sensibilidad y paraliza nuestra crítica. Al cerrar el libro no le podemos comunicar al autor nuestro desacuerdo. El libro, en cierto modo, nos roba el derecho y el placer de la réplica. Por eso Platón desconfiaba de la palabra escrita y prefería la hablada.

El verdadero fundamento de la democracia es la conversación: la palabra hablada. Pero eso es posible solamente en las comunidades pequeñas. En las sociedades modernas, enormes y complejas, la televisión tiene dos posibilidades. La primera: acentuar y fortalecer la incomunicación, por ejemplo, cuando magnifica la autoridad y hace del Jefe una divinidad que habla pero no escucha. Asimismo, la televisión puede hacer posible el diálogo social reflejando la pluralidad social, sin excluir dos elementos esenciales de la democracia moderna: la libre crítica y el respeto de las minorías. La televisión puede ser el instrumento del césar en turno y así convertirse en un medio de incomunicación. O puede ser plural, diversa, popular en el verdadero sentido de la palabra. Entonces será un auténtico medio de comunicación nacional y universal. Hace años McLuhan dijo que con la televisión comenzaba el período del *global village*, la aldea universal, idéntica en todas partes. Creo justamente lo contrario. La historia va por otro camino: la civilización que viene será diálogo de culturas nacionales o no habrá civilización. Si la uniformidad reinase, todos tendríamos la misma cara, máscara de la muerte. Pero yo creo lo contrario: creo en la diversidad que es pluralidad que es vida.

*24 de julio de 1979*

«Televisión: cultura y diversidad» se publicó en *Hombres en su siglo y otros ensayos*, Barcelona, Seix Barral, 1984.

## EL PACTO VERBAL[1]

La idea de la sociedad como un sistema de comunicaciones tiene cerca ya de medio siglo. Su función ha sido doble: por una parte, reveló una evidencia que había estado, como ocurre a menudo, inexplicablemente oculta hasta entonces; por la otra, ha sido una metáfora aplicada con fortuna al estudio de otros fenómenos. Lo primero no necesita demostración, pues es claro que sociedad y comunicación son términos intercambiables: no hay sociedad sin comunicación ni comunicación sin sociedad. El fundamento de la sociedad no es el pacto social sino, como el mismo Rousseau lo adivinó, el pacto verbal. La sociedad humana comienza cuando los hombres empiezan a hablar entre ellos, cualquiera que haya sido la índole y la complejidad de esa conversación: gestos y exclamaciones o, según hipótesis más verosímiles, lenguajes que esencialmente no difieren de los nuestros. Nuestras instituciones políticas y religiosas tanto como nuestras ciudades de piedra y de hierro reposan sobre lo más frágil y evanescente: sonidos que son sentidos. Una metáfora: el pacto verbal, es el fundamento de nuestras sociedades.

No obstante ser algo evidente, la definición de la sociedad como un sis-

---

1. Este texto, compañero del anterior, «Televisión: cultura y diversidad», fue leído en el Primer Seminario Internacional de Comunicaciones (21 de octubre de 1980, Cocoyoc, Morelos, México).

tema de comunicaciones ha sido criticada muchas veces. Se ha dicho, con razón, que es una fórmula reductiva: la sociedad no sólo es comunicación sino otras muchas cosas, aunque en todas ellas –política y religión, economía y arte, guerra y comercio– esté presente la comunicación. Para mí, la definición tiene otro defecto: es tautológica y pertenece al género de afirmaciones circulares que, diciendo todo, no dicen nada. Decir que la sociedad es comunicación porque la comunicación es sociedad no es decir mucho. Además, la tautología encierra un solipsismo. ¿Qué dicen todas las sociedades? Todo ese sinfín de discursos dichos desde el principio de la historia en millares de lenguajes y hechos de millares de afirmaciones, negaciones e interrogaciones que se bifurcan y multiplican en significados distintos y enemigos los unos de los otros, pueden reducirse a esta simple frase: *yo soy*. Es una frase que admite y contiene variantes innumerables –desde: *nosotros somos el pueblo (o la clase) elegido*, hasta: *seremos destruidos por nuestros crímenes*– pero en todas ellas aparece el verbo *ser* y la primera persona del singular o del plural. En esa frase, desde el origen, la sociedad dice su voluntad de ser de esta o de aquella manera. Así se dice a sí misma.

La comunicación como metáfora o analogía para explicar otros fenómenos ha sido usada en muchas ciencias, desde la biología molecular hasta la antropología. En la Antigüedad y en el Renacimiento, la astronomía fue el modelo de la sociedad humana y todavía Fourier –siguiendo en esto a Platón, como antes Bruno y Campanella– encontraba en las leyes de gravitación que rigen el movimiento de los cuerpos celestes al arquetipo de su ley de la atracción apasionada, que mueve a los hombres y a sus intereses y pasiones. Fourier se creía, con ingenuidad orgullosa, el Newton de la nueva sociedad. Ahora hemos invertido la perspectiva: ya no es la naturaleza el arquetipo de la sociedad sino que hemos convertido a la transmisión de mensajes en el modelo de las transformaciones químicas de las células y los genes. En la antropología la metáfora ha tenido también mucha fortuna y Lévi-Strauss ha podido explicar el intercambio de bienes –la exogamia y el trueque– como fenómenos análogos al intercambio de signos, es decir, al lenguaje.

La metáfora lingüística le ha permitido a Lévi-Strauss formular una hipótesis que, a su parecer, desentraña el enigma de la prohibición del incesto. Se trata, dice, de una simple regla de tránsito, semejante a las que rigen nuestra elección de este o aquel fonema para formar una palabra o de esta o aquella palabra para construir una frase. Aunque en un caso la elección es inconsciente y en el otro más o menos premeditada, en ambos el acto se reduce a escoger entre un signo positivo y otro negativo: éste sí y aquél no. La operación lingüística se puede traducir a términos sociales: porque no me puedo casar con mi hija o mi hermana, me caso con la hija o la hermana del guerrero de la tribu vecina y le envío como presente matrimonial a mi hija o mi hermana. Es un mecanismo regido por la misma economía y racionalidad que presiden la elaboración y la transmisión de los mensajes lingüísticos. En el trueque intervienen también las mismas leyes. Como en la exogamia, al intercambiar bienes los primitivos intercambian símbolos. El valor *utilidad* está asociado siempre a otro valor no material sino mágico, religioso o de rango y prestigio. Es un valor que se refiere a otra realidad o que está en lugar de ella. Así, las cosas que se intercambian son asimismo signos de esto o de aquello. El intercambio de mujeres o de productos es comercio de símbolos y de metáforas.

La explicación de Lévi-Strauss nunca me satisfizo del todo. ¿Por qué los primitivos deben intercambiar mujeres? O dicho de otro modo: si la exogamia explica la función del tabú del incesto, ¿qué explica a la exogamia? Siempre me ha parecido que la prohibición del incesto, ese primer *No* del hombre a la naturaleza, fundamento de todas nuestras obras, instituciones y creaciones, debe responder a algo más profundo que a la necesidad de regular el comercio de mercancías, palabras y mujeres. Hace unos años un joven antropólogo, Pierre Clastres, en un ensayo brillante y convincente, mostró que la hipótesis del gran maestro francés omitía algo esencial: el intercambio de mujeres y de bienes se inserta dentro del sistema de alianzas ofensivas y defensivas de las sociedades primitivas. Clastres no nos ofrece una nueva interpretación del tabú del incesto pero sí nos aclara la función del intercambio de bienes y de mujeres. La exogamia y el trueque son inteligibles sólo si se sitúan dentro del contexto social de los primitivos: son las formas en que se manifiestan las alianzas; a su vez, las alianzas son inteligibles sólo en un mundo en donde la realidad más general y permanente es la guerra. Los primitivos celebran alianzas –casi siempre efímeras– porque viven en guerra perpetua unos contra otros. La comunicación –intercambio de mujeres y bienes– es la consecuencia de la forma más extrema y violenta de la incomunicación: la guerra. La idea de Clastres, traducida en lenguaje más formal, podría enunciarse así: el sistema de comunicación que forma la red de alianzas que celebran entre ellos los grupos primitivos no es sino la consecuencia de una realidad más vasta y que determina a las alianzas y al sistema de comunicación: la guerra, la no-comunicación.

Se dirá que Clastres nos hace avanzar un poco pero no demasiado: decir que la comunicación es la respuesta o la consecuencia de la incomunicación es, casi, una verdad de Perogrullo. Sin embargo, la idea es muy fértil apenas la enfrentamos a lo que antes llamé el solipsismo de la comunicación. Si el fundamento de las alianzas, del comercio y de la exogamia es la guerra, la comunicación está amenazada siempre por su contrario: en el exterior por el ruido de la guerra y en el interior por el silencio amenazante de las conspiraciones y cábalas que pretenden acallar el diálogo social e imponer una sola voz. Las sociedades se niegan a sí mismas por la discordia interior y niegan a las otras por la agresión y la guerra. Lo mismo en el interior que en el exterior, la guerra es el estado original de la sociedad humana y de allí que, para protegerse contra la violencia de adentro y de afuera, los individuos cedan parcial o totalmente su libertad a un jefe, que se convierte en su soberano. Así, Clastres vuelve a Hobbes. En el instante en que nace el Estado, el lenguaje cambia de naturaleza: deja de ser el pacto verbal del principio y se convierte en la expresión del poder. Los que combaten en una guerra pretenden, por una parte, imponer silencio al adversario; por la otra, luchan porque su palabra domine a las otras. La guerra nace de la incomunicación y busca substituir la comunicación plural por una comunicación única: la palabra del vencedor. Como todos sabemos, esos triunfos no duran mucho: la palabra imperial termina por quebrarse en fragmentos antagónicos. La comunicación vuelve a su origen: la pluralidad.

La hipótesis de Clastres atenúa el solipsismo: la comunicación es plural porque es polémica en el interior de sí misma y frente a otras sociedades. Dije «atenúa» porque el solipsismo no desaparece del todo: se multiplica y, así, se anula sin cesar y sin cesar renace. La sociedad se dice a sí misma y, cada vez que se dice, se contradice y se desdice. Cada sociedad es un decir plural. El verbo *ser* es un verbo vacío y sólo *es* realmente, como lo dice Aristóteles, cuando se realiza a través de un atributo: soy fuerte, soy mortal, soy creyente, mañana no seré, nunca he sido: ser es sólo un sonido, etc. La idea de la sociedad como un sistema de comunicaciones debería modificarse introduciendo las nociones de *diversidad* y *contradicción*: cada sociedad es un conjunto de sistemas que conversan y polemizan entre ellos. Ni la pluralidad ni la enemistad atentan contra la unidad: los sistemas se resuelven en un sistema de sistemas, es decir, en una lengua. Podemos decir en castellano o en japonés muchas cosas distintas o antagónicas unas de otras y decirlas de diferentes maneras pero siempre el idioma será el mismo: el japonés o el castellano. Cada lengua es, simultáneamente, afirmación y negación de sí misma. En cada una hay muchas maneras para decir la misma cosa y la misma manera para decir muchas cosas distintas.

Si pasamos del lenguaje a los medios de comunicación, es decir: a los sistemas de fijación, transmisión y recepción de los mensajes, la relación cambia de naturaleza. Los medios, como su nombre lo indica, no son lenguajes. Con mucho brillo y no demasiada razón, McLuhan intentó alguna vez demostrar que la relación entre los mensajes y los medios era de índole semejante a la que se entabla en el interior del lenguaje entre el sonido y el sentido: a cada medio corresponde un tipo de discurso, como cada morfema y palabra emiten un sentido o grupo de sentidos. Pero los significados de cada palabra, aunque sean el resultado de una convención, corresponden invariablemente al mismo significante; en cambio, los medios de comunicación son canales por donde fluyen toda clase de signos y, en el caso de la televisión, también toda suerte de imágenes. Los medios de comunicación son, hasta cierto punto, neutrales; ninguna convención predetermina que unos signos sean transmitidos y otros no. Así, hablar del lenguaje de la televisión o del cine es una metáfora: la televisión transmite el lenguaje pero, en sí misma, no es un lenguaje. Cierto, puede decirse –de nuevo, como figura o metáfora– que hay una gramática, una morfología y una sintaxis de la televisión: no una semántica. La televisión no emite sentidos: emite signos portadores de sentidos.

La relación entre los medios de comunicación y los lenguajes es laxa en extremo: el alfabeto románico puede servir para escribir todas o casi todas las lenguas humanas. En cambio, hay una correspondencia muy clara entre cada sociedad y sus medios de comunicación. La discusión política en la plaza pública corresponde a la democracia ateniense, la homilía desde el púlpito a la liturgia católica, la mesa redonda televisada a la sociedad contemporánea. En cada uno de estos tipos de comunicación la relación entre los que llevan la voz cantante y el público es radicalmente distinta. En el primer caso, los oyentes tienen la posibilidad de asentir y disentir del orador; en el segundo, colaboran pasivamente, con sus genuflexiones, sus rezos y su devoto silencio; en el tercero, los oyentes –aunque sean millones– no aparecen físicamente: son un auditorio invisible. Así pues, aunque los medios de comunicación no son sistemas de significación como los lenguajes, sí podemos decir que su *sentido* –usando esta palabra en una acepción levemente distinta– está inscrito en la estructura misma de la sociedad a que pertenece. Su forma reproduce el carácter de la sociedad, su saber y su técnica, los antagonismos que la dividen y las creencias que comparten sus grupos e individuos. Los medios no son el mensaje: los medios son la sociedad. (Además, cada medio es, por sí mismo, una sociedad: tema que hoy no puedo explorar.)

Aunque cada sociedad construye e inventa los medios de comunicación que necesita –dentro de los límites, claro, de sus posibilidades– la determinación no es absoluta. Muchas veces los medios sobreviven a las sociedades que los inventan: todavía usamos el alfabeto fenicio. Lo contrario también es frecuente: la utilización de una técnica moderna en una sociedad tradicional. En Kabul y en otras ciudades de Afganistán me despertaba siempre, al alba, la voz estentórea del almuecín amplificada por los altavoces. En la Edad Moderna, la técnica oriunda de Occidente se ha extendido a todo el mundo. Esto es particularmente cierto en el caso de los medios de comunicación. Dos rasgos los definen: la universalidad y la homogeneidad. En todas partes se imprimen periódicos, revistas, libros y en todas se exhiben películas y se transmiten programas radiofónicos y televisados. Contrasta esta uniformidad con la diversidad de los mensajes y, sobre todo, con la pluralidad de civilizaciones y con las diferencias de regímenes sociales, políticos y religiosos. El mundo moderno no sólo está dividido por violentas enemistades ideológicas, políticas, económicas y religiosas sino por profundas diferencias culturales, lingüísticas y étnicas. Sin embargo, este mundo de feroces rivalidades e imborrables singularidades está unido por una red de comunicaciones que abarca prácticamente a todo el planeta. Cualquiera que sea su religión y cualquiera que sea el régimen político y económico bajo el que viven, las gentes leen libros y periódicos, escuchan conciertos por radio, ven en las pantallas de los cines o de las televisiones películas y noticiarios. A medida que los particularismos de nuestro siglo crecen y se vuelven más y más agresivos, las imágenes se universalizan: cada noche, en una suerte de comunión visual más bien equívoca, todos vemos en la pantalla al papa, a la actriz famosa, al gran boxeador, al dictador de turno, al premio Nobel y al asesino célebre.

El tema de la relación entre los medios de comunicación y la sociedad que los usa se bifurca en otro: los medios y las artes. El asunto es vasto pero yo sólo me ocuparé de uno de sus aspectos: la literatura. Empezaré con la poesía. Es la forma más antigua y permanente del arte verbal. Hay sociedades que no han conocido la novela, la tragedia y otros géneros literarios: no hay sociedades sin poemas. En su origen, la poesía fue oral: palabra dicha ante un auditorio. Más exactamente: recitada o declamada. La asociación entre la poesía, la música y la danza es muy antigua; probablemente las tres artes nacieron juntas y quizá en su origen la poesía fue palabra cantada y bailada. Un día se separaron y la poesía se creó para sí misma un pequeño reino propio, entre la prosa hablada de la conversación y el canto propiamente dicho. Hace años, en Delhi, asistí a una reunión de poetas de lengua urdu; cada uno se adelantaba y decía su poema en una salmodia o recitado, mientras un instrumento de cuerda, pulsado por una suerte de plectro, marcaba el compás. El efecto era extraordinario. Tal vez así entonaban sus poemas los aedos, los bardos y los poetas tenochcas. Todavía hoy los poetas rusos –cualquiera que haya oído a Joseph Brodsky lo sabe– preservan los valores fónicos –*el entonado*– que distingue a la recitación poética del habla y, en el otro extremo, del canto. También la recitación del poema más breve, el haikú, está punteada por las notas de un *samisan*. Nunca la poesía ha roto enteramente con la música; a veces, como entre los trovadores de Provenza o los madrigalistas del Renacimiento y la edad barroca, la unión ha sido muy estrecha. Nupcias arriesgadas: la música ahoga casi siempre a la poesía.

Las relaciones entre la escritura y la poesía no han sido menos variadas y fecundas. En un extremo, el manuscrito y la variedad fantástica de sus letras y caracteres, sus mayúsculas y minúsculas, sus azules, sus rojos y oros; en la otra, la tipografía y sus admirables combinaciones. Oír y leer son actos distintos y la aparición del libro acentuó esas diferencias. En general, se escucha en público mientras que la lectura es solitaria. Al principio, se conservó el arte de leer para un auditorio, generalmente reducido, pero esa costumbre ha desaparecido casi completamente. A medida que se popularizaba el libro, la lectura fue más y más un acto solitario. Así cambió la antigua relación entre la poesía y el público. Sin embargo, a pesar de la preponderancia de la palabra impresa, por naturaleza silenciosa, la poesía nunca ha dejado de ser habla rítmica, sucesión de sonidos y sentidos enlazados. Cada poema es «una configuración de signos que, al leer, *oímos*. Leer un poema consiste en oírlo con los ojos... Al revés de lo que ocurre con la pintura, arte silencioso, el silencio de la página nos deja escuchar la escritura del poema»[1]. Las palabras del poema escritas sobre la hoja de papel tienden espontáneamente, apenas las recorren unos ojos, a encarnar en sonidos y en ritmos. Al mismo tiempo, hay una correspondencia entre el signo escrito, el ritmo sonoro del poema y el sentido o los sentidos del texto. La discordia aparente entre escritura silenciosa y recitado poético se resuelve en una unidad más compleja: la presencia simultánea de las letras y los sonidos.

La oposición entre el público y el lector solitario es de otro carácter.

---

1. Cf. mi ensayo «La nueva analogía», en el primer volumen –*La casa de la presencia*– de estas obras.

Representa, en cierto modo, dos tipos de civilización. No obstante, hace años me impresionó saber que unos indios nómadas de América del Sur –en las fronteras del Brasil y Paraguay– al caer la noche, mientras las mujeres y los niños reposan, de espaldas a las hogueras del campamento y frente a la inmensidad natural, recitan poemas que ellos mismos han compuesto y en los que exaltan sus hazañas, las de sus amigos o las de sus antepasados. Es un rito en el que, al extremarse el carácter solitario del acto, parece anularse del todo a la comunicación. Pero no es así: al hablarse a sí mismo, el poeta nómada habla con su pueblo y con el pueblo de fantasmas de sus abuelos. Habla también con la noche y sus potencias. En un extremo, la recitación solitaria; en el otro, la poesía coral. En uno y otro caso, el yo y el nosotros se bifurcan en una boca que habla y un oído que recoge el rumor espiral del poema.

Todos los elementos y formas de expresión que aparecen aislados en la historia de la poesía: el habla y la escritura, el recitado y la caligrafía, la poesía coral y la página iluminada del manuscrito, en suma: la voz, la letra, la imagen visual y el color, coexisten en los modernos medios de comunicación. Pienso, claro está, en el cine y en la televisión. Por primera vez en la historia, los poetas y sus intérpretes y colaboradores –músicos, actores, tipógrafos, dibujantes y pintores– disponen de un medio que es, simultáneamente, palabra hablada y signo escrito, imagen sonora y visual, en color o en blanco y negro. Además, en las pantallas del cine y la televisión aparece un elemento absolutamente nuevo: el movimiento. La página del libro es un espacio inmóvil, mientras que la pantalla puede ser un espacio no sólo coloreado sino móvil. Por desgracia, las relaciones entre la poesía y los nuevos medios no han sido exploradas. Al alba de nuestra época, inspirado tanto en las partituras musicales y en los mapas astronómicos como en los anuncios de los periódicos, Mallarmé concibió un poema cuya disposición tipográfica sobre la página –gracias a la combinación de los diversos caracteres, el juego de los blancos y los espacios, las mayúsculas y las minúsculas– evocase el movimiento rítmico de la palabra hablada y las figuras que traza el pensamiento en el espacio mental. Pero los signos de Mallarmé ni se mueven ni hablan; en cambio, la pantalla de la televisión emite signos, sonidos, imágenes y colores en movimiento. Ella misma, a diferencia de la página del libro, está en movimiento. Es una América a la vista que nadie ha colonizado.

Hace cerca de quince años, estimulado por los rollos de pintura tántrica de la India y por el ejemplo de Mallarmé, escribí un poema, *Blanco*, en el que intenté explorar todos estos elementos, aunque limitándome a la tipografía tradicional, es decir, al libro. Al mismo tiempo, se me ocurrió que ese libro podría proyectarse sobre una pantalla. Más exactamente: mi propósito fue (y es) proyectar *el acto mismo de la lectura de ese poema*. Concebí esta obra como una suerte de ballet de signos, voces y formas visuales y sonoras. No voy a referir ahora la historia de mi *poema-película*: baste con decir que sigue siendo un proyecto. Pero creo que mi experiencia arroja luz sobre la situación actual: una riqueza de posibilidades en verdad extraordinaria y que nadie usa. Mejor dicho: que nadie se atreve a usar. Me imagino que la timidez de los poetas se debe, entre otras cosas, al cansancio: durante más de medio siglo nos hemos entregado a una frenética experimentación formal en todas las artes. Es sabido que estos sucesivos movimientos han degenerado en una estéril manipulación: hoy la vanguardia se repite incansablemente a sí misma y se ha convertido en un academismo. Creo, además, que la peculiar situación de la poesía en nuestro siglo, convertida en un arte marginal y minoritario, ha contribuido a desanimar a los poetas. Pero el gran obstáculo ha sido y es la indiferencia obstinada de la televisión, lo mismo la estatal que la privada. Como la poesía no tiene gran *rating* comercial y es rebelde a las manipulaciones ideológicas y políticas de los gobiernos, ha sido eliminada casi enteramente de todas las pantallas. Este equívoco, hecho de ignorancia y desdén, es deplorable: el futuro y sus formas, lo mismo en el campo del arte que en los otros dominios de la cultura, no nacen en el centro sino en las afueras de la sociedad.

El caso de la poesía es extremo pero la suerte de las otras formas literarias –teatro, novela, cuento– no ha sido muy distinta. Según he tratado de mostrar en otros escritos, hay un rasgo que distingue a la literatura moderna: la crítica. Aclaro que entiendo por modernidad ese conjunto de actividades, ideas, creencias y gustos que emerge hacia fines del siglo XVIII y que coincide, a lo largo del XIX, con profundos cambios económicos y políticos. Cierto, en todas las literaturas de todas las civilizaciones aparece la crítica pero en ninguna –ni en la árabe ni en la china, ni en la grecorromana ni en la medieval– ocupa el lugar central que tiene en la nuestra. Las literaturas de las otras civilizaciones han sido sucesiva o simultáneamente celebración y sátira, alabanza y vituperio, burla o elegía, pero sólo hasta que comienza la modernidad el poema y la obra de ficción se vuelven análisis y reflexión. La mirada maravillada del artista se desdobla en mirada inquisitiva e introspectiva. Esta actitud crítica se bifurca en dos direcciones: crítica de la sociedad y crítica del lenguaje. El novelista no se contenta con relatar una historia ni en revivir las hazañas, los amores o las iniquidades de un grupo de hombres y mujeres sino que analiza a las situaciones y a los personajes. Su relato se vuelve descripción crítica del mundo y de los hombres. Pero la crítica de la sociedad, es decir, del poder y de las clases, de las creencias y pasiones, no es sino la mitad de la literatura moderna; la otra mitad es la crítica que, cada generación, hacen los escritores de las obras de sus antepasados inmediatos y de las obras que ellos mismos están escribiendo. La tradición se vuelve ruptura crítica; la escritura, a su vez, se desdobla en reflexión sobre lo que se está escribiendo. Así, a la crítica social, política, religiosa e histórica de los Balzac, los Dickens, los Zola o los Tolstói, se yuxtapone la otra crítica, la crítica del lenguaje de los Flaubert y los Joyce.

La literatura contemporánea ha experimentado cambios violentos pero, esencialmente, ha sido fiel a su origen y en ningún momento ha dejado de ser crítica del mundo y de sí misma. A semejanza de la poesía y a despecho de tantas revoluciones estéticas, la prosa de ficción sigue encerrada entre las páginas del libro. Los novelistas, los cuentistas y los autores de teatro no han explorado los nuevos medios de comunicación o los han explorado de mala gana y de manera insuficiente. A su vez, los medios y los poderes que los manejan han desdeñado a la literatura. Más de una vez me he preguntado si esta situación tiene una salida. Creo que una luz, al fin, despunta en el horizonte de esta década. Hay un elemento nuevo que quizá esté destinado a cambiar radicalmente el estado de cosas existente. Este elemento viene de la evolución de la técnica y consiste en la aparición del cable y del *videocassette*. Estas dos útiles innovaciones permitirán, probablemente, el sin cesar diferido encuentro entre la literatura –la verdadera, que es crítica de la sociedad y de sí misma– y la televisión. Desconozco, por supuesto, la forma o las formas en que se manifestará ese encuentro. Tal vez la humilde telenovela –descendiente de las películas de episodios y de la novela de folletín– sea el embrión de una nueva forma artística. En el caso de la poesía, presumo que esa forma nacerá de las nupcias entre el signo escrito y la palabra hablada. Pero mi propósito no es hacer dudosas profecías estéticas sino señalar la posibilidad que representan el *videocassette* y el cable: son el equivalente de la biblioteca y la discoteca. O sea: son el comienzo de la diversificación y, en consecuencia, del regreso al pacto verbal original: múltiple y contradictorio.

En un seminario denominado «La Edad de la Televisión», celebrado durante el Segundo Encuentro Mundial de la Comunicación el año pasado en Acapulco, abogué por una televisión que reflejase la complejidad y la pluralidad de nuestra sociedad, sin excluir a dos elementos esenciales de la democracia moderna: la libre crítica y el respeto a las minorías. Esas minorías son políticas, religiosas y étnicas, pero también son culturales, artísticas y literarias. Al comenzar estas páginas señalé que la palabra de la sociedad no es un discurso único y homogéneo sino múltiple y heterogéneo. Los medios de comunicación pueden ocultar a esta palabra original con la máscara de la unanimidad o, al contrario, pueden rescatarla y mostrarnos, en las mil versiones siempre nuevas que nos entrega la literatura, la vieja imagen del hombre –criatura a un tiempo singular y universal, única y común.

*México, D. F., a 21 de octubre de 1980*

«El pacto verbal» se publicó en *Hombres en su siglo y otros ensayos*, Barcelona, Seix Barral, 1984.

# Surtido

### EL QUINTO SOL

Afganistán, Irán, El Salvador, Guatemala, Líbano, Cuba, Vietnam, Camboya, etc., etc. Antes, estos nombres evocaban ciudades, paisajes, monumentos, ríos, montañas, playas, desiertos. Eran palabras que despertaban el maravilloso deseo de lo maravilloso: el deseo del viaje. Hoy esas palabras designan a gente que mata y a gente que muere, a gente que persigue y a gente que huye. Es comprensible que, ante tantos desastres, a veces se sienta envidia de aquellos ermitaños que se refugiaban en una cueva y no querían saber nada del mundo. Pero en una ciudad inmensa como México, ¿dónde puede uno refugiarse si no es en un sitio público? No en una iglesia sino en un museo o en una biblioteca. Son los modestos sucedáneos de las cuevas de los ermitaños de la Antigüedad. Entrar en un museo es penetrar en otro mundo, salir de la historia presente con sus gritos y sus aullidos para recorrer, sin riesgo, como simple espectador, los prodigios y los horrores del pasado. ¿Evasión? No, distancia momentánea, ejercicio filosófico.

La otra mañana decidí visitar el Museo Nacional de Antropología. Recorrí encantado sus galerías, en un estado de dichosa irresponsabilidad, hasta que llegué a la sala central, en donde está, con otros monumentos ilustres, la célebre Piedra del Sol, el Calendario Azteca. Más que su peso y sus dimensiones, me impresionó su simbolismo. No es un calendario: es un libro de historia. Sólo que, a diferencia de los libros usuales, no contiene únicamente lo que pasó sino lo que está pasando y lo que pasará. Es tiempo petrificado. En su centro está la imagen del Sol, que gobierna a los tres tiempos y a los cuatro puntos cardinales. El Sol está rodeado por los signos de las cuatro edades que han precedido a la edad actual, la quinta. Cada una de esas edades terminó en una catástrofe. El signo de nuestra edad es 4 Movimiento y significa temblor de tierra. Nuestra edad terminará en un terremoto. Se me ocurrió que 4 Movimiento también podría interpretarse como conmoción en general, por ejemplo: guerras, revoluciones y otros trastornos que agitan a las sociedades. Así descubrí que 4 Movimiento es el signo de nuestra época terrible. El mito me devolvió a la historia y el pasado me hizo regresar al presente.

El mito del Quinto Sol fue un tema de la historia azteca. El sol nace todos los días, después de vencer a la noche y a las estrellas. Este combate cósmico tiene su doble terrestre en la guerra ritual y en el sacrificio de los prisioneros. El mito fue traducido a términos reales y la historia divina fue el modelo de la historia humana. Nosotros, en el siglo XX, hemos realizado una operación de signo inverso: convertir a la historia en el mito central de nuestras sociedades. Para los aztecas, el mito solar era el centro de su historia; para nosotros, la historia es el mito que nos guía. Ese mito es ideológico y se presenta como una creencia: unos hombres y unas burocracias conocen el sentido de la marcha de la historia, tienen la clave de los acontecimientos y son los dueños de las llaves que nos abrirán las puertas del porvenir. Es un mito que ha usurpado la autoridad de la ciencia. En su nombre, tiranos pedantes han cubierto medio planeta con campos de concentración.

*México, 1982*

«El Quinto Sol» se publicó en *Sombras de obras*, Barcelona, Seix Barral, 1983.

## ENCRUCIJADA[1]

Unos cuantos, oblicuos comentarios, sobre algunas de las cosas que se han dicho estos días:

I

«La verdadera literatura es aquella que toca los temas eternos.» Pienso lo contrario: la literatura verdaderamente falsa es la que se presenta disfrazada con los atributos de la eternidad y sus grandes palabras. El tejido de la verdadera literatura son los sentimientos y los sucesos cotidianos, el mundo relativo de cada día; sólo a través de lo cotidiano y lo relativo podemos

---

1. El mes de mayo de 1987 se celebró en Washington una reunión sobre la situación de la literatura mundial, organizada por la Fundación Wheatland, en la que participaron escritores franceses, ingleses, latinoamericanos, norteamericanos, alemanes y soviéticos. Entre estos últimos se encontraban escritores disidentes como Siniavski, Joseph Brodsky, Thomas Veclova (poeta lituano) y escritores soviéticos como el novelista Andréi Bitov y el poeta Oleg G. Chujonzev. Fue el primer encuentro entre escritores desterrados y aquellos que viven en la Unión Soviética. Una reunión histórica, dijo el crítico Efim Etkind. El texto aquí publicado es el de mi breve intervención.

entrever lo perdurable. Digo lo perdurable, no lo eterno: las eternidades son invisibles para nosotros. Podemos aludir a ellas con los conceptos brumosos de los teólogos y los metafísicos pero no podemos verlas ni nombrarlas con las palabras del poeta.

2

La verdadera literatura es aquella que a través de ficciones y mentiras dice la verdad escondida. Una variante de esta idea es la siguiente: la literatura es invención de realidades. Las dos afirmaciones son ciertas; no es menos cierto que, entre las grandes obras literarias, nos fascinan sobre todo aquellas que nos hacen dudar de la realidad. La literatura moderna comienza en ese momento en que don Quijote se frota los ojos y duda: no sabe si los gigantes con los que ha combatido fueron gigantes o molinos de viento. La realidad deja de ser lo que vemos y tocamos para convertirse en la proyección de nuestras obsesiones.

3

Las relaciones entre la literatura y la realidad son equívocas. Lo son porque la literatura no es ni filosofía ni religión; es un arte que hace o inventa objetos verbales, es decir: formas. La literatura es una forma o, más bien, muchas formas. Sólo que esas formas están hechas de palabras y las palabras tienen la propensión de significar. Las obras literarias son formas emisoras de sentidos. La perfección de una obra literaria reside en su forma, esto es, en su capacidad para emitir significados distintos y sucesivos para lectores también distintos y sucesivos.

4

En los siglos XVI y XVII la teología fue el alimento de la poesía y de la literatura. Hoy el sitio de la teología lo ocupa la política y la crítica propiamente literaria ha sido substituida por las más inciertas de las ciencias: la psicología y la sociología. No es extraño: la política ha sido la gran pasión del siglo XX como lo fue en Bizancio la querella de los iconos. Por esto tampoco es extraño que los informes que hemos oído sobre la situación de la literatura en los Estados Unidos y en Europa hayan estado impregnados de sociología y de política. Confieso que esas descripciones me entristecieron. Nos mostraron una zona vacía en el centro mismo de nuestra civilización: ahí donde antes hubo un alma hay ahora un hueco, un hoyo. No se trata de la antigua separación entre la sociedad y el creador literario, descrita incansablemente por poetas y novelistas desde el romanticismo, sino de algo muy distinto: de la visión de la sociedad actual como un mecanismo que se mueve sin cesar pero cuyos movimientos no poseen ya dirección ni sentido.

Estas descripciones del nihilismo que corroe a las democracias liberales de Occidente sin duda son verdaderas; sin embargo, a mí, mexicano, me hicieron recordar el célebre diálogo entre Rocinante, el flaco caballo de don Quijote, y Babieca, el robusto corcel del Cid. Ante la triste y melancólica figura de Rocinante, el reluciente Babieca le dice: «Metafísico estáis», y Rocinante contesta: «es que no como…». La tristeza y la angustia de los europeos y de los norteamericanos no vienen de la falta de comida sino de la abundancia de bienes. Estamos ante algo que podríamos llamar «los desastres de la prosperidad». No digo que esos desastres sean quiméricos; subrayo su carácter paradójico y, en cierto modo, diabólico. Aunque no tengo un remedio para curarlos (¿lo hay?), recuerdo a mis colegas que la desesperación, la soledad y la falta de sentido fueron la fuente de inspiración de algunos grandes poetas y novelistas de la época moderna: Baudelaire, Nietzsche, Kafka, Eliot.

5

Las exposiciones de los europeos y norteamericanos fueron un examen tal vez demasiado riguroso de la situación de sus literaturas y sociedades. Confieso que, al oírlos, temí que las nuestras, las de los latinoamericanos, fuesen demasiado complacientes y entusiastas. Por fortuna no ha sido así. Entre todas me impresionó particularmente la brevísima intervención de Luis Rafael Sánchez. Tiene razón: ya no es posible ceder al virtuoso *chantage* de esos críticos que nos hablan infatigablemente de la responsabilidad social del escritor latinoamericano y olvidan que nuestra responsabilidad mayor y primera es con la literatura misma… No obstante, creo que nos faltó mencionar algunas de las carencias y los excesos de la literatura latinoamericana. Entre los excesos: el abuso del lenguaje, la confusión entre la elocuencia y la verdadera poesía, el gusto por lo brillante y lo descomunal, al didactismo y la prédica, la inquina partidaria, la rabia ideológica. Entre las carencias, la mayor es la ausencia de un pensamiento verdaderamente crítico. Hay excepciones que todos conocemos: Vargas Llosa, Cabrera Infante y algunos otros. No es suficiente. La falta de crítica es la otra cara del amor inmoderado por la palabra. Esta carencia es grave porque la crítica es uno de los elementos constitutivos de la literatura moderna: somos los hijos de Kant y de la Ilustración. También de los escritores que sonríen y dudan: Hume, Voltaire, Sterne.

Señalo, de paso, dos notas características de la literatura moderna de América Latina. Una es la relación íntima entre la poesía y la ficción. Sin la poesía contemporánea, que abrió y exploró muchas comarcas antes desconocidas, la novela y el cuento latinoamericano serían inexplicables; asimismo, nuestra poesía le debe muchos de sus elementos a la prosa de ficción. La otra característica: la unidad de nuestra literatura, a pesar de las fronteras políticas y de la multiplicidad de naciones que constituyen la América Latina. No hay una literatura chilena, cubana, argentina o mexicana: hay una literatura latinoamericana. Hay familias de escritores pero esas familias no son nacionales: son estéticas. La literatura latinoamericana es diversa no por la nacionalidad de los autores sino por la variedad de las obras, los estilos y los temperamentos.

6

Fue refrescante oír la discusión de los escritores rusos. Además y sobre todo: fue conmovedor ver sentados en torno a la misma mesa a Siniavski y a Bitov, a Brodsky y a Chujontsev. Fue también memorable escuchar la magistral exposición de Efim Etkind sobre la vida literaria en la Unión Soviética en 1986. Nos comunicó grandes nuevas: la literatura rusa está viva no sólo afuera, en el destierro, sino en su hogar mismo, en esa tierra que nos ha dado tantos admirables poetas y novelistas. La vitalidad del panorama que nos han descubierto Etkind y Bitov ha sido como un golpe de viento, áspero pero vivificante, en el ambiente más bien estancado de este fin de siglo. Oír a Chujontsev nos hace desear aún más ardientemente que en la Unión Soviética se sigan abriendo puertas y ventanas cruel y torpemente cerradas desde hace más de medio siglo. No, el alma eslava no es una invención literaria ni una noción metafísica: hoy comprobamos que es una realidad social, histórica y, sobre todo, espiritual.

7

Los escritores rusos de una y otra orilla no nos describieron una pesadilla nacida de la abundancia culpable y del egoísmo: sus relatos y reflexiones nos hicieron entrever palpables carencias y opresiones. Al oírlos, pensé que es casi imposible separar la cuestión política de la cuestión literaria. Pero las relaciones entre la política y la literatura no son las que pensábamos en nuestra juventud y que todavía ahora, en América Latina, sostienen muchos ideólogos obcecados. No se trata de anunciar en poemas y novelas la buena nueva de la justicia revolucionaria que acabará con la desigualdad y la opresión; se trata de defender la libertad de la imaginación. La cuestión de la literatura es inseparable de la cuestión política porque la libertad de expresión literaria es un aspecto de la libertad de todos los ciudadanos. La lucha del escritor en contra de la censura es parte de la lucha general por los derechos humanos. Esto es cierto para la Unión Soviética, Polonia, Checoslovaquia, Hungría, Rumania y Bulgaria pero lo es igualmente para Chile, Paraguay, Cuba y otros muchos países de África, Asia y América Latina. También lo es para México. Aunque las circunstancias de mi país sean incomparablemente mejores, la libertad de que gozamos los escritores mexicanos estará amenazada mientras la democracia no sea una realidad plenaria en los otros órdenes de la vida del país. En las democracias liberales de Occidente la libertad de creación se enfrenta a peligros más insidiosos pero no menos bárbaros que la censura política e ideológica de los Estados intolerantes: el mercado y la publicidad. Someter la literatura, por naturaleza solitaria y que nada siempre contra la corriente, a las leyes de la circulación de las mercancías, es mutilarla en su esencia. La literatura moderna, lo dijo Blake, es la aliada del demonio: es el ángel que dice *no*.

*Washington, a 26 de abril de 1987*

«Encrucijada» se publicó, con el título «Al paso», en *Pequeña crónica de grandes días*, Barcelona, Seix Barral, 1993.

## BRINDIS EN ESTOCOLMO

Majestades, señoras y señores:

Seré breve. Sin embargo, como el tiempo es elástico, ustedes tendrán que oírme durante ciento ochenta largos segundos.

Vivimos no sólo el fin de un siglo sino de un período histórico. ¿Qué nacerá del derrumbe de las ideologías? ¿Amanece una era de concordia universal y de libertad para todos o regresarán las idolatrías tribales y los fanatismos religiosos, con su caudal de discordias y tiranías? Las poderosas democracias que han conquistado la abundancia en la libertad ¿serán menos egoístas y más comprensivas con las naciones desposeídas? ¿Aprenderán éstas a desconfiar de los doctrinarios violentos que las han llevado al fracaso? Y en esa parte del mundo que es la mía, América Latina, y especialmente en México, mi patria: ¿alcanzaremos al fin la verdadera modernidad, que no es únicamente democracia política, prosperidad económica y justicia social sino reconciliación con nuestra tradición y con nosotros mismos? Imposible saberlo. El pasado reciente nos enseña que nadie tiene las llaves de la historia. El siglo se cierra con muchas interrogaciones.

Algo sabemos, sin embargo: la vida en nuestro planeta corre graves riesgos. Nuestro irreflexivo culto al progreso y los avances mismos de nuestra lucha por dominar a la naturaleza se han convertido en una carrera suicida. En el momento en que comenzamos a descifrar los secretos de las galaxias y de las partículas atómicas, los enigmas de la biología molecular y los del origen de la vida, hemos herido en su centro a la naturaleza. Por esto, cualesquiera que sean las formas de organización política y social que adopten las naciones, la cuestión más inmediata y apremiante es la supervivencia del medio natural. Defender a la naturaleza es defender a los hombres.

Al finalizar el siglo hemos descubierto que somos parte de un inmenso sistema —o conjunto de sistemas— que va de las plantas y los animales a las células, las moléculas, los átomos y las estrellas. Somos un eslabón de «la cadena del ser», como llamaban los antiguos filósofos al universo. Uno de los gestos más antiguos del hombre —un gesto que, desde el comienzo, repetimos diariamente— es alzar la cabeza y contemplar, con asombro, el cielo estrellado. Casi siempre esa contemplación termina con un sentimiento de fraternidad con el universo. Hace años, una noche en el campo, mientras contemplaba un cielo puro y rico de estrellas, oí entre las hierbas obscuras el son metálico de los élitros de un grillo. Había una extraña correspondencia entre la palpitación nocturna del firmamento y la musiquilla del insecto. Escribí estas líneas:

> Es grande el cielo
> y arriba siembran mundos.
> Imperturbable,
> prosigue en tanta noche
> el grillo berbiquí.

Estrellas, colinas, nubes, árboles, pájaros, grillos, hombres: cada uno en su mundo, cada uno un mundo –y no obstante todos esos mundos se corresponden. Sólo si renace entre nosotros el sentimiento de hermandad con la naturaleza, podremos defender a la vida. No es imposible: *fraternidad* es una palabra que pertenece por igual a la tradición liberal y a la socialista, a la científica y a la religiosa.

Alzo mi copa –otro antiguo gesto de fraternidad– y brindo por la salud, la ventura y la prosperidad de Sus Majestades y del noble y pacífico pueblo sueco.

*Estocolmo, 10 de diciembre de 1990*

«Brindis en Estocolmo» se publicó por primera vez con el título «Fraternidad con la naturaleza», junto con «La búsqueda del presente» (Conferencia Nobel), en una separata que editó Círculo de Lectores en 1991, y se recogió en *Al paso*, Barcelona, Seix Barral, 1992.

## ELOGIO DE LA NEGACIÓN[1]

Ante todo: agradezco profundamente la invitación que se me ha hecho para participar en este acto de inauguración de la 44.ª Feria del Libro de Francfort. Mi gratitud se extiende particularmente a su director, el señor Peter Weidhaas, y a la Asociación de Libreros de Francfort. Ésta es la segunda vez que tengo el honor de hablar ante ustedes. La primera fue en 1984. En aquella ocasión mi tema fue «la guerra y la paz». Un tema antiguo como las pinturas rupestres de los cazadores del paleolítico y actual como las noticias de los periódicos de esta tarde. Hoy me toca hablar,

---

1. Discurso inaugural de la Feria del Libro de Francfort (29 de septiembre de 1992), dedicada a México.

para alivio de ustedes y mío, sobre un asunto menos terrible y urgente: la situación de la literatura en nuestros días. No es un asunto baladí pues la salud de una sociedad puede inferirse por el estado de su literatura. Si queremos saber, por ejemplo, cuál era la condición moral y espiritual de la sociedad europea en el período entre las dos grandes guerras, no es necesario acudir a los historiadores y a los sociólogos: basta con leer los poemas de T. S. Eliot o las novelas de Thomas Mann. Mi punto de vista sobre este tema, casi no necesito advertirlo, es el de un escritor mexicano, es decir, el de una persona oriunda de un país del llamado Tercer Mundo. Aquí debo detenerme por un instante para hacer una doble aclaración.

En primer término: *Tercer Mundo* es una denominación inexacta y un concepto vacuo. Más que una imprecisión sociológica e histórica, es una fantasía de políticos y periodistas: el Tercer Mundo es muchos mundos, un conjunto heterogéneo de culturas y sociedades distintas que tienen pocos rasgos en común. En segundo lugar: el punto de vista de un escritor, sea mexicano o de cualquiera otra nacionalidad, no es ni puede ser sino individual y singular. Un escritor no debe ni puede hablar en nombre de los demás. No es el vocero de una tribu, una colectividad o un gobierno: es la voz de una conciencia particular. Una voz solitaria. No quiero decir, claro está, que el escritor es un ser sin nacionalidad o sin vínculos con su suelo y su gente. Cada hombre y cada mujer es hijo de una tradición y de una lengua, el resultado de una historia. Pero el escritor no puede hablar en nombre de nadie. Es verdad que, en ciertos casos, por boca del poeta habla el lenguaje de su pueblo; se trata de momentos excepcionales y que no ocurren sino una o dos veces cada cien años. El escritor no es el representante, el diputado o el portavoz de una clase, un país o una Iglesia. La literatura no representa; su misión es presentar al mundo en su inmensa y contradictoria variedad. No al mundo en su totalidad, tarea imposible, sino este o aquel aspecto de la realidad. La presentación asume muchas formas: es descubrimiento o invención de realidades, es sátira o es transfiguración.

Este año el tema de la Feria del Libro de Francfort es México y su cultura. Se ha querido así reconocer los cambios positivos que mi país ha experimentado en los últimos años. Es una distinción a la que yo, como escritor mexicano, no soy insensible. En efecto, la sociedad mexicana ha cambiado mucho y esos cambios –notables en la esfera de la economía, más lentos e indecisos en el dominio de la política– son tal vez el anuncio de otras transformaciones aún más profundas y decisivas. Si se llegan a realizar, México será al fin una democracia moderna, en todos los sentidos, fastos y nefastos, de la palabra. Nacimos del choque violento y entrañable entre la civilización mesoamericana y la España del Imperio y la Contrarreforma. Desde fines del siglo XVIII nuestra historia ha sido como la de otros pueblos iberoamericanos y como la de los mismos españoles, una prolongada lucha y un movimiento tenaz, sinuoso y al fin irresistible, hacia la modernidad. Creo, además, que los organizadores de la feria han tenido en cuenta otra circunstancia para distinguir a mi país: la continuidad de la cultura mexicana, especialmente en los dominios del libro y de la literatura. Entre los grandes logros de las culturas precolombinas están los célebres códices que, como los manuscritos miniados de la Edad Media, combinan el valor histórico con la extraña belleza de las imágenes visuales. En cuanto a la imprenta: aparece muy pronto, en 1539, casi al otro día de la Conquista y antes que en el resto del continente. La literatura mexicana nace también en el siglo XVI y tiene ya cinco siglos de existencia. Me parece que todo esto justifica la elección de México como tema de la 44.ª Feria del Libro.

Desde su origen, la literatura mexicana se ha distinguido por dos rasgos en apariencia contradictorios y que, no obstante, la constituyen: la tendencia hacia lo universal y la atracción hacia lo propio. Alas y raíces. Como el resto de las literaturas americanas —escritas en inglés, español, portugués y francés— la nuestra se inicia como un diálogo con la tradición española, que en aquella época vivía un período de esplendor. Ese diálogo no tardó en convertirse en una conversación plural y apasionada con las otras literaturas europeas. Relación viva que a veces se ha transformado en polémicas y rupturas, otras en monólogos y en aventuras solitarias. En todas esas mutaciones y vicisitudes aparece la doble tendencia que divide a nuestra literatura y, al mismo tiempo, la reúne con ella misma: el amor a lo universal y la voluntad, no menos violenta, de regresar y penetrar en su íntima singularidad. Ya en Juana Inés de la Cruz, el primer escritor verdaderamente grande que ha dado nuestro continente, aparece esta dualidad: su poesía oscila entre el barroquismo del siglo XVII, lleno de reminiscencias clásicas, y la lengua popular. Otra nota distintiva de la literatura mexicana, especialmente de la moderna, es la presencia constante, aunque no siempre visible, de la realidad no europea de México. Para nosotros la realidad india es, simultáneamente, un pasado y un presente, un fantasma que nos desvela y una presencia que nos interroga. Presencia secreta, escondida, olvidada o enterrada, que aparece de pronto con la violencia de las revelaciones. Al hablar con ella, hablamos con nosotros mismos.

La tensión entre universalidad y mexicanidad es una consecuencia de nuestra contradictoria relación con la modernidad, sus valores y sus espejismos. Subrayo que tensión no es conflicto sino vocación dual. Es el resultado natural de nuestra historia. La misma tensión aparece, por lo demás, en todas las literaturas americanas, sin excluir a la de los Estados Unidos. Tampoco es extraño que los escritores mexicanos de valía hayan sido y sean fieles a este doble impulso; todos han querido y quieren decir aquello que sólo ellos pueden decir, lo suyo propio e intransferible; todos ellos, asimismo, han buscado y buscan el lugar de intersección entre la palabra universal y la suya, entre su tiempo y el del mundo. Nuestros escritores han querido ser modernos; los mejores lo han conseguido. Agrego que unos pocos han alcanzado lo más difícil: una modernidad sin fechas, la única que de veras cuenta. Ahora bien, la modernidad de la literatura mexicana de hoy nos hace ciertas preguntas y nos enfrenta a situaciones que no conocieron nuestros antecesores. Para ellos la modernidad era una aspiración; para nosotros, una realidad que, bajo pena de ser devorados por ella, debemos afrontar y transcender.

El malestar de la literatura contemporánea es un secreto a voces. Un secreto ubicuo, repetido en muchos idiomas. Uso la palabra *malestar*, no decadencia, porque creo que se trata de un momentáneo desfallecimiento. Es difícil determinar sus causas pero no es aventurado pensar que son las mismas que paralizan a nuestra civilización en este crepuscular fin de siglo. Vivimos una pausa histórica. Citaré brevemente algunos de los síntomas de nuestra dolencia.

Todos los días leemos informes, artículos y reportajes sobre un hecho desconcertante: a medida que la educación se extiende y que el analfabetismo desaparece, decrece entre las masas modernas el interés por la lectura. Ese desapego, rayano en animadversión, afecta sobre todo a lo que se llama, no sé por qué, «literatura seria», como si Aristófanes, Boccaccio, Rabelais, Cervantes o Swift fuesen serios. También leemos con frecuencia juicios y veredictos sobre la decadencia de ciertos géneros. A veces es la novela, otras el cuento, el teatro o el ensayo y, siempre, la poesía. Esta última ha sido condenada como anacrónica. Extraña condenación: ¿se ha pensado en lo que sería la literatura del siglo XX sin Rilke y sin Valéry, sin Yeats y sin Montale, sin Pessoa y sin Neruda? Algunos atribuyen la escasez de obras realmente nuevas al cansancio: después de tantas rupturas e invenciones, tantas revoluciones estéticas y tantos poemas y novelas que pusieron en entredicho a la noción misma de *literatura*, una pausa es natural. Para recobrar el aliento hay que detenerse un instante. Otros culpan a los gobiernos, a la televisión y a los grandes consorcios; todos ellos ofrecen a las masas, bajo el rótulo mendaz de «cultura popular», entretenimientos y espectáculos que son el equivalente moderno del circo romano y del hipódromo bizantino.

La mayoría de estas críticas son justas pero confieso que no veo cómo podrían remediarse los males que denuncian sin una reforma general de las sociedades contemporáneas. Son males que pertenecen a la naturaleza de nuestra civilización. Podríamos, sí, enderezar un poco las cosas. Por ejemplo, mejorar el estudio de las humanidades y de la literatura en nuestras escuelas y universidades. También podríamos oponernos más activamente a las descaradas manipulaciones políticas y comerciales que hoy se hacen bajo la máscara de la palabra *cultura*. Todo esto, con ser mucho, no sería suficiente.

Entre todas estas críticas hay unas que se refieren a las dificultades que experimentan muchos autores para publicar esas obras que, por un eufemismo, llamamos *difíciles* o con otro vocablo aún más peyorativo: *elitistas*. Desde la aparición de la imprenta las relaciones entre autores y editores han sido tormentosas y necesarias: aunque se querellan sin cesar, ninguno de los dos puede vivir sin el otro. La lógica que rige a la edición de libros es la del mercado; agrego que es una lógica que no puede aplicarse mecánicamente a esa compleja y sutil operación que consiste en escribir libros, publicarlos, distribuirlos y leerlos. La literatura no es ni puede ser sino indiferente a las leyes del mercado. Esa indiferencia se ha vuelto, una y otra vez, rebeldía y esa rebeldía es parte de la historia de la literatura del siglo XX. Cierto, sin editores no hay literatura. Sin embargo, el número no define el valor de las obras literarias. No menos preciosos e indispensables que los Zola son los Mallarmé. La lógica del mercado impulsa a los editores a multiplicar sus productos; asimismo los lleva a unificarlos. El ideal es publicar el mayor número de ejemplares de cada libro y que cada libro sea, a un tiempo, nuevo y semejante a los anteriores. Es el secreto del *best-seller*: aunque es un producto nuevo, sólo en apariencia es diferente de los otros. En realidad, lejos de ser distinto, es una confirmación del gusto o de la moda imperante. Es una novedad inofensiva, a la que le han limado los dientes y cortado las uñas.

Frente a esta situación, el único remedio que se me ocurre es apostar por la pluralidad de gustos, aficiones y tendencias. O para decirlo en términos más técnicos: diversificar el mercado. Si se quiere no sólo hacer buenos negocios sino salvar a la literatura de la congelación que la amenaza, hay que reconocer la existencia de las minorías y alentarlas. En ellas reside el secreto de la salud de la literatura y, me atrevo a decirlo, de nuestra civilización. El remedio que acabo de sugerir consiste, en el fondo, en regresar a la gran tradición de los editores de la Edad Moderna, desde el siglo XVIII. Es imposible olvidar que la existencia de nuestra literatura se debe no sólo al genio y al talento de nuestros grandes poetas y escritores sino también a la acción de muchos editores arrojados e inteligentes. Ellos se arriesgaron a publicar obras insólitas y que muchas veces contradecían a la opinión, al gusto y a la moral de las mayorías, las Iglesias y los gobiernos. Esta tradición, por fortuna, está viva todavía y a ella le debemos que no nos haya cubierto enteramente la gran ola de estupidez que por todas partes nos rodea. Pero es una tradición amenazada por la publicidad, los grandes consorcios, la industria de la comunicación y del entretenimiento, el dinero y la indiferencia, en ocasiones complicidad, de los gobiernos. Necesitamos más editores de esa clase, valientes, enamorados de la literatura y decididos a arriesgarse.

Sería imperdonable e hipócrita no agregar que, además y sobre todo, es vital el concurso de los escritores. Necesitamos recobrar la tradición de la gran literatura del siglo XX. No para repetirla sino para continuarla y así cambiarla. No pienso en los hallazgos de nuestros predecesores inmediatos ni en las formas que inventaron: ¿a qué y para qué repetir lo que estuvo bien hecho?; sostengo que hay que volver a su impulso inicial. La suya no fue una literatura trivial ni conformista sino, al contrario, crítica, irreverente, agresiva y no pocas veces compleja y difícil. Los clásicos modernos no adularon los gustos, los prejuicios o la moral de sus lectores; no se propusieron tranquilizarlos sino inquietarlos y despertarlos. Literatura de escritores que no temieron quedarse solos y que nunca corrieron, con la lengua de fuera, tras la «diosa perra del éxito». Para ellos el oficio de escribir fue una aventura en lo inexplorado y un descenso al fondo del lenguaje. Lección de maestría pero también de intrepidez y desprendimiento. Por esto sus obras perduran y están vivas todavía. Los escritores de hoy tenemos que aprender, otra vez, la vieja palabra con que comenzó la literatura moderna: el monosílabo *No*. Siempre he creído que la poesía –sin excluir a la más negra, a la que brota del horror y el desastre– se resuelve siempre en una celebración de la existencia. La misión más alta de la palabra es el elogio del Ser. Pero, antes, hay que aprender a decir *No*. Sólo así podremos ser dignos y, tal vez, decir ese gran *Sí* con que la vida saluda diariamente al día que nace.

*México, a 5 de septiembre de 1992*

«Elogio de la negación» se publicó en una separata editada por Círculo de Lectores, en edición cuatrilingüe, 1992.

# Índice alfabético

Este índice incluye nombres de autores y personajes reales (EN VERSAL); de divinidades, personajes míticos y literarios (en redonda); de obras artísticas y literarias, poemas, películas, revistas y lugares con obras de interés artístico (*en cursiva*) y de artículos y partes de obras literarias, («en redonda y entre comillas»). Tras las obras se citan los nombres de los autores (entre paréntesis).

## A

*À la recherche du temps perdu* (Proust): 527.
*A Passage to India* (Foster): 360.
ABDULLAH, Muhammad: 441.
ABEL MARTÍN (pseudónimo de A. Machado): 29, 30, 33, 35.
ABELARDO, Pedro: 141, 345.
*Abhidhammattha-Sangha*: 562.
Abraham: 204.
Acteón: 196.
ADAMS, Henry Brooks: 614
Adán: 166, 234, 351, 464, 476, 480.
*Adiós a Yüan, enviado a Ans-Hsi* (Wang Wei): 280.
Aditi: 465.
Adonis: 196.
ADRIANO, Publio Elio: 574.
Afrodita: 173
«águila, el jaguar y la Virgen, El» (Paz): 419n.
AGUSTÍN, San: 66, 74, 93, 118, 246, 272, 422, 463.
AGYEGA (S. VATSYANAN): 372.
*Aigle, Mademoiselle..., L'* (Lely): 67.
Ajanta (frescos): 145-146, 366, 383, 386, 524.
AKBAR: 366, 386-390, 392, 437, 446, 449.
AKHENATÓN (AMENOPHIS IV): 422.
*Al paso* (Paz); 74n, 104n.
«Al paso» (véase «Encrucijada»; Paz): 674n.
Alá: 381, 384-386, 636.
Albertine: 245, 286.
ALEJANDRO MAGNO: 242, 420, 434, 577, 595.
ALTHUSSER, Louis: 628-629.
Alto Cero: 35.
ALVAR, Manuel: 230n.
ALVAREZ: 606.
ALLEN, Judith van: 88n.

*amante de lady Chatterley, El* (Lawrence): 100.
«amantes de Lady Chatterley, Los» (véase tb. «La religión solar...»; Paz): 104n.
*Amaravati* (relieves): 138, 143.
AMARU: 458.
AMENOPHIS IV (véase Akhenatón).
*Amor constante más allá de la muerte* (Quevedo): 248-249.
*Amour et l'Occident, L'* (Rougemont): 229.
*Amour fou, L'* (Breton): 298, 303n.
Ana Karenina: 274.
Anabella: 48.
*Anales de Otoño y Primavera* (en *A Source Book in Chinese Phylosopy*): 172n.
*Anangaranga*: 176.
ANDRÉS EL CAPELLÁN: 262, 271.
Anquisis: 248
*Anthologie de l'amour sublime* (Péret): 298n.
*Anthology of Sanskrit Court Poetry, An* (Ingalls): 454n.
*Anthropologie structurale* (Lévi-Strauss): 491, 493, 496n, 626n.
*Anthropologist looks at History, An* (Kroeber): 132n.
Antígona: 503, 646-647.
«Antiguo Testamento»: 221, 462.
*Antología griega*: 225.
*Antología palatina*: 240, 243, 455.
ANTONIO, San: 346.
*Apariencia desnuda. La obra de Marcel Duchamp* (Paz): 256n, 266n.
«Apocalipsis»: 101.
Apolo: 554.
APOLONIO DE RODAS: 253.
APOLLINAIRE, Guillaume: 67, 69, 71, 73, 306, 376, 517.
APULEYO: 227, 252-253.
*Aquel árbol que mueve la hoja...*(H. de Mendoza): 561.

Aquiles: 275, 519.
AQUILES TACIO: 253.
ARAGON, Louis: 71, 75.
ARCIPRESTE (véase Juan Ruiz).
*arco y la lira, El* (Paz): 517n, 519.
ARCHER, W. G.: 460.
*Architecture of Matter, The* (Toulmin y Goodfield): 633.
ARENDT, Hannah: 282.
*argonautas, Los* (Apolonio de Rodas): 253.
ARISTÓFANES: 234, 537, 679.
ARISTÓTELES: 20-21, 23, 190, 254-255, 258, 260, 280-281, 290, 317, 321, 323, 328, 422, 446, 462, 470, 478, 480, 574, 583, 592, 595, 661.
Arjuna: 184, 403, 468, 473-475, 478-479, 646.
ARLAND, Marcel: 71.
ARNOLD, Edwin: 434.
ARON, Raymond: 596.
*Arqueología de la violencia* (Clastres): 499n.
ARRHENIUS, Svante August: 325-326.
ARSINOE II FILADELFO: 242.
*Art of Courtly Love, The* ( Andrés el Capellán; trad. e introd. Parry. Véase *De arte honesta amandi*): 262n.
ARTAUD, Antonin: 164.
«arte de México, El» (Paz): 419n.
Artemisa (llamada Selene, Hécate y la Terrible): 45, 240-241.
Ash boy: 506, 510.
ASHOKA: 386, 446, 449.
*Ashoka* (arquitectura): 143n.
«Asia y América» (Paz): 419n, 512n.
ASÍN PALACIOS, Miguel: 262.
*Asiria* (arquitectura): 143n
*asno de oro, El* (Apuleyo): 253.
Astarté: 220, 420.
«Ateísmos» (Paz): 567-571n.
*Atharva Veda*: 386, 465-466.
Atis: 420.
AUDEN, Wystan Hugh: 222, 269, 360-361.
AUGUSTO, Cayo Julio Octaviano: 246, 255.

AUNG, S. Z.: 562.
AURANGZEB: 388-390, 413n, 426, 432, 445.
Aurélia: 251, 297.
*Aurélia* (Nerval): 227.
AURELIO, Marco: 135, 574.
AURY, Dominique: 70-72.
*Autobiography of an Uknown Indian* (Chaudhuri): 373.
*Autodestrucción de los filósofos* (véase tb. *Incoherencia de la filosofía*; Ghazali): 570n.
*Autodestrucción de la autodestrucción* (véase tb. *Incoherencia de la incoherencia*): 570n.
AVERROES, Abu-l-Walid Muhammad ibn Rusd, llamado: 383, 422, 570.
AVICENA, Abu Ali al-Husayn ibn Sina, llamado: 383.
AZALAIS DE PORCAIRAGUES: 266.

B

Babieca: 672.
BABUR: 386, 403-404, 432n, 539.
BACON, Francis, barón de Verulam, vizconde de St. Albans, lord: 428.
BAHADUR SHAH II: 391.
*Baharut* (relieves): 524.
BAI, Mira: 460.
BALBUENA, Bernardo de: 588.
BALZAC, Honoré de: 61, 74, 274, 346, 667.
*Banquete* (Platón): 234-235, 237-239, 260-261, 284, 307, 342-343, 462, 601.
BAO-YU: 96, 231, 350.
Barbelo: 220.
BAREAU, André: 148.
BASHAM, A. L.: 434, 453n.
*Basic Writings* (Han Fei Tzu; trad. B.Watson): 192n.
BATAILLE, Georges: 68-69, 73, 92-94, 458-459, 491, 494, 550.
«Battling the Past, Forging a Future?

Ayadhya and Beyond» (en *India Briefings*; Varsheney): 436n.
Baucis: 348-351.
BAUDELAIRE, Charles: 86, 102, 113, 248, 252, 275, 367, 519, 615-616, 619-620, 672.
*Bavarian Gentians* (Lawrence; trad. Paz): 226n.
Beatriz: 237, 271, 297.
BEAUVOIR, Simone de: 73.
*Beginnings of Indian Philosophy (Selections from the Rig Veda, Atharva Veda, Upanishad and Mahabarata*; Franklin): 465n.
BERGSON, Henri: 296, 492.
BERNARD, Jean-Alphonse: 446-446n.
BESANT, Annie: 430-430n.
BHAGAT, Usha: 373.
*Bhagavad Gita* (*Canto del Señor*): 49, 358, 403, 417-418, 434-435, 468, 473-474, 478, 581, 646.
BHARATI, Agehananda: 148-149, 152n-153, 158, 163, 167, 170.
*Bharhut* (esculturas): 130-131, 138, 142-144, 149, 152n-153, 158, 163, 167, 170.
BHARTRIHARI: 461n.
BHATTACHARYA, Narendranat (llamado M. N. Roy): 439.
BHAVAKADEVI: 456.
*Bhubaneswar* (templo): 460.
*Biblia*: 168, 198, 322-323, 462, 465.
BILGRAMI, Akeel: 437n.
BILHANA: 458.
Bishma: 475.
BITOV, Andréi: 670n, 673.
BLAKE, William: 77, 195, 201, 250, 483, 674.
*Blanco* (Paz): 665.
BLANCHOT, Maurice: 69, 73.
Bloom: 228.
BOAS, Franz: 493, 504.
BOCCACCIO, Giovanni: 679.
BÖHME, Jakob: 101.
BONNEFOY, Yves: 373.
BONNET, Marguerite: 303n.
*Booz endormi* (Hugo): 221.

BORN, Bertran de: 257n.
BORODÍN, Mijaíl: 439.
BORTA: 413.
BOSSUET, Jacques-Bénigne: 648.
*Bouddhisme, Le* (Silburu): 28n.
BOWERS, Faubian: 360.
Brahma: 25, 47, 96, 402, 477-478, 580.
*Brahma-sutra*: 131.
*Brahmana*: 417.
BRANCUSI, Constantin: 360.
BRAQUE, Georges: 71.
*Brave New World* (Huxley): 339.
BRENTANO, Franz: 333-334.
BRETON, André: 74-75, 201, 203, 223, 298-299, 302-304, 376, 484, 492, 587.
BRETON, Bonnet: 303n.
*Bright Air, Bright Fire. On the Matter of the Mind* (Edelman): 332n.
BRIK, Osip: 559.
BRILLAT-SAVARIN, Jean Anthelme: 87.
«Brindis en Estocolmo» (Paz): 676n.
BRODSKY, Joseph: 664, 670n, 673.
BROUGH, John: 455.
BROWER, Roberta: 322n.
BROWN, Norman O.: 122-123n, 183-184, 549.
BRUN, Annie le: 73.
BRUNO, Giordano: 73, 317, 430n, 477, 659.
BUCARELI Y URSÚA, Antonio María de: 78.
BUDA (título honorífico de Siddharta Gautama): 26, 28, 93, 97, 115, 129, 138-140, 143-145, 157, 161, 183, 370, 399, 454-455, 471, 476-477, 524, 555-557, 559, 562-563, 570-571, 587, 608, 636, 643; diamantino: 165; supremo (llamado Señor de las piedras y Vajrasattva): 115.
*Buddhist Texts through the Ages* (Conze, Horner, Snellgrove y Waley): 165n, 468n.
*Buddhist Logic* (Scherbatsky): 581n, 584n.
BUITENEN, J. A. B. van: 379.
BUÑUEL, Luis: 74, 255.
BURKE, Kenneth: 76.

Burlador, el: 238.
BURLJUK: 559.
BURY, J. B.: 633-634.
«búsqueda del presente, La» (Paz): 676n.

## C

CABRERA INFANTE, Guillermo: 672.
Cadmos (esfinge): 503.
CAGE, John: 524.
CALDERÓN DE LA BARCA, Pedro; 64, 245, 253.
*Calendario Azteca*: 669.
*Calila e Dimna*: 379.
CALÍMACO: 244, 255.
Calixto: 291, 350-351.
CALVINO, Jean Cauvin o Caulvin, llamado: 115, 140, 444.
CAMPANELLA, Giovanni Domenico, llamado Tommaso: 317, 659.
CAMPRUBÍ, Zenobia: (esposa de J. R. Jiménez): 438.
CAMUS, Albert: 358.
«canal y los signos, El» (Paz): 600-605n.
*Cantar de los cantares* (Salomón)): 221-222.
*Cántico espiritual* (J. de la Cruz): 222.
*Canto del Señor* (véase *Bhagavad Gita*).
*Canzoniere* (Petrarca): 272.
CAO XUEQUIN: 231-233.
*capital, El* (Marx): 545n, 626, 628.
CAPULETO, los: 286.
«Cárceles de la razón» (Paz): 67-74n.
CARDENAL, Peire: 257n.
CÁRDENAS, Lázaro: 78.
Cariclea: 253.
CARLOMAGNO: 386.
CARLOS EL TEMERARIO: 135.
CARLOS V: 539.
CARRANZA, Venustiano: 439-440n.
CARRILLO FLORES, Antonio: 485.
*Carta de creencia* (Paz): 212.
*cartuja de Parma, La* (Stendhal): 211.
*casa de la presencia, La* (Paz): 338n, 518n, 541n, 542n, 664n.

Casanova: 49.
CASARES, María: 358.
*Castes in India* (Hutton): 534n.
CASTIGLIONE, Baldassare: 176.
CASTORIADIS, Cornelius: 652.
CATARINA DE SAN JUAN: 413-414.
*Catarina de San Juan, princesa de la India y visionaria de Puebla* (Maza): 413.
CATULO, Cayo Valerio: 242n-244, 246, 252, 255, 257, 348, 455.
CAVALCANTI, Guido: 272, 304.
Celestina, la: 290.
CENDRARS, Blaise, pseudónimo de Frédéric Sauser Hall: 71.
Cenicienta, la: 506, 511.
CERNUDA, Luis: 78, 286.
CERVANTES SAAVEDRA, Miguel de: 86, 253, 459, 679.
CÉSAR, Cayo Julio: 577.
Cibeles: 420.
CICERÓN, Marco Tulio: 280.
Cid, el: 672.
Cihuacóatl: 46.
Cintia: 246-248, 252, 255, 302.
*Cité d'or, La* (en Océano donde desembocan los ríos de los cuentos; trad. de Verschaeve): 379.
*Civilisation de l'Inde ancienne d'après les textes sanscrites, La* (Renau): 477n.
*Civilisation tibétanne, La* (Stein): 158n.
Clairwil: 59, 64.
CLARA, Santa: 413.
CLARKE, Arthur C.: 331.
CLASTRES, Pierre: 499n, 660-661.
*Claude Lévi-Strauss o el nuevo festín de Esopo* (Paz): 491-558n.
CLAUDEL, Paul: 358, 521.
Claudia: 291.
Clitemnestra: 240, 281.
CLIVE, Robert: 391.
Clodia: 244.
Cloe: 350-351.
*Cluny* (arte de): 143.
Coatlicue: 45, 115.
COLERIDGE, Samuel Taylor: 519.

COLÓN, Cristóbal: 314n.
COLONNA, Vittoria: 282.
*collar de la paloma, El* (Ibn Hazm): 261-262.
Comendador, el: 64n, 594.
COMFORT, Alex: 173n.
*Commedia* (Dante, véase tb. *Divina*): 272.
*Complex* (Allen): 88n.
«Concilio de luceros» (en *Sor Juana Inés de la Cruz o las trampas de la fe;* Paz): 257n.
CONDESA DE DIA, Beatriz o Isoarda: 257n-258, 266.
*Confucian China and its Modern Fate* (Levenson): 191n.
CONFUCIO, Kong fu zi, llamado: 171-172, 177, 179-181, 470, 479.
*Conjunciones y disyunciones* (Paz): 19, 79n, 107-206n, 338n, 420n, 461n, 466n.
«Conocimiento, drogas, inspiración» (Paz): 608n.
*Consagración de la primavera* (Stravinski): 524.
CONSTANTINO I EL GRANDE, Cayo Flavio Valerio Constantino: 135.
*Contrat Social*: 545n, 627n.
*contrato social, El* (Rousseau): 56.
CONZE, Edward: 165n, 468n, 471.
COOMARASWAMY, Ananda: 143n.
*Corán*: 368, 437.
CORAZÓN DE LEÓN (véase Ricardo).
CORBIN, Henri: 570.
COROMINES, Joan: 111, 588-588n.
*Corriente alterna* (Paz): 79n, 562, 565, 571n, 577, 584n, 587n, 592n, 596n, 599n, 605n, 610n, 612n, 616n, 623n, 630n, 635, 644n.
CORTÉS, Hernán: 361, 506.
*cortesano, El* (Castiglione): 176.
*Corydon* (Gide): 286.
*Coup de dés, Un* (Mallarmé): 513, 521, 527, 634.
COVARRUBIAS, Sebastián de: 588.
Creador (véase Dios).

«Credo ut Intelligam» (en *Thy Hand, Great Anarch! India, 1921-1952*; Chaudhuri): 373.
Creonte: 647.
CRESPO, Ángel: 270n.
CRICK, Francis: 325-327, 331-332.
CRISTO (véanse tb. Crucificado, Jesús, Jesucristo, Mesías, Nuestro Señor, Redentor y Salvador): 138, 140, 154, 156, 222, 279, 300, 343, 430, 463, 473, 476, 480, 562, 605, 636.
*Crítica de la economía política* (Marx): 629.
*Crítica de la razón pura* (Kant): 601.
*Critical Inquiry*: 437n.
*Cru et le cuit, Le* (Lévi-Strauss): 491, 508-510, 512, 517, 519, 525, 527.
Crucificado, el (véanse Cristo, Jesús, Jesucristo, Mesías, Nuestro Señor, Redentor y Salvador): 146.
CRUZ, sor Juana Inés de la: 20, 250, 454, 654, 678.
*Cuatro Vedas*: 416.
*Cuentos del vampiro* (en *La Cité d'or* y *Océano donde desembocan los ríos de los cuentos*; traducciones de Renou y de Verschaeve): 379.
Cyrano de Bergerac: 223.

## CH

Ch'ing: 192, 194.
CHANDRA, Bose Subas: 404, 439.
CHANDRA CHATERJII, Bakim: 393.
CHANDRAKIRTI: 28.
*Chants mystiques de Kanha et Sahara* (ed. y trad. Shabidullha): 165n.
CHARPIER, Jacques: 67.
CHATEAUBRIAND, François-René de: 196, 614.
CHAUDHURI, Nirad C.: 373, 408, 640.
CHE GUEVARA (véase Guevara).
CHÉJOV, Anton Paulovic: 86.
Chi'n, los: 181
*Chichén-Itzá* (arte de): 44.

CHILDE, Gordon: 540,
Ching, los: 192
CHOMSKY, Noam: 559-560.
CHOU (duque): 191.
CHOU, los: 191.
CHRÉTIEN DE TROYES: 270.
CHUANG-TSÉ: 33, 134, 172, 178.
CHUJONZEV, Oleg G.: 670n, 673.

D

Dafnis: 350-351.
*Dafnis y Cloe* (Longo): 252.
Dai-yu: 96, 231, 350.
DALÍ, Salvador: 255.
Dama de Rokujo: 232.
DANIEL, Arnaut: 257n, 272.
DANTE ALIGHIERI: 234, 237, 256, 261-262, 270-272, 274, 276, 283, 296, 298-299, 304, 421, 519.
Dara (véase Dara Shikoh).
DARÍO, Rubén (pseudónimo de Félix Rubén García Sarmiento): 289, 561, 643, 655.
DARWIN, Charles: 331, 523, 633, 636.
DAS, Chandi: 460.
DAS, Sur: 460.
DASGUPTA, S. D.: 165n.
David: 139.
*De arte honesta amandi* (Andrés el Capellán): 262.
DE GAULLE, Charles: 595, 622.
*De Germania* (Tácito): 258.
DEBOUT, Simone: 79-79n.
DEBUSSY, Claude-Achille: 524.
*Decamerón, El* (Boccaccio): 313.
*Dee Goong An* (Gulik): 170.
Delbére: 54.
Delfis: 240-242.
DELICADO, Francisco: 128.
DEMÓCRITO: 27, 321.
DESAI, Morarji: 378.
DESCARTES, René: 330, 552.
Desdémona: 245.
Devi: 384.

DHARMAKIRTI: 454-455.
*Diccionario crítico etimológico de la lengua castellana* (Coromines): 588.
*Diccionario de autoridades*: 212, 251, 278, 347, 357.
DICKENS, Charles: 667.
*Dictionary of Buddhism, A* (Ling): 27n.
DIDEROT, Denis: 73, 491.
Dido: 246, 248.
*Dieu* (Hugo): 23n.
DIÓGENES LAERCIO: 643.
Dios: 21-25, 55, 58-59, 66, 72, 144, 156, 169, 221, 238, 249-251, 260-263, 278, 291, 323, 327, 330-331, 338, 343, 350, 360, 381, 384-386, 422, 424, 430, 437-438, 455, 463-464, 476, 534, 553, 555, 567-571, 573-575, 580-581, 592, 601, 613, 615-617, 643, 646-647; Creador, 269, 278-279, 343, 384, 464, 571; Padre, 278.
Diosa: 384.
Diotima: 235-238.
«Discurso en Jerusalén» (Paz): 645-648n.
*Divina Comedia* (Dante, véase tb. *Commedia*): 270.
DODDS, E. R.: 135.
Dolmancé: 48.
DOMINIQUE (véase Aury).
Don Juan: 64n, 93, 238, 527.
Don Quijote: 275, 671-672.
DONNE, John: 71, 272, 292n, 348.
DONOSO CORTÉS, Juan: 614.
«dos razones, Las» (Paz): 613-616n.
«Douteuse Justine ou les revanches de la pudeur, La» (Paulhan): 69n.
Drona: 475.
DUBOIS (abate): 158.
DUCHAMP, Marcel: 196, 229, 305, 574.
DUMAS, Alexandre: 366.
DUMÉZIL, Georges: 31, 134-135, 395, 401, 419.
DUMONT, Louis: 394-395, 401, 562, 578, 585-586.
Duque de Blangis: 48.
Duquesa de Langeais: 274.
Durga: 358, 476, 580.
DURKHEIM, Émile: 183, 493.

# E

*Early Buddhist Theory of Knowledge* (Jayatilleke): 556n.
*edad de oro, La* (Buñuel y Dalí): 255.
EDELMAN, Gerald M.: 332-332n, 334-337.
EDGERTON, Franklin: 465n.
Edipo: 52, 277-278, 502-505, 507-508, 534, 560.
*Edipo* (Sófocles): 184.
*educación sentimental, La* (Flaubert): 275.
Egisto: 240, 281.
EINSTEIN, Albert: 141, 318, 322, 324-325, 632.
Electra: 52, 277.
*Elefanta* (arquitectura): 146.
«Elegía cuarta del octavo libro» (Propercio): 247.
«Elegía séptima del cuarto libro» (Propercio): 247.
ELIADE, Mircea: 153, 162-162n.
ELIOT, Thomas Stearns: 26, 298, 329, 467n, 517, 672, 677.
«Elogio de la negación» (Paz): 676-681n.
Eloísa: 344.
ÉLUARD, Paul: 298.
ELLIS, Havelock: 49.
*Ellora* (arqueología): 383, 453.
EMERSON, Ralph Waldo: 333, 389.
Emma Bovary (véase madame Bovary).
EMPÉDOCLES: 234, 462, 478.
EMPERADOR AMARILLO: 171, 402, 479, 539.
*Enciclopedia*: 70, 296, 590, 656.
«Encrucijada» (Paz): 670-674n.
*Eneadas* (Plotino): 471.
Eneas: 246, 248, 275.
ENGELS, Friedrich: 303-303n, 324, 543, 553, 598n, 601, 629.
«Ensayo» sobre *Lady Chatterley's Lover* en *Nouvelle Revue Française* (Malraux): 103.
EPICURO: 254 -255, 314.
ERLICH, Victor: 559.
Eros: 49, 53, 98, 119, 224-225, 227-229, 235, 237-238, 241, 250, 308, 311-312, 342, 344, 351, 466, 473, 549.
*Eros y Tanatos* (*Life against Death*, Brown): 123n, 549.
*Erotic Art of the East* (Rawson): 157n, 173n.
*Érotique des troubadours, L'* (Nelli): 188n, 259n, 265n.
*Escrituras*: 427.
«esencia del amor, La» (en *El collar de la paloma*; Ibn Hazm): 261.
Esfinge: 503, 504n-505, 507.
ESOPO: 516.
*Espacio* (J. R. Jiménez): 118.
«Essai sur le don» (en *Sociologie et anthropologie*; Mauss): 493n.
*Essais de linguistique générale* (Jakobson): 496n.
Eteocles: 503.
«eterno retorno, El» (Paz): 572-573n.
*Ética nicomaquea*, VIII (Aristóteles; trad. Gómez Robledo): 280n.
ÉTIEMBLE, René: 521.
ETKIND, Efim: 670n, 673.
EUCLIDES: 626.
EURÍPIDES: 253.
*Europa y la cristiandad* (Novalis): 193.
«European Parallels: Kant and Hegel» (en *Buddhist Logic*; Scherbatsky): 584n.
Eva: 166, 234, 351, 464, 476, 480.
«Eva y Prajñaparamita» (Paz): 109, 138-169.
«Evangelio»: 168, 304, 393, 407, 462-463.
*Examen de minuit, L'* (Baudelaire): 275.
«excepción de la regla, La» (Paz): 616-620n.
*Excursiones/Incursiones* (Paz): 325n, 608n.

# F

Fabricio del Dongo: 275.
*Fábula de Polifemo y Galatea* (Góngora): 521.
FAN HSÜAN-TSÉ: 172.

FARUK: 359.
FAUBIAN: 363-364.
Fausto: 519, 527
*Fe Divina, La* (Akbar): 387.
*Fedón* (Platón): 462.
Fedra: 240.
Fedro: 254, 260-261.
*Fedro* (Platón): 227, 234, 342, 462.
Felicia: 48.
Filemón: 348-349, 350-351.
FILODEMO: 240, 455.
*filtros mágicos, Los* (llamados tb. *La hechicera* y *Las hechiceras*; Teócrito): 240n.
*Fin de Satan, La* (Hugo): 23.
*First Three Minutes, The* (Weinberg): 322.
FLAUBERT, Gustave: 275, 667.
*Fleurs du mal, Les* (Baudelaire): 620.
FORD, John: 278.
«forma que se busca, Una» (Paz): 630-635n.
FORSTER, Edward Morgan: 286, 372.
FOURIER, Charles: 19, 75-82, 84, 87, 89-91, 93-94, 97, 211, 306, 317, 659.
*Fragments du Narcisse* (Valéry): 33-34.
«Français, encore un effort, si vous voulez être republicains» (en *La Philosophie dans le boudoir*; véase tb. «Franceses, un esfuerzo más, si queréis ser republicanos»; Sade): 61n.
Francesca: 96, 248, 270-271, 275, 277, 302.
«Franceses, un esfuerzo más, si queréis ser republicanos» (en *La Philosophie dans le boudoir*; véase tb. «Français, encore un effort, si vous voulez être republicains»; Sade): 74.
FRANCISCO DE ASÍS, San: 384.
FRANCO BAHAMONDE, Francisco: 38.
«Fraternidad con la naturaleza» (véase «Brindis en Estocolmo»; Paz).
Frédéric-Flaubert: 275.
Frédéric Moreau: 275.
«frenético, El» (en *La gaya ciencia*; Nietzsche): 567-569, 574.
FRENK ALATORRE, Margit: 128n.
FREUD, Sigmund: 49-53, 60, 75-76, 93-94, 103, 113, 120, 122, 124, 136, 183, 224, 277-278, 296, 352, 422, 458, 478, 492, 508, 515, 522, 534, 549, 600, 608, 618.
*From Alexander to Cleopatra. The Hellenistic World* (Grant): 254n.
FROMM, Erich: 52-53, 122.
Fuensanta: 252.
FUENTES, Carlos: 78.
*Fuerte Rojo* (monumento): 437.
*Fundación y disidencia* (Paz): 257n.
FURET, François: 628.


G

GALENO: 290, 422.
*Gandara* (esculturas): 142-143.
GANDHI, Mohandas Karamchand: 377, 396, 404, 410, 415, 426, 431, 433-440, 442-443, 449-450, 475, 480, 630.
GANDHI, Indira: 377-378, 445-446, 450, 485.
GANDHI, Rajiv: 377-378, 408, 445, 450, 485.
GANDHI, Sanjay: 377.
Ganesha: 432, 580.
GAOS, José: 527.
GARCÍA GÓMEZ, Emilio: 261-261n.
GARCÍA LORCA, Federico: 517.
GARCÍA MÁRQUEZ, Gabriel: 313.
GARCILASO DE LA VEGA: 128, 561.
GAUTAMA (véase tb. Buda): 139-140, 556, 562.
*gaya ciencia, La* (Nietzsche): 568.
GAYTONDE: 373.
«Génesis»: 462, 464; *III*, 464.
GENET, Jean: 617, 619.
GENGIS KHAN: 370, 383, 386.
Genji: 232.
*Genji Monogatari* (*Historia de Genji*; Murasaki): 231.
*Ghalib, Life and Letters* (Russelid e Islam): 404n.

GHALIB, Mirza Asadullah Kaham: 404-404n.
GHAZALI, Abû Hámid: 570.
GIDE, André: 286, 438.
Gilberte: 245, 286.
Ginebra (reina): 258, 270-271
Giovanni Malatesta: 277.
*Gita*: 373, 435.
*Gita Govinda* (Jayadeva): 221, 459, 460.
*gitana, La* (Apollinaire): 376.
GOBSEK, Esther: 274.
God: 582.
GÖDEL, Kurt: 185.
*Gödel's Proof* (Nagel y Newman; trad. y comen. Xirau): 185n.
GODSE, N. V.: 436.
GOETHE, Johann Wolfgang von: 227, 297.
GOKHALA, V. V.: 454n.
GÓNGORA Y ARGOTE, Luis de: 112, 114, 117-118, 125, 128, 214, 456, 521, 561.
GONZÁLEZ REIMAN, Luis: 477n.
GOODFIELD, J.: 633.
GOROSTIZA, José: 358, 517.
GOYA Y LUCIENTES, Francisco de: 524.
*Gracias y desgracias del ojo del culo* (Quevedo): 112.
Gran Cero: 35.
Gran Diosa: 141n, 149, 196, 384, 419, 430, 554.
GRAN MOGOL (Aurangzeb): 413.
Gran Todo: 220, 225, 352.
GRANET, Marcel: 532.
GRANT, Michel: 253-254n.
GRECO, Doménikos Theotokópoulos, llamado El: 524.
*Greeks and the Irrational, The* (Dodds): 135n.
Grial: 504, 512.
GRIMAL, Pierre: 227, 254-255n.
GRUENTHIER, Herbert V.: 165n.
GUEVARA, Ernesto, llamado Che: 199n, 485.
GUILLÉN, Jorge: 374.
GUILLERMO IX, duque de Aquitania: 257n-258n.

GUINIZELLI, Guido: 271, 284.
GUJRAT, Satish: 366, 369.
GULIK, R. H. van: 170-171, 174, 186.
GUPTA, los: 141.

# H

HAFIZ: 387.
HAJIME, Nakamura: 582-583.
HAN (dinastía): 171.
HAN FEI TZU: 191, 192n.
Hans Castorp: 291.
Hanuman: 439.
*Harappa* (esculturas): 141n.
HARDY, Peter: 384.
«Hartazgo y náusea» (Paz): 605-610n.
HASTINGS, Warren: 391.
HAWKING, Stephen: 315, 323, 329.
HAWTHORNE, Nathaniel: 89.
HAZM (véase Ibn Hazm).
Hécate (llamada tb. Artemisa, Selene y la Terrible): 240-241.
*hechicera, La* (llamada tb. *Las hechiceras* y *Los filtros mágicos*; Teócrito): 240n.
*hechiceras, Las*, (llamadas tb. *Los filtros mágicos* y *La hechicera*; Teócrito): 240n.
HEGEL, Georg Wilhelm Friedrich: 50, 299-301, 305, 321, 324, 328, 339, 515, 545, 549, 553-554, 584, 626, 648.
*Hegel* (Papaioannou): 300n.
HEIDEGGER, Martin: 17, 69, 306, 324, 551n, 573, 575, 584, 600, 605, 613.
HEINE, Maurice: 67.
HEISENBERG, Werner Karl: 185.
Helena: 255, 519.
HELIODORO DE EMESA: 253.
HELIOGÁBALO, Vario Avito Basiano: 45.
Hera: 240n.
HERÁCLITO: 57, 478, 583.
Hércules: 47.
HERNÁNDEZ CAMPOS, Jorge: 322.
HERODOTO: 371.
*Heroidas* (Ovidio): 350.

Herondas: 243, 254.
Hijo del Cielo, el: 473.
Hijo del Tiempo, el: 571.
*Himno de la Creación* (en *Rig Veda*): 452.
*Himnos a la noche* (Novalis): 101.
*Hind Swaraj* (Gandhi): 435.
HIPATIA: 430n.
*Histoire d´O* (Réage): 71-72, 186.
*Histoire de Juliette* (Sade): 53, 53n, 56.
*Histoire de la philosophie*: 647n.
*Histoire de la philosophie islamique* (Corbin): 570n.
*Histoire du bouddhisme indien* (Lamotte): 146n.
*Historia de Genji* (*Genji Monogatari*; Murasaki): 231, 233.
*Historia de mis calamidades* (Abelardo): 345.
*History of India*, 2, (Spear): 442n.
*History of India*, 1, (Thapar): 426n.
*History of India* (V. Smith): 386n, 387n, 389n.
HITLER, Adolf: 305, 309, 318, 443, 594.
HIUAN-TSANG: 148.
HOBBES, Thomas: 122, 661.
HOCART, A. M.: 501n.
HOLBACH, Paul-Henri, barón de: 613.
*hombre sin atributos, El* (Musil): 278.
*Hombres en su siglo y otros ensayos* (Paz): 658n, 668n.
HOMERO: 234, 462.
*Homo hierarchicus* (Dumont): 394n, 562, 578.
*Hora de España*: 29.
HORACIO: 246.
HORNER, I. B.: 165n, 468n.
HOSTIA: 246.
HSÜAN-NÜ (llamada tb. Muchacha Morena, Muchacha Elegida, Ts'ai-nü y Su-nü): 171.
HUBERT, E. A.: 303n.
HUGO, Victor: 23, 221, 366, 483, 616.
HUIDOBRO, Vicente: 164.
Huitzilopochtli: 129, 561.
HUIZINGA, Johan: 135.

HUMAYUN: 367.
HUME, David: 73, 91, 562, 673.
HUME, Allan O.: 431.
*Hung lou meng* (véase *El sueño del aposento rojo*).
HURTADO DE MENDOZA, Diego: 561.
HUSAIN: 372.
HUSSERL, Edmund: 69, 306, 333-334, 497, 552, 559.
HUTTON, J. H.: 534n.
HUXLEY, Aldous: 339.

I

*I Ching* (*Libro de las Mutaciones*): 137, 171, 175, 177.
IBN ARABI: 385-386, 389.
IBN DAWUD, Muhammad: 260-261.
IBN HAZM: 261-262, 270, 284.
IBN KHALDUN: 480.
*Idea of Progress, The* (Bury): 633.
*Ideas y costumbres I. La letra y el cetro* (Paz): 15, 642.
*Ideas y costumbres II. Usos y símbolos* (Paz): 15, 18-19.
*ideología alemana, La* (Marx y Engels): 598, 629.
*Idéologie froide, L'* (Papaioannou): 629.
IKRAM, S. M.: 382n-383.
Iluminado, el (véase tb. Buda): 146, 555-556.
*In/mediaciones* (Paz): 419n.
*Incoherencia de la filosofía* (Ghazali): 570.
*Incoherencia de la incoherencia* (Averroes): 570.
*Inde classique, L'* (Renou): 176n.
*Inde, le pouvoir et la puissance, L'* (Bernard): 446n.
*India Briefings*: 436n.
INDIRA (véase Gandhi).
Indra: 115, 185.
INGALLS, Daniel H.: 454-455, 457, 457n.
INOCENCIO III: 266.

«Inteligencias y demiurgos, bacterias y dinosaurios» (Paz): 325n.
*intérprete del deseo, El* (Ibn Arabi): 385.
«Introducción» a *Abbidhammattha-Sangha* (Aung): 562.
«Introducción» a *Erotic Art of the East* (Comfort): 173n.
«Introducción» a *Le Nouveau monde amoureux* (Debout): 79n.
*Introducción general a la economía política* (Marx): 628.
*Introduction to Tantric Buddhism, An* (Dasgupta): 165n.
Ío: 240n.
Isis: 227, 420.
*Islam in Medieval Indian* (en *Sources of Indian Tradition*; Hardy): 384n.
ISLAM, Khursidul: 404n.
Isolda: 233, 258, 290-291, 304, 348, 351, 514.
«Itinerario» (Paz): 15, 642.
ITZCÓATL: 121.

## J

JAHÁN, Nur: 388.
JAHÁN, Shah: 366, 388, 390.
JAHANGIR (tb. llamado Salim): 386, 388, 390 403.
JAKOBSON, Roman : 283, 496-497, 521, 524-526n, 543, 559, 603, 632.
Jasón: 253.
JAYAKAR, Pupul: 373.
JAYADEVA: 221, 459, 460.
*Jayadeva's Gita Govinda* (Jayadeva; ed. y trad. Barbara Stoler Miller): 460n.
JAYATILLEKE, K. N.: 556.
Jehová: 185, 204, 222, 464.
JEHUDA-HALEVÍ: 646.
JENÓFANES: 465.
JESUCRISTO (véanse tb. Cristo, Crucificado, Jesús, Mesías, Nuestro Señor, Redentor y Salvador): 266.
JESÚS (véanse tb. Cristo, Crucificado, Jesucristo, Mesías, Nuestro Señor Redentor y Salvador): 139, 304, 414.

JHALAVALA, Ruth: 372.
JHANSI, Rani de: 391.
JIMÉNEZ, Armando: 109, 111, 119, 120, 438.
JIMÉNEZ, Juan Ramón: 118, 561.
JINNAH, Mohammed Alí: 442.
JLÉBNIKOB: 559.
Job: 646-648.
JOHNSON, Lyndon Baines: 595.
JONES, William; 427-428.
JORGE II (de Inglaterra): 361.
*Jornada Semanal, La*: 314n.
JOYCE, James: 119, 162, 228, 305, 667.
JRUSCHOV, Nikita Serguéievich: 194, 309, 595, 617.
JUAN DE LA CRUZ, San: 215, 222, 346, 384, 414, 454.
JUAN RUIZ, Arcipreste de Hita, llamado: 128-129, 261n.
JUANA INÉS DE LA CRUZ (véase Cruz).
JUÁREZ, Benito: 444.
Julieta: 274, 279, 319, 351.
Juliette: 45, 48, 59-64, 69.
*Juliette* (véase *Histoire de Juliette*).
Juno: 246.
Júpiter: 186, 255, 349, 592.
Justine: 59, 63, 69, 71-72.
*Justine ou les malheurs de la vertu* (Sade): 63n, 69, 71.

## K

KABIR: 358, 385, 390.
*Kabuki* (Bowers): 360.
KAFKA, Franz: 305, 672.
Kali: 439.
KALIDASA: 458-459.
Kama: 465.
*Kamasutra*: 175-176, 190, 194, 454, 458.
KANHA: 161, 164-165n.
KANT, Immanuel: 30, 33, 309, 315, 321, 328, 340, 551, 553, 574, 590, 601, 633, 673.
*Karli* (relieves): 131, 138, 144, 225, 453, 558.
Kasyapa: 24.
KAUTILYA: 470.

KAUTSKY, Karl Johann: 623.
KAVANAGH, Patrick: 201.
KENNEDY, John Fitzgerald: 594-595.
KEPLER, Johannes: 633.
*Khajuraho* (templo): 130-131, 146, 444, 454, 460.
KHANNAN, Krishnan: 372.
KHUSRÚ, Amir: 383-384, 404, 437.
KIPLING, Rudyard: 370.
KIRCHER, Athanasius: 20.
Kishitisa: 459.
*Kitab-al-Zahra* (*El libro de la flor*; Ibn Dawud): 260.
KLOSSOWSKI, Pierre: 69.
*Kokasatra*: 176.
KOLAKOWSKI, Leszek: 610.
KOLLEK, Teddy: 645.
*Konarak* (templo del sol): 48, 130, 146, 159, 444, 454.
KOSAMBI, D. D.: 454n.
KOTT, Jan: 610.
KRIPALLANI, J.: 369.
Krishna: 211, 381, 384, 403, 414, 430, 439, 458-461, 468, 471, 475-476, 478-479, 646-647; Señor oscuro, 221.
*Krishna Cycle in the Puranas, The* (Preciado): 473n.
KRISTEVA, Julia: 73.
KROEBER, A. L.: 131, 132n-133, 141.
KROPOTKIN, príncipe Pëtr Alekseevic: 434.
KUGELMANN: 598.
KUMAR, J.: 373.
*Kutb Minar* (monumento; Prithvi Raj): 367.

L

L'HERMITE, Tristan: 223.
LA BOÉTIE, Étienne de: 281.
LA FONTAINE, Jean de: 379.
*laberinto de la soledad, El* (Paz): 29, 365, 64.
LACLOS, Pierre-Ambroise-François Choderlos de: 70, 73, 91, 102, 296.

*Ladera este* (Paz): 379.
*Lady Chatterley's Lover* (Lawrence): 100, 102-103.
LAL, Chatur: 373.
LAL, Sham: 372, 412.
Lala: 415.
LAMOTTE, Étienne: 146n.
Lanzarote: 258, 270-271.
LAO-TSÉ: 172, 181, 537.
LARA, Agustín: 655.
Larisa: 319.
LAS CASAS, Bartolomé de: 318, 427, 536.
Laura: 237, 271-272.
LAWRENCE, David Herbert: 100-104, 225, 252, 605.
Layo: 503.
LAZCANO ARAUJO, Antonio: 314n.
LEACH, Edmund: 547.
«Leçon inaugurale» (Lévi-Strauss): 493-494.
LELY, Gilbert: 67, 69.
LENIN, Vladímir Ilich Uliánov, llamado: 76, 439, 574, 594, 598, 599, 612, 621, 623, 625.
LEONOR DE AQUITANIA: 258, 262.
Lesbia: 243, 246, 255.
*letra y el cetro, La* (Paz; véase *Ideas y Costumbres I*): 15.
LEVENSON, Joseph R.: 191n-192.
LÉVI-STRAUSS, Claude: 116-116n, 133, 147, 402, 414, 491-505, 507-519, 521-531, 533, 536, 538, 540-556, 560, 562-563, 585, 600, 604, 614-615, 626n, 632, 650, 657, 659-660.
LÉVY-BRUHL, Lucien: 530.
LEYDEN, Jean de: 220.
*leyes, Las* (Platón): 254, 343, 462.
LHA (lama Yesheo): 157.
«liberado y los libertadores, El» (Paz): 584.
*Libération*: 73.
Libertad (ángel): 23.
«Libro de Job»: 646-647.
*libro de la flor, El* (*Kitab-al-Zahra*): 26n.
*Libro de la historia* (Chou): 191.

*Libro de las Mutaciones* (*I Ching*): 171.
*Libro de los cantos* (*Shih-Ching*): 230.
*Libro del buen amor* (Juan Ruiz): 128, 261n.
LICURGO: 402.
*Life against Death* (*Eros y Tanatos*; Brown): 123n.
*Life itself, its Origins and Nature* (Crick): 325.
LIGHMAN, Alam: 322n.
LINDSAY, Jack: 240n.
LING, T. O.: 27n.
*Linguistic School of Praga, The* (Vackek): 495n.
*Linguistic Survey of India*: 403.
«Linguistics and Poetics» (en *Style and Language*; Jakobson): 526.
*Lírica hispánica de tipo popular. Recopilación en metro, 1554* (D. Sánchez; selección de M. Frenk Alatorre): 128n.
*Littré*: 588.
LODI (dinastía): 127.
LOKENATH BHATTACHARYA: 369.
LONGO: 252.
LOPE DE VEGA Y CARPIO, Félix: 128, 240, 265, 293, 240, 265, 272, 293, 454, 594.
LÓPEZ VELARDE, Ramón: 252, 654.
Lot: 278.
Lou: 100.
*Love Song of the Dark Lord* (en *Jayadeva's Gita Govinda*; ed y trad. Stoler Miller): 460n.
*Love's Body* (Brown): 123n.
LOWELL, Robert: 611.
Lucien de Rubempré: 274.
Lucifer (véanse tb. Luzbel, Mammón, Manú, Satán y Satanás): 304-306, 308, 331.
Lucio: 227.
LUCRECIO CARO, Tito: 49, 57.
LUIS VIII: 266.
LUIS XI: 135.
LUIS XV (de Francia): 388.
LUTERO, Martín: 123, 140, 444.
LUTYENS, Edwin: 366.

LUXEMBURG, Rosa: 598-599, 612.
Luzbel (véanse tb. Lucifer, Mammón, Manú, Satán y Satanás): 269, 592, 607.
*Lys dans la vallée, Le* (Balzac); 279n.
*llama doble, Amor y erotismo, La* (Paz): 17, 19, 209-352n.

M

*M. N. Roy's Memoirs*: 440n.
MACARTHUR, Douglas: 360.
MACAULAY, Thomas Babington: 428-429.
MACHADO, Antonio : 29-30, 33-35, 93, 297.
Madame Bovary: 275-276.
Madame de Merteuil: 48, 275.
MADAME DE SÉVIGNÉ (véase Sévigné).
MADAME POMPADOUR, (véase Pompadour): 388.
MADHVA: 25.
*Mahabalipuram* (arquitectura): 146.
*Mahabarata*: 366, 379, 386, 417, 473.
MAHAL, Mumtaz: 388.
MAHATMA (véase Ghandi).
MAHAVIRA: 140, 477, 608.
MAHOMA (véase tb. Profeta): 430, 433.
MAI, Ananda: 374-376.
Maitreya: 477.
«Making up the Mind» (en *The New York Review of Books*; Sacks): 332, 334n.
MALINOWSKI, Bronislaw: 493-495, 603.
MALRAUX, André: 103-104.
*Mallapuram* (escultura): 534.
MALLARMÉ, Stéphane: 83n, 121n, 196, 513, 517, 634, 665, 680.
Mammón (véanse tb. Lucifer, Luzbel, Manú, Satán y Satanás): 311.
MAN SINGH (rajá): 387.
*Man who could be King, The* (Kipling): 370.
*Mañanas de México* (Lawrence): 100.
MANN, Thomas: 677.
MANTEGNA, Andrea: 196.

Manú (véanse tb. Lucifer, Luzbel, Mammón, Satán y Satanás): 434.
*Manuel d'ethnographie* (Mauss): 493n.
MAO TSÉ TUNG: 181, 441, 443, 574, 595, 598, 611-612, 640.
MAQUIAVELO, Nicolás: 630.
MARCABRU: 257n.
MARCEL, Gabriel: 103.
Marco Antonio: 274.
MARCO AURELIO (véase Aurelio).
Margarita: 297.
MARÍA DE CHAMPAÑA: 262.
MARIE JOSÉ (véase Paz).
*Mariée mise à nu par ses célibataires, même..., La* (Duchamp): 196.
Marquesa de Merteuil (véase madame de Merteuil).
Marquesa de San Real: 274.
Marte: 196, 285.
MARTÍN (véanse tb. Abel Martín y Machado): 29-30.
MARX, Karl: 124, 190, 299, 324, 339, 472, 480, 483, 492, 515, 543-545n, 549, 552-553, 574-576, 596-600, 604, 612, 618, 621, 623, 625, 626-627, 629, 636, 643, 648.
*más allá erótico: Sade, Un* (Paz): 67n, 74n.
«más allá erótico: Sade, Un» (Paz): 43, 67n, 73.
MASOCH: 70.
MASPÉRO, Henri: 170.
«Mastering the Art of Gourmet Poisoning, America's Food Complex» (en *Ramparts*; Allen): 88n.
*Mathura* (esculturas): 130, 138, 142, 144, 147, 196.
Matilde: 48.
*Maurice* (Foster): 286.
MAURYA, los: 143-143n.
MAUSS, Marcel: 183, 492-494.
*Maya e Apocalisse* (Panikkar): 583n.
MAYAKOVSKI, Vladímir Vladimírovich: 193, 559, 605.
MAZA, Francisco de la: 413.
MCLUHAN, Herbert Marshall: 541, 600-604, 658, 662.
Medea: 46, 240, 253.
MELEAGRO: 240, 243, 255, 455.
Melibea: 48, 291, 350-351.
MELVILLE, Herman: 89.
*Memorias* (Babur): 403.
*Memorias* (Jahangir): 388.
MENANDRO: 253.
MENDOZA (véase Hurtado de).
MENÉNDEZ PELAYO, Marcelino: 239n.
MENON, Krishna: 441.
Mercurio: 349.
MERLEAU-PONTY, Maurice: 617.
«mesa y el lecho, La» (Paz): 78-99n.
MESÍAS (véase tb. Cristo, Crucificado, Jesús, Jesucristo, Nuestro Señor, Redentor y Salvador) 560.
*Metamorfosis* (Ovidio): 227; libro VIII, 348.
MICHAUX, Henri: 164, 358, 369, 596.
MICHELET: 596.
*mil noches y una noche, Las*: 211.
MILOSZ, Czeslaw: 374.
MILTON, John: 304, 364, 365.
MILLE, Cecil B. de: 365.
MILLER, Barbara Stoler: 460n, 461.
Minerva: 173, 305.
MING (dinastía): 170n-171.
Minski: 46, 56, 327-329.
MIRRA (tb. Catarina de San Juan): 413.
Mitra: 420.
MOCTEZUMA: 78, 420, 654.
*Modern India and Paquistan* (en *Sources of Indian Tradition*): 429n.
*Mohenjo-Daro* (esculturas): 141n.
Moisés: 31.
Moloch: 445.
Molly: 228-229.
Molly Bloom (véase tb. Molly): 252.
*Monde, Le*: 485.
MONDRIAN, Pieter Cornelis, llamado Piet: 524.
*mono gramático, El* (Paz): 379.
MONTAIGNE, Michel Eyquem, señor de: 281-282, 284, 491, 536.
MONTALE, Eugenio: 679.

MONTESCO, los: 286.
MONTESQUIEU, Charles-Louis de Secondat, barón de la Brède y de: 491.
MONTEVERDI, Claudio: 460.
MOORE, Ch.: 25n.
*Mots, Les* (Sartre): 619.
Mr. Valdemar: 310.
Mu-shu: 172.
Muchacha Elegida, la (llamada tb. Muchacha Morena, Hsüan-nü, Ts'ai-nü y Su-nü): 171.
Muchacha Morena, la (llamada tb. Muchacha Elegida, Hsüan-nü, Ts'ai-nü y Su-nü: 171.
Muchacha Simple, la (llamada Muchacha Morena, Muchacha Elegida, Hsüan-nü, Ts'ai-nü y Su-nü): 171.
MURASAKI Shikibu: 231-233.
*Murray's Handbook of India, Pakistan, Burna and Ceylan*: 364.
MUSIL, Robert: 278.
*Muslim Civilization in India* (Ikram): 382n, 383n.
«Mythe de la dialectique, Le» (*Contrat Social*; Papaioannou): 545n, 627n

# N

NADEAU, Maurice: 69.
NAGARJUNA: 27-28, 33, 144, 181, 388, 416, 452, 536, 557, 581, 583-584.
*Nagarjunanikonda* (torana): 143.
NAGEL, Ernest: 185n.
NARAYAN, Jayaprakash: 407.
NARAYAN, Menon: 369.
NARAYAN, R. K.: 408.
Narciso: 34-35
Narrador, el: 233.
NASSER, Gamal Abdel: 441, 595, 621.
NEHER, André: 647n.
NEHRU, Sri Pandit Jawaharlai: 376-378, 396, 404-405, 415, 429, 439-446, 448.
NELLI, René: 188n, 259-259n, 265n.
NERUDA, Pablo (pseudónimo de Ricardo Eliécer Neftalí Reyes Basoalto): 239, 240n, 371, 438, 679.
NERVAL, Gérard Labrunie, llamado Gérard de: 227, 251, 297, 571.
NERVO, Amado: 655.
*New York Review*: 332n, 334n.
NEWMAN, James B.: 185n.
NEWTON, sir Isaac: 141, 322, 522, 633, 659.
*Ángela Adónica* (Neruda): 239.
NIETZSCHE, Friedrich: 64, 158, 294, 321, 389, 538, 567-577, 597, 600, 618, 627, 672.
«Nihilismo y dialéctica» (Paz): 573-577n.
«Nota» (al postfacio de *El capital*; Rubel): 545n.
«Nota» (a *Lady Chatterley's Lover* en *Nouvelle Revue Française*; Marcel): 103.
*Non-philosophie biblique, La* (en *Histoire de la philosophie*; Neher): 647n.
«Noticia» a *L'Amour fou* en *Oeuvres complètes* de André Breton (Bonnet): 303n.
«Noticia» a *Les Vases communicants*, en *Oeuvres complètes* de André Breton (Bonnet y Hubert): 303n.
*Nouveau monde amoureux, Le* (Introducción de Debout; Fourier): 79-79n.
*Nouvelle Revue Française*: 70, 103.
NOVALIS, Friedrich, barón von Hardenberg, llamado: 101, 159, 193, 201, 251, 298.
Novia, la: 196.
«Noyau de la comète, Le» (en *Anthologie de l'amour sublime*; Péret): 298n.
Nuestra Señora Prajñaparamita: 164.
Nuestro Señor Jesucristo: 414.
«nueva analogía: poesía y tecnología, La» (Paz): 542n, 664n.
*Nueva picardía mexicana* (A. Jiménez): 109, 111, 119, 121, 128.
*Nuevas canciones* (A. Machado): 29.

## O

O (personaje): 72.
*Obscure Religious Cults* (Dasgupta): 165n.
OCAMPO, Victoria: 438.
*Océano donde desembocan los ríos de los cuentos*: 379.
OCTAVIO (véase Paz).
*Oda a Fourier* (Breton): 75.
Odette: 215, 245-246.
Odín: 433.
*Œuvres complètes* (Breton): 303n.
Ofelia: 274.
*Ogro filantrópico, El* (Paz): 78n, 648n.
OKEDA, Amina: 458n.
Olimpia: 242.
OMEYAS, los: 261.
Onán: 93, 220.
Orestes: 52, 281.
*Origen de las especies, El* (Darwin): 633.
ORÍGENES: 463.
*Origins* (Brower y Lighman): 322n.
ORTEGA Y GASSET, José: 69, 196, 308, 546, 590, 613-615.
ORWELL, George: 339, 638.
Otelo: 244-245, 274, 286.
*otra voz. Poesía y fin de siglo, La* (Paz): 338n.
OTTO, Rudolf: 584.
OVALLE, Alfonso, llamado padre de: 357.
OVIDIO NASÓN, Publio: 246, 259, 348, 350.

## P

PABLO, San: 463.
*Pacto de la triple ecuación*: 175.
«pacto verbal, El» (Paz): 499n, 658-668n.
Padre (véase Dios).
PADRES DE LA IGLESIA, los: 140, 221, 421-422, 425, 462-463.
*Pagan and Christian in a Age of Anxiety* (Dodds): 135n.
PALOUX, André: 164n.
Pan: 217, 241, 344.
*Pañchatantra*: 379.
PANIKKAR, Raimon: 169, 373, 583-583n.
PANINI: 416.
Paolo: 96, 248, 270-271, 277, 302.
PAPA (Juan Pablo II) 656.
PAPAIOANNOU, Kostas: 116n, 299-300, 358, 544, 545n, 627n, 629.
Paquita Valdés: 274.
PARMÉNIDES: 583.
*Part maudite, La* (Bataille): 494.
Parvati: 458, 486, 587.
PASCAL, Blaise: 373.
PASTERNAK, Borís: 287.
*Pataliputra* (arquitectura): 143n.
PATEL, Sardar V.: 440.
PAULHAN, Jean: 63, 69-72.
PAULINE (véase Réage).
PAULO EL SILENCIARIO: 240.
PAUVERT, Jean-Jacques: 67, 73.
PAZ, Marie-José: 369, 371, 376, 483, 485-486.
PAZ, Octavio: 34n, 36, 109, 363, 372, 486.
PEDRO EL ERMITAÑO: 654.
Pedroni: 121.
PEIRCE SANDERS, Charles: 497, 508, 555, 600, 602.
Penélope: 228.
*Pensée sauvage, La*: (Lévi-Strauss): 528, 524, 543-544.
*Pequeña crónica de grandes días* (Paz): 674n.
*peras del olmo, Las* (Paz): 419n.
Perceval: 504.
*peregrino en su patria, El*: (Paz): 641n.
PÉRET, Benjamin: 298.
PERICLES: 253.
PERRON, Anquetil du: 389.
PERROUX, François: 596.
Perséfone: 225-226.
«persona y el principio, La» (Paz): 19, 578-584n.
*Peshawar* (estupas): 370.
PESSOA, Fernando: 29, 679.
PETRARCA, Francesco: 17, 234, 237, 271-272, 298, 348.

*Philosophes taoïstes (Lao-tseu, Tchoung-tseu et Lie-tseu)* (ed. La Pléiade): 33n.
*Philosophie dans le boudoir, La* (Sade): 56, 61n, 68, 74.
PICABIA, Francis: 574.
PICASSO, Pablo: 305, 517.
*Piedra del Sol* (escultura): 669.
Pílades: 281.
*Pilar de Hierro* (en Kutb Minar): 367.
PIRRÓN: 255.
PITÁGORAS: 234, 321, 462, 478.
PLATÓN: 20-21, 23, 36, 48, 190, 222, 224, 232, 234-238, 240, 242, 254-255, 261, 264, 289, 291, 317, 320, 321, 323, 327-328, 342-343, 422, 462-464, 470, 478, 480, 536-537, 574, 584, 592, 602, 657, 659.
PLOTINO: 21-22, 30, 32, 316, 323, 422, 453, 463, 471.
*Plural*: 75, 78-78n.
PLUTARCO: 280.
Plutón: 225, 227.
POE, Edgar Allan: 310, 521.
*Poema de Gilgamesh*: 310.
*Poema de la amistad* (Agyega, Verma y Paz): 372.
*Poèmes d'un voleur d'amour* (Bilhana; trad. A. Okeda): 458n.
*Poems* (Bhartrihari; trad. Stoler Miller): 461n.
*Poems from the Sanskrit* (trad. Ingalls y Brough): 455.
POLANY, Karl: 618.
Polifemo: 112, 117.
POMPADOUR, Jeanne Antoinette Poisson, marquesa de: 388.
PONCE DE LEÓN, Samuel: 314n.
POPPER, Karl: 18.
«¿Por qué Fourier?» (Paz): 75-75n.
PORTES GIL, Emilio: 358-359.
POSADA, José Guadalupe: 112, 117, 134, 157.
*Postdata* (Paz): 485.
POUND, Ezra: 247, 298, 312.
Prajapati: 465.
*Prajñaparamita*: 165n.
PRECIADO, Benjamín: 473n.

«Prefacio» a *Justine ou les maleurs de la vertu* (Paulhan): 63n.
Príapo: 218.
*prisionero, El* (Paz): 73.
PRITHVI RAJ: 367.
*privilegios de la vista I, Los* (Paz): 256n, 257n.
*privilegios de la vista II, Los* (Paz): 419n, 512n.
Profeta, el (véase tb. Mahoma): 370n, 534.
Prometeo: 473, 577, 596, 607.
PROPERCIO: 246-248, 252, 255, 257, 298.
Proserpina: 227.
*Prosperité du vice, La* (Sade): 69.
proto-Shiva: 149, 419.
PROUST, Marcel: 103, 233, 245, 284, 296, 492.
Psique: 225, 227-229, 276, 316, 342, 351.
PTOLOMEO FILADELFO: 242, 254.
*Puertas al campo* (Paz): 512n.
«punto final, El» (Paz): 624-630n.
*Puranas* (libros sagrados): 416, 444.

Q

*Quatre soleils, Les* (Soustelle): 136.
QUEEN MARY (de Inglaterra): 361.
Quetzalcóatl: 129, 505, 561, 592.
«Quevedo, Heráclito y algunos sonetos» (Paz): 257n.
QUEVEDO Y VILLEGAS, Francisco de: 112, 114, 117-118, 122, 125-126, 128-129, 212, 247-251, 272, 561.
«Quinto Sol, El» (Paz): 669-670n.
Quirón: 519.
«¿Quo vadis Sida?» (Ponce y Lazcano): 314n.

R

RABELAIS, François: 638, 679.

RACINE, Jean: 253.
RADCLIFFE-BROWN, Alfred Reginald: 493-495.
Radha: 211, 221, 414, 459-461.
RADHAKRISHNAN, S.: 25n.
RAGHAVAN, V.: 385n.
*Raíz del hombre* (Paz): 101.
RAJ (esposa de Romesh Thapar): 372.
RAJA RAO: 373, 375-376.
RAJIV (véase Gandhi).
Rama: 381, 384-385, 432n-433.
RAMA RAU (padre de Shanta): 363.
RAMA RAU, Shanta: 360, 363-364.
RAMAKRISHNA, Sri: 430.
RAMANUJA: 25.
*Ramayana*: 379, 386, 417, 451.
*Ramparts:* 88n.
Rastignac: 275.
«ratón del campo y el de la ciudad, El» (Paz): 596-599n.
RAWLINSON, H. G.: 386n.
RAWSON, Philip: 157, 173n, 174.
Razón: 22.
*Razón de amor* (versión de M. Alvar): 230, 266.
*Reader's Digest:* 595.
RÉAGE, Pauline: 71-72.
*Recherches sur le symbolique et l'energie de la parole dans certains textes tantriques* (Paloux): 164n.
REDENTOR (véanse tb. Cristo, Crucificado, Jesús, Jesucristo, Mesías, Nuestro Señor y Salvador): 471.
*región más transparente, La* (Fuentes): 78.
«reglas de la excepción, Las» (Paz): 620-623n.
«religión solar de D. H. Lawrence, La» (Paz): 100-104n.
Renga (Tomlinson, Roubaud, Sanguineti y Paz): 372.
RENOU, Louis: 24, 176, 379, 477-477n.
*Residencia en la tierra* (Neruda): 239.
RESTIF DE LA BRETONNE, Nicolas: 91, 638.
*Retour à Rossy* (Réage): 72.

«Revisión y profanación» (Paz): 610-612n.
*Revista de Occidente*: 69.
«revuelta, La» (Paz): 635-644n.
«Revuelta, revolución, rebelión» (Paz): 588-592n.
REYES, Alfonso: 164, 358.
RIBOUD, Krishna: 213, 358.
RICARDO I CORAZÓN DE LEÓN: 258.
RICOEUR, Paul: 551.
RICHARDS, I. A.: 632.
*Rig Veda*: 452, 465.
RILKE, Rainer Maria: 679.
RIMBAUD, Arthur: 192, 213, 609, 643.
RIQUER, Martín de: 257n, 265-265n.
ROBESPIERRE, Maximilien de: 205.
Rocinante: 672.
RODÓ, José Enrique: 643.
ROJAS, Fernando de: 128.
Rokujo (véase dama de).
ROMANO, Giulio Pipi de Sannuzi: 217, 458.
*Romans, grecs et latins* (Grimal): 255n.
Romeo: 275, 279, 319, 351.
*Romeo y Julieta* (Shakespeare): 211, 351.
«ronda verbal, La» (Paz): 592-596n.
RONSARD, Pierre: 272.
Rosalinda: 274.
ROUBAUD, Jacques: 372.
ROUGEMONT, Denis de: 188, 229, 231, 263, 269.
ROUSSEAU, Jean-Jacques: 55, 73, 79, 122, 195, 201, 435, 491, 536, 540-541, 553.
ROUSSEL, Raymond: 306.
ROY, M. N. (tb. llamado Narendranat Bhattacharya): 429, 439-440n.
ROY, Rammouhun: 428.
*Royal Song of Sahara. A Study in the History of Buddhist Thought, The* (trad. y not. Gruenthier): 165n.
*Rrose Sélavy* (Duchamp): 229.
RUBEL, Maximilien: 545n.
RUBENS, Peter Paul: 160.
RUDEL, Jaufré: 257n.
RUSHDIE, Salman: 408.
RUSSELID, Ralph: 404n.

RUSSELL, Bertrand: 64.
*Russian Formalism* (Erlich): 559.
Ruth: 221.

## S

SACKS, Oliver: 332-334n, 337.
SADE, Donatien-Alphonse-François, marqués de: 19, 45, 48-49, 53-61, 63-76, 80, 92-94, 97, 99, 102, 114-115, 119, 186-187, 190, 211, 222-224, 252, 271, 278, 285, 306, 311, 344.
SADE, Xavier de: 67.
SAFO DE LESBOS: 230, 239-240n, 242-242n, 244.
SAHAGÚN, fray Bernardino de: 536-537, 561.
SAHARA: 161-163, 165n.
SAHIB, Nana: 391.
Saint-Fond: 48, 59-61.
SAINT-JOHN PERSE, Alexis Saint-Léger Léger, llamado: 71, 358, 374.
SAINT-JUST, Louis-Antoine-Léon: 192.
*Saint-Pierre de Moissac* (tímpano): 144.
SALAS SUBIRAT, José: 229n.
SALIM (tb. llamado Jahangir): 386.
SALMON, André: 71.
SALOMÓN: 222.
SALVADOR (véanse tb. Cristo, Crucificado, Jesús, Jesucristo, Mesías, Nuestro Señor y Redentor): 471.
*Samyutta-nikaya* I, 38 (en *Buddhist Texts*; ed. Conze, Horner Snellgrove y Waley): 468n.
*San Sebastián* (Mantegna): 196.
Sánchez: 121.
SÁNCHEZ DE BADAJOZ, Diego: 128n.
SÁNCHEZ, Luis Rafael: 672.
*Sanchi* (esculturas): 130, 138, 142, 144, 147.
Sancho Panza: 577, 595.
SAND, George: 282.
SANGUINETI, Edoardo: 372.
SANJAY (véase Gandhi).
SANTA ANNA, Antonio López de: 78.

SANTA PAULA: 282.
SANTHA (véase Rama Rau).
SARMIENTO, Domingo Faustino: 539n.
Sarnath el Buda: 468.
SARTRE, Jean-Paul: 75, 308, 544-546, 613-621, 623, 628-629.
Satán (véanse Lucifer, Luzbel, Mammón, Manú y Satanás): 263-264, 304.
Satanás (véanse tb. Lucifer, Luzbel, Mammón, Manú y Satán): 464, 615.
*satiricón, El* (Petronio): 253.
Saturno: 248, 306.
SAUSSURE, Ferdinand de: 495, 497, 501, 559, 601.
SAVARKAR, V. D.: 436-437, 443.
SCOTT, Walter: 366.
SCHERBATSKY, T.: 581n, 584n.
Scherezada: 72.
SCHOPENHAUER, Arthur: 321, 389, 465.
SCHWITTERS, Kurt: 164.
*Second Anniversary* (Donne): 292n.
*Secretum* (Petrarca): 272.
SEGOVIA, Tomás: 75.
*Segundo Fausto* (Goethe): 227.
SÉJOURNÉ, Laurette: 505.
Selene (llamada tb. Artemisa, Hécate y la Terrible): 240-242.
SELÉUCIDAS, los: 143n.
SÉNECA, Lucio Anneo: 314, 422.
Señor: 144, 414, 464-465.
Señor de la Dualidad: 33.
Señor de las Piedras (tb. llamado Buda supremo y Vajrasattva): 115.
Señor Obscuro, el (llamado Krishna): 221.
Señora de la Dualidad: 33.
Ser: 25, 35, 55, 74.
Ser (Brahma): 25.
Ser Supremo: 22.
*ser y el tiempo, El* (Heidegger): 551n.
Serapis: 420.
*Sermón de Sarnath el Buda*: 418, 468.
*Serpiente Emplumada, La* (Lawrence): 100.
SÉVIGNÉ, Marie de Rabutin-Chantal, marquesa de: 102, 223, 282.

*Sexual Life in Ancient China* (Gulik): 170n.
SHAKESPEARE, William: 184, 224, 240, 253, 265, 274, 284, 304, 524.
Shakti: 165-166, 170, 466.
SHANKARA: 24-25, 373, 422, 452, 470, 581.
*Shih-Ching* (*Libro de los cantos*): 230.
SHIKOH, Dara: 388-389.
Shiva: 141n, 165-166, 170, 185-186, 364, 384, 397, 439, 466, 476, 487, 554, 580, 587, 636.
Shou Lou: 174.
SHUICHI, Kato: 232.
*signos en rotación, Los* (Paz): 604, 634.
«signos en rotación, Los» (Paz): 541n.
SILBURU, Lilian: 28n.
*Silence* (Cage): 524.
SILVERMANN, Mervyn F.: 314n.
Simetha: 240-244, 253.
SIMÓN DE MONTFORT: 267.
SINIAVSKI: 670n, 673.
SIRHINDI, Ahmad: 386-387.
Sísifo: 132.
SIVAJI: 390, 432.
Smith: 121.
SMITH, Vincent: 386, 387n, 389n.
SNELLGROVE, D. L.: 152n, 165n, 170n, 468n.
*Society of Mind, The* (Minsky): 327.
*Sociologie et anthropologie* (Mauss): 493n.
SÓCRATES: 235-237, 321, 435.
SÓFOCLES: 184, 646.
*Soledades* (Góngora): 527.
Solitario, el: 471.
*Sombras de obras* (Paz): 325n, 670.
*Soneto en ix* (Mallarmé): 121.
SONIA (esposa de R. Gandhi): 485.
Sophie: 251.
*Sor Juana Inés de Cruz o las trampas de la fe* (Paz): 257n, 286n.
*Soudain, un bloque d'abîme, Sade* (Le Brun): 73.
*Source Book in Chinese Philosophy, A* (compil. y trad. Wing-tsit Chan): 172n.
*Source Book of India Philosophy* (Radhakrishnan y Moore); 25n.
*Sources of Indian Tradition*: 384-385n, 429n, 437n.
SOUSTELLE, Jacques: 136-136n, 561.
SPEAR, Percival: 442-442n.
SPENCER, Herbert: 590.
SPENDER, Stephen: 26.
SPENGLER, Oswald: 135, 600, 650.
*St. Mawr* (Lawrence): 100.
STALIN, Iósif Visariónovich Dzhugashvili, llamado: 75, 194, 297, 305, 318, 443, 574, 594, 597n-598, 616-617, 623.
STEIN, R. A.: 158n.
STENDHAL, Henri Beyle, llamado: 61, 224, 275, 284, 296-298.
Stephen: 228.
STEPHEN, N. Hay: 429n, 437n.
STERNE, Lawrence: 673.
STRAVINSKI, Ígor: 524.
*Structure des mythes* (Lévi-Strauss): 501n-502.
*Structures élémentaires de la parenté, Les* (Bataille): 491, 550.
*Su moral y la nuestra* (Trotski): 630.
SU TUNG-P'O: 177-177n.
*Subhasitaratnakosa, The* (ed. Kosambi y Gokhala, recopil. Vidyakara): 454n.
*sueño del aposento rojo, El* (*Hung lou meng*; Cao Xuequin): 96, 231-231n, 233.
SUI (dinastía): 171.
SUKARNO, Ahmed: 441.
Śunyata: 166.
*Sur*: 67n.
SUS MAJESTADES (reyes de Suecia): 675-676.
*Sutra Prajñaparamita*: 138.
sutras, los: 608.
*Sutras Prajñaparamita*: 144.
SWAMINATHAM, J.: 371-372, 377.
Swann: 215, 245-246, 527.
*Sweeney Agonistes* (Eliot): 467n.
SWIFT, Jonathan: 86, 118, 126, 128, 638-639, 679.

# T

T'ANG (dinastía): 171.
TACIO (véase Aquiles).
TÁCITO, Cayo Cornelio: 258.
TAGORE, Debendranath: 438.
TAGORE, Rabindranath: 369, 385, 408, 438, 449.
*Taj Mahal* (monumento): 366, 383, 388, 390, 437.
*Tales of Ancient India* (trad. y sel. Buitenen): 379.
TAMERLÁN: 386, 404.
*Tantra*: 152-153, 159, 162-163, 168, 171, 176, 344.
*Tantra Hevajra*: 152-153, 155, 170n, 190.
*Tantric Tradition, The* (Bharati): 148n, 152n, 167.
TASSO, Torquato: 253, 457, 460.
Tathagata: 556, 563.
*Taxila* (ruinas monumentales): 369, 543, 554-555.
«Televisión: cultura y diversidad» (Paz): 649-658n.
*Telsar and the aborigines or La Pensée sauvage* (Leach): 547n.
TELLO, Manuel: 358, 367.
*tempestad, La* (Shakespeare): 184.
*Temps Modernes, Les*: 616.
Tenochtitlan: 561.
TEÓCRITO: 240, 242-243, 253-254.
TEÓGENES: 253.
*Teotihuacan*: 506.
TERESA, Santa: 454, 617, 619.
Terrible, la (llamada tb. Artemisa, Selene y Hécate): 240.
*Tesis sobre Feuerbach* (Marx): 544.
Tezcatlipoca: 505; blanco, azul, rojo y negro: 33.
Thanathos: 49, 98, 120, 308, 312, 549.
THAPAR, Romesh: 372.
THAPAR, Romila: 426n.
THOREAU, Henry David: 86, 255, 434.
*Three Ways of Thought in Ancient China* (Waley): 192n.

*Thy Hand, Great Anarch! India, 1921-1952* (Chaudhuri): 373.
TIBULO: 255, 298.
*Tiempo cíclico y eras del mundo en la India* (González Reiman): 477n.
TILAK, R. G.: 432-433, 435-436, 439.
Tim Finnegan: 527.
*Timeo* (Platón): 290, 327, 464.
*Times Literary Supplement, The*: 491.
*'Tis Pity She's a Whore* (Ford): 278.
Tiresias: 248.
TITO, Josif Broz, llamado: 441.
TIZIANO VECELLIO: 522.
Tláloc: 561.
TOCQUEVILLE, Charles-Alexis-Henri Clerèl, señor de: 395, 400, 607, 614.
TOLSTÓI, Lev: 434, 667.
TOMÁS DE AQUINO, Santo: 20, 24, 139, 141, 373, 422-423, 426n, 463, 475.
TOMLINSON, Charles: 372.
TORRES BODET, Jaime: 358.
*Totémisme aujourd'hui, Le* (Lévi-Strauss): 491, 493.
TOULMIN, S.: 633.
TOYNBEE, Arnold: 135, 141.
*trabajos de Persiles y Segismunda, Los* (Cervantes): 253.
*Tragicomedia de Calixto y Melibea* (F. de Rojas): 231.
*trece, Los* (Balzac): 74.
*Trimurti de Elefanta* (escultura): 451.
Tristán: 233, 258, 270, 290, 303, 348, 351, 514.
*Tristán e Isolda* (Wagner): 227, 244.
*Tristes Tropiques* (Lévi-Strauss): 491-492, 512, 554.
Trotaconventos: 128.
TROTSKI, Lev Davídovich Bronstein, llamado: 76, 197, 574, 594, 598-599, 616, 623, 630-631.
*trovadores, Los. Historia literaria y textos* (Riquer): 257n, 265n.
TRUBETZKOY, Nikolái Serguéi: 559.
TSANG WEN-CHUNG: 172.
Ts'ai-nü (llamada tb. Muchacha Morena, Muchacha Elegida, Hsüan-nü): 172.

*Tso chuan* (comentarios de Tso a los Anales de Otoño y Primavera (en *A Source Book in Chinese Philosophy*; compil. y trad. Wing-tsit Chan): 172n.
TSO: 172n.
*Tughlakabad* (arquitectura): 366.
TUKARAM: 385, 390.
TURBANTES AMARILLOS, los: 175, 220.
Tzu-Kung: 192.

## U

UD-DIN, Nizam: 384.
Ulises: 248.
*Ulises* (Joyce): 228.
UNAMUNO Y JUGO, Miguel de: 71, 347.
*Understanding media* (McLuhan): 601.
UNGARETTI, Giuseppe: 374.
*Upanishad*: 24, 140, 150, 389, 416, 418, 422, 465, 478, 580.
*Usos y símbolos* (Paz; véase *Ideas y costumbres II*).

## V

VACKEK, Josep: 495n.
*Vagrakkhedika*: 563.
Vajrasattva (llamado tb. Buda supremo y Señor de las Piedras): 115, 165.
*Vajrayana*: 170.
VALDÉS LEAL, Juan de: 157.
VALERA, Cipriano de: 464, 647.
VALÉRY, Paul: 33-35, 294, 517, 525, 679.
VALLEJO, César: 193.
*Vamamarga*: 167.
VARENNE, Jean: 453n.
VARGAS LLOSA, Mario: 672.
VARSHENEY, Ashutosh: 436n.
*Vases communicants, Les* (Breton): 303n.
Vautrin: 274.
VECLOVA, Thomas: 670n.
VED METHA: 408.
*Véda, Le* (present. Varenne): 453n.

*Vedanta*: 374.
*Vedas, Los*: 24, 419, 422, 430.
*Veinte poemas de amor y una canción desesperada* (Neruda): 438.
VELÁZQUEZ, Diego Rodríguez de Silva y: 117, 134, 523.
VENTADORN, Bernart de: 257n.
Venus: 227-228, 247, 285, 465.
*Venus del espejo* (Velázquez): 117.
VERMA, Shrikant: 372.
*Verre d'eau* (Mallarmé): 83.
VERSCHAEVE, Léon: 379.
VIAU, Théophile de: 223.
VICO, Giambattista: 294.
VICTORIA I (reina de Inglaterra): 392, 445.
VIDAL, Peire: 257n.
VIDYAKARA: 454-455.
VILLEGAS, Esteban Manuel de: 239.
Virgen: 196; de Guadalupe, 425; María, 271, 414.
VIRGILIO MARÓN, Publio: 233, 246, 248, 255, 421.
Vishnú: 145, 184, 384-385, 393, 432n, 434, 439, 465, 473-474, 581.
*Vislumbres de la India* (Paz): 375-487.
*Vita nuova*: XXV (Dante): 261.
VIVEKANANDA, Swam: 430.
VOLTAIRE (pseudónimo de François Marie Arouet): 73, 86, 613, 638, 640, 673.
VOZNESENKY, Andréi Andreievich: 611.

## W

WAGNER, Richard: 227.
WALEY, Arthur: 165n, 179-179n, 192n, 468n.
WANG WEI: 280.
WATSON, Burton: 177n, 192n.
WATSON, James: 325.
*Way and its Power, The* (Waley): 179n.
*Way of Devotion* (en *Sources of Indian Tradition*; Raghavan): 385n.

*Ways of Thinking of Eastern People* (Nakamura): 582n.
WEBER, Max: 122, 180, 601.
WEIDHAAS, Peter: 676.
WEINBERG, Steve: 322.
WELLESLEY, Richard Colley, marqués de Wellesley, llamado lord: 391.
WETZ, Jean: 485.
«What is a Muslim?» (en *Critical Inquiry*; Bilgrami): 437n.
WHEELER, John: 516.
WHITMAN, Walt: 89, 483, 521, 523.
WHITTAKER, sir Edmund Taylor: 632.
WILDE, Oscar: 286.
WILKINS, Maurice: 325.
WING-TSIT CHAN: 172n.
WITTGENSTEIN, Ludwig: 183, 552, 600.
*Wonder that was India, The* (Basham): 434n, 453n.
WOOLF, Virginia: 282.

X

XIRAU, Ramon: 185n.
*Xochicalco* (pirámide): 444.

Xólotl: 560.

Y

YEATS, William Butler: 118, 438, 679.
Yen: 192.
YIN (dinastía): 191.
Yocasta: 52, 278.
*Yoga, immortalité et liberté, Le* (Eliade): 162n.
YOURCENAR, Marguerite: 240n.
Yugao: 232.

Z

ZAID, Gabriel: 460.
ZAMIATÍN, Yevgueni Ivánovich: 548, 638-639.
ZENÓN DE CITIO: 255.
Zeus: 185, 227, 234, 240n, 465.
Zhivago: 319.
ZOLA, Émile: 667, 680.
Zoroastro: 386, 554.
ZOUTE, Knokke le: 374.

# Índice y créditos de ilustraciones

Entre páginas 74-75
Manuscrito de una carta del marqués de Sade, dirigida a su mujer entre el 19 y 20 de septiembre de 1783, cuando estaba preso en Vincennes. Archivo personal de Xavier de Sade.
Retrato de Charles Fourier, (1772-1837). Derechos reservados.

Entre páginas 116-117
José Guadalupe Posada, *El Fenómeno*, México, Instituto Nacional de Bellas Artes.
Diego Velázquez, *La Venus del espejo*, 1651, Londres, National Gallery. L.A.R.A.

Entre páginas 140-141
*Eva*, relieve de la iglesia de Saint-Lazare de Autun, hacia 1125-1130. Photographie Bulloz.
*La lujuria*, fresco de la iglesia de Tavant, siglo XII. Giraudon.

Entre páginas 238-239
Miniatura, *Il Giardino dell'amore*, Biblioteca Estense, Módena. SCALA.
François Boucher, *Hércules y Onfalia*, 1731-1734, Museo Pushkin, Moscú. Edimedia.
Giulio Romano, fragmento del *Banquete de las bodas de Amor y Psique*, 1525-1535, Palacio del Té, Mantua. SCALA.
Ilustración de la obra *Historia del Genji*, de Murasaki Shikibu, siglo XII. AISA.

Entre páginas 386-387
*Akbar (1542-1605) sobre un elefante sigue a otro elefante por un puente de barcas que se hunde*, boceto de Basawan y pintura de Chatai, siglo XVI, Museo Victoria y Albert, Londres. Archivo del autor.
*Príncipe Salim (1569-1627)* –más tarde emperador Jahangir–, por Bichitr, hacia 1630, Museo Victoria y Albert. Archivo del autor.

Entre páginas 454-455
*Yakshis*, columnas de Bhutesar, Mathura, siglo II, Museo Indio, Calcuta. Photographie Bulloz.
*Cortesana ebria, ayudada por un joven y atendida por una joven criada y una cortesana mayor*, Mathura, siglo I-II, Museo Nacional, Nueva Delhi.

Entre páginas 520-521
Autorretrato de Claude Lévi-Strauss en la Amazonia, 1938. Cortesía de Claude Lévi-Strauss.
Página del cuaderno de notas de Claude Lévi-Strauss, durante su viaje a la Amazonia en 1938. Cortesía de Claude Lévi-Strauss.

# ÍNDICE

Nota del editor . . . . . . . . . . . . . . . . . . . . . . . . . . . . . . . . . 7

PRÓLOGO
Nosotros: los otros. . . . . . . . . . . . . . . . . . . . . . . . . . . . . . 15

Advertencia . . . . . . . . . . . . . . . . . . . . . . . . . . . . . . . . . . . 39

I. PAN, EROS, PSIQUE
Un más allá erótico: Sade . . . . . . . . . . . . . . . . . . . . . . . . 43
   Un más allá erótico: Sade. . . . . . . . . . . . . . . . . . . . . . . 43
      Metáforas . . . . . . . . . . . . . . . . . . . . . . . . . . . . . . . . 43
      El hospital de incurables . . . . . . . . . . . . . . . . . . . . . 48
      La excepción innumerable . . . . . . . . . . . . . . . . . . . 54
      La universal disolución . . . . . . . . . . . . . . . . . . . . . 60
   Cárceles de la razón . . . . . . . . . . . . . . . . . . . . . . . . . . 67
      De las catacumbas a la academia . . . . . . . . . . . . . . 67
      El secreto de Justine . . . . . . . . . . . . . . . . . . . . . . . . 69
      Una conversación en el parque Montsouris . . . . . . . . 70
      Del orgasmo como silogismo . . . . . . . . . . . . . . . . . 73
La mesa y el lecho: Charles Fourier . . . . . . . . . . . . . . . . 75
   ¿Por qué Fourier? . . . . . . . . . . . . . . . . . . . . . . . . . . . . 75
   La mesa y el lecho: Charles Fourier . . . . . . . . . . . . . . . 78
      Civilización y Harmonía . . . . . . . . . . . . . . . . . . . . 78
      Higiene y represión . . . . . . . . . . . . . . . . . . . . . . . . 81
      La insurrección de las especias . . . . . . . . . . . . . . . 86
      Erotismo, amor, política . . . . . . . . . . . . . . . . . . . . . 91
La religión solar de D. H. Lawrence . . . . . . . . . . . . . . . . 100

II. CONJUNCIONES Y DISYUNCIONES
La metáfora . . . . . . . . . . . . . . . . . . . . . . . . . . . . . . . . . 111
   Sus términos . . . . . . . . . . . . . . . . . . . . . . . . . . . . . . . 111

| | |
|---|---|
| Encarnación y disipación | 115 |
| Conjugaciones | 121 |
| Un oro nefasto | 121 |
| Piras, mausoleos, sagrarios | 125 |
| Conjugaciones | 131 |
| Eva y Prajñaparamita | 138 |
| La *yakshi* y la Virgen | 138 |
| Juicio de dios, juego de dioses | 147 |
| El Orden y el Accidente | 170 |
| Alquimia sexual y cortesía erótica | 170 |
| El Orden y el Accidente | 178 |
| La novia puesta al desnudo por sus solteros | 186 |

## III. LA LLAMA DOBLE. AMOR Y EROTISMO

| | |
|---|---|
| Liminar | 211 |
| Los reinos de Pan | 213 |
| Eros y Psique | 227 |
| Prehistoria del amor | 239 |
| La dama y la santa | 256 |
| Un sistema solar | 274 |
| El lucero del alba | 294 |
| La plaza y la alcoba | 307 |
| Rodeos hacia una conclusión | 321 |
| Repaso: la llama doble | 341 |

## IV. VISLUMBRES DE LA INDIA

| | |
|---|---|
| Los antípodas de ida y vuelta | 357 |
| Bombay | 357 |
| Delhi | 364 |
| Regreso | 369 |
| Religiones, castas, lenguas | 381 |
| Rama y Alá | 381 |
| Matriz cósmica | 394 |
| Babel | 403 |
| Un proyecto de nación | 407 |
| Festines y ayunos | 407 |
| Singularidad de la historia india | 418 |

    Gandhi: centro y extremo . . . . . . . . . . . . . . . . . . . . . . 426
    Nacionalismo, secularismo, democracia . . . . . . . . . . . . . . 439
Lo lleno y lo vacío . . . . . . . . . . . . . . . . . . . . . . . . . . . . . . . . . 451
    La *apsara* y la *yakshi* . . . . . . . . . . . . . . . . . . . . . . . . . . . 451
    Castidad y longevidad . . . . . . . . . . . . . . . . . . . . . . . . . . 461
    Crítica de la liberación . . . . . . . . . . . . . . . . . . . . . . . . . 466
    Los artilugios del tiempo . . . . . . . . . . . . . . . . . . . . . . . . 476
Despedida . . . . . . . . . . . . . . . . . . . . . . . . . . . . . . . . . . . . . . 483

## V. CLAUDE LÉVI-STRAUSS O EL NUEVO FESTÍN DE ESOPO

Una metáfora geológica. Comercio verbal y comercio sexual:
    valores, signos, mujeres . . . . . . . . . . . . . . . . . . . . . . . . . 491
Símbolos, metáforas y ecuaciones. La posición y el significado.
    Asia, América y Europa. Tres transparentes: el arco iris, el
    veneno y la zarigüeya. El espíritu: algo que es nada . . . . . . . . . 501
Intermedio discordante. Defensa de una Cenicienta y otras
    divagaciones. Un triángulo verbal: mito, épica y poema . . . . . . . 517
Cualidades y conceptos: pares y parejas, elefantes y tigres.
    La recta y el círculo. Los remordimientos del progreso.
    Ingestión, conversión, expulsión. El fin de la Edad de Oro
    y el comienzo de la escritura . . . . . . . . . . . . . . . . . . . . . . 528
Las prácticas y los símbolos. El sí o el no y el más o el menos.
    El inconsciente del hombre y el de las máquinas. Los signos
    que se destruyen: transfiguraciones. Taxila . . . . . . . . . . . . . . 543
Apéndices . . . . . . . . . . . . . . . . . . . . . . . . . . . . . . . . . . . . . . 559

## VI. CORRIENTE ALTERNA

La persona y el principio . . . . . . . . . . . . . . . . . . . . . . . . . . . 567
    Ateísmos . . . . . . . . . . . . . . . . . . . . . . . . . . . . . . . . . . . . 567
    El eterno retorno . . . . . . . . . . . . . . . . . . . . . . . . . . . . . . 572
    Nihilismo y dialéctica . . . . . . . . . . . . . . . . . . . . . . . . . . . 573
    La persona y el principio . . . . . . . . . . . . . . . . . . . . . . . . 578
    El liberado y los libertadores . . . . . . . . . . . . . . . . . . . . . 584
Revuelta, revolución, rebelión . . . . . . . . . . . . . . . . . . . . . . . . 588
    Revuelta, revolución, rebelión . . . . . . . . . . . . . . . . . . . . . 588
    La ronda verbal . . . . . . . . . . . . . . . . . . . . . . . . . . . . . . . 592

  El ratón del campo y el de la ciudad . . . . . . . . . . . . . . . . . . . . . 596
  El canal y los signos . . . . . . . . . . . . . . . . . . . . . . . . . . . . . . . . . 600
  Hartazgo y náusea . . . . . . . . . . . . . . . . . . . . . . . . . . . . . . . . . . 605
  Revisión y profanación . . . . . . . . . . . . . . . . . . . . . . . . . . . . . . 610
  Las dos razones . . . . . . . . . . . . . . . . . . . . . . . . . . . . . . . . . . . . 613
  La excepción de la regla . . . . . . . . . . . . . . . . . . . . . . . . . . . . . 616
  Las reglas de la excepción . . . . . . . . . . . . . . . . . . . . . . . . . . . 620
  El punto final . . . . . . . . . . . . . . . . . . . . . . . . . . . . . . . . . . . . . 624
  Una forma que se busca . . . . . . . . . . . . . . . . . . . . . . . . . . . . . 630
  La revuelta . . . . . . . . . . . . . . . . . . . . . . . . . . . . . . . . . . . . . . . 635
Discurso de Jerusalén . . . . . . . . . . . . . . . . . . . . . . . . . . . . . . . . . . 645
El pacto verbal . . . . . . . . . . . . . . . . . . . . . . . . . . . . . . . . . . . . . . . 649
  Televisión: cultura y diversidad . . . . . . . . . . . . . . . . . . . . . . 649
  El pacto verbal . . . . . . . . . . . . . . . . . . . . . . . . . . . . . . . . . . . 658
Surtido . . . . . . . . . . . . . . . . . . . . . . . . . . . . . . . . . . . . . . . . . . . . . 669
  El Quinto Sol . . . . . . . . . . . . . . . . . . . . . . . . . . . . . . . . . . . . . 669
  Encrucijada . . . . . . . . . . . . . . . . . . . . . . . . . . . . . . . . . . . . . . 670
  Brindis en Estocolmo . . . . . . . . . . . . . . . . . . . . . . . . . . . . . . 675
  Elogio de la negación . . . . . . . . . . . . . . . . . . . . . . . . . . . . . . 676

Índice alfabético . . . . . . . . . . . . . . . . . . . . . . . . . . . . . . . . . . . . . 683

Índice y créditos de ilustraciones . . . . . . . . . . . . . . . . . . . . . . . . 709

Esta edición de

## Ideas y costumbres II

—décimo volumen de las
Obras Completas de Octavio Paz,
dirigidas y prologadas por él mismo—
se terminó de imprimir
el 20 de febrero de 1996.

La obra fue diseñada por Norbert Denkel,
asistido por Susanne Werthwein.
El cuidado de la primera edición estuvo a cargo
de Nicanor Vélez.

La presente edición, revisada, ha estado al cuidado
de Lorenzo Ávila, Adolfo Castañón y Ana Clavel.
El diseño de la cubierta fue realizado por
Argelia Ayala y Teresa Guzmán.

La tipografía
es de punt groc & associats, s. a.,
la formación de negativos
de Marjan Fotolito,
y la impresión y encuadernación de
IEPSA.

La edición consta de 4 000 ejemplares numerados.

Ejemplar número

2452